I0593119

MILORD L'ARSOUILLE

PAR

Léon Beauvallet

L. BOULANGER ÉDITEUR 83 RUE DE RENNES

R 238 102

TABLE DES MATIÈRES

PROLOGUE

FANCHON LA VIELLEUSE

PREMIÈRE PARTIE

L'ILE D'AMOUR

DEUXIÈME PARTIE

L'ASSOMMOIR DU TROU-VASSOU

TROISIÈME PARTIE

LES DEUX FORÇATS

TABLE DES MATIÈRES

QUATRIÈME PARTIE

UNE MAISON A LA PAUL DE KOCK

CINQUIÈME PARTIE

PARIS S'AMUSE

SIXIÈME PARTIE

LE DERNIER CARNAVAL

FIN DE LA TABLE DES MATIÈRES

MILORD L'ARSOUILLE

Fanchon la Vielleuse.

L. BOULANGER, éditeur, 83, rue de Rennes, Paris.

MILORD L'ARSOUILLE

PROLOGUE

FANCHON LA VIELLEUSE

I

QUI COMMENCE SUR LE BOULEVARD DU TEMPLE ET SE TERMINE EN UN TOUT AUTRE ENDROIT

Ce soir-là, il était bruyant et animé comme toujours, ce bon vieux boulevard du Temple... mais dans cette animation, dans ce bruit, il y avait quelque chose d'insolite et d'étrange.

Au premier abord, cependant, c'était bien le même tohu-bohu, le même dégingandage, la même liberté d'allures qui, durant un si long temps, ont fait de cette promenade célèbre une vraie kermesse parisienne.

A droite, à gauche, de-ci, de-là, dans tous les coins et recoins, c'étaient des bateleurs et des joueurs de gobelets, des pitres grotesques et des ménestrels fantasques. C'étaient des lièvres qui battaient la caisse, des puces attelées à des carrosses de carton; des oiseaux soldats et des caniches acrobates. C'était Mˡˡᵉ Rose... la fameuse Mˡˡᵉ Rose!... faisant des grâces sur un chandelier... la tête en bas, les jambes en l'air. C'était la non moins fameuse Mˡˡᵉ Malaga, se livrant à l'exercice de la grenouille, sur un grand plat d'argent... en étain.

Ailleurs, des enfants ingurgitaient de l'huile bouillante, tout en faisant une risette à l'aimable société; d'autres se gargarisaient avec des étoupes enflammées; des fillettes en jupe courte, trottaient pieds nus sur des barres de fer rouge sans se roussir l'épiderme... Des femmes sauvages se mettaient dans la bouche des serpents très vivants... d'autres, plus sauvages encore, avalaient des cailloux sans les mâcher. Plus loin, des fantaisistes en maillots roses, qui ne voulaient sans doute pas laisser à ces dames le monopole de ces repas indigestes, s'insinuaient gaillardement dans l'œsophage des épées et des sabres, des lances et des hallebardes.

Malgré ce mouvement, malgré cette foule, malgré ces cris, ces chants et ces lumières, on n'était pas gai, nous le répétons, de la gaieté ordinaire; on semblait rire d'un rire fiévreux et s'amuser de force.

Pourquoi? Que s'était-il passé? De quel événement grave se préoccupaient donc l'insouciance et la badauderie parisiennes?

C'est que ce soir-là, c'était le 20 novembre 1815, c'est que ce soir-là, chacun savait qu'un traité honteux, qui avilissait et qui ruinait la France, venait d'être conclu à Paris, entre les puissances alliées, et signé, au nom de Sa Majesté Très

Chrétienne Louis XVIII, par le sieur Armand Duplessis, duc de Richelieu, premier gentilhomme de la chambre du roi de France et de Navarre, son ministre et secrétaire d'État des affaires étrangères et président du conseil de ses ministres.

Depuis quatre mois et demi Napoléon, vaincu à Waterloo, avait donc pris la route de l'exil, et, dès qu'il avait eu le dos tourné, son successeur goutteux était rentré aux Tuileries bras dessus, bras dessous avec les Anglais et les Cosaques.

Or, le peuple parisien, jusqu'alors exaspéré de l'occupation étrangère, était maintenant tout sombre et tout triste... les traités de 1815 lui pesaient déjà sur le cœur de tout leur formidable poids... et c'était d'un œil sinistre qu'il voyait, au milieu de ses blouses bleues, les habits rouges des soldats de Wellington et les vestes chamarrées des officiers du czar Alexandre.

Mais on n'osait rien dire : c'eût été se faire égorger en pure perte ou au moins emprisonner. On se contentait de maudire *in petto* les pâles fils d'Albion et les soudards enluminés du maréchal de Blücher, qui, sans s'inquiéter des mines furibondes de messieurs les Parisiens, allaient la tête haute, toisant la foule de l'air le plus impertinent et le plus provocant du monde.

A travers cette nuée de soldats exotiques, un vieillard de haute taille, aux longs cheveux blancs flottants, aux regards pleins de flammes, se faisait jour à grand'peine.

Il portait une redingote brune à boutons de métal, aux larges revers, et son front noble et fier était ombragé par un chapeau de feutre aux bords rabattus.

Plus que tous les autres, le grand vieillard semblait souffrir de la présence des alliés, et chaque fois que quelque officier anglais ou prussien le coudoyait en passant, il frissonnait des pieds à la tête, ses poings se crispaient et de sanglants éclairs jaillissaient de ses grands yeux noirs.

Maugréant et grinçant des dents, il atteignit enfin la hauteur de l'Ambigu-Comique, qui, à l'époque de notre récit, se trouvait encore sur le boulevard du Temple, et occupait l'emplacement où s'installèrent plus tard les Folies-Dramatiques.

Pour *se dépêtrer* de cette cohue d'étrangers, pour ne plus voir ces uniformes odieux, pour ne plus entendre ces baragouins qui lui écorchaient les oreilles, notre vieillard songea à gagner le plus promptement possible la rue des Fossés-du-Temple.

Il allait donc s'engager dans l'étroit et sombre escalier qu'on appelait alors le passage de l'Ambigu, lorsqu'il s'aperçut que l'entrée en était tout justement barrée par deux jeunes officiers de l'armée d'occupation, deux Anglais, qui, le cigare aux lèvres, la cravache à la main, devisaient en riant et presque à haute voix.

L'homme à la redingote brune n'était pas d'humeur à attendre que les jeunes gens eussent achevé leurs confidences. Il fit quelques pas en avant et voulut passer.

Les officiers rouges virent son mouvement, mais ils se gardèrent bien de se déranger, et le plus imperturbablement du monde, ils continuèrent leur causerie.

Le grand vieillard devint livide. Un moment, il fut sur le point de s'élancer sur les deux insolents... mais une pensée lui vint au cœur et le fit se contenir.

— Insensé! murmura-t-il, un éclat peut me perdre... pour François, pour sa mère... je dois avoir le courage d'être lâche et de souffrir toute insulte sans punir les insulteurs.

Et, prenant un parti héroïque, il allait quitter la place, lorsque le plus jeune des deux Anglais, riant de plus belle et jetant un regard du côté du café d'Apollon, qui avoisinait l'Ambigu, prononça très distinctement le nom de « Fanchon la Vielleuse. »

L'inconnu s'arrêta brusquement en sa marche.

— Fanchon la Vielleuse! répéta-t-il en frémissant, que veut dire ceci?

Alors, revenant sur ses pas, il marcha droit aux jeunes gens, et sans réfléchir qu'il s'adressait à des Anglais, il leur demanda en français :

— Cette Fanchon la Vielleuse dont vous vous entretenez, milords... quelle est-elle? Je veux le savoir!

Les deux officiers avaient levé la tête.

— A qui donc s'adresse cette vieille canaille! s'exclama le plus jeune.

— Vous parlez français! riposta le vieillard. J'aime mieux ça... Répondez donc... quelle est cette femme?

— Eh! qui es-tu, toi-même, pour te permettre de nous interroger?

— Que vous importe qui je suis? reprit l'inconnu avec violence, répondez d'abord... répondez!

L'Anglais brandit sa cravache.

— C'est ainsi qu'on répond aux chiens de ton espèce!

Et, tout en parlant, il fit mine de cingler le visage du vieillard... mais celui-ci, avec une vigueur, que ses cheveux blancs faisaient paraître étrange, avait saisi la main du jeune homme :

— Ah! tu veux me cravacher, toi! dit-il en rugissant.

Puis il arracha la badine des mains de l'officier et lui en fouetta lui-même les deux joues.

Le jeune homme poussa un cri d'indicible rage.

Et, fou de colère, le sang aux yeux, l'écume aux lèvres, il tira son épée hors du fourreau pour venger lui-même et sur-le-champ l'indigne affront qui venait de lui être fait...

Mais en ce moment, trois hommes débouchèrent tout à coup par le passage de l'Ambigu, et l'un de ces hommes dit vivement au jeune officier :

— Ne salissez pas votre épée en éventrant ce vieux gueux, milords... Nous nous chargeons de lui.

Puis, tirant une carte de sa poche, l'individu en question la mit sous les yeux de l'Anglais, en ajoutant d'un ton mystérieux :

— Police secrète.

— C'est bien, fit l'officier. Prenez cet homme... il est à vous!

Le vieillard était déjà entre les mains des nouveaux venus.

C'étaient des gaillards aux poignes de fer, des espèces d'hercules, moustachus et barbus, ayant chacun en main un de ces formidables gourdins qui ressemblent beaucoup plus à des massues qu'à des cannes. Ils ne portaient pas, bien entendu, l'uniforme officiel des agents de police. — Grandes redingotes de nuances équivoques, boutonnées jusqu'au menton et descendant jusqu'aux talons : bottes aux triples semelles et fortement éculées ; chapeaux tout renfoncés et bosselés, mais ornés de cocardes blanches gigantesques : telle était l'austère toilette des argousins.

Au contact de ces hommes, l'inconnu frissonna de dégoût et fit un mouvement pour s'arracher de leurs griffes ; mais tous, en même temps, levèrent leurs énormes bâtons, et l'un des trois même tira de sa poche un pistolet qu'il mit sous le nez du prisonnier, en lui disant d'une voix rauque :

— Si tu as le malheur de bouger, je te brûle la cervelle !

Ce sauvage, aux cheveux rouges, aux favoris écarlates, — qui semblait être le chef du trio, — était celui-là même qui venait d'adresser la parole aux deux Anglais.

Mettant le chapeau à la main, il les pria respectueusement de vouloir bien décliner leurs noms et qualités.

Le plus jeune prit en sa poche un élégant carnet, en tira une carte dorée sur tranche, et la remit à l'argousin. L'autre fit de même, et l'homme aux poils roux tirant à son tour un calepin tout graisseux, y enferma précieusement les deux cartes aristocratiques. Ceci fait, il remit son feutre bosselé, et reprenant son ton rauque :

— A vous maintenant ! dit-il au prisonnier, dont les deux autres agents avaient eu soin de lier les mains. Votre nom ?

Le vieillard haussa les épaules et ne répondit pas.

— Tu fais la sourde oreille !... Allons, les enfants, fouillez-moi ce gaillard-là, et faites causer ses poches, puisqu'il veut jouer au muet.

En un clin d'œil, l'ordre fut exécuté... mais l'inconnu n'avait sur lui aucun papier, rien qui pût donner sur son identité le plus léger indice. La seule chose que l'on trouva, ce fut une bourse en cuir de fabrication anglaise, car elle portait l'adresse d'un magasin de Londres.

Un peu surpris d'abord, l'argousin ouvrit la bourse. Elle contenait, d'un côté, un shilling et deux ou trois pence à l'effigie de George III. De l'autre, elle renfermait un petit médaillon représentant un portrait d'enfant, charmante petite tête blonde, toute souriante et toute rose.

— Compris ! fit l'homme roux avec une satisfaction évidente. C'est un portrait de l'ex-roi de Rome.

— Peut-être ! répliqua le vieillard d'un ton railleur.

— Il n'y a pas de peut-être ! reprit l'autre brusquement. Allons ! ouste !... Emballez-moi le bonapartiste !

En cet instant, une nuée d'agents de police, attirés par le rassemblement qui s'était formé peu à peu aux abords de l'Ambigu, surgirent de tous les côtés à la fois...

Mais avant qu'ils fussent parvenus à percer la foule compacte, le prisonnier avait été entraîné, presque emporté, dans le passage par les trois argousins.

Dans la rue des Fossés-du-Temple, un fiacre stationnait, attelé de deux grandes haridelles. Les agents y firent monter le vieillard et s'installèrent à ses côtés ; puis, l'homme aux cheveux roux, passant la tête par la portière, cria au cocher d'une voix de stentor :

— Rue de Jérusalem, maintenant, et plus vite que bise !

Ce mouvement s'était si prestement exécuté, que les ouvriers et les gamins, qui s'étaient élancés dans le passage à la suite de nos quatre personnages, arrivèrent dans la rue Basse juste au moment où le fiacre commençait à rouler.

Les deux Anglais étaient demeurés sur le boulevard, sans daigner faire attention à tout ce peuple indigné qui les enveloppait. Lorsque le vieillard et les trois policiers eurent disparu, ils rallumèrent chacun un cigare, puis, tout en sifflotant le *God save the king*, il se firent jour à travers la foule et se dirigèrent vers le café d'Apollon.

Ils semblaient l'un et l'autre provoquer cette masse, dans l'espoir de faire éclater enfin l'orage qui grondait ce soir-là... Mais de même qu'on avait laissé *emballer le bonapartiste*, selon l'expression de l'argousin, on laissa s'éloigner les deux officiers rouges.

Toutefois, comme ces derniers allaient franchir le seuil du café, un jeune gamin s'élança vers eux en criant :

— Hé ! milords, vous oubliez quelque chose !

Les Anglais se retournèrent, et le plus jeune devint pâle comme un mort en reconnaissant dans la main du petit bonhomme la cravache qui lui avait si brutalement caressé la face. Avec colère, il l'arracha des doigts de l'enfant et fit mine de poursuivre sa route... Mais le retenant doucement par le bras, le gamin lui dit alors de ce ton splendidement gouailleur qui n'appartient qu'aux enfants de Paris :

— Faut mettre ça sous verre, milord, avec cette inscription : « Souvenir du 20 novembre 1815. Grande bataille du boulevard du Temple. Un seul Français contro cinq Anglais, dont trois mouchards ! »

Ce disant, le gamin, avec une agilité de singe, sauta à dix pas. Otant sa casquette, l'infernal moutard reprit avec une humilité dérisoire :

— Il n'y a pas de pourboire, mon bourgeois ?

La foule battit des mains, et ses huées accompagnèrent les Anglais jusqu'à ce que la porte du café se fût refermée sur eux.

Pendant ce temps, le fiacre avait gagné le faubourg, traversé le boulevard, et les deux rosses efflanquées qui le traînaient, trottaient déjà dans la rue du Temple.

On eut atteint bien vite le bord de l'eau, et huit heures sonnaient seulement au Palais de Justice comme on quittait le pont au Change.

La Sainte-Chapelle fut promptement dépassée ; mais au lieu de tourner à droite pour prendre le quai des Orfèvres et gagner la rue de Jérusalem où se trouvait l'hôtel de la Préfecture, le fiacre traversa au grand trot le pont Saint-Michel et se mit à suivre la rive gauche de la Seine.

Le prisonnier remarqua, non sans surprise, l'étrange chemin qu'on lui faisait prendre.

— Que veut dire ceci ? se demanda-t-il.

Les quais étaient déserts. De temps à autre, à travers les brouillards du fleuve, une silhouette humaine se dessinait et disparaissait aussitôt. De loin en loin, quelque lanterne jetait sa clarté rougeâtre dans les ténèbres, puis l'obscurité redevenait plus sombre et plus lugubre.

Le grand vieillard, malgré tout son courage, ne put se défendre d'un léger frisson.

— Qu'allez-vous donc faire de moi ? demanda-t-il.

Pour toute réponse, les agents mirent un bâillon sur sa bouche et un bandeau sur ses yeux.

En ce moment, la voiture atteignait la rue de l'Hôpital. Elle poursuivit son chemin jusqu'à la rue Poliveau, et s'engagea ensuite dans la rue des Fossés-Saint-Marcel.

Près des murs du cimetière de Clamart, devant une maison close et qui semblait inhabitée, le fiacre s'arrêta enfin, et l'homme aux cheveux roux en descendit le premier.

Il ouvrit l'unique porte de la sinistre demeure; puis, s'adressant à ses deux compagnons :

— Descendez monsieur au salon! commanda-t-il.

Et, tandis que les deux agents emmenaient le prisonnier, il continua en levant la tête vers le cocher :

— Allez stationner au carrefour, jeune Ferrouillard... Si vous voyez quelque chose de suspect, faites semblant de rallumer vos quinquets, et causez avec vos bêtes de façon à ce que nous puissions vous entendre.

— On ne flânera guère ce soir de ces côtés-ci, riposta le cocher. Voilà la pluie qui commence à tomber et de ce temps de chien, ce n'est pas les passants qui gênent. Allons, hue! ajouta l'automédon en allongeant un coup de fouet aux deux rossinantes.

Peu après, maître Ferrouillard était à son poste. La pluie persistant, il se blottit dans son véhicule, alluma un antique brûle-gueule et attendit.

II

DANS LEQUEL LES LIMIERS DE LA POLICE SECRÈTE APPRENNENT AU PRISONNIER CE QU'IL NE SAIT GUÈRE ET APPRENNENT DE LUI CE QU'IL NE SAIT PAS

Les argousins avaient pénétré dans la maison déserte avec le grand vieillard.

On fit descendre à ce dernier une vingtaine de marches, puis on lui enleva son bâillon et son bandeau.

Il se vit alors dans une espèce de cave mal éclairée par une chandelle puante et dont l'ameublement consistait en deux banquettes placées de chaque côté d'une table boiteuse, surchargée de brocs, de gobelets et de pipes.

— Pardieu! pensa l'inconnu en jetant un regard surpris par la chambre, voici un singulier bureau de police!

L'agent aux poils roux, s'attablant tout d'abord, se versa un plein gobelet d'eau-de-vie et l'avala sans broncher.

Ensuite, il prit une pipe, la plus culottée de toutes, et la bourra jusqu'à la gueule.

Ceci fait, il se tourna vers le prisonnier de plus en plus ébahi :

— Si le cœur vous en dit, mon vieux... vous savez, il ne faut pas vous gêner.

— Certes! répliqua l'inconnu, en souriant malgré lui, la proposition ne me déplaît pas, et je l'accepterais volontiers; mais pour ne pas la refuser, il faudrait que j'eusse les mains libres!

— C'est vrai, au fait! s'exclama le Rousseau, nous vous avons laissé vos cordes... c'est un oubli... Maintenant que vous voilà dans le *bazar*, il n'y a pas de raison pour que vous restiez ficelé!

A ces mots, il prit un couteau et dénoua les liens du prisonnier, à la façon d'Alexandre, en les coupant.

— Là! fit-il, maintenant, buvez un coup et fumez une pipe...

Il remplit un gobelet et le plaça devant l'inconnu qui le vida d'un trait.

— Bigre! vous avalez proprement l'élixir de hussard, vous! reprit le policier en fixant le vieillard.

— Oui!... j'avais soif! riposta vivement celui-ci.

— Ce n'est pas tout ça, repartit l'argousin, il s'agit présentement de nous dire qui vous êtes?

— Désespéré, mes maîtres, répondit l'inconnu, mais mon secret est à moi et je le garde!...

— Ah! fit l'agent désappointé.

Au bout d'un instant, il prit la main gauche du vieillard :

— Tiens! vous avez une blessure au poignet... Comment donc vous êtes-vous fait ça?

— Ce n'est rien, répliqua le prisonnier en voulant délivrer sa main de l'étreinte de l'argousin; ce sont vos liens qui me sont entrés un peu dans les chairs, voilà tout!

— Allons donc! interrompit l'autre sans lâcher son homme, c'est une vieille blessure, ça, farceur! et on jugerait que c'est un coup de hache qui vous l'a faite!

En achevant ces mots, il retroussa la manche du vieillard et lui mit à nu tout l'avant-bras.

— Nom d'un tonneau! s'écria-t-il aussitôt, je le savais bien, moi, que c'était lui!

— Qu'est-ce donc? interrogèrent les deux autres agents.

Le Rousseau leur indiqua d'un doigt tremblant des hiéroglyphes étranges tracés en lignes bleuâtres sur le bras du prisonnier : c'étaient une tête de mort et des os en croix.

— Vous refusez de nous apprendre qui vous êtes, reprit alors l'argousin en s'adressant au vieillard stupéfié. Eh bien! je vais vous le dire moi... Primo d'abord, vous êtes un faux Mathusalem, et vos cheveux blancs ne sont pas à vous! Secundo, votre nom, que vous cachez, est Pierre Lavarès, et quand tout l'univers serait là pour me soutenir le contraire, ça ne changerait rien à la chose!

— Pierre Lavarès! répéta le prisonnier. Quel est cet homme?... Je ne le connais pas!

— Je vais vous le faire connaître!... Vous avez entendu parler de l'équipage du *Vengeur*, pas vrai?... qui préféra se laisser couler bas que de se rendre aux Anglais, et qui, au moment où les canons étaient à fleur d'eau, envoya une dernière bordée à l'ennemi... puis s'abîma lentement dans les flots en criant : « Vive la République! »

— Les matelots du *Vengeur* furent des héros! répliqua le prisonnier avec émotion.

— Eh bien! continua l'argousin en plongeant le regard dans les yeux de l'inconnu, Pierre Lavarès était le fils d'un de ces héros-là... et, sans mentir, le moutard était digne de son père!...

— Désespéré, mes maîtres ; mon secret est à moi et je le garde!

— En vérité!

— Il faut vous dire qu'il était venu au monde le jour même de la prise de la Bastille... une fameuse prise, par parenthèse, et qui a fait éternuer le peuple français d'une drôle de façon... Si bien que le petit Pierre avait cinq ans à peine à la mort de son père... mais tout mioche qu'il était, il n'avait qu'une idée en tête, qu'une pensée au cœur : c'était de se faire marin et de cogner sur les Anglais qui lui avaient tué l'auteur de ses jours!... Quatre ans plus tard, à Aboukir, il était mousse... Sept années après, à Trafalgar, il était lieutenant!

Au fur et à mesure que parlait le policier, la surprise la plus violente se peignait sur les traits du prisonnier.

Le Rousseau poursuivit :

— Après Trafalgar, notre jeune homme, exaspéré des éternels succès de la marine britannique, profita du blocus continental pour se faire corsaire... Napoléon lui octroya des lettres de marque, et bientôt Pierre Lavarès devint un Surcouf numéro deux. Ah! c'est que *le Vampire* était un crâne voilier, et quand l'ennemi apercevait son pavillon noir et la tête de mort qui lui servait de fanal, il n'était pas à son affaire. Tout alla comme sur des roulettes pendant pas mal d'années... Mais un jour l'homme à la redingote grise fut dégommé, et l'île d'Elbe, un joujou d'enfant, devint son seul royaume...

Après un silence, le narrateur poursuivit avec plus de chaleur :

— Sur les ailes de son brick, le capitaine Pierre prit son vol vers le grand exilé... Il lui procura des armes, des munitions de guerre, et quand Bonaparte quitta Porto Ferrajo pour rentrer en France, *le Vampire* lui servit d'escorte jusqu'au golfe Juan. Quelques jours plus tard, le brick du corsaire tombait dans les croisières anglaises et se faisait sauter pour ne pas amener son pavillon... De tous les forbans du *Vampire*, quatre seulement échappèrent à la mort, et le capitaine Pierre était l'un de ces quatre-là... Pris par les Anglais, ils furent conduits à Portsmouth et jetés à bord d'un ponton. Après deux mois d'une captivité hideuse, ils parvenaient tous les quatre à s'évader... Déjà, ils mettaient le pied dans la barque qui devait les faire libres, lorsqu'une grêle de balles vint siffler à leurs oreilles. Un seul fut atteint, c'était le capitaine. Il tomba en disant à ses hommes : « Je meurs, sauvez-vous! » Les trois forbans se jetèrent à l'eau et purent gagner les côtes de France à bord d'un contrebandier... Quant au capitaine Pierre, quoi qu'il en ait dit, il n'est pas mort plus que les autres, et il a pu se sauver à son tour... La preuve, c'est qu'il est en France, à Paris, et que c'est vous!

— Moi! moi!

— Oui! vous! Quatre hommes possèdent à cette heure sur le bras gauche le signe de reconnaissance des marins du *Vampire*. Or, vous êtes le premier de ces hommes-là, et nous sommes les trois autres!

Ayant dit, le Rousseau retroussa sa manche et ses deux compagnons firent comme lui.

Le prisonnier poussa un long cri de surprise et de joie.

Chacun de ces hommes possédait un tatouage exactement semblable au sien, c'est-à-dire la tête de mort et les os en croix.

— Misère de Dieu! s'exclama aussitôt le grand vieillard dont la voix devint subitement ferme, juvénile, et cessa de trembler et de chevroter comme précédemment. Quoi! vous êtes mes matelots, tas de canailles, et vous ne le dites pas!

Les trois argousins se levèrent l'un après l'autre.

— Fifi Louchardeau! murmura le premier en faisant le salut du marin.

— Le Calichon! mugit le deuxième, espèce de taureau aux membres trapus et robustes.

Le dernier, c'était l'agent aux poils roux.

— Jean Pantruche! dit-il à son tour.

— Mon lieutenant! s'écria le capitaine Pierre Lavarès, car c'était bien lui, mon vieux camarade!

— Eh oui! votre lieutenant, qui est diablement heureux de vous voir, et qui ne s'attendait guère à cette surprise-là... Par quel miracle n'êtes-vous pas mort?

— Ma foi! je n'en sais rien moi-même... J'avais trois balles dans le ventre... mais j'ai la digestion facile... Quinze jours après je revenais à la vie, et j'avais le désagrément de me trouver dans mon cabanon de Portsmouth.

— Ils vous avaient repincé?

— Oui! mais j'avais mon idée. Quoique guéri, je feignis d'être plus mal que jamais, et jouai si bien mon rôle de moribond, que le chirurgien du bord en arriva un beau matin à déclarer que je ne passerais pas la nuit. Ce jour-là, j'eus soin de laisser voir à Jacobson, notre geôlier, un petit médaillon que j'avais pu jusqu'alors dérober à tous les regards... Quand tout reposa sur le ponton, la porte de ma cabine s'ouvrit doucement, et le geôlier, comme je le pensais, vint me faire visite... Je fis le mort et le laissai s'approcher de mon grabat ; déjà il se penchait sur moi pour s'emparer du bijou qui lui avait tiré l'œil... mais avant qu'il se fût relevé, je lui avais pris le cou entre mes dix doigts... cinq minutes après, il y avait bien réellement un cadavre dans ma cabine, mais ce n'était pas le mien.

— Bravo! hurlèrent les forbans.

Pierre Lavarès poursuivit :

— Je pris ses vêtements, je le couchai à ma place et je gagnai l'entrepont. Là, j'ouvris un sabord, puis, m'accrochant à un cordage, je me laissai doucement glisser le long du navire. Peu après j'avais atteint les côtes, et le lendemain, au point du jour, je m'embarquais à bord d'un bateau marchand qui faisait voile vers la France... Grâce aux quelques livres que renfermait la bourse de Jacobson... celle-là même que vous m'avez escamotée... coquins!... j'ai pu payer mon passage, me procurer le vénérable travestissement que voici et me rendre à Paris sans malencontre... En remettant le pied sur le sol français, ajouta le capitaine d'une voix sourde, je ne pensais pas trouver ma patrie au pouvoir de l'étranger!

— Quoi! vous ne saviez rien?...

— Et je ne sais rien encore, car je me serais compromis en m'informant de ce qui s'est passé dans ce malheureux pays depuis ma captivité!...

— C'est facile! répondit Pantruche ; mais ça n'en n'est pas plus gai pour ça! Enfin, n'importe! ajouta-t-il en avalant un verre de *chnick*, allons-y tout de même!... Vous saurez donc qu'après le retour de l'île d'Elbe, Napoléon a été roi de la cité pendant cent jours... mais à Waterloo... ça n'a plus été ça... et, dame! ces mâtins d'alliés ont pris là une terrible revanche... Tonnerre! quelle bataille! Pendant les dix heures qu'elle a duré, je vous prie de croire qu'il s'en est passé de drôles!

— Et je n'étais pas là! s'écria Pierre Lavarès.

— Nous y étions pour vous! répliqua Pantruche.

— Vous étiez à Waterloo!

Et tout en parlant, le capitaine jetait un regard d'envieuse admiration sur ses compagnons d'aventures.

— Oui ! répondit le lieutenant, nous avons voulu être de la fête. Du reste, nous nous croyions à un combat naval... il y avait tant de sang, qu'on ne serait dit en pleine mer Rouge !

— Et c'était beau ?

— C'était superbe !... Mais le plus crâne de tous, le plus réussi... c'est Cambronne !... il n'a dit qu'un mot... mais quel mot ! Il a retenti sur le champ de bataille comme un tonnerre ! et tous nos mourants, tous nos morts même, ont semblé se ranimer à ce cri formidable pour le vomir à leur tour à la face des vainqueurs. Ils auront beau maintenant se débarbouiller dans notre sang, il leur restera toujours sur le mufle quelque chose de ce mot-là !

Là-dessus, Pantruche ne put faire autrement que d'ingurgiter une forte dose de tord-boyaux.

— Et après Waterloo ?... interrogea Lavarès.

— Après Waterloo, les alliés ont marché sur Paris, qui leur a ouvert ses portes.

— Sans se défendre ?

— Sans brûler une amorce.

— Mais l'armée ?

— L'armée s'est retirée derrière la Loire, en pleurant de rage.

— Et le peuple ?

— Le peuple était sombre et sinistre, mais il a laissé faire..

— Mais l'empereur ?...

— L'empereur est prisonnier des Anglais, captif sur un rocher solitaire de l'Atlantique que nous avons ensemble côtoyé plus d'une fois, capitaine, et qu'on nomme l'île de Sainte-Hélène !

— Napoléon prisonnier ?

— Oui, Louis XVIII le remplace... Quand il s'est risqué à rentrer à Paris, il n'avait pas l'air rassuré du tout... Le fait est que les ouvriers des faubourgs le regardaient d'un drôle d'œil. Le gros roi n'a commencé à se dérider un peu que lorsqu'il a vu les canons prussiens prêts à faire feu sur la multitude... Ah ! c'est ce jour-là qu'il s'est passé de jolies choses... Croiriez-vous que des royalistes ont attaché la croix de la Légion d'honneur à la queue d'un cheval ?... que des Françaises se sont promenées sur les boulevards en croupe avec des Cosaques ?... que des enragés, enfin, ont monté sur la colonne Vendôme, et qu'ils ont passé au cou de l'homme de bronze des cordes que des coquins salariés tiraient d'en bas ?...

— Que dis-tu ?

— Le plus drôle, reprit Pantruche en riant, c'est que la statue n'a pas bougé, que les cordes ont cassé, et que toutes ces canailles-là sont tombées le cul dans la crotte !

Après avoir donné un libre cours à son hilarité :

— Il y eut encore ce jour-là des bals publics et des illuminations. Le vieux Blücher lui-même voulut illuminer à sa manière en faisant sauter le pont d'Iéna, qui l'embêtait à cause de son nom !

— Les sauvages !

— Bah! ce n'est rien que ça!... Figurez-vous que ces gueux d'alliés ne veulent pas loger dans les casernes et qu'ils s'installent de force chez les habitants... naturellement, ils prennent les meilleures chambres, dévalisent les garde-manger et mettent les caves au pillage... Mais leur manie, c'est de faire du feu avec les meubles et de filouter tous les bijoux... Pour couronner l'œuvre, ils se font servir par les maîtres des maisons où ils nichent et ils les rouent de coups si le service ne se fait pas bien...

— Et les Parisiens ne les mangent pas tout crus! s'écria Lavarès en ébranlant la table sous un formidable coup de poing.

— Patience! ça viendra peut-être... J'ai même bien cru que ce soir il y aurait du chahut par les rues de la capitale... à cause du joli petit traité qui vient de se conclure au nom de la très sainte et indivisible Trinité...

— Quel est ce traité?

— Oh! presque rien... On remet à la Sainte-Alliance toutes les villes conquises par les soldats de la République et de l'Empire... On démolit les fortifications d'Huningue et l'on s'engage à fournir aux puissances étrangères une légère indemnité de sept cent millions de francs... Il est entendu, en outre, que pendant cinq ans les frontières de France seront occupées par cent cinquante mille hommes, histoire de donner le fouet aux Français s'ils ne sont pas sages!

Pierre Lavarès était tremblant d'indignation et de fureur.

Jetant un regard irrité sur les énormes cocardes blanches qui ornaient les chapeaux des argousins :

— Et vous vous êtes faits les sicaires de ce gouvernement odieux! vous, mes vieux matelots!

Jean Pantruche se mit à rire d'un rire bien franc et bien sonore.

— Alors, dit-il, vous vous fourrez comme ça dans l'idée que nous sommes des mouchards pour de vrai!

— Que veux-tu dire?

— Voilà la chose! Après la grande débâcle de Waterloo, il n'y avait plus rien à frire pour nous... aussitôt reconnus, aussitôt fusillés ou pendus... telle était notre perspective... Alors, pour ne pas être pincés, nous avons fait comme le loup de la fable, qui se déguise en berger... nous avons pris carrément l'allure et le costume de ceux qui devaient nous mettre le grappin dessus, et nous nous sommes rendus méconnaissables en changeant la couleur de nos crins... Louchardeau le blondin est devenu tout noir... le brun Calichon gris pommelé... et ma chevelure blanchissante a cédé le pas aux poils couleur de feu qui m'auréolent le front!... Notre métamorphose a mis tout le monde dedans, et vous y avez été pris vous-même quand nous sommes venus vous mettre la main au collet.

— Pourquoi cette arrestation?

— Pour vous sauver des Anglais, parbleu!... Si nous ne vous avions pas emballé dardar, la vraie police se serait chargée de l'affaire, et demain, au point du jour, vous auriez reçu votre paquet.

— Vous m'aviez donc reconnu?

— Pas plus que vous ne nous aviez reconnus vous-même... Seulement, comme vous étiez en train de vous cogner avec des habits rouges, nous avons senti en vous un vrai Français, et nous avons fait pour vous ce que nous faisons chaque soir pour quelque autre de notre bord...

— Quoi! chaque soir...

— Et plutôt trois fois qu'une! A chaque instant c'est quelque querelle... quelque bataille... alors, quand nous voyons que c'est sérieux, nous tombons dans la bagarre comme des bombes, nous escamotons le patriote et nous nous envolons avec lui dans le sapin à Ferrouillard...

Changeant de ton :

— Ferrouillard, c'est un brave garçon qui nous est dévoué.

Après cette parenthèse, Pantruche reprit :

— Une fois que le fiacre a dépassé la Préfecture, comme notre prisonnier pourrait être quelque mouchard travesti, nous lui bandons les yeux pour qu'il n'y voie goutte, et nous l'amenons dans notre Louvre... rue des Fossés-Saint-Marcel... près du cimetière des suppliciés... endroit peu gai, mais pas fréquenté du tout. Là, nous interrogeons notre homme, et, quand nous sommes sûrs que c'est un *vrai de la vraie*, nous lui donnons un déguisement, de l'argent s'il n'en a pas, puis nous lui remettons son bandeau, prudence est mère de sûreté! et nous le menons à la barrière, en l'engageant à filer bien vite s'il ne veut être fusillé ou coffré tout au moins.

Pierre Lavarès considérait ses trois matelots d'un air émerveillé.

— Savez-vous que c'est tout bonnement superbe de vous faire ainsi les sauveurs des proscrits, les défenseurs des malheureux!

— Modérez vos éloges, capitaine de mon cœur... interrompit Pantruche. Si nous sommes aussi vertueux que ça, c'est que nous y trouvons notre compte.

— Plaît-il?

— Quant à la monnaie que nous octroyons aux amis dans la débine, nous la prenons dans la poche des habits rouges.

Le capitaine Pierre jeta sur son lieutenant un regard étonné.

Celui-ci poursuivit de la sorte :

— Ne pouvant plus exercer sur mer notre métier de forbans, nous nous y livrons sur terre. Nous rançonnons à présent les milords de l'armée d'occupation comme nous le faisions au temps de notre *Vampire*, pour les Anglais de l'océan... Enfin nous sommes pirates en chambre, quoi!... Corsaires de Paris : voilà notre étiquette.

— Quelle nouvelle énigme est-ce là? murmura Pierre Lavarès.

— Vous ne saisissez pas? C'est pourtant bien simple... A l'envers de nos officiers, les guerriers de George III sont tous nobles comme Charlemagne et riches comme feu Crésus... connu. Or, chaque fois que nous fourrons notre museau dans une bagarre anglo-française, nous ne manquons jamais de prendre les adresses de messieurs les insulaires...

— Comme ce soir... observa le capitaine.

— Comme ce soir, répondit Pantruche.

Tirant de son calepin les cartes des deux jeunes Anglais :

— Que vous disais-je, poursuivit-il après y avoir jeté les yeux, l'un est vicomte et l'autre baronnet... et tous deux demeurent rue de la Rochefoucauld, une vraie rue de richards, où il n'y a que des petits hôtels qui se louent plus cher qu'au bureau.

— Eh bien? interrogea le capitaine.

— Eh bien! reprit Pantruche, pas plus tard que ce soir, montés sur le brick à quatre roues de l'ami Ferrouillard, nous allons croiser dans les eaux de la susdite rue, et lorsque nos deux officiers rouges rentreront au milieu de la nuit, gavés de punch ou saoûls de champagne, selon leur habitude, les corsaires de Paris auront tenté l'abordage, et tout le quibus, tous les bibelots de leur bazar seront pigés et ratiboisés!... Comprenez-vous, maintenant? Oui, pas vrai?... Commandez donc l'expédition de ce soir, capitaine, vos forbans seront fiers de vous obéir.

Au fur et à mesure que Pantruche avait complété ses explications, le front de Pierre Lavarès s'était rembruni et ses sourcils s'étaient froncés.

Se levant lentement, il montra aux faux argousins la blessure qu'il avait au poignet, et qui l'avait fait reconnaître tout d'abord par Jean Pantruche, puis il mit à nu sa poitrine, toute sillonnée de cicatrices, et dit alors :

— Recevoir cent balafres... risquer sa vie dix fois en une seconde... braver la tempête... se rire des flots furieux... combattre en soldat, à la face du ciel, au grand soleil... lutter corps à corps, seul contre dix, avec la mort à sa droite et à sa gauche, devant soi et derrière soi, voilà ce que faisait Pierre Lavarès, capitaine du *Vampire*, avant de piller un navire ennemi... Mais le lion devenir loup, prendre la nuit pour complice et voler dans les ténèbres, sans danger et sans combat, voilà ce que ses corsaires n'eussent jamais dû faire.

Les forbans se grattaient l'oreille d'un air piteux.

— Jusqu'à présent, grommela enfin le lieutenant Pantruche, j'avais cru que l'on avait le droit de flibuster les insulaires n'importe où et n'importe comment... Mais du moment que ça vous déplait, capitaine... ça suffit... on n'y touchera plus à vos Anglais. C'est embêtant... mais enfin, quoi... la discipline avant tout.

— Bien parlé, mon vieil ami! s'exclama Pierre Lavarès en serrant la main de son lieutenant. Je savais que tu me comprendrais.

Pantruche continuait à se gratter l'oreille.

— Qu'as-tu donc?

— Oh! rien de rien!... Seulement, les camarades et moi nous comptions tout à fait sur l'affaire de ce soir... par la raison que nous sommes pas mal dans la dèche... soit dit sans vous offenser. Dame! vous savez que nous aimons à nocer dur, et nous ne nous arrêtons que lorsqu'il n'y a plus le sou dans nos poches... Or pour le quart d'heure les toiles se touchent.

Pierre Lavarès semblait très embarrassé.

— Écoutez, reprit le lieutenant, laissez-nous jeter le grappin cette nuit une dernière fois... Après, parole sacrée, nous nous retirons du commerce et nous redevenons tout à fait honnêtes et pas filous pour deux liards.

— Tonnerre! maugréa le capitaine Pierre, que n'ai-je de l'or, je vous en donnerais!

— Oui, mais vous êtes dans notre genre, répliqua Pantruche, cousu de monnaie comme un crapaud de plumes.

Tirant de sa poche la bourse qui contenait le médaillon et les quelques pièces anglaises, il ajouta :

— Il n'y a pas gras là dedans... et quand même on vendrait ce portrait à un brocanteur...

Lavarès s'empara vivement du médaillon :

— Vendre ce portrait! s'écria-t-il, je vendrais plutôt mon sang et ma chair!

Couvrant le médaillon de baisers :

— Pauvre cher enfant! poursuivit-il avec des larmes dans la voix, déjà je devrais être auprès de toi et te presser sur mon cœur... Pardonne-moi d'avoir tant tardé!... Adieu! adieu! camarades! ajouta-t-il en s'élançant dans l'escalier; demain, nous nous reverrons!

— Dites donc, capitaine, fit Pantruche, en se précipitant sur ses pas, si vous êtes si pressé que ça, faut prendre le sapin à Ferrouillard... vous arriverez plus vite où vous allez et vous serez sûr au moins qu'il ne vous tombera pas de tuiles sur la tête pendant le chemin.

— Soit! répondit Lavarès, mais cet homme consentira-t-il?

— Qui ça? Ferrouillard?... Ah bien! vous ne le connaissez pas! Je vous répète qu'il se mettrait en quatre pour nous!... Un de ces jours je vous dirai pourquoi,

En effet, quelques minutes plus tard, le fiacre que nous connaissons quittait le carrefour de la Croix-Clamart en emportant le capitaine Pierre.

Avant le départ de la voiture, le lieutenant Pantruche avait dit à voix basse au cocher le nom du faux sexagénaire.

Ce n'était pas la première fois assurément que maître Ferrouillard entendait parler de Lavarès, car il s'exclama aussitôt en portant la main à son chapeau :

— Le capitaine Pierre!... le fameux capitaine Pierre!... l'illustre...

Pantruche l'interrompit brusquement :

— Assez d'enthousiasme, jeune homme, file, et ce soir, à minuit, trouve-toi avec ta charrette dans les terrains vagues de la rue de la Rochefoucauld.

— Suffit, monsieur Pantruche, répondit l'automédon avec respect, mes rosses et moi nous serons au rendez-vous.

Puis ayant, tête nue, demandé à Lavarès où il fallait le conduire, il fit claquer son fouet.

Quant au lieutenant, il rejoignit ses deux compagnons d'aventures et leur tint ce langage :

— Qui ne dit mot consent; le capitaine n'a pas repoussé la requête que je lui ai adressée, donc la requête est acceptée et l'expédition aura lieu... Mais à partir de demain, *n, i, ni,* c'est fini...

. . . .

En trois quarts d'heure à peine, Ferrouillard avait conduit Pierre Lavarès à sa destination, c'est-à-dire à Belleville, en pleine Courtille.

Les deux maigres juments, inondées de sueur, trempées de pluie et soufflant à qui mieux mieux, s'étaient arrêtées à la hauteur à peu près de la rue des Moulins, devant la grille d'une villa isolée, construite dans le style Louis XIII, et tout ombragée de grands arbres séculaires.

Tout en parlant, ce cocher modèle offrait à Lavarès deux pièces de cent sous.

Pierre Lavarès avait d'un bond couru à la grille qui n'était pas fermée à clef et qu'il ouvrit d'une main tremblante.

Il pénétra dans le jardin au bout duquel se trouvait le corps de logis principal.

Jetant les yeux sur un petit pavillon hermétiquement clos :

— Pardieu ! grommela notre corsaire, ce gredin de Cabestan a vraiment une singulière façon de garder sa loge...

Malgré lui une brusque terreur le vint envahir :

— Pourquoi ce jardin est-il désert ? se demanda-t-il. Pourquoi cette maison est-elle ainsi morne et silencieuse ?...

Liv. 3.   3

D'un pas hâtif, il gravit les quelques degrés du perron. La porte d'entrée était entr'ouverte. Il s'élança dans l'antichambre obscure.

Après avoir parcouru deux ou trois pièces obscures aussi, il gagna enfin un long corridor qui conduisait à une dernière chambre assurément habitée, car un mince filet lumineux filtrait à travers la porte mal jointe.

Il s'en approcha et jeta un regard dans l'intérieur de cette salle.

Un grand désordre y régnait, et tout y indiquait la plus profonde misère. Deux ou trois meubles plus que simples la garnissaient à peine. Les murs étaient nus, et des lambeaux de rideaux pendaient aux tringles des fenêtres de l'alcôve. Sur la cheminée, ni pendule ni ornements, dans les coins, des porcelaines brisées, des cadres disloqués, des débris de peintures et de statuettes.

Le capitaine Pierre ne pouvait en croire ses yeux.

— Quoi! disait-il, est-ce là cette demeure que j'ai laissée il y a moins d'un an si joyeuse et si riche! Quel terrible fléau s'est donc abattu par ici?

Sans plus attendre, il y entra.

Accroupi près de la cheminée, dans laquelle brûlait un piètre feu de branches mortes, se tenait tristement un tout jeune garçon d'une quinzaine d'années à peu près, vêtu du costume des montagnards de la Savoie.

Au bruit que fit Pierre Lavarès en pénétrant dans la chambre, il se leva vivement, et, comme le capitaine avait conservé son travestissement, il s'écria, à la vue de ce vieillard inconnu :

— J'avais grand'peur de ne point vous voir si tôt, monsieur le médecin!

— Le médecin! répéta Lavarès dont le cœur se brisa. Il y a donc quelqu'un qui souffre ici!... quelqu'un qui se meurt!

— Qui se meurt! oh! que non point! Le petiot n'en est pas là, Dieu merci! il est bien faible... et bien fiévreux... mais il vient de s'endormir il n'y a pas tant seulement cinq minutes, et son sommeil n'est pas trop mauvais!...

Le capitaine Pierre avait écouté le jeune paysan avec une émotion violente. Sans parler, retenant son souffle et marchant sur la pointe des pieds, il alla vers l'alcôve. Là, sur un misérable grabat, sommeillait un petit enfant de deux ans à peu près, aux longs cheveux bouclés, les plus blonds et les plus beaux du monde.

A l'aspect du petit malade, Lavarès ne put retenir ses larmes.

— Mon fils!... mon fils! murmura-t-il ensuite en étouffant ses sanglots, mon François bien-aimé!

— Bonté divine! s'exclama le jeune Savoisien, capitaine Pierre... est-ce donc vous?

Lavarès prit les mains du paysan :

— Oui! c'est moi, mon cher Jacquinet... c'est moi-même.

— Vous n'êtes plus prisonnier! reprit le petit bonhomme radieux.

— Jacquinet! interrogea le capitaine... Que s'est-il donc passé depuis ma dernière visite?... Pourquoi retrouvé-je cette demeure ainsi misérable et dévastée?

— Hélas! répliqua l'enfant avec un frissonnement involontaire, les Anglais!.. ce sont eux qui ont tout fait... ils se sont installés ici une quinzaine à peu près, pendant plus d'un grand mois, et il y a huit jours, ils ne se sont décidés à décaniller qu'après avoir tout pillé, tout volé et tout incendié...

— Misère de Dieu! rugit sourdement Lavarès.

— Alors, poursuivit Jacquinet, nous sommes restés sans nulle ressource dans cette maison dévalisée... et dame, à force de privations, le petiot a pris la méchante fièvre qui le tient au lit.

— Et sa mère... interrogea le capitaine. Et ma bien-aimée Fanchon?

— Chère sœur! Pour gagner quelque argent et donner à notre François ce dont il a besoin, elle a bravement repris sa vielle et son costume de la montagne...

— Que dis-tu! s'exclama Lavarès.

— Je dis que, depuis hier, Fanchon s'est remise à chanter les refrains du pays, comme il y a quatre ans.

— Pauvre femme! murmura le capitaine avec émotion. Elle a eu le courage!...

— Ah! damé, ça lui a fait un drôle d'effet de redevenir la pauvre vielleuse d'autrefois... Heureusement qu'elle ne court pas les rues, comme dans le temps, et qu'elle a pu trouver tout de suite un petit engagement au café d'Apollon.

— Au café d'Apollon! répéta Lavarès, en proie à une agitation soudaine.

— Oui, vous savez bien... le café chantant du boulevard, près des théâtres...

— Je comprends... oh! je comprends tout maintenant! murmura le capitaine éperdu. Ce nom que proféraient en riant ces deux Anglais... c'était bien le sien! Oh! je redoute pour Fanchon quelque nouveau malheur... Dis-moi, elle n'est pas seule là-bas, n'est-il pas vrai?... Cabestan l'accompagne?

— Cabestan est mort! répondit l'enfant d'un ton lugubre.

— Mort! mon vieux matelot!

— Oui! les hommes rouges l'ont pendu à la corde du puits, et c'est pour cela que sa loge est déserte!... Moi, je serais bien allé avec elle, mais j'ai dû rester à la maison pour veiller le petiot!

Pierre Lavarès serra la main du jeune Savoisien, puis s'approchant de l'alcôve, il déposa un baiser sur le front de son fils, toujours endormi.

— Adieu mon pauvre enfant, lui dit-il ensuite. Bientôt, je serai près de toi, avec Fanchon, avec ta mère!

Ce disant, il s'élança hors de la chambre, traversa le jardin et gagna la rue.

Devant la grille, le fiacre stationnait encore.

Ferrouillard avait dû faire souffler un peu ses deux haridelles exténuées.

— Tiens, fit-il étonné en apercevant Lavarès, vous voilà, mon capitaine... je croyais que vous restiez là, et j'allais lever l'ancre.

Ravi d'avoir pu placer cette expression maritime, il ouvrit la portière en ajoutant:

— Vers quelles côtes maintenant doit cingler notre corvette?

— Boulevard du Temple... au café d'Apollon!

— Sabre de bois! s'exclama l'automédon. Vous voulez retourner là... mais on va vous reconnaître... et je ne veux pas de ça!

Otant vivement son ample carrick :

— Tenez! endossez-moi cette pelure-là... De cette façon, on ne verra pas les boutons de votre habit...

— Mais vous?

— Ne vous inquiétez pas... j'ai mon fouet... ça me tiendra chaud !

Lavarès s'était précipité dans la voiture.

— Allons ! hue ! les bibiches à leur papa... cria le cocher en s'adressant à ses rossinantes.

Le fiacre descendit rapidement la rue de la Courtille... un quart d'heure plus tard, le capitaine mettait pied à terre sur le boulevard, devant un café illuminé, à la porte duquel étaient apposées de grandes affiches portant, en lettre colossales, le nom de « Fanchon La Vielleuse. »

III

LE CAFÉ D'APOLLON

Pierre Lavarès, en proie à une agitation singulière, avait déjà fait quelques pas vers le portail illuminé, lorsqu'il sentit une main qui se posait timidement sur son épaule.

Surpris, il se retourna et reconnut son jeune automédon qui, d'une voix timide et tout en souriant de son plus doux sourire, lui dit :

— Vous voulez entrer dans ce café, mon capitaine?...

— Sans doute !...

— Eh bien ! mais, il faut consommer là-dedans, reprit Ferrouillard, et maître Pantruche m'ayant dit à l'oreille que vous manquiez totalement de monnaie, faute de grosses pièces, je viens vous prier humblement d'agréer ces deux roues de derrière.

Tout en parlant, ce cocher modèle tendait à Lavarès, sans oser le regarder, deux pièces de cent sous.

Notre corsaire, grandement étonné, hésitait à les accepter :

— C'est juste ! poursuivit Ferrouillard, vous ne me connaissez pas... Vous me prenez tout bonnement pour un cocher comme un autre !... Eh bien ! pas du tout !... La mer est mon élément, Neptune est mon Dieu, et les marins sont tout pour moi... Et vous ne douterez pas de ma vocation, je l'espère, quand vous saurez que j'ai vu le jour à la *Matelotte Orageuse*, restaurant maritime, au beau milieu du port... à Bercy !

Le digne garçon avait fait cette confidence avec un sérieux si splendidement grotesque, que Lavarès, malgré ses sombres préoccupations, ne put s'empêcher de sourire.

Ferrouillard tendit de nouveau l'argent au capitaine.

— Maintenant que vous savez à qui vous avez affaire, vous n'avez plus le droit de me refuser... Entre marins, on ne se gène pas !... Car je suis marin de cœur, mille sabords !... Je n'ai jamais mis le pied sur un bateau... cependant... Mais ça n'empêche pas les sentiments !

Ce disant, il fit glisser les deux pièces de cinq francs dans la poche du carrick dont il avait affublé, presque de force, le capitaine Pierre.

Celui-ci prit la main du naïf garçon et la serra cordialement :

— Tu es un digne cœur, mon camarade, lui dit-il ensuite, je me souviendrai de toi.

— Il m'a donné la main ! murmura Ferrouillard avec ravissement.

Le capitaine Pierre était entré dans le café d'Apollon.

La pluie avait continué pendant les scènes précédentes, et le boulevard, que nous avons vu si animé au début de ce récit, était presque désert : badauds et promeneurs étaient rentrés chez eux, mais un grand nombre avait cherché un refuge dans les théâtres vides avant l'ondée, et surtout dans les cafés chantants.

Plus que partout ailleurs, l'affluence était grande au café d'Apollon : dans la galerie du haut, au pourtour, dans le parterre, toutes les tables étaient occupées.

Les uniformes étrangers dominaient. Pour un bourgeois ou un ouvrier, on voyait dix Prussiens ou dix Cosaques.

Pierre Lavarès éprouva une véritable torture en songeant que sa Fanchon bien-aimée, que la mère de son fils en était réduite à paraître devant cette soldatesque avinée.

— Vous ne pouvez rester debout, lui cria à l'oreille un garçon qui semblait affairé et qui portait un énorme bol de punch à la flamme bleuâtre.

— Indique-moi une place, drôle, répliqua Lavarès en le regardant d'une si formidable manière, que le garçon s'arrêta effaré à sa place.

— Ouais ! murmura-t-il à part lui, ce doit être quelque haut personnage.

Alors, devenant subitement humble et poli :

— Si monsieur veut me suivre, je vais lui trouver un petit coin où il sera à merveille pour entendre et pour voir.

— C'est bien, répondit le capitaine Pierre.

Puis, d'une voix qu'il essayait vainement de faire indifférente et calme, il ajouta :

— Où en est-on ?

— On vient de terminer la première partie du concert, reprit le garçon de plus en plus obséquieux ; comme monsieur peut le voir, on est pendant l'entr'acte, et le rideau est baissé... Dans dix minutes... un quart d'heure au plus... un tout petit quart d'heure... la Fanchon fera son entré.

En entendant ces mots : « La Fanchon » le capitaine sentit tout son sang lui refluer au cœur, et, de ses lèvres contractées, un sourd gémissement s'échappa.

Le garçon le regarda de nouveau avec terreur.

— Quel diable d'enragé est-ce cela ? pensa-t-il. On dirait qu'il va tout dévorer dans l'établissement.

Reprenant sa voix mielleuse :

— Elle est vraiment très bien, cette petite Fanchon, monsieur en sera content, je n'en doute pas.

Et il ajouta avec un rire ignoble :

— Depuis hier qu'elle chante au café d'Apollon, elle a déjà ravi bien des cœurs... celui de monsieur n'a qu'à bien se tenir.

Lavarès lança au maraud un regard plus féroce encore que le premier.

— Allons, dit brusquement le capitaine Pierre, aurai-je une place enfin?

— Voilà ! voilà ! s'empressa de répondre le pauvre diable terrifié en se dirigeant vers un coin du parterre.

Au milieu du brouhaha général, on n'avait rien entendu du dialogue qui venait d'avoir lieu, chacun était si bien occupé de soi que personne n'avait seulement fait attention à notre corsaire.

Quoi qu'il en fût, celui-ci avait rabattu sur son front les larges bords de son feutre, et, sur ses joues, il avait ramené les longues boucles blanches de sa chevelure postiche. De plus, il avait autant que possible remonté le collet du carrick de Ferrouillard, si bien qu'il n'y avait aucun danger qu'il fût reconnu.

Son guide le conduisit jusqu'auprès du portour de gauche, à une petite table vide.

— Je l'avais réservée pour un habitué, dit-il, mais je vous la cède... parce que c'est vous.

— Merci, riposta brièvement notre homme.

— Que servirai-je à monsieur ? orgeat... limonade... bière !

— Ce que tu voudras !... de l'eau-de-vie... du rhum... du vitriol... du plomb fondu !

Le garçon ne répondit rien, mais, en se reculant doucement, il se dit à lui-même :

— Je vois ce que c'est : les locataires de Charenton ont congé ce soir.

A quelque pas de la table de Lavarès, une autre table se trouvait, autour de laquelle étaient assis quelques jeunes gens qui tous, hormis un seul, portaient l'uniforme des officiers de Wellington.

Ce fut vers ceux-ci que le garçon se dirigea.

— Le punch demandé ! cria-t-il en posant le bol enflammé au milieu de la table.

Machinalement le capitaine Pierre avait jeté un regard de ce côté.

— Sang et tonnerre ! fit-il en sursautant sur sa chaise, ce sont eux !

Parmi les jeunes gens, il avait reconnu ses deux Anglais du boulevard du Temple.

— Ah ! ah! c'est toi, Narcisse, dit en apercevant le garçon, celui qui avait été cravaché par Lavarès.

— C'est moi-même, milord, répondit l'autre avec un salut respectueux.

— As-tu fait ma commission, coquin ?

— Votre Seigneurie n'en doute point.

— Et qu'a-t-on dit?

— On a pris la lettre de monsieur le vicomte, on l'a lue depuis le premier mot jusqu'au dernier, et l'on m'a répondu : « Vous direz à celui qui vous envoie qu'il recevra sa réponse comme il désire. »

— Fort bien !

— Entre nous, reprit le garçon avec un clignement d'yeux significatif, je crois que l'affaire est en bon chemin.

Le jeune officier tira de sa bourse une guinée et la jeta à maître Narcisse.

— Tiens, canaille, voici pour toi, tu ne l'as pas volé.

— Votre Seigneurie est trop indulgente, répliqua le maraud en se courbant si bas qu'on eût dit qu'il avait des charnières aux hanches.

— Non, d'honneur! reprit le vicomte, tu es un chenapan tout à fait habile, et, si tu le veux, je t'emporterai avec moi à Londres quand nous quitterons Paris.

— C'est chose dite, milord, à vous corps et âme et vive l'Angleterre!

A ces mots, le garçon quitta son futur maître pour s'occuper de notre corsaire.

— Monsieur, dit-il en lui apportant un flacon de genièvre, nous n'avons pas ce soir de plomb fondu ni de vitriol... mais voici du *gin* et ça fera exactement le même effet... C'est, du reste, une boisson très bien portée depuis que messieurs les Anglais sont à Paris.

— Paye-toi, interrompit brusquement le capitaine en lui jetant une pièce de cinq francs.

— C'est trois livres dix sous, fit Narcisse en fouillant à sa poche; combien faut-il rendre à monsieur?

— Rien! rien! va-t'en et que le diable t'emporte!

— Trente sous de pourboire! murmura le garçon en détalant; décidément, c'est le roi de Prusse déguisé.

Dès que ce dernier eut le dos tourné, le capitaine Pierre, sombre, terrible se prit à écouter ce qui se disait à la table voisine;

On parlait en anglais; mais cette langue lui était familière, et pas un mot ne lui échappa.

Le seul des quatre jeunes gens qui ne portât pas l'habit militaire, grand et beau garçon à l'air franc et ouvert, aux traits nobles, au regard assuré, s'adressait au jeune vicomte, à la droite duquel il se trouvait.

— Ainsi, lui disait-il d'un ton de reproche, c'est une nouvelle aventure galante qui vous attire ici, lord Stephen?

— Vous l'avez dit, mon cher Olivier, répliqua l'autre d'un ton quelque peu fat.

— Eh quoi! reprit son interlocuteur, n'avez-vous donc pas encore fait assez de victimes... et faut-il que chaque nuit en jette une nouvelle entre vos bras?

Lord Stephen repartit par un rire moqueur.

— Olivier, dit-il ensuite, vous êtes sublime, vraiment, avec vos éternelles morales!... Je ne suis pas, vous le savez bien, un puritain comme vous... Fervent apôtre de la volupté, je me sens, à l'instar du Don Juan de Molière, un cœur à aimer toute la terre, et je souhaiterais qu'il y eût d'autres mondes pour y pouvoir étendre mes conquêtes amoureuses!

— Allons! murmura Olivier, vous mourrez dans l'impénitence finale!

— Et cela m'est parfaitement égal! ricana le vicomte. Je suis jeune, je suis noble; la vie est à moi, et j'use de la vie! Sur ce, un verre de punch, mes gentils-hommes; buvons à mes nouvelles amours!

S'adressant à l'officier placé à sa gauche:

— Versez-nous de la flamme liquide, sir Walter... Le feu, c'est votre élément, à vous, baronnet Satanas!

Ce Walter n'était autre que le lieutenant qui avait pris part à la scène de boulevard entre le vicomte Stephen et le faux sexagénaire.

C'était un homme de vingt-cinq ans à peine, que des traits profondément accentués, un front soucieux, faisaient plus vieux que son âge. Il était beau cependant, mais ses cheveux d'un noir d'ébène, son teint cuivré, son regard fauve, donnaient à sa beauté quelque chose de terrible et de fatal.

En s'entendant appeler par son ami du nom de Satanas, il se prit à rire d'un rire véritablement démoniaque.

Puis, se dressant de toute sa haute taille, il prit la longue cuillère d'argent, remua quelque temps le punch, qui brûlait toujours, et le fit tomber ensuite dans les coupes en cascades étincelantes.

Et sous ces reflets fantastiques, la face du baronnet Walter prenait des teintes étranges.

On eût cru voir l'ange du mal, l'esprit des ténèbres...

Les verres pleins se choquèrent, hormis celui d'Olivier, qui l'avait repoussé loin de lui avec une sorte de dégoût.

— Fi ! le sombre convive ! s'exclama le vicomte. N'avez-vous donc, mon cher, aucune des passions humaines ?...

Olivier répondit avec simplicité :

— Aucune !

— Pardieu ! reprit le jeune Stephen en frappant sur l'épaule de son ami Walter, voici votre antithèse vivante, Olivier !... Tous les vices, ce cher baronnet les possède... et bien d'autres encore !

— Vous me flattez, répliqua Walter.

— Non pas, mordieu ! vous êtes la perversité même, et je me réjouis fort, car c'est à vos diaboliques conseils que je devrai la plus piquante de mes maîtresses !

— En attendant que le rideau se relève, n'allez-vous pas, vicomte, nous dire un mot de cette histoire ? demanda le troisième officier rouge.

— Je n'y vois pas d'inconvénients ! répliqua Stephen, vous êtes le plus jeune de nous tous, ami Edgard, cela vous formera le cœur... et l'esprit !

Après avoir vidé un troisième ou quatrième verre de punch, le vicomte poursuivit ainsi :

— Peu de temps après notre entrée à Paris, j'ai dû, vous le savez, occuper militairement la Courtille, pour intimider quelque peu ces méchants diables d'ouvriers, qui, chaque jour, éventraient quelqu'un des nôtres... Naturellement il m'a fallu m'installer en ces parages, et cela, je l'avoue, ne me souriait que médiocrement car je n'ai jamais aimé le peuple, pas plus celui de ce pays que celui de l'Angleterre... Je fis donc en sorte de ne pas demeurer trop près de la barrière, où l'odeur du vin de campêche et le parfum nauséabond des gibelottes de gouttières m'eussent donné des migraines et d'insupportables vapeurs... Or, ce cher Walter se mit en campagne et finit par découvrir, un peu sur la hauteur, une vieille maison enfouie sous de grands arbres, et qui avait un petit air moyen âge, une physionomie féodale qui me plut singulièrement...

— Que dit-il ? murmura Pierre Lavarès.

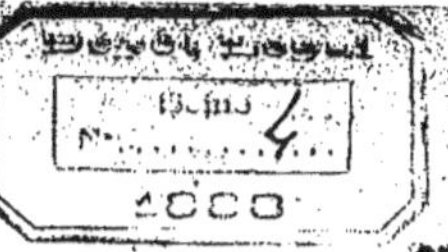

Je l'avais réservée pour un habitué; mais je vous la cède, parce que c'est vous.

— Je plantai donc ma tente aussitôt dans cette demeure, continua lord Stephen, avec le baronnet, cela va sans dire, et douze cavaliers pour veiller à notre garde...

— Cette maison était donc inhabitée ? demanda Olivier.

— Inhabitée ! Que non pas, mort diable !... Il y avait d'abord, en guise de gardien, de cerbère, un vieux drôle, qui fit mine de montrer les crocs quand nous prîmes possession de notre nouveau campement, et que nous avons pendu un peu pour le faire taire... Il y avait encore un petit bonhomme d'une quinzaine d'années à peu près... espèce de paysan, de montagnard, qui eut une telle peur en voyant le pendu

Liv. 4.   4

tirer la langue au bout de sa ficelle, qu'il en devint aux trois quarts idiot... Une toute jeune femme et son petit enfant complétaient le personnel de la maison.

— Ce sont eux ! ce sont eux ! rugit sourdement le capitaine Pierre.

— La femme, reprit le vicomte, était la plus délicieuse créature qui se pût voir... Un visage d'ange... des pieds d'enfant... des mains de fée... Que vous dirai-je ? après l'avoir admirée pendant une heure, j'étais amoureux fou de ma charmante hôtesse !...

— Oh ! amoureux ! fit le jeune Edgard en secouant la tête d'un air de doute.

— Oui, sur ma foi, mon cher, éperdument épris... et la preuve, c'est qu'au lieu de me déclarer brusquement à la belle, selon mon habitude, je lui fis, durant un mois entier, une cour assidue...

— Pendant un mois !

— Oui... c'est étrange !... incroyable... n'est-ce pas ?... Moi qui jamais n'ai attendu au lendemain pour satisfaire mes passions ou mes désirs, moi qui n'ai jamais été l'esclave de mon amour, mais qui, tout au contraire, fus toujours son maître, je me suis humilié devant une femme inconnue, j'ai imploré d'elle comme une faveur inestimable, comme un trésor sans prix, ce que des autres femmes j'avais accepté jusqu'alors comme une chose due... Oui ! ma métamorphose fut à ce point complète, que moi-même je ne me reconnaissais pas, et que ce cher baronnet disait à tout instant d'un air désolé ! « On m'a changé mon lord Stephen ! »

— Et la belle a fini par capituler ? demanda Edgard.

— C'est ce qui vous trompe, Edgard. La belle m'a repoussé...

— Pas possible !

— Repoussé impitoyablement ! répliqua le jeune vicomte d'un ton sinistre.

— Noble femme ! murmura Pierre Lavarès.

— J'usai de tous les moyens, reprit lord Stephen avec une sourde rage, je mis en œuvre toutes les tentations, ce fut en vain !

Changeant de ton et riant d'un rire fiévreux et terrible, il poursuivit en frappant sur l'épaule de Walter :

— C'est alors que ce cher Satanas vint à mon aide.

Pierre Lavarès haletait.

— Que va-t-il révéler ? pensait-il.

— Quoi ! fit Olivier d'un ton indigné, avez-vous donc osé arracher à une femme des faveurs par la violence !

— Eh ! là ! là ! mon cher, interrompit vivement le jeune homme. Qui vous dit un mot de cela ?... Non ! non ! rassurez-vous... je ne me suis pas permis d'effleurer la pureté de ma charmante hôtesse... je me suis contenté, selon l'inspiration de Walter, de livrer la maison à mes soldats, avec ordre de ne laisser debout que les murailles.

— Vous avez fait cela ? s'exclama Olivier.

— Parfaitement ! répliqua le jeune homme, et je vous prie de croire que mes instructions ont été suivies à la lettre. Après trois heures de pillage tout était brisé, anéanti, incendié... Quant à l'or, il y en avait beaucoup ; quant aux bijoux, aux objets de prix, et ils étaient nombreux, tout cela est devenu la proie de nos soudards...

— Ah ! votre cœur eût saigné, ricana sir Walter en dardant sur Olivier son regard de vipère. Oui, d'honneur, vous eussiez soupiré, gémi et larmoyé bien fort, en voyant ce furieux massacre... Que de trésors artistiques envolés en fumée !... meubles antiques... tableaux de maîtres... étoffes d'Orient... Que sais-je, moi !... Cette petite maison semblait un véritable musée... Et l'on avait dû, pour l'enrichir de la sorte, écrémer les deux hémisphères... Eh bien ! de tout cela, rien maintenant... plus rien qu'un peu de poussière...

Olivier laissa échapper un soupir.

— Vous, reprit le baronnet avec une joie mauvaise ; vous artiste dans l'âme ; vous, qui n'avez suivi en France nos armées victorieuses que pour pouvoir admirer *de visu* les chefs-d'œuvre disséminés par tout le royaume des lis, vous auriez, je vous le répète, versé des larmes de sang en voyant tant de belles choses livrées aux flammes et pour jamais perdues.

Olivier considéra sir Walter quelques secondes sans parler ; puis froidement, il lui dit :

— Décidément, vous êtes méchant !

— Très méchant ! répliqua l'autre avec un sombre sourire et je m'en fais gloire.

— Je me fais gloire du contraire, répliqua Olivier avec fermeté. Car, quoi que vous en disiez, je ne suis pas des vôtres aujourd'hui dans le but unique de donner en passant un coup d'œil joyeux aux trésors artistiques dont cette belle France est le splendide écrin...

— Et quel autre but aviez-vous donc ?

— Celui d'être utile à mes semblables... celui de lutter contre la mort même... Avant d'être artiste, je suis médecin, milord, et vous, moins que tout autre, vous eussiez dû l'oublier...

— Bah ! s'exclama sir Walter, voulez-vous que je vous garde une éternelle reconnaissance, parce que vous m'avez guéri du coup de sabre que j'ai reçu à Waterloo ?... Entre nous, je vous dirai que je n'ai pas grande foi dans la médecine... Tout cela, c'est du charlatanisme et pas autre chose... Croyez-moi, mon cher Esculape, si je ne suis pas mort de ma blessure, c'est que je ne devais pas en mourir.. Né au pays du soleil, ma nourrice fut une femme indienne qui me fit sucer avec son lait l'amour du fatalisme... Imbu de cette doctrine, je vous dirai donc ici que ce qui doit arriver arrive... Or, quand un homme doit mourir, il meurt, et tous les médecins de la terre ne peuvent retarder d'un instant l'heure de son anéantissement.

— Vous ne croyez donc à rien ?

— A rien !

— Je vous plains de toute mon âme.

— Vous avez bien tort. Je ne me plains pas, moi, et je me trouve très heureux comme je suis... Je fais ce qui me plaît... Je suis mes penchants, ma volonté, mes caprices... Rien ne me tient et rien ne m'arrête... Le hasard est ma loi, le plaisir mon Dieu, le néant mon espoir.

— Allons, vous êtes un fanfaron de vice, interrompit le docteur Olivier. Ce n'est pas à votre âge qu'on peut parler ainsi...

— A mon âge, interrompit le baronnet... à mon âge, dites-vous... Pensez-vous donc que je sois si jeune?... J'ai vingt-cinq ans, mon cher... Or, quand un homme de vingt-cinq ans a fait ce que j'ai fait, et vu ce que j'ai vu, il est tout aussi vieux qu'un homme de quarante.

— Mais enfin, vous avez une famille... Votre père, vous l'aimez, et vous ne nierez pas que votre mère vous soit chère...

— Ma mère!... mon père!... répliqua sir Walter du ton le plus indifférent. Eh! pourquoi les aimerais-je... je vous prie?... Parce que je suis leur fils, allez-vous me dire. Belle raison, ma foi!... Est-ce que je leur ai demandé à naître, moi? Si je suis sur cette terre, c'est qu'il fallait que j'y fusse, et je serais bien niais de savoir gré à qui que ce fût d'être aujourd'hui ce que je suis, plutôt que de n'être rien du tout... Soyez-en bien convaincu, cher honnête homme que vous êtes, la famille est un préjugé dans le genre de la médecine...

« Sur ce, poursuivit-il en se tournant vers son jeune ami le vicomte, achevez votre récit, mon très cher, et recevez mes excuses de l'avoir involontairement interrompu durant un si long temps.

— Où diable en étais-je? fit lord Stephen.

— Au pillage de la maison.

— C'est juste... Au moment où s'accomplissait la ruine de cette femme, un ordre du général en chef nous ramenait à Paris au plus vite. Sans adresser un mot à ma farouche beauté, sans même avoir l'air de me souvenir qu'elle fût de ce monde, je quittai sa demeure. Ce mépris profond, cette superbe indifférence, n'étaient pas tout à fait véritables, vous devez le croire; mais mon orgueil blessé me commandait d'agir de la sorte, et j'eus la force de tenir la conduite que je vous dis. Or, il y a de ceci une quinzaine de jours à peu près, et d'autres plaisirs, d'autres intrigues, m'avaient fait oublier mes amours extra muros, lorsque hier, en passant sur le boulevard, mes yeux s'arrêtèrent machinalement sur une grande affiche qui annonçait en lettres gigantesques les débuts de Fanchon la Vielleuse... Cela me sembla tout d'abord assez singulier. Je savais qu'il avait existé autrefois à Paris une belle fille de ce nom, mais j'ignorais qu'il y eût, au dix-neuvième siècle, une deuxième édition de cette célébrité savoisienne... Par pure curiosité, j'entrai donc au café d'Apollon, et quelle fut ma surprise, ma stupéfaction, en voyant entrer en scène, vêtue du costume traditionnel, ma belle inhumaine de la Courtille...

— Quoi! s'écrièrent les jeunes gens, Fanchon la Vielleuse...

— Oui, messieurs, cette sauvage vertu, cette chaste héroïne, n'était autre qu'une ex-chanteuse des rues, une coureuse de cafés-concerts... Réduite à la misère par la ruine et le pillage de sa maison, elle avait dû reprendre son ancien métier.

« C'est là ce que m'apprit ce drôle de Narcisse.

— Et, demanda sir Edgard, en revoyant la belle en cet état misérable, votre passion a pu se raviver?

— Plus violente que jamais, répliqua le vicomte; le fait est qu'elle était tout à fait adorable sous son costume montagnard... Sans compter qu'elle a une voix charmante, et, chose étrange! inouï!... elle tire de sa vielle, cet instrument maussade et stupide, des sons véritablement harmonieux... Que vous dirai-je, enfin? je sortis d'ici enthousiasmé de la petite, et je suis revenu ce soir avec l'idée bien arrêtée de mener à fin l'aventure commencée à la Courtille.

— Espérez-vous donc plus maintenant que vous n'en espériez il y a quinze jours? questionna le docteur Olivier.

— Je n'espère pas, repartit lord Stephen, je suis sûr... Ce n'est pas d'aujourd'hui seulement que je me trouve face à face avec le monde parisien. J'ai maintes fois séjourné en cette ville, et les filles de théâtre me sont particulièrement connues... Or, ce ne sont pas des dragons de vertu, je le sais... Tant que j'ai pris la belle pour une veuve inconsolable, j'ai pu me retirer devant sa vertu toute romaine... mais aujourd'hui, avec la meilleure volonté du monde, je ne puis la croire imprenable... les comédiennes ne le sont pas... elles sont trop intelligentes pour cela... J'ai été dupe de ses grands airs, je l'avoue... mais je ne le suis plus... et pour cause... c'est pourquoi je viens de nouveau lui offrir mon cœur et ma fortune... Un billet, que je viens de lui faire parvenir, l'engage à imiter franchement ses camarades des grands théâtre et à venir me trouver, à minuit précis, au restaurant du Cadran-Bleu... Une fleur de lis, placée à son corsage, doit m'indiquer qu'elle accepte le rendez-vous.

— Et si elle persistait à vous refuser? observa le docteur.

— Impossible! D'après ce que ce drôle de Narcisse vient de m'apprendre, le résultat n'est pas douteux... Au reste, vous allez comme moi vous en convaincre, car l'on vient de frapper trois coups, et voilà les râcleurs de l'orchestre qui accordent leurs crincrins.

En effet, les musiciens venaient d'entamer l'ouverture. La seconde partie du concert allait commencer.

Un demi-silence se fit alors parmi les innombrables buveurs et, peu après, l'on vit se lever le rideau du petit théâtre qui occupait tout le fond de la salle.

Ce théâtre, si peu vaste qu'il fût, ne différait en rien des scènes ordinaires, par la raison toute simple que le café d'Apollon avait été précédemment une véritable salle de spectacle.

A la fin de l'ouverture, une jeune et charmante femme de vingt-deux à vingt-trois ans au plus, parût en scène.

Elle était vêtue de costume pittoresque des montagnards de la Savoie et portait une vielle en bandoulière.

C'était Fanchon la Vielleuse.

IV

OÙ IL EST PARLÉ DE LA FANCHON DU TEMPS DE LOUIS XV ET DE LA FANCHON DU TEMPS DE L'EMPIRE

Le boulevard du Temple ne date pas d'hier.

Ses premiers fossés sont de 1536. On les avait creusés sous François Ier pour se défendre contre les Anglais, qui, après avoir ravagé la Picardie, faisaient mine de menacer la capitale. On ne pensait pas alors que trois siècles plus tard , ces mêmes Anglais se promèneraient sur ce même boulevard, à la barbe des Parisiens!

Bien que commencé au seizième siècle, notre vieux boulevard ne fut réellement achevé que vers 1705, et, de ce moment, ce fut la promenade à la mode. Tous les paradistes de la foire Saint-Laurent vinrent y planter leurs tentes, et peu après, d'autres baraques surgirent, qui devaient être plus tard de véritables théâtres.

En même temps que les salles de spectacles s'éparpillaient ainsi à droite et à gauche, quelques cabarets s'installèrent au rez-de-chaussée de maisons mal bâties qui s'élevaient isolément de chaque côté du boulevard.

Le restaurant Bancelin et le Cadran-Bleu, établissements plus que modestes alors, étaient les seules gargotes un peu propres où les gens du monde fissent quelques parties fines.

C'était là que se réunissaient les chansonniers fameux du dernier siècle, les Piron, les Vadé, les Favart, les Collé, les abbés de Latteignant... joyeux poètes de la treille, qui, chaque nuit, après la chute ou le succès de leurs ouvrages, s'introduisaient par une petite porte dérobée, pour venir fêter la dive bouteille et rimailler en son honneur.

Une très jeune et très jolie fille était la bayadère de ces deux cabarets. On l'appelait Fanchon la Vielleuse. Elle apprenait les principaux refrains, les flon-flons en vogue de nos coupletiers, et venait les chanter, entre le champagne et le café, à la grande liesse des convives, qui prodiguaient à la gente musicienne leurs cadeaux et leurs applaudissements.

Cette Fanchon, née en Savoie, de pauvres parents, avait quitté, toute jeune, ses chères montagnes, sa petite vielle en sautoir, tendant la main sur la route, vivant de la charité publique. Vers 1760, à peu près, elle avait mis le pied sur le sol parisien.

Pour exercer ses talents, elle s'installa sur le vieux boulevard du Temple. Chanteuse populaire, elle ne pouvait choisir de plus favorables galeries.

Grâce à son frais minois, à sa voix séduisante; grâce aussi à l'originalité de son costume, elle reçut partout l'accueil le plus sympathique.

Tout d'abord elle chanta les refrains de son pays, et son succès fut grand; mais quand elle attaqua les couplets égrillards des poètes susnommés, ce fut de l'enthousiasme, du délire, et la petite Savoisienne devint en peu de temps une véritable célébrité.

Sa fortune fut rapide : elle amassa, dit-on, trente mille livres de rentes « rien qu'en vendant des cahiers de chansons à deux sous ».

Comme on pense, plus d'un galantin papillonna autour d'elle et lui offrit monts et merveilles pour un peu d'amour... mais la chronique assure que Fanchon sut demeurer toujours chaste et vertueuse, et que, bien plus, elle se fit gardienne de l'honneur de mainte pauvre fille qu'elle dota et maria avantageusement.

Elle devint elle-même, toute jeune encore, l'épouse d'un jeune homme de grand nom, avec lequel elle alla vivre en un château acheté de ses deniers à elle, aux environs de Chambéry, son pays natal.

Le colonel de Francarville — c'était le nom de son époux — s'était marié malgré l'opposition de sa noble famille, laquelle, imbue des préjugés de ce temps-là, qui, soit dit en passant, sont encore un peu les préjugés de ce temps-ci, avait considéré comme une mésalliance indigne et honteuse l'union d'un Francarville avec une fille de théâtre.

Mais, éperdument épris de la belle Fanchon, le jeune homme avait passé outre, et, foulant aux pieds toutes ces niaiseries de rang et de caste que devait bientôt foudroyer la révolution de 89, il avait donné son nom à celle qu'il aimait.

Naturellement, les Francarville rompirent avec le jeune homme, et l'un de ses cousins même, plus indigné que les autres de la tache imprimée à son nom, en arriva à insulter publiquement le colonel.

De là, un duel dans lequel l'époux de Fanchon fut mortellement blessé.

Quelques jours plus tard, la pauvre jeune femme était veuve.

Telle est, en quelques mots, l'histoire de cette illustration du boulevard du Temple, que chantèrent à l'envi les romanciers et les dramaturges.

Nos pères se rappellent encore la vogue singulière qu'obtint, au Vaudeville, en 1805, la pièce fameuse de *Fanchon la Vielleuse*, dont la non moins fameuse *Grâce de Dieu* ne fut, pour ainsi dire, qu'une deuxième édition dramatisée.

Tandis que tout Paris courait aux représentations de la susdite pièce, et s'attendrissait au récit des aventures plus ou moins apocryphes d'une Fanchon imaginaire, la véritable Fanchon, alors sexagénaire, vivait au milieu de ses hautes montagnes.

Retirée en son petit château, qui ressemblait beaucoup plus à une ferme qu'à un manoir, elle ne se doutait guère que les Parisiens eussent encore souvenance de sa petite célébrité, sur laquelle avaient passé près de cinquante années.

Trop éloignée de la capitale pour que tout ce bruit qui se faisait autour de son nom arrivât jusqu'en sa solitude, elle ne songeait qu'à faire le plus de bien possible, et cela lui suffisait. Elle s'était instituée la Providence des pauvres, et les plus malheureux étaient ses préférés, si bien que chacun l'avait surnommée la bonne fée de la montagne.

La vieille Fanchon était marraine d'une charmante fillette qui portait son nom.

Le père de celle-ci, soldat de Napoléon, trouva la mort sur le champ de bataille d'Iéna, en 1806, et peu après, l'épouse de ce brave expirait de désespoir, laissant deux enfants orphelins.

Fanchon l'aînée, avait onze ans à peine.

Jacquinet, son petit frère, n'en avait pas tout à fait six.

La vieille Fonchon, la charitable châtelaine, s'empressa de recueillir sa gentille filleule et le petit bonhomme, qui, durant plusieurs années, trouvèrent en elle une véritable mère.

Parfois, pour récréer ses enfants d'adoption, l'excellente femme, se souvenant du temps de sa jeunesse, prenait en un coin réservé, sa pauvre petite vielle, source de sa fortune, et d'une voix encore douce, mais un peu chevrotante, elle chantait quelques-uns de ces refrains qui lui avaient valu jadis tant de bravos et tant d'adulations.

— Cette vielle, dit-elle un jour à sa filleule, je te la donne, enfant. Garde-la toujours. Quand je ne serai plus, je veux qu'elle me rappelle à toi.

Le 1er janvier 1810, la vieille Fanchon rendit le dernier soupir entre les bras de ses deux enfants d'adoption.

Les Francarville, qui avaient témoigné toujours pour Fanchon vivante tant de mépris et tant de haine, montrèrent beaucoup moins de dédain pour les biens dont sa mort les faisait héritiers.

Ils s'abattirent sur son petit domaine de Chambéry comme une nuée d'oiseaux de proie, et leur premier soin fut de chasser impitoyablement les deux orphelins qu'elle avait recueillis.

Puis il firent vendre aux enchères le château et tout le mobilier. On vendit même la vielle de Fanchon, car la veuve du colonel de Francarville était morte presque subitement et n'avait pas eu le temps de faire un testament en faveur de ses deux protégés. Si bien que cette vielle, qui appartenait cependant en toute propriété à la petite Fanchon, fut mise aux enchères comme le reste.

La fillette pleurait toutes les larmes de ses yeux en songeant que ce cher souvenir de sa bien-aimée marraine allait passer en des mains étrangères, car la petite n'avait pas une obole à elle, et il eût fallu une assez forte somme pour acquérir cette vielle célèbre, que plusieurs marchands, venus tout exprès de Paris, allaient se disputer.

Alors il se passa un fait véritablement touchant.

Les montagnards, malgré leur pauvreté, leur dénûment, en souvenir des bienfaits de la charitable défunte, se cotisèrent tous, et donnant le petit trésor à l'orpheline, lui dirent :

— Prends, Fanchette, et sauve la vielle de Fanchon.

Ainsi fut-il fait. Les marchands de Paris se retirèrent, et la vielle fut adjugée à la fillette.

Pleurant d'attendrissement, elle remercia bien fort les braves cœurs de la montagne, et prenant par la main son petit frère Jaquinet, elle quitta le pays en disant :

— Je vais à Paris, comme ma chère marraine. Le Dieu des bonnes gens protégera la nouvelle Fanchon comme il a protégé jadis celle qui n'est plus.

A Paris, la jeune fille s'était tout d'abord installée sur le boulevard du Temple, comme autrefois sa marraine.

Pierre Lavarès se trouvait alors dans la capitale. Il avait dû quitter son navire pour fermer les yeux à sa vieille mère.

Le corsaire vit la gentille vielleuse, et sa rude nature s'attendrit au récit des misères des petits orphelins.

Il les installa tous deux dans une riante maisonnette située sur la hauteur de Belleville, dont la mort de sa mère l'avait fait héritier, et qui, enfouie comme un nid d'oiseaux sous les fleurs et sous les feuilles, était la plus gentille retraite qui se pût voir, et semblait aux jeunes orphelins une réminiscence de Chambéry.

Pendant les deux années qui suivirent, le capitaine Pierre résida souvent avec ses deux petits protégés. Jusqu'alors il avait considéré Fanchon comme sa fille; mais peu à peu l'intérêt fit place à l'amour, et lorsque, vers la fin de 1812, le capi-

Dépôt Légal
Série
N°............
1866

Un an après son mariage, Fanchon donnait lé jour à un fils.

taine Pierre repartit à Marseille, où l'attendait l'équipage du *Vampire*, Fanchon était son épouse depuis plus de trois mois.

Célébré secrètement, le mariage de Pierre et de la Savoisienne était demeuré un mystère pour tous, même pour les matelots du corsaire.

Seul, le vieux Cabestan, brave et digne loup de mer, dévoué corps et âme à son capitaine, et qui se serait fait éventrer et couper par morceaux plutôt que de le trahir, avait été mis dans la confidence.

Si l'union s'était accomplie si discrètement, c'était par prudence.

Les désastres de la Russie en faisaient prévoir de plus formidables encore ; et

5

Liv. 5.

non sans raison, notre capitaine pensait que la femme de Pierre le Corsaire, bonapartiste enragé, aurait tout à redouter des ennemis de l'Empire, lorsque la victoire cesserait définitivement de se faire l'humble esclave des armées françaises.

Pour lui, il était tout prêt à donner son sang et sa vie pour Napoléon, mais il voulait que sa bien-aimée Fanchon fût à l'abri, si quelque grande tourmente politique venait à éclater.

L'épouse de Pierre Lavarès se fit donc passer, aux yeux de tous, pour une jeune veuve et prit un nom supposé.

Un an, jour pour jour, après son mariage, c'est-à-dire le 20 septembre 1813, Fanchon donnait l'être à un fils qui recevait au baptème les noms de Pierre-François.

Les tristes pressentiments du capitaine Lavarès ne s'étaient que trop tôt réalisés : six mois après la naissance de son fils, la France était envahie et l'empereur était exilé à l'île d'Elbe.

Avant de mettre tout en œuvre pour aider au retour de Napoléon, Pierre Lavarès était venu donner un dernier baiser à son épouse et à son fils. Peu après, il était prisonnier sur les pontons anglais.

Le reste, nous l'avons dit, et nous pouvons maintenant reprendre notre récit au point interrompu, c'est-à-dire à l'entrée en scène de Fanchon la Vielleuse.

Lavarès frissonnait.

Qu'eût-il fait le malheureux, si, au corsage de la jeune femme, il eût aperçu cette fleur de lis, présage de sa honte !

Mais son front se rasséréna.

La fleur n'y était pas.

— Dieu soit loué ! murmura le capitaine Pierre, en essuyant du revers de sa main la sueur glacée qui couvrit son visage.

Si l'absence de la fleur bourbonienne lui mettait l'âme en liesse, lord Stephen s'en dépitait très fort.

— Parbleu ! dit à ce dernier le docteur Olivier d'un ton gouailleur et joyeux tout à la fois, vous vous étiez trompé, milord, et la belle Fanchon ne semble pas encore s'être humanisée.

Le jeune homme ne répondit rien ; mais en lui-même il murmura ces mots :

— Si elle ose me résister plus longtemps, malheur à elle !

La Savoisienne s'était timidement avancée au milieu d'une triple salve d'applaudissements.

Après avoir salué le public, elle fit signe au chef d'orchestre qui attaqua aussitôt l'air composé par Doche pour la *Fanchon* du Vaudeville.

Alors notre héroïne, s'accompagnant sur sa vielle, chanta d'une voix émue les couplets que voici :

> Aux montagnes de la Savoie,
> Je naquis de pauvres parents ;
> Voilà qu'à Paris on m'envoie,
> Car nous étions beaucoup d'enfants.
> Je n'apportais, hélas ! en France,
> Que mes chansons, quinze ans, ma vielle et l'espérance.

> En pleurant, dans chaque village,
> Fanchon allait tendre la main.
> Mais Dieu plaça, dans mon voyage,
> La Charité sur mon chemin,
> Lorsque je n'apportais en France
> Que mes chansons, quinze ans, ma vielle et l'espérance.
>
> Quinze ans et sans ressource aucune...
> Que l'on éveille de soupçons !
> Cependant j'ai fait ma fortune
> En ne donnant que mes chansons !
> Fillette sage, apporte en France
> Tes chansons, tes quinze ans, ta vielle et l'espérance.

Un tonnerre de bravos accueillit cette romance populaire, qu'on avait tant de fois déjà, depuis 1805, applaudie au théâtre. Notre nouvelle Fanchon l'avait du reste délicieusement chantée, et l'enthousiasme des habitués du café d'Apollon n'avait rien d'exagéré.

Le vicomte Stephen était non moins transporté que les autres ; mais, ne perdant pas de vue ses projets, il appela aussitôt une petite bouquetière qui circulait à travers les tables du café et prit sur son éventaire un bouquet de lis qu'il lança d'une main sûre jusqu'aux pieds de la chanteuse.

Celle-ci pâlit sous son fard. Elle avait reconnu celui qui lui avait jeté ces fleurs.

Elle le reconnut bien mieux lorsque le jeune officier, d'une voix impérieuse, lui commanda de ramasser le bouquet.

A cet ordre, elle se redressa indignée, et du pied elle osa repousser les fleurs royalistes.

Dans le moment même, un second bouquet vint tomber à ses pieds, mais, cette fois, ce n'était plus des lis, c'était des violettes, l'emblème bonapartiste.

Qui les avait jetées ?

Le baronnet Walter. Ce satan d'outre-Manche les avait avisées enfouies sous les lis qui encombraient l'éventaire de la marchande de fleurs, et, sans avoir été remarqué de celle-ci, s'en était emparé, en déposant à leur place une pièce de monnaie.

Quel était le but de sir Walter ?

On le devine sans peine.

Il voulait rendre la situation de la pauvre Fanchon plus difficile encore et la pousser à commettre quelque imprudence qui, à coup sûr, amènerait un furieux éclat.

— La folle est capable de choisir ce bouquet-là ! pensait-il.

Et déjà il souriait d'un perfide sourire en songeant aux terribles suites de sa plaisanterie.

A la vue du bouquet anarchique, un grand murmure s'était élevé dans la salle, et chacun avait cherché des yeux l'audacieux qui s'était permis de le lancer sur le théâtre.

Mais le mouvement du baronnet avait été si rapide que nul ne put reconnaître que ce fût lui.

Sans s'inquiéter plus longtemps de ce personnage invisible, tous les regards se tournèrent vers la scène, où se tenait la chanteuse, ayant toujours à ses pieds les deux bouquets ennemis.

Lord Stephen s'était levé tout droit.

Pour la deuxième fois, il ordonna à Fanchon de ramasser les lis et de les placer à son corsage.

Fanchon lança au jeune Anglais un regard foudroyant de mépris et de bravade, puis se baissa.

Chacun crut dans la salle qu'elle allait enfin obéir à l'injonction qui venait de lui être faite.

Mais au lieu de ramasser le bouquet blanc, la courageuse fille ramassa les violettes, et d'une main hardie les mit sur son sein.

Un long cri de stupeur suivit ce mouvement.

Chacun comprenait que quelque chose de terrible allait se passer.

— Allons donc ! se dit sir Walter en ricanant, j'étais bien sûr que c'était celui-là qu'elle choisirait !

Puis, se penchant vers lord Stephen :

— C'est trop d'audace ! lui murmura-t-il à l'oreille, cette fille mérite une leçon.

Le jeune vicomte était effroyable à voir. Ses yeux étaient injectés de sang... L'écume couvrait ses lèvres blêmies.

— Misérable saltimbanque ! hurla-t-il enfin, arrache cet emblème détesté ou, de par le roi George, mon maître et le tien, je jure Dieu que ton châtiment sera l'égal de ton insolence !

A ces menaces, qui firent frissonner les deux tiers des spectateurs, Fanchon se prit à sourire d'un air de profond dédain, et, bien loin de jeter les violettes, elle les porta à ses lèvres.

Cette fois, le jeune officier n'y tint plus.

Eperdu de fureur, ivre de punch, il tira de sa poche un pistolet chargé et fit feu sur la chanteuse qui tomba en poussant un cri étouffé.

Ce mouvement avait été si brusque, si rapide, que nul n'avait eu le temps matériel de retenir le bras de ce furieux.

Un cri d'horreur et de réprobation s'éleva de toutes part. Mille injures, mille anathèmes sortirent à la fois de toutes les poitrines. Étrangers et Français flétrissaient d'une seule et même voix l'attentat inouï de ce misérable fou.

Seul, le baronnet Walter était radieux.

— Ma foi ! murmura-t-il, je n'espérais pas un si joli dénouement.

Sir Olivier, lui, s'était lancé d'un bond sur le théâtre et prodiguait ses soins à la victime.

— Sauvez-la, monsieur, lui cria Pierre Lavarès avec désespoir, sauvez mon épouse ! moi, je vais la venger !

— Son épouse ! répétèrent tous les assistants stupéfiés.

Poussant un rugissement de tigre, Pierre Lavarès avait couru à l'assassin. L'étreignant entre ses bras puissants il l'enleva comme il l'eût fait d'un enfant, puis, le jetant sur le sol, il le foula aux pieds en s'écriant :

— Meurs comme un chien!... meurs comme un lâche!

Depuis le commencement de la scène, des soldats, des agents de police (agents authentiqués, ceux-là), avaient fait irruption dans le café.

Au moment où le corsaire allait d'un dernier coup de talon, enfoncer la poitrine du jeune officier, il fut entouré, saisi par les nouveaux venus, qui parvinrent, grâce à leur nombre, à se rendre maîtres de lui.

— Laissez-moi! laissez-moi! hurlait-il en se débattant; puisqu'il n'y a plus de roi en France et que le crime de cet homme resterait impuni, je veux me faire justice à moi-même!

Et malgré les efforts réunis des soldats et des agents, il serait peut-être parvenu à s'arracher de leurs mains pour s'élancer de nouveau sur le vicomte Stéphen, qui s'était relevé, couvert de boue, crachant le sang, livide de honte et de fureur...

Mais, en cet instant, un homme, vêtu de noir et portant l'écharpe blanche fleur-delisée, se présenta devant le capitaine et lui dit :

— Pierre Lavarès, au nom du roi, je vous arrête!

C'était le commissaire de police.

V

Le capitaine Pierre avait été trahi par celui-là même qui l'avait conduit à la Courtille, par Ferrouillard.

Notre cocher malgré lui, heureux comme un dieu d'avoir pu serrer la main au fameux corsaire, n'avait rien trouvé de mieux, pour signaler sa jubilation, que d'entrer chez le marchand de vin le plus proche.

Là, il avait vidé un verre, puis un autre, si bien qu'au bout d'un quart d'heure il était parfaitement gris, et que le vin lui déliant la langue, il s'était mis à raconter tout haut le grand honneur qui venait de lui être fait.

Un mouchard, vêtu en ouvrier, avait tout entendu et la police avait été avertie sur-le-champ.

Pierre Lavarès, se voyant reconnu, tenta d'abord de nier.

— Tout mensonge est hors de saison, monsieur, interrompit le commissaire, nous savons que vous êtes l'ex-capitaine du *Vampire*, et, qu'après avoir coopéré au retour de l'île d'Elbe, vous n'êtes présentement à Paris que dans un but hostile au pouvoir régnant.

Un sourd murmure d'étonnement et presque de crainte admirative circula dans la foule.

— Pierre Lavarès! disait-on, quoi! c'est là ce hardi corsaire qui fut la terreur des Anglais!

Après quelques instants d'un sinistre silence :

— Eh bien! oui, répondit l'époux de la malheureuse Fanchon, oui, je suis Pierre Lavarès... et je hais votre roi qui, pour monter sur le trône, a mendié le secours des baïonnettes étrangères... Prenez-moi donc... emprisonnez-moi... fusillez-moi... j'ai servi la France pendant quinze ans... c'est bien le moins que la France me donne ce prix de ma fidélité !

Le commissaire commanda d'entraîner le prisonnier.

Au moment de s'éloigner, l'infortuné jeta un regard vers son épouse qui, sans connaissance et couverte de sang, gisait sur le théâtre entre les bras du docteur Olivier.

Alors, cet homme de bronze se sentit deux grosses larmes lui venir aux yeux, et douloureusement il s'écria :

— Ma femme !... mon enfant !... vous reverrai-je jamais !

Toute la foule s'écarta respectueusement sur son passage, et plusieurs officiers de l'armée d'occupation se découvrirent même devant lui.

Peu après, formidablement escorté, il prenait la route de la Préfecture...

Lord Stephen et le baronnet, son ami, voulurent à leur tour quitter la salle.

Mais le peuple, qui avait envahi le café, osa s'opposer à leur départ.

— Mort à l'assassin !

Cette clameur menaçante éclata aussitôt.

En ce moment, le docteur Olivier, qui venait de confier la jeune femme aux gens de l'établissement, se fit jour à travers les flots pressés de la foule en criant d'une voix retentissante qui domina tous les murmures :

— Messieurs, je réponds de la vie de cette femme, la blessure n'est pas mortelle, j'en fais serment.

Bien que le jeune médecin eût parlé français, le peuple n'eut aucune peine à reconnaître sa nationalité.

— Bah ! les serments d'Anglais ! s'exclama un ouvrier, nous savons ce qu'ils valent !

— Oui ! oui ! dirent plusieurs autres, c'est un mensonge pour nous empêcher de tomber sur ce mauvais gueux-là ! ils s'entendent tous comme larrons en foire !

Mais un vieux docteur français, qui demeurait dans le quartier même, et que chacun connaissait bien, avait été mandé en toute hâte.

Il visita la blessure, et fut heureux de faire la même déclaration que son jeune confrère étranger.

— Oui, mes enfants, dit le vieillard, oui, nous la sauverons !

— Du moment que le docteur Marcelin nous l'affirme, nous pouvons le croire, dit l'ouvrier.

S'adressant à Olivier, il ajouta en ôtant sa casquette :

— Milord, je vous ai donné un démenti... j'ai eu tort et je vous demande excuse.

Montrant du doigt le vicomte Stephen :

— Si monsieur ne vaut rien, il paraît que vous ne lui ressemblez pas... Tant mieux pour vous.

Lord Stephen s'était remis peu à peu de la furieuse bourrasque qu'il venait d'essuyer, et graduellement il avait repris son arrogance et son audace.

Lançant à l'ouvrier un regard de courroux :

— Qu'oses-tu dire, canaille! s'écria-t-il.

— Plaît-il? fit l'ouvrier eu s'avançant.

Mais la police, comme bien on pense, n'avait pas déserté le café.

Des agents s'interposèrent et vinrent prêter main-forte au jeune officier, menaçant d'une arrestation immédiate quiconque oserait toucher du bout du doigt le vicomte et son ami.

Ces deux derniers alors, toisant insolemment toute cette foule irritée, se prirent à ricaner et poursuivirent leur route.

A peine avaient-ils fait quelques pas que le docteur Olivier frappa doucement sur l'épaule de Stephen.

— Pardon, milord, dit-il, mais avant de vous éloigner, vous voudrez bien, je l'espère, m'accorder quelques secondes d'entretien?

Le vicomte s'arrêta étonné.

— Je ne suppose pas, répliqua-t-il, que vous teniez à parler devant tout ce monde?

— Vous vous trompez, milord.

Après quelques instants de silence :

— Je vous écoute, reprit lord Stephen.

Le docteur Olivier parla ainsi :

— Après avoir voulu déshonorer une femme, après l'avoir ruinée et désespérée, vous avez poussé la cruauté jusqu'à oser attenter à ses jours... Votre haute position dans l'armée d'occupation vous assure l'impunité, et la police française, vous sachant inviolable, vous protège elle-même contre l'indignation publique, lorsqu'en tout autre temps elle vous livrerait aux tribunaux comme un vil malfaiteur...

Le vicomte tourmentait avec rage la poignée de son épée.

— Prenez garde, monsieur, vous m'insultez! rugit-il sourdement.

— Oh! laissez votre épée, milord, reprit le docteur Olivier avec un sourire, je ne suis pas une femme et je ne me laisserai pas assassiner.

L'officier étouffa un cri de rage.

— Que voulez-vous donc enfin?

— Vous allez le connaître.

Les agents de police firent mine de vouloir mettre le holà.

— Pardon, messieurs, poursuivit sir Olivier avec le plus grand calme, mais je suis Anglais comme milord, et pas plus que lui, je n'ai l'honneur de dépendre de vous. Souffrez donc que je m'explique comme je l'entends, et faites-moi la grâce de ne pas m'interrompre.

Les agents baissèrent le nez et ne répliquèrent pas.

Le docteur Olivier reprit :

— Sir Stephen Lowe, vicomte d'Olburn, officier de Sa Majesté Britannique, je proteste au nom de l'Angleterre, contre votre conduite indigne, et je vous en demande compte au nom de l'humanité.

— Un duel!... c'est un duel que vous voulez! s'exclama le jeune officier avec joie.

— Oui, monsieur, répondit Olivier, toujours calme, malgré l'attentat inouï dont vous vous êtes rendu coupable et qui ternit à tout jamais votre blason, je daigne vous faire l'honneur de croiser le fer ou d'échanger une balle avec vous... car j'étais assis à votre table lorsque le crime s'est commis, et je ne veux pas que l'on puisse jamais supposer que je suis votre complice ou seulement votre ami... Or, si je meurs de votre main ou si vous mourez de la mienne, les doutes tomberont et c'est tout ce que je demande.

Un tonnerre d'applaudissements accueillit la provocation de sir Olivier.

— C'est bien, monsieur, répliqua le vicomte avec un étrange sourire; nous nous battrons... mais, je vous en préviens, ce sera un duel à mort.

— C'est ainsi que je l'entends, monsieur.

Lord Stephen se retourna vers Walter :

— Vous serez mon second.

Le baronnet s'inclina en signe d'assentiment.

Le vicomte s'adressant alors à sir Edgard, qui se tenait non loin de lui :

— Je compte sur vous aussi, lui dit-il.

— Vous avez tort, répondit sèchement le jeune homme.

Prenant la main d'Olivier :

— Docteur, je serai fier d'être votre témoin.

— Je n'attendais pas moins de vous, sir Edgard, répliqua Olivier.

Edgard, interpellant alors le baronnet Walter :

— Monsieur, reprit-il, j'ose croire que, dans ce duel, nous ne nous contenterons pas d'être simples spectateurs?

— Il sera fait selon votre désir, milord, répondit le baronnet : au lieu de deux combattants, il y en aura quatre.

— Nous vous laissons le choix des armes, du lieu et de l'heure! reprit lord Stephen d'un ton d'insultante bravade.

Puis, prenant le bras de sir Walter :

— Baronnet!... au Cadran-Bleu, maintenant... allons souper!

Sur ce, les deux officiers quittèrent le café d'Apollon et montèrent s'installer en un cabinet du restaurant susnommé.

A peine en étaient-ils à leur premier verre de champagne, qu'un postillon d'allure exotique, dont les hautes bottes étaient couvertes de poussière et qui semblait exténué de fatigue, fut introduit auprès d'eux par un garçon de l'endroit.

A la vue de cet homme, lord Stephen se troubla singulièrement.

Reposant sur la table sa coupe à moitié pleine :

— Sur ma vie! s'exclama-t-il, est-ce toi, Kocoding? ou suis-je fou?

Le nouveau venu répondit, en s'épongeant le front :

— Votre Seigneurie a tout son bon sens... C'est bien moi, mort-diable!... C'est bien Kocoding!

— A ta mine contristée, reprit le vicomte, je devine que tu t'es fait le messager de quelque mauvaise nouvelle.

« Parle donc!

— C'est que, voyez-vous, de Calais à Paris, la route est longue.

— Auparavant, souffrez que je me rafraîchisse un brin... J'ai le gosier sec comme celui d'un pendu.

Stephen lui versa un plein verre de champagne que l'autre vida d'un seul trait.

— Vous permettez! fit le postillon en remplissant de nouveau sa coupe.

Après cette deuxième rasade :

— C'est que, voyez-vous, de Calais à Paris, la route est longue, et depuis hier que je trotte sur l'échine osseuse d'un cheval de poste, je me suis arrêté juste le temps de souffler un peu, et dame! l'affreuse berline de louage que je conduisais, soulevait sur la route de si furieux nuages de poussière que j'en ai avalé plus que de raison, et c'est là ce qui m'altère!

Ayant dit, il ingurgita le restant de la bouteille.

— Là, maintenant, ça va mieux, et nous pouvons causer.

S'accoudant sur la table :

— Milord, reprit-il, depuis une heure, Mme la vicomtesse d'Olburn est à Paris, et depuis vingt minutes, votre fils est mort!

. . . .

Stephen était marié. Ruiné et criblé de dettes, il avait épousé la fille d'un riche banquier de la Cité de Londres. Jonathan Glass, ainsi se nommait le vieux Crésus, n'avait consenti à ce mariage qu'après de longues hésitations. Il connaissait Stephen Lowe.

Pour lui enlever tout moyen de dilapider la fortune de sa fille Bettina, il refusa de lui donner une dot.

Une simple rente de cinq cents guinées, soit douze mille cinq cents francs à peu près de notre monnaie, ce fut tout ce que Stephen put d'abord obtenir. Cette rente fut portée à cinq mille guinées à la naissance de son fils Gabriel. Mais en cas de mort de l'enfant, il fut bien entendu et stipulé que la rente retomberait à son chiffre primitif. La clause était dure et Stephen Lowe la maudissait. Mais Jonathan Glass ne voulut pas en démordre.

C'est pourquoi, en recevant cette foudroyante nouvelle du trépas de son fils, le jeune vicomte pâlit effroyablement et demeura quelques instants silencieux et sombre.

— Mon fils!... mort!... murmura-t-il ensuite. Mais quelle fatalité...

— Une vraie fatalité!... vous dites vrai... et c'est la faute à votre beau-père...

— Jonathan Glass est-il de retour de Francfort?

— Non... pas encore... mais il est en route...

— Explique-toi donc...

— Il y a quatre jours, une lettre d'Allemagne est arrivée à Londres. C'était le papa Glass qui annonçait à Mme la vicomtesse que, pour des motifs puissants, il lui fallait se rendre à Paris avant de pouvoir retourner en Angleterre.

— A Paris! répéta lord Stephen. Que vient-il faire ici?

— Ah! ceci, je l'ignore, répliqua Kocoding.

— Parbleu! dit sir Walter en allumant un cigare, le bonhomme, sachant que vous faites maintenant partie de l'armée d'occupation, accourt en cette ville à seule fin d'avoir l'œil sur son gendre et de le rappeler quelque peu à ses devoirs conjugaux!

— Morbleu! grommela le vicomte en frappant du poing sur la table, qu'il se permette de me faire de la morale, et je le recevrai en conséquence!... Ah! c'est pour moi qu'il vient!

— Que ce soit pour cette raison ou pour toute autre, reprit le postillon, ce qui est certain, c'est que master Glass sera à Paris demain matin, au lever du soleil.

— Demain!... Et c'est pour se trouver avec lui, sans doute, que Bettina a quitté l'Angleterre,

— Telle était la recommandation du papa Jonathan. Dans sa missive, il enjoignait à Mme la vicomtesse de se mettre en route séance tenante, et d'aller s'embarquer à Douvres pour la France... avec son enfant...

— Et non autorisée par moi, s'exclama lord Stephen, Bettina a osé !...

— Sans compter, reprit le postillon, qu'elle était aux anges de filer de là-bas... « Mon père ! mon époux ! disait-elle avec une joie folle, je vais les revoir !... »

— Achève ! interrompit brusquement le vicomte.

— Pas d'emportement, mon doux maître ! dit tranquillement le messager. Mme la vicomtesse, mistress Kocoding, ma chère épouse, et moi, nous prîmes donc le bateau à l'endroit indiqué... inutile de vous dire que votre jeune héritier ne fut pas oublié sur le port ! Tout faible et tout malingre depuis sa naissance, le petiot était, ce jour-là, plus souffrant que jamais... La traversée fut atroce... un vrai temps de chien... Les vagues déferlaient à tout instant sur le pont et menaçaient de tout balayer... C'est au point que ma femme bien-aimée a manqué de piquer une tête en pleine mer. Malheureusement, elle n'a fait que manquer, et je ne suis pas encore veuf... ce que je regrette !...

— Finiras-tu !

— Après avoir été secoués de la sorte pendant plusieurs heures, nous débarquâmes enfin à Calais... L'enfant était dans un état pitoyable... Un médecin de la ville a pourtant assuré que, sans danger pour la vie de son fils, Mme la vicomtesse pouvait poursuivre son voyage... Je me suis procuré la seule berline à peu près propre qu'il y eût dans ce gueux de pays ; j'ai tué deux chevaux exécrables, comme tous les chevaux français, j'en ai enfourché un, et ce soir, à dix heures, nous entrions dans Paris par la barrière de la Chopinette. Ayant eu l'avantage de fréquenter plusieurs fois cette capitale en votre société, je la connais comme ma poche... Pour raccourcir la route et toucher plus vite à l'hôtel d'Angleterre où master Glass avait donné rendez-vous à Mme la vicomtesse, j'enfile la rue du Buisson-de-Saint-Louis, une affreuse rue, par parenthèse, noire comme un four et déserte comme l'île à Robinson... A peine y roulions-nous qu'un grand cri désespéré retentit dans la voiture... J'arrête mes bêtes, je saute dans la crotte... et j'ouvre la portière...

« — Mon fils se meurt ! me crie milady. Du secours ! du secours !

« Je me précipite vers la maison la plus proche... une espèce de petite boutique dont les volets n'étaient pas encore mis... La maîtresse de l'endroit, énorme gaillarde, fortement moustachue et qui puait l'eau-de-vie à plein nez, se décide d'un air rogue à nous laisser pénétrer dans son bouge...

« — Madame, au nom du ciel, crièrent Aligaïl et sa maîtresse, ce pauvre petit est au plus mal... sauvez-le ! sauvez-le !

« — Les malades, ça me connaît, répliqua la femme à barbe ; je suis herboriste, et la médecine, c'est mon affaire !

« Là-dessus, elle insinue à votre héritier des drogues de toute sorte, et cela en si furieuse quantité, que le pauvre petit diable ne put y résister, et que bientôt il expira sous les yeux de sa mère ! S'il n'est plus, poursuivit Kocoding, pour conclure, c'est donc la faute à master Glass, je le répète; car sans ce voyage, sans cette traversée du diable, tout ça ne serait pas arrivé !

— Mort! murmura lord Stephen sourdement.

— A la vue de son fils expirant, reprit Kocoding, Mme la vicomtesse est tombée sans mouvement sur le sol, et moi j'ai laissé la mère et l'enfant sous la garde d'Abigaïl, pour courir bride abattue jusqu'à votre hôtel de Larochefoucauld, et vous narrer l'événement... Là, j'ai appris que vous ne rentriez jamais avant le jour et que si je tenais absolument à vous parler, je devais vous aller trouver au *Cadran-Bleu*... Maintenant que vous savez tout, qu'allez-vous faire?

Lord Stephen était littérallement atterré.

Durant quelques minutes, il demeura sombre et silencieux.

— Ce que je vais faire? s'écria-t-il enfin. Eh! que puis-je? John Glass sera bientôt à Paris, m'as-tu dit?

— Demain matin.

— Or, donc, poursuivit le vicomte, Bettina n'aura rien de plus pressé que d'aller lui révéler la mort de son fils.

— C'est clair comme le jour, fit le postillon.

— En conséquence, je suis ruiné, tout à fait ruiné... et le diable lui-même n'y peut rien !

Un éclat de rire railleur accueillit ces dernières paroles du vicomte d'Olburn.

Celui qui ricanait ainsi n'était autre que le baronnet Walter Gaveston, qui, durant tout le récit du messager, s'était contenté de fumer son havane sans dire un seul mot ou faire une seule observation.

— Vous riez, Walter, fit lord Stephen d'un ton de reproche. Certes, le moment est mal choisi.

— Vous êtes un enfant, mon cher ami, répliqua le baronnet en lançant vers le plafond une bouffée de fumée, et vous vous désespérez vraiment pour bien peu de chose.

— Que voulez-vous dire ?

— Avant de m'expliquer, répondez-moi vous-même... Quel âge avait votre fils lors du départ de Jonathan Glass ?

— Cinq mois à peine...

— Et le bonhomme est absent?

— Depuis un an et demi à peu près.

— Eh bien, très cher, apprenez qu'un enfant de deux ans ne ressemble pas plus à un marmot de quelques mois qu'un sexagénaire ne ressemble à un adolescent !...

— Ça, c'est exact, observa Kocoding, je le sais par mon mioche... A six mois il avait cheveux rouges et les yeux noirs... aujourd'hui, il est tout brun et ses yeux sont bleus.

— Où voulez-vous en venir, mon cher Walter? questionna Stephen.

— C'est bien simple!... Substituez à votre fils défunt un enfant du même âge, et le grand-père, aisément abusé, l'accueillera comme il eût accueilli l'enfant de sa fille.

— Tonnerre du diable ! s'exclama le postillon, voilà ce qui s'appelle une triomphante idée !

Le vicomte se prit à hocher la tête.

— Pensez donc, dit-il, que Bettina ne consentira jamais à prêter les mains à une semblable tromperie?...

— C'est vrai, au fait! grommela Kocoding, je ne songeais plus à la maman, moi... Pour ce genre d'exercice, il faut sa coopération.

— Mon cher Stephen, reprit sir Walter, malgré les coups de canifs dont vous émaillez votre contrat, votre épouse vous adore... En jouant auprès d'elle une petite comédie bien tendre et bien sentimentale, en simulant la plus grande désolation et le repentir le plus sincère, vous obtiendrez tout ce que vous voudrez... Vous ne soufflerez pas le mot, bien entendu, de la question pécuniaire... et vous aurez grand soin de ne présenter à la vicomtesse la substitution de l'enfant que comme un moyen de ne pas désespérer le vieux John Glass en lui annonçant à son retour le trépas de son petit-fils. Or, votre épouse ayant la faiblesse d'aimer très sérieusement l'auteur de ses jours, se fera votre complice et saura, par piété filiale, commander à sa douleur maternelle !

— Walter! mon cher Walter ! s'écria lord Stephen avec chaleur, votre plan est sublime et vous me sauvez la vie!...

Puis il se prit à réfléchir.

— La grande difficulté, murmura-t-il, est de nous procurer cette nuit même un enfant de l'âge du mien.

— Ah! dame, oui, fit Kocoding, voilà le *hic*. Je vous offrirais bien mon fils Robin... mais premièrement il est resté en Angleterre... ensuite, il est bossu comme un petit dromadaire... il ne ferait pas votre affaire.

Sir Walter, toujours fumant et ricanant, dit alors à son ami le vicomte :

— Cette nuit même, à votre sens, il faut trouver l'enfant... Ceci n'est pas complètement exact, vu qu'il est plus d'un moyen pour empêcher la vicomtesse d'Olburn d'aller rejoindre son père dans l'hôtel en question... Mais j'ai tout lieu de croire que nul besoin est de retarder son départ... car je me trompe fort, ou l'enfant qu'il nous faut sera en votre pouvoir avant une heure d'ici...

— Que dites-vous? s'exclama lord Stephen.

— Je n'affirme rien encore, répliqua le baronnet, mais j'espère.

— Expliquez-vous.

— Suivez-moi, et vous allez tout savoir...

Le baronnet, le vicomte et Kocoding quittèrent le cabinet.

Devant le restaurant, stationnait la berline dont un garçon tenait les chevaux.

— Mène-nous d'abord auprès de la vicomtesse, commanda sir Walter au postillon.

— Chez la femme à barbe? Compris!

Peu après, la voiture s'arrêtait devant l'espèce de bouge qui servait de boutique à Mlle Faustine Roussillon, l'herboriste de la rue du Buisson-Saint-Louis.

— Entrez dans ce repaire... dit Walter à Stephen, et, de gré ou de force, arrachez à Mme d'Olburn le cadavre de son fils.

— Qu'exigez-vous? fit le vicomte en frissonnant.

— Eh ! mon cher ! quelle femmelette faites-vous ! reprit le baronnet en gouaillant. Songez que votre titre de père vous autorise seul à faire ce que je vous dis...

Après quelques secondes d'hésitation, lord Stephen pénétra dans la boutique.

Cinq minutes à peine s'étaient écoulées lorsqu'il en ressortit, portant entre ses bras le petit cadavre.

— Bettina n'a pas encore repris connaissance, dit fiévreusement le vicomte en se précipitant dans la berline. Je l'ai aperçue dans l'arrière-boutique. Abigaïl est auprès d'elle, ainsi que la maîtresse de l'endroit... L'enfant était dans la première pièce, étendu sur des herbages... Sans avoir été remarqué, j'ai emporté le pauvre petit... et le voici...

— Vivat ! s'exclama le baronnet, cela va terriblement simplifier la question.

S'adressant au postillon :

— Maintenant, maître Kocoding, passe la barrière et gagne la Courtille.

La berline partit au galop.

En un quart d'heure au plus, on atteignait la hauteur.

Walter et son ami mirent pied à terre.

Après s'être assurés que la route était déserte et que nul passant attardé ne pouvait les apercevoir, ils enlevèrent le petit cadavre de la voiture et se dirigèrent d'un pas hâtif vers une maison isolée qui s'élevait à une légère distance, au milieu de grands arbres aux branches décharnées.

La pluie continuait toujours... et le brouillard plus épais de minute en minute... C'était une nuit sinistre, et qui s'harmoniait on ne peut mieux avec la funèbre scène qu'elle protégeait de ses voiles.

— Parbleu ! fit à mi-voix d'un ton railleur le baronnet Walter, à nous voir ainsi tous les deux, par cette obscurité et dans cette solitude, munis d'un semblable fardeau, on nous prendrait assurément pour d'effroyables bandits, pour de hideux assassins occupés à faire disparaître la trace de quelque crime.

En peu de temps, ils eurent atteint l'habitation.

C'était celle-là même dans laquelle nous avons vu pénétrer le capitaine Pierre Lavarès.

La grille était restée entr'ouverte.

— Ma foi ! s'exclama sir Walter, la chance nous favorise... l'entrée n'est justement pas fermée.

En passant devant la loge vide de l'infortuné Cabestan :

— Hein ! mon cher, ricana le baronnet, quelle bonne idée nous avons eue de pendre cette vieille canaille de gardien !

Au moment de gravir les degrés du perron, le profond silence qui enveloppait cette demeure frappa lord Stephen.

— Aucun bruit !... murmura-t-il, pas de lumière !... Qui nous dit que cette maison soit encore habitée ?

— Oubliez-vous mon cher, que maître Narcisse, votre futur valet de chambre, vous a fourni à cet égard les renseignements les plus complets ?... Durant tout le temps que la Fanchon est retenue au café d'Apollon, son fils reste en cette demeure, sous la garde de cette espèce de petit paysan à moitié idiot.

— En effet, Narcisse nous a dit cela... je l'avais oublié... Que voulez-vous ! les événements multiples de cette nuit me font perdre la tête !

— Allons ! allons ! soyez homme, que diable ! fit Walter raillant.

Puis, mettant le pied sur la première marche, il ajouta :

— Venez, mon cher !

Peu après, ils atteignaient l'unique chambre éclairée dont il a été parlé déjà.

Le baronnet plongea le regard à travers les fentes de la porte.

— Narcisse ne nous avait pas trompés, dit-il. Le petit montagnard est seul avec l'enfant... Le sort même nous protège singulièrement.

— Que voulez-vous dire ?...

— Je veux dire que le paysan dort au coin du feu, et que sans lutte et sans violence, nous pourrons peut-être nous emparer du fils de la Fanchon.

— Que le ciel vous entende, Walter ! fit lord Stephen. S'il nous fallait encore verser du sang, je crois que je préférerais retourner en arrière sans avoir accompli notre sinistre office !

— Bah !... bah !... un paysan de plus ou de moins n'est pas une affaire !... Quant à moi, je vous prie de croire que si ce petit niais de Jacquinet est assez mal inspiré pour se réveiller, je le mettrai dans l'impuissance de révéler demain ce qu'il aura vu cette nuit !

A ces mots, le baronnet, avec d'inconcevables précautions, parvint à ouvrir la porte sans aucun bruit.

Jacquinet ne se réveilla pas.

Sir Walter tira son épée et pénétra dans la chambre sur la pointe du pied.

Lord Stephen le suivit, tenant entre ses bras le cadavre de son fils.

— Substituez cet enfant à celui qui repose sur ce grabat... dit le baronnet à voix basse. Moi, je me charge de tenir en respect notre jeune dormeur.

Quelques secondes plus tard, l'enfant mort était étendu sur le lit, et le fils de Fanchon la Vielleuse était au pouvoir de lord Stephen, qui prit la fuite.

Pour réduire à néant tous soupçons et toutes recherches, le vicomte avait eu soin de dépouiller son fils des riches étoffes qui le couvraient.

Le baronnet demeura quelques secondes auprès de Jacquinet, interrogeant son visage, écoutant sa respiration, pour bien s'assurer que son sommeil n'était pas simulé.

Quand il fut certain que le jeune garçon dormait bien réellement, il remit son épée dans le fourreau en disant :

— Certes, ce pauvre gueux l'a échappé belle ! Allons ! poursuivit-il en ricanant, voilà une soirée bien employée !... Si toutes ces infamies-là n'amènent pas par la suite d'étranges complications et de formidables péripéties, le diable ne sera pas juste !

Ayant dit, le baronnet prit un cigare, l'alluma, et sortit de cette chambre funèbre, parfaitement calme et tranquille.

— Quelques minutes plus tard, le cynique personnage était auprès de son ami le vicomte.

Après s'être consulté avec lui, lord Stephen donna ses ordres à maître Kocoding.

La berline gagna les boulevards extérieurs, les suivit jusqu'à la barrière Montmartre, puis s'engagea dans la rue Pigalle et s'arrêta enfin rue de la Rochefoucauld.

Un concierge et quelques domestiques composaient tout le personnel de l'élégant petit hôtel habité, depuis l'entrée des alliés à Paris, par lord Stephen et le baronnet Walter, et qu'ils n'avaient abandonné que pendant l'occupation de la Courtille par les troupes anglaises.

Les deux amis, ayant pour coutume de ne rentrer jamais avant le jour octroyaient à leurs gens la licence de ne les point attendre; si bien que gardien et valetaille dormaient du plus profond sommeil lorsque nos voleurs d'enfant franchirent précipitamment le seuil d'une petite porte dont ils avaient toujours la clef sur eux.

Ils gravirent l'escalier qui conduisait au premier étage et s'introduisirent dans un salon qu'ils abandonnèrent bientôt pour gagner une longue terrasse vitrée toute pleine de plantes et d'arbustes exotiques et qui servait de jardin d'hiver.

Au bout de cette serre chaude, se trouvait un charmant petit fumoir décoré à l'orientale.

Séparée du reste de l'habitation, cette pièce ne recevait le jour que par une seule fenêtre qui donnait sur des terrains vagues, parfaitement déserts.

— Allons! dit sir Walter à son ami, déposez céans votre nouveau rejeton, mon très cher; en ce nid, le bel oiseau sera merveilleusement jusqu'à notre retour et pourra même piailler tout à son aise sans crainte d'être entendu.

Le petit enfant fut placé sur un divan et recouvert d'un manteau de voyage.

Accablé par la fièvre, le fils de Fanchon ne pleurait pas. Ses paupières alourdies demeuraient closes, et ses lèvres brûlantes ne s'entr'ouvraient de seconde en seconde que pour laisser échapper une sorte de gémissement à peine distinct.

— Parbleu! s'exclama sir Walter en le considérant, voici un jeune drôle qui peut se vanter d'avoir une belle chance... Il avait été jeté sur terre pour avoir la destinée la plus infâme et la plus misérable.... au lieu de cela, le voici, par notre volonté, Anglais, noble et riche!... Hasard! hasard! poursuivit le baronnet, toi seul est le vrai Dieu!

Lord Stephen était sombre et taciturne.

— Ah çà! mon bon, reprit Walter en lui frappant sur l'épaule, à quoi diable pensez-vous donc?

Le jeune homme tressaillit.

Saisissant la main du baronnet :

— Walter, lui dit-il, j'ai honte de ma pusillanimité, de ma faiblesse... mais il me semble que tout cela me portera malheur.

— Allons! vous êtes fou, mon cher... Quel grand crime faites-vous donc, je vous prie, en arrachant ce pauvre petit diable au sort hideux qui l'attendait?...

— Mais sa mère!... sa mère!...

— Qui? la saltimbanque?... Belle affaire, vraiment, de désespérer cette fille qui vous a publiquement insulté!... Certes au lieu de faire ce triste visage, vous devriez être radieux, enthousiasmé... En lui prenant son fils, à cette audacieuse créature, vous vous vengez de ses mépris, de ses outrages, vous vous vengez en même temps

de ce Pierre Lavarès, de ce bohémien de la mer qui, non content de vous avoir cravaché en plein boulevard, vous a foulé aux pieds devant une multitude...

Lord Stephen poussa une sourde exclamation de rage.

— Merci, Walter, merci, de m'avoir remis au cœur le souvenir des méfaits de ce bandit... vos paroles éteignent en moi tout remords et tout scrupule... Oui, ajouta le jeune homme avec une joie féroce, oui, Pierre Lavarès, toi qui te fais une gloire d'être l'ennemi de l'Angleterre ; toi qui, depuis quinze ans, combats contre nous, et dont le seul désir, la seule ambition étaient, je n'en doute pas, de voir un jour ton enfant, marin comme toi, poursuivre ton œuvre de haine contre ma nation, je fais serment ici de lui inculquer le mépris le plus violent, l'aversion la plus ardente contre la France... et qui sait? peut-être un jour pourrai-je armer son bras contre toi-même!...

— A la bonne heure, mort diable! s'écria sir Walter, voilà des paroles dignes du vicomte d'Olburn, dignes de mon ami!

— Venez, maintenant, reprit lord Stephen avec une agitation singulière, allons trouver Bettina et, de gré ou de force, obtenir d'elle ce que je veux.

Ce disant, le vicomte entraîna sir Walter.

VI

DANS LEQUEL REPARAISSENT LES CORSAIRES DE PARIS

Au moment même où la berline les emportait vers la rue du Buisson-Saint-Louis, un vieux fiacre jaune, attelé de deux grands chevaux, débouchait dans les terrains vagues sur lesquels donnait la fenêtre du petit fumoir.

Inutile de dire que le susdit véhicule appartenait à l'ami Ferrouillard.

Comme ses bêtes s'arrêtaient, minuit sonnait à toutes les horloges environnantes.

— Minuit! fit le jeune cocher, complètement dégrisé, je suis exact... Dieu soi loué!...

A peine disait-il ces mots, que Pantruche, Lourchardeau et le Calichon, toujours sous leur costume d'argousins, parurent.

— Ah! voici mon monde! dit Ferrouillard.

— Jeune homme, fit le lieutenant à voix basse, va ranger ta carriole auprès du mur, juste sous la fenêtre éclairée.

Une lampe, qui restait toujours allumée dans la première pièce, avait été portée dans le fumoir par le baronnet.

Le cocher, sans dire un mot, obéit au commandement.

Lorsque la voiture fut à l'endroit indiqué :

— Maintenant, cher ami, reprit maître Pantruche, montez sur votre sapin et jetez un coup d'œil intelligent dans la cambuse.

Ferrouillard regarda.

— Pers onne, dit-il.

— En ce cas, fit le lieutenant, corsaires de Paris, à l'abordage !

Pantruche et ses compagnons considéraient le pillage de l'hôtel d'Olburn comme une chose parfaitement juste et légitime.

Les armées alliées ne faisaient-elles pas subir aux Parisiens toutes sortes de vexations, de misères! Reprendre à des soldats de Wellington un peu de cet or qu'ils extorquaient chaque jour à cette pauvre France, bien loin de constituer un vol aux yeux de nos corsaires, leur paraissait au contraire une œuvre méritoire.

Pantruche avait cependant, nous devons le dire, quelque arrière-pensée depuis que le capitaine Pierre avait si vertement blâmé « leur petit commerce », et s'il eût été seul, il eût renoncé bien certainement pour toujours à ce genre d'industrie... Mais les autres n'entendaient pas de cette oreille-là... Et bon gré mal gré, il fallut tenter cette dernière expédition.

Sans aucun bruit, sans parler, sans respirer même, les trois marins s'introduisirent dans le fumoir par la fenêtre, dont ils avaient pris soin préalablement de couper une vitre.

Quant à Ferrouillard, il devait se tenir aux aguets sur son siège et avertir les trois forbans si la vraie police se permettait de venir rôder de ce côté-là.

Dans le fumoir, il n'y avait rien à prendre qui en valût la peine.

— Allons dans la chambre à coucher de l'insulaire, murmura le Calichon... Il vient de filer en voiture avec son acolyte... Les laquais pioncent au rez-de-chaussée... Pas de danger qu'on nous embête pendant notre travail... Et puis quoi, ajouta le géant avec un sourire féroce, si quelque chien galonné se permet d'aboyer après nous, je me charge de lui fermer la gueule une fois pour toutes.

Ayant dit, il tira de la poche de sa redingote un énorme couteau à lame large et tranchante.

Puis, ce couteau en main, il entr'ouvrit la porte qui donnait sur la galerie vitrée en disant à Louchardeau, lequel était muni d'une lanterne sourde :

— Ouvre la marche, Blondin, et mène-nous tout droit au pot aux roses !

Pantruche, sans trop savoir pourquoi, semblait préoccupé et demeurait en arrière.

— Eh bien ! qu'est-ce qu'il te prend à toi? interrogea le Calichon d'un ton de mauvaise humeur.

— Moi, rien ! je n'ai rien.

— Viens donc, alors... Tu restes là comme une poule mouillée... Parions que c'est la belle morale du capitaine qui te remonte à l'esprit et te rend aussi bête que ça?

— Ma foi, c'est possible tout de même... Jusqu'à présent j'y allais de bon cœur... mais depuis que le chef m'a ouvert les yeux, j'y vois clair et je suis de son avis : nous sommes des voleurs, et voilà tout.

— Et puis après? fit Calichon. Voleurs! la bonne bêtise! S'il ne veut pas que ses corsaires fassent ce métier-là, qu'il leur donne des rentes, ton capitaine de rien du tout!

— Calichon, pas d'invectives à l'endroit du chef.

— Laisse donc, j'en ai plein le dos. A partir de ce soir, c'est fini entre nous... Il est trop honnête homme, et ça ne peut pas m'aller. Et puis, quoi! il s'est marié sans nous le dire, ce n'est pas convenable... Peut-être qu'il ne nous a pas trouvés assez grands seigneurs pour danser à sa noce... Que dis-je? il n'a pas même eu la politesse de nous inviter au baptême de son *moucheron* !... c'est un *galoupiat*, voilà mon opinion, et ses conseils de ce soir, je m'en fiche et contrefiche!... La preuve, c'est que je vais dévaliser ce bazar jusqu'au dernier clou, et que je recommencerai ailleurs demain et tous les jours jusqu'à extinction de chaleur naturelle.

Après cette déclaration, l'athlète allait s'engager dans la serre quand le petit enfant, dont ils ignoraient la présence en ce lieu, fit entendre un gémissement plaintif.

Naturellement, les trois matelots se regardèrent surpris et inquiets.

— Il y a quelqu'un ici, murmura Pantruche.

— Eh ! non, serin, reprit le Calichon, c'est le vent qui siffle.

— On dirait plutôt d'un chat qui miaule, ajouta Louchardeau.

Une nouvelle plainte de l'enfant le mit bientôt au fait de tout.

— Un moutard, murmura le géant. Un crapaud britannique.

Le petit malade se prit à gémir plus fort.

— Sacré môme ! reprit le Calichon, il va réveiller toute la boutique.

Tout d'un coup, brandissant le couteau dont il s'était armé, il s'élança vers l'enfant qui continuait à se plaindre.

— Attends, attends, rugit-il sourdement, je vais faire taire ta piaille, espèce d'oiseau de malheur.

Et le sauvage allait frapper la frêle créature.

Pantruche lui retint le bras.

— Fichue canaille, dit le lieutenant indigné, est-ce que tu aurais le cœur d'égorger ce pauvre petit être qui ne nous a rien fait ?

— Il a du sang d'Anglais dans les veines, c'est pour ça que je veux le saigner !

Pantruche, lui aussi, tira son couteau.

— Si tu oses faire ce que tu dis, reprit-il, aussi vrai qu'il fait nuit, je te plante ma lame dans le ventre.

— Toi ?

— Oui, moi. Tu es fort comme un bœuf, mais je suis adroit comme un singe, tu le sais, et au jeu des couteaux, je suis sûr de te gagner.

— Tonnerre du diable !

— Tu as beau jurer, c'est comme si tu chantais *Femme sensible*... Voilà pas mal de temps que tu me scies le dos. Tout à l'heure encore, tu as traité le capitaine Pierre d'une façon qui m'a déplu, et, parole sacrée, si tu as le malheur de m'échauffer plus longtemps les oreilles, je te supprime... Et la perte ne sera pas grande, car, soit dit entre nous, tu n'es qu'une mauvaise rosse et un satané gueux !

— C'est bon, reprit le Calichon, je te revaudrai ça, Pantruche, je te revaudrai ça !

Puis, entraînant Louchardeau, il disparut avec lui.

Pantruche demeura dans la chambre.

— As pas peur, dit-il doucement à l'enfant, dont les faibles gémissements, se faisaient encore entendre, as pas peur, on ne te fera pas de bobo, c'est moi qui le dis... Et je ne te quitterai maintenant que lorsque le Calichon aura décampé ! De cette façon, poursuivit-il avec une satisfaction évidente, j'obéirai au capitaine et je ne filouterai rien cette nuit.

La lumière de la lampe qui éclairait le fumoir tombait en plein sur le visage de l'enfant.

— C'est qu'il est gentil comme tout ce pauvre petit diable ! c'est malheureux tout de même qu'il soit Anglais !

Après l'avoir considéré attentivement durant quelques secondes :

— Ce n'est pas pour dire, mais il me fait l'effet d'être terriblement pâle... Et puis comme il pleurnichait drôlement... On dirait les plaintes d'un malade... Ah çà! mais, tonnerre! je ne me trompe pas... ce malheureux souffre... Que dis-je?... il est mourant! Sans être médecin, ce n'est pas difficile à voir. Qu'est-ce ça signifie et à quoi penset-on de le laisser ainsi seul et sans secours!

Tirant de sa poche un cordial qu'il avait toujours soin d'emporter en ses expé ditions nocturnes, il en versa quatre ou cinq gouttes dans la bouche de l'enfant.

— C'est-il pas vraiment cocasse! ajouta-t-il en riant. Si je pensais venir cette nuit chez l'Anglais pour médicamenter son mioche, je veux bien que le loup me croque, ma parole d'honneur!

Il fit tomber quelques gouttes encore de la bienfaisante liqueur sur les lèvres du petit malade, qui peu à peu sembla se ranimer et revenir à la vie.

— Parbleu! reprit Pantruche en riant de plus belle, voilà un gamin qui a tout de même une fière chance de m'avoir rencontré... Je le sauve deux fois en cinq minutes! C'est gentil pour un homme seul!

Il prit la lampe et l'approcha de l'enfant.

— Positivement, ses joues sont moins pâles et ses lèvres commencent à se colorer...

Mettant la main sur sa poitrine, il poursuivit :

— Son cœur bat maintenant comme un honnête petit cœur qu'il est...

En ce moment, d'épouvantables hurlements retentirent dans l'intérieur de l'hôtel et deux détonations se firent entendre.

— Oh! oh! fit Pantruche en reposant vivement la lampe à sa place, on dirait que ça ce gâte.

Il allait courir au secours de ses compagnons, quand Louchardeau entra précipitamment dans le fumoir en criant :

— Sauve qui peut!... Les larbins nous sont tombés dessus et le Calichon a deux balles dans le ventre! Je tire de l'aile... Faites comme moi, lieutenant, il n'est que temps!

Malgré le peu de sympathie que le Calichon inspirait à Pantruche, il lui en coûtait de fuir sans le tirer d'affaire, mais c'eût été se perdre inutilement. Sans plus attendre, les deux marins coururent donc à la fenêtre.

Mais, en entendant les coups de pistolet, Ferrouillard, saisi d'une terreur panique, avait décampé au grandissime galop.

Nos deux amis se passèrent de son aide. Grâce à une draperie qu'ils attachèrent à la fenêtre, ils se laissèrent glisser jusque dans le terrain désert et purent détaler sans malencontre...

. . . .

Quelques heures après la scène que nous venons de raconter, lord Stephen et sir Olivier se rencontraient au bois de Vincennes.

On se battit au pistolet.

Lorsque le docteur eut essuyé le feu de son ennemi.

— Je pourrais vous tuer, lui dit-il, et peut-être, en le faisant, rendrais-je grand service à l'humanité; mais je ne me reconnais pas le droit d'attenter à la vie d'un homme, quel qu'il soit. Que Dieu vous prenne lorsque l'heure en sera venue ; quant à moi, je vous fais grâce de l'existence, ne l'oubliez pas.

Ayant dit, sir Olivier tira en l'air, et pour bien prouver au vicomte d'Olburn qu'il eût pu aisément le rayer du nombre des vivants, il tua au vol une hirondelle qui planait à une hauteur prodigieuse et qui vint tomber sanglante aux pieds de lord Stephen.

Dans le même moment que le jeune docteur se conduisait avec cette générosité, l'adversaire de Walter Gaveston tombait la face contre terre. Le docteur courut à sir Edgard, mais il n'était plus temps : la balle du baronnet lui avait percé le cœur.

— Un enfant ! gémit Olivier. Et vous ne l'avez pas épargné ! N'avez-vous donc pas songé au désespoir de sa mère ?

Sir Walter, selon son éternelle habitude, alluma un cigare et dit assez haut pour être entendu de tous :

— Sa mère, c'est justement à cause d'elle que je l'ai tué ! Si sa mort n'avait pas dû faire verser des pleurs, je l'aurais peut-être laissé vivre.

Là-dessus, il tourna le dos à Olivier, qui s'écria avec horreur.

— Il y a quelque chose d'infernal en cet homme, et d'effroyables crimes naîtront de lui !

. . . . , ...

Après son arrestation, Pierre Lavarès avait été incarcéré immédiatement, grâce aux démarches de lord Stephen; un tribunal militaire dont il faisait partie, le condamna, à la presque unanimité, à être passé par les armes.

Le conseil de guerre rendit son arrêt le dernier jour de novembre, et l'exécution fut fixée au lendemain même, au lever du soleil.

Naturellement lord Stephen et son ami Walter Gaveston réclamèrent et obtinrent la faveur de se charger en personne du supplice de Pierre Lavarès et d'en ordonner à leur guise les sinistres apprêts.

Le 1ᵉʳ décembre 1815, au milieu de la nuit, le prisonnier est donc tiré de son cachot et jeté, pieds et poings liés, dans une voiture close qui se dirigea aussitôt vers le lieu désigné par le vicomte d'Olburn pour l'exécution.

Lord Stephen et le baronnet précédaient à cheval le funèbre véhicule, qu'escortaient les douze cavaliers anglais choisis pour fusiller l'ancien corsaire.

Celui-ci ignorait complètement vers quel coin de Paris on le menait.

Que ce fût au nord ou au midi, peu lui importait, au reste.

Il ne songeait pas à lui, le malheureux ; il ne pensait qu'à sa pauvre Fanchon, que son trépas allait faire veuve, à son fils bien-aimé, qui, ce jour, même serait, orphelin.

Car il ne savait rien encore de la mort supposée de son petit enfant.

Enfin, après une assez longue pérégrination à travers les rues de la capitale, le condamné reconnut que l'on gravissait une colline.

Malgré lui, et sans se rendre compte de l'impression singulière qu'il éprouvait, Pierre Lavarès sentait sa poitrine bondir et ses yeux se remplir de larmes au fur et à mesure que l'on approchait de la hauteur.

La voiture s'arrêta.

On fit descendre le prisonnier.

Le jour n'était pas levé.., mais bien que la nuit fût encore obscure, le capitaine Pierre reconnut aisément l'endroit où ses bourreaux venaient de le conduire.

Alors il commença à comprendre pourquoi son cœur avait battu si fort pendant la route et pourquoi les pleurs lui étaient venus aux yeux.

Il était à la Courtille, devant cette même maison toute pleine pour lui de souvenirs, cette maison où sa mère était morte, où son fils était né, où Fanchon lui avait donné le bonheur et l'amour.

Par un raffinement de cruauté véritablement diabolique, lord Stephen et son sinistre compagnon avaient imaginé de faire fusiller Pierre Lavarès en sa propre demeure.

« — En revoyant les lieux qui lui sont chers, s'étaient dit ces deux voleurs d'enfant, il regrettera plus amèrement encore de perdre la vie. »

On lui fit franchir le seuil du jardin.

— Vous êtes bien infâmes, dit-il aux deux officiers, d'avoir choisi cette demeure pour lieu de mon supplice.

Lord Stephen lui montra les hautes branches d'un arbre qui s'élevait au milieu du jardin.

— Tu oses te plaindre, canaille, lui dit-il ensuite. Bénis-nous, au contraire, de vouloir bien t'octroyer la mort du soldat, lorsqu'en bonne justice nous devrions te pendre à ces branches comme un bandit que tu es.

Pierre Lavarès haussa les épaules.

— Pendu ou fusillé, la mort est toujours la mort... donne-la-moi donc, je suis prêt à la recevoir.

— Si tu es prêt, répliqua le vicomte avec un mauvais sourire, je ne le suis pas, moi... D'abord, il ne fait pas encore jour, et l'arrêt qui te condamne porte que tu seras exécuté à l'aube naissante... Je n'aurais garde de contrevenir en quoi que ce fût à la volonté du tribunal que je représente.

S'adressant à l'un des soldats :

— Délie les pattes de ce chien...

L'homme obéit.

— Bien ! reprit Stephen, donne-lui maintenant cette pioche et cette bêche qui sont là près du mur.

La bêche et la pioche furent remises au condamné.

— Que veux-tu donc? demanda ce dernier avec stupéfaction.

— Tu connais, répliqua l'officier, les frères de la Trappe?... ce qu'ils font journellement, tu le sais?...

Pierre Lavarès sourit avec mépris.

— Je le sais, répondit-il, et je te comprends, bourreau... Tu veux que, de mes mains, je creuse la tombe qui doit me recevoir... Penses-tu que je n'aurai pas cette force? Tu te trompes... Ce que font de pauvres moines, un vieux loup de mer comme moi peut le faire sans trembler! Va! va! milord, entasse horreurs sur horreurs, lâchetés sur lâchetés... je subirai tout le front haut et le mépris aux lèvres, et ta cruauté se lassera plus vite que mon courage.

— C'est ce que nous verrons, répliqua lord Stephen en jetant sur sa victime un effroyable regard.

Sur son ordre, Pierre Lavarès se mit donc à l'œuvre.

Le givre couvrait le sol, la terre était gelée et la pioche ne faisait son office que lentement, bien lentement.

Certes, c'était un étrange tableau que ces hommes rouges faisant cercle autour de ce malheureux comme des démons autour d'un damné...

A la clarté de la lune qui pâlissait graduellement, on vit bientôt se dessiner sur la blancheur du sol un grand trou noir de la longueur et de la largeur d'un homme.

Au moment où Pierre Lavarès donnait le dernier coup de pioche. le jour commençait à poindre.

— Fais ta prière maintenant, dit lord Stephen, ton heure est venue.

— Mon Dieu! murmura le corsaire, en levant les yeux au ciel, pour moi je ne vous demande rien, mais venez en aide à ma pauvre Fanchon et n'abandonnez pas mon fils!

Une femme en deuil, plus pâle qu'un spectre et pouvant à peine se soutenir, apparut à cet instant sur le perron.

C'était Fanchon la Vielleuse.

Elle avait entendu la prière de son époux.

— Ton fils! cria-t-elle alors d'une voix déchirante... ton fils est mort, Pierre!

— Mon fils est mort! gémit l'infortuné.

— Oui, poursuivit Fanchon, et moi je vais mourir...

— Fanchon!

— Oui, c'en est fait, je le sens... En même temps que ta vie, la mienne s'achèvera.

Lord Stephen commanda brusquement à Pierre Lavarès de se préparer.

— Mon fils est mort! mon fils est mort! répétait le marin comme en délire.

Machinalement il se laissa placer juste au bord de la fosse.

Puis un soldat, sur l'ordre de l'officier, s'approcha pour lui bander les yeux.

Alors, brusquement, Lavarès revint à lui et s'écria, en s'adressant à lord Stephen :

— Lâche, tu crois donc que j'ai peur!

Et d'un mouvement fébrile, saisissant le bandeau qu'on lui présentait, il le jeta par terre et le foula aux pieds.

Le soldat regagna son rang; mais avant de s'éloigner, il avait pu, sans être remarqué, murmurer quelques mots à l'oreille du condamné.

Peu après douze coups de feu retentissaient sous les arbres, et Pierre Lavarès disparaissait dans la fosse béante.

Fanchon, les yeux hagards et la tête perdue, avait, du haut du perron, assisté à l'exécution.

Quand elle vit les soldats rouges jeter sur le corps de son mari les premières pelletées de terre. elle poussa un indicible exclamation d'horreur et d'épouvante,

—Jeune inconnu, vous me sauvez la vie.

et s'arrachant les cheveux, se meurtrissant le visage, elle jeta par trois fois à la face des bourreaux ce cri formidable :

— Assassins! assassins! assassins!

Puis la malheureuse tomba tout de son long sur les degrés et se fendit le front au fer de la rampe.

Lss soldats s'élancèrent pour lui porter secours.

— Vingt-cinq coups de fouet pour celui qui fait un pas de plus vers cette femme!

A cette menace de lord Stephen, les soldats baissèrent le front et retournèrent sur leurs pas.

Liv. 8.   8

Quelques secondes plus tard, les deux jeunes officiers remontaient à cheval, ainsi que leurs hommes, et reprenaient la route de Paris, laissant dans le mystérieux jardin de la Courtille, Fanchon inanimée et couverte de sang, à quelques pas de la fosse fraîchement comblée qui renfermait le capitaine Pierre.

A peine les quatorze cavaliers se furent-ils remis en marche qu'un homme sortit silencieusement d'un massif sombre d'où il avait assisté, spectateur invisible, à l'effroyable drame qui venait de se jouer sous les grands arbres décharnés.

Cet homme tout d'abord courut à la grille et plongea sur la route un regard anxieux.

— Ils s'éloignent, dit-il, et nul ne m'épie... Chose étrange! continua l'inconnu en se dirigeant vers la tombe du marin, les coups de feu n'ont attiré personne de ce côté... Pauvres gens! ils sont maintenant accoutumés à ces exécutions sinistres!

Il avait, en parlant ainsi, gagné les abords de la fosse.

Alors, il prit la bêche que les soldats avaient laissée auprès, et, non sans de grandes précautions il enleva la majeure partie de la terre qui venait d'être jetée sur Pierre Lavarès.

Ceci fait, et, frémissant malgré lui, il se pencha vers la fosse et dit :

— Capitaine Pierre, levez-vous!

A cet appel, l'homme fusillé surgit de terre, en répondant :

— Me voici!

Son sauveur, c'était le docteur Olivier.

Au dernier moment, il avait eu connaissance des projets de lord Stephen, et il avait tout mis en œuvre pour arracher le condamné à la mort.

Tout justement, l'un des hommes choisis par le vicomte d'Olburn pour l'exécution était dévoué corps et âme au docteur Olivier.

Il parvint à enlever toutes les balles des fusils et se chargea de faire tout connaître au condamné.

Toutefois, il n'avait pu approcher de ce dernier qu'au moment du supplice, pour lui bander les yeux.

Le docteur Olivier apprit en quelques mots ces détails au capitaine.

Après quoi :

— Maintenant, lui dit-il, fuyez au plus vite, car d'un moment à l'autre tout peut se découvrir, et ce que j'ai fait une première fois, lord Stephen saurait m'empêcher de le tenter à nouveau!...

Lui mettant une bourse pleine entre les mains :

— Voici de l'or, partez, et que Dieu vous conduise!... Surtout, jurez-moi de ne pas remettre les pieds en France tant que ce malheureux pays gémira sous la domination étrangère.

— Mais Fanchon!... Fanchon! s'écria l'infortuné en courant à son épouse toujours privée de sentiment.

— Vous ne pouvez fuir avec elle... ce serait la tuer... mais je vous promets de veiller sur elle et de vous la rendre lorsque l'heure de la délivrance aura sonné pour votre patrie.

Pierre Lavarès déposa un baiser sur le front ensanglanté de la jeune femme.

Puis, serrant entre ses mains les mains loyales du docteur Olivier :

— Milord, lui dit-il avec chaleur, vous êtes un grand et noble cœur, et de ce jour, mon sang, ma vie et mon âme sont à vous ! Si jamais Dieu permet que nous nous retrouvions face à face, je me rappellerai ce que vous avez fait pour moi, et vous me direz ce que vous voulez que je fasse pour vous.

Et le capitaine Pierre prit la route de l'exil, laissant Fanchon mourante sous la garde de sir Olivier.

PREMIÈRE PARTIE

L'ILE D'AMOUR

I

QUI SE PASSE LE PREMIER DIMANCHE DES LILAS.

Depuis la nuit où nous avons laissé Pierre Lavarès prenant la route de l'exil, près de vingt années se sont écoulées.

C'est donc vers le commencement de 1835 que va se poursuivre le drame contemporain entamé le 20 novembre 1815.

C'était le premier dimanche de mai, ou, selon la charmante expression populaire, « le premier dimanche des lilas ».

Depuis l'entrée du faubourg du Temple jusqu'au plateau de Belleville, on pouvait voir une véritable marée montante d'ouvriers, de bourgeois, de commis, de grisettes, de bonnes d'enfants et de tourlourous qui tous riaient, chantonnaient, caquetaient et coquetaient à qui mieux mieux.

A ce joyeux bourdonnement de la rue se mêlaient le vacarme des orchestres champêtres, le cliquetis des batteries de cuisine et les refrains bachiques s'élançant, par folles bouffées, des guinguettes de la basse Courtille.

Là, dans les environs de la barrière, chez Desnoyer et ses voisins, les gens mariés, les pères de famille, les petits rentiers, s'étaient installés de préférence ; mais au fur et à mesure qu'on approchait de la hauteur, les hommes sérieux et les femmes mûres devenaient plus rares et la foule se faisait plus pimpante, plus fraîche, plus rieuse, plus jeune enfin.

La crème, le dessus du panier de cette jeunesse choisissait comme dernière étape les confins de la Courtille, c'est-à-dire l'*Ile d'Amour*, coquette abbaye qui, par sa seule étiquette, affriolait plus que toute autre ces pèlerins du plaisir.

L'*Ile d'Amour* était loin, au reste, d'être une guinguette dans l'acception brutale du mot. Bien au contraire, ses salons étaient presque luxueux, et ses grands tilleuls aux ombreuses ramures, ses bosquets de lilas, de clématites et de chèvrefeuilles, faisaient de ce retrait champêtre le plus charmant Éden qui se pût voir.

Malgré toutes ses séductions, ce bal fameux a vu sa vogue décroître d'année en année, si bien qu'il y a vingt ans, ses portes se sont fermées.

Puis, ô destinée! la mairie est venu prendre sa place.

Et ce n'est pas tout : Tandis qu'on élevait la nouvelle église de Belleville, on a construit dans ses jardins cythéréens une chapelle provisoire, et l'un de ces mêmes arbres à l'ombre desquels s'étaient faits tant de serments d'amour, s'étaient chantés tant de refrains grivois, l'un de ces arbres enfin qui en avaient tant vu et tant entendu fut utilisé pour le service du culte : on y suspendit la cloche pour appeler les fidèles à la prière!

Bien que sanctifiés et purifiés, ces pauvres arbres sont tombés sous la hache, comme de grands coupables.

Mais quoiqu'ils aient disparu, bien que le mot *Mairie* ait remplacé ceux de l'*Ile d'Amour*, ces parages semblent avoir conservé, quand même, quelque souvenance de leur passé aphrodisiaque.

Que dis-je? Sur les murailles du grave monument, on distingue encore, malgré les couches de badigeon qui les couvrent, des noms enguirlandés et des cœurs enflammés percés de la flèche traditionnelle.

On aura beau faire, a dit l'auteur du *Nouveau Paris*, la mairie du XX° sentira toujours un peu son vingt et unième arrondissement. »

En l'an de grâce mil huit cent trente-trois, l'*Ile d'Amour* bien loin de prévoir l'austère métamorphose que réservait l'avenir, avait une allure tout à fait réjouissante, et pour fêter le premier dimanche du printemps, la gentille taverne avait fait peau neuve.

Ses peintures avaient été renouvelées et ses dorures étaient toutes fraiches.

Ses beaux arbres eux-mêmes semblaient plus verdoyants que jamais, et ses lilas n'avaient jamais paru plus touffus et plus parfumés.

Au reste, le journée était vraiment superbe.

Un ciel d'azur, un feu qui faisait merveilleusement rayonner toute cette fringante jeunesse attablée sous les bosquets.

Les femmes surtout étaient splendides à voir. Sous ces torrents de lumière, brunes et blondes semblaient autant de belles aux cheveux d'or, autant d'Éves faubouriennes, qui, sous prétexte de cueillir le premier lilas, ne montaient en réalité à Belleville que dans le but de croquer la première pomme!

Cela intervertissait bien quelque peu l'ordre des saisons.

« Mais, baste! disaient nos gentilles grisettes, en poétisant le mot du Béarnais, il faut que tout le monde aime! »

Et elles avaient bien raison.

Il n'était pas encore une heure, et déjà les jardins étaient envahis.

Il est bien entendu que nous n'allons pas vous présenter, l'un après l'autre, tous les naturels de l'*Ile d'Amour*.

Qu'il vous suffise de savoir que cette foule riante, frétillante et bourdonnante représentait tous les métiers, toutes les industries, tous les arts à leur point de départ.

Apprentis médecins, guerriers futurs, jurisconsultes, avocats, savants en herbe, peintres, sculpteurs et comédiens en expectative, boutiquiers de l'avenir, financiers, en espérances, il y avait là un échantillon de toutes les classes de la société parisienne.

Si le lecteur ne peut faire connaissance avec tous les hôtes de la guinguette fleurie, il faut tout au moins qu'il sache à quoi s'en tenir sur le compte de ceux et de celles qui doivent jouer, dans notre drame, un rôle, si petit qu'il puisse être.

Quelques-uns de ceux-ci occupent justement l'un des bosquets qui font face à l'entrée principale.

Il sont huit formant quatre couples, et tous les âges réunis de ce double quatuor représentent un peu plus d'un siècle et demi.

C'est dire que tout ce monde-là est à l'aurore de la vie.

Voyons d'abord quelles étaient les quatre fillettes.

Virginie, Primevère, Olympe et Blondine, tels étaient les noms de ces divinités.

Quant à leurs qualités civiles et morales les voici en deux mots :

Virginie, piquante brune aux grands yeux, était demoiselle de magasin au *Dahlia Jaune*.

Signes particuliers : Danseuse enragée, cultivant l'entrechat et la tulipe orageuse avec frénésie. Pas un bastringue champêtre ne lui était inconnu. Cette Taglioni de barrière se serait fait couper par morceaux plutôt que de rester un dimanche sans se livrer à la chorégraphie.

Et notez que cette ballerine forcenée ne manquait pas un quadrille. Avant même que les pistons eussent poussé leur premier couac, elle dansait. L'orchestre avait cessé, elle dansait encore. Si bien que l'on ne connaissait guère Mlle Virginie que sous le nom plus significatif de Cabriolette.

Passons à Mlle Primevère.

Mince, frêle, délicate, cette jeune Parisienne était, sous le rapport de la danse, l'antithèse vivante de son amie Cabriolette. Elle professait le mépris le plus profond à l'endroit de Terpsychore et ne comprenait qu'une chose, la poésie.

Elle ne parlait, cette belle fille, que du ciel bleu, des prés verts et des amours vaporeuses.

Le plus bizarre, c'est qu'avec ces instincts éthérés, avec ses grands yeux langoureux et ses faux airs de vignette anglaise, la poétique Primevère possédait un estomac de première catégorie. Selon l'expression de ses camarades fleuristes, car elle était fleuriste, pouvait-il en être autrement? « C'était la plus jolie fourchette qui se pût voir. » La pauvre fille était désespérée de cet appétit pantagruélique qui allait si mal avec ses appétences idéales; mais elle avait beau gémir, il lui fallait, à l'heure dite, s'offrir un prosaïque beefsteak avec énormément de pommes de terre plus prosaïques encore.

Quant à Mˡˡᵉ Olympe, c'était la paresse incarnée, l'inertie en permanence.

Un mot sur Mˡˡᵉ Blondine, maintenant, et nous en aurons fini avec ces dames.

Grande, élancée, mais potelée et rondelette, c'était, comme on dit vulgairement, un beau brin de fille.

Faite comme Phryné, elle possédait surtout la plus belle jambe du monde, une de ces jambes que la pluie fait éclore parfois sur le pavé de Paris et qui semblent dire à tout passant : « Monsieur, donnez-vous donc la peine de me lorgner. »

Cette Blondine, à part les charmes de sa personne, possédait le plus ravissant caractère et le meilleur cœur que grisette gauloise ait jamais eus en partage. C'était non seulement une jolie femme, ce qui est bien, c'était encore une bonne fille, ce qui est mieux.

Et quelle gaieté ! quel entrain ! quelle adorable insouciance !

Fraîche, pimpante, rose et souriante, son existence était un éternel refrain. Elle se levait en chantant... en chantant elle s'endormait ! Et vraiment, elle ne roucoulait pas trop mal. Elle savait son *Béranger* sur le bout du doigt, bien entendu, et *Frétillon*, *Lisette*, et ses sœurs en joyeuseté, étaient ses héroïnes favorites.

Nul besoin de dire que la petite avait de luxuriants cheveux blonds, on le devine ; l'on devine aussi qu'elle avait d'amirables yeux bleus. Mais ce que nous devons dire en terminant, c'est que Blondine, jusqu'à présent couturière, avait une idée fixe, celle d'entrer au théâtre un jour ou l'autre. Elle n'attendait qu'une occasion.

L'amoureux de la belle enfant dont nous venons de parler avait nom Gilbert.

Il rêvait, lui aussi, les succès dramatiques, non pas comme comédien toutefois, mais comme auteur, et la gentille Blondine devait naturellement débuter dans sa première pièce.

Digne pendant de sa bien-aimée, Gilbert était un brave garçon, un cœur d'or, et n'avait rien de commun, comme caractère, avec le poète désolé dont il portait le nom.

En attendant la représentation de son premier vaudeville, il fabriquait d'assez mauvaises petites aquarelles, qu'il vendait juste ce qu'elles valaient, c'est-à-dire très peu de chose. Enfin cela le faisait vivre à peu près ; c'était déjà beaucoup.

S'il avait peu de talent comme peintre, son ami Bellardoise en avait, comme sculpteur, bien moins encore que lui.

Ce Bellardoise, qui était, du reste, d'assez bonne famille et qui aurait pu se faire appeler *de* Bellardoise s'il l'eût voulu, était le plus âgé de toute la bande, bien qu'il eût vingt-cinq ans à peine. On lui donnait davantage. Il était si pâle et si maigre, qu'il ne semblait pas devoir faire de vieux os.

Grand philosophe, le chevalier de Bellardoise (il était chevalier) s'inquiétait peu de sa mine de déterré et ne se privait pas de prendre autant de plaisir que ses faibles ressources le lui permettaient, car il était dans une profonde débine, à ce point qu'il n'avait pas même les moyens de payer ses modèles.

De là sa liaison avec Olympe.

« Tu poseras tant que je voudrai, lui avait-il dit, et je te solderai tes séances avec la monnaie de mon cœur. »

D'après ce qu'on vient de lire, on voit que M. de Bellardoise, tout chevalier qu'il fût n'était pas très scrupuleux en matière de sentiment.

« Pour suppléer les fonds que l'on n'a pas, tous les moyens sont bons! »

Ainsi pensait-il.

Le cavalier de Mlle Cabriolette était un grand et beau garçon, ouvrier typographe pendant la semaine et bambocheur fini tous les dimanches.

Et quel crâne danseur!

Du bout de sa botte, il décrochait les lustres des salles de bal. Cabriolette, devant de tels exploits, n'avait pu demeurer insensible. Elle laissa tomber son cœur pendant un quadrille, et le beau Scipion le ramassa.

Quant au compagnon de la petite fleuriste, nul ne savait seulement son nom, pas même Mlle Primevère, qui le connaissait depuis une heure à peine, comme tout le monde.

La poétique grisette gravissait seule la côte, mélancolique comme toujours et causant avec les fleurs, qui ne lui répondaient guère, avec les papillons, qui ne lui répondaient pas.

Tout à coup de furieux tiraillements d'estomac l'avaient rendue à la réalité.

— Dieu! que j'ai faim! s'était-elle écriée d'un ton désespéré.

A peine avait-elle proféré cette exclamation, qu'un jeune homme, tout de nankin habillé, s'était timidement avancé vers elle et lui avait dit en rougissant :

— Mademoiselle, je n'ai sur moi, en fait de comestibles, ni fricandeau, ni tourte au boulettes; mais à défaut de ces victuailles, je possède une pleine boîte de pâte de réglisse que je dépose à vos pieds!

— De la pâte de réglisse! avait répondu la gentille affamée. Jeune inconnu, vous me sauvez la vie!

Et sans plus de façons, elle avait puisé à même la boîte. Peu à peu, l'étranger s'était enhardi au point de supplier la fillette de vouloir bien l'agréer pour cavalier.

Après avoir accepté la première offre du jeune homme de nankin, Primevère eût eu mauvaise grâce à refuser la seconde. Aussi franchit-elle le seuil de l'*Ile d'Amour* suspendue au bras de son sauveur.

Lorsque nos quatre couples furent tout à fait installés sous le bosquet, devant quelques bouteilles de bière et de nombreux échaudés, le typographe se leva, prit un air grave, solennel, et présenta à tour de rôle au jeune inconnu les quatre grisettes... puis Gilbert... et *mossieu* le chevalier de Bellardoise.

— Quant à moi, poursuivit le typographe en se désignant, je suis un ex-défenseur de la patrie...

Faisant un salut militaire :

— Enrôlé volontaire en 1830, blessé à la prise d'Alger, et depuis ce jour, connu sous l'étiquette historique de Scipion l'Africain...

— Vous avez été blessé à la prise d'Alger! s'exclama l'homme en habit neuf.

— Oui, mon jeune ami; un éclat d'obus dans les côtes, et je profitai de ça pour demander mon congé... Présentement typographe et chorégraphe, très fort sur l'orthographe et parfait calligraphe. Telle est mon épitaphe!

Changeant de ton :

— Maintenant, jeune homme, reprit l'ex-troupier, à vous le dé...

L'inconnu devint rouge jusque dans le blanc des yeux et commença en ces termes :

— Je me nomme Venceslas Grenouillot...

Un éclat de rire homérique retentit sous le bosquet.

— Bigre de bigre! dit ensuite Scipion en se tenant les côtes, où diable avez-vous pêché des chiens de noms comme ça.

— Je n'y suis pour rien, répliqua naïvement le jeune homme. Papa s'appelle Grenouillot...

— Et vous vous appelez Grenouillot comme papa! C'est juste... Il n'y a pas de votre faute... et vous êtes plus à plaindre qu'à blâmer...

— Quant à mon nom de Venceslas, il m'a été octroyé au baptême, sous prétexte que l'auteur de mes jours a cultivé jadis la tragédie à l'Odéon et que le rôle de Venceslas était son triomphe.

— Quoi! s'exclama Cabriolette, le citoyen Grenouillot est artiste dramatique! Dites donc, Gilbert, il faudra lui donner un rôle dans votre vaudeville.

— Papa ne fait que la tragédie! répliqua le jeune homme avec un certain orgueil. Du reste, reprit-il en changeant de ton, il n'est plus au théâtre, maman l'a forcé à renoncer à Melpomène...

— Et pourquoi donc ça? demanda Scipion en gouaillant.

— Elle était trop jalouse des actrices.

— Ah! vraiment, cette bonne madame Grenouillot...

— Un Othello en jupons, monsieur... un jaguar avec des manches à gigot...

— Elle est peut-être Andalouse?

— Non, pas positivement; elle est de la Villette... répliqua le fils Grenouillot avec une naïveté superbe. Mais comme caractère, c'est une Espagnole pur sang... D'abord elle pince de la guitare et elle sait jouer des castagnettes...

— Tiens! tiens! tiens! fit le vaudevilliste, mais elle doit être très agréable en société, madame votre mère!

— Oh! pour ce qui est de ça, je vous en réponds... il n'y a pas moyen de s'ennuyer un instant avec elle... Ainsi, tous les dimanches, elle donne une petite soirée... oh! bien modeste, vous comprenez. Dame! sa loge n'est pas grande...

— Comment sa loge?... interrogea Scipion surpris. Elle est donc au Jardin des Plantes?

— Non, elle est portière...

— Ah! fort bien, je comprends... s'exclama le typographe. Et vous dites que ses petites fêtes sont charmantes?

— Charmantes est peut-être exagéré, mais elles sont bien gentilles... Deux ou trois bonnes de la maison... le porteur d'eau... la fruitière... le garçon charcutier.. tels sont les habitués. Vous voyez que c'est sans prétention.

— Assurément.

— Maman chante *Fleuve du Tage*... en s'accompagnant sur sa mandoline. . papa dit des vers de tragédie... après quoi on prend une tasse de thé...

— Pour faire passer la tragédie... observa le vaudevilliste.

Aussitôt une jeune femme voilée entre dans la boutique.

— Puis la soirée se termine par un boléro...

— Dansé par madame votre mère, ornée de ses castagnettes.

— Voilà ! fit le fils Grenouillot.

— Ma foi ! reprit Gilbert, qui se tenait à quatre pour ne pas éclater de rire, j'avoue que, si je ne craignais d'être indiscret, je vous prierais de m'emmener avec vous à une de ces séances-là...

— Comment donc ! mais avec plaisir...

— Ah çà ! demanda Scipion, et vous, jeune Grenouillot, qu'est-ce que vous fabriquez ?

— Moi? Mon Dieu, c'est assez difficile à expliquer... De nom je suis, si vous le voulez, garçon apothicaire... mais de fait, je ne suis pas ça du tout...

— On demande des éclaircissements.

— Figurez-vous, mesdames et messieurs, que mon patron, M. Fromagin, passe ses nuits et ses jours à composer des médecines nouvelles.

— Des médecines!

— Oui! Il veut, dit-il, en arriver à trouver le secret de quelque purgation merveilleuse, qui guérira radicalement toutes les maladies!

« L'idée n'est pas mauvaise, et certes je ne me permettrais pas de blâmer ce bon M. Fromagin, s'il choisissait un autre que moi pour faire l'essai de ses drogues...

— Plaît-il?...

— Oui, mesdames et messieurs, répliqua le jeune Venceslas, oui, telle est ma position sociale : Essayeur de médicaments!

A ces mots, toute la bande joyeuse se reprit à rire de plus belle.

— Vous riez! fit l'élève pharmacien d'un ton grotesquement piteux; je vous prie de croire que je ne ris pas, moi! Depuis trente jours que je suis en place, croiriez-vous que j'ai avalé quinze médecines!

— Quinze!

— Une tous les deux jours... c'est réglé comme un papier de musique... Aussi je commence à me porter affreusement mal... J'étais gras comme une petite caille, il y a un mois... eh bien, à l'heure qu'il est, je dépéris... Si encore, après m'avoir bien purgé, M. Fromagin m'octroyait un bon déjeuner avec beaucoup de viande et énormément de vin... mais, point! Il me met à la diète et me défend de manger autre chose que des potages aveugles et des herbes cuites... Par exemple, il me gave de pâte de réglisse... J'ai beau lui dire que je ne suis pas enrhumé du tout, ça n'y fait rien...

S'adressant à Mlle Primevère :

— Cette boîte que j'ai eu le plaisir de vous offrir, mademoiselle, c'était mon menu d'aujourd'hui...

— Ah çà! mais Grenouillot, mon ami, s'écria Scipion, il faut que tu sois bête comme trente mille hommes pour ne pas filer de cette pétaudière-là!

— Ce n'est pas l'envie qui me manque... mais c'est que dans un an, je tire à la conscription.

— Quels rapports?

— Voici... Je ne suis pas comme vous, monsieur Scipion, et je n'ai aucunement les goûts belliqueux... aussi, rien qu'à l'idée d'aller me couvrir de gloire sur le sol africain, il me passe des sueurs froides par tout le corps... Timide de mon naturel, et même un peu poltron, pourquoi vous le cèlerais-je? je crèverais de peur au premier coup de fusil que je tirerais... et sous aucun prétexte je ne veux troquer cette culotte jaune contre le pantalon garance du guerrier français!

— Ah! vous n'aimez pas l'état militaire, jeune homme?...

— Je l'abomine... c'est pourquoi je préfère avaler les drogues du père Fromagin, qui a donné parole à papa et à maman Grenouillot de m'acheter un remplaçant s'il était content de moi.

— Compris ! s'exclama le typographe. Mais, jeune innocent, en agissant de la sorte, vous me faites un peu l'effet de Gribouille se jetant dans l'eau de peur de recevoir la pluie !... Car enfin, avec toutes vos médecines, vous finirez par aller tout droit au Père-Lachaise...

— Je le sais bien... mais ça sera long... tandis que si je reçois une balle dans le ventre, ce sera tout de suite fait... et la mort subite m'épouvante... Et puis, j'ai la chance de résister aux purgations forcées que l'on m'administre... et dès que mon remplaçant sera sous les drapeaux, je filerai de chez le père Fromagin avec enthousiasme... En attendant, je me promets, chaque fois que j'en trouverai l'occasion, de m'offrir en cachette, comme contrepoison, quelque bon plat de viande... Ainsi, aujourd'hui, par exemple, le patron et la patronne m'ont laissé seul à la boutique, et ma foi, j'ai profité de leur sortie pour me donner de l'air. Ils ne doivent rentrer que ce soir. D'ici là, je vais me goberger tout à mon aise... Et pour être sûr de ne pas être surpris par eux *in flagrante delicto*, j'ai eu l'idée de grimper jusqu'ici...

— Ah çà ! mais ce n'est pas tout ça, dit enfin Mlle Primevère, qui avait fini de grignoter ses échaudés, puisque M. Grenouillot est venu ici pour festiner, mon avis est de commander le dîner tout de suite !

— Adopté à l'unanimité ! s'écria la bande.

— Moi, je veux du homard ! dit Blondine.

— Moi, un potage aux nids d'hirondelles ! reprit en riant Cabriolette.

— Moi, du pâté ! dit Primevère, et beaucoup de charcuterie !

— Des choses légères, enfin ! observa Gilbert. Et vous, la belle, continua-t-il en s'adressant à Olympe, quel est votre plat de prédilection ?

— Moi, répondit la grosse fille en bâillant, oh ! ça m'est bien égal !

— Toujours le même refrain, grommela le vaudevilliste. Ce n'est pas pour dire, mais vous êtes bigrement gaie !

— Ah ! vous pouvez bien me dire toutes les malhonnêtetés que vous voudrez, allez, répliqua Olympe d'un ton dolent, je m'en fiche pas mal !

Le chevalier de Bellardoise crut devoir morigéner quelque peu la belle endormie.

— Olympe, ma fille, dit-il, je vous en prie, soyez convenable devant le monde.

— Devant le monde ! Il est propre, votre monde ; parlons-en !

Ces messieurs et ces dames firent entendre un murmure de mauvaise humeur.

— Vous verrez, chère amie, reprit Bellardoise, que vous m'attirerez, un de ces jours, une méchante affaire... Vous êtes grossière comme du pain d'orge... Vos insolences en amèneront d'autres... je serai forcé de prendre fait et cause pour vous, et tout ça finira par quelque duel.

— Et bien ! après ?

— Comment, après !... mais si je suis tué ?

— On vous enterrera, pardine ! Vous ne serez pas le seul.

— Quelle grue ! fit le sculpteur en haussant les épaules.

Blondine mit le holà.

— Ah bien ! voyons ! pas de querelles, hein !... Nous ne sommes pas venus ici pour nous disputer.

— Me disputer ! répondit Olympe très tranquillement, j'ai bien d'autres choses à ne pas faire... et il peut m'appeler grue tout à son aise... D'abord, il n'a que ce mot-là dans la bouche.

— Si j'ai toujours le mot dans la bouche, ma chère, répliqua Bellardoise, c'est que j'ai perpétuellement l'oiseau sous les yeux.

Mlle Primevère crut devoir mettre fin à cette scène en appelant le garçon.

Tous les autres firent comme elle, et le dîner fut commandé.

Peu après, homard, pâté et toutes autres victuailles mêlaient leurs fumets hétérogènes aux parfums des lilas en fleur.

A peine le jeune Grenouillot venait-il d'attaquer une formidable tranche de pâté, qu'il devint subitement tout tremblant et tout blême.

— Eh bien! lui dit Scipion, qu'est-ce donc qui vous prend?... Est-ce votre dernière médecine qui fait des siennes?

— Cachez-moi! cachez-moi! fit l'infortuné d'une voix suppliante... Le Fromagin et son épouse!

— Quoi! l'apothicaire...

— Lui-même... lui-même.

En effet, deux nouveaux personnages venaient de pénétrer dans les jardins.

L'apothicaire était un grand bonhomme maigre, osseux, anguleux, au nez crochu, au menton de Polichinelle. Un vrai type hoffmanesque, quelque chose d'étrange et de fantastique.

Comme costume, il n'avait rien de bien remarquable, si ce n'est qu'il était vêtu un peu à l'antique. Habit à queue de morue, culottes courtes, bas chinés, souliers à boucles, chapeau bas de forme et large de bords, grosse canne à bec de corbin, breloques gigantesques, telle était la toilette du patron de Grenouillot.

Quant à sa compagne, c'était son antithèse vivante : grosse, grasse, large, elle semblait avoir pris pour elle seule toute la graisse du vieil apothicaire.

Agée de quarante-cinq ans à peu près, teint couperosé, œil petit et mauvais, lèvres minces, dents blanches et pointues, voici pour le physique.

Quant à la toilette, elle était assez luxueuse, mais d'un goût exécrable.

La grosse dame possédait surtout un de ces affeux chapeaux comme on en portait à cette époque, avec de larges bords évasés et flanqué de plumes et de rubans de toute sorte.

Si bien qu'en apercevant la prétentieuse créature, Scipion ne put s'empêcher de s'écrier :

— Ah çà! mais ce n'est pas une femme, ça, c'est la Colombine des chiens!

— Le diable me brûle, dit à son tour le vaudevilliste, en considérant Mme Fromagin, elle a une paire de moustaches comme un grognard du temps de l'Empire...

— Elle a peut-être servi... observa Bellardoise.

— Oui, servi à faire peur aux moineaux! murmura le typographe.

A l'entrée du couple en question, le jeune Grenouillot s'était dissimulé sous la table... si bien que le père Fromagin et sa conjointe passèrent devant le bosquet sans l'apercevoir et allèrent s'attabler dans un autre coin du jardin.

Lorsqu'il fut sûr que son patron était bien loin, Venceslas osa relever la tête...

Le dîner continua, les bouteilles se succédèrent, et le jeune Grenouillot commençait à se griser quelque peu, quand, brusquement, il se reblottit sous la table.

Une jeune femme, fort élégante et fort jolie, venait de descendre de voiture à la porte de l'*Ile d'Amour*.

Elle semblait être d'une humeur massacrante.

Prenant un binocle d'or, elle lorgna d'un air fort insolent les hôtes nombreux de la grande guinguette, puis elle appela le garçon.

— Bosquet n° 26, madame, répliqua ce dernier lorsqu'elle l'eut questionné... dans le fond du jardin... à gauche.

La dame au lorgnon se rendit à l'endroit indiqué.

C'est là qu'étaient attablés le vieux pharmacien et sa grosse compagne.

Après sa disparition, Grenouillot avait de nouveau repris sa place primitive.

— Ah çà! lui dit le vaudevilliste, est-ce que vous allez vous amuser à jouer à cache-cache à chaque nouvelle tête qui se montrera par ici?...

— Tiens! pardine... C'est Mlle Moleskine, la fille de la patronne...

— Bah! vraiment! s'exclama le vaudevilliste surpris, c'est la petite Fromagin... Elle n'en a pas l'air... On dirait presque une femme du monde.

— Je vais vous dire, reprit Venceslas, c'est que ce n'est pas la fille de l'apothicaire.. Avant de s'appeler Mme Fromagin et d'être femme d'un pharmacien cossu, la patronne était simple herboriste rue du Buisson-Saint-Louis et se nommait Faustine Roussillon... Or, c'est dans ce temps là, c'est-à-dire à l'époque des alliés, qu'elle a inventé Mlle Moleskine, qui est, comme vous voyez, l'enfant d'un premier lit.

— Et quel est l'état social de la citoyenne?... demanda Gilbert.

— Dame, répondit Grenouillot, qui, tout en bavardant, s'était remis à boire, et qui, à moitié gris, commençait à prendre quelque peu d'aplomb, si vous voulez que je vous dise ma façon de penser, je crois que la demoiselle Roussillon n'a rien de ce qu'il faut pour faire une vestale réussie!

— Compris, fit le vaudevilliste, elle a eu des malheurs!

— Oui, répliqua Venceslas, et le premier de ses malheurs est en nourrice, les deux autres sont aux Enfants trouvés!

— Oh! oh! s'exclama Scipion, mais ce jeune Grenouillot est un puits de renseignements.

— On vous prend donc pour confident?... questionna Gilbert.

— Pour confident, moi! dit en riant l'élève pharmacien. Avec ça que la Fromagin et sa demoiselle seraient assez bêtes pour me dire leurs petites affaires...

— Comment savez-vous tout ça, alors?

— Je couche toutes les nuits dans la boutique, sur un lit de sangle, pour pouvoir ouvrir... en cas de besoin...

« L'autre nuit donc, je ronflais comme un bienheureux, lorsque j'entends tinter la sonnette doucement... mystérieusement même... je pense à Cartouche et je reste coi. Au même instant, la porte de l'arrière-boutique s'entr'ouvre, et Mme Faustine paraît une petite lampe à la main... Je m'attendais à recevoir un galop de première classe... pas du tout... la patronne s'approche de mon lit, au contraire, et s'assure si je ne suis pas réveillé... Naturellement, je ronfle de plus belle... La vieille n'y voit que du feu. Alors, elle hausse les épaules et d'un air fort méprisant elle dit : « L'oison est abruti par le sommeil, comme toujours. »

— Poursuis, Venceslas... fit le vaudevilliste, tu commences à m'intéresser...

— Alors, la pharmacienne va ouvrir la porte sans bruit aucun, et tout aussitôt une jeune femme voilée entre dans la boutique en disant d'un ton rogue à Mme Faustine :

« — Voilà une heure que j'attends... tu devrais bien te dépêcher un peu, quand tu sais que c'est moi...

— C'était la jeune Moleskine?

— C'était elle!... La porte se referme, et les deux femmes filent du côté de l'arrière-boutique, en marchant sur la pointe du pied... Avant d'y pénétrer, mamzelle Roussillon a cru devoir grommeler toutefois :

« — Tu aurais dû envoyer coucher cet imbécile-là ailleurs...

— L'imbécile, c'était toi? demanda Gilbert.

— C'était moi!... répliqua Grenouillot...

« Enfin, la maman et sa petite me laissent seul à mes réflexions. J'étais inquiet, je ne vous le cacherai pas.

— Ça ne m'étonne pas de ta part.

— Que va-t-il donc se passer ici cette nuit? telle fut la question que je me fis tout bas. Pendant une bonne heure, je ruminai ça dans ma tête; pourtant je finis par me rendormir... J'eus un cauchemar épouvantable... Je rêvais que j'étais dans un coupe-gorge et qu'on était en train de me traiter comme cet infortuné M. Fualdès... il me semblait même qu'un orgue diabolique exécutait en sourdine l'air de la complainte... Tout à coup, un grand cri me réveille en sursaut... « Plus de doute, me dis-je en frémissant, c'est moi que l'on tue et c'est moi qui ai crié!... » Je pus bientôt me convaincre que je m'abusais. Nonobstant, je sautai à bas de mon lit, je me vêtis à la hâte, et je m'apprêtais à filer, lorsque des petits cris de chat enrhumé du cerveau se firent entendre au-dessus de ma tête... Je me rassérénai alors... c'étaient des vagissements enfantins...

— Compris, fit Scipion : Mlle Moleskine venait d'octroyer à la patrie un défenseur de plus.

— Justement... et la nuit même il y avait à l'hospice des Enfants Trouvés une place vacante de moins.

— Certes, observa Gilbert, cela vaut mieux pour le moutard... Cette petite dame-là n'a pas une mine à être mère de famille, et si elle gardait ses mioches, je crois qu'ils auraient peu d'agrément avec elle...

— Je le crois également, répliqua Grenouillot; car après que la mère Fromagin eût porté là-bas le nouveau-né, je me suis glissé à pas de loup dans l'escalier et je l'ai entendue causer avec sa demoiselle...

— Et tu en as appris de belles, alors?

— Oui, j'ai appris d'abord ce que je vous ai appris plus haut... et quelque chose encore dont je ne me rends pas bien compte...

— Qu'est-ce donc?...

— Mlle Moleskine disait comme ça à sa mère :

« — J'en ai assez de cette vie-là. J'ai maintenant vingt ans, et il est temps que je songe à me faire une position.

— C'est une femme sérieuse, murmura Scipion.

— « Je veux me marier, dit-elle encore, je veux avoir un nom... et pouvoir enfin me présenter tête haute dans ce monde qui me repousserait aujourd'hui...

Bellardoise n'avait prêté qu'une attention très médiocre à tous les bavardages du petit pharmacien, mais aux derniers mots prononcés par celui-ci, l'amant de Mlle Olympe leva la tête, et ses regards, jusqu'alors ternes et mornes, s'illuminèrent soudainement d'un éclat singulier.

— Elle doit avoir des rentes, cette fille-là ! dit-il d'un ton qu'il essaya de rendre indifférent, mais où perçait une étrange convoitise.

— Ah ! elle n'est pas sans monnaie, répliqua Grenouillot, elle est trop avare pour n'avoir pas mis de côté un joli magot !...

Scipion regarda le sculpteur en face et se prit à ricaner :

— Pourquoi donc t'inquiètes-tu du *quibus* de la petite dame ? lui demanda-t-il, aurais-tu d'aventure des vues sur cette jeunesse ?

— Eh ! pourquoi pas ?

— Eh bien ! et la belle Olympe ?

Le sculpteur haussa les épaules.

Quant à sa maîtresse, presque assoupie sur sa chaise, elle dit sans faire un mouvement :

— Il serait bien bête de se gêner pour moi ; avec ça que je me gênerais pour lui...

Pendant ce temps, le café avait été versé...

Tout en s'offrant une forte dose de cognac, le jeune Grenouillot dit à Bellardoise :

— Ah ! vous voudriez devenir monsieur Moleskine, vous !... Au fait, pourquoi pas ? On vous trouvera peut-être assez noble... Pour ce qui est du physique, vous êtes tout à fait ce qu'il faut.

— Que veux-tu dire ?...

— Oui, c'est une toquade de la jeune personne... Elle ne veut épouser qu'un homme très déjeté, très pâle, très maigre... et qui ait au moins un pied dans la tombe !...

— Ah bah !

— Probablement, ajouta naïvement Venceslas en ingurgitant un autre verre d'eau-de-vie, que cette bonne demoiselle veut racheter ses péchés de jeunesse en se faisant la garde-malade de son époux.

— C'est-à-dire, pensa Bellardoise, qu'elle ne se marie qu'à la condition d'être veuve le plus tôt possible... Décidément, ajouta-t-il, c'est une femme de tête... Parbleu ! pourquoi ne tenterais-je pas l'aventure ?

Tandis que notre chevalier monologuait de la sorte, les autres avaient continué de boire.

Grenouillot était, comme bien l'on pense, non plus à moitié gris, mais tout à fait ivre.

Scipion, légèrement ému aussi, lui saisit la main avec expression et lui dit d'une voix tendrement larmoyante :

— Grenouillot, es-tu mon ami ?

— Ton ami pour la vie ! répliqua le petit apothicaire avec un attendrissement burlesque.

— Prouve-le-moi !

— Que faut-il faire ?

Scipion prit une énorme patte de homard qui était restée sur le plat et la remit à Grenouillot.

— Tiens, lui dit-il, va porter ça de ma part à M. Fromagin, ton patron, et demande-lui en échange un pot de pommade pour faire repousser des poils sur le dos de mon chat !

Venceslas se leva en chancelant, et sans dire un seul mot, il se rendit, non sans de nombreux zigzags, au bosquet n° 26.

A sa vue, le vieil apothicaire et son épouse poussèrent une exclamation d'indicible surprise.

— Patron, balbutia gravement le fils Grenouillot en lui offrant gracieusement l'énorme patte du crustacé, c'est de la part de Scipion l'Africain. Mais son chat n'a pas de pommade, et il compte sur la vôtre.

— Le misérable est ivre !... dit le vieux Fromagin en s'élançant sur son élève.

— Ivre-mort ! répliqua Venceslas. Je me suis soulé avec du homard !...

— Ah ! le gueux ! gémit l'apothicaire, c'en est fait de mes expériences !...

Le bonhomme, à ces mots, entraîna le jeune Grenouillot, laissant sous le bosquet son épouse et Moleskine.

En passant devant Scipion et les autres, encore attablés :

— Adieu ! adieu ! cria l'élève pharmacien d'un ton théâtral ; nous nous retrouverons dans un monde meilleur !

Comme le père Fromagin lui faisait franchir de force le seuil du restaurant, aux huées joyeuses de tous, on vit pénétrer dans les jardins trois musiciens ambulants vêtus de haillons, sinistres à voir.

Parmi ces malheureux, on remarquait une femme jeune encore et qui avait dû être belle, mais dont les traits semblaient flétris par la misère, par les privations, par les durs traitements, peut-être.

L'un de ses deux compagnons, espèce d'athlète borgne à face sauvage et hideuse, lui dit d'une voix rauque :

— Allons, vite la ronde de l'*Ile d'Amour !*

La malheureuse, s'accompagnant sur une petite vielle qu'elle portait en sautoir, commença la fameuse chanson :

L'Ile d'Amour,
C'est un amour d'île ;
L'Ile d'Amour,
C'est un chouett' séjour !
Flâneurs du faubourg,
Flâneurs de la ville,
V'nez à l'Ile d'Amour,
C'est un chouett' séjour !

D'un coup il avait envoyé le borgne rouler dans la poussière.

Ce refrain était bien loin d'être gai, dit par la pauvre vielleuse.

Assurément le *De profundis* eût mieux convenu à sa voix mélancolique et pleine de larmes que le refrain grivois qu'on l'obligeait à chanter.

A ces douloureux accents, le rire s'éteignit presque instantanément sous tous les bosquets.

Le chef se pencha furieux vers la malheureuse.

— Sois plus gaie que ça, lui dit-il à mi-voix, je le veux !

Puis, se retournant vers le troisième musicien, pauvre diable à la mine hébétée et stupide, qui jouait du triangle :

Liv. 10.   10

— Toi, poursuivit-il avec un regard féroce, danse, saute, trémousse-toi!

La vielleuse reprit sa chanson, mais l'autre demeura immobile.

— Obéis! lui dit le maître avec menace, ou gare à toi, canaille!

— J'ai faim! répondit l'idiot.

— Ah! tu as faim? rugit le sauvage, eh bien, mange!

Ce disant, il lui lança dans les jambes un vigoureux coup de pied.

La vielleuse poussa un cri et s'élança sur le maître.

— Ne frappez pas mon frère! s'écria-t-elle, vous savez bien qu'il n'a pas sa raison?...

Le furieux la repoussa rudement, et l'infortunée tomba sur le sol.

Levant alors un énorme bâton qu'il tenait à la main, l'athlète prit l'idiot au collet.

Tous les spectateurs avaient quitté leurs places et quelques hommes accoururent pour désarmer le bandit...

Les yeux injectés de sang, l'écume aux lèvres, il s'écria d'une voix formidable :

— Le premier qui s'avance, je le casse!

Les plus braves reculèrent.

Le fait est que le misérable était effrayant à voir...

Mais, depuis quelques secondes, s'était arrêtée devant la porte une calèche, de laquelle était descendu un jeune homme remarquablement beau et d'une élégance irréprochable.

Il portait le frac noir et des gants d'une blancheur immaculée.

D'un coup d'œil, il put se rendre compte de la situation. Alors, d'un pas ferme, il marcha vers le furieux et, le regardant en face, il lui dit d'une voix parfaitement calme :

— Grand et fort, tu t'attaques à ce pauvre être tout faible et tout tremblant, à cette malheureuse femme qui ne peut se défendre, tu es un lâche... et les lâches, je ne les aime pas, moi!

Un léger accent britannique avait trahi la nationalité du jeune homme.

— Ah! tu n'aimes pas les lâches, milord! eh bien, moi, je n'aime pas les muscadins, et nous allons rire!

II

QUELLES FURENT LES SUITES DE L'ARRIVÉE DU JEUNE ANGLAIS

Le borgne, en faisant sa menaçante réponse au beau *gentleman*, lui avait lancé en même temps un coup d'œil si féroce, si sanguinaire, que les assistants n'avaient pu s'empêcher de frissonner.

Scipion, comme tous les autres, avait quitté sa place.

L'ex-troupier était brave, on le sait.

Comprenant le danger que courait le jeune Anglais, il fit quelques pas de son côté pour lui prêter main-forte.

La vielleuse, elle aussi, craignant pour les jours de son défenseur, lui avait crié de loin :

— Prenez garde !

Mais le jeune homme avait rassuré celle-ci d'un geste, et tout en souriant, il avait remercié Scipion de son aide.

S'adressant au bandit, il lui désigna la chanteuse et l'idiot :

— Tu as battu ces gens-là, lui dit-il, je vais te battre !

— Et moi, hurla le saltimbanque, je vais te manger, sacré tonnerre !

A ces mots, brandissant l'espèce de massue dont il avait menacé son compagnon, il sembla prêt à en broyer le crâne du jeune Anglais...

Mais quelle fut sa stupéfaction, quel fut l'ébahissement général, en voyant ce dernier saisir au vol, pour ainsi dire, l'énorme bâton que le borgne faisait tournoyer au-dessus de sa tête, le lui arracher sans efforts et sans peine, puis le casser en deux aussi facilement qu'il eût fait d'une branche de bois mort.

Le grand gueux avait l'air si profondément ahuri, que son adversaire ne put s'empêcher de sourire.

— Ah ! ah ! fit l'Anglais, tu n'es pas, à ce que je vois, habitué à trouver ton maître !

— Mon maître ! rugit le borgne, c'est ce que nous allons voir !

Alors, comme un taureau furieux, il se rua sur le jeune homme...

Mais il recula presque aussitôt en poussant un hurlement de souffrance.

L'Anglais lui avait envoyé un formidable coup de talon en pleine poitrine.

— Crée canaille ! gémit le saltimbanque, dont les lèvres se couvraient d'une écume rougeâtre, il m'a crevé l'estomac !

— Oh ! non, répliqua l'autre froidement. Ce n'est qu'une leçon, et demain il n'y paraîtra plus...

Le saltimbanque lui lança un regard plus féroce encore.

— Milord, murmura-t-il ensuite à part lui, je te revaudrai cela !

S'adressant à la vielleuse et à l'idiot :

— Allons ! venez, vous autres ! dit-il d'une voix rude.

La pauvre femme eut un frémissement de terreur ; quant à son frère, il courut se réfugier près de l'Anglais.

— Je ne veux pas... s'écria-t-il, il me battrait !

— Pars seul ! commanda le jeune homme au saltimbanque.

— Partir seul !.. reprit ce dernier, vous croyez ça, vous !... Elle sait bien qu'il faut qu'elle vienne avec moi !

— Oui ! oui ! murmura la pauvre femme d'une voix étouffée, il le faut !

— Il y a là un mystère que je saurai pénétrer, se dit l'Anglais en lui-même.

Se retournant vers le coquin :

— Je ne veux pas, reprit-il, que cette malheureuse retourne en ta demeure... Si tu as des droits véritables sur elle, tu les feras valoir ; en entendant, je l'emmène !

La vielleuse et l'idiot prirent place dans la calèche, sur l'invitation de leur défenseur.

— Écoute, dit ce dernier au saltimbanque, avant de m'éloigner, je veux bien te donner un conseil : Ne tente rien pour faire retomber cette femme en ton pouvoir, et si tu m'en crois, ne te montre pas à Paris, car alors ne serai-je peut-être pas disposé à te châtier moi-même comme je l'ai fait tout à l'heure et chargerais-je de ce soin des gens qu'il serait dangereux pour toi de trouver sur ton chemin.

Puis, prenant en sa poche une bourse pleine d'or, il la lui jeta en ajoutant :

— Pars ! Voici pour tes frais de route.

L'œil du misérable s'illumina d'un fauve éclat en entendant le bruissement des louis qui gonflaient la bourse.

— De l'or ! fit-il, de l'or !

Puis, fixant le jeune homme, il reprit d'un ton singulier :

— Vous êtes donc bien riche, vous !

L'Anglais ne répondit pas.

Émerveillé, il contemplait une jeune fille, de seize à dix-sept ans à peine, qui se tenait au seuil des jardins et regardait comme tout le monde la scène qui se passait devant la porte.

Cette enfant avait la toilette la plus simple que grisette pût porter, et pourtant, grâce à l'éclat de ses grands yeux bleus, grâce aussi aux reflets d'or de ses admirables cheveux blonds, à la pureté de ses traits, à la blancheur marmoréenne de son teint, la petite semblait mirifiquement parée.

Auprès de la belle grisette, se tenait un homme de cinquante-cinq ans à peu près, à la face bronzée, à la mine crâne et résolue, et qui avait tout l'air d'un ancien troupier ou d'un ancien marin.

A la vue de ce dernier, le Borgne s'esquiva promptement en disant :

— Cré tonnerre ! c'est Pantruche !... Évitons les scènes de reconnaissance !

Quant il fut à quelque distance, il se retourna et, souriant d'un singulier sourire, il reprit en jetant un coup d'œil du côté du jeune Anglais :

— Ah ! tu es si riche que ça, milord de mon cœur ! eh bien, nous verrons à entamer tous les deux quelques petites affaires de commerce ; seulement, c'est toi seul qui feras les fonds !

Celui dont il parlait avait pris place dans l'élégant équipage, à gauche de la pauvre vielleuse.

Et c'était vraiment un étrange spectacle que de voir ce jeune fashionable, vêtu à la dernière mode, ayant auprès de lui cette mendiante en haillons et ce malheureux idiot, qui dévorait à belles dents un énorme morceau de pain et des fruits que Cabriolette lui avait apportés.

La vielleuse semblait en proie à quelque rêve.

— Quoi, monsieur, disait-elle avec une indicible surprise, vous allez descendre dans Paris avec nous, malgré les misérables loques qui nous couvrent !... Que vont dire ceux qui vous verront ?

L'Anglais lui prit la main :

— La Providence a fait des riches pour les pauvres, et je n'aurai jamais souci que d'une chose, c'est de mettre au service du malheur les richesses que je tiens du hasard, comme je mets au service de la faiblesse la force que je tiens de Dieu !...

— Bravo ! Vive l'Anglais ! vive le milord ! cria la foule.

Puis lorsque, sur l'ordre du jeune homme, le calèche s'ébranla pour se mettre en marche, les acclamations redoublèrent, et toutes les fillettes de l'*Ile d'Amour*, arrachant de leur corsage les branches de lilas qu'elles y avaient placées, les lancèrent dans la voiture, transformée ainsi tout à coup en un char de triomphe.

Le jeune Anglais leva la tête vers le cocher, qui, durant tout ce temps, s'était tenu impassible sur son siège.

— Kocoding, lui cria-t-il, à l'hôtel maintenant et brûle le pavé... Ces pauvres gens ont besoin d'être chez eux !

— Certes, grommela l'automédon, lequel n'était autre que le coquin de notre prologue ; le petit a tout de même de fichues idées... Il ne se passe pas de jour qu'il ne fasse quelque exploit de ce genre... Les gens si bienfaisants que ça, je ne les aime pas, moi...

Jetant un coup d'œil sur la chanteuse et sur son frère :

— Si c'est permis de trimbaler dans une voiture honnête des crasseux pareils !... Mais c'est sa manie... il a une faiblesse pour le peuple... On a bien raison de dire que la caque sent toujours le hareng.

Malgré sa mauvaise humeur, Kocoding avait suivi à la lettre les instructions de son jeune maître, et la voiture avait gagné la barrière au grandissime galop, soulevant sur sa route des trombes de poussière.

Devant la porte, cependant, une jeune fille était demeurée et son regard suivait machinalement au loin les tourbillons de poussière que soulevaient les pieds de l'attelage, et qui, sous les rayons du soleil, étincelaient comme des myriades de paillettes d'or.

L'homme à la face bronzée, aux cheveux gris, à l'allure martiale, dans lequel le mendiant borgne avait reconnu le lieutenant Pantruche, considéra quelque temps la gentille grisette, tout en bourrant sa pipe.

Après quoi, il frappa doucement sur l'épaule de la petite.

Celle-ci se retourna vivement.

— Ah ! c'est vous, père ! dit-elle avec un trouble qu'elle essayait de dissimuler sous un sourire. Pardon !... pardon !

— Suzanne, lui dit en hochant la tête celui qu'elle appelait son père, Suzanne, à quoi penses-tu ?

— Moi, père ?... à rien vraiment...

— Oh ! oh ! fit le bonhomme, ce *rien*-là ne me fait pas l'effet d'être très catholique...

« Parions que le beau jeune homme de tout à l'heure n'était pas étranger à ta préoccupation.

— Lui ! répliqua la fillette avec un rire forcé. Eh ! que peut avoir de commun ce beau jeune homme, comme vous l'appelez, avec Suzanne l'ouvrière ?

Le lieutenant Pantruche, car c'était bien lui, le Borgne l'avait deviné, reprit à part lui :

— Dieu merci, non, il n'y a rien de commun entre ma fille et ce milord-là !... Non d'un petit tonneau !... bien que vingt années aient passé sur ma haine de l'Angleterre, elle est aussi vivace, aussi ardente qu'autrefois...et si jamais ma bien-aimée Suzanne... Oh ! corbleu ! rien qu'à cette idée-là, je me sens tout bouleversé...

Tout en rentrant dans les jardins, le bonhomme avait monologué de la sorte. La grisette se tourna vers lui en souriant.

— A votre tour, mon père, lui dit-elle, à quoi pensez-vous ?

— Je pense, répondit le vieux matelot pour lui donner le change, qu'il fait une chaleur des cinq cent mille diables, et que j'éprouve le besoin de voir si le cognac de cette cambuse est moins mauvais que celui des autres.

— D'abord, dit vivement la jeune fille, vous m'aviez promis de ne jamais boire de votre affreuse eau-de-vie, et depuis que nous avons quitté la maison, voilà la troisième fois...

— Trois fois !... Bah ! vas-tu, fillette, me gronder pour si peu !... Les vieux loups de mer, comme moi, c'est émaillé d'un tas de gros défauts et de petits vices... Le tord-boyaux est du nombre de ces derniers... Dans le temps, j'en avalais des litres... mais, grâce à toi, ma chérie, je me suis défait un peu de cette diable d'habitude-là...

— Oh ! fit la petite d'un air mutin, il faudra bien que je vous corrige tout à fait... d'abord, parce que l'eau-de-vie est une affreuse boisson, et qu'ensuite vous êtes très méchant quand vous eu avez bu.

— Eh bien ! voyons, on fera son possible pour vous satisfaire, mademoiselle ! répliqua le marin. Et la preuve, ajouta-t-il en prenant place avec elle sous l'un des bosquets, la voilà ! Garçon !... deux limonades !

La fillette l'embrassa sur les deux joues.

— Vous êtes gentil comme tout !

— Parbleu ! du moment que je fais ce que tu veux !...

Tandis que le bonhomme et la jolie grisette continuent à causer à voix basse, allons retrouver, dans le bosquet du fond, Mlle Moleskine et son honorable mère.

Comme tout le monde, les deux femmes avaient assisté à l'ovation très franche et très méritée qui venait d'être faite au jeune Anglais, et, comme tout le monde elles avaient, après le départ de sa voiture, repris les places qu'elles occupaient précédemment.

L'épouse Fromagin se versait un plein verre de ce même cognac que la belle Suzanne avait tant de peine à interdire au vieux Pantruche.

— Ouf ! quelle chaleur ! fit la digne pharmacienne, on se croirait en pleine *clavicule !*

Moleskine haussa les épaules.

— Quoi que t'as donc ? questionna Mme Faustiue. Est-ce qu'il t'est tombé une chenille dans le dos ?

— Eh ! non, répliqua brusquement la demoiselle au lorgnon, c'est votre manière de parler qui m'agace !

— Tiens ! t'es bonne, toi... je me suis éduquée toute seule... et je parle comme ça me vient... Toi, t'es-t-une savante ! mais je sais ce que ça m'a coûté !...

— Allez-vous, pour la millième fois, me parler des quatre sous que vous avez dépensés pour me faire instruire ?...

— Merci !... quatre sous !... Comme t'y vas !... Tu peux bien dire et des mille et des cent !... T'étais dans un des premiers pensionnats de la banlieue... chez les demoiselles Biscotin, à Belleville, à deux pas d'ici !... et dame ! elles m'en ont soutiré des pièces rondes, ces demoiselles-là, pour t'apprendre ce que tu sais! Je ne le regrette pas, non certainement, je ne le regrette pas, tu me fais honneur... mais c'est égal, tu devrais me savoir gré... car enfin, toutes les mères ne sont pas aussi bonasses que moi, et si je t'avais fichue aux Enfants Trouvés quand tu es venue au monde, tu ne serais pas aujourd'hui ce que tu es!

Moleskine regarda sa mère dans le blanc des yeux.

— Je vous comprends, lui dit-elle à voix basse. Vous voulez dire par là que ce que vous n'avez pas fait, je l'ai fait, moi!... Certes, ajouta la jeune femme avec un méprisant sourire, vous feriez mieux de ne pas parler de tout cela, car vous savez bien que si je n'avais pas une mère comme vous, vous n'auriez pas, vous, une fille comme moi!

— Allons, bon! allons, bien! dit la vieille en jouant le chagrin, v'là les gros mots, maintenant... Bats-moi tout de suite et que ça finisse!... Une enfant pour qui j'ai tant fait!

— Encore! reprit la jeune femme. Que vous essayiez de faire croire cela aux commères de votre quartier, je le conçois... mais ce que je n'admets pas, c'est que vous tentiez de me prendre pour dupe. Ah çà! mais vraiment, vous me croyez donc bien niaise!... Est-ce que je ne sais pas que, maîtresse d'un homme marié, vous vous êtes servie de moi pour lui faire peur et obtenir de lui plus qu'il ne pouvait vous donner?... Je vous ai donc coûté moins que je ne vous ai rapporté. Que ceci soit entendu entre nous une fois pour toutes!

— Alors tu crois que je ne t'aime pas! murmura l'ex-herboriste avec sentiment.

— Par pitié, fit Moleskine avec impatience, ne parlons pas de ça. Votre amour maternel, je le connais... Quand j'étais enfant, j'en ai porté plus d'une fois les marques sur le corps...

— V'là-t-il pas! grommela la femme à barbe, parce que, de temps en temps, je t'allongeais une taloche... Dirait-on pas que je t'ai tuée!

— Il n'aurait plus manqué que ça!

— Parole sacrée, reprit la pharmacienne, je ne sais pas ce que tu as après moi depuis quelque temps. Pour la moindre bêtise, tu me fais des scènes et des misères... Est-ce que je t'ai vendu des pois qui n'ont pas voulu cuire?... Voyons, quoi que t'as?...

— Eh! vous le savez bien, ce que j'ai... puisque je vous l'ai dit l'autre jour!

— Quoi! tes idées de mariage?

— Oui! répondit Moleskine sourdement.

— Es-tu godiche de t'être fourré ces toquades-là dans la tête!... Reste donc libre, va... et ne t'empêtre pas d'un mari qui te sciera le dos du matin au soir!

— Ah çà! vous n'avez donc pas compris ce que je vous ai dit...

— Mais si, j'ai compris, au contraire, j'ai compris parfaitement... Tu veux épouser un monsieur très noble, à seule fin de pouvoir, en ta qualité de marquise de Carabas, te présenter dans le grand monde.

— Vous oubliez un petit détail, ma mère! répliqua la belle Moleskine avec un cynique sourire.

— C'est juste! Il faut que ton prince ou ton duc soit très malade ou très vieux, à son choix. Idée de jeune fille qui veut devenir jeune femme, mais avec certitude de passer jeune veuve aux premières promotions.

— C'est cela! c'est bien cela, ma mère... et vous vous rappelez parfaitement ma conversation de l'autre jour...

— Tu veux dire de l'autre nuit... il y a un mois aujourd'hui...

Moleskine avait fait signe à sa mère de se taire, mais l'autre était lancée, et elle allait quand même.

Moleskine l'interrompit brusquement.

— Mais ne parlez donc pas si haut! Avez-vous donc envie que tout le monde ici connaisse ma biographie?

— C'est vrai... les bosquets ont des oreilles... Ainsi, reprit la pharmacienne en baissant la voix, c'est bien décidé, tu veux devenir grande dame?

— Je le veux, et ce sera! répliqua Moleskine avec fermeté.

— Quelle drôle d'idée tu as là!

— Vous trouvez! fit la jeune femme ironiquement.

— Ma foi, oui... Tu as tout ce qu'il te faut... tu es heureuse comme un coq en pâte... M. Coquardier est un père pour toi... Il est marié, c'est vrai, mais ça n'en vaut que mieux... Sans compter qu'il est dans la soierie, et qu'en sus de tes appointements, il ne boude pas pour t'octroyer les plus jolis articles de son magasin... En définitive, tu as pour le quart d'heure, douze bonnes mille livres de rentes, et j'ose dire qu'il y a beaucoup de jeunesses de ton âge qui ne sont pas arrivées comme toi... Crois-moi, va, ma bichette, un bon *tiens* vaut mieux que deux *tu l'auras*. Garde ta position et renonce à tes turlutaines de titres et de particules!

— Pensez-vous donc que ce soit une simple fantaisie de ma part?... Non! détrompez-vous... c'est un plan arrêté depuis longtemps déjà.

— Mais pourquoi ces idées de grandeur? demanda la pharmacienne avec insistance; car enfin tu dois avoir un but. Je te connais assez pour être certaine à l'avance que ce n'est pas uniquement par partie de plaisir que tu veux te lancer dans *la haute!*

— Je veux bien tout vous dire...

Après s'être assurée que nul n'était aux écoutes, la jeune femme poursuivit :

— Ma mère, il est un homme dont il faut à tout prix que je devienne la femme légitime; or, cet homme, trop haut placé pour m'épouser tant que je serai mademoiselle Moleskine Roussillon, m'épousera lorsque je serai la veuve authentique d'un homme de bonne noblesse et de grand nom!

La femme Fromagin considéra sa fille avec une sorte de terreur.

— Bichette, lui dit-elle ensuite, tu me fais peur... Est-ce que tu serais amoureuse, par hasard?

Moleskine garda le silence.

— Tu ne réponds pas!... J'ai donc deviné juste?

— Eh bien, oui! répliqua enfin la jeune femme avec une animation singulière, pour la première fois de ma vie, j'aime... un homme jeune, beau, noble, riche... et par quelque moyen que ce soit, je veux porter son nom!,...

— Et le monsieur en question, est-ce qu'il en tient pour toi?

— Voulez-vous le sauver? lui murmura doucement une voix à l'oreille.

— Il ne me connaît pas, Dieu merci... Il s'est tenu toujours à l'écart de ce monde galant qu'il exècre, je le sais...

— Et d'où vient-il, ce phénix merveilleux?

— D'Angleterre... et tout à l'heure vous l'avez admiré comme moi, comme tout le monde.

— Que dis-tu?... Quoi! c'est le milord de ce matin!...

— Oui... c'est lui, ma mère... Comprenez-vous, maintenant?...

En ce moment, deux hommes mis simplement, mais avec une parfaite élégance,

Liv. 11.   11

et dont le plus âgé semblait avoir quarante-cinq ans environ, passèrent en causant devant les deux femmes.

— Tiens ! fit Mme Fromagin en les suivant de l'œil, il me semble que j'ai déjà vu ces deux particuliers-là quelque part.

Moleskine ne les avait même pas remarqués, absorbée qu'elle était par ses réflexions.

Suivons les deux promeneurs et écoutons-les.

— Pourvu, disait le plus jeune, que ce roquin de Narcisse sache bien jouer son rôle...

— Je suis sans inquiétude sur son compte, répliqua l'autre. Du reste, c'est bien simple et bien facile... Dès l'ouverture du bal, il s'approche du vieux marin et lui cherche querelle pour n'importe quel prétexte... Le bonhomme est rageur... les coups de poing pleuvent... La garde emmène nos deux champions... la petite reste seule, éplorée et tremblante. Nous arrivons alors, et d'un air mystérieux, nous lui commandons de nous suivre en lui faisant entendre que de son obéissance dépend la liberté de son père... Nous la faisons monter dans la voiture qui attend... et... le reste vous regarde.

Comme l'inconnu achevait ces mots, un grand gaillard fit son entrée dans les jardins.

Il avait tout l'air endimanché et semblait légèrement gris.

— Eh ! tenez, reprit celui qui venait de parler, voici justement notre homme.

L'autre se mit à rire :

— Il est, ma foi, supérieurement travesti et nul ne saurait reconnaître en lui un valet de grande maison.

La nuit était venue peu à peu, et les jardins commençaient à s'illuminer.

Bientôt les musiciens envahirent l'estrade peinturlurée qui leur était réservée, et peu après les pistons lançaient sous le feuillage leurs notes les plus éclatantes.

Dans le même moment, un vacarme diabolique se fit entendre, et l'on aperçut deux hommes qui roulaient sur le sable et s'administraient mutuellement des coups de poing et des gifles.

C'étaient le lieutenant Pantruche et le laquais vêtu en ouvrier.

Ce dernier avait déjà reçu un formidable horion en plein visage et saignait du nez comme un bœuf, lorsque la garde vint mettre le holà.

Non sans peine, la force armée put séparer les deux combattants et les conduire au poste voisin.

Suzanne, comme bien on pense, était plus morte que vive.

— Mon père... mon père !... gémissait la pauvre enfant avec des sanglots.

— Voulez-vous le sauver ? lui murmura doucement une voix à l'oreille.

Elle se retourna vivement.

Deux inconnus étaient à ses côtés.

C'étaient nos promeneurs.

— Le sauver ! répéta la jeune fille. Que faut-il faire ?

— Venez, venez, mon enfant...

Les deux hommes entraînèrent la petite à moitié folle.

Une voiture attendait dehors.

Suzanne allait y prendre place, sur l'invitation des deux inconnus, lorsqu'un jeune homme se précipita vers ces derniers en s'écriant :

— Où donc emmenez-vous cette enfant?

A la voix du nouveau venu, les deux complices se retournèrent brusquement.

Alors chacun d'eux murmura ce nom :

— Gabriel !

Celui-ci, stupéfié, balbutia à son tour :

— Sir Walter Gaveston !... le vicomte d'Olburn... mon père !

Suzanne, elle aussi, avait reconnu le jeune homme

— Lui ! lui ! dit-elle en comprimant les battements de son cœur.

C'était le héros de l'*Ile d'Amour*... le défenseur de la pauvre vielleuse...

A la suite de la bagarre suscitée par les deux Anglais, Moleskine et sa mère s'étaient empressées de quitter les jardins.

Le hasard voulut qu'elles entendissent Gabriel prononcer le nom de son père.

— Le vicomte d'Olburn! répéta la vieille pharmacienne en considérant lord Stephen. Je le disais bien, que j'avais vu ces particuliers-là quelque part!

S'adressant alors à sa fille :

— Bichette, lui dit-elle, tu veux te marier avec ce beau milord-là... eh bien, ça pourra peut-être se faire tout de même... car il y a un secret dans sa famille, et ce secret-là, je le connais !...

III

OÙ LE LECTEUR FAIT CONNAISSANCE AVEC MAITRE JONATHAN GLASS ET AVEC SA FILLE
BETTINA

Grâce à l'arrivée providentielle de sir Gabriel, les menteuses promesses faites à Suzanne par lord Stephen et son ami avaient reçu forcément leur parfaite exécution ; c'est-à-dire que le lieutenant Pantruche avait, séance tenante, recouvré sa liberté ; si bien que la gentille grisette avait pu, saine et sauve, au bras du vieux marin, reprendre le chemin de la rue de Vaugirard.

C'était là qu'ils habitaient tous deux, au cinquième, dans un petit logement tout pimpant et tout ensoleillé dont les fenêtres donnaient sur le Luxembourg.

Suzanne ne s'était douté de rien. Elle avait pris tout à fait au sérieux l'intervention du vicomte d'Olburn, et sa confiance n'avait fait que s'accroître en apprenant qu'il était le père de ce beau et brave jeune homme qui, au péril de sa vie, n'avait pas hésité à prendre fait et cause pour une mendiante qu'il ne connaissait pas.

Le lieutenant Pantruche était moins confiant. Il ne pouvait se rendre compte de la brusque agression de l'ouvrier inconnu, et le soupçon lui était venu que ce batailleur pouvait bien avoir été payé par les Anglais, à seule fin de le séparer de la petite.

Ses soupçons se changèrent en certitude lorsque sir Gabriel, en le faisant mettre en liberté, lui glissa ces mots à l'oreille :

— Veillez bien sur votre fille !

Il eût voulu interroger le jeune homme, mais celui-ci avait pris place dans la voiture de son père, et déjà les trois Anglais roulaient vers Paris.

Du haut de la Courtille à la rue de la Rochefoucauld, la route est longue.

Durant tout le trajet, lord Stephen et Gabriel n'échangèrent pas une seule parole.

Quant au baronnet Walter, il se contenta, selon son habitude, de fumer deux ou trois cigares, et se garda bien de rompre le silence observé par ses deux compagnons.

On atteignit enfin la rue susdésignée, et la voiture s'éloigna. C'était une calèche de louage, que prenait d'ordinaire le vicomte lorsque quelque galante équipée devait le retenir loin de chez lui.

Les trois Anglais pénétrèrent dans ce même hôtel où s'est passée la dernière scène de notre prologue. Lord Stephen en avait fait l'acquisition définitive vers 1816, et depuis lors, l'aristocratique demeure était devenue l'hôtel d'Olburn.

C'est là que le vieux John Glass, Bettina et Gabriel avaient presque toujours vécu.

Quant à lord Stephen, il n'y résidait réellement que depuis quelques mois, car durant les vingt ans écoulés depuis le coup de pistolet du café d'Apollon, ses nombreux voyages ne lui avaient permis de faire à Paris que de courtes apparitions.

Le père et le fils, toujours silencieux, le baronnet fumant encore, avaient gravi le large escalier conduisant aux appartements du premier étage, lesquels étaient ceux du vicomte d'Olburn.

La vicomtesse et Gabriel habitaient au-dessus.

Quant à John Glass, il s'était réservé un grand pavillon qui s'élevait au milieu des arbres, au fond d'un admirable jardin dépendant de l'habitation.

Lorsque lord Stephen eut atteint le palier, sir Gabriel lui fit un salut respectueux, mais froid, et se disposa à gagner l'étage supérieur.

Le vicomte le retint par le bras.

— Gabriel, lui dit-il, j'ai à vous parler.

— Je suis à vos ordres, mon père.

Ils traversèrent la grande galerie vitrée dont il a été parlé jadis et se rendirent dans le petit fumoir oriental que le lecteur connaît de longue date,

Sir Walter tira son porte-cigares, l'ouvrit et le présenta à Gabriel.

— Mille grâces, milord, fit le jeune homme en refusant.

— Décidément, pensa Walter, il ne veut rien accepter de moi !

Lord Stephen s'était étendu sur une ottomane. Il fit signe à son fils de prendre place auprès de lui.

Lorsque celui-ci eut obéi :

— Gabriel, lui dit-il, savez-vous bien que votre conduite de ce soir me surprend et m'afflige !

— Ma conduite de ce soir ! répéta le jeune homme sans avoir l'air de comprendre, que voulez-vous dire, mon père ?...

Le vicomte demeura quelques secondes sans répondre.

Puis brusquement il reprit :

— Tenez, croyez-moi, Gabriel, jouons cartes sur table tous les deux et parlons-nous en cœur ouvert !

— Soit !

— Quel intérêt vous a poussé à venir vous placer entre moi et cette jeune fille ?... Vous la connaissez donc ?

— Je l'ai vue aujourd'hui pour la première fois, et j'ignorerais encore son nom si je ne l'avais entendu prononcer par son père, lorsque, grâce à votre intervention, ce brave homme a été remis en liberté.

— Alors, de quel droit, lui étant étranger, vous êtes-vous institué le défenseur de cette femme ?

— Du droit que possède tout homme de cœur d'empêcher une enfant de tomber dans un piège.

— Un piège !

— Ne devons-nous pas parler à cœur ouvert ?

— Et qui vous fait supposer que nous avions sur cette jeune fille les intentions que vous dites ?

— Mon père, n'insistez pas sur ce sujet, je vous en supplie... Au bureau de police, j'ai reconnu, malgré son déguisement, Narcisse, votre valet de chambre, et, si je n'avais eu que des doutes, cela eût suffi à m'éclairer tout à fait sur le but que vous vous proposiez.

Lord Stephen se leva et se prit à marcher à grands pas dans la chambre.

— Eh bien ! oui, dit-il avec violence, oui... je voulais emmener cette jeune fille. Vous avez deviné juste... Et je vous trouve bien hardi, monsieur, d'avoir osé vous opposer à mes projets...

— Milord, répondit Gabriel avec une fermeté respectueuse, je m'opposerai toujours à vos projets sur cette enfant...

— Ah ! s'écria lord Stephen, vous l'aimez donc ?

— Peut-être !

— Je comprends tout, alors ! C'est elle qui vous attirait ce soir en ces lieux de débauche !

— N'est-ce pas là que votre fils vous a rencontré, mon père ?

— Eh ! monsieur, j'ai quarante-cinq ans, vous en avez vingt-deux... et mon âge m'autorise à faire ce que le vôtre vous défend !

— Je pensais, au contraire, que les plaisirs et l'amour étaient le lot de la jeunesse.

— Prenez garde, monsieur, murmura le vicomte avec menace, n'oubliez pas que je suis votre père !

— Si l'un de nous l'a oublié jusqu'à ce jour, milord, ce n'est pas moi.

— Fort bien, interrompit lord Stephen ; c'est votre mère sans doute qui vous souffle ces belles phrases ?... C'est elle qui vous apprend aussi à m'insulter ?

— Ma mère ! répliqua vivement le jeune homme. Oh ! que dites-vous, milord ?... Ne la connaissez-vous donc pas, cette sainte femme ? Pensez-vous que jamais elle oserait, devant son fils, faire entendre contre vous une parole de blâme !... Non ! non ! Détrompez-vous, milord. La vicomtesse d'Olburn a toujours, au contraire, parlé de son époux, de mon père, de façon à me le faire respecter et chérir... et je l'eusse crue heureuse de porter votre nom, si, plus d'une fois, je ne l'avais surprise les yeux en larmes et le cœur plein de sanglots !... Je l'interrogeais alors et la suppliais de me confier ses chagrins... mais elle me répondait par des baisers, des sourires, et je ne savais rien !

— A défaut de votre mère, un autre, je le vois, a pris soin de vous édifier à mon sujet.

Gabriel ne répondit rien.

— Oui ! oui ! poursuivit lord Stephen. Je vois clair en tout ceci, John Glass a voulu vous jeter au cœur un peu de la haine qu'il m'a vouée !

— John Glass est vieux, répliqua le jeune homme, et les vieillards sont inhabiles à dissimuler... Je lui ai demandé la cause des larmes de ma mère, de sa fille à lui... et j'ai tout appris...

— Misérable Jonathan ! grommela le vicomte.

— Pourquoi lui en vouloir ? reprit Gabriel. Pensez-vous donc que, sans ses révélations, je n'aurais pas acquis la triste conviction que vous n'aviez jamais aimé ma mère et que vous ne m'aimiez pas davantage ?

— Et que fallait-il donc faire, interrogea lord Stephen, pour vous prouver mon amour ?... Vous ai-je jamais laissé manquer de rien, vous et votre mère ?... vous ai-je jamais fait un reproche?... vous ai-je une seule fois touché seulement du bout du doigt ?

— Ah ! qu'il eût mieux valu pour moi entendre sortir de votre bouche de dures paroles, lorsque j'étais en faute, si quelques mots de tendresse m'avaient récompensé lorsque je faisais bien !... Qu'il eût mieux valu pour moi être châtié et battu de temps à autre, si de temps à autre aussi, vous m'aviez octroyé une caresse, un baiser !

Le vicomte haussa les épaules avec impatience.

— Des caresses !... des baisers !... dit-il, belles niaiseries vraiment !... On voit que vous avez été élevé à la française... en notre vieille Angleterre, on ne s'occupe pas de toutes ces grimaces... Mon père ne m'a jamais embrassé, moi... et je ne m'en porte pas plus mal pour cela !... Au surplus, continua lord Stephen, si vous vous autorisez de ma prétendue indifférence pour me braver aujourd'hui, vous avez tort, et je vous déclare ici formellement que je veux que vous m'obéissiez... Si j'ai bien voulu jusqu'à présent abdiquer mes droits paternels, je les revendique à cette heure, et, de par Dieu, j'en userai !

— Qu'exigez-vous donc, milord? interrogea Gabriel.

— J'exige que vous renonciez pour toujours à cette fille dont vous vous êtes fait le champion, à cette Suzanne, que vous ne pouvez aimer, puisque ce matin encore elle vous était inconnue !

— Pardonnez-moi, mon père, je l'aime... Je l'ignorais encore tout à l'heure, mais vos paroles me font voir clair dans mon âme... et, quoi qu'il puisse advenir, je jure de la défendre contre tous!

— Malheureux ! s'exclama lord Stephen avec fureur.

En ce moment, la porte s'ouvrit violemment et Bettina parut, suivie de Jonathan Glass.

Pâle, effarée, la vicomtesse s'élança vers son époux :

— Milord, au nom du ciel ! revenez à vous...

Lord Stephen la repoussa durement.

— Laissez-moi... laissez-moi, madame... Votre fils me brave...il m'insulte !... et c'est vous qui le lui ordonnez !...

— Moi !...

— Oui, vous, et ce vieillard... ajouta le vicomte en désignant le père de Bettina. Mais il ne sera pas dit qu'on se sera joué de moi impunément...

Se retournant vers Gabriel :

— Demain, monsieur, vous quitterez la France.

— Ah ! s'écria la vicomtesse, c'est infâme, ce que vous faites là, milord, car je vous ai entendu de la galerie voisine, et je sais qu'en éloignant votre fils, c'est un rival que vous exilez !

— Le vicomte d'Olburn n'a pas ce droit, ma mère, répliqua le jeune homme avec calme ; j'ai vingt-deux ans, et la loi me fait libre de demeurer où bon me plaît...

Lord Stephen laissa échapper une sourde exclamation de colère.

Mais son visage s'éclaira d'une joie sinistre en voyant le baronnet Walter qui lui désignait du doigt la vicomtesse avec un clignement d'yeux significatif.

— Soit ! reprit alors le vicomte, restez en France, monsieur, puisque vous osez invoquer contre ma volonté le bénéfice de la loi... Mais, ajouta-t-il en appuyant sur les mots, si votre majorité vous affranchit de ma tutelle, elle ne délie pas votre mère de l'obéissance qu'elle me doit, et c'est elle qui, demain, à votre place, reprendra la route de l'Angleterre !

Gabriel pâlit affreusement.

— Milord, dit-il ensuite d'une voix étouffée, vous êtes cruel !

— Oh ! gémit le vieux John Glass, et ma fille est l'esclave de cet homme !

— Son esclave ! reprit Bettina avec un sourire, vous vous trompez, mon père.

Regardant en face le vicomte :

— Milord, continua-t-elle, est-ce bien vrai que vous voulez me séparer de mon fils.

— Vous séparer ! répliqua lord Stephen en raillant. Je tiens, tout au contraire, à vous rapprocher...

La vicomtesse lui jeta un regard étonné :

— Que signifie ?...

— Cela signifie, madame, que votre fils, je n'en doute pas, aime trop sa mère pour la laisser partir seule et ne pas lui sacrifier un caprice éphémère.

Gabriel courut à Mᵐᵉ d'Olburn et la serra entre ses bras.

— Oui, ma mère bien-aimée, s'écria-t-il ensuite, oui, nous partirons ensemble... Ma tendresse pour vous efface tous les autres sentiments, et quels que soient les liens qui puissent me retenir en ce pays, je partagerai votre exil sans me plaindre.

— Cher enfant ! murmura l'épouse de lord Stephen avec une tendre gratitude.

Ah! j'étais bien certaine à l'avance de ta réponse... mais je n'accepte pas ton sacrifice... Tu ne partiras pas!

— Que dit-elle? pensa le vicomte.

— Milord, reprit Bettina en se retournant vers lui, il faut que je vous parle.

— Eh! madame, interrompit brusquement Stephen Lowe, épargnez-vous des prières et des supplications inutiles... Ce que j'ai dit est dit, et mes ordres s'exécuteront!...

— Des prières, répéta Mme d'Olburn, des supplications!... Non! poursuivit-elle avec un amer sourire, non, je sais que depuis longues années mes prières sont sans effet sur vous...

— Que voulez-vous donc, alors?

— Vous allez le savoir.

Se retournant vers son fils et vers le vieux Jonathan :

— Mon père... Gabriel... ajouta la vicomtesse, laissez-nous, je vous en prie...

Le jeune homme et John se retirèrent lentement et cherchant à lire dans les yeux de Bettina le dessein qui lui était venu à l'esprit.

Sir Walter s'apprêtait à les suivre, mais Mme d'Olburn lui fit signe de demeurer.

— Ce que j'ai à dire à mon époux, vous pouvez l'entendre, milord.

Le baronnet s'inclina sans répliquer un seul mot, reprit nonchalamment sa place sur l'une des ottomanes, tira ensuite un havane de son étui, et l'alluma tout en demandant à la vicomtesse, d'un ton légèrement ironique :

— Le cigare vous incommode-t-il, milady?

— Je ne sais, milord, répondit Bettina, en le regardant en face, on n'a jamais fumé devant moi.

Sir Walter se mordit les lèvres et jeta son cigare.

Pendant ce temps, lord Stephen avait fermé la porte donnant sur la galerie, et tiré l'épaisse tenture orientale qui cachait cette entrée.

Revenant au milieu du petit salon :

— Parlez donc, madame, dit-il brièvement, je vous écoute.

— Milord, répliqua la vicomtesse, je ne veux pas quitter la France...

— En vérité!... ricana son époux.

— Non! reprit Bettina, je ne veux pas... non pour moi, grand Dieu!... la France ou l'Angleterre, peu m'importe... mais pour Gabriel, pour mon fils, je dois rester en ce pays; car si je pars, il partira, et ce sera son éternel malheur!

— Eh! que me fait à moi le bonheur ou le malheur de ce jeune homme! s'exclama brusquement lord Stephen.

— Si vous le haïssez, reprit Mme d'Olburn, je l'aime, moi, je l'aime de toutes les forces de mon âme; car il est bon, noble et généreux... Durant de longues années je luttai contre mon propre cœur et je ne témoignai à ce pauvre enfant qu'une glaciale indifférence... Je me faisais une loi de lui refuser mes baisers et mes caresses, et lorsqu'il me tendait ses petits bras, je détournais les yeux pour ne pas lui répondre... Mais au fur et à mesure que je vis, avec les années, se développer en lui toutes les grâces du visage, tous les charmes de l'esprit, toutes les beautés de l'âme, je sentis mon cœur qui allait à ce doux enfant et je me pris à le chérir sans

— Qu'exigez-vous donc, milord?

arrière-pensée et sans scrupule!... Ah! milord, si votre vie aventureuse ne vous
avait pas tenu presque perpétuellement éloigné du toit conjugal, vous auriez pour
Gabriel une affection égale à celle que je lui ai vouée et vous ne le traiteriez pas en
ennemi, en rival!

A ces derniers mots, lord Stephen fit un mouvement d'indicible colère.

— Un ennemi! un rival!... murmura-t-il sourdement. Oui! vous dites vrai,
madame, cet homme est cela pour moi, et, de ce jour, c'est entre lui et moi une irré-
conciliable haine... Ne tentez donc pas de nous rapprocher... et n'essayez pas,
surtout, de me faire revenir sur ma décision... Demain, au point du jour, vous

partirez!... Oui, vous partirez, répéta-t-il avec force en voyant errer sur les lèvres de son épouse un sourire de dénégation, car votre éloignement peut seul amener celui de votre fils... et conjurer d'étranges malheurs peut-être et de terribles catastrophes!

— Ainsi, questionna Mme d'Olburn, votre résolution est irrévocable?

— Irrévocable.

— C'est bien! reprit froidement la vicomtesse. En ce cas, ce soir même, la justice connaîtra ce qui s'est passé à Paris en la nuit du 20 novembre 1815.

— Taisez-vous, madame, taisez-vous! dit vivement lord Stephen.

— Ah! vous voulez la guerre, milord, poursuivit la noble femme avec une sorte de fièvre, eh bien, vous l'aurez...

— Malheureuse! oserez-vous?

— J'oserai tout pour le bonheur de Gabriel.

— Vous êtes folle, tenez... fit le vicomte en haussant les épaules, et les magistrats vous traiteront comme telle... car il ne suffit pas, en France, de révéler un crime, il s'agit de le prouver...

— Quoi! vous pouvez supposer qu'un magistrat, quel qu'il soit, doutera de ma parole, lorsque je jurerai que mon fils, mort il y a vingt ans, a été remplacé par un enfant volé!...

— Eh! je vous le répète, madame, il faut des preuves, et vous n'en avez pas.

— La clause de mon contrat n'en est-elle pas une... terrible, accablante?... Ne comprendra-t-on pas que vous ne vous êtes rendu coupable de cette substitution que pour conserver cette fortune que vous tenez de mon père et qui devait s'éteindre à la mort de mon fils?

— Mais ne comprenez-vous pas, vous, répliqua lord Stephen en broyant entre ses mains les mains de la vicomtesse, ne comprenez-vous pas qu'en m'accusant, vous vous accusez vous-même?...

Mme d'Olburn se prit à rire fébrilement.

— Que m'importe! dit-elle ensuite. Je me soucie bien vraiment de mon salut ou de ma perte... d'ailleurs, on connaîtra les motifs qui m'ont fait consentir à devenir votre complice... Je ne voulais pas désespérer mon père!...

— Belle raison, vraiment...

— Mais je vous le répète, milord, de moi il adviendra ce qu'il pourra, et je subirai mon sort sans me plaindre, du moment que je me serai vengée de vous... du moment que je vous aurai fait expier, par la misère et par la honte, toutes les larmes que j'ai versées, toutes les tortures que j'ai subies par votre faute.

Lord Stephen demeura quelques secondes sombre et silencieux, puis relevant le front :

— Je disais tout à l'heure que vous étiez folle... prenez garde que ce que j'ai dit tout bas, je ne le répète tout haut!

— Faites-le donc!

— Oui, de par Dieu! je le ferai si vous osez, vous, mettre votre menace à exécution!... Et l'on me croira, je vous le jure, car vous serez seule à m'accuser, seule à vous accuser vous-même... Qui connaît notre secret, après tout? sir Walter et

Kocoding ! L'épouse de ce dernier le connaissait aussi... ajouta le vicomte avec un horrible sourire, mais les morts ne parlent pas... Quant à la femme de la rue du Buisson-Saint-Louis, elle a disparu depuis longtemps ; et, d'ailleurs, quand son intérêt ne serait pas de se taire, que dirait-elle ? Que votre fils est mort chez elle, et voilà tout... Et vous, vous-même enfin, que pourriez-vous révéler ? N'ai-je pas eu le soin de vous taire jusqu'au nom de cet enfant que vous avez trouvé ici, dans cette même chambre où nous sommes ?... Or, sans preuves, sans indices même, je vous le répète, vous passerez pour folle aux yeux de tous !

La vicomtesse le considéra quelques secondes d'un air de suprême ironie ; puis, lontement, elle lui dit :

— J'ai des preuves et j'ai des témoins.

Lord Stephen tressaillit, et sir Walter, malgré son grand sang-froid, sursauta dans son coin.

— Des preuves !... des témoins !... balbutia le vicomte.

Bettina reprit de sa même voix lente et mesurée :

— Gabriel est le fils d'un brave marin qui s'appelait Pierre Lavarès et d'une pauvre femme qu'on nommait Fanchon la vielleuse !

Lord Stephen poussa un cri de stupeur et le baronnet se leva brusquement.

— Quel démon vous a révélé ce mystère ? interrogea le vicomte, plus pâle qu'un mort.

— Qui ? Fanchon elle-même... répliqua Mme d'Olburn.

— Fanchon !... vous l'avez vue ?...

— Oui ! et la malheureuse m'a tout dit... En rentrant en sa demeure, toute faible encore et presque mourante, un épouvantable spectacle s'est offert à sa vue... Son frère privé de la raison, se tenait près du lit, où la veille, elle avait laissé son petit enfant endormi... Chose horrible à penser !... épouvantable à dire !.., l'enfant n'était plus qu'un cadavre défiguré, hideux, méconnaissable !..., A moitié folle de désespoir et de terreur, la pauvre mère voulut interroger son frère... mais le malheureux insensé ne lui répondit que par un rire sinistre et par un refrain de mort qu'il se prit à chantonner... L'infortunée Fanchon saisit alors le petit cadavre entre ses bras comme pour tenter de le ranimer... et, en l'arrachant du grabat où il était étendu, elle fit tomber un fichu de dentelle qui portait un chiffre et un blason...

A ces mots Bettina mit sous les yeux de lord Stephen un fichu jauni par le temps.

— Tenez, poursuivit-elle, ces armes sont celles des d'Olburn... cette couronne est la vôtre, monsieur le vicomte !...

Lord Stephen était anéanti.

— Fanchon sait tout ! murmurait-il. Oh ! je suis damné !

— Rassurez-vous, monsieur, l'infortunée ignore votre crime...

— Que dites-vous ?

— Elle croit son fils mort... et ce fichu n'a été conservé par elle que comme souvenir de son enfant.

Le vicomte respira.

— Dieu soit loué ! fit-il en passant la main sur son front.

Bettina marcha vers lui.

— Pensez-vous maintenant, dit-elle que les magistrats puissent traiter de folie ma dénonciation?... Répondez!

Lord Stephen comprima un mouvement de rage.

Après un silence :

— Je cède, madame, répliqua-t-il d'une voix étouffée. Vous demeurerez en France et votre fils ne partira pas.

La vicomtesse ouvrit précipitamment la porte et courut rejoindre, à l'extrémité de la galerie, Gabriel et John Glass, qui devisaient ensemble, assis sous le feuillage.

— Mon fils!... mon fils !... cria-t-elle joyeuse en baisant au front le jeune homme, nous resterons en France tous les deux... votre père y consent... Remerciez-le!

Lord Stephen et Walter avaient quitté le fumoir à la suite de Bettina.

Gabriel courut au-devant du vicomte.

— Milord est-il donc vrai...

Lord Stephen lui tendit la main.

— J'ai tout oublié, dit-il ensuite avec une effusion merveilleusement jouée.

Puis, en lui-même, il ajouta :

— Patience... patience... mon beau Gabriel, avant peu, tu sauras qui je suis.

En ce moment un cri terrible retentit au fond de la serre.

Tout le monde se retourna stupéfié, et l'on reconnut la pauvre vielleuse et l'idiot que Gabriel avait, dans la journée, amenés à l'hôtel pour les mettre tous deux sous la protection de la charitable vicomtesse d'Olburn.

Courant à lord Stephen :

— Lui! c'est lui! c'est bien lui !... murmura la pauvresse.

Elle saisit son frère par la main et l'entraîna vers le vicomte.

— Jacquinet, lui dit-elle ensuite, le reconnais-tu, cet homme? C'est le démon de notre famille!

L'idiot poussa, lui aussi, un long cri d'épouvante et, se délivrant de l'étreinte de sa sœur, il s'enfuit en un coin de la galerie.

Le vicomte d'Olburn était stupéfié.

— Que veut dire tout ceci? s'exclama-t-il, et quelle est cette femme?

— Qui je suis? reprit la malheureuse, vous demandez qui je suis? Eh quoi! la misère, le désespoir m'ont-ils donc à ce point changée et vieillie que vous ayez perdu toute souvenance de mes traits?... Regardez... mais regardez-moi donc, lord Stephen, et rappelez-vous le passé!

Le vicomte demeura quelques secondes les yeux fixés sur la pauvresse, essayant de lire son nom sur son visage...

Puis le nom de « Fanchon » s'échappa de ses lèvres.

L'infortunée poussa un éclat de rire strident, frénétique.

— Ah! tu te souviens enfin! dit-elle.

S'adressant à la vicomtesse et à son fils :

— Je vous ai dit toutes mes misères et toutes mes tortures... poursuivit Fanchon, mais ce que vous ignorez encore, c'est le nom de celui qui m'a plongée dans le sombre abîme où je me débats depuis vingt longues années... Eh bien! ce nom...

c'est celui de cet homme... de ce monstre... c'est celui de lord Stephen Lowe, vicomte
d'Olburn.

— Assez ! hurla ce dernier au comble de l'exaspération, assez, ou malheur à toi !

Fanchon se reprit à rire :

— Malheur à moi ! dis-tu ; eh ! qu'ai-je à craindre maintenant... et que pourrais-tu
faire de plus que ce que tu as fait ?... Avec toi la ruine et l'incendie sont entrés dans
ma demeure... Que dis-je !... la mort même est venue à ta suite... mon fidèle serviteur a été ta première victime... puis tu as voulu m'assassiner... et mon pauvre
enfant, privé des soins maternels, est mort par ta faute !... Ce n'est pas tout... quelques jours après le trépas de mon fils, il m'a fallu pleurer celui de mon époux... de
Pierre Lavarès, fusillé par tes ordres !... Et tu oses encore me menacer !... Oh ! je
te le répète, milord, je ne crains plus rien... Tu ne saurais me faire plus misérable... j'ai bu jusqu'à la lie le calice des souffrances humaines... et la mort même
ne saurait m'épouvanter !

— Et je porte le nom de cet homme ! gémit Bettina.

— Et je suis son fils ! ajouta Gabriel en se cachant la tête entre les mains.

Fanchon les avait entendus l'un et l'autre...

— Que dites-vous ?... Vous, madame, si bonne et si charitable... vous, monsieur,
si noble, si grand, si courageux, si compatissant... lord Stephen est votre époux !...
lord Stephen est votre père !... Ah ! j'ignorais votre nom... si je l'eusse connu,
j'aurais commandé à ma douleur, j'aurais imposé silence à ma haine, et je ne vous
aurais pas fait frisonner et rougir en vous disant le nom de mon bourreau !

La vicomtesse et Gabriel demeurèrent muets.

La pauvresse continua :

— Puisque je suis ici chez le vicomte d'Olburn, mon devoir m'ordonne de
m'éloigner.

S'adressant à Bettina :

— Adieu, madame, adieu ! En me séparant de vous, pour toujours peut-être,
j'emporte le souvenir de votre bonté, de votre charité divine, et je jure de mêler
votre nom à mes prières jusqu'au jour de mon trépas.

Se retournant ensuite vers Gabriel, elle reprit avec plus d'émotion encore :

— Monsieur, pour toujours aussi je vous quitte sans doute, et tout mon cœur se
brise à cette pensée fatale... car je ne sais quel lien étrange me rattache à vous...
je ne sais quelle voix mystérieuse me dit que nous n'eussions pas dû être étrangers
l'un à l'autre... Mais, sur le seuil de cette demeure, ô noble cœur, je vous conjure
de recevoir les vœux et les bénédictions de la pauvre mendiante que vous avez
sauvée !

Gabriel, involontairement, sentit, à ces paroles, des larmes d'attendrissement
lui venir aux yeux...

Quant à la vicomtesse, non moins émue, non moins troublée que son fils, elle
s'élança du côté de Fanchon pour lui dire :

— Embrassez-le, c'est votre fils et non le mien !

Mais déjà la mendiante et l'idiot avaient disparu, et Bettina ne rencontra à leur
place que maître Kocoding, qui venait de pénétrer dans la serre.

Ce dernier s'approcha mystérieusement de lord Stephen.

— Milord... fit-il en s'inclinant.

— Qu'est-ce encore ?... que veux-tu ?...

— Milord, c'est la femme à barbe, répondit le coquin à voix basse.

Le vicomte le regarda sans comprendre.

— Eh ! oui, reprit Kocoding, la Faustine Roussillon... l'herboriste de la rue du Buisson-Saint-Louis.

Lord Stephen ne put retenir un cri de dépit et de rage.

— Elle aussi ! maugréa-t-il ensuite. Tout l'enfer est-il donc aujourd'hui déchaîné contre moi ?

Peu après, l'épouse du vieil apothicaire était enfermée avec le vicomte d'Olburn.

Trois heures plus tard, c'est-à-dire vers minuit à peu près, ce dernier frappait doucement à la porte d'une boutique du faubourg du Temple, à deux pas du canal Saint-Martin.

Au haut de cette boutique, à la lueur équivoque d'une lanterne vacillante, on pouvait lire ces mots en lettres jaunes :

« Fromagin, apothicaire. »

IV

LA PHARMACIE DU FAUBOURG DU TEMPLE

La porte de la boutique s'était entr'ouverte mystérieusement.

Lord Stephen en franchit le seul et se trouva bientôt face à face avec la mère de Mlle Moleskine.

A la lueur d'une petite lampe ornée d'un abat-jour vert, que la grosse dame tenait à la main, le vicomte put jeter un coup d'œil dans la salle où il venait de pénétrer.

— Ici, murmura-t-il, la mort et la vie dorment côte à côte !... Près des plantes salutaires et des remèdes sauveurs, voici les fleurs qui donnent le sommeil et les poisons sinistres qui tuent plus promptement que ne le ferait la foudre !... Le poison !... le poison ! répéta-t-il.

Et, malgré lui, un frisson étrange lui parcourut tout le corps.

La voix de la mère Fromagin le fit revenir à lui.

— Venez, venez, lui disait-elle.

Il suivit la femme à barbe.

Celle-ci se dirigea vers l'arrière-boutique.

Près du comptoir, le jeune Grenouillot dormait sur son lit de sangle, de ce sommeil lourd et bruyant que procure l'ivresse.

— Ne faites pas attention, milord, dit la pharmacienne, c'est notre commis... notre élève... Il s'est grisé aujourd'hui, à la barrière, et M. Fromagin l'a ramené

de force à la boutique... C'est si bête, ces jeunes gens d'aujourd'hui ; pour une
goutte que ça se fourre sous le nez, c'est soûl comme la bourrique à Robespierre !

Tout en parlant, Mme Faustine avait gagné l'arrière-boutique, puis le petit
escalier étroit et tortueux qui conduisait à l'étage supérieur.

Lorsque lord Stephen fut enfermé, seul avec la pharmacienne, celle-ci avança un
fauteuil à son hôte près d'un guéridon sur lequel elle avait eu soin de placer un
flacon de cognac et deux gobelets d'argent.

Mme Faustine les remplit jusqu'au bord.

— Goutez-moi ça, mon joli milord, dit-elle ensuite, vous m'en direz des nouvelles... c'est de la fine champagne, rien que ça... un vrai nectar !...

Le vicomte repoussa le gobelet.

— Merci, fit-il, je n'ai pas soif.

— Vous avez tort, reprit. la femme de l'apothicaire, c'est un velours sur l'estomac...

— Je n'ai pas soif, vous dis-je, interrompit lord Stephen avec impatience. Au
surplus, je suis venu chez vous, cette nuit, non pas pour boire, mais pour parler
d'affaires. Vous connaissez mon secret, m'avez-vous dit à l'hôtel d'Olburn... Mon
véritable fils est mort, prétendez-vous, et celui qui porte mon nom est un enfant
volé... Je viens chercher à ce sujet l'explication que vous m'avez promise.

— Voici la chose : la nuit même de la mort de votre héritier, quelques minutes
à peine après que vous veniez d'emmener madame la vicomtesse d'Olburn, et tandis que, du seuil de ma petite boutique, je regardais filer à toute vitesse votre
chaise de poste, un jeune garçon vint à moi les yeux hagards et la face bouleversée...
Je le reconnus... La veille même, il était venu me chercher pour un petit enfant
malade... car, dans le quartier, on savait que les maladies de l'enfance, c'était ma
partie... Je n'y étais pas retournée, parce que j'avais vu que j'en serais pour mes
frais de dérangement... mais le pauvre hère semblait si désespéré que, ma foi, je
me laissai attendrir et que je partis avec lui. C'était dans la grande rue de Belleville
que ces malheureux demeuraient, dans une maison isolée qui avait l'air d'un vrai cimetière... Le jeune garçon me conduisit près du petit enfant... et, tout ébaubie, je
reconnus celui-là même qui venait de trépasser entre mes mains... « C'est bon, que
je me dis, gardons ce secret-là pour nous, ça pourra peut-être nous servir. » Ce soir,
j'ai entendu prononcer votre nom à l'*Ile d'Amour*, et comme j'avais justement quelque chose à vous demander, je suis allée carrément vous relancer jusqu'à votre
hôtel, dont j'avais su adroitement me procurer l'adresse au bureau de police !

Lord Stephen la regarda en face :

— C'est de l'or que vous voulez, n'est-ce pas ?... Eh bien, parlez. Voyons...
combien exigez-vous ?

— De l'or, répliqua la pharmacienne, eh bien, voilà ce qui vous trompe, monsieur l'Anglais, il n'est pas question pour le quart d'heure de ce vil métal !

Le vicomte jeta sur elle un long regard de surprise.

— Ah ! ah ! ça vous paraît cocasse, pas vrai, mon petit père ? poursuivit la
femme à barbe. C'est pourtant crmme j'ai l'honneur de vous l'affirmer.

— Eh ! que réclamez-vous donc alors ?

Mᵐᵉ Faustine prit un air sentimental et larmoyant.

— Monsieur le vicomte, dit-elle avec une émotion splendidement comique, telle que vous me voyez, je suis mère.

— De grâce, madame !... fit Stephen avec impatience.

— Mère d'une fille charmante, adorable... poursuivit la pharmacienne sans prendre garde au mouvement de son interlocuteur. En un mot, môssieur, c'est un ange que ma petite, un vrai ange du bon Dieu... Il ne lui manque qu'une paire d'ailes... mais ça lui poussera plus tard.

— Mon Dieu, madame ! ces détails...

— Sont indispensables avant d'en arriver à la demande que j'ai à vous adresser...

D'un ton plus larmoyant encore, elle reprit :

— Ma fille a dans le cœur un amour violent, une de ces toquades que rien ne peut extirper, et contre lesquelles le diable lui-même ne peut rien.

— C'est fort triste sans doute, madame, répliqua le vicomte de plus en plus impatienté, mais que voulez-vous que je fasse à cela ?

— Ce n'est pas tout, monsieur, reprit la femme Fromagin ; ma fille veut devenir l'épouse de celui qu'elle aime.

— Eh ! morbleu ! s'exclama lord Stephen en se levant, me prenez-vous pour un agent matrimonial ?...

— Monsieur le vicomte, continua la pharmacienne impassible, j'ai l'honneur de vous demander la main de monsieur votre fils pour mademoiselle ma fille.

Lord Stephen, stupéfié, considéra quelque temps l'audacieuse créature sans lui répondre.

Puis, brusquement :

— Ceci est un jeu, je suppose...

— Un jeu ! reprit aigrement Mᵐᵉ Faustine. Pourquoi donc, s'il vous plaît ?...

« Ma fille vaut bien, après tout, le fils de Fanchon la Vielleuse !

— Le fils de Fanchon la Vielleuse porte aujourd'hui mon nom, et vous devriez comprendre qu'un d'Olburn ne saurait s'allier à mademoiselle Fromagin.

— Primo, d'abord ! riposta la pharmacienne, ma petite n'est pas une Fromagin... elle date de bien longtemps avant mon mariage... J'ai eu l'honneur de lui donner l'être alors que j'étais encore mademoiselle Roussillon... C'était après l'invasion de 1814. Un officier russe fut le père de mon enfant... Il s'appelait le comte Moleskin, et c'est pourquoi j'ai octroyé à la petite le nom de Moleskine !

— Moleskine ! répéta lord Stephen ; quoi ! Moleskine est votre fille !

— La connaissez-vous ?... interrogea vivement la pharmacienne.

— Oui ! oui ! répondit le vicomte d'un ton singulier, je la connais... un peu... oh ! très peu... je me suis trouvé quelquefois seulement avec elle, chez une de ses amies...

— Voyez-vous cette mâtine-là qui ne m'a pas dit un mot de ça !... fit Mᵐᵉ Faustine d'un ton piqué. C'est trop fort de café, par exemple !... Me faire des cachoteries, à moi, sa mère !... Ah ! je comprends maintenant, poursuivit l'ex-herboriste,

Vers minuit, l'homme frappait doucement à la porte d'une boutique.

oui, je comprends pourquoi, en vous apercevant ce soir à l'*Ile d'Amour*, elle a si vite rabattu son voile sur son visage... Ah ! la petite vous connaît et vous la connaissez ! Eh bien, alors, qu'en dites-vous ? Pas vrai que c'est une jolie fille et crânement bien élevée ? soit dit sans me vanter.

— Ah ! la belle Moleskine veut devenir ma bru ! murmura lord Stephen, sans répondre à la vieille. Pardieu ! ajouta-t-il en lui-même, ce serait un merveilleux moyen de me venger de ce Gabriel maudit que de l'associer pour la vie à ce charmant démon dont j'ai pris soin de développer moi-même tous les mauvais instincts ?

— Quoi donc que vous ruminez là ? interrogea la pharmacienne.

— Madame Fromagin, répliqua le vicomte, vous me demandez une chose grave, très grave et fort difficile d'exécution, car je connais mon fils, et j'ai tout lieu de croire qu'il opposera au mariage en question une résistance opiniâtre... Toutefois, je pense qu'avec beaucoup d'adresse, Moleskine en arrivera à ses fins... Quant à moi, je vous fais la promesse formelle d'aider à ce dénoûment de toute ma puissance... Avant de rien entreprendre, il faut que je m'entende avec votre fille... A nous deux, nous chercherons le moyen de conclure ce mariage, et je vous certifie que nous le trouverons.

— Eh bien, vrai, voilà de bonnes paroles, exclama la pharmacienne radieuse ; je ne pensais pas que vous prendriez la chose de cette façon-là !... Puisque vous êtes aussi arrangeant, je vous promets, à mon tour, de ne jamais souffler le mot à qui que ce soit de la nuit du 20 novembre 1815.

— J'y compte, répondit l'Anglais. Où demeure votre fille ?... Depuis tantôt quatre ans, je l'ai perdue de vue, et sans doute elle a quitté la maison qu'elle habitait à cette époque.

— Oh ! il y a beaux jours qu'elle a lâché le quartier Montmartre... elle perche maintenant en plein faubourg Saint-Germain, au numéro 60 de la rue de Vaugirard.

— Numéro 60, rue de Vaugirard ! répéta lord Stephen avec étonnement.

— Vous connaissez la maison ?

L'Anglais répondit affirmativement.

— Pardieu ! ajouta-t-il en aparté, le hasard est singulier qui réunit dans la même demeure Suzanne et Moleskine !

Il prit congé de la pharmacienne.

Lorsqu'il fut au bas de l'escalier qui donnait dans l'arrière-boutique :

— Cette maison n'a-t-elle pas une autre sortie que celle du faubourg ? demanda le vicomte à Mᵐᵉ Faustine.

— Vous avez peur qu'on ne vous voie filer de chez nous ?

— Vous l'avez dit, répliqua lord Stephen. Tandis que je frappais tout à l'heure, il m'a semblé qu'un homme m'espionnait... et pour la réussite de nos projets, il est urgent que nul ne sache que nous sommes de connivence.

— C'est juste. En ce cas, suivez-moi, milord. Par la petite porte du canal, vous pourrez décamper sans danger. Là, il n'y a jamais âme qui vive.

Alors, au lieu de rentrer dans la boutique, la femme de l'apothicaire ouvrit une petite porte basse et descendit une dizaine de marches.

Le vicomte fit comme elle, et bientôt tous deux se trouvèrent dans une espèce de corridor fort étroit et fort humide, au bout duquel était une deuxième porte.

Mᵐᵉ Faustine la poussa, en franchit le seuil, et l'Anglais l'imita.

Il s'attendait à sentir l'air frais du dehors. Sa surprise fut grande en se trouvant, au contraire, dans une atmosphère lourde, chaude et tout imprégnée d'étranges senteurs et d'indéfinissables émanations.

La lumière tremblotante de la lampe que tenait sa conductrice ne lui permettait pas de distinguer l'endroit où il venait de pénétrer.

— Où sommes-nous donc ? demanda-t-il avec une sorte d'appréhension.

— Dans le laboratoire. C'est ici que M. Fromagin passe presque toutes ses nuits...
S'il n'était pas venu faire un tour aujourd'hui à *l'Ile d'Amour*, il serait déjà à son
fourneau. Ah! c'est que mon époux est un *chimique* de première catégorie! poursuivit Mme Faustine avec orgueil, il cherche pour le quart d'heure la panacée universelle... Rien que ça, excusez du peu!

— La panacée universelle! répéta le vicomte en souriant malgré lui.

— Oui, milord, c'est comme j'ai celui de vous le dire! et il trouvera son affaire,
je vous en réponds... Il est si savant et si entêté, ce vieux mâtin-là! Quand une fois
il s'est fourré quelque chose dans la caboche, il n'y a pas à dire, il faut que ça
réussisse.

Tandis que parlait Mme Faustine, l'Anglais avait machinalement interrogé du
regard tous les coins et recoins du sombre réduit.

Ses yeux s'arrêtèrent sur une armoire à jour toute garnie de bocaux soigneusement bouchés et étiquetés.

— Qu'est cela? demanda-t-il.

— Cela, répliqua la pharmacienne, c'est la boîte aux poisons; n'approchez pas...
ça mord!

— Les poisons! répéta lord Stephen en tressaillant malgré lui.

— Oui, répliqua Mme Faustine, ce pauvre cher Fromagin est si bon, si bon, et il
a si peur qu'il n'arrive quelque accident, qu'il a pris soin de renfermer ici, dans
son laboratoire, toutes les substances vénéneuses qui entrent dans la composition
de certains médicaments...

Approchant sa lampe du casier :

— Y en a pour tous les goûts là dedans, poursuivit-elle. Avec ce qu'il y a sur
ces rayons, on pourrait d'un seul coup faire crever tout Paris!

— Du poison!... du poison! murmura lord Stephen avec fièvre.

La pharmacienne continuait à éclairer l'armoire sinistre.

Et l'Anglais put lire l'un après l'autre ces noms terribles se détachant en noir
sur un fond rouge :

Sublimé corrosif.

Noix vomique.

Acide sulfurique.

Sulfate de cuivre.

Poudre de cantharides.

Acétate de morphine.

Acide prussique.

Arsenic.

Plus longuement que les autres, il considéra ce dernier poison.

— Qui est-ce qui croirait, fit en riant Mme Faustine, que cette petite poudre
blanche possède un si mauvais caractère?... On dirait de la farine, pas vrai?... de
la bonne farine du bon Dieu!... au lieu de ça, c'est de la poudre du diable!... Une
pincée qu'on avale, et vlan! la farce est jouée!... Ce qui prouve que l'habit ne fait pas
le moine et qu'il ne faut pas se fier aux apparences!... Si monsieur le vicomte a des
rats et des souris qui le gênent, je me recommande à lui.

— Partons ! partons ! dit brusquement lord Stephen.

Et tandis que la pharmacienne se dirigeait vers un escalier de quelques marches, au haut duquel se trouvait la porte du canal, il répéta tout bas :

— Du poison ! du poison !

Machinalement, au fur et à mesure que Mme Faustine gravissait les degrés, il se rapprochait de l'armoire. On eût dit qu'une main invisible le poussait de ce côté.

Enfin, au moment même où la femme à barbe mettait la clef dans la serrure, il s'empara du petit bocal d'arsenic et le cacha vivement dans la poche de son habit.

— Monsieur le vicomte, la porte est ouverte... lui cria Mme Fromagin.

— Me voici !... me voici !... répondit lord Stephen en s'élançant vers l'escalier.

Mais comme il mettait le pied sur la première marche, une main osseuse se posa sur son épaule.

L'Anglais poussa une involontaire exclamation d'épouvante et se retourna...

Il vit alors un grand vieillard maigre, osseux, d'allure bizarre et presque terrifiante, un de ces bonshommes fantastiques comme il s'en trouve dans les contes d'Hoffmann.

C'était le vieil apothicaire.

— Milord, lui dit-il d'une voix stridente qui bruit aux oreilles du vicomte comme un grincement métallique, avant de vous éloigner, vous daignerez, je l'espère, m'octroyer quelques secondes d'entretien.

L'Anglais frissonna des pieds à la tête.

— Qui êtes-vous ? balbutia-t-il effaré. Que me voulez-vous ?

— Eh ! c'est M. Fromagin ! cria Mme Faustine du haut de l'escalier.

Lord Stephen respira et revint à lui.

— Ma chère amie, dit le vieux pharmacien à son épouse, laissez-nous, je vous prie, j'ai à parler à M. le vicomte d'Olburn.

— A moi, monsieur ? fit lord Stephen avec un regard soupçonneux.

— A vous ! répliqua le bonhomme avec un sourire qui fit au vicomte l'effet d'une grimace diabolique.

Non moins intriguée que l'Anglais, la pharmacienne referma la porte de la rue et s'éloigna après avoir allumé à sa lampe une bougie qu'elle laissa dans le laboratoire.

Lorsque le vieil apothicaire fut certaine que Mme Fromagin avait quitté le corridor, il saisit brusquement le bras du vicomte et lui dit :

— Qui donc voulez-vous empoisonner, milord?

— Misérable ! s'exclama lord Stephen, en blêmissant.

— Allons ! allons ! reprit le vieillard avec un rire atroce, ne jouez pas l'indignation, mon beau gentilhomme... Je m'étais glissé à votre suite dans le corridor, et par cette porte entre-bâillée j'ai pu voir et j'ai vu l'émotion singulière, le trouble violent qui se sont emparés de vous à la vue de cet arsenal de la mort !...

— Moi !... ému... troublé... interrompit le vicomte qui peu à peu reprenait son aplomb, allons, vous êtes fou...

Et, ce disant, lord Stephen fit quelques pas vers l'escalier qui menait au dehors.

Les doigts crochus du bonhomme le retinrent de nouveau.

Puis, de sa même voix stridente et métallique, l'apothicaire reprit :

— Vous n'avez donc pas entendu, milord?... Je vous ai épié, je vous le répète, et je vous ai vu!... Encore une fois, qui voulez-vous empoisonner?... A qui destinez-vous le nanan que vous m'avez volé tout à l'heure?

Lord Stephen regarda le grand vieillard avec une sorte d'effarement et ne répondit pas.

— Vous refusez de me faire vos confidences, continua l'autre avec un ricanement sinistre, soit. Vous parlerez plus tard... quand j'aurai parlé, moi!

L'Anglais était littéralement stupéfié.

— Quel est cet homme, se demanda-t-il.

— Je vais vous le dire, répondit l'étrange personnage en plongeant son regard dans les yeux du vicomte.

Puis il lui fit signe de s'asseoir sur une escabelle et prit place lui-même sur une vieille caisse vide.

— Le 17 juillet 1676, dit-il ensuite, une femme a été livrée au bourreau comme empoisonneuse. Elle se nommait Marie-Marguerite Dreux d'Aubrai, marquise de Brinvilliers !

— La Brinvilliers! répéta lord Stephen en frissonnant.

— Oui ! la Brinvilliers! reprit le grand vieillard avec son rire terrible, c'est ainsi qu'on la nomme aujourd'hui, et sa sombre légende, sur laquelle deux siècles ont passé, sert encore à présent de menace et d'épouvantail. Avant son heure suprême, poursuivit le vieil apothicaire, elle avait écrit une lettre à son fils, au bâtard qu'elle avait eu du chevalier de Sainte-Croix, son amant... L'enfant n'avait alors qu'une quinzaine d'années... il adorait sa mère!...

« Mon fils, lui disait-elle dans sa dernière missive, demain ma tête tombera sous la hache, mes restes sanglants seront livrés aux flammes et mes cendres jetées aux quatre vents. Je ne te lègue en expirant qu'un nom exécré, l'opprobre et la misère... mais je te lègue aussi le secret de ce poison terrible qui a semé la mort partout où j'ai porté mes pas... Poursuis mon œuvre fatale! fils du crime, enfante le crime à ton tour! que tes fils reçoivent l'effroyable héritage que je t'impose!... et que, jusqu'à la fin des fins, une grande famille d'empoisonneurs, sortie de moi, répande par toute la terre l'épouvante et la mort! »

« Le fils de la Brinvilliers a obéi à la suprême volonté de sa mère, poursuivit le chimiste, ses fils ont accepté après lui cette formidable tâche, et moi... moi... continua le grand vieillard en se dressant de toute sa haute taille devant lord Stephen éperdu, je suis le dernier descendant de cette race maudite... je suis un Brinvilliers... je suis un empoisonneur !

— Vous! vous ! balbutia lord Stephen.

— Oui, moi! répliqua le chimiste avec un rire frénétique. Cela vous étonne, n'est-ce pas?... Je le comprends! Aux yeux de tous, aux yeux de cette femme elle-même qui vit avec moi, je ne suis autre chose que ce que je veux paraître, c'est-à-dire un pauvre vieux bonhomme de pharmacien, d'apothicaire, bon, tout au plus, à vendre de la graine de lin et de la farine de moutarde aux bourgeois du faubourg. Pour mieux cacher mon jeu, j'ai inventé des pommades ridicules et des médicaments plus ridicules encore... En ce moment, chacun se rit de moi en m'entendant parler de cette fameuse panacée universelle que je me vante publiquement de découvrir un jour !... Ils ne se doutent pas, tous ces braves imbéciles qui me gouaillent, que je passe mes nuits à chercher, non le remède sauveur qui peut faire la vie plus longue, mais le poison qui peut faire la mort plus prompte et plus sûre !

Lord Stephen le considérait épouvanté.

Malgré lui, une terreur singulière le venait envahir, et il avait hâte de s'enfuir de ce repaire.

L'apothicaire remarqua l'air effaré de l'Anglais.

— Que crains-tu ?... reprit-il avec une impudente ironie. Eh quoi ! c'est le vieux papa Fromagin qui te fait ainsi pâlir et frissonner !... Fromagin ! répéta-t-il avec un éclat de rire diabolique. Que dis-tu de ce joli petit nom dont je me suis affublé ?... Le trouves-tu assez bête... assez stupide ? Fromagin ! Bien habile, vraiment, celui qui devinera un Brinvilliers sous ce pseudonyme grotesque !... Un autre, à ma place, eût pris un nom sérieux... moi pas du tout. A l'envers des traîtres de mélodrames et des coquins de nos romans modernes, je veux qu'on rie rien qu'en prononçant mon nom !... Je veux que les gamins, quand je passe, crient : *à la chie-en-lit !* en voyant mes nippes et ma perruque de l'autre siècle... C'est si bon de faire rire ses contemporains, en attendant qu'on les envoie dans le grand trou !... Certes, poursuivit l'infernal vieillard en ricanant de plus belle, je voudrais voir la mine étonnée que feront mes victimes lorsqu'elles apprendront qu'elles doivent leur sort à cette vieille caricature de père Fromagin ?

Pendant ces dernières paroles, lord Stephen était parvenu à reprendre quelque peu de son aplomb et de son sang-froid.

S'approchant du pharmacien et le regardant en face :

— Savez-vous bien, monsieur le pourvoyeur de cimetières, lui dit-il d'un ton presque assuré, que vous êtes terriblement imprudent de me révéler de la sorte l'effroyable mystère de votre sinistre existence !

Le vieux chimiste recommença ses ricanements :

— Ah ! ah ! ah ! quelles belles grandes phrases que tu me fais là, cher milord de mon cœur ! Parions que tu as entendu ça au boulevard du Crime, dans quelque pièce de la Gaîté ou de l'Ambigu !... Un conseil, monsieur le vicomte ; ne cultivez pas trop avec moi cette littérature redondante... je n'y entends goutte... Je suis un pauvre bonhomme bien naïf et bien simple, et j'aime à parler naturellement. Ceci posé, revenons à vos moutons. Pourquoi suis-je si imprudent que vous le dites, je vous prie ?

— Pourquoi ? répliqua lord Stephen, en appuyant sur les mots, parce que rien ne m'empêche, en m'éloignant d'ici, d'aller tout droit chez le procureur du roi et de vous dénoncer !

Le pharmacien tira de sa poche une tabatière en vermeil, l'ouvrit le plus tranquillement du monde, et s'offrit une prise copieuse, qu'il savoura d'un air béat, satisfait.

Puis, tout en faisant tourner sa boîte entre le pouce et l'index de sa main gauche, il répliqua par ces mots :

— En admettant, estimable monsieur d'Olburn, que vous fussiez assez niais pour aller parler au magistrat susnommé de mes petites affaires, pensez-vous que cet honnête homme serait, lui, assez écervelé pour ajouter foi à vos paroles ?... Et d'abord, que pourriez-vous lui dire ?... Sur quels faits matériels, positifs, appuieriez-vous votre dénonciation ?... « Milord, vous demanderait le procureur du roi, avez-vous été empoisonné ? — Non. — Est-ce quelqu'un des vôtres ? — Non. — En ce cas, laissez-moi en repos et ne fourrez pas votre nez où vous n'avez que faire ; sans quoi cela pourrait vous coûter cher ; en accusant de la sorte ce brave et digne papa Fromagin, vous le calomniez, et la calomnie, en France, se paye au poids de l'or ! » Voilà ce que l'on vous répondrait, *my dear sir*, comme on dit chez vous... Mais on n'aura nul besoin de vous faire cette réplique, par la raison toute simple que vous vous garderez bien d'aller parler à qui que ce soit de mes petites espiègleries...

Lors Stephen commençait à s'irriter furieusement des audacieuses railleries du vieux gredin.

— Il en adviendra ce qu'il pourra, monsieur, fit-il en élevant la voix, mais votre effronterie mérite une leçon, et je jure Dieu que je dirai tout.

— Allons donc ! repartit l'apothicaire en haussant les épaules, les loups ne se mangent pas !

— Par l'enfer ! qu'entends-tu par là, bandit ? s'exclama l'Anglais avec colère, me prends-tu pour un de tes pareils ?

— Oui, pour un de mes pareils ! répondit le vieillard en fixant lord Stephen. Je te l'ai dit, j'ai lu sur ton visage la pensée intime de ton cœur, et j'ai vu ta main frémissante s'emparer d'un poison qui se trouvait ici !

Ce disant, le pharmacien indiquait du doigt la place vide du casier.

Le vicomte enleva précipitamment de sa poche le bocal d'arsenic.

— Reprenez-le ! reprenez-le ! balbutia-t-il. J'étais fou... insensé... mais ma raison est revenue.

Le père Fromagin prit le bocal.

— Ah ! ah ! vous aviez choisi l'arsenic... c'est généralement ce que prennent les commençants, ajouta-t-il avec un calme superbe. C'est un tort. L'arsenic laisse toujours des vestiges faciles à découvrir... Son odeur d'ail saute au nez du chimiste le plus ignare.

Tout en replaçant le bocal sur son rayon :

— L'acétate de morphine vaut cent fois mieux, continua le vieux drôle. Pourtant, depuis Castaing, c'est bien tombé aussi... J'aurais à choisir, que je prendrais de préférence l'acide prussique... Ça tue comme un coup de foudre, et ceux qui meurent de ce poison-là passent aisément pour avoir été frappés d'apoplexie... Mais rien de plus dangereux à manipuler : deux chimistes ont péri en l'étudiant... Scheele et Schœringer !... l'un pour l'avoir respiré de trop près, l'autre pour en avoir laissé tomber une goutte sur son bras nu... A part cela, c'est un poison estimable, dont j'ai toujours été satisfait... Locuste l'employait dans ses breuvages, elle avait raison... La Tophana s'en servait pour ses fruits, et elle n'avait pas tort... Mais quant à vous, vicomte d'Olburn, ce n'est pas tout cela qu'il vous faut.

Prenant dans le casier une toute petite fiole de cristal contenant un liquide aussi transparent que de l'eau de roche :

— Ceci, c'est mon poison à moi!... c'est le fils de mes nuits... c'est l'enfant de mes veilles!... Une goutte, et la mort vient, inévitable, inflexible!... D'abord un mal de tête léger.., presque insensible... qui durant sept jours ne fait que croître et embellir... A partir du huitième, des taches rouges apparaissent sur le corps... puis le délire s'en mêle... Enfin, le vingt et unième jour, c'en est fait... et les médecins consolent la famille de la victime en lui disant que les fièvres typhoïdes sont à l'ordre du jour... Si l'on fait l'autopsie, nulle trace compromettante... Prenez cela, milord, vous verrez que vous en serez content.

Lord Stephen repoussa le flacon.

— J'étais fou, vous dis-je; je ne le suis plus, et je n'ai que faire de votre poison.

— Allons, allons, reprit l'apothicaire, pourquoi tant de façons?... Aujourd'hui ou demain, il faudra bien que vous en arriviez là...

Se rapprochant de l'Anglais et le magnétisant du regard :

— Trois meurtres doivent être commis par vous, poursuivit le vieillard, trois meurtres se commettront!

Lord Stephen poussa un cri d'inénarrable effroi.

— Trois meurtres! balbutia-t-il. Démon, que veux-tu dire?

— Je veux dire que Jonathan Glass doit périr le premier par ta main... car, lui mort, sa fortune reviendra à ton épouse et à ton fils... Je veux dire que ceux-ci périront à leur tour, pour que les millions du vieux changeur puissent t'appartenir en toute propriété!

Le vicomte sentait sa raison chanceler.

— Ah! fit-il en saisissant le bras du vieux chimiste, tu es Satan, n'est-ce pas? car nul autre que lui n'a pu lire dans mon cœur.

L'apothicaire éclata de rire.

— Satan!... moi!... ma foi non; je suis un pauvre vieux bonhomme, et pas autre chose !

— Mais par quelle science infernale as-tu pu deviner?...

— Eh! mon maître, fais trève à tes suppositions extravagantes... Que parles-tu de Satan et de science infernale?... Tout cela est rococo maintenant et tout à fait démodé! Si je sais tout cela, c'est que j'ai des espions intelligents, voilà tout. Ils connaissent ta vie depuis A jusqu'à Z, et si, par le plus grand des hasards, je ne t'avais pris ce soir en flagrant délit, demain, je t'aurais fait faire des propositions que tu eusses inévitablement acceptées... Tu as pris l'initiative... tant pis pour toi !

— Tant pis pour moi, dis-tu? répliqua le vicomte en revenant à lui. Que signifie cette menace?

— Cela signifie, répondit le vieillard d'une voix ferme et haute qu'à partir de cet instant tu m'appartiens corps et âme, vicomte d'Olbrun...

Allant à la muraille, il tira d'une cachette pratiquée, sous la pierre un parchemin roulé, le déploya et le mit sous les yeux de lord Stephen.

— Cette lettre est celle qu'au moment de marcher au supplice la marquise de Brinvilliers a fait parvenir à son fils bien-aimé... Au bas de cette précieuse relique, que ceux de ma race se transmettent d'âge en âge, il y a bien des noms, regarde...

Tout d'un coup le plancher s'ébranla sous ses pieds.

Les douze derniers signataires de ce pacte existent encore et je suis leur chef. Signe à ton tour et tu seras mon treizième soldat !

L'Anglais se croisa les bras.

— Et tu as pu supposer un instant, misérable, que je serais assez absurde pour me mettre à ta merci !… Allons !… je t'avais pris jusqu'à présent pour un coquin véritablement original et fort, je m'aperçois avec peine que je me trompais.

Toisant le chimiste avec un suprême dédain :

— Garde ton philtre de mort, honnête magicien, moi je garde ma liberté et je et dis adieu !

Liv. 14.   14

A ces mots, lord Stephen fit un mouvement pour se diriger vers le petit escalier au haut duquel se trouvait la porte du canal...

Mais dans le moment même, le vieil apothicaire lui posa la main sur l'épaule et ses cinq doigts crochus lui entrèrent dans les chairs comme une serre d'oiseau de proie...

L'Anglais allait cependant se délivrer de cette étreinte, lorsque tout d'un coup le plancher s'ébranla sous ses pieds et le descendit, ainsi que le chimiste, dans une deuxième cave qu'éclairait une lampe sépulcrale et dans laquelle se tenaient, immobiles et silencieux, douze hommes qui portaient des cagoules de pénitents, dont les capuchons, percés seulement de deux trous à la place des yeux, étaient rabattus sur leurs visages.

V

QUELS ÉTAIENT LES DOUZE INCONNUS ENCAPUCHONNÉS

Lord Stephen était anéanti.

— Eh bien! fit le vieil apothicaire, qu'en dis-tu?

Le vicomte passa la main sur son front.

— Je rêve! murmura-t-il. Je suis, depuis une heure, le jouet de quelque hideux cauchemar.

— Non pas, mon maître, répliqua le chimiste, tu es parfaitement éveillé, au contraire.

L'Anglais ne l'entendait pas.

— Où suis-je? disait-il avec effarement. Quels sont ces hommes?

— Si tu devais les connaître, repartit en riant maître Fromagin, ils n'eussent pas si bien pris soin de dissimuler leurs traits sous la bure!... Quant à l'endroit où tu te trouves, c'est une cave, une simple cave... qui correspond avec mon laboratoire par une trappe mobile, laquelle ne diffère en rien d'une trappe de théâtre... Tu vois que tout cela est on ne peut plus naturel et qu'il n'y a là-dessous aucune sorcellerie...

— Oui, reprit lord Stephen d'une voix sourde, il n'y a dans tout ceci qu'un lâche guet-apens! Eh bien! poursuivit-il avec fièvre, tuez-moi donc!... Qu'attendez-vous?

— Nous attendons, répliqua le chimiste, que tu sois assez raisonnable pour apposer ton noble nom au bas de ce parchemin deux fois séculaire...

— Ne parlons plus de ceci, interrompit le vicomte avec colère. J'ai refusé... je refuse toujours.

Le vieil apothicaire se prit à chantonner ce refrain connu :

Ni jamais, ni toujours
C'est la devise des amours!...

— Allons, voyons, continua-t-il en fronçant les sourcils, assez de bêtises comme ça, nom d'un diable!... Oui ou non, voulez-vous être des nôtres?

— Moi! le vicomte d'Olburn! faire partie d'un bande d'assassins?...

— Pardon, excuse, milord, repartit gravement M. Fromagin, nous ne sommes pas des assassins, mais bien des empoisonneurs, et c'est tout différent !

— Infamie !

— Quand vous y aurez goûté, vous ne trouverez pas que c'est aussi infâme que ça... Vous verrez !... Oui !... continua l'étrange personnage avec un effrayant orgueil... des empoisonneurs !... voilà ce que nous sommes... mais des assassins... fi donc !... Nous avons horreur du sang, monsieur d'Olburn, et pour tout l'or du monde, il n'en est pas un seul parmi nous qui oserait en répandre une goutte !

L'un des douze alla vers une table placée en un coin de la salle et sur laquelle se trouvaient une coupe et différentes fioles de diverses dimensions.

— Je te vantais tout à l'heure les hautes qualités de l'acide prussique, milord, tu vas juger par toi-même si j'en ai menti !... Car tu comprends bien que si nous te rayons cette nuit du nombre des vivants, ce n'est pas par plaisir, mais bien par prudence... Tout homme qui, sachant ce que tu sais, refuse de se lier à nous doit disparaître pour toujours... Tu es trop intelligent pour ne pas admettre cela... Nous n'avons donc aucun intérêt à prolonger ton supplice, et c'est pourquoi nous choisissons l'acide prussique pour ta dernière rasade...

A ces mots, l'homme placé près de la table prit l'un des flacons et en versa quelques gouttes dans la coupe.

— Mort-diable ! ricana le vieux chimiste, tu n'auras pas à te plaindre... on te fait bonne mesure. Allons, allons ! presto ! dépêche-toi... il est temps d'aller nous coucher !

Lord Stephen saisit d'une main ferme le poison qui lui était présenté et le porta à ses lèvres...

En cet instant une voix lui murmura à l'oreille :

— Insensé ! et Gabriel !... Mourras-tu donc sans te venger de lui ?

Le vicomte se retourna vivement ; mais parmi les inconnus il chercha en vain celui qui venait de lui parler.

— Qui que tu sois, dit-il alors, merci de m'avoir remis au cœur le souvenir de ma haine !

Jetant loin de lui la coupe empoisonnée :

— Je veux vivre !

Puis se retournant vers le vieux chimiste :

— Donne ton pacte, démon !

— Diable d'homme ! fit l'apothicaire. Au lieu d'avoir dit oui tout de suite...Voilà une heure que tout cela serait bâclé...

Lorsque Stephen Lowe eut apposé son nom au bas du parchemin :

— De cet instant, dit le chef, les BATARDS DE LA BRINVILLIERS comptent un frère de plus !

Remettant à l'Anglais le flacon de cristal qu'il lui avait précédemment offert :

— Prends et fais ton office... Toutefois, sache que la moitié seulement des millions de John Glass deviendra ta propriété... l'autre moitié nous est acquise... C'est l'usage... Si, le crime une fois commis, tu tentes de faire tort à l'association, la mort pour toi... En quelque lieu que tu te caches, si bien entouré que tu sois, le poison viendra à toi et saura s'infiltrer dans tes veines... La mort encore si tu refuses d'obéir aux ordres qui te seront donnés pour le bien de notre cause... Lorsqu'un meurtre te sera commandé, tu devras l'exécuter sans hésitation, sans faiblesse, sans réflexion... même, fût-ce celui de ton ami le plus cher, celui de ta maîtresse préférée !

— Je suis votre esclave, enfin ! fit le vicomte.

— Notre esclave, tu l'as dit, jusqu'au jour où tes services t'auront fait notre égal... Alors tu sauras de quels noms se nomment les douze frères que tu vois ici réunis, et ta surprise sera grande en apprenant ce mystère... Maintenant, vicomte d'Olburn, tu es libre ; nous n'exigeons de toi aucun serment... Tu es homme d'esprit et tu comprends aisément que si tu révèles à qui que ce soit au monde ce qui s'est passé cette nuit entre nous et toi, ton châtiment ne se fera pas attendre... Quand bien même, après ta trahison, tu te réfugierais à l'autre bout du globe, la mort, à notre voix, saurait t'atteindre en ton exil, si lointain qu'il pût être... Car il est bon de te dire que si les bâtards de la Brinvilliers ont fixé à Paris le siège de leur administration, ils ont des correspondants, des affidés dans toutes les grandes villes de l'univers... Tiens-toi cela pour dit et prends congé de ta nouvelle famille.

A ces mots, le vieux chimiste saisit la main du vicomte et le ramena sur le plancher mobile, qui, en quelques secondes, les eut reportés tous deux dans le laboratoire.

Alors l'apothicaire reprit sa physionomie pateline et souriante.

— Adieu, cher monsieur d'Olburn, fit-il en le conduisant vers la porte du canal, qu'il venait d'ouvrir.

Le vicomte se précipita au dehors et respira longuement.

Le vieux pharmacien ne lui avait pas encore lâché la main :

— Pensez dès demain à notre petite affaire, pas vrai ? lui dit-il gaiement.

Puis il tira de nouveau sa tabatière, y puisa une prise non moins copieuse que la première, et demanda à lord Stephen en lui présentant la boîte :

— En usez-vous ?

Notre Anglais était littéralement stupéfié.

Tant d'impudence, de sang-froid lui semblaient quelque chose d'inouï, à ce point qu'il se prit à douter, une fois seul dans la rue, si tout ce qui venait de se passer était bien réel.

Mais le flacon de cristal qu'il serrait convulsivement encore entre ses doigts crispés lui fit comprendre qu'il n'avait pas fait un effroyable rêve.

Alors il se prit à longer le canal d'un pas hâtif, traversa en quelques enjambées le pont tournant qui faisait face au faubourg du Temple et gagna le boulevard.

Là, il se jeta dans le premier fiacre qu'il rencontra, en criant au cocher :

— Rue de la Rochefoucauld.

— Quel numéro, mon bourgeois ?

— Je vous dirai d'arrêter... Allez !

Lord Stephen se laissa tomber sur la banquette de la voiture avec accablement.

— Allons, murmura-t-il, la fatalité se déclare contre moi...

Bientôt il releva le front.

— Contre moi !... Et pourquoi?... Ces crimes qui me sont imposés à cette heure n'étaient-ils pas arrêtés et résolus déjà dans mon esprit?... Sans les événements de cette nuit, peut-être n'eussé-je jamais pu mettre à exécution ce sinistre projet... Eh bien ! qu'il soit donc fait comme Satan le veut !... C'est la fortune, après tout !... c'est la vengeance !... c'est le bonheur !

A peine achevait-il ces mots, qu'il entendit, non loin de lui, le son criard d'une vielle et des lambeaux de refrain.

Il mit la tête à la portière et, dans un café borgne du boulevard où quelques ouvriers étaient encore attablés, il reconnut l'infortunée Fanchon.

— Je parlais de bonheur... fit alors le vicomte. En plaçant sur ma route cette femme que j'ai si lâchement torturée, le sort ne semble-t-il pas bien plutôt m'annoncer qu'une fin terrible m'attend, en expiation de ce que j'ai fait subir à cette misérable !

Durant un long temps, il demeura sombre et pensif...

— Puis un rire frénétique s'échappa de ses lèvres brûlantes.

— Que m'importe ma fin, après tout !... L'avenir n'est qu'un mot... le présent seul existe... jouissons donc du présent, et puisque le crime peut le faire beau et fortuné, soyons criminel ! Après, nous verrons.

La voiture avait gagné la rue indiquée.

Devant l'hôtel d'Olburn, lord Stephen fit arrêter.

Il jeta au cocher, sans y regarder, toute la monnaie qu'il avait en poche et bientôt la porte de sa demeure se referma sur lui.

— Nom d'une crevette ! s'exclama l'automédon émerveillé de la générosité de son voyageur, en voilà un crâne pourboire... Ça doit être un étranger, bien sûr... car les Français sont moins larges que ça !

Il empocha l'argent et remonta sur son siège.

Mais comme il s'apprêtait à allonger un coup de fouet à ses bêtes pour les inviter à démarrer, il demeura le bras en l'air et les yeux écarquillés.

« Par l'orteil du grand Jean Bart ! murmura-t-il ensuite en considérant avec une attention singulière la demeure devant laquelle il se trouvait, je ne me trompe pas... Non... non... c'est bien ici, dans cet hôtel, que les corsaires de Paris se sont livrés à leur dernier exploit... Et c'est ce pauvre vieux fiacre qui leur a servi d'échelle pour pénétrer dans la place... Vingt ans ! ajouta philosophiquement le cocher, comme le temps passe !... Depuis cette nuit-là, je ne les ai jamais revus ni les uns ni les autres... La police est survenue et j'ai filé lâchement... J'aurais dû mourir sur le pont de mon navire... je veux dire sur le siège de mon sapin. Mais non, la venette m'a pris et j'ai décampé comme un poltron et un fesse-mathieu !... Ah ! j'ai été durement puni de ma couardise ! A partir de ce moment-là, j'ai été pour jamais séparé de mon bon ami Pantruche, de cet honnête M. Louchardeau et du grand Calichon... Le Calichon, reprit le cocher en changeant de ton, c'est celui que je regrette le moins... Il avait un air en dessous qui ne m'allait pas... Quant au brave capitaine Pierre Lavarès, il paraît comme ça que ces gueusards d'alliés l'ont fait fusiller... Ah ! quand je pense à ça, j'ai comme qui dirait un tremblotement par tout le corps... Car, lorsque je me remémore cette gredine de nuit du 20 novembre

1815, il me semble toujours que l'ombre de Pierre Lavarès m'apparaît toute criblée de blessures et qu'elle me crie d'un ton de *De profundis* : « Monsieur Ferrouillard, vous êtes un polisson et un pas grand'chose; vous saviez mon secret et vous l'avez divulgué chez le *manezingue* de la rue de Crussol. Monsieur Ferrouillard, c'est vous qui êtes cause que la police est venue me pincer au café d'Apollon et que ma pauvre poitrine a été trouée par une grêle de balles anglaises... Monsieur Ferrouillard, je voue votre nom à l'exécration de la postérité!... »

Ayant ainsi parlé, à part lui, cela va sans dire, l'ami Ferrouillard, car c'était lui, le lecteur a pu le deviner, essuya du revers de la main une grosse larme qui coulait sur sa joue et fouetta vigoureusement ses deux bêtes, qui se mirent brusquement en marche et firent semblant de galoper durant quelques minutes; mais au milieu de la rue de la Rochefoucauld, le galop se transforma insensiblement en un trot modéré, après quoi les deux cavales se contentèrent de marcher au pas.

Le bon et naïf Ferrouillard ne s'aperçut même pas de ce changement d'allure, plongé qu'il était dans ses souvenirs d'autrefois.

« Ce pauvre capitaine Pierre, reprit-il bientôt en larmoyant de nouveau, fusillé... lui... ce grand homme... ce marin fameux?... ce Surcouf numéro deux! comme on l'appelait... Et ça parce que j'ai été assez canaille pour m'administrer une chopine de trop! Aussi je ne bois plus de vin maintenant... Le jus de la treille est mort et enterré... Pour me faire avaler une goutte de cet affreux liquide, il faudrait que le capitaine Pierre revînt de l'autre monde et me dît en personne : « Ami Ferrouillard, je sais que si tu m'as trahi c'est par bêtise et non par méchanceté... En conséquence, je te pardonne, et je t'offre un canon en échange des coups de fusil que j'ai reçus à cause de toi! »

Ferrouillard avait dit ces derniers mots à voix presque haute.

Comme il achevait, un homme de haute taille, qui suivait la voiture depuis quelques instants, s'élança d'un bond sur le siège et prit entre ses mains les mains du cocher, muet de surprise.

Puis, d'un ton presque enjoué, il dit à ce dernier :

— Ami Ferrouillard, je te pardonne... et nous allons trinquer ensemble!

. . . .

Le lundi, à l'heure accoutumée, les habitants du faubourg du Temple virent s'ouvrir l'honnête pharmacie du respectable Fromagin.

Tout à fait dégrisé, mais encore à moitié étourdi, le jeune Grenouillot enlevait lentement les volets verts de la boutique.

« Ce n'est pas pour dire, pensait le pauvre diable, mais le vieil apothicaire va me flanquer un drôle de savon tout à l'heure... Grands saints du bon Dieu! quelle semonce!... je frémis en y songeant!... C'est que je me souviens de mes nombreux méfaits... Ah! il va me ficher à la porte, mon remplaçant est flambé et je serai pioupiou! »

Contre son attente, le père Fromagin fut charmant avec lui.

— Eh! eh! petit mauvais sujet, lui dit-il en lui donnant sur les joues de petites tapes amicales, nous allons donc nous griser dans les guinguettes?

— Monsieur Fromagin, balbutia Grenouillot, stupéfié de voir son patron d'aussi bonne humeur, croyez qu'il n'y a pas de ma faute... C'est ce diable de homard qui est cause de tout... Vous comprenez, c'est si lourd... il faut boire à force pour faire descendre ça.

— Va, va, répliqua l'apothicaire, je ne t'en veux pas, garçon... il faut que jeunesse se passe.

« Ah ça! se dit le jeune Wenceslas, que veut dire ceci?... Il ne me flanque pas de chasse et ne me parle pas de médecine!

« Est-ce qu'il serait malade par hasard?

Fort étonné de l'étrange longanimité du bonhomme, Grenouillot acheva d'enlever ses volets et se mit en devoir de balayer sa boutique.

A peine était-il en train, qu'un grand jeune homme pâle, maigre et qui, courbé en deux sur sa canne, semblait ne se traîner qu'avec une difficulté inouïe, franchit le seuil de la boutique.

A l'aspect de cette visite matinale, le balai s'échappa des mains du petit bonhomme.

— Monsieur de Bellardoise! s'écria-t-il stupéfié.

Bellardoise, c'était bien lui, jeta sur le jeune pharmacien un triste regard et grimaça un sourire qu'interrompit brusquement une toux de sinistre présage.

— Oh! oh! fit Grenouillot en considérant le maigre visiteur, vous êtes bigrement enrhumé depuis hier, monsieur le chevalier.

Celui-ci hocha la tête d'un air sombre et répliqua :

— Il y a longtemps que je tousse de la sorte, mon jeune ami, et mon rhume, je le crains bien, ne finira qu'avec moi.

Le père Fromagin était à son comptoir; il entendit la réponse de Bellardoise.

— Ouais! dit-il eu ajustant sur son nez d'aigle une paire de lunettes, vous êtes bien jeune encore pour parler de mourir.

Le chevalier se dirigea lentement vers le comptoir et se laissa choir péniblement sur une chaise.

— Monsieur, repartit le malade en se remettant à tousser, tous les docteurs m'ont condamné.

L'apothicaire se prit à ricaner.

— Bah! bah! grommela-t-il, de la condamnation du médecin à l'exécution du sujet, il peut couler bien de l'eau sous le pont!

— J'ai essayé de tout, poursuivit M. de Bellardoise, mais sans nul bénéfice pour ma pauvre santé, qui périclite chaque jour davantage... Ma grande jeunesse, car je suis très jeune encore, vous l'avez deviné, m'a soutenu jusqu'à ce jour... mais je vois que je n'irai pas loin maintenant.

— Le fait est, dit naïvement Grenouillot tout en balayant, que vous jouissez d'une toux qui sent joliment le sapin!

Le digne M. Fromagin fit de sa place un geste à son élève pour lui commander le silence.

— Laissez, laissez-le dire, monsieur, reprit le sculpteur. Je connais mon état, je vous le répète... et je suis préparé depuis longtemps à mon sort... Toutefois, avant de partir pour mon dernier voyage, je veux faire une suprême tentative, et c'est pour cela que je viens à vous.

Le pharmacien le regarda fixément, *par-dessus ses lunettes.*

— Oui, continua Bellardoise, hier, tandis qu'à *l'Ile d'Amour* je respirais avec une joie triste les parfums printaniers des lilas en fleurs, j'entendis par hasard ce jeune homme, votre élève, parler de vous, monsieur Fromagin, et de votre panacée universelle...

— Ouais! grommela l'apothicaire, se moque-t-il de moi?... Il n'a pas l'air assez bête cependant pour prendre au sérieux de semblables rocamboles!...

Le coup d'œil du vieux chimiste n'avait pas échappé à notre chevalier.

— Je serai franc avec vous, monsieur Fromagin, reprit-il. Sans vouloir déprécier votre découverte, je vous avouerai que je n'y ajoute qu'une foi médiocre ; mais j'ai tant absorbé de drogues inutiles, à l'efficacité desquelles je croyais pourtant, que je ne serais pas surpris que votre élixir de longue vie eût sur mon état quelque influence justement parce que je n'ai aucune confiance en lui... Je viens donc, monsieur, me mettre entre vos mains... Si vous retardez l'heure de mon enterrement, je vous en aurai une reconnaissance éternelle et je saurai vous le prouver... Si au contraire, votre philtre sauveur avance ma fin, je vous jure de n'emporter avec moi contre vous ni rancune ni haine... Et ce serment vous pouvez l'accepter comme bon et valable, car le chevalier de Bellardoise ne s'est jamais parjuré.

— Le chevalier de Bellardoise! répéta une grosse dame qui venait d'apparaître à la porte de l'arrière-boutique.

C'était Mme Faustine Fromagin.

Elle n'avait pas perdu un seul mot de ce qu'avait dit l'amant de la grosse Olympe.

A la vue de la pharmacienne, ce dernier se leva et fit une salutation tout à fait régence à la femme à barbe, laquelle y répondit par une révérence des plus prétentieuses et des plus grotesques.

— Mme Fromagin, sans doute? fit le chevalier en s'inclinant de nouveau.

— Pour vous servir, môssieur le chevalier, répliqua Mme Faustine avec un sourire qui mit à découvert une double rangée de dents magnifiques qui arrivaient en droite ligne des ateliers de Désirabode.

Jetant un coup d'œil sur le sculpteur :

« C'est égal, dit-elle en aparté, ces grands seigneurs, ça vous a tout de même un genre à part!... Tirons adroitement les vers du nez à ce jeune moribond, et sachons s'il est célibataire. »

S'approchant de Bellardoise :

— Môssieur le chevalier, reprit-elle, c'est votre bonne étoile qui vous a guidé vers M. Fromagin... Son élixir vous sauvera, j'en ai le doux espoir, et nous aurons la joie de vous conserver à madame votre épouse et à vos nombreux enfants.

Un sourire sinistre vint errer sur les lèvres décolorées du sculpteur.

— Mon épouse!... mes enfants!... dit-il d'une voix sombre. Je suis seul au monde, jamais une femme n'a voulu enchaîner sa destinée à la mienne... J'ai eu de folles maîtresses, de ces vendeuses d'amour dont l'affection de commande s'envole avec le dernier louis que l'on change... les saintes joies du foyer, je ne les connais pas...

M. de Bellardoise, nonchalamment étendu sur un excellent fauteuil...

Hélas ! poursuivit le pâle gentilhomme avec un lugubre soupir, je ne les connaîtrai
jamais... Quand même ma mort prochaine ne m'interdirait pas ces chastes enivrements, ma situation pécuniaire me les défendrait...

— Vous êtes pauvre, môssieur le chevalier, s'exclama Mme Faustine avec une
satisfaction mal dissimulée.

— Je suis pauvre, oui, madame, répliqua le jeune homme avec franchise. De

tout mon patrimoine il ne me reste que des bribes trop insignifiantes pour pouvoir
tenter une femme... si bien que comme le poète, je puis dire :

> Au banquet de la vie infortuné convive.
> J'apparus un jour et je meurs!...
> Je meurs, et sur la tombe où lentement j'arrive,
> Nul ne viendra verser des pleurs!

— Eh bien ! non, mòssieur le chevalier, s'écria Mme Fromagin avec attendrissement, non ! vous ne direz pas cela... Quelqu'un versera des pleurs sur votre
tombe, je vous le garantis, et ce quelqu'un-là, je me charge de vous le trouver, moi...

. . . .

Deux mois plus tard on célébrait à l'église de Saint-Sulpice le mariage de
Mlle Moleskine Roussillon avec le chevalier Hardouin de Bellardoise.

Et pendant la cérémonie chacun se disait avec un sentiment de pitié, en jetant
sur le jeune époux un triste regard :

— Ses funérailles suivront de près ses noces.

Le lendemain même de ce jour, le chevalier et sa belle épousée étaient seuls en
tête à tête dans une charmante villa de Fontenay-aux-Roses.

C'est là qu'ils avaient passé leur première nuit de noces.

M. de Bellardoise, nonchalamment étendu sur un excellent fauteuil placé devant
la large fenêtre donnant sur les jardins, tenait entre ses mains amaigries les mains
adorablement potelées de sa charmante épouse.

Lui jetant un doux et triste regard, il lui dit d'un ton langoureux :

— Moleskine!...

— Ne m'appelez pas ainsi, je vous en prie, mon ami, dit vivement la jeune
femme; vous savez que vous m'avez promis de ne jamais me nommer de ce nom,
qui me rappelle un passé malheureux!

— C'est juste... j'oubliais, pardonnez-moi.

Ce disant, il déposa un baiser sur la main de son épouse.

Puis il reprit :

— Ma douce Madeleine... c'est bien là votre autre nom, n'est-il pas vrai?... ma
douce Madeleine, m'aimez-vous?

— Vous me le demandez! s'écria Moleskine d'un ton de reproche.

— Que voulez-vous! reprit le chevalier, mon bonheur me semble tellement inouï,
tellement incompréhensible, que je cherche vainement par quel miracle j'ai pu le
mériter... Triste et seul, je suivais, le front bas la route funèbre qui mène à la
tombe, quand tout à coup mon ciel s'éclaircit, un ange vint à moi et me dit : « Je
serai ta compagne aimante et dévouée jusqu'à l'heure fatale où Dieu t'appellera à
lui... Toujours auprès de toi, vigilante, attentive, je te ferai un rempart de ma
tendresse, et je t'entourerai si bien de mes bras que l'ange de la mort ne pourra te
frôler de son aile. » Voilà ce que vous m'avez dit; soyez bénie pour ces bonnes et
saintes paroles; soyez bénie pour ce paradis que vous me donnez au déclin de ma
vie, que je rêvais sans espoir de jamais le connaître !... Ah ! Madeleine ! Madeleine !...

vers ce monde invisible où je serai bientôt, vous lèverez les yeux, n'est-ce pas, en murmurant mon nom... je vous entendrai et je serai heureux là-haut comme je le suis ici-bas !

Un torrent de larmes s'échappa des yeux de Moleskine.

— Hardouin, dit-elle avec prière, je vous en prie, je vous en supplie, ne parlez pas ainsi... vous ne savez pas tout le mal que vous me faites !

— Tu pleures, chère enfant ! s'écria le chevalier en l'attirant sur son cœur... Oh ! c'est donc vrai... tu m'aimes !

Moleskine ne lui répondit rien, mais ses regards parlèrent pour elle.

— Alors, continua Bellardoise en dénouant la luxuriante chevelure noire de sa jeune épouse, tu serais heureuse, bien heureuse si cette mort que j'attends ne venait pas !

— Si je serais heureuse ! répondit Moleskine, c'est-à-dire que pour ta vie je donnerais tout ce que j'ai, tout, entends-tu bien... ma fortune... ma jeunesse... ma beauté !

Jouant toujours avec les beaux cheveux noirs de sa femme, Bellardoise reprit :

— Ta jeunesse !... ta beauté !... ta fortune !... Inutile de te défaire de ces trésors, ma chérie, je vivrai malgré cela, je te jure, et qui plus est, je vivrai bien !

A ces mots prononcés d'une voix sonore, Moleskine s'arracha des bras de son époux, comme si un serpent l'eût mordue au cœur.

Lançant au chevalier un regard flamboyant :

— Qu'as-tu dit ?... demanda-t-elle d'une voix étouffée.

— J'ai dit, ma bonne amie, répliqua Bellardoise en éclatant de rire, que je ne suis pas plus malade que le Grand Turc, et que je n'ai jamais eu envie de trépasser !

Moleskine le considérait effarée.

— Oui, ma biche, poursuivit le sculpteur en riant de plus belle, je me porte comme plusieurs charmes et je suis de force à tuer un bœuf d'un coup de poing !... Avoue que j'ai bien joué mon rôle et que tu m'as pris pour un poitrinaire pour de vrai !

— Ah çà ! mais c'est infâme ce que vous avez fait là !

— Plaît-il ! Vous m'appelez infâme parce que je ne crève pas ! Vous êtes encore bonne, et je vous retiens pour la première !... Crever ! pas si bête, vraiment !... je suis trop content d'avoir une petite femme comme vous, une petite femme qui a de bonnes petites rentes, un bon petit appartement à Paris, une bonne petite maison de campagne !... Oh, *Magdalena mia*, que je me promets de belles ripailles et de splendides paresses !... car je suis gourmand ô mon ange, comme la Gourmandise même, et paresseux comme toutes les couleuvres des deux continents. Ah ! ah ! mon cher trésor, cela vous défrise quelque peu, pas vrai ?... Ma maigreur vous avait subjugué... ma pâleur vous avait donné dans l'œil... Comment une femme d'esprit peut-elle se laisser prendre à ces rengaines-là... Il est vrai que ma toux sépulcrale était assez joliment imitée... et que mon dos voûté, ma démarche chancelante, mon regard vitreux eussent pu tromper de plus habiles que vous; mais tout cela était une comédie à la façon du pape Sixte-Quint ! disons le mot, une blague pour vous mettre dedans, vous et votre respectable mère !...

Moleskine écumait de rage.

— Le misérable! rugissait-elle, le lâche!

— Bigre! quels regards vous me lancez, mon ange! Si vos yeux étaient des pistolets, mon affaire serait bonne!... Mais assez plaisanté; causons sérieusement... Asseyez-vous là et écoutez-moi.

— Vous me parlez en maître, je crois! s'écria la jeune femme, blême de fureur.

— Je le pense que je vous parle en maître, reprit l'autre. Si ça vous embête, je m'en bats l'œil!...

Lui prenant les deux bras, il la fit brutalement asseoir sur une chaise.

— Allons, asseyez-vous, sacré tonnerre! continua-t-il, et ne faites pas de manières, ou je cogne!

— Vous oseriez porter la main sur moi!

— Non, avec ça que je me gênerais. Il n'y a que deux espèces de femmes, voyez-vous bien : les femmes que l'on bat et les femmes que l'on respecte... Comme vous n'êtes pas de la deuxième série, vous êtes forcément de la première... Soyez donc aimable et polie, ou gare les calottes!

— Je vais appeler, monsieur... prenez garde!

— Ah! oui, connu, comme dans les comédies!... Vous allez me faire chasser par vos gens! Allons donc! pas de ça, Lisette! Elle est trop vieille, celle-là, elle ne mord plus!

— Prenez garde! vous dis-je... ne me poussez pas à bout!

— Fichez-moi donc la paix!... est-ce que vous seriez assez bête pour faire du scandale! Vous êtes déjà assez vexée de savoir à quoi vous en tenir sur mon compte, et vous ne tenez pas du tout, j'en suis certain, à ce que votre femme de chambre et votre cocher en sachent aussi long que vous et fassent des gorges chaudes de votre mésaventure!...

— Et ce batteur de femmes est un gentilhomme! s'écria Moleskine avec un effrayant mépris. Oh! ce n'est pas possible! le nom que vous portez, vous l'avez volé!

— Vous êtes bête comme une oie, mon amour!... Voilà-t-il pas quelque chose de bien séduisant que le nom de Bellardoise pour le filouter! Voler le nom d'un Montmorency ou d'un Chateaubriand, ça se comprendrait encore. Mais Bellardoise! Ce serait trop stupide. Ah! si je m'étais appelé Moleskine Roussillon, j'aurais pu préférer, faute de mieux, l'étiquette de Bellardoise! Rassurez-vous, chère petite, de ce côté-là, je ne vous ai pas trompée, ce nom est bien à moi et mon titre de chevalier est parfaitement authentique. Ceci bien vu et bien entendu, prêtez-moi, je vous prie, une oreille attentive, et connaissez les volontés de votre cher époux.

VI

DANS LEQUEL LE CHEVALIER HARDOUIN DE BELLARDOISE ACHÈVE DE SE FAIRE CONNAITRE

Moleskine était frémissante de dépit et de fureur.

— Ses volontés! ses volontés! murmurait-elle d'une voix entrecoupée.

— Oui, ma belle, mes volontés, répéta le faux poitrinaire. La loi me fait présentement votre seigneur et maître, et ces prérogatives que le Code veut bien m'accorder, je suis résolu à en user un peu et en abuser beaucoup!

— Allons! pensa Moleskine avec une rage concentrée, je suis sous sa dépendance, et c'en est fait de mes projets de fortune et d'avenir!

Après quelques instants d'un sombre silence, elle reprit en elle-même :

« Je n'ai consenti à être l'épouse de ce misérable que pour devenir sa veuve... de par l'enfer! ce que j'ai projeté s'accomplira!... »

A cette pensée, un épouvantable sourire vint plisser ses lèvres pâles.

Courbant le front et prenant un air bien humble et bien soumis :

— Allons, dit-elle d'une voix étouffée, je cède, monsieur, et je suis prête à vous obéir...

— C'est heureux! fit l'autre en ricanant.

— Toutefois, poursuivit la jeune femme, avant de me faire savoir ce que vous exigez de moi, vous voudrez bien, je l'espère, m'apprendre quel mobile vous a poussé à jouer pendant deux mois cette inqualifiable comédie.

— La question est plaisante, interrompit le chevalier. Est-ce que je ne savais pas tout? Je savais que, pour aspirer à l'honneur d'être votre époux, il fallait être de fort bonne famille et d'une santé exécrable!

— Vous êtes fou! répliqua la jeune femme. Que j'aie voulu changer de nom, cela est tout naturel, et j'en fais l'aveu; mais quel bel intérêt pouvais-je avoir à épouser un moribond?

— Eh, mort-diable! jetez donc votre masque, ma chère, comme j'ai jeté le mien, et confessez franchement que vous vous êtes mariée avec moi dans l'unique espoir de m'enterrer quelques jours après nos noces!

Moleskine tenta de nier.

— Si cela n'était pas, continua Bellardoise en haussant les épaules, est-ce que vous auriez poussé ces cris de paon tout à l'heure, en apprenant que je m'étais fichu de vous avec mes airs de cadavre ambulant?... Dites donc tout, allez, c'est bien plus simple!... Et pour vous enlever définitivement le désir de faire à votre petit mari des menteries et des blagues inutiles, sachez, ô belle imprudente, que j'ai surpris, il y a deux mois, à l'*Ile d'Amour*, la charmante conversation que vous avez eue avec votre honorable maman!

— Que dites-vous? s'exclama la jeune femme avec un trouble indicible.

— Oh! mon Dieu! oui... continua notre gentilhomme. Dans votre bosquet isolé

vous vous croyiez à l'abri de toute indiscrétion... Tout en faisant vos confidences
à cette chère madame Fromagin, vous aviez même soin de jeter de temps à autre un
regard à droite et à gauche pour bien vous assurer que nul ne vous écoutait...
Mais pendant la scène de l'Anglais et du grand borgne, tandis que, comme tout le
monde, vous aviez les yeux fixés sur ce Don Quichotte en gants blancs, j'avais eu soin
de me faufiler tout doucettement jusqu'au fond du jardin et de m'insinuer au
beau milieu d'un massif de lilas voisin de votre bosquet. Comprenez-vous maintenant que toute cachotterie avec moi serait hors de saison?

— Il a dit vrai! il sait tout! balbutia Moleskine.

— Tout... répondit Bellardoise y compris votre amour pour le milord en question.

— Et sachant cela, vous n'avez pas craint de devenir mon époux?

— Pas plus que vous n'avez craint de devenir ma femme!... Vous pouvez bien
aimer tous les Anglais de l'univers, je m'en moque comme de l'an quarante! et de ce
côté-là nous n'aurons jamais la moindre discussion. Je me suis marié avec vous non
pas pour vous, non pas pour vos beaux yeux, mais tout bêtement pour votre fortune!...

— C'est honteux! s'exclama la jeune femme, c'est ignoble!

— Oui, reprit le chevalier d'un ton léger, c'est assez canaille... mais c'est très bien
porté, allez, je vous asssure... Et puis que voulez-vous? nécessité n'a pas de lois!...
Descendant d'une famille noble, mais dans la débine, je tire le diable par la queue
depuis ma plus tendre enfance, et, ma foi! cet exercice finissait par m'être insupportable!... J'ai vingt-cinq ans; en voilà dix au moins que je traîne la savate et que je
crève de faim... c'est fastidieux!... Il était temps de rompre avec cette existence
problématique... d'autant plus que j'ai toujours eu un besoin immodéré de luxe ou
tout au moins de bien-être... J'adore la bonne chère et les vins généreux... J'aime
les beaux meubles, les habits élégants, le linge fin et les bijoux de prix!... Vous
ne pouvez vous figurer, ma chère, tout ce que j'ai enduré jusqu'à présent, le ventre
creux, la bourse vide, combien de fois m'est-il arrivé de me promener de long en
large pendant des heures entières, devant les vitrines appétissantes de ce gredin de
Véfour et de ce brigand de Chevet!... Les senteurs parfumées de leurs cuisines me
montaient aux narines et me rendaient presque fou ; alors, en ma fringale délirante
je croyais voir les victuailles amoncelées à l'étalage prendre vie pour me narguer...
Oui... les perdreaux, les faisans, les mauviettes et les cailles soulevaient la croûte
de leurs pâtés et me riaient au nez d'un air goguenard... les homards écarlates
me faisaient de leurs grosses pattes des gestes dérisoires et me chantaient d'une
voix rauque ce refrain trop connu :

> Tu n'en auras pas,
> Nicolas!

Malgré la colère, le dépit qui lui étreignaient le cœur, Moleskine ne put s'empêcher de sourire.

— On parle de saint Antoine, poursuivit Bellardoise ; ses tentations auprès des
miennes n'étaient que d'affreuses plaisanteries... Tantale même, relativement à moi,

jouissait de toutes ses aises... C'est au point que parfois il me passait par la tête de terribles pensées!... oui... oui... je comprenais le vol... je l'excusais!

— Taisez-vous, malheureux! dit vivement la jeune femme; si l'on vous entendait!

— C'est juste! ça donnerait le droit à votre cuisinière de faire danser trop haut l'anse du panier!

Reprenant à voix basse :

— Si je ne m'étais pas appelé de mon nom, continua Bellardoise, si je n'avais pas été noble et chevalier, j'aurais pris un parti et je me serais fait peintre en bâtiments ou n'importe quoi... Alors j'aurais dîné franchement à la gargotte et j'aurais endossé la blouse de l'ouvrier... mais cela ne m'était pas permis... Ouvrier! moi! Mes aïeux ne m'eussent jamais pardonné cela!... Si bien qu'aux yeux de tous mes amis ou du moins de toutes mes connaissances, je cachais par orgueil, par vanité, si vous l'aimez mieux, ma misère et ma faim... Quand j'avais dîné, dans ma mansarde, d'un morceau de pain très sec et d'un verre d'eau très claire, je venais flâner devant les cafés en renom, devant les restaurants à la mode, un cure-dent aux lèvres... Et les gens du peuple qui passaient près de moi se disaient entre eux, en me montrant du doigt : « Encore un qui vient faire un festin de Balthazar! » Pauvres braves gens, ils ne se doutaient guère de la vérité!... Mensonge et comédie, voilà quelle fut ma vie jusqu'à présent. Ce que je faisais pour mes dîners, je le faisais pour le reste... Vous dire quels expédients étranges, quels sublimes artifices j'ai mis en œuvre pour avoir des nippes à peu près honnêtes est chose impossible!... Je passais des nuits entières à rendre à mon chapeau son lustre primitif... à mes vêtements leur brillant disparu... Mes bottes me donnaient un mal de tous les diables... Et pour me procurer quelques sous, que de machinations, grand Dieu! que de subterfuges!... car vous devez bien penser qu'avec ma sculpture je ne gagnais seulement pas de quoi faire l'aumône à un pauvre!... Il est vrai de dire que je n'ai pas l'ombre de talent... mais j'en connais qui sont encore plus nuls que moi et qui gagnent des sommes folles, justement parce qu'ils ont commencé avec des billets de banque dans leur poche!... L'eau va toujours à la rivière... c'est connu comme le loup blanc! malgré tout cela, je vous le répète, je n'avais pas le droit de faire du métier, bien que l'art me laissât crever de faim... O misère en habit noir! que tu es bien la plus laide et la plus sinistre des misères!

Pendant longtemps un espoir me soutint, ce fut de trouver une femme riche, une princesse russe quelconque... Mais ma mine de déterré éloignait de moi les plus braves... Comme l'enchanteur captif des contes arabes, j'avais commencé par me jurer à moi-même d'être tout plein de reconnaissance pour celle qui viendrait me tirer de mon bourbier. Mais les années se passaient, et, sœur Anne de la débine, je ne voyais rien venir!... Alors toujours comme le magicien de la légende, je fis un nouveau serment, tout différent du premier... C'est-à-dire que je me promis, si jamais je sortais du pétrin par le fait du mariage, quel qu'il pût être, de me venger sur cette épouse tardive de tous les déboires, de toutes les privations, de toutes les hontes subies par moi depuis vingt-cinq années!... Vous êtes venue, ma chère, tant pis pour vous... c'est vous qui payerez les pots cassés!

— Moi !

— Vous-même !... entre nous, ce sera pain bénit !... Car vous n'êtes après tout qu'une aimable gredine... Ah ! je me promets de vous en faire voir de toutes les façons !... Est-ce heureux tout de même que je sois justement tombé sur une gaillarde de votre trempe !... Qu'on ose donc, après cela, douter de la Providence !...

— Mais quel est votre but, enfin ? interrogea Moleskine ; que voulez-vous ?

— Je veux, ma tendre amie, mener, à vos dépens et à vos frais, une vie de polichinelle !... Vous êtes avare, je le sais... Vous aimez l'or avec passion, avec frénésie. Égoïste incarnée, vous vous feriez plutôt couper en quatre que de donner un liard à un mendiant et vous n'avez jamais rien dépensé que pour vous, pour vous seule !... Eh bien ! vous allez voir le joli branle-bas que je vais exécuter dans votre coffre-fort... On faisait maigre chez vous, on va faire gras, je vous en réponds... *nopces* et festins vont se succéder sans trêve... Et nous inviterons du monde, saprebleu ! J'ai un tas d'amis dans la panne et je veux leur flanquer des gueuletons à n'en plus finir... Quant à moi, inutile de vous dire, cher ange de mon cœur, que je veux devenir le roi de la mode, le prince de la fashion parisienne... Ah ! je vais m'en payer des habits de toutes les couleurs ! Et puis je ferai courir... ça fait bien de s'occuper de *sports*... D'autant plus que j'adore les chevaux... j'adore les jolis tableaux aussi ; nous ferons disparaître les *croûtes* qui décorent vos domaines... Nous changerons le mobilier par la même occasion... car je n'aime pas tous vos bibelots... Ces bahuts moyen âge, ces lits rongés des vers, ces fauteuils d'autrefois me déplaisent souverainement... Je n'ai aucun respect pour les vieux *panas*. Les plats égueulés, les ustensiles séculaires m'agacent au suprême degré... Fi des antiquailles !... et vive le goût du jour ! Je suis de mon siècle, ventrebleu ! j'aime tout ce qui est jeune, gai et vivant... Quant au passé et à toute sa ribambelle de vieilleries, c'est mon horreur !... Ainsi donc, dès demain, nous nous occuperons de tout renouveler dans ce bazar et dans celui de la rue de Vaugirard... Je me charge de la transformation... et elle sera complète... Ça vous coûtera les yeux de la tête, mais je ne regarde pas à l'argent.

Moleskine considéra le chevalier avec stupéfaction.

— Je vous trouve admirable ! dit-elle enfin.

— Admirez, admirez, il ne vous en coûtera pas un sou de plus !

— Et, reprit la jeune femme, sont-ce là les seules volontés qu'il me faudra subir de votre part ?

— Mon Dieu, oui, jusqu'à nouvel ordre... Quant à vous, je vous laisserai libre comme l'air... et vous pourrez vous passer toutes vos fantaisies... Comme je ne suis pas plus amoureux de vous que vous n'êtes amoureuse de moi, je ne vous ferai jamais la plus petite scène de jalousie.. et vous pourrez même conserver le protecteur auquel vous devez le plus pur de vos rentes... Le papa Cocardier serait trop désolé si je vous obligeais à rompre avec lui... Quant à votre milord, à ce joli monsieur blond qui tire si bien la savate et dont vous êtes toquée, à ce que vous dites, je vous l'abandonne... Par exemple il vous faut renoncer à vos projets d'hyménée... C'est embêtant pour vous, je le comprends... mais à cela je ne puis rien...

— J'ai dit, ma douce amie, que je n'ai jamais eu envie de trépasser.

Sur ce, ma toute belle, faites servir le déjeuner et prenez devant vos gens une mine moins maussade.

L'on sonna Mlle Marguerite, la soubrette.

— Holà ! ma mie, demanda le chevalier, quel menu avons-nous ce matin ?

— Le menu habituel, répondit la suivante.

— Qu'entends-tu par là ?

La friponne jeta un coup d'œil significatif du côté de sa maîtresse et répliqua :

— J'entends, monsieur le chevalier, des œufs sur le plat et du café au lait.

— Et puis ?

— Et puis... rien du tout.

— Oh! oh ! fit Bellardoise en se récriant, quel diable de repas est-ce là ?... Nous ne sommes plus, je pense, en carême pour jeûner de la sorte!... Dites à la cuisinière, poursuivit le gentilhomme, qu'à partir de ce jour, j'exige des déjeuners succulents et des dîners *idem!*... de la viande surtout, beaucoup de viande... et de première catégorie !

La soubrette, stupéfiée, considérait tour à tour sa maîtresse et le chevalier.

— Qu'est-ce à dire? reprit ce dernier ; allons, qu'on obéisse, et sur l'heure !... Sachez, ma mie, qu'il n'y a céans qu'un seul et unique maître, moi!... Quiconque osera contrevenir à mes ordres, en chasse ! Tenez-vous ceci pour dit, jeune fille, et faites-en part à qui de droit. Allez!

Avant de s'éloigner, Mlle Marguerite crut devoir interroger sa maîtresse du regard, comme pour lui demander ce qu'elle avait à faire.

— Obéissez à M. le chevalier, répliqua Moleskine d'une voix étouffée.

— Qu'est-ce que tout ça veut dire? pensa la suivante. De la viande à déjeuner ! en voilà une révolution dans la maison !

Mlle Marguerite rentra peu après, annonçant que le déjeuner était servi.

Les deux jeunes époux passèrent dans la salle à manger.

— A la bonne heure! fit Bellardoise en jetant sur la table un coup d'œil satisfait ; voici un repas presque présentable.

S'adressant à Moleskine :

— Prenez place, ma bien chère ; et vous, ajouta-t-il en se retournant vers la domestique, allez voir à la cuisine si j'y suis. Je n'aime pas qu'on me regarde manger, ça me fait avaler de travers !

— De quel drôle de mari mademoiselle s'est-elle empêtrée là ! pensa Marguerite en se disposant à sortir.

Le chevalier la rappela.

— Avons-nous du champagne dans notre cave? demanda-t-il.

— Mais...

— Réponds, mort-diable ! En avons-nous?

— Oui, monsieur le chevalier, deux bouteilles encore... mais madame les gardait pour le jour de sa fête.

— C'est bon! c'est bon ! nous en ferons venir d'autres... Montez-nous le mousseux, et pas d'observations !

Un nouveau regard de Mlle Marguerite fut adressé à Moleskine, qui, d'un ton impatienté, lui dit :

— Obéissez donc !

— Décidément, pensa la soubrette, le bouleversement est complet... Oh! je ne ferai pas de vieux os ici, moi... les gens mariés, ça m'embête !

Le champagne fut apporté.

— C'est bien, fit le chevalier. Maintenant, ouste!

Bellardoise vida son verre.

— Pas trop mauvais, dit-il en faisant claquer sa langue, mais trop chaud... Frappé, il serait excellent. Demain vous songerez à faire venir de la glace, pas vrai?

La première bouteille était à sec.

— A celle-ci, maintenant. Vous permettez ?

Sans attendre le consentement de son épouse, notre gentilhomme fit sauter le bouchon de la deuxième fiole.

— Quelle jolie invention que le mariage ! s'écria-t-il alors en riant de tout son cœur. Sous le prétexte qu'un monsieur à l'abdomen tricolore nous a lu quelques articles du Code, que je n'ai même pas écoutés, je puis me goberger ainsi jusqu'à la fin des fins, sans que mes contemporains me jettent le moindre blâme... tandis que, faute de cette petite formalité, chacun me montrerait du doigt et dirait : « Fi ! le vilain homme qui ose vivre aux crochets d'une femme ! » Ce qui prouve qu'il n'y a que des Brid'oison dans ce bas monde et que « la forme » fait tout.

Depuis quelques instants, Moleskine considérait le chevalier d'un œil moins courroucé.

— Qu'avez-vous, chère amie ? lui demanda ce dernier ; l'on dirait qu'un rayon de soleil perce à travers les sombres nuages de votre front.

— Monsieur de Bellardoise, répliqua la jeune femme, avec un sourire, vous êtes un affreux coquin, savez-vous ?

— Coquin est un peu fort, mais je vous passe ce vocable, reprit le chevalier avec indifférence. Quand j'ai bien bu et bien mangé, je n'aime pas à me mettre en colère...

— Un affreux coquin, je le répète, continua Moleskine et le regardant toujours en face ; mais...

— Ah ! il y a un *mais*... Tant mieux !

— Mais, en définitive, vous avez de l'esprit et de l'imagination.

— Tiens, tiens, tiens ! voilà que vous me faites des compliments maintenant... Voudriez-vous m'emprunter de l'argent, par hasard ?

— Et tout bien considéré, poursuivit la femme, puisque j'ai fait la boulette de tomber dans vos griffes, je crois que le parti le plus sage qu'il me reste à prendre, c'est de faire contre fortune bon cœur et d'accepter franchement la situation telle qu'elle est.

— A la bonne heure, au moins ; vous devenez raisonnable.

— Oui, la guerre avec vous serait chose insensée.

— Et vous préférez la paix ?

— Mieux que la paix : un traité d'alliance offensive et défensive.

— Une alliance entre nous !... et contre qui ?

— Contre l'univers entier ! répondit Moleskine à voix basse, mais avec une effrayante expression de fureur et de haine.

— Contre l'univers entier ? répéta le chevalier ; c'est bien vague, ceci. Soyez explicite, ma chère, cela vaut mieux.

— Vous l'avez dit, je suis égoïste, intéressée, avare...

— Bravo ; vous vous rendez justice...

— Oui, poursuivit la jeune femme avec fièvre, j'aime l'or... je l'aime de toutes les forces de mon âme, et c'est la seule passion véritable que j'aie jamais réellement connue...

— Eh bien, et le jeune Gabriel d'Olburn, interrogea le chevalier d'un air narquois, vous l'avez donc déjà oublié?

Moleskine se leva de table.

— Venez faire un tour de jardin, répliqua-t-elle, je vais tout vous dire.

— A vos ordres, ma charmante... le temps d'allumer un cigare et je suis à vous.

Quelques secondes plus tard, tous deux se promenaient côte à côte sous les tilleuls ombreux.

Après quelques secondes de silence :

— Je n'ai jamais aimé Gabriel d'Olburn, avoua Moleskine.

Bellardoise la regarda étonné.

— Je ne comprends plus rien... Il y a deux mois, dans le bosquet en question, ne disiez-vous pas que vous l'adoriez, que vous en étiez folle?

— Oui, j'ai dit cela à ma mère, mais je mentais...

— Mentiez-vous donc aussi lorsque vous ajoutiez qu'à quelque prix que ce fût, vous vouliez devenir son épouse légitime?

— Non, sans doute, repartit Moleskine; car mon union avec Gabriel devait mettre entre mes mains, à un moment donné, la fortune immense de Jonathan Glass, son grand-père.

— Ah! ah! interrompit en riant le chevalier, comme les beaux esprits se rencontrent!... La même pensée nous poussait fatalement l'un et l'autre vers l'abîme conjugal... Je comprends maintenant, continua-t-il d'un ton plus sérieux; oui, je comprends combien vous devez être furibonde de voir que je suis si peu disposé à aller faire un tour dans le royaume des taupes...

— N'importe, reprit la jeune femme avec une sauvage énergie, cette fortune, je n'y renonce pas.

— Plaît-il? fit Bellardoise. Auriez-vous encore en vue mon enterrement prochain?

— Non, non, rassurez-vous, répliqua Moleskine avec un sang-froid et un cynisme merveilleux: je ne compte plus sur votre mort et je fais mon deuil du veuvage... Mais puisque vous êtes un homme intelligent et peu scrupuleux, l'or des d'Olburn pourra m'appartenir quand même.

— Et nous partagerons le magot? demanda le chevalier.

— Nous le partagerons.

— En ce cas, comptez sur moi...

— C'est bien, reprit la jeune femme. L'enfer nous a liés pour jamais l'un à l'autre... que de cette union naissent toutes les calamités et toutes les ruines... car les d'Olburn ne seront pas les seuls que nous attaquerons... Grâce à ce nom qui est le mien aujourd'hui, je veux m'introduire dans les plus nobles et les plus honorables familles... je veux m'insinuer au sein de toute l'aristocratie parisienne. . Comme le serpent du paradis terrestre, j'apporterai avec moi le malheur et la désolation... Et lorsque je serai gorgée d'or, lorsque par moi tous ces riches d'aujourd'hui seront réduits à la misère et à la honte, je serai heureuse et fière de mon œuvre . car je serai vengée!

Bellardoise était émerveillé.

— Hurrah! s'écria-t-il avec transport. Vous êtes superbe ainsi, ma chère, et c'est plaisir de vous voir et de vous entendre!... Tudieu! ce n'est pas du sang qui coule dans vos veines, c'est du fiel!

— Oui, répondit la jeune femme avec un sombre sourire, du fiel, vous l'avez dit, j'en ai plein le cœur!... J'ai l'enfer dans l'âme depuis mon enfance, car depuis mon enfance je souffre et je maudis ma destinée.

Reprenant avec une indéfinissable amertume :

— A cet âge où l'on a tant besoin de caresses et d'amour, j'étais battue par ma mère... Plus tard, chez les femmes chargées de mon éducation, je fus battue encore... si bien qu'une belle nuit je suivis le premier homme qui me proposa de me faire libre et heureuse... Il y a six ans de cela... j'en avais quatorze... Vous voyez que les coups m'avaient bien vite émancipée.

Devenant plus sombre et plus sinistre au fur et à mesure qu'elle parlait :

— L'homme qui m'avait arrachée à mon triste sort se lassa promptement de mon amour... car je l'aimais, ce misérable ; oui, je l'aimais de tout mon cœur, et peut-être l'eussé-je aimé longtemps... mais un jour, il m'annonça en riant que ma tendresse, après l'avoir distrait pendant quelques mois, commençait à l'ennuyer à périr !... Je gémis... je pleurai... je me traînai à ses pieds en le suppliant de ne pas m'abandonner... Alors ce lâche, ce monstre sans entrailles, riant teujours de son rire sceptique, railleur, me dit : « Tu es belle, d'autres que moi pourront t'aimer... fais-toi donc adorer, ma fille, et surtout fais-toi payer... Plus tu mettras de prix à tes faveurs, plus tu seras à la mode... Sache, pour ta gouverne, que l'amour qui ne coûte rien est justemement celui dont on se fatigue le plus vite, et c'est à cause de cela que je te dis adieu. » Là-dessus, ce beau professeur de vices s'éloigna, me laissant dans la misère avec un enfant sur les bras !

— Un enfant?

— Oui, répliqua Moleskine ; vous voyez que mon histoire est à peu près la même que celle des autres... Seulement, moi, je ne perdis pas mon temps à pousser des sanglots et des gémissements inutiles... Les hideuses leçons de mon amant m'avaient instantanément dicté ma conduite... « Il faut être infâme et sans cœur, m'écriai-je. Eh bien, soit! je le serai! » Le jour même, j'avais un autre amant... Celui-là ruiné, j'en pris un autre encore... puis un troisième... Celui que j'ai aujourd'hui eut douze prédécesseurs.

— Quoi! fit en ricanant l'époux de Moleskine, ce cher M. Coquardier est votre treizième!... Ce numéro-là ça lui portera malheur, bien sûr!

— Patience! répliqua la jeune femme avec un implacable sourire, il laissera entre mes mains son dernier sou, comme les autres !

— Ah çà! mais, reprit Bellardoise, et votre moutard, qu'en avez-vous fabriqué?

— Je l'ai mis en nourrice aussitôt après l'abandon de son père... et depuis ce jour, je n'ai pas voulu le voir ou l'embrasser une seule fois... car je le hais, cet enfant ; je l'abhorre à l'égal de celui qui me l'a donné.

— Ça me fait plaisir, ce que vous m'apprenez-là, dit cyniquement le chevalier. D'habitude, les filles séduites, tout en maudissant le séducteur, chérissent le fruit de la séduction... Au moins, vous ne donnez pas dans ces vieilles rengaines-là... je vous en félicite.

— Certes, oui, je le hais, cet enfant, répliqua Moleskine d'une voix sourde. De quel droit est-il venu au monde?... Je ne lui pardonnerai sa naissance que lorsque la femme qui l'élève viendra m'apprendre sa mort.

— Allons, allons, dit en riant Bellardoise, vous êtes bien complète et tout à fait réussie... Et moi, poursuivit naïvement notre gentilhomme, moi qui osais me flatter d'être un coquin hors ligne, un chenapan de haute volée!... C'est-à-dire, ma chère, que je ne suis auprès de vous qu'un tout petit garçon, et j'ai honte vraiment de vous avoir traitée tout à l'heure comme une drôlesse de bas étage... Tudieu! vous êtes une gredine de génie, au contraire, et c'est trop d'honneur pour moi d'être votre second dans ce duel acharné que vous soutenez contre la richesse et la débauche. Toutefois, je vous promets de faire de mon mieux, et j'ose prédire ici que nous saurons accomplir, à nous deux, des miracles.

En ce moment, le galop d'un cheval se fit entendre sur la route.

Après avoir prêté l'oreille :

— Ou je me trompe fort, reprit Moleskine, ou cette nuit même nous nous mettrons à l'œuvre.

— Que voulez-vous dire?

— Je veux dire que le cavalier que nous entendons là-bas, du côté de Paris, se dirige assurément vers cette maison.

— Eh bien ?

— Eh bien, il vient m'annoncer une bonne nouvelle...

— Une bonne nouvelle?

— Oui, répliqua Moleskine avec un sourire de haine et de vengeance satisfaites ce soir, au bras de M. le chevalier de Bellardoise, mon époux, je ferai mon entrée dans le monde.

— Je ne saisis pas parfaitement.

— Vous saurez tout bientôt.

— Puis-je connaître au moins ce messager dont l'arrivée vous cause tant de joie?

— Ce messager, reprit la jeune femme, c'est le père de mon premier enfant... c'est l'homme qui m'a perdue jadis et qui a fait de moi ce que je suis.

— Ah bah! fit Bellardoise stupéfié. Et cet homme est votre complice?

— Oui, par force. Je possède un secret qui peut le déshonorer, et, grâce à cela, je le tiens.

— Bravo! son affaire est bonne alors, ricana le chevalier. Et c'est lui qui va nous lancer dans la haute aristocratie?

— Lui-même.

— Il est donc de ce monde-là?

— C'est un noble lord, descendant d'une des meilleures familles des trois Royaumes !

— Un Anglais !... lui aussi !... Et comment se nomme l'insulaire ?

— Stephen Lowe, vicomte d'Olburn.

Bellardoise fit un soubresaut.

— D'Olburn ! dit-il ensuite, il s'appelle d'Olburn !

—C'est le nom de ses aïeux.

— Mais alors c'est le père de sir Gabriel.

— Oui, le père de celui que je voulais épouser, et ce mariage eût été ma vengeance.

Après un temps :

— Cette vengeance ne m'est plus permise aujourd'hui… mais elle sera non moins terrible, si je parviens à me faire aimer de Gabriel.

— Espérons, reprit le chevalier, que, nouvelle Omphale, vous saurez enchaîner ce jeune Hercule à votre char… Comme votre époux, je devrais m'opposer à ce marivaudage… mais l'intérêt de notre cause avant tout.

Le galop du cheval s'était rapproché graduellement de l'habitation.

Bientôt, à travers la grille du parc, on put distinguer le cavalier.

Moleskine ne s'était pas trompée : c'était lord Stephen.

— Quel rôle dois-je jouer devant lui? demanda Bellardoise.

— Celui que vous avez joué avec moi.

—Parfait! Redevenons poitrinaire… et reprenons nos airs de déterré… A propos, me prend-il pour un honnête imbécile ou pour une canaille intelligente?

— Il vous prend pour un homme assez amoureux de moi pour avoir mis en oubli mon passé et m'avoir donné le nom de votre père.

— Très bien! dit tranquillement Bellardoise, il me prend pour un imbécile alors ; c'est tout ce que je voulais savoir.

Comme il achevait, le vicomte d'Olburn mettait pied à terre à l'entrée des jardins.

VII

OU REPARAISSENT LES BATARDS DE LA BRINVILLIERS

Depuis son aventure dans la pharmacie du faubourg du Temple, deux mois s'étaient écoulés, et bien que ce laps de temps fût peu considérable, on remarquait un changement singulier dans les traits, dans l'allure de Stephen Lowe.

Son front s'était assombri, son visage, pâle d'ordinaire, était devenu blême, et ses yeux lançaient des regards étranges, presque effarés.

Il y avait enfin dans toute sa personne une sorte de trouble, de crainte mystérieuse.

A la vue de Moleskine et de son époux, il se remit bien vite cependant ; puis, son naturel reprenant le dessus, il ne put s'empêcher, après avoir salué Bellardoise, de rire en lui-même de sa mine maladive, de sa maigreur exorbitante et de sa toux sépulcrale ; car notre faux moribond avait cru devoir se livrer à une quinte féroce.

Moleskine présenta son époux à lord Stephen et lord Stephen à son époux.

— Monsieur le vicomte d'Olburn, dit-elle, était l'ami de mon père… A sa mort, ce fut lui qui se chargea de veiller sur moi… et ma reconnaissance lui est acquise à jamais.

— Milord a droit aussi à toute ma gratitude, reprit Bellardoise avec une émotion supérieurement feinte. Ce que l'on a fait pour ma bien-aimée Madeleine me touche cent fois plus que ce que l'on eût pu faire pour moi.

A ces mots, il prit la main de Moleskine et la couvrit d'ardents baisers.

— Laissez-nous seuls, lui murmura celle-ci à l'oreille.

Bellardoise entama aussitôt une quinte plus furieuse que la première et se servit de ce prétexte pour s'éloigner quelques instants.

— Le pauvre homme est effrayant à voir, dit lord Stephen. Je ne lui donne pas une semaine à vivre.

— Moi non plus, répliqua Moleskine, et ce sera encore trop. Mais pour l'instant il ne s'agit pas de lui. Que venez-vous m'apprendre ?

— Je viens t'apprendre, parbleu ! que j'ai agi selon ton désir.

— Dites selon ma volonté, ce sera plus exact.

— Selon ta volonté, soit.

On comprend, d'après cette conversation, que le vicomte d'Olburn, ainsi qu'il l'avait dit à Mᵐᵉ Faustine Fromagin, était allé trouver Moleskine rue de Vaugirard et s'était concerté avec elle.

— Ainsi, reprit la jeune femme, cette fête...

— Cette fête que tu m'as commandé de donner à l'hôtel d'Olburn le lendemain de tes noces aura lieu ce soir.

— Enfin ! s'exclama Moleskine triomphante.

— Tu vas être heureuse, reprit le vicomte ; j'ai invité, pour te plaire, tout le faubourg Saint-Germain... Tu ne pourras faire un geste sans coudoyer une duchesse ; tu ne pourras faire un pas sans marcher sur une marquise.

— Et Gabriel ? Gabriel ? demanda Moleskine avec chaleur, je le verrai, n'est-ce pas ? je le verrai ?

— Ne l'as-tu pas exigé ?... Grâce à toi, j'ai dû me réconcilier tout à fait avec lui, et nous sommes maintenant les meilleurs amis du monde... Tu l'aimes donc toujours ?

— Eperdument ! et je veux qu'il m'aime aussi.

— Que le ciel t'entende !... alors Suzanne serait à moi seul.

— Suzanne ! répéta Moleskine d'un ton railleur. Vous y pensez encore ?

— Plus que jamais !

— Décidément, vous avez un faible pour les novices...

— J'adore cet enfant !

— Et vous en ferez ce que vous avez fait de moi ? demanda la jeune femme d'un ton singulier.

— Je te conseille de te plaindre. Sans moi, tu serais mariée à quelque garçon herboriste... Au lieu de cela, te voilà l'épouse d'un chevalier... en attendant mieux. Mais, continua lord Stephen, allons le retrouver, ce bon chevalier de la triste figure... Il est peut-être déjà trépassé.

Moleskine et le vicomte se rendirent au petit salon, où Bellardoise les attendait, étendu sur une chaise longue.

— Monsieur le chevalier, dit Moleskine en minaudant, il y a fête ce soir à l'hôtel d'Olburn, et milord est venu en personne nous prier d'accepter son invitation.

— Une fête ! répéta le faux poitrinaire avec un sourire sinistre.

Moleskine présenta son époux à lord Stephen, et lord Stephen à son époux.

— Vous sentez-vous trop faible pour m'y conduire? interrogea la jeune femme en prenant les mains de son époux.

— Non, non, reprit ce dernier en se levant avec un effort visible, je me sens mieux, d'ailleurs... et j'aurai tant de joie à vous voir ce soir heureuse et souriante, que j'oublierai mon mal et je serai tout à fait bien.

S'adressant au vicomte, il reprit d'un ton de grand seigneur :

— Vous avez notre parole, milord...

Comme lord Stephen allait prendre congé des deux époux, Mlle Marguerite entra au salon avec un plateau chargé de boissons et de liqueurs.

Liv. 17.   17

— La chaleur est accablante, dit Bellardoise ; avant de vous remettre en route, acceptez, milord, quelques rafraîchissements. Le coup de l'étrier est un antique usage, un peu passé de mode aujourd'hui, mais qu'il appartient à nous autres gentilshommes de remettre en honneur.

Le vicomte d'Olburn prit un verre et le porta à ses lèvres...

Mais, brusquement, il le replaça sur le plateau en disant :

— Mille grâces, chevalier... je n'ai pas soif.

Peu après il se remettait en selle et reprenait le chemin de Paris.

Tout en chevauchant sous les arbres poudreux qui bordaient la grande route, il se prit à murmurer ces mots à mi-voix :

— Cet homme peut-être était l'un des DOUZE, et la boisson qu'il m'offrait était empoisonnée ! Depuis cette nuit fatale, poursuivit-il avec une terreur involontaire, je vis en des transes perpétuelles... Chose étrange ! avant d'être associé malgré moi à ces tueurs invisibles, j'étais presque résolu à me délivrer par le poison de Gabriel et de sa mère... de John Glass surtout, dont un caprice peut me faire pauvre demain... et depuis que je suis à la merci de ces hommes ; depuis qu'ils m'ont ordonné ces meurtres... je n'ose plus !... non, je n'ose plus !... Déjà un avis secret m'est parvenu qui me commandait d'agir... et j'ai résisté... La mort plane sur ma tête, cependant ! La mort !... Affreux supplice !... Cette crainte incessante m'absorbe et me consume.. mon front se ride... mes joues se creusent et mes cheveux deviennent blancs... A chaque pas que je fais, il me semble voir un de ces bandits m'apparaître pour m'annoncer que j'ai lassé leur patience et que mon heure est venue.

Comme il disait ces mots, il aperçut à quelques pas de lui un pauvre mendiant qui se tenait accroupi au pied d'un arbre.

A la vue de ce malheureux, qui n'avait rien pourtant de bien terrifiant, il frissonna malgré lui.

Mais, se prenant à rire d'un rire forcé :

— Je suis fou, sur ma foi ! et j'aurai bientôt peur de mon ombre.

Lorsqu'il passa devant le mendiant, celui-ci se leva et se traîna de son côté en psalmodiant la phrase consacrée :

« La charité s'il vous plaît ! »

Lord Stephen lui jeta une pièce de monnaie et voulut continuer sa route...

Mais le vieux pauvre avait saisi la bride du cheval.

— Que veux-tu donc encore ? demanda le vicomte, que la crainte vint envahir de nouveau.

— Vous remettre ceci, milord, en échange de votre aumône.

Ce disant, le bonhomme mit dans la main de l'Anglais un pli cacheté...

Lord Stephen l'ouvrit en tremblant.

Il contenait ces simples mots :

« Cette nuit, John Glass, ou demain, toi.

C'était l'un des douze ! murmura le comte. Alors il voulut jeter les yeux sur celui qui lui avait remis ce menaçant avis...

Mais le mendiant avait disparu à travers les arbres.

C'était une fête véritablement splendide que celle donnée ce soir-là, par le vicomte d'Olburn, en l'élégant hôtel de la rue de la Rochefoucauld.

Nous ne ferons pas ici, pour la mille et unième fois, la description d'un bal du grand monde, nous dirons seulement que les femmes les plus belles, les plus nobles, les reines, en un mot, de l'aristocratie parisienne s'étaient donné rendez-vous dans les salons du fastueux Anglais.

Ces salons, étincelants de lumière, étaient situés au rez-de-chaussée, par conséquent de plain-pied avec le ravissant jardin dont il a été parlé jadis.

Or, on était au commencement de juillet et toutes les portes étaient grandes ouvertes, si bien que les appartements et le parc illuminé ne semblaient former qu'une seule et une même galerie de verdure, qu'une serre à perte de vue où toutes les fleurs des deux mondes mariaient leurs enivrantes senteurs.

Et tandis que les invités graves allaient et venaient par ce palais embaumé, parlant politique, littérature ou finances, dans les salons et sur la pelouse, la valse entraînait en ses tourbillons vertigineux les plus jeunes et les plus ardents de cette foule titrée, blasonnée et dorée sur tranche, au son d'un orchestre caché sous le feuillage.

La vicomtesse d'Olburn était parfaite de grâce et de prévenances.

Pour chacun elle trouvait un sourire, un mot aimable, un compliment flatteur.

Elle était si heureuse!

Depuis deux mois, lord Stephen avait changé du tout au tout et s'était de lui-même, réconcilié avec son fils.

Ce dernier n'était pas moins radieux que la vicomtesse de l'heureuse métamorphose de son père, ou du moins de celui qui passait pour tel à ses yeux.

Pour protéger Suzanne, il était bien résolu à lutter contre lord Stephen, mais cette lutte lui eût brisé le cœur, et il ne l'eût entreprise qu'à son corps défendant.

Aussi sa joie avait-elle été bien franche et bien sincère lorsque le vicomte avait été lui tendre la main et lui avait dit avec une émotion véritable :

— Gabriel, la scène fâcheuse dont vous avez été témoin m'a fait descendre en moi-même... Oui, la vue de cette pauvre Fanchon, ses reproches mérités m'ont jeté au cœur le remords et le repentir... De ce moment, le lord Stéphen d'autrefois n'existe plus, et, tout d'abord, je vous déclare renoncer à mes vues sur cette jeune fille, cause involontaire de notre première et dernière querelle...

Après ces bonnes paroles, qui avaient fait sur l'âme ulcérée de Gabriel l'effet d'un baume bienfaisant, le vicomte avait ajouté :

— Toutefois, je vous demande, Gabriel, de ne rien tenter non plus contre l'honneur de cette pauvre enfant... Sa vertu est son unique bien, ne le lui ravissez pas... Me le jurez-vous?

Et Gabriel s'était empressé de faire ce serment.

Foncièrement honnête et loyal, notre jeune héros avait pris au sérieux l'hypocrite conversion de son père, et jaloux de tenir sa promesse, il n'avait même pas entrepris de s'introduire chez Suzanne ou seulement de lui parler.

Il s'était contenté de prendre adroitement quelques informations sur la gentille grisette, et sa joie avait été des plus vives en apprenant que la petite était un modèle de sagesse et de chasteté.

Si Gabriel avait eu la force de ne pas adresser la parole à Suzanne, il s'était dédommagé de ce sacrifice en la voyant souvent, bien souvent.

Il savait qu'elle travaillait dans une maison grandement éloignée de la rue de Vaugirard.

Or, chaque soir, à la fermeture de l'atelier où la jolie enfant était ouvrière, c'est-à-dire à neuf heures précises, Gabriel était là.

Alors, à distance respectueuse et de façon à ne pas attirer le regard des passants, notre *gentleman* suivait la fillette jusqu'à la rue de Vaugirard, prêt à la défendre en cas d'attaque, prêt à corriger le drôle qui se serait permis envers la belle ouvrière le plus léger outrage.

Il s'était institué ainsi, de son autorité privée, son protecteur, son ange gardien.

Du reste, son rôle de défenseur, s'était borné, jusqu'à présent, à bien peu de chose. Une seule fois, un homme avait osé s'approcher d'elle pour lui prendre la taille et l'embrasser, encore cette homme était-il aux trois quarts ivre.

Gabriel s'était contenté d'empoigner le personnage par le collet de son habit et de lui plonger la tête dans un baquet d'eau qui se trouvait à la porte d'une boutique.

Puis, le plus flegmatiquement du monde, notre Anglais s'était remis à suivre de loin sa petite protégée.

Mais quelle que fût la distance qui le séparât d'elle et bien qu'il fît tout à fait nuit, il put la voir distinctement, à la lueur d'un réverbère, lui adressant un sourire de remerciement, un regard de reconnaissance.

Ceci s'était passé le soir même du bal donné par le vicomte, et c'est pourquoi nous venons de voir Gabriel si parfaitement radieux.

Jusque-là, Suzanne n'avait pas remarqué, ou n'avait pas voulu remarquer, peut-être, la sollicitude fraternelle dont elle était l'objet depuis deux mois...

Mais cette fois, notre amoureux n'en pouvait douter, la petite l'avait vu, lui avait souri, et ce regard, ce sourire lui mettaient l'âme en liesse et faisaient rayonner son front.

John Glass et Bettina étaient heureux de son bonheur... ils l'aimaient tant tous les deux !

Et Gabriel était digne de la tendresse de cette sainte femme et de ce vieillard, car il les adorait l'un et l'autre.

Si Bettina et son fils, et John Glass lui-même, goûtaient une joie franche et bien sincère, il n'en était pas de même du vicomte d'Olburn.

Contraint à faire bon visage à ses hôtes, il grimaçait des sourires qui s'éteignaient bientôt sur ses lèvres pâles.

Il balbutiait des compliments dont il ne pensait pas un mot.

Il ne songeait, l'infortuné, qu'à ce terrible office que l'on exigeait de lui, et de temps à autre il jetait sur John Glass un regard étrange et murmurait en frissonnant :

— Ce soir lui !... ou moi demain !

Il se laissa tomber avec accablement sur un fauteuil placé près d'une fenêtre.

— C'est horrible! reprit-il. Que faire, mon Dieu! que faire?

En cet instant, il sentit une main qui se posait sur son bras.

A ce contact, il se retourna vivement et reconnut sir Walter Gaveston, son ami intime.

— Ah! c'est vous, baronnet?

— Moi-même, fit ce dernier de ce même ton sarcastique et railleur que nous lui connaissons. Je viens, mon cher vicomte, vous conjurer de vous dérider un peu... Que diable! vous devriez donner l'exemple de la gaieté, de l'entrain; et vous êtes, tout au contraire, triste comme un jour de pluie.

— Moi? répliqua lord Stephen. Vous vous abusez, Walter... Et pourquoi serais-je triste, je vous le demande?

— Que sais-je? reprit le baronnet en riant. La belle Suzanne vous tient au cœur, peut-être, et vous vous dépitez de voir que vos amours ne sont pas plus avancées qu'il y a deux mois!

— Suzanne! interrompit le vicomte. Je jure Dieu que sa pensée était à cent lieues de moi... D'ailleurs, ai-je à m'attrister du *statu quo* de cette aventure... et n'est-ce pas moi-même qui, jusqu'à nouvel ordre, ai laissé le champ libre à mon rival?

— En effet, repartit le baronnet, vous avez préféré agir de ruse avec lui, et vous avez prudemment agi, car le jeune drôle est tout à fait redoutable... c'est une espèce de Huron que le respect filial ne retient guère, et j'ai vu le moment, lors de votre algarade, où le gaillard, après s'être pris de bec avec vous, allait vous envoyer quelque horion! c'est qu'il est fort comme un taureau, ce diable-là et ne ferait de vous qu'une bouchée!...

— On voit qu'il sort du peuple! murmura lord Stephen avec une indicible expression de dégoût et de haine. Il a tous les instincts de la canaille de Paris... Il les aura toujours!...

Après un temps :

— Fasse le ciel, fasse l'enfer que Moleskine me venge de lui!

— Pensez-vous que la belle pécheresse aura le pouvoir de le faire tomber en ses filets?

— Moleskine, répliqua le vicomte, est l'habileté même et le vice incarné... elle réussira.

— Peut-être l'amour platonique de Gabriel pour la petite ouvrière lui servira-t-il d'égide.

— Moleskine réussira, vous dis-je, reprit lord Stephen, je la connais... elle a toutes les séductions et tous les charmes... et, de plus, elle aime!

— Vous êtes sûr du succès, dites-vous, soit! Ce n'est pas Suzanne qui vous préoccupe, je veux bien vous croire. En ce cas, poursuivit le baronnet en jetant sur son ami un regard interrogateur, d'où vient votre air sombre et morose?

Lord Stephen se prit à sourire pour donner le change à sir Walter.

— Je n'ai rien, lui dit-il en s'efforçant de prendre un ton joyeux et léger.

Le baronnet l'interrompit.

— Mon cher Stéphen... vous avez un secret... et vous voulez me le cacher.

— Je vous jure...

— Ne jurez pas, milord... Depuis longtemps, je vous observe, je vous étudie, et sans être grand sorcier, j'ai pu comprendre que quelque chose de mystérieux et de terrile s'était passé que vous n'avez pas cru devoir me révéler.

— Le vicomte lui saisit la main.

— Eh bien! lui dit-il fiévreusement, je vais tout vous dire... Il m'est impossible de vivre plus longtemps de cette vie qui me tue.,. Il y a deux mois, vous vous rappelez, n'est-il pas vrai? qu'après les imprécations de cette Fanchon maudite, une femme s'est présentée à l'hôtel et m'a demandé la faveur d'un entretien particulier.

— Oui, la mère de Moleskine, vous m'avez appris cela.

— Ah! reprit le vicomte avec amertume, que ne m'avez-vous accompagné, Walter, au rendez-vous que cette misérable a exigé de moi!

— Cela me fut impossible, répliqua le baronnet d'un ton singulier. J'avais, tout justement de mon côté un rendez-vous de la plus haute importance... Mais parlez... parlez, cher ami, j'ai soif de vous entendre.

Lord Stephen, après s'être assuré que nul ne l'écoutait et qu'il était bien seul à l'écart avec son confident, reprit d'une voix si basse que ce fut à peine si le baronnet put l'entendre:

— Walter, il est à Paris une bande d'empoisonneurs qui portent le nom sinistre de « Batards de la brinvilliers », et cette bande, j'en fais partie, moi!

— Vous?

— Oui, moi! un pacte odieux me lie à ces misérables et me met sous leur dépendance... Et cette nuit... cette nuit même... il me faut verser le poison à la victime désignée par eux, ou, si je n'obéis pas, c'est moi qui périrai à sa place!

Sir Walter ne répondit rien, mais il se prit à considérer son ami d'un air étrangement surpris.

— Vous me prenez pour un fou, n'es-il pas vrai? continua le vicomte, vous pensez que je suis le jouet d'un rêve, d'une hallucination... Non! non! cela est réel... et pour que vous n'en puissiez douter, connaissez cette horrible aventure en ses détails les plus mystérieux.

Alors toujours à voix basse, lord Stephen fit au baronnet un récit exact, minutieux, de ce qui s'était passé à la pharmacie du faubourg du Temple, en la nuit que l'on sait.

— Sur mon âme! murmura Walter, après que son ami eut cessé de parler, si je ne vous voyais, Stephen, si tremblant et si pâle, je croirais que vous voulez vous railler de moi avec ce conte vraiment fantastique!... Quoi! en l'an de grâce mil-huit cent trente-cinq, en dépit des agents de police, des brigades et contre-brigades de sûreté, Paris renfermerait ces horreurs d'un autre âge!... Quoi!... des trappes, des planchers mobiles... des tueurs invisibles... comme dans le drame nouveau du Théâtre-Français!... « Des hommes que pas un de nous ne connaît et qui nous connaissent tous... des hommes qui ont dans leurs mains toutes les têtes. » En faisant son admirable tableau de la Venise du moyen âge, l'auteur d'*Angelo* a-t-il donc peint en même temps la Babylone moderne!... « Comdamné, exécuté, rien à voir...

rien à dire... »Quoi ! ce serait là le mot d'ordre de vos bandits mystérieux !...
Allons, c'est impossible ! à moins qu'ils n'aient en chaque demeure, comme les
inquisiteurs dont parle le dramaturge français, « un couloir secret, perpétuel tra-
hisseur de toutes les salles, de toutes les chambres, de toutes les alcôves, un corridor ténébreux qu'o n sent serpenter autour de soi sans savoir au'juste où il est. »
Sur ma foi, mon cher, je vais maintenant, à l'instar du tyran de Padoue, me dresser
sur mon séant au milieu de la nuit, et me figurer que j'entends des pas dans mon
mur !... Allons, allons ! poursuivit en riant le baronnet Walter, tout cela est une
comédie, vicomte ; vous avez été la dupe de méchants plaisants qui se sont plu à
vous épouvanter avec toutes ces farces de mélodrame... Vos empoisonneurs sinistres sont quelques peintres en belle humeur qui, en leur qualité d'artistes parisiens,
ont voulu mystifier un grand seigneur d'outre-Manche... On appelle cela ici, je
crois, une charge d'atelier. Riez-en donc de bon cœur et n'y songez plus.

— N'y plus songer ! répliqua lord Stephen. Au nom du ciel, Walter, ne parlez
pas ainsi... Je vous jure que tout ceci est réel, bien réel, et j'ai regret à cette heure
de vous avoir fait connaître cet épouvantable secret, car ces misérables ont peut-
être ici quelques espions, et présentement ils savent que je vous ai tout dit.

Comme il achevait ces mots, il poussa un cri de stupeur et d'effroi.

— Qu'avez-vous don c ? demanda le baronnet.

D'un doigt tremblant, le vicomte lui montra un billet qui se trouvait à ses pieds.

— Regardez ! regardez ! dit alors Stephen Lowe. Cette lettre...

— Eh ! mon cher, interrompit en riant sir Walter, c'est quelque missive, sans
doute, qui se sera échappée de votre poche.

— Ramassez ce papier, et jetez-y les yeux.

Le baronnet obéit.

— C'est étrange, dit-il après avoir lu, bien étrange !

Son ami s'empara du papier et le parcourut avidement.

La lettre contenait ces mots :

« Tu viens de nous trahir, tu sais quel est le châtiment que nous réservons
aux délateurs. Tu n'obtiendras ta grâce que si tu exécutes ce soir même les ordres
que t'ont donnés tes maîtres ! »

— Eh bien ! reprit le vicomte d'Olburn anéanti, doutez-vous encore, Walter, et
prenez-vous tout ce que je vous ai dit pour des jeux d'enfants ?

Sir Walter ne répliqua rien.

Son front était subitement devenu soucieux.

Après quelques secondes d'un morne silence :

— Stephen, dit-il d'une voix altérée, pardonnez-moi d'avoir douté de vos paroles...
comme vous, je crois présentement, et comme vous j'ai peur.

— Vous voyez ! murmura le vicomte avec une indicible terreur, l'influence
occulte de ces assassins se fait sentir jusqu'ici... Je vous ai parlé à voix basse,
bien basse, et cependant ma révélation a été entendue déjà par quelque soldat de
l'armée invisible qui m'a choisi pour l'exécuteur de ses hautes œuvres... C'est inouï,

fantastique, si vous voulez, mais cela est... vous n'en pouvez douter maintenant.

— Je ne doute plus, répondit le baronnet.

— Eh bien! interrogea Stephen Lowe, que me conseillez-vous, alors?... En
l'état où je suis, je ne saurais rien résoudre par moi-même... Dites... Walter... je
m'abandonne à vous... que dois-je faire?

— Il faut obéir, Milord, repartit le baronnet.

— Obéir!

— Oui, poursuivit Walter, obéir aveuglément.

Lord Stephen lui saisit la main avec violence.

— Savez-vous que c'est horrible ce que vous me dites là!

Sir Walter haussa les épaules.

— Horrible! et pourquoi?...

— Vous le demandez?

Le baronnet fixa ses yeux sur les yeux de son ami.

— Soyez franc avec moi, Stephen... En vous-même, n'aviez-vous pas songé à
commettre ces crimes que l'on réclame de vous aujourd'hui?

— Oui! fit le comte, oui! mais qu'importe?... C'était un rêve atroce qui m'était
venu troubler en une nuit de délire... mais j'y avais renoncé.

— Vous êtes un enfant, mon très cher, répliqua sir Walter. Si, comme vous le
dites, vous avez chassé loin de votre esprit cette pensée funeste, c'était une folie
de votre part; car vous savez bien que ces meurtres qui vous épouvantent peuvent
seuls assurer votre fortune, c'est-à-dire votre bonheur et votre propre existence.

— Oui, oui, balbutia le vicomte d'une voix étouffée, c'est vrai... c'est vrai.

— Pourquoi donc hésiter, alors?

Lord Stephen se leva brusquement en jetant cette réponse à son ami :

— De par l'enfer, c'est vous qui l'aurez voulu, Walter!... cette nuit même, je
verserai à John Glass le breuvage mortel.

En ce moment, un murmure confus se fit entendre aux portes du salon principal.

Les deux Anglais portèrent le regard de ce côté.

C'était Moleskine! qui venait de paraître, au bras du chevalier de Bellardoise,
son époux, et les hommes, à l'aspect de la nouvelle venue, n'avaient pu retenir un
long cri d'admiration, les femmes n'avaient pu s'empêcher de laisser échapper une
exclamation d'envie et de surprise.

— C'est Moleskine! dit lord Stephen.

— Allez au-devant d'elle, vicomte, lui souffla le baronnet. C'est la première fois,
sans doute, qu'elle se trouve à pareille fête, et la pauvrette doit être singulièrement
embarrassée.

Sir Walter se trompait.

Moleskine, au contraire, au milieu de cette foule aristocratique, semblait être
parfaitement à son aise. On eût dit qu'elle était là dans son élément habituel.

Lord Stephen avait marché à sa rencontre, mais à moitié chemin il était demeuré
immobile, et, non sans émotion, il avait dit au baronnet :

Mais le vieux pauvre avait saisi la bride du cheval.

Sur ma vie! ne trouvez-vous pas, Walter, qu'elle est plus belle cette nuit qu'elle ne le fut jamais?

Walter se prit à rire.

— Eh! mon cher, allez-vous, d'aventure, devenir amoureux de cette aimable fille!... Méfiez-vous, vicomte, les replâtrages, c'est bien mauvais genre... et puis, ce n'est pas pour vous qu'elle vient...

— C'est juste!... murmura lord Stephen, c'est pour Gabriel... c'est pour mon fils!...

. . . .

Quelques heures plus tard, l'aube naissante faisait pâlir l'éclat des illuminations.

La fête touchait à sa fin et les jardins étaient aux deux tiers dépeuplés...

Tandis que quelques danseurs infatigables se livraient encore, sur la pelouse fleurie, aux enivrements d'une dernière valse, un homme se glissait mystérieusement dans le pavillon qui se trouvait à l'extrémité du parc et qui servait d'habitation au vieux Jonathan Glass.

L'homme gravit l'escalier qui conduisait à la chambre à coucher du vieillard.

Il pénétra dans cette chambre, qu'éclairait une lampe de nuit.

Puis, débouchant un petit flacon de cristal qu'il tenait à la main, il versa quelques gouttes de son contenu dans le verre d'eau sucrée que le père de Bettina avait coutume de prendre chaque soir, avant de fermer les yeux.

Cet homme, c'était lord Stephen Lowe, vicomte d'Olburn...

Ce qu'il venait de mêler au breuvage du vieux Jonathan Glass, c'était le poison des Brinvilliers...

Et pendant que la mort entrait dans cette chambre, la valse continuait au dehors, et l'orchestre invisible jetait aux échos ses derniers accords.

VIII

CE QUI SE PASSA DANS LE PETIT PAVILLON DE LA RUE DE LA ROCHEFOUCAULD

Comme lord Stephen allait quitter la chambre de John Glass, il entendit des pas dans l'escalier.

— C'est le père de Bettina, murmura le vicomte en prêtant l'oreille, je reconnais sa démarche lente et régulière... S'il me voyait ici, seul en ce pavillon, il aurait des soupçons et je serais perdu.

Jonathan Glass, car c'était bien lui, continuait à gravir à pas comptés les degrés du pavillon.

— Il approche! reprit Stephen d'Olburn avec une indicible crainte

Et brusquement il se dissimula derrière les rideaux de la fenêtre.

Cette fenêtre était hermétiquement close par de forts volets, et les pâles lueurs de l'aube naissante ne pouvaient pénétrer dans la chambre, qu'éclairait seule la petite lampe de nuit et dans laquelle régnait une demi-obscurité.

Au moment où l'épaisse tenture retombait sur le vicomte, la porte s'ouvrit et le vieux Glass entra.

— Quand il sera endormi, pensa lord Stephen, je pourrai fuir.

L'ex-changeur de la Cité de Londres s'enferma à double tour et poussa le verrou.

— J'avais hâte de voir cette fête toucher à sa fin, pour pouvoir me retirer sans chagriner ma chère Bettina... Pour éviter une larme à ses yeux, un soupir à son cœur, ne suis-je pas toujours prêt à tout faire, même à paraître joyeux et gai lorsque j'ai l'âme en deuil !

Depuis le moment où le fils de Fanchon et de Pierre Lavarès avait été substitué au fils défunt du vicomte d'Olburn, Gabriel avait presque vécu auprès de lui.

A son retour d'Allemagne, le bonhomme avait frissonné à la vue du petit enfant si chétif et si pâle.

Mais, on le sait, c'était la misère, les privations qui avaient mis le fils de la vielleuse en cet état maladif ; si bien qu'au bout de quelques semaines, grâce à tous les soins qui lui furent prodigués, le gamin revint peu à peu à la santé.

Puis ses petites joues maigres et creuses se remplirent, et sa pâleur fit place à de bonnes couleurs bien roses et bien fraîches, et finalement John Glass reçut cette assurance qu'il n'y avait plus lieu de craindre pour la vie de son petit-fils Gabriel.

Car pour le bonhomme, l'enfant volé était bien réellement son petit-fils Gabriel, et jamais, à cet égard, il n'avait eu seulement l'ombre d'un doute.

Radieux de voir le malade sain et sauf, il récompensa princièrement les médecins qui le lui avaient conservé, et n'oublia pas non plus mistress Kocoding, dont les soins assidus avaient grandement contribué à la résurrection de l'enfant.

Pendant deux ans à peu près, la famille séjourna à Paris, dans le petit hôtel de la rue de La Rochefoucauld ; puis on passa quelques années en Angleterre.

Mais sous ce climat brumeux, le jeune Gabriel, puisque tel était son nouveau nom, dépérissait à vue d'œil.

A cet enfant de Paris, il fallait le soleil du pays natal.

Sans chercher même à comprendre la cause de ce dépérissement, John Glass et les siens quittèrent donc définitivement l'Angleterre et vinrent s'installer en France.

L'enfant avait alors neuf ans.

Son grand-père demanda à se charger de son éducation.

Le bonhomme, fils de pauvres diables d'ouvriers, avant d'être le vieux Crésus que nous connaissons, s'était élevé tout seul ; il s'était fait ce qu'il était.

En tout et pour tout, il avait été six mois à une école gratuite, et ce qu'il savait, il avait pu l'apprendre sans l'aide de qui que ce fût.

Il pensa donc, fort sagement à notre sens, que ce qu'il avait fait, son petit-fils pouvait le faire ; et pour commencer, il déclara au gamin que jamais, au grand jamais, il ne le mettrait au collège.

L'enfant battit des mains et sauta de plaisir à cette triomphante nouvelle.

Il avait un indicible besoin d'air et de liberté, ce pauvre petit bonhomme, et bien souvent il avait frémi à l'idée d'être enfermé pendant toute son enfance et toute sa jeunesse dans ces tristes demeures où l'on ne vit qu'avec le passé, où l'on ne s'entretient qu'avec les morts.

— Tu connaîtras plus tard, si tu le veux, Homère et Virgile, dit John Glass à Gabriel ; quant à moi, je ne t'en parlerai guère, par la raison toute simple qu'on ne m'en a jamais parlé... Pour te forcer à ânonner le grec et le latin, je n'aurai pas la cruauté de condamner à la prison les plus belles années de ta vie... Il te faut de l'espace pour étendre tes ailes... tu en auras. Au diable donc le collège, ce lit de

Procuste de la jeunesse... Tu sortirais de là maigre comme un clou et pâle comme un mort... Je m'y oppose... La santé de ton corps avant tout... nous nous occuperons ensuite de la santé de ton esprit... Apprête-toi, enfant, à recevoir de ton grand-père une éducation en rapport avec ton siècle... Si l'on me blâme, tant pis... je suis philosophe, et pourvu que je sois content de ce que je fais, ce que pensent les autres m'est parfaitement égal... Tu ne seras donc pas un savant, mais tu seras un homme... j'aime mieux ça!

Ce qui fut dit fut fait.

Lorsque l'éducation de l'enfant fut terminée, celle du jeune homme commença.

Quant à celle-ci, John Glass voulut qu'elle fût complète.

Tout au rebours des autres, dès que Gabriel eut atteint sa seizième année, il l'initia franchement et complètement à tous les mystères de la société dans laquelle il allait entrer.

Et d'abord il lui fit sur les femmes les dissertations les plus sages et les plus sensées, non pour l'empêcher d'aimer et d'avoir des maîtresses, mais tout bonnement pour le mettre en garde contre les précipices ou tout au moins les ornières dont cette route périlleuse est bordée.

— Quant aux autres plaisirs, ajouta le bonhomme, ne t'en prive pas... Si tu veux de l'argent, demande, demande sans scrupule et sans crainte... Je suis riche, Dieu merci, et j'ai de quoi satisfaire toutes tes fantaisies, si coûteuses qu'elles puissent être. En un mot, mène une vie, honnête toujours, mais aussi joyeuse qu'il te plaira. Amuse-toi... ris, chante. La vie n'a qu'un temps, et ce temps est court... Profites-en donc en prenant ton bonheur où tu le trouveras... mais sache, pour ta gouverne, que tu ne pourras être vraiment heureux qu'à la condition d'être vraiment bon et humain. Partout où tu passeras, sème quelque bienfait... Peut-être récolteras-tu parfois l'ingratitude; mais ne te soucie point des ingrats... mieux vaut soulager ceux qui ne le méritent pas, que de ne pas obliger ceux qui le méritent.

On voit qu'après tout, John Glass entendait assez bien la charité chrétienne.

Et certes son élève profita de cette leçon-là aussi bien que des autres. On a déjà pu s'en convaincre par ce qu'il a fait à la Courtille pour la pauvre Fanchon.

En cette journée dont nous parlons, notre héros a fait preuve, en même temps que d'une grande bienfaisance et d'un grand courage, d'une force singulière et d'une adresse vraiment remarquable.

Il devait tout cela encore au vieux Jonathan.

A l'épée, il était vraiment de première force, et l'illustre Grisier lui-même avait dit en parlant de lui :

— Voilà un élève qui me fera honneur!

Au pistolet, il n'était pas moins habile.

Lorsqu'il entrait au tir des Champs-Élysées, la foule se précipitait sur ses pas. C'était justice. Il faisait mouche à chaque coup. Le chevalier de Saint-Georges eût pu lui donner la main.

Mais, en sa qualité d'ancien ouvrier, le bonhomme n'ignorait pas que le peuple, quand il se bat, ne se donne pas la peine de prendre épée ou pistolet.

Il se sert des armes de la nature, c'est plus simple.

En conséquence, Jonathan fit carrément apprendre à Gabriel la boxe d'abord, cela va sans dire, le chausson ensuite, ou la savate si l'on aime mieux.

En quelques leçons, notre héros acquit en ce genre de pugilat une supériorité effrayante. Il possédait surtout un certain coup de botte qui faisait l'admiration générale.

C'est ce même coup dont il avait donné une idée au Grand-Borgne, dans la guinguette de l'*Ile d'Amour*.

Notre héros, bien que tout jeune encore était donc un hardi gaillard, un fier compagnon aux robustes épaules, au poignet de fer, aux muscles d'acier.

Et le digne John Glass se réjouissait de toute son âme en contemplant Gabriel. et non sans un certain orgueil, il se disait :

— Voilà mon ouvrage!

. . . .

Le vieillard, nous l'avons dit, avait quitté le bal pour cacher sa tristesse à sa fille Bettina ainsi qu'à Gabriel.

Il avait, cette nuit-là, de sombres pressentiments. Pourquoi? Il l'ignorait. Il n'avait nul soupçon des sinistres projets de lord Stephen et ne se doutait même pas de sa présence dans le pavillon.

Quoi qu'il en fût, Jonathan Glass se dirigea vers son lit, en proie à un indicible malaise...

Machinalement il avait pris le verre d'eau empoisonnée...

Le vicomte, caché toujours sous le rideau, frissonnait des pieds à la tête...

Il entendait battre son cœur...

Un moment, il fut sur le point de courir à John Glass et de lui arracher le verre.

Mais ces paroles, dites à haute voix par Jonathan, le firent demeurer immobile :

— Je n'ai rien à craindre, disais-je. Peut-être!... Lord Stephen me hait, je le sais, autant que je le hais moi-même. Ces airs doucereux et patelins qu'il affecte depuis quelque temps cachent assurément quelque chose !... Bettina, Gabriel lui-même, sont à ce point heureux de sa subite conversion qu'ils ajoutent l'un et l'autre, une foi pleine et entière... mais moi... moi... je n'y crois pas... je ne puis y croire... Le vicomte d'Olburn n'a pas une de ces natures capables de changer jamais... Il est né pour le mal comme Gabriel est né pour le bien... Sa transformation n'est qu'hypocrisie et mensonge !... Lui, cet être sans cœur, se repentir !... Allons donc !... Il caresse aujourd'hui pour mieux mordre demain !... Il nous exècre tous ici, oui, tous sans exception : moi d'abord... son épouse ensuite et Gabriel aussi... Il lui sourit cependant, il lui serre la main, il lui donne les noms les plus tendres et les plus affectueux... Pour agir de la sorte, pour s'abaisser à ces cajoleries, si peu en harmonie avec sa rude et fauve nature, quel est son but? quel espoir est le sien?

Reprenant avec force :

— Je connaîtrai la vérité, continua le vieillard, et quels que soient tes projets lord Stephen, je saurai les déjouer... Ses projets ! Oh! j'ai peur de les deviner... Jusqu'à cette heure, j'ai eu la force d'exécuter à la lettre les clauses du contrat et je n'ai mis à sa disposition que la rente stipulée... J'ai su ainsi mettre à l'abri et conserver intacte mon immense fortune... pour la laisser à Gabriel, qui en fera, lui, un noble et bon usage, tandis que son père la jetterait bien vite en pâture à ses filles de joie, à ses compagnons de jeu et de débauche... Non! non! cela ne sera pas! ajouta John Glass d'un ton ferme. Mes richesses sont le prix de mon labeur incessant et de ma haute probité, elles seront l'héritage d'un homme probe et laborieux, et ne serviront pas à payer le vice et la prostitution...

Peu à peu, tandis que parlait le vieillard, les hésitations, les scrupules, les remords de lord Stephen avaient fait place à la colère, à la fureur.

— Meurs donc alors, misérable honnête homme! meurs, et que je sois à jamais délivré de toi!

Comme si une force invisible eût obligé John Glass à obéir à la volonté de l'assassin, il vida d'un seul trait le verre qu'il avait tenu machinalement durant son monologue.

— Tout est fini! dit alors le vicomte.

Jonathan, après avoir bu, s'était jeté, à moitié vêtu, sur son lit.

— Je ne dormirai pas, fit-il en prenant un journal; dès qu'il sera tout à fait jour, je monterai à cheval et j'irai faire un tour de campagne.

Il lut en effet pendant quelques instants; mais, quoi qu'il en eût dit, le journal s'échappa de sa main, ses yeux se fermèrent et le sommeil s'empara de lui.

— Il dort! murmura lord Stephen. Enfin!

Sans bruit, il quitta sa cachette et se dirigea vers la porte...

Mais malgré toutes ses précautions, et bien qu'il marchât sur la pointe du pied, il ne put empêcher que le parquet ne craquât sous sa bottine.

Si faible que fut ce craquement, il suffit pour réveiller le vieillard, qui, s'élançant d'un bond au milieu de la chambre, saisit un fusil de chasse toujours armé qui se trouvait en un coin; et coucha en joue le vicomte d'Olburn, en lui criant :

— Qui es-tu et que fais-tu chez moi?

L'empoisonneur, interdit, atterré, ne répondit pas.

— Parle! reprit le vieux John, parle, ou je fais feu...

L'imminence du danger rendit bien vite au vicomte sa présence d'esprit.

— Eh! là! là! master Glass, fit-il en partant d'un grand éclat de rire, dormez-vous donc encore et ne me reconnaissez-vous pas?

— Lord Stephen! murmura le bonhomme avec stupéfaction.

— Eh, oui! lord Stephen, répliqua l'autre en continuant de rire ; mettez donc bas les armes, je vous prie, et faites trève à vos velléités belliqueuses?

Le vieux Glass avait lentement désarmé son fusil et l'avait replacé près du mur.

— Ah! c'est vous, monsieur le vicomte, dit-il ensuite d'un ton surpris. Que voulez-vous donc?... C'est la première fois, je pense, que vous franchissez le seuil de ce pavillon pour me faire visite.

— Master Glass, repartit lord Stephen, visiblement embarrassé, je venais...

— Achevez!

— Je venais solliciter de vous un service...

— Un service... Que voulez-vous dire?

Le vicomte ne savait trop quoi répondre.

Enfin il trouva un prétexte à peu près plausible :

— Cette nuit, reprit-il, vous avez pu, comme tout le monde, vous apercevoir que j'étais triste, inquiet et préoccupé...

— En effet, je vous ai observé plus d'une fois pendant la fête, et j'ai été frappé de votre air sombre et presque funèbre, qui contrastait si mal à propos avec la gaieté générale.

— Eh bien! apprenez tout, Jonathan... Il y a deux mois, en une dernière nuit de folie, j'ai joué un jeu d'enfer, j'ai perdu une somme considérable, et cette nuit, au milieu même de ce bal, un billet que j'ai reçu, et que vous avez vu entre mes mains peut-être, est venu m'annoncer que si au point du jour je ne m'acquittais pas de cette dette d'honneur, tout Paris connaîtrait ce soir même ma conduite, indigne d'un gentleman, et que mon expulsion du club suivrait de près ce scandale. Devant de semblables menaces, je m'adresse donc à vous, master Glass. C'est la première fois que je vous fais une requête de ce genre, j'ose espérer que vous ne la refuserez pas.

— Quelle somme vous faut-il? demanda froidement le vieillard.

— Une somme forte... très forte... répliqua Stephen Lowe, sans quoi je me fusse évité, je vous le jure, une démarche qui me pèse et m'humilie.

— C'est trop de scrupules, repartit Jonathan; ne suis-je pas votre père, milord, n'êtes-vous pas mon fils, et comme tel, ne pouvez-vous pas tout me dire et tout me demander? Parlez donc, à combien se monte votre dette?

— A cinquante mille francs!

John Glass alla à son coffre-fort, l'ouvrit et en tira cinquante billets de banque qu'il étala sur son bureau.

— Parbleu! pensa le vicomte, voilà une aubaine sur laquelle je ne comptais guère... ce qui prouve que la vertu est toujours récompensée.

— Voici la somme, reprit Jonathan.

— Ah! s'écria Stephen en serrant avec effusion la main du bonhomme, vous me sauvez l'honneur... c'est plus que la vie!

Et là-dessus, l'époux de Bettina, dont les yeux brillaient de convoitise, s'avança frémissant pour s'emparer des cinquante mille francs.

John Glass lui retint doucement le bras.

— Milord, lui dit-il ensuite d'un ton singulier, avant d'empocher cette misère, soyez donc assez aimable, je vous prie pour me donner une petite explication...

— Une explication?...

— Oui, reprit le vieillard ne lui étreignant le bras avec plus de force et en le regardant en face. Par quelle issue avez-vous donc pénétré chez moi?

— Eh! par la porte sans doute.

— Par la porte? répéta le bonhomme en regardant lord Stephen plus fixement encore.

— Par erreur, peut-être, continua le vicomte avec vivacité, vous l'aviez laissée entr'ouverte, et je n'ai eu qu'à la pousser... Vous voyant endormi j'allais me retirer, lorsque le bruit de mes pas vous a réveillé bien malgré moi.

— Et la porte du jardin, fit John Glass en ricanant, je l'avais laissée entr'ouverte, aussi, n'est-il pas vrai?

— Assurément.

Le vieillard se dressa, menaçant et terrible devant lord Stephen épouvanté.

— Vicomte d'Olburn, dit alors Jonathan, vous mentez! vous mentez!

— Malheureux!

— Oui, poursuivit l'autre avec force, vous mentez!... Et la preuve, ajouta le vieillard, c'est que cette porte est fermée à double tour... c'est que celle d'en haut l'est aussi.

— Enfer! rugit lord Stephen, pâle de terreur et de colère.

Jonathan, debout devant la porte et les bras croisés, ordonna au vicomte de lui faire connaître le véritable motif de sa visite nocturne.

— Je veux tout savoir, ajouta-t-il en terminant, tout, vous entendez bien...

Stephen Lowe l'interrompit avec impatience par ces mots :

— Je n'ai rien d'autre à vous dire que ce que je vous ai dit.

— Et je vous répète, moi, que vous avez menti!

— Prenez garde John Glass, prenez garde!

Le vieillard poursuivit, sans daigner faire attention à cette menace.

— Si vous vous êtes introduit en ce pavillon pendant mon absence, c'est que vous formiez quelque coupable projet contre ma fortune!.. contre ma vie peut-être!...

— Vous êtes fou! s'exclama lord Stephen.

En ce moment, Jonathan sentit un étrange frisson lui parcourir le corps et, tout aussitôt, il lui sembla qu'un cercle de fer lui enserrait le front.

— Qu'éprouvé-je donc? murmura-t-il. Le sang se glace dans mes veines et ma tête est en feu... Ah! je devine tout... je devine tout... je suis empoisonné!...

— Tais-toi! Tais-toi, misérable vieillard, et fais-moi place!...

John Glass s'arc-bouta contre la porte.

— Non! non! tu ne quitteras pas cette chambre avant qu'on soit accouru à mes cris!... A moi! à moi!...

Mais la lointaine musique du bal répondit seule à l'appel de John Glass.

Stephen courut à ce dernier.

— Écoute lui dit-il, je te jure que je n'ai pas attenté à tes jours...

— Je ne te crois pas! je ne te crois pas!... que venais-tu donc faire ici, alors?

— Je venais... je venais... te voler! comprends-tu maintenant?

— Assassin ou voleur, n'importe!... reprit le vieillard avec énergie, je veux te dénoncer à tous... tes nobles invités n'ont pas encore déserté tes salons; ils sauront qui tu es, et si je meurs par toi, ils pourront t'accuser et te perdre.

Et, de nouveau, il voulut appeler à l'aide.

Mais Stephen s'élança sur lui pour étouffer ses cris.

Alors, entre ces deux hommes, une lutte terrible s'engagea...

Toutefois, elle fut de courte durée, et bientôt l'un des deux combattants sentit sur sa poitrine le genou vainqueur de son adversaire...

Chose étrange, l'homme terrassé n'était pas le vieillard, c'était l'autre.

Jonathan Glass, élevé à la rude école de la fatigue et du travail, avait acquis une force que le brillant lord Stephen, usé par l'orgie, efféminé par la débauche, était loin de posséder

Alors, entre ces deux hommes, une lutte terrible s'engagea.

Si bien que le premier, malgré ses soixante-dix ans, devait facilement obtenir l'avantage dans cette lutte corps à corps que l'imprudent vicomte n'avait pas craint de provoquer.

— Lord Stephen, dit le terrible vieillard avec un ricanement formidable, pensais-tu donc avoir affaire à quelqu'un de tes pareils, c'est-à-dire à l'un de ces pâles libertins qu'un souffle fait chanceler, qu'un coup de vent peut abattre?... Non, de par le ciel! mon maître, je ne suis pas de ces semblants d'hommes, et le sang qui coule dans mes veines est du sang véritable.

— Que prétendez-vous faire? balbutia le vicomte.

— Rien d'autre que ce que je t'ai dit... Appeler céans toute cette foule qui encombre encore cet hôtel.

— Malheureux ! reprit lord Stephen, ne songez-vous donc pas qu'en me perdant vous perdez en même temps Gabriel et sa mère ?

John Glass se prit à rire d'un rire frénétique.

— N'essaye pas de m'attendrir en me parlant d'eux... les perdre... non, non, je les sauve, au contraire... Car si ce que je crois est la vérité, si ta main criminelle a versé le poison dans mon verre, ce n'est que le prélude, sans doute d'autres infamies dont Bettina et son fils seraient assurément les victimes... Ainsi donc épargne-toi des discours superflus... Les tribunaux te réclament, ils t'auront.

Ce disant, sans lâcher lord Stephen, il tourna la tête du côté de la fenêtre pour recommencer ses cris d'appel.

Mais sa première clameur expira sur ses lèvres...

Un drap venait d'être jeté sur sa tête par une main invisible...

Quel mystérieux sauveur l'enfer venait-il donc d'envoyer au vicomte d'Olburn ?

IX

QUEL ÉTAIT LE MYSTÉRIEUX PERSONNAGE QUE NOUS AVONS VU APPARAÎTRE A LA FIN DU CHAPITRE PRÉCÉDENT

Sous le linceul qui lui couvrait le visage, Jonathan étouffait, et les cris que le malheureux tentait de proférer se traduisaient par des sons rauques, gutturaux qui ne pouvaient être entendus de l'extérieur.

Lord Stephen, comme bien on pense, avait profité bien vite de ce secours inattendu et s'était délivré de l'étreinte de son adversaire.

Il jeta un coup d'œil surpris sur l'individu auquel il devait son salut.

Qui que vous soyez, lui dit le vicomte, je vous remercie de toute mon âme camarade... une minute de plus, et ce vieux bandit m'étranglait. Qui donc êtes vous ?

— Votre très humble valet, mon cher maître, répondit l'homme, en ôtant le chapeau à larges bords qui lui dissimulait le visage.

— Kocoding ! fit le vicomte au comble de la surprise et de la joie.

— Oui, milord, Kocoding, ni plus ni moins...

— Par quel miracle ?...

— Oh ! le miracle est bien naturel, allez ; je vous expliquerai ça en temps et lieu... pour l'instant, il faut attacher les pattes à votre bien-aimé beau-père, car il est fort comme un Turc, et peut-être à nous deux, sans cette précaution, n'en aurions-nous pas encore raison.

Ce qui fut dit fut fait.

Lorsque le malheureux vieillard fut solidement garrotté, Kocoding se décida à enlever le drap qui couvrait le visage de sa victime.

Jonathan était presque étouffé.

Sa respiration haletante, entrecoupée, indiquait que ses forces étaient à bout et qu'il était hors d'état d'appeler au secours.

Toutefois, en homme prudent qu'il était, Kocoding prit un mouchoir et l'attacha solidement sur la bouche de sa victime, à seule fin de lui en faire un bâillon.

— Voyez-vous, ça vaut toujours mieux de prendre ses précautions, dit-il; là maintenant, couchons-le proprement sur son lit... et laissons-le tourner de l'œil de lui-même, tandis que nous allons parler d'affaires.

Aidé de lord Stephen, le drôle étendit sur sa couche John Glass toujours inanimé.

S'asseyant sur le bord du lit, Kocoding poursuivit de la sorte :

— Pour commencer, je vous dirai que je m'embête à crever dans votre chien de Paris... ça ne doit pas vous surprendre, vu que j'ai eu toujours la France en exécration... Or, depuis une vingtaine d'années, je ne bouge pas de ce pays, et j'en ai par-dessus la tête!... j'ai le *spleen*, quoi! et ma foi, j'ai résolu de me guérir de cette mauvaise maladie-là.

— Tu veux retourter en Angleterre?

— Non, c'est trop près de la France... En Amérique, à la bonne heure!... c'est un pays commode pour les gaillards de ma trempe... on est coulant sur la moralité, pas difficile quant aux antécédents... personne ne vous demande qui vous êtes, d'où vous venez, pourquoi vous ne restez pas chez vous... on vous reçoit et voilà tout... pourvu que vous ayez de l'argent dans votre poche, c'est tout ce qu'il faut... On se fiche pas mal que votre quibus vienne du diable ou du bon Dieu. Or, le moment est arrivé de m'offrir un courant d'air.

— Tout cela ne m'explique pas par quel heureux hasard, par quel prodige surtout, tu es tombé des nues pour me tirer des griffes de ce vieux forcené.

— *Primo*, je ne suis pas tombé des nues, riposta Kocoding en riant; je suis tout bêtement sorti de cette armoire, dans laquelle j'avais eu soin de me blottir tout à l'heure en vous entendant gravir le petit escalier.

— Quoi! tu étais là quand j'ai franchi le seuil de cette porte?

— Parfaitement,... et de mon observatoire, j'ai pu vous voir vous livrant à votre petit pot-bouille.

— Tu m'as vu?...

— Comme je vous vois à cette heure... et j'allais sortir de ma niche quand le papa Glass s'est permis de venir nous déranger.

— Et que faisais-tu dans ce pavillon? interrogea lord Stephen.

Le cocher se prit à ricaner.

— Avouez que vous vous doutez un peu du motif qui m'amenait.

— Tu venais voler John Glass?

— Juste! vous avez mis le nez dessus... Ah! l'on voit que vous avez sucé le même lait que votre serviteur... vous êtes aussi malin que lui.

— Infâme coquin, reprit lord Stephen, n'as-tu donc pas songé que dévaliser John Glass, c'était me dévaliser moi-même!

— En effet, reprit le gredin, ricanant de plus belle, ce que j'aurais palpé, vous n'auriez pu le flibuster, vous... j'ai parfaitement réfléchi à cela, mais ça ne m'a pas retenu un instant.

— Égoïste.

— Après vous, milord! fit Kocoding en s'inclinant. Oui, continua-t-il d'un ton léger, je n'ai mis le pied céans que pour remplir mes poches avant de prendre la poudre d'escampette. Il ne faut jamais s'embarquer sans biscuit, dit le sage, et mes biscuits, à moi, les voici.

Ce disant, il courut aux billets de banque éparpillés sur le bureau.

— Un instant, canaille! dit vivement lord Spephen, part à deux, je te prie.

— C'est trop juste, repliqua Kocoding, vingt-cinq pour vous... vingt-cinq pour moi.

— Ce partage terminé, il courut au coffre-fort, qui contenait encore une vingtaine de mille francs en or, lesquels furent partagés comme les billets.

— C'est très utile d'avoir de la monnaie, observa le cocher en empochant les Napoléons. Sur ce, mon très cher maître, je vais prendre congé de vous... Inutile de vous prier, je suppose, de retarder autant que possible, la découverte du vol et de ma disparition... Qu'on me mette tout sur le dos, y compris la crevaison du vieux, je m'en contrefiche, mais je compte sur votre habileté pour détourner les soupçons jusqu'à ce que j'aie atteint le port de mer le plus proche... Maintenant, embrassez-moi, mon très cher frère, et que Dieu vous ait en sa sainte garde!

Et le hideux coquin tendit ses bras à lord Stephen...

Un léger mouvement que fit sur sa couche la victime de ces deux misérables leur fit brusquement détourner la tête.

— Il n'est pas encore crevé! murmura Kocoding en se rapprochant du vieillard. Non d'un chien, il paraît qu'il a la vie dure... Quel satané poison lui avez-vous donc fait avaler?

— Les effets de ce breuvage ne s'obtiennent que lentement... sa mort est certaine; mais il n'expirera qu'après avoir passé par toutes les phases d'une maladie ordinaire.

John Glass avait pu reprendre peu à peu ses esprits et ses forces.

— Toujours bâillonné, il ne pouvait parler; mais, à défaut de ses lèvres, ses regards parlaient, eux, et leur éloquence était grande.

— Potence de Dieu! reprit Kocoding, nous fait-il de vilains yeux, ce vieil enragé-là...

— Que faire? murmurait lord Stephen, arpentant la chambre à grands pas.

— Que le diable soit de vous, d'avoir pris ce bête de poison-là...

— Eh! maître fou, repartit le vicomte, pouvais-je me douter que tu te trouverais tout justement là pour me donner un coup de main et pour prendre à ton compte les suites de l'affaire?

— C'est juste, répliqua Kocoding, pour deviner cela, il eût fallu que vous fussiez sorcier... ainsi, continua-t-il, vous êtes bien sûr que votre poison ne peut envoyer le vieux *ad patres* que d'ici à pas mal de temps.

— Dans trois semaines seulement, il mourra.

— En ce cas, répliqua Kocoding, dont l'œil s'illumina d'une lueur sanglante, finissons-en tout de suite.

Et tout en parlant il avisait un trophée d'armes de chasse appendu à la muraille..

Il y courut et sa main fiévreuse s'empara d'un énorme coutelas.

— Que vas-tu faire? murmura le vicomte avec une invincible horreur.

— Eh bien! quoi donc? répliqua le coquin. Il faut nous dépêtrer de lui, pas vrai... sans quoi, c'est nous qui serions fricassés... Or, charité bien ordonnée commence par soi-même...

Lord Stephen semblait en proie à une sorte de délire.

Mais Kocoding s'avança vers le vieillard, qui continuait à se contorsionner sur sa couche, et leva le formidable coutelas...

Malgré le bâillon qui lui fermait la bouche, la victime poussa un cri désespéré...

Mais ce cri s'éteignit bien vite sur les lèvres, que vint couvrir une écume rougeâtre :

Puis les draps blancs se tachèrent de sang...

L'assassin avait rempli son office...

Maintenant, en chasse... si l'on nous trouvait, nous ne serions pas tout à fait aussi blancs que la neige.

Et déjà le meurtrier prenait le chemin de la porte.

— Un instant encore, dit lord Stephen en le retenant. Avant de quitter cette chambre, il faut enlever à ce cadavre ses cordes et son bâillon.

— Pourquoi? fit Kocoding avec un rire cynique, vous avez peur que cela ne le gêne pour dormir?

— Cela indiquerait trop aisément que tu n'étais pas seul à commettre le crime...

— Vous avez raison, répliqua l'assassin. Le mâtin était solide, et la justice assez soupçonneuse de son naturel devinerait bien vite que, pour lier ainsi les pattes au vieux, il m'a fallu un complice... Coupons-lui donc ses ficelles.

Joignant l'action à la parole, avec ce même couteau qui avait servi au crime, Kocoding trancha les liens.

Puis il dénoua le bâillon.

Ramassant ensuite le numéro du *Times*, que venait de lire John Glass, il s'en servit pour envelopper les cordes et le bâillon ensanglantés.

— En filant, reprit le bandit, je flanquerai ça quelque part ou ailleurs.

Pendant ce temps, lord Stephen s'était tenu immobile devant le vieillard assassiné.

Fixant sur ce dernier un regard triomphant :

— Voici tantôt vingt-trois ans que nous sommes ennemis, Jonathan Glass... Durant ce long temps, tu m'as abreuvé d'humiliations et de mépris... Ton or, tu me l'as jeté comme on jette une aumône à un mendiant, comme on jette un os à un chien!... Et Stephen Lowe, vicomte d'Olburn, a subi toutes ces hontes patiemment... et le noble lord n'a pas cravaché ce vendeur d'argent, cette vile canaille!...

Se penchant vers le cadavre :

— Tu comptais sur l'impunité!... Tu pensais, avec tes richesses, me tenir en respect jusqu'au dernier jour... mais la vengeance est venue... tu n'es plus rien et je suis tout!

Après un temps :

— La vengeance! reprit le vicomte avec un effroyable sourire. Sur ma vie, je voudrais qu'elle fût plus complète... j'aurais dû désespérer tes derniers instants en te révélant tout!...

« Oui, tout ce qui s'est fait... tout ce qui va se faire!... Tu meurs trop vite, vieillard, ranime-toi donc pour entendre ma formidable confession!

Kocoding s'était rapproché de son complice.

— Le diable n'a rien à vous refuser, à ce qu'il paraît... Voyez plutôt... le mort rouvre les yeux...

Il disait vrai, le cadavre venait de se ranimer.

— Tenez, reprit Kocoding, son regard s'illumine... et s'il ne parle pas, je parie qu'il entend!

Lord Stephen se pencha davantage sur la victime :

— Si tu m'entends, maudit, apprends donc tous mes secrets...

Ce Gabriel que tu aimes tant, parce que tu l'as pris jusqu'à ce jour pour le fils de ta fille... ce Gabriel n'est qu'un enfant volé, oui, volé par moi... Tu voulais un petit-fils, je t'en ai donné un... et tu m'as donné ton argent en échange!

Les lèvres du vieillard s'entrouvirent comme pour parler... mais elles s'agitèrent convulsivement durant quelques secondes, et rien d'autre n'en sortit qu'une sorte de râle pénible et rauque.

— Écoute! écoute encore! reprit Lord Stephen, qui, hésitant et presque craintif avant le meurtre, semblait enfiévré de haine, affolé de vengeance depuis que le sang humain remplissait la chambre de ses effroyables émanations.

On eût dit une bête fauve s'enivrant à la vue des chairs palpitantes...

— Sache donc, dit-il à l'homme assassiné, que ce poison qui circule maintenant dans tes veine et dont tu devais périr, sera versé bientôt à ta fille Bettina... et plus tard à ton cher Gabriel... Alors je serai seul à jouir de tes richesses, Jonathan, et j'en ferai, je te le jure, un noble et digne usage!... A présent, poursuivit le vicomte avec un rire de condamné, tu peux mourir, vieillard... je suis vengé!

— Allons! la farce est jouée! dit brusquement Kocoding; le vieux ne donne plus signe de vie, éclipsons-nous tandis que les crincrins vont encore et que vos invités exécutent leur dernière sarabande...

— Oui, viens, viens! répliqua le vicomte, en se précipitant vers la porte.

Kocoding allait le suivre. lorsque son pied heurta quelque chose en sa route.

Il ramassa l'objet.

C'était un portefeuille qui s'était échappé des vêtements de John Glass.

Il le fourra prestement dans sa poche en disant :

— J'examinerai plus tard ce qu'il a dans le ventre...

Peu après il était, ainsi que lord Stephen, au bas du petit escalier qui conduisait au rez-de-chaussée du pavillon.

Ils traversèrent sans bruit l'antichambre, au bout de laquelle se trouvait la porte donnant sur le jardin.

L'oreille collée contre cette porte, tous deux écoutèrent durant quelques minutes.

— Je n'entends rien, murmura Kocoding, si ce n'est le bruit éloigné de la fête... Je crois que nous pouvons sortir de notre trou.

La porte était fermée à double tour et verrouillée.

Les verrous se tirèrent, la clef se tourna deux fois dans la serrure, et bientôt les deux complices furent hors du pavillon.

Pendant la scène précédente, laquelle s'était passée en un temps bien moindre que celui qu'il nous a fallu pour la raconter, le jour avait grandi quelque peu et le soleil commençait à dorer la cime des grands arbres qui servaient d'enceinte naturelle au pavillon et l'isolaient complètement du reste du parc.

En se retrouvant ainsi en plein jour, lord Stephen crut sortir d'un rêve sombre et sinistre.

Il respirait longuement l'air frais et parfumé du matin et semblait, comme par enchantement, avoir perdu la mémoire de ce qui venait de se passer.

La voix de Kocoding le rendit bien vite à la réalité.

— Adieu, lui dit-il. Peut-être nous reverrons-nous un de ces quatre matins... mais ce n'est pas probable... Je crois que je me plairai en Amérique... Ma turlutaine, c'est d'être planteur et d'avoir des nègres que je rouerai de coups. Adieu !

Il tendit la main à lord Stephen, mais celui-ci feignit de ne pas remarquer ce geste quelque peu familier.

— Oh ! oh ! fit Kocoding, de la fierté avec moi, milord !... Nous ne sommes plus seulement frères de lait, aujourd'hui... nous sommes frères de sang... ne l'oublie jamais, monsieur le vicomte.

— Le misérable, à ces mots, s'élança d'un bond à travers les arbres et gagna une petite porte percée dans le mur de clôture, et qu'il avait eu soin de laisser entr'ouverte, pour pouvoir prendre la fuite aussitôt après le vol accompli.

— Quelle drôle de chose! murmura-t-il à part lui en apentant à toutes jambes les terrains vagues dans lesquels il se trouvait, quelle drôle de chose !... je ne pensais quitter l'hôtel d'Olburn que comme un simple filou... au lieu de ça, je lâche la boutique en qualité d'assassin... C'est plus honorable!

Lord Stephen, lui, errait sous les massifs, éperdu... effaré...

Une fois hors de la chambre sanglante, l'ivresse fiévreuse qui jusqu'alors l'avait soutenu s'était éteinte soudainement, et son forfait lui apparaissait dans toute son énormité.

— Si quelque témoin caché m'avait vu! disait-il en frémissant.

Alors ses regards épouvantés croyaient voir se dresser lentement, à travers les massifs, la silhouette funèbre de l'échafaud.

Partout autour de lui il lui semblait voir surgir des hommes revêtus de la robe noire des juges, et d'autres encore qui portaient la livrée sinistre des bourreaux.

Dix fois il quitta les abords du pavillon...

Mais au moment de rejoindre ses hôtes, dont les rires joyeux arrivaient jusqu'à lui, il revenait fatalement sur ses pas.

— S'ils lisaient mon crime sur mon visage! disait-il; si quelque tache de sang, invisible pour moi, allait me dénoncer?

Et malgré lui, comme la lady Macbeth de Shakspeare, il se prenait à frotter fébrilement ses deux mains pour effacer ces taches imaginaires.

Enfin il parvint à surmonter ces terreurs et fit résolument quelques pas du côté de l'habitation.

— Oui, oui, murmurait-il, je serai fort et je saurai mentir aux hommes comme à Dieu !

Et, grimaçant un sourire, il poursuivit sa route, quand soudainement un homme, un inconnu, se dressa devant lui, terrible, menaçant, formidable.

— Qui êtes-vous ?... que voulez-vous ?... balbutia lord Stephen en reculant.

L'homme s'avança sur lui, l'œil étincelant, la lèvre écumante.

— Qui je suis ? dit-il enfin d'une voix sourde. Je suis Pierre Lavarès, et je viens te demander compte de vingt années de larmes, de souffrances, de tortures...

— Pierre Lavarès !... vivant !... lui !...

— Oui, Dieu m'a laissé vivre pour te punir, pour me venger.

— Que veux-tu donc ?

— Ta vie.

— Tu viens m'assassiner ?

— Non, répliqua noblement le capitaine Pierre, car c'était bien lui, mes misères n'ont pas éteint en moi le sentiment de l'honneur... Ce que je veux, c'est un duel...

— Un duel !

— Mais un duel à mort, entends-tu bien ? L'un de nous deux, milord, est de trop sur cette terre... le ciel décidera de celui qui doit partir !

Tirant de dessous sa longue redingote deux épées de combat :

— Quand de ces deux épées il ne restera que les tronçons, poursuivit Pierre Lavarès avec force, nous nous en servirons comme de deux poignards... Si tu n'es pas un lâche... si c'est du sang qui coule dans tes veines... viens ! viens !

Et le marin saisit le bras de l'Anglais et tenta de l'entraîner vers les terrains vagues.

Mais lord Stephen, s'arrachant à cette étreinte :

— Je ne me bats pas avec un meurtrier !

— Que dis-tu ? répliqua Lavarès stupéfié.

— Tu vas le savoir...

Alors, d'une voix éclatante, le vicomte d'Olburn se prit à crier :

— A l'aide ! à l'aide ! il y a ici un assassin !

Avant même que le capitaine Pierre fût revenu de sa surprise, toute la foule des invités et des laquais avait envahi l'allée sombre où venait d'avoir lieu la provocation.

Gabriel et sa mère étaient accourus comme tout le monde.

— Un assassin, milord ! s'exclama Bettina, pâle et tremblante.

— Oui, répliqua lord Stephen en désignant Pierre Lavarès, lui !... lui !... cet homme, ce misérable.

— Moi !

Le vicomte désigna le capitaine Pierre aux valets :

— Ne le laissez pas fuir !... cria-t-il. Emparez-vous de lui !

Quand soudainement un homme, un inconnu, se dressa devant lui, terrible, menaçant, formidable.

Les laquais s'avancèrent sur Pierre Lavarès.

— N'approchez pas, maudits ! hurla celui-ci, fou de colère et d'indignation. N'approchez pas... ou malheur à vous !

Ce disant, il jeta sur le sol les épées qu'il tenait à la main et prit en sa poche une paire de pistolets.

A la vue de ces armes, toutes les femmes poussèrent un cri d'effroi et demeurèrent immobiles.

Bien des hommes firent comme elles, et surtout les laquais.

Alors, marchant à reculons et tenant en respect toute cette foule effarée, Pierre

Lavarès, un pistolet à chaque main, regagna lentement la petite porte par laquelle Kocoding s'était échappé...

Mais, comme il allait atteindre cette issue, des agents de police, que Narcisse, le valet de chambre du vicomte, s'était empressé d'aller quérir, apparurent sur le seuil et forcèrent l'ex-corsaire à rétrograder.

— Place ! cria ce dernier, place !

Mais les agents ne bougèrent pas.

Pierre Lavarès fut sur le point de tirer sur eux.

Il mit le doigt sur la détente...

Puis il jeta ses pistolets comme il avait jeté ses épées.

— Pauvres diables ! murmura-t-il ensuite ; en m'arrêtant, ils font leur devoir... Pourquoi les tuer ?...

S'avançant désarmé vers les nouveaux venus :

— Prenez-moi, leur dit-il ; ce n'est pas à vous que j'en veux... c'est à ce lâche qui se cache là-bas !... je lui ai offert un duel loyal ; il a répondu en appelant à l'aide... en me jetant à la face le nom de meurtrier !... Je le somme de prouver son dire. Nous ne sommes plus à cette époque d'infamie et de misère où l'Étranger dictait des lois à la France... et les tribunaux d'aujourd'hui ne sont pas ceux de mil huit cent quinze !...

Tandis qu'autour de Pierre Lavarès se resserrait le cercle des agents de police, l'un de ces hommes pria lord Stephen de le mettre au fait de ce qui s'était passé.

— Ce matin, reprit le vicomte d'Olburn, avec un aplomb mirifique et sans le moindre embarras, tandis que dans les salons et les jardins, mes hôtes se livraient au plaisir de cette fête à laquelle je les avais conviés, il me sembla entendre au fond du parc comme des cris étouffés, de plaintifs gémissements... Je frémis... car je crus reconnaître la voix de Jonathan Glass.

— De mon père ? s'écrina Bettina.

— Oui, de votre père, milady, reprit lord Stephen, de votre père, qui, un moment auparavant, venait de nous quitter pour aller prendre quelque peu de repos... Je m'élançai aussitôt de ce côté. Quelle fut ma terreur, en voyant la porte du pavillon de master Glass toute grande ouverte !... J'allais en franchir le seuil quand l'homme que voici en sortit pâle et bouleversé !... Evidemment il venait de se passer quelque chose d'horrible !... Je n'en doutai bientôt plus lorsque ce misérable, que j'empêchais de fuir, me dit en rugissant : « Ne me retiens pas davantage, ou je ferai de toi ce que je viens de faire du vieillard ! » Alors, j'ai appelé à l'aide... Mais, hélas !... c'en est fait de l'infortuné John Glass, sans doute, et tout secours sera superflu !

— Mensonge et calomnie ! hurla Pierre Lavarès.

Un murmure d'horreur et de réprobation couvrit ses paroles, et Gabriel, suivi de Bettina et d'une partie de la foule s'élança dans le pavillon.

La moitié des agents s'y précipita après eux, tandis que l'autre gardait à vue le capitaine Pierre et prenait, pour l'empêcher de fuir, les précautions nécessaires.

En quelques secondes, la vicomtesse d'Olburn, son fils et lord Stephen lui-même eurent gravi l'escalier qui conduisait au premier étage.

A la vue de John Glass étendu sur son lit, la poitrine béante, une indicible exclamation s'éleva de toutes parts.

— Mon père ! mon père ! gémirent Gabriel et sa mère en s'arrêtant terrifiés au milieu de la chambre.

— Assassiné ! s'écria le vicomte à son tour avec un sentiment d'horreur admirablement simulé. Ah ! c'était donc vrai ! c'était donc vrai !

Les agents avaient ouvert les volets de la fenêtre donnant sur les jardins.

Ils firent signe à ceux qui étaient restés en bas avec Pierre Lavarès d'amener ce dernier en présence de la victime.

Le vieux marin, calme et tranquille, franchit le seuil de la chambre mortuaire.

En même temps que lui, le commissaire y pénétra, escorté d'un médecin.

Tous deux étaient déjà au fait de l'événement.

Tandis que le docteur s'empressait auprès de l'homme assassiné, le commissaire commanda au prisonnier de s'approcher du lit et lui fit cette question :

— Avouez-vous avoir donné la mort à ce vieillard ?

Toujours digne et grave, l'accusé étendit la main sur ce corps ensanglanté, et d'une voix solennelle, il répondit :

— Devant Dieu et devant les hommes, je jure qu'avant l'instant où je me trouve, je n'avais jamais vu ce malheureux !

En entendant parler le capitaine Pierre, le médecin s'était brusquement retourné, comme si cette voix ne lui était pas inconnue.

— Vous persistez dans votre déclaration ? reprit le commissaire.

— La tête sous la guillotine, je répéterai mes paroles !

Un agent vint parler bas au magistrat en lui indiquant le coffre-fort mis à sec.

— Après avoir nié l'assassinat, continua le commissaire, nierez-vous aussi le vol ?

— Moi ! moi ! voleur ! s'écria le prisonnier avec éclat.

— Silence ! dit impérieusement le magistrat.

Puis, se retournant vers ses agents :

— Fouillez cet homme.

Naturellement on ne trouva rien sur lui.

— Vous aviez des complices ?

— Je suis innocent, répliqua le malheureux avec force ; les innocents n'ont pas de complices... Je me suis introduit dans cette demeure non pour voler, non pour poignarder ce vieillard, que je ne connaissais pas... mais bien pour me venger de lord Stephen, que je hais, de lord Stephen, qui a fait ma vie infâme et misérable et qui me force à maudire Dieu depuis vingt ans !

S'adressant au vicomte d'Olburn :

— Dis-leur donc, poursuivit-il, dis-leur donc que tu as menti, démon... dis-leur donc que tu me connais bien... Dis-leur enfin que Pierre Lavarès se couperait le poing plutôt que de frapper un homme sans défense !

— Pierre Lavarès ! avaient dit en même temps Bettina et son fils.

— Pierre Lavarès ! avait répété le médecin sans quitter le chevet de la victime.

— Le père de Gabriel ! avait repris la vicomtesse d'Olburn, en proie au trouble le plus violent, mon Dieu ! mon Dieu ! à quelles épreuves me soumettez-vous donc aujourd'hui ?

— L'époux de la malheureuse Fanchon ! murmura de son côté le petit-fils de John Glass. Quoi ! si les balles anglaises l'ont épargné, était-ce donc pour qu'il devînt un voleur, un vil meurtrier ?...

— Emmenez cet homme ! commanda le commissaire.

— Ah ! c'est affreux !... c'est horrible !... s'écria l'infortuné. Seigneur ! poursuivit-il en levant vers le ciel ses deux mains suppliantes, Seigneur, tu es grand et fort et tu peux enfanter des miracles... A ton appel tout-puissant, Lazare est sorti du tombeau... Ranime donc ce cadavre pour une heure, une minute, une seconde ! Le temps... le temps seulement de me justifier... de dire que je ne l'ai pas frappé... que je ne suis pas un assassin !

— Le monstre, fit lord Stephen, avec une indignation hypocrite, il ose invoquer Dieu !...

Le docteur se retourna vers lui :

— Dieu a entendu sa voix ! dit-il d'un ton solennel.

Le vicomte d'Olburn pâlit et chancela, et tous les assistants laissèrent échapper un long murmure de surprise.

Jonathan Glass se ranimait peu à peu et ses lèvres s'agitaient comme s'il voulait parler.

Le docteur fit signe à tous d'observer le plus religieux silence ; puis, fixant son regard d'aigle sur lord Stephen effaré, il murmura ces mots :

— Si c'était lui !... Oh ! si la science n'est pas un vain mot, je sauverai John Glass, et je saurai tout !

Celui qui parlait ainsi, le docteur Olivier, c'était l'honnête homme que nous avons vu, au prologue de cette histoire, remplir un rôle si noble et si digne ; le docteur Olivier, l'honneur de l'Angleterre comme le vicomte d'Olburn en était la honte.

En franchissant le seuil de cet hôtel d'Olburn où venait de se commettre un meurtre, le docteur Olivier avait senti un étrange soupçon lui venir à l'esprit.

Pourquoi ?

Il l'ignorait ; mais une voix secrète semblait l'avertir que lord Stephen et son ami n'étaient pas étrangers à l'attentat qui venait de se commettre sur la personne de Jonathan Glass.

La pâleur du vicomte, son effarement à la vue du vieillard se ranimant peu à peu, ne firent que donner plus de force à ses soupçons.

— Si mes pressentiments ne m'abusent pas, dit-il alors, malheur aux vrais coupables !

Tous les assistants étaient muets, immobiles.

Chacun attendait avec une fiévreuse impatience que le blessé laissât échapper quelque parole qui pût éclairer la justice...

Le malheureux vieillard faisait d'inconcevables efforts pour essayer de prononcer le nom de son assassin...

Mais il referma les yeux et retomba sur le lit en vomissant le sang.

— Mon Dieu ! mon Dieu ! gémit désespérément le capitaine Pierre, vous le laissez mourir et vous m'abandonnez !

— Je suis hors de danger ! murmura lord Stephen avec joie.

— Contenez-vous, lui souffla à l'oreille sir Walter, qui avait, comme tout le monde, pénétré dans le pavillon.

Le commissaire donna l'ordre d'emmener l'accusé.

— Ah ! s'exclama l'infortuné en s'adressant au vicomte, vous répondrez là-haut de votre indigne conduite !...

— Assez ! dit impérieusement le commissaire, et suivez-nous.

Au moment ou Pierre Lavarès, entraîné par les agents, allait quitter la chambre, la voix du docteur Olivier se fit entendre :

— Si vous êtes innocent, monsieur, ayez bon espoir et bon courage, car la vérité se fera bientôt connaître... Avant un mois, Jonathan Glass aura recouvré la vie et la parole.

Le capitaine Pierre poussa un long cri de joie.

— Oh ! mais je suis sauvé alors... je suis sauvé !

— Avant un mois, répéta lord Stephen à part, le poison des Brinvilliers aura fait son office.

Le vieux marin considérait avec une attention singulière celui qui venait de lui jeter au cœur ce bienheureux espoir.

— Ce n'est pas la première fois, monsieur, lui dit-il ensuite avec émotion, que Dieu vous place sur ma route pour me sauver... C'est vous, oh ! c'est bien vous, je vous reconnais, qui m'avez, il y a vingt ans, arraché à la mort !

— Vous avez dit vrai, capitaine Pierre, répliqua le docteur Olivier, c'est moi... et, la Providence aidant, je vous sauverai cette fois comme je l'ai fait jadis. Oui, poursuivit-il avec confiance, votre captivité sera de courte durée, monsieur... Espérez comme j'espère moi-même et ayez foi dans la justice divine...

— Au revoir donc, monsieur, répondit le capitaine Pierre, et quoi qu'il advienne, comptez sur mon éternelle reconnaissance... En la fatalité qui, depuis tant d'années, s'attache à mes pas, ce m'est un grand soulagement de vous retrouver sur ma route...

Jetant sur lord Stephen un regard ardent de haine et de mépris :

— Si l'Angleterre, poursuivit l'infortuné, a produit le plus lâche des lâches, elle a enfanté en même temps le plus noble des hommes, le plus grand et le plus humain... Soyez béni, ajouta Lavarès avec émotion en s'adressant au docteur, soyez béni !

Se retournant vers les agents :

— Je suis à vous, messieurs.

Un de ces hommes était allé chercher un fiacre.

Tandis que la voiture s'éloignait avec le prisonnier, le docteur demandait au commissaire de faire garder le pavillon par deux agents, nuit et jour, jusqu'au moment où le moribond aurait recouvré la parole.

Le magistrat s'empressa d'acquiescer à la demande d'Olivier, et par son ordre, deux hommes de la police s'installèrent dans la pièce du rez-de-chaussée, avec la consigne formelle de ne laisser pénétrer personne auprès de John Glass.

Bettina, Gabriel et naturellement lord Stephen étaient compris dans cette défense.

Le docteur Olivier supposait que le vicomte, de concert avec quelque complice peut-être, avait voulu se délivrer de son beau-père par un coup de poignard, et il voulait empêcher que ce qui n'avait réussi qu'à moitié une première fois, obtînt un autre résultat à une deuxième tentative.

Le sauveur de Pierre Lavarès ne pouvait soupçonner qu'un poison terrible implacable, circulait déjà dans les veines du malheureux vieillard.

X

CE QUI SE PASSE DANS UN BOUGE, SUR LA GRANDE ROUTE DE SAINT-DENIS

Tandis que se passaient, dans l'hôtel d'Olburn, les scènes que nous venons de raconter, maître Kocoding gagnait à toutes jambes les boulevards extérieurs.

Il les suivit jusqu'à la grande rue de la Chapelle, qu'il enfila prestement, non sans tourner la tête de temps à autre, pour bien s'assurer qu'il n'était pas poursuivi.

Mais nul ne songeait encore à lui courir sus, si bien que, ne voyant rien poindre à l'horizon d'inquiétant pour lui, le bandit se décida à ralentir le pas.

Du reste, il faisait tout à fait jour; la grande route était déjà encombrée de voitures et de piétons se dirigeant sur Paris, et tout ce monde-là eût pu trouver quelque peu suspecte l'allure précipitée du faux campagnard.

Enfin le fugitif atteignit une espèce de petite rue qui existe encore aujourd'hui et qui, située non loin des fortifications, porte le nom sinistre de « rue du Pré-Maudit ».

D'où vient cette étiquette de mauvais augure ?

Les étymologistes ne le savent guère, et nous ne le savons pas plus qu'eux.

Est-ce à cause de quelque aventure sombre, de quelque crime commis jadis dans ces parages, que la susdite rue s'appelle ainsi ?

Est-ce tout simplement parce que les chardons seuls et les ronces s'obstinent à pousser sur ce terrain ?

Nous l'ignorons.

Quoi qu'il en soit, à l'époque de notre récit, une espèce de cabaret borgne s'élevait à l'extrémité de ce chemin, et ce bouge n'avait pas une réputation tout à fait irréprochable.

Le fait est qu'il était fréquenté par d'affreux chenapans dont les plus honnêtes devaient être pour le moins des filous de première catégorie.

Un gros homme qui boitait, et que l'on appelait, à cause de cela, « le père Bancroche », tenait cet établissement très peu recommandable, que la police ne dédaignait pas de venir visiter de temps à autre.

Ce père Bancroche avait dû être voleur autrefois; à coup sûr, il était recéleur. Mais il s'y prenait de telle sorte, que jamais on n'avait pu le pincer *in flagrante delicto.*

Sur la façade peinte en rouge de ce repaire extra muros se voyait une espèce de pancarte peinturlurée par un Raphaël d'occasion, laquelle représentait un gros Polichinelle ivre mort en train de rosser le commissaire.

Sous la pancarte, on lisait ces mots :

« Au bon vivant. »

Or, le matin en question, sous cette enseigne quelque peu impudente, un grand diable vêtu d'une blouse bleue et coiffé d'un énorme chapeau de paille allait et venait en grommelant et en maugréant.

A la vue de Kocoding, il se calma subitement et devint immobile.

— C'est l'Anglais! dit-il ensuite à mi-voix.

— C'est le Calichon! murmura de son côté le cocher du vicomte d'Olburn.

Et, pressant le pas, il rejoignit en quelques secondes l'homme à la blouse bleue.

— Arrive donc, chameau! lui dit celui-ci, voilà une heure que tu me fais droguer.

— Ne grogne pas, cher ami, il s'est passé là-bas un tas d'histoires embêtantes, et ça m'a retenu plus longtemps que je ne l'aurais voulu.

— C'est bon, tu me conteras ça... mais entrons d'abord... je n'aime pas être dehors quand il fait du soleil, j'ai peur de m'abîmer le teint.

— C'est comme moi... répliqua l'Anglais, le blond Phébus me fait loucher. Entrons.

Et Kocoding allait pousser la porte du cabaret.

L'autre le retint par le bras.

— Un instant! Ils sont déjà cinq ou six dans la salle basse en train de casser la la gueule à un litre d'eau-de-vie; c'est inutile d'aller nous fourrer dans leur société et de leur dire nos petites affaires.

— Calichon, mon ami, vous parlez comme un avocat! riposta Kocoding. N'ayant pas l'honneur de connaître ces messieurs et ne désirant nullement faire leur connaissance, j'aime autant ne pas causer devant eux.

Tout en parlant, les deux amis s'étaient dirigés vers une espèce de jardinet attenant à la maison et qui avait une entrée ou une sortie *ad libitum* donnant sur les champs.

Ils ouvrirent la grille et se trouvèrent bientôt dans le prétendu jardin, qui n'était autre qu'une sorte de cour fort sale, ornée de bancs graisseux et de tables suintantes, piquées en pleine terre sous des tonnelles délabrées qu'ombrageaient, Dieu sait comme, des arbres tellement rabougris et tellement brûlés par le soleil, qu'il était impossible, à première vue, de leur donner un nom.

Les deux hommes, sans s'inquiéter de ce détail, s'attablèrent sous le berceau le plus éloigné et le plus couvert.

— Tu vas boire un coup, pas vrai? dit le Calichon. Tu sues comme un bœuf.

— Je crois bien, repartit l'Anglais, il fait chaud à faire fondre le fromage de

Gruyère... Sans compter que j'ai une rosse de barbe qui m'empêche de respirer... Enfin, ajouta le chenapan avec résignation, nous sommes sur terre pour souffrir... Parole, j'ai la pépie !

— Ne geins pas, voyons, on va te servir.

En ce moment, une servante qui sortait de la salle basse pénétra dans la cour.

— Tiens ! reprit le Calichon voilà justement l'Arlésienne qui descend à la cave ; elle va nous remonter une bouteille de derrière les fagots. Eh ! là-bas, approche un peu, qu'on te voie un brin et qu'on te dise un mot.

La servante leva lentement la tête.

— Ah ! c'est vous, dit-elle en reconnaissant le bandit. Vous étiez tout à l'heure en train de boire avec les autres dans la salle basse... vous voilà maintenant ici... avec un nouveau... ajouta-t-elle en jetant un regard sur Kocoding.

— Oui, répliqua le Calichon, un nouveau pour toi, ma fille, mais non pour moi... Monsieur est mon oncle, ce qui ne l'empêche pas d'être fermier et honnête homme.

— S'il est honnête homme, répondit l'Arlésienne, il peut se vanter d'avoir pour neveu une fière canaille !

— Dis donc, eh ! espèce de peau de bouc, est-ce que tu vas me mécaniser long-temps comme ça?... Allons, fiche-nous à boire, et ne flânons pas !

— Qu'est-ce qu'il vous faut?

— Une bouteille cachetée... et bien choisie, encore !

— Une cachetée ! fit la servante avec étonnement. Qui est-ce qui payera?

— Ce n'est pas moi, c'est l'oncle. Allons, ouste !

— C'est bon, on y va !

La fille ouvrit la porte basse de la cave et disparut.

Durant les quelques minutes que l'Arlésienne était demeurée dans la cour, Kocoding avait tenu ses yeux fixés sur elle avec une sorte d'admiration.

Et après qu'elle se fut éloignée, il frappa du poing sur la table en disant :

— Potence de Dieu ! voilà une chouette créature !

— Oui, riposta le Calichon, la mâtine a du physique; mais elle est bête comme un pot, et insolente comme le valet du bourreau... Enfin elle ne me va pas, quoi !... Je lui ai fait des propositions honnêtes, elles les a refusées; depuis ce temps, je l'ai dans le nez !

— Eh bien, moi, je l'ai dans le cœur, sacré tonnerre ! reprit l'Anglais, et je ferais des folies pour cette princesse-là.

L'enthousiasme de maître Kocoding n'avait rien d'exagéré.

La servante, malgré son misérable accoutrement, la servante, disons-nous, était non pas seulement jolie, mais véritablement belle.

Ce qu'il y avait surtout de remarquable en elle, c'était sa luxuriante chevelure brune et ses grands yeux noirs pleins de flamme.

Bien qu'elle fût du midi de la France et que la ville d'Arles fût sa ville natale, elle n'avait pas le teint coloré de ses compatriotes et possédait au contraire la pâleur mate et presque ivoirine des filles du Nord.

Nous compléterons le portrait de la belle et singulière créature en disant qu'elle avait des mains et des pieds d'une finesse et d'une élégance presque aristocratiques,

— Une cachetée! fit la servante avec étonnement. Qui est-ce qui payera?

et que sa taille, bien cambrée et bien prise, avait, comme sa poitrine rebondie et ferme, des formes sculpturales que ses loques presque transparentes laissaient admirer en toute liberté.

Elle remonta de la cave et vint placer sur la table une bouteille et deux verres en disant brièvement :

— C'est douze sous.

Kocoding, qui s'était remis à la couver des yeux, tira de sa poche une pièce de vingt francs et la lui mit dans la main.

— Cette pièce est pour toi, petite, fit l'Anglais.

— Pour moi?

— Oui, si tu veux m'embrasser... Et il dépendra de toi seule, ma belle, d'en avoir aujourd'hui même dix fois, vingt fois autant.

L'Arlésienne, à cette proposition, se redressa de toute sa hauteur.

Puis toisant Kocoding :

— Je te comprends, répliqua-t-elle. Toi aussi tu veux de moi pour maîtresse... C'est trop d'honneur que tu me fais, et je refuse.

— Tu refuses!... tu penses peut-être que j'ai menti, et que cet or que je te promets, je ne puis te le donner?

Prenant une poignée de louis :

— Tiens, tiens, regarde donc, folle!... Me crois-tu, maintenant?

L'Arlésienne tressaillit et échangea un regard avec le Calichon; mais reprenant son air dédaigneux :

— Regarde-moi bien, à ton tour, repartit la jeune femme. Tu me trouves belle, n'est-ce pas?

— Oh! oui, belle à damner un saint!

— Eh bien ! sache que si je n'ai pas d'amants, c'est que je n'en veux pas... si je ne suis pas riche, c'est que je ne veux pas être riche... si j'ai ces loques sur le corps, c'est que cela me suffit... Garde donc tes belles pièces d'or et ton amour; je n'ai que faire ni de l'un ni des autres...

— Drôle de fille! grommela Kocoding.

— Depuis que cette fichue bête-là est ici, dit le Calichon en appuyant sur les mots, v'là le stupide refrain qu'elle nous corne aux oreilles... Il n'y a pas à dire, tous, l'un après l'autre, y compris le père Bancroche, nous lui avons offert nos cœurs, et tous, l'un après l'autre, elle nous a envoyés à la balançoire! Plus que ça de vertu, pour une servante de cabaret!... Mamzelle continue le commerce de Jeanne d'Arc... C'est trop *rigolo*, parole sacrée!

— Rigolo ou non, répliqua brusquement la belle fille! C'est comme ça!

— Eh bien! reprit Kocoding, si j'ai un conseil à vous donner, c'est de ne pas pousser la blague plus avant et de répondre carrément à un honnête homme que vous avez subjugué... car je suis subjugué, nom d'un diable!... et, vrai de vrai, je me sens capable de faire pour vous les folies les plus abracadabrantes!

L'Arlésienne eut un étrange sourire. Puis haussant les épaules, elle quitta la tonnelle à la voix de son maître qui venait de paraître sur le seuil de la salle basse.

Le gros boiteux allait la suivre lorsque l'homme à la blouse bleue lui cria de sa place :

— Dis donc, eh! père Bancroche, l'étranger que voici voudrait vous dire un mot.

Le cabaretier s'avança vers Kocoding.

Après l'avoir considéré durant quelques secondes d'un œil soupçonneux :

— Qu'est-ce que cet étranger-là, d'abord?

— Un ami à moi, répliqua le Calichon, et même mon parent...

— Ton parent, à toi! fit Bancroche en secouant la tête. T'as donc des parents à cette heure?

— Pardine! puisque c'est mon oncle.

Le gros boiteux se mit à rire.

— Ton oncle à la mode de... Toulon! reprit-il.

Kocoding se récria.

— N'importe, poursuivit le cabaretier, je ne suis pas chargé de répondre de la moralité de mes pratiques, Dieu merci!... et si je ne recevais ici que des prix Montyon, je risquerais fort de fermer boutique... Dites donc ce qu'il y a pour votre service, camarade, et nous verrons à nous arranger.

— Vous avez une servante qui m'a donné dans l'œil, répondit l'Anglais, et puisque cette belle gueuse n'entend pas raison, je viens vous demander carrément si vous ne seriez pas homme à me donner un coup de patte pour me faire obtenir de force ce que la petite ne veut pas octroyer de son plein gré.

— Mille noms d'un diable! s'exclama maître Bancroche subitement indigné, pour qui donc me prenez-vous, je vous prie, pour oser me faire des ouvertures de ce genre-là?

— Je vous prends, répliqua Kocoding avec flegme, pour un homme intelligent qui travaille pour vivre et qui, lorsque l'occasion s'en présente, n'est pas fâché de gagner un double napoléon!

Le cabaretier se radoucit à cette dernière phrase comme par enchantement.

— Un napoléon! dit-il avec un sourire. Du moment que vous parlez ce langage-là, mon camarade, c'est une autre paire de manches, et je puis vous écouter sans colère.

— A la bonne heure, au moins, cher monsieur Bancroche, fit Kocoding en tirant les deux louis de sa poche, j'étais bien sûr que nous nous entendrions... et comme je ne doute pas que par vous je n'en arrive à mes fins, je paye d'avance.

— Ouais! dit le cabaretier, vous êtes un honnête homme, et moi qui me méfiais de vous!... Quand mes pratiques seront filées, continua-t-il, j'enverrai l'Arlésienne jusqu'à la barrière. Pendant ce temps-là, nous nous concerterons pour l'espièglerie en question, et quand elle reviendra, tout sera prêt pour la recevoir.

— Je compte sur vous, l'ami, répliqua Kocoding.

Maître Bancroche, clopin-clopant, regagna la salle basse.

— Tu fais tout de même un drôle de paroissien, dit en riant le Calichon. Comprend-on cette idée de s'enflammer *subito* pour cette souillon!

— Qu'est-ce que tu veux! riposta le cocher, moi, avec le sexe, je suis comme ça... Pincé du premier coup, ou jamais de la vie!... Et puis, quoi, avant de filer de cette saleté de pays, ça m'amusera de faire cette niche à cette chipie. Elle a fait fi de ma monnaie! eh bien, elle n'aura pas un radis, et moi j'aurai ce que je veux.

— Ah çà! voyons, reprit le Calichon, maintenant, parlons peu et parlons bien. Les affaires d'amour, c'est très joli, mais pour moi, ça n'est qu'accessoire... il s'agit présentement de me narrer un peu ce qui s'est passé là-bas et de m'octroyer amicalement ce que tu m'as promis

— Mon garçon, je ne te cacherai pas que la razzia est moins belle que je ne l'espérais... Quelques pauvres billets de mille, voilà tout, et encore, ajouta le misérable à voix basse, j'ai eu pas mal de fil à retordre pour me les approprier.

— Que veux-tu dire?

— Je veux dire qu'il m'a fallu jouer du couteau, rien que ça!

— Ah bah! le vieux est mort?

— Oh! mon Dieu, oui, et tiens, tu me fais même penser à quelque chose.

— A quoi donc!

— A ce petit paquet que j'ai là dans ma poche, et dont je n'ai pas encore osé me débarrasser.

Ce disant, Kocoding tira le journal dans lequel étaient empaquetés les cordes et le mouchoir ensanglantés.

— Non d'un tonnerre! fit l'autre, es-tu fou de garder sur toi de semblables preuves?

— Ouais! je n'ai pas l'intention de les conserver... mais bien de m'en dépêtrer au plus vite... Si je flanquais ça dans le puits en ajoutant une pierre au paquet pour le faire aller au fond?

— Ne t'en avise pas!... s'empressa de riposter l'homme à la blouse, l'onde est perfide, et l'un de ces quatre matins on pourrait retrouver dans le seau ces bibelots compromettants... Quand la fille ne sera plus là, tu ficheras ça dans le feu, ce sera plus sûr... En attendant, laisse ton paquet dans ta poche et aboule moi les picaillons qui me reviennent.

— Eh! un moment donc, tu es plus pressé que les violons!... Je t'ai promis cinq mille balles après le coup, mais tu m'as promis, toi, un passeport en règle... Donnant, donnant!

Le Calichon tira de dessous sa blouse une liasse de papiers.

— C'est bon, fit Kocoding, après les avoir scrupuleusement examinés, tu es un homme de parole et sur lequel on peut compter. Ainsi donc, poursuivit-il, à partir de maintenant, je me nomme Pamphile Marcassou, et je suis né en Provence. Va pour ce nouveau nom-là... Ah! le Méridional était agriculteur?

— De père en fils.

— C'est un métier comme un autre et qui n'a rien de déshonorant... Ainsi, tu es certain qu'il n'avait plus d'héritiers... plus de fils... plus de neveux?...

— Rien de rien, quoi! Ces paperasses le prouvent, et tu peux être sans crainte... D'ailleurs, avant de l'envoyer rejoindre sa famille disparue, j'avais eu soin de le faire causer, et le bonhomme, assez bavard de son naturel ne s'était pas fait tirer l'oreille pour me narrer toute son histoire. Ça m'a même rudement tanné le cuir d'entendre jaser le Provençal... Nom d'un chien! quelle piaille il vous avait ce pierrot-là!

— C'est pour ça que tu lui as coupé le sifflet, observa gracieusement Kocoding.

— Ma foi, ça y est pour beaucoup...

— Et quand l'as-tu guéri à jamais de sa manie de raconter ses affaires?

— Il y a six mois à peu près. Je revenais de là-bas, tu sais?...

— De ta maison de campagne de Toulon?

— Justement! J'avais pu m'évader, grâce à l'aumônier de l'endroit, à qui j'avais emprunté, un peu malgré lui, je l'avoue, sa soutane et autres accessoires.

— Quoi! fit Kocoding en jouant l'indignation, vous avez osé revêtir l'habit ecclésiastique!... Ah! vous avez bien peu de pudeur!...

— Sur la route de Lyon, poursuivit le grand bandit, je m'arrêtai dans une hôtellerie, et c'est là que je fis connaissance avec l'estimable Pamphile Marcassou. Il allait à Paris. J'y allais de même. Nous fîmes route ensemble, et ma foi, comme cet honnête voyageur avait bien voulu m'apprendre qu'il portait sur lui toute sa fortune, quinze cents livres à peu près, je jugeai que cela pouvait le fatiguer et je me mis en devoir de l'en débarrasser... Il voulut s'opposer à cet accès de complaisance, et c'est alors que, tirant de dessous ma soutane un bon grand couteau de cuisine dont j'avais eu soin de me munir à l'auberge que nous venions de quitter, je lui en donnai un seul coup si bien appliqué que l'aimable Provençal n'eut pas seulement le temps de me remercier. Je pigeai son quibus, je m'adjugeai son portefeuille, puis je pris son vêtement campagnard, et je l'affublai de mon costume de prêtre. Après quoi, comme nous étions à deux pas du fleuve, je le flanquai à l'eau, et trois mois après, je pus lire de mes yeux dans tous les journaux :

« Le terrible forçat Samuël van Knopp, dit le Calichon, ancien corsaire, après s'être évadé du bagne de Toulon, a trouvé la mort dans le Rhône qu'il avait voulu sans doute traverser à la nage. Bien que le cadavre fût défiguré et tout à fait méconnaissable, on a pu facilement s'assurer de son identité, grâce à la soutane dont il s'était revêtu pour s'enfuir et dont il était encore enveloppé. »

— Alors, tu es mort? fit Kocoding en riant.

— Tout ce qu'il y a de plus mort... et je ne m'en porte pas plus mal pour ça... A propos de mort, poursuivit le charretier en changeant de ton; et cette chère Mme Kocoding, ton estimable épouse, elle est toujours en Paradis?

— Toujours, répondit Kocoding, et s'il y a jamais quelqu'un qui la fasse redescendre sur la terre, ça ne sera pas moi?

— Toujours satisfait d'être veuf, à ce que je vois?

— Toujours! Ah! dame, aussi elle commençait à m'embêter plus que de raison, ma chère moitié... sans compter que nous étions mariés depuis près de vingt ans, et c'est roide, vingt ans de ménage quand on passe son temps à se quereller et à s'arracher les cheveux.

— Alors, elle n'était pas tout à fait douce comme un agneau, cette bonne mistress Kocoding?

— Elle! douce, ah bien, ouiche! une vraie furie... une mégère premier numéro!... et jalouse à rendre des points à tous les tigres du jardin des plantes!

— Elle tombait bien avec toi!

— Oui, pas vrai? Moi qui suis chaud comme braise à l'endroit du cotillon... moi qui ne peux voir deux beaux yeux sans leur livrer mon cœur, et de jolis mollets sans leur offrir mon bras!... Si bien que c'était chaque jour quelque nouvelle prise de bec... un enfer, quoi, un vrai enfer, qui ne faisait que croître et embellir au fur et à mesure que mon épouse prenait de l'âge!... C'en était arrivé à ce point que je ne pouvais pas seulement regarder une fillette du coin de l'œil sans recevoir une tripotée de ma tendre Abigaïl.

— Qui aime bien châtie bien! observa le forçat en rupture du ban.

— Oui, merci, je sors d'en prendre de cet amour-là. Aussi tu penses si je faisais des vœux pour être veuf... Mais pas mèche!... cette guenon-là avait l'âme chevillée dans le corps!

— Il fallait la rouer de coups, dit tranquillement le Calichon. Moi, du moment qu'une femme me fait une observation qui m'embête, je lui casse les reins!...

— Eh bien ! moi, avec le sexe, je suis bête comme tout... D'abord, ça hurle tant, ces mâtines de femmes, quand on les cogne un brin, que c'est à vous rendre sourd... La mienne, surtout... criarde, piaillarde et braillarde, elle aurait poussé des beuglements de damnée, et j'aurais passé pour un tyran, un brigand et un assassin... si bien que j'avais toujours eu assez de force de caractère pour ne pas tomber dessus à coups de gaule.

— Ce n'est pas l'envie qui te manquait.

— Je te prie de le croire... nonobstant je n'ai sérieusement étrillé madame mon épouse qu'une seule fois, et encore étais-je saoul comme la bourrique à Robespierre.

— Ce qui prouve, fit l'autre bandit en vidant la bouteille que l'ivrognerie est bonne à quelque chose.

— C'était à notre retour d'Angleterre, reprit Kocoding, tout entier à ses souvenirs conjugaux : nous venions de nous embarquer, et comme j'ai une peur atroce du mal de mer, je m'étais administré quelques fortes lampées d'un cordial que j'avais eu soin d'emporter avec moi... C'était du genièvre !

— Du genièvre !

— Ou du *gin*, si tu l'aimes mieux. C'est souverain contre les espiègleries d'Amphitrite... Quand je suis gris, Cupidon me tient plus encore que lorsque je suis à sec... Or, parmi les passagères, il y avait une petite femme de chambre française, gentille à croquer, et pas bégueule pour deux liards.

— Compris ! ricana le Calichon, vous avez conjugué le verbe « aimer » au pied du grand mât.

L'Anglais poursuivit :

— J'avais complètement oublié que ma chère Abigaïl naviguait avec nous.

— Ah ! bigre !

— Elle eut soin, cette aimable furie, de se rappeler elle-même à mon souvenir en m'octroyant une gifle... oh ! mais une gifle à me décoller la tête !

— C'était léger !

— Pas si léger que ça ! j'en eus deux dents cassées et quinze jours de fluxion.

— Elle t'a daubé comme ça en présence de ta conquête ?

— Et d'autres passagers encore, et même des gens de l'équipage !

— C'est toi qui devais faire un nez !

— Je t'en réponds ! d'autant plus que tout ce monde-là me voyant si proprement étrillé, se mit à éclater de rire. Ma foi, ça me mit en fureur, et, saisissant en un coin un de ces fameux fouets, qu'on appelle des chats à neuf queues et qui servent à corriger les matelots qui ne sont pas sages, je fis une distribution gratuite sur les reins de Mme Kocoding... et même plus bas... Pendant ce temps, notre navire avait filé sans s'inquiéter de rien, et nous étions déjà en vue des côtes de France que je caressais encore celles de ma chère épouse à coups de nerf de bœuf.

A cette pensée, le chenapan ne put s'empêcher de sourire.

Mais reprenant bien vite avec colère :

— La chienne! la coquine ! devine ce qu'elle a osé faire pour se venger de moi?

— Elle t'a fait des traits avec le timonier.

— Elle! allons donc! riposta cyniquement maître Kocoding. Elle était trop bête pour me faire cornard!... Non, non; Abigaïl, c'était l'honnêteté incarnée... elle était si vertueuse, cette gredine-là, que c'en était irritant !

— Enfin?

— Enfin, croirais-tu que cette mégère, après avoir reçu sa raclée, s'est élancée comme une folle par-dessus les bastingages!...

— Pour se noyer?

— Parbleu! ce n'était pas pour cueillir des pissenlits. Depuis ce jour-là, poursuivit Kocoding, d'un air sombre, je n'ai plus eu besoin de songer à divorcer!

Le Calichon lui frappa familièrement sur l'épaule :

— Ce cher Kocoding! parole! je suis ravi de t'avoir trouvé l'autre soir aux environs de l'hôtel d'Olburn, tandis que j'examinais les murs du jardin... J'avais un compte à régler avec le beau Gabriel, qui m'avait si bien arrangé à l'*Ile d'Amour* à propos de cette gueuse de Fanchon. Sans compter, poursuivit le bandit dont l'œil s'illumina, sans compter que ce Gabriel maudit m'a sûrement reconnu :

— Pas possible!

— Puisqu'il me l'a dit! Peu avant mon évasion, il a visité le bagne, je me le rappelle bien, et je ne sais quoi dans mes traits, dans ma voix peut-être, l'a frappé à ce point qu'il a su retrouver sous les nippes du saltimbanque la casaque du forçat!... C'était donc moins encore pour le voler que pour me délivrer de lui que je voulais m'insinuer dans l'hôtel d'Olburn... mais tu m'as dit tes projets, tu m'as prié de ne rien tenter avant ton escapade, et j'ai retardé mon expédition, à la condition que tu me donnerais ce matin une petite prime de cinq mille livres... Octroie donc la braise à ton petit camarade... elle sera la bienvenue, nom d'un diable! car je suis ratissé pour le quart d'heure, que c'en est une bénédiction !

Kocoding, tout en faisant la grimace, mit la main à sa poche.

— Cinq mille bailes! grommela-t-il, c'est bigrement roide tout de même.

— Qu'est-ce que c'est!... Ne me les as-tu pas offertes de toi-même.

— Je le sais bien, et c'est là mon tort... Mais tant qu'on n'a pas l'argent en main, on est très large, et c'est tout le contraire quand il faut tirer les picaillons de sa poche.

— Eh bien, de quoi! Est-ce qu'en échange de ta monnaie, je ne te donne pas, moi, le passeport et les papiers du Provençal?

— Je ne dis pas non!... mais c'est cher!... Tu devrais me passer ça pour trois mille.

— Trois mille cordes pour te pendre, chien d'avaricieux! Ce qui est dit est dit, je ne connais que ça.

— Si c'est permis de tenir à l'argent tant que ça! grommela Kocoding en tirant, l'un après l'autre, cinq billets de mille francs.

— Eh! allons donc! fit le Calichon en s'emparant du papier joseph, a-t-on de la peine à t'accrocher tes fafiaux !

— J'ai eu assez de mal moi-même à me les procurer !... Obligé de jouer du couteau, je n'avais jamais compté là-dessus.

— La belle affaire !

— Toi qui ne fais que ça depuis que tu es au monde, tu trouves ça tout simple, et je te comprends... mais moi, en définitive, c'est la première fois que ça m'arrive... Et dame! de temps à autre, quand je me rappelle ce que j'ai fait, il me passe un frisson par tout le corps.

— Bah ! d'ici à ce soir, tu n'y songeras plus... et la belle Arlésienne t'aura bientôt fait mettre dans le sac aux oublis tous ces bêtes de souvenirs.

— L'Arlésienne! s'exclama vivement Kocoding. Tu as raison, nom d'un tonnerre !... Vive l'amour et au diable le remords !

— En ce moment, le père Bancroche parut à la porte de la salle basse.

— Les pratiques sont filées et la petite est allée chercher les provisions à la barrière... vous pouvez venir maintenant.

Les deux bandits quittèrent la tonnelle et suivirent le cabaretier.

Peu après, ils étaient réunis tous les trois dans la grande chambre enfumée et puante qui représentait le salon principal de l'établissement.

XI

OÙ LE ROLE DE L'ARLÉSIENNE COMMENCE A S'ACCENTUER.

Cette chambre n'était éclairée que par les portes vitrées qui donnaient, l'une sur la rue, l'autre sur la cour. Or, comme chacune de ces portes était garnie d'un rideau en gros calicot rouge, il régnait éternellement dans ce bouge infect une demi-obscurité.

— Bigre! fit Kocoding en se bouchant le nez, ça ne sent pas la rose ici !... Enfin, il faut se faire à tout.

Bancroche avait allumé une chandelle.

S'adressant au Calichon :

— Viens m'aider, toi, bonne pièce.

Ce disant, il indiquait au grand drôle le comptoir tout surchargé de brocs et de bouteilles qui occupait le côté gauche de la salle.

— Compris, répliqua l'ancien forçat.

Joignant ses efforts à ceux du cabaretier, il déplaça le comptoir.

Ceci fait, maître Bancroche poussa un ressort dissimulé dans le mur, et tout aussitôt une trappe se leva à l'endroit même qu'occupait primitivement le comptoir.

— Descendez avec moi, dit alors le cabaretier à l'Anglais. Toi, le Calichon, fais le guet jusqu'à mon retour.

A la suite du gros boiteux, Kocoding s'engagea dans un escalier très étroit qui conduisait à une grande cave encombrée de bibelots de toutes sortes, provenant des

— Descendez avec moi, dit alors le cabaretier à l'Anglais.

vols nombreux que commettaient journellement les coquins qui fréquentaient le cabaret du *Bon Vivant*.

— Corps Dieu! mon gaillard, s'exclama l'Anglais en jetant un coup d'œil sur cet assemblage inouïe d'objets hétérogènes, c'est un véritable bazar ici.

— Mon Dieu, oui, répliqua le boîteux, un vrai bazar... et tout s'y trouve, depuis le berceau du nouveau-né jusqu'au cercueil de l'homme mort!...

— Des berceaux... des cercueils! fit Kocoding stupéfié. Eh bien, par exemple, je ne me doutais guère qu'on pût s'amuser à filouter de ces machines-là.

— Que voulez-vous ! répliqua Bancroche, on vole ce qu'on peut ; le métier est si dur maintenant !

— Ne m'en parlez pas, dit l'Anglais. Les voleurs devraient adresser une pétition à ı gouvernement.

Les deux hommes traversèrent la grande cave, au bout de laquelle s'en trouvait une autre beaucoup plus petite, qui était fermée à clef.

Le cabaretier l'ouvrit.

Elle était meublée à peu près, c'est-à-dire qu'il y avait un grabat dans un coin, une chaise dépaillée dans un autre, et près du lit une table veuve d'un de ses pieds.

— C'est la boîte des amis, dit-il. Quand un camarade, après quelque coup hardi, a besoin de disparaître pendant quelques jours, je le serre céans, et c'est comme s'il était mort.

— Et c'est ici que vous allez m'envoyer l'Arlésienne demanda Kocoding, dont les yeux étincelaient.

— Dès qu'elle sera de retour, je la fais descendre.

— Quel prétexte lui donnerez-vous ?

— N'importe lequel... Elle viendra mettre des draps blancs au lit.

— Bravo !... Et une fois que je la tiendrai...

— Ah ! dame ! ça vous regarde !... Quant à moi, je ne me charge que d'une chose, c'est de la faire descendre et de l'empêcher de remonter.

— C'est tout ce que je demande. A propos, et si la petite veut crier ?

— Laissez-la faire... Cette cave est sourde comme un pot... et moi-même je n'entendrai rien.

Un coup de sifflet retentit dans le cabaret.

— C'est le Calichon qui m'appelle ! C'est la petite qui revient, sans doute... Cachez-vous donc sous la table ou derrière la porte et faites le mort, en attendant mieux.

Maître Bancroche disparut à la hâte et gagna l'escalier, qu'il gravit précipitamment.

Kocoding était depuis quelques minutes seulement dans l'obscurité, lorsqu'il lui sembla que de nouveau la grande cave du recéleur s'éclairait peu à peu.

Puis il entendit un bruit sourd.

C'était la trappe qui se refermait.

Malgré lui, notre Anglais éprouva une sorte d'appréhension.

Mais toutes ses craintes s'évanouirent, tous ses soupçons tombèrent en voyant apparaître sur le seuil de la petite cave l'adorable fille qu'à tout prix il voulait posséder.

L'Arlésienne entra dans la chambre.

Elle tenait à la main une lumière qu'elle posa sur la table.

Pendant ce temps, Kocoding avait doucement poussé la porte.

S'élançant d'un bond vers la belle fille, il la saisit entre ses bras en disant :

— Je te tiens, ma chérie, et je ne te lâcherai plus maintenant !

La belle partit d'un grand éclat de rire.

— Tu es bien gaie, observa Kocoding, intimidé malgré lui par cette hilarité à laquelle il était loin de s'attendre.

— Ça vous étonne que je rie?

— Oui, tout à l'heure tu étais toute sombre et toute sauvage. Pourquoi?

— Pour obéir au Calichon!...

— Au Calichon! Tu avais l'air d'être si mal avec lui?

— L'air ne fait pas la chanson, et si tu veux que je sois franche, je te dirai que le Calichon et moi nous sommes associés.

— Associés!...

— Oui, de toutes les façons, c'est-à-dire amoureusement et pécuniairement.

— Quoi! cette canaille est ton amant?

— Depuis plus longtemps que tu ne crois... Nous nous aimions déjà à Toulon...

— A Toulon!

— Oui. J'ai habité la ville pendant longtemps et je me suis toquée du Calichon en lui voyant le bonnet vert sur la caboche... Car il avait le bonnet vert, ce grand gueux-là... c'était comme tu le vois, un forçat de première classe.

Kocoding semblait quelque peu démoralisé par l'étrange révélation que venait de lui faire la jeune femme.

— La maîtresse du Calichon! murmura t-il en se grattant l'oreille. Ils s'entendaient donc tous ici pour me tromper!... Que veut dire ceci?

Après un temps:

— Mort diable! reprit l'Anglais avec résolution, il ne sera pas dit qu'on se sera joué de moi!...

Allant à l'Arlésienne et lui saisissant les deux mains:

— Écoute, lui dit-il, je t'aurais mieux aimée telle que tu étais ce matin... mais en définitive, si ton moral a changé du tout au tout, ton physique est toujours le même, tes yeux sont toujours aussi noirs et ta chevelure est toujours aussi belle! En conséquence, ce que je voulais là-haut, je le veux encore, et tu vas être à moi.

— Ne dites donc pas de bêtises!

— Tu seras à moi! Tu es venue te jeter entre mes griffes et tu n'en sortiras que lorsque je le voudrai?

— Alors vous croyez bonnément que je vais vous céder, honnête Englishman?

— Oui, tu me céderas, je te le jure. Je suis affolé d'amour, sacré tonnerre! et quand je suis comme ça, rien ne saurait m'arrêter!

— Allons! allons! mon gros, fit l'Arlésienne en raillant, ne vous faites pas tant de bile que ça... car, je vous le jure à mon tour, vous en serez pour vos frais...

Kocoding poussa un cri de rage et lui broya les poignets.

— Ah çà! misérable fille, as-tu donc formé le projet de me rendre fou?... Comment! sachant que je suis toqué de toi tu viens me trouver dans cette chambre, et tu me dis que tu ne veux pas de moi pour amant!

— Mon Dieu, oui, je vous dis cela, répliqua l'Arlésienne avec bravade, et si ça ne vous suffit pas, je vous le répète.

Kocoding laissa échapper un cri de rage.

— Tu l'aimes donc bien, ton forçat?

— Ce n'est pas positivement parce que je l'aime que je ne veux pas de toi, c'est surtout parce que je ne t'aime pas.

— Alors, damnée, que viens-tu faire ici ?

— Je viens te demander ton or.

Kocoding sursauta.

— Mon or !

— Oui... pas davantage.

— Mon or ! répéta l'Anglais, qui commençait à comprendre qu'il était tombé dans un piège.

— Oui, ton or... tout ton or... et tous tes billets de banque... Il est bien entendu, cher monsieur Kocoding, que ce n'est pas pour moi que je vous réclame ça, non c'est pour M. Bancroche, mon bon maître, et pour ce cher Calichon, mon bon ami... Ce sont eux qui m'envoient, et ils m'ont priée de te dire que si tu refusais de donner ta braise de bonne volonté, ils viendraient te la prendre de force...

— Qu'ils y viennent donc ! s'écria Kocoding.

A ces mots, il porta la main à sa poche pour en tirer une paire de pistolets qu'il y avait insinués en quittant l'hôtel d'Olburn.

Mais les pistolets avaient disparu, et non sans terreur, l'Anglais les aperçut dans les mains de l'Arlésienne.

— Tonnerre ! fit Kocoding en reculant.

— Ah ! ah ! voici qui vous contrarie, cher monsieur ! s'exclama la belle d'un ton gouailleur. Aboulez donc le quibus, c'est ce que vous avez de mieux à faire.

— Non ! non ! hurla l'Anglais, je ne donnerai rien... rien !...

En ce moment, la porte fut enfoncée d'un coup de poing, et le forçat pénétra dans la chambre.

— Décidément, dit-il, il faut que je m'en mêle.

— Le Calichon !

— Oui ! le Calichon ! Allons, vite, dégorge-toi, sangsue britannique !

— Non non ! tu me tueras plutôt !

— Alors, en avant les grands moyens !

Disant cela, l'athlète se précipita sur Kocoding.

Peu après, tous deux roulaient sur le sol, hurlant et se déchirant...

Pendant cette lutte sauvage, la table avait été renversée et la chandelle s'était éteinte.

Du haut de l'escalier, le père Bancroche avait écouté le bruit sourd du combat.

Quand, à ce bruit, eut succédé le plus profond silence, il descendit les degrés et pénétra à tâtons dans la chambre obscure.

Alors il tira un briquet de sa poche et ralluma la chandelle.

Kocoding, à moitié étranglé, était étendu sur le sol, et son adversaire, agenouillé auprès de lui, fouillait ses poches avec une sorte de fièvre.

— Eh bien ! demanda le cabaretier au Calichon, le magot est-il de taille ?

— Le magot n'est plus dans ses poches ! répondit l'autre avec stupéfaction.

— Que dis-tu ?

— Rien ! rien ! il n'a plus rien !...

Puis, quittant Kocoding et s'élançant dans la grande cave :

— J'ai un soupçon, hurla-t-il. Venez !

Bancroche s'élança à sa suite.

Mais comme ils mettaient le pied sur les premières marches de l'escalier, ils entendirent tomber la lourde trappe, puis la voix de l'Arlésienne descendit jusqu'à eux :

— Ne vous inquiétez pas de l'argent de l'Anglais... je lui ai tout pris pendant la bataille... Si vous n'êtes pas contents, portez vos plaintes à la police.

Bancroche et le Calichon tombèrent accablés sur les marches en s'écriant :

— Nous sommes volés !

XII

OU LE POISON CONTINUE A JOUER LE PRINCIPAL ROLE

Ainsi que l'avait réclamé le docteur Olivier, la police s'était personnellement chargée de la garde du pavillon de Jonathan Glass, et le juge d'instruction, le procureur du roi avaient seuls franchi le seuil de la chambre à coucher.

Toutefois la vicomtesse d'Olburn et son fils étaient venus, chaque matin et chaque soir, s'informer de l'état du blessé.

Lord Stephen, le plus souvent, se joignait à eux.

Plus que tout autre n'avait-il pas intérêt à connaître les progrès du mal qui était né de lui?

Durant quinze jours il fut répondu aux visiteurs que John Glass était toujours dans la même situation, c'est-à-dire anéanti, inanimé, muet.

Le vieillard semblait frappé de léthargie.

Cependant Olivier, nuit et jour attentif au chevet de la victime, mettait en œuvre, pour la sauver, tout ce que lui suggérait son immense savoir, et peu à peu la blessure avait perdu tout caractère alarmant.

Si bien que, le soir du quinzième jour, Olivier put annoncer de vive voix à Gabriel et à sa mère qu'il répondait de la vie de Jonathan Glass.

— Demain, dit avec joie l'habile chirurgien, demain le blessé sortira de sa torpeur, et, renaissant à la vie, recouvrera la parole.

A ces mots Bettina fut bien heureuse, et le bonheur de Gabriel ne fut pas moindre.

Mais si cette nouvelle produisit sur eux cet effet attendu, elle en produisit un tout autre sur le vicomte d'Olburn.

Il sut toutefois, en la recevant, dissimuler sa rage et feindre une satisfaction véritable.

Bien plus, il déclara, le sourire aux lèvres, qu'il était fier d'être le compatriote d'un savant de la valeur du docteur Olivier.

Mais lorsqu'il fut seul avec sir Walter Gaveston, qu'il était allé rejoindre dans le petit fumoir isolé :

— Médecin maudit ! dit-il. C'est Satan en personne qui l'a ramené en France ! Si ce qu'il vient d'annoncer n'est pas un mensonge, si demain le vieillard revient à l'existence et qu'avec ses forces sa raison reparaisse... c'en est fait de moi !

Sir Walter tenta de le rassurer.

— Vous êtes un enfant, mon cher, lui dit-il. Le poison que vous avez versé à John Glass ne pardonne pas. Sir Olivier, habile chirurgien, a pu guérir la blessure visible ; mais la blessure cachée, mais le mal mystérieux qu'il ignore, sa science a-t-elle pu en triompher ? Vous seriez insensé de le croire.

— Qui sait ? répliqua lord Stephen d'une voix sourde, qui sait si ce coup de couteau n'a pas annihilé l'effet du poison ?

Le baronnet se prit à sourire d'un air d'incrédulité.

Mais Stephen poursuivit en lui serrant la main :

— Walter, des torrents de sang se sont échappés de la plaie béante, et le philtre mortel a pu s'échapper avec ce sang.

Le baronnet haussa les épaules.

— Si Jonathan Glass avait été frappé aussitôt après avoir bu, l'effet que vous redoutez aurait pu se produire... Mais il n'en fut pas ainsi, et je me rappelle ce que vous m'avez dit : après avoir vidé son verre, le vieillard s'est endormi. Réveillé en sursaut, il a eu avec vous un entretien de plusieurs minutes, et il n'a reçu le coup de couteau qu'après une lutte qui, assurément, a duré quelques minutes encore... Du reste, avouez, milord, que vous mériteriez bien qu'il vous advînt de tout ceci quelque méchante affaire. Quand on se mêle de poignarder un homme, on prend au moins la précaution de se convaincre qu'il est bien mort avant de s'éloigner de lui.

— Je croyais que c'était fini, bien fini.

— Il ne s'agit pas de croire, il faut être certain. Mais non... vous êtes tous les mêmes... vous devenez fous à la vue du sang. Ainsi, dans les journaux, on ne lit lit pas autre chose. Chaque jour c'est quelque homme assasiné qui revient à la vie malgré toutes les blessures, qu'il a reçues... Morbleu ! messieurs les donneurs de coups de couteau, du sang-froid, que diable ! Songez qu'il suffit de perdre un peu la tête au moment du crime pour la perdre tout à fait plus tard sur l'échafaud !

— L'échafaud ! l'échafaud !... murmura lord Stephen en frissonnant.

— Ne tremblez donc pas ainsi, mon cher ; apprenez-vous, au contraire, à paraître plus calme que jamais... Sachez composer votre visage et soutenez d'un fron impassible les accusations de votre victime, en admettant toutefois que votre victime en arrive à vous accuser.

— Oui, oui, le vieillard m'accusera, fit le vicomte d'Olburn.

— En définitive, reprit Walter, que pourra-t-il dire ?... Qu'il a été frappé par Kocoding, et pas autre chose !

Lord Stephen interrompit son ami par un ricanement fébrile.

— Pas autre chose ! vous croyez cela ?... Détrompez-vous, Walter... si Jonathan parle, il dira tout, car je lui ai tout révélé... tout, entendez-vous bien ?

— Que signifie ?

— Enivré, affolé par l'odeur de ce sang répandu, j'ai fait à ce vieillard, que je croyais expirant, une confession pleine et entière. Je voulais rendre ses derniers instants plus misérables en lui faisant connaître qu'après sa mort Bettina et Gabriel seraient empoisonnés par moi comme il l'était lui-même.

— Oh ! oh ! fit le baronnet, quel raffinement de cruauté !... L'idée assurément était heureuse, et je vous l'envierais si elle ne tournait pas aujourd'hui contre vous-même.

— Oui, poursuivit lord Stephen avec une sorte de rage, il sait tout maintenant, ce vieux damné... tout jusqu'à la substitution de son véritable petit-fils.

— Vous n'aurez donc qu'un parti à prendre : ce sera de nier.

— Oui, certes, je nierai... La tête sous le couperet fatal, je nierai...

Après quelques-instants de silence :

— Si je fuyais ?... reprit le vicomte d'Olburn.

— Fuir ?... Quand ?

— Cette nuit.

— Où ?

— En Belgique. A Anvers je m'embarquerais pour le nouveau monde.

— Cela se pourrait faire si vous teniez en vos mains la fortune entière du vieux Jonathan. Mais quand vous aurez épuisé les ressources dont vous pouvez disposer présentement, que ferez-vous ? Vous serez pauvre, misérable et, las de la vie, vous vous ferez sauter la cervelle... d'autant plus qu'il est déjà trop tard peut-être pour quitter la France.

— Que voulez-vous dire ?

— Le docteur Olivier ne croit pas à la culpabilité de Pierre Lavarès. Or, guidé par sa haine, il doit vous soupçonner. J'ai lu sa pensée dans le regard qu'il a jeté sur vous lors de son arrivée. Peut-être même quelques lambeaux de phrases prononcés par John Glass l'ont-ils éclairé tout à fait. Or il s'est entretenu plusieurs fois déjà avec le procureur du roi. Qui vous dit qu'il ne lui a pas fait part de ses doutes ? Qui vous dit que depuis ce moment, toutes les mesures ne sont pas prise pour vous empêcher de passer la frontière ?

— Vous avez raison, Walter, cela est possible... Fuir, ce serait me dénoncer moi-même, ce serait me perdre... Je resterai.

Le baronnet s'était approché de la fenêtre.

— Comme, chaque soir, dit-il, des hommes mystérieux rôdent dans les terrains vagues et semblent surveiller l'hôtel ! Sans nul doute ces gens sont des espions apostés là tout exprès par la police pour avoir l'œil sur vous et vous suivre partout où vous trouverez bon de diriger vos pas... Soyez fort pour ne laisser paraître sur votre visage rien de ce qui vous trouble le cœur. Plus que jamais il est urgent de simuler la sérénité la plus parfaite.

Jetant les yeux sur un journal de théâtres.

— Tenez, reprit Walter, Taglioni rentre justement ce soir dans la *Sylphide* ; allons l'applaudir, cela nous distraira et détournera les soupçons.

Ainsi firent-ils.

Ce soir-là, on put les voir tous deux à l'orchestre de l'Opéra, insouciants et presque gais.

Le lendemain, lord Stephen, la vicomtesse d'Olburn et son fils furent invités à se rendre auprès de Jonathan Glass.

Le procureur du roi les avait précédés tous les trois dans le pavillon.

Ainsi que l'avait annoncé le docteur Olivier, le blessé semblait sortir peu à peu de l'état d'insensibilité dans lequel il se trouvait depuis deux semaines.

— Il va parler, murmura le docteur.

Lord Stephen n'avait pas une goutte de sang dans les veines.

Un silence de mort régnait dans la chambre...

Chacun était anxieux, haletant...

Enfin John Glass se souleva lentement sur sa couche et promena ses regards sur ceux qui l'entouraient.

Tout à coup ses lèvres s'agitèrent convulsivement, ses bras se tordirent et tout son corps se contracta.

Puis de sa bouche crispée, écumante, un rire s'échappa, terrible, effrayant, formidable...

Un rire qui glaça d'épouvante tous les assistants.

Le docteur Olivier courut au vieillard.

Celui-ci, doué soudainement d'une force presque surnaturelle, le repoussa brutalement en poussant des cris hideux, des hurlements de bête fauve.

Olivier fit signe à Gabriel et à Bettina de s'approcher de lui, pensant que la vue de ces deux êtres chéris ferait cesser la folie furieuse qui s'était emparée du blessé...

Mais John Glass les repoussa comme il avait repoussé le docteur.

Stephen comprit tout.

— Le poison a fait son office, murmura-t-il.

Alors il osa, lui aussi, s'avancer vers le vieillard... Bien plus, il osa lui parler.

— John Glass, John Glass, lui dit-il, revenez à vous... et reconnaissez-moi.

A la voix du vicomte, le malheureux sembla se calmer quelque peu.

Il cessa de rugir et retomba sur son lit en reprenant son rire frénétique.

Le docteur était atterré.

— Monsieur, dit-il au procureur du roi, ce délire n'est pas la conséquence de la blessure. Quelle cause cachée le produit, je ne saurais le dire... La science, stupéfiée, avoue son impuissance... Mes calculs sont déjoués, mes certitudes tombent, et tout en mon esprit n'est que doute et ténèbres... Nous sommes en présence d'un incompréhensible mystère que tous nos efforts ne pourraient parvenir à pénétrer.

A partir de cet instant l'état du malade ne fit qu'empirer.

Malgré les soins incessants d'Olivier, le délire augmenta de jour en jour, et toutes les tentatives de guérison vinrent échouer devant ce mal inconnu.

Une semaine se passa de la sorte, au bout de laquelle Olivier comprit, à des signes certains, que la dernière heure de Jonathan Glass était près de sonner.

Ce matin-là, le moribond entra dans un accès épouvantable.

Vingt fois il s'élança hors de sa couche, non plus seulement en poussant des cris, mais en vociférant.

Il courait à la fenêtre pour se précipiter sur le sol, et les efforts réunis du

DEPOT LEGAL
Seine
No 22
1898

— Tonnerre! fit Kocoding en reculant.

docteur, des agents et des domestiques suffisaient à peine à l'empêcher d'accomplir son projet.

Bettina et Gabriel étaient accourus, comme chaque jour, auprès du malheureux vieillard, et lord Stephen avait cru devoir les accompagner, pensant bien que cette crise serait la dernière.

Il ne se trompait pas : le docteur Olivier, le front bas, l'air navré, dut annoncer à tous qu'il n'y avait plus d'espoir et que le soir même de ce jour tout serait fini.

En effet, au fur et à mesure que s'éteignait la clarté du soleil, la vie de Jonathan semblait s'éteindre.

A ce délire furieux qui, depuis sept jours entiers, ne lui avait laissé ni trève ni repos, une prostration complète succéda, presque sans transition, comme la nuit succède au jour dans certaines régions.

Le procureur du roi assistait aux derniers moment de l'infortuné vieillard.

— Jonathan Glass, lui dit-il avec force, à cette heure suprême où Dieu vous appelle à lui, je vous adjure de nous révéler le nom de votre assassin.

A ces mots les yeux du vieillard parurent s'illuminer d'un éclat singulier.

— Il entend! murmura le docteur Olivier avec joie. Il a compris.

John Glass avait entendu et compris en effet.

Mais lorsqu'il voulut parler il n'en eut pas la force.

On lui mit une plume entre les doigts...

Il la laissa échapper sans avoir pu tracer un seul mot...

Alors, sur un signe du magistrat, on fit entrer Pierre Lavarès.

Le prévenu venait d'être tiré hors de sa prison pour être amené en présence de sa prétendue victime.

L'on pensait que la vue de l'assassin produirait sur le mourant un effet assez puissant pour le ranimer et lui permettre de proférer contre lui quelque anathème ou quelque accusation.

Le marin s'approcha de John Glass.

— Parle, vieillard, dit le capitaine Pierre. Est-ce moi qui t'ai frappé?

Le mourant ne répondit rien.

— Oh! continua Lavarès avec instance, au nom du Dieu vivant, au nom de tout ce que tu aimes, un mot, rien qu'un mot pour m'absoudre!   Dis que je ne suis pas coupable... dis qu'un autre que moi t'a poignardé...

John Glass fit un mouvement... un seul...

Puis ses yeux devinrent effroyablement fixes et ses membres se roidirent.

Olivier lui prit la main...

Elle était glacée.

Il colla son oreille sur sa poitrine...

Son cœur ne battait plus.

Il approcha enfin un miroir des lèvres du vieillard...

La glace ne se ternit pas.

Alors, d'une voix lugubre, il dit à Pierre Lavarès :

— Le ciel maintenant peut seul vous sauver, capitaine!

— John Glass est mort! s'écria le marin.

— Mort, répliqua le docteur. La science est vaincue.

— Mon père! mon père! gémit Bettina en tombant agenouillée près du lit.

— Du courage, ma mère, du courage! murmura Gabriel en s'approchant de la vicomtesse.

Mais, tout en parlant, les yeux du jeune homme se remplissaient de larmes.

Pierre Lavarès fut reconduit à sa prison.

Toutefois Olivier ne se tint pas pour battu.

Cette fin-là n'est pas naturelle, disait-il, et John Glass ne meurt pas des suites de sa blessure, cela est évident, certain, palpable... Cet effrayant délire qui l'a tenu jusqu'à sa dernière heure a des causes ignorées que l'autopsie du corps ferait sans doute découvrir.

De vagues soupçons d'empoisonnement lui étaient venus à l'esprit.

Cependant il repoussait cette pensée, car il ne pouvait supposer que les meurtriers eussent versé le poison à John Glass avant de le frapper.

Cette supposition était en effet inadmissible pour quiconque ignorait ce qui s'était passé trois semaines auparavant.

— Si j'avais, une seule nuit, quitté le chevet du malade ; si un autre que moi avait pu s'introduire en cette chambre, je pourrais croire et je croirais que les assassins, voyant que le poignard n'avait pas réussi à les délivrer de John Glass, ont tenté d'en finir avec lui par le poison... Mais non, cela n'est pas... J'ai demeuré céans depuis le premier jusqu'au dernier jour, et nul n'a franchi le seuil du pavillon.

Quoi qu'il en fût, et bien que le docteur Olivier comprît que ses soupçons n'avaient nulle raison d'être, il obtint que l'on fît l'autopsie du cadavre.

Mais le poison des Brinvilliers ne laissait pas de traces et l'on ne put rien découvrir.

Aux yeux de tous, Pierre Lavarès passa pour le véritable assassin de Jonathan Glass, et chacun lui donna pour complice, maître Kocoding, disparu depuis ce moment.

Lord Stephen respira plus à l'aise lorsque la pierre sépulcrale eut recouvert les restes de sa victime.

Au retour du cimetière il était rajeuni de dix ans.

Cette nuit-là, pour la première fois depuis le crime, il put goûter quelques heures de sommeil.

Jusqu'alors il lui avait été impossible de reposer.

Mais des rêves horribles le vinrent visiter, et longtemps avant le jour, il se réveilla.

Sa lampe s'était éteinte...

Au milieu des ténèbres, il eut peur.

Les criminels ont peur de tout.

Tout frissonnant, il allait s'élancer hors de sa couche pour se procurer de la lumière, lorsqu'une voix mystérieuse se fit entendre non loin de lui.

— Vicomte d'Olburn, disait cette voix, c'en est fait de John Glass ; à sa fille maintenant

Lord Stephen poussa une sourde exclamation de stupeur et d'épouvante.

Il alluma précipitamment un flambeau et regarda par la chambre...

— Personne ! personne ! fit-il.

Il courut aux portes, qu'il avait fermées au verrou avant de s'endormir...

Les verrous n'étaient pas tirés.

Il examina les fenêtres...

Elles étaient fermées.

Les draperies, les rideaux, les armoires, tout fut visité par lui avec une attention scrupuleuse...

Il ne vit rien.

— Que veut dire tout ceci ? pensa le vicomte, dont le front se couvrait d'une sueur glacée.

Après un temps :

— Ce que cela veut dire, reprit-il ; oh ! je le comprends trop. Les tueurs invisibles ordonnent un nouveau crime, et je dois obéir ! Obéir !... oh ! c'est affreux !... c'est horrible !... Non, je n'étais pas fait pour être un assassin !

Il tomba accablé sur son lit, et durant quelques minutes, il demeura silencieux.

Ses dents claquaient et tout son corps frissonnait.

Il se vêtit machinalement.

Puis il se prit à marcher à grands pas par la chambre.

Il ne pouvait parvenir à se réchauffer.

Il ouvrit sa porte et appela Narcisse, son valet de chambre.

Celui-ci accourut, tout endormi encore.

— Fais-moi du feu, lui commanda son maître.

— Du feu ! fit le drôle stupéfié.

On était alors à la fin de juillet, et il faisait une chaleur sénégambienne.

— Oui, répliqua le vicomte. J'ai froid... je suis glacé... Obéis.

— Ah ben ! merci, grommela Narcisse en bâillant, s'il a froid de ce temps-ci, qu'est-ce que ce sera quand il gèlera ? Moi je sue à grosses gouttes.

Nonobstant il exécuta l'ordre qu'il venait de recevoir.

— Va-t'en ! dit alors le vicomte.

Narcisse fit quelques pas vers la porte.

Lord Stephen le rappela.

— Non, reprit-il, reste... Je ne me sens pas bien : demeure auprès de moi.

— Que le bon Dieu le patafiole, celui-là ! pensa le valet. Moi qui dormais si bien et qui ronflerais encore avec tant de plaisir.

Lord Stephen s'assit près de la cheminée.

Mais, au bout d'un instant, il se leva en disant :

— J'étouffe :

Il courut à la fenêtre et l'ouvrit toute grande.

— Allons, bon ! maugréa Narcisse, voilà qu'il a trop chaud à présent... C'était bien la peine de m'éreinter à faire du feu... Décidément, monsieur le vicomte a quelque chose de détraqué dans la cervelle.

Lord Stephen se retourna vers lui.

— Laisse-moi, dit-il.

— Avec volupté !

Et le laquais s'empressa de tourner les talons.

Lorsque le vicomte d'Olburn fut seul, il se prit enfin à envisager froidement sa situation.

— John Glass n'est plus... et le testament qu'il a laissé institue Gabriel et sa mère les uniques héritiers de son immense fortune... Or leur mort seule peut me faire légitime possesseur de ces richesses que je convoite depuis tant d'années...

Qu'il soit donc fait ainsi que le veut la bande ténébreuse dont je suis l'esclave...
Oui, que la mère et le fils disparaissent tous les deux et que je sois riche!...

. . . .

Le lendemain la main criminelle de lord Stephen versait à Bettina le philtre
mortel.

Tous les effets prédits par le vieux pharmacien se produisirent avec une exactitude effrayante.

D'abord un malaise général, des douleurs de tête de jour en jour croissantes.

Gabriel était au comble de l'inquiétude.

— Ce n'est rien, dit Bettina en essayant de sourire, rien, je t'assure.

Gabriel s'empressa toutefois d'aller quérir lui-même le docteur Olivier.

Ce dernier n'avait pu se trouver avec le jeune homme que quelque fois seulement; mais cela avait suffi pour que ces deux natures loyales, franches et vraiment
bonnes pussent s'apprécier et se comprendre.

Après l'autopsie de John Glass, Olivier avait dû bannir de son esprit tout soupçon
d'empoisonnement; aussi ne vit-il tout d'abord dans l'indisposition de la vicomtesse
d'Olburn qu'un effet tout naturel des grandes émotions que lui avait causées la mort
de son père.

Il pensait avoir aisément raison de ce mal passager.

Mais, contre son attente, l'état de la malade s'aggrava promptement et les symp-
tômes les plus inquiétants se manifestèrent.

Le docteur, à la vue des taches rougeâtres qui venaient envahir le corps de la
malade, reconnut ou crut reconnaître du moins la fièvre typhoïde.

Il traita Bettina en conséquence et fit, pour amener la guérison, de véritables
prodiges.

Mais tous ses soins n'aboutissaient à rien.

L'infernal poison poursuivait lentement son œuvre fatale et la mort venait à
grands pas.

La vicomtesse d'Olburn, bien qu'on lui cachât la gravité de sa situation, comprit
que c'en serait bientôt fait d'elle.

Une voix mystérieuse semblait l'avertir de sa fin prochaine.

Alors elle dit à Olivier en lui tendant la main :

— Malgré tout votre zèle et tout votre savoir, je sens qu'avant peu j'aurai rejoint
là-haut mon pauvre vieux père... Oui, l'on dirait qu'une main invisible me pousse
vers la tombe... Je ne veux pas expirer cependant avant de vous avoir révélé un
grand secret qui pèse sur ma vie... ce secret, je vous juge digne de le connaître...

Le docteur, non sans grande surprise, avait écouté la vicomtesse.

Les yeux fixés sur elle, il lui annonça qu'il était prêt à l'entendre.

Alors, d'une voix faible, Bettina fit connaître à sir Olivier que Gabriel n'était
pas son fils.

— Que dites-vous?

— La vérité... Mon fils, à moi, est mort il y a vingt ans, lorsque, pour la première fois de ma vie, je mis les pieds dans cette ville où j'ai tant souffert...

Elle acheva sa confession en apprenant au docteur les raisons qui avaient poussé lord Stephen à voler Gabriel à la pauvre Fanchon.

— J'ai été bien coupable, poursuivit la vicomtesse, en me faisant la complice de cette substitution... mais Dieu me pardonnera sans doute, en faveur de mon repentir et de mes larmes... Lorsque je ne serai plus, continua la malheureuse femme, tentez de réparer un peu le mal que j'ai fait... Rapprochez un jour Gabriel de sa véritable mère... L'infortunée !... je l'ai vue pleurer la mort de son fils et je ne lui ai pas dit qu'il existait... Car, en le lui rendant, à elle, je ne l'aurais plus eu, moi, et je l'aime tant, mon Gabriel !... Mais ce que je n'ai pas fait vous le ferez, vous, monsieur, n'est-il pas vrai ?...

— Sur mon honneur, madame, je le ferai !

Bettina enleva d'une main tremblante de fièvre une petite clef d'or qu'elle portait à son cou.

— Prenez cette clef, dit-elle, et ouvrez ce coffret qui est là, sur cette table.

Olivier obéit.

La vicomtesse lui commanda de prendre une lettre cachetée qui se trouvait dans le petit coffre.

— Ceci, dit-elle, c'est le récit de tout ce que je viens de vous révéler... Lorsque vous jugerez que l'heure sera venue de faire connaître à Gabriel le mystère de sa naissance, donnez-lui cette missive, que j'ai signée de mon nom !... Mais si, pour quelque cause que ce soit, vous croyez devoir lui taire à jamais ce secret dont je vous fais dépositaire, brûlez cette lettre et ne lui dites rien !... Maintenant, monsieur, votre main... et adieu !

La vicomtesse s'était visiblement affaiblie durant cette scène.

En prononçant ces derniers mots elle tomba sans mouvement sur son lit.

Le délire s'empara d'elle, et pendant huit jours et huit nuits, malgré tout ce qui fut tenté pour le combattre, ce délire ne fit qu'augmenter.

A l'heure marquée, Bettina rendit le dernier soupir.

Et devant le cadavre de la pauvre femme, le docteur Olivier demeura longtemps silencieux et rêveur.

— Pendant vingt et un jours, dit-il enfin à part lui, elle a souffert... comme son père !... Comme lui elle est morte en proie au plus affreux délire... Mes soupçons n'étaient-ils donc pas insensés !... Le père et la fille sont-ils morts empoisonnés ?... Empoisonnés ! Quel serait ce poison inconnu qui ne laisse pas de traces ?... Oh ! s'il en est un, je le découvrirai... mais avant tout je saurai empêcher de nouveaux meurtres.

.   .   .   .

Trois mois plus tard, un billet parvint à lord Stephen.

C'étaient les Brinvilliers qui le lui adressaient :

« Il est temps de frapper le dernier coup. »

Ainsi disait la sinistre missive.

Le vicomte d'Olburn n'hésita pas cette fois comme pour John Glass et Bettina. Une fois sur la route du crime, qu'importent quelques pas de plus ou de moins ?

Le jour même qu'il reçut l'avis fatal, il dîna seul avec Gabriel.

Depuis la mort de sa mère, le jeune homme était profondément triste et mélancolique, et, comme lord Stephen, poursuivant son misérable rôle, continuait à se montrer pour lui véritablement affectueux et tendre, Gabriel se trouvait trop heureux de ce revirement pour ne pas le croire sincère.

Privé de l'amour et des caresses de John Glass et de sa mère, le pauvre enfant se livrait avec ivresse à ces semblants de tendresse.

Après avoir perdu ces deux êtres chéris, il était heureux de retrouver un père.

On était alors vers la fin de novembre.

Il faisait un temps sombre et lugubre.

Le vent sifflait au dehors et la pluie fouettait sans relâche les vitres de la salle où venaient de s'attabler lord Stephen et son fils.

Tous deux étaient silencieux et ne songeaient guère à faire honneur au repas servi.

Tout à coup le vicomte feignit d'essuyer une larme qui ne coulait pas.

Gabriel remarqua ce mouvement.

— Vous pleurez, mon père ! s'écria-t-il.

— Moi !

— Oui, vous pleurez...

— Eh bien, oui !... pourquoi m'en cacherais-je ?... C'est que je pense, voyez-vous, à ceux qui ne sont plus... Pauvre Bettina !... Noble et sainte femme !... j'ai tant de fois été pour elle méchant et cruel... Depuis que Dieu me l'a reprise, je comprends, hélas ! tout ce que j'ai perdu.

Et de nouveau, il porta son mouchoir à ses yeux.

— Mon père !...

— Oui, Gabriel, oui, mon enfant, j'ai toujours méconnu son âme toute bonne et toute dévouée... Que voulez-vous ?... j'étais fou... j'étais insensé... Alors que le bonheur m'attendait au foyer domestique, j'allais courir le monde, et je la laissais seule, cette pauvre femme, et je l'oubliais pour de méprisables créatures qui n'eussent pas été dignes seulement de baiser la poussière de ses pas... Ah ! tenez, Gabriel, quand je songe à la vie honteuse que j'ai menée depuis si longtemps, je vous jure que je sens la rougeur me monter à la face... Et si je vous dis tout cela aujourd'hui, mon enfant, c'est que je veux que vous me pardonniez d'avoir rendu votre mère aussi malheureuse... car elle n'a pu me pardonner, elle !...

Et le hideux tartufe se prit à sangloter en achevant ces mots.

— Ah ! mon ami, reprit-il enfin d'une voix étouffée, dites-moi, je vous prie, que vous demeurerez toujours auprès de moi. J'ai besoin de ne pas être seul, voyez-vous... et je sens que si vous m'abandonniez aussi, vous, je ne serais pas long à quitter cette terre...

— Mon père ! s'écria le jeune homme attendri. Toujours... oh ! oui, toujours je serai près de vous.

— Merci !... merci !... Soyez mon ami... mon compagnon... soyez mon fils enfin... Bien longtemps j'ai souffert à vous donner ce nom... mais maintenant, j'en comprends toute la douceur, et je suis heureux... oh ! bien heureux de te dire : « Gabriel, viens embrasser ton père ! »

Le jeune homme s'élança dans les bras de lord Stephen, et celui-ci le tint long-temps pressé contre sa poitrine.

Après ce mouvement d'expansion :

— Ah ! reprit le vicomte d'une voix très faible, je ne sais si c'est la joie... l'émo-tion... mais il me semble que ma vue s'obscurcit et que mon cœur s'en va.

— Grand Dieu !

— Ce n'est rien... rien... qu'un peu de faiblesse... De l'air... de l'air...

Gabriel courut à la fenêtre et l'ouvrit...

Si vivement que se fût opéré ce mouvement, il avait suffi à lord Stephen pour verser dans le verre de son fils une goutte du poison des Brinvilliers.

Ceci fait, il remit promptement le flacon de cristal dans sa poche et se laissa retomber sur son fauteuil en poussant un long soupir.

Gabriel s'empressa de revenir auprès de lui.

— Eh bien ! mon père ?... demanda-t-il avec une tendre sollicitude.

— C'est fini, répondit le vicomte, j'ai eu comme un éblouissement... mais je suis mieux maintenant... beaucoup mieux... je vous assure !

Saisissant son verre :

— Allons, mon vieux camarade, ajouta-t-il avec enjouement, buvons à ma résur-rection et à notre éternelle amitié.

Gabriel prit aussi son verre, et quand il l'eut choqué contre celui de son père, il le vida jusqu'à la dernière goutte.

Et tandis que le jeune homme buvait, lord Stephen disait à part lui :

— Avant un mois, ô mon cher fils, j'aurai le plaisir de pleurer sur ta tombe.

Par son testament, John Glass, avons-nous dit, avait laissé à sa fille la moitié de sa fortune et l'autre moitié à son petit-fils.

Or, de par la volonté du vieux changeur, Bettina et le comte d'Olburn s'étant mariés sous le régime de la séparation de biens ce n'était pas lord Stephen qui héri-tait de son épouse, c'était au contraire Gabriel qui héritait de sa mère.

La mort de Bettina donnait donc au jeune homme, en toute propriété, les millions de Jonathan, et c'est pourquoi son trépas avait été résolu.

Gabriel mort, la fortune devait revenir à Stephen Lowe.

Lorsque se fut terminé le repas auquel nous avons fait assister le lecteur, le père et le fils se séparèrent.

Le vicomte rentra chez lui parfaitement calme.

Maître Narcisse, à moitié assoupi, selon sa louable habitude, attendait son maître.

Il se leva bien vite à l'approche de celui-ci et s'excusa de son mieux.

Mais lord Stephen lui tapa doucement sur la joue et lui dit d'un ton bienveillant que « le mal n'était pas grand ».

— Au surplus, ajouta-t-il, pour le peu de temps que nous avons maintenant à demeurer ensemble, je me garderais bien de te gronder.

— Monsieur le vicomte n'est-il donc plus satisfait de mon service ? interrogea Narcisse non moins surpris qu'affligé.

— Eh ! si vraiment, mon garçon, je suis très content de toi, au contraire ; mais

Si vivement que se fût opéré ce mouvement, il avait suffi à lord Stephen pour verser
dans le verre de son fils une goutte du poison des Brinvilliers.

tu comprends que ma situation de fortune est loin d'être la même. La mort de
Mme la vicomtesse d'Olburn me fait tout à fait pauvre, et bientôt il va me falloir dire
à tout jamais adieu à la vie luxueuse que j'ai menée jusqu'à présent... Pour commencer, je supprimerai tous mes domestiques, toi le premier.

— Ah ! monsieur, exclama Narcisse avec émotion, aurez-vous bien le courage
de vous séparer de moi !...

— Il le faut, mon ami... l'homme qui n'a pas de fortune doit s'imposer des
sacrifices.

Liv. 24.   24

— Pas de fortune, répliqua le valet de chambre. Que dites-vous là, monsieur ! Du moment que M. Gabriel est millionnaire, n'est-ce pas comme si vous l'étiez ?

— Non ! non ! dit vivement lord Stephen, les richesses de mon fils sont à lui, à lui seul. C'est un grand et noble cœur, il saura faire de son or un bon et généreux usage, et si j'en acceptais pour moi une obole, ce serait un vol que je ferais aux pauvres gens.

Narcisse considérait son maître en écarquillant les yeux, tout stupéfait de l'entendre parler de la sorte.

— Ah ! cela te surprend de me voir ainsi métamorphosé, reprit le vicomte.

— Ma foi oui, monsieur le vicomte, répliqua le valet, et je n'aurais jamais cru ça de votre part.

Lord Stephen se prit à sourire :

— « S'il est un temps pour la folie, il en est un pour la raison ! » Ainsi parle un refrain populaire, et ce refrain semble fait tout exprès pour moi.. J'ai bientôt cinquante ans, mon vieux Narcisse, et vraiment j'ai été assez diable pour avoir le droit de me faire ermite !... Or, un bon ermite n'a pas, que je sache, des cuisiniers et des valets de chambre... Et c'est pour cela, mon garçon, que je t'autorise à chercher une place... Je ne te cacherai pas, mon ami, que je suis peiné d'être obligé de me séparer de toi... car enfin voilà vingt ans que tu me sers avec zèle, avec dévouement même... mais, que veux-tu !... il le faut...

Narcisse pleurait à chaudes larmes.

— Bon maître !... excellent maître ! disait-il.

— Allons, va, mon garçon, va reposer... demain nous reparlerons de tout cela !

Le valet s'éloigna tout gémissant.

Maître Narcisse n'était pas, nous le savons, un personnage bien recommandable, et certes il ne lui avait pas été octroyé en partage plus de cœur qu'il ne lui en fallait ; mais malgré tout, il s'était attaché à lord Stephen, et l'idée de se séparer de lui, lui causait un véritable chagrin.

Quand il eut tourné le dos et que la porte se fut refermée sur lui, son maître alla en riant vers le baronnet Walter, qui, nonchalamment étendu devant la cheminée, avait écouté sans rien dire le petit colloque qui venait d'avoir lieu.

— Eh bien ! mon cher Walter, fit lord Stephen en prenant place au coin du feu, qu'en dites-vous ?

— Vous êtes superbe, milord, répliqua le baronnet, et vous jouez votre rôle en grand comédien... Pour que cette canaille de Narcisse s'y laisse prendre, il faut vraiment que vous soyez de première force ! Avant peu, vous passerez pour un saint, mon très cher, et l'on vous canonisera.

— Ma foi, c'est une charmante chose que l'hypocrisie... je crois que c'est encore le meilleur moyen de prouver combien on méprise cette méprisable humanité... Mais laissons la philosophie, poursuivit le vicomte en changeant de ton, et parlons de choses sérieuses.

Tirant de sa poche le petit flacon de cristal qui lui avait été jadis remis par le père Fromagin :

— J'ai réussi, dit-il.

Les yeux de sir Walter brillèrent d'un sinistre éclat.

— Enfin, murmura-t-il à part lui.

— Oui, continua lord Stephen, tout est fini maintenant, et les millions de John Glass sont à moi.

— A vous et aux Brinvilliers, répliqua vivement le baronnet.

Le front du vicomte d'Olburn s'assombrit.

— Aux Brinvilliers ! reprit-il. Oui, oui, c'est vrai... aux Brinvilliers aussi, je les avais oubliés.

— Ingrat fit Walter d'un ton singulier, ils ne vous oublient pas, eux.

— Non, non ! Je le sais... ils sont là près de moi, toujours... me poursuivant sans cesse de leur espionnage occulte... s'introduisant chez moi par des issues mystérieuses que je ne puis découvrir... Cette servitude est odieuse, et pourtant je dois la bénir, car si je n'avais obéi qu'à ma seule volonté, je n'aurais jamais osé faire ce que j'ai fait... Non! je n'en aurais eu ni la force ni le courage... Et John Glass vivrait encore... et peut-être le vieux juif m'eût-il enterré. Si bien qu'après tout il me faut, je vous le répète, considérer comme un bonheur mon affiliation forcée à cette bande d'empoisonneurs.

— Vous avez mille fois raison, milord... répliqua le baronnet. La fortune est tout ici-bas, et pour de l'or on doit tout faire... Au surplus, les hommes sont des animaux tellement vils et tellement ignobles, que c'est faire œuvre pie que d'en supprimer le plus possible... Pour moi, plus j'en vois tomber, plus je me réjouis... Il y a trois ans, pendant le choléra, je me pâmais d'aise, et je ne regrette qu'une chose, c'est qu'il ne dure pas encore... Mais j'espère bien qu'il n'a pas dit son dernier mot.

— Certes, dit lord Stephen, j'en suis arrivé maintenant à voir du même œil que vous ce troupeau galeux qui s'appelle l'espèce humaine et dont nous faisons, vous et moi, le plus bel ornement... La mort d'un homme ne me fait pas plus d'effet aujourd hui que la mort d'une mouche. L'habitude est bien réellement une seconde nature. Ainsi, j'ai versé ce soir le poison à Gabriel sans trembler, sans pâlir, sans que mon cœur seulement battît un peu plus fort que de coutume.... Ah! je ne sais si je m'illusionne, mais, en mon âme et conscience, je suis convaincu que les bâtards de la Brinvilliers seront fiers un jour de me nommer leur frère... De cette bande ténébreuse, je ferai quelque chose d'effroyable et de monstrueux, dont la puissance fatale enveloppera les deux hémisphères... Vous regrettiez le choléra, Walter... de par l'enfer, je le ressusciterai!

La baronne considérait son ami avec admiration.

— Gloire à vous, Stephen !... lui dit-il, vous comprenez le mal comme je le comprends moi-même, et, de ce moment, vous êtes digne de savoir qui je suis.

Lord Stephen le regarda étonné.

Sir Walter se pencha vers lui :

— Tu vois en moi, reprit-il, le chef suprême de cette armée dont tu fais partie à cette heure...

— Le chef des Brinvilliers !

— Oui, c'est moi qui t'ai poussé à te rendre, il y a sept mois, au faubourg du

Temple... chez le vieux pharmacien, le premier après moi... J'étais l'un des douze hommes masqués réunis dans la salle souterraine... et c'est pourquoi j'avais refusé de t'accompagner. C'est moi qui, sans cesse auprès de toi, t'ai fait parvenir les billets mystérieux... c'est moi enfin qui, l'autre nuit, t'ai ordonné de poursuivre ton œuvre... Avant de me révéler à toi, je voulais être sûr de ta volonté et de ton courage... J'en suis sûr maintenant, et tu sais qui je suis... Donne donc ta main, frère, et reçois l'assurance que nous accomplirons à nous deux d'épouvantables prodiges.

. . . .

Quinze jours s'étaient écoulés.

Frappé dans ce qu'il avait de plus cher au monde, dans son grand-père et dans sa mère, ou du moins dans ceux qu'il appelait de ce nom, Gabriel avait perdu son insouciance habituelle et sa gaieté native.

Bien que quatre mois eussent passé sur ces lugubres événements, une morne tristesse étreignait encore son cœur, un sombre désespoir blêmissait son visage.

Lord Stephen et Walter suivaient avec une fébrile impatience, sur le visage du jeune homme, les effets du poison.

Mais, chose étrange, Gabriel ne semblait rien ressentir d'anormal et d'extraordinaire.

Il n'avait rien perdu de sa force, de sa vigueur.

Son regard était plein de feu, comme toujours, sont front calme, sa démarche assurée.

Les deux empoisonneurs comptaient les jours, les nuits, les minutes qui les rapprochaient du terme fatal...

Mais leur victime était toujours debout.

Le soir du quinzième jour, lord Stephen, atterré, était enfermé avec le baronnet, non moins accablé que lui, et l'un et l'autre gardaient un éloquent silence.

Enfin le vicomte d'Olburn murmura sourdement :

— S'il n'allait pas mourir !

— C'est impossible, répondit sir Walter. Ce poison n'a jamais pardonné... jamais... Vous avez pu juger deux fois de sa puissance... Grâce à ce philtre, John Glass et Bettina sont aujourd'hui deux cadavres... il en sera du jeune homme comme de la femme et du vieillard... Plus robuste, Gabriel résiste plus longtemps ; mais à l'heure dite, il tombera quand même, et ce sera pour ne plus se relever.

Mais quinze autres jours se passèrent, et Gabriel n'était pas mort.

Tout au contraire, sa sombre mélancolie s'était presque dissipée, et jamais il n'avait paru plus dispos et plus fort.

Lord Stephen était anéanti.

— Vivant ! il est vivant ! disait-il avec rage. Vous le voyez, Walter, votre poison soi-disant inflexible a été sans effet... Ainsi j'aurai pour rien commis tous ces crimes ! pour rien !... Cette fortune immense que je convoite demeurera la propriété de ce Gabriel maudit, et moi... moi, je reste pauvre encore, toujours !... ou si je veux obtenir quelques bribes de cet héritage, il me faudra les tenir de la générosité de cet homme que je hais, et ce ne sera jamais pour moi qu'un cadeau, pis encore, une aumône!... Ah! tenez, Walter, je suis bien damné, et quelque puissance surnaturelle protège mon ennemi!

Walter haussa les épaules.

— Si vous voulez, mon cher, que j'écoute patiemment vos doléances, faites-moi la grâce, je vous en conjure, de ne pas dire des niaiseries, des enfantillages. Que parlez-vous ici de puissance surnaturelle?... Ceci est bon dans les romans et dans les pièces de théâtre ; mais dans la vie réelle, c'est bien peu usité, je vous assure.

— Mais, enfin, qui donc a pu sauver Gabriel?

— Ce n'est pas, mon très cher, comme vous semblez le croire, un génie ou une fée descendue sur un nuage... Non, non; c'est un mortel, un simple mortel. Et je ne pense pas me tromper en vous disant que le sauveur en question a nom le docteur Olivier.

— Olivier! répéta lord Stephen avec rage. Encore cet homme.

— Ce ne peut-être que lui!... C'est un garçon d'une haute intelligence, et si, pour tout le monde, John Glass est mort de sa blessure, si Bettina a rendu l'âme par amour filial, soyez assuré que ce diable d'Olivier sait parfaitement à quoi s'en tenir à ce sujet... La preuve, c'est qu'il a fait faire l'autopsie du cadavre de John Glass, et le brave juif a été analysé de toutes les manières... Les chimistes en ont été pour leurs frais, cela est vrai, vu que le poison des Brinvilliers est un composé de sucs végétaux qui ne laissent pas de traces... Olivier a pu, cette première fois-là, être dupe comme tous les autres... mais la mort de la vicomtesse a dessillé ses yeux... c'est évident... Alors, la haine qu'il a pour vous lui a fait comprendre que vous étiez l'assassin du vieillard et de sa fille, et tout logiquement il a supposé qu'après eux ce devait être le tour du jeune Gabriel... En conséquence, il a voulu vous mettre dans l'impuissance de commettre ce troisième meurtre.

— Mais, repartit lord Stephen avec fièvre, si ce que vous pensez est la vérité, quel moyen a-t-il donc employé, ce docteur exécré, pour sauver notre dernière victime?... S'il a la certitude que John Glass et sa fille sont morts empoisonnés, il ignore quel est le philtre qui leur a été versé... Il n'a donc pu faire prendre à Gabriel l'antidote d'un poison qu'il ne connaît pas.

— Mon cher ami, rappelez-vous l'histoire du roi Mithridate. Ce prudent souverain, qui se savait beaucoup d'ennemis et qui les supposait parfaitement capables de se débarrasser de lui en mêlant à ses boissons, à ses mets, quelque substance vénéneuse, avait eu, vous vous en souvenez, l'ingénieuse idée de se prémunir contre ce genre de mort en absorbant chaque jour quelque parcelle de poison. Il commença par une dose minime, qu'il doubla, tripla et quadrupla, si bien qu'à la fin les poisons les plus violents, les plus terribles, ne lui causaient pas l'ombre d'un malaise... L'histoire ajoute même que plus tard, lorsque le roi du Pont (car il était roi du Pont, ce bon Mithridate), trahi par son fils et voyant la fortune l'abandonner, voulut en finir avec la vie en s'empoisonnant, il ne put y parvenir. Il avala, dit-on, plus de poison qu'il n'en eût fallu pour foudroyer cent mille hommes, mais il en fut quitte pour une légère colique, et, pour ne pas tomber vivant aux mains des Romains, il dut se faire éventrer par l'un de ses grognards! Ce qui prouve qu'on est toujours puni par où l'on a péché.

Lord Stephen avait écouté d'un air sombre le bavardage de son complice.
Lorsque ce dernier eut cessé de parler .

— Oui! oui! murmura le vicomte d'Olburn en grinçant des dents, oui! c'est bien cela... ce ne peut être que cela!

— Parbleu! riposta le baronnet, d'autant plus que, de nos jours, la toxicophagie est tout à fait de mode!... Pour combattre probablement le mal que les bâtards de la Brinvilliers répandent par toute la terre, il s'est créé en Allemagne une association de mangeurs de poisons dont le docteur Olivier est sans doute un des chefs. Soyez certain qu'il a converti Gabriel à la doctrine nouvelle... Vous aurez le fin mot de tout ceci en chargeant Narcisse d'espionner honnêtement votre fils bien-aimé durant quelques jours.

— Oui! repartit lord Stephen, il faut que nous sachions tout!

Et le valet de chambre reçut des ordres en conséquence.

Quelques jours plus tard, il fit connaître aux deux amis le résultat de ses observations.

Sir Walter avait deviné juste.

Le docteur Olivier faisait partie de la société des *Toxicophages allemands*, et, pour sauver Gabriel, il avait pu obtenir de lui qu'il suivit en tous points l'exemple de Mithridate.

— C'est bien, dit lord Stephen à Narcisse, ne parle à personne de la mission dont je t'avais chargé... J'étais inquiet pour mon fils, je ne le suis plus ; c'est tout ce que je souhaitais... Et je veux que Gabriel lui-même ignore l'excès de sollicitude dont il a été l'objet.

— Est-il devenu bon, ce cher vicomte! murmura Narcisse en se retirant, ce n'est pas pour dire, mais il est diablement changé, tout de même!

— Allons, dit lord Stephen lorsqu'il fut seul avec le baronnet, vous aviez dit vrai, Walter!... Il nous faut donc renoncer à nous défaire de Gabriel par le moyen que nous espérions... Plus tard, nous en trouverons quelque autre... Quant à présent, je n'ai, je crois, qu'un seul parti à prendre, c'est de continuer à jouer vis-à-vis de lui le rôle commencé. Mes mines hypocrites ont réussi déjà... elles réussiront encore... Grâce à elles, j'ai son amitié... et bientôt j'aurai davantage.

Tout aussitôt il commanda à Narcisse de préparer ses malles et fit connaître aux gens de l'hôtel qu'il allait retourner en Angleterre.

Cette nouvelle parvint bien vite aux oreilles de Gabriel.

Le jeune homme s'empressa de se rendre auprès du vicomte.

— Que viens-je d'apprendre, mon père! vous partez?

— Il le faut... je le dois.

— Que voulez-vous dire?

— Je veux dire que je suis ici chez vous, Gabriel, et non chez moi... Or, pour un homme de mon âge, cette situation est impossible... Si j'étais un vieillard, on pourrait admettre, on comprendrait que je pusse accepter cette position fausse et ridicule... mais je suis trop jeune encore pour m'y résoudre...

— Mon père!

— Ne tentez pas de me retenir, mon ami, ma décision est prise, bien prise...

Dans le premier moment, encore sous l'impression du coup terrible qui me frappait, je n'avais réfléchi à rien... et j'étais résolu à demeurer toujours avec vous... mais aujourd'hui que je considère d'un œil plus calme notre situation réciproque, je comprends que ma place n'est pas ici, et je me décide à me séparer de vous... Cela me brise le cœur, je vous l'avoue, et je ne renonce qu'avec peine à ces beaux rêves de camaraderie que j'avais formés... cependant j'aurai la force de partir...

Gabriel voulut l'interrompre.

— Mais, sans le laisser parler, le vicomte poursuivit :

— J'ai un caractère étrange, voyez-vous... j'ai surtout un indomptable orgueil.. et bien que vous soyez mon fils, je ne saurais, quelques efforts que je tentasse rester auprès de vous, maintenant que vous êtes riche et que je n'ai plus rien... Il me semblerait à tout instant lire dans vos yeux, sur votre front, quelque reproche indirect... J'imputerais à mal le mot le plus innocent... Je serais malheureux, enfin, et je vous ferais peut-être malheureux aussi... Le parti que je prends est donc le seul raisonnable... Je retourne en Angleterre... Là, je travaillerai... Pardieu ! pourquoi ne travaillerais-je pas?... Je me lancerai à corps perdu dans l'industrie... Depuis quelques années, tout a bien changé de face, et plus d'un gentilhomme de meilleure noblesse que moi ose faire aujourd'hui ce qu'il se serait cru déshonoré de faire il y a dix ans... Qui sait?... dans la finance... dans le commerce, je m'enrichirai peut-être... Alors mon orgueil sera satisfait, et je pourrai sans rougir passer mes dernières années près de vous... Cette vie de luttes et de labeurs qui va commencer pour moi me fera pardonner sans doute l'existence honteuse qui, pendant si longtemps, a été la mienne... Ne croyez pas au moins, Gabriel, ne croyez pas que je vous en aimerai moins... au contraire... Bien que tardive, ma tendresse pour vous est désormais immuable... et quand, par le travail, je me serai réhabilité à vos yeux comme aux miens, vous verrez, mon ami, que vous m'aimerez vous-même davantage, car dès lors vous pourrez m'estimer.

Gabriel avait écouté avec une émotion violente cette longue kyrielle de phrases préparées à l'avance.

Après quelques instants de silence :

— Soit, mon père, dit le jeune homme, faites selon vos vœux. Votre résolution est bien prise, je le vois, et mon respect me défend d'essayer même de vous en détourner...

— Oh ! oh ! pensa lord Stephen, que me chante-t-il là ?... Le coquin va-t-il donc me laisser partir ?

Gabriel continua :

— Oui, mon père, puisque telle est votre volonté, quittez la France et, dans notre commune patrie, allez chercher fortune.

— L'infernal bourreau ! grommela le vicomte.

— Toutefois, reprit le jeune homme, vous ne partirez pas seul.

— Que dites-vous?

— Je dis que vous aurez un compagnon de route.

— Et qui donc?

— Moi, mon père.

— Vous... Gabriel ?

— Moi-même... et je m'associerai gaiement à vos labeurs.

— Travailler ! vous ?

— Vous travaillerez bien, vous !

— Moi, je suis pauvre.

— Pardieu ! mon père, pas plus tard que demain, je serai pauvre comme vous.

— Je ne vous comprends pas.

— Vous allez me comprendre... La fortune dont, pour mon éternelle douleur, la mort de mon grand-père et de ma mère me fait possesseur aujourd'hui se monte à huit millions à peu près...

— A huit millions cinq cent mille francs.

— Huit millions cinq cent mille francs, soit... Eh bien ! franchement, il est absurde qu'un homme possède à lui seul une semblable fortune, quand il y a sur terre tant de malheureux qui crèvent de faim. Là-dessus, je garderai donc cinq cent mille francs, pas davantage, et quant aux huit millions, je les ferai distribuer jusqu'au dernier sou aux pauvres de Paris, ma patrie adoptive.

— Quoi ! vous feriez cela !

— Sans l'ombre d'une arrière-pensée... sans hésitation et sans scrupule. Que dis-je ? ce sera avec une ineffable volupté que je sèmerai mon or dans ce vaste champ de la misère où croît le désespoir et que les larmes fécondent... Songez-vous, mon père, à toutes ces joies, à toutes ces bénédictions !... Combien d'existences sauvées !... Il y a tant de gens qui souffrent !... Et je ne sais pourquoi, mais les malheureux de ce pays m'intéressent cent fois plus que ceux de tous les autres... C'est injuste, je le sais. Moi, fils de l'Angleterre, je devrais aimer plutôt ceux de mon pays... mais, quoi que je fasse, mon cœur est à la France. Que voulez-vous ? tout enfant, je me mourais sous le ciel brumeux de ma patrie, et je n'ai commencé à revivre que lorsque j'ai pu respirer à pleine poitrine l'atmosphère parisienne... Ainsi donc, c'est convenu, mon père : aux pauvres nos millions, à nous le travail !

Lord Stephen saisit vivement la main du jeune homme.

— Vous avez toutes les générosités, Gabriel, lui dit-il, et je suis fier... oh ! oui, bien fier de vous avoir pour fils... Certes, poursuivit-il, vos vues sont grandes et nobles, et je vous dirais franchement : Faites ce que vous dites, si ce beau projet était réalisable, mais il ne l'est pas.

— Il ne l'est pas ?

— Non, mon ami. Pensez-vous donc atteindre le but que vous vous proposez en éparpillant au hasard l'or que vous possédez ?... Non, vous ne soulageriez ainsi que de fausses misères, et les vrais pauvres, ceux qui se cachent et qui rougissent de leur dénûment, ceux-là ne seraient pas secourus... Pour faire l'aumône utilement, il ne suffit pas de donner au premier venu, c'est-à-dire à celui qui demande... Non, il faut donner, au contraire, à celui qui ne demande pas... Il fuit l'aumône, celui-là, que l'aumône aille donc à lui... Oui Gabriel, oui, pour réaliser le beau rêve que vous formez, allez vous-même de mansarde en mansarde. Espion de la misère, voyez ces familles déshéritées... ces petits enfants grelottants sur des grabats immondes... ces jeunes filles prêtes à vendre leur corps pour un morceau de pain...

Narcisse pleurait à chaudes larmes. — « Bon maître! excellent maître! » disait-il.

ces ouvriers sans travail... ces vieillards infirmes... ces nouveau-nés gémissant sur le sein tari de leurs mères... Et ce n'est pas tout encore... Il est une autre classe de parias qui souffrent plus encore peut-être... ce sont les artistes... Là des peintres qui n'ont pas de quoi seulement s'acheter des pinceaux et une toile... des musiciens... des poètes... qui, faute de quelques louis, meurent en blasphémant Dieu... Et parmi tous ces damnés, il en est peut-être qui, un jour, fussent devenus des Raphaël, des Pétrarque et des Cimarosa... Pour deviner toutes ces grandes misères-là, il faut plus d'un jour, mon fils, et la vie d'un seul homme ne pourrait y suffire.

— Eh bien ! s'écria Gabriel avec entraînement, pour ce splendide labeur, soyez donc de moitié avec moi, mon père, et employons-y notre double existence.

— Que me proposez-vous ?

— Oh ! rassurez-vous, mon père... l'or que vous porterez aux malheureux, ce sera le vôtre... A vous, mon père, à vous la moitié de ma fortune...

— La moitié de votre fortune ?

— Oh ! ne me refusez pas... ne me refusez pas, mon père... Vous n'en avez plus le droit, à présent..., c'est au nom des pauvres que je vous supplie d'accepter.

Lord Stephen feignit de se faire violence durant quelques secondes.

Puis enfin, comme s'il se résignait à un grand sacrifice :

— Vous le voulez, Gabriel, eh bien, qu'il soit donc fait selon votre désir.

Serrant ensuite entre ses bras le jeune homme radieux, il ajouta d'un ton enthousiaste :

— A nous deux, ô mon fils, nous ferons de grandes choses !

Et tout bas, il dit encore :

— Allons donc, grand niais, vous y êtes venu !

Gabriel prit congé de son père.

Il voulait aller de ce pas chez le notaire faire dresser l'acte par lequel il abandonnait à lord Stephen la moitié de sa fortune.

Mais comme il franchissait le seuil des appartements de son père, il se trouva face à face avec le docteur Olivier.

Tout joyeux, il prit le bras de ce dernier et l'entraîna chez lui.

Là, il lui raconta la scène qui venait de se passer.

En entendant ce récit, le docteur frémit d'indignation.

— Quatre millions à ce misérable ! s'écria-t-il ensuite. Non, il ne sera pas dit qu'il recevra un tel prix de son infamie.

— Olivier, murmura Gabriel éperdu, quelles épouvantables paroles osez-vous me faire entendre !...

Le docteur revint promptement à lui.

— Pardonnez-moi, dit-il, j'étais fou... j'étais fou !... Oh ! non, non, ajouta-t-il, je ne puis rien dire encore... rien... ce serait le rendre trop malheureux !

— Olivier, reprit le jeune homme avec instance, vous me cachez un secret.

— Ne m'interrogez pas... je ne puis rien vous apprendre... Plus tard, vous saurez tout peut-être ; mais faites des vœux pour que je ne sois jamais forcé de rompre le silence.

Gabriel allait l'interroger de nouveau lorsque parut un domestique, lequel remit à son jeune maître un billet qu'un inconnu venait d'apporter et qui était ainsi conçu :

« Ce soir, à la Courtille, un grand mystère vous sera révélé. »

A ce billet, pas de signature.

— Un mystère !... dit le jeune homme. Qui sait ?... Une mystification peut-être !... N'importe ! j'irai.

Il faisait encore jour quand il mit le pied dans la rue de la Courtille.

Il montait en rêvant la bruyante colline, lorsqu'il se vit subitement arrêté dans sa marche par une foule d'hommes et de femmes qui entouraient un tombereau de boue que deux pauvres haridelles efflanquées essayaient vainement de tirer.

Le charretier, grand, robuste, hideux d'aspect, effroyable d'allure, fouettait les malheureuses bêtes à coups redoublés...

Mais les chevaux avaient beau tirer de plus belle, l'énorme tombereau demeurait en place...

Et le charretier proférait d'horribles jurons.

Chacun poussait des cris d'indignation; mais nul n'était tenté de mettre le hola.

— C'est honteux de martyriser ainsi de pauvres animaux! s'exclamèrent cependant quelques voix.

— Qu'est-ce que c'est? répliqua le boueux d'un ton sauvage; faut-il prendre des gants avec ces rosses-là?

Alors, non content de ses premiers exploits, il frappa les chevaux avec le manche de son fouet.

Gabriel arrivait tout justement à ce moment-là...

Outré de la barbarie de ce sauvage :

— Sale canaille, lui cria-t-il en s'avançant, tu vois bien que tes chevaux n'ont plus de force et qu'ils crèveront plutôt que de faire un pas de plus.

— Tonnerre! s'exclama le charretier en apercevant le jeune homme : c'est mon Anglais d'autrefois!

Gabriel le reconnut à son tour.

C'était le grand drôle qu'il avait si vertement étrillé à l'*Ile d'Amour*.

Le grand Borgne ou le Calichon jetait sur le jeune homme de sinistres regards!

— Lui! lui! fit-il enfin avec une joie féroce. Oh! cette fois, j'aurai ma revanche.

Tout aussitôt il se reprit à frapper ses bêtes plus furieusement que jamais, dans le but d'obliger Gabriel à s'interposer.

Il n'attendit pas longtemps.

— Cesse, gredin! commanda le jeune homme en faisant quelques pas vers le boueux, cesse, ou tant pis pour toi... Je ne t'épargnerai pas aujourd'hui, je t'en préviens, comme je l'ai fait jadis.

Le Borgne poussa un hurlement de rage.

— Potence de Dieu! milord, tu as eu tort de me rappeler l'histoire d'autrefois!...

— Tu menaces, je crois?

— Je fais mieux que de menacer, espèce d'*English*, et la preuve, la v'là!

A ces mots il brandit son fouet.

— Je suis borgne, poursuivit le bandit avec un ricanement, eh bien, tu le seras aussi!...

Le fouet fendit l'air en sifflant.

Mais notre héros fit un bond en arrière en parant le coup avec son bras droit, si bien que la corde, au lieu de lui cingler le visage et de lui crever un œil, comme c'était l'intention du Calichon, vint s'enrouler autour de son poignet.

Alors, de l'autre main, tirant vigoureusement à lui l'arme terrible qui devait le défigurer, Gabriel l'arracha avec une dextérité merveilleuse aux doigts crispés du Calichon.

— Tonnerre! rugit le misérable en faisant quelques pas de retraite.

— Bravo! cria la foule.

— Maintenant, dit Gabriel en raillant, à nous deux, mauvaise vermine!...

Le boueux reculait toujours.

— Oh! oh! poursuivit le jeune homme d'un ton gouailleur, on dirait que vous avez peur. Vous n'avez de courage, à ce que je vois, que pour battre les femmes et les enfants ou pour martyriser de pauvres animaux qui ne peuvent se défendre... Pardieu! il y a sept mois, je t'ai donné une première leçon, méchant gueux... tu vas en recevoir une seconde... et je te jure que tu t'en souviendras...

A son tour il brandit le fouet dont il s'était emparé.

— Que vas-tu donc faire? demanda le Calichon terrifié.

— T'infliger la peine du talion. Ce que tu as fait à tes chevaux, tu vas le subir... et je forme le vœu sincère que toutes les crapules de ton espèce soient corrigées de ta même façon.

Là-dessus il fit pleuvoir sur le coquin une véritable averse de coups de fouet.

Le grand Borgne hurlait, vociférait et blasphémait.

Ses poings étaient convulsivement serrés, son visage effroyablement contracté.

Et la foule battait des mains, accablant de ses huées les beuglements du charretier.

Acclamant ensuite son jeune vainqueur :

— Vive l'Anglais! cria-t-on de toutes parts.

Gabriel cessa de frapper.

S'avançant vers le Calichon :

— Maintenant, crois-moi, lui dit-il à voix basse, suis le conseil que je t'ai donné jadis... quitte ce pays.

Le grand Borgne ne répondit pas.

Cramponné à la roue de son tombereau de boue, il était là immobile, muet, la poitrine oppressée, la respiration haletante, promenant sur cette foule qui riait de ses contorsions un regard de haine et de rage.

Mais c'était Gabriel surtout qu'il considérait avec une épouvantable expression de fureur.

On voyait qu'il n'attendait que le moment de se jeter sur lui.

— Prenez garde, milord, crièrent quelques voix, il va vous mordre!

— J'ai la peau dure, répliqua le jeune homme en riant; il cassera ses crocs et voilà tout!

— Tu fais le fort, rugit le charretier, parce que tu as mon fouet.

— Qu'à cela ne tienne, riposta Gabriel avec une tranquillité parfaite, je ne tiens pas à le garder.

Ayant dit, il jeta le fouet loin de lui.

A peine avait-il opéré ce mouvement que le charretier s'élançait sur le jeune homme en poussant un hurlement féroce.

— Tu es adroit, lui dit-il ensuite, et tu tires joliment la savate, je le sais, mais à cette heure, je me f...iche de ton adresse, et je te vais escarbouiller.

Le Calichon était fort ; il ne pouvait supposer que ce jeune homme pâle, délicat, aux pieds petits, aux mains de femme, fût capable d'avoir le dessus dans une lutte corps à corps.

Il se trompait.

L'éducation donnée à Gabriel par John Glass lui avait fait des muscles d'acier, nous l'avons dit...

Si bien qu'il eut bientôt raison de son adversaire.

Quoi que fît ce dernier, le jeune homme parvint à lui saisir les deux bras et à lui coller contre le corps.

Le tenant immobile comme s'il l'eût serré en un étau, l'Anglais se reprit alors à gouailler.

— Tu ne t'attendais pas, lui dit-il, à tant de vigueur de ma part. Cela te prouve qu'il ne faut jamais se fier aux apparences, et tu n'es pas le premier lâche qui ait appris à ses dépens la vérité de cet axiome. Il y a quelque cent ans, à Londres, une espèce de canaille de ton genre, car il y a des canailles partout, tu dois savoir ça, toi qui as beaucoup voyagé, un drôle enfin qui, comme toi, conduisait un tombereau tout plein d'une boue infecte, se permit d'insulter un inconnu qui passait en carrosse et jeta de la fange sur ses vêtements... L'inconnu descendit de sa voiture, alla au boueux, lui prit les deux bras comme je te les ai pris, lui serra les côtes comme je te les serre et lui dit : « Tu as cru tomber sur un homme ordinaire, tu t'es trompé. Je suis le maréchal de Saxe et je suis plus fort que toi. » Sur ce, pour lui donner la preuve de ce qu'il avançait, il souleva le coquin comme je te soulève, puis, de ses deux bras puissants, il le lança dans sa charrette comme je te lance dans la tienne !

Joignant l'action à la parole, Gabriel avait enlevé de terre le Calichon, et bien que le drôle se débattît comme un beau diable, il parvint, sans trop d'efforts, à le précipiter dans la boue épaisse qui remplissait le tombereau jusqu'aux bords.

L'enthousiasme de la foule ne connut plus de bornes.

On fut tout près de porter le jeune homme en triomphe.

Quant au bandit, il ne put qu'à grand'peine se dépêtrer de la fange dans laquelle il pataugeait.

Tout dégouttant, tout souillé, il se dressa dans sa charrette et d'une voix qui n'avait rien d'humain :

— Je te repigerai, milord l'Arsouille, je te repigerai !

— Milord l'Arsouille, dis-tu ! reprit en riant Gabriel. Pardieu ! ce surnom, l'un de mes compatriotes, plus illustre que moi n'a pas rougi de l'accepter et l'a rendu célèbre !... comme lui je l'accepte avec joie !... Je ne souhaite qu'une chose, c'est qu'à partir de ce jour, il devienne l'épouvantail de tous les gredins qui te ressemblent.

— Bravo ! s'écria un ouvrier. Vive milord l'Arsouille, alors... l'ennemi des coquins et le protecteur des braves gens !

Et la foule reprit avec chaleur :

— Vive milord l'Arsouille !

Avisant un marchand de vin qui, de sa porte, avait assisté à la scène :

— L'ami, dit Gabriel, donne à boire à tous ces garçons-là, et fais leur bonne mesure... C'est moi qui régale.

Comme bien on pense, les acclamations éclatèrent plus bruyantes que jamais, et durant un long temps les échos de la Courtille retentirent des cris mille fois répétés de :

« Vive l'Anglais ! Vive milord l'Arsouille ! »

DEUXIÈME PARTIE

L'ASSOMMOIR DU TROU-VASSOU

I

DANS LEQUEL IL EST PARLÉ DES PERSONNAGES AUTHENTIQUES QUI ONT PORTÉ A PARIS LE SURNOM DE « MILORD L'ARSOUILLE ».

A l'époque de notre récit, c'est-à-dire dans la première année du gouvernement de Juillet, on avait une invincible soif d'amusements et de plaisirs. Il semblait que cette société nouvelle qui prenait possession de la France ait besoin de s'étourdir.

C'est au beau milieu de cette effervescence générale qu'apparut en tout son éclat ce grand seigneur fantaisiste, pair d'Angleterre ou à peu près, lord S..., en un mot, qui, sous le nom à jamais fameux « de milord l'Arsouille » eut la gloire étrange de passer, de son vivant, à l'état de personnage légendaire.

« Il était à lui seul, dit l'un de ses biographes, plus excentrique, plus débraillé, plus ardent au plaisir que tous nos Français à la fois : il avait les imaginations les plus amusantes.

L'établissement qui avait le bonheur de le posséder parmi ses habitués était certain de faire fortune.

C'est qu'aussi tous les gens à sa suite, tous ceux, qui n'avaient aucune idée originale pour dépenser leur argent, étaient on ne peut plus heureux de s'accrocher d'une façon ou d'une autre à ce poète du plaisir, qui avait des inventions à revendre.

Puis venaient derrière lui, en second ordre, tous ces bons garçons, gens d'esprit et de gaieté, inventeurs de mots et de drôleries, qui savent chanter, rire et boire, mais qui ont un malheur : ils n'ont pas le sou.

Milord, riche à millions de rente, bon vivant, généreux comme un roi d'Espagne, les adoptait.

Il voulait une cour autour de lui; il avait eu l'immense bon sens de la composer jeune, gaie, amusante, folle, spirituelle, insouciante.

Avec lui, jamais d'ennuis, jamais un moment de tristesse; on était là pour s'amuser, il fallait s'amuser coûte que coûte. Il suffisait d'avoir un esprit original, une gaieté à tous crins, pour avoir, près de ce noble étranger, droit au pain, au sel et au vin.

Aussi sa royauté était-elle rayonnante, pétillante, bruyante, riante et des plus tolérantes.

Il aimait la jeunesse et la vie, et le plus âgé de ses commensaux n'avait pas vingt-cinq ans, le moins spirituel descendait, de près ou de loin, de Voltaire ou de Talleyrand.

Depuis la cour du bon roi René de Provence, on n'avait jamais vu une telle réunion.

Heureux temps ! On faisait des farces, les mystifications étaient encore presque à la mode; on tenait à prouver hautement, ouvertement, qu'on avait de l'esprit.

On chantait encore, on racontait l'historiette avec grâce; et lorsqu'on ne savait ni conter, ni chanter, on agissait, on faisait en action ce que les autres inventaient.

Il y avait les gens d'esprit d'action et les gens d'esprit d'imagination.

Milord réunissait les deux qualités.

C'était un homme accompli, jeune, gai, fort, spirituel et immensément riche.

Il avait donc toutes les vertus requises pour l'existence qu'il menait à grandes guides.

Il n'y avait pas moyen de lutter avec lui.

Il écrasait ses rivaux par son luxe extraordinaire et par ses colossales excentricités; ses millions avaient bientôt raison de tous les imprudents qui osaient se mesurer à sa colossale réputation.

Cependant, une lutte devait nécessairement s'établir.

La jeunesse parisienne était humiliée de se voir vaincue par un fils de la perfide Albion. Aussi nos jeunes gens conspiraient sourdement contre cet étranger venu des bords brumeux de la Tamise.

Ils formaient des tontines, créaient des tirelires pour faire concurrence à milord l'Arsouille pendant les trois grandes journées du carnaval.

Cependant, plus on conspirait contre la prépondérance de l'Anglais, plus il redoublait de soins pour se bien entourer.

Il appelait à lui tous les viveurs connus.

Dès qu'un homme se faisait une réputation, soit comme fort en gueule, soit comme buveur émérite ou danseur de premier ordre, il savait se l'accaparer.

Il avait un talent exquis pour mettre chacun en sa lumière et le faire briller à son tour.

Lorsque sa voiture attelée de six chevaux, accompagnée de piqueurs sonnant de la trompe, et de courriers enrubannés, montait le boulevard, c'était un grand hourra, comme aux jours de feu d'artifice, quand part des Tuileries la fusée signal.

On s'arrêtait, on se pressait, on se bousculait pour voir passer la mascarade modèle.

Tous les gens de la suite, les cavaliers, les amazones, les cavalcades et les voitures de masques, lui faisaient cortège, ils étaient jaloux de faire croire au public massé sur les trottoirs, aux femmes qui paradaient dans les calèches des deux files, et même aux municipaux, qu'ils faisaient partie de cette aristocratique saturnale.

Et lui, calme et tranquille comme un dieu antique, il inondait de bonbons et de dragées tous ses obscurs admirateurs.

Les autres venaient bien après, ils avaient aussi des étendards frissonnants, des costumes superbes, des chevaux chamarrés; des orchestres entiers les accompagnaient, cent clairons et cornets à pistons leur sonnaient des tintamarres; hélas ! on les laissait passer, si on ne les huait...

Ce n'était pas milord l'Arsouille !

Lui seul était populaire, lui seul avait la vogue, lui seul savait captiver cette foule, parce que lui seul était original, lui seul était inventeur.

Voici ce que nous apprend la très intéressante notice publiée par notre ami Privat d'Anglemont, le très regrettable et très regretté chroniqueur de *Paris inconnu*.

Les excentricités de lord S.... n'ont pas duré plus de trois ou quatre ans.

Un beau matin, le roi du carnaval abdiqua volontairement.

Un jeune homme très riche, sorte de parvenu, pendant le règne du noble insulaire, avait fait tout au monde pour éclipser ou tout au moins pour égaler son luxe et ses fastueuses folies, mais il avait perdu sa peine et ses millions.

En voyant enfin le triomphateur rentrer placidement dans l'ombre, il espéra pouvoir prendre sa place.

« Il ne savait pas, dit encore Privat d'Anglemont, il ne savait pas, l'ambitieux, ce que coûte la gloire !

« Il ne savait pas combien il est difficile de persuader un peuple, combien il faut de temps pour le déshabituer d'un nom qui lui est familier.

Certes, ni les excentricités ni les dépenses ne lui firent faute :

Il savait prendre toutes les précautions imaginables pour faire savoir que c'était bien lui, et non pas un autre, qui s'amusait.

Dès le matin, il exposait sa voiture devant son hôtel, ses amis se montraient à toutes les fenêtres, en costumes, ils buvaient du champagne *coram populo*, leur déjeuner se faisait au bruit de douze trompes de chasse sonnant des fanfares.

Ah ! bah ! efforts superflus, précautions inutiles !

A peine avait-il dépassé sa maison de dix pas, ses affidés, placés à tous les coins du boulevard, avaient beau dire :

« C'est la voiture de monsieur un tel. »

On s'arrêtait, on admirait son luxe, et tout le monde s'écriait :

« C'est milord l'Arsouille ! Vive milord l'Arsouille ! »

Gabriel avait enlevé de terre le Calichon.

Arrivé au boulevard Poissonnière, Paris entier disait avoir vu milord l'Arsouille, et monsieur un tel demeurait toujours aussi inconnu que la veille. »

Il était englobé dans la grande renommée du fondateur.

Si bien que l'infortuné jeune homme alla mourir en Italie, de désespoir de ce que toutes ses prouesses n'avaient servi qu'à ajouter quelques brillants chapitres de plus à l'histoire de son prédécesseur.

Au moment même où ce deuxième milord l'Arsouille disparaissait, un troisième prit sa place... Et ce troisième-là, c'était notre héros.

Ce nom de milord l'Arsouille était donc parfaitement à la mode lorsque le Calichon, exaspéré, le jeta un soir à la face de Gabriel, et celui dont nous écrivons l'histoire se trouva confondu dans l'esprit du peuple avec le brillant lord S... et son imitateur.

Dans la suite, les aventures étranges, les drames mystérieux dont Paris et la Courtille furent le théâtre et dont notre héros fut le principal acteur, furent attribués par la masse, à celui qui, le premier de tous, a porté ce surnom pittoresque de milord l'Arsouille.

Lord S... est par conséquent tout à fait étranger à ce récit.

Il n'a jamais eu la prétention, du reste, d'être un héros de roman, et son unique but a été de dépenser beaucoup pour s'amuser un peu. Dès que ce rôle bruyant a commencé à le fatiguer, il s'est retiré de la lice, et tout a été dit pour lui... Mais d'autres étant venus qui ont continué son œuvre, le peuple, voyant la même pièce, a cru bonnement que c'était le même acteur qui la jouait.

Si bien qu'aux simples excentricités de lord S... sont venues se joindre les extravagances de son premier imitateur, et les mille et une prouesses de toute sorte accomplies par le fils de Fanchon, et qu'il nous reste maintenant à raconter.

Grâce à cet entêtement populaire qui n'a jamais voulu voir qu'un seul et même personnage là où il y en avait trois et peut-être plus, le nom de milord l'Arsouille est devenu aujourd'hui véritablement légendaire, et c'est pour la génération une sorte de redresseur de torts, doué d'une force herculéenne, qui, dans son jeune temps, parcourait les cabarets en protégeant les faibles ou châtiant les méchants; qui, lorsqu'un homme avait commis une lâcheté en abusant de sa force, lui administrait une correction d'importance et lui donnait de l'argent pour se soigner s'il était blessé; qui a battu tous les forts et purgé la Courtille de tous les batailleurs et mangeurs de nez; qui enfin s'était institué la Providence de toutes les misères cachées et des vraies infortunes.

« Nous ne serions pas étonnés, dit son biographe en terminant, qu'un jour on ne confondît Milord l'Arsouille avec Hercule, Thésée, Jason et tous les destructeurs de monstres de l'Antiquité. »

II

LES CLIENTS DE MAITRE BANCROCHE

Pendant son algarade avec le charretier, notre nouveau « milord l'Arsouille » avait quelque peu perdu de vue, et cela se comprend, le but de son voyage à la Courtille.

Lorsque le Calichon, toujours maugréant, eut disparu avec son lourd véhicule, le souvenir du billet qu'il avait reçu revint à l'esprit de Gabriel.

— Voici le jour qui baisse, murmura-t-il, c'est l'heure indiquée... Voyons si l'on s'est joué de moi.

A pas lents, il se prit à gravir la colline.

— Personne, dit-il; allons, j'avais deviné juste, c'est une mystification...

— Hé ! là là, milord, dit une voix derrière lui, le rendez-vous est des plus sérieux, au contraire, et j'aurai bientôt l'honneur de vous en convaincre.

Gabriel se retourna vivement.

Bien que cette voix qui bruissait à son oreille fût évidemment déguisée, il semblait au jeune homme que ce n'était pas la première fois qu'il l'entendait.

Cependant l'individu qui lui parlait lui était inconnu.

C'était un homme vêtu d'une sorte d'habit campagnard grandement détérioré, coiffé d'un feutre aux larges bords, tout bossué et crevé en certains endroits.

Il avait le teint hâve et le front sombre, de petits yeux gris enfouis sous des sourcils d'un noir d'ébène, comme la barbe qui encadrait son visage.

Gabriel jeta sur le personnage un regard soupçonneux.

— C'est vous, demanda-t-il ensuite, qui m'avez fait parvenir aujourd'hui ce billet ?

— Moi-même, milord.

— Et quel est ce fameux mystère que vous prétendez avoir à me révéler ?

— Un mystère comme vous n'en apprendrez jamais de pareil, je vous en donne ma parole.

— Parlez donc.

L'inconnu hocha la tête.

— Pas en plein air, milord, fit-il ensuite. Pour causer de ces sortes de choses, il est bon d'être à l'abri de toute oreille indiscrète, et dans cette rue, nous serions sûrs que les deux tiers des passants en sauraient bien vite aussi long que nous... Avec votre permission, nous allons monter jusqu'à un petit endroit où nous serons tout à fait à notre aise pour jacasser un brin... Sans faire semblant de rien, suivez-moi donc, et quand je m'arrêterai, arrêtez-vous.

— Pourquoi tant de précautions ?

— C'est à prendre ou à laisser. Il ne faut pas qu'on nous voie ensemble. Quant vous saurez de quoi il retourne, vous comprendrez mes raisons.

— Allons, soit ! répliqua résolument Gabriel.

Puis en lui-même il ajouta :

— Quel est cet homme ? Assurément je le connais.

Tout en cherchant à rappeler ses souvenirs, il suivit son guide en silence.

Ils cheminèrent ainsi durant un certain temps.

Ils dépassèrent l'*Ile d'Amour* qui formait alors les confins de la Courtille, et gagnèrent les terrains vagues, les carrières, qui séparaient encore à cette époque les guinguettes du bas de la colline et les habitations rustiques et bourgeoises campées sur la montagne.

Au fur et à mesure que Gabriel et l'inconnu gravissaient la hauteur, la solitude se faisait plus grande et le silence plus profond.

L'écho des joies tapageuses de la Courtille ne parvenait plus aux oreilles de notre héros que comme un murmure indéfinissable, et ce calme presque subit avait quelque chose de funèbre.

Comme ils mettaient le pied dans les terrains vagues, la nuit était tombée depuis longtemps, mais il faisait clair de lune et l'on voyait distinctement.

— Or çà! interrogea notre héros en s'arrêtant, où donc avez-vous la prétention de me conduire?... J'ai fait preuve, je le crois, d'assez de complaisance... il est temps de me faire savoir où nous allons.

— Eh! milord, répondit l'inconnu, nous allons chez moi, c'est-à-dire dans une maison honnête... Ne craignez donc rien, et poursuivez votre route.

— Ne rien craindre! riposta vivement Gabriel. La recommandation est inutile, mon maître, et vous le savez bien... Si vous aviez supposé que j'étais homme à avoir peur, vous ne m'eussiez pas demandé, je le présume, de vous accompagner à cette heure dans ces tristes parages... Non, je ne crains rien, je vous le dis franchement et sans fanfaronnade... mais, quoi qu'il en soit, je tiens, avant d'aller plus loin, à connaître l'endroit où je vais. Tout brave que je sois, je ne tiens pas à tomber dans quelque coupe-gorge.

— Oh! milord, interrompit l'homme à la barbe noire en se récriant, pour qui me prenez-vous, grand Dieu!... Un coupe-gorge! Et pourquoi faire?... Je tiens à ce que vous viviez, au contraire, j'y tiens beaucoup.

— Où allons-nous enfin? demanda Gabriel d'un ton impérieux.

L'inconnu montra du doigt une espèce de petite maison qui s'élevait à quelque distance et dont les fenêtres rouges brillaient au haut de la colline comme des yeux de sang.

— Qu'est cela.

— C'est l'Assommoir du Trou-Vassou, milord de mon cœur. L'eau-de-vie y est remplacée par du vitriol et l'absinthe par du vert de gris... A part ça, joli endroit où on loge à la nuit les voyageurs et les vagabonds... Or, étant l'un et l'autre, c'est là que je perche, et pour causer avec vous en toute liberté, c'est là que j'ai cru devoir vous amener.

— Et si je refusais d'entrer avec vous dans ce bouge?

— Si vous refusiez, milord, ça prouverait tout bonnement que vous avez le trac, et, comme je vous connais, ça m'étonnerait de votre part.

— Pardieu! cela m'étonnerait plus encore que vous, mon maître! s'exclama gaiement le jeune homme. Marchons!

En ce moment la neige commença à tomber.

Gabriel raffermit son manteau sur ses épaules, et silencieusement l'ascension continua.

Ils arrivèrent enfin près de l'habitation éclairée.

Cette maison se dressait isolée et sinistre à quelques pas seulement du Trou-Vassou.

Aujourd'hui le Trou-Vassou est passé à l'état de légende.

A l'époque de notre récit, c'était encore une belle et bonne réalité.

« C'était, disent les chroniqueurs, une sorte de précipice, de gouffre sans fond, en forme d'entonnoir, où venaient s'engloutir divers ruisseaux du voisinage, entre autres les eaux d'une fontaine qui prenait sa source plus haut.

« Il était situé près de l'endroit où se trouve maintenant le télégraphe.

« On y a jeté des animaux vivants et fait maintes autres expériences pour tâcher de découvrir l'issue de ces eaux ; mais jamais on n'a retrouvé nulle part la moindre trace de ce qu'on y a jeté...

« Aussi assurait-on jadis que c'était un soupirail de l'enfer...

« Une voiture et trois chevaux y ont été engloutis il y a une vingtaine d'années.

« Cette catastrophe, qu'avaient sans doute précédée bien d'autres accidents de ce genre, engagea la municipalité à faire boucher ce gouffre, que l'on ne pouvait combler.

« Pour y parvenir, on y fit descendre à une certaine profondeur des charpentiers, qui établirent un plancher de poutres extrêmement solides, et l'on se mit à combler par-dessus.

« Mais dirons-nous avec l'historiographe du *Nouveau Paris* ce système de remblai suspendu ne doit-il pas occasionner quelque terrible catastrophe dans l'avenir ? Qu'arrivera-t-il quand les poutres de soutien seront vermoulues ? »

Gabriel et son guide pénétrèrent dans le garni du Trou-Vassou.

L'extérieur profondément minable et délabré n'était rien auprès de l'intérieur de l'affreux bouge, lequel tenait tout à la fois de la maison meublée et du marchand de vin.

En effet, dans la salle du bas, on remarquait tout d'abord un large comptoir plaqué de plomb et chargé de brocs, de mesures d'étain marquées de taches violettes, de verres égueulés et de bouteilles pleines d'alcool ou de vin frelaté.

A la droite du comptoir, dans l'ombre, était une porte ouverte par laquelle le regard pénétrait dans une espèce de cuisine à demi obscure, où, sur un fourneau de briques, quelques casseroles, au cuivre terni, se livraient à un concert des plus discordants.

De l'autre côté du comptoir, on distinguait un étroit escalier de pierre dont les marches étaient creusées dans le milieu, comme les degrés des tours de Notre-Dame.

C'était par là qu'on se rendait à l'immonde taudis où, pour la modique somme de quinze centimes par nuit, on pouvait se procurer l'âcre jouissance de s'étendre sur une paillasse et de se livrer au sommeil jusqu'au lever de l'aurore.

Gabriel se sentit tout d'abord suffoqué en mettant le pied dans la salle du rez-de-chaussée, chauffée par un poêle qui fumait.

L'atmosphère fétidement tiède qui régnait en cette chambre contrastait singulièrement, en effet, avec le froid vif du dehors.

Sans compter qu'à l'odeur insupportable de la fumée se mêlaient les senteurs plus insupportables encore des mauvaises eaux-de-vie et des vins impossibles, puis les émanations peu appétissantes qui s'élançaient du laboratoire culinaire dont nous avons parlé, et dans lequel à coup sûr, mitonnait tout autre chose que des poulets à la Marengo et des plum-puddings à la chipolata.

A la lueur peu éclatante d'une chandelle posée sur le comptoir, et qui laissait découler à travers les brocs d'étain une longue traînée de suif, Gabriel put jeter un coup d'œil sur les hôtes de ce repaire nauséabond.

C'étaient de ces hommes à la face sinistre, au teint hâve, au regard fauve comme on en trouve sur la route du bagne.

Les uns, étendus tout de leur long sur les bancs ou accoudés sur les tables fumaient silencieusement un antique brûle-gueule.

Les autres dégustaient avec un sentiment visible de volupté de ces choses étranges, fantastiques, connues sous le nom d'arlequins.

Les derniers, enfin, absorbaient des liquides sans nom, d'inconcevables breuvages.

Parmi ces misérables, il y en avait de tous les âges et pour tous les goûts.

Depuis l'adolescent à qui le travail répugne et qui vole sa mère pour venir s'ivrogner en compagnie de ce monde hideux, jusqu'au vieillard, forçat libéré ou évadé, qui fait, dans cette école de vice, métier de professeur, enseigne aux jeunes les petites roueries du métier et leur apprend à être des filous intelligents en attendant qu'ils deviennent des coquins sans peur et sans reproche.

Quant au maître de l'endroit, nous le connaissons, c'était maître Bancroche ou le gros Boiteux, si l'on aime mieux.

Il avait jugé prudent d'abandonner son bouge de la rue du Pré-Maudit, sur lequel la police commençait à jeter un regard inquiétant, et depuis plusieurs mois il était venu s'établir à Belleville.

Il allait et venait au milieu de ses ignobles clients, de ses enfants, comme il les appelait lui-même, et l'affreux drôle était bien digne en effet d'être le père de ces gueux-là.

Toute cette tourbe déguenillée causait et discutait.

Ceux-ci parlaient d'amour, ceux-là de politique.

L'attentat de Fieschi, bien que vieux de cinq mois, était encore à l'ordre du jour.

Quelques-uns étaient contre lui.

— Il sera condamné, disaient-ils, et ce sera bien fait... Quand on fait de ces coups-là, on s'arrange de façon à ne pas se faire piger.

— Non, le roi Louis-Philippe est bon enfant, disait le plus grand nombre, et Fieschi sera gracié au dernier moment.

— C'est un idiot, reprenaient les premiers.

— C'est un grand homme, hurlaient les autres.

— Il n'y a qu'un homme en France à l'heure qu'il est, dit l'un des fumeurs d'un ton grave, c'est Lacenaire!... Il est condamné à mort... c'est pas juste... Les gaillards de cette trempe-là, ça devrait être de l'Académie... au moins, comme ça, on serait sûr qu'ils seraient immortels!

— On dit qu'on va lui faire son affaire au commencement de l'année prochaine en même temps qu'à Fieschi, à Pepin et à Morey...

— Messieurs, dit l'un des bandits en se levant, je propose un toast en l'honneur de ces quatre victimes de la civilisation.

— Un toast? Adopté! cria la bande.

Et les coquins remplirent leurs verres.

Gabriel avait entendu avec un indicible dégoût les dernières paroles de ces hommes, qui, tout à leur discussion, avaient à peine jeté un coup d'œil indifférent sur le compagnon du personnage à la barbe noire.

Un moment notre jeune héros fut sur le point de courir à ces coquins et de leur briser le verre aux dents, pour empêcher le toast impie qu'ils osaient porter...

Mais il se contint.

— Ces gens sont fous, dit-il, et je n'ai pas mission de guérir leur folie.

Comme il pensait ceci, l'un de ces hommes, celui-là même qui avait le premier parlé de Lacenaire, s'avança vers Gabriel, un verre à la main.

— J'ose croire, fit-il d'une voix rauque et crapuleuse, que vous allez, monsieur l'inconnu, faire chorus avec nous.

Ce disant, le drôle présenta le verre au jeune homme.

Celui-ci le repoussa.

— Je ne bois pas à la santé des assassins, répliqua-t-il d'une voix ferme.

Le coquin regarda Gabriel deux ou trois minutes sans parler.

Puis, lui présentant de nouveau son verre :

— Tu vas boire, reprit-il d'un ton menaçant.

Notre héros se mit à rire.

— Tu ne me connais pas, répondit-il avec calme. Quand j'ai dit « non, » c'est non

— Ta parole ?

— Ma parole !

— Eh bien, moi, mon petit, poursuivit l'affreux bandit, quand j'ai dit « oui, » c'est oui !... Et quand je veux quelque chose, il n'y a pas de bon Dieu qui tienne, vois-tu, il faut que ma volonté s'exécute... Je m'appelle Lebœuf, de mon nom, et je suis fort comme l'animal dont je tiens mon étiquette... Demande aux camarades, je les ai tous roulés l'un après l'autre... Il n'y en a qu'un qui puisse me damer le pion, c'est le Calichon. Ne fais donc pas le malin et prends ce gobelet.

L'homme à la barbe noire tenta d'empêcher une collision.

— Laisse monsieur tranquille, dit-il à Lebœuf, il est venu ici pour causer avec moi et non pour lamper avec vous.

— Toi, interrompit brusquement le bandit, fiche-moi un air de paix ou gare à ton mufle. Je me suis fourré dans la caboche que ce crapaud-là trinquerait, et il trinquera.

Gabriel le considérait d'un air gouailleur.

— Le Calichon est plus fort que vous, avez-vous dit ? fit le jeune homme avec une tranquillité superbe ; eh bien, croyez-moi, l'ami, dans votre intérêt, ne cherchez pas à m'échauffer les oreilles.

— Nom d'un carcan !... rugit Lebœuf, il me blague à c't-heure !...

— Tenez-vous en repos, je vous le conseille, reprit Gabriel en élevant la voix, et l'homme fort que voici vous le conseillera comme moi, j'en suis sûr.

Tout en parlant notre héros désignait le Calichon, qui, encore tout couvert de boue, venait de franchir le seuil de la salle commune.

Le forçat était sombre, presque funèbre.

Il alla silencieusement vers celui qui s'appelait Lebœuf :

— Ne t'entête pas avec lui, camarade, dit-il enfin d'une voix sourde. Tout gringalet qu'il paraisse, il est solide sur pattes et ses bras sont de fer... Pour la deuxième fois aujourd'hui, il m'a f...ichu mon compte... juge s'il te f...icherait le tien !

Tous les hôtes du bouge et Bancroche lui-même poussèrent un long cri de stupéfaction.

— Il t'a tombé, toi, s'exclamèrent plusieurs voix.

— Oui, moi, c'est comme je vous le dis!... Il y a sept mois, à l'*Ile d'Amour*, il m'a crevé la panouille d'un coup de talon de botte, et, pas plus tard que ce soir, il m'a enlevé mon fouet et m'en a caressé les côtes.

— Pas possible! fit la bande tout entière.

Le Calichon éclata de rire, mais son rire avait quelque chose de hideux, d'effrayant, de démoniaque.

— Pas possible, dites-vous? reprit le terrible bandit. Il a fait mieux que ça encore... De ses deux poignes il m'a saisi comme je saisirais un enfant, moi, et dans la crotte de mon tombereau il m'a flanqué les quatre fers en l'air... Voilà ce qu'il a fait, à moi, votre maître à tous... Après ça, quel est celui d'entre vous qui oserait se mesurer avec lui?

Tous les bandits jetèrent sur Gabriel impassible un regard de crainte admirative, et le cercle qui s'était formé autour de lui s'élargit peu à peu.

— Vingt-cinq mille potences! reprit Lebœuf. Quoi! ce muscadin-là a fait ce que tu dis?

— Oui, poursuivit le Calichon en montrant ses haillons encore tout imprégnés d'une boue infecte, et si ça vous semble incroyable, reluquez mes loques toutes dégouttantes encore, et voyez si je vous fais aller...

S'adressant au cabaretier :

— Père Bancroche, continua-t-il, prends la chandelle, qu'on puisse m'admirer à l'aise.

Le boiteux obéit, et chacun put se convaincre *de visu* de la véracité des paroles de leur terrible compagnon.

— Oui, reprit ce dernier avec un rire atroce, voilà ce qui vient de se passé tout à l'heure en pleine Courtille... et dans toutes les guinguettes, dans tous les cabarets du bas de la colline, on parle de ce bel événement-là. On fait des gorges chaudes sur mon compte et l'on chante les louanges de mon vainqueur sur tous les tons imaginables... Que ceux qui ont l'ouïe fine prêtent un peu l'oreille... ils entendront de grands murmures enthousiastes monter jusqu'à nous... C'est le peuple de la barrière qui acclame milord l'Arsouille.

— Milord l'Arsouille! répéta la bande.

— Oui, continua le Calichon d'une voix fiévreuse, saccadée, milord l'Arsouille C'est là le nom dont, ce soir, j'ai baptisé ce beau casseur de gueules, et pour le quart d'heure ce nom-là est dans toutes les bouches, et pas un buveur de la montagne ne porte son gobelet à ses lèvres sans se croire forcé de beugler : « à la santé de milord l'Arsouille! »

Comme se faisant violence à lui-même :

— Eh bien, je baisse le nez, sacré tonnerre!... et je m'avoue vaincu... et je suis forcé à mon tour de mêler mes cris de loup enragé aux bêlements de tous les moutons du bas de la colline! Faites donc comme moi, camarades, et laissant de

Ce disant, le drôle présenta le verre au jeune homme.

côté votre toast de tout à l'heure, videz vos verres au cri de : « Vive le lion de la Courtille!... vive milord l'Arsouille! »

La bande tout entière répéta l'acclamation proférée avec une sorte de rage par le Calichon.

Cette fois Gabriel avait cru devoir faire raison aux hôtes de l'assommoir, et son verre s'était choqué contre les verres de ces misérables.

Lorsque les gobelets furent vides, il fouilla dans sa poche et en tira une dizaine de louis.

C'était tout ce que lui avaient laissé ses libéralités de la Courtille.

— A vous ceci, camarades, dit le jeune homme en leur distribuant les pièces d'or ; puisque, vous aussi, vous reconnaissez l'étrange souveraineté qui m'échoit ce soir en partage, il est juste que je vous tienne compte de vos adhésions... Le premier devoir d'un roi, ajouta-t-il avec enjouement, est de payer à boire à ses sujets, surtout quand son royaume s'appelle la Courtille !

Les bandits empochèrent les louis et recommencèrent leurs vivats.

Et tandis qu'ils se livraient à cette double occupation, Gabriel et l'homme à la barbe noire gagnèrent le petit escalier placé à gauche du comptoir, précédés de maître Bancroche, qui portait une chandelle d'une main, et, de l'autre, un broc de vin et deux verres.

Après avoir gravi une vingtaine de marches, on se trouva sur un étroit palier, précédant un long corridor sur lequel donnaient les portes graisseuses des chambres soi-disant garnies que leBoiteux louait à ses pratiques à raison de trois sous par nuit.

Bancroche ouvrit la dernière porte de gauche.

Elle était surmontée d'un énorme n° 13.

— Si vous êtes superstitieux, dit l'inconnu à Gabriel, nous pourrons aller causer dans une autre chambre... mais celle-ci est la mienne, et c'est pour ça que je l'ai choisie.

— Allez ! allez ! le numéro m'importe peu... Ce dont je me soucie présentement, c'est d'entendre enfin ce que vous avez à me dire.

On entra dans le chenil.

Bancroche posa sur une table toute disloquée la chandelle puante et dégoulinante.

Se débarrassant ensuite des verres mal essuyés et du broc de vin bleu qu'il avait apportés, il tourna les talons, ferma la porte et redescendit en *gambillant* dans la salle commune.

Après le départ de milord l'Arsouille, le Calichon était tombé en rugissant sur une banquette, les coudes sur la table, la tête dans ses mains.

Quand le bruit des pas du jeune homme eut cessé de se faire entendre dans le corridor du premier étage, il releva le front, et son regard prit une expression de férocité impossible à décrire.

Se dressant alors brusquement de toute sa haute taille, le forçat vint prendre les mains de ses compagnons et leur dit tout bas, d'une voix qui tremblait de fureur et de haine :

— L'Anglais a osé franchir le seuil de cette demeure, il ne sortira plus maintenant !

III

QUEL MYSTÈRE FUT RÉVÉLÉ A MILORD L'ARSOUILLE DANS LE GARNI DU TROU-VASSOU

Gabriel, parfaitement calme et insouciant, s'était assis, ainsi que son guide, devant la table, et machinalement il considérait l'étrange taudis où il se trouvait.

Murailles crevassées, humides, solives noircies et tout enguirlandées de toiles d'araignées, fenêtre aux vitres absentes pour la plupart et remplacées par des feuilles de papier multicolores : voici pour l'habitation.

Quant à l'ameublement, c'était celui des autres chambres, rien de plus, rien de moins.

A savoir : une paillasse, la table branlante dont nous venons de parler et deux escabelles non moins boiteuses que le maître de l'établissement.

— Et c'est ici que vous vivez? murmura le jeune homme avec une tristesse involontaire.

— C'est ici, oui, milord, répliqua l'inconnu, depuis cinq mois à peu près... Vous trouvez ça moins confortable que votre hôtel de la rue de la Rochefoucauld, pas vrai? Je suis tout à fait de votre avis... Aussi n'éprouvé-je qu'un désir, celui de filer le plus vite possible, et c'est pourquoi je vous ai fait venir.

— Que voulez-vous dire?

— Vous allez le savoir, milord...

— Parlez donc, je vous écoute...

Avant d'entamer sa fameuse révélation, l'inconnu remplit les deux verres.

— A la vôtre! fit-il.

Gabriel trinqua, mais ne but pas.

— Vous n'aimez pas ce vin-là... je comprends ça... c'est de la vraie pourriture... Moi, je commence à m'y faire... mais j'ai eu du mal.

Reposant son verre sur la table :

— Sur ce, allons-y... Mais d'abord, regardez-moi bien en face, milord, et dites-moi si vous me reconnaissez.

Jusqu'alors le mystérieux personnage avait eu soin de déguiser son organe; mais il prononça ces derniers mots de sa voix naturelle.

Si bien que Gabriel, en l'entendant, se leva vivement et s'écria :

— Kocoding !... Est-ce toi, malheureux !

— A la bonne heure, au moins, riposta l'ex-cocher du vicomte d'Olburn, vous n'avez pas oublié votre papa nourricier.

Le jeune homme était devenu singulièrement pâle, et, quoi qu'il fît, tout son corps était agité d'un tremblement convulsif.

Il se souvenait que cet homme était accusé d'être le complice de Pierre Lavarès dans l'assassinat de Jonathan Glass.

— Je suis bigrement changé depuis que nous ne nous sommes vus, n'est-ce pas? dit Kocoding. Ça se comprend... j'ai eu tant de déboires !... En sept mois, il n'y a pas à dire, j'ai vieilli de vingt ans... Ne croyez pas cependant que si ma barbe grisonnante est aujourd'hui d'un si beau noir, ce soit par coquetterie et pour me rajeunir... Non, non... je me teins les crins de cette belle couleur ébénine par prudence et pour me rendre méconnaissable, à seule fin que les *policemen* français ne me tombent pas sur le casaquin.

— Tu te caches, murmura Gabriel avec un frémissement, tu fuis la police !... Qu'as-tu donc fait?

— Avec ça que vous ne le savez pas! riposta le gredin cyniquement.

— Non, non, je ne sais rien... Parle, parle, je veux que tu me dises tout!

—Eh bien, quoi, j'ai volé Jonathan Glass, votre grand-père... et...

— Achève...

— Et je l'ai tué!... continua Kocoding d'une voix sombre.

— Et tu oses avouer ce crime épouvantable! s'exclama le jeune homme frissonnant d'horreur.

— J'ose l'avouer à vous, repartit l'assassin. Je vous prie de croire que, si vous étiez procureur du roi, juge d'instruction, commissaire de police, ou seulement mouchard, je ne vous ferais pas si bien mes petites confidences...

— Et quel est ton but, infâme, en me faisant cette monstrueuse révélation?

—Mon but, mon cher enfant, est tout simplement de vous attendrir à l'endroit de votre papa nourricier... de votre pauvre vieux Kocoding qui vous a fait tant de fois danser sur ses genoux!

— Le misérable! gémit Gabriel.

— Voyons, voyons, milord, reprit l'assassin, ne vous faites pas de bile comme ça inutilement; rasseyez-vous et écoutez-moi avec calme et modération... John Glass est mort, bien mort et on ne peut plus enterré. Or, vous aurez beau m'appeler brigand, gredin, monstre, *et cœtera, et cœtera*, vous aurez beau aussi faire de grands bras et de grands yeux, pâlir et vous convulsionner, cela ne changera rien à l'affaire et n'empêchera pas le pauvre vieux d'avoir été escofié. Quant à moi, si ça peut vous faire plaisir, je vous avouerai franchement que je regrette on ne peut plus de lui avoir flanqué le coup de couteau en question... vu que depuis ce moment-là, je mène une vie ignoble et que je suis malheureux comme les pierres!... Ah! j'ai été bien puni de ce que j'ai fait, allez, et si c'était à recommencer, je veux bien être pendu si je mettrais la main à la pâte.

En entendant ces paroles de regret, Gabriel reprit sa place devant la table.

— Tu te repens? dit-il.

— De toute mon âme... Parole sacrée, j'ai des remords à n'en plus finir... C'est bête à avouer, mais depuis cette chienne de nuit-là, croiriez-vous qu'à chaque instant il me semble voir sortir de terre le spectre ensanglanté du vieux?... Ce n'est pas une plaisanterie au moins... Ce diable de bonhomme ne me lâche plus d'un cran!... Ainsi, pas plus tard que l'autre nuit, tandis que par les champs je ramenais du Pré-Maudit jusqu'ici certains bibelots au père Bancroche, j'ai encore eu ma satanée vision!...

Après avoir vidé son verre pour la deuxième fois :

— Il faisait clair de lune, reprit-il; j'étais là sur la route, rêvassant comme d'habitude, et c'est à peine si de temps à autre je sortais de ma songerie pour allonger un coup de fouet à Mandrinette, — Mandrinette, reprit le coquin en changeant de ton, c'est la jument au père Bancroche; — tout à coup, debout devant moi et comme appuyée sur la barrière d'un enclos, j'aperçois... je crois apercevoir, si vous l'aimez mieux, une ombre pâle, livide, effrayante... c'était l'éternel fantôme du vieillard...

—Poursuis...

— Le spectre me regardait avec ses grands yeux morts, il ricanait d'un ricanement de damné, et ce fut au point que, l'esprit affolé, je crus un moment que le bonhomme était encore en vie et qu'il était venu là tout exprès pour me faire peur...

Mais c'était bien une ombre, un spectre, un fantôme, car tout son corps était d'une transparence telle que l'on apercevait distinctement à travers les barreaux contre lesquels il était appuyé !... Collé contre la roue de ma voiture, j'étais là muet, haletant, imbécile., Enfin, surmontant le trouble que me causait cette hallucination, j'allais m'enfuir quand il me sembla entendre résonner à mon oreille une voix faible... Oh ! mais faible comme le son des harpes éoliennes qui surmontent les châteaux de notre vieille Écosse..

— Continue ! continue ! dit vivement Gabriel, en proie à une violente émotion...

« — Va trouver mon petit-fils, murmurait l'apparition, et révèle-lui toute le vérité ! » Ayant ainsi parlé, le vieillard s'évanouit comme une vapeur légère, et je me retrouvai seul dans la campagne... Je ne suis pas poltron, tant s'en faut, et je vous prie de croire que, jusqu'à présent, je m'étais fichu des fantômes comme de l'an quarante... Mais, on aura beau dire et beau faire, on ne m'ôtera pas de l'idée que le vieux John Glass m'a réellement apparu et qu'il m'a parlé... C'est impossible, je le veux bien... c'est surnaturel, je ne dis pas le contraire, mais cela est, j'en suis sûr, et la preuve, c'est qu'à la fin, obsédé par cette vision, j'ai pris le parti de vous narrer toute l'affaire...

Après un temps :

— Pourtant, s'il faut être tout à fait franc avec vous, milord, je vous confesserai que si je vous mets au fait de cette sanglante histoire, c'est pour obéir d'abord à John Glass, à ma victime, mais c'est aussi un peu pour sortir du pétrin où je patauge depuis trop longtemps.

— Que veux-tu donc encore ?... demanda le jeune homme d'un ton sévère. Ce que tu as volé ne te suffit-il pas ?

— Ce que j'ai volé ! exclama le coquin. Ah bien oui ! parlons-en... Ça m'a fait un joli profit ! Figurez-vous que le jour même où j'avais flibusté cet argent-là, j'ai été filouté comme dans un bois.., par une espèce de gaupe dont je m'étais amouraché... Ce qui prouve que les femmes sont bien véritablement la perdition de l'espèce humaine !... Oui mon jeune seigneur, c'est la vraie vérité du bon Dieu ! Cette guenon d'Arlésienne m'a tout pigé et, depuis lors, je n'en ai plus entendu parler... Voilà pourquoi je vis comme un loup dans un bouge de la Courtille au lieu de faire la noce en Amérique et d'avoir un tas de nègres que je traiterais comme des chiens !

Et là-dessus, maître Kocoding se versa une nouvelle rasade.

— Décidément, fit-il avec une grimace, en reposant son verre vide devant lui, voilà un vin qui n'est pas catholique... il a dû être pourtant suffisamment baptisé.

Repoussant loin de lui broc et gobelet :

— Voyez-vous, j'en ai plein le dos de ce liquide-là... Ça me dégoûte et j'en veux de l'autre... Et puis je veux d'autres nippes aussi... et ce qu'il me faut surtout, c'est de filer de ce gueux de pays... Pour ces divers besoins, une somme de trente mille francs m'est nécessaire, indispensable, et vous allez me signer un petit bon sur la maison Laffitte, où sont déposés les millions qui vous appartiennent à cette heure et que vous devez à mon coup de couteau.

— Tais-toi !... tais-toi, misérable ! interrompit Gabriel avec colère, ne me rappelle pas ton crime odieux, ou, de par le ciel ! tu pourrais t'en repentir.

Kocoding regarda froidement le jeune gentleman :

— Qu'entendez-vous par là, mon cher seigneur? Voulez-vous dire que vous me dénonceriez, que vous me livreriez à la justice ?...

— Peut-être!

Kocoding haussa les épaules.

— Si ce n'est que cela, dit-il ensuite, c'est le cadet de mes soucis... Et quand vous me dénoncerez, il fera bigrement plus chaud que ce soir.

— Ne me brave pas, bandit?

— Bon! bien! des gros mots maintenant... Je vous assure que vous vous échauffez en pure perte, et que j'aurai tout de même le bon de trente mille livres que j'ai l'honneur de solliciter de votre complaisance.

— Ou tu es fou, ou tu es ivre!

— Ni l'un ni l'autre, milord... Aboulez-moi donc le petit billet en question, c'est ce que vous avez de mieux à faire.

Apportant sur la table de l'encre, une plume et du papier.

— Tenez, écrivez... Trente mille francs, pour vous, ce n'est pas la mer à boire, et vous n'en serez pas plus pauvre pour ça.

Gabriel se leva.

— Écoute, Kocoding, plutôt que de te signer le billet que tu oses réclamer, j'aimerais mieux, vois-tu, me couper les deux mains... plutôt que de te livrer la somme que tu me demandes, je la jetterais plutôt au fin fond de la rivière!...

Kocoding se leva à son tour.

— Et bien, tant pis pour vous, alors!... fit-il sourdement.

— Tant pis pour moi, dis-tu!... Ah! fort bien, je comprends... Tu vas appeler toutes les canailles qui sont en bas, et qui probablement n'attendent qu'un signal de toi pour faire irruption dans cette chambre et tu tâcheras alors d'obtenir par la violence ce que je refuse de t'accorder volontairement.

Kocoding se prit à sourire.

— Les canailles qui sont en bas ne bougeront pas, milord, par la raison toute simple qu'ils ne savent pas un traître mot de ce que je viens de vous dire et qu'il n'y a pas le moindre signal convenu entre nous... Non, monseigneur; pour avoir le billet qu'il me faut, je n'emploierai ni ruse ni violence, et pour que vous me le donniez de vous-même, il me suffira de prononcer un nom...

— Un nom?

— Oui, celui de mon complice. Je l'eusse tenu secret si vous m'aviez octroyé mon affaire à ma première réquisition; mais, ma foi, tant pis, puisque vous êtes entêté comme une mule et qu'il faut employer les grands moyens, je les emploie.

Gabriel jeta sur l'assassin un regard stupéfié.

— Le nom de ton complice! dit-il ensuite. Que signifie?... Ce nom n'est-il donc pas celui de Pierre Lavarès?

Kocoding partit d'un grand éclat de rire.

— Pierre Lavarès! reprit-il. Vous aussi vous avez gobé cette calembredaine-là!...

Riant de plus belle :

— Pierre Lavarès! C'est-il malin, la justice!... avec ses trois yeux, elle n'y voit pas plus clair qu'une taupe!

— Que dis-tu?

— Je dis, parbleu! que le vieux corsaire est innocent comme l'agneau qui vient de naître et plus blanc que la neige qui tombe en ce moment.

Gabriel poussa un cri d'indicible horreur.

— Pierre Lavarès est innocent!

— Quand je vous le dis!... Il ne peut vraiment pas m'avoir aidé à saigner le grand-papa, puisqu'il ne l'a jamais vu.

— Saints du ciel! reprit le jeune milord, et cet homme, cet infortuné est sous le coup de cette formidable accusation...

— Oh! mon Dieu, oui, et son affaire est mauvaise, répliqua Kocoding avec un calme hideux; il y a contre lui des charges accablantes... Aussi sûr que nous sommes là tous les deux, il sera condamné à mort. Quant à moi, je suis attentivement son procès dans les journaux, et je mets en fait qu'il n'y a pas moyen de l'acquitter... J'entends par acquittement la déportation ou les travaux forcés à perpétuité...

— Oh! c'est infâme!... c'est horrible!

— Bah! laissez donc! ce ne sera pas le premier... Voyez Lesurques... Et puis, quoi! poursuivit le bandit avec un effroyable sourire, il ne vous est rien, ce Pierre Lavarès... Que sa tête tombe ou ne tombe pas sous la guillotine, qu'est-ce que ça peut vous faire?

S'il souriait ainsi, c'est qu'il n'ignorait pas que Gabriel était le fils de cet homme qui allait payer de sa vie un meurtre qu'il n'avait pas commis.

— Ah! continua-t-il, si Pierre Lavarès était quelqu'un des vôtres, votre père, par exemple, vous pourriez vous émotionner et vous affliger de le voir monter sur l'échafaud... mais baste! un inconnu, un étranger... que vous importe qu'on le supprime?

— Sur mon âme! s'écria le jeune homme, Pierre Lavarès ne mourra pas, maudit, et quand je devrais moi-même te traîner à la cour d'assises, on connaîtra le nom du véritable assassin, et l'innocent ne sera pas sacrifié.

— Je vous ai déjà dit, milord, que vous ne me dénonceriez pas.

— Et qui pourrait m'en empêcher?

— Vous-même.

— C'est trop d'audace.

— Oui, vous-même!... reprit Kocoding avec force car si vous me perdiez, j'en perdrais un autre...

— Un autre!

— Oui, mon véritable complice... Et cet autre, vous ne le dénoncerez pas, car, en l'accusant, vous déshonoreriez votre nom...

— Qu'oses-tu dire?...

— Eh! je dis, que celui qui a fait le crime avec moi, c'est Stephen Lowe, vicomte d'Olburn.

— Mon père!

— Oui, votre père... sir Gabriel... votre père, qui est même jusqu'à un certain point l'assassin de John Glass plus que je ne le suis moi-même... car, d'après ce qu'il m'a confié lui-même, le bonhomme est mort, non pas du coup de couteau dont je l'ai gratifié, mais bien du poison que lord Stephen a versé dans son verre, une heure avant le meurtre.

— Mon père!... murmura le jeune homme éperdu... mon père assassin... empoisonneur!... Ah! rétracte ces paroles, misérable!... dis-moi que tu t'es joué de moi... dis-moi que tu as voulu me rendre fou... et que lord Stephen n'a jamais trempé les mains dans l'attentat inouï dont tu l'accuses!

— Ah! parbleu! il en a fait bien d'autres, allez!...

— Ce n'est pas vrai! ce n'est pas vrai! gémit Gabriel en tombant accablé sur son siège.

— Ce n'est pas vrai!... Dites tout de suite que j'en ai menti, pendant que vous y êtes... Ah! vous prenez votre papa nourricier Kocoding pour un blagueur!... eh bien, sachez donc depuis *a* jusqu'à *z* ce qui s'est passé, il y a sept mois, dans le pavillon de John Glass, tandis que vous sarabandiez sur les pelouses, au son d'une musique vive et animée.

Alors, s'approchant du malheureux jeune homme, le bandit, avec un cynisme sans pareil, lui raconta tout au long et dans ses plus affreux détails le drame sombre qui s'était joué jadis et qui s'était dénoué par le meurtre du vieillard.

Et pendant cet horrible récit, Gabriel était anéanti... une sueur froide inondait son visage... un frissonnement d'horreur parcourait tout son corps.

— Tonnerre! continua Kocoding avec une farouche exaltation, quelle nuit!... quel tableau!... Quand, avec l'or et les billets du vieux, je me suis retrouvé au grand air et au grand jour, je vacillais sur mes jambes et ma tête tournait comme si j'avais bu un coup de trop!.. Parole, l'odeur du sang chaud, ça vous soûle comme du *gin!*... Je me suis remis bien vite, ajouta-t-il en changeant de ton, et j'ai pu rejoindre sans encombre cette crapule de Calichon qui s'est entendu ensuite avec Bancroche pour me filouter mes picaillons... Mais l'Arlésienne a été la plus maligne et elle s'est envolée avec tout le magot... Je me suis raccommodé alors avec le cabaretier et avec l'autre, bien qu'ils eussent essayé de me faire passer le goût du pain... et dame, depuis ce temps-là je tire le diable par la queue d'une si furieuse manière, que je suis étonné qu'elle ne me soit pas déjà restée dans la main... Ma foi, un beau jour, j'ai trouvé moyen d'avoir un entretien avec lord Stephen et je lui ai fait part de ma triste situation... Il m'a envoyé faire lanlaire en me disant qu'il était aussi pauvre que moi par la raison toute simple que vous étiez seul et unique héritier des milions de votre grand-papa!... Avant de rien vous dire, j'ai hésité, je l'avoue, mais la dernière apparition du vieux rengaineur m'a décidé à m'adresser à vous... Je l'ai fait... et maintenant j'attends que vous me disiez : « Kocoding, mon ami, voilà les trente mille balles qu'il te faut... Va-t'en te faire pendre ailleurs! »

Gabriel ne répondit pas.

Une réflexion lui était venue à l'esprit.

Bancroche ouvrit la dernière porte de gauche, elle était surmontée d'un énorme numéro 13.

— En assassinant John Glass, dit-il, lord Stephen, selon toi, voulait s'approprier sa fortune.

— Pas autre chose.

— Allons! s'exclama le jeune homme, je vois présentement que ton odieux récit n'est qu'un tissu de mensonges.

— Plaît-il?

— Oui! mensonges et calomnies que tout cela! Tu as voulu m'effrayer de la sorte pour tirer de moi l'argent qu'il te faut afin d'échapper à la justice...

— Vos doutez encore!... Nom d'un chien! vous êtes dur à convaincre, vous!... Et qui peut vous faire supposer que je me sois joué de vous?

— Lord Stephen n'ignorait pas que John Glass mort, son héritage revenait de droit à ma mère et à moi.

— Sans doute, repartit Kocoding, et c'est tout justement pour ça qu'un mois après l'assassinat de son père, madame la vicomtesse d'Olburn a rendu l'âme...

— Grand Dieu! Quelle nouvelle horreur me laisses-tu entrevoir? s'exclama Gabriel, au comble de l'effarement.

— Eh! mort diable! puisqu'il faut vous mettre les points sur les *i*, et que vous avez l'air de faire exprès de ne rien voir, sachez donc que ce poison qui a tué John Glass a été versé à votre mère par cet excellent vicomte.

— Oh! c'est trop, mon Dieu, c'est trop! dit sourdement le jeune homme en levant vers le ciel un front chargé de reproches.

— Je ne tenais pas à vous raconter tout ça, reprit le bandit; mais avec votre entêtement et vos démentis, c'est vous qui m'y forcez.

— Ma mère!... morte... empoisonnée!... par lui... par mon père... Mon père!... Oh! non! non! ce n'est plus mon père! je ne veux plus être le fils d'un assassin!... Et cet homme, ce misérable me serrait aujourd'hui encore entre ses bras... Il me prodiguait les plus tendres caresses, les noms les plus affectueux!...

— Tiens! parbleu! pour ce que ça lui coûtait.

— Et je croyais à cette épouvantable comédie... et je pleurais d'attendrissement et de bonheur!... Oh! Je suis bien malheureux et j'aurais dû mourir avant d'entendre cet exécrable secret!

— Ma foi, répliqua Kocoding, si vous n'avez pas tourné de l'œil comme les autres, c'est que vous avez l'âme chevillée dans le corps, car je sais de bonne source que vous avez avalé vous aussi, votre petite drogue mortifère.

— Gabriel poussa un cri.

— Ah! je comprends tout maintenant... je comprends tout... Oui!... le docteur Olivier avait des soupçons... des certitudes peut-être... Il m'a sauvé du poison par le poison... Et ces paroles que j'ai cru entendre sortir de sa bouche et qu'il a niées ensuite: Lord Stephen!... Ce misérable!... Cet infâme!... Il a dit cela!... il a dit cela!... Oh! Je m'en souviens bien!...

— Ça prouve une chose, observa Kocoding, c'est que le docteur Olivier est un gaillard moins confiant que vous, et que les tartuferies de mon cher frère de lait n'ont pu le mettre dedans... Quoi qu'il en soit, vous lui devez une fière chandelle et je vous garantis que sans lui, vous seriez fricassé!

— Pourquoi, grand Dieu! pourquoi m'a-t-il sauvé?

— Tiens, c'te bêtise! C'est pour que vous me signiez le petit bon dont j'ai besoin!... Ça m'embête de vous demander ça dans ce moment-ci... mais dame, vous comprenez... je suis sans toit ou à peu près... vu que je dois plusieurs mois de garni au père Bancroche et qu'avant peu, il me priera de décaniller... Si bien que demain, j'aurai pour demeure le pavé fangeux de la rue ou les carrières à plâtre... Mon lit sera le ruisseau... endroit malsain en diable, où j'attraperai inévitablement beaucoup de rhumes de cerveau et pas mal de rhumatismes... Quant à manger, je serai sûr de ne me livrer à cet exercice que lorsque j'aurai disputé aux chiens errants les détritus des tas d'ordures... Sans compter que j'ai la venette à tout instant d'être reconnu et pincé... Il n'y a donc pas à dire, il faut que tout ça finisse !

Gabriel s'était remis peu à peu de l'effroyable émotion que lui avait causée la révélation du bandit.

— Et si je refuse de te donner ce que tu exiges, que feras-tu ?

— Je vous ferai des reproches bien sentis d'abord... Ensuite j'irai carrément tout révéler à qui de droit.

— Insensé ! dénoncer lord Stephen, ce serait te dénoncer toi-même.

Kocoding regarda le jeune homme en face ; puis, appuyant sur chaque mot, il répliqua :

— Milord, le code pénal en vigueur en ce pays porte que si le complice d'un crime fait des aveux complets, il peut tout à son aise garder sa tête sur ses épaules. Le bagne au lieu de l'échafaud ! Voilà. Eh bien, quoi ! j'irai au bagne... Là du moins je mangerai tous les jours, je serai proprement habillé et je dormirai tout mon soûl, sans avoir peur à chaque instant de voir surgir les tricornes de ces diables de gendarmes. Certes, j'aimerais cent fois mieux filer au nouveau monde que d'aller à Toulon ou à Brest... mais baste ! après tout le bagne est un endroit comme un autre, fréquenté par les gens les plus comme il faut. Là, au moins la société n'est pas mêlée... C'est tous coquins ! Je serai tout à fait en pays de connaissance... Et je suis bien résolu à goûter un peu de cette vie-là, si vous préférez garder vos quatre sous que d'empêcher monsieur votre père de monter sur la machine à Charlot... Car il y montera, ce cher frère de lait, et votre nom ne sera plus ni Gabriel d'Olburn, ni Milord l'Arsouille, ce sera tout bonnement le fils de l'assassin... le fils du guillotiné, étiquette ronflante, si vous voulez, mais difficile à porter, même quand on est doué d'un biceps comme le vôtre.

Gabriel jeta sur le misérable un long regard de mépris...

— Il est triste, dit-il ensuite d'une voix lente, de donner à un gredin comme toi une somme qui pourrait sauver de la misère peut-être trente familles honnêtes... Mais je dois subir tes conditions... Je ne veux pas que mon nom, soit à jamais flétri... Entre moi et l'assassin de ceux que j'aimais, tout lien est brisé... Je ne vois plus en lui qu'un meurtrier, qu'un être vil, infâme, et je le hais autant que je le méprise... Mais je ne veux pas que la honte rejaillisse sur moi comme son sang rejaillirait sur l'échafaud...

Prenant la plume que s'était empressé de lui tendre Kocoding :

— Allons, continua-t-il, qu'il soit fait ainsi que tu le veux.

Il commença à écrire...

Mais avant d'avoir apposé sa signature, la porte de la chambre s'ouvrit brusquement, et sur le seuil apparut la silhouette menaçante du Calichon.

A l'aspect du bandit, Gabriel se leva avec vivacité sans prendre la peine d'achever l'acte commencé.

— Le Calichon ! s'exclama Kocoding, non moins surpris que le jeune homme de cette visite inattendue.

— Oui, c'est moi, dit le nouveau venu d'un ton féroce. Désolé si je dérange vos petites affaires, mais voilà assez longtemps que vous jacassez ensemble et ça m'embête d'attendre.

—Que veux-tu donc? demanda Kocoding, désolé de voir son beau rêve de fortune interrompu au bon moment.

— Ce que je veux? riposta le Calichon en couvrant Gabriel de son fauve regard. Je vais te le dire... J'ai pas encore soupé ce soir, j'ai fait que boire, et je ne serai pas fâché de manger un peu d'Anglais... histoire de voir quel goût ça a.

—Ah çà! décidément, fit Gabriel, que la table séparait encore de l'athlète, vous êtes incorrigible, monsieur le drôle... Il me semblait pourtant vous avoir vu tout à l'heure à peu près raisonnable.

Le Calichon haussa les épaules.

— C'était une couleur, mon petit ami, pour te laisser monter ici...

— Eh bien, mon grand ami, puisqu'il en est ainsi, répliqua Gabriel, je dois vous prévenir d'une chose, c'est que vous arrivez tout justement dans un très mauvais moment... J'ai les nerfs agacés et je vous engage à renoncer au repas de chair humaine que vous espérez faire...

— Ah! tu m'engages à ça!...

— Et très sérieusement... autrement, monsieur le mangeur d'hommes vous pourriez vous en repentir... Je vous ai déjà épargné deux fois et je vous ai prévenu qu'à la troisième, je pourrais être moins indulgent.

— Attends, milord l'Arsouille, je vas t'en flanquer de l'indulgence. A moi, vous autres! hurla le bandit en se retournant vers la porte.

— A cet appel, les clients de maître Bancroche, ceux-là mêmes que nous avons déjà vus dans la salle commune, entrèrent tous à la fois dans la petite chambre, dont la porte fut instantanément refermée et barricadée.

— A la bonne heure, au moins! fit Gabriel; cela m'eût étonné que tu osasses seul recommencer la lutte avec moi...

— Sacrée rosse de Calichon! gémit Kocoding, il sera cause de tous mes malheurs... Voilà mes trente mille francs tombés dans l'eau!

— Ah çà! que voulez-vous, enfin, tas de canailles? demanda le jeune homme.

— Nous voulons ta vie, riposta le grand gueux, ton sang... Nous voulons t'arracher le cœur, les entrailles... et tu vois que nous sommes assez nombreux pour faire ce que nous voulons.

— Oui vous êtes, si je ne me trompe une quinzaine... Ce sont là des forces imposantes et j'ai tout lieu de croire que vous en viendrez à vos fins... Mais si vous supposez que je vais me laisser égorger comme une brebis à l'abattoir, vous avez tort... Et quand vous aurez eu raison de moi, je vous garantis que vous ne serez plus quinze à partager votre triomphe!...

— Oh! répliqua le Calichon avec un infernal sourire, il n'est plus question ici de boxe ou de savate... et puisque les poings ne suffisent pas avec toi, au bout des poings nous avons ajouté quelque chose... Vois plutôt!

A ces mots, chaque coquin tira de dessous ses loques un énorme coutelas de cuisine.

La vue de ces armes ignobles, dont les lames, à la rouge clarté de la chandelle, lançaient des reflets de sang, fit frémir Gabriel malgré tout son courage.

— Ah! ah! ricana le forçat, voici qui te déconcerte, pas vrai?... Tu comptais peut-être venir à bout de notre bande, si nombreuse qu'elle fût... mais tu dois comprendre maintenant que ta force de taureau et ton adresse de singe vont juste te servir comme un cautère sur une jambe de bois.

Brandissant son coutelas ·

— Avec ça on a vite raison d'un homme, quand même cet homme serait Hercule en personne!

— Vous êtes tous des lâches! s'écria Gabriel.

— Lâches tant que tu voudras, riposta le bandit Vois-tu, tu m'avais rossé deux fois, ça ne pouvait pas se passer comme ça. Les amis l'ont compris, et tu peux marmotter tes patenôtres.

Gabriel s'était dirigé du côté de la fenêtre.

Le Calichon se prit à rire.

— Aurais-tu, par hasard, l'intention de t'envoler par là? Allant lui-même à la fenêtre et l'ouvrant toute grande :

— Tiens, tu vois, je suis bon enfant... file si tu veux... Seulement, je te préviens d'une chose, c'est que tu tomberas dans un satané trou qui est plus profond que tous les puits du monde... Cet amour de maison est tout justement bâtie au bord d'un petit précipice dont tu as pu entendre parler... on l'appelle le Trou-Vassou... Ceux qui vont le visiter ne reviennent pas dire ce qu'ils ont vu.

Gabriel recula avec un cri de désappointement.

La seule espérance qui le soutenait, la fuite, était anéantie.

Sur ce, camarades, reprit le Calichon, l'heure de la saignée est venue... En avant les couteaux... et sus à milord l'Arsouille!

Les bandits s'avancèrent sur le jeune homme à pas lents et sans prononcer un seul mot.

IV

DANS LEQUEL REPARAIT LE SIGNE DE RECONNAISSANCE DES MATELOTS DU VAMPIRE

Les bandits eurent bientôt formé autour de Gabriel un demi-cercle qui se rétrécissait de minute en minute.

Acculé contre la muraille et se faisant un rempart de la table qui le séparait des assassins, le jeune homme lisait sur leurs visages le sort funeste qui l'attendait.

Il comprenait que la lutte était impossible.

— J'en tuerai deux, trois, quatre peut-être, pensait-il; mais il faudra toujours que j'en arrive à être tué à mon tour.

Et, bien qu'il fût véritablement brave, il ne put s'empêcher de frémir à l'idée d'être égorgé par ces lâches qui se mettaient quinze pour assassiner un seul homme.

Bientôt, cependant, le souvenir de la révélation terrible qui venait de lui être faite par Kocoding lui revint à l'esprit.

Alors son front s'éclaira et dans ses regards brilla une joie sombre.

— Après m'avoir fait connaître ce fatal secret, murmura-t-il, Dieu m'envoie le trépas... Je dois l'accepter comme un bienfait. Oui, oui, je ne saurais vivre avec cette honte, car j'attenterais moi-même à mes jours... Mieux vaut cette mort qui vient à moi que le suicide... Je ne me défendrai pas, poursuivit-il à voix haute. Faites-donc votre besogne : je suis prêt.

Les coquins s'attendaient à une toute autre réception.

Cet étrange courage, ce profond mépris de la mort, cette sérénité parfaite, bouleversaient toutes leurs prévisions et leur en imposaient presque.

Le Calichon revint le premier de sa surprise.

— Sacré tonnerre! dit-il, qu'est-ce donc qui vous prend, tas de fesse-mathieu que vous êtes?... Est-ce que vous allez vous laisser empaumer par ses airs de martyr!

Les bandits ne répondirent pas.

La haute mine du jeune homme les intimidait.

Kocoding, heureux de l'hésitation des coquins, s'élança entre eux et Gabriel en s'écriant :

— Vous n'oserez pas éventrer ce jeune homme qui ne vous a rien fait et qui ne se défend pas?

Le Calichon empoigna Kocoding à la gorge.

— Toi, vilaine rosse d'Anglais, je t'ai déjà prié de ne pas te mêler de ça,... Si tu as le malheur de dire encore un mot pour lui, je te guérirai de ta manie de jacasser, je te le promets.

— Mais, s'écria Kocoding désespéré, en le tuant, c'est ma fortune que vous tuez!

— Assez! hurla le Calichon, dont les yeux lançaient de sanglants éclairs. Fais-moi place, ou gare à ta peau!

— Fais-lui grâce, Calichon, reprit Kocoding d'un voix étranglée; je partagerai avec toi la monnaie qu'il doit m'abouler.

— Le Calichon proféra un juron formidable, et en même temps, allongeant à Kocoding un furieux coup de poing en pleine poitrine, il l'envoya rouler sous la table.

— Puis se retournant vers ses complices :

— Finissons-en maintenant! Mais, le diable me brûle! je crois que vous avez peur.

Lebœuf prit la parole.

— Nous n'avons pas peur, tu le sais bien... et si l'Anglais nous avait reçus à grands coups de bottes dans le ventre et qu'il eût commencé la danse en nous cassant la gueule, il serait déjà escofié et le Trou-Vassou aurait reçu son cadavre comme il en a tant d'autres... Mais, nom d'une pipe! c'est embêtant de voir un bonhomme qui vous dit d'une voix calme :

« Soyez donc assez gentils pour me couper la gorge... ça me rendra service...

— Eh bien, moi, reprit l'horrible gueux, j'ai dit que je boirais de son sang et j'en boirai !

Brandissant son énorme coutelas, l'athlète fit deux ou trois pas vers Gabriel, toujours impassible.

— Ruiné ! encore une fois ! gémit Kocoding, qui, à moitié assommé, était demeuré sous sa table.

Une pensée lui traversa l'esprit.

— Milord, milord, exclama-t-il en se traînant du côté du jeune homme, songez que si vous vous laissez *suriner*, Pierre Lavarès sera condamné à mort !

— Pierre Lavarès ! répéta Gabriel. Sang du Christ ! je l'avais oublié... Tu as raison, je dois vivre pour tenter de sauver un innocent.

— Allons donc ! se dit le cocher. J'ai mis le doigt sur la corde sensible.

Sans plus attendre, le Calichon se précipita sur celui qu'il avait juré d'anéantir.

Mais Gabriel fit un bond de côté, et le coutelas de son ennemi au lieu de s'enfoncer dans sa poitrine, ne fit que lui déchirer le bras gauche.

— Nom d'un chien ! dit une voix parmi les coquins, le spectacle va être trop tôt fini... C'est embêtant !

A ces mots, maître Lebœuf jeta son coutelas à Gabriel, qui le saisit au vol.

— Merci ! dit-il.

— Lebœuf, hurla le Calichon en reculant, tu es un faux frère, et nous causerons plus tard en particulier !

— Ne parlez pas de l'avenir ! répliqua milord l'Arsouille ! car aussi vrai que vous n'êtes qu'une mauvaise vermine, c'est vous qui allez la danser !

Après une seconde d'hésitation :

— Eh bien ! reprit le forçat livide de rage, luttons tout de même... je veux bien... Ces lâches me laissent en plan ; je me passerai d'eux... Il faut que tu crèves !...

Il leva de nouveau son arme et se rua sur son ennemi.

On entendait sur les planches disjointes du parquet les piétinements des combattants, leurs respirations haletantes le bruit sec des armes.

A toute seconde une étincelle jaillissait de l'entre-choquement des lames, illuminant les visages des deux adversaires d'une lueur blafarde et livide.

Pendant longtemps la lutte continua entre ces deux hommes, qui, l'un et l'autre, n'avaient qu'un but, une pensée, un désir : se percer le cœur !

Enfin les couteaux se rencontrèrent une dernière fois avec une telle violence que les deux lames se brisèrent comme du verre.

Ils jetèrent à leurs pieds les tronçons inutiles et se saisirent corps à corps.

Ce n'était plus deux créatures humaines, c'étaient deux tigres qui se déchiraient.

Les bandits assistaient à ce combat avec une volupté indicible, excitant les adversaires de la voix et du geste... applaudissant, criant bravo chaque fois qu'ils voyaient l'un des deux avoir l'avantage.

C'était vraiment un étrange spectacle.

Une chambre nue, délabrée, et qu'une seule chandelle éclairait fantastiquement de ses lueurs indécises...

Dans le milieu, deux hommes qui se roulaient sur le parquet ensanglanté s'étreignant, se broyant mutuellement les membres, cherchant à s'étouffer.

Et, faisant cercle autour des lutteurs, toute une bande déguenillée riant et applaudissant...

Tout en combattant, Gabriel et le bandit avaient insensiblement gagné la fenètre qui, depuis l'entrée des bandits, était demeurée ouverte et par laquelle on voyait tomber la neige à gros flocons.

Le Calichon poussa un rugissement de joie.

— Milord, cria-t-il, tu m'as flanqué dans la boue, tout à l'heure... je vais te flanquer dans la mort!...

Et de ses deux énormes bras, enveloppant son adversaire, il tenta de se relever avec lui.

— Oh! oh! fit le jeune homme en s'arrachant à l'étreinte du bandit, je ne suis pas encore si mort que tu veux bien le dire.

Le forçat s'était redressé en même temps que lui.

— Que tu sois mort ou non, ça ne m'empêchera pas de te jeter au fond du Trou-Vassou. Il n'a pas été inventé uniquement pour les chiens, ce bon petit Trou-Vassou... et ça fera bien d'y insinuer un Anglais de temps à autre.

Gabriel se prit à rire.

— Tu as beau faire semblant de blaguer, continua le Calichon, tu ris jaune, mon petit, et la saignée que je t'ai faite au bras t'a ôté de tes forces... Parions que tu ne me ficherais pas dans le tombereau, à c't'heure!... Quant à moi, c'est vu et entendu, je te vas faire piquer une tête dans l'entonnoir!... Tu devais y être jeté mort, tu y descendras vivant... ça sera plus agréable pour toi... De cette façon, tu pourras voir de tes yeux les choses curieuses qu'il y a au fond!

Pendant ces quelques mots les deux ennemis avaient repris haleine, tout en s'observant.

Ils se ruèrent l'un sur l'autre avec une vigueur nouvelle.

Bientôt ils furent tout près de la fenêtre sous laquelle était la gueule béante de l'abîme.

Chacun avait le même but.

Précipiter son adversaire dans le puits insondable...

Sous leurs efforts, la barre d'appui de la fenêtre vola en éclats.

Un moment, leurs deux corps entrelacés se trouvèrent à moitié hors de la fenêtre.

Le Calichon eut peur.

Il mordit furieusement Gabriel à l'épaule pour lui faire lâcher prise

Ce fut sa perte.

Cette morsure féroce fit pousser un cri de douleur au jeune homme et ranima brusquement ses forces, quelque peu affaiblies.

— Bête fauve! cria-t-il, c'est donc bien vrai que tu veux manger de ma chair?... Eh bien! tant pis pour toi!...

Peu après, le Calichon poussa un cri épouvantable, puis ses bras se détendirent et cessèrent d'étreindre son adversaire.

On l'entendit ensuite murmurer d'une voix saccadée :

Il le prit entre ses bras musculeux...

— Sacré gredin ! il m'a cassé les reins !

Gabriel lui avait saisi les deux bras.

— Les chiens enragés, on les tue... dit-il au bandit.

Il le prit entre ses bras musculeux et le suspendit au-dessus de l'abîme.

— Grâce ! gémit le bandit.

— Non. Si je t'épargnais, tu nuirais encore... Il y a sur terre assez de coquins sans toi ; tu peux partir...

Un cri d'indéfinissable terreur s'échappa de la poitrine du Calichon.

— Le Trou-Vassou, poursuivit Gabriel, est une gueule d'enfer qui engouffre tout et ne lâche jamais sa proie... c'est là ce que tu m'as dit, encore que cet abîme devait recevoir cette nuit un cadavre... et que ce cadavre serait le mien... Tu t'es trompé, mon maître, c'est à toi qu'il servira de tombe!...

A ces mots il lâcha le corps du forçat, qui tomba dans le vide avec une rapidité vertigineuse.

Au moment de sa chute, le misérable avait poussé un cri indicible, effrayant surhumain...

A cette clameur suprême, un silence de mort succéda.

— Justice est faite! dit Gabriel d'une voix lente.

— Eh bien, tant mieux, nom d'un tonnerre! s'écria Lebœuf: c'était une mauvaise rosse et un sacré gredin!... Il nous empêtait tous et nous flanquait des torgnoles pour un oui ou pour un non... Vous nous en avez dépêtrés... c'est bien fait... Et pour le service que vous nous avez rendu là vous avez droit à toute notre reconnaissance.

Se retournant vers les autres :

— Pas vrai, camarades?

— Oui, oui! hurla la bande. Vive milord l'Arsouille! vive milord l'Arsouille!

Des coups violents, frappés à la porte, interrompirent la reconnaissance enthousiaste des coquins.

Tout le monde demeura immobile et muet.

— Bigre! murmura Lebœuf, on a entendu le cri du Calichon, et c'est peut-être la garde et la police qui viennent nous faire visite.

— La police! pensa Kocoding en se blotissant de nouveau sous la table.

On frappa derechef.

— Ouvrez! commanda Gabriel.

Le jeune homme avait pris sur ces gens un tel ascendant, une telle autorité, que sans une observation, sans une hésitation même, la porte fut ouverte.

Sur le seuil, se tenaient deux hommes enveloppés de larges manteaux, coiffés de feutres aux bords rabattus qui cachaient presque entièrement leurs visages.

— Messieurs, dit le premier des deux inconnus, quel est celui d'entre vous qui se nomme le Calichon?

La bande garda le silence et la stupeur se peignit dans tous les yeux.

— Le Calichon? balbutia enfin maître Lebœuf.

— Oui, reprit l'étranger.

— Plus de doute, pensa Lebœuf, ce sont des mouchards. Sans vous commander, poursuivit-il à voix haute, quoi donc que vous lui voulez au susdit Calichon?

L'inconnu laissa échapper un soupir.

Puis, avec une grande émotion :

— Je veux savoir de lui un secret d'où dépend la seule joie que je puisse encore goûter en ce monde.

A cette voix, Gabriel tressaillit.

Lebœuf avait jeté sur les deux nouveaux venus un regard soupçonneux.

— C'est-il bien vrai, au moins, ce que vous nous contez?

— Hélas! oui, répliqua cet homme, c'est vrai, c'est bien vrai. Le Calichon tient entre ses mains tout mon bonheur...

— Alors, vous n'êtes pas des messieurs de la *rousse*, ou de la police, si vous aimez mieux?

— Non, en vérité! répondit vivement l'étranger.

— En ce cas, reprit Lebœuf, nous pouvons tout vous dire.

— Parlez.

— Le Calichon en question n'est pas ici pour le quart d'heure.

L'inconnu laissa échapper un mouvement de désappointement.

— Le Calichon n'est pas ici?

— Mon Dieu, non : il vient de sortir il n'y a pas tant seulement cinq minutes.

— C'est impossible.

— Impossible tant que vous voudrez; mais cela est.

— Que me disait donc en bas le maître de ce cabaret?

— Qui ça? le papa Bancroche? Il a dû vous dire, pardine, que celui que vous cherchez était monté avec nous tous au numéro 13, il y a une demi-heure à peu près.

— En effet!

— Eh bien, une fois qu'on a monté, qu'est-ce qu'on fait? On descend; pas vrai? C'est ce que le Calichon vient de faire. Par exemple, il est descendu plus vite qu'il n'était monté.

— Que voulez-vous dire?

— Rien. Celui que vous réclamez n'est plus... V'là tout!

— Et c'est moi qui l'ai tué, répondit une voix au fond de la chambre.

C'était milord l'Arsouille qui parlait.

Assis sur un escabeau, il pansait la blessure de son bras avec son mouchoir.

— Oh! s'exclama l'inconnu, je suis damné...

— Que signifie?

— Cela signifie que depuis plusieurs mois une pauvre femme a diparu, que le Calichon est celui qui l'a fait disparaître, et que seul il pourrait, à cette heure, me conduire auprès d'elle.

Gabriel poussa un cri à son tour.

— Le nom... le nom de cette femme, monsieur?

— Fanchon la Vielleuse, répliqua l'inconnu avec douleur.

— Fanchon la Vielleuse! répéta le jeune homme en jetant un regard stupéfié sur celui qui venait de prononcer ce nom. Qui donc êtes-vous, monsieur, et qu'y a-t-il de commun entre vous et cette malheureuse femme?

L'inconnu, grandement étonné de la question qui lui était faite, fit quelques pas vers le jeune homme en disant :

— Qui donc êtes-vous vous-même et d'où vient votre surprise?

En cet instant la lumière se ranima quelque peu et sa lueur passagère permit à l'inconnu de distinguer les traits de Gabriel.

— Terre et ciel! s'écria l'étranger, le fils du vicomte d'Olburn!...

Le jeune homme se leva brusquement.

— Vous savez mon nom?

Il y eut un moment de silence.

L'homme au chapeau rabattu considérait Gabriel en frémissant de rage.

Le jeune homme s'avança hardiment vers les deux nouveaux venus.

— Encore une fois, dit-il d'une voix forte, qui êtes-vous?

Le premier souleva son feutre.

Ses yeux lançaient des éclairs, ses traits respiraient la colère la plus violente, la plus ardente haine.

— Je suis, dit-il, l'ennemi né de ta race; les d'Olburn sont la cause de tous mes maux... Tu as mis le comble à mes misères en tuant le Calichon, car sa mort me sépare à tout jamais peut-être de mon épouse bien-aimée!

— Grand Dieu! s'écria Gabriel en saisissant la main de l'inconnu, Pierre Lavarès, est-ce donc vous que je vois?

— C'est moi! répliqua l'étranger en arrachant sa main aux étreintes du jeune homme. Oui je suis Pierre Lavarès. . je suis celui que ton misérable père a osé accuser injustement devant tous, celui qu'il a fait emprisonner, celui enfin qui, par sa faute, portera sa tête sur l'échafaud!

— Que dites-vous? s'exclama Gabriel. Vous êtes libre... et je jure devant Dieu que je saurai vous mettre à l'abri de toutes poursuites nouvelles!...

— Non, monsieur, répondit Pierre Lavarès; avant le lever du soleil, la porte de mon cachot se sera refermée sur moi, et lorsque de nouveau j'en franchirai le seuil, ce sera pour marcher à la mort.

— Oh! non, non! interrompit le jeune homme avec chaleur; non, vous ne reprendrez pas votre chaîne!... Avec de l'or, on obtient tout.,. et je saurai vous faire quitter la France avant qu'on ait eu le temps de connaître votre évasion...

— Je ne me suis pas évadé, monsieur, répondit le capitaine Pierre. On ne s'évade pas des prisons françaises... elles sont trop bien gardées pour cela...

— Comment donc êtes-vous ici?

— J'ai supplié mon geôlier de me donner une nuit de liberté pour me permettre d'embrasser une dernière fois la malheureuse femme dont je suis séparé depuis tant d'années, et j'ai su attendrir cet homme... « Donnez-moi votre parole de marin de rentrer à la prison avant le jour, et je vous laisserai fuir... » Ainsi m'a parlé mon geôlier. J'ai juré, et à l'heure dite je serai de retour.

— Mais vous êtes innocent! s'écria Gabriel.

— Qu'en savez-vous?

— Tout me le prouve. Un marin, un soldat n'assassine pas un vieillard sans défense!

— Pourquoi me tenez-vous un semblable langage, interrogea le capitaine, lorsque votre père...

Le jeune homme ne le laissa pas achever.

— Mon père, dit-il vivement, a été abusé; il vous a cru coupable.

— Non! s'écria Lavarès avec force, lord Stephen sait bien que je suis innocent, Lord Stephen est un lâche et un infâme...

Un amer sourire vint plisser les lèvres de Gabriel.

Montrant, au fond de la salle, Lebœuf et ses compagnons :

— Demandez à ces hommes si je suis un lâche.

Tous s'avancèrent en protestant.

— Lui, un lâche ! reprit Lebœuf ; vous ne savez ce que vous dites, camarades... Milord l'Arsouille, c'est le brave des braves et le fort des forts...

— Soit ! fit le capitaine, je veux bien croire à ton courage... mais il faut que tu m'en donnes une preuve.

— Une preuve ?

— Oui... Il y a sept mois, lorsque l'infâme lord Stephen a porté contre moi cette accusation monstrueuse, je venais lui proposer un duel loyal ; car je voulais laver dans son sang toutes ses injures, toutes ses cruautés... Ce duel, je te le propose à ton tour... Ose l'accepter, et je consentirai à dire que tu vaux mieux que ton père.

— Un duel avec vous ? c'est impossible !

Un murmure d'étonnement circula parmi les assistants.

— Vous le voyez, s'écria le capitaine, cet homme n'a pas de cœur... l'offre d'un duel le fait pâlir !

Gabriel eut la force de se contenir.

Les gueux du Trou-Vassou, ignorant ce qui venait de se passer entre milord l'Arsouille et Kocoding, ne pouvaient se rendre compte de la subite reculade du jeune Anglais.

Quant à Pierre Lavarès, il toisait Gabriel d'un regard méprisant :

— Tel père, tel fils ! dit-il enfin. Je t'avais bien jugé.

Le jeune homme fit un mouvement, comme s'il allait s'élancer sur celui qui l'insultait :

Mais il se contint encore, murmurant à part lui :

— N'a-t-il pas le droit de tout me dire ? Pour chacune des souffrances que lord Stephen lui inflige, je dois subir une insulte, et je la subirai !

Pendant ce temps, le compagnon de Pierre Lavarès avait tiré de dessous son manteau deux haches d'abordage.

Ce sont de terribles armés.

Les marins s'en servent, dans les combats navals, pour frapper l'ennemi, lorsque les grappins ont accolé les deux navires.

Le manche de ces haches a soixante-cinq centimètres de long. Leur fer, tranchant d'un côté, forme, à l'opposite, une forte pointe en fer, longue de seize à vingt centimètres, laquelle pointe est courbée en bas.

Une espèce de ressort, fixé à la tête de ces armes formidables, sert à les suspendre au ceinturon du sabre.

A moyen de la pointe courbée, que les matelots enfoncent dans les bordages du navire ennemi, ils s'aident du manche pour monter à bord et s'en servent aussi pour trancher les cordages.

Le capitaine Pierre s'était emparé de l'une des deux haches.

La présentant au jeune Anglais :

— Cette arme, lui dit-il, était destinée au Calichon. Après lui avoir arraché le secret de la retraite où Fanchon est retenue prisonnière, je voulais demander compte à ce bandit de sa trahison, les armes à la main. Puisque, pour l'éternel malheur de cette infortunée, tu as fait, toi, ce que je devais faire, remplace donc le gredin que tu as supprimé!... Allons, Gabriel d'Olburn, prouve-moi que tu vaux un peu mieux que ta canaille de père... Prends cette hache et défends-toi!

Ce disant, il jeta l'arme aux pieds du jeune homme éperdu et saisit avec rage l'autre hache que son compagnon lui présentait.

Milord l'Arsouille avait bondi devant la dernière insulte du capitaine Pierre.

Il se baissa pour ramasser l'arme fatale.

Mais il eut l'étonnant courage de se relever sans y porter la main.

— Non, se dit-il, non! je ne prendrai pas la vie à celui dont un des miens a déjà pris l'honneur! O lord Stephen! ajouta-t-il avec des larmes de honte dans les yeux ô mon père! à quoi me contraignez-vous?

Pierre Lavarès s'était croisé les bras et considérait le malheureux jeune homme en souriant d'un sourire dédaigneux et railleur.

— Le duel que je te propose te fait peur, dit-il ensuite; cela devait être... Pour oser se battre comme nous autres marins il faut avoir un peu de moelle dans les os et un peu de sang dans les veines... mais les d'Olburn n'ont rien... rien... rien... et tu es digne de ta race!

— Enfer! s'écria Gabriel, vous voulez donc me rendre fou?... Vous voulez donc que j'oublie le serment que je me suis fait à moi-même d'épargner votre vie?

— Dis plutôt, répliqua Lavarès avec force, que tu as fait serment de t'épargner toi-même, lâche!

— Oh! mon Dieu! mon Dieu!... reprit le jeune homme d'une voix haletante. Mais qu'un autre que vous vienne donc se mesurer avec moi, et, quel que soit le genre de combat qu'il me propose, si féroce que ce duel puisse être, je l'accepterai avec joie, avec bonheur, avec reconnaissance.

— Le compagnon de Pierre Lavarès s'avança.

— Mon capitaine, dit-il laissez-moi donc faire la partie avec ce beau milord; nous allons voir s'il a quelque chose dans le ventre.

Lavarès lui mit son arme entre les mains en s'écriant :

— J'y consens; venge-moi!

— Oh! merci! merci!... s'exclama Gabriel en ramassant avec transport la hache qui gisait à ses pieds.

Alors l'adversaire inconnu du jeune homme enleva son large feutre et son manteau.

Gabriel poussa un cri.

Il avait reconnu le père de celle qu'il aimait de tout son cœur et de toute son âme, le père de Suzanne!

— Arrière! arrière! s'écria-t-il comme en délire. Je ne veux pas... je ne veux pas me battre avec vous!

Et désespéré, il reculait.

Tous les gueux laissèrent échapper un long murmure désapprobateur.

— V'là l'Anglais qui *canne* encore! dirent quelques voix.

— Il se bat en écrevisse!

— Il a le trac!

— Enfoncé milord l'Arsouille !

Tout soudainement, l'admiration des coquins avait fait place au plus profond mépris.

Sans chercher à se rendre aucunement compte de l'inconcevable conduite de leur héros, ils ne voyaient que sa reculade présente et mettaient brusquement en oubli ses prouesses passées.

C'est la règle ordinaire. Le plus léger coup de vent fait chavirer cette barque fragile qui s'appelle la popularité.

Gabriel, devant son adversaire acharné, continuait à battre en retraite et ne faisait plus que se défendre sans songer à attaquer.

— Si je le tue cet homme, pensait-il c'en est fait à tout jamais de mes rêves d'amour et de bonheur ! Je ne serais plus, aux yeux de Suzanne, qu'un bourreau, un assassin !... Quand je l'aurai faite orpheline, tout sera fini entre nous... Oh ! non non, je ne tuerai pas son père !

Ainsi pensait-il.

Mais Pantruche prenait, comme tous les autres, ses hésitations pour la couardise.

— S'arrêtant tout d'un coup :

— Allons, l'Anglais ! cria-t-il, c'est toisé maintenant : tu as peur... tu es un lâche !... Eh bien, les lâches, sais-tu ce qu'on leur fait? On leur crache au visage... et c'est ce que je fais.

— Et le vieux matelot joignit le geste à la parole.

Gabriel poussa un hurlement de rage.

— Périsse mon amour ! dit-il ensuite, et malheur à toi !... malheur à toi !

— Allons donc ! s'exclama Pantruche. Tu es long à te mettre en train, mon petit milord.

Le combat recommença.

Peu après, le vieux matelot tomba en s'écriant

— Touché !

L'arme de Gabriel lui avait fendu le front.

En voyant chanceler son adversaire, il éclata de rire et s'écria :

— Qui ose dire maintenant que je suis un lâche?

— Moi ! répliqua Lavarès en arrachant la hache aux doigts crispés de son matelot, oui, si tu refuses de continuer le combat avec moi.

— Viens donc ! répondit Gabriel éperdu viens... Pourquoi t'épargnerais-je... puisque je ne l'ai pas épargné, lui?...

— Les haches s'entre-choquèrent et le duel reprit non moins furieux que précédemment.

Lavarès porta un coup à milord l'Arsouille en pleine poitrine.

En voyant tomber le jeune homme toute la colère du capitaine s'était évanouie.

Bien plus, il lui semblait que cette blessure qu'il lui avait faite faisait saigner son propre cœur.

Courant à Gabriel évanoui, il le prit entre ses bras puissants et le porta sur le grabat de Kocoding.

— Nous le sauverons !... fit le capitaine avec émotion en mettant à nu la poitrine du jeune homme.

Mais bientôt il poussa un cri d'inénarrable surprise.

Sur le sein gauche de Gabriel, il venait de reconnaître les même hiéroglyphes qui tatouaient son bras et celui de tous les matelots du *Vampire*...

C'est-à-dire une tête de mort et des os en croix.

V

QUI SE PASSE, DURANT LA NUIT DE NOEL DE L'AN 1835, DANS UNE PETITE MAISON QUE LE
LECTEUR NE CONNAIT PAS ENCORE

Sans demeurer plus longtemps au bouge mystérieux de la Courtille, rentrons à l'hôtel d'Olburn et voyons ce qui s'y passa quinze jours, après les événements qui ont fait le sujet de notre précédent chapitre.

Le lendemain même du duel, par les soins du docteur Olivier, Gabriel avait été transporté chez lui en civière, et depuis ce moment, il n'avait pas une seule fois repris tout à fait connaissance.

Au bout d'une dizaine de jours, grâce au zèle éclairé de son médecin, grâce aussi à sa constitution robuste, il fut hors de tout danger, et le quinzième jour il fut en état de rassembler ses souvenirs et de se faire une idée à peu près exacte de sa situation présente.

Olivier était à son chevet.

Il voulut l'interroger.

Mais le docteur lui commanda d'observer le plus strict silence, et pour l'obliger à ne pas enfreindre sa prescription, il s'éloigna et s'installa dans la salle voisine.

Peu à peu un sommeil salutaire s'empara du jeune convalescent, et lorsqu'il se réveilla, vers onze heures à peu près, il se sentit assez fort pour se soulever à demi sur sa couche et pour promener par la chambre un regard assuré.

Il éprouva une joie d'enfant en reconnaissant qu'il était chez lui.

Ses yeux se portaient tour à tour sur ses livres préférés, sur ses armes précieuses appendues en trophées aux murailles.

Il considérait l'un après l'autre tous les tableaux rares qui formaient son musée et qui portaient le nom des maîtres anciens et modernes.

Son regard s'arrêta enfin avec attendrissement sur un portrait de femme.

C'était celui de Bettina, celui de sa mère.

Il envoya à cette image chérie un religieux baiser, et longtemps il demeura en contemplation devant elle.

Puis ses yeux se portèrent sur un autre portrait.

Celui de Jonathan Glass.

Jusque-là ses pensées n'avaient rien que de doux et de mélancolique.

Mais lorsque, non loin de ces deux images adorées, il aperçut celle de lord

Il le porta sur le grabat de Kocoding...

Stephen, l'horrible révélation que lui avait faite Kocoding lui revint brusquement à l'esprit.

Alors son visage pâle blêmit encore, et de ses lèvres contractées ces mots s'échappèrent :

— Mon père... assassin... empoisonneur !

Et, sans mouvement, il retomba sur son lit.

Une heure se passa.

Gabriel reprit ses sens.

Liv. 30.   30

Durant un long temps il demeura comme stupide, sans pouvoir se rendre compte de rien.

C'était, en son esprit, un chaos insensé, un indicible tumulte.

Enfin il releva la tête.

— Que s'est-il passé? murmura-t-il en portant la main à son front.

Peu à peu ses souvenirs s'éclaircirent.

Il put saisir ses idées sous leur forme véritable.

Et tous les événements qui s'étaient passés dans le repaire du Trou-Vassou surgirent en son esprit clairs, visibles, palpables.

Il luttait avec le Calichon...

Il revoyait le lieutenant Pantruche, le père de celle qu'il aimait, frappé par lui... mortellement peut-être...

Puis à ce souvenir succéda celui de Pierre Lavarès.

Gabriel entendit de nouveau le funèbre récit des misères subies par le capitaine Pierre.

Il se vit ensuite luttant avec Lavarès et levant la hache sur sa tête.

— Pourquoi donc, dit alors le malade en pressant son front entre ses mains fiévreuses, pourquoi tremblais-je donc si fort à l'idée de verser le sang de cet homme qui m'insultait?... Pourquoi tout mon cœur se révoltait-il?... Il me semblait que ce duel était impie, sacrilège, et je me rappelle, oui, je me rappelle, j'ai offert ma poitrine à ses coups et je suis tombé, moi, pour ne pas le voir tomber lui-même!... Quelle était donc cette voix mystérieuse qui me criait : « Ne le tue pas! »

Après un frémissement d'horreur :

— Insensé! reprit-il, ne le sais-je pas pourquoi je me suis laissé outrager sans rien dire?... pourquoi je n'ai pas même voulu me défendre?... Je rachetais par ce sacrifice les crimes de mon père!...

En ce moment minuit tinta lentement à la paroisse voisine.

Lorsque la dernière vibration se fut éteinte :

— Quel son lugubre! murmura Gabriel avec un frémissement involontaire.

Après un temps :

— Quel effrayant silence! Ne dirait-on pas que tout est mort, que tout est plongé dans le néant?

Il demeura muet durant quelques minutes.

Puis, d'une voix sourde, il reprit :

— Cruelle destinée, à quoi m'obliges-tu!... Fils d'un assassin... je suis le fils d'un assassin... je porte le nom d'un empoisonneur... C'est affreux! c'est affreux!

Mais bientôt son front s'illumina.

Une autre pensée venait de surgir en son esprit.

— S'il n'était pas coupable, pourtant?

Alors toutes les preuves accumulées contre lord Stephen il les anéantissait l'une après l'autre.

— Qui sait? dit-il, Kocoding a menti peut-être!... Pourquoi, ce misérable n'aurait-il pas menti?... Pourquoi n'aurait-il pas forgé à plaisir toutes ces horreurs pour m'obliger à acheter son silence?... Non, continua-t-il, il n'est pas possible que lord

Stephen ait à ce point l'âme fausse et hypocrite!... Sur la tombe de ma mère regrettée, il a comme moi versé des larmes véritables... je les ai vues couler... On ne ment pas ainsi à la mort!... Allons, j'étais fou? l'homme dont je suis né ne peut être criminel!

Et Gabriel s'abandonnait tout entier à cette dernière pensée.

Mais, au fond de son cœur, une voix implacable lui cria :

« — A la vue de Jonathan Glass se ranimant comme pour tout révéler, lord Stephen a pâli, lord Stephen a tremblé, et les innocents ne tremblent pas! »

— Tais-toi, voix de l'enfer! balbutia le jeune homme en délire. Seigneur! ajouta-t-il, en levant vers le ciel ses yeux suppliants, vous qui êtes toute lumière et toute vérité, éclairez-moi!...

Tournant ensuite ses regards vers les portraits de Jonathan Glass et de la vicomtesse d'Olburn :

— Et vous, êtres chers à mon âme, vous qui voyez de là-haut mes doutes et mes angoisses, venez à mon aide et guidez votre enfant dans les ténèbres qui l'environnent!

Le malheureux jeune homme avait la tête en feu.

— J'étouffe! j'étouffe!... reprit-il, et l'on dirait que mon cerveau est prêt à s'embraser!

Durant ce monologue, Olivier, retiré en la chambre voisine et brisé par quinze nuits passées au chevet de Gabriel presque sans fermer l'œil, avait fini par s'assoupir.

Sans être entendu du docteur, le malade parvint à se glisser hors de son lit, et, se soutenant le long de la muraille, se cramponnant aux rideaux, aux tentures, il se traîna jusqu'à la fenêtre la plus rapprochée.

Il l'ouvrit, voulant rafraîchir son front brûlant.

L'appartement donnait sur le petit parc que nous connaissons.

La neige couvrait le sol et les grands arbres tordaient leurs bras décharnés, au souffle puissant des rafales de décembre.

Au lointain, isolé au milieu des massifs aux ramures neigeuses, s'élevait le pavillon où s'était commis le meurtre de John Glass.

A la clarté de la lune, tout cela était sinistre à voir, et Gabriel, malgré le vent glacial qui soufflait, sentait la sueur lui perler au front.

Il était là haletant, oppressé.

Une puissance surnaturelle semblait l'enchaîner à cette place.

Bientôt, du côté de Montmartre, il vit des fenêtres s'illuminer.

Puis, il lui sembla entendre comme des chants joyeux, comme des refrains bachiques qui s'échappaient des maisons environnantes et venaient par bouffées jusqu'à lui.

— C'est étrange! dit-il surpris; malgré le deuil de la nature cette nuit est-elle donc pour Paris une nuit de fête?

En cet instant, dans l'hôtel même, des clameurs et des rires retentirent.

Gabriel prêta l'oreille.

Il reconnut la voix de Narcisse et des autres domestiques.

Toute la gent galonnée était en train de faire ripaille à l'office.

— Vive Noël ! criait le valet de chambre de M. le vicomte. Vive le réveillon et tout ce qui s'ensuit, c'est-à dire les boudins, les saucisses, et toute la cochonaille passée, présente et future !

— Noël ! répéta le jeune homme avec stupeur. Quoi ! c'est la fête de Noël que l'on célèbre cette nuit !... Noël ! reprit-il en pressant sa tête entre ses mains, comme pour rassembler ses idées.

Après quelques secondes de silence :

— C'est dans les premiers jours de ce mois que s'est passé à la Courtille l'horrible drame qui s'est dénoué par mon duel avec Pierre Lavarès... Oui ! c'était le 9 décembre... J'ai tout cela maintenant bien présent à l'esprit !... Le 9 !... Et nous sommes à Noël !... Quoi !... voilà seize jours et seize nuits que je suis sur ce lit, inerte, insensible, presque mort !

Gabriel sourit tristement.

— Seize jours ! Et ce matin, en revenant à moi, je croyais que l'horrible scène du Trou-Vassou avait eu lieu hier.

Bientôt il poussa un cri :

— Grand Dieu ! dit-il, durant ce long temps, quels événements sont-ils survenus ?... Pierre Lavarès a repris le chemin de son cachot... Oh ! je n'en puis douter... il avait juré sur son honneur de marin, il a tenu son serment !... Qui sait?... à cette heure où nous sommes, peut-être est-il déjà condamné... Condamné ! lui... Oh ! ce serait monstrueux !... Et si ce malheureux était exécuté !... pendant que j'étais étendu sur ma couche, le corps anéanti, l'esprit absent, si la tête de l'innocent avait roulé sur l'échafaud !

Il quitta la fenêtre.

— Je ne saurais demeurer plus longtemps en cette effroyable incertitude !...

D'un pas presque ferme, il alla vers un cabinet voisin, prit les premiers vêtements qui lui tombèrent sous la main et s'habilla à la hâte.

Lorsqu'il eut achevé, il était extenué et fut obligé de s'asseoir.

Ayant repris quelques forces :

— Interrogeons Olivier ! dit-il.

Il se leva et se rendit à la salle voisine, dans laquelle il savait que reposait le docteur.

Celui-ci, à demi-mort de fatigue, sommeillait encore.

— Pauvre et brave ami ! murmura Gabriel. Pour me soigner, pour me guérir, il veille sans doute depuis bien longtemps et, s'il dort à cette heure, c'est qu'il me sait hors de danger... Je respecterai son sommeil !...

A bas bruit, il s'éloigna du canapé sur lequel s'était jeté Olivier.

— Au surplus, pensa le jeune homme en regagnant sa chambre, mieux vaut ne pas le questionner au sujet du capitaine Pierre !... mon trouble me trahirait peut-être, et pourrait lui révéler cet horrible secret que je voudrais me cacher à moi-même.

Il avait doucement refermé la porte de la chambre.

— Non, non ! reprit-il, ce n'est pas Olivier qui doit me faire connaître le sort du malheureux Lavarès, c'est lord Stephen... c'est mon père!... Cette nuit même, il faut que mes doutes soient éclaircis, il faut que je sache la vérité, toute la vérité !

Alors il écarta une draperie qui cachait la porte sur l'escalier.

Il descendit lentement les degrés de marbre et s'arrêta sur le palier du premier étage.

C'est là, nous l'avons dit, que se trouvaient autrefois les appartements de lord Stephen, et rien, depuis les événements survenus à l'hôtel d'Olburn, n'avait été changé à cette disposition.

Le front emperlé de sueur, la poitrine bondissante, Gabriel ouvrit la porte de l'antichambre.

Comme chaque nuit, il y avait de la lumière partout.

Lord Stephen avait l'obscurité en horreur.

Et c'était une anomalie singulière : cette âme noire eût dû se plaire dans les ténèbres.

L'antichambre était vide...

Les autres pièces aussi...

Enfin le jeune homme parvint à la chambre à coucher du vicomte.

Il se sentit défaillir et, pour ne pas choir, il dut se retenir au chambranle de la porte.

— Je frissonne ! murmura-t-il. De cette entrevue dépend ma vie tout entière.

Il colla son oreille contre la serrure.

— Je n'entends rien ! Son sommeil est calme... les criminels ne dorment pas ainsi.

Après une longue hésitation, il se décida à frapper.

Doucement... bien doucement...

On ne lui répondit pas.

— L'homme qui a tué se réveille au moindre bruit, pensa le jeune homme.

Il frappa de nouveau et plus fort.

Pas de réponse encore.

La clef était sur la porte ; il la fit tourner dans la serrure et entra.

La chambre était vide.

— Que veut dire ceci? murmura Gabriel. Pourquoi lord Stephen est-il absent?

Sur un meuble était un journal déplié.

Il s'en saisit et s'approcha de la lampe.

A sa pâle clarté, que tamisait un globe d'albâtre, il essaya de lire.

Mais ses yeux ne purent tout d'abord déchiffrer aucun mot.

Il voyait du noir sur du blanc, et c'était tout.

Enfin, de même que sa pensée était redevenue peu à peu lucide, de même sa vue reprit graduellement sa netteté.

Il put lire alors.

Et ce qu'il lut, l'épouvanta.

Ses yeux étaient tout justement tombés sur le procès de Pierre Lavarès.

Jusqu'alors retardée par divers incidents survenus pendant le cours des débats, l'issue de cette sinistre affaire devait être connue le lendemain même du jour de

Noël... Et le journal ajoutait que, selon toute apparence, cela se dénouerait par une condamnation capitale.

Le marin, on le voit, avait tenu le serment fait à son geôlier.

A l'heure dite il avait repris sa chaîne.

Le malheureux! gémit Gabriel, en tombant accablé sur un siège.

Mais brusquement il se redressa.

— Il ne s'agit pas de pleurer sur son sort; il faut le sauver.

Il frémit.

— Le sauver!... Eh! le puis-je?... Lord Stephen seul le peut en se dénonçant lui-même... en avouant tout!...

Après un temps :

— Avouer!... Et s'il n'était pas coupable pourtant... s'il a par conviction accusé Lavarès... Cela est possible après tout.

Il jeta les yeux sur le journal.

— Pourquoi, reprit-il en réfléchissant, pourquoi cette feuille était-elle dépliée juste à l'endroit du procès?... Cela l'intéresse donc!...

Froissant le journal :

— Eh! je suis fou vraiment... Pourquoi cette cause n'aurait-elle pas pour lui plus d'intérêt que pour tout autre?... N'a-t-il pas été un des principaux témoins, l'un des acteurs de ce sombre drame judiciaire?

Parcourant de l'œil la chambre vide :

— Il est étrange qu'il ne soit pas ici. Où peut-il être?

Il quitta la chambre et passa devant la terrasse que nous connaissons.

Gabriel supposa que son père, inquiet sur sa santé, sur sa vie peut-être, avait préféré ne pas prendre de repos et s'était retiré en son fumoir, avec sir Walter, pour être prêt à tout événement.

Le jeune homme s'engagea donc dans la galerie et visita la retraite favorite du vicomte d'Olburn.

Mais cette pièce était vide comme les autres.

Il quitta définitivement les appartements du vicomte.

Il allait regagner les siens, lorsque les voix des laquais, réveillonnant au rez-de-chaussée, lui donnèrent l'idée de les interroger et de savoir d'eux le motif grave, qui avait pu obliger son père à s'absenter cette nuit.

Il descendit.

Comme il s'apprêtait à pénétrer dans l'office où festoyait la valétaille, il entendit maître Narcisse qui disait, riant d'un rire aviné :

— Ce pauvre vicomte, il est si triste, si triste de voir son fils Gabriel en train de tourner de l'œil, qu'il est allé passer la nuit à son petit parc aux cerfs d'Auteuil, avec son ami Walter, ça va sans dire, et puis d'autres camarades encore, dont la moitié au moins appartient à ce sexe enchanteur qui fait le bonheur de la vie!...

— Que dit-il? murmura Gabriel. Quoi! lorsqu'il sait que je souffre... lorsqu'il me croit mourant, mon père choisit ce moment pour recommencer sa vie d'autrefois?

La voix de Narcisse se fit de nouveau entendre :

— Ma foi, disait-il, c'est un bon *zigue*, ce cher vicomte. Il comprend la vie, au moins, celui-là !... Il y en a d'autres, à sa place, qui ayant leur fils unique malade, et près de trépasser, se seraient carrément opposés à ce qu'on fît dans la boutique la moindre rigolade en l'honneur de Noël !... Eh bien ! lui, pas du tout ; quand je lui ai fait part de mes intentions nocturnes, il m'a répondu : « A ton aise, mon garçon !... Buvez et mangez tout votre saoûl... Faute d'un moine l'abbaye ne doit pas chômer... » Le moine, c'est M. Gabriel... continua le drôle en avalant un verre, et l'abbaye... c'est nous !... As pas peur, reprit-il en riant, as pas peur, vicomte de mon cœur..., elle ne chôme pas, l'abbaye ; elle s'en fourre par le bec autant qu'elle peut... Pas vrai, mam'zelle Rose ? poursuivit Narcisse en embrassant la cuisinière.

Et les rires des valets éclatèrent de nouveau.

— C'est égal, dit le jardinier, lequel était de la fête, ça me fait quelque chose de boustifailler quand je sais que ce pauvre M. Gabriel est là-haut dans son lit...

— Laissez donc, père Grégoire, interrompit Narcisse ; il nous embête, votre Gabriel. Qu'est-ce qu'il allait fabriquer à la Courtille... il n'avait qu'à rester chez lui !... Il a la rage de se mêler toujours de ce qui ne le regarde pas... Il se pose toujours en don Quichotte des victimes innocentes, malheureuses et persécutées... Un jour c'est une femme qu'il empêche de battre, une autre fois c'est un cheval dont il se déclare le champion ! C'est une scie à la fin !... S'il faut lui demander la permission de cogner son épouse ou de tirer la queue à son chat, il n'y a pas de raison pour que ça finisse !

— Narcisse a raison, cria mam'zelle Rose.

— Et puis, poursuivit le valet de chambre, ce qui me dégoûte en lui, c'est qu'il n'aime que le petit monde. Tout ce qui sent le peuple, ça lui va ! Il a une toquade pour les mendiants, pour les va-nu-pieds, et pas un ne lui tend la main sans qu'il lui aboule de la monnaie.

— Eh bien, quoi ! fit le jardinier, il est généreux cet homme, ous qu'est le mal ?

— Père Grégoire, dit sententieusement maître Narcisse, vous êtes un vieux melon, voilà mon opinion... Apprenez, une fois pour toutes, qu'un homme du monde, un gentilhomme ne doit être généreux qu'avec ses domestiques !... Pas vrai, mam'zelle Rose ?

Naturellement il accompagna cette nouvelle question d'un nouveau baiser que la cuisinière accepta sans opposition aucune.

— Moi, voyez-vous, continua Narcisse, j'exècre la canaille... Les gens du peuple, c'est de la crotte de chien pour moi !...

Le jardinier haussa les épaules.

— Si ça ne fait pas suer ! dit-il. Tu n'es donc pas du peuple, toi ?... Qui sait ? c'est peut-être le roi de Prusse qui est ton père ?

— Le roi de Prusse, non... mais...

— Tais-toi donc, farceur, poursuivit le bonhomme, je le connais ton père : il est chiffonnier. A preuve qu'un jour il est venu te trouver ici, et comme t'as pas eu l'air de le reconnaître, il t'a appelé grand crapaud et qu'il t'a cassé son crochet sur le mufle.

Narcisse demeura un instant abasourdi.

Mais reprenant bien vite son aplomb :

— Eh bien, quoi? Mon père est chiffonnier, c'est vrai... mais je le renie... v'là tout... Ce n'est pas plus malin que ça.

— Bien dit! fit mam'zelle Rose. Moi j'ai rompu aussi avec toute ma famille.

— Eh! quoi qu'ils faisaient vos auteurs?

— Des gens de la campagne, répliqua la cuisinière avec mépris; de simples vachers.

— Des vachers!

— Mon Dieu, oui. Vous comprenez, je ne pouvais pas, dans ma position, fréquenter ce monde-là.

— Qué malheur! s'exclama le jardinier. Ça dédaigne les villageois parce que ça sait faire sauter un lapin et danser l'anse du panier!

— Eh bien! dites donc, vous, insolent!

Narcisse s'interposa.

— Laissez-le donc, mam'zelle Rose; il nous embête, celui-là. Il fait son nez parce que nous ne gobons pas M. Gabriel, ou plutôt son milord l'Arsouille.

— Milord l'Arsouille! s'exclama toute la valetaille.

— Oui, c'est son nouveau nom... depuis ses derniers exploits à la Courtille... Ah! je ne vous cacherai pas que je suis profondément humilié d'être aux ordres d'un maître pareil.

— Tu es le valet de chambre de M. le vicomte et non le sien, observa Mlle Rose.

— Cela est vrai, riposta Narcisse; mais comme c'est sir Gabriel qui paye mes gages, je suis bien réellement à son service; et dame vous conviendrez que c'est vexant pour un homme de ma valeur, d'être le domestique d'un milord l'Arsouille.

En ce moment la porte de l'office s'ouvrit toute grande.

Sir Gabriel était debout sur le seuil.

— Tu as raison, dit-il à Narcisse, tu ne saurais être à mon service et je te chasse!

S'adressant aux autres valets :

— Et vous aussi vous quitterez cette demeure : un maître comme moi ne saurait avoir des serviteurs comme vous.

Se retournant vers le jardinier :

— Toi, tu resteras, poursuivit-il, car tu n'es pas un orgueilleux et un ingrat.

Là-dessus, le jeune homme s'éloigna, laissant toute la clique en goguette effarée, tremblante. Gabriel leur avait fait l'effet de l'ombre de Banquo!

Gabriel prit un manteau et un chapeau et quitta l'hôtel.

Un fiacre montait lentement la rue de La Rochefoucauld.

— Es-tu libre? demanda notre héros au cocher.

— Mon Dieu, oui! répliqua celui-ci en poussant un gros soupir. Puisque c'est mon métier, faut bien que je le fasse... mais ça ne m'amuse guère, allez, et si je n'y étais pas forcé...

Le jeune homme, sans écouter les doléances de l'automédon, prit place dans la voiture et lui cria :

— Pas vrai, mamz'elle Rose? poursuivit Narcisse en embrassant la cuisinière.

— A Auteuil!

— Oh! là ou ailleurs, ça m'est bien égal, reprit l'autre d'un air résigné, mais lugubre. Vous me diriez de vous mener n'importe où, et même plus loin encore, je vous y conduirais tout de même. C'est mon métier... il faut bien que je le fasse !

Dans ce cocher peu enthousiaste, le lecteur a reconnu sans doute notre vieil ami Ferrouillard, qu'il nous a fallu perdre de vue, durant quelques chapitres, mais que la suite de ce récit va ramener en scène, ainsi que plusieurs autres personnages qui n'ont fait qu'apparaître et dont le rôle est loin d'être terminé.

Liv. 31.   31

Le fiacre rebroussa chemin, descendit la rue de La Rochefoucauld, enfila la rue du Mont-Blanc et gagna la place Louis XV.

Puis il suivit le bord de l'eau.

Une demi-heure après, il s'engageait dans la rue de La Fontaine, à Auteuil.

— Quand il faudra vous arrêter, mon bourgeois, dit le cocher en se baissant vers la portière, vous me ferez signe.

— Va jusqu'à l'église.

— Jusqu'à l'église? répéta Ferrouillard étonné. Enfin n'importe! ça m'est bien égal, après tout.

On eut promptement atteint l'endroit indiqué.

Gabriel quitta la voiture.

— Attends ici, lui dit-il. Je te prends à l'heure.

— Et, sans vous commander, mon bourgeois, serez-vous bien longtemps?

— Je l'ignore. Peut-être vais-je revenir dans un instant.

Disant ceci, le jeune homme se dirigea vers un petit chemin étroit et sombre qui avoisinait l'église.

— Quoi! lui dit le cocher en sautant à bas de son siège, vous avez affaire dans cette vilaine rue-là?... A cette heure indue, ce n'est pas déjà si prudent.

Gabriel lui jeta une pièce de vingt francs et répliqua :

— Je ne crains rien!... En tout cas, tu n'en seras pas pour tes frais.

Il s'engagea dans la ruelle déserte.

Après avoir, durant quelques minutes, cheminé en silence, il s'arrêta devant la grille d'un beau jardin au bout duquel s'élevait une petite habitation de construction ancienne.

Cette demeure, Gabriel la connaissait bien.

Elle avait appartenu à John Glass et, maintes fois, ce dernier l'était venu visiter, en compagnie de son petit-fils.

Toutes les fenêtres du rez-de-chaussée étaient brillamment illuminées.

— C'était vrai! c'était vrai! murmura Gabriel, lord Stephen est ici.

Des rires de femmes vinrent jusqu'à lui avec des lambeaux de chansons.

Le jeune homme laissa échapper un douloureux soupir.

Puis son front s'empourpra de colère :

— C'est infâme! dit-il.

Et, passant les mains à travers les barreaux, il pressa doucement un secret qui lui était connu.

La grille s'ouvrit aussitôt et roula sans bruit sur ses gonds.

Alors, Gabriel se glissa mystérieusement à travers les arbres.

D'un pas léger, il gravit les degrés du perron et pénétra dans l'antichambre sur laquelle donnait la porte du grand salon, où lord Stephen et ses amis étaient réunis depuis minuit.

Sir Walter était du nombre de ces derniers, on le sait.

Avec lui, quatre hommes se trouvaient encore et six jeunes femmes aussi.

Les voitures qui avaient amené les douze convives avaient reçu l'ordre de s'éloigner, et ne devaient revenir les chercher qu'au point du jour.

Narcisse et les deux autres laquais avaient seuls été chargés des préparatifs du souper, et, pour jouir d'une liberté complète, lord Stephen avait renvoyé les trois drôles à Paris en leur enjoignant expressément de tenir secrète la petite saturnale d'Auteuil.

On a vu de quelle façon maître Narcisse avait suivi la recommandation de son maître.

Il est vrai que le coquin était gris.

Au moment où Gabriel mit le pied dans l'antichambre, l'orgie était à son comble dans la grande salle.

L'ivresse étreignait déjà tous les convives, et pourtant hommes et femmes buvaient encore.

C'était ignoble...

C'était hideux...

Lord Stephen, entourant de son bras une pâle courtisane, et remplissant de champagne la coupe qu'elle lui tendait, lui disait, en la regardant d'un œil aviné :

— Décidément, ma belle Arlésienne, tu es une adorable coquine, et quand je serai pour tout de bon devenu millionnaire, je me servirai de tes jolies petites dents blanches pour croquer plus vite mes lingots.

— Je te promets de n'en faire qu'une bouchée, vicomte, répliqua la courtisane. Et quand ce beau jour arrivera-t-il ?

— Quand je porterai le deuil de mon fils bien-aimé.

— Qu'il se dépêche donc de mourir alors ! reprit la fille pâle, puis élevant sa coupe :

— Je bois au trépas de ton héritier, vicomte, ajouta-t-elle.

— Je te fais raison, ma belle, répliqua lord Stephen d'une voix avinée. A la mort de mon fils !

Et tous les convives osèrent répéter ce toast hideux.

Pendant ce temps, Gabriel avait ouvert la porte, et, sans être aperçu de ces misérables, il s'était approché sans bruit de la table.

Saisissant une coupe pleine, il la choqua contre celle de lord Stephen en disant :

— Moi aussi, milord je m'associe à votre toast... car, sur mon âme, mieux vaut mourir que d'être le fils d'un père tel que vous ! Puis il vida sa coupe en ajoutant d'une voix sonore :

— Je bois à la mort de Gabriel d'Olburn !

VI

Voyons quels étaient les cyniques convives du noble vicomte d'Olburn.

Aux femmes d'abord.

La première a nom Léa l'Arlésienne, et nous la connaissons déjà.

Nous l'avons vue servante dans le cabaret borgne du Pré-Maudit.

Fille de joie à Toulon, elle s'était éprise un beau jour du Calichon, alors que ce
gredin était au bagne, et avait elle-même favorisé son évasion.

Tous deux s'étaient retrouvés chez Bancroche, chez lequel ils s'étaient donné rendez-vous.

En revoyant le forçat misérable et hideux, l'amour de l'Arlésienne, s'était brusquement évanoui; mais la fille pâle avait dû quand même demeurer par terreur
avec le Calichon.

Les hommes étaient dignes des femmes.

C'était tout dire.

Parmi eux, nous retrouvons non seulement le baronnet Walter, mais encore un
autre personnage bien connu du lecteur.

Nous avons nommé le chevalier de Bellardoise, l'époux de la belle Moleskine.

Depuis la fameuse nuit où la fille de la pharmacienne a fait son entrée dans le
grand monde au bras de son époux, ce dernier ne lâche plus lord Stephen, lequel,
du reste, trouve la société du chevalier la plus agréable du monde.

Ces deux estimables coquins s'étaient compris et s'appréciaient.

Si bien que maître Bellardoise était de toutes les petites fêtes du vicomte.

Le troisième convive avait nom Coquardier.

Celui-ci n'était autre que l'ancien *protecteur* de Moleskine, celui-là même dont le
nom a trois ou quatre fois été prononcé dans le cours de ce récit.

C'était un vieux drôle assez riche, mais passablemsnt avare, bien qu'il se donnât
beaucoup de mal pour paraître grand et généreux.

Ce personnage était à la tête d'une maison de nouveautés à l'enseigne du *Dahlia
Jaune.*

Un marquis espagnol fuyant ses créanciers, un grand seigneur russe, fuyant la
Sibérie, tels étaient les deux derniers hôtes du vicomte d'Olburn.

Une seconde avant l'apparition de notre héros, la salle du festin présentait le
coup d'œil le plus étrange et le plus sardanapalesque.

Au milieu de cette vaste chambre aux draperies de satin, une large table était
dressée, laquelle était surchargée de coupes et de bouteilles, de mets exquis et de
fruits rares.

Chevet avait été chargé du souper, et, comme toujours, il s'était tiré mirifiquement de cette mission délicate.

On était en plein cœur de l'hiver, la neige couvrait le sol, le soleil lui-même avait le nez rouge, comme disait Mürger; et cependant les primeurs de mai et de juin étaient là réunies : les cerises et les fraises répandaient leurs senteurs printanières, les pêches montraient leurs joues veloutées, et l'on voyait même, à chaque bout de table, une treille dorée pliant sous le poids de grappes vermeilles.

Et devant ces beaux fruits de France, les pommes d'or de l'oranger d'Espagne semblaient toutes honteuses et faisaient non moins piteuse mine que l'éternel ananas, accessoire obligé de tout luxueux balthazar.

Ce souper avait coûté des sommes folles.

Mais qu'importait à lord Stephen?

Ne croyait-il pas qu'il allait hériter?

Au moment où nous pénétrons dans la salle du festin, c'est-à-dire vers deux ou trois heures du matin à peu près, l'orgie est déchaînée et la table est au pillage.

On a touché à tout et l'on n'a rien mangé, comme c'est l'habitude dans ces sortes de soupers.

Tous ces fruits merveilleux sont éparpillés sur la nappe: les raisins sont grapillés, les pêches mordues et abandonnées.

Et le prix d'un seul de ces fruits eût suffi à donner du pain pendant huit jours à une pauvre famille!

Mais bah!... ces braves insensés ont bien la tête vraiment à songer aux pauvres!... Ils songent à eux... c'est bien assez!

— Après nous le déluge! disaient-ils... Le monde, c'est nous.., le reste n'est rien!

Si les convives du vicomte d'Olburn n'avaient touché que du bout des dents aux comestibles, ils avaient, en revanche, fait largement honneur au champagne de leur amphitryon.

Car le souper s'était fait entièrement au champagne frappé.

C'était une idée du chevalier de Bellardoise, lequel avait, comme on sait, un faible pour cette absurde liqueur.

En deux heures combien s'était-il vidé de fioles?

Ils n'en savaient rien eux-mêmes.

Mais leurs regards avinés le disaient pour eux.

Tous étaient aux trois quarts ivres, et leur ivresse était hideuse à voir, monstrueuse à entendre.

Ce qui se disait là d'obscénités et d'infamies, ce qui se chantait de refrains orduriers est impossible à raconter.

Les femmes surtout s'en donnaient à cœur joie. Elles étaient effrayantes de cynisme et d'impudeur.

Si elles s'étaient amusées encore!

Mais non... Elles riaient fébrilement, elles chantaient sans avoir envie de chanter, comme elles mangeaient sans faim et buvaient sans soif.

Elles faisaient tout cela, les malheureuses, parce que c'était leur métier, et voilà tout.

Cependant l'orgie grandissait avec une sauvage énergie; l'ivresse générale prenait des proportions titaniques.

L'Espagnol, se sentant vaincu par le vin, faisait, pour ne pas disparaître sous la table, des efforts surhumains qui se résumaient en un sourire fixe, hébété, en une contraction du visage dont nulle expression ne saurait donner une idée.

Le Russe, lui, plus habitué au champagne que l'hidalgo faisait meilleure contenance.

Sans repos et sans trève, il remplissait et vidait sa coupe, tandis qu'une *ingénue* des Variétés à laquelle il voulait du bien lui posait sur la tête une couronne de pampres ornée d'une énorme grappe qui lui pendait sur le nez.

Et le Moscovite riait d'un gros rire qui faisait sursauter ses énormes moustaches fauves; puis, interrompant momentanément ses fréquentes libations, il embrassait bruyamment son *ingénue* et s'écriait d'une voix gutturale :

— Mademoiselle Hortensia (c'était le nom de la belle), je suis en vérité bien flatté d'avoir fait votre connaissance.

— Alors, prête-moi dix louis, mon gros boyard, répondait la comédienne *pour rire*, et je te dirai pourquoi.

Mais le Russe ne fit pas semblant d'entendre et se mit à raconter à son voisin, comme quoi, à Pétersbourg, en une nuit de lansquenet, il avait joué ses chevaux, ses chiens, ses serfs et sa maîtresse.

— Toutes vos bêtes enfin! dit Bellardoise.

— Dites donc, vous, espèce de goujat! grommela la grosse Olympe en se réveillant à moitié.

— Ma chère amie, lui répliqua le chevalier, je vous prie de modérer vos expressions. Tant que j'étais célibataire, je pouvais souffrir ces familiarités; mais à présent que je suis marié, mettez une sourdine à vos épithètes.

— As-tu fini! s'exclama Mlle Cabriolette, qui, depuis quatre mois, avait sacrifié Scipion le typographe aux lions du boulevard de Gand et abandonné les rayons de son magasin pour les planches de l'Opéra.

Celui qui avait le plus aidé à lui faire faire ce faux pas, c'était son patron M. Coquardier.

Celui-ci était jaloux comme un tigre de sa nouvelle conquête.

— Virginie, lui dit-il d'une voix saccadée en renversant sur lui le contenu de son verre, je vous défends de tutoyer M. de Bellardoise.

— Coquardier, répliqua la danseuse, vous m'affligez mon bon ami! Contentez-vous de donner à boire à votre gilet et taisez-vous *sans murmurer*, comme on dit au Gymnase.

— Bien dit! fit la voisine du gros jaloux, une grande fille qui s'appelait Risette et qui, malgré tous ses efforts pour être drôle et malgré sa réputation de boute-en-train, était beaucoup moins gaie que son nom. Les hommes qui font des scènes aux femmes, il n'en faut pas... Nous sommes venues ici pour nous amuser... amusons-nous!

Et là-dessus elle entonna un de ces ignobles refrains qui devraient faire fouetter en place publique les drôles qui les fabriquent et les idiots qui les chantent.

Risette fut grandement applaudie; cela va sans dire.

La malheureuse avait grasseyé cela cependant d'une voix éraillée, faussée, horrible; mais ses gestes crapuleux avaient suppléé à son manque d'organe, et tout le monde avait trouvé cela charmant.

Tout le monde, excepté sir Walter, qui seul parmi tous, demeurait froid et maître de lui.

Risette possédait cependant, depuis deux ou trois jours, les faveurs du baronnet Satanas.

Mais celui-ci en était déjà terriblement fatigué.

Comme elle allait entamer le deuxième couplet de sa chanson ordurière :

— Ma chère, lui dit Walter en l'interrompant, vous êtes insoutenable avec vos mélodies !... Je ne sais rien de plus agaçant qu'un refrain sans esprit chanté par une femme sans voix.

La grande fille haussa les épaules.

— Vous êtes encore un drôle de pistolet, vous !... Ce n'est pas une raison, parce que vous n'aimez pas la gaîté et les flonflons, pour en dégoûter les autres.

— Ta gaîté porte le deuil, ma belle, et tes flonflons me font bâiller... Verse-moi à boire et tais-toi.

Une mignonne créature toute délicate et toute frêle, seule peut-être parmi tous les convives, avait fait honneur au souper. Bien que l'on fût depuis longtemps au dessert, elle dévorait encore à belles dents une large assiettée de truffes périgourdines.

— Sir Walter n'a pas tort, dit-elle la bouche pleine, toutes ces gravelures-là, ça ne vaut pas cher; et d'abord il devrait être interdit de les mettre en vers, par respect pour la poésie !

Celle qui parlait ainsi, nous l'avons déjà présentée au lecteur.

C'était Mlle Primevère.

Cette même Mlle Primevère que nous avons vue, il y a sept mois, sous un bosquet de l'*Ile d'Amour*, assouvissant sa fringale avec la pâte de réglisse du jeune Grenouillot.

Quelques mois avaient suffi pour faire de nos petites grisettes d'autrefois des filles à la mode.

On voit qu'en l'an de grâce 1835 ces sortes de métamorphoses s'opéraient aussi facilement que de nos jours.

En entendant sa protestation, Bellardoise avait poussé un grognement de mauvaise humeur.

— Allons, bon ! s'exclama-t-il, voilà l'autre avec sa poésie !...

A cette apostrophe, Primevère répliqua en levant sa fourchette vers le ciel :

— La poésie est le parfum de la femme !

— Comme la truffe est le parfum de la dinde !

— Ah ! reprit la petite, jamais vous ne comprendrez ça !

Se retournant vers l'Espagnol ivre mort :

— Don Rafaël me comprend, lui, et cela suffit à mon cœur !

L'Espagnol tourna un regard abruti vers son infante, qui s'empressa de lui déclamer à brûle-pourpoint une strophe de Lamartine, dont l'hidalgo n'entendit pas un traître mot, par la raison toute simple que, pendant tout le temps que parla Primevère, il ne songeait qu'à conserver un peu de son équilibre.

Mais il eut beau faire, avant le dernier vers, il tomba bruyamment sur le parquet, où il ne tarda pas à s'endormir profondément.

— Mort au champ d'honneur ! dit gravement Bellardoise, jetons quelques fleurs sur sa tombe, et n'en parlons plus !

Ce disant, il jeta la poivrière sur l'Espagnol.

Lord Stephen, lui, ne faisait que médiocrement attention à ses hôtes.

Non moins ivre que ceux-ci et non moins affolé, il était tout entier à sa nouvelle maîtresse et lui tenait les discours les plus passionnés et les plus étranges.

L'Arlésienne lui riposta par le toast impie que lord Stephen et les autres acceptèrent, et qui fut pour ainsi dire le bouquet de ce feu d'artifice aphrodisiaque et bachique.

La venue de celui dont on fêtait la mort semblait avoir foudroyé tous les convives.

Tous, immobiles, muets, fixaient leurs yeux hagards sur Gabriel, qui, par une force de volonté inconcevable, demeurait droit et menaçant, mais dont l'effroyable pâleur annonçait les souffrances passées et la faiblesse présente.

Il était à ce point livide qu'on eût dit un cadavre, un spectre, et tous ces hommes, toutes ces femmes, que l'ivresse étreignait, crurent bien réellement, durant quelques secondes, que le monde des tombeaux avait vomi un de ses hôtes sinistres pour les venir troubler en leurs nocturnes ébats.

Les lèvres stupidement entr'ouvertes, le front perlé de sueur, les cheveux hérissés, chacun regardait sans songer à vider son verre.

Et quelques-uns même étaient même si furieusement ahuris, que leurs coupes pleines s'échappèrent de leurs mains et se brisèrent avec éclat sur le parquet et sur la table, faisant jaillir de toutes parts la liqueur glacée.

Lord Stephen reprit le premier ses esprits.

— Lui ! lui ! murmura-t-il, vivant !...

Alors il repoussa brusquement la courtisane et voulut se lever.

Mais, vaincu par l'ivresse, il retomba sur son siège en prononçant le nom de « Gabriel. »

Et ce nom, tous les convives le répétèrent.

Quant au nouveau venu, il promenait sur cette clique avinée un regard de dégoût et de mépris.

— Eh bien ! leur dit-il enfin, quelle subite terreur vous cause donc ma venue ?... D'où vient votre effarement et votre stupeur ? Pensez-vous, d'aventure, que l'enfer ait déjà exaucé votre souhait et que ce soit un mort qui vous fasse visite ?...

Après un temps et se soutenant au dossier d'un fauteuil :

— Non, de par Dieu ! ajouta-t-il, je suis vivant encore, tout faible et tout blême que je vous paraisse... Rassurez-vous donc, et buvez encore... Buvez à mon prochain trépas, puisqu'alors le vicomte d'Olburn sera millionnaire et qu'il sera trop heureux de dépenser avec vous sa fortune princière en orgies et en folles débau-

Saisissant une coupe pleine, il la choqua contre celle de lord Stephen en disant : — « Je m'associe
à votre toast. »

ches!... Allons, parasites et courtisanes, un nouveau toast à mon anéantissement !

Les convives demeuraient inertes et silencieux.

Seule l'Arlésienne osa reprendre sa coupe.

Puis, considérant Gabriel d'un air de bravade, elle le porta à ses lèvres.

Mais le jeune homme fixait sur elle ses grands yeux noirs, et, sans avoir bu, elle reposa son verre sur la table.

Gabriel se retourna vers lord Stephen.

— Milord, lui dit-il, il faut que je vous parle... à vous, à vous seul, vous m'entendez!

Lord Stephen n'était pas en état de résister.

Sans quitter le fauteuil où l'ivresse et la stupeur le tenaient cloué, il congédia ses hôtes.

Ceux-ci se regardèrent et crurent avoir mal entendu.

— Qu'est-ce à dire, vicomte de mon cœur? s'exclama l'Arlésienne. Tu nous flanques à la porte à une pareille heure, dans un pareil pays et par un temps pareil!... Ah! mais non... pas de ça, Lisette... J'attends le jour et les voitures...

— Et nous aussi! crièrent les autres femmes.

Les hommes, eux, tout ivres qu'ils étaient, aimaient autant s'éclipser.

Ils comprenaient vaguement que quelque chose de terrible avait dû forcer ce jeune homme presque mourant à venir trouver lord Stephen, et nul n'était tenté d'assister à la scène de famille qui assurément allait se passer entre ce père coupable et ce fils irrité.

Chacun se leva donc en chancelant et détala sans bruit, et les jeunes femmes, bon gré mal gré, se décidèrent à s'éloigner à leur suite.

Sir Walter, le seul, nous l'avons dit, qui eût bien véritablement conservé sa raison et son sang-froid, prit congé du vicomte le dernier de tous.

Et comme il passait devant son ami en s'inclinant, il lui glissa ces mots dans l'oreille, sans qu'il fût possible à Gabriel de rien entendre :

— Ce jeune homme est bien faible, milord... un enfant aurait aisément raison de lui!

Là-dessus il disparut, entraînant l'Espagnol, qui venait d'être réveillé en sursaut par le poivre dont il était saupoudré et qui lui était entré dans le nez, dans les yeux et dans la bouche.

Il était déjà loin qu'on entendait encore ses éternuements frénétiques.

VII

DANS LEQUEL IL EST PROUVÉ QU'IL EST PLUS AISÉ, POUR UN COCHER DE FIACRE, DE VENIR A AUTEUIL QUE DE S'EN RETOURNER

Milord l'Arsouille était resté seul avec le vicomte d'Olburn.

Il se fit un long silence.

Lord Stephen demeurait devant la table où, peu auparavant, riaient, chantaient et se contorsionnaient les courtisanes échevelées.

Il était là, sans parler, sans penser et sans voir, la tête courbée comme sous le poids de la honte et du remords.

Gabriel, plus pâle et plus affaibli de minute en minute, s'appuyait d'une main au dossier d'un fauteuil et laissait tomber sur son père anéanti un regard où se lisaient tout à la fois l'horreur, la colère et la pitié.

— Mon Dieu ! murmurait le jeune homme, donnez-moi la force de sonder les sombres profondeurs de son âme.

Enfin lord Stephen sembla secouer son engourdissement et releva la tête.

Il passa la main sur son front comme pour en écarter les vapeurs de l'ivresse, puis, regardant fixement Gabriel, il se leva et s'approcha lentement du jeune homme.

— Gabriel, murmura-t-il d'une voix à peine distincte, qu'ai-je dit tout à l'heure? qu'avez-vous entendu?... Des infamies, n'est-ce pas ?... Que voulez-vous? j'étais fou ! j'étais ivre !...

Le jeune homme demeura impassible et ne répondit pas.

Le vicomte poursuivit avec plus de véhémence :

— Lorsque la soif des plaisirs et des voluptés vous brûle le cœur, il faut l'assouvir à tout prix !... Oui, pour venir m'enivrer dans les bras de ces vendeuses d'amour, j'ai tout oublié, tout... ma tendresse pour vous et jusqu'à mon titre de père... Poussé par ces hommes sans cœur, par ces filles sans âme, j'ai même osé porter un toast sacrilège... Oh ! je me souviens maintenant, oui, je me souviens de tout... C'était l'ivresse qui m'égarait... ou plutôt, non, je parlais ainsi par fanfaronnade, pour forcer toute cette tourbe de libertins et de femmes perdues à s'extasier devant mon cynisme !... Mais ce toast criminel n'était que sur mes lèvres et non dans ma pensée... Moi ! souhaiter votre mort, mon fils !... Ah ! j'ai toute ma raison maintenant, tout mon sang-froid, et je vous le dis en vérité, Gabriel, pour faire votre existence plus longue et plus heureuse, je ferais à l'instant même le sacrifice de la mienne, je verserais avec joie jusqu'à la dernière goutte de mon sang !

Comme on le voit, lord Stephen n'était réellement plus ivre.

Il était redevenu hypocrite, il avait donc, ainsi qu'il le disait, tout son sang-froid et toute sa raison.

Gabriel, exténué, était tombé sur un fauteuil.

— Milord, dit-il en souriant d'un triste sourire, peu m'importe, je vous jure, que vous buviez ou non à ma mort prochaine, à l'heure dite je m'éteindrai, et tous les toasts du monde ne sauraient avancer ou retarder d'un quart de seconde l'instant de mon dernier soupir... Laissons donc ceci, mon père, et parlons présentement de choses plus graves.

Gabriel avait prononcé ces derniers mots d'une voix altérée, tremblante, et son regard s'était fixé sur le vicomte avec une obstination singulière.

— Que veut-il dire? pensa lord Stephen avec inquiétude, et qu'est-ce donc qui l'amène ici?

S'asseyant auprès du jeune homme :

— Parlez, poursuivit-il à haute voix ; je vous écoute.

— Milord, poursuivit Gabriel, il y a sept mois, un homme a été publiquement accusé par vous d'avoir commis un meurtre sur la personne de John Glass.

Le vicomte frissonna et le nom de Pierre Lavarès s'échappa de ses lèvres.

— Oui, continua le jeune homme, Pierre Lavarès tel est le nom de ce malheureux.

— Eh bien?

— Eh bien, vous vous étiez abusé, mon père, le capitaine Pierre n'est pas coupable, et l'arrestation du meurtrier véritable vient de faire reconnaître son innocence.

Lord Stephen sursauta sur sa chaise. Il était devenu subitement plus pâle que ne l'était Gabriel lui-même.

— Le meurtrier véritable est arrêté? balbutia-t-il.

— Oui, mon père.

— Et ce meurtier, quel est-il?

— Celui-là même que l'on donnait comme complice à Pierre Lavarès?

— Kocoding?

— Oui, Kocoding, votre frère de lait, mon père.

— Arrêté! lui! lui!

— Oui, répliqua Gabriel en accentuant chaque mot, chaque syllabe. Poussé par la misère, par le remords peut-être, il s'est livré lui-même aujourd'hui, et il a fait les aveux les plus complets!

A ces mots, de pâle qu'il était, lord Stephen devint écarlate.

Le saisissement, l'épouvante, lui faisaient refluer le sang à la gorge, au visage.

On eût dit qu'il allait étouffer.

Gabriel ne le perdait pas de vue.

— Comme il tremble! murmura-t-il.

Lord Stephen le regardait avec de grands yeux effarés.

— Kocoding a parlé!... dit-il comme en délire. Quels aveux a-t-il faits? qu'a-t-il pu révéler?...

— Il a révélé tout ce qui s'est passé dans la chambre de Jonathan Glass durant la nuit de l'assassinat. On sait tout maintenant, tout, jusqu'au nom de son véritable complice...

Cette fois, le vicomte poussa un cri rauque, sourd, effrayant.

— Le nom de son complice... il l'a dit?...

— Oui, répliqua Gabriel en se dressant de toute sa taille devant lord Stephen épouvanté, il a nommé l'infâme... et, dans ce moment même, la demeure de cet homme est cernée de tous les côtés, et dans quelques minutes il sera aux mains de la justice!

— Ah! s'écria lord Stephen avec un sombre désespoir, je suis perdu! je suis perdu!...

Le jeune homme s'élança d'un bond jusqu'à lui en s'écriant :

— C'est donc vrai, malheureux?...

Le vicomte jeta sur Gabriel un regard stupéfié.

— Que voulez-vous dire?

— Je veux dire que vous vous êtes trahi vous-même. Je doutais encore; mais à présent je vois bien que Kocoding m'a dit l'horrible vérité!...

Lord Stephen tenta de nier.

— Assez de mensonges! s'écria Gabriel, assez d'hypocrisie!

— Mon fils!

Le jeune homme poussa une exclamation d'horreur.

— Ne me donnez plus ce nom !...

Lord Stephen essaya de lui saisir la main.

Mais il le repoussa en s'écriant :

— Assassin ! empoisonneur ! arrière !... Ne m'approchez pas... ne m'approchez pas !...

— Au nom du ciel, taisez-vous ! supplia le vicomte éperdu en jetant vers la porte un regard effaré.

Il croyait que Gabriel avait dit vrai et que le jardin, de même que tous les abords de la maison, étaient occupés par la police.

Le jeune homme lut ses craintes dans ses yeux.

— Eh quoi ! fit-il avec un sourire plein d'amertume et de tristesse, pensez-vous donc, milord, que je sois venu réellement en cette demeure pour aider à votre arrestation ?...

— Quoi !... ces hommes chargés de m'arrêter ?...

— Si je vous en ai parlé, interrompit Gabriel, c'était pour vous obliger à vous dénoncer vous-même... Je comptais sur la terreur que devait vous inspirer cette nouvelle si vous étiez coupable... Hélas ! mon stratagème n'a que trop réussi.

— Ainsi vous êtes seul ici ? interrogea lord Stephen, tout à fait seul ?

— Me faites-vous l'injure d'en douter ?... Me supposez-vous capable d'avoir voulu vous livrer moi-même au bourreau ?... Non ! milord, bien que vos crimes nous séparent à jamais, ils ne sauraient mettre en mon cœur l'oubli du passé !... Bien que ma raison, mon devoir m'ordonnent de ne plus voir en vous qu'un étranger, qu'un ennemi, mon cœur me dit tout bas de me souvenir que vous êtes celui dont je tiens le jour... Je ne suis plus votre fils, m'écriais-je tout à l'heure, je vous mentais, milord, je me mentais à moi-même !... Et si vous doutez, voyez mes yeux en pleurs et ma poitrine bondissante.

Pendant ces derniers mots, la face effarée du vicomte d'Olbrun s'était peu à peu rassérénée.

— Ah ! vous êtes seul ! dit-il d'un ton singulier lorsque le jeune homme eut fini de parler. Bien seul ?

Et disant cela, une effroyable joie brilla dans son regard.

— Oui, bien seul, répliqua Gabriel. Rassurez-vous donc, milord, je ne suis pas ici pour perdre un coupable, mais bien sauver un innocent.

— Un innocent !... Et qui donc ?

— Vous le demandez ! Pierre Lavarès n'est-il pas accusé ?... Et demain... demain ne sera-t-il pas condamné, si la vérité n'est pas connue ?

Lord Stephen avait repris tout son aplomb et toute son audace. Quant à son ivresse, la foudroyante révélation de Gabriel l'avait dissipée comme par enchantement, nous l'avons dit.

— Demain le corsaire sera condamné si la vérité n'est pas connue. Voilà, n'est-il pas vrai, demanda le vicomte au jeune homme, ce que vous venez de dire ?

— En effet.

— En ce cas, poursuivit lord Stephen en gouaillant, je n'y comprends plus rien... Les aveux complets de maître Kocoding n'ont donc pas sauvé cet excellent capitaine Pierre?

— Kocoding n'a fait d'aveu qu'à moi, répliqua Gabriel qui semblait s'affaiblir de minute en minute. C'était pour tout me révéler et me vendre ensuite son silence que votre misérable complice m'a attiré dans le bouge du Trou-Vassou.

— Allons donc! s'exclama le vicomte, le mystère commence à s'éclaircir... C'est Kocoding sans doute qui vous a ouvert la poitrine d'un coup de hache, parce que vous l'aviez menacé de tout révéler.

— Non! répondit Gabriel d'une voix étouffée, ce n'est pas Kocoding!.. Je n'ai pas été victime d'un assassinat, j'ai été frappé loyalement en duel...

— En duel!

— Oui! L'on vous outrageait, milord, et j'ai voulu vous venger!

— On m'outrageait! interrompit Stephen en jouant l'indignation. Et qui donc a osé se permettre...

— L'insulteur avait le droit de tout dire et de tout faire... répondit le jeune homme.

— Quel était donc votre adversaire?

— Votre victime elle-même : Pierre Lavarès.

— Que dites-vous? balbutia le vicomte, de nouveau tout pâle et tout frissonnant. Il est donc libre?

— Il l'était, mais il avait juré de reprendre sa place en la sombre prison qui, grâce à vous, est son asile. Il a tenu sa parole, puisque le procès a pu se poursuivre et que demain on connaîtra le dénoûment de cet effroyable drame.

Lord Stephen respira.

Puis il se prit à rire.

— En effet, dit-il, j'oubliais cet important détail... Puisqu'on juge le pirate, c'est qu'il est toujours là!... Mais, c'est égal, ajouta le vicomte en essuyant la sueur glacée qui découlait de son front, vous m'avez fait une terrible douleur en me parlant de sa liberté.

Il prit sur la table la coupe encore pleine de champagne et la vida d'un trait.

— Ouf! fit-il.

Ensuite il ricana comme précédemment et s'exclama d'un ton ironique :

— Il faut avouer que ce Pierre Lavarès est un crâne Jocrisse et qu'il mérite bien tout ce qui lui arrive! comprend-on un niais pareil, qui parvient à s'échapper de sa cage et qui a la naïveté d'y retourner?

— Pierre Lavarès est un homme d'honneur, milord. Il avait donné sa parole... il l'a tenue...

— Il a eu bien tort, interrompit le vicomte, plus impudent encore et plus railleur. Moi, je sais qu'à sa place je me fusse parjuré sans l'ombre d'un scrupule!... Mais tant pis pour le corsaire! cela est son affaire et ne me regarde pas, Dieu merci!... Ce brave imbécile veut qu'on lui coupe la tête : on la lui coupera, et nous serons tous contents.

Gabriel, outré, exaspéré de cet ignoble cynisme, se redressa fébrilement et courut au vicomte :

— Non, monsieur ! dit-il ensuite, non ! Pierre Lavarès ne montera pas sur l'échafaud !... car je ne le veux pas.

— Vous ne le voulez pas !... Quelle est cette nouvelle énigme ?

— Ah çà ! mais, s'exclama le jeune homme à qui l'indignation rendait une force momentanée, si au péril de ma vie, je me suis arraché de mon lit... si mourant, je me suis traîné jusqu'ici, pensez-vous donc que j'avais un autre but que de sauver Pierre Lavarès ?

— Pardieu ! je vous conseille de vous occuper de ce fou ! Le beau malheur, quand ce monsieur serait rayé du nombre des vivants !... On en a rayé bien d'autres qui valaient mieux que lui.

— Par pitié, ne raillez pas ainsi, milord... vous me faites frémir !... Quoi ! ne songez-vous pas à ce qu'il y a d'horrible, de monstrueux dans la mort d'un innocent ?...

— Oh ! mon Dieu ! fit lord Stephen avec insouciance, innocent ou coupable, quand on est là, c'est tout un ! Sous le prétexte qu'à force de crimes on a mérité le dernier supplice, on n'est jamais bien enchanté d'être pendu ou guillotiné !... Quoi qu'en disent les philosophes, ce doit être un vilain moment à passer, et, pour rien au monde, je ne voudrais connaître cette émotion...

— Sur mon âme ! milord, reprit Gabriel avec résolution, Pierre Lavarès ne la connaîtra pas non plus !

— Que prétendez-vous donc ?

— Le sauver, je vous l'ai dit.

— Vous êtes fou !... Pour le sauver, il faudrait que Kocoding s'avouât coupable du meurtre de John Glass, et ce drôle tient trop à sa peau pour raconter de ces choses-là !... D'ailleurs il doit être bien loin pour le quart d'heure... Mais je connais assez mon cher frère de lait pour être certain à l'avance qu'il ferait tout retomber sur moi si jamais il était compromis... De ce côté, il n'y a donc rien à attendre en faveur de votre forban !

— Aussi n'est-ce pas sur Kocoding que j'ai compté, milord, mais sur vous, sur vous seul !

— Je ne saisis pas !

— Dénoncez-vous vous-même !

— Me dénoncer !... Ah çà ! voyons, mon cher, est-ce bien sérieusement que vous me donnez ce conseil ?

— Ce n'est pas un conseil, monsieur ; c'est un ordre !

— Un ordre ! s'exclama lord Stephen.

— Non, non, reprit vivement Gabriel en changeant de ton, non, c'est une prière que je vous fais... Oui, je vous prie, milord, je vous supplie de racheter tous vos crimes en sauvant de la mort un homme innocent !

— Grand merci !... Racheter mes méfaits à ce prix, c'est trop cher !... Ah çà ! mais, vous me croyez donc aussi stupide que votre protégé, décidément ?... Me dénoncer moi-même !... Non pas, mort-diable !... ma tête ne me gêne pas et je la garde !

— Eh ! mon père, il ne s'agit pas de votre vie. Je ne vous demande pas d'aller vous livrer vous-même et de tout révéler...

— C'est encore heureux !

— Non ; je vous conjure seulement de faire par écrit l'aveu complet de votre crime et de le signer de votre nom !... Cet écrit, je le conserverai, moi, jusqu'au moment où vous serez hors de ce pays et que la justice française ne pourra plus rien contre vous !... j'aiderai moi-même à votre fuite, et ces millions que je vous ai promis jadis, vous les emporterez avec vous.

Lord Stephen semblait hésiter.

L'offre des millions le faisait réfléchir.

— Dites oui... dites oui !... continua Gabriel avec instance. Dites oui, et j'oublierai tout, la mort de John Glass et celle de sa mère !... Dites oui, et je vous pardonnerai et je prierai pour vous, mon père !... Grâce !... grâce pour l'innocent !

Après quelques instants de silence :

— Non dit lord Stephen avec une énergie farouche, je n'écrirai rien...

— Ne dites pas cela, reprit le jeune homme. Tenez, je me traîne à vos pieds... je supplie et je pleure... et je baise vos mains criminelles... Pitié !... pitié, mon père !... Ne tuez pas Lavarès !... ne commettez pas ce dernier meurtre, et tout votre passé vous sera remis.

— Ce que vous demandez est impossible.

— Mon père, vous aimez l'or, s'écria Gabriel en se levant. Eh bien, écoutez : ce n'est pas seulement la moitié de ma fortune que je vous offre, si vous voulez fuir et tout révéler... non ! c'est tout ce que je possède... tout, entendez-vous bien ?... Je resterai pauvre... peu m'importe !... Je me ferai soldat et tout sera dit.

— Vous parlez comme un enfant, mon cher Gabriel. Tout sera dit, pensez-vous. C'est ce qui vous trompe... Non ; lorsque l'on saura tout, vous serez le plus misérable des hommes... Honni, méprisé de tous, vous passerez à l'état de paria, de bête fauve ; vous serez un mort parmi les vivants. Fils de l'assassin !... voici l'éternelle clameur qui résonnera à votre oreille... Ce serait une vie insoutenable et vous deviendriez fou bien vite... Quant à moi, mon existence, toute dorée que vous voulez la faire, ne serait guère plus séduisante. Fuir... me cacher... craindre sans cesse d'être reconnu... vivre dans des transes perpétuelles, dans d'éternelles alarmes !... c'est odieux... intolérable... impossible ! Croyez-moi donc, laissons aller les choses et ne changeons rien à ce que la justice a décidé. Après tout, quand ce Lavarès périrait, le beau mal !... C'est un pirate, un bohémien de la mer, qui a fait les mille misères à notre marine !... Il aurait déjà dû être pendu cent fois en Angleterre. Il ne sera guillotiné qu'une seule fois en France ; il y gagne quatre-vingt-dix-neuf pour cent.

— Ainsi, mon père, vous êtes bien résolu à sacrifier ce malheureux ?

— Parfaitement !... quand ce ne serait que par esprit de nationalité.

— Prenez garde, mon père, c'est horrible ce que vous faites... et cela vous portera malheur.

— Bon ! bon ! je connais ces phrases-là !

— Prenez garde ! vous dis-je.

— Vous me menacez, je crois ! fit lord Stephen avec bravade.

— Oui, je vous menace... car votre insensibilité me révolte à la fin... et peut-

Alors il écarta les vêtements de Gabriel et sa main se posa sur l'appareil.

être, oubliant les liens qui nous unissent, en arriverai-je à faire cette chose funeste dont vous me croyiez capable.

— Fort bien ! vous me dénonceriez !... vous me traîneriez devant les tribunaux !.. C'est là, n'est-ce pas, ce que vous voulez dire ? Parricide par générosité ! c'est superbe, cela, savez-vous... C'est du roman tout pur... et Brutus, condamnant ses fils, n'a pas fait mieux que vous.

S'approchant du jeune homme et le regardant en face :

— Eh bien, je vous répète que je ne céderai pas à votre volonté... Pierre Lavarès doit mourir... il mourra !

— C'est votre dernier mot?

— Mon dernier mot!

— C'est bien!

Ayant dit, Gabriel fit quelques pas pour sortir.

Mais lord Stephen s'était élancé vers la porte, l'avait fermée à double tour et avait mis la clef dans sa poche.

Le jeune homme le regarda stupéfait.

— Que faites-vous donc? balbutia-t-il.

— Vous le voyez, répondit l'autre tranquillement, je vous force à demeurer auprès de moi. Je vous aime tant, mon cher Gabriel, que je ne puis me résoudre à vous voir me quitter.

— Ouvrez cette porte, milord, et livrez-moi passage.

— Il y a quinze jours, j'aurais pu vous obéir... répliqua le vicomte, car, il y a quinze jours, vous étiez vigoureux et robuste, et vous étiez de force à lutter contre moi; mais aujourd'hui les rôles sont changés, grâce à votre blessure et au long jeûne qui en a été la conséquence... Je suis donc maître de vous, et, de par Dieu! je vous jure que je profiterai de la circonstance.

Et parlant ainsi, le misérable souriait d'un horrible sourire.

Gabriel avait reculé machinalement de quelques pas.

— Malheureux! murmura-t-il, quel dessein est le vôtre?

— Parions que vous le devinez!

— Ah! c'est ma mort que vous voulez!...

— Pas autre chose!... ma foi, entre nous, il y a assez longtemps que je désire en finir avec vous, il est temps que mon désir s'accomplisse.

— Oh! vous ne ferez pas cela.

— Pourquoi donc?... J'en ai fait bien d'autres, vous le savez. D'ailleurs, vous devriez être enterré depuis longtemps déjà... de même que votre bon papa et votre chère maman!... La perspicacité du docteur Olivier vous a sauvé... Mais je considère cela comme une injustice... et je vais la réparer.

Gabriel ne répondit rien.

Les poignantes émotions de cette horrible nuit, la dernière menace de lord Stephen surtout, anéantissaient complètement en lui la force factice qui l'avait soutenu jusqu'alors.

De ses deux mains crispées il se cramponnait au dossier d'un fauteuil et, pâle, livide, il fixait d'un œil hagard cet homme, ce monstre avide de sang et de meurtre!

Enfin ces mots s'échappèrent avec peine de ses lèvres blêmes :

— Par pitié pour vous-même, milord, n'ajoutez pas un crime à tous vos crimes!

— Bah! bah! un de plus ou de moins! Et puis celui-ci est indispensable sous tous les rapports... Premièrement, il vous mettra dans l'impossibilité de me dénoncer, comme vous avez bien voulu m'en faire la menace... ensuite il me permettra d'être le possesseur légal de vos millions... ce qui a bien son importance!

— Oh! ce dernier meurtre... sera votre perte bien plutôt... répliqua Gabriel, qui s'affaiblissait visiblement car on reconnaîtra que je meurs assassiné!

— On ne reconnaîtra rien du tout, au contraire, mon jeune ami... Et, pour vous enlever toute crainte a l'endroit de mon avenir, je veux bien vous dire ce que je prétends faire... Loin de moi la pensée de me délivrer de vous par un coup de couteau... encore moins par un coup de pistolet... non, les moyens violents me répugnent... Bien entendu que n'userai pas davantage du poison... vous êtes cuirassé contre ce genre de comestibles... je vais tout simplement achever ce que Pierre Lavarès a commencé, en arrachant l'appareil de votre blessure!...

Gabriel poussa une sourde exclamation d'horreur que la voix du vicomte couvrit aussitôt.

— Oui, poursuivit l'infâme, voilà mon plan... Vous voyez qu'il est bien naïf... et que l'issue est infaillible... En cinq minutes, que dis-je, en cinq secondes, tout sera fini... Vous n'aurez même pas le temps de souffrir et vous tomberez comme foudroyé... Alors j'appellerai à l'aide, je réveillerai par mes cris les quelques bourgeois qui habitent ces parages, et j'expliquerai comme quoi mon fils, mon fils bien-aimé, pris d'un accès de fièvre chaude, s'est échappé nuitamment de sa couche et s'est tué lui-même en enlevant, malgré tous mes efforts, l'appareil sauveur placé sur la poitrine béante par le savant docteur Olivier!

— Tu ne feras pas cela, malheureux! dit Gabriel d'une voix expirante. Non... Dieu... ne te permettra pas d'accomplir ce forfait abominable... il me ranimera... je lutterai contre toi...

Il n'en put dire plus.

Ses forces étaient à bout et, sans mouvement, il tomba sur le parquet, entraînant avec lui dans sa chute le fauteuil auquel il s'était cramponné.

Il se fit un grand silence.

Puis lord Stephen alla lentement au jeune homme et s'agenouilla près de lui.

— Évanoui! dit-il. L'enfer est pour moi!

Alors il écarta les vêtements de Gabriel et sa main se posa sur l'appareil.

Mais en ce moment les vitres de l'une des fenêtres volèrent en éclats, et sans qu'il eût le temps d'accomplir son œuvre diabolique, l'assassin vit un homme inconnu se précipiter d'un bond au milieu de la chambre.

— Dites donc, vous! Hé! là-bas! cria cet homme, qu'est-ce que vous voulez donc faire à mon bourgeois?

Lord Stephen s'était brusquement relevé.

— Qui êtes-vous? que voulez-vous? balbutia-t-il.

— Je suis Toto Ferrouillard, pardi! répondit le nouveau venu; cocher de mon état et honnête de mon caractère... C'est moi qui ai amené ce jeune homme à Auteuil, et ne le voyant pas revenir, j'ai eu l'idée de voir ce qu'il était devenu... Je me suis hissé jusqu'à cette fenêtre éclairée, et bien m'en a pris, il me semble, car vous m'avez tout l'air de vouloir faire du bobo à mon petit jeune homme.

— Insensé! que dis-tu?

— Je dis ce qui est, nom d'un tonnerre!... Et votre air effaré me prouve que je ne me trompe pas!...

Allant à Gabriel, toujours inanimé :

— Qu'est-ce que vous lui avez fait, voyons?... Je veux le savoir...

— Misérable! tu oses me soupçonner?

— Tiens ! avec ça que je me gênerais... D'abord vous avez l'air d'un gredin ; et avec ces airs-là la chanson n'est jamais bonne !

— Ce jeune homme est mon fils, impudente canaille ! et j'étais agenouillé près de lui pour le faire revenir de son évanouissement.

— Avec votre permission, mon bourgeois, je vous dirai que vous en avez menti !... Je vous ai vu de la fenêtre, nom d'un sabord ! et je ne suis pas myope... Or vous êtes allé à lui tout doucement, comme si vous aviez peur de le réveiller... Quand on va au secours de quelqu'un, surtout quand le quelqu'un en question est votre fils, on se dépêche plus que ça... Et puis, quoi? pour le faire revenir à lui, lui avez-vous seulement fait respirer un peu de vinaigre? Non... C'est donc une blague que vous me contez là... car, en fait d'évanouissement, le vinaigre, je ne connais que ça !...

— Cet homme a des doutes, pensa lord Stephen.

Ferrouillard furetait à droite et à gauche.

— Allons, voyons, dit-il, où est-il ce vinaigre?

— Là, dit vivement lord Stephen, dans l'office...

Et, du doigt il désignait une petite porte qui faisait face à la fenêtre.

Ferrouillard y courut et mit la main sur un bouton de cuivre placé juste au milieu.

Mais, malgré ses efforts, la porte ne s'ouvrit pas.

— Ah çà! dites donc, cria le cocher, qu'est-ce que ça signifie? On dirait d'une fausse porte.

— Vous vous y prenez mal !... Poussez avec force... elle s'ouvrira!

Ferrouillard, sans défiance aucune, suivit l'indication qui lui était donnée.

Sa main vigoureuse s'appuya sur le bouton de cuivre.

Mais tout aussitôt il sentit le plancher manquer sous ses pieds. Sans que la surprise, l'effroi lui permissent seulement de pousser un cri, il disparaissait dans une trappe qui se referma sur lui.

Pendant quelques instants lord Stephen prêta l'oreille.

— Rien! reprit-il. C'est bien! Encore un dont les indiscrétions ne sont plus à craindre.

Se retournant vers le jeune homme évanoui :

— A nous deux maintenant!

A peine avait-il fait quelques pas du côté de Gabriel, que des coups violents retentirent à la grande porte que lord Stephen avait pris soin de fermer à clef.

Puis une voix se fit entendre qui disait :

— Ouvrez!

Le vicomte frissonna.

— Enfer! murmura-t-il, c'est le docteur Olivier!

Il demeurait immobile à sa place.

— Ouvrez! reprit Olivier avec force.

— Allons, dit lord Stephen avec découragement, je suis damné!

Puis il mit la clef dans la serrure.

— Milord, s'écria le docteur en s'élançant dans la salle, qu'avez-vous fait de Gabriel?

— Hélas! répliqua le vicomte avec une douleur hypocrite, le pauvre enfant est bien mal!

Et du doigt il indiqua le jeune homme étendu sur le sol.

Olivier courut vers ce dernier en poussant un cri.

— Dieu soit loué! dit-il après quelques secondes d'examen, il respire encore...

Lord Stephen fit semblant d'essuyer une larme.

— Il n'en reviendra pas peut-être! dit-il ensuite d'une voix étouffée.

Olivier indigné se releva brusquement.

— Ah! s'écria-t-il, ne jouez pas avec moi cette indigne comédie, milord... Vous savez bien que je ne suis pas votre dupe.

— Que dites-vous?

— J'ose dire que la mort de ce jeune homme ne peut vous affliger, vous qui l'appelez de tous vos vœux et de toute votre âme.

— Vous m'insultez, malheureux!

— Je fais mieux que de vous insulter, monsieur, je vous méprise!

— Insolent!

Stephen fit mine de s'élancer sur le docteur pour le souffleter.

— Par respect pour cet enfant qui se meurt, taisez-vous, monsieur...

— Je veux ta vie, misérable!

— Je n'en doute pas, répliqua le docteur; mais vous ne l'aurez pas!

— Tu refuses de te battre, lâche!

— Je refuse... Je vous connais trop maintenant pour vous faire une seconde fois cet honneur.

— Oh! je me vengerai!

Le docteur haussa les épaules et prit Gabriel entre ses bras.

— Je vous défends d'emmener ce jeune homme... Il est ici chez moi, je veux qu'il y reste.

— Il ne restera pas.

— Je vous répète que je veux le garder auprès de moi... J'en ai le droit... C'est mon fils!

— Votre fils! s'exclama Olivier. Vous mentez, milord... Votre fils est mort et Gabriel est un enfant volé... J'en ai les preuves.

Le vicomte recula de trois pas.

— Malédiction! fit-il en rugissant.

Comme il poussait ce cri de rage, il aperçut près de la fenêtre la barre de fer qui servait à fermer les contre-vents.

Il s'en empara et s'élança sur Olivier en disant:

— Meurs, et que ce secret fatal meure aussi avec toi!

Mais Olivier avait tiré un pistolet de sa poche.

— Quant on vient chez vous, vicomte d'Olburn, on prend ses précautions!

Lord Stephen recula de nouveau et la barre de fer s'échappa de sa main.

Alors Olivier saisit d'un bras le corps inanimé de Gabriel, et gagna la porte à reculons en tenant son pistolet braqué sur le vicomte.

VIII

LA RÉVÉLATION

Le lendemain seulement Gabriel reprit ses sens.

Une fois encore Olivier l'avait sauvé.

Quand il rouvrit les yeux, il aperçut le docteur à son chevet.

— Ah! c'est vous, mon ami, lui dit-il. Je suis heureux de vous voir... bien heureux.

Il lui tendit la main.

— J'ai fait un épouvantable rêve ! poursuivit-il en frissonnant malgré lui.

— Un rêve ?

— Oui, et rien qu'à ce souvenir, je tremble encore. Il me semblait que j'avais quitté cette chambre pendant votre sommeil et que je m'étais rendu dans cette vieille maison d'Auteuil qui appartenait à mon grand-père et que je n'avais pas revue depuis longues années.

Il s'arrêta comme pour rappeler ses souvenirs.

— J'étais faible... bien faible, reprit-il, presque mourant, mais soutenu par la fièvre, je pénétrai dans cette demeure isolée au milieu des grands arbres... Les fenêtres de la salle basse étaient illuminées... et j'entendais des rires avinés et des chants d'orgie... Je franchis le seuil de cette salle... Quel spectacle !... Entouré de filles de joie, d'hommes ivres, je vis mon père... Oui, tandis que je me mourais, il était là chantant et s'enivrant !... Puis toute l'orgie s'évanouit et je demeurai seul avec lui... Sur ses lèvres pâles apparut un terrible sourire, et je le vis bientôt s'avancer lentement vers moi pour m'arracher l'appareil de ma blessure !...

— Horreur ! s'exclama Olivier. Oh ! l'infâme ! l'infâme !...

— Que dites-vous, docteur ?... interrogea le jeune homme en se dressant à demi sur sa couche.

Olivier garda le silence.

— Vous ne me répondez pas ?...

Il poussa un cri.

— Ah ! je comprends... je comprends tout !... Ce n'est pas un rêve que j'ai fait... Non ! non, je me souviens... Cette effroyable chose est la vérité !...

— Gabriel... mon ami... mon enfant !...

Mais le jeune homme n'écoutait rien.

Délirant, éperdu, il poursuivit :

— Oui... tout cela est bien réel !... Lord Stephen a osé attenter à mes jours... lui... mon père !... Et pourquoi non, continua-t-il en riant d'un rire fébrile; pourquoi m'eût-il épargné ?... Ne l'avais-je pas menacé de le dénoncer, moi, de le livrer à la justice ?...

— Le livrer ! s'exclama Olivier.

Gabriel regarda le docteur avec effarement :

— Qu'ai-je dit, malheureux?... Ah! je n'ai pas ma raison, docteur... Ne me croyez pas! le dénoncer!... le livrer! Et pourquoi?... il n'a rien fait... Il n'est pas coupable!... Non! il ne l'est pas, docteur, je vous jure qu'il ne l'est pas!

— Quel mystère se révèle? murmura Olivier.

Prenant la main du jeune homme :

— Gabriel, poursuivit-il, vous me cachez un secret!... Au nom de notre amitié, je vous conjure de me le faire connaître!

— Ne m'interrogez pas! ne m'interrogez pas! car je vous dirais tout!

— Oh! je vous en supplie alors de nouveau, ne me cachez rien, pauvre ami... De ce que je vais apprendre dépend peut-être le bonheur de toute votre vie!

— Le bonheur! répliqua Gabriel avec un sourire désolé. Le bonheur! je ne le connaîtrai jamais...

— Peut-être!

Pressé par Olivier, le jeune homme, à voix basse, fit en frémissant le sinistre récit de tout ce qui s'était passé entre lui et Kocoding, à l'assommoir du Trou-Vassou, puis il lui raconta tout au long la scène d'Auteuil.

Lorsqu'il eut achevé, il tomba sur son lit, la tête entre ses mains, et se prit à sangloter.

Olivier avait frémi de toutes ces horreurs.

— Cela est-il bien vrai, mon Dieu? murmura-t-il. Quoi! de tels monstres existent, et la foudre ne les écrase pas!

Gabriel releva le front :

— Oui, dit-il d'une voix sourde. Oui! tout cela est vrai!... Tous ces crimes, lord Stephen les a commis!... Et je suis le fils de cet homme... de ce lâche meurtrier... de cet empoisonneur!... Oh! mais, pourquoi m'avoir forcé à vous narrer ce tissu d'infamies!... Ne les soupçonniez-vous pas? ne me dites pas non! Je me rappelle vos paroles lorsque je vous annonçai que j'allais partager avec le vicomte d'Olburn la fortune de John Glass... Oui! vous saviez tout, et vous avez eu la force de vous taire, noble ami, pour ne pas me déchirer le cœur!... mais, vous le voyez, je devais tout connaître... Et maintenant, je vois clair en ma honte, en mon désespoir!

— Et que comptez-vous faire?...

— Que feriez-vous vous-même?...

— Sans hésitation, sans scrupule, je dirais toute la vérité, je livrerais lord Stephen à la justice?

— Oui, reprit Gabriel, vous feriez cela parce que lord Stephen n'est pas votre père : mais il est le mien, et ce serait infâme de ma part d'aller le dénoncer... Je l'en ai menacé, mais, je vous le jure, Olivier, et vous croyez à ma parole, n'est-ce pas? je vous jure que je ne l'aurais pas fait...

— Eh bien! ce que vous n'auriez pas fait, je le ferai, moi! répliqua Olivier avec force.

Gabriel lui saisit le main :

— Ne répétez pas cela, Olivier, ou sur la mémoire de ma mère, je me tue à vos yeux.

En cet instant, il se fit un grand bruit dans la cour de l'hôtel.

Gabriel avait été placé sur son lit tout habillé.

En entendant ce tumulte, il eut comme un pressentiment.

Sautant à bas de sa couche, il courut à la fenêtre opposée à celle qu'il avait ouverte la veille.

Il frémit alors.

La cour était pleine d'agents de police et de soldats.

— Que veulent-ils donc? demanda-t-il.

L'œil fixe, il demeura cloué à cette fenêtre.

Bientôt il poussa un grand cri et chancela...

Au milieu des soldats, il venait d'apercevoir lord Stephen enchaîné.

— Mon père! mon père!... s'écria-t-il éperdu.

— Laissez faire la justice de Dieu!... lui répliqua le docteur.

— Oui!... reprit le jeune homme avec un effroyable sourire; l'assassin doit périr...

Tendant les bras au docteur :

— Embrassez-moi docteur, et dites-moi adieu!

— Quel projet est le vôtre?

— Je ne veux pas être le fils d'un supplicié, et je me tue avant l'exécution; voilà tout...

Tout en parlant, il avait jeté les yeux sur un pistolet placé sur une table à quelques pas de lui.

C'était celui-là même dont le docteur avait menacé lord Stephen dans la petite maison d'Auteuil.

Gabriel saisit l'arme fatale...

— Arrêtez, malheureux!... s'écria Olivier.

— Ne tentez pas de retenir mon bras... le déshonneur de mon père rejaillit sur mon front, et je ne veux pas vivre avec la honte!...

— Eh bien! sachez donc tout, alors : vous n'êtes pas le fils du vicomte d'Olburn!...

En entendant la révélation inouïe du docteur Olivier, Gabriel était demeuré stupéfait.

— Je ne suis pas le fils du vicomte d'Olburn!... murmura-t-il, vous avez dit cela!... Olivier, osez me répéter ces mots, en me regardant bien en face.

— Lord Stephen n'est pas votre père, reprit le docteur, avec force; je le jure devant Dieu!

Une indicible joie illumina le visage du jeune homme.

Ses joues creuses et d'une mortelle pâleur se colorèrent instantanément, puis ses yeux ternes étincelèrent comme autrefois.

— Mon Dieu! dit-il en élan de reconnaissance, mon Dieu! vous êtes grand et bon de me donner cette félicité suprême!... Je ne suis pas né de cet homme!... je ne suis pas né l'enfant d'un meurtrier... Ah! je suis heureux... bien heureux... l'avenir me sourit et le monde est à moi.

Cependant sa joie s'éteignit peu à peu et son front s'assombrit :

— Insensé! reprit-il d'une voix sourde, je me réjouis de ce que lord Stephen

DÉPOT LÉGAL
Seine
No 34
1866

Alors Olivier saisit d'un bras le corps inanimé, etc.

n'est pas mon père... Mais, s'il ne l'est pas, son épouse fut coupable alors... et j'ai maintenant à rougir de ma mère !

— La vicomtesse d'Olburn fut toujours une pure et sainte femme, répliqua Olivier d'un ton grave et presque solennel. Jamais elle n'a trahi la foi jurée par elle à lord Stephen...

Gabriel jeta sur le docteur un regard surpris.

— Sur mon âme ! murmura-t-il, il y a dans tout ceci un mystère que je tente vainement de pénétrer. Ou je suis le fruit de l'adultère, ou je suis le fils d'un criminel.

« Docteur, interrompit le jeune homme avec chaleur, vous avez pour moi l'affection la plus tendre, et pour me sauver du désespoir, pour empêcher cette arme de m'étendre mort à vos pieds, vous avez pu commettre un pieux mensonge!...

Olivier sourit et tira de sa poche une lettre cachetée de noir.

— Lisez donc.

Ce disant, il remit au jeune homme la missive écrite par Bettina peu avant sa mort, et qui contenait, nous l'avons dit, le récit complet, détaillé de ce qui s'était passé en la nuit du 20 novembre mil huit cent quinze.

La missive portait cette suscription :

A mon fils

Gabriel reconnut aisément la signature de sa mère :

— Grand Dieu! fit-il en frémissant, que vais-je apprendre?

Il brisa le cachet et déplia la lettre. Et lut...

Mais il ne comprit pas tout d'abord.

Il lui fallut s'y reprendre à trois fois avant de se rendre véritablement compte de l'inconcevable mystère dont sa mère mourante avait osé signer l'aveu.

La lettre disait tout, sans restriction aucune.

— Fils de Pierre Lavarès et de Fanchon la Vielleuse! s'écria Gabriel après cette lecture. Cela est-il bien possible, mon Dieu? Quoi! lord Stephen l'empoisonneur n'est pas mon père?... Ah! je ne croyais pas connaître jamais une telle joie!

Courant au docteur et l'étreignant entre ses bras :

— Olivier... mon ami... mon sauveur, merci ! Oh! merci d'avoir détourné cette arme de mon front. Je dois vivre à présent... je veux vivre pour arracher Pierre Lavarès à son odieux cachot... pour faire proclamer son innocence... Mais que dis-je?... on sait déjà qu'il n'est pas coupable : l'arrestation de l'assassin véritable en est une incontestable preuve...

Saisissant les mains d'Olivier :

— Allons trouver le capitaine Pierre, docteur; allons trouver mon père !

Olivier tenta de le retenir.

— En votre état, mon ami, lui dit-il, après la scène terrible de cette nuit, il serait imprudent d'affronter de telles émotions.

— Oh! je ne ressens plus mes douleurs maintenant, s'écria le jeune homme avec véhémence. Je suis fort à présent, je suis robuste... Je n'ai plus à rougir de mon père... je ne suis plus le fils d'un assassin !

S'approchant du portrait de la vicomtesse d'Olburn :

— O vous, noble et sainte femme, vous que la fatalité avait unie au plus vil des hommes, au plus lâche des meurtriers, vous qui avez toujours eu pour moi, bien que je ne fusse pas votre fils, toutes les prévenances et toutes les tendresses d'une mère, soyez bénie pour cette dernière pensée qui vous est venue au cœur, à votre heure suprême... En me révélant le mystère de ma naissance, vous faites mon avenir rayonnant et splendide, de sombre et sinistre qu'il eût été!

S'agenouillant pieusement devant l'image de Bettina :

— Soyez bénie, madame... Soyez bénie, ma mère !

Il se releva :

— Ma mère ! reprit-il. Ah ! oui, j'aurai toujours pour votre mémoire la vénération d'un fils... toujours j'aurai souvenance de ce que vous fûtes pour moi, et si la pauvre femme de qui j'ai reçu le jour est encore de ce monde, si Dieu me permet de retrouver l'infortunée Fanchon, elle vous aimera autant que je vous aime ; elle vous bénira comme je vous bénis... pour tout le bonheur que vous m'aurez donné !

Le jeune homme se vêtit à la hâte ; il allait s'élancer hors de sa chambre suivi du docteur, lorsque sur le seuil de sa porte, il aperçut le juge d'instruction, le commissaire de police et, derrière eux, lord Stephen, entouré d'agents et de gendarmes.

— Milord, dit le magistrat à Gabriel, le vicomte d'Olburn, votre père, est accusé d'être le meurtrier de Jonathan Glass... Son ancien valet, Kocoding, que le hasard vient se livrer à la justice, a fait sur lord Stephen les révélations les plus compromettantes.

— Kocoding est arrêté ?... s'exclama Gabriel.

— Depuis ce matin ! Le vicomte d'Olburn a refusé obstinément de répondre à l'interrogatoire préliminaire qu'on lui a fait subir, et nous a déclaré qu'il ne parlerait qu'en votre présence.

— En ma présence !...

— De ses aveux, poursuivit le juge d'instruction, dépend la vie d'un homme, de celui-là même qui fut accusé par lord Stephen, il y a six mois... et c'est pourquoi nous avons acquiescé à sa demande et l'avons amené céans... Toute pénible que puisse être pour un fils une semblable entrevue, vous devez l'accepter, milord, et conjurer le vicomte d'Olburn d'éclairer la justice. Qu'il dise tout, et le tribunal saura lui tenir compte de la sincérité de ses révélations.

— Vous dites vrai, monsieur, répliqua Gabriel profondément ému, cette entrevue est pour moi bien douloureuse...

Lord Stephen avait pénétré dans la chambre.

Il était pâle, mais c'était la rage, la fureur d'être pris qui le blêmissait de la sorte.

Il ne semblait pas abattu.

Au contraire.

Il levait haut le front, et ses yeux lançaient des éclairs.

Le juge d'instruction avait précédé le prisonnier dans la chambre à coucher de sir Gabriel.

— Monsieur, dit le magistrat au vicomte, votre fils est prêt à vous entendre, et nous sommes prêts, nous, à recevoir votre confession.

Lord Stephen toisa d'un regard sarcastique ceux qui l'entouraient.

— Ma confession ! dit-il ensuite avec une impudence superbe. Sachez, monsieur, que l'on ne se confesse qu'à Dieu, quand on se confesse toutefois... Or, ajouta-t-il en riant, votre escorte de policiers et de gendarmes m'empêche de vous prendre pour un représentant de la Divinité...

Un agent s'approcha du commissaire :

— Cet homme-là est bien audacieux... méfions-nous ! dit-il à voix basse.

Le commissaire haussa les épaules :

— Il a les menottes et toutes les issues sont gardées : qu'avons-nous à craindre ?

— Je n'en sais rien, répliqua l'agent ; mais c'est égal, méfions-nous... je vous le conseille.

— Trop de zèle, monsieur Fouinardet, trop de zèle !

Ainsi répondit le commissaire à l'argousin, qui se mordit les lèvres et reprit sa place devant la porte, qui donnait sur le palier.

L'autre porte, celle qui correspondait avec le reste de l'appartement, était également gardée.

Le juge d'instruction s'était assis, ainsi qu'un homme chargé de rédiger le procès-verbal.

Près de la table, Gabriel se tenait-immobile, s'appuyant sur le docteur Ollivier, et dans l'espace laissé libre au milieu de la chambre, lord Stephen était debout, insolent et railleur.

— C'est parfait, dit-il en jetant un coup d'œil autour de lui. Avec un peu de bonne volonté, je puis me croire déjà en cour d'assises, et vous me donnez un avant-goût du spectacle dont je serai prochainement le principal acteur... Nous faisons, pour ainsi dire, une répétition générale... Soit donc... Place au théâtre, messieurs, et commençons.

Tous les assistants semblaient stupéfiés de son calme, de son cynisme.

Gabriel surtout paraissait ébahi.

— Ma tranquillité vous étonne, mon cher fils, reprit le vicomte en faisant quelques pas vers le jeune homme. Que voulez-vous? je prends mon parti en brave ; c'est ce que j'ai de mieux à faire... Quand je geindrais, quand je me livrerais à toutes les jérémiades du monde, cela ne changerait rien à ma situation et ne m'empêcherait pas d'être dans les griffes de la justice... Or, quand une fois on est pris, c'est pour tout de bon !... J'aurais donc beau me désoler et me repentir, je n'y gagnerais rien... C'est pourquoi je préfère accepter gaiement ma destinée... et me priver de pleurnicheries hypocrites... Vous aimez la franchise, mon cher Gabriel ; eh bien ! vous allez être satisfait... je vous le certifie !

— Parlez donc ! fit le juge d'instruction avec une visible impatience.

— Eh ! que diable ! un moment, je vous prie ! riposta lord Stephen d'un ton fort dégagé. Si vous êtes pressé, je ne le suis pas, moi, et je prendrai toutes mes aises.

Le magistrat se leva :

— Prenez garde, monsieur, vous insultez à la justice.

— Ne vous emportez pas, interrompit le vicomte avec une placidité indicible. Au surplus, ajouta-t-il en raillant, si vous préférez que je ne parle pas, je suis prêt à garder le plus profond silence... seulement, je vous préviens d'une chose : si je me tais ici, je me tairai également ailleurs et vous ne saurez pas un traître mot de ce que vous voulez savoir. Comme, Dieu merci ! vous ne pouvez me mettre à la question pour me faire faire des aveux, je m'offrirai le plaisir d'être muet depuis le commencement jusqu'à la fin de mon procès ; et je sais que c'est le plus sûr moyen de faire damner ses juges.

Le magistrat contint à grand'peine un mouvement de dépit, mais il se rassit sans rien dire.

— Avant même d'entamer la longue kyrielle de mes méfaits, poursuivit lord Stephen avec volubilité, j'aurai l'honneur de poser une question à M. le juge d'instruction... Cela n'est pas dans les règles, je le sais, mais, en ma qualité d'étranger, je puis bien avoir droit à quelques prérogatives. La France est, avant tout, une nation hospitalière et connue par tout l'univers pour son exquise urbanité... Jusqu'à nouvel ordre, je suis donc l'hôte du royaume des lis, et, comme tel, je réclame les plus grands égards et les plus grandes politesses !... En conséquence, j'ose espérer que vous ne refuserez pas de me donner un simple renseignement.

Puis, appuyant sur les mots, il ajouta :

— Il est bien entendu que, si je n'obtiens pas satisfaction à cet égard, je me verrai forcé, à mon très-grand regret, de ne pas tenir ma promesse et de ne faire aucun aveu.

Le magistrat comprit que pour tirer quelque chose de cet homme il fallait en passer par où il voulait et, malgré tout, il dut répondre à lord Stephen qu'il consentait à tout.

— Fort bien ! riposta le vicomte en s'inclinant, je n'en attendais pas moins de votre courtoisie ! Voici la chose, cher monsieur... Ce matin, au point du jour, au moment où j'allais quitter ma petite maison d'Auteuil, je me suis trouvé subitement assailli par ces messieurs.

Tout en parlant il désignait maître Fouinardet et ses hommes.

— J'ai reconnu bien vite en eux des messagers de M. le préfet de police, expédiés tout exprès de la rue de Jérusalem à mon intention... Ces messieurs, sans me dire un seul mot, m'ont fait monter dans un fiacre qui, après une heure de cahots à peu près, s'est arrêté rue de La Rochefoucauld, dans la cour même de cet hôtel. Vous et vos gens, monsieur, vous m'attendiez en vous livrant aux perquisitions d'usage. Bientôt je compris que j'étais accusé de meurtre sur la personne de Jonathan Glass. Je voulus en savoir plus long, mais vous ne m'avez répondu qu'en m'interrogeant. C'est alors qu'à la fenêtre de cette chambre, j'ai aperçu mon fils bien-aimé.

« Je ne parlerai plus qu'en sa présence, » vous ai-je dit.

« Et c'est pourquoi nous sommes ici présentement.

« Mais, en franchissant le seuil de cette porte, vous avez prononcé le nom de Kocoding. Un hasard, avez-vous dit, a fait tomber ce drôle entre vos mains, et c'est sur sa dénonciation que vous m'avez arrêté.

— Sa dénonciation n'a fait que dissiper les derniers doutes de la justice, monsieur; une heure avant de l'entendre, nous avions déjà contre vous des soupçons graves et même une preuve de votre culpabilité.

— Une preuve ! fit lord Stephen en raillant, j'en doute.

Le juge d'instruction fit un signe à l'agent Fouinardet, qui déposa sur la table un paquet enveloppé dans un journal.

— Qu'est cela ? demanda lord Stephen d'un ton indifférent.

L'agent ouvrit le journal.

Le vicomte aperçut alors les cordes qui avaient servi à garrotter John Glass et le mouchoir avec lequel le vieillard avait été bâillonné. Ce mouchoir portait les armes et les initiales de lord Stephen.

Tout cela était maculé de taches d'un rouge noirâtre.

C'était du sang.

Comment ce paquet était-il tombé aux mains de la justice?

C'est ce que nous allons faire connaître au lecteur.

IX

COMME QUOI UN AGENT DE POLICE A RAISON D'ESTIMER BACCHUS ET AURAIT TORT DE MÉPRISER CUPIDON

L'Arlésienne, en enlevant à Kocoding son or et ses billets de banque, s'était en même temps emparée du paquet en question, croyant qu'il renfermait quelque objet précieux.

Une fois installée au quai des Orfèvres, la fille pâle s'était empressée de développer le journal.

En apercevant les cordes et le mouchoir humide encore du sang de la victime, sa surprise égala son désappointement.

Elle ne fut nullement épouvantée, cela va sans dire.

La maîtresse d'un galérien ne s'effraye pas pour si peu.

Elle songea tout d'abord à anéantir ce paquet compromettant.

Mais on était alors en plein été, elle craignit d'attirer l'attention en allumant du feu par une chaleur sénégambienne, et rempaquetant à la hâte les liens et le bâillon ensanglantés, elle les cacha au fond d'un placard, en se promettant de les faire disparaître à la première occasion.

Les mille distractions de son existence nouvelle lui firent mettre en oubli le sinistre paquet, qui demeura enfoui dans la cachette sombre et n'en sortit plus.

Sur ces entrefaites, par mesure de prudence, elle avait répondu, comme nous l'avons dit, aux œillades d'un agent de police, lequel n'était autre que le nommé Fouinardet.

Celui-ci, pendant un assez long temps, n'eut, sur sa conquête, aucune espèce de soupçons.

Il la prenait non pas pour une vertu, assurément, mais pour une brave fille ayant le cœur sur la main et valant cent fois mieux que toutes les autres femmes de sa sphère.

On voit que maître Fouinardet était quelque peu épris de la belle pécheresse.

L'amour l'aveuglait. C'était tout simple.

Du reste, l'Arlésienne fut charmante pour lui tant que le Calichon fut à craindre pour elle.

Mais, le lendemain même de l'algarade du Trou-Vassou, elle apprit d'une façon

positive la mort du galérien, et de ce moment elle fit entendre à l'amoureux Fouinardet qu'il était temps de rompre une liaison qui n'avait déjà que trop duré.

L'agent reçut son congé d'assez bonne grâce.

— Au surplus, lui dit-il, nous ne sommes pas mariés... Et, puisque je ne vous
plais plus, vous avez raison de me dire franchement la chose !

C'était un garçon d'esprit.

De ce moment il cessa de faire visite à l'Arlésienne.

Mais, la nuit de Noël, Fouinardet réveillonna chez un sien ami, et quelques libations trop fréquemment répétées lui échauffèrent un peu la tête, sans le griser tout
à fait cependant...

Un agent de police boit mais ne se grise pas.

Il est bien entendu que Fouinardet cette nuit-là, n'était pas de service. S'il en
eût été autrement, il eût refusé tous les soupers du monde. Le devoir et la discipline
avant tout.

Quoi qu'il en fût, vers deux heures du matin, il quitta son ami, fortement
émoustillé.

Il avait le vin amoureux.

Le souvenir de la belle Léa lui revint au cœur, et machinalement il reprit le
chemin du quai des Orfèvres.

Il avait conservé une clef de la porte de sa maîtresse, que celle-ci avait oublié de
lui réclamer.

Après quelques secondes d'hésitation :

— Tiens, au fait, dit-il, si j'allais la lui reporter?... Elle ne m'appartient pas, et
ma délicatesse me défend de la garder !

Enchanté d'avoir trouvé ce prétexte, il se dirigea résolument vers la maison
habitée jusqu'alors par l'Arlésienne et qu'elle ne devait quitter qu'au terme de janvier.

Puis, ayant heurté à la porte de la rue, il entra, s'engagea dans l'escalier et ne
s'arrêta qu'au haut du deuxième étage, devant la porte de l'objet aimé.

Tirant alors de son gousset la petite clef, unique souvenir de ses amours évanouies, il ouvrit la porte et pénétra furtivement dans le petit appartement où jadis
il entrait en maître.

L'Arlésienne, en fille prudente, avait évité jusqu'alors de prendre une domestique.

Elle professait, à l'endroit des soubrettes, la même opinion que M. le chevalier
de Bellardoise et n'avait rien trouvé de mieux, pour se mettre à l'abri de leur indiscrétion et de leur bavardage, que d'être elle-même sa propre femme de chambre.

Maître Fouinardet put donc parvenir sans encombre jusqu'au sanctuaire de sa
divinité.

Hélas ! cruelle déception !

Le temple était vide...

Il put bientôt s'en convaincre, car une lampe à moitié baissée éclairait la chambre
à coucher

— Pas de chance ! soupira l'amoureux, mon infante réveillonne en d'autres parages !... Après ça, reprit-il philosophiquement, pourquoi ne réveillonnerait-elle pas, cette jeunesse ?... C'est de son âge !... Moi-même, ne me suis-je pas livré à cet exercice sans lui demander sa permission ?... C'est égal, ajouta-t-il d'un ton larmoyant, je n'aurais jamais cru qu'elle m'oublierait si vite...

Et Fouinardet se laissa tomber sur un fauteuil en pleurnichant.

Après l'avoir rendu amoureux, le vin le rendait sensible.

Mais, au bout de deux ou trois minutes, les jérémiades du bonhomme se transformèrent en de sonores ronflements.

Depuis une demi-heure à peu près, il dormait du plus profond sommeil lorsqu'une voiture s'arrêta sous les fenêtres, puis la porte s'ouvrit et se referma violemment.

A ce triple bruit, notre homme se réveilla en sursaut.

Ces quelques minutes de repos avaient suffi pour dissiper entièrement sa demi-ivresse.

Il se leva avec vivacité, se frotta les yeux et, non sans une certaine surprise, il reconnut qu'il n'était pas chez lui, mais bien chez son ancienne maîtresse.

Il eut bien vite rappelé ses souvenirs et se rendit aisément compte de son escapade.

— Oh ! oh ! grommela-t-il, qu'avez-vous fait là, monsieur Fouinardet ? Quoi ! vous vous introduisez nuitamment dans un domicile qui n'est pas le vôtre ! Tudieu ! mais ceci est grave, et vous mériteriez que je vous conduisisse au poste le plus voisin !... Vous aviez un peu trop de vin dans la tête, me direz-vous. Mauvaise raison, monsieur ; quand on s'appelle Fouinardet et qu'on a l'honneur d'être un des cent yeux de cet Argus qui a nom la police, on doit être impeccable, et nulle faiblesse humaine ne doit avoir prise sur vous.

Il entendit du bruit dans l'escalier.

— Bigre ! fit-il, c'est Léa !... je reconnais son pas aux battements de mon cœur !...

C'était l'Arlésienne, en effet.

Elle arrivait d'Auteuil.

Tandis qu'elle gravissait à tâtons l'escalier obscur :

— Que va-t-elle me chanter ? pensait Fouinardet. En me trouvant chez elle, malgré notre rupture, elle va pousser des cris de paon peut-être et je serai compromis.

Léa avait atteint le palier du deuxième et déjà sa clef cherchait la serrure.

— Que lui dire ? reprit l'agent en se grattant le front. Va-t-il falloir lui avouer que c'est Cupidon qui me ramène ici cette nuit ?... C'est bien humiliant qu'un homme, dans ma position, fasse un semblable aveu à une faible femme !...

Il aperçut près de la cheminée un grand placard entr'ouvert.

— Que je suis bête ! dit-il, je vais me cacher. Je filerai quand elle dormira.

D'un bond il se précipita dans l'armoire, dont il tira doucement la porte sur lui en même temps que celle du carré s'ouvrait avec violence.

L'Arlésienne fut bientôt dans sa chambre.

Elle était d'une humeur massacrante.

— Ouvrons les yeux, la belle, dit-il d'une voix forte en la secouant...

Elle s'était promis une nuit entière de plaisir et de folle orgie, et grâce à l'arrivée de Gabriel, toutes ces belles espérances étaient tombées dans l'eau.

Sans compter qu'elle n'avait trouvé de voiture que passé la barrière et qu'elle avait dû aller à pied jusque-là.

La fille pâle était littéralement exaspérée.

Coquardier et les autres, prenant gaiement leur parti, s'étaient fait conduire au café Anglais et naturellement avaient proposé à Léa d'être des leurs ; mais elle s'y était refusée.

— Quel grand niais que ce Gabriel ! s'exclama-t-elle avec colère dès qu'elle.

eut mis le pied dans sa chambre. Comprend-on ce monsieur qui est en train de se mourir et qui profite de cela pour venir se promener à Auteuil par un temps de loup comme celui-ci!... Je ne suis pas méchante; mais sapristi! s'il pouvait attraper cette nuit une bonne fluxion de poitrine qui l'achève, j'en serais enchantée .. C'est indécent de venir, comme il l'a fait, embêter des gens qui s'amusent...

Elle avait monologué de la sorte tout en se débarrassant de son chapeau et de son manteau de fourrure...

— Et cet imbécile de vicomte, continua-t-elle en dégrafant sa robe, qui, au lieu de gifler son héritier, a l'air de lui demander excuse et nous fiche tous à la porte!... Ah! ce n'est pas pour dire, mais tous ces grands seigneurs-là, c'est du sale monde et je commence à en avoir rudement plein le dos.

La petite était en jupon. Peu après, elle se trouvait

> . . . . Dans le simple appareil
> D'une beauté qui va se livrer au sommeil.

— Ma foi, poursuivit Léa en se mettant au lit, j'en suis presque à regretter ce pauvre Fouinardet : il valait encore mieux que tous ces milords-là !

L'agent, dans son placard, l'entendait.

— Oh! oh! fit-il, on me regrette. Encore un mot à mon adresse et je sors de ma boîte!

Mais, le mot attendu, l'Arlésienne ne le prononça pas.

Au contraire, elle ferma les yeux en disant :

— Baste! en définitive, tous les hommes, c'est de la canaille; et le meilleur mérite d'être pendu !

— Bigre ! pensa Fouinardet en se repelotonnant dans son placard, restons invisible en ce cas... c'est plus prudent.

Un quart d'heure se passa.

Lorsque notre homme fut convaincu que l'Arlésienne était bien endormie, il sortit mystérieusement de sa cachette.

— Que diable est cela ? murmura-t-il en considérant curieusement un paquet qu'il venait de rencontrer sous son pied au fond du placard et que machinalement il avait ramassé.

La lampe était restée sur la cheminée.

Il approcha l'objet de la lumière :

— Tiens ! fit l'agent, c'est un journal anglais.

Il le tourna, le retourna entre ses doigts, et finalement il l'ouvrit.

Des cordes et un mouchoir s'en échappèrent.

Fortement intrigué, Fouinardet les ramassa.

— Sabre de bois, dit-il en étouffant une exclamation de stupeur, je ne me trompe pas : ces taches rougeâtres... c'est du sang.

Il en revint au journal alors et l'examina attentivement :

— D'où cela vient-il ?

Comme il se faisait mentalement cette interrogation, il aperçut, collée sur cetitre du journal, lequel n'était autre que le *Times*, un restant de bande d'adresse, toute maculée et froissée.

Quoi qu'il en fût, il put déchiffrer un nom sur cette bande, et ce nom était celui de Jonathan Glass.

— Potence du diable ! s'exclama Fouinardet, Jonathan Glass ! la victime de la rue de La Rochefoucauld... Plus de doute, ces cordes ont servi à garrotter le vieillard... Ce mouchoir, c'est un bâillon !... Oh ! oh ! ma chère bonne amie, seriez-vous d'aventure mêlée à cette vilaine affaire-là?... Nous allons le savoir !

Allant brusquement au lit où dormait l'Arlésienne d'un sommeil lourd et bruyant :

— Ouvrons les yeux, la belle, dit-il d'une voix forte en la secouant par le bras.

Léa se réveilla en sursaut.

— Au secours ! cria-t-elle effarée. Au voleur !

— Tonnerre ! pas de vacarme, mamz'elle Torpiaude, ou je te fais emballer séance tenante.

L'Arlésienne reconnut Fouinardet.

— Toi ! c'est toi ? reprit la jeune femme quelque peu rassurée. Ah ! tu m'as fait une peur !... Je rêvais justement de toi.

— Minute, fit l'agent d'un ton sévère, Fouinardet l'amoureux n'existe plus pour le quart d'heure. Vous ne voyez devant vous qu'un homme chargé de veiller à la sûreté publique, et de punir les malfaiteurs partout où il les trouve.

— Les malfaiteurs ! s'exclama Léa avec terreur; que veux-tu dire ? De quoi donc suis-je accusée ?...

— Tu es accusée d'être de complicité dans l'assassinat de la rue de La Rochefoucauld.

— Moi ! fit la jeune femme en sautant à bas de son lit, les pieds nus et les cheveux épars. Ce n'est pas vrai !... Qui donc ose dire cela ?

Fouinardet prit sur la cheminée les liens; le mouchoir et le journal.

— Qui est-ce qui a dit cela ? fit-il en mettant ces preuves terribles sous le nez de la belle fille. Tiens ! reconnais-tu ces bibelots... ce sont eux qui ont parlé contre toi !

A peine éveillée, encore sous l'influence de l'énorme quantité de champagne qu'elle avait absorbée, l'Arlésienne regarda tout d'abord les objets en question sans savoir ce que c'était.

On se rappelle qu'elle ne les avait vus qu'une seule fois après sa fuite du Pré-Maudit et que, depuis lors, sept mois s'étaient écoulés.

— Qu'est-ce que c'est que ces machines-là ? interrogea-t-elle d'un air surpris.

Bientôt elle poussa un cri :

— Ah ! je comprends tout, dit-elle, et je me souviens.

— C'est heureux, grommela l'homme.

— Parole sacrée ! monsieur Fouinardet, je suis innocente...

— Connu, ce refrain-là... tout le monde me l'a chanté.

— J'ai fait autre chose, poursuivit la belle en baissant le nez, mais l'affaire de la rue de La Rochefoucauld, vrai comme il n'y a qu'un Dieu, voilà la première fois qu'on m'en parle !

— Dire n'est rien, prouver est tout !... Si tu n'es pas fourrée dans tout ça, comment se fait-il que j'aie trouvé le paquet dans ton armoire ?... Il n'est pas venu là tout seul.

— Eh bien ! écoutez, monsieur Fouinardet, je vais vous dire comment ça s'est fait, et vous verrez que, si je suis coupable, c'est pas comme vous l'entendez, Dieu merci !

— Si tu as l'intention de me conter des blagues, répliqua l'agent en jetant sur elle un œil défiant, prive-toi de jaser, car je te préviens que ça ne prendra pas.

— Si je mens d'un seul mot, je consens à être rouée vive.

— Des bêtises, dit l'homme, il y a beaux jours qu'on ne roue plus ! Enfin je t'écoute tout de même... mais dépêche-toi et ne te trompe pas surtout. A la première menterie, je lève la séance et je te fais interroger par d'autres.

L'Arlésienne n'avait nulle envie de mentir. Bien au contraire, elle comprenait qu'elle ne pouvait sortir nette de tout ceci qu'en racontant sa vie depuis A jusqu'à Z.

C'est ce qu'elle fit.

Fouinardet écouta ce récit avec une scrupuleuse attention, les yeux fixés sur ceux de la jeune femme.

Lorsqu'elle eut achevé :

— C'est bon, dit-il, tu as été franche avec moi... Tu as bien fait... Au surplus, pas plus tard qu'aujourd'hui, j'aurais su la majeure partie de ce que tu viens de me dire.

Après un temps :

— Ainsi, poursuivit l'agent avec un sourire qui ressemblait terriblement à une grimace, tu ne m'as fait de l'œil jadis que pour faire peur à ton galérien ? C'est humiliant pour moi, mais enfin j'aime mieux être mortifié et que tu m'aies parlé avec franchise. La vérité avant tout.

— Si je vous ai donné la préférence, dit l'Arlésienne avec câlinerie, c'est que je vous ai trouvé mieux que les autres... Et vous ne devez pas être si humilié que ça !...

Cette fois la grimace de Fouinardet devint presque un sourire.

— C'est vrai tout de même, pensa-t-il. Et puis, quoi ! tout à l'heure elle a eu l'air de me regretter. C'est égal, reprit notre homme à haute voix, aider un forçat à s'évader... c'est roide... un gredin, surtout, comme le Calichon !

— Puisqu'il est mort !

— Belle raison ! Enfin, n'importe... Cette histoire-là ne me regarde pas, après tout... la police de Toulon n'avait qu'à y voir plus clair... Pour ce qui est de l'affaire de la rue de La Rochefoucauld, c'est une autre paire de manches...

« J'étais de service là-bas le jour du meurtre... C'est moi qui ai, le premier, mis la main au collet de Pierre Lavarès, et plus tard j'ai été de faction dans le pavillon où le meurtre a été commis... Cette affaire-là est donc bien la mienne, et je dois m'y donner corps et âme... En conséquence, il s'agit de mettre le grappin sur Kocoding, pas plus tard que cette nuit, et c'est ce que je vais faire.

Là-dessus, il prit son chapeau et mit dans sa poche les cordes et le mouchoir soigneusement enveloppés dans le journal

— Et moi? interrogea craintivement l'Arlésienne, que dois-faire?

— Toi, ma fille, recouche-toi et dors. Tu as même le droit de faire les plus beaux rêves du monde, car, en te confessant à moi, comme tu viens de le faire, tu viens peut-être de sauver de l'échafaud un homme innocent!...

— Alors, continua-t-elle plus craintivement encore, tu ne me feras pas pincer?

— Vu l'éminent service que tu as rendu cette nuit à la justice, je me mettrai en quatre pour t'éviter des désagréments ; mais c'est à une condition...

— Laquelle?

— Rends la monnaie que tu as flibustée à Kocoding et qui appartient en réalité aux héritiers de Jonathan Glass, car il est clair et net que cet argent-là sortait de la caisse du vieil Anglais.

L'Arlésienne soupira profondément.

— Hélas! dit-elle, il y a beaux jours que je n'ai plus un sou de tous ces picaillons !

— Bigre ! tu as croqué trente-cinq mille francs en sept mois !... Plus que ça d'appétit !...

— Que voulez-vous ! je croyais que ça durerait toujours ! et je m'en suis donné à cœur-joie... Bals, spectacles, toilettes... Je ne me suis rien refusé, et tout ca coûte bon... Mais ce qui m'a mise à sec, c'est ce gueux de Frascati...

— Tu es donc joueuse?

— Comme les cartes ! Aussi maintenant j'en suis à mes derniers écus... et je n'aurai pas seulement de quoi payer mon terme au mois de janvier...

— J'aime mieux ça, riposta Fouinardet, ça simplifie la question. Cet argent-là m'embêtait... Il est au diable. Qu'il y reste !...

Ayant dit, l'agent se coiffa gravement et tourna les talons.

— Fouinardet, lui dit l'Arlésienne d'une voix douce, tu t'en vas comme ça sans m'embrasser ?...

L'agent eut la force de résister.

— Nous verrons plus tard, fit-il. Pour l'instant, il ne s'agit pas d'embrasser les demoiselles... mais bien de sauver la tête d'un homme !.

Cinq minutes après, Fouinardet était à la Préfecture

X

DANS LEQUEL LA BANDE DES BRINVILLIERS COMMET UN NOUVEAU MÉFAIT

Vers les trois heures du matin, il y avait encore de la lumière dans le bouge du Trou-Vassou.

Les vagabonds et les filous qui formaient la clientèle habituelle de maître Baucroche achevaient de fêter la nuit de Noël en se soûlant de vin bleu.

Kocoding, sombre et sinistre, déguenillé et hideux, se tenait près du poêle, éteint depuis longtemps cependant, et semblait ne prendre aucune part à la joie générale.

Tout à coup, dans la rue, retentit un refrain aviné dont personne ne put entendre un seul mot, par la raison toute simple que le soûlard attardé ne chantait pas en français.

— Qu'est-ce que c'est que ce charabia? grommela Bancroche.

— C'est quelque pochard qui descend de Bagnolet ou de Romainville!

Bientôt, sans cesser son refrain, l'homme du dehors frappa violemment.

— Pas de bêtises! hé! là-bas! dit vivement Lebœuf au cabaretier, n'ouvrez pas!...

— As pas peur, mon fils! répliqua Bancroche. Les visites nocturnes, il n'en faut pas!

Le chanteur continuait à frapper.

La porte restant close, il prit en son gousset une pièce de monnaie et la lança violemment dans l'espèce d'œil-de-bœuf qui surmontait la porte du cabaret.

La vitre vola en éclats, et la pièce tomba au beau milieu des buveurs.

— Nom d'un tonneau! maugréa Bancroche. Il casse mes cristaux! Ah! mais, faudrait voir!

L'un des coquins avait ramassé la pièce :

— Cinq balles! c'est cinq balles!

Bancroche s'empara de l'argent :

— Tiens! fit-il étonné, c'est une pièce anglaise...

— Un Anglais! dirent les buveurs d'une seule et même voix. Un milord!... C'est peut-être celui de l'autre nuit... qui sait?

Kocoding s'était levé avec vivacité.

— Pourquoi ne pas ouvrir? demanda-t-il.

— Au fait, fit le cabaretier fortement amadoué par le pièce qui venait de lui tomber du ciel, ce n'est pas un voleur à coup sûr...

Tout en parlant, il s'était approché de la porte.

— Qu'est-ce que vous réclamez? cria-t-il par le trou de la serrure.

L'autre répondit en balbutiant quelques mots inintelligibles pour tous excepté pour Kocoding.

— C'est un Anglais pour de bon, dit-il; il demande à boire.

— Mâtin! il a pourtant l'air d'avoir assez bu comme ça!... murmura Bancroche. Enfin, s'il a soif, cet homme, pourquoi qu'on lui refuserait un brin de liquide, puisqu'il paye?

— Bastè! ouvrez-lui! dit Lebœuf, après avoir réfléchi un instant, il ne nous mangera pas, après tout!...

La clef tourna dans la serrure, les verrous se tirèrent et la porte s'ouvrit.

Sur le seuil apparut un bonhomme aux joues enluminées, aux lèvres humides, au regard vague, ornés de gros favoris blonds qui lui pendaient jusque sur les épaules et qui ne pouvaient appartenir qu'à un fils de la perfide Albion, comme on disait alors pour désigner un Anglais.

Le costume, la coiffure, tout, en un mot, indiquait surabondamment la nationalité du personnage.

A sa vue, vraiment réjouissante, toute la clique en haillons avait poussé un éclat de rire homérique.

Seul, Kocoding était retourné à sa place, avec un morne désappointement.

Un instant, il avait espéré que c'était Gabriel qui, revenu à la santé, à la vie, lui apportait enfin les trente mille livres convenues.

Mais cet espoir s'était évanoui dès que l'insulaire avait paru.

Tandis que Lebœuf et les autres se livraient à leur bruyante hilarité, Bancroche faisait à l'étranger mille salamalecs et pensait se faire comprendre de lui en parlant nègre :

— Maison à moi, disait-il, être au service de milord... ici, vin être très bon... Petite chambre bien gentille et société être tout à fait bon genre et comme il faut.

Mais l'Anglais, qui n'entendait pas plus le jargon nègre que le français, apparemment, ne répondit à Bancroche que par deux ou trois phrases en langage britannique, entrecoupés de fréquents hoquets.

— Je ne sais pas l'anglais, cria le cabaretier.

L'autre, sans s'émouvoir, poursuivit son *speech.*

— Puisque je vous dis que je ne sais pas l'anglais, reprit Bancroche qui commençait à s'impatienter.

— *Yes ! yes !* fit le soûlard.

Et il reprit.

— Ah çà ! grommela le boiteux avec colère, est-ce qu'il va me tenir un crachoir comme ça toute la nuit, cet espèce de mufle-là?... Qu'est-ce qu'il te faut, voyons, grande andouille?

Kocoding crut devoir venir en aide au cabaretier en même temps qu'à son compatriote.

— Il vous demande, père Bancroche, si vous avez du champagne dans votre cave...

— Du champagne !... merci... pour les crapules que je reçois, ça serait du luxe !

— En ce cas, il réclame du vin blanc comme s'il en pleuvait. Il offre de payer un bischoff monstre à la société.

— Du vin blanc, c'est autre chose; j'en ai à revendre. Disant cela, Bancroche entra dans la cuisine.

— Vivat ! cria la bande.

— L'Anglais, dit l'un des gueux, en prenant l'étranger par la main, puisque tu nous rinces le bec, je t'autorise à te coller à notre table.

Tout en zigzaguant, l'Anglais fit quelques pas vers la place qu'on lui désignait; mais en passant près du poêle, il heurta violemment Kocoding.

Celui-ci le repoussa en l'appelant ivrogne.

L'Anglais, très peu solide sur ses jambes, apparemment, fit un faux pas et, pour ne pas tomber, saisit à pleines mains les cheveux noirs de l'ancien cocher.

Malheureusement Kocoding portait perruque, on le sait, si bien que l'insulaire roula tout de son long sur le sol, tenant entre ses doigts crispés la chevelure ébénine de son compatriote.

Kocoding se leva en poussant un juron formidable et se prit à octroyer à l'Anglais les épithètes les plus malsonnantes.

L'étranger se remit sur pied avec une agilitté quelque peu étrange, vu son état d'ivresse.

Puis, s'inclinant devant le cocher furieux, il lui dit en français :

— Voici votre perruque, cher monsieur Kocoding. Je sais maintenant ce que je voulais savoir !

Le prétendu ivrogne n'était autre que Fouinardet.

Kocoding poussa un rugissement terrible et voulut s'élancer vers le petit escalier qui conduisait aux chambres garnies.

Mais l'agent de police avait tiré un pistolet de sa poche :

— Si vous avez le malheur d'essayer de filer, cher ami, je vous loge une balle dans la tête.

— A l'aide, camarades ! cria désespérément Kocoding en s'adressant aux autres bandits, qui, stupéfiés, étaient demeurés immobiles à leurs places. A l'aide ! débarrassez-moi de ce gueux-là..

Les coquins semblèrent se consulter un instant...

Mais avant qu'ils eussent fait un seul mouvement pour tomber sur Fouinardet, celui-ci avait porté à ses lèvres un sifflet dont il tira un son formidable.

Un autre coup de sifflet répondit du dehors, et peu après une nuée d'agents fit irruption dans la salle basse.

Les gueux du Trou-Vassou baissèrent le nez et pas un ne bougea. Nul ne semblait tenté de prêter main-forte à Kocoding, qui disparut bientôt entraîné par Fouinardet et ses hommes.

Alors toute la clique en haillons se prit à boire, et Lebœuf dit philosophiquement :

— Bah ! après tout, qu'est-ce que tout ça nous fait ?... Lui aujourd'hui, nous demain... Chacun son tour !

. . . .

Kocoding fut conduit directement à la Préfecture et interrogé séance tenante.

Qui l'avait trahi ?

Fouinardet se garda bien de le lui apprendre.

Mais peu lui importait que l'on gardât le silence à ce sujet.

En son idée, il ne pouvait avoir été dénoncé que par Gabriel.

Et, pour se venger, il avoua tout.

— Tu m'as fait pincer, milord l'Arsouille, se dit-il, eh bien, moi, je te revaux ça en faisant connaître à fond monsieur ton papa et en déshonorant ton nom.

Si bien que Kocoding raconta les choses telles qu'elles s'étaient passées, et proclama hautement l'innocence de Pierre Lavarès.

Pour désespérer le fils, il sauvait le père.

Il ne pensait pas que quelques heures plus tard, Gabriel dût pénétrer le mystère de sa naissance.

Si bien que l'insulaire roula tout de son long sur le sol, tenant entre ses doigts crispés la chevelure...

Aussitôt après les aveux de Kocoding, Fouinardet et tous les limiers de la préfecture se mirent en campagne.

Rue de La Rochefoucauld, ils apprirent que le vicomte d'Olburn avait passé la nuit à sa petite maison d'Auteuil et ce fut là qu'eut lieu l'arrestation.

Le reste, nous l'avons dit, et nous pouvons maintenant reprendre notre récit au point interrompu.

En quelques mots, le juge d'instruction fit connaître à lord Stephen la dénonciation de son complice, et le vicomte put se convaincre tout à fait qu'il était perdu et que toutes les dénégations du monde ne pourraient parvenir à le blanchir aux yeux de la justice.

Liv. 36.   36

Alors il acheva de jeter bas le masque et se fit voir tel qu'il était réellement.

— Eh ! bien, oui, dit-il, avec un effrayant orgueil. Oui, j'ai fait tout ce dont on m'accuse... Tout!... entendez-vous bien... et plus encore peut-être !... John Glass et sa fille Bettina sont morts empoisonnés par moi.

Désignant Gabriel :

Et si ce jeune homme ne les a pas suivis au tombeau, poursuivit l'assassin, c'est la faute du docteur Olivier et non la mienne...

Un murmure de réprobation s'éleva de toutes parts.

— Eh ! mon Dieu, reprit lord Stephen plus énergiquement encore, pourquoi vous effaroucher de la sorte?... Vous voulez des aveux sincères, en voici, que diable, ou je ne m'y connais pas !... Pourquoi me donnerais-je la peine de mentir ?... Des charges accablantes s'élèvent contre moi, rien ne peut me disculper... Au diable donc la dissimulation et les subterfuges!... Je suis un assassin, un empoisonneur, et je vous le dis en face !...

S'adressant à Gabriel :

— Vous rougissez, ô mon cher fils, continua-t-il, de posséder pour père un monstre tel que moi. Vous, la probité même et l'honneur incarné ! De fait le coup est rude... bien rude... car, malgré votre haute vertu, l'on n'en dira pas moins : Tel père, tel fils... Et toutes mes vilenies vous retomberont dessus. Mais, à parler franchement, c'est ce que je souhaite. Oui ! je veux qu'à cause de moi, vous soyez honni et méprisé... Je veux que ce nom que vous portez fasse de vous un paria, un maudit, un damné... pour qu'à la fin, affolé de colère, ivre de haine et de vengeance, vous en arriviez à devenir un jour un criminel, un meurtrier comme moi!... Tel est le vœu que je forme, et l'enfer aidant ce vœu sera exaucé.

— Vous vous trompez, monsieur, répondit Gabriel, en le regardant en face. Votre nom flétri, j'y renonce de ce jour, car il ne m'appartient pas.

— Que dites-vous ?

— Je dis, poursuivit le jeune homme d'une voix ferme et haute, que je ne suis pas le fils de lord Stephen Lowe, vicomte d'Olburn. Non ! je ne le suis pas! mon père à moi est un brave marin qui cent fois a versé son sang pour la défense de son pays. Il s'appelle Lavarès... et ce nom-là est le mien désormais.

Les assistants firent entendre une exclamation de surprise.

— Oui, reprit Gabriel avec chaleur, je suis le fils du capitaine Pierre, de ce martyr qui depuis vingt années souffre par la faute d'un lâche!... Ce matin encore, j'ignorais tout... Mais à cette heure, je sais qui je suis, je sais que ce n'est pas le sang des d'Olburn qui circule dans mes veines... je sais enfin que ma patrie est la France, et je comprends pourquoi je l'ai toujours tant aimée et pourquoi son soleil m'a fait revivre lorsque je mourais sous le ciel brumeux de l'Angleterre.

A ces enthousiastes paroles, lord Stephen répliqua par un violent éclat de rire.

Parbleu ! s'exclama-t-il ensuite, qui vous a fait ce beau conte?...

— Moi ! dit le docteur en s'avançant.

— Vous !... Tudieu... vous vous entendez mieux à fabriquer des romans qu'à guérir les gens que j'empoisonne ! Avez-vous pris soin, au moins, de dire à ce crédule jeune homme, que je l'avais arraché tout enfant à son berceau après avoir assassiné aux trois quarts son estimable mère... Oui, n'est-ce pas?... vous n'auriez eu garde d'omettre ces détails.

Partant d'un grand éclat de rire :

— Et vous avez pris au sérieux cette bouffonnerie, poursuivit le vicomte en se retournant vers Gabriel. O sublime naïveté!... mais on n'a inventé cette fable que pour vous sauver du désespoir que devait vous causer l'annonce de mes hauts faits !... Oui, certes, je suis votre père, votre vrai père, votre seul père. Mon nom est bien le vôtre et l'Angleterre est bien votre pays... Avant d'ajouter foi si bénévolement aux hâbleries de votre Esculape, vous eussiez dû lui demander au moins une preuve de ce qu'il avançait.

Gabriel, sans parler, tira de son sein la lettre écrite par la vicomtesse d'Olburn à son lit de mort, et la remit toute dépliée au juge d'instruction.

— Daignez lire ceci, monsieur, dit alors le jeune homme. Il importe que vous sachiez comme je le sais moi-même que le vicomte d'Olburn m'est étranger et que je ne lui suis rien !

Après avoir pris connaissance de la missive, le magistrat en fit la lecture à haute voix.

Un moment interdit, lord Stephen haussa les épaules et s'écria :

— Cette lettre est fausse !... La vicomtesse d'Olburn n'a pu mentir ainsi à Dieu et aux hommes à ses derniers moments.

— L'assassin prononça ces quelques mots avec une indignation si admirablement jouée; il eut dans la voix, dans le regard, dans le geste, tant de sincérité et tant de franchise, que le juge d'instruction et ceux qui l'entouraient commencèrent à douter de l'authenticité de la lett.e.

Gabriel lui-même murmura ces mots en frissonnant :

— Si tout cela n'était qu'un jeu pourtant... Si j'étais réellement le fils de lord Stephen !...

Mais, en cet instant, le père Grégoire, le vieux jardinier, parut sur le palier, escortant un bonhomme, vêtu de noir, cravaté de blanc, un peu maigre, un peu voûté, pauvre d'aspect, mais d'une propreté irréprochable et portant la probité peinte sur le visage.

Ce personnage avait nom : maître Lanternois.

C'était le notaire de John Glass, et de plus son ami.

Le vieillard mort, maître Lanternois n'en avait pas moins continué ses visites à l'hôtel d'Olburn, car il avait une grande affection pour Bettina et pour Gabriel.

En revanche, lord Stephen lui était profondément antipathique.

C'était tout naturel. John Glass avait forcément fait partager à son vieil ami l'aversion qu'il ressentait pour l'époux de sa fille.

Le digne notaire avait fait de fréquentes apparitions à l'hôtel d'Olburn durant la terrible maladie de la vicomtesse et deux ou trois jours avant qu'elle expirât, on avait même remarqué qu'il avait eu avec elle un assez long tête-à-tête.

Que s'était-il passé?

Nul ne le savait...

Seul, le père Grégoire était entré, sur la fin de l'entretien, pour apporter à sa bonne maîtresse un beau bouquet de fleurs fraîches écloses, et le vieux jardinier avait remarqué, sans le vouloir, que maître Lanternois avait serré une lettre cachetée dans un coffret et en avait mis une seconde dans la poche de son habit.

Le père Grégoire était discret.

Il ne souffla mot à qui que ce fût de ce qu'il avait vu.

Le notaire avait pleuré sincèrement la mort de Bettina, et le brave homme pensa se trouver mal, lorsque, quelques mois après, il apprit l'état alarmant de son jeune ami Gabriel.

Chaque jour, il vint prendre lui-même des nouvelles du blessé...

Et jamais il ne quittait l'hôtel sans recommander au père Grégoire de le venir chercher au moindre événement.

C'est pourquoi le vieux jardinier, grandement effaré de ce qui se passait, s'était empressé d'aller prévenir M° Lanternois.

Celui-ci avait entendu du palier, les dernières paroles de lord Stephen, et cela avait suffi pour le mettre au fait de la situation.

Il pénétra dans la chambre d'un pas ferme, et s'avançant vers le juge d'instruction :

— Monsieur, dit-il, la lettre que vous avez sous les yeux a été écrite en ma présence par la vicomtesse d'Olburn, je le jure devant Dieu, et si vous doutez, voici le testament olographe de cette pauvre femme, par lequel elle reconnaît pour son légataire universel François Lavarès, volé à la Courtille par lord Stephen en la nuit du 29 novembre 1815, et depuis lors élevé sous le nom de Gabriel d'Olburn.

Et le bonhomme, tout en parlant, avait tiré le testament de sa poche et l'avait fait lire au magistrat.

Lord Stephen étouffa un cri de rage.

— Cela vous contrarie, milord, fit le vieux notaire d'un ton railleur; j'en suis désespéré, mais mon devoir avant tout... J'avais juré à celle qui n'est plus de ne faire connaître ce testament que lorsque sir Gabriel aurait pénétré le secret de sa naissance. Il sait tout maintenant, et j'ai tenu ma parole... Cette fois, ajouta le bonhomme en se rengorgeant, vous ne discuterez pas, je l'espère, l'authenticité de l'acte... Il a été fait dans les formes et dressé par-devant nous, M° César Lanternois, notaire royal.

Gabriel sauta au cou de l'homme de loi.

— Soyez béni, mon vieil ami! s'écria-t-il; vous m'avez rendu la vie.

Lord Stephen était atterré.

Il avait le front bas et gardait le silence.

Mais bientôt il releva la tête et s'écria :

— Eh bien! oui, tout cela est vrai encore... Vous êtes un enfant volé, et Pierre Lavarès est votre père.

Le jeune homme laissa échapper un long cri de joie.

— Vous vous réjouissez; reprit le vicomte avec un sourire satanique; je comprends votre bonheur... Au moment où vous vous désolez d'être né d'un exécrable criminel, vous vous trouvez être le fils d'un parfait honnête homme!... Cela vaut, pardieu, bien la peine que vous bénissiez le sort!... car c'est l'honneur même que

ce brave Lavarès. Au point où nous en sommes, je ne vois nul inconvénient à proclamer tout haut son innocence... Certes, poursuivit-il en appuyant sur les mots,
sa joie égalera la vôtre lorsque les portes de son cachot vont s'ouvrir et que vous
vous précipiterez sur son cœur en lui disant : « Je suis ce fils que tu as tant pleuré,
noble victime, et je viens t'apporter ta grâce! » Sur ma foi, la scène sera tout à fail
touchante.. et le geôlier lui-même en versera des larmes d'attendrissement.

Poussant un effroyable éclat de rire qui ressemblait à un rugissement de
lamné :

— Va donc le voir ton père, poursuivit le vicomte ; va!

Un horrible soupçon vint à l'esprit de Gabriel.

— Grand Dieu ! s'écria-t-il, qu'avez-vous fait de Pierre Lavarès?

— Je pourrais, cher ami, vous répondre par la fameuse phrase de Caïn... Mais
c'est trop vieux et trop usé ; je préfère garder le silence et vous laisser le plaisir de
la surprise.

— Monsieur, dit à son tour le juge d'instruction, quel nouveau mystère renferment vos paroles?

— C'est justement parce que c'est un mystère que je tiens à ne pas vous le
révéler... Mais rassurez-vous, avant peu, vous saurez tout!

— Au nom de la justice, reprit le magistrat, je vous somme de parler.

En ce moment, on entendit dans la rue le cri d'un ramoneur :

— Du haut en bas!

Lord Stephen prêta l'oreille.

Le cri se répéta trois fois en se rapprochant.

Le visage du comte s'illumina.

— Parlez! commanda de nouveau le juge d'instruction.

— Je n'ai qu'une chose à vous dire, répliqua le meurtrier avec audace, c'est que
jusqu'à présent vous avez cru me tenir et que vous ne teniez rien du tout.

Comme il disait ces mots, le panneau sur lequel était appendu le portrait de
John Glass se leva rapidement, et découvrit une ouverture par laquelle lord Stephen
se précipita.

— Tonnerre! cria Fouinardet en s'élançant avec ses hommes vers l'issue secrète.

Mais le portrait avait repris sa place avant même qu'aucun d'eux eût atteint la
muraille.

On comprit alors pourquoi le vicomte d'Olburn avait montré tant d'impudence
et tant d'audace en ses aveux et pourquoi surtout il avait tenu si fort à ne parler
que chez Gabriel.

On tenta vainement de trouver le secret qui faisait jouer le panneau.

Alors on essaya d'enfoncer la boiserie à coups de crosses de fusils, mais cette
nouvelle tentative fut aussi infructueuse que la première, et l'on fut obligé d'employer le levier et le marteau.

Quand, enfin, Fouinardet et les autres purent pénétrer dans l'étroit et sombre
escalier qui se trouvait derrière le panneau, le vicomte était depuis longtemps déjà
hors de toute atteinte ainsi que celui qui avait favorisé sa fuite et qui n'était autre,
on le devine, que sir Walter Gaweston.

Après avoir exploré la maison de fond en comble, les agents reparurent l'oreille basse et l'air mortifié.

— Rien... dit Fouinardet. L'oiseau est envolé, et le diable sait quand nous le rattraperons !

Se tournant vers le commissaire de police :

— Pensez-vous maintenant que j'avais tort de me méfier de ce gredin-là?... Oh! mais je le repincerai, s'exclama l'agent avec énergie, où j'y perdrai mon nom de Fouinardet !

En lui-même, Gabriel avait éprouvé une joie singulière en voyant rentrer les agents les mains vides.

Malgré tout, il ne pouvait se résoudre à souhaiter la perte du coupable.

Maintenant surtout que Pierre Lavarès, justifié par les aveux de lord Stephen, allait être rendu à la liberté, à la vie.

Et cette pensée faisait trembler de joie le généreux enfant.

Mais bientôt son visage s'altéra, et le sourire expira sur ses lèvres...

Il se rappelait les dernières paroles du meurtrier.

Il s'efforça de chasser de son esprit ces sinistres appréhensions.

— Je suis fou! se dit-il; lord Stephen n'a pu pénétrer auprès du prisonnier... Quand même il l'aurait pu, l'eût-il jamais osé?... Non, il a voulu me jeter au cœur une épouvante avant de me dire un éternel adieu.

Quoi qu'il fît, ses craintes augmentaient de minute en minute.

— Monsieur, dit-il au juge d'instruction, mon père est innocent... vous le savez, et vingt témoins le savent comme vous. A votre voix, les juges de Pierre Lavarès ne sauront lui refuser la réparation qui lui est due... Ils ne sauront me refuser à moi le suprême bonheur de lui dire le premier que tous ses maux vont cesser et que la vérité est enfin connue...

— Il sera fait selon votre désir, monsieur, n'en doutez pas, répliqua le magistrat avec émotion, et justice sera rendue à votre père... Les tribunaux français ne mettent de lenteurs à rendre une sentence que lorsque leur arrêt doit être une condamnation.

. . . .

Une heure plus tard Gabriel, brisé par l'émotion, pénétrait dans le cachot de Pierre Lavarès, suivi du docteur Olivier et du juge d'instruction.

Le prisonnier était assis sur son lit, absorbé dans la contemplation d'un petit médaillon.

C'était le portrait de son fils.

En entendant rouler la porte sur ses gonds, il serra vivement l'image sur sa poitrine, essuya brusquement les larmes qui sillonnaient son mâle visage et se leva tout droit.

— Vous venez me chercher pour que j'entende mon arrêt de mort, dit-il; je suis prêt.

Mais, au lieu des gendarmes qu'il pensait trouver, il aperçut Gabriel.

— Vous!... vous ici!... fit-il avec un cri.

— Pierre Lavarès, répliqua le jeune homme en lui saisissant les deux mains, rendez grâces à Dieu... vous êtes libre!

Le prisonnier considérait Gabriel d'un œil égaré.

Il avait entendu, mais il ne comprenait pas.

— Libre!... répéta-t-il. Qui donc est libre?

— Vous.

— Et c'est le fils de mon accusateur qui m'apporte une semblable nouvelle!...

— Non, c'est le fils de l'accusé, le fils de l'innocent... c'est votre enfant, mon père!

Et le jeune homme fit connaître en deux mots à Pierre Lavarès ce que lui-même venait d'apprendre.

Le vieux marin ne prononça pas une parole, ne poussa pas un cri, ne versa pas une larme.

Il s'agenouilla seulement, leva les yeux au ciel et pria.

Lorsqu'il eut terminé sa muette oraison, il se redressa, prit entre ses deux mains amaigries la tête de Gabriel et couvrit son front de baisers.

— Écoutez, lui dit-il ensuite d'une voix grave, il y a du miracle en tout ceci et pourtant je ne suis pas surpris!... Non! lorsqu'il y a quinze jours, nous nous sommes trouvés face à face, et que ma main furieuse a levé sur ta poitrine l'arme fatale, j'ai senti tout mon être tressaillir et se révolter... Et je ne sais quelle voix s'élevait en mon cœur pour me dire que nous n'étions pas étrangers l'un à l'autre; mais la rage m'enivrait et j'ai frappé!... Hélas, en te voyant à mes pieds, ensanglanté, pâle, mourant, la raison m'est revenue, et j'ai maudit mon aveugle fureur!... Tremblant, désespéré, j'ai voulu fermer ta blessure... Horreur! sur ton sein déchiré, j'ai retrouvé ces signes mystérieux que je portais moi-même et que seuls avec moi portaient les matelots du *Vampire!*... Alors, à moitié fou, j'ai pris la fuite, et je n'ai repris mes sens qu'en me retrouvant devant les murs sombres de cette prison. Rentré en mon cachot, j'ai fini par me convaincre que vous ne m'étiez rien et que le hasard seul avait fait graver sur votre poitrine ces stigmates étranges, et j'en suis venu à songer froidement à votre mort... Que dis-je, tout à l'heure même, je m'en réjouissais, et m'adressant à ce portrait qui fut le vôtre, je disais : « Tu n'es plus, ô mon fils, mais j'ai vengé ton trépas en tuant le fils de Stephen Lowe. »

Serrant de nouveau Gabriel sur son cœur :

— Tu me pardonnes, n'est-ce pas... Oh! par grâce... par pitié... dis-moi que tu m'as pardonné.

Le jeune homme répondit à son père en lui prodiguant mille caresses.

Tout d'un coup, le vieux marin s'arracha aux étreintes de Gabriel en poussant un cri épouvantable, une sorte de rugissement.

— Grand Dieu! interrogea le jeune homme, qu'avez-vous donc?

Lavarès porta ses mains à sa poitrine.

— Je meurs!... je meurs!...

— Au nom du ciel, revenez à vous!

— Je te dis que j'ai la mort dans le cœur! répondit le marin d'une voix déchirante. Tous les feux de l'enfer me dévorent la poitrine.

Le docteur Olivier s'élança vers lui en disant :

— Quel soupçon ?...

— Je souffre d'intolérables tortures... Tuez-moi... Par pitié, tuez-moi, mais ne me laissez pas souffrir ainsi !... On dirait qu'un infernal poison me ronge les entrailles...

— Du poison ! s'écria Gabriel. Ah ! je comprends tout... C'est lord Stephen qui le tue !

— Oui, lord Stephen ! murmura le docteur. Il l'avait dit !

— Le maudit ! gémit Lavarès en se tordant entre les bras de son fils et d'Olivier. Quand j'allais enfin... connaître le bonheur !...

Poussant un éclat de rire terrible :

— Ah ! je me rappelle... poursuivit-il, je me rappelle...

Indiquant de l'œil une gourde jetée en un coin du cachot :

— Là !... là !...

On ramassa la gourde.

— Du rhum !... continua Lavarès avec un rire sinistre, mon nouveau geôlier me l'a remis ce matin en cachette... de la part d'un ami... m'a-t-il dit... J'ai bu... et je meurs !

On appela le geôlier... On le chercha partout...

Il avait disparu. C'était un affidé de la bande des empoisonneurs.

— Olivier... mon ami... supplia Gabriel, sauvez-le... Sauvez mon père !

Mais tous les secours furent inutiles.

On parvint à calmer un peu ses épouvantables souffrances et ce fut tout.

— Tout est fini, murmura le vieux marin en fermant les yeux.

Attirant à lui Gabriel :

— Embrasse-moi, mon fils... Dieu ne veut pas que je t'aime plus longtemps... Que sa volonté soit faite ! et qu'il soit béni pour m'avoir accordé cette joie suprême de mourir entre tes bras !... Ne cherche pas à me venger !... Ne songe qu'à ta mère... à ma pauvre Fanchon !...

Gabriel tomba agenouillé... Pierre Lavarès était mort...

Les Brinvilliers avaient fait une nouvelle victime !

XI

OU L'ON VOIT PARTIR DE BICÊTRE LA DERNIÈRE CHAINE DES GALÉRIENS

Au moment même où Pierre Lavarès expirait dans les bras de son fils, on entendit des chants joyeux retentir dans un cachot voisin.

Et les assistants profondément stupéfiés purent saisir au vol les couplets que voici :

> A nous saucisse et poularde,
> A nous liqueur et vin vieux !
> Fais la nique à la camarde,
> Qui nous montre les gros yeux !

Lorsqu'il eut terminé sa muette oraison, il se redressa, prit entre ses deux mains la tête
de Gabriel, etc...

Un pauvre homme, d'ordinaire,
Pour mourir a bien du mal ;
Nous, nous avons notre affaire
Sans passer par l'hôpital !

Qui donc osait jeter cet étrange refrain aux échos de la prison sinistre ?
C'était Lacenaire... le poète-assassin !
Condamné à mort, ainsi que son complice Avril, par la cour d'assises de la Seine,
il venait d'être transféré de Bicêtre à la Conciergerie, et les deux bandits avaient
obtenu de faire réveillon comme tout le monde.

Pendant cette orgie *in extremis*, Avril s'était aperçu que son ami avait laissé intact sur son assiette un morceau de viande saignante :

— Tu n'aimes donc plus le sang ? lui dit-il.

Et Lacenaire répondit :

— Ma foi, non !

— Eh bien ! moi, je l'aime toujours, reprit l'autre.

Et s'emparant de l'assiette toute pleine du jus écarlate que la viande y avait déposé, il avala ce sang avec volupté.

Pour détourner Avril de ces idées rouges, Lacenaire avait chanté alors les exécrables couplets dont nous avons donné plus haut un échantillon, qu'il avait fabriqués lui-même pour la circonstance.

Gabriel et ceux qui l'accompagnaient éprouvèrent un invincible dégoût, une horreur insurmontable en entendant ce cynique refrain que ne semblaient répéter qu'à regret les voûtes sombres de la Conciergerie.

. . . .

Le jour même, en cette séance où devait être prononcée la sentence de mort de Pierre Lavarès, l'innocence du vieux marin fut hautement proclamée, et Gabriel, reconnu publiquement pour son fils, eut la triste joie de consacrer par sa présence cette réhabilitation.

Dans la même séance, Kocoding déclaré coupable d'homicide et qui assurément avait mérité la peine capitale, fut condamné aux travaux forcés à perpétuité.

Ses aveux avaient sauvé sa tête... ou peut-être même tenait-on à le garder vivant, pour le cas, fort probable après tout, où lord Stephen Lowe retomberait aux mains de la justice.

Quoi qu'il en fût, le lendemain, au point du jour, tandis que les restes mortels de Pierre Lavarès quittaient la Conciergerie pour être conduits à leur dernière demeure, *le panier à salade* emmenait à Bicêtre le complice du vicomte d'Olburn.

La voiture sinistre dans laquelle étaient enfermés Kocoding et quelques autres bandits de même sorte eut bien vite atteint le petit village qui fut autrefois Winchestre et devint Bicêtre par corruption.

Maison de plaisance épiscopale, château de prince et de roi, masure abandonnée servant de repaire à des voleurs, hospice militaire, Bicêtre avait été tout cela pour devenir plus tard hôpital et prison.

Là, pendant un long temps, furent confondus ensemble des prisonniers d'État, des hommes suspects à la police, des détenus par voie correctionnelle, des réclusionnaires, des condamnés à mort, des forçats attendant le départ de la chaîne.

Kocoding faisait partie de cette dernière classe.

On le fit descendre de voiture et de lourdes grilles s'ouvrirent devant lui.

La prison se composait de six corps de bâtiments à plusieurs étages dont toutes les fenêtres étaient garnies d'énormes barreaux de fer.

C'était terrible !

Les cachots, construits en pierre de taille, étroits, humides et malsains, étaient presque entièrement plongés dans les ténèbres, car un faible rayon de jour y pénétrait à peine à travers des piliers percés obliquement.

En ces antres funèbres on précipitait les condamnés avec du pain noir pour nourriture, avec de l'eau pour toute boisson.

« Avant la révolution, chacun des habitants de ces tombeaux était retenu par quatre chaînes.

« Le délateur de Cartouche y vécut quarante-trois ans.

« Un menuisier, nommé Isidore, voleur de profession, qui avait fait des menaces au lieutenant de police Sartine, y fut enterré vivant pendant quatorze années.

« En 1818 et 1819, beaucoup d'abus furent réformés dans cette prison, et sous le règne de Louis-Philippe la prison de la Roquette remplaça petit à petit celle de Bicêtre; si bien que toute la maison finit par être transformée en hospice.

« C'est à Bicêtre, le 17 avril 1792, que furent faits les premiers essais de guillotine, en présence du bourreau Sanson, du docteur Louis et du docteur Guillotin.

« Onze cadavres furent successivement décapités avec un succès complet !...

« Seulement on remarqua que le couteau, qui était horizontal, ne faisait pas une coupure très nette.

« Un homme influent, versé dans les sciences mécaniques, fut consulté sur cet inconvénient et donna le conseil de faire le tranchant oblique.

« Ce judicieux observateur n'était autre que Louis XVI. »

Ainsi parle l'auteur du *Nouveau Paris*.

Après quelques mois de réclusion, Kocoding fut tiré de son cachot et conduit dans la grande cour. Plus de deux cents galériens l'y avaient précédé.

Au centre de la cour était posée une enclume.

— Qu'est cela? demanda Kocoding à l'un des forçats.

— Tu vas le savoir, lui fut-il répondu.

En effet, il vit bientôt s'avancer vers l'enclume un forgeron aux formes athlétiques, une espèce d'hercule velu comme un ours, armé d'un marteau colossal.

Malgré lui, Kocoding se sentit frémir.

Il commençait à comprendre.

A côté du forgeron gigantesque, gisait une chaîne en fer coupée à des distances égales par des carcans.

Bientôt un forçat fut amené.

On lui passa au cou le premier collier.

Puis le misérable posa sur l'enclume sa tête livide, et le forgeron, à grands coups de marteau, se prit à river les clous qui devaient fixer au cou de cette première victime l'effroyable carcan...

L'énorme outil effleurait le visage du galérien...

Mal dirigé, il lui eût brisé le crâne !

Après ce malheureux, ce fut le tour d'un autre...

Puis d'un troisième... auxquels d'autres encore succédèrent...

Le premier cordon était terminé...

On en compléta quatre, dont chacun comprenait une cinquantaine de carcans...

Reliés entre eux par cette guirlande de fer, ces hommes furent parqués dans un coin de la cour.

« Échauffés par les secousses qui avaient ébranlé leur cerveau, ivres de leurs souffrances, ils mêlaient au cliquetis de leurs fers des cris, des hurlements, des imprécations, des chants sauvages. »

On forma le cinquième cordon.

De celui-là faisaient partie François, complice de Lacenaire, et l'abbé Delacollonge, curé de Sainte-Marie-la-Blanche (Côte-d'Or), condamné aux travaux forcés à perpétuité par la cour d'assises de Dijon, le 4 mars 1836, pour avoir assassiné Fanny Besson, sa maîtresse, et l'avoir coupée par morceaux.

Kocoding avait considéré ce formidable spectacle avec effarement.

Ses cheveux étaient hérissés et ses yeux étaient fixes comme s'il eût été fou !...

Quand vint son tour, ses jambes vacillèrent, puis il poussa un cri rauque, guttural, et tomba sur le pavé presque sans connaissance.

Il fallut le porter jusqu'à l'enclume, et le pauvre gueux ne revint à lui qu'en entendant le bruit hideux du marteau rivant les clous de son carcan...

Si, pour l'assassin de John Glass, la cérémonie avait été funèbre, pour beaucoup d'autres elle avait été fort attrayante assurément. Ce qui le prouve, c'est le nombre incalculable de demandes « adressées au préfet de police pour obtenir des billets d'entrée à Bicêtre. ».

Elles furent toutes repoussées, empressons-nous de le dire, et le chef de la police de sûreté assista seul au ferrement.

« Les curieux voulurent au moins voir le départ, dit un rapport du temps. — Dès trois heures du matin, la foule se dirigeait vers Bicêtre. — Quelques personnes avaient passé la nuit dans les champs de peur de ne pas arriver à temps.

« Bientôt il n'y eût plus possibilité de circuler aux abords de la prison.

« Les voitures arrivaient de toutes parts, et les tapissières garnies de troupes joyeuses qui échangeaient des quolibets, étaient parquées sur la grande route.

« Depuis fort longtemps, la chaîne n'avait été si nombreuse ; on y comptait deux cent soixante et onze condamnés dont voici la classification criminelle !

« Cent quatre-vingt-trois voleurs, vingt-huit assassins, trente-sept condamnés pour meurtre et homicide, onze coupables d'attentat à la pudeur, seize incendiaires, trois faux-monnayeurs, un faussaire, un médecin coupable de tentative d'infanticide.

« Dans ce nombre, quinze avaient été condamnés à douze ans, un à seize, quatorze à quinze, soixante-treize à vingt, un à vingt-cinq, un à trente, et soixante-six à perpétuité, dont six primitivement condamnés à mort, mais dont la peine a été commuée en celle des travaux à perpétuité. »

Les forçats, nous l'avons dit, étaient divisés en cinq cordons, dont un fut surnommé le *cordon parisien*.

« Ceux qui le composaient étaient des assassins redoutés pour lesquels on avait employé une chaîne de fer trempé plus grosse du double que les autres. »

Pendant l'opération du ferrement, ils n'avaient cessé de chanter :

De nous que l'on se souvienne,
Répétons tous, à perdre haleine :
Nargue aux roussins !
Nargue aux coquins !
Et que l'on reconnaisse à nos joyeux refrains
Notre pègre parisienne !

Neuf heures sonnaient lorsque, au milieu d'une escorde de gendarmes et d'une escouade de sergents de ville, le sinistre cortège se mit en route.

« Sept grosses charrettes formaient le convoi, dit le rapport cité plus haut. Les forçats, couverts de haillons, étaient placés sur deux rangées, dos à dos, la face tournée vers les spectateurs.

« Assis au bord de la charrette et sur de la paille, ils avaient les jambes pendantes et les bras appuyés sur un accotoir de bois. Une courroie les fixait à cette barre afin de les empêcher de tomber au premier cahot de la voiture.

« La plus grande partie de ces malfaiteurs étaient des hommes âgés. Ils insultaient à la multitude, et des cris forcenés s'échappaient de plusieurs voitures. »

François, le complice de Lacenaire, cherchait surtout à se faire remarquer par des apostrophes graveleuses et un rire frénétique.

Il adressait aussi d'impudentes railleries à son compagnon Michel.

Un nommé Magné, qui, à peine âgé de vingt-cinq ans, avait déjà subi cinq ans de travaux forcés, ne le cédait en rien à François comme effronterie.

Ce que disaient ces hommes était inouï, fantastique...

Le nommé Mercier, condamné à vingt ans de travaux forcés pour vol qualifié, paraissait abattu. L'avant-veille, il avait déjà essayé de se tuer en avalant une forte dose d'opium; il souffrait encore d'intolérables tortures.

Son voisin riait de ses doléances et lui lançait dans le nez d'épaisses bouffées de tabac.

L'abbé Delacollonge, que chacun cherchait avec curiosité, semblait résigné et avait la figure en partie couverte par un bonnet de soie noire... A ses habits ordinaires avaient été substitués une blouse bleue, un pantalon rayé et un chapeau de paille.

La chaîne suivit l'avenue de Bicêtre et descendit jusqu'à la barrière de Fontainebleau.

Pendant tout le trajet, les spectateurs proférèrent des cris contre Delacollonge.

Les femmes criaient :

— A bas le monstre! A bas le mauvais prêtre!

Les commissaires de police de Montrouge et de Vaugirard, aidés de la garde municipale, eurent beaucoup de peine à faire respecter l'arrêt de la justice.

Ceci se passait le 19 juillet 1836.

Cette chaîne formidable fut la dernière. A partir de ce moment, cet épouvantable spectacle fut supprimé, et peu après Bicêtre cessa d'être une prison.

Au moment où le sinistre cortège tourna à gauche pour gagner la route de Brest, Kocoding, jusqu'alors accablé et morne, releva machinalement la tête et jeta un regard égaré sur la multitude qui hurlait et grouillait autour des charrettes.

Bientôt il poussa un terrible rugissement.

Dans une riche calèche, il venait d'apercevoir plusieurs femmes luxueusement vêtues, parmi lesquelles une surtout se faisait remarquer par ses rires effrontés et ses exclamations indécentes.

Cette femme était singulièrement pâle.

Et c'est à sa pâleur que Kocoding la reconnut.

— L'Arlésienne ! fit-il avec une indicible rage.

Alors il lui cria les plus sales injures et finit par lui jeter de loin cette terrible menace :

— Voleuse, je te rattraperai un jour et je t'arracherai les deux yeux !

Un vigoureux coup de gourdin l'empêcha d'en dire plus long.

Quant à l'Arlésienne, elle avait ri de plus belle, et ses compagnes l'avaient imitée.

Ses compagnes, c'étaient Cabriolette, Primevère et Mlle Olympe. Ces dames avaient passé la nuit à souper et elles étaient un peu grises.

Quand on eut perdu de vue la chaîne des galériens, l'Arlésienne s'écria gaiement :

— Maintenant, allons déjeuner.

Se retournant vers son cocher.

— Narcisse ! cria-t-elle, aux Vendanges de Bourgogne !

Le cocher, lequel n'était autre que l'affreux drôle que nous avons vu valet de chambre chez le vicomte d'Olburn, s'inclina majestueusement du haut de son siège, et peu après le brillant équipage redescendait dans Paris au galop de deux superbes alezans.

On voit que, pendant les six mois qu'avait passés Kocoding à Bicêtre, la fille pâle avait trouvé le moyen de refaire sa fortune.

— C'est égal, dit-elle tout haut avec un soupir de regret, ce qui m'embête, c'est de ne pas avoir vu, assis sur la sellette, près de Kocoding, mon ex-bon ami lord Stephen.

Un vieux bonhomme, un paysan, portant sur le nez de fortes besicles, orné de gros favoris blancs comme la neige, et qui montait un excellent cheval par parenthèse, galopait depuis quelque temps à deux ou trois pas de la calèche dans laquelle il jetait de temps à autre un regard curieux.

En entendant le regret peu chrétien de l'Arlésienne, il se rapprocha, et, après avoir raffermi ses lunettes devant ses yeux, il lui dit avec un accent normand fortement prononcé.

— S'il vous plaît, ma belle dame, quoi donc que vous avez dit comme ça sans vous commander ?

L'Arlésienne se prit à rire et s'exclama :

— Tiens ! il a une bonne tête, ce buveur de cidre.

— Vous me flattez, mais vous ne répondez pas à ma question.

— C'est juste ! Eh bien, mon bonhomme, j'avais un amant... c'était un gueux... Il devrait être pincé et archi-pincé... Au lieu de ça, il est libre comme l'air...

— La police ne le cherche peut-être pas bien !

— Oh ! pour ce qui est de ça, je vous réponds que si, répliqua l'Arlésienne. C'est Fouinardet, qui s'est mis à ses trousses, et c'est un malin !

— Fouinardet !... répliqua le vieux paysan en ayant l'air de chercher. Ah ! oui, fit-il après un temps, je connais... J'étais à côté de lui tout à l'heure et je lui ai offert du tabac.

Tout en parlant, le bonhomme tira de la poche de sa veste une énorme tabatière

ronde ornée d'un portrait colorié du général Foy, ouvrit la boîte, qui grinça furieusement, et la présenta aux belles pécheresses en leur disant :

— En usez-vous ?

Toutes quatre se prirent à rire.

Pendant ce dialogue du bonhomme et de l'Arlésienne, les chevaux de la voiture
et celui du rustre avaient sensiblement modéré leur allure.

— A propos, dites donc, vous, s'exclama l'Arlésienne, vous êtes un drôle de
pistolet tout de même de venir comme ça jacasser avec nous et nous offrir une
prise... sans nous connaître.

Le paysan sourit finement, puis raffermissant sur son nez ses énormes besicles :

— Allais ! allais ! fit le Normand en son patois, je vous connais peut-être mieux
que vous ne pensez !

— Ah bah !

— Jugez plutôt !...

Désignant la grosse Olympe à moitié endormie :

— Cette dame-là, c'est la paresse... C'est bon à taper de l'œil du matin au soir
et à bâiller du soir au matin !... Quand ça ne dort pas, ça dort tout de même, et ses
amants les plus chers n'ont jamais pu parvenir à la réveiller !... On l'appelle la
Cocotte de Vaucanson... On a tort... son vrai nom, c'est la marmotte à Bellardoise !

Olympe ouvrit tout à fait les yeux.

— Tiens ! il fait ma biographie ! dit-elle étonnée.

Le paysan s'était tourné vers Cabriolette :

— Vous, reprit-il, vous êtes mamz'elle Sautriot ! Plus bête que méchante. Vous
ne connaissez qu'une chose, danser, et le peu d'esprit que vous avez est dans vos
jambes.

Cabriolette se leva furieuse :

— Laisse donc, lui dit Primevère en la forçant à se rasseoir, tu vois bien que
c'est le sorcier de Tivoli qui s'est déguisé !

— Vous, la petite blonde, continua le paysan en apostrophant celle qui venait
de parler, si vous n'avez guère plus d'esprit vous avez du moins plus d'estomac...
Manger, voilà votre lot... Votre amant de cœur, c'est un dindon... bourré de
truffes !

S'adressant enfin à l'Arlésienne :

— A toi maintenant, la fille pâle.

— Il me tutoie ! s'exclama Léa stupéfiée.

— Toi, poursuivit le vieillard sans se soucier de l'interruption, tu es le vice
incarné... la débauche faite femme... Tu n'as ni cœur, ni âme, tu aimes l'or et le
plaisir, et, pour avoir l'un et l'autre, tu ferais toutes les bassesses et toutes les
infamies... Va donc, la belle fille, continue ton œuvre... Ruine tes contemporains,
pille-les, vole-les. Réduis tout Paris à la misère... Les bagnes sont vastes et tes
amants y auront toujours un petit coin réservé... car c'est ainsi que tous finiront !...
N'es-tu pas aujourd'hui l'âme damnée de la police ? Grâce à toi, nous allons en voir
de drôles !... Ah ! tu t'es mise aux gages de la rue de Jérusalem, ma mie, et tu

regrettes de ne pas voir ton amant lord Stephen attaché au carcan par ton amant Fouinardet! Pardieu, Vidocq en jupons, le regret est digne de toi et mérite un salaire.

Lui cinglant le visage d'un violent coup de cravache :

— Tiens, gaupe... va montrer ta face à la préfecture maintenant! Tu diras à tes argousins que c'est lord Stephen qui t'a fait cette marque sanglante.

— Lord Stephen !...

— Oui, c'est moi !... répliqua le paysan avec une effroyable audace, et ce coup de fouet est ma déclaration de guerre à la police française.

Ayant dit, lord Stephen piqua des deux, et son cheval partit au grandissime galop, soulevant sous ses pas des tourbillons de poussière.

— Suis-le! cria l'Arlésienne au cocher. Ventre à terre, Narcisse !... Cent louis pour toi si tu le rattrapes.

Narcisse fouetta ses bêtes.

Mais le faux Normand avait une avance considérable, et longtemps avant qu'on fût rentré dans Paris on l'avait entièrement perdu de vue.

Cependant Kocoding poursuivait son chemin vers le bagne.

Cent cinquante lieues séparent Brest de Paris.

La route fut longue et sinistre.

Cette caravane sombre, au milieu de ces villes, de ces villages, de ces campagnes, c'était la mort parmi les vivants, c'était l'enfer sur la terre.

Ces malheureux n'étaient-ils pas de véritables damnés?

Leurs faces contractées, leurs cris surhumains, leurs insultes à Dieu et aux hommes, tout cela avait quelque chose de formidable et d'inouï, et quand, vers le soir, à travers les ombres crépusculaires, cette longue traînée d'hommes et de chaînes sillonnait une route, les vieilles femmes se signaient et les enfants s'enfuyaient avec épouvante, comme devant une troupe de démons.

On atteignit enfin la dernière étape.

Le port de Brest est creusé dans une vallée qui présente trois grandes courbures.

Au commencement de la seconde s'élève le bagne.

En l'apercevant, assis à mi-côte, entre le quartier de la marine, qui est au-dessus, et les corderies qui plus bas longent le quai, les forçats tous ensemble poussèrent une longue acclamation, un hourra gigantesque.

Pour ces maudits, le voyage en pleine canicule avait été si dur et si pénible que le bagne était à leurs yeux une sorte de terre promise.

Deux corps de logis composent le bagne de Brest et sont séparés par une cour d'une extrême profondeur.

Le second bâtiment, d'une dimension moindre que le premier, c'est l'infirmerie. Au rez-de-chaussée se trouvent le laboratoire de la pharmacie, le logement du pharmacien de garde et quelques magasins.

Au premier étage est une salle très longue qu'éclairent des fenêtres hautes et étroites, garnies de barreaux de fer.

Seine

... Lui cinglant le visage d'un violent coup de cravache.

Un exhaussement règne de chaque côté de la salle et tient élevés au-dessus du parquet les lits destinés aux malades.

Chaque lit, chose funèbre ! porte un anneau destiné à la chaîne qui attache chaque individu, et la longueur de cette chaîne est telle que le malade ne peut faire que les mouvements rigoureusement nécessaires.

Une salle particulière est séparée de l'infirmerie par un grillage. Là veille éter nellement un détachement de gardes-chiourmes.

Au bagne, on se méfie des malades... on se méfie des morts !

Le principal bâtiment est d'une prodigieuse grandeur. Il est divisé en trois étages composés de deux immenses salles, partagées au milieu par une longue colonnade de pierre.

Les salles sont éclairées par de hautes et larges ouvertures couvertes de grillages en fer.

Contre la colonnade du milieu et dans le pourtour de ces salles, il y a des lits de camp d'une très grande longueur, mais non continus, au bord inférieur desquels règne une série d'anneaux propres à recevoir la chaîne de chaque galérien.

Lorsque Kocoding et ses compagnons de route eurent franchi le seuil du bagne, ils aperçurent un échafaud dressé dans la principale cour.

On allait exécuter un forçat condamné à mort par le conseil de guerre pour avoir assassiné l'un des gardiens.

Quatre pièces chargées à mitraille étaient disposées de façon à pouvoir balayer en un instant la place tout entière, et les soldats en armes s'étaient placés en bataille devant la porte d'entrée.

Agenouillés autour de l'échafaud, les forçats étaient tous découverts et tenaien leurs bonnets à la main.

On commanda aux nouveaux venus de se découvrir et de s'agenouiller derrière les autres.

Kocoding frissonna des pieds à la tête.

— Qu'as-tu donc, ma vieille? lui demanda son voisin de chaîne en ricanant.

C'était un nommé Popincourt. Il avait vingt-trois ans et déjà il avait fait dix-huit mois de bagne. Il s'était évadé et on venait de le reprendre.

Affreux bandit, mais toujours gai. Il tuait en riant. Il prenait la vie gaiement, on le voit, la vie des autres, bien entendu.

— Qu'as-tu, John Bull? reprit-il, tu as l'air bête comme un pot et tu trembles comme si tu gelais !... Est-ce que tu as froid par hasard ?... Faut dire au soleil de recoller du bois dans son poêle.

— Je n'ai pas froid, répondit Kocoding d'une voix altérée, j'ai peur !...

— Peur ! fit l'autre en éclatant de rire. C'est l'échafaud qui te tire l'œil ! Eh ! mon pauvre vieux serin, qu'est-ce que ça te fiche, puisque ce n'est pas pour toi !... Va, va ! quand tu connaîtras un peu la boutique, comme je la connais moi-même, tout ça ne te fera pas plus d'effet que de voir claquer une punaise.

En ce moment, midi sonna.

Le condamné arriva chargé de chaînes...

Un coup de canon tiré du port donna le signal, et le bourreau, qui lui aussi était un forçat, remplit son office.

. . . .

Lorsque l'échafaud eut disparu de la cour et que l'on en eut fini avec le mort, on s'occupa des vivants, nous voulons dire des nouveaux forçats.

Leurs vêtements furent arrachés et on leur fit endosser la livrée du bagne :

Pantalons de laine jaune, chemises rouges bigarrées de jaune et marquées de numéros divers, bonnets sales, avec des plaques de plomb numérotées...

On leur avait enlevé leurs fers, cela s'entend, mais c'était pour les remplacer bientôt par d'autres.

De la même façon que, dans la cour de Bicêtre, on leur avait rivé au cou leur carcan, on leur riva au pied droit une chaîne de un mètre soixante centimètres, au bout de laquelle se trouvait un boulet de douze livres.

Après quoi, vinrent *les mariages.*

C'est-à-dire qu'on jeta au hasard à chacun de ces hommes un compagnon qui devait partager sa chaîne, son repos, ses labeurs, sa nourriture, son existence de tous les instants.

« Épousailles étranges ! dit M. Page en son étude sur les galériens, une chaîne de fer, rivée sous le marteau de l'exécuteur, était la bandelette sacrée du mariage du forçat, un garde-chiourme était son dieu d'hyménée ! »

Kocoding fut accouplé à Popincourt.

— Tu as de la chance, vieille rosse ! lui dit le jeune bandit. Avec moi, tu vas rigoler du matin au soir.

Quand fut achevée l'opération des accouplements, les nouveaux furent lâchés au milieu des anciens, et tous ces vices, tous ces crimes, toutes ces misères, se mêlèrent les uns aux autres, se confondirent ensemble.

Dans la nouvelle fournée, il y en avait beaucoup qui, comme Popincourt, étaient de *vieux fagots*, c'est-à-dire d'anciens forçats.

Ceux-là furent entourés, embrassés et portés en triomphe par ceux dont ils avaient une fois déjà partagé la captivité.

Et chacun racontait ses prouesses, ses aventures, ses courses vagabondes.

Ce qui fut dit ce jour-là est inénarrable.

C'était épouvantable et grotesque, c'était à mourir de rire et à frissonner de terreur. »

Ceux qui étaient dans le cas de Kocoding et qui mettaient pour la première fois le pied sur le sol brûlant du bagne, subirent, séance tenante, un interrogatoire.

Puis tous ces *bois verts*, comme disent les galériens pour désigner les nouveaux, furent initiés sur l'heure à la morale du lieu.

— Moi, dit Popincourt, je me charge de mon Anglais... et je vous garantis que j'en ferai quelque chose de propre. Il a l'air comme ça un peu abruti... mais je sais ce qu'il a fait, et il a vraiment des dispositions.

Le soir était venu...

Les forçats rentrèrent...

Après le souper, l'adjudant des chiourmes fit entendre un coup de sifflet.

Tout se tut alors et les yeux se fermèrent.

. . . .

Quelques jours plus tard, Kocoding et Popincourt travaillaient sur le port.

Popincourt était plus gai que jamais.

— Si c'est permis de rire et de chanter toujours comme ça ! grommela l'Anglais.

— Tu t'embêtes donc encore ? demanda le jeune forçat.

— Si je m'embête ? Tonnerre... je t'en réponds !

— C'est drôle... fit Popincourt, j'adore le bagne, moi.

— Eh bien ! il me sort du nez, à moi, et rudement !

— T'es difficile ! un vrai paradis, quoi... dont nous sommes les anges.

— Merci, Chose! interrompit Kocoding; si j'étais un ange, j'aurais des ailes, et si j'avais des ailes, je sais ce que je ferais!

— Tu t'envolerais, je parie?

— Et plus vite que bise!

— Prends patience, John Bull, les ailes te pousseront peut-être et plus tôt que tu ne crois!

— Que veux-tu dire?

— Silence! le surveillant nous reluque... Causons d'autre chose... Quand il en sera temps, nous reparlerons de ça!... En attendant, prends ta chaîne en patience et quitte ton air d'enterrement... A te voir, on dirait, ma parole! que tu es humilié de porter la même parure que moi! Sache que ce n'est pas si déshonorant que ça d'être galérien... Fichtre! Il y a de chouettes pages dans notre histoire! Quand Sydney Smith, ton compatriote, est venu flanquer le feu à nos vaisseaux à Toulon, qui est-ce qui a sauvé l'arsenal? Les forçats!... Et pendant l'incendie du grand chantier du Roussillon, qui est-ce qui a montré le plus de zèle? Les forçats! Et il y a quatre ans, pendant le choléra, il y avait des cadavres partout, dans tous les coins, et tout le monde crevait de peur... si bien que personne ne voulait plus enterrer les refroidis... Eh bien, les autres et moi, car j'étais de la fête, nous nous sommes offerts et nous avons fait la besogne des croque-morts!... Sans nous, toute la ville aurait tourné l'arme à gauche! Mais nous nous fichions pas mal du fléau, nous autres... nous l'aimions, au contraire, vu qu'à cause de lui on était aux petits soins pour nous, et à chaque instant nous gueulions tous comme des ânes : « Vive le choléra! »

— Et vous n'avez pas profité de ça pour décarrer?

— Pas un n'a filé! répondit naïvement Popincourt. Ça n'aurait été ni gentil ni délicat!...

— C'est moi qui me serais un peu fichu de ne pas être délicat, grommela Kocoding. Je n'aurais pas été long à décaniller!

— Ma vieille, t'es de ton pays, moi je suis du mien, et nous n'avons pas la même manière de voir... Quant à nous, aussitôt qu'on n'a plus eu besoin de notre aide, nous avons repris la route du bercail comme de vrais petits agneaux que nous sommes.

— Vous êtes de rudes couennes, alors, dit Kocoding, et de fameux dindons!

— John Bull, t'es sévère dans tes paroles et tout à fait stupide dans tes opinions... Sache une chose, ma biche, c'est que pour un forçat pour de bon, pour un *fagot* qui se respecte, l'évasion sans danger est tout à fait méprisable... Quand nous nous donnons la peine de nous offrir un courant d'air, nous voulons le faire de façon à ce que notre évasion puisse être citée comme exemple jusqu'à la fin des fins!... Crois-moi, l'Anglais, c'est agréable de penser que quand on sera fauché et qu'on becquetera les pissenlits par la racine, les camarades parleront de vous et raconteront vos prouesses! Voilà pourquoi je n'ai pas profité du choléra pour filer! Par exemple, huit jours après, j'étais évaporé! Je ne te narre pas mon évasion, continua Popincourt avec un air de satisfaction orgueilleuse, le premier venu pourra te la raconter!... C'est un joli tour de force, je ne te dis que ça... Mais, ajouta-t-il d'une voix plus basse en clignant de l'œil, je rumine quelque chose de mieux encore!...

— Bah!

— Motus! travaillons et n'ayons l'air de rien.

Là-dessus nos deux forçats se remirent à la besogne, gourmandés par le garde-chiourme qui les surveillait.

. . . .

Une semaine après cette conversation, le canon du bagne réveillait brusquement, au milieu de la nuit, les habitants des alentours.

Anxieux, chacun prêta l'oreille.

Trois coups consécutifs d'abord...

Puis trois autres encore...

Deux forçats venaient de s'évader, et le canon criait de sa voix tonnante à la population de se tenir sur ses gardes et de courir sus aux fugitifs.

TROISIÈME PARTIE

LES DEUX FORÇATS

I

LES AMOURS SINISTRES

Depuis la double évasion, qui termine notre deuxième partie, un mois s'est écoulé. Nous sommes donc vers la fin d'août.

Il faisait une journée superbe, et cette même petite maison d'Auteuil où se sont passées quelques-unes des dernières scènes de ce récit était merveilleusement ensoleillée et rayonnante.

Dans un élégant hamac, suspendu entre deux platanes qui le protégeaient de leur ombre, une adorable créature se balançait mollement, les yeux à demi fermés.

Cette charmante jeune femme était vêtue d'une robe de linon blanc qui laissait entièrement à nu ses beaux bras et ses splendides épaules, sur lesquelles s'éparpillaient en désordre de luxuriants cheveux noirs.

Près d'elle, sur un banc de gazon, un homme étendu avec une nonchalance toute créole, dégustait un havane et la contemplait.

Quarante-cinq ans, tel était l'âge de cet homme. Mais son teint olivâtre, ses traits fortement accentués et ses cheveux déjà grisonnants le faisaient plus vieux que son âge.

C'était sir Walter Gaveston.

La femme c'était Léa l'Arlésienne.

— Ainsi, disait la belle pécheresse en se tournant la tête du côté du fumeur, ce n'est pas un conte que vous me faites là, sir Walter?...

— Non! sur mon honneur, ma chère... C'est insensé, c'est monstrueux, c'est tout ce que tu voudras... Mais, le diable m'emporte, mon caprice pour toi s'est bel et bien changé en passion.

— C'est drôle!

— C'est triste, veux-tu dire. Moi qui me croyais si bien à l'abri de cette chose idiote et funèbre en même temps qui s'appelle l'amour, me voilà pris comme les autres.

Et Walter, en parlant, avait l'air et grave et sombre.

Léa se prit à rire.

— Vous avez une singulière façon de m'annoncer cela... Est-ce donc si triste de m'aimer!

— Non, c'est humiliant, voilà tout.

— Vous êtes encore gracieux.

— Que veux-tu, ma fille, je trouve honteux pour un homme d'en arriver là... Ceci prouve que je me fais vieux et ce n'est que le prélude sans doute de quelque grande catastrophe. Mais quoi qu'il puisse advenir, je sens maintenant que c'en est fait et je t'aimerai, ma belle, toujours et quand même!... Quand un homme a, comme moi, pendant un si long temps, su se mettre en garde contre ce genre de fléau moral, bien plus dangereux que tous les choléras du monde, et qu'il en est atteint alors qu'il touche à la cinquantaine... c'est pour tout de bon, et ces amours-là sont d'autant plus violents et sérieux qu'ils ont mis plus de temps à se déclarer.

En achevant, Walter avait quitté sa place et jeté son cigare inachevé, signe infaillible d'une haute préoccupation.

Léa continuait à se balancer dans son hamac.

— Vous ne m'écoutez pas! reprit Walter avec une sorte de colère sourde.

— Eh! si, je vous écoute, milord, répliqua la petite, mais, si vous voulez que je sois sincère, je ne crois pas un mot de ce que vous racontez là!

— Vous ne me croyez pas!

— Non, et j'en suis bien enchantée pour vous, allez! car vous avez raison, c'est humiliant d'être toqué d'une femme comme moi.

— Une femme comme toi! que veux-tu dire?

— Rien! rien! fit Léa, je ne veux rien dire... ne me demandez rien!

De rieuse qu'elle était, l'Arlésienne était devenue soucieuse, presque lugubre.

Walter lui prit les mains.

— Léa, dit-il, je veux que tu parles.

— N'insistez pas, milord, et ne me voyez plus.

— Ne plus te revoir! Y songes-tu?

— Parfaitement! De cette façon, vous m'oublierez, et ce sera fini!

— Ah çà! mais vous ne m'avez pas entendu, malheureuse, s'exclama le baronnet en étreignant avec force les poignets de la jeune femme, je vous aime!...

Léa sauta légèrement à bas de son hamac et se pendit au cou de sir Walter.

— Eh bien! moi aussi, je vous aime, lui dit-elle avec chaleur, et c'est pourquoi je veux que tout cesse entre nous!

— Léa, tu as juré de me rendre fou, n'est-ce pas? Qu'as-tu?... pourquoi veux-tu que je me sépare de toi?

L'Arlésienne s'assit avec lui sur le banc de gazon.

— Écoutez-moi, Walter, et vous me comprendrez. Il y a huit mois, j'étais la maîtresse de lord Stephen, votre ami...

— Tais-toi, interrompit le baronnet, dont les yeux lancèrent d'étranges éclairs, ne me rappelle pas cela!

— Il le faut! répondit la jeune femme avec autorité... J'étais la maîtresse du vicomte d'Olburn, mais je ne l'aimais pas, vous le savez!... aussi ses malheurs me laissèrent-ils parfaitement indifférente!... C'est pourquoi, quelques jours après sa disparition, vous m'avez retrouvée au bal de l'Opéra à peu près consolée... Le lendemain, je l'étais tout à fait, et lord Stephen avait pour successeur sir Walter Gaveston, son ami intime.

— Son ami! murmura le baronnet d'une voix sourde.

— Bah! n'allez-vous pas avoir des remords?... Entre nous, c'est un gredin peu intéressant, et qui d'ailleurs ne m'aimait guère plus que je ne l'aimais moi-même!...

— Si, répliqua Walter, comme s'il se parlait à lui-même, il t'aimait!... je crois bien qu'il t'aimait!

— Vous croyez?... tant pis!... mais la question n'est pas là!... Ce qu'il y a de certain, c'est que, sans scrupule et sans arrière-pensée, je devins votre maîtresse. Non par amour, vous le savez, mais par nécessité!...

Walter fit un mouvement.

— Mon Dieu! laissez-moi parler franchement, milord... Non! je ne vous aimais pas et vous ne m'aimiez pas non plus... La grande Risette vous ennuyait et vous ne l'avez quittée qu'à cause de cela!... Toutefois, contre votre habitude, vous avez été charmant avec moi. Tous mes caprices, vous y avez souscrit... toutes mes fantaisies, vous les avez satisfaites. Comme sir Gabriel, après les déboires du vicomte, son faux père, et la mort de Pierre Lavarès, son véritable auteur, s'était empressé de faire vendre, on ne sait pourquoi, tous les biens meubles et immeubles que lui avait légués la vicomtesse d'Olburn; vous m'avez acheté cette charmante villa, que je me mourais d'envie de posséder... A cela vous avez ajouté la plus jolie voiture et les meilleurs chevaux des écuries de l'hôtel d'Olburn... et vous avez même poussé la galanterie jusqu'à m'octroyer quelques-uns des laquais de ce cher vicomte, que je tenais à avoir à mon service. En un mot, vous vous êtes conduit en parfait *gentleman*, et j'ai pu, grâce à vous, devenir en peu de temps la plus enviée des femmes et partant la plus heureuse!...

Prenant un ton plus grave et jetant sur Walter un tendre regard :

— Je n'avais jamais été traitée de la sorte, milord, et je sentis naître pour vous, en mon cœur, une reconnaissance qui, peu à peu, se transforma en une tendresse véritable... Oui, moi la fille perdue, moi la folle courtisane, j'aimais... j'aimais éperdument... avec passion... avec ardeur !.., et, chose étrange... terrible !... ce sentiment qui jusqu'alors m'avait été inconnu, vous l'avez partagé, vous l'homme blasé et sceptique, vous qui n'aviez jamais eu pour les femmes que du mépris et presque de la haine !

— Tu dis vrai, Léa... tu as cette gloire inouïe d'avoir pu faire battre mon cœur.

— Eh bien ! Walter, puisqu'il en est ainsi, nous devons nous séparer, je vous l'ai dit, et cela sera.

— Nous séparer !

— Oui ! tant que je n'ai vu en vous qu'un amant ordinaire, un homme qui donne son or et voilà tout, tant que je n'ai été pour vous qu'une fille comme une autre, une créature qu'on paye et qu'on montre en public, c'était bien et nous pouvions rester ensemble indéfiniment, car nous ne nous devions rien ni l'un ni l'autre... aujourd'hui tout a changé de face, et si j'ai pu, sans scrupule, accepter votre or, je n'ai pas le droit de vous voler votre amour !

— Léa, tu es folle ! s'exclama sir Walter.

— Non, reprit tristement la jeune femme, l'amour d'un honnête homme n'est pas fait pour moi !... Et je vous le répète, en l'acceptant, ce serait un vol, ce serait une infamie que je commettrais.

— Eh ! chère insensée, interrompit Walter en serrant l'Arlésienne entre ses bras, que viens-tu me parler ici d'honneur et d'infamie? Que veux-tu dire ? Que tu as eu des amants, que tu as vendu tes caresses et tes baisers... Je le sais... et je sais aussi que je t'aime à cause de tout cela !... Oui, je suis ainsi fait, moi... la vertu m'est odieuse, et si tu n'étais pas ce que tu es, Léa, je te haïrais comme je hais les autres.

L'Arlésienne cacha sa tête entre ses mains, et se prit à sangloter.

— Qu'as-tu donc ?

— Rien ! je n'ai rien ! fit la jeune femme en grimaçant un sourire.

— Parle, je t'en conjure !

Léa sembla hésiter.

Après un temps :

— Eh bien ! oui, dit-elle enfin d'une voix saccadée; oui, je parlerai, Walter, oui, je te dirai tout.

Se levant vivement :

— Oh ! mais pas ici ! en ce jardin, l'on pourrait surprendre mes paroles. Viens ! viens !

Elle entraîna le baronnet dans l'habitation.

Au premier était la chambre à coucher de la jeune femme, luxueusement meublée en bois de rose, tendue en soie capitonnée, et toute pleine de fleurs.

Un vrai nid de jolie femme.

Elle ferma les portes, baissa soigneusement toutes les tentures, et revenant à sir Walter ;

Dans un élégant hamac suspendu entre deux platanes...

— Milord, lui dit-elle avec une sorte de fièvre, écoutez ma confession... Après cela, vous verrez si vous pouvez m'aimer encore.

Le baronnet la considéra stupéfié.

— Que va-t-elle dire?

— Écoutez, reprit l'Arlésienne.

Et sans omettre un seul détail, si odieux qu'il pût être, elle lui raconta sa vie tout entière, à partir du moment où elle était fille de joie à Toulon, jusqu'au jour où elle s'était donnée à lui. Toutefois elle ne dit rien de ses relations avec l'agent de police.

Lorsqu'elle eut achevé ce récit hideux :

— Voilà qui je suis, ajouta-t-elle d'une voix haletante. Mon existence, tu la connais maintenant tout entière... Je me suis prostituée à des forçats, à des voleurs, à des meurtriers... Comme eux j'ai volé... comme eux, poursuivit la misérable avec une sombre énergie, comme eux, j'ai tué peut-être!

Sir Walter la considérait en silence et son regard brillait d'un éclat satanique.

— Comprenez-vous maintenant, reprit Léa, pourquoi je ne veux pas de votre amour... Ah! si j'avais eu pour toi l'indifférence que je ressentais pour les autres, je te laisserais m'aimer. Qu'est-ce que cela me ferait?... Mais ma tendresse veut que je te repousse... et de ce jour tout est fini entre nous!... Tu n'hésiteras plus à me fuir à présent, n'est-ce pas? car je te fais horreur, et le mépris que je t'inspire a tué ta fatale passion!

Parlant ainsi, la misérable tomba en sanglotant au pied de son lit. Walter courut à la jeune femme.

— Relève-toi, Léa, dit-il d'une voix forte, tu es digne d'être à jamais ma compagne, et c'est pour moi que Satan t'a créée!

— Quoi! fit l'Arlésienne, vous venez à moi... vous me tendez la main et vous ne vous enfuyez pas épouvanté de cette maison maudite!

Walter se prit à rire d'un rire strident et terrible.

Puis se croisant les bras:

— On m'appelle le baronnet Satanas, ma belle, et ce nom-là, je te jure que je ne l'ai pas volé! Ne crains donc rien! si infâme, si criminelle que tu sois, tes crimes ne sauraient m'éloigner... Je t'aimais avant de les connaître... maintenant je t'adore!

Léa le regarda en face:

— Dites-vous vrai... Walter, dites-vous bien vrai?

— Je te le jure.

L'Arlésienne poussa un cri de joie...

Mais bientôt son front se rembrunit.

— C'est impossible, Walter... ou vous me trompez... ou vous vous trompez vous-même! Un homme honnête ne peut aimer une misérable comme moi!... Encore une fois, fuyez; pour vous, pour moi, ne demeurez pas une seconde de plus en cette demeure... A présent que je vous ai tout dit, je souffre trop d'être forcée de rougir devant vous.

— Rougir devant moi! s'exclama le baronnet. De par le diable, garde-t'en bien, ma belle!

— Laissez-moi! laissez-moi... je vous en prie, je vous en supplie... Je vous le demande à genoux!

— Ainsi, reprit Walter, tu es bien décidée à rompre avec moi?

— Bien décidée... J'en mourrai peut-être, mais cela sera.

Le baronnet lui prit la main.

— Léa, lui dit-il ensuite, si, moi aussi, j'avais commis des crimes... si, moi aussi, j'avais volé... assassiné... que dirais-tu?

— Ah! s'écria Léa, je serais la plus heureuse des créatures terrestres... car alors

rien ne nous séparerait et tu n'aurais pas le droit de me mépriser... Mais, que dis-je,
insensée ?... De quel espoir vais-je me leurrer ?... En me parlant de la sorte, tu ne
veux que m'abuser... tu te feins criminel pour m'empêcher de mourir de honte à
tes yeux... Volé ! assassiné !... toi !... ne dis pas cela !... je ne te crois pas !...

— Et si je te prouvais que je ne suis rien moins qu'un horrible scélérat que
réclament les galères ?

— Prouve-le-moi donc... et tu verras !

— Eh bien ! reprit sir Walter d'un ton mystérieux, tu as entendu parler, n'est-
ce pas, de cette bande d'empoisonneurs qui, depuis quatre années, sème la mort
partout sur son passage ?

— La bande des Brinvilliers ! murmura l'Arlésienne dont l'œil s'illumina.

— Quatre des membres de cette association formidable sont tombés aux mains
de la justice... Pris en flagrant délit, ils ont, l'un après l'autre, payé de leur tête le
crime qu'ils avaient commis ; mais pas un n'a fait de révélations, la bande des Brinvilliers est demeurée introuvable et le poison a frappé de nouvelles victimes, versé
par d'invisibles mains. Eh bien ! Léa, regarde bien en face l'homme qui te parle...
Tu vois en lui le chef suprême de cette armée d'empoisonneurs !

— Ah ! s'écria Léa, si c'était vrai ! Comme je t'aimerais !

— Je suis le chef de ces hommes ! reprit sir Walter avec un effrayant orgueil.
Tu le sais, Léa, le ciel ou l'enfer m'a fait naître au pays du soleil, dans ces Indes
splendides où chaque fleur est un poison, où chaque pied d'herbe contient un germe
de mort !... Tout enfant, je jouais au milieu de ces plantes sinistres, et je m'enivrais
de leurs âcres senteurs !... Cela me jeta au cœur l'amour, la rage du poison... Un
chimiste français, un descendant de la Brinvilliers, m'initia aux mystères de cette
science sublime, et bientôt je voulus faire l'essai de mes jeunes talents... Je commençai par des animaux, puis je m'exerçai sur des esclaves. Un jour enfin, je
versai à la femme indienne qui m'avait nourri un philtre mortel, et son agonie fût
pour moi le plus délicieux des spectacles, la plus ardente des voluptés !... Je quittai
mon pays natal et je vins en Angleterre... Là, je me contentai de supprimer une
maîtresse qui m'avait trahi, et ce fut tout... J'avais renoncé pour toujours peut-être
à la toxicomanie, lorsqu'il y a quatre ans, à l'époque du choléra, un vieux bonhomme
vint à moi et me dit : « Grâce au fléau, on pourrait faire périr tout Paris par le
poison et personne n'y verrait rien. » C'était mon chimiste, mon vieux professeur.
A sa voix, tous mes instincts se réveillèrent, la bande des Brinvilliers fut organisée,
et j'en devins le chef ! Fille du choléra, notre cohorte invisible est digne de son père,
et je ne saurais te dire le nombre de nos victimes !...

— Lord Stephen était l'un des vôtres ? interrogea l'Arlésienne.

— Oui, John Glass et la vicomtesse d'Olburn sont morts empoisonnés par lui.

— Et depuis qu'il est en fuite, reprit la jeune femme, vous l'avez revu ?

— Jamais ! répondit Walter. Je l'ai fait fuir il y a huit mois, je lui ai donné de l'or
et je l'ai quitté à la frontière. Depuis ce jour, il n'a pas reparu en France, et pour
lui comme pour moi, j'ose espérer qu'il n'y reparaîtra jamais !

Léa s'avança vers son amant :

— Walter, lui dit-elle, je veux partager tous les dangers de ta vie aventureuse.

— Que veux-tu dire?

— Je veux dire que c'est à moi de remplacer lord Stephen dans la bande des Brinvilliers.

— Malheureuse ! Ce serait jouer ta tête.

— Tu joues bien la tienne, toi !... Allons ! tu n'as pas le droit de me refuser maintenant, Walter... Le crime et l'amour nous unissent à jamais... Marchons ensemble dans la vie et dans la mort !... Ah ! ne doute pas de moi, de mon courage... j'ai l'âme forte et virile, et s'il me faut un jour monter à l'échafaud avec toi, tu verras, mon Walter, que je ne tremblerai pas plus que tu ne trembleras toi-même.

— Eh bien, soit ! dit le baronnet, deviens notre complice, Léa. Je lis sur ton front et dans tes yeux que tu es digne de cet honneur !

L'Arlésienne lui sauta au cou.

— Merci ! ah ! merci !... Je ne doute plus de ton amour à présent !

— Écoute, reprit Walter. Cette nuit, les Brinvilliers se réunissent... tu viendras.

— Cette nuit?

— Oui.

— Où te trouverai-je ?

— A l'entrée du faubourg du Temple, près du canal, à minuit précis. Pas de toilette, surtout... Une robe d'indienne... un bonnet... Il ne faut pas que l'on puisse te reconnaître... Moi-même je serai vêtu en ouvrier. Je passerai près de toi en sifflotant la *Parisienne,* et tu me suivras à distance sans avoir l'air de venir avec moi... Tu comprends?

— J'ai compris.

— Pour éviter d'être remarquée lorsque tu partiras, envoie Narcisse et la femme de chambre à l'Ambigu ou à la Gaîté et dis-leur de ne rentrer à Auteuil que demain matin... Ils coucheront à Paris, dans ton appartement de la Chaussée-d'Antin.... De cette façon, ils ne s'apercevront de rien.

— Je ferai comme tu le désires.

— Maintenant un baiser, et adieu !

— Adieu, mon Walter... Souviens-toi que je t'aime et que je t'aimerai toujours !

— J'y compte, répondit le baronnet d'un ton grave. Maintenant que je t'ai dit mes secrets, ton amour me répond de ton silence....A minuit !

— A minuit !

. . . .

A l'heure dite, et dans l'accoutrement voulu, Léa était au rendez-vous.

Bientôt un homme vêtu d'une mauvaise redingote, coiffé d'un chapeau de paille, parut à l'entrée du faubourg, les mains dans ses poches.

C'était sir Walter.

Il descendit jusqu'au canal, s'avança à peu près à la moitié du pont et se mit à siffloter l'air convenu, tout en regardant couler l'eau au clair de la lune d'un air d'indifférence.

Léa le reconnut aisément et s'avança insensiblement de son côté.

Alors Walter rebroussa chemin; mais au lieu de s'engager dans le faubourg, il se mit à longer les maisons du quai pendant quelques minutes, suivi toujours à distance par l'Arlésienne.

Enfin il s'arrêta devant une porte cintrée, d'aspect antique, et attendit que Léa l'eût rejoint.

Quand elle fut près de lui :

— Viens, dit-il, on t'attend.

En ce moment, Walter crut apercevoir une ombre noire à quelques pas de lui.

— Regarde là-bas, dit-il tout bas à sa maîtresse; on dirait que quelqu'un se cache et nous épie.

— Un passant attardé, peut-être, fit Léa.

Mais, après avoir jeté un coup d'œil dans la direction indiquée :

— Je ne vois rien.

En effet, l'ombre avait complètement disparu.

— Allons! dit Walter.

Il prit dans sa poche une pièce de monnaie, ou du moins quelque chose qui en avait l'apparence, et cette pièce il la jeta dans une espèce de boîte à journaux adaptée à la grande porte devant laquelle tous deux étaient arrêtés.

Un son qui ressemblait à la vibration d'un timbre, et qui semblait venir des profondeurs du sol, s'échappa de la boîte béante, et tout aussitôt Léa vit s'entr'ouvrir non pas la porte cintrée, mais la muraille elle-même.

Les pierres de taille, mues par un mécanisme intérieur, s'écartèrent sans bruit et découvrirent les premières marches d'un escalier souterrain.

— Donne ta main, Léa, dit le baronnet.

L'Arlésienne obéit.

— Qu'as-tu donc? reprit Walter. Tu frissonnes!

— Moi? Non.

— As-tu peur?

— Avec toi, qu'ai-je à craindre?

— Écoute, répliqua le chef des Brinvilliers, avant de prononcer les terribles serments qui te lieront à jamais aux bandits que je commande, réfléchis encore... et retourne en arrière si tu le veux!

— Non! non! répondit l'Arlésienne d'une voix fiévreuse. Je reste avec toi!... Marche... je te suis!

Walter s'engagea dans l'escalier sombre en tenant la jeune femme par la main.

A la troisième marche il se baissa, fit jouer un ressort et la muraille se referma.

A peine les pierres mobiles eurent-elles repris leur place primitive qu'un homme, vêtu d'une blouse d'ouvrier et coiffé d'une casquette dont la visière lui tombait sur les yeux, se montra sur le quai désert.

Après s'être assuré que nul autre que lui ne rôdait à cette heure en ces parages, il se dirigea d'un pas hâtif vers la porte ferrée.

Il mit la main dans sa poche et en tira une pièce semblable à celle que Walter venait de jeter dans la boîte aux journaux, et qui avait servi à lui ouvrir l'entrée mystérieuse.

Comme le nouveau venu allait faire glisser le jeton de métal dans l'ouverture, deux hommes, venus on ne sait d'où, surgirent à sa droite et à sa gauche et lui saisirent chacun un bras en disant :

— La charité, s'il vous plaît ?

L'homme en blouse jeta un regard effaré sur les deux mendiants ou du moins sur les soi-disants tels.

— Qui êtes-vous ?... balbutia-t-il en cherchant à délivrer ses bras de leur étreinte, que voulez-vous ?

— La charité, s'il vous plaît ? répétèrent les deux inconnus.

— Lâchez-moi donc, alors, canailles ! reprit l'homme en blouse. Pour vous faire l'aumône, il faut au moins que j'aie les mains libres.

— Mon bon monsieur, répliqua d'un ton railleur l'un des deux mendiants, inutile pour cela de fouiller en votre bourse... La pièce que voici nous suffira.

Ce disant, l'étranger enleva dextrement le jeton des doigts crispés de l'individu.

Ce dernier voulut crier... appeler au voleur peut-être.

Mais, avant qu'il eût eu le temps de faire entendre la plus légère exclamation, un troisième inconnu, sortant de l'ombre, s'était élancé de son côté et lui avait mis un bâillon sur la bouche.

— C'est bon ! dit celui qui s'était emparé de la médaille, emportez monsieur... mettez-le en voiture et serrez-le où vous savez.

L'homme bâillonné voulut résister.

Ceux qui le tenaient lui mirent chacun sous le nez la gueule d'un pistolet...

Ce double mouvement le calma comme par enchantement, et, sans opposition aucune, il se laissa emmener.

Lorsque les deux mendiants eurent disparu avec leur prisonnier, l'homme qui était demeuré sur le quai, considéra au clair de la lune, la médaille qu'il avait si bien su s'approprier.

— Voilà donc, dit-il, le *Sésame, ouvre-toi* de ce nid de serpents !... C'est cela... c'est bien cela ! poursuivit-il. Un portrait de femme... celui de la Brinvilliers... Une date... celle de son exécution !

La médaille, laquelle était de bronze, portait en effet sur sa face l'image de la marquise empoisonneuse, et cette date au revers : « 17 juillet 1676. »

— C'est bon ! reprit l'inconnu en fourrant la pièce dans son gilet, avec cette contre marque-là, je vais pouvoir m'offrir gratis la fin du spectacle !

Tout en parlant, il avait quitté les abords de la maison mystérieuse et s'était dirigé vers le canal.

Là, il se mit à faire cet appel à mi-voix :

— Ohé ! du canot, ohé !

A ce signal, une trentaine d'hommes armés de gourdins se dressèrent soudainement dans tous les bateaux amarrés au rivage et s'élancèrent d'un bond sur la berge.

— Maintenant, garçons, leur dit le premier, il s'agit d'être malins comme des singes et de nous tirer de là sans nous faire casser la gueule!...

. . . .

Pendant ce temps, l'Arlésienne et son guide avaient descendu l'étroit escalier.

La jeune femme frissonna de nouveau.

— Il fait un froid étrange, ici, murmura-t-elle, on se croirait dans une tombe!

Walter ne répondit rien.

Il s'était arrêté et il écoutait.

— On dirait qu'on parle sur le quai... n'entends-tu pas?

— Non!... rien!... je n'entends rien, répondit-elle vivement. Marchons!... marchons! j'ai hâte de sortir de cette obscurité.

Au bas de l'escalier se trouvait une galerie pleine de ténèbres et de silence.

Ils s'y engagèrent, et quelques minutes après ils en atteignirent l'extrémité.

Alors une porte s'ouvrit, et quand ils en eurent franchi le seuil, ils se trouvèrent dans cette même cave dont il a été parlé dans les premiers chapitres de cette histoire.

Comme la nuit où le vieux pharmacien y avait entraîné le vicomte d'Olburn, la salle souterraine était éclairée par une lampe sépulcrale qui jetait ses lueurs fantastiques sur des hommes immobiles vêtus de robes monacales aux capuchons baissés.

— Frères, dit Walter en entrant, voici celle que vous attendez... Elle est digne d'être votre sœur, et je réponds d'elle comme de moi!

— Qu'elle soit des nôtres, répondit une voix.

Et tous répétèrent en chœur :

— Qu'elle soit des nôtres.

Celui qui avait parlé le premier, et dont la voix chevrotante annonçait le grand âge, marcha vers la table et prit le livre qu'il ouvrit.

— Femme, dit-il ensuite avec solennité, prête l'oreille et sache quelle sera ta mission en devenant notre alliée.

Comme il allait commencer sa lecture, un homme qui se tenait assis en un coin se leva brusquement et dit au vieillard :

— Arrête !

Tous les assistants le regardèrent étonnés.

— Cette femme ne veut être des nôtres que pour nous trahir!

— Que dites-vous? s'exclama l'Arlésienne frémissante.

— La vérité, maudite! Bien que tu aies changé de costume, je te reconnais bien... Ton amant, c'est Fouinardet, l'agent de police.

Arrachant son capuchon :

— Regarde-moi bien, la belle. Je suis le commissionnaire du quai des Orfèvres... j'ai mon crochet en face de ton ancien logement et je connais ton histoire depuis A jusqu'à Z, Léa l'Arlésienne!

La jeune femme poussa un cri terrible.

— Le père Vincent! murmura-t-elle.

— Oui, le père Vincent... celui qui portait tes bibelots au Mont-de-piété et tes poulets amoureux aux dindons que tu voulais plumer!... Hier encore, tu es venue flâner à la Préfecture,... Et je le répète, si tu veux être avec nous aujourd'hui, c'est pour nous faire pincer demain !

Sir Walter était anéanti.

S'élançant enfin avec fureur vers sa maîtresse :

— Est-ce vrai, tout cela? s'écria-t-il.

— Si je te réponds oui, que feras-tu? répliqua l'Arlésienne en relevant la tête.

— Je te tuerai !

— Eh bien ! tue-moi donc ! car cet homme a dit la vérité.

— Enfer ! hurla le baronnet.

Puis tout d'un coup il se prit à rire d'un rire frénétique.

— Ah ! tu m'as bien joué, gueuse ! je l'ai mérité, mort diable... puisque j'ai été assez stupide et assez lâche pour être amoureux de toi !

Pendant ce temps, celui qu'on appelait le père Vincent avait versé dans une coupe de cristal le contenu d'une fiole.

Il la tendit à sir Walter.

Celui-ci la prit et la présenta à la jeune femme, en lui disant :

— Bois !

Léa répondit à cet ordre par un éclat de rire.

— Bois ! répéta le baronnet d'un ton formidable.

Un nouveau rire de bravade s'échappa des lèvres de Léa.

— Saisissez cette fille, s'écria Walter. Il faut qu'elle meure !

II

OÙ SE DÉNOUE L'ÉPISODE MYSTÉRIEUX DE LA MAISON DU CANAL SAINT-MARTIN

Le père Vincent, de ses deux robustes mains, avait saisi les bras de l'Arlésienne.

En cet instant, une vibration métallique se fit entendre.

L'un des Brinvilliers courut à une grande urne de bronze placée en un coin de la salle souterraine, sur un socle de même métal.

Dans cette urne une médaille venait de tomber, lancée du dehors, et rien qu'à ce contact le vase d'airain avait exhalé une plainte sonore, un long gémissement.

La médaille fut enlevée de l'urne.

A treize petites croix gravées en exergue, on reconnut celui des membres de l'association auquel elle appartenait.

— C'est lord Stephen Lowe ! dit Walter.

— Lord Stephen ! répéta la fille pâle.

A ce nom, toute son audace semblait tomber comme par enchantement.

— Oui, répliqua le baronnet, ton amant, misérable gueuse ! Pardieu ! ton supplice

Ceux qui le tenaient lui mirent chacun sous le nez...

le réjouira fort, assurément, et c'est son bon génie qui le ramène cette nuit à Paris pour assister à notre séance.

L'Arlésienne commençait à trembler.

— Cette canaille de Fouinardet va-t-il donc me laisser égorger? murmura-t-elle en jetant vers la porte un regard alarmé.

— Allons, poursuivit sir Walter, que le vicomte d'Olburn soit le bienvenu et qu'il prenne place parmi les juges.

Ayant dit, il fit jouer un ressort pratiqué dans le socle du grand vase d'airain.

Un bruit sourd qui ressemblait au grincement d'une chaîne de fer suivit le mouvement du baronnet, et peu après on entendit marcher au fond de la galerie qui donnait sur le quai :

— Frères, reprit le baronnet, jetez bas vos masques maintenant... Cette fille peut voir vos visages et connaître vos noms sans que ses révélations soient à craindre pour vous; car lorsqu'elle sortira de cette cave pour disparaître dans le canal Saint-Martin, elle ne sera plus qu'un cadavre.

Les Brinvilliers relevèrent tous en même temps leurs capuchons.

— Puis, l'un après l'autre, chacun dit son nom à celle qui venait d'être condamnée à mort.

La bande sinistre se composait de huit membres, parmi lesquels on comptait des hommes de toute sorte et de toute condition.

Les diverses classes de la société parisienne s'y trouvaient représentées.

Le grand seigneur, comme sir Walter, y coudoyait un simple commissionnaire comme le père Vincent.

Et ainsi de suite pour les autres,

Le crime faisait descendre tous ces misérables au même niveau.

Le père Fromagin manquait seul à la réunion.

Il était, cette nuit-là, en son laboratoire, lequel donnait, on le sait, juste au-dessus de la chambre souterraine, et n'y correspondait qu'au moyen d'une trappe mobile.

Le vieux bonhomme composait quelque nouveau poison dont on devait faire l'essai avant le lever du jour.

Lorsque les huit empoisonneurs se furent fait reconnaître à l'Arlésienne, on entendit frapper à la porte.

— Quant à celui qui heurte présentement, reprit Walter, tu sais son nom, Léa, et point n'est besoin de te présenter le vicomte d'Olburn. Entrez, milord, poursuivit-il en allant ouvrir et voyez comment les Brinvilliers punissent les traîtres qui se glissent parmi eux !

Un nouveau personnage parut sur le seuil.

Mais, à sa vue, tous les bandits poussèrent un long murmure de stupéfaction et reculèrent jusqu'au fond de la salle souterraine.

Ce n'était pas lord Stephen.

— Enfer ! s'exclama Walter. Quel est cet homme?

— Cet homme, reprit l'étranger, c'est Mimi Fouinardet, monsieur l'empoisonneur, et mon nom doit suffire à vous faire comprendre ce qui m'amène dans ce trou à coquins !

— Fouinardet ! répétèrent les Brinvilliers.

— Oui, tas de canailles ! continua l'ex-amant de Léa l'Arlésienne. Inspecteur de police, si vous le voulez bien, et chargé par l'autorité de vous mettre le grappin dessus !... Entrez, vous autres, ajouta-t-il d'une voix sonore.

Une douzaine de gaillards armés jusqu'aux dents et munis de cordes firent irruption dans la cave.

Inutile de dire que ces hommes étaient les mêmes que ceux que nous avons vus surgir des bateaux à l'appel du faux mendiant, lequel n'était autre que Fouinardet en personne.

Le premier qui bouge, reprit ce dernier en armant un pistolet qu'il avait tiré de sa poche, je lui fais sauter le caisson ! Avis aux amateurs !

Walter et ses complices poussèrent une sourde exclamation de rage ; mais pas un ne fit un mouvement.

— Vous êtes sages, fit l'agent en ricanant, vous avez raison... La rigueur ne me va pas et j'aime que tout se passe en douceur.

Pendant ce temps, l'Arlésienne avait couru se placer à la droite de Fouinardet.

— Vile créature, lui dit le baronnet avec un indicible mépris, tu te réjouis de ton œuvre ! Patience, la belle, tu ne triomphes pas encore... On nous jugera, soit ! Mais sur quelles preuves pourrait-on nous condamner ?... Penses-tu qu'il en existe un seul parmi les miens assez lâche pour faire des révélations ?

La jeune femme répondit aux paroles de son amant par un éclat de rire sardonique.

— Sir Walter Gaveston, dit-elle ensuite, tu t'es chargé ce matin de faire tous les aveux nécessaires.

Le baronnet haussa les épaules.

— La dénonciation d'une fille publique ne peut être acceptée par un tribunal... Tu m'accuseras ; mais nul n'ajoutera foi à tes paroles.

— Allons, je veux bien tout vous dire, milord, répliqua l'Arlésienne. Ce matin, tandis que vous me racontiez si bien votre petite histoire, M. Fouinardet, un commissionnaire et d'autres témoins étaient cachés dans mon boudoir, et procès-verbal a été dressé de vos révélations... C'était pour vous obliger à les faire que je vous ai joué la scène de drame qui vous a si bien mis dedans !

Sir Walter étouffa un cri de fureur.

— Misérable, murmura-t-il. Et nous ne l'avons pas anéantie à la première nouvelle de sa trahison !

— Ce qui prouve qu'il ne faut jamais s'endormir sur le rôti ! observa judicieusement l'agent de police.

S'adressant à ses hommes :

— Ficelez-moi toute cette canaille ! commanda-t-il.

Les agents allaient commencer leur office. Walter les arrêta d'un geste.

Puis, montrant à Fouinardet l'anneau qu'il portait au petit doigt de la main droite :

— Tu as dû entendre parler de la fameuse bague à tête de lion que César Borgia passait à son doigt lorsqu'il donnait certaines poignées de main... Le lion mordait l'épiderme de ces mains et la morsure était mortelle le lendemain... Chacun de nous, mon maître, possède une bague semblable à celle de César, avec cette seule différence que la tête de lion est une tête de vipère et que le poison qu'elle renferme frappe plus sûrement et plus vite qu'un coup de pistolet... Comprends-tu ce que cela signifie, poursuivit Walter avec bravade, et oseras-tu de concert avec tes hommes essayer de nous lier les pattes ?

L'agent était sombre. — Enfin, prenant son parti :

— Allons, dit-il, puisqu'on ne peut vous emmener vivants, tas de gredins, nous vous emporterons morts !

A ces mots il ajusta Walter et fit feu.

Mais la demi-obscurité qui régnait dans la vaste salle l'empêcha de viser juste, et la balle de son pistolet alla s'aplatir sur la muraille.

— Vous manquez de coup d'œil, cher ami, ricana le baronnet. Frères, poursuivit-il en tirant un poignard, éventrons ces vermines et passons-leur sur le corps !

Mais à peine les Brinvilliers avaient-ils fait un pas en avant que Fouinardet et et ses quatre derniers compagnons démasquèrent la porte, par laquelle surgirent les agents de police qui étaient demeurés sur le quai.

A leur suite apparut un peloton de soldats qui se rangèrent en bataille au milieu de la salle et couchèrent en joue sir Walter et ses complices.

En même temps un commissaire avait pénétré dans la cave.

— Bas les armes, cria Fouinardet aux bandits, ou je vous fais tous fusiller !

— Allons, murmura le baronnet d'une voix sourde, nous sommes perdus, et maintenant toute résistance est impossible !

Ayant dit, il jeta son poignard et les autres firent comme lui.

— Ce n'est pas tout ça, reprit l'inspecteur de police, il s'agit à présent de venir l'un après l'autre déposer sur cette table vos bagues empoisonnées.

Walter enleva de son doigt l'anneau fatal, et chacun de ses complices suivit son exemple.

— Amis, dit le baronnet d'un ton grave, le mois passé, quatre des nôtres ont gravi les degrés sanglants de l'échafaud... En voyant tomber leurs têtes sous le couperet de la guillotine, nous avons fait un serment solennel, au cas où nous aussi nous tomberions aux griffes de la justice... Ce serment, vous le rappelez-vous ?

Les Brinvilliers, d'une commune voix, répondirent :

— Oui.

— C'est bien. Êtes-vous prêts à tenir votre parole ?

— Oui.

— Tenez-la donc comme je la tiens moi-même.

A ces mots le baronnet porta sa bague à ses lèvres en criant :

— Vive la mort !

— Vive la mort ! répétèrent ses complices en aspirant à leur tour la substance vénéneuse contenue dans les anneaux à tête de vipère.

— Tonnerre ! rugit Fouinardet, la justice est volée !

— C'eût été une trop grande joie pour toi de nous avoir vivants, répliqua sir Walter en se cramponnant à la muraille ; tu n'emporteras que nos cadavres.

— Ce n'est pas possible, reprit l'agent ; c'est un tour de coquins pour nous mettre dedans... Vous n'êtes pas plus empoisonnés que moi !

Les Brinvilliers répondirent à ces paroles par un rire funèbre, et bientôt les assassins tombaient sans mouvement sur le sol.

Seul, le baronnet semblait conserver un reste de vie.

— Pour continuer notre œuvre, dit-il d'une voix rauque et terrible, il en restera d'autres, et ceux-là nous vengeront !

Tournant son regard ardent de fureur vers Léa l'Arlésienne :

— Au revoir, maudite! ajouta-t-il. Quelque chose me dit que nous nous retrouverons bientôt ensemble... Ainsi, poursuivit le mourant, d'honnêtes filles m'ont aimé, et j'ai fait fi de celles-là... Toi je t'ai adorée, immonde créature, et tu me donnes la mort... mais je sors de la vie satisfait et radieux... Au moins je puis emporter tout entier avec moi mon dégoût et ma haine de l'espèce humaine !... A bientôt, Léa!... à bientôt !

Un soupir, et ce fut tout...

C'en était fait du chef de la redoutable bande des Brinvilliers.

Le commissaire, les agents et les soldats quittèrent la grande cave dont la porte fut refermée à double tour.

Au point du jour, on devait venir enlever les cadavres.

Sur le quai, devant l'entrée du mystérieux souterrain, des hommes furent placés en surveillance, qui reçurent l'ordre de mettre la main sur tout individu suspect qui rôderait cette nuit-là aux alentours du repaire.

Lorsque la porte fut bien close et que la clef eut par deux fois grincé dans la serrure, la trappe pratiquée dans la voûte et qui servait d'invisible communication entre la cave et le laboratoire du vieux pharmacien s'entr'ouvrit doucement, et la face ridée, anguleuse et parcheminée du père Fromagin se montra à l'entre-bâillement.

Quiconque eût pu apercevoir l'apothicaire accroupi au bord de sa trappe à la façon des sphinx égyptiens, considérant de ses yeux d'oiseau de proie tous ces cadavres qui jonchaient le sol humide de la cave, l'eût pris assurément pour quelqu'un de ces vampires dont parlent les légendes...

Le fait est que le vieillard était hideux à voir.

Son regard étincelait d'une abominable joie...

— Que de cadavres! dit-il enfin après avoir compté les morts !... Et le poison a tout fait... Ennemis!... amis !... que m'importe à moi... pourvu qu'on meure !... pourvu qu'on meure par le poison !

Et, durant un long temps, il demeura immobile à sa place, contemplant l'effroyable charnier.

Enfin il referma la trappe.

— Au surplus, reprit l'apothicaire, mieux vaut pour moi que tous ces hommes disparaissent... Un seul est vraiment à regretter, Walter... mon élève... c'était un sublime scélérat et j'avais beaucoup encore à espérer de lui... Mais, baste! son ami Stephen est encore de ce monde... Il le remplacera avantageusement, et j'ose croire qu'à nous deux, nous pourrons exécuter quelques jolis chefs-d'œuvre !... C'est égal, poursuivit le père Fromagin en essuyant la sueur qui ruisselait sur son front, j'ai tremblé jusqu'au dernier moment que quelqu'un d'entre eux ne prononçât mon nom... Ils sont morts sans rien dire.... grâces leurs soient rendues !... sur ce, allons reposer et faisons de doux rêves...

Il reprit sa lampe et quitta son laboratoire.

Peu après, le vieux gredin était au lit et, sans remords aucun, il s'endormit bientôt, aussi calme, aussi tranquille que le plus parfait honnête homme.

III

DANS LEQUEL RÉPARAISSENT DEUX PENSIONNAIRES DE TOULON

Après la terrible scène de la cave, l'Arlésienne avait pris une voiture au coin du faubourg et s'était fait reconduire à Auteuil.

Ainsi que cela avait été convenu le matin entre elle et sir Walter, elle avait donné campos à sa femme de chambre et à Narcisse, son cocher, lesquels étaient allés passer la soirée à l'Ambigu-Comique et devaient coucher à Paris, dans l'appartement de la Chaussée-d'Antin.

La belle Léa rentra donc seule, toute seule en sa petite maison d'Auteuil.

Au moment où le cabriolet qui l'avait amenée s'arrêtait devant sa porte, deux heures du matin sonnaient à la petite église...

— Comment! déjà deux heures! pensa la jeune femme en payant le cocher. Comme le temps passe vite quand on s'amuse!

L'infâme drôlesse était radieuse de ce qu'elle avait fait, car sans elles les tueries du canal Saint-Martin n'auraient pas eu lieu.

Légère comme une biche, elle sauta sur le sol et courut à la grille fraîchement redorée qui fermait l'adorable petit jardin au fond duquel s'élevait l'habitation.

Elle mit la clef dans la serrure, la grille roula sur ses gonds, et déjà l'Arlésienne franchissait le seuil de sa propriété lorsqu'elle entendit le cocher qui lui criait :

— Ne fermez pas, ma petite mère, il fait noir comme dans un four et je vais, si vous le permettez, vous éclairer avec ma lanterne à seule fin que vous ne vous cassiez pas le cou.

— Merci! mon brave homme, répliqua l'Arlésienne, je connais les aises et je n'ai que faire de votre lumignon...

— Moi aussi, je connais la boîte... répliqua le cocher en allumant sa pipe à sa lanterne, il n'y a pas tant seulement un an, j'y venais bien souvent... du temps que ça appartenait à une espèce d'Anglais qui était bon garçon tout de même et qui ne manquait jamais de me rincer le bec quand je le ramenais, comme qui dirait cette nuit, à une heure indue.

— Bon! bon! je vois ce que c'est, interrompit Léa, vous voudriez boire un coup... impossible, mon bonhomme... mes domestiques ont congé, et il est trop tard pour descendre à la cave... ce sera pour une autre fois.

— Vos domestiques! répliqua le cocher en considérant la jeune femme les yeux écarquillés, pardon, excuse, mais vu votre costume peu rutilant, je vous prenais pour la bonne et non pour la bourgeoise...

— Bonsoir! bonsoir! fit l'Arlésienne, que le verbiage de son automédon commençait à impatienter.

— On s'en va! on s'en va! riposta le bonhomme. Mais, c'est égal, c'est drôle tout de même, et il paraît que c'est la nuit aux déguisements... car bien sûr que c'est mon Anglais d'autrefois que j'ai retrouvé ce soir affublé d'une blouse et d'une casquette.

— Lord Stephen! dit vivement l'Arlésienne.

— Juste! c'est bien comme ça qu'il s'appelait dans le temps, et il était même vicomte, à ce qu'on m'a dit! Allons, bonne nuit, la bourgeoise... Excusez le bavardage...

Et le cocher tourna les talons.

— Il a reconnu lord Stephen! pensa l'espionne de la préfecture. Se serait-il échappé des mains de nos agents... car l'homme à la médaille, c'était lui, ce ne pouvait être que lui!

Elle rappela le bonhomme :

— Êtes-vous bien sûr d'avoir vu cette nuit le vicomte d'Olburn?

— Sûr et certain... J'ai eu le temps de le reluquer tout à mon aise, à preuve que je l'ai trimbalé dans Paris pendant plus de deux heures.

— Et quand l'avez-vous quitté?

— C'est-à-dire que c'est lui qui m'a quitté.

— A quel moment?

— Vingt minutes à peu près avant que vous ne montiez dans ma voiture.

— Il est en fuite! murmura l'Arlésienne. Oh! par cet homme, il faut que nous le retrouvions.

Le cocher replaçait au cabriolet la lanterne qu'il avait prise pour éclairer la voyageuse.

— Hé! cria-t-elle en rouvrant la grille toute grande, je ne veux pas faire moins pour vous que ne faisait le premier maître de cette demeure... Venez boire un coup.

— Non, non, je suis discret, répliqua le cocher. Il est trop tard pour descendre à la cave.

— Nous trouverons bien dans l'office une bouteille oubliée... Venez, vous dis-je.

— C'est pour vous obéir, ma bourgeoise.

Il attacha la bride du cheval à un anneau fiché dans le mur de clôture, et s'étant muni de nouveau de sa lanterne, il suivit l'Arlésienne.

Tous deux gravirent les degrés du perron et Léa ouvrit la porte.

Peu après elle faisait entrer le cocher dans la grande salle où lord Stephen s'était livré à sa dernière orgie.

— Buvez, mon brave, dit la jeune femme en plaçant devant le bonhomme une bouteille et un verre.

Le cocher se versa une rasade et l'ingurgita lentement.

— Oh! dit-il en faisant claquer sa langue, c'est du chenu, et le roi Louis-Philippe n'a pas mieux que ça dans sa cave!

L'Arlésienne remplit elle-même une deuxième fois le verre du bonhomme.

— Buvez, buvez encore.

— Ce n'est pas de refus... J'ai tellement travaillé cette nuit que j'ai le gosier sec comme pendu à force d'avoir avalé de la poussière.

L'Arlésienne s'assit à côté de son hôte.

— Et vous pensez alors, lui dit-elle d'un ton d'indifférence, que celui qui vous a fait courir de la sorte c'est lord Stephen?

— Pardine ! j'en mettrais ma main au feu... Lord Stephen, je ne connais que ça...
Dans le temps, je le conduisais à chaque instant ; seulement je le conduisais moins
longtemps et moins vite, car il n'avait pas, comme maintenant, des raisons pour
s'évaporer.

— En vérité !

— Mon Dieu ! vous savez bien son histoire ?...

— Moi ? Oui, un peu...

— En ce cas, vous n'ignorez pas qu'il fait la nique à la police depuis plus de
huit mois.

— Oui, on m'a dit cela.

— Moi, je ne vous cacherai pas que ça me fait jubiler... La préfecture, je ne
l'aime pas... elle me fiche des contraventions à tout bout de champ, et quand un
bourgeois peut la faire aller un tantinet, ça me botte !

Se versant de nouveau :

— Vous permettez ?

Il vida son verre.

— C'est au moins du bordeaux première... ça vous a un fumet... Cristi ! si mon
manezingue tenait de ce nectar-là dans les prix doux, j'en *licherais* tant et tant que
je serais soûl à moi tout seul comme toutes les bourriques à tous les Robespierre
passés, présents et futurs. Pourquoi que vous ne trinquez pas avec moi, la petite
mère ?... Faut pas être fière avec le pauvre monde...

Bon gré, mal gré, l'Arlésienne dut lui faire raison.

— Revenons à lord Stephen, dit-elle ensuite.

— Décidément, fit le cocher d'un ton légèrement aviné, l'Anglais vous tient aux
côtes... Parions qu'entre l'insulaire et vous il y avait, comme dit cet autre, un
sentiment cupidonien !

— Bah ! tenez, répliqua la jeune femme, vous me faites l'effet d'un honnête
garçon, et je puis vous dire la chose telle qu'elle est... Oui, j'ai connu lord Stephen
et je l'ai aimé...

— Compris !

— Et, poursuivit Léa, je serais heureuse, bien heureuse de savoir ce qu'il est
devenu, car, hélas ! depuis bien longtemps, je ne l'ai pas revu, et, malgré toutes
mes recherches, il m'a été impossible de découvrir le lieu de sa retraite...

— Eh bien ! puisque c'est comme ça, riposta le cocher, je vais vous mettre à
même d'aller tomber dans ses bras quand vous voudrez.

— Vrai ?

— Parole sacrée !

L'Arlésienne tira un louis de sa bourse :

— Vingt francs pour vous si vous ne mentez pas.

— Mentir, moi !... Pristi... je suis connu sur la place. On m'appelle le père la
Franchise !

— Parlez donc !... où est le vicomte d'Olburn ?

— A deux pas d'ici.

— A Auteuil ?

Le fait est que le vieillard était hideux à voir.

— A Auteuil, dans cette maison même.

— Dans cette maison ? c'est impossible.

— C'est vrai comme il n'y a qu'un Dieu.

— Il est caché ici ?

— Pas caché du tout, au contraire... il est dans cette salle, en train de boire un coup avec la maîtresse de l'endroit...

L'Arlésienne se leva vivement en fixant sur le cocher un regard stupéfié :

— Stephen, dit-elle ensuite d'une voix étouffée, est-ce bien toi ?

Le cocher s'était levé en même temps qu'elle :

— Oui, mon ange, répliqua-t-il avec une voix qui ne ressemblait en rien à celle dont il lui avait parlé jusqu'alors, et qu'elle put aisément reconnaître pour celle de son ancien amant.

— Toi! répéta Léa immobile d'étonnement et d'épouvante.

Lord Stephen, car c'était bien lui, avait couru à la porte et l'avait fermée à double tour.

Mettant la clef dans sa poche :

— Comment trouves-tu que je pratique les travestissements, ma mignonne?... J'étais né pour être comédien... pas vrai?

L'Arlésienne comprit que le fugitif n'était chez elle que dans un but de vengeance.

— Il m'a aimée, pensa-t-elle; faisons-lui croire que je l'aime encore, moi!

S'élançant vers lui et le regardant en face :

— C'est bien vous, milord... reprit-elle avec une émotion supérieurement feinte. Ah! je ne croyais pas vous revoir jamais!

— Et tu es heureuse de me retrouver?

— Oui, pourquoi ne l'avouerai-je pas?... Jadis je ne ressentais pour vous qu'une sorte d'indifférence... car vous n'étiez à mes yeux qu'un homme comme tous les hommes... Mais, depuis votre fuite, vous avez grandi à mes yeux... En rentrant en France, où toute la police est sur pied à votre intention, vous faites preuve d'une témérité inouïe... d'une incroyable audace, et j'aime les héros, moi!...

— Alors, fit Stephen avec un singulier sourire, maintenant tu me préfères à Fouinardet?

Et, tout en parlant, il faisait asseoir la jeune femme sur ses genoux.

— Fouinardet, répliqua l'Arlésienne d'un ton de suprême dédain, c'est un imbécile... S'il avait pu te pincer, je l'aurais considéré comme un grand homme, et nos relations s'en seraient ressenties... Mais puisque c'est toi qui lui as damé le pion, c'est un maladroit et je le méprise profondément.

— A la bonne heure! tu es une fille de sens, et je regrette de t'avoir si bellement cravachée l'autre jour... à la barrière Fontainebleau.

— Je ne le regrette pas, moi, dit Léa en entourant de ses deux bras le cou de son ancien amant. Ça m'a fait voir que tu avais encore quelque chose dans le cœur à mon intention!... Mais, ajouta-t-elle, apprends-moi donc comment tu as fait pour t'échapper, car c'est bien toi qui t'es fait pincer cette nuit près du repaire des Brinvilliers?

— C'est bien moi... Vêtu de la blouse et de la casquette d'un ouvrier, j'allais me faire ouvrir la demeure mystérieuse lorsque ta grande canaille de Fouinardet et deux des siens m'ont empoigné et bâillonné...

— Ils ne t'avaient pas reconnu?

— Heureusement pour moi, sans quoi ils auraient pris un peu plus de précautions... Deux hommes seulement se sont chargés de me mener au poste voisin...

— Deux hommes?

— Pas davantage... armés jusqu'aux dents, c'est vrai; mais enfin, ils n'étaient que deux!...

— Les niais! grommela la jeune femme en elle-même.

Lord Stephen poursuivit :

— Je faisais semblant d'être anéanti et je tremblais comme la feuille, si bien que mes deux gardiens ne se méfiaient de rien et ne supposaient pas que j'eusse la moindre velléité de leur brûler la politesse... Mais, en passant sur le pont, je me redresse tout à coup; par un mouvement brusque je délivre mes bras de leurs grosses pattes, d'un bond formidable je franchis le parapet et je me jette dans le canal.

— Ils s'y sont jetés après toi?

— Eux?... pas si bêtes... Ils auraient craint de se mouiller...

— Les lâches! murmura l'Arlésienne.

— Ils restèrent quelque temps en observation, mais enfin je les entendis s'éloigner en disant : « Il est noyé. C'est un gredin de moins. » Alors seulement je me décidai à gagner la berge à la nage, et je pris pied à une distance respectable du faubourg du Temple. En ce moment un cabriolet passe sur le quai, je saute dedans et je crie au cocher : « Ventre à terre jusqu'aux buttes Chaumont! » Là-dessus je lui mets un napoléon dans la main. Il n'en demande pas plus et file par la rue Grange-aux-Belles. Aux environs de ladite rue, je fais arrêter. « Vous m'avez mené rondement, lui dis-je, pour la peine vous allez boire un coup... » Nous entrons chez moi, c'est par là que je demeure... je le fais boire et je lui offre un cigare. Mes cigares à moi ont cela de particulier qu'ils endorment ceux qui les fument, d'un sommeil dont on ne sort que si je veux bien... Mon bonhomme tombe abruti sur sa chaise... Je troque ma blouse trempée contre son ample carrick, j'enfonce son chapeau sur mes yeux, j'enferme le dormeur à double tour et je remonte à sa place dans son véhicule. Tout tranquillement alors je reprends le chemin du faubourg et j'arrive tout juste pour apprendre, de la bouche même d'un mouchard, ce qui vient de se passer dans la maison du quai... J'apprends même que c'est par toi, ma fille, que le pot aux roses a été découvert... Au même instant je te vois passer, je t'offre ma carriole et je t'amène ici au grandissime galop!... Tu m'as payé ma course, tu m'as donné à boire et de plus vingt francs de gratification, c'est gentil, et certainement un cocher ordinaire se contenterait de ça... Mais moi, poursuivit le vicomte en déroulant les cheveux de la belle fille, je suis plus exigeant et je veux davantage...

— Eh! que vous faut-il donc? demanda l'Arlésienne en jetant à lord Stephen un coup d'œil provocant.

— Ce qu'il me faut, répliqua le faux cocher, d'un ton menaçant, c'est ta vie, mauvaise gueuse, et je ne sortirai d'ici qu'en y laissant ton cadavre.

L'Arlésienne avait précipitamment quitté les genoux de lord Stephen.

— Grâce! grâce! fit-elle épouvantée, je t'aime!

Le vicomte éclata de rire et tira un poignard,

— Garde ton amour pour d'autres, dit-il d'un ton implacable, je n'en veux plus, moi!

Léa courut à la porte et la secoua violemment en appelant à l'aide.

Mais sa voix expira sur ses lèvres.

Lord Stephen lui avait plongé son poignard dans le cœur.

La misérable poussa un gémissement rauque... Un flot de sang lui sortit de la bouche, puis elle tomba lourdement la face contre terre.

— Celle-là, du moins, ne trahira plus !... dit le vicomte, en repoussant du pied le cadavre de sa maîtresse. Parbleu ! la rue de Jérusalem n'aura pas profité longtemps de tes services, ma belle. Ton châtiment fera réfléchir, je l'espère, les petites dames qui seraient tentées de suivre ton exemple !

Prenant sur la table la lanterne de la voiture :

— Maintenant, il s'agit de faire main basse sur la monnaie de cette coquine, car elle roule sur l'or, aujourd'hui... Allons !

Pour commencer, il prit la bourse de Léa, ses boucles d'oreille et les bagues qu'elle avait aux doigts.

Ensuite il rouvrit la porte et s'engagea dans l'escalier qui menait au premier étage.

Avec ce même poignard dont il venait de frapper sa maîtresse, il fit sauter la serrure de la chambre à coucher.

— Certes, dit-il d'un ton railleur en jetant un coup d'œil sur le somptueux ameublement, ce cher baronnet a fait princièrement les choses... Comprend-on cela ?... Lui, ce Satan en habit noir, s'amouracher d'une pareille catin !... Parbleu, ajouta-t-il en riant, pour une fois qu'il s'avise de jouer au tourtereau, ça ne lui réussit guère. Ce qui doit le consoler dans l'autre monde, c'est que sa dulcinée va lui tenir compagnie jusqu'à la fin des siècles.

Tout en monologuant de la sorte, il avait ouvert un délicieux petit secrétaire en bois de rose qu'il supposait devoir renfermer les économies de la belle pécheresse.

En effet, dans l'un des tiroirs, il trouva une cinquantaine de louis et un billet de banque qu'il s'empressa de faire disparaître dans sa poche.

Il allait poursuivre ses investigations, lorsqu'il entendit la grille du jardin qui roulait doucement sur ses gonds.

— Diable ! dit-il, voici la valetaille qui rentre... Qui sait ? c'est Fouinardet peut-être !...

Il souffla sa lanterne, assura son poignard dans sa main, puis s'approcha de la fenêtre entr'ouverte.

— Plus de doute !... on est à ma poursuite, deux hommes viennent d'entrer dans le jardin. Ils se glissent à travers les arbres et je vois briller des armes dans leurs mains !... C'est l'inspecteur et l'un des siens... D'autres argousins attendent sûrement devant la grille !... Allons !... continua-t-il en poussant le verrou de la chambre à coucher, évadons-nous par le cabinet de toilette.

Il prit les draps du lit et s'élança dans une chambre voisine dont il referma sur lui la porte à double tour.

Là, il courut à une fenêtre assez étroite qui donnait sur la campagne et l'ouvrit.

— Personne ! dit-il après avoir regardé durant quelque temps.

Il noua les deux draps ensemble et attacha solidement l'une des extrémités à l'appui de la fenêtre.

Peu après il se laissait glisser le long de la muraille. A peine eut-il atteint le sol qu'il prit la fuite à travers champs dans la direction du bois de Boulogne.

Pendant ce temps, les deux individus dont la venue mystérieuse avait occasionné la fuite de lord Stephen continuaient à avancer avec précaution vers l'habitation.

— Je n'entends rien, dit le premier en prêtant l'oreille.

— Eh bien, moi, j'entends quelque chose, répliqua son compagnon.

— Quoi donc?

— Des espèces de grognements sourds. On dirait d'une femme qui geint.

— Une femme ?

— Écoute plutôt.

— C'est pourtant vrai... Qu'est-ce que ça signifie ?

— A mon sens, ça doit être quelque *largue* qui est en train de claquer, et la bonbonnière qui stationne à la porte appartient à quelque médecin.

— Ça n'est pas impossible... Ce qui m'étonne, c'est de ne voir dans le bazar aucune espèce de lumière.

— Bien sûr que j'en ai vu tout à l'heure aux fenêtres du premier... On a fermé les rideaux.

En ce moment, les gémissements de l'Arlésienne parvinrent plus distinctement aux oreilles des deux inconnus.

— Ça ne vient pas d'en haut, reprit l'un de ces hommes.

— En effet, dit l'autre, ça sort de la salle à manger. Attends, je vais me hisser jusqu'à la fenêtre et je risquerai un coup d'œil dans la boîte à travers les volets.

L'homme fit comme il le disait.

Au bout d'un instant, il redescendit près de son compagnon.

— Il fait noir dans la salle comme dans un four, et il y a sûrement une femme qui appelle à l'aide... Ça commence à m'intriguer.

— Eh bien ! et moi, donc !

— La maison m'est connue... suis-moi, et nous aurons le fin mot de tout ça... Après tout nous avons nos *surins*... Si nous rencontrons des mâles, nous en serons quittes pour les saigner !

Là-dessus les deux amis gravirent à bas bruit les degrés du perron, gagnèrent l'antichambre et pénétrèrent enfin dans la salle basse.

Bientôt ils heurtèrent du pied le corps de Léa.

— Au secours ! je me meurs ! gémit la misérable d'une voix expirante.

— Ouais ! que veut dire ceci ?

— L'assassin s'est enfui... C'est l'Anglais... C'est lord Stephen !

— Plaît-il !... Lord Stephen ! Quelle est donc cette femme-là ?

— Attends, reprit l'autre, nous allons le savoir. Les briquets phosphoriques n'ont pas été inventés pour les caniches, et j'en ai toujours un dans ma poche, accompagné d'un rat de cave.

Une seconde après la salle s'éclairait.

— Potence de Dieu ! dit l'un des inconnus, la particulière patauge dans une mare de sang.

— C'est une jeune femme, observa l'autre en s'agenouillant près de la victime; sans compter qu'elle est vraiment belle !

— Approche donc ton rat de cave, reprit le premier, que je la reluque à mon aise.

Après un temps.

— Tonnerre ! s'exclama-t-il, c'est l'Arlésienne !...

— L'Arlésienne ? Ah bah !

— Du secours ! du secours ! supplia la malheureuse d'une voix étouffée. Un peu d'eau... au nom du ciel !...

— De l'eau ! répliqua l'homme avec un rire féroce, du plomb fondu plutôt, vilaine guenon !... Tiens ! tiens ! ajouta-t-il, regarde-moi bien... Me reconnais-tu ?

Ayant dit, il prit par les cheveux cette tête pâle, sanglante, et la souleva jusqu'à la hauteur de son visage.

La femme assassinée considéra durant quelques minutes celui qui lui parlait.

Une indicible épouvante se peignit dans ses yeux, sur ses traits...

Puis un nom s'échappa de ses lèvres...

IV

QUI SE PASSE EN PARTIE DEVANT LE COMPTOIR DE PAUL NIQUET

Le nom prononcé par Léa, le lecteur l'a deviné, c'était celui de « Kocoding » !

— Oui ! reprit le bandit avec une sauvage énergie, Kocoding... qui, grâce à toi, a fait six mois de prison et un mois de bagne... Kocoding que tu as volé comme dans un bois, satanée drogue, et que tu as empêché de filer à l'étranger... Pardieu ! je t'avais dit que nous nous reverrions un jour... mais je n'espérais pas avoir ce plaisir aussi promptement que ça !... La seule chose qui m'embête, c'est que lord Stephen t'ait déjà fait ta petite affaire... J'aurais voulu t'escoffier à moi tout seul... Ce que c'est que la chance pourtant !... Si un autre que moi était près de toi à cette heure, tu en réchapperais peut-être... Car une blessure, c'est une blague, et tout le monde en revient !...

— Grâce !... pitié... sauve-moi...

— Oui ! comme je danse !... Te sauver !... Ah ! bien ouiche, pour que tu me fasses repiger par ton Fouinardet... Je vais t'achever, au contraire... C'est tout ce que je puis faire pour toi !

Il leva son couteau... Son compagnon lui retint le bras.

— Eh bien ! de quoi, fit Kocoding, qu'est-ce qui te prend, jeune Popincourt ?

— Il me prend que cette femme est jolie à croquer...

— Et puis, après ?

— Après... après... Ça me *jugule*, quoi, de lui donner le coup de grâce quand on pourrait l'empêcher de crever !

— Si ça t'embête, je m'en bats l'œil... répondit l'Anglais avec sauvagerie, et la preuve, la v'là!

A ces mots, il frappa la jeune femme en pleine poitrine.

Cette fois c'en était fait... Léa, qui s'était soulevée à demi, retomba sur le sol sans pousser un seul cri, sans exhaler un soupir.

Elle était morte!...

— Nom d'un chien! grommela Popincourt, c'est pas gentil tout de même, ce que tu as fait là...

— Bah! laisse-moi donc tranquille... un serpent pareil! c'est pain bénit que de l'écraser!

— Une si belle fille! murmura le jeune forçat d'un ton de regret.

— Trop belle! dit l'Anglais. C'est sa beauté qui m'a fichu dedans... et qui t'aurait joué le même tour si je l'avais laissée vivre!...

Retirant son couteau de la plaie :

— Allons donner un coup d'œil à son argenterie maintenant... nous ne sommes pas venus ici pour nous amuser!

Ils explorèrent les pièces du rez-de-chaussée, ils visitèrent tous les bahuts et toutes les armoires, mais les couverts d'argent furent introuvables.

Narcisse, qui en était responsable, les avait mis en lieu sûr avant de partir.

— Montons au premier alors! fit l'Anglais avec colère, il n'y a pas de bon Dieu qui tienne, il me faut de la braise!

— Et si les larbins nous tombent sur les reins?

— Nous ferons d'eux ce que j'ai fait de leur maîtresse!

Là-dessus, Kocoding s'élança dans l'escalier, suivi de son complice.

Ils s'arrêtèrent devant la chambre à coucher :

— Une porte fermée! dit l'Anglais, c'est là qu'est le magot!

— Méfions-nous! murmura l'autre. Bien sûr que c'est aux fenêtres de cette chambre que j'ai vu briller de la lumière.

— S'il y a quelqu'un de renfermé ici, ça ne peut être que lord Stephen; or les loups ne se mangent pas, et nous allons entrer tout de même!

Il se disposa à faire sauter la serrure.

— Trop tard! dit-il désappointé. La farce est déjà jouée... Je te disais bien que mon cher frère de lait avait passé par ici!...

— La porte est verrouillée en dedans, observa Popincourt.

Kocoding, furieux, s'apprêta à enfoncer la porte d'un coup de pied.

— Est-ce que tu es soûl? dit vivement son compagnon, Pourquoi ne tires-tu pas le canon, tout de suite, pour annoncer notre arrivée aux autorités?... Laisse-moi faire!

Avec la lame de son couteau, il parvint aisément à faire jouer les verrous.

— Là! reprit-il en poussant doucement la porte, comme ça, on n'a rien entendu au moins!

Kocoding courut tout d'abord au secrétaire.

— Plus rien! fit-il en gémissant, lord Stephen a tout pigé... Mon pauvre Popincourt, nous sommes filoutés!

Il ouvrit tous les tiroirs... l'un après l'autre...

Ils ne contenaient que des lettres d'amour et des factures plus ou moins acquittées...

Dans le dernier de tous, il y avait cependant un portefeuille...

— Pourvu qu'on ait serré dedans quelques bank-notes, dit Kocoding dont le front se rasséréna.

— Nous nous en assurerons plus tard, répliqua vivement Popincourt; fourre-le dans ta poche et donnons un coup d'œil à la cheminée!... il doit y avoir quelque bibelot à flibuster.

En effet, dans une coupe en porcelaine de Sèvres se trouvaient pêle-mêle un bracelet, des bagues, un collier, un médaillon.

— Tiens! fit Popincourt, en jetant un coup d'œil sur le portrait, c'est la femme assassinée.

— Adjugé, répliqua l'Anglais en empochant les bijoux.

— Si tu m'en crois, dit l'autre, nous allons filer dar-dar!...

— Je pense bien que nous n'allons pas coucher ici, mais c'est vexant tout de même de ne pouvoir emporter avec nous tout le mobilier.

— Pourquoi pas les pierres de la maison, pendant que tu y es? reprit Popincourt. Allons! ouste!...

Ils se préparèrent à la retraite.

— A propos, continua le jeune forçat, et ton lord Stephen, par où donc s'est-il envolé?

— Par le cabinet de toilette sans doute... La fenêtre donne sur la campagne, il se sera sauvé à l'aide des draps.

Popincourt se mit à rire.

— En nous voyant entrer dans le jardin, il a cru que nous venions pour le pincer peut-être et il a filé en abandonnant son cabriolet.

— Sans compter qu'il a bien fait de nous le laisser. De Brest à Paris la route est longue et je suis esquinté. Je ne serai pas fâché d'aller un peu en voiture.

— Nous sommes rudement mal fichus pour nous offrir ce luxe. Des blouses bleues, des pantalons en loques et des savates, ça manque de chic, et les gens qui nous verront ne manqueront pas de s'en apercevoir.

— Ton raisonnement est plein de sens, petit Popincourt... Jusqu'à présent, dans les villages où nous avons passé, on n'a pas fait trop d'attention à nos toilettes. Mais à Paris, il faut être nippé, sans quoi, on est tout de suite vu d'un mauvais œil. Je propose donc une chose.

— Laquelle?

— Allons nous remettre à neuf chez messieurs les larbins.

— Mais s'ils sont dans leurs chambres?

— T'es bête!... Si lord Stephen a fait si tranquillement toutes ses petites affaires, c'est qu'il savait que l'Arlésienne était seule en son bazar. En tout cas, tant pis pour ceux que nous trouverons là-haut!... Viens!

— Minute! fit Popincourt en avisant à terre la lanterne abandonnée par lord

Lord Stephen lui avait plongé son poignard dans le cœur.

Stephen, le rat de cave touche à sa fin, remplaçons-le par ce quinquet, qu'il serait imprudent de laisser traîner ici. Ça pourrait *éclairer* la justice !

Ce qui fut dit fut fait.

Peu après, les deux forçats étaient à l'étage supérieur.

Ils n'eurent qu'à pousser la porte de la chambre de Narcisse.

— Personne ! je le disais bien ! s'écria Kocoding.

En un instant, il eut endossé toute la défroque du valet.

Bottes à revers, culotte courte, redingote longue.

— Un couvercle, maintenant, et je serai au grand complet.

Popincourt lui présenta un chapeau dont il venait d'arracher la cocarde :

— Le galurin demandé, voilà !

— Parfait !... Comment me trouves-tu ?

— Esbrouffant, mon cher... On te prendrait pour un ambassadeur !

Kocoding prit dans la poche de sa blouse le portefeuille et les bijoux volés et les fourra dans sa rédingote...

Il eut soin toutefois de se passer au doigt un assez beau diamant.

— A toi maintenant, petit Popincourt !

Mais les nippes que Kocoding s'était appropriées composaient toute la garde-robe de maître Narcisse.

— Du reste, observa le petit forçat, quand même il y aurait une pelure de plus, ça ne me servirait pas à grand'chose, par la raison toute simple que ce serait une fois trop long et deux fois trop large pour moi.

— J'ai une idée ! s'exclama Kocoding.

Lui montrant un rasoir placé sur une table surmontée d'une glace :

— Ratisse-toi la couenne, jeune homme, je te dirai pourquoi.

Popincourt avait la barbe longue de même que son compagnon.

Il la fit tomber jusqu'au dernier poil en moins de trois minutes.

— C'est bien ! fit l'Anglais.

Il prit la lanterne, quitta la mansarde et pénétra dans la chambrette voisine.

C'était celle de Mlle Rose, qui cumulait chez Léa les fonctions de femme de chambre et de cuisinière, comme Narcisse celles de domestique et de cocher.

Nous avons dit jadis que la belle pécheresse n'avait aucune confiance dans la valetaille.

« — Moins mes gens sont nombreux, pensait-elle, moins on clabaudera sur mon compte. »

Si bien que, non par avarice, mais simplement par prudence, elle s'était contentée jusqu'alors d'avoir à son service un maître Jacques mâle et femelle.

Kocoding prit sur le lit la robe de la soubrette, la toisa de l'œil, puis la jeta à Popincourt en lui disant :

— Ça va t'aller comme un gant !

— Tu veux que je me déguise en maritorne ?

— Parfaitement !... Tu es blanc et rose... ta taille est élancée et mince, et tes cheveux blonds sont longs et bouclés... Tu vas avoir l'air d'une catau numéro un !... Allons, hop !... ne perdons pas notre temps en discussions oiseuses.

Popincourt parvint sans trop de peine à s'affubler des hardes de Mlle Rose, qui, heureusement pour notre jeune coquin, était une gaillarde d'assez forte encolure.

Les souliers le gênèrent bien un peu ; mais ce fut tout, et le reste marcha tout seul.

— Passe-moi le peigne, dit Popincourt à son ami, que je donne à ma tignasse une dégaine plus féminine !

Quand ce fut fait :

— Colle-moi maintenant ce bonnet à rubans bleus... étends sur mes épaules

rondes ce petit châle qui est accroché au porte-manteau, et en route pour je ne
sais où !

Lorsque le jeune gars fut tout à fait métamorphosé, Kocoding se prit à éclater
de rire :

— Si tu n'as pas l'air d'une gaude pour de vrai, je veux bien que le loup me
croque ! Parole, tu vas faire un tas de conquêtes !.. Filons !...

Au moment de se mettre en route, Popincourt aperçut sur la toilette un pot de
fard et une boîte de poudre de riz.

— Attends un peu que je me *maquille* un brin la hure !...

— Viens, tu te *maquilleras* plus tard... Le jour va bientôt paraître, et j'aime
autant être ailleurs qu'ici quand le soleil va montrer son *naze*.

Popincourt mit le rouge et la poudre de riz dans sa poche, retroussa ses jupes
et descendit quatre à quatre les deux étages, précédé de Kocoding, muni de la
lanterne.

En passant devant la porte de la salle à manger, ils aperçurent dans l'ombre le
cadavre de l'Arlésienne :

— Pauvre fille ! murmura Popincourt malgré lui. Elle était rudement chouette,
tout de même !

Kocoding l'entraîna, et bientôt tous deux sortirent du jardin.

La lanterne fut remise en place, la bride détachée, et peu après le cabriolet
descendait la rue de la Fontaine, emmenant le gros Anglais et sa compagne de
contrebande.

— Ma foi, fit Kocoding en allongeant un coup de fouet à son cheval, pour notre
rentrée à Paris, nous n'avons pas trop à nous plaindre, et, soit dit sans calembour,
ça va jusqu'à présent comme sur des roulettes !

— L'embêtant, repartit Popincourt, c'est que nous n'avons pas le sou.

— Vivat ! s'exclama l'Anglais, qui venait machinalement de plonger ses doigts
dans la poche de son gilet, le larbin a oublié d'emporter sa braise... Vois plutôt !

— Un jaunet et trois pièces de vingt sous !

— Vingt-trois livres, oui, mon fils... Décidément il y a un Dieu pour les
honnêtes gens !

— C'est moi qui mangerais bien un morceau ! soupira Popincourt. J'ai une faim
de loup !

— Moi, je crève de soif !

— Pourquoi que nous ne souperions pas une miette ?

— Ma foi, rien ne s'y oppose... Nous nous collerons quelque chose sous le nez
du côté de la Halle.

— Ça va. Avec beaucoup de sauce, pas vrai ?

— Et des masses de pommes de terre !

— Et du petit bleu comme s'il en pleuvait !

En fort peu de temps, ils eurent atteint la barrière de l'Étoile.

Pendant les fêtes nationales de juillet 1836, on avait inauguré l'arc de triomphe
commencé sous l'Empire, en 1806, et laissé à l'état de ruines sous la Restauration.

En passant devant le gigantesque monument, Popincourt fit le salut militaire.

— Qu'est-ce qui te démange? dit Kocoding en gouaillant.

— Minute, John Bull, ne blaguons pas ces choses-là!... Ceci te représente la gloire de la France depuis la République jusqu'à l'Empire... Et, tout gredin que je suis, je ne veux pas passer devant ces grands souvenirs-là sans leur dire un mot d'amitié!

— Popincourt, méfie-toi, interrompit sentencieusement Kocoding. T'es sensible à l'endroit du sexe, et la gloire de ton pays te fait battre le cœur... méfie-toi, Popincourt, méfie-toi, tu finiras mal!

Un commis de l'octroi qui se présenta empêcha le jeune forçat de répondre.

— Rien à déclarer? demanda l'employé.

— Rien de rien, jeune homme, répondit Popincourt en faisant la petite voix.

— Passez, la jolie fille! murmura l'employé.

La voiture entra dans Paris.

— As-tu vu le gabelou qui m'a fait de l'œil, dit Popincourt en riant.

— Cristi, que j'ai faim!

— Cristi, que j'ai soif!

Kocoding fouetta vigoureusement son cheval, et bientôt on eut dépassé les Champs-Élysées, la place Louis XV et la rue de Rivoli.

Le cabriolet s'arrêta enfin...

L'on était à la Halle.

Kocoding mit pied à terre et prit sa bête par la bride, afin de pouvoir se frayer un chemin à travers la nuée de paysans, de maraîchers, de forts de la halle, de porteurs, de cuisiniers, de chevaux, de charrettes, d'inspecteurs et de sergents de ville qui encombraient l'espace compris entre la pointe Saint-Eustache et la rue de la Ferronnerie.

C'était un bruit indescriptible, un tumulte inénarrable, un inconcevable pêle-mêle...

Tandis que sur le carreau des Innocents, toute cette armée grouillait, jurait, criait et s'injuriait, des chants avinés, de gros rires s'élançaient par bouffées des cabarets environnants, et se mêlaient au choc des verres au cliquetis des assiettes.

— Quel chahut!... Quel boucan! grommelait Kocoding. Un drôle d'endroit tout de même!

— Le Louvre du peuple, riposta Popincourt, c'est Napoléon qui l'a dit.

— Eh bien! mâtin, reprit l'Anglais, il peut se vanter de puer rudement, ce Louvre-là... Toutes ces odeurs réunies d'oignons et de violettes, de roses et de choux, de carottes et d'œillets, ça vous prend à la gorge, et ça vous flanque envie de vomir.

Popincourt lui montra du doigt la lanterne triangulaire de Paul Niquet.

— Viens licher là dedans un verre de casse-poitrine : ça te remettra l'estomac.

— C'est une idée!... Allons, la main aux dames, ajouta Kocoding en aidant Popincourt à descendre de cabriolet.

La voiture fut confiée à un commissionnaire, et les deux forçats s'engagèrent dans l'allée étroite et longue par laquelle on pénétrait dans l'établissement en question.

Un auteur contemporain a tracé de ce cabaret célèbre aujourd'hui disparu, un tableau des plus fidèles qui doit trouver forcément sa place dans un ouvrage du genre de celui-ci :

« Le pavé est le même que celui de la rue : c'est du grès de Fontainebleau ; mais il est tellement piétiné par les nombreux clients, que la rue Saint-Denis et la rue Saint-Martin, aux jours des grands dégels, peuvent passer en comparaison pour d'agréables promenades.

« Les habitués déposent le long des murs leurs hottes et leurs fardeaux, pour arriver jusqu'à la salle principale, nous devrions dire tout simplement hangar, car cette boutique n'est qu'une ancienne petite cour sur laquelle on a posé un vitrage.

« Elle est meublée de deux comptoirs en étain où se débitent de l'eau-de-vie, du vin, des liqueurs, des fruits à l'eau-de-vie, et toute cette innombrable famille d'abrutissants que le peuple a nommée, dans son énergique langage, du casse-poitrine.

« En face de ce comptoir, contre le mur et fixé par des supports en fer, est un banc de chêne où se reposent les consommateurs. C'est là qu'ils font la sieste, c'est là qu'entre deux rondes de police, ils essayent un peu de sommeil, au milieu des cris, des vociférations, des disputes de ceux qui se tiennent debout devant le comptoir.

« On vante le sommeil de Napoléon la veille de la bataille d'Austerlitz et celui de Turenne sur l'affût d'un canon, je ne sais plus à quelle bataille... Mais qu'est-ce que ces somnolences inquiètes, agitées, auprès du lourd et profond sommeil de ces parias, obligés la plupart de voler même le moment de repos qu'ils prennent à la dérobée?.. Car il est défendu de dormir dans le cabaret de Paul Niquet. Il faut consommer, se tenir debout, ou bien la police, qui ne dort jamais, enlève les dormeurs et leur fournit un lit au violon du poste de la halle aux draps.

« Les comptoirs lourds et massifs sont chargés de brocs, de fioles et de bouteilles de toutes formes, portant des étiquettes bizarres : *Parfait amour, délice des dames,* etc., ornées de petites gravures grotesquement coloriées, dont quelques-unes représentent Napoléon, les bras croisés sur la poitrine ; celles-là renferment naturellement la *liqueur des braves.*

« On y voit aussi un affreux buste, barbu et empanaché, que les érudits du lieu disent figurer « le Béarnais ».

« Le nom tout pastoral du mélange qu'il renferme est celui-ci : *Petit lait d'Henri IV.*

« Par un passage étroit, on arrive à une petite salle située derrière le comptoir : c'est le salon de conversation, un lieu d'asile ouvert seulement aux initiés, aux grands habitués, aux buveurs émérites, à ceux qui ont, depuis bien des années, laissé leur raison au fond d'un poisson de *camphre.*

« Trois longues tables et des bancs de bois en composent le mobilier ; les murs sont blanchis à la chaux.

« L'architecture de ce bouge est bossue, tordue, renfrognée ; on y voit des angles rentrants, des excavation et des proéminences sans motifs. Tout cela a l'air d'une réunion de morceaux hybrides, étonnés de s'être rencontrés après quelque épouvantable cataclysme.

« Dès la porte, on est saisi à la gorge par une odeur fade, chaude, nauséabonde, imprégnée de miasmes humides qui soulève le cœur.

« Là on rencontre des parias de toute sortes : des chiffonniers et des chiffonnières, des poètes et des musiciens incompris; des ménétriers de barrière, des Paganini du ruisseau, des domestiques qui ne cherchent pas de places, des soldats en *bordée*, des *grinches de la petite pègre*...

« C'est un pandémonium bizarre, qui n'a pas encore eu les honneurs d'une fidèle monographie. Les uns dorment abrutis devant des verres d'eau-de-vie, abattus sur la table ou blottis dans des coins comme des animaux immondes... d'autres causent *philosophiquement* à voix basse.

« C'est triste et lugubre comme une veillée de mort.

« Les garçons passent comme des ombres au milieu de ces rangs serrés... Ils portent des verres de forme hideuse, qui semblent des seaux de puits et scintillent de couleurs insolites.

« La forme en est menaçante...

« Les coupes où les anciens buvaient la ciguë ne devaient pas être autrement faites.

« On voit qu'ils contiennent quelque chose de terrible : c'est un poison cent fois plus horrible au goût que tous ceux décrits par la toxicologie, que tous ceux inventés par les Borgia et les Exili du moyen âge...

« Il tue l'âme, il absorbe toutes les facultés... il est délétère... il brûle... il corrode le corps, il éteint la mémoire, il annule toutes les forces.

« De l'homme le plus fort, le mieux organisé, il fait en quelques mois un squelette, un animal, une brute.

« Car il existe à la Halle toute une population d'êtres vraiment problématiques. Ce sont de ces gens qui ne dorment jamais, ou du moins qui ne se couchent jamais dans un lit. Leur vie est une longue suite d'aujourd'hui, ils n'ont de lendemain que le jour où, ramassés par quelque patrouille de sûreté, ils sont jetés dans un lit d'hôpital pour y mourir.

« La nuit, ils vivent des débris des festins des heureux de la terre : ils rongent les os comme des chiens, et se contentent des croûtes et des restes qu'on jette à la borne. Le jour, ils s'accroupissent dans l'angle de quelque cabaret, accoudés sur une table, l'œil morne, les joues hâves et pendantes, l'âme affaissée dans leur corps abruti et ils dorment, effrayants, les yeux ouverts. »

Ainsi parle l'historiographe de *Paris inconnu*, et tout cela est vrai... Comme lui et avec lui, nous avons exploré ces endroits étranges, nous avons parlé à ces hôtes sinistres...

Mais bien peu nous répondaient.

Un regard hébété, un hochement de tête, un murmure inintelligent et inintelligible...

Puis ils se remettaient à boire...

Lorsque Kocoding et Popincourt pénétrèrent dans le cabaret, une respectable société de chiffonniers et de chiffonnières était rangée en bataille devant le comptoir et chacun avalait son trois-six d'un air grave.

La toilette de l'Anglais et le bonnet bleu de son compagnon ne purent obtenir de ces philosophes, qu'un coup d'œil indifférent.

Seule, une vieille chiffonnière les regarda de travers et dit en haussant les épaules :

— C'est des gens de la haute qui viennent nous mécaniser !

— On te prend pour une duchesse ! murmura Kocoding à son compagnon.

— Attends, répliqua ce dernier, je vais leur montrer comment les duchesses comme moi *lichent* le liquide au père Popaul !

Ils se firent servir de l'absinthe.

— A la vôtre, marquis ! fit Popincourt en choquant son verre contre celui de Kocoding.

— A la vôtre, comtesse, répliqua celui-ci.

Et l'horrible boisson fut avalée d'un trait.

— Une deuxième tournée, s'exclama Popincourt.

— Allons-y, répondit l'Anglais.

Les verres furent remplis et vidés une deuxième fois.

La vieille chiffonnière considéra la femme aux rubans bleus d'un œil moins courroucé.

— A la bonne heure, dit-elle, v'là une vraie femme; elle lampe comme un homme.

D'un air gracieux et la bouche en cœur, Popincourt se fit verser une troisième rasade.

La chiffonnière n'y tenait plus alors.

— Jeune fille, s'écria-t-elle, je te permets de m'offrir quelque chose et de trinquer avec moi.

— Vous me faites honneur, la mère, répliqua Popincourt en gardant son sérieux. Qu'est-ce que vous prenez ?

— De l'absinthe, comme toi, ma biche; j'aime les douceurs.

Les verres se choquèrent.

En ce moment, un grand garçon pâle qui se tenait accroupi sur le banc et jetait sur la liqueur verte un regard de convoitise, se leva brusquement et vint se placer entre la chiffonnière et Popincourt en disant avec un rire abruti :

— De l'absinthe ! ah ! ah ! ah ! c'est ça qu'est bon l'absinthe ! Ah ! j'en veux, moi, j'en veux aussi !

— D'où sort-il, cet ahuri-là ?

— Faites pas attention... c'est Riquiqui...

— Ah ! c'est Riquiqui !

— Oui ! v'là deux ou trois mois qu'il est dans les chiffons... C'est un pauvre fou qui vient on ne sait d'où et qui s'appelle on ne sait comment... On a eu beau lui tirer les vers du nez, ça n'a abouti à rien... Il n'est pas méchant... Son seul défaut, c'est d'aimer le liquide... c'est pourquoi on l'appelle Riquiqui... L'absinthe surtout, c'est sa toquade, et avec ce nectar-là, on le ferait aller au bout du monde...

— Eh bien ! servez deux, trois absinthes à Riquiqui ! commanda gaiement Popincourt. Ce n'est pas toujours fête...

On versa une ration triple au misérable, qui se saisit de son verre en frissonnant de joie.

Mais comme il allait le porter à ses lèvres, un jeune homme qui venait de pénétrer dans le bouge lui retint le bras en lui disant :

— Jacquinet... est-ce bien toi, malheureux? Ne bois pas... ne bois pas et réponds-moi... Qu'as-tu fais de Fanchon? qu'as-tu fait de ta sœur?

Celui qui parlait, c'était notre héros, c'était milord l'Arsouille.

Le fou jeta sur le jeune homme un regard étonné.

Puis, machinalement, il répéta ce qu'il venait d'entendre :

— Jacquinet... Fanchon... ma sœur!...

Tout d'un coup il partit d'un grand éclat de rire et s'écria :

— Je ne suis pas Jacquinet... je ne le connais pas Jaaquinet... je suis Riquiqui... et je n'ai pas de sœur... Ou plutôt, si... j'en ai une... l'absinthe... Et je l'aime bien, allez... et je l'embrasse bien!

A ces mots, il délivra sa main de l'étreinte du jeune homme, et d'un trait avala le contenu de son verre.

— Mon Dieu! mon Dieu! murmura Gabriel, c'en est fait de mon dernier espoir!

Comme il disait ceci, Kocoding se pencha doucement de son côté et lui glissa ces mots à l'oreille en déguisant sa voix :

— Vous cherchez votre maman, milord... Quel cadeau feriez-vous à celui qui vous donnerait des renseignements sur son compte?

— Que dis-tu?

— Silence! Je ne puis rien vous dire de plus cette nuit... Laissez-moi votre adresse, et demain vous aurez de mes nouvelles... Vous demeurez?...

— A la Courtille... à la *Maison rouge*... près de la rue des Moulins...

— Je connais l'endroit... c'est là que vous êtes né... Avant midi, vous entendrez parler de moi.

— Qui donc êtes-vous?

— Un ami... que cela vous suffise... Adieu!

Sans en dire plus, il fit signe à Popincourt, et tous deux quittèrent le cabaret à pas précipités.

— Attends-nous devant Baratte, dit l'Anglais au commissionnaire qui gardait le cabriolet.

Peu après les deux coquins étaient attablés en cabinet particulier devant un copieux souper.

— Ma vieille, dit gaiement Kocoding, nous pouvons becqueter cette nuit jusqu'à notre dernier sou... Demain, nous aurons des picaillons à remuer à la pelle et nous nous fourrerons de l'agrément et de la boustifaille par le bec et par le nez!

— Explique-moi...

— Commençons par casser la gueule à ce fricandeau... Quand nous serons lestés, je te raconterai l'affaire.

Popincourt n'insista pas et les deux amis entamèrent le festin.

— Non d'un chien! fit Kocoding, cette saleté d'absinthe m'a fait un rude creux dans l'estomac... Je mangerais un bœuf!

— De l'absinthe comme toi, ma biche, j'aime les douceurs.

— Moi, ça ma donné la pépie ; j'avalerais la mer et les poissons !... A boire !...

— A boire !

Une demi-heure plus tard les coquins, un peu gris, quittaient le restaurant.

Ils avaient complètement oublié qu'un cabriolet les attendait à la porte, et déjà ils avaient fait une dizaine de pas sur le trottoir, lorsque le commissionnaire leur courut après en criant :

— Hé, là-bas ! et votre voiture ?

— Quelle voiture ? firent-ils étonnés.

— Votre cabriolet, pardine ! que je garde depuis une grande heure.

Liv. 43.   43.

— Elle est bien bonne ! s'exclama Kocoding en se frappant le front, j'avais fourré mon véhicule dans la boîte aux oublis !...

Donnant un gros sou au bonhomme :

— Tiens, v'là pour ta peine.

— Deux sous !

— C'est le restant de nos écus... Le gargotier a tout gardé pour lui.

— En v'là des polichinelles !

— Méprisons les grossièretés de ce goujat, marquise, et déguisons-nous en cerfs !

Là-dessus, ils s'élancèrent tous deux dans le cabriolet et partirent au grand galop par la rue Montmartre...

Au bout d'un quart d'heure, ils dormaient tous les deux du plus profond sommeil.

Quand ils rouvrirent les yeux ils s'aperçurent, non sans un grand étonnement, que le cheval les avait conduits à deux pas de Montfaucon.

V

QUI SE PASSA A LA PETITE-VILLETTE, SUR LE MONTICULE CÉLÈBRE QUE L'ON APPELAIT AU MOYEN AGE, LA COLLINE DE LA MORT

Dans un précédent ouvrage [1], celui qui écrit ces lignes a publié tout au long l'histoire sanglante des Fourches patibulaires.

« Nous avons pris le vieil ogre de pierre à son point de départ, c'est-à-dire au XIII siècle.

« Après Pierre de Labrosse, ce ministre empoisonneur qui n'avait pas craint de se faire le complice du barbier assassin de la rue des Marmousets, nous avons montré Enguerrand de Marigny, le chambellan intègre, gravissant l'échelle fatale de la grande justice de Paris...

« Après ceux-ci, nous avons vu Henri Tapperel, Gérard de la Guette, Jourdain de l'Isle, Pierre Remy, Jean de Montaigu, Olivier le Daim...

« Nous avons dit ensuite ce grand procès criminel de la Renaissance qui se dénoua par la pendaison de Beaune de Semblançay, surintendant des finances, et du capitaine Saltabadil, l'homme du carrefour Buci, et nous avons terminé ces sombres légendes par le meurtre du vieil amiral Coligny, dont le cadavre défiguré fut accroché aux fourches patibulaires.

« Après le héros de la Saint-Barthélemy, beaucoup d'autres furent traînés à la grande justice ; car, en 1624, on n'avait pas encore renoncé à se servir du gibet de Montfaucon.

1. *Les Dames de Montfaucon.*

« Ceci est prouvé par un arrêt du 24 avril de ladite année, qui condamna Bouteville, Pontgibault, Chantail et les Salles, pour s'être battus, en plein jour, sur la place Royale, au mépris des ordonnances qui défendaient le duel, « à être pendus en place de Grève et à être portés, après leur mort, au gibet de Montfaucon. »

« Entre les années 1264 et 1627, on cessa d'exposer les cadavres à la grande justice et, de ce moment, les suppliciés n'y furent plus conduits que pour recevoir la sépulture près des piliers.

« Peu à peu, l'immonde gibet fut abandonné et ne fut bientôt plus qu'un monceau de ruines.

« Vint enfin la Révolution : sous son souffle puissant, les ossements sanglants de l'ogre de pierre se dispersèrent, et nul vestige n'en est resté.

« La grande voirie de Paris fut longtemps près de ce lieu sinistre.

« On amenait là les immondices de la capitale, et tout alentour, sur un sol pelé, sec, aride, hérissé de jaunes falaises, on établit, dans des baraques d'aspect hideux, des boyauderies et des fabriques de poudrette.

« Quand les fourches patibulaires eurent cessé de jouer leur effroyable rôle, la butte tout entière se couvrit d'ateliers d'équarrissage.

« En 1784, on y abattait vingt-cinq chevaux par jour.

« Maigres, efflanquées, osseuses, les dents longues et l'œil attristé, les malheureuses bêtes arrivaient par bandes, attachées avec des cordes, et, sans qu'on prît la peine de les nourrir, elles attendaient que vînt leur tour d'être livrées au couteau de l'équarrisseur.

« C'était funèbre, c'était horrible, et ce lieu était bien véritablement maudit.

« Après les hommes, les animaux...

« Le sol de Montfaucon ne devait être fécondé que par le sang... Ses échos ne devaient répéter que le râle suprême et les derniers gémissements des condamnés à mort...

« Sur l'animal vivant, la crinière et les crins de la queue étaient coupés, puis, après l'abatage, on enlevait la peau, et lorsque le cheval était sain, la chair servait de régal aux équarrisseurs.

« On voit que l'hippophagie, si fort à la mode aujourd'hui, n'est pas d'invention moderne.

« Les dépouilles inutiles étaient abandonnées sur le sol... Tout aussitôt la vermine en prenait possession.

« Mais les vers avaient dans les rats de terribles concurrents.

« Et c'était un épouvantable spectacle que de voir à l'œuvre ces ignobles vampires...

« Au bas des terres où pullulait cette race immonde, une mer putride miroitait au soleil.

« Elle se divisait en cinq bassins, réceptacles des vidanges de la capitale.

« Les matières solides qui servaient à faire le riche engrais appelé poudrette occupaient les deux bassins supérieurs... Dans les autres descendaient lentement les liquides, dont le trop-plein, au moyen d'une bonde, coulait dans le canal Saint-Martin.

« Des vapeurs délétères se dégageaient de ces lacs empestés.

« Les oiseaux qui passaient par-dessus tombaient morts.

« Aux alentours de la voirie, les planches, les tréteaux, les murailles étaient rongés par une décomposition incessante.

« Dès 1817, une ordonnance royale décréta en principe le transport de la grande voirie au centre de la forêt de Bondy ; mais l'assainissement de Montfaucon et des environs ne s'effectua réellement que de 1845 à 1849.

« On créa un abattoir aux chevaux.

« Le principal établissement de voirie fut relégué à Bondy. On laissa un dépotoir à la Villette, et des mesures générales furent prises pour conjurer les miasmes pestilentiels. »

. . . .

Le jour commençait à poindre lorsque Kocoding et son jeune compagnon rouvrirent les yeux.

Profondément stupéfiés, ils ne songeaient pas à quitter le cabriolet, et se regardaient l'un l'autre avec une sorte d'ahurissement.

Enfin Popincourt partit d'un grand éclat de rire.

— Parole! ma vieille, je ne te reconnaissais pas.. Tu as presque l'air de quelqu'un de propre!

— Du diable si je savais moi-même qui tu étais! répliqua Kocoding. Je te prenais pour une poupée véritable et je me croyais en bonne fortune. Tonnerre! ajouta-t-il en se frottant les yeux, c'est-il assez bête de roupiller comme ça!

— Tiens, t'es bon, toi! Il y a assez longtemps que nous n'avions pas fermé l'œil.

— Et puis, ajouta l'Anglais, ce qui nous a fichus dedans, c'est notre souper d'hier soir... Nous avons mangé comme des ogres et bu comme des trous.

— Fichtre! nous avions besoin de nous refaire un brin!... Maintenant je dois dire une chose : c'est que je suis frais et dispos que c'en est une bénédiction!

Tout en parlant, ils avaient considéré les parages où ils se trouvaient.

— C'est tout de même drôle que notre rossinante nous ait amenés d'elle-même à Montfaucon! dit Kocoding.

— Ma foi! oui, c'est cocasse... Cet estimable dada est peut-être las de la vie, et c'est pour ça qu'il a pris la route de l'abattoir!

— C'est peu probable, fit Kocoding en réfléchisssant. Je croirais plutôt que le propriétaire de cette carriole perche par ici ; et pendant que nous pioncions, notre bête a repris instinctivement le chemin de l'écurie.

— Ça doit être quelque chose dans ce goût-là, riposta Popincourt. En ce cas, mettons pied à terre, mon bonhomme; je ne tiens pas à ce qu'on nous trouve là dedans...

Après le joli petit branlebas de la maison d'Auteuil, il est urgent de ne pas faire d'imprudence.

Les deux coquins mirent pied à terre.

— Heureusement qu'à cette heure matinale nous sommes seuls et uniques en cet endroit peu parfumé.

Tout en parlant, Popincourt se bouchait le nez.

Kocoding avait jeté un coup d'œil à droite et à gauche.

— C'est, ma foi! vrai, il n'y a pas un chat, et personne ne nous a vus descendre de charrette... Allons! décidément tour va bien, et nous avons une chance de pendus!

— Ne parlons pas de pendus ici, interrompit Popincourt en gouaillant; ça pourrait nous porter malheur.

Tout à coup le jeune forçat poussa une faible exclamation et montra à Kocoding un individu qui semblait se diriger de leur côté.

Il ne se faisait pas encore assez jour pour que l'on pût distinguer les traits du nouveau venu, toutefois les deux coquins crurent remarquer que le personnage portait un ample carrick.

— Tonnerre de Brest! rugit sourdement Kocoding, c'est peut-être le cocher de notre véhicule.

— C'est bien possible.

— Filons.

— Non pas, mort diable! ce serait nous compromettre... D'ailleurs, il ne nous a peut-être pas vus descendre. Laissons-le venir et feignons d'examiner le paysage.

— Mais s'il a l'air de vouloir gueuler?

— En ce cas, fit Kocoding d'une voix sourde, nous le ferons taire!...

L'homme au carrick s'avançait bien réellement de leur côté.

— Il vient à nous, dit Popincourt.

Kocoding avait emporté le poignard qui lui avait servi à donner le coup de grâce à l'Arlésienne.

Il le prit sous son gilet et l'assujettit dans sa main.

L'inconnu n'était plus qu'à quelques pas des deux compagnons.

Alors seulement ceux-ci purent s'apercevoir que le bonhomme traçait en marchant de furieux zigzags.

— Il est soûl comme trente mille hommes! dit Popincourt à l'oreille de Kocoding. Laisse ton surin tranquille.

— Un pochard! J'aime mieux ça.

L'homme s'était arrêté.

— Pardon... excuse... demanda-t-il d'une voix avinée, vous n'auriez pas vu, par hasard, la Poulotte à son papa?

— Où prenez-vous la Poulotte à son papa? questionna Popincourt en faisant la petite voix.

— Ma jolie bourgeoise, répondit l'inconnu, la Poulotte, c'est ma jument... Je l'ai égarée, cette pauvre biche, pendant que je taquinais un litre à la barrière... Et, voyez-vous, si je ne la retrouve pas, cette vieille chérie, je ne m'en consolerai jamais, jamais... jamais!

Là-dessus, le bonhomme tira de sa poche un grand mouchoir à carreaux et le mit sur ses yeux en poussant les sanglots les plus burlesques du monde.

— Eh! là là! vieux pleurard, dit Popincourt, ne te désole pas et regarde derrière toi.

Ce disant, il indiquait au sensible cocher le cabriolet arrêté au bas de la colline.

L'homme au carrick poussa un cri de joie.

— C'est elle! c'est Poulotte! Ah! vous me rendez la vie, car, parole sacrée, si je l'avais perdue, voyez-vous, je me serais flanqué la tête la première dans le bassin que vous voyez là-haut!

— Bigre! fit Popincourt en riant, vous auriez pris là un vrai bain à la rose!

— Monsieur... madame... votre serviteur... Poulotte m'attend, je vais tomber dans ses bras!

Et, tout rayonnant, le cocher courut au cabriolet, non sans se livrer à de nouveaux zigzags.

— Quel vieux riboteur! s'exclama le jeune forçat.

Kocoding regardait le bonhomme s'éloigner et ne disait rien.

— Quoi que t'as donc, l'Anglais? T'es muet comme une savate.

— J'ai... j'ai qu'il me semble que ce cocher-là est un faux cocher, et qu'il me semble bien que je l'ai déjà vu quelque part.

— Pas possible! Et où donc ça?

— Où ça? où ça? V'là ce que je ne pourrais dire... Mais, blague sous le bras, ce n'est pas la première fois que son muffle se rencontre avec le mien!

— Allons! allons! t'es toqué, ma vieille, ou plutôt tu n'y vois pas clair... ce qui est tout naturel... vu qu'il ne fait pas encore jour...

— Popincourt, mon ami, je mettrais ma main au feu que ce particulier-là est une ancienne connaissance... Il a une paire d'yeux qui m'ont reluqué dans le temps, c'est moi qui te le dis.

— Courons-lui après alors.

— Ça va!

Ils regagnèrent le bas de la colline.

Et, non sans surprise, ils virent le cabriolet arrêté non loin d'une petite maisonnette d'aspect misérable, dont la porte était hermétiquement close.

Ce qui ne manqua pas de redoubler leur étonnement, c'est que le cocher avait disparu.

— Oh! oh! grommela Kocoding, décidément il y a quelque chose là-dessous.

— Je commence à le présupposer, ajouta Popincourt.

— Cachons-nous dans ce fossé et attendons un brin, reprit l'Anglais; je veux avoir le cœur net de cette histoire.

— Bigre! dans ce trou! fit l'autre en minaudant. Je vais friper mes jupes!... Nous autres faibles femmes, nous ne pouvons nous livrer à de telles gymnastiques.

Un coup de pied de maître Kocoding interrompit la phrase.

Peu après, les deux bandits étaient dans le fossé, les yeux braqués sur la petite maison isolée.

Ils s'attendaient à voir la porte du logis s'ouvrir mytérieusement pour livrer passage à l'homme que l'Anglais croyait reconnaître, lorsque le cocher apparut tout à coup au sommet d'un petit monticule de sable et de plâtre.

En apercevant le cabriolet, il frappa joyeusement dans ses mains et gagna d'un pas hâtif l'endroit où se trouvait la voiture.

Là, il prit entre ses deux grosses mains calleuses la tête du cheval et l'embrassa à plusieurs reprises comme il eût fait d'un enfant.

— Poulotte ! disait le bonhomme, ma pauvre Poulotte ! tu m'as attendu, ma bonne fille !... toute la nuit comme une chérie que tu es !... As-tu eu bien froid, ma bichette ?... As-tu eu bien faim ?... As pas peur !... t'auras double ration ce matin et tu te reposeras toute la journée !... Cré coquin de sort !... j'ai assez tapé de l'œil, moi !... c'est bien le moins que mon enfant adorée se paye une bosse de sommeil à son tour.

Et tout en parlant, le brave homme prodiguait à sa bête les plus tendres baisers et les caresses les plus affectueuses.

Pendant ce temps, Kocoding et son compagnon étaient sortis de leur cachette.

— Je te parie que ce n'est pas le cocher de tout à l'heure ? disait l'Anglais.

— Bien sûr que si, répliqua Popincourt. Je reconnais le carrick et le galurin !

— Nous allons bien voir !

Disant ceci, Kocoding marcha droit au cocher qui se disposait à prendre place dans sa voiture.

— Hé ! l'ami, dit le forçat en frappant sur l'épaule du bonhomme, vous êtes dégrisé, à ce que je vois !

Le cocher regarda les deux nouveaux venus en écarquillant ses gros yeux.

— Sans vous commander, mon bourgeois, qui diantre a pu vous dire que j'ai liché cette nuit plus que de raison ?... C'est pas Poulotte, bien sûr... car la chère biche n'est pas une bête dénonciatrice !...

— Je m'en doutais, dit tout bas Kocoding à son ami ; ce n'est pas le cocher de tout à l'heure... L'autre n'était qu'un faux pochard, et il nous a fait poser... Méfions-nous : il y a de l'orage... La rousse est peut-être déjà ici à notre intention...

— Oui, mon bourgeois, poursuivait le cocher, oui, c'est comme j'ai celui de vous le dire, vous m'interloquez supérieurement. Car enfin, vers les une heure du matin à peu près, je me suis mis à lever le coude... et vous n'étiez pas de la fête, puisque j'étais tout seul avec le noyé.

Ce fut au tour de l'Anglais et de Popincourt à ouvrir les yeux.

— Avec le noyé ? répétèrent-ils ensemble.

— Eh bien ! oui, quoi ! ce pauvre garçon, il sortait du canal Saint-Martin, quand Poulotte et moi nous passions sur le quai. Il était près d'une heure et je rentrais chez moi, barrière du Combat... ce n'était pas trop tôt... Tout à coup un noyé sort du canal, *s'infiltre* dans ma voiture, me colle dans la patte une pièce d'or et me dit :

« — Vite, chez moi, que je change de linge ! histoire de ne pas m'enrhumer.

« Il demeurait par ici. Ça faisait mon affaire.

« — Hue, Poulotte ! que je dis à ma bête.

« Et Poulotte, qu'est la crème des bonnes filles, se met à filer raide comme un petit vent !... Une fois devant sa boîte, le noyé me dit comme ça :

« — Vous boirez bien un coup ?

« — C'est pas de refus, que je réponds finement, à condition que ça sera un liquide d'une autre cru que celui que vous venez de goûter.

« Il rit... je ris aussi et nous entrons. Il me verse à boire... je lampe... il m'offre un cigare... je fume...

« Dans le commencement ça va bien...

« Mais tout à coup je sens ma tête qui tourne, puis mes yeux se ferment...

« Fin finale, quand je me réveille, il commençait à faire jour... J'avais dormi trois heures et demie sans débrider.

« Mon bourgeois, lui, ronflait à côté de moi comme un bienheureux... Nous n'avions bougé de là ni l'un ni l'autre !.. Deux vraies marmottes, quoi !...

« Ma foi, j'ai réveillé le noyé et je suis venu à la recherche de Poulotte... J'ai retrouvé ma bête; je suis heureux, et maintenant que j'ai bien dormi, je vais aller faire un petit somme, serviteur !

Le bonhomme était monté en voiture. Il fit claquer son fouet, et le cabriolet fila dans la direction de la barrière du Combat.

— Eh bien ! fit Kocoding lorsqu'il se retrouva seul avec Popincourt, que dis-tu de tout ça, fiston ?... Commences-tu à croire que ce n'est pas positivement aussi clair que de l'eau de roche ?

— Ma foi, répliqua le jeune coquin, ça me semble très clair, au contraire. Le noyé, comme dit le *bibassier*, n'est autre que l'assassin numéro un de l'Arlésienne. Il a endormi son cocher avec quelque drogue somnifère, et sous sa houppelande, il a filé dans son cabriolet jusqu'à Auteuil où il a escofié la bonne amie du Fouinardet... Or, d'après ce qu'a murmuré la fée en tournant de l'œil; c'est lord Stephen qui l'a *chourinée*... C'est donc lord Stephen qui est le noyé et, selon toute apparence, il perche dans cette espèce de masure abandonnée qui doit avoir quelque porte de sortie derrière le petit monticule auquel ce chenil est adossé.

— Jeune Popincourt, reprit gravement Kocoding, ce que tu tu dis là est on ne peut plus vraisemblable, et tes déductions me semblent tout à fait logiques... Oui, oui, le noyé, le cocher, l'assassin et l'habitant de cette cambuse, c'est quatre têtes dans un même bonnet, ou mieux une seule tête dans quatre bonnets différents. En conséquence, mon avis est de nous pousser un courant d'air sans plus attendre...

— Pourquoi donc ça ?

— Parce que je ne tiens pas à ce qu'il me reconnaisse... Je l'ai dénoncé jadis, et il ne manquerait pas de me faire payer cette farce-là avec les intérêts.

— Ah! oui, c'est juste, tu m'as raconté ça à Brest... Et je me souviens même que je n'ai pas trop approuvé ta manière d'agir... J'aime pas ça, moi, qu'on *mange le morceau*. Plutôt que de *cafarder* sur le compte d'un camarade, je m'arracherais *le chiffon rouge* !

— Laisse donc, serin !... ce n'était pas un camarade, puisque c'était mon frère de lait.

— C'est une circonstance atténuante, mais c'est égal ; ce que t'as fait là, c'est pas propre !... et je sais qu'à la place du Stephen en question, je te revaudrais ça un jour ou l'autre.

— C'est justement pour éviter les explications à ce sujet qu'il est bon de quitter les abords de son domicile !... En me parlant tout à l'heure, il ne m'a pas reconnu, sans quoi il m'aurait dit sa façon de penser... Regrimpons donc là-haut : nous

— Pardon... Excuse... demanda-t-il d'une voix avinée, vous n'auriez pas vu, par hasard,

gagnerons par la butte Chaumont les hauteurs de Belleville et la Courtille, où nous allons avoir affaire aujourd'hui.

Les deux forçats commencèrent à gravir la sombre colline, et bientôt ils eurent laissé loin derrière eux la petite masure abandonnée.

— Nom d'un tonneau ! quelle saleté d'endroit ! maugréait Popincourt. Ce n'est pas pour dire, mais ton Stephen a eu un drôle de nez de se retirer par ici !

— Le fait est que si c'est calme, ça n'est pas positivement inodore.

Ils hâtèrent le pas.

Bientôt ils eurent atteint les ateliers d'équarrissage.

Malgré leur désir de quitter au plus vite ces parages empestés, ils s'arrêtèrent machinalement devant la grande cour du susdit établissement.

A travers la grille ils voyaient, attachés par des cordes à des poteaux, une douzaine de chevaux apocalyptiques, qui étaient là depuis la veille évidemment, et qui avaient passé la nuit au grand air sans la moindre nourriture, si ce n'est les quelques brins d'herbe jaunie qui poussaient çà et là entre les pavés.

Maintenant les malheureuses bêtes mâchaient dans le vide, et leurs carcasses osseuses frissonnaient.

Les condamnés sentaient la mort s'approcher.

Le soleil se leva radieux, et jeta par toute la cour sa clarté rougeâtre.

On eût dit qu'une buée de sang sortait brusquement des pavés et des murs.

Les ouvriers parurent peu après, et la grille s'ouvrit toute grande.

— Tonnerre! dit Kocoding à son compagnon, on va saigner les rossinantes... Restons à voir ça... nous rigolerons!

— Restons, répliqua Popincourt. Je n'ai encore vu abattre que des hommes... voyons les chevaux!... Faut tout connaître!

Les tueurs, la pipe à la bouche et chantonnant quelque refrain en vogue, vinrent détacher les quatre premiers chevaux et les emmenèrent sous un hangar voisin.

— Nom d'un chien! fit Popincourt désappointé, ils vont les refroidir dans la coulisse! Ah bien! non; la toile ou mes quatre sous!

— Demandons-leur à entrer. Nous leur dirons que nous sommes de nobles étrangers, et que nous venons en France faire des études de mœurs sur toutes les bêtes en général et les vieilles rosses en particulier.

— Allons-y!

Ils s'adressèrent à l'un des équarrisseurs, bonhomme grisonnant à la mine réjouie et réjouissante.

Celui-ci, sans difficulté aucune, consentit à ce que les deux étrangers assistassent à la quadruple exécution.

Les deux forçats pénétrèrent à leur tour dans la tuerie.

Ils remarquèrent alors que les chevaux tremblaient plus furieusement que dans la cour.

— Le diable me brûle! pensa Kocoding, on dirait qu'ils savent ce qui leur pend au nez!

— Pauvres bêtes! murmura involontairement Popincourt.

— Laisse donc, interrompit l'Anglais avec un ricanement brutal, c'est bien fait pour eux... fallait pas qu'ils y aillent!

On fit tomber les quatre condamnés sur les genoux de devant, pour pouvoir les frapper plus à l'aise.

Quand ils furent dans cette posture, ils tournèrent lentement la tête du côté de leurs bourreaux et levèrent sur eux leurs grands yeux tristes et larmoyants.

Kocoding éprouvait une étrange volupté à suivre toutes les phases du supplice.

Quant à Popincourt, il était devenu tout sombre.

— Je suis vexé d'être venu, dit-il à l'Anglais. Ces pauvres bêtes ont l'air de pleurer!

— Voilà bien le beau sexe! s'exclama Kocoding en raillant.

— Vous voyez cette jument noire, pas vrai? dit le vieil ouvrier en désignant l'un des chevaux. Eh bien! elle a fait toute la campagne d'Afrique... Elle s'est couverte de gloire en dix combats... elle a reçu vingt blessures... C'est une jument arabe et chacun l'appelait « la Buveuse d'air ». Elle n'a pas eu la chance, la brave bête, de trouver la mort sur le champ de bataille, comme son maître!

— Il y a des gens qu'ont pas de veine! fit Kocoding, d'un air grave.

Montrant du doigt, l'un après l'autre, les chevaux que tenaient deux de ses camarades, le bonhomme aux cheveux gris continua :

— Celui-ci a traîné la carriole bariolée d'un charlatan fameux... Cet autre a fait les délices du public de Franconi.

Montrant enfin la jument blanche agenouillée devant lui :

— Quant à cette bête-là, poursuivit l'équarrisseur d'un ton singulier, elle a traîné pendant longtemps dans Paris une belle comédienne, une admirable fille que chacun courtisait et adorait... Pour elle, combien se sont ruinés, le diable le sait!... Mais un jour on s'est aperçu que la vendeuse d'amour n'était plus jeune, et ses actions ont baissé... Si bien qu'hier elle est morte à l'hôpital, et sa jument finit ce matin à Montfaucon!

— Vous êtes joliment renseigné, observa Kocoding.

Le vieil ouvrier se prit à sourire.

— Oui, dit-il, je connais cette histoire-là tout au long, et ça m'a coûté bon pour l'apprendre!

— Bah!

— Tel que vous me voyez, j'étais l'amant de la comédienne, et c'est moi qui lui ai payé ses premiers chevaux!... Quand je n'ai plus eu le sou, elle m'a remplacé par un autre que beaucoup d'autres ont remplacé à leur tour... Moi, pour ne pas crever de faim, je me suis fait équarrisseur, et je passe ma vie avec les rosses... Voilà!

— Vous finissez, à ce que je vois, comme vous avez commencé! fit Kocoding en se mettant à rire.

— Bah! reprit l'ouvrier, avec un peu de philosophie, ça va tout de même... Et puis, quoi! il n'y a pas de sot métier...

Là-dessus, il leva le nervoir dont il était armé, et ses trois compagnons firent comme lui. Une seconde après, les quatre chevaux tombaient lourdement sur le sol.

Presque immédiatement l'ex-richard et les autres ouvriers se mirent à écorcher et à dépecer avec tranquillité les animaux abattus.

— Pauvre Croquignolette, fit le vieil équarrisseur en travaillant la chair encore tiède de la jument payée par lui jadis, quand tu m'emmenais fringante et coquette, au café Anglais et au bois de Boulogne, avec ma belle maîtresse, tu ne te doutais guère que je me taillerais un jour un beefsteack dans tes flancs pour mon déjeuner!

— Bah! s'exclama Popincourt, vous allez becqueter Croquignolette?

— Parfaitement. Je crois même qu'elle sera très succulente... Si le cœur vous en dit, vous n'avez qu'à aller m'attendre en face de l'atelier, chez le père Sourisset; nous déjeunerons ensemble... Le vin y est bon et l'air excellent.

— Ma foi ! c'est une idée, s'empressa de répondre Kocoding. Je n'ai jamais mangé de cheval ! je ne serais pas fâché de voir quel goût ça peut avoir !

— Dans un instant, je suis à vous, dit l'équarrisseur.

Leur indiquant une porte qui donnait sur un autre hangar :

— Tenez, ajouta-t-il, passez par là. Vous trouverez devant la porte d'entrée des ateliers l'enseigne du *Grand Cheval vert*; c'est le cabaret en question :

— Le *Grand Cheval vert !* répéta Popincourt en faisant la grimace. Le père Sourisset aurait dû choisir une autre couleur.

Les deux coquins quittèrent la tuerie.

Dans le deuxième hangar, qui servait de charnier, ils aperçurent des carcasses, des quartiers de charognes que des légions de rats disséquaient avec une frénésie telle, que la présence des deux compagnons ne parvint même pas à interrompre leur effroyable besogne.

— Quel fichu endroit ! maugréa Popincourt. Ah ! oui, que je suis vexé d'être venu !

Kocoding haussa les épaules.

— Tu fais rudement ta petite bouche, toi, dit-il, depuis que t'as changé de sexe !

— Avec ça que c'est gai tout ce qu'on voit ici... Du sang, des corps morts, des asticots et des rats !... Merci, je sors d'en prendre !

— V'là-t-il pas des histoires !... fit l'Anglais en riant. T'as peut-être peur des rats, qui sait ?

— Je ne dis pas non. Ça me dégoûte, tous ces mangeurs de cadavres ! Et rien que de voir ceux-là, j'en ai le mal de mer !

— Ils sont pourtant crânement gras, dodus et bien portants... On dirait un tas de petits moines !

Tout en parlant, il avait ramassé à terre un platras détaché du plafond; il le jeta sur les rongeurs.

Cette fois, la bande prit peur. Abandonnant leur immonde festin, les hideux affamés s'éparpillèrent par le hangar, en poussant de petits cris effarés.

A ceux-ci, d'autres vinrent se joindre qui sortaient par centaines de l'intérieur des carcasses, de dessous les ossements gigantesques dont le sol était jonché.

— Potence de Dieu ! hurla Popincourt, ils grimpent sous mes jupes !... Sauve qui peut !

Ayant dit, aux grands éclats de rire de son complice, il s'élança hors du charnier, en secouant sa robe avec une grotesque frénésie.

Il parvint, non sans peine, à se débarrasser de ces indiscrets, et, véritablement impressionné, il courut se réfugier sous la tonnelle peu verdoyante qui faisait face au sinistre établissement et qui représentait le jardin du *Grand Cheval vert*.

L'Anglais, toujours joyeux, fut bientôt auprès de lui.

— Ah ! ah ! fit-il, la farce est bonne tout de même, et tu peux dire que tu m'as fait joliment rigoler !

En ce moment, parut le cabaretier, maître Sourisset.

VI

LE PÈRE BENGALI

Le cabaretier du *Grand Cheval vert* était un petit homme assez rondelet, un peu rougeaud et souriant toujours.

Il accourut auprès des deux amis en se frottant les mains.

C'était son geste familier.

— Que servirai-je à môssieur et à madame ? demanda-t-il.

Remarquant la mine bouleversée de Popincourt :

— Ah ! mon Dieu ! comme madame est pâle !...

— Oui, répliqua le jeune forçat, je viens d'éprouver une émotion désagréable et je prendrais bien quelque chose pour me remettre.

— Un verre d'eau sucrée ?...

— Non, un litre à douze !... C'est plus tonique.

Le cabaretier jeta sur la fausse donzelle un regard émerveillé.

— A la bonne heure ! se dit-il, voilà une gaillarde !...

Et tout en s'éloignant, il ajouta :

— Sans compter qu'elle est jolie comme un petit cœur !

Lorsqu'il eut le dos tourné, Kocoding se mit à rire :

— Tu as donné dans l'œil au gargotier !

— Tant mieux ! répliqua Popincourt. Nous nous servirons de cet œil-là pour ne pas payer notre consommation.

— De quoi ? fit l'autre en se récriant ; payer ? il ne manquerait plus que ça !... Puisque c'est le vieux d'en face qui nous invite... la dépense le regarde...

— C'est juste !

— Le litre demandé ! dit le père Sourisset en rentrant sous la tonnelle.

Popincourt avala coup sur coup deux grands verres de vin.

— Pas mauvais, votre liquide !...

— Comme elle lampe !... pensa le cabaretier de plus en plus enthousiasmé. Décidément, elle me va, cette Vénus !

— Ah ! ça va mieux, dit Popincourt ; mais, c'est égal, je peux me vanter d'avoir eu une polissonne de venette !... Deux, môssieur, j'en avais deux énormes accrochés à mes mollets !

— Deux énormes quoi ? questionna timidement M. Sourisset.

— Deux rats, parbleu !...

— Voyez-vous ces galopins ! s'exclama le bonhomme. Ah ! voilà ce qu'il y a d'insupportable ici... c'est ces animaux-là !... Autrement ce serait un pays charmant... mais, dame ! il y a trop de rats !...

— Je crois bien !... le charnier en était tout grouillant.

— S'il n'y en avait que là, ça ne serait rien ! mais c'est que tout Montfaucon en est inondé!... Et ça se comprend... c'est d'une telle fécondité, ces animaux-là!... Les femelles ont cinq à six portées de seize et jusqu'à dix-huit petits par an!...

— Seize ou dix-huit petits !

— C'est comme j'ai celui de vous le dire!... Aussi ces mâtins-là sont les rois de la cité... Ils se creusent des terriers comme les lapins et les mulots... et ils en arrivent à flanquer par terre toutes les maisons élevées dans leur voisinage...

— C'est agréable !

— Tenez, ce cabaret a croulé trois fois à lui tout seul, et s'il reste debout aujourd'hui, c'est qu'on a pris soin d'en garnir les fondations de tessons de bouteilles et de vaisselle cassée...

— Et vous ne déguerpissez pas ?

— Oh! mon Dieu, non, répliqua naïvement le bonhomme ; j'y suis habitué... Et puis, quand j'irais m'établir un peu plus loin du clos d'équarrissage, ça reviendrait au même, vu que les rats ne gîtent pas tous dans le voisinage du lieu où ils trouvent leur nourriture... Il y en a d'établis à quatre ou cinq pas de la voirie, et le nombre en est si considérable que, dans leurs allées et venues, ils ont tracé sur le gazon des petits sentiers qui partent d'ici et aboutissent à leur terrier !... Ce qu'il y a de certain, c'est que toutes les éminences voisines de Belleville sont perforées et que le terrain tremble sous les pieds.

— Sapristi ! s'écria Popincourt, mais on n'est pas en sûreté ici...

— Oh ! pas du tout... du tout ! fit le père Sourisset en se frottant les mains. La preuve, c'est que les parties les plus escarpées se sont écroulées dernièrement en laissant à découvert les galeries que messieurs les rats s'étaient creusées ! Et ils sont va-de-la-gueule, ces galoupiats-là...

— Oui ! nous venons de voir un échantillon de leur goinfrerie, grommela Popincourt.

— Ainsi, poursuivit l'aubergiste, l'hiver, quand le froid tape raide, il arrive souvent que les ouvriers ne peuvent travailler et qu'ils laissent dans le clos quelque cheval abattu. Eh bien! croiriez-vous que les rats pénètrent dans le corps de l'animal, s'il a été saigné, et qu'ils ont l'inconvenance de s'infiltrer par toute autre issue naturelle lorsque la peau est restée intacte... Pas de pudeur, quoi! pas de pudeur pour deux liards !... Et une fois dans le cadavre, ils s'y installent et le grignotent tant et tant que lorsque vient le dégel et que l'ouvrier revient pour terminer sa besogne, il ne trouve plus sous la peau qu'un squelette mieux dépouillé et préparé que par le meilleur anatomiste ! C'est des vampires, enfin, des vrais vampires ! voilà mon opinion et je la dis tout haut... Tant pis si ça les fâche ! Pourquoi donc que je me gênerais, après tout ?

— Vous avez raison, riposta Popincourt, ne vous gênez pas et flanquez-leur carrément leur paquet.

— Non ! c'est que vraiment, ils sont par trop gouliafes ; aussi, continua le bonhomme, c'est au point que, quand ils n'ont rien à becqueter, ils se dévorent eux-mêmes. L'autre jour, ma petite dame, il n'y a pas tant seulement un mois, un docteur fameux, un savant, a pris la peine de venir prendre lui-même ici une douzaine de ces gueusards-là... Il les enferme dans une boîte... Eh bien ! arrivé chez lui, qu'est-ce qu'il trouve ? Douze queues, en tout et pour tout. Ils s'étaient dévorés les uns les autres, depuis la nuque jusqu'au bas des reins.

Cette plaisanterie sur les rats de la voirie, prise fort au sérieux par les naïfs, est passée aujourd'hui à l'état de légende.

Elle était née d'une visite que fit à Montfaucon un médecin célèbre par ses expériences en physiologie. « M. Magendie, dit un rapport du temps, avait été chercher lui-même douze de ces rats pour faire sur eux quelques expériences. Ils étaient renfermés dans une boîte. Arrivé chez lui, il n'en trouva plus que trois. Ils s'étaient dévorés les uns les autres, et des rats ainsi disparus il ne restait plus que les queues et quelques débris. »

— Oui, mòssieur, oui, madame, voilà ce que c'est que ce monde-là, reprit le père Sourisset avec une conviction profonde. Et l'on parle des loups !... Mais les loups ne se mangent pas, eux !

— Non, répliqua Popincourt, ils se contentent de manger les autres.

— Eh ! mòssieur, les rats aussi sont anthropophages !

— Ah bah !

— Foi d'honnête homme ! la semaine passée, monsieur Gargarou, le loueur de voitures, était venu faire l'emplette de six jolies bêtes pas trop abîmées pour remonter ses écuries...

— Plaît-il ?...

— Oh ! nous en avons beaucoup comme ça parmi les loueurs de voitures. Ils se feraient un vrai scrupule d'atteler à leurs fiacres ou à leurs milords des chevaux cueillis ailleurs qu'à Montfaucon...

— Je ne m'étonne plus si leurs rossinantes sont si maigres et si tristes ! observa Popincourt.

— Or ce brave monsieur Gargarou, après avoir fait son choix, était venu, comme d'habitude, manger un morceau et boire un coup chez votre serviteur... Il était en gaieté... il lampe un peu plus que de raison... et, ma foi, il se pique un brin le nez !

— Il n'y avait pas de mal à ça !

— Assurément non... Qui est-ce qui ne se pique pas le nez ?... Le soir arrive, le loueur s'en va en chantant des gaudrioles et, tout en festonnant un peu, il file par là-haut pour gagner Belleville... Moi, je lui crie : « Bonne nuit ! » et je ferme mes volets... Hélas ! poursuivit le père Sourisset en gémissant, le lendemain, au lever du soleil, devinez ce qu'on trouve à quinze pas d'ici ?... L'infortuné Gargarou... ou du moins son squelette... Il était tombé apparemment et s'était endormi... Si bien que, quand il s'est réveillé, il était complètement mort !

— Mâtin ! il avait le sommeil dur, celui-là... pour ne pas se sentir dévorer !

— Dame ! reprit le cabaretier, il faut dire aussi qu'il était joliment soûl !

Montrant du doigt un vieux bonhomme en blouse qui venait de pénétrer dans la tonnelle :

— Eh ! tenez, continua maître Sourisset, voilà le père Bengali, l'amorceur, qui peut vous raconter comme moi cette vilaine histoire-là, par la raison qu'il a trinqué avec ce pauvre M. Gargarou le soir même de l'événement.

Le vieillard, lequel portait une grande boîte en fer-blanc, s'avança vers le cabaretier et ses hôtes.

Portant la main au chapeau de paille détérioré qui lui ombrageait le front :

— Salut, monsieur, madame et la compagnie! dit-il d'une voix chevrotante. Ouf! il fait chaud tout de même, ajouta le bonhomme en s'essuyant le front, et faut vraiment avoir besoin de gagner sa pauvre vie pour grimper jusqu'ici par un soleil comme ça!

— Et quel métier faites-vous, mon brave homme? interrogea Popincourt.

— Je suis amorceur, ma belle dame... ou pour mieux dire, marchand d'amorces!

— Plaît-il?

— Eh bien! oui, reprit le bonhomme, je vends les asticots aux pêcheurs à la ligne, et je viens ici tous les jours faire ma petite provision.

Tout en parlant, il tapait sur sa boîte en fer-blanc.

— Cristi! murmura Popincourt. En voilà encore une fichue industrie!

Le vieillard se fit servir à boire.

Pendant ce temps, Kocoding se disait en lui-même :

— Puisque les rats de Montfaucon savent si bien faire d'un vivant un squelette, ça me donne une idée... Mon rendez-vous avec milord l'Arsouille aura lieu ici même... Cette nuit!... Il est brave, il veut savoir ce qu'est devenue sa maman... Il viendra quand même et il apportera les picaillons.

Là-dessus, il demanda au père Sourisset du papier, de l'encre et se mit à écrire.

Le vieil amorceur considérait du coin de l'œil le compagnon de Popincourt.

Au bout d'un instant, il murmura ces mots à part lui :

— C'est Kocoding! j'en suis sûr à présent... Quel motif l'attire par ici et quelle est cette gaupe qu'il trimballe avec lui? Je le saurai.

Lorsque Kocoding eut achevé sa lettre, il la mit dans sa poche, en disant :

— Après le déjeuner, je la ferai remettre à son adresse.

L'équarrisseur arrivait en ce moment :

— Eh! c'est monsieur Chicanbois, s'exclama le père Sourisset en allant à sa rencontre.

— Ah! fit Popincourt, il paraît que notre amphitryon s'appelle Chicanbois! Joli nom!

— Excusez-moi de vous avoir fait attendre, mes chers invités, dit l'ex-richard en s'attablant, mais la besogne avant tout...

Adressant un charmant sourire à Popinconrt :

— Madame est trop jolie pour ne pas être bonne et elle ne m'en voudra pas, je l'ose espérer.

Ayant dit, il prit la main du forçat et la baisa respectueusement.

— C'est drôle! fit-il à part, ses petits doigts ont un arrière-goût de tabac. Est-ce qu'elle fumerait? C'est peut-être une Espagnole.

Se tournant vers le cabaretier :

— Or çà! maître Orsini, tavernier du diable, quel est le menu d'aujourd'hui?

Ayant dit, il prit la main du forçat et la baisa respectueusement.

— Voici la carte du jour, répondit Sourisset avec volubilité.

« Bouillon de cheval.

« Cheval aux choux.

« Cheval à la mode.

« Filet de cheval à la broche.

« Foie de cheval à l'italienne.

« Pâté froid de cheval.

« Beignets aux cervelles de cheval.

— Bigre de bigre ! s'exclama Popincourt.

Liv. 45.   43

— Ne vous effrayez pas, chère madame, dit Chicanbois, je vous assure que le coursier a du bon et que vous vous en lècherez vos jolis petits pouces.

— Je veux bien vous croire, mais j'ai de la méfiance.

Le déjeuner fut commandé et servi peu après.

— Allons, dit Popincourt en prenant son parti, attaquons la cavalerie.

Il ne commença cependant à manger qu'avec une extrême répugnance.

— Ça va se faire! ça va se faire! dit le père Sourisset.

Peu après, en effet, le forçat sentit son dégoût se dissiper.

— Ma foi, c'est pas mauvais tout de même.

— Tout à l'heure, vous trouverez ça excellent, repartit l'équarrisseur, et vous vous y ferez si bien que vous ne pourrez pas vous mettre autre chose sous la dent!... Un de ces quatre matins, poursuivit le bonhomme avec gravité, vous verrez que l'hippophagie sera à l'ordre du jour. Les anciens Scythes ne se nourrissaient pas autrement, et les Kalmoucks d'à présent font leurs choux gras de ce genre de comestible!... Ne soyons donc pas plus bégueules que ces messieurs du Nord, et mordons au cheval avec acharnement. D'abord, ce n'est pas cher. A l'heure qu'il est, ça ne vaut ni quinze, ni dix, ni cinq sous la livre, on donne ça aux rats, qui s'en régalent. C'est trop bête!... Gardons pour nous les meilleurs morceaux et nous nous en trouverons bien. Pour moi, j'en mange depuis vingt ans et je ne m'en porte pas plus mal, mangez-en comme moi et vous m'en direz de bonnes nouvelles.

Après ce speech en faveur de l'hippophagie, les verres se choquèrent.

— C'est égal, dit Popincourt en reposant son gobelet sur la table, je ne pensais pas absorber tant de cheval que ça aujourd'hui, et je songeais encore moins à déjeuner de la sorte à Montfaucon!

— Joli pays, pas vrai? fit l'équarrisseur.

— Joli n'est pas le mot! répliqua la demoiselle d'occasion; mais il est original!

— Et puis, s'empressa d'ajouter le cabaretier avec importance, c'est un endroit historique! Pas vrai, père Bengali?

Le vieux bonhomme fit de la tête un signe affirmatif.

— Oui! oui! reprit-il ensuite, il s'en est passé de drôles par ici, depuis près de six cents ans!... Et pas plus tard qu'en 1814, on a vu quelque chose de fameux et de bigrement crâne.

— Narrez-nous ça, mon brave! dit Popincourt. Les récits militaires, ça me botte en plein...

Le vieillard alluma sa pipe, se leva et s'approcha.

— C'était, dit-il, pendant le combat du 30 mars... là-haut voyez-vous bien, tout près du bassin supérieur... Des Cosaques...

— Oh! des Cosaques! s'exclama Popincourt involontairement, je les abomine!

— Tais-toi donc, eh! chauvin, lui dit Kocoding, laisse jaspiner le birbe!

Le vieillard reprit :

— Des Cosaques étaient tenus en échec par une barricade qui leur barrait le passage et s'appuyait là-bas, à droite, à ce petit mur de terre que vous voyez d'ici et qui sert de parapet au bassin de vidange!

— Bon! après?

— Derrière la barricade, il y avait en tout et pour tout quatre hommes, dont trois pour charger les armes, et un seul pour tirer...

— Un seul?

— Pas davantage ! Mais ce gaillard-là avait le coup d'œil si juste... si juste, que chacune de ses balles flanquait par terre un cavalier !

— C'est bien fait pour les mangeurs de suif! s'écria Popincourt. Vive la France !... Allez-y, mon vieux !

— Apprenant ce qui se passe là, un officier accourt avec des forces imposantes... Remarquant que le parapet où s'appuyait un côté de la barricade est crevassé en plus d'un endroit, il commande à vingt-cinq de ses Cosaques d'aller débusquer l'enragé tireur en passant par une des brèches du petit mur !... Les Kalmoucks ne se le font pas dire deux fois... ils s'élancent au grand galop par la brèche indiquée... Mais ce que l'officier avait pris pour un terrain solide n'était autre chose que de la poudrette en herbe... Si bien qu'à peine engagée dessus, les vingt-cinq cavaliers s'enfoncent... s'enfoncent... s'enfoncent et finissent par y rester tout à fait!

Popincourt riait aux éclats :

— Bravo ! bravo ! L'histoire est bonne... Et je vois d'ici ces serins-là s'évanouissant dans le liquide! Ils en avaient jusqu'au goulot, comme on dit. Ce qui prouve que le dicton est une blague et que ça ne porte pas toujours bonheur !...

Après avoir donné un libre cours à son hilarité :

— Et les autres, reprit-il, qu'est-ce qu'ils ont dit en voyant cette infusion-là?

— L'officier cosaque a changé de tactique, et, pour lever l'obstacle, il a fait attaquer par la gauche en passant par les cours et les jardins... Alors seulement les quatre Français se sont décidés à battre en retraite par les sentiers ardus qui sinuaient au flanc des buttes. Quant au tireur de la barricade, c'était le fameux Bobèche, le pitre du boulevard du Temple !

Cette anecdote, parfaitement authentique, du reste, fut applaudie à outrance par Popincourt.

— Vive Bobèche !... cria-t-il, je bois à Bobèche !

Il vida son verre.

S'adressant ensuite au narrateur :

— Quant à vous, mon vieux, vous racontez d'une chouette façon, c'est moi qui vous le dis ! Et, pour la peine, vous avez droit aussi à vous rincer le cornet!

— Merci !... merci! fit le bonhomme, je n'ai plus soif.

Et, sans en dire davantage, il alla ramasser sa boîte de fer-blanc et s'éloigna à pas lents en murmurant en lui-même.

— Je reviendrai, Kocoding... je reviendrai!

— Cristi, s'exclama Popincourt lorsqu'il eut le dos tourné, ça devait être rigolo de voir les lanciers d'Alexandre pataugeant dans le margouillis !

— L'autre jour, répliqua l'équarrisseur, en faisant une grimace expressive, il s'est passé dans ce même bassin-là quelque chose de moins rigolo que ça !

— Quoi donc?

— A cause des chaleurs atroces de cet été, vous n'êtes pas sans savoir que la police fait à chaque instant des descentes chez les charcutiers, à seule fin de saisir toutes les marchandises qui ne sont pas d'une entière fraîcheur.

— C'est bien vu...

— Or donc, l'autre semaine, après une visite de ce genre, deux tombereaux remplis de cochonailles putréfiées prirent le chemin de Montfaucon... On flanque tout ça dans le bassin aux Cosaques... Très bien... Mais aussitôt que les agents de surveillance ont le dos tourné, une nuée de pauvres diables des environs, des hommes des femmes, des enfants en haillons, repêchent les jambonneaux, les cervelas, les saucisses pourries et souillées !

— Pourquoi faire, bon Dieu?

— Pour les manger, pardine !... Ils ont lavé tout ça et ils se sont régalés avec !... voilà ce que c'est que la misère par ici... Qu'est-ce que vous en pensez ?

Inutile de dire que cette anecdote, si monstrueuse qu'elle paraisse, est non moins authentique que la précédente.

Popincourt s'était levé de table.

— Je n'ai plus faim, dit-il.

Et il ajouta tout bas :

— Après avoir mangé du cheval, en voilà un dessert... Ce Chicanbois est un brave homme; mais non d'un chien! il a de sales histoires à vous raconter !

— Allons, ouste ! lui dit Kocoding à voix basse, il faut filer d'ici... il est temps de songer à nos affaires!

— Esbignons-nous, je ne demande pas mieux...

— Vous partez? interrogea l'équarrisseur.

— Oui, nous allons donner un coup d'œil aux environs... Vous comprenez, en notre qualité d'étrangers, nous tenons à vagabonder un tantinet.

— C'est tout naturel. Moi, je retourne à mon ouvrage. Vous reviendrez nous voir, pas vrai?

— Nous ne ferons que ça... et nous dînerons ensemble... Seulement, c'est nous qui régalerons !

— Soit, cher monsieur, je vous offre le bonjour... Belle dame, je vous baise... les mains !

VII

DANS LEQUEL LE PÈRE BENGALI ACHÈVE DE SE FAIRE CONNAITRE

Les deux forçats avaient gagné les hauteurs de Belleville.

— Ouf! fit Popincourt, je respire plus à l'aise. Quelle horreur d'endroit !... Si jamais j'y retourne, je veux bien que le loup me croque !

— Jeune homme vous êtes trop dégoûté, riposta Kocoding, et quoi que vous en disiez, vous reverrez Montfaucon pas plus tard que cette nuit!

— En l'honneur de quel saint?

— Eh bien! et notre homme de chez Paul Niquet, vous l'avez donc oublié?

— Ah! oui, milord l'Arsouille!

— Milord l'Arsouille! justement... Il cherche sa mère, cet innocent... il faut nous occuper de la lui procurer!

— Tu sais donc où elle est?

— Moi? Je ne m'en doute même pas!... Tout ce que je sais, c'est que le Calichon l'avait rattrapée dans le temps et qu'il l'avait cachée en lieu sûr... Mais j'ai eu beau lui tirer les vers du nez, il n'a jamais voulu me dire ce qu'il en avait fait.

— Eh bien, alors?

— Comment! ne comprends-tu pas ce que je vais fabriquer?

— Ma foi non!

— Tiens, lis ce petit mot-là, et tu sauras à quoi t'en tenir.

Ce disant, Kocoding tendit à son ami la lettre qu'il avait écrite sous la tonnelle.

Popincourt lut ce qui suit :

« La personne qui vous a parlé hier dans le cabaret de Paul Niquet se trouvera ce soir, à dix heures précises à Montfaucon, devant le clos d'équarrissage... Pour des raisons politiques qu'il serait trop long de vous exposer ici, cette personne se tiendra cachée et ne se montrera à vous que si vous êtes seul, tout seul. Elle vous sait homme d'honneur et elle osera se confier à vous. Elle se présentera à vos yeux avec la pauvre femme que vous pleurez et dont elle a pris soin jusqu'à ce jour... Mais pour vous rapprocher de votre mère, voici mes conditions... Je suis pauvre et vous êtes riche... Vingt mille francs ne sont rien pour vous... pour moi, ce sera la fortune... apportez donc cette somme avec vous... Vous ne me la remettrez qu'après avoir embrassé votre mère. »

— Je n'y suis plus du tout, fit Popincourt en s'interrompant. Puisque tu ne sais pas où est la mère en question, comment veux-tu la lui faire embrasser?

— Naïve jeune fille! répliqua l'Anglais en riant. Quand on a besoin d'une maman et que l'on n'en a pas sous la main, on en fabrique une et tout est dit! Ce n'est pas plus difficile que ça!

— Mais où diable trouver une pauvre femme dont nous soyons assez sûr pour la mettre dans notre confidence et en faire notre complice?

— La particulière est toute trouvée, mon fils.

— Bah!

— C'est comme j'ai l'honneur de te l'affirmer.

— Et quelle est-elle?

— C'est toi, parbleu! espèce de Jobard!... Tu n'as donc pas deux liards d'idée, aujourd'hui? le diable me brûle! je crois que le cheval que tu as mangé t'a rendu gâteux!

— Plaît-il? riposta Popincourt en écarquillant les yeux. Tu veux que je joue ce soir ce nouveau rôle-là?

— Sans compter que tu le joueras très bien.

— En v'là une scie, par exemple! Si tu te fourres dans la caboche que je vais passer ma vie avec un cotillon aux hanches, tu te trompes rudement !... Pour une fois, c'est bon... mais faut pas en abuser... Sans ça bonjour !... J'envoie tout à la balançoire !

— Ah çà ! voyons, interrompit Kocoding, t'as pas bientôt fini de marronner, toi !... Tu peux te vanter d'être pas mal rasant depuis hier... Tu fais la petite bouche, t'es grincheux... tu trouves à redire à tout ce que je dis et à tout ce que je fais... Dans le commencement, c'était toi le mariole, le boutefeu, et maintenant t'as l'air de canner et de tourner au prix de vertu ! Veux-tu te faire couronner rosière ? Faut le dire. Nous pousserons jusqu'à Nanterre, et nous bâclerons ça ?

— Il ne s'agit pas de rosière, puisque je te dis au contraire que j'ai plein le dos du sexe féminin ! C'est vrai ! Ce matin, ce vieux melon de Chicanbois a passé son temps à me baiser la main, à me marcher sur le pied et à me cogner le genou... Et ce soir, tu veux que je me fasse embrassailler par un fils dont tu m'improvises la maman... Turlututu ! mon ange ! Cette farce ne me va pas et j'arrête les frais !

— En dit-il ! en dit-il ! fit l'Anglais en haussant les épaules. Cristi ! je ne sais pas pourquoi tu te défends tant que ça d'être du sexe, t'as une vraie piaille de margoton ?... Laisse-moi donc t'expliquer la chose tout au long, espèce de mufle ! et tu verras qu'il ne s'agit pas d'embrassade !

— Pourquoi ?

— Il s'agit de quelque chose de plus sérieux que ça, que je dis ! poursuivit Kocoding d'un ton farouche. Tais donc ton bec et écoute-moi !

— Vas-y donc !

Avant de continuer, l'Anglais jeta un regard autour de lui pour bien s'assurer que nul ne pouvait surprendre leur conversation.

Ils étaient bien seuls dans la campagne.

— Ce soir, je me présenterai avec toi à notre jeune homme...

— Connu... j'ai lu ça dans la lettre !...

— Je te pousserai vers lui en criant « Pauvre Fanchon, embrassez votre fils ! » Seulement...

— Seulement ?

— Au lieu de l'embrasser, tu lui flanqueras un coup de surin dans le cœur Comprends-tu maintenant, mauvais crapaud ?

— Un coup de surin, répéta l'autre.

— Eh bien ! est-ce que tu vas encore renâcler pour ça, par hasard ?

— Ma foi, vrai, j'aimerais autant autre chose !

— Est-ce que nous avons le choix, potence de Dieu !... Nous n'avons pas un radis dans nos poches, et il nous faut de la braise à mort... sans quoi nous serons bien vite repigés et reconduits à Brest à grands coups de trique !... Avec de l'argent, on sort de tous les pétrins et l'on fait la nique à la rousse... Eh bien ! vingt mille frans, c'est une somme... et quand le pante sera refroidi, nous lui emprunterons sa monnaie... Sans compter qu'après ce coup-là, nous pourrons aller faire un tour à son bazar de la Courtille et qu'y y aura peut-être quelque chose à faire de ce côté là !

— Mais les bijoux de l'Arlésienne, ça vaut quelque chose !

Kocoding tira de sa poche les bagues et le médaillon volés par eux à la maison d'Auteuil.

— Tout ça, vois-tu, c'est de la crotte de biche... Si nous en trouvons deux pièces de vingt francs, ça sera tout le bout du monde... et tu comprends qu'avec quarante livres nous n'irons pas loin !...

— Eh bien ! et le portefeuille ?... reprit Popincourt. Nous oublions le portefeuille...

— C'est ma foi vrai ! je n'y songeais pas plus qu'à aller me flanquer à l'eau !

Il exhiba l'objet en question.

Après l'avoir tourné et retourné :

— Elle est bien bonne ! dit-il.

— Quoi donc ?

L'Anglais se mit à chanter :

« Je reconnais ce militaire !... »

— Pas possible !

— Très possible, au contraire, je l'ai déjà filouté une fois. Il y a un an.

— Bah !

— Vrai de vrai ! après avoir escoffié le vieux John Glass...

— Quoi, celui que tu avais pigé autrefois et que tu croyais truffé de bank-notes ?

— Juste dans le même état qu'il y a un an ! fit Kocoding en examinant les quelques papiers qu'il contenait. Cette gueuse d'Arlésienne, après avoir eu la vilenie de me le filouter avec le reste, n'a pas seulement eu le délicatesse de le garnir de fafiots picaillonnés.

Il le refourra avec colère dans sa poche, puis, d'un ton féroce, il reprit :

— Tu vois donc bien qu'il faut saigner l'homme en question !

— Oui, répondit Popincourt d'une voix sourde, il le faut !

Les deux bandits mirent le pied dans la grande rue de Belleville, à la hauteur de l'*Ile d'Amour*, et peu après ils faisaient remettre sans encombre au fils de Fanchon la Vielleuse la lettre que l'on connaît.

A la brune, ils reprirent la route de Montfaucon et se tinrent cachés, jusqu'à d'heure indiquée, dans une excavation profonde qui avoisinait le clos d'équarrissage.

Bientôt ils entendirent un bruit de pas...

— C'est notre homme ! murmura l'Anglais. Apprête ton surin et prépare-toi... il est seul !

La nuit était sombre... Pas de clair de lune... pas une étoile au ciel...

L'homme qui venait d'apparaître au haut de la butte n'avançait que lentement et semblait s'orienter...

— Es-tu bien sûr que ce soit notre individu ? interrogea Popincourt, qui tournait et retournait son poignard entre ses doigts d'un air indécis.

— Il fait noir comme dans la turne à Lucifer, répliqua Kocoding en essayant de percer les ténèbres épaisses, et je veux bien que le loup me croque si je distingue la frimousse du particulier.

— Si ce n'était pas milord l'Arsouille ? observa l'autre coquin.

— Allons donc ! il est dix heures juste... l'heure indiquée sur la lettre.. Ce ne peut être que lui ! Quel autre oserait venir traîner ses guêtres par cette nuit noire en un pareil endroit ?... As pas peur ! je connais mon Gabriel comme si je l'avais fait... En lui disant que je lui ferai voir sa maman, j'étais bien certain qu'il serait exact au rendez-vous.

— En définitive, reprit Popincourt, pourquoi l'avoir attiré ici plutôt qu'ailleurs ?

— Espèce de Jean-le-Serin, interrompit l'Anglais en haussant les épaules, tu ne te rappelles donc pas l'histoire de ce loueur de voiture qui est tombé, la semaine passée, dans ces parages et que les rats ont dévoré depuis la plante des pieds jusqu'à celle des cheveux.

— Ah ! bon ! je saisis !

— C'est heureux !

— Vous voulez, lorsque demain l'on trouvera le cadavre de milord l'Arsouille, que l'on se figure que les vampires de Montfaucon sont seuls cause de sa mort ?

— Je veux plus encore ! ce n'est pas, comme tu le dis, son cadavre que l'on trouvera, ce sera son squelette...

— Eh bien ?

— Eh bien ! je m'y prendrai de telle sorte que personne au monde ne saura reconnaître notre victime... Aux yeux de tous, aux yeux de la police elle-même, ce sera tout bonnement quelque soûlard qui, de même que le père Gargarou, se sera endormi près du clos d'équarrissage et que les rats auront disséqué... De cette façon, la pensée qu'un meurtre a été commis ne viendra à personne et nous ne serons pas inquiétés... Allons, prépare ton surin ! continua-t-il d'un ton bref. V'là le *pante* qui s'approche.

En effet, l'homme continuait à descendre lentement dans la direction de l'Anglais et de son complice.

— Cristi ! grommela Popincourt, c'est raide tout de même ce que nous allons fabriquer là !

Kocoding proféra tout bas un juron furieux...

Saisissant la main de Popincourt :

— Tu vas recommencer tes jérémiades ? lui demanda-t-il avec colère.

— Qu'est-ce que tu veux ? ça me fait mal au cœur de refroidir ce gars-là... C'est le fils d'un marin français... d'un brave corsaire de la République et de l'Empire, et ça me casse bras et jambes, quoi !

— Tonnerre !

— Il n'y a pas de tonnerre qui tienne ! je suis chauvin, tu l'as dit et je ne m'en cache pas... Donne-moi une rosse d'Anglais comme toi à escoffier, et tu verras si je boude...

— Satané crapaud ! quel refrain chantes-tu là ! Allons, pas de blagues ! poursuivit-il à voix basse, je vais sortir de mon trou... quand je te hélerai, arrive à ton tour et fais ton affaire.

Popincourt hésitait encore...

L'homme qui venait d'apparaître au haut de la butte...

— Vingt mille francs ! lui dit Kocoding à l'oreille. Songe qu'il apporte vingt mille francs ! sans ça, il ne serait pas venu !

— Ah ! gueusard, tu me prends par mon faible...! Vas-y donc... j'attends le signal !

L'Anglais sortit de l'excavation en rampant et sans faire de bruit.

Pendant ce temps, le *pante*, comme disaient les forçats pour désigner celui qu'ils attendaient, avait poursuivi son chemin.

Au moment même où il atteignait le bas de la butte, Kocoding se dressa devant lui.

Mais ce dernier recula bien vite en murmurant :

— Potence de Dieu ! ce n'est pas Gabriel !

— Eh ! non, ce n'est pas Gabriel, répliqua le nouveau venu d'un ton sarcastique. C'est le papa Bengali... le vieux papa Bengali !

— Que le diable vous emporte ! grommela l'Anglais.

— Oh ! oh ! mon maître, riposta le bonhomme en ricanant de plus belle, vous n'êtes pas gracieux pour le pauvre monde... On dirait vraiment que ma présence dérange vos petits projets.

— Mes projets ! dit vivement Kocoding. Eh ! quels projets me supposes-tu ?...

— Ouais, fit le vieillard en le regardant en face, désires-tu sincèrement que je parle ?...

— Oui !... répliqua l'Anglais.

Et en lui-même il ajouta :

— Si tu sais quelque chose, vieille canaille, tant pis pour toi !... Parle donc ! reprit-il à haute voix.

— Je commencerai par vous dire, repartit le bonhomme, que je suis un peu sorcier.

Kocoding haussa les épaules.

— Tu en doutes ?

— Morbleu ! pas tant de verbiage !...

— C'est juste, tu es pressé de me voir te tourner les talons... car Gabriel, à ton sens, peut survenir d'un moment à l'autre, et tu ne veux pas manquer ton coup !

Le forçat fit trois pas en arrière :

— Tripes du diable ! que dis-tu là ?

— Je dis ce que je sais, mon maître, riposta le vieillard, et, en ma qualité de sorcier, je ne te cacherai pas que j'en sais long !... Pour ce qui est de Gabriel, continua-t-il, renonce à l'espérance de le voir cette nuit... il ne viendra pas !

— Il ne viendra pas ?

— Non !... Aussitôt après ta lettre, un avis secret lui est parvenu qui lui a fait connaître que le rendez-vous de ce soir était remis à une autre fois.

— Et qui donc a envoyé cet avis ?

— Moi ! je ne veux pas que Gabriel soit assassiné !

— Assassiné !...

— Ne nie pas ! je sais tout... Tu voulais l'attirer ici pour le tuer et le dévaliser ensuite... Eh bien ! mon maître, que penses-tu de la sorcellerie du papa Bengali ?

— Je pense... je pense que tu es un mouchard déguisé, vieux gredin, et que tu ne porteras pas ça en paradis !

Se tournant alors vers l'endroit où son complice était resté blotti :

— A moi, Popincourt ! cria-t-il, à moi !

Peu après, le jeune forçat était auprès de son ami.

— Eh bien ! quoi donc ? fit Popincourt en riant. Il paraît que le marchand d'asticots va remplacer milord l'Arsouille... J'aime mieux ça !

— Allons ! reprit Kocoding, *surinons* cette vieille rosse !... et plus vite que bise !

Mais le père Bengali avait tiré un pistolet de dessous sa blouse.

— Eh! là là! mes bons petits amis! ne vous échauffez pas, je vous prie ou le premier qui veut faire le méchant, je lui casse la tête!

Les deux forçats demeurèrent immobiles.

— Fichtre! fit Popincourt, nous sommes ratiboisés!

— Vieux chafouin! rugit Kocoding, qui donc es-tu enfin et que veux-tu?

Le bonhomme se rapprocha de quelques pas.

— Je suis un homme que tu as trahi, Kocoding, dit-il ensuite. Quant à ce que je veux tu le sauras tout à l'heure?

— Un homme que j'ai trahi!

— Oui! cherche dans ta mémoire... Ne te rappelles-tu pas un certain vicomte d'Olburn, ton frère de lait?

— Lord Stephen!...

— Oui, répondit le vieillard, dont la voix devint subitement forte et sonore, de faible et chevrotante qu'elle était tout d'abord... Oui, je suis lord Stephen, que ta délation, misérable gredin, a perdu à jamais!... Grâce à toi, je suis réduit au sort le plus vil et le plus déplorable... Depuis longtemps, je voulais régler mes comptes avec toi, Kocoding... mais je désespérais de te retrouver jamais... Dieu merci, ce matin j'ai cru te reconnaître. Je t'ai épié alors, suivi jusqu'à cette heure, et maintenant que je te tiens au bout de ce pistolet, je ne te laisserai pas échapper, canaille, car tu me trahirais encore!

Ayant dit, sans que l'Anglais stupéfié eût eu le temps de faire un seul mouvement pour s'échapper, lord Stephen avait pressé la détente de son arme, et Kocoding était tombé foudroyé sur le sol.

Le vicomte d'Olburn jeta son pistolet aux pieds de sa victime en disant froidement :

— On croira qu'il s'est tué lui-même...

Puis, tirant de sa poche une carte portant son nom, il y écrivit deux ou trois lignes au crayon et la glissa tranquillement dans le portefeuille volé par Kocoding.

— Avec les papiers de mon cher beau-père Jonathan Glass! fit-il en ricanant. *All right!... All right!* (Parfait! Parfait!)

Se retournant ensuite vers Popincourt stupéfié :

— Vous, jeune homme, j'ai à vous parler... Suivez-moi et ne craignez pas les mauvaises rencontres!

Popincourt ne crut pas devoir faire d'observations, et, sans dire un seul mot, il retroussa ses jupes et s'élança dans un espèce de sentier sombre où venait de s'engager le vicomte d'Olburn.

Peu après, tous deux avaient gagné le petit monticule auquel était adossée la masure isolée dont il a été parlé dans un précédent chapitre.

Au pied même du monticule, s'élevait une sorte d'appentis plus qu'à moitié ruiné.

Lord Stephen et son compagnon y pénétrèrent...

Puis le vicomte écarta les planches vermoulues qui formaient le fond du hangar, et découvrit l'entrée d'une galerie fort basse creusée dans la terre...

— Les rats l'ont commencée... dit lord Stephen en riant, je l'ai achevée, moi...

Pour s'y introduire, il se courba en deux, ainsi que Popincourt.

Derrière eux les planches se refermèrent, et l'intérieur de l'appentis reprit son aspect primitif.

Au bout du corridor, il y avait une porte que le vicomte ouvrit.

— Entrez, jeune homme, dit alors ce dernier.

Popincourt obéit.

— Vous êtes céans à l'hôtel d'Olburn ! reprit Stephen en allumant une chandelle. Maintenant, nous pouvons causer de nos petites affaires.

Popincourt, pendant les quelques minutes qui avaient suivi le meurtre de Kocoding, n'avait pas prononcé un seul mot.

Le sang-froid et l'aplomb de lord Stephen l'émerveillaient.

Une fois qu'il se vit en sûreté dans la bicoque que le vicomte décorait en plaisantant du nom pompeux d'hôtel d'Olburn, il recouvra la parole.

— Satané père Bengali ! dit-il, vous pouvez vous vanter d'être tout de même un drôle de paroissien !... Bigre ! vous n'y allez pas par quatre chemins, vous, quand vous en voulez à quelqu'un !... Seulement, permettez-moi de vous dire que votre coup de pistolet ne prouve guère en faveur de votre prudence... Quand on est dans notre peau, c'est malsain en diable de jouer avec les armes à feu !

— Bah !... bah !... riposta le vicomte, je connais le pays... Les mouchards n'y montrent pas leur nez... Quant aux pauvres diables qui demeurent de ce côté, ils s'inquiètent peu de la mort d'un homme, et pas un n'interrompra son sommeil pour venir se mêler de ce qui ne le regarde pas !

— Le fait est, observa Popincourt, que personne ne s'est dérangé au bruit, et que nous avons pu gagner votre Louvre sans malencontre.

Tout en parlant, le forçat jetait un coup d'œil sur le piètre ameublement de la bicoque.

— Sapristi ! reprit-il en hochant la tête, ce n'est pas trop luxueux ici !... et ça doit vous sembler dur de vous trouver maintenant dans la panne après avoir fait une vie de polichinelle pendant si longtemps !

Lord Stephen sourit amèrement :

— Plus tard, répliqua-t-il, tu connaîtras mon histoire, et je te mettrai au fait de ma position pécuniaire... Pour le moment, causons d'affaires.

— Soit ! mais d'abord un simple mot, s. v. p.

— Parle.

— Comment diable avez-vous su nos intentions sur Gabriel?...

— Tu te rappelles le cocher de ce matin ?... Tu sais ! celui qui zigzaguait si bien en marchant?...

— Parbleu !...

— C'était moi !

— Connu. Vous veniez, sous cette pelure d'emprunt, de refroidir la belle fille de la maison d'Auteuil...

Lord Stephen fit un mouvement de surprise.

— Ah ! ah ! reprit Popincourt en se mettant à rire, ça vous étonne, pas vrai, que je sois si bien au fait de vos fredaines de l'autre nuit?... Je consens à vous édifier à ce sujet... Il y a un mois à peu près, Kocoding et moi, nous nous sommes évadés du bagne de Brest... Après des marches et des contremarches de toute sorte, nous nous sommes trouvés hier aux portes de Paris... Avant de pénétrer dans la capitale, nous avons eu l'idée d'aller donner un coup d'œil à votre ancien parc aux cerfs... Là, nous avons trouvé l'Arlésienne expirante, et ma rosse de compagnon a eu la petitesse de l'achever d'un coup de surin... Mais avant de tourner de l'œil, elle avait eu la force de prononcer votre nom.

— Je comprends tout! murmura lord Stephen. Ah! c'est mon bon génie qui vous a poussés à Auteuil... Sans votre bienheureuse visite, cette gueuse de Léa serait peut-être encore de ce monde!... Décidément, ajouta le vicomte, le poignard ne me réussit pas... il faut que j'y renonce!

— Oui, votre affaire à vous, c'est le poison!

— Ah! ah! mon drôle, je vois que mon cher frère de lait a pris soin de te faire ma biographie.

— Depuis A jusqu'à Z, milord...

— Tant mieux, cela m'évitera la peine de te narrer ces détails!... Ainsi, continua-t-il, l'Arlésienne m'a dénoncé avant de rendre l'âme... Quand je dis l'âme, fit-il, c'est une manière de parler : la damnée n'en avait jamais eu!

— Cela ne l'empêchait pas d'être crânement belle!

— A qui le dis-tu?... Je l'ai aimée!

— Et moi, répliqua Popincourt, j'en aurais été fou!...

— Tant mieux pour toi qu'elle soit morte, alors! Mais pourquoi et par que hasard vous ai-je retrouvés, toi et Kocoding, juste devant ma demeure?

— C'est simple comme bonjour.... Après la crevaison de la petite, nous avons visité l'appartement, histoire de nous adjuger la monnaie et les bijoux de l'Arlésienne... Mais vous aviez déjà fait votre choix, et nous n'avons trouvé que deux ou trois bibelots sans importance... Pauvres glaneurs, nous avons dû, bon gré, mal gré, nous contenter de ce que le moissonneur avait laissé!...

— Ensuite!...

— A défaut de quibus, nous avons pigé alors les oripeaux du domestique et de la cuisinière. Ça nous a même rendu service, vu que nous étions fichus comme deux voleurs... que nous étions. Une fois nippés convenablement, nous nous sommes offert le cabriolet abandonné par vous, et, ma foi, comme nous crevions de faim, nous avons trotté jusqu'à la Halle.

— A la Halle!

— Histoire de gobichoner un tantinet!

— Tudieu! mes gaillards, vous ne vous refusez rien!

— A moitié pochards, brisés de fatigue, nous nous sommes mis à pioncer dans le cabriolet, et cette brave Poulotte a repris d'elle-même le chemin de Montfaucon, où elle avait laissé son véritable maître. Voilà la chose!... A vous à jaspiner maintenant... Qui vous a dit que nous voulions, ce soir, refroidir le *petit* corsaire?

— J'avais reconnu Kocoding sous la tonnelle du père Sourisset... En le voyant griffonner, je me suis douté de quelque chose, et j'ai quitté le *Grand Cheval vert* pour me cacher et vous guetter...

— Fort bien...

— A Belleville, je suis entré après vous chez le père Bancroche... et je me suis installé dans la chambre voisine de la vôtre...

— Ah bah!

— Là, grâce à un trou pratiqué tout exprès dans la cloison, j'ai entendu votre conversation, et quand le drôle, chargé de porter la lettre à Gabriel, a quitté le cabaret, je me suis éloigné à mon tour, et j'ai fait remettre au *petit* corsaire, comme tu l'appelles, le contre-ordre en question... Le soir, je me suis mis en embuscade au haut de la colline et j'ai attendu, afin de forcer Gabriel à rebrousser chemin s'il venait au rendez-vous malgré mon avis... bien décidé ensuite à me venger de cette cauaille de Kocoding!...

— Tout cela est bel et bien, riposta Popincourt, et je trouve votre vengeance parfaitement légitime... je vous avouerai même que, jusqu'à un certain point, je suis très peu peiné du trépassement de mon collègue : c'était une espèce de gros rustre dont le caractère n'allait pas du tout avec le mien... mais ce dont je ne puis me rendre compte, c'est la toquade qui vous a pris d'empêcher votre *ancien* fils d'être suriné un brin... Je sais que vous l'abominez, ce jeune homme, et que vous êtes son ennemi le plus acharné.

— Oui! son ennemi... répliqua lord Stephen, dont les yeux s'illuminèrent d'un éclat terrible, son ennemi intime, tu dis vrai... et c'est pour cela que je n'ai pas voulu le voir frapper par un autre.

— Oh! oh! je m'explique tout enfin!

— Je le frapperai moi-même, continua le vicomte d'Olburn avec une effroyable énergie. Mais ce ne sera pas par le poignard!... Non!... non!... je lui réserve une autre, mort d'autres tortures!

— Que voulez-vous dire?

— Je veux lui faire subir, à cet homme que je hais, toutes les misères et tous les supplices... Il est riche, je le ferai pauvre... Il est beau, je le rendrai plus hideux et plus horrible que le dernier des monstres... Il est aimé, recherché de tous, on le fuira avec épouvante et dégoût... Il est vertueux enfin, son âme est tout à la probité, à l'honneur; j'en ferai le plus vil des hommes : voleur, faussaire, assassin... Par moi, par moi seul, il sera tout cela... et lorsqu'enfin, dans ce bagne d'où tu sors, il traînera le boulet et portera la casaque du galérien, alors, je viendrai à lui et je lui dirai : Te voici à mon niveau, Gabriel... tu vois bien que j'étais digne d'être ton père, milord l'Arsouille!

En proférant ces menaçantes paroles, lord Stephen était effrayant à voir.

Ses regards lançaient des flammes.

Popincourt, qui s'émotionnait peu, le considérait avec une sorte de surprise et presque d'effarement.

— Cela sera! cela sera! reprit le vicomte en riant d'un rire démoniaque. Je serai un an, deux ans, dix ans peut-être avant d'en arriver à ce but formidable... qui est l'espoir de ma vie, et, le diable aidant, cette espérance se réalisera.

— Tonnerre de Brest! s'exclama Popincourt, les yeux fixés sur lord Stephen. Parole sacrée! vous êtes superbe ainsi! Il y a en vous du tigre et du chacal!

Certes, ce sera un vrai plaisir pour moi de travailler sous un général de votre trempe, car je suppose que c'est pour m'embaucher que vous m'avez amené céans!

— Tu ne te trompes pas! répondit le vicomte : tu es jeune, intelligent, tu as de la gaîté, de l'entrain... en un mot, tu es l'homme qu'il me faut!... Quant à tes tendances patriotiques, cela ne m'inquiète pas, et je saurai t'en corriger... Or donc, veux-tu être mon second, mon inséparable?

— Si je le veux? Je le crois fichtre bien... C'est-à-dire que ça me botte supérieurement!... A partir de tout de suite, je suis à vous corps et âme, et je vous obéis en aveugle. Ce que c'est que le hasard pourtant!... Je serais resté avec cette grosse buse de Kocoding, que j'aurais fini infailliblement par tourner mal, c'est-à-dire par devenir à peu près honnête. Il était si bêtement coquin qu'il faisait prendre la coquinerie en haine... Heureusement pour moi, mon stupide collègue disparaît du globe, et vous vous offrez pour le remplacer! J'accepte avec volupté, milord... Et si jamais je vous lâche d'un cran, je vous autorise à faire de moi ce que vous venez de faire de votre frère de lait!... De ce moment, je vous reconnais pour mon seul et unique Robert-Macaire. Quant à moi, je m'institue votre Bertrand jusqu'à extinction de chaleur naturelle.

— C'est bien !... ton enthousiasme me plaît, et je te garantis que tu n'auras pas à te repentir de t'être associé à ma fortune.

— Je n'en doute pas, milord... Mais quand même la chance nous serait défavorable, je n'en serais pas moins toujours et quand même ravi d'avoir fait votre connaissance... A défaut de profit, il y a toujours honneur à posséder pour chef un gueux aussi réussi que votre Seigneurie.

— Tudieu! ne crains rien, riposta lord Stephen, avec moi, tu ne chômeras pas et nous avons en caisse des fonds suffisants pour mener joyeuse vie pendant longtemps encore... L'or du père Gargarou il y a huit jours, hier la monnaie de l'Arlésienne m'ont remis tout à fait à flot... Et j'ai plus qu'il ne faut pour attendre une nouvelle expédition.

— Pardon, fit Popincourt étonné, n'avez-vous pas, milord, prononcé le nom du père Gargarou?

— Eh! oui, le loueur de voitures.

— Ah! c'est vous qui lui avez fait son affaire?

— C'est moi! répondit négligemment lord Stéphen. Mais laissons cela et occupons-nous de choses sérieuses...

— A vos ordres, milord!

— Pour commencer, il faut te dépêtrer de tes cotillons; car, à l'heure qu'il est, le meurtre de l'Arlésienne doit être connu et toute la police est sur pied. Or, comme ces nippes féminines sont celles de la cuisinière, on les reconnaîtrait sans peine et tu serais pincé.

— Ceci est indiscutable, et je ne demanderais pas mieux que de reprendre les habits de mon sexe, mais toute ma garde-robe se composait d'une blouse en toile d'araignée et d'une culotte qui avait l'air d'une poêle à marrons, tant elle était trouée. Ma foi, ne tenant pas plus à ces loques qu'elles ne tenaient à moi, j'en ai fait carrément le sacrifice, si bien qu'à l'heure qu'il est, si j'ôte mes jupes, je serai comme un petit saint-Jean... et, malgré la température, ça pourrait être inconvenant.

— Qu'à cela ne tienne, riposta lord Stéphen, j'ai ici des travestissements de rechange et je puis t'en donner un.

A ces mots, il ouvrit un placard dissimulé dans la muraille, et sans plus attendre, Popincourt s'empressa de dégrafer sa robe.

Au moment même où son cotillon d'emprunt tombait à terre, des coups violents retentirent à la porte.

— Tonnerre! fit le forçat, v'là le grabuge qui commence.

— Au nom de la loi! cria une voix au dehors, ouvrez!

— Je suis découvert, murmura lord Stéphen. Allons! pas une minute à perdre... Filons.

— Fichtre! fit Popincourt à voix basse, mais je suis en chemise...

— Tu t'habilleras un autre jour...

— Je vais attraper un rhume de cerveau bien sûr!

— En route! dit le vicomte.

Il mit le feu au paquet de vêtements féminins que le forçat venait de quitter, approcha de ces nippes enflammées les escabeaux et la table, puis s'élança dans la galerie sombre qui conduisait à l'appentis abandonné.

Pendant ce temps, les hommes du dehors essayaient d'enfoncer la porte à grands coups de crosses de fusil.

En quelques minutes, les deux fugitifs eurent atteint l'issue secrète.

— Non d'un chien! fit Popincourt à voix basse, vous avez pensé à mettre le feu au bazar, c'est très bien... Mais avez-vous songé au moins à emporter *la braise?*

— J'ai toujours mon or avec moi, répliqua le vicomte. Toute ma fortune est renfermée dans une ceinture de cuir cachée sous ma blouse!

— Vivat! vous êtes un homme d'affût.

Lord Stephen écarta les planches qui fermaient le corridor souterrain.

— Personne! dit-il après avoir jeté un coup d'œil dans le hangar délabré.

— Il s'agit de jouer des guiboles, alors, murmura Popincourt, une fois en plein champ, je rendrais des points aux limiers de la rue de Jérusalem... Je cours comme un petit cerf.

— Il ne s'agit pas de courir, répondit lord Stephen, car les balles courraient plus vite que nous... Mettons-nous à plat ventre au contraire et gagnons en rampant l'entrée des carrières d'Amérique.

— C'est une idée! répliqua l'autre en se couchant contre terre.

Puis, à voix basse, il chantonna sur l'air de *la Marseillaise :*

> Nous entrerons dans la carrière,
> Et les mouchards seront fichus!

Comme deux reptiles, le vicomte et son nouvel ami se glissèrent à travers les herbes et les ronces.

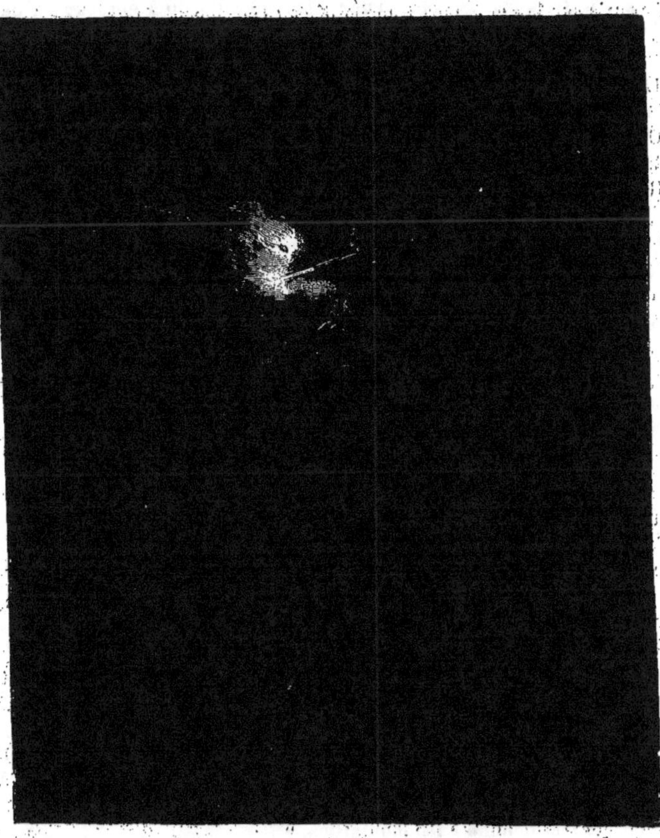

Et Kocoding était tombé foudroyé sur le sol.

Au moment où les fugitifs atteignaient l'ouverture de la plâtrière, une immense flamme s'éleva vers le ciel, illuminant toute la colline d'une clarté rougeâtre.

— Non d'un chien ! fit Popincourt en riant, plus que ça de feu de joie.

Au pied des buttes Chaumont que couronnent Belleville et ses jardins, s'ouvrait une large baie plongeant dans la montagne.

C'était l'entrée de la carrière d'Amérique, ainsi nommée parce que ses productions non seulement s'emploient chez nous, mais encore s'exportent très loin, surtout au nouveau monde.

« Une grande partie de ces marchandises, lisons-nous dans le *Nouveau Paris*, est embarquée sur le canal, puis transbordée au Havre pour l'autre côté de l'Atlantique, et plus d'un frais cottage, plus d'une blanche villa du Kentucky ou des Florides a tiré ses matériaux de cette vaste plâtrière. »

La carrière d'Amérique a trois hectares de superficie, elle présente 300,000 mètres cubes en haute masse et 120,000 en basse masse.

On y use trente kilogrammes de poudre tous les jours et plus de cent ouvriers y sont employés.

Rien d'imposant et d'horriblement superbe comme l'intérieur de ces vastes catacombes.

Les lourds piliers, ménagés de distance en distance pour soutenir le ciel de la carrière, la lumière des torches qu'on voit aller et venir à travers les ténébreuses perspectives, l'eau qui suinte du plafond et s'égoutte dans les mares avec des sons d'harmonica, le chant lointain des mineurs, tout a une physionomie à part dans ces noirs ateliers.

Parfois aussi le cri de *sauve qui peut* se fait entendre.

Alors on voit les lumières fuir à droite et à gauche, un silence absolu règne pendant plus d'une minute, puis une détonation fait trembler la montagne jusque dans ses fondements, et quiconque visite ces lieux pour la première fois pourrait croire qu'une catastrophe vient d'arriver...

Mais aussitôt l'explosion, les lumières reviennent à leur point de départ et les chants recommencent de plus belle...

C'est une mine que l'on vient de faire partir.

Ce n'est pas pourtant que les carrières n'aient aussi leurs catastrophes, car l'atelier a ses victimes comme le champ de bataille, et il faut voir chacun quitter son poste et courir quand retentit ce cri d'alarme :

« Un homme dans la moutarde ! »

Dans toutes les exploitations souterraines où l'on nivelle peu à peu, il se trouve de-ci de-là, dans les inégalités du sol, des espèces de bassins plus bas que les autres et où s'écoule le trop plein des bassins supérieurs.

Là, ces eaux stagnent, les détritus des voûtes et des chantiers voisins s'y mêlent, s'y détrempent et forment bientôt une boue liquide qui se dissimule sous l'aspect poudreux de sa surface.

C'est ce que l'on nomme « les moutardes. »

Malheur alors à celui qui, faisant fausse route, pose le pied là-dessus, car il enfonce aussitôt dans cette chose mixte qui n'est plus ni sol ni eau, et qui l'étouffe si des secours ne lui sont immédiatement portés :

« Un homme dans la moutarde ! »

Mieux vaut :

« Un homme à la mer ! »

— Méfions-nous ! dit lord Stephen à son compagnon. Le sol de ces souterrains ressemble aux sables mouvants des déserts du nouveau monde.

— Connu ! répliqua Popincourt. Papa était carrier, et, tout crapaud, c'est moi qui venais ici même lui apporter sa soupe !... La moutarde après dîner, c'est malsain... Avant, c'est encore pire... Il n'en faut pas !

Avec des précautions et des hésitations inouïes, ils gagnèrent le fond de la plâtrière.

— Là ! s'exclama gaiement le forçat. Et maintenant, enfoncés les roussins !... Ce qui m'embête, ajouta-t-il en riant, c'est d'être en pet-en-l'air... J'ai les mollets à la glace !... Pour un rien, j'irais les chauffer un brin à ce bon feu qui flambe là-bas.

A travers l'ouverture béante, on pouvait apercevoir encore la clarté rouge de l'incendie.

Peu à peu, cependant, ces lueurs devinrent moins vives, puis finirent par s'éteindre tout à fait.

Tout retomba dans les ténèbres.

— Ni, ni, c'est fini, reprit Popincourt. Petit bonhomme ne vit plus ! ça n'a pas été long... On voit que votre boîte était sèche... Du vrai amadou qui prend du coup !

— Silence ! dit vivement lord Stephen en lui serrant la main.

— Quoi donc qui vous prend ?

— Silence ! te dis-je, répliqua le vicomte en entraînant son compagnon. J'entends des voix non loin de nous !

— C'est ma foi vrai... Je les entends aussi !

— On est à notre poursuite !

— Il paraît qu'ils ne nous croient pas tout à fait grillés !

En ce moment, des soldats et des hommes de police, ayant à leur tête Fouinardet, apparurent à l'entrée de la carrière, portant des torches à la main.

Fouinardet avait un coup d'œil d'oiseau de proie.

Il aperçut presque immédiatement lord Stephen et son compagnon fuyant à travers les piliers.

— Potence de Dieu ! s'écria-t-il, ce sont nos hommes. Allons, camarades, poursuivit-il en s'adressant aux agents, donnons la chasse à ces bêtes fauves...

Se retournant vers les soldats :

— Quant à vous, gardez l'entrée, et s'ils veulent passer, recevez-les à coups de baïonnettes dans le ventre.

Alors la chasse commença.

Et c'était chose étrange et vraiment fantastique que de voir ces hommes noirs poursuivant ces deux malheureux sous les voûtes ténébreuses.

Cette effroyable course dura plus d'un quart d'heure.

— Nous sommes perdus ! fit le vicomte en rugissant.

— Rendez-vous, canailles ! cria Fouinardet.

— Viens nous prendre ! répondit Popincourt en poussant un éclat de rire de bravade.

— C'est bien ce que nous allons faire, répliqua l'agent ; et nous ne vous lâcherons pas ! je vous en réponds. Allons ! commanda-t-il aux douze hommes qui l'accompagnaient.

Tous s'élancèrent...

Mais presque aussitôt ils laissèrent échapper un long cri de terreur et de rage...

Et dans le même moment leurs corps disparurent à moitié dans une boue épaisse et gluante qu'ils avaient prise pour le sol.

— Allons donc ! s'exclama Popincourt, v'là mes treize serins dans la glu ! .. J'étais bien sûr qu'ils y viendraient !

S'adressant à lord Stephen :

— Eh bien ! croyez-vous que je connais l'endroit ?... Il y a pourtant bigrement ongtemps que je n'y avais mis les pieds.

Fouinardet et ses hommes, hurlant de fureur, essayaient vainement de se dépêtrer.

Leurs efforts surhumains n'aboutissaient qu'à les faire s'enfoncer davantage.

— Bonsoir, messieurs les mouchards, reprit Popincourt en ricanant. Dorénavant, méfiez-vous de *la moutarde*, et surtout tâchez qu'elle ne vous monte pas au nez !

Là-dessus, suivi de lord Stephen, il décampa en faisant un pied de nez aux argousins.

Quelques minutes plus tard, au moyen d'une longue échelle, ils s'échappaient tous deux de la carrière par une issue dont Popincourt connaissait l'existence.

Comme leurs pieds quittaient le dernier échelon, quelques coups de feu retentirent...

C'étaient les soldats qui venaient d'accourir aux cris de Fouinardet et de ses hommes.

Mais ni lord Stephen ni Popincourt ne furent atteints.

— Coup nul ! cria ce dernier en éclatant de rire.

Puis les deux bandits prirent la fuite.

VIII

OÙ IL EST PROUVÉ QUE POPINCOURT EST TRÈS FERRÉ SUR L'HISTOIRE DE FRANCE.

Pendant plus de vingt minutes, lord Stephen et son nouvel ami coururent à travers champs.

Où allaient-ils ?

Ils l'ignoraient eux-mêmes.

Ils fuyaient, voilà tout !

Enfin ils tombèrent, épuisés de fatigue, au pied d'un arbre.

Alors seulement ils se demandèrent :

— Où sommes-nous ?

— Le diable m'emporte ! reprit Popincourt en écarquillant les yeux, c'est la barrière Ménilmontant que je vois là-bas.

— Ménilmontant ?

— Oui... quartier Popincourt... C'est là oùs qu'est né papa, près d'une borne... Son nom lui vient de là... j'y ai été élevé... Bigre de bigre ! fit-il en se frappant le front.

— Qu'as-tu donc?

— J'ai une idée, pardine ! une idée épatante... Repayons-nous cinq minutes de course et vous allez voir !

Les deux fugitifs se remirent en route.

Non loin de la barrière, ils s'arrêtèrent devant une sorte de grand bâtiment qui semblait parfaitement inhabité.

— Entrons là dedans, dit Popincourt; nous y passerons la nuit aussi tranquillement que si nous étions chez nous.

— Comment y pénétrer?

— C'est mon affaire... Suivez-moi ! Inutile de vous dire que nous n'entrerons pas par la porte... mais je suppose que ça vous est indifférent.

Ils gagnèrent une sorte de petit clos défendu par des haies d'aubépine et qui attenait au bâtiment en question.

Ils s'introduisirent aisément dans le jardinet.

Deux portes-fenêtres donnaient de la maison dans l'enclos; mais elles étaient fermées par de forts contrevents garnis de barres de fer.

Un énorme cep de vigne serpentait le long du mur.

— Imitez-moi, dit Popincourt.

Avec une agilité de chat, le drôle se mit à grimper après le treillage.

Au passage, il cueillit une grappe de raisin.

— Il est bon d'avoir une poire pour la soif, dit-il en mettant la grappe entre ses dents.

Puis il continua son ascension.

Il atteignit de la sorte une petite fenêtre à guillotine qui semblait donner dans quelque grenier.

L'un des carreaux était absent, une feuille de papier faisait l'office de la vitre disparue.

D'un coup de poing Popincourt creva le papier.

Puis, passant le bras par cette ouverture, il leva aisément le châssis mobile.

— J'y suis, fit-il en sautant dans le grenier. A vous maintenant.

Quoique moins agile que son jeune compagnon, lord Stephen parvint cependant sans encombre au haut du treillage.

— Là ! dit Popincourt en mordant à même sa grappe ; donnez-vous maintenant la peine d'entrer.

Le vicomte se disposa à pénétrer par la fenêtre.

— Attendez que je tienne bien le châssis ! reprit le jeune forçat. Ces gueuses de lucarnes-là, c'est traître en diable... Et puis ça a un fichu nom, fenêtres à guillotine... Pour des messieurs comme nous, c'est trop de circonstance.

Stephen mit pied à terre.

Après avoir laissé retomber le châssis, Popincourt prit la main de son compagnon.

— Donnez la patte, Jacquot ! dit-il, et emboîtez-moi le pas !...

Ils marchèrent dans l'ombre.

— Ayez pitié d'un pauvre aveugle qui n'y voit pas! psalmodiait le forçat.

— Où diable me mènes-tu ? interrogea le vicomte.

— Ne vous inquiétez pas de ça et méfiez-vous, il y a un pas... suivi de plusieurs autres.

On descendit à tâtons une trentaine de marches.

— Nous voilà au rez-de-chaussée, dit Popincourt ; maintenant, il s'agit de savoir si le briquet est toujours à la même place.

— Attends, j'en ai un sur moi.

— Bravo !... vous pensez à tout. Si j'ai la chance de retrouver le bout de chandelle que j'ai serré autrefois, ça ira bien !

Il avait mis le feu à une allumette.

La chandelle en question fut retrouvée intacte dans un placard et bientôt après la chambre s'éclaira.

C'était vide et nu.

Quelques chaises dépaillées, une table boiteuse composaient tout le mobilier.

— Vous voyez, c'est meublé dans le même chic que chez vous !... fit Popincourt en gouaillant.

— Quelle est cette maison ?

— Je vous dirai ça tout à l'heure ! repondit le forçat en se dirigeant vers une porte basse. Recommencez à m'emboîter le pas et vous allez voir ce que vous allez voir.

La porte s'ouvrit.

— Encore vingt marches à descendre et nous serons arrivés.

On descendit les vingt marches.

Enfin on atteignit une espèce de galerie souterraine qui semblait abandonnée depuis longtemps, car la moisissure et la mousse avaient envahi ses murailles, et les pierres de la voûte paraissaient toutes prêtes à se détacher.

On suivit silencieusement cette galerie.

— Mais où diantre sommes-nous ici ? demanda lord Stephen.

— Vous êtes tout de même pas mal curieux ! ricana Popincourt.

Et ce fut tout.

Au bout d'un corridor souterrain se trouvait une porte aux trois quarts disloquée, que Popincourt n'eut qu'à pousser du pied pour la faire rouler en grinçant sur ses gonds rouillés.

— Entrez, messieurs, mesdames ! dit alors le forçat en imitant les saltimbanques, le spectacle va commencer !

Lord Stephen franchit le seuil de la porte basse et se trouva bientôt en une grande cave dans laquelle tout d'abord il lui fut impossible de rien distinguer.

Mais quand la clarté de la chandelle eut dissipé quelque peu les ténèbres, il demeura littéralement stupéfié.

Le long des murailles sombres, dans des niches semblables aux boîtes qui renferment les momies égyptiennes, des hommes et des femmes, pâles, livides, effrayants se tenaient immobiles.

Chose étrange : tous étaient revêtus de costumes de différentes époques et de différents pays.

Il y avait de ces singuliers personnages dans **tous les coins et recoins** de l'immense salle.

Tous n'étaient pas debout.

Il y en avait d'étendus dans de longues caisses qui avaient la forme de cercueils.

Ce qui parut le plus étrange et le plus sinistre au vicomte, ce fut de voir, suspendues au milieu de la salle et se balançant dans le vide, une trentaine de têtes sans corps, aux tons verdâtres, à l'aspect hideux.

Les yeux morts de ces têtes semblaient jeter un regard curieux sur les nocturnes visiteurs, et leurs lèvres blêmes semblaient s'entr'ouvrir pour leur crier :

— Que voulez-vous?

En ce moment, minuit sonna lentement au lointain.

— Minuit! dit Popincourt d'un ton caverneux. C'est l'heure! c'est l'heure! c'est l'heure!

Lord Stephen était muet de surprise, nous l'avons dit.

— Par le diable! s'écria-t-il enfin, où m'as-tu conduit et quels sont les étranges habitants de cette nécropole?

— Ma foi, milord, il y en a pour tous les goûts ici, et la société est terriblement mêlée... Des honnêtes gens et des coquins... de grands rois et de simples tyrans... des hommes de génie et des imbéciles... Il y a un peu de tout, comme vous voyez... et c'est comme qui dirait ici l'antichambre de l'éternité, où les bons coudoient les mauvais, où les assassins font une partie d'écarté avec leurs victimes en attendant l'heure suprême de l'avant-dernier jugement.

— Quel verbiage est-ce là? fit le vicomte, dont l'étonnement ne diminuait pas, bien au contraire.

— Permettez que je vous présente les estimables locataires de ce sous-sol.

Ce disant, il ramassa à terre une longue canne à pomme de métal qui avait dû appartenir à quelque tambour-major de la défunte armée impériale.

Touchant, du bout de cette canne, l'un des personnages adossés à la muraille, il reprit bientôt, de ce ton criard et discordant particulier aux montreurs de curiosités :

— Ceci vous représente le petit Poucet des Carlovingiens... Pépin le Bref... haut comme ma botte, mais grand roi tout de même et fameux tueur de lions... Allez, la musique !

Désignant un autre personnage :

— Voici le fils de Pépin le Petit, c'est-à-dire Charles le Grand... Ce qui prouve que le proverbe qui dit : « Tel père, tel fils » est une affreuse calembredaine...

« L'empereur Charlemagne est en costume de fête...

« Admirez sa tunique tissue d'or.

« Sa chaussure couverte de pierreries.

« La riche agrafe de son manteau et son diadème étincelant...

« D'une sobriété exemplaire, cet auguste prince avait cependant un faible pour la viande rôtie.

« C'était là son petit vice...

« Il vécut soixante-douze ans, fit cinquante-trois expéditions, posséda sept royaumes, neuf femmes légitimes, des maîtresses à foison, vingt enfants connus et beaucoup d'autres que l'on ne connaît pas!... En avant la grosse caisse!

Frappant du bout de sa baguette une troisième figure :

— Salut à Hugues, chef des Capétiens... fils de Hugues le Grand, comte de Paris. selon les uns; les autres lui donnent pour père un simple négociant en côtelettes de mouton et en rognons de veau!... Qui a raison?... qui a tort?... Je vous prie de croire que je n'en sais rien et que ça m'est tout à fait égal.

Désignant d'autres figures :

— Ici, Philippe-Auguste... le héros de Bouvines... Il fortifia Paris et institua les maréchaux de France...

« Là, c'est le roi saint Louis et Blanche de Castille sa maman, qui régna sous son nom...

«Plus loin, Philippe III, surnommé le Hardi, on n'a jamais su pourquoi...

« A sa gauche, voyez ce grand maigre aux poils fauves... C'est Pierre de Labrosse, son barbier... son favori... son chambellan et son premier ministre... Il a la mine patibulaire, pas vrai?... Ça se comprend! Il a été pendu!... C'était une affreuse canaille!...

« Passons à son voisin!...

«C'est le roi Philippe le Bel... Encore un joli monsieur!... Le faux-monnayeur!... tel est l'un de ces surnoms... Le buveur de sang, tel est l'autre...

« A côté de lui, ce moine-guerrier qui semble le maudire, c'est Jacques de Molay, grand-maître des chevaliers du Temple...

«Un peu plus loin, voici l'épouse... Jeanne de Navarre... Elle foule aux pieds un sac qui renferme un petit jeune homme, c'est Buridan...

« Trois autres princesses viennent ensuite...

« Ce sont les brus de Philippe le Bel.

« Elles sont dignes de leur beau-papa...

« Jeanne de Poitiers!...

« Blanche d'Évreux!...

« Marguerite de Bourgogne!...

« Passons encore!...

Mettant la lumière dans la main de son compagnon, il poursuivit en changeant de ton :

— Tenez un peu la chandelle, milord, chacun son tour... et éclairez-moi un peu proprement la face de celui-ci... C'est un grand roi... C'est Charles le Sage!...

« Après lui sont trois fameux lapins : Jean de Vienne... Clisson... Duguesclin... Sous leurs pieds, voyez cet étendard effiloqué... J'en suis fâché pour vous, milord de mon cœur, mais c'est le drapeau anglais! — Ah! dame, je ne vous cacherai pas que les habits rouges de ce temps-là ont reçu de jolies tripotées!

Là-dessus il se mit à rire.

— Après Charles le Sage, c'est Charles le Toqué... Il joue aux cartes avec mamzelle Odette... C'est tout ce qu'il sait faire... On fait ce qu'on peut!...

« Pendant ce temps-là, Isabeau de Bavière, sa femme, l'Autrichienne, comme on

Avec une agilité de chat, le drôle se mit à grimper après le treillage.

l'appelait, ou la grande gaupe, si vous aimez mieux, vend la France à vos compatriotes...

Malgré lui, Popincourt, à ce souvenir, montra le poing à la reine Isabeau et lui cracha au visage une grossière injure.

Se remettant bien vite :

— Dieu merci, fit-il en allant à une autre groupe, voici Charles VII... et voici Jeanne d'Arc!... Enfoncés, les Anglais!... On les chasse de France comme des vermines malfaisantes... Et pendant trois cent soixante-trois ans on en est dépêtré!...

— Oh! oh! dit lord Stephen d'un ton moqueur, voilà le patriotisme qui revient sur l'eau!

— C'est juste! Pardon, milord, répliqua vivement Popincourt, j'avais oublié que vous étiez là!

— Va! va! ne te gêne pas, repartit le vicomte; est-ce que je suis Anglais maintenant... est-ce que j'ai un pays?... Ma patrie, c'est l'enfer... et le crime est mon Dieu!

— A la bonne heure! Vous êtes dans la vrai... et du moment que vous ne tenez pas à être *English,* ça me va!

Reprenant son glapissement de montreur de bêtes :

— Ce monarque aux lèvres pincées, à la tête de fouine... c'est Louis XI... un vieux malin... Il était méchant comme la gale ; mais il faut lui pardonner en faveur du croc-en-jambes qu'il a flanqué à la féodalité!

« Celui-ci, c'est Louis XII, le père du peuple!

Faisant le salut militaire :

— Bonjour, papa! ajouta Popincourt.

Puis, il désigna le roi voisin de Louis XII.

— Ce gros barbu-là, c'est son successeur, le vainqueur de Marignan... le vaincu de Pavie... ou, si vous l'aimez mieux François Ier, comte d'Angoulême...

« Un faux bonhomme et un faux grand roi...

« Près de lui, le vieux Rabelais écrit son *Gargantua...*

« Benvenuto Cellini cisèle un de ses chefs-d'œuvre...

« A ses côtés encore, c'est Bayard, le chevalier sans peur et sans reproche...

« C'est Beaune de Semblançay, un brave homme, injustement condamné par son monarque...

« Voici Luther ensuite et voici Calvin!... La réforme... le protestantisme!...

« Non loin de là, voyez leurs ennemis : Charles IX!... Catherine de Médicis!... Henri de Guise!...

« Aux pieds de ce dernier, le vieil amiral de Coligny gît égorgé.

« Guise, assassin à la Saint-Barthélémy, est victime à son tour aux États de Blois...

« Là-bas, dans ce coin sombre, Henri III le guette comme un chat ferait d'une souris!

Faisant signe au vicomte d'approcher :

— Avancez le lampion, milord! poursuivit le coquin; montrez-nous dans tous ses détails le dernier fils de la Florentine... Montrez-nous aussi ce moine sinistre qui lève sur lui son large coutelas!...

« C'est Jacques Clément!...

« Tout près de lui, un homme au regard fauve aiguise son poignard... C'est François Ravaillac... Encore un régicide... Sa victime, la voici... Henri IV... le premier des Bourbons... un brave soldat... un vrai roi populaire... aimant fort ses sujets et ses sujettes... Inventeur de ce fameux *canard* qui s'appelle « la Poule au pot ».

Tournant le dos à ce groupe :

— Laissons le Béarnais, fit Popincourt, et occupons-nous de monsieur son fils. Partant d'un éclat de rire :

— Allons, bon! impossible de vous montrer ce soir Sa Majesté Louis XIII... Le cardinal de Richelieu, son premier ministre, est juste devant lui et le rend invisible. Ce que c'est que le hasard, pourtant!... Dans la vie comme dans la mort, ce pauvre Louis XIII est éclipsé par l'homme rouge... Passons à d'autres exercices!

Frappant du bout de sa baguette un nouveau personnage :

— Cette auguste perruque, c'est le roi Louis XIV... Le Roi-Soleil, comme l'appelaient ses amis, Sultan XIV, comme le nommaient les autres... Autour de lui les grands hommes ne font pas défaut...

« Molière, Racine, le grand Corneille...

« Puis Turenne et Créqui... Luxembourg, Condé et Catinat...

« Ces trois autres, ce sont des canotiers sérieux : Jean-Bart... Forbin et Dugay-Trouin... Une crâne trinité qui en a fait voir de drôles à la marine anglaise !...

Il quitta ce groupe et s'arrêta bientôt devant un autre.

— Ce monsieur-là, c'est Philippe d'Orléans... régent du roi des noceurs... Il s'entend avec un banquiste écossais pour faire faire banqueroute à la France...

« Après le régent, voici venir Louis XV et le maréchal de Saxe... le héros de Fontenoy... la bête noire des Anglais!... Puis Voltaire et Diderot!... d'Alembert et Jean-Jacques Rousseau!... La révolution est sur le feu... elle mijote...

Désignant une figure isolée :

— Ce pauvre diable tout maigre et tout triste, c'est Jacques Bonhomme... c'est le peuple français... il commence à trouver qu'il y a trop longtemps qu'il s'embête, et que les autres s'amusent... La révolution continue à mijoter!...

S'approchant d'un autre groupe :

— Voici Louis XVI et tous les siens... A côté d'eux, c'est encore Jacques Bonhomme... Il n'est plus triste, cette fois, il est terrible... Il porte un drapeau rouge avec cette date : « 1789 ». Ceux qui viennent à sa suite, vous les reconnaissez... c'est Danton... Mirabeau... Robespierre... Marat... La révolution est cuite... servez chaud!

Allant à un autre personnage :

— Quant à celui-ci, c'est le petit caporal, l'empereur Napoléon, si vous le préférez, ou le père la Violette, comme on disait pendant les Cent Jours... Après celui-là, je tire l'échelle, et je baisse le rideau !

Indiquant tous les autres personnages disséminés par la vaste salle :

— Pour ce qui est de ces messieurs; ça vous représente des savants, des héros, des poètes, des comédiens et toutes sortes d'autres citoyens de la grande république de l'humanité... Sexes, âges, pays, époques, tout est confondu... C'est un mélange du diable, un tohu-bohu infernal, et pour voir clair là dedans, il faudrait une autre chandelle que celle-ci... Nous nous en tiendrons donc ce soir aux monarques français...

« Quant à ces têtes verdâtres qui se balancent mollement au-dessus des nôtres, et qui ont l'air de nous regarder de travers, je ne vous dirai pas davantage leurs noms et leur histoire. Qu'il vous suffise de savoir que ces chefs aériens sont de notre famille... C'est une collection de tout ce qu'il y eu de mieux jusqu'à présent en fait d'assassins... Ça commence à Caïn... ça finit à Fieschi et à Lacenaire... Un jour peut-être nos deux caboches seront accrochées là... Travaillons en conséquence, ô mon frère, et cette gloire posthume ne nous manquera pas!

Après cette plaisanterie cynique, Popincourt prit la chandelle des mains de lord Stéphen, jeta loin de lui sa canne de tambour-major, et dit en reprenant sa voix naturelle :

— Sur ce, assez causé et procédons à notre travestissement... Parmi toutes ces pelures, faisons notre choix... ces messieurs nous prêteront leurs habits sans l'ombre d'une observation... Que dis-je... ils se déferont même en notre faveur de leurs perruques et de leurs barbes!

— Soit! répliqua le vicomte... Mais je tiens auparavant à ce que tu me fasses connaître où tu as pêché ta science et ton éloquence!... Je t'avais pris jusqu'alors pour un affreux gredin, voilà tout... et j'étais à cent lieues de me douter que tu fusses en même temps un historiographe de première catégorie.

— Ma foi! riposta Popincourt avec une naïveté superbe, il y a huit mois, après ma première évasion du bagne, je ne me doutais pas moi-même de mon savoir, par la raison toute simple que mon savoir n'existait pas encore.

— Quelle énigme est-ce là?

— Sur le boulevard du Temple, reprit le forçat, près du théâtre de la Gaîté, il est une modeste *boîte* dont l'entrée, non moins modeste, est flanquée de deux lampions fumeux : c'est le cabinet des figures de cire du vieil Allemand Curtius... La porte de ce temple est gardée depuis nombre d'années par un brave factionnaire en cire qui se contente de changer d'uniforme suivant les circonstances... Tour à tour soldat aux gardes françaises, hussard, chamboran, grenadier de la Convention, trompette du Directoire, guide consulaire, lancier polonais, chasseur de la garde royale, il est pour l'instant officier de la garde nationale... et sa cocarde blanche est devenue tricolore en même temps que ses fleurs de lis se déguisaient en coq gaulois!

Reprenant le ton criard et discordant du commencement :

— Entrez! entrez, messieurs et mesdames! le musée du sieur Curtius vous offrira toutes les célébrités présentes et passées... Vous vous apercevrez peut-être qu'on a changé les habits plus que les figures, et que le coquin d'aujourd'hui était l'honnête homme d'hier. Ça ne fait rien, entrez tout de même : vous y verrez le grand couvert, l'incomparable grand couvert où se sont réunis tous les rois de l'Europe, y compris Paris et la banlieue... On y a vu Louis XVI et son auguste famille!... le Directoire et son auguste famille! les trois consuls... et leurs augustes familles... Napoléon et son auguste famille!... les empereurs d'Autriche et de Russie, le roi de Prusse et Wellington et leurs augustes familles, faisant ripaille tous ensemble avec le roi Louis XVIII et son auguste famille! Pour le quart d'heure, on y voit le roi Louis-Philippe et son auguste famille! Entrez! entrez! messieurs et mesdames, venez voir le grand couvert : c'est tout comme aux Tuileries et ça ne coûte que deux sous.

Après avoir soufflé quelque peu, le drôle poursuivit :

— Ce boniment, milord, je l'ai débité il y a huit mois, un peu pour vivre et beaucoup pour me cacher, à la porte du sieur Curtius... Après ma fugue, je m'étais fait l'*aboyeur* du vieil Allemand. D'aboyeur, je passai explicateur, et c'est alors que je devins le fameux historien que je suis. Il est bien entendu que je ne connais en fait de grands hommes que ceux reproduits en cire par papa Curtius... Quant aux autres, je les ignore complètement. Vous le voyez, mon savoir est quelque peu superficiel, et je n'ai aucunement l'intention de prétendre un jour au titre de docteur en Sorbonne.

— Cette chambre souterraine appartient donc au vieux Curtius? continua lord Stephen.

— Naturellement. C'est son magasin, son entrepôt, et en même temps son atelier. C'est ici que viennent s'entasser, l'une après l'autre, toutes les célébrités passées de mode... Maintes fois, avec mon digne patron, j'étais venu dans ce mystérieux laboratoire, et j'avais songé bien souvent aux puissantes ressources que pourrait offrir, en cas de besoin, cet arsenal de travestissements. Je n'ai pas eu le temps d'en profiter, par la raison toute simple que je me suis fais repincer, comme un imbécile, au moment d'entamer une affaire sérieuse. Dieu merci! il n'y a rien de perdu et nous allons exploiter ces oripeaux de la belle façon.

Promenant ses regards à droite et à gauche :

— Voyons!... dépêchons-nous de changer de peau... Quel costume, choisissez-vous, milord?... Voulez-vous vous attifer en Toussaint-Louverture ou en singe du Brésil? Le Jocko a été très à la mode.

Et, tout en présentant un costume de singe à son compagnon, il se mit à chantonner ce refrain qui faisait florès un peu avant la Révolution :

> On vient d' quitter subito
> Mod's françaises
> Et mod's anglaises,
> Et jusqu'au marchand d'coco,
> Tout s'habille à la Jocko !

Lord Stephen repoussa le costume en riant.

— Vous ne voulez pas devenir orang-outang? reprit Popincourt; vous avez tort. Je vous aurais attaché une ficelle à la patte et je vous aurais montré dans les foires. Enfin, les opinions sont libres : prenez autre chose !

Apercevant un groupe représentant Frédérik Lemaître et Serres dans leur costume de Robert-Macaire et de Bertrand :

— Sapristi, c'est ça qui nous irait joliment! mais c'est trop connu et ça nous ferait remarquer, v'là le malheur... Ce que c'est que l'embarras des richesses! poursuivit le coquin en continuant de fureter. Nous ne savons sur qui faire tomber notre dévolu.

Avisant dans un coin deux costumes d'invalides :

— Voilà notre affaire! s'écria-t-il. Affublons-nous en vieux de la vieille!... Si Fouinardet et les siens nous reconnaissent là-dessous, je leur paye des guignes!... Qu'en dites-vous?

— Adopté! répondit lord Stephen.

Ils procédèrent sans plus tarder à la métamorphose.

Quelques minutes leur suffirent pour se rendre tous les deux méconnaissables.

— Superbe! s'exclama Popincourt après l'opération. Parole d'honneur! nous avons l'air d'avoir fait toutes les campagnes de l'Empire... Ce qui nous manque à chacun, c'est un nez d'argent ou une jambe de bois!... Mais, baste! on ne peut pas tout avoir! Attendez, fit-il en ramassant un abat-jour vert qui gisait à ses pieds. Collez-vous ça sur les yeux... ça vous complétera!

Le vicomte suivit ce conseil.

— Quelle bonne tête d'ancien guerrier! reprit le forçat en riant à se tordre. Ah! j'ai hâte qu'il fasse jour pour vous voir circuler dans les rues.

Tout en parlant, il avait enlevé à la figure de cire représentant Robert-Macaire l'emplâtre noir traditionnel qui lui cachait l'œil droit.

— Pardon, excuse, m'sieu Frédérick, dit le jeune drôle avec politesse, mais ceci m'est indispensable... Je viens de devenir borgne subitement.

Les deux bandits étaient tout à fait transformés.

— Maintenant, reprit Popincourt, si vous m'en croyez, nous allons pioncer jusqu'à ce qu'il fasse jour... Je commence à être éreinté et mes guiboles me rentrent dans l'estomac... ce qui est gênant en diable et pas commode du tout!

— Pardieu! répondit lord Stephen, je suis, comme toi, brisé de fatigue. Dormons!

— Minute! pas dans cette cave... c'est trop humide... nous attraperions des rhumatismes... Je veux bien être invalide, mais pour rire seulement. Allons roupiller au grenier; il y a de la paille, et nous serons là comme des petits dieux!

Un quart d'heure plus tard, les deux compagnons dormaient du plus profond sommeil.

. . . .

Au petit jour, le caquetage des moineaux s'ébattant dans les pampres les réveillait.

— Ah! Dieu de Dieu! fit Popincourt en s'étirant, il y a bigrement longtemps que je n'avais si bien tapé de l'œil... Crédié! je ne sais pas si c'est à cause de la pelure guerrière que j'ai sur le dos, mais j'ai rêvé toute la nuit de bataille, de soldats et de tout ce qui s'ensuit!... Et vous?

— Moi, répondit le vicomte d'une voix sombre, j'ai rêvé que toutes les têtes des suppliciés qui sont dans la grande cave exécutaient une ronde diabolique et me disaient l'une après l'autre, d'une voix sépulcrale :

« Toi aussi, tu monteras sur l'échafaud!... toi aussi tu auras la tête coupée... à bientôt, frère... à bientôt!...

Popincourt se mit à rire.

— Et c'est ça qui vous attriste!... Est-ce que par hasard vous avez jamais pensé que vous finiriez ailleurs qu'à l'abbaye de Monte-à-Regret?... Claquer dans son lit d'une fluxion de poitrine ou tourner de l'œil en compagnie de *Charlot*, c'est toujours la même blague, allez! Quant à moi, j'en ai fait mon deuil. J'ai tué... je serai tué...

C'est simple et logique... Seulement je tâcherai que ce dénoûment-là arrive le plus tard possible.

— Oui, le plus tard possible, répliqua lord Stephen. Et pas avant du moins d'avoir assouvi ma soif de haine et de vengeance!

— A propos de soif, je licherais bien quelque chose!... Esbignons-nous et allons avaler un canon quelque part. Le canon est l'ami du soldat frrrançais!

Les deux bandits quittèrent leur retraite, non par la fenêtre du grenier, mais par celle du rez-de-chaussée, dont les contrevents ne furent fermés qu'à moitié.

Puis, se glissant à travers les aubépines, ils gagnèrent la campagne déserte.

Bras dessus, bras dessous, ils se mirent en route alors tout tranquillement et comme une paire d'amis.

— Où allons-nous lamper un litre de vin blanc? interrogea Popincourt. Le matin, c'est très sain. Ça tue le ver!...

— Nous boirons plus tard! répliqua Stephen.

— Plus tard!...

— Oui, de ce pas, il nous faut retourner à Montfaucon... Je veux connaître l'issue de notre escapade de cette nuit.

— C'est juste, au fait!... Peut-être que le Fouinardet est encore là. Ça sera rigolo de nous faire raconter la chose par lui-même sous la tonnelle au père Sourisset.

Ils prirent par les boulevards extérieurs et, après trois quarts d'heure de marche, ils arrivaient à la butte Chaumont. Malgré l'heure matinale, il y avait de ce côté une animation singulière.

Des ouvriers discutaient en faisant de grands gestes, et les commères des environs, en camisoles et en jupons courts, gravissaient la colline et jacassaient comme une nuée de pies effarouchées.

Il y avait aussi des agents qui allaient et venaient d'un air affairé.

Popincourt eut l'impudence d'en arrêter un au passage et de l'interroger.

C'était justement Fouinardet.

— Qu'est-ce donc, bon Dieu? fit-il.

— Rien, répondit l'agent. Un homme qui s'est brûlé la cervelle cette nuit, près du clos d'équarrissage, et dont le cadavre vient d'être trouvé ce matin par les ouvriers.

— Un suicide! s'exclamèrent les deux invalides de contrebande, en feignant d'être très émotionnés.

Et, hâtant le pas, ils suivirent l'agent, qui s'était remis en route.

Non loin de l'excavation, où la veille Popincourt et Kocoding s'étaient embusqués pour assassiner milord l'Arsouille, les deux bandits purent apercevoir le corps de l'Anglais.

Mais ce cadavre était hideux, méconnaissable...

Toutes les chairs du visage étaient rongées, et l'on pouvait voir à travers les vêtements, presque entièrement rongés aussi, la poitrine, les bras et les jambes aux trois quarts disséqués.

Les vampires de Montfaucon avaient fait leur office.

— Il est rudement changé tout de même, ce pauvre Kocoding, murmura Popincourt à l'oreille de son compagnon.

Le commissaire avait été prévenu.

Il survint à ce moment pour accomplir les formalités d'usage et constater l'identité du mort.

On fouilla les poches du misérable, et l'on trouva premièrement le médaillon de l'Arlésienne, ensuite le portefeuille de John Glass.

Ce portefeuille contenait quelques lettres insignifiantes adressées jadis au père de Bettina.

Mais, dans un pli réservé, une carte fut découverte sur laquelle étaient écrits ces mots :

« Je meurs volontairement. Qu'on n'accuse personne de mon trépas.

« Signé : STEPHEN LOWE, VICOMTE D'OLBURN. »

— Stephen Lowe ! s'exclama Fouirnadet, qui se tenait près du commissaire. Le gredin s'est fait justice. C'est lui l'assassin de l'Arlésienne... Mais il avait un complice...

— Un complice ? dirent quelques voix.

— Oui, la canaille qui m'a fait infuser cette nuit dans le margouillis avec mes hommes... Mais celui-là, je le repincerai ou j'y perdrai mon nom !

Popincourt lui frappa doucement sur le bras.

— Mon bon ami, lui dit-il d'une voix chevrotante, tout en buvant un verre de vin, vous devriez nous raconter votre affaire, à mon camarade et à moi... Peut-être pourrions-nous vous donner sur l'individu en question quelques petits renseignements !

— Fichtre ! repondit vivement Fouinardet, j'accepte la politesse alors...

Peu après, les deux invalides s'attablaient sous la tonnelle du père Sourisset.

Pendant ce temps, on plaçait sur une civière le corps de Kocoding.

Lord Stephen ne quittait pas le cadavre du regard.

— Aux yeux de tous, pensait-il, ce misérable est le vicomte d'Olburn !... Allons, puisque me voici mort maintenant, et bien mort, je renaîtrai bientôt sous un autre nom, et je pourrai alors accomplir sans entrave les effroyables projets que j'ai conçus !...

IX

OU LES DEUX INVALIDES IMPROVISÉS DONNENT DES RENSEIGNEMENTS A UN INSPECTEUR DE POLICE ET EN REÇOIVENT D'UN FUTUR SOLDAT

Lord Stephen, Popincourt et Fouinardet étaient donc attablés à la porte du *Grand Cheval vert*.

Un broc de vin blanc fut apporté et les trois goblets se remplirent.

DÉPÔT LÉGAL
Seine
N° 42
1888

Ce gros barbu-là, c'est son successeur, le vainqueur de Marignan.

— Aux soldats de l'ordre et de la sûreté publique ! dit Popincourt en choquant son gobelet contre celui de l'inspecteur.

— Aux vieux de la vieille ! répondit Fouinardet.

Les verres se vidèrent.

— Pas mauvais ! pas mauvais ! reprit le forçat en faisant claquer sa langue.

Tapant gaiement sur l'épaule du vicomte d'Olburn :

— Ah ! mon vieux Boulingrin, nous n'en buvions pas de ce numéro-là, il y a vingt-deux ans, dans cette gueuse de Russie ! Pas vrai ?

Lord Stephen répondit par un signe de tête.

— Vous avez fait la campagne de Russie ? interrogea Fouinardet.

— Un peu, mon neveu ! répliqua Popincourt.

Et là-dessus il se mit à tousser comme un perdu.

— C'est sur les bords de la Bérésina que j'ai cueilli mon catarrhe, poursuivit le jeune galérien... Ah ! c'est qu'il y faisait moins chaud qu'aujourd'hui !... Le froid y était si vif... si vif que le feu de nos bivouacs s'y gelait instantanément !

— Pas possible !

— C'est comme j'ai celui de vous le dire !... Demandez plutôt à Boulingrin...

Lord Stephen répondit gravement :

— Panouillard ne blague jamais !

— Tiens, pensa à part lui Popincourt, il paraît que je m'intitule Panouillard. Je veux bien !

Reprenant à haute voix :

— Oui, mon cher monsieur, voilà ce que c'est que ce pays-là... une vraie glacière... On y voit éclore un ours blanc toutes les cinq minutes... Mais mettons au rencart ces souvenirs intempestifs quoique glorieux et causons de choses plus urgentes.

— Oui, causons, nom d'un diable ! dit vivement Fouinardet. J'ai hâte de connaître ce que vous savez du complice de lord Stephen...

Choquant son verre contre celui de l'agent :

— A la vôtre, mon bon monsieur Fouinardet...

Après avoir bu :

— C'était donc ce matin... dès l'aube... Boulingrin et moi nous errions dans les champs du côté de Montmartre...

Changeant de ton et s'adressant à lord Stephen :

— Pas vrai ! ma vieille, c'était bien du côté de Montmartre ?

— Incontestablement, répliqua l'autre, avec un sérieux imperturbable.

Popincourt reprit :

— Nous remémorions mutuellement nos prouesses d'autrefois, quand tout à coup nous entendons sortir d'une espèce de fossé une sorte de grognement plaintif... Boulingrin me dit comme ça :

« — Panouillard, il y a une bête dans le trou.

« — Possible ! que je réponds. Allons-y voir.

« Et nous cheminons jusqu'au fossé. Il faut vous dire que nous n'y voyions pas bien clair ni l'un ni l'autre. A Moscou, Boulingrin a eu les yeux abîmés par ce même froid dont je vous parlais tout à l'heure... Quant à moi, je suis devenu borgne à la suite d'un coup de feu... ce qui prouve que les extrêmes se touchent et que les mêmes effets sont produits bien souvent par des causes toutes contraires.

Fouinardet ne put dissimuler un mouvement d'impatience.

— J'en reviens à nos moutons, dit le forçat. Alors pour lors, nous étions là tous les deux au bord de la fosse et nous nous esquintions à regarder au fond sans rien distinguer autre chose qu'une espèce de paquet blanc.

« — C'est une vache ! que je dis.

« — C'est un porc! que me répond mon camarade.

« — C'est ni l'un ni l'autre! que nous crie alors une voix humaine qui venait du trou en question.

— Ah! ah! s'exclama Fouinardet. C'était un homme.

— Comme vous dites. Un homme pour de vrai... A force d'écarquiller les yeux, je finis par m'en convaincre. Seulement il avait un drôle de costume... Sauf votre respect, monsieur l'inspecteur, il possédait pour tout vêtement une chemise de femme et un bonnet à rubans bleus... sans compter qu'il avait par-dessus le marché la poitrine tout ensanglantée... Si bien que ça faisait un monsieur parfaitement tricolore.

« — Eh! citoyen, que je demande alors au particulier, que diable fichez-vous donc là dedans à cette heure matinale et qui vous a mis dans ce bel état?

« L'homme répondit à cette question par de nouvelles jérémiades.

« — Il ne s'agit pas de geindre, que je reprends. Dites-nous quoi que vous avez et nous verrons quoi qu'il faut vous faire.

« Mais je t'en fiche... il ne semblait pas plus disposé à bavarder qu'à danser sur la corde raide... En cet instant, survient un gros gaillard qui avait l'air d'une franche canaille.

« Il aperçoit au fond du fossé l'homme tricolore.

« — Potence de Dieu! qu'il s'écrie, c'est Popincourt!

— Popincourt! répéta Fouinardet en sursautant.

— Oui, continua le faux invalide, c'est bien ce nom-là qu'il a prononcé.

— Tonnerre! reprit l'inspecteur; mais c'est le nom du forçat évadé de Brest, il y a un mois, en compagnie de ce brigand de Kocoding!

— Kocoding! s'exclama le narrateur poursuivant avec une impudence sans égale le conte improvisé par lui, Kocoding! Oui, c'est cela!... c'est bien cela!... C'est ainsi que le particulier du fossé a appelé le nouveau venu.

— Que dites-vous? interrompit Fouinardet.

— La vraie vérité du bon Dieu! riposta Popincourt avec une franchise admirablement feinte. Que mon vieil ami Boulingrin crève sur l'heure si je mens!

— Panouillard n'a jamais menti! répliqua lord Stephen toujours grave et solennel.

— Ah! c'est Kocoding! reprit Fouinardet. Je m'en doutais... parole d'honneur, je m'en doutais!

— Bah!

— Oui, je ne sais pas pourquoi; mais j'avais comme un pressentiment que cette espèce de gueux-là était fourré dans toutes les histoires de ces deux dernières nuits. Mais continue... continuez, mon brave... ou je me trompe fort, ou grâce à vous, tout ça va s'éclaircir!

— Reconnaissance! tableau! je vous l'ai dit. Après quoi le Kocoding interroge le Popincourt et celui-ci répond comme ça d'une voix faible :

« — Mon pauvre vieux, je suis fumé!... Cette nuit, lord Stephen et moi nous avons été pourchassés par cette rosse de Fouinardet et par sa clique...

— Plaît-il? interrompit l'agent.

— Ah ! il a dit « rosse » répliqua le galérien d'un air naïf. C'est si mal embouché tous ces va-nu-pieds-là !

Et, reprenant sur le même ton que précédemment, il poursuivit de la sorte :

— Le Popincourt, dont la voix s'affaiblissait de minute en minute, apprit à son amique l'Anglais et lui avaient cherché un refuge dans les carrières d'Amérique : mais que, forcés dans leurs retranchements, ils n'étaient parvenus à sortir de la plâtrière qu'après avoir essuyé plusieurs coups de feu, dont l'un l'avait atteint, lui Popincourt, en pleine poitrine !

« — Malgré ma blessure, dit ensuite l'homme du fossé, je suis parvenu à me traîner jusqu'ici à travers la campagne déserte... Quant à lord Stephen, il a voulu retourner à sa demeure incendiée ; car il avait laissé là un certain coffret rempli d'or et de diamants qui représentaient toute sa fortune...

« — Si ce trésor est perdu pour moi, dit-il d'un air sombre je me fais sauter la cervelle.

« Il n'y a rien trouvé, à ce qu'il paraît, continua le narrateur en changeant de ton puisque, tout à l'heure, nous avons tous vu de nos yeux le cadavre du particulier.

— Je comprends tout ! je comprends tout ! murmura Fouinardet parfaitement convaincu.

Lord Stephen et Popincourt se tenaient à quatre pour ne pas éclater de rire au nez de leur dupe.

— Quel bon gobeur, se dit le forçat, ravi du succès de sa fable.

— Mais, achevez, mon cher monsieur Panouillard, reprit l'inspecteur avec vivacité. Popincourt et son complice, que sont-ils devenus ?

— Le premier a tourné de l'œil en disant au second :

« — Venge-moi de Fouinardet et enterre moi où tu sais !

« A ces mots, Kocoding a tiré de la fosse le cadavre de son ami, il l'a mis sur son épaule et il s'est sauvé dans la direction de Batignolles en nous criant de loin :

« — Quant à vous, vieux mufles (il nous a appelé vieux mufles), si vous avez jamais le malheur de dire à qui que ce soit ce qui vient de se passer, c'est à moi, Kocoding, que vous aurez à faire !

« Boulingrin et Panouillard sont deux lapins que les menaces n'intimident pas, poursuivit Popincourt avec une exaltation grotesque. Aux paroles impudentes de ce vagabond, nous avons répondu en tirant nos glaives et nous nous sommes élancés sur ses traces pour le punir...

— Eh bien ?

— Eh bien ! nous n'avions pas seulement fait dix pas que l'audacieux gredin avait déjà disparu à nos regards.

— Tonnerre !

— C'est justement ce que Boulingrin et moi nous nous sommes dit ! mais ça n'a servi à rien et, ma foi, nous avons jugé inutile de poursuivre plus longtemps le fugitif... Nonobstant, nous riant de ses menaces, nous sommes accourus en ces parages, pour faire connaître à qui de droit tout ce que nous savions !.. Maintenant, monsieur Fouinardet, vous connaissez l'affaire... Lord Stephen et Popincourt sont morts, bien morts, tout à fait morts et vous n'avez rien à redouter d'eux... Mais méfiez-vous de Kocoding, car il est bien en vie celui-là, et ce doit être un dangereux bandit. Il en a l'air, et bien sûr qu'il en a la chanson !... Pas vrai, Boulingrin?

— Panouillard a raison, répondit lord Stephen en secouant lentement la tête, le Kocoding est certainement une méchante pratique !... Prenez garde au Kocoding!

— Ayez pas peur, riposta Fouinardet avec un sourire, à partir d'aujourd'hui je vais me mettre à ses trousses, et s'il m'échappe, c'est qu'il sera plus malin qu'un singe et plus fin qu'un cheveu !... Sur ce, mes braves, je vous présente mes hommages ornés de mes remerciements... Si jamais vous avez besoin d'un service, ajouta-t-il, venez me trouver.

Tirant son calepin de sa poche, il y prit une carte et la leur remit en ajoutant :

— Avec ça, vous serez sûrs d'arriver jusqu'à moi partout où je serai.

Popincourt prit la carte de l'agent de police et lui serra la main cordialement.

— Cher monsieur Fouinardet, lui dit-il, si un jour nous sommes embarrassés pour quoi que ce soit, nous ne manquerons pas de nous adresser à vous.

— J'y compte et je vous laisse...

Et l'agent quitta le cabaret.

— C'est du côté des Batignolles que Kocoding s'est enfui ! lui cria Popincourt en se faisant un porte-voix de ses deux mains. Batignolles! n'oubliez pas !

— Merci! merci! répondit de loin Fouinardet. J'ai bonne mémoire!

Peu après, il avait disparu avec ses hommes qui, pendant le colloque de leur chef avec les deux invalides, s'étaient tenus disséminés sur la colline.

— Eh! allez donc, dit alors Popincourt en riant. Comment trouves-tu que je lu ai joué ça, mon vieux Boulingrin?

— Panouillard, riposta l'Anglais avec son même flegme, vous êtes sublime !

— Sans compter que ceci pourra peut-être nous servir un jour ou l'autre ! continua le forçat en empochant la carte de Fouinardet. Ah! c'est égal ! je peux dire que je me suis fait une once de bon sang. Croyez-vous que la farce est bien conditionnée, hein! Pour le quart d'heure, nous v'là tous les deux tout à faits morts et et un peu enterrés, et ce pauvre crevé de Kocoding est le seul qui, aux yeux de la police, soit encore de ce monde !... On ne va maintenant s'occuper que de lui, et quant à nous, nous pourrons faire les cent dix-neuf coups sans qu'on se doute de rien ! Toutes les gamineries que nous fabriquerons, c'est Kocoding qui en sera responsable !... Allons, vous avez fait un chef-d'œuvre en lui flanquant une balle dans la sorbonne !... Grâce à vous, nous voilà assurés contre l'incendie jusqu'à la fin des fins !... Il faut dire aussi que c'est heureux que les rats lui aient si bien grignoté les *facies*... Mais, sapristi, ils ne sont pas dégoûtés, c'est une justice à leur rendre.

— Silence ! dit vivement lord Stephen, nous ne sommes plus seuls.

En effet, un jeune garçon d'une vingtaine d'années à peu près venait de pénétrer sous la tonnelle.

Il était pâle et semblait profondément triste.

Mais sa tristesse avait quelque chose de grotesque et l'on était tenté tout d'abord d'éclater de rire en considérant la mine funèbre du jeune désespéré.

A pas lents, il marcha vers une table voisine de celle où se trouvaient les deux bandits.

Poussant un vigoureux soupir, il se laissa tomber sur un banc.

Appuyant ensuite ses deux coudes sur la table, il mit sa tête entre ses deux mains.

Maître Sourisset, de sa cuisine, l'avait vu pénétrer dans son établissement.

Il accourut, et de sa voix la plus engageante il lui demanda ce qu'il y avait pour son service.

Le nouveau venu leva vers le bonhomme ses deux yeux mornes et ne répondit rien.

— Ouais ! pensa le père Sourisset, il est sourd peut-être.

Alors il lui cria dans l'oreille d'une voix de stentor :

— Que servirai-je à monsieur?

Le jeune homme sembla se réveiller en sursaut.

— Ah! bon !.., ah! oui !... fit-il.

Puis, avec une sorte de solennité :

— Monsieur, tenez-vous la *liqueur des braves?*

— Parfaitement !... parfaitement! répondit le père Sourisset.

Peu après, il plaçait devant le jeune homme un flacon orné d'une image grossièrement coloriée, représentant l'empereur Napoléon les bras croisés sur la poitrine.

— La liqueur demandée!

— C'est bien.

Le père Sourisset retourna à ses fourneaux et le jeune garçon remplit son verre.

— Allons ! dit-il, fourrons-nous-en tant et plus !.. A la fin des fins, il faudra bien que ça aboutisse à quelque chose !

Il vida son verre.

— C'est exécrable! reprit notre homme en faisant la grimace; c'est raide en diable; il faut vraiment du courage pour avaler ce médicament-là!... C'est peut-être à cause de ça que ce liquide s'appelle liqueur des braves. N'importe, ajouta-t-il en remplissant de nouveau son gobelet, buvons le calice jusqu'à la lie!

Après cette deuxième rasade :

— C'est drôle, fit-il; ça ne vient pas !... il n'y a pas à dire, ça ne vient pas !... Ça me brûle la gorge; mais quant à mon cœur, ça ne l'enflamme pas du tout, au contraire!

Lord Stephen et son compagnon considéraient le buveur avec curiosité.

— Quel diable d'original est-ce là? dit tous bas Popincourt. Il faut que je sache ce qu'il attend de sa liqueur des braves.

Il s'approcha de l'inconnu.

— Jeune pékin, fit-il en reprenant son organe d'octogénaire, sans indiscrétion, pourrais-je vous demander en l'honneur de quel saint vous vous abreuvez avec une telle rage de ce liquide jaunâtre?

Le jeune homme, à la vue de son interlocuteur, se leva vivement et ôta sa casquette.

— Pardon, militaire, dit-il avec déférence, pardon... je n'avais pas eu celui d'apercevoir vos uniformes guerriers.

— Puisque tu t'accuses, je t'excuse, mon petit ! répliqua Popincourt, mais c'est à une condition...

Le jeune homme le regarda surpris et un peu effrayé.

— Tu vas, continua le coquin, nous narrer à mon ami Boulingrin et à moi, les raisons qui te font ingurgiter de si grand matin la boisson en question !

L'inconnu se tourna vers lord Stephen et le salua profondément.

Puis, reprenant son air sinistre, il se remit à soupirer bien fort.

— Allons ! poursuivit Popincourt, nous te faisons l'honneur de t'admettre à notre table... Apporte ta fiole et dégoise-nous ta petite affaire !

Le jeune homme obéit.

Lorsqu'il eut pris place entre les deux bandits :

— Hélas ! dit-il, nobles débris, mon histoire est lugubre et je crois bien qu'en l'entendant vous ne pourriez faire autrement que de me plaindre et de verser un pleur à mon intention...

— Pleurer, interrompit Popincourt d'un ton sévère, sache pour ta gouverne, petit, que les larmes sont imcompatibles avec le soldat gaulois !

L'inconnu se confondit en excuses :

— Croyez, militaire, dit-il que mon intention n'a jamais été de vous blesser ! Blesser quelqu'un, moi ! Oh ! ça n'est pas mes goûts... oh ! mais pas du tout... du tout... Au contraire !... je suis d'un caractère trop doux pour ça et trop pacifique.

Popincourt, à cette déclaration naïve, crut de son devoir de froncer le sourcil :

— Doux et pacifique ! répéta-t-il. Oh ! oh ! voici qui ne vaut rien, sacrebleu !

— Je crois bien que ça ne vaut rien ! reprit le jeune garçon d'un air contrit. J'aimerais cent mille fois mieux être venu au monde avec des instincts belliqueux comme les vôtres...

Popincourt retroussa les énormes moustaches grises qu'il avait eu soin d'emprunter le matin même à l'un des bons hommes de cire du vieux Curtius.

— Corbœuf ! dit-il ensuite, vous êtes, à ce que je vois, mon jeune ami, un poltron numéro un... un couard... un fesse-mathieu, enfin.

— Tout ce qu'il y a de plus poltron, monsieur le soldat !... tout ce qu'il y a de plus couard et de plus fesse-mathieu !... Vous avez tout justement deviné la chose du premier coup.

— Et tu l'avoues !

— Avec orgueil ! que voulez-vous... Ce n'est pas ma faute... je suis né comme ça !... J'ai beau me raisonner, c'est comme si je chantais. J'ai beau me noyer dans un océan de liqueur des braves... ça me fait juste l'effet d'un cautère sur une jambe de bois. C'est qu'il n'y a pas à dire, pour me donner un peu de cœur au ventre, j'essaye de tout, et rien ne me réussit. Chaque matin savez-vous ce que je fais ?

— Ma foi, non !

— Eh bien ! je m'insinue dans quelque abattoir et j'assiste au massacre des bœufs et des moutons qui doivent servir à rassasier, sous forme de beefsteacks et de côtelettes cet ogre affamé qui s'appelle Paris. Oui, messieurs, oui, tous les jours je m'offre ce sanglant spectacle... dans l'espoir de me monter un peu la tête et de me *dépoltronniser* un peu... Hélas ! ça me navre, et voilà tout...

« Quand je vois tomber, l'une après l'autre, toutes ces pauvres bêtes, je tremble, je pâlis et je suis obligé de me sauver avant la fin pour ne pas m'évanouir !

— Tu es encore un drôle de pistolet ! observa Popincourt.

— Tel est le beau résultat que j'obtiens. Ainsi, hier, à l'abattoir de Grenelle, j'ai vu tuer des cochons... Ils avaient l'air doux comme des agneaux... Malgré cela, les tueurs ont tapé dessus comme sur des bœufs et ça m'a fait pleurer comme un veau !

Le petit bonhomme fit cette dernière confession d'un air si parfaitement naïf et grotesque que les deux invalides de contrebande ne purent s'empêcher d'éclater de rire.

— Aujourd'hui, poursuivit le jeune étranger sans s'offusquer aucunement de l'hilarité irrévérencieuse des deux compagnons, je suis venu à Montfaucon pour voir si j'aurais plus de chance avec les chevaux qu'avec les autres bêtes ! Mais, je n'ose l'espérer !... Enfin, je tenterai tout pour me donner la bravoure que je n'ai pas... et, dame ! si, malgré mes efforts, je ne puis, avant le 15 octobre, me ragaillardir un peu, je me flanquerai dans le canal Saint-Martin la tête la première !

— Pourquoi avant le 15 octobre ?

— Hélas ! parce que j'ai tiré au sort cette année-ci et que je vais filer le sac sur le dos dans un mois et demi.

— Bon ! bon ! je commence à comprendre, fit Popincourt. C'est donc à dire que le métier de militaire ne vous sourit que médiocrement.

— C'est mon horreur ! Et, voyez ma chance ! j'ai juste amené le numéro UN.

« Oui... Ah ! j'ai fait un rude nez, allez, quand j'ai entendu ça !... J'ai cru que j'allais devenir idiot !... Le plus affreux c'est que j'ai pris médecine, pendant un an pour ne pas partir soldat et que ça ne m'a servi à rien !

— Plaît-il ?

— Eh bien ! oui, quoi ! cette vieille canaille de père Fromagin m'a laissé en plan !...

Lord Stephen n'avait jusqu'alors prêté qu'une médiocre attention au bavardage du futur tourlourou.

En entendant prononcer le nom de Fromagin, il releva la tête et se rapprocha.

— Qu'est-ce que le père Fromagin ? interrogea le galérien.

— C'est l'apothicaire du faubourg du Temple. Et moi, j'étais son commis. L'affreux gredin m'avait donné sa parole de me racheter à la condition que j'avalerais ses drogues.

— Ah bah !

— Mon petit Venceslas, m'avait-il dit.

Il s'interrompit :

— Je m'appelle Venceslas, reprit le jeune garçon en changeant de ton. Venceslas Grenouillot... J'étais entré en qualité d'élève chez le vieux pharmacien.

« — Mon petit Venceslas, m'avait-il dit, tu ne veux pas être pioupiou... Eh bien ! prends bien gentiment tous les médicaments que je te donnerai et dors sur les deux oreilles. Foi d'honnête homme ! je te payerai un remplaçant au moment voulu.

« Heureux comme un dieu, et confiant comme un imbécile, j'ai donc absorbé

Le jeune homme, à la vue de son interlocuteur, se leva vivement et porta la main à sa casquette.

ses horribles potions et j'ai dormi, selon son indication, sur les deux seules oreilles que je possède... Hélas! la veille même du tirage, l'affreux apothicaire m'a tenu ce langage:

« — Mon petit Venceslas, les temps sont durs, et tout bien résolu, j'aime autant ne pas t'acheter un homme... vu la guerre d'Afrique, c'est une denrée très chère pour le quart d'heure et je ne puis me permettre une semblable dépense...

— J'ai poussé des cris de paon, comme bien vous pensez. Peine inutile! Le hideux vieillard n'a pas bronché.

Liv. 50.   50

« Si je pouvais te trouver un petit homme dans les prix doux, je ne dis pas, mais au prix qu'est le beurre, il n'y a pas mèche.

— Dans les prix doux ! répéta Popincourt en riant.

— Oui ! Comme si l'on pouvait se payer un remplaçant en bon état pour trois livres cinquante... C'était une vraie dérision. Aussi je l'ai appelé vieux filou et vieille canaille. Il s'est contenté de me mettre à la porte et, le lendemain, j'ai amené le n° 1 !... Peu après, j'ai passé à la revision et l'on m'a trouvé bon pour le service !... j'ai réclamé... Mais je t'en fiche, on m'a envoyé au diable ! J'étais tellement furieux que je ne songeais plus à me r'habiller !... Sans le municipal, j'allais courir les rues en costume de sauvage.

— Bah ! bah ! fit Popincourt, l'état militaire est une belle chose et tu seras peut-être un jour maréchal de France.

— Oui ! comme j'ai six pieds onze pouces ! Avec ça qu'il y en a tant qui arrivent à ce grade-là !... Vous, par exemple, et votre camarade, vous avez servi, pas vrai !... Et pendant pas mal de temps, je pense, car vous êtes tous les deux bigrement déjetés et décatis ! Eh bien ! qu'est-ce que vous êtes ?... Pas même caporaux ou sergents !... Vous aurez beau dire et beau faire, allez, vous ne parviendrez jamais à m'enthousiasmer à l'endroit du pantalon garance !...

— Jeune homme, dit Popincourt presque sérieusement, vous ne savez pas ce que vous dites... Dès que vous porterez l'uniforme, vous ne serez plus le même.

— Je crois bien que je ne serai plus le même... Je serai vingt fois plus embêté.

— Mais, malheureux, s'exclama Popincourt en frappant du poing sur la table, tu n'as donc pas de sang dans les veines !

— Si fait ! C'est justement parce que j'en ai que je tiens à le garder ! Croyez-vous que ce sera bien agréable pour moi quand j'en aurai abreuvé le sol africain ! Oh ! l'Afrique ! l'Afrique ! reprit l'infortuné avec terreur. Ce pays m'épouvante... D'abord, c'est émaillé de *cocodrilles !*

— Allons donc ! les *cocodrilles !* riposta Popincourt, c'est des animaux fabuleux !

— Fabuleux tant que vous voudrez, mais dont la morsure est très dangereuse ! Et puis, à défaut de ces affreuses bêtes, il y a des Bédouins en Afrique !... Il y en a même des masses et ils sont tous montés sur des chameaux !... Quand je pense à ça voyez-vous, je frissonne.

Se versant un plein verre de liqueur :

— En avant l'*élexir* des braves !... Si ça ne me donne pas le courage qui me manque, ça finira toujours par me griser.

Après avoir bu, il se prit à jeter un coup d'œil d'envie sur les deux compagnons :

— Vous êtes bien heureux vous autres... Vous êtes encore de ce monde... Moi, quand j'aurai votre âge, il y aura bien longtemps que je serai mort !

— Est-il bête !

— Oh ! vous pouvez bien me dire toutes les insolences que vous voudrez, allez ! répliqua tranquillement le jeune Grenouillot. Je ne vous en demanderai pas raison !

A cette dernière naïveté, les deux bandits ne purent s'empêcher de rire.

— Vous êtes bien heureux de pouvoir rire ! Moi, depuis mon n° 1, je ne ris plus !
non, vrai, je n'ai plus de cœur à rien... Je n'ai plus d'appétit... je me fais l'effet
d'un corps sans âme !... Ainsi l'autre soir, chez papa Grenouillot, il y a eu une
petite fête charmante... je n'ai fait que geindre et soupirer !

— Ah ! papa Grenouillot donne des fêtes ! reprit Popincourt.

— Oui, tous les dimanches. Ainsi, ce soir, il y en a une... si le cœur vous
en dit ?...

Popincourt échangea un coup d'œil avec lord Stephen.

— Au fait si nous allions faire un tour chez le papa de cet innocent... ce serait une
occasion pour nous de lui remonter le moral.

Puis, en lui-même, il ajouta :

— Ce serait surtout une occasion de filouter quelque chose.

Serrant la main du fils Grenouillot :

— Allons, c'est dit, petit, nous acceptons l'invitation. Où perche-t-il votre
auteur ?

— Oh ! il ne perche pas, monsieur, bien au contraire.

Popincourt le regarda étonné.

— Habiterait-il au fond d'un puits ? demanda-t-il.

— Pas positivement. Mais, vous savez, les loges de concierge c'est généralement
au rez-de-chaussée.

— Ah ! bon ! compris ! Le père Grenouillot est portier ?

— Il a cet honneur, oui, messieurs.

— Quelle rue ?

— Rue Monsieur-le-Prince.

— Très bien... Le numéro ?

— Vingt-cinq... près du charcutier.

— C'est parfait... A quelle heure la soirée ?

— De six à dix, comme d'habitude.

— Nous y serons.

Lord Stephen poussa du coude son compagnon.

— Es-tu fou ! que diantre irions-nous faire là ?

— Laissez donc, lui répliqua l'autre à voix basse, nous y ferons quelque chose,
c'est moi qui m'en charge ! Si ça vous embête, j'irai seul.

— Soit !

— Y a-t-il beaucoup de locataires dans cette maison-là ? demanda le forçat d'un
ton indifférent.

— Beaucoup n'est pas le mot ; mais c'est du monde très comme il faut.

— Ah ! vraiment.

— Au rez-de-chaussée, il y a papa et maman, d'abord...

— Naturellement.

— Ensuite il y a Mme Pictonpin, la blanchisseuse, même qu'elle a une petite
apprentie qui est belle comme les amours... L'autre soir, je lui ai fait un doigt de
cour, et elle m'a répondu : « Mon petit, j'ai toujours eu du goût pour les sardines ;
quand vous en aurez sur les bras, nous recauserons de notre flamme... Allez-en

pêcher en Afrique... » J'ai voulu insister... « Repassez un autre jour, qu'elle m'a dit; moi, je vais en faire autant tout de suite. » C'était un mot d'esprit... vu qu'elle est repasseuse. Là-dessus elle a repris ses fers, et je suis parti désolé; car le jour où j'en arriverai à être caporal, il pleuvra des boudins !

— Faut pas désespérer, riposta Popincourt. La queue de notre chat est bien venue, les galons te viendront peut-être... Mais ce n'est pas tout ça, montons au premier.

— C'est juste, fit le jeune Grenouillot.

Après avoir un instant cherché en sa mémoire :

— Au premier, reprit-il, nous avons le ménage Bellardoise...

Lord Stephen se rapprocha vivement.

— Bellardoise ! répéta-t-il.

— Oui !... Des gens de la haute, le mari du moins. Il est chevalier...

— D'industrie ? demanda Popincourt.

— Oh ! non ! chevalier pour de vrai, comme feu Bayard et Don Quichotte. Quant à sa moitié, elle n'est pas si noble que ça, vu que c'est tout bonnement la demoiselle à la mère Fromagin.

— Passons au deuxième étage, dit le forçat.

— Au deuxième, nous avons une dame seule, une Polonaise, qui a l'air triste comme tout, qui est toujours en deuil... De temps à autre, il y a un monsieur à grandes moustaches rouges qui vient la voir... Je ne sais pas ce qu'ils se disent tous les deux... mais aussitôt qu'il arrive, on entend des cris et comme des gémissements... Le monsieur aux grandes moustaches, c'est un Russe à ce qu'il paraît... Cependant l'autre soir, il y a quelqu'un qui prétendait que c'était un Grec ! ,

— Compris ! fit Popincourt.

— Au troisième, il y a encore une dame seule... Quand je dis une dame, c'est une manière de parler... C'est plutôt une demoiselle... mais une demoiselle qui ne l'est plus ! vous m'entendez bien !

— Parbleu !

— Belle fille, du reste !... Et pas fière pour un liard... Elle prend son café tous les matins avec maman Grenouillot et pas plus tard qu'hier, elle a fait une partie de piquet avec elle, même que son vieux a posé plus d'un grand quart d'heure dans la loge en attendant qu'elle ait fini.

— Ah ! ah ! La demoiselle en question est ornée d'un vieux ?

— Oui, c'est un homme marié... un ancien noceur... Il tient un magasin de nouveautés et il porte perruque... Voilà pour son caractère, quant à son étiquette, il s'appelle Coquardier.

— Coquardier ! dit à son tour lord Stephen.

— Vous le connaissez ?

— Pas le moins du monde ! répliqua l'Anglais vivement, je trouve son nom cocasse, voilà tout !

— Il est bien plus cocasse que son nom. Allez !... c'est un vieux beau... un vieux coquet. Il est toujours tiré à quatre épingles et il se donne un mal de chien pour avoir l'air d'un jeune homme !... Mamz'elle Virginie, sa particulière, ou mamz'elle

Cabriolette si vous aimez mieux, car elle s'appelle aussi comme ça à cause des entrechats qu'elle exécute depuis sa plus tendre enfance, mam'zelle Virginie, dis-je, nous a raconté l'autre fois que son vieux jocko, c'est ainsi qu'elle le qualifie, non content de porter une perruque blonde malgré ses soixante-cinq ans bien sonnés, mettait du blanc et du rouge, pour paraître plus séduisant. Et elle riait, cette grande folle, en nous dégoisant ça, elle riait si fort que M° Lanternois a sonné dix fois de suite sans que nous l'entendions.

— M. Lanternois ! répéta lord Stephen.

— Oui, c'est un notaire...

— Il demeure dans la maison ?...

— Depuis le dernier terme, c'est lui qui occupe l'appartement du troisième... juste au-dessus de mamz'elle Virginie !... Même qu'il a des fleurs plein ses croisées, et comme il les adore et qu'il passe sa vie à les arroser, il inonde perpétuellement sa voisine du dessous qui lui en dit de toutes les couleurs ! Mais il n'a pas l'air d'entendre, et il arrose tout de même !... ses fleurs avant tout !

— Ah ! le vieux Lanternois habite cette maison ! pensa lord Stephen. Pardieu ! ce renseignement vaut de l'or.

— Au quatrième, reprit Grenouillot, c'est un atelier de coloristes... Il y a même là de bien jolies petites filles, et si je n'étais pas déjà amoureux de ma blanchisseuse j'aurais papillonné de ce côté-là... Mais, vous comprenez, quand on est amoureux de sa blanchisseuse il n'y a pas moyen de songer aux autres femmes... surtout quand on est sur le point d'aller se mesurer avec Abd-el-Kader !

Après avoir poussé un long et douloureux soupir :

— Pour ce qui est du cinquième, poursuivit-il, c'est rien que de la clinquaille, de la racaille et de la canaille. Ah ! il y en a là-haut de la panne et de la débine !... D'abord, la famille Berthier !... Ah les pauvres gens !... C'est hideux à voir... Et ils sont une tripotée là dedans ?... Il y a le père, la mère, une petite fille gentille comme tout et deux garçons, dont l'aîné a vingt ans ; même qu'il a tiré cette année aussi et qu'il va partir comme moi. Il a eu le n° 13, lui !... Eh bien ! vous me croirez si vous voulez, mais, vrai de vrai, j'aime encore mieux le n° 1 !

Changeant de ton :

— Pour en finir, je vous dirai que les autres mansardes sont occupées par une société très mêlée... Tous braves gens, je le crois, mais qui n'ont aucun rapport avec la famille Rothschild. Et quel drôle de monde !... Il y a un peintre qui ne peint jamais, un étudiant qui n'étudie jamais, une giletière qui ne fait aucun gilet et un comédien qui ne joue pas la comédie !... Comment vivent-ils ? je n'en sais rien et je ne m'en inquiète guère par la raison qu'un jeune homme dans ma triste situation a bien assez de s'inquiéter de lui !...

Se levant de table :

— Maintenant, messieurs les guerriers, je vous la souhaite bonne et heureuse. N'étant pas venu ici uniquement pour causer avec vous, je dois vous quitter... L'heure a sonné d'aller voir tuer quelques rosses... Espérons que cela me donnera la force de me laisser tuer moi-même sans trop de regret... A ce soir, pas vrai ?

— A ce soir !

— J'annoncerai votre visite à papa et maman Grenouillot ; ça leur fera plaisir assurément. D'abord papa a un faible pour le militaire... je crois même que c'est pour son plaisir particulier qu'il me laisse partir, car, entre nous, s'il l'avait bien voulu, il aurait pu se fendre d'un remplaçant !... Enfin, si j'expire par delà les mers, ça sera bien fait pour lui !

Ayant dit, il appela le père Sourisset et voulut solder non seulement sa dépense, mais encore celle des deux invalides.

Ceux-ci s'y opposèrent.

— Bah !... fit le petit bonhomme stupéfié. Mais je m'étais laissé dire qu'entre soldats c'étaient toujours les conscrits qui payaient.

— Jeune homme, répliqua gravement Popincourt, sachez une fois pour toutes que nous ne sommes pas des soldats comme les autres. Pas vrai, Boulingrin ?

— Oui, Panouillard.

— Boulingrin !... Panouillard !... pensa Venceslas. Bigre ! v'là des noms qui ne sont pas comme les autres !

Popincourt lui frappant amicalement sur l'épaule :

— Sois tranquille, mon petit Grenouillot, sois tranquille, avant peu tu t'aperce-vras que nous ne t'avons pas blagué et que nous sommes des invalides comme on n'en a pas encore vu !... Tu verras ! tu verras !

— Messieurs, je n'en doute pas, répliqua le jeune garçon en se confondant en salutations.

Et lorsqu'il eut pris congé des deux coquins, il se dit en lui-même avec une conviction profonde :

— Ma foi ! voilà deux vieux bonshommes qui ont l'air de bien honnêtes gens !

QUATRIÈME PARTIE

UNE MAISON A LA PAUL DE KOCK

I

OU L'ON FAIT PÉNÉTRER LE LECTEUR DANS L'INTÉRIEUR DE LA FAMILLE GRENOUILLOT

A l'époque de notre récit, il y avait encore des portiers.

M. Victor Fournel a fait de ce type, aujourd'hui à peu près disparu, un portrait des plus ressemblants et qui peut admirablement servir d'introduction au présent chapitre.

« Personne n'ignore, dit-il, quels étaient autrefois le portier et son bouge. Le personnage et la demeure étaient dignes l'un de l'autre.

« Au bout d'un corridor obscur et puant, quelquefois à mi-chemin de la cave, s'enfonçait entre quatre murs humides une boîte oblongue ou carrée, souvent d'une forme insaisissable.

« Au milieu, un poêle ronflant tout bas et répandant une chaleur lourde, soporifique, écœurante…

« A côté, assis dans une douce somnolence, sur le fauteuil de cuir, le portier reniflant et renâclant, tandis que sa compagne fricotait dans des pots fantastiques une cuisine équivoque, dont l'odeur répugnante et nauséabonde, accompagnée d'un frissonnement monotone, se répandait jusqu'au premier étage.

« Au fond, la soupente apparaissait demi-voilée dans la pénombre, avec l'échelle pour grimper au lit nuptial.

« C'était éloquent et pittoresque, — pour ceux qui n'y habitaient pas, — comme un intérieur de Rembrandt.

« Le classique cerbère, bourru, coiffé d'une casquette graisseuse en peau de loutre qui lui donnait l'air d'un Moscovite peu civilisé, exerçait de préférence la profession de tailleur ou de cordonnier en vieux et sa femme celle de giletière.

« Il y avait autrefois, — c'est toujours l'auteur précité qui parle, — toute une série de petites infamies et de petits ridicules, toujours les mêmes, qu'on prêtait au portier.

« C'étaient, par exemple, l'inévitable café au lait du matin, le gros chat malpropre, paresseux et gourmand, les lettres entr'ouvertes, le journal du principal locataire lu à l'article *Crimes et accidents*, tous les matins, avant d'être porté au premier étage, les cancans, les reports, les méchancetés à ceux qui n'ont donné que cent sous d'étrennes. »

Le père Pipelet, immortalisé par Eugène Sue, était un portier dans toute la force du terme, car cet honnête homme a parfaitement existé.

Voyez plutôt ce qu'en dit, en ses *Mémoires*, ce sublime conteur qui a nom Alexandre Dumas :

« L'histoire de Cabrion et de M. Pipelet remonte au mois de mars 1829.

« Voici à quelle occasion s'accomplit cet événement qui donna alors tant d'inquiétudes aux portiers parisiens, que depuis ce temps, ils en sont devenus mélancoliques.

« *Henri III et sa cour* (drame de Dumas, joué à l'Odéon), destiné d'avance à un grand succès ou tout au moins à un grand bruit, devait avoir sa parodie.

« Pour faciliter l'exécution de cette œuvre importante, j'avais d'avance communiqué mon manuscrit à de Leuven et à Rousseau; puis sur leur demande, j'avais collaboré de mon mieux à la pièce, qui reçut le titre de la *Cour du roi Pétaud.*

« Cette parodie parodiait la pièce scène par scène.

« Or, à la fin du quatrième acte, la scène d'adieu de Saint-Mégrin à son domestique était parodiée par une scène entre le héros de la parodie et son portier.

« Dans cette scène très tendre, très touchante, très sentimentale, le héros demandait au portier une mèche de ses cheveux, sur l'air *Dormez donc, mes chères amours !* fort en vogue à cette époque-là et tout à fait approprié à la situation.

« Le soir de la représentation, tout le monde sortit du théâtre en chantant le refrain de l'air et les paroles de la chanson.

« Trois ou quatre jours après, nous dînâmes chez Véfour, de Leuven, Eugène Sue, Desforges, Desmares, Rousseau, quelques autres et moi.

« A la fin dîner, qui avait été fort gai, et où le fameux refrain :

Portier, je veux !
De tes cheveux ?

avait été chanté en chœur, Eugène Sue et Desmares résolurent de donner une réalité à ce rêve de notre imagination, en entrant dans la maison n° 8 de la Chaussée, d'Antin, dont Eugène Sue connaissait le concierge de nom, ils demandèrent au brave homme s'il ne se nommait pas M. Pipelet.

« Celui-ci répondit affirmativement.

« Alors, au nom d'une princesse polonaise qui l'avait vu et qui était devenue amoureuse de lui, ils lui demandèrent avec tant d'instance une boucle de ses cheveux que, pour se débarrasser d'eux, le pauvre Pipelet finit par la leur donner.

« Du moment qu'il eut commis cette faiblesse, Pipelet fut un homme perdu.

« Le même soir, trois autres demandes lui furent adressées de la part d'une princesse russe, d'une baronne allemande et d'une marquise italienne, et à chaque fois que cette demande lui était adressée, un chœur invisible chantait sous la grande porte :

Portier, je veux
Une mèche de tes cheveux !

La mère Brichet sortit de la loge comme une furie.

« Le lendemain, la plaisanterie continua : nous envoyâmes les gens de notre connaissance demander des cheveux à maître Pipelet, qui ne tirait plus le cordon qu'avec angoisse, et qui, — mais inutilement, — avait enlevé de sa porte l'écriteau sacramentel :

Parlez au Portier.

« Le dimanche suivant, Eugène Sue et Desmares résolurent de donner au pauvre diable une sénérade en grand ; ils entrèrent dans la cour à cheval et, chacun, une guitare à la main, ils se mirent à chanter l'air persécuteur.

« Mais, nous l'avons dit, c'était un dimanche.

« Les maîtres étaient à la campagne.

« Le portier, se doutant qu'on chercherait à empoisonner son jour dominical comme les autres et qu'il n'aurait pas même, ce jour-là, le repos que Dieu s'était accordé à lui même avait prévenu tous les domestiques de la maison.

« Il se glissa derrière les chanteurs, ferma la porte de la rue, et un signal convenu d'avance, et sur lequel cinq à six domestiques accoururent à son aide, et les troubadours, forcés de convertir en armes défensives leurs instruments de musique ne sortirent de là que le manche de leur guitare à la main.

« Des détails de ce combat qui dut être terrible, personne ne sut jamais rien, les combattants les ayant gardés pour eux ; mais on sut qu'il avait eu lieu, et dès lors, le portier de la Chaussée-d'Antin fut mis au ban de la littérature.

« A partir de ce moment, la vie du pauvre homme devint un enfer anticipé

« On ne respecta plus même le repos de la nuit.

« Tout littérateur attardé dut faire le serment de revenir à son domicile par la rue de la Chaussée-d'Antin, ce domicile fût-il à la barrière du Maine.

« Cette persécution dura plus de trois mois.

« Au bout de ce temps, comme un nouveau visage se présentait pour faire la demande accoutumée, la femme Pipelet, tout en pleurs, se présenta au vasistas et annonça que son mari, succombant à l'obsession, venait d'être conduit à l'hôpital sous le coup d'une fièvre cérébrale.

« Le malheureux avait le délire, et, dans son délire, ne cessait de répéter avec rage le refrain infernal qui lui coûtait la raison et la santé.

« Voilà, dit Alexandre Dumas en terminant, voilà la vérité sur cette grande persécution des pipelets qui a fait tant de bruit pendant les années 1829 et 1830. »

Au fur et à mesure que la capitale fait peau neuve, et que les bouges du vieux Paris se transforment en palais, les vrais pipelets deviennent plus rares.

Cela s'explique aisément.

Leurs loges enfumées, étroites, noires, sont aujourd'hui spacieuses, claires, splendides, et, le plus sérieusement du monde, tous ces braves gens se prennent pour des ambassadeurs et des ministres.

Aussi ont-ils remplacé le mot populacier « portier » par celui beaucoup plus noble, à ce qu'il paraît, de « concierge ».

Les concierges donc, puisque concierges il y a, renoncent pour la plupart à ressemeler les savates détériorées ou à retourner les vieux paletots.

« Le portier des temps nouveaux, dit encore M. Victor Fournel, se borne généralement aux fonctions de son emploi.

« Quant à sa femme, elle se lance quelquefois dans la luxueuse profession de modiste.

« Mais sa grande spécialité est d'être ou de devenir quelque jour le type bien connu, et tant de fois décrit par les naturalistes, de la mère d'atrice.

« Un concierge, digne du nom qu'il porte, cultive plus ou moins les arts, ou du moins a une famille qui les cultive pour lui.

« Souvent la loge est décorée de dessins ou d'aquarelles, parfois même de peintures à l'huile, d'un goût contestable, il est vrai, qui sont les fruits de ses veilles.

« Il s'agit presque toujours dans ses œuvres d'art, achetées ou confectionnées par le concierge, de Calypso, de Léda ou de quelque autre des nymphes légères de la mythologie.

« Le patriotisme même ne vient qu'en seconde ligne.

« Les exploits de Napoléon sont éclipsés par le mariage de Mathilde et de Malek-Adel, et la gloire cède la première place à la beauté.

« Mais c'est principalement la musique dont la tradition s'entretient et se perpétue dans la famille du concierge.

« Les instruments bruyants, tels que la clarinette et le cornet à piston, pour lesquels il a cependant une prédilection secrète, lui sont naturellement interdits ; mais il est bien rare qu'il ne possède au moins un accordéon étalé sur une table. Très souvent même il y a un piano dans la pièce du fond.

« Tout concierge a une fille :

« Toute fille de concierge est élève, et élève distinguée, du Conservatoire ; il est rare qu'elle n'y obtienne pas un premier ou un deuxième prix de piano...

« C'est alors que la maman devient fière, qu'elle fait porter des robes à volants à sa fille, qu'elle se montre en sa compagnie sur le devant des premières loges, grâce aux billets de faveur, et qu'elle rêve de la produire dans le monde. »

Vous ne partagerez peut-être pas ma manière de voir mais, quant à moi, je préfère le simple pipelet d'autrefois au concierge grand seigneur de l'an de grâce mil huit cent soixante-cinq.

C'est pourquoi, sans nous occuper davantage de nos modernes *gentlemen* du cordon, nous allons présenter au lecteur les père et mère du jeune Venceslas Grenouillot.

Jetons d'abord un léger coup d'œil sur la maison à la garde de laquelle ils étaient préposés.

Un escalier fort mal entretenu du reste, et plus mal éclairé encore, conduisait au corps de logis.

Ledit escalier se trouvait à droite, dans la cour, en entrant.

La loge des époux Grenouillot lui faisait face, si bien que, sans être aperçu des dignes surveillants, personne ne pouvait monter ou descendre. C'était on ne peut plus commode.

Au fond de la cour était un puits, à moitié caché sous les aristoloches de la vigne vierge.

A l'angle opposé, on apercevait l'entrée des caves, qu'encadrait, tant bien que mal, un antique rosier vivace qui produisait énormément de pucerons et de chenilles, mais jamais de roses.

Enfin cela faisait un peu de verdure et c'était quelque chose, pour Mme Grenouillot surtout, qui en raffolait.

C'était au point qu'elle se serait fait plutôt écorcher vive que d'enlever l'herbe qui croissait entre les pavés de la cour.

La propriétaire, Mme veuve Brichet, espèce de vieille paysanne enrichie, qui demeurait à Argenteuil, à chacune des courtes apparitions qu'elle faisait à son immeuble de la rue Monsieur-le-Prince, avait grand soin cependant de recommander aux Grenouillot d'enlever toute cette végétation parasite.

Les Grenouillot promettaient d'exécuter à la lettre les ordres reçus...

Mais aussitôt que la propriétaire avait le dos tourné, l'honnête couple s'écriait d'une seule et même voix :

— Supprimer nos gazons ! plutôt la mort !

Le matin même du jour où le jeune Venceslas avait fait la rencontre de Popincourt et du noble gredin qui l'accompagnait, la veuve Brichet, vêtue en vraie mendiante, comme toujours, était venue faire sa tournée trimestrielle, à seule fin de toucher ses loyers.

Tout le monde avait payé à peu près exactement, à l'exception des locataires du cinquième.

— Fichez-moi congé à tout ça ! répliqua la richarde en comptant pour la dixième fois ses pièces de cent sous, dorénavant, quand vous louerez les mansardes, vous aurez soin de vous faire payer un terme d'avance !... Comme c'est toujours les pauvres qui viennent se nicher dans ces trous-là, c'est bien juste qu'ils soldent avant les riches !... Quant à cette clique de va-nu-pieds et de meurt-de-faim, que nous avons là-haut pour le quart d'heure, je flanquerai mon huissier à leurs trousses pas plus tard que demain et l'on vendra leurs loques... Ça leur apprendra à être plus exacts une autre fois.

La mère Grenouillot qui n'était pas une méchante femme, bien au contraire, se hasarda à s'apitoyer sur le sort de la famille Bertier.

— Si ceux-là vous doivent, mame Brichet, dit-elle, bien sûr que ce n'est pas leur faute...

— Pas leur faute ! interrompit la vieille avare d'un ton rauque, pas leur faute ! Qu'est-ce que ça veut dire ? Je ne cromprends pas ! Pas leur faute ! répéta-t-elle en haussant les épaules. C'est peut-être la mienne, qui sait ?

— Non, mame Brichet, non rispota la portière, mais y a le père qu'est malade et le mère qui ne se porte pas bien...

— S'ils sont si malades que ça, répondit la paysanne avec dureté, qu'ils crèvent !... Qu'est-ce que ça fiche sur terre, tous ces pannés-là ?... V'là-t-il pas un beau malheur quand ça déguerpirait pour tout de bon.

— Ah ! mame Brichet, s'exclama la mère Grenouillot, c'est pas humain ce que vous dites là !

— Humain ! reprit la vieille, humain ! V'là encore un mot que je ne comprends pas.

— Mais enfin, poursuivit la portière, songez donc que ces pauvres gens ont deux moutards, des pauvres crapauds qui ne sont guère bien portants non plus et qui ont à peine vingt ans à eux deux !

— Des enfants ! grommela la propriétaire, ça se permet d'avoir des enfants !...

— Tiens, c't idée, fit la portière, vous en avez bien, vous !

Le front de la mère Brichet se rembrunit

— Moi, moi, répliqua-t-elle, je suis...

Elle allait dire :

— Je suis riche!...

Mais elle n'aimait pas avouer tout haut.

Elle se contenta de dire :

— Moi, je ne suis pas dans la misère!

— Bien sûr!... Même que vous êtes joliment cossue!...

— Cossue! cossue!... j'ai de quoi vivre, voilà tout... et avec bien de la peine encore!...

— Mame Brichet, interrompit la portière, faites pas la fine avec moi; je connais l'histoire... Quand vous étiez au service du père Brichet, vous n'aviez pas gras... mais après votre *conjungo*, toute sa petite braise est devenue la vôtre... Même que les enfants qu'il avait eus de sa première femme ont braillé comme des ânes et qu'il a été un moment sur le point de les avantager... Mais, à quelque temps de là, il a tourné de l'œil ce pauvre cher homme... et le quibus vous est resté!...

— Le quibus! le quibus! répéta la vieille paysanne avec impatience. Avec ça qu'il était épais, son quibus!... Quelques terres, cette vieille baraque et des gros sous... c'était toute sa fortune!

— Mame Brichet, riposta la mère Grenouillot, soit dit sans vous fâcher, je connaissais votre défunt... même qu'il n'était pas fier et qu'il prenait souvent la goutte avec mon homme... et dame, il nous disait ses petites affaires...

— Allons, c'est bon! interrompit brusquement la propriétaire, il ne s'agit pas de ça, après tout... il s'agit de Bertier, et je vous dis encore une fois que je veux me dépêtrer de ces vermines-là!... Le père et la mère sont malades, à ce que vous dites, et les deux mômes sont trop jeunes pour gagner leur vie... Eh bien! et le grand fils? car il y a un grand fils là dedans...

— Oui, M. Marcel.

— M. Marcel, je veux bien. Il ne fiche donc rien non plus, celui-là?... Est-ce qu'il est malade aussi?

— Pauvre garçon! Bien au contraire... c'est lui qui fait vivre toute la nichée!

— Qu'est-ce qu'il fabrique?

— Il copie des manuscrits.

— Des manuscrits! répéta la paysanne en se mettant à rire. Qu'est-ce que c'est que ces bêtes-là? ça va-t-il sur l'eau?

— Vieille couenne, va! dit en elle-même la Grenouillot. Et ça vous a des maison et des rentes!

— Qu'est-ce que vous jabotez là?

— Je dis que ce pauvre M. Marcel est un honnête homme et un brave cœur et qu'il passe plus souvent ses nuits à écrire qu'à se reposer.

— Écrire! Il écrit donc?

— Puisque c'est son métier.

— Encore un drôle d'état!... A quoi ça sert-il d'écrire? Qu'il se mette en maison... voilà un métier, à la bonne heure!

— Tiens, vous êtes encore bonne, vous; tout le monde n'est pas disposé à servir les autres!

— Je les ai bien servis, riposta la vieille avec aigreur et je ne m'en porte pas plus mal pour ça !

— Du reste, il n'en a plus pour longtemps, allez !

— Pourquoi ça ?

— Parce qu'il est tombé au sort, pardine ! et qu'il va partir !

— Il va partir ! s'exclama la mère Brichet. Ah ! ben raison de plus pour que toute sa bande décanille !...

— Les malheureux !

— Bah ! bah ! s'il fallait s'apitoyer sur les embêtations de tout le monde, ça n'en finirait pas. Demain, l'huissier chez eux et la saisie tout de suite, en attendant la vente.

— Satanée guenon, va ! maugréa en aparté la concierge, si le diable pouvait te tordre le cou, ça serait un rude service qu'il rendrait à l'humanité !

La mère Brichet, pendant ce dialogue, avait soigneusement empaqueté son argent dans du papier et l'avait ensuite glissé dans une espèce de vieux cabat qu'elle portait toujours.

Elle sortit de la loge, suivie de la mère Grenouillot.

Au milieu de la cour, elle s'aperçut que ses ordres, relativement à l'herbe qui envahissait les pavés, n'avaient pas été mieux exécutés cette fois que les autres.

Elle regarda de travers la concierge désobéissante.

La menaçant ensuite du doigt :

— Mame Grenouillot, lui dit-elle, v'là des années que vous me faites aller, méfiez-vous... je pourrais bien perdre patience un de ces quatre matins et vous flanquer du balai comme aux Bertier que vous protégez si bien !

La propriétaire n'avait jamais jusqu'alors parlé aussi catégoriquement.

Les [Grenouillot lui coûtaient une misère, de plus c'étaient des honnêtes gens et elle pouvait compter sur eux; si bien qu'elle les avait gardés quand même, malgré les défectuosités de leur service.

Mais cette fois, elle était presque résolue à se débarrasser d'eux malgré tout.

Elle ne pouvait admettre que sa portière prît fait et cause contre elle pour ses locataires, lorsque ceux-ci avaient l'outrecuidance de ne pas payer leur termes exactement.

Que la maison fût mal tenue, elle s'en souciait peu... Que l'escalier fût sale, peu lui importait... que la cour même fût dans l'état que l'on sait, c'était le cadet de ses soucis...

Mais l'affaire Bertier la faisait sortir des gonds.

L'épouse Grenouillot croyait avoir mal entendu.

— Du balai ! du balai ! répétait-elle d'une voix entrecoupée.

— Oui, riposta la mère Brichet, je vous ficherai en chasse, vous et votre vieux sac à vin de mari !...

— Bonté céleste ! reprit la concierge en faisant de grand bras, Grenouillot ! mon époux... un sac à vin !... Oh ! vous n'avez pas dit ça !

— Si vraiment, je l'ai dit !... et je le répète... C'est un ivrogne... un pochard, quoi !... il n'y a pas beaux jours que je le sais !

— Un ivrogne!... un pochard!

— Parbleu! avec ça que dans ce moment-ci, il n'est pas déjà en train de se soûler!... Tous les dimanches c'est la même chanson... J'en sais quelque chose, puisque, dans le temps, il était toujours fourré chez le marchand de vin avec le père Brichet!

— Mon Dieu! mon Dieu! mon Dieu! se mit à gémir Mme Grenouillot. On insulte l'époux de mon choix!... On vilipende le père de mon enfant!

Et la brave femme, en disant ces mots, se laissa tomber tout de son long sur les pavés en simulant une attaque de nerfs.

— Sapristi!... grommela Mme Brichet, v'là autre chose à présent!... Allons voyons, mame Grenouillot, ajouta-t-elle en tapant dans les mains de sa portière, ne faites donc pas des *gìries* comme ça... c'est bête comme tout... Avec vos cris et vos *esquimaux* vous allez révolutionner tous les locataires!

Et tout en parlant elle essayait de la relever...

Mais l'autre continuait son manège.

En ce moment, le marteau de la porte cochère retomba bruyamment.

En ce temps-là bien qu'à peine éloigné de l'époque actuelle d'une trentaine d'années, la plupart des portes cochères étaient closes en plein jour exactement comme pendant la nuit.

C'était la règle des maisons de la rue Monsieur-le-Prince et la mère Brichet tenait essentiellement à ce que celle-là au moins fût observée, seule fin d'empêcher les voleurs de s'introduire subrepticement dans le logis.

En entendant retentir le heurtoir de fer :

— Allons, bon! fit la propriétaire aux cent coups, voilà qu'on frappe maintenant... C'est un locataire qui rentre... Voyons, mame Grenouillot, assez de pâmoison comme ça... Il n'y a pas de bon sens, ma parole d'honneur! à vous tortiller de la sorte ; vous avez l'air d'une anguille!

On frappa de nouveau.

En même temps, une voix grave cria dans la rue :

— Cordon, s'il vous plaît!

Mais l'attaque de nerfs de mame Grenouillot ne cessait pas, au contraire, et l'infortunée concierge tenait d'une main crispée la robe de sa propriétaire.

— Cordon s'il vous plaît! reprit la même voix au dehors.

— Seigneur, mon Dieu! s'écria la mère Brichet stupéfaite, je ne me trompe pas, c'est ce vieux gueux de père Grenouillot! Je reconnais son timbre enroué!...

Dix ou douze coups de marteaux aussi violents que précipités interrompirent le monologue de la vieille paysanne.

— Bonté divine! fit-elle épouvantée, l'affreux Cartouche va m'enfoncer *ma* porte et démolir *ma* maison!

Alors, d'un mouvement brusque, elle arracha sa robe des doigts de Mme Grenouillot et courut à la loge.

— Si ce n'est pas une infamie et une abomination! reprit-elle avec fureur, moi, la propriétaire, je suis forcée de tirer le cordon à mon concierge!

La porte s'ouvrit enfin, et le père Grenouillot, — car c'était bien lui, — le père

Grenouillot, disons-nous, non pas tout à fait ivre, mais un peu plus que gris, fit son entrée dans la cour.

Bien que festonnant légèrement, il se tenait presque droit et faisait d'incroyables efforts pour donner à sa démarche quelque chose de majestueux et de tragique.

— Par les dieux immortels, dit-il enfin d'un ton déclamatoire, pour une maison mal tenue, voilà une maison mal tenue, par exemple ! Comment ! moi, le portier, on me laisse à la porte ! C'est indécent !...

La mère Brichet sortit de la loge comme une furie.

Montrant le poing au bonhomme :

— Monsieur Grenouillot, lui dit-elle, vous êtes un grand polisson et je...

Le portier la reconnut.

— La veuve Brichet ! murmura-t-il en faisant une vaine tentative pour ôter sa casquette de loutre, comme tout portier authentique !

« Mame la propriétaire, ajouta-t-il avec une certaine difficulté, je vous offre le bonjour... Et monsieur votre défunt... sa santé est toujours bonne ?... Oui ?... Allons, tant mieux !... tant mieux !...

— Pouah ! le vieux soûlard ! fit la mère Brichet en se reculant avec dégoût, il pue le vin à plein nez !

— Vous voudrez bien lui présenter mes hommages, à votre défunt, poursuivit l'ivrogne sans se déconcerter. Du temps qu'il n'était pas tout à fait mort, nous trinquions souvent ensemble... C'était un honnête homme et un bon propriétaire... Et de plus, il comprenait la tragédie.

— Fichez-moi la paix avec la tragédie et répondez. D'où sortez-vous dans ce bel état-là ?

— Mame Brichet, répliqua le bonhomme avec une noblesse grotesque, je viens de porter au chef de claque de l'Odéon une culotte toute neuve que je lui ai faite avec un vieux pantalon qu'il m'avait confié.

— Une culotte ! s'exclama la vieille avec colère, c'est-à-dire que vous vous en êtes flanqué une, vieux débauché.

— Voudriez-vous dire par là que je suis *repris* de vin !... C'est faux, mame Brichet !... c'est une imposture et une calomnie... La preuve c'est que nous n'avons bu que du cassis.

— Quelle clique ! quelle clique ! maugréa la vieille.

Le père Grenouillot se campa théâtralement.

— Princesse, je vous prie de modérer vos expressions...

Les portiers ne sont pas ce qu'un vain peuple pense...

comme l'a dit Voltaire dans *Mahomet* et si vous vous figurez que je me laisserai molester et insolenter par vous, vous comptez sans votre hôte...

— Assez ! ou je vous flanque à la porte !

Le bonhomme se redressa de toute sa longue taille et renfonça d'un fort coup de poing sur sa tête sa casquette de loutre.

— Vous me flanquerez à la porte, dites-vous ?... Eh bien ! je travaillerai,

Virginie ou Cabriolette, *ad libitum*, prit une cigarette, l'alluma et se jeta nonchalamment
sur un canapé.

madame… je gagnerai ma vie autrement… Dieu merci! j'ai plusieurs cordes à mon
arc!

Désignant une vaste pancarte accrochée à la porte de sa loge, il lut avec solennité ces mots qui s'y trouvaient tracés en lettres multicolores :

LE CONCIERGE EST TAILLEUR ET IL FAIT DES FAÇONS

— Trop souvent d'ailleurs ! interrompit la propriétaire avec fureur, et faisant
beaucoup trop de façons pour faire votre service !

Le père Grenouillot sourit dédaigneusement :

— Jeu de mots mesquin ! fit-il.

Reprenant son ton solennel :

— Et si les façons venaient à me manquer, eh bien ! madame, je me remettrais au théâtre...

A ce mot la mère Grenouillot jugea à propos de sortir de son évanouissement :

— Jamais ! jamais ! s'écria-t-elle d'une voix perçante.

Le portier aperçut seulement alors sa conjointe étalée au fond de la cour.

— Que vois-je !... Rosamonde !... ma moitié !...

Courant à elle :

— Que fais-tu, mon lapin ? vautrée sur l'herbe tendre... Est-ce que tu broutes ?

La mère Grenouillot, aidée par son époux, parvint à se remettre sur pied.

Lui saisissant la main :

— Alcindor, lui dit-elle ensuite d'une voix émue, ne parle jamais de remonter sur les planches...

— Pourtant, ma cocotte...

— Tais-toi ! tais-toi !... Si je te savais de nouveau près de ces femmes légères, qui ne manqueraient pas de te faire des agaceries, oh je mourrais de jalousie, vois-tu !...

— Petite follet riposta le bonhomme en prenant le menton de sa compagne, me crois-tu donc capable d'oublier mes serments !...

— Alcindor, reprit la portière avec âme, je ne m'abuse pas, allez !... J'ai été belle, oui, je le sais, j'ai même été jeune... mais, commme dit le poète :

Ainsi que la rose,
Fraîchement éclose,
La beauté séduit !
Mais trop passagère,
D'une aile légère,
La beauté s'enfuit !

Et maintenant je n'ai plus d'assez beaux restes... tandis que ces filles de théâtre...

— A ton tour, tais-toi, ma poulette, interrompit Grenouillot en lui mettant la main sur la bouche ; je te défends de dire qu'il est sur la terre une seule femme qui puisse t'être préférée !... Tu es mon petit chien adoré et tu seras toujours quand même la grosse biche à son papa !

— Grenouillot, dit la portière avec exaltation, Grenouillot, tu es beau, tu es bon et je t'aime !

Là-dessus, elle le baisa au front.

Se retournant ensuite vers la propriétaire :

— Mame Brichet, ajouta-t-elle, vous pouvez nous exiler tous deux de ce paradis... Comme Adam et Ève, nous fuirons vers d'autres lieux en emportant notre amour !

— Notre amour et notre mobilier, madame, ajouta le père Grenouillot ; car, Dieu merci, notre mobilier est à nous !

— Dans huit jours nous serons filés, reprit la portière. Occupez-vous de nous trouver un remplaçant!

— Vous en aurez un! répliqua la mère Brichet avec force. Ah! oui, quand je devrais le payer cent mille francs, je vous jure que je vous trouverai un remplaçant!

Depuis quelques secondes, le jeune Venceslas, de retour de Montfaucon, se tenait sur le seuil de la porte cochère, qui était restée ouverte.

Il entendit la fin de la conversation.

Ce mot de « remplaçant » lui fit supposer immédiatement qu'il s'agissait de lui.

La réponse de la propriétaire le rendit fou de bonheur.

Il s'élança d'un bond vers la vieille paysanne en s'écriant :

— Quoi! madame, vous allez m'acheter un homme!... Et vous ne regardez pas au prix... Ah! soyez bénie... noble femme!... soyez bénie!...

Et sans laisser à la vieille le temps de répondre un seul mot, il la prit entre ses bras, la serra sur son cœur et couvrit ses joues de baisers.

— Ils sont fous! bien sûrs qu'ils sont fous! murmura-t-elle.

Et, sans plus attendre, elle détala.

Comme elle allait sortir, Cabriolette entra.

A la vue de l'accoutrement misérable de la vieille, qu'elle ne connaissait pas, elle la prit pour une mendiante.

Tirant deux sous de sa bourse :

— Tenez, ma pauvre femme, dit-elle.

La mère Brichet la regarda, étonnée d'abord, et voulut poursuivre son chemin. Mais, se ravisant, elle prit les deux sous et les mit dans sa poche en disant à part :

— Tiens! au fait, pourquoi pas? Deux sous, c'est dix centimes!

Puis elle disparut.

— Y a-t-il des gens malheureux tout de même! fit Cabriolette en s'approchant des trois Grenouillot stupéfiés. A cet âge-là, être forcé de demander l'aumône!

— Elle! s'exclama la portière avec éclat. Mais c'est riche comme Crésus... c'est la propriétaire.

— Ah bah!

Et Cabriolette partit d'un homérique éclat de rire.

— La propriétaire! elle a pris mes deux sous!

— Je crois bien! dit la mère Grenouillot. Elle est si avare!

— Avare! répéta le jeune Venceslas. Et elle me paye un remplaçant!

— Eh! malheureux, dit le père Grenouillot d'un ton lugubre, ce n'est pas pour toi le remplaçant, c'est pour moi... Elle m'a fichu mon compte!

Venceslas poussa un cri grotesquement douloureux.

— Allons, gémit-il, il est dit que les Bédouins goûteront du Grenouillot!

II

DANS LEQUEL Mlle CABRIOLETTE ET SON PROTECTEUR M. COQUARDIER ACHÈVENT DE SE FAIRE CONNAÎTRE

A peine la vieille propriétaire eut-elle tourné les talons qu'apparut, sur le seuil de la porte cochère, un monsieur assez grassouillet, tout de blanc habillé, comme un planteur de la Havane.

C'était M. Coquardier.

Le bonhomme était fardé comme une vieille marquise.

Sa perruque blonde était superbement frisée et ses moustaches, fort artistement teintes du reste, étaient raides comme des fils de fer.

Tout en faisant tournoyer le petit jonc à pomme d'or qu'il tenait à la main, il s'avança en sautillant vers Cabriolette.

A sa vue, la belle fille s'interrompit brusquement au beau milieu de son éclat de rire.

— Allons! bon! fit-elle avec ennui, voilà mon boulet.

S'adressant au bonhomme d'un ton de mauvaise humeur :

— Comment, c'est déjà vous! fit-elle, je croyais que vous ne deviez venir qu'à midi!

Le père Coquardier était en avance de trois ou quatre minutes.

— S'il m'est permis de m'exprimer ainsi, ma chère belle, riposta vivement le vieux beau d'un ton que lui eût envié l'illustre Joseph Prudhomme, vous manquez totalement d'aménité à mon endroit et vous avez une étrange façon de me remercier de mon exactitude !

Cabriolette ne répondit rien et se contenta de hausser les épaules.

Puis, d'un pied léger, elle quitta la cour et gravit l'escalier.

M. Coquardier se précipita à sa suite et, peu après, tous deux pénétraient dans le logement du troisième étage.

Chez Cabriolette, c'était gentil et voilà tout : des meubles d'acajou, peu de tentures, moins encore de tapis; tel était le mobilier.

Mais c'était propret et réjouissant.

— Ouf! fit le père Coquardier en se laissant tomber sur un fauteuil, monter trois étages tout d'une haleine, par une chaleur pareille, c'est exténuant, je ne crains pas de l'avouer.

Et le vieillard s'épongeait le front non sans toutes sortes de précautions, à seule fin de ne pas enlever avec son mouchoir cet éclat emprunté, comme dit Racine, dont il avait soin

> ...... de peindre et d'orner son visage,
> Pour réparer des ans l'irréparable outrage.

Si l'on préfère que nous parlions en vile prose, nous dirons tout simplement que le papa Coquardier avait les plus grands égards pour le blanc et le rouge, sous lesquels il essayait vainement de dissimuler ses rides, ses pattes d'oies, sa peau parcheminée, complément obligé de ses soixante-cinq ans.

Virginie, ou Cabriolette *ad libitum*, prit une cigarette, l'alluma et se jeta nonchalamment sur un canapé en disant au bonhomme d'un ton narquois :

— En attendant que vous ayez fini de souffler, je vais fumer un peu.

Et la belle fille porta la cigarette à ses lèvres de corail.

— Virginie! dit enfin M. Coquardier en la considérant avec inquiétude, vous avez un drôle d'air aujourd'hui... Vous me faites une réception singulière! Que vous est-il arrivé?

— Rien! j'ai mes nerfs! voilà tout!

Le père Coquardier se prit à sourire.

— Eh bien, reprit Virginie avec vivacité, ça vous étonne?... Est-ce que je n'ai pas le droit d'avoir mes nerfs aussi bien qu'une autre?

— C'est la première fois, ma chère, que vous me parlez de cela.

— Il y a commencement à tout.

— Allons! voyons, dites franchement que ma visite vous importune et ne vous moquez pas de moi plus longtemps... Je ne suis pas aveugle, que diable! et je vous ai vu rire au moment où je mettais le pied dans la cour.

— Qu'est-ce que ça prouve?

— Ça prouve, ma chère, que vous étiez gaie avant mon arrivée, et que par conséquent c'est moi qui vous rend aussi maussade et aussi nerveuse.

Cabriolette quitta son canapé.

— Au fait, dit-elle, en écrasant sa cigarette sous son pied mignon, j'aime autant être franche... Oui! oui et oui! Tant que vous n'êtes pas avec moi, je ris et je chante, mais du moment que je vous ai là sur mon dos, au diable mes refrains et ma belle humeur!

Le père Coquardier se leva brusquement.

— Je vous ennuie, à ce qu'il paraît, fit-il en grommelant.

— Oh! non! riposta la fillette avec vivacité, non! vous ne m'ennuyez pas... mais, par exemple, vous m'embêtez à périr! Voilà!

Le bonhomme demeura quelques instants abruti.

Recouvrant enfin la parole :

— Certes, vous pouvez vous vanter, ma chère, d'être bien mal élevée, et vous devriez un peu vous souvenir de ce que j'ai fait pour vous.

— On demande des explications! interrompit Cabriolette. Qu'avez-vous fait pour moi? Je tiens à le savoir.

— Puisqu'il le faut, mademoiselle, répondit le bonhomme d'un ton saccadé, je vais vous le dire.

— C'est heureux!

— Il y a un an à peu près... quatorze mois même...

— Mettons-en quinze et n'en parlons plus!

— Vous vous présentâtes chez moi... au *Dahlia jaune*.

— Naturellement!

— Pourquoi cet adverbe ?

— Parce que votre maison est une vraie baraque et qu'il y a toujours des places vides chez vous par la raison toute simple qu'on y est très mal payé, très mal logé et très mal nourri, et qu'on n'y entre jamais que dans l'idée d'en sortir le plus tôt possible.

— Soit! fit Coquardier. Quoi qu'il en fût, je consentis à vous prendre, malgré les renseignements déplorables que je recueillis sur votre compte...

— Malgré! s'exclama Cabriolette. Dites donc plutôt que c'est à cause de ça que vous m'avez acceptée... Vous vous êtes dit en vous-même : « Tiens! tiens! tiens! cette petite-là ne doit pas être un dragon de vertu... et ce sera une nouvelle conquête toute trouvée! » Ne niez pas, vieux lovelace; vous êtes connu comme le loup blanc!

— Eh bien! oui, répliqua Coquardier, j'avoue qu'à première vue vous sûtes captiver mon cœur... Aussi, bien que Mme Coquardier s'opposât formellement à votre réception, je parvins à triompher de sa résistance et je vous admis à l'honneur de faire parti de mon personnel.

— Joli honneur, parlons-en.

— Non content de cela, je vous adjugeai, séance tenante, des appointements de première classe...

— Oui, fit Cabriolette en riant, cinquante francs par mois!

— Six cents livres par an! Oui, mademoiselle, somme fort importante, quoi que vous en disiez!... De plus, vous eûtes l'avantage de dîner à notre table et d'avoir une chambre à vous seule...

— Une chambre! s'écria Virginie. Vous appelez ça une chambre, un trou à rats, voulez-vous dire... Quant à vos dîners, je n'en parle pas... Rien que d'y songer, ça me donne mal au cœur!

— De plus, poursuivit le bonhomme, sans répondre aux reproches de la jeune fille, vous fûtes autorisée à aller vous promener tous les dimanches et les jours de fêtes!

— Tiens! cette belle grâce! puisque votre boîte fermait, c'était bien le moins que j'eusse campos!

— Un de ces dimanches-là, continua Coquardier, je m'étais égaré au Tivoli d'été. Là, je vous aperçus en compagnie d'un grand monsieur barbu, vous livrer à des danses plus que pittoresques.

— Oui, ce jour-là, Scipion et moi nous cultivions la tulipe orageuse.

— Que vous dirai-je, ô Virginie! ces folles évolutions surent m'empoigner, et, ma foi, le lundi matin, comme je me trouvais seul à seule avec vous au magasin, je vous tins à peu près ce langage :

« — J'ai de hautes protections à l'Opéra, dites un mot et demain vous ferez partie du corps de ballet. Dites-en deux et j'ajouterai à cela un petit appartement dans les prix de trois cent cinquante francs par an orné d'un mobilier en acajou et d'une pendule avec sonnerie. Dites-en trois et je compléterai la chose par une rente mensuelle de dix louis, que je doublerai si vous êtes bien sage et si vous voulez m'aimer un peu.

— C'est ma foi vrai! dit Cabriolette, vous m'avez parlé de la sorte... J'aurais dû

vous répondre par une bonne paire de gifles... mais j'ai eu la petitesse de me retenir. Bien plus! j'ai fini par accepter vos propositions... Ça se comprend, pardine!...
de l'acajou!... Mais ce qui m'a empaumée surtout, c'est votre gredin d'Opéra!...
En fichant les pattes sur les planches, je me figurais que j'allais devenir tout d'un
coup une Fanny Elssler!... mais je suis restée une simple figurante... un *rat* d'opéra,
comme on dit... et c'est ça qui m'embête... Quand j'entre en scène, je suis fourrée
avec les autres, et on ne me remarque seulement pas... ça m'agace... c'est au point
que, chaque soir, il me prend des envies féroces de lâcher carrément le deuxième
ou le troisième plan où l'on me relègue et de prendre la place de mamzelle Noblet
ou de mamzelle Taglioni pour danser le *chahut* comme à la barrière!

— Joli chef-d'œuvre que vous feriez là!

— C'est qu'il ne faudrait pas m'en défier, voyez-vous!... Ça m'abrutit à la fin
d'être là comme une cinquième roue à un carrosse, et j'en ai par-dessus la tête de
votre Académie royale de musique! A l'Ile d'Amour, au moins, à Tivoli, à la Grande-
Chaumière, au Wauxhall, au Prado, partout où je me montrais, j'avais du succès à
n'en plus finir... de vrais triomphes... C'est qu'à chaque bal, je manquais de me
faire flanquer au violon?

— Est-ce là ce que vous regrettez?

— Tout justement!...

— Fi! fi! ma chère, ne dites pas cela.

— Pourquoi donc? puisque je le pense!

— Ceci n'est pas une raison. « La parole a été donnée à l'homme pour dissimuler sa pensée », a dit M. de Talleyrand.

— Talleyrand? interrompit Cabriolette. Qu'est-ce que c'est que cet oiseau-là?

— Ma toute belle, ce n'était pas un oiseau... C'était un diplomate qui passait
son temps à faire des mots et à défaire les gouvernements... Il a quatre-vingt-deux
ans aujourd'hui et il donne encore des consultations!

Cabriolette regardait M. Coquardier avec de grands yeux étonnés.

— Eh bien, qu'est-ce que ça me fait à moi tout ce que vous me rabâchez là, et
quels rapports y a-t-il entre votre diplomate et les larmes que je verse sur mon
passé si fringant et si joyeux!...

— Des regrets! des regrets! s'exclama Coquardier. Parole d'honneur! C'est
incompréhensible! Il y a un an, vous n'étiez rien, vous viviez au jour le jour,
comme une vraie bohémienne... aujourd'hui, vous avez une position et vous vous
plaignez.

— Une position! elle est chouette, ma position!

— Ah! vous trouvez que ce n'est rien d'être dans vos meubles... et de pouvoir
mettre sur vos cartes de visites : « Mlle Virginie, artiste de l'Opéra. »

— Allons donc, mon cher, interrompit Cabriolette, n'essayez pas de me faire
poser, hein! ça ne prend pas... Je vous ai déjà dit que votre Opéra m'embêtait,
qu'on n'a pas seulement l'air de m'y regarder et que ça m'humilie... Quant à vos
meubles de quatre sous, à votre appartement de six blancs, et votre rente de deux
liards, ça ne peut plus me convenir.

— Ouais? pensa le bonhomme alarmé, où veut-elle en venir?

Se rapprochant d'elle :

— Expliquez-vous, ma chère belle, je vous en prie...

— Eh! vous me comprenez bien... *mon cher beau,* répliqua-t-elle.

— Je vous certifie que je suis à cent lieues de me douter...

— En ce cas, écoutez-moi bien... et vous saurez à quoi vous en tenir.

Coquardier frissonna :

Virginie poursuivit :

— Si, à l'Opéra, on me laisse au rencart, si tout le monde me tourne le dos et semble me prendre pour une rien du tout ou du moins pour une pas grand'chose, savez-vous pourquoi?...

— Ma foi, non.

— Eh bien! c'est tout bonnement parce que je n'ai pas de cachemires des Indes, des robes de gros de Naples et des diamants à mes oreilles... C'est encore parce que je n'habite pas un élégant hôtel sur le boulevard ou aux Champs-Élysées; que je ne prends, quand j'en prends, que des voitures de louage et que je n'ai pas, tous les jours et toutes les nuits, du monde à dîner et à souper.

— Bonté du ciel! quelles idées avez-vous là? exclama Coquardier avec épouvante.

— Je vois, à votre mine de hibou effarouché, que vous me comprenez maintenant, mon cher monsieur Coquardier! reprit très sérieusement la belle Cabriolette.

Allumant une deuxième cigarette :

— Oui, mon bon, continua-t-elle d'un ton résolu. Dorénavant, voilà ce que je veux... un hôtel, une voiture, des cachemires à remuer à la pelle et des diamants comme s'il en pleuvait!

— Mais vous n'y songez pas!

— Je vous demande bien pardon... j'y songe depuis plus de huit jours.

— Allons... voyons... c'est une plaisanterie.

Cabriolette se campa devant lui et le regarda dans le blanc des yeux :

— Dites donc, fit-elle, est-ce que j'ai l'air de plaisanter;

— Des diamants!... des voitures!... murmura Coquardier.

— C'est comme j'ai l'honneur de vous le dire... sans quoi, N. I. ni, mon bon, tout est fini entre nous!

— Mais, riposta le bonhomme hors de lui, vous savez bien que je n'ai pas les moyens de faire de semblables folies!... A vous entendre, on croirait vraiment que je suis millionnaire!

— Je sais que vous êtes suffisamment riche, mais que vous êtes avare comme Harpagon...

— Oh! s'exclama le malheureux en gémissant, c'est à s'en arracher les cheveux!

— Prenez garde! dit froidement Cabriolette, vous allez mettre votre perruque de travers!

Coquardier poussa une sorte de grognement plaintif.

— Allons, dit-il, je croyais que vous m'aimiez un peu!... Je m'aperçois que vous n'avez pas plus de cœur que les autres.

Cabriolette, revenue de son étonnement, s'était précipitée dans les bras de son ami.

— Ma foi non! j'en serais bien fâchée!... Alors, vous vous figuriez bonnement que ça allait durer toujours ainsi... Avouez que ce serait trop commode et trop bon marché!... Ah! si vous étiez très jeune, très joli et très séduisant, on pourrait encore admettre qu'une femme se contentât d'une chaumière et de votre cœur!... Mais avec votre physique détérioré et votre grand âge! Oh! là! là! allez donc vous baigner!

— Mon physique!... mon grand âge! on dirait que je suis vieux comme Hérode et laid comme Quasimodo!

— Oh! mon Dieu, il ne s'en faut guère, allez! Et quand une fille comme moi en arrive à se laisser enjôler par un monsieur comme vous, elle n'est excusable que si elle y trouve largement son compte, pécuniairement parlant !... Sous le prétexte que depuis huit mois vous me donnez la becquée, tout le monde me jette la pierre.

« — C'est une gueuse ! c'est une gredine ! Elle détourne ce bon vieux de son ménage... Elle mange le bien de ses enfants...

« Voilà ce qu'on crie partout ! et c'est tout naturel... car il n'y a pas un être assez dépourvu de bon sens pour supposer un instant que je suis votre maîtresse uniquement pour vos beaux yeux.

« Eh bien ! mon cher, du moment qu'il en est ainsi, du moment que j'ai tous les désagrements de la situation, je prétends en avoir les avantages.

« C'est un métier de dupe que je fais avec vous !

« En homme économe que vous êtes, vous m'avez prise de préférence à toute autre, parce que vous vous êtes dit :

« — Elle est habituée à une vie presque misérable... en lui donnant un tout petit bien-être, elle sera trop heureuse... Une robe neuve, un chapeau frais de temps en temps, une partie de campagne tous les dimanches, elle n'en demandera pas davantage et elle me prendra pour le plus généreux des hommes !...

« Voilà ce que vous avez pensé, pas vrai ?

« Eh bien ! vous vous êtes fourré le doigt dans l'œil, voilà tout !

« Si j'avais été une vraie ouvrière, ça aurait peut-être pu se passer ainsi... Mais, du moment que j'étais au théâtre, c'était une absurdité de votre part de croire que ça pouvait durer longtemps comme ça.

« Aussi, à partir d'aujourd'hui, j'arrête les frais et j'entends devenir, pas plus tard que tout de suite, une *lionne* numéro un...

« Depuis un an, sous le prétexte que vous avez dépensé pour moi une ou deux centaine de louis, on m'accuse de vous gruger et de vous manger la laine sur le dos... Eh bien ! je veux que ce mensonge devienne une belle et bonne vérité... Oh ! mon Dieu, ma réputation n'en souffrira pas davantage !... on ne me me débinera pas plus... au contraire... La seule différence, c'est que je passerai partout pour une fille très ntelligente à partir du jour ou j'aurai fait fortune, tandis que pour l'instant je suis comme une grue de haute volée.

— Vous êtes bien résolue ? demanda Coquardier.

— Bien résolue !

— Alors vous voulez me mettre sur la paille ?

— Ça m'est parfaitement égal !... La paille vous ira très bien !

Le père Coquardier était exaspéré.

— C'est affreux ! c'est indigne !

— En l'honneur de quel saint ?

— Vous le demandez ?

— Dame ! pour le savoir !

— Mais je suis pauvre... très pauvre...

— Mon cher monsieur Coquardier, quand on est pauvre, très pauvre, on ne se donne pas le luxe de *protéger* des demoiselles.

— Mais je vous aime, malheureuse enfant! fit le bonhomme en pleurnichant, je vous jure que je vous aime!

— Ne me dites pas ça!... vous m'agacez!

— Ah! vous êtes impitoyable!

— Je ne dis pas le contraire!

— Eh bien! reprit Coquardier d'une voix sourde, puisqu'il en est ainsi, je n'ai plus qu'une chose à faire...

— Quoi donc?

Le vieillard lui prit les deux mains.

— Virginie! Virginie!... je vais me jeter par la fenêtre... c'est vous qui l'aurez voulu!

Cabriolette dégagea ses mains et courut vers la fenêtre qui était restée fermée.

— Oh! poursuivit Coquardier avec exaltation, vous aurez beau faire, je saurai mettre à exécution mon fatal projet!

La jeune femme le regarda étonnée.

— Plaît-il? Vous figurez-vous que je veuille vous empêcher de faire vos petites affaires... Erreur, mon bon!... voyez plutôt!

Alors elle ouvrit la fenêtre toute grande.

Mais le bonhomme était demeuré immobile au milieu de la chambre.

— Eh bien! reprit Virginie, vous ne piquez pas une tête sur le pavé!... Comment!... vos idées de suicide sont déjà envolées!... J'aime à voir qu'elle ne vous tiennent pas longtemps!

Haussant les épaules.

— Si c'est permis, à votre âge, de jouer encore cette comédie! décidément il faut que vous me croyiez rudement dinde pour essayer de m'attendrir avec des farces dans ce goût-là!

— Virginie! riposta Coquardier d'un ton caverneux, vous avez tort de railler... Vous ne savez pas ce dont je suis capable.

— Vous êtes capable de tout excepté de vous tuer, je vous connais comme si je vous avais fait, mon cher, et vous tenez trop à votre peau pour y faire la moindre égratignure! Ainsi donc, laissons de côté la plaisanterie du suicide... elle est usée jusqu'à la corde et ne fait plus d'effet!

Coquardier voulut riposter :

— Pas un mot de plus! interrompit Cabriolette avec fermeté, vous connaissez mon ultimatum, je n'en démordrai pas!... La vieillesse est faite pour payer! Qu'elle paye et elle sera considérée!...

— Payer! payer! s'exclama le malheureux bonhomme en sursautant, mais vous voulez donc que je me fasse voleur!

— Puisque vous êtes dans le commerce, je n'ai pas besoin de vous donner ce conseil-là!

— Virginie!... fit Coquardier en prenant un air indigné.

— Ne faites donc pas de manières, riposta Cabriolette, quand vous vendez les vieux *rossignols* de votre magasin avec trois cents pour cent de bénéfice, est-ce que ce n'est pas une vraie *volerie!*... Allons, vieux Cartouche, ôte ton faux nez!

— Soit ! soupira le vieillard, vous serez satisfaite... Vous aurez des diamants !... des cachemires ! une voiture !... Comment vous donnerai-je tout cela ?... Je l'ignore... Mais vous l'aurez ! Si un jour, je vais au bagne, n'en accusez que vous !

— A vous entendre on dirait vraiment que vous allez vous faire voleur de grand chemin... au fait, vous seriez drôle en brigand espagnol... vous savez, avec une escopette et un grand chapeau pointu, comme sur les images !

Et la belle fille, à cette pensée, ne put s'empêcher de rire à gorge déployée.

— Riez ! riez ! gémit Coquardier. Quand je serai ruiné vous ne rirez plus !

— Je rirai bien plus fort, au contraire, avec votre successeur !

— Ah ! mais vous êtes donc le démon ?

— Vous avez bien dit ça !... Parole, je me serais crue à la Porte-Saint-Martin !

Reprenant son sérieux :

— Soyons grave ! il s'agit de parler d'affaires ! Les bons comptes font les bons amis, dit le proverbe. Je suis de cet avis-là. Entendons-nous donc bien ! Voici mes conditions :

— Je vous écoute ! fit le bonhomme.

— Aujourd'hui, je veux les diamants et les cachemires !

— Vous les aurez !

— Demain, la voiture !

— Et l'hôtel après-demain ?

— Comme vous dites !... Ce n'est pas tout !

— Plaît-il ?

— Il faut, aujourd'hui même, m'octroyer le montant de mon premier mois... Soit deux mille francs !

— Deux mille francs ! répéta l'autre.

— Vous m'en faites bien deux cents !... ce n'est qu'un malheureux zéro à ajouter... Et vous le savez, un zéro n'est rien du tout.

— Mais vous n'y songez pas !... Vingt-quatre mille francs par an... c'est exorbitant !

— Vous plaisantez !... j'ai des camarades à l'Opéra à qui on donne le double ! mais rassurez-vous, il y a encore quelque chose...

— Que dites-vous ?...

— Comme vous êtes très vieux et très apoplectique, vous pouvez mourir d'un moment à l'autre..

— Comment, je puis mourir ?

— Ça se voit tous les jours !... En conséquence vous voudrez bien faire un testament en ma faveur !

— Quoi ! vous voulez...

Et malgré lui le pauvre bonhomme sentit une sueur froide emperler son front.

— Et ma femme !... et mes enfants !... dit-il enfin, vous exigez donc que je les déshérite ?

— D'abord, vous êtes séparé de biens d'avec votre femme. Ce n'est donc pas la peine d'en parler !... Quant à votre progéniture, vous lui laisserez ce que la loi vous oblige à lui abandonner... ce sera assez ! ce sera trop !

« Les libéralités, soit par acte entre vifs, soit par testament, ne peuvent excéder la moitié des biens du disposant s'il laisse à son décès un enfant légitime, le tiers, s'il laisse deux enfants, le quart s'il en laisse trois ou un plus grand nombre.

« Vous voyez que je connais mon Code! poursuivit Cabriolette avec un aplomb superbe.

Puis se rapprochant du bonhomme presque anéanti :

— Voulez-vous, oui ou non, me donner par testament la quotité disponible de vos biens?

— Mon testament! grommela sourdement Coquardier, mon testament!

— Ce mot-là vous fait peur!... Êtes-vous assez poltron!... Ça ne vous fera pas mourir cinq minutes plus tôt! A moins que vous ne me preniez pour un Castaing en jupons! De ce côté, vous pouvez être tranquille! je ne risquerai pas de me faire couper le cou en vous empoisonnant!... J'aime bien mieux attendre votre fin patiemment, bon vieillard, d'autant plus qu'en définitive je n'ai pas à attendre long-temps!

— C'est affreux! c'est horrible!

— Encore une fois, êtes-vous décidé? reprit Virginie, sans se préoccuper en aucune façon des exclamations du bonhomme.

— Mais, dit vivement ce dernier, c'est aujourd'hui dimanche... et pas un notaire ne consentira!...

— Bon! bon! si ce n'est que cela qui vous embarrasse... j'ai votre affaire!

— Que voulez-vous dire?

— J'ai un notaire sous la main, mon bon... ou plutôt sur la tête!

En ce moment, par la fenêtre ouverte, on vit tomber de l'étage supérieur une véritable cascade.

C'était M° Lanternois qui, selon son habitude, arrosait son jardin suspendu.

Quand le déluge eut cessé, Cabriolette s'approcha de la fenêtre.

Alors, elle cria de sa voix la plus claire et la plus sonore :

— Monsieur Lanternois, descendez un peu, je vous prie, j'ai à vous parler!

Le vieux notaire s'attendait à être invectivé par sa jolie voisine, comme chaque jour.

Agréablement surpris, il répondit aussitôt, en se penchant un peu :

— Dans un instant, belle dame, je suis à vous!

En effet, quelques minutes plus tard, le digne Lanternois, vêtu de noir et cravaté de blanc, sonnait à la porte de la danseuse.

— Vous avez besoin de mon ministère, mademoiselle? demanda-t-il de son air le plus souriant.

— Oui, il s'agit d'un testament.

Et sans plus attendre, Cabriolette fit connaître au notaire ce dont il était question.

— Rien de plus facile, répliqua celui-ci.

S'adressant à Coquardier :

— Quelle est la forme du testament que préfère monsieur.

— Ça ne le regarde pas! riposta Cabriolette.

— Cependant... observa le vieil amoureux.

— Ça ne vous regarde pas, vous dis-je, taisez-vous.

Se retournant vers le notaire :

— Monsieur Lanternois, ajouta la jeune femme, que conseillez-vous?

— Le testament olographe! est le plus simple dans sa forme, répliqua le notaire.

— Va pour le testament olographe, répliqua la danseuse. Indiquez à M. Coquardier comment ce genre de machines-là se fabriquent.

— M⁰ Lanternois se retourna vers le bonhomme.

— Il suffit que ledit testamment soit écrit en entier, daté et signé de la main du testateur...

— Voilà tout?

— Voilà tout. Il n'est assujetti à aucune autre formalité. Votre testament fait comme je l'ai dit plus haut, c'est-à-dire écrit en entier de votre main, daté, signé par vous, et renfermant disposition de tout ou partie de vos biens, pour le temps où vous ne serez plus, sera pafaitement valable...

— Pour le temps où je ne serai plus! murmura Coquardier avec une sorte de terreur.

Le notaire poursuivit :

— Toutefois, il est indispensable que cette dernière clause soit bien formellement exprimée!... C'est pourquoi il est prudent d'écrire en tête de l'acte : *Ceci est mon testament* et de bien déterminer que son exécution est subordonnée à votre décès.

— Mon décès! mon décès! répéta le testateur d'une voix sourde.

M⁰ Lanternois, sans remarquer l'effet qu'il produisait sur le bonhomme, continua le plus tranquillement du monde :

— Je vais avoir le plaisir de vous rédiger la minute dudit testamment, vous le recopierez lisiblement et vous le remettrez à qui de droit. Lorsque vous serez mort, madame le présentera avant tout au tribunal de première instance de l'arrondissement dans lequel la succession sera ouverte. Et tout sera dit :

— C'est cela! c'est bien cela! gémit l'infortuné Coquardier, lorsque je serai mort... tout sera dit!

Cabriolette, parfaitement calme, avait placé sur une table encre, plume et papier.

M⁰ Lanternois, grave et sévère, s'assit et rédigea le brouillon du testament.

Quand ce fut fait, il tira de son portefeuille une feuille de papier timbré et la présenta au bonhomme.

— Allons, fit celui-ci avec fièvre.

Et d'une main tremblante il écrivit :

« Ceci est mon testament... »

Puis il continua de copier en silence.

Lorsqu'il eut achevé, l'émotion avait fait tomber son rouge et son blanc.

Le malheureux était hideux à voir.

— Voici! dit-il d'une voix étouffée.

— C'est bien! répliqua froidement Cabriolette.

— Êtes-vous contente enfin? demanda Coquardier.

— Pas tout à fait!

— C'est juste, grommela le vieillard, nous ne sommes pas encore au jour de mon décès.

Ce disant, il tendit le testament à la danseuse.

Mais ce ne fut pas elle qui le prit.

Un grand gaillard, qui portait l'uniforme militaire, avait assisté, du seuil de la porte, à la fin de cette scène et s'était avancé sans bruit jusqu'au milieu de la chambre.

Au moment où Cabriolette allait saisir le testament, il s'en empara.

Puis d'une voix forte :

— Halte là, s'il vous plaît! cet acte-là n'est pas fait comme je l'entends, et je le supprime!

Et, sans autre forme de procès, il le déchira.

La danseuse considérait le nouveau venu avec une indicible stupéfaction.

Enfin elle s'écria :

— Scipion, est-ce bien toi?

— Oui, ma belle, c'est moi-même... Et j'arrive d'Afrique tout exprès pour t'empêcher de faire une canaillerie!...

III

CE QU'IL ADVINT DU RETOUR DE SCIPION L'AFRICAIN

Cabriolette, revenue de son étonnement, s'était précipitée dans les bras de son ancien ami, sans se soucier de la présence de M. Coquardier.

Celui-ci, fou de jalousie et de colère, s'élança vers sa maîtresse en s'écriant :

— Malheureuse!... sous mes yeux, vous osez vous livrer aux caresses de ce tourlourou!

Scipion repoussa doucement la jeune femme.

Puis se croisant les bras, il se campa devant le bonhomme.

— Qui donc appelles-tu tourlourou, espèce de Polichinelle?

— Polichinelle!... répéta Coquardier en faisant de grands bras. Il m'insulte...

— Avec ça que je vais me gêner!

— Militaire, vous me devez le respect!

— Et pourquoi donc ça?

— Je suis un vieillard, mòssieur!

— Les vieillards, répliqua le soldat, je les respecte quand il ont des cheveux blancs, comme monsieur.

En disant cela, il s'inclinait devant le notaire.

— Mais les vieillards qui rougissent d'être vieux et qui se collent des crins jaunes sur la tête, je leur dis zut!... Voilà ma manière de voir! et si ça ne te plaît pas, papa Coquardier, je m'en bats l'œil, et tu as le droit de m'envoyer tes témoins.

— Des témoins ! gémit le bonhomme. Bien ! Voilà qui est noble !... voilà qui est brave !... Dites tout de suite que vous voulez m'assassiner !

— Ah ! pardieu ! fit Scipion, le mal ne serait pas grand !... mais rassure-toi, vieux pleurard, tu sortiras d'ici sain et sauf...

Coquardier respira.

— Oui, tu fileras avec tes deux oreilles, continua le soldat, mais si je consens à ne pas te les couper, c'est pour que tu puisses entendre tout au long ce que j'ai à te dire !

Le notaire fit mine de vouloir se retirer.

Scipion le pria de demeurer.

— Restez, mon maître, continua-t-il. Vous n'êtes pas de trop, au contraire... Je voudrais que tout Paris pût connaître à fond cet honnête gredin !

— Prenez garde, monsieur, prenez garde ! dit Coquardier d'une voix étouffée.

— Oui, gredin ! reprit Scipion en le regardant en face, je l'ai dit et je le répète...

— Malheureux ! fit l'autre en saisissant sa canne.

— Laissez votre bâton tranquille, je vous le conseille... sans quoi, il pourrait se casser sur les reins de l'un de nous deux, et je vous prie de croire que ça ne serait pas sur les miens.

Le jeune homme dit ces mots de telle sorte que Coquardier jugea prudent de ne pas pousser les choses plus avant.

— Oui, poursuivit Scipion, il est temps que je débonde mon cœur, nom d'un tonnerre !... il, est temps que je vous flanque vos vérités par la face, puisque malheureusement je n'ai pas le droit de vous flanquer mon coupe-chou dans le ventre.

S'adressant au notaire :

— M. Coquardier ici présent est ce que nous appelons vulgairement un coureur de petites filles... Luxurieux comme un satyre, mais d'une pingrerie à nulle autre pareille, bien qu'à la tête d'un joli magot, il chasse la grisette depuis qu'il a l'âge de raison... De cette façon, il a du gibier frais et qui coûte moins cher qu'au bureau.

« Une fois pourtant, il n'en fut pas quitte à bon marché... Jugez plutôt...

« C'était un soir de l'année mil huit cent onze..., vous voyez que cette histoire ne date pas d'hier... Ce bon M. Coquardier, qui était alors orné de quarante printemps, s'était mis à l'affût dans la rue Saint-Denis, à deux pas du magasin de nouveautés qui porte l'enseigne dn *Dahlia jaune*.

— Monsieur, je vous somme de vous taire ! s'exclama le vieux beau, qui semblait être littéralement sur des charbons ardents.

— Silence dans les rangs ! dit Scipion. Quand je raconte des histoires, je n'aime pas qu'on m'interrompe !

Et, reprenant le ton du commencement, il poursuivit :

— Notre chasseur de grisettes n'attendit pas longtemps... aussitôt après la fermeture de l'établissement susnommé, une ribambelle de jeunes filles s'éparpilla dans la rue. Les unes allèrent à droite... les autres à gauche... celles-ci au nord... celles-là au midi...

« Sur l'une de ces dernières, le Coquardier avait jeté son dévolu...

— Parions, lui dis-je, que cela vous embête de partir.

« Il la suivit sans faire semblant de rien...

« Elle passa les ponts...

« Il les passa de même...

« Elle s'engagea dans la rue Saint-Jacques...

« Il fit comme elle...

« Et comme il commençait à se faire tard et que les promeneurs étaient rares, il crut l'instant venu d'entamer la conversation avec la petite...

« Elle répondit à demi et poursuivit sa route...

« On passa la barrière...

« Finalement, la grisette s'arrêta au Petit-Montrouge...

« Le Coquardier fut si pressant, il eut tant d'éloquence, que la petite finit par consentir à ce qu'il l'accompagnât jusqu'à sa chambrette...

« Vous comprenez la joie du Don Juan...

« Tout en gravissant l'escalier quatre à quatre, il chantonnait cet air fort à la mode :

La victoire est à nous!

« Enfin, on atteint le cinquième étage.

« L'huis s'ouvre... il s'élance dans le temple de la divinité... et sur lui la porte se referme aussitôt...

« Il faisait sombre...

« Il veut profiter de l'obscurité pour dérober un baiser à la fillette...

« Mais elle s'échappe de ses bras.

« — Friponne! lui dit-il, je saurai t'attraper... Les yeux de mon cœur te verront dans l'ombre.

« En effet, il court à tâtons par la chambre, et bientôt il peut saisir au vol une femme qui se débat.

« — Cette fois, lui dit-il, tu auras beau faire, je te tiens et je ne lâcherai pas.

« Et là-dessus, il embrasse sa captive à bouche que veux-tu.

« Tout à coup, une chandelle s'allume, et ce bon Coquardier pousse un cri d'horreur et d'épouvante...

« Ce n'est pas sa petite grisette qu'il tient entre ses bras, c'est une épouvantable vieille, un vrai monstre, quelque chose de hideux et de fantastique, dans le genre des femmes vampires des *Mille et une Nuits*.

« — Qu'est-ce que c'est que ça? s'écrie notre homme en frémissant...

« — Ça, riposta la fillette en s'avançant la chandelle à la main, c'est maman...

« En ce moment, une porte s'ouvrit, et trois gaillards, barbus comme des boucs, taillés en alcides et qui semblaient forts comme des Turcs, s'avancèrent solennellement au-devant de Coquardier.

« — Ça, continua la petite, en les désignant l'un après l'autre, c'est papa Flambart, ça c'est mon frère Loulou, ça c'est mon autre frère Claude.

« Chacun de ces hommes avait une hotte sur le dos et tenait une lanterne d'une main, un crochet de l'autre.

« Ce bon M. Coquardier était tombé dans un nid de chiffonniers.

« La fillette présenta son adorateur à sa famille.

« Puis, tombant à genoux :

« — Ce monsieur m'aime depuis longtemps, mon père, et je l'aime aussi, je l'aime à en perdre la tête.... J'ai été coupable... bien coupable, de céder à son amour, mais il m'a juré qu'il voulait m'épouser, et je vous l'amène pour qu'il vous fasse sa demande.

« En entendant cet audacieux mensonge, notre séducteur se récria bien fort et jura ses grands dieux que jamais il n'avait eu la moindre relation criminelle avec la petite.

« Et, sans plus attendre, il gagna la porte.

« Mais les trois géants abaissèrent leurs crocs et le retinrent, qui par son collet, qui par son pan d'habit, qui par le fond de sa culotte.

« Puis le papa Flambart, qui avait pris parfaitement au sérieux la comédie de sa fille et qui se tenait à quatre pour ne pas étrangler le prétendu suborneur, lui dit en le tenant toujours au bout de son croc :

« — Vous n'êtes, à ce que je vois, qu'un de ces polissons qui, sous prétexte qu'ils ont quelques napoléons dans leurs poches, se croient le droit de courailler avec les filles pauvres et de leur acheter leur honneur au rabais... si vous avez pris Phémie pour une gourgandine, vous vous êtes trompé, jeune homme... et puisque vous lui avez promis le mariage, vous l'épouserez ou vous direz pourquoi.

« Cet infortuné Coquardier se récria bien fort.

« Mais le père Flambart était un vieux soldat de la République et de l'Empire.

« A Austerlitz il avait perdu une jambe et gagné la croix.

« — Si vous n'épousez pas... nous nous couperons la gorge, et si vous me tuez, vous aurez affaire à Loulou... et si vous tuez Loulou, vous aurez affaire à Claude...

« A ces mots, la vieille mère s'avança à son tour :

« — Et après eux tous, lui dit-elle avec un accent terrible, vous aurez affaire à moi, et je vous réponds que je ne vous manquerai pas.

« Ce brave Coquardier n'était pas un César.

« Cette avalanche de chiffonniers lui causa une telle venette que la jeune Phémie devint son épouse légitime.

« Vous croyez peut-être que cette aventure guérit monsieur de sa rage de pourchasser les tendrons...

« Ah! bien, oui.

« Pour avoir toujours des fillettes sur la planche, savez-vous ce qu'il a fait?

« Il a acheté un beau jour ce même magasin du *Dahlia jaune*, où son épouse avait travaillé autrefois.

« Et, dame! toutes les pauvrettes qui ont le malheur de mettre le pied dans ce repaire deviennent forcément la proie de ce vieux Minotaure.

« Celles qui le rembarrent, vite! à la porte!

« Et quand elles essayent de se replacer ailleurs, impossible... car ce bon Coquardier a soin de donner sur leur compte les plus mauvais renseignements.

« Tout ça est assez canaille, pas vrai?... Eh bien! c'est l'exacte vérité...

« Quant à madame son épouse, elle ne vaut guère mieux que lui... et ça ne doit pas vous étonner...

« De nature presque semblable, ils devraient s'adorer tous les deux, eh bien, pas du tout! ils s'exècrent mutuellement, au contraire...

« Ils ont cependant des enfants !...

« Oui, ils en ont... deux... trois... quatre... peut-être plus... je n'en sais rien, et ils n'en savent rien eux-mêmes... Car à peine venus au monde, on les a flanqués en nourrice, et ils n'en sont sortis que pour entrer à l'école mutuelle...

« Filles, garçons, tous se sont élevés à leur guise.

« Élevés, Dieu sait comme !

« Mais, baste ! leurs auteurs s'en fichent pas mal…

« Ils s'occupent d'eux-mêmes… et n'ont pas le temps de songer à leurs mioches…

« Les mioches en question ont aujourd'hui de dix-huit à vingt-cinq ans…

« Ce qu'ils deviendront plus tard, je l'ignore, mais le diable ne doit pas l'ignorer, lui, et vous verrez un beau jour sortir de tout ça quelque chose de terrible !…

« Ce bon M. Coquardier s'en soucie fort peu !… Après lui, la fin du monde !…

Cette foudroyante mercuriale du soldat mettait l'infortuné vieillard dans un état indescriptible.

— Mais quel est cet homme-là ? s'écria-t-il enfin.

— Qui je suis ? reprit Scipion, oh ! mon Dieu ! je ne suis pas grand'chose, je suis tout bonnement un pauvre imbécile d'honnête homme… C'est te dire que je suis ton ennemi…

— Mais que vous ai-je fait, malheureux ? demanda le père Coquardier.

— Ce qu'il m'a fait ! Il demande ce qu'il m'a fait !… Ma parole d'honneur, je vous trouve sublime d'impudence. Comment, vous me prenez cette fille que j'aimais… sachant qu'elle m'aimait aussi, moi, et qu'elle se moquait de vous comme de l'an quarante… et vous trouvez étonnant que je vous en veuille à la mort !

S'avançant vers lui :

— Mais vous ne savez donc pas que lorsque j'ai su qu'elle était votre maîtresse, j'ai pleuré pendant quinze jours comme un gamin…

— Pauvre Scipion ! murmura Cabriolette avec une émotion véritable.

— Oh ! oui, pauvre Scipion, vous pouvez le dire. Allez ! j'en ai versé de ces larmes et j'en ai poussé de ces gémissements… C'est au point que j'empêchais mes voisins de dormir et qu'on a fini par me donner congé !

Continuant avec attendrissement :

— Tant que vous m'avez aimé, Cabriolette, je ne me rendais pas compte de mon affection pour vous… Non ! je vous adorais sans le savoir, sans y faire attention… Mais une fois que j'ai connu l'histoire, c'est là que j'ai bien vu que vous étiez tout pour moi !

Avec une émotion croissante :

— Oui ! tout ! poursuivit le jeune homme. Ah ! Dieu !… quand je me suis retrouvé seul, tout seul, dans cette petite mansarde où nous avions fait de si joyeuses boustifailles et chanté de si drôles de chansons… si vous saviez le vide que ça m'a fait dans le cœur… Il me semblait que tout était mort autour de moi et que j'étais mort moi-même !

« Enfin, une fois, j'ai voulu vous revoir quand même et je suis allé à l'Opéra !…

« En attendant que vous paraissiez, j'étais fou, tout à fait fou !…

« Oh ! mon cœur battait, voyez-vous, que c'était curieux à entendre…

« Et lorsque vous êtes entrée en scène, je me suis levé tout droit, comme si j'étais mû par un ressort… Tout le monde s'est mis à crier :

« — Assis ! assis !

« Je n'écoutais rien !

« — C'est elle ! c'est elle ! disais-je.

— Eh! oui, c'est elle, me répondit mon voisin, c'est Fanny Elssler...

« Fanny Elssler!... Je ne songeais guère à elle... Je ne la voyais même pas... Je ne voyais personne... personne... excepté vous!

« Il m'a semblé alors, voyez comme j'étais bête! oui, il m'a semblé que vous me regardiez tout en dansant, et que c'était à moi que vous adressiez vos sourires...

« C'était trop d'émotions!

« Je n'eus pas la force d'y résister plus longtemps, et patatras! je tombai en me pâmant au beau milieu du parterre! J'entendis des gens qui disaient :

« — C'est un pochard!

« Et je me sentis emporté brutalement au milieu des murmures et des grognements de tout le monde.

« Quand je revins à moi, j'étais au violon.

« J'en sortis furieux et bien résolu à casser les reins au citoyen Coquardier, ici présent.

A cet aveu de Scipion, le bonhomme fit un bond en arrière.

— Ah! mais oui, continua le soldat tranquillement, ce jour-là, vous l'avez échappé belle!... Tout Mathusalem que vous étiez, je vous aurais flanqué une tripotée... oh! mais, une tripotée que le diable en aurait pris les armes!...

« Je connaissais justement votre domicile...

« Je file de ce côté-là...

« Mais v'là-t-il pas, que près d'entrer chez vous, je me trouve face à face avec une pauvre femme toute pâle et toute maigre, tenant entre ses bras un tout petit enfant qui pleurait faiblement.

« — Monsieur... monsieur... me dit cette malheureuse, j'ai bien faim!... Ayez pitié de moi!...

— Ma foi! je n'avais pas lourd sur moi, car depuis mes malheurs d'amour, j'avais laissé le travail de côté.

« Ça ne fait rien.

« Je fais entrer la jeune mère dans une gargote...

« Et elle mange... Oh! Dieu! la pauvre femme!...

« C'est effrayant, c'est horrible de voir manger quelqu'un qui a vraiment faim!

« Eh bien! monsieur Coquardier, savez-vous ce que c'était que cette malheureuse-là?

Le vieillard jeta sur le soldat un regard effaré.

— C'était la femme de Jacques Morin...

— Jacques Morin! répéta Coquardier en ayant l'air de chercher dans sa mémoire.

— Oh! ne faites pas celui qui ne se rappelle pas! Vous savez très bien ce que je veux dire... Jacques Morin, le petit mercier de la rue de Sèvres, que vous avez aidé à s'établir... Vous lui avez vendu des marchandises à crédit... pour une somme de cinq cents francs à peu près...

« Mais ils ont fait de mauvaises affaires...

« Les billets qu'il vous avait signés n'ont pas été payés, et les huissiers ont commencé leur charivari...

« La petite femme est venue vous supplier de leur donner du temps...

« Elle était jeune et gentille...

« Donnant, donnant! lui avez-vous répondu :

« — Soyez ma maîtresse, et j'arrêterai les poursuites.

« Elle vous a traité comme vous le méritiez, cette honnête femme... c'est-à-dire qu'elle vous a reçu comme un chien gâteux et comme un vieux drôle!...

« Le lendemain, Jacques Morin, son mari, était conduit à la prison pour dettes, et sur les vitres de leur petite boutique, on placardait de grandes affiches jaunes, avec ces mots en gros caractères :

VENTE PAR AUTORITÉ DE JUSTICE

« La pauvre femme était sans asile et sans pain...

« Et elle avait avec elle un enfant de deux ans...

« En entendant ce récit navrant, en apprenant cette nouvelle infamie de votre part, ma colère est tombée comme par enchantement... Oui, ça s'est changé en un mépris tellement grand, en un dégoût tellement profond, que je n'ai même plus eu la force d'aller vous trouver... pour la petite correction dont je voulais vous gratifier...

« Cependant il fallait de l'argent à cette pauvre femme...

« En ce moment, des conscrits vinrent s'attabler chez le marchand de vin, à quelques pas de nous...

« Tous criaient et chantaient, à l'exception d'un seul.

« Celui-là était sombre. Il avait à son chapeau le numéro trois ou quatre, quelque chose dans ce goût-là, enfin.

« On voulut le faire boire.

« — Non, dit-il, je n'ai pas soif!

« Je l'interrogeai alors.

« — Parions, lui dis-je, que ça vous embête de partir?

« Il me répondit :

« — Ça me désespère!

« Puis il ajouta, en relevant le front :

« — Pas à cause de moi, au moins! non. Si j'étais seul sur terre, je serais heureux d'être soldat. Mais j'ai ma pauvre sœur Madeleine... dont je suis à présent l'unique famille, et si je pars... qu'est-ce qu'elle deviendra?

— Ah! sa sœur s'appelle Madeleine! murmura Cabriolette, dont le front se couvrit d'une subite rougeur.

— Oui! c'est là son nom... répliqua Scipion.

Le jeune conscrit continua de la sorte :

— J'espérais pouvoir économiser assez pour m'acheter un homme... Mais, hélas!... ma sœur est tombée malade... bien malade... et les trois quarts de mon petit trésor y ont passé!... Si bien qu'aujourd'hui, il me reste cinq cents francs à peine, et depuis la guerre d'Afrique, les hommes ne se donnent pas pour rien.

« — Et si vous trouviez votre affaire pour cinq cents francs? lui ai-je demandé.

« Il m'a regardé en secouant la tête.

« — C'est impossible ! a-t-il dit ensuite en souriant tristement.

« — Et si un remplaçant vous coûtait moins encore ?

« Fin finale :

« — Donnez-moi la moitié de votre quibus, que je lui dis, et je file à votre place.

« La chose s'est arrangée.

« J'ai donné les deux cent cinquante livres à la petite mercière, et c'est pourquoi, de typographe que j'étais, je suis redevenu toulourou, comme disait monsieur !... Maintenant, Cabriolette, si vous voulez savoir le nom de famille de votre petit conscrit, c'est tout justement le même que le vôtre !

— Renaud ! Il s'appelle Renaud !... s'exclama la jeune femme.

— Renaud ! vous l'avez dit.

— Ah ! c'est Étienne ! c'est mon frère !

— Je ne sais pas si c'est votre frère, reprit le soldat en riant, mais ce qu'il y a de certain, c'est que vous êtes sa sœur !

Cabriolette voulut parler...

Mais elle ne put prononcer un seul mot, et elle se prit à sangloter.

Puis elle saisit la main du jeune homme, et la couvrit de baisers.

— Voulez-vous bien finir, dit Scipion moitié riant moitié pleurant. Embrassez-moi carrément, comme autrefois.

Cabriolette sauta au cou de son ancien amant qui la tint longtemps serrée contre son cœur.

— Certes, grommela le père Coquadier, je joue ici un joli rôle !

En l'entendant, la danseuse s'arracha brusquement des bras du jeune soldat.

— Et dire, s'écria-t-elle, dire que j'ai été assez idiote pour sacrifier un brave cœur comme mon Scipion à un vieux chimpanzé pareil !

— Mademoiselle... fit Coquardier avec une rage concentrée, vous oubliez que je vous ai tirée de l'abîme et que votre position...

— Vous avez déjà dit ça, mon bonhomme !... vous n'aurez qu'un sou !... Ah ! vous m'avez tirée de l'*abîme !* eh bien ! c'est comme si vous n'aviez rien fait du tout, vu que je vais, comme jadis, mordre à belles dents au pain bénit de la misère et de la gaîté !... Oui, vivent mes bons rires d'autrefois et ma folle insouciance !... A moi mon petit bonnet de grisette, et au diable les chapeaux à plumes dont je m'étais affublée !...

Ouvrant brusquement sa commode et ses armoires, elle en tira des chapeaux, des robes et d'élégants mantelets.

Puis courant à la fenêtre, elle cria de toutes ses forces :

— Mame Grenouillot ! à vous le paquet !

Et les hardes volèrent l'une après l'autre par la croisée.

Otant de ses doigts quelques petites bagues de peu de prix, Cabriolette les lança comme le reste au beau milieu de la cour.

— Tenez ! attrapez encore ça... C'est des souvenirs du papa Coquardier !... Voilà aussi un médaillon avec trois cheveux à lui... Car il a eu trois cheveux, ce beau blond, comme feu Cadet Rousselle !...

— C'est une abomination, hurla le vieillard exaspéré. Je porterai plainte à la police!

— De quoi!... fit Scipion avec menace, un mot de plus et je t'envoie retrouver tes bibelots!

— Quand je pense, reprit Cabriolette, quand je pense que j'ai été sur le point de signer un bail sérieux avec cet arlequin... Ah! Scipion... Scipion de mon cœur! quelle crâne idée tu as eue de venir tout mettre sens dessus dessous... Le rôle de coquine ne m'allait pas, va, je me battais les flancs pour le bien jouer... Maintenant que je suis dépêtré de tout ça, je me sens toute vive et toute légère... Vrai!... on dirait que j'ai des ailes, et pour un rien je me mettrais à voltiger!

— Allons donc! je te retrouve enfin!

— Oh! mais oui! et cette fois tu ne me perdras plus!... c'est aujourd'hui dimanche... nous allons nous payer une bosse de sauterie et de gibelotte à la Courtille... Nous chahuterons comme autrefois... Il y a si longtemps que ça me tient aux côtes!... Tu comprends! à ce bête d'Opéra, il n'y a pas moyen de pincer le plus petit cancan!... En avant, maintenant, la Tulipe orageuse et le grand Pas chicard!

Et, d'un coup de pied, envoyant en un coin le guéridon qui se trouvait au milieu de la chambre, elle se mit à danser un cancan échevelé, auquel Scipion, entraîné, ne put s'empêcher de prendre part.

— A la Courtille, à présent! cria la belle fille. Viens, mon Scipion... viens, mon héros... viens, mon sauveur!

« A propos, dit-elle en changeant de ton, et de l'argent, en as-tu? Moi, je n'ai que de l'or... et cet or-là, je n'en veux plus!

A ces mots, elle tira de sa bourse une demi-douzaine de napoléons qu'elle jeta par la fenêtre, comme elle avait fait des bijoux.

— Gare là-dessous! il pleut des monarques!

Coquardier poussa un grognement rauque.

— Beau blond, lui dit Cabriolette, au plaisir de ne jamais vous revoir!... Je vous dis adieu pour toujours, comme je dis adieu à cette cage où vous me teniez à l'attache... Reprenez votre acajou... c'est trop luxueux pour moi!... Ce qu'il me faut, maintenant, c'est un grenier avec très peu de meubles, mais avec beaucoup d'amour!

Là-dessus elle entraîna Scipion en chantant à tue-tête :

> Les gueux, les gueux,
> Sont des gens heureux,
> Ils s'aiment entre eux;
> Vivent les gueux!

Le père Coquardier, sombre et la face contractée, écouta ce refrain jusqu'à ce que la voix de sa maîtresse se fût perdue au loin...

Quand il n'entendit plus rien, il se laissa tomber accablé sur un fauteuil.

— C'est fini!... murmura-t-il. Je l'aimais, pourtant... oui, positivement, je l'aimais!...

Durant quelques secondes, il demeura silencieux.

Arrachant les épées de dessous son bras, il les mit sous le nez, etc...

— Me planter là comme un paquet de linge sale... après tous les sacrifices que j'ai faits pour elle!... Décidément, toutes les femmes sont des canailles!...

— Et vous? dit une voix grave qui lui fit brusquement relever la tête.

— Tiens! vous êtes encore là! murmura-t-il, surpris, en reconnaissant M° Lan-ternois.

Le vieux notaire avait assisté à toute la scène.

C'était un parfait honnête homme, nous l'avons dit, et la conduite de Coquardier lui paraissait quelque chose d'inouï et de révoltant.

Cependant il ne pouvait croire que cet homme fût aussi foncièrement infâme, et il espérait que ce qui venait de se passer ferait jaillir de cette âme de fange quelque étincelle de repentir.

Mais en entendant l'exclamation de Coquardier, il comprit qu'il s'était abusé.

— Eh bien ! lui dit le vieux Don Juan, qu'est-ce que vous pensez de ça?...

— Je pense, monsieur, répliqua le notaire, que si vous aimiez réellement cette jeune fille, vous devez souffrir beaucoup... Mais vos souffrances sont méritées, car vous fûtes envers d'autres bien cruel et bien coupable !

— Oui ! oui ! reprit Coquardier, sérieusement, cette rupture-là me fait quelque chose... La malheureuse avait su m'empoigner plus que les autres... Oh ! je penserai à elle plus d'une fois, c'est positif, et je la regretterai... D'autant plus qu'avec son air de dire que je suis un Harpagon et un ladre vert, je n'en ai pas moins dépensé pour elle, depuis un an, sept mille trois cent vingt-deux francs et soixante centimes...

Le notaire le regarda étonné.

— Je sais ça au juste... Je suis un homme d'ordre, moi, je tiens un registre de toutes mes dépenses... Or, ceci est une somme !... Et vous conviendrez que c'est dur de payer si cher pour être traité comme ça ! Enfin ! ce qui est fait est fait, et j'aurai beau geindre, ça ne me remettra pas un liard dans ma poche... Et puis, en y réfléchissant bien, ça aurait pu me coûter davantage encore ! C'est qu'il n'y a pas à dire, j'aurais fait la folie de céder à ses prétentions exorbitantes... C'était la ruine, monsieur, c'était la ruine !

— Puisque vous sortez de tout ceci sain et sauf, monsieur Coquardier, reprit le notaire en se rapprochant, puisque cette rupture laisse intacte toute votre fortune, faites une bonne œuvre... et cela vous sera compté plus tard.

— Une bonne œuvre !

— Ici, dans cette maison, il y a une pauvre famille que vous pouvez sauver.

— En quoi faisant?

— En distrayant de cet or que vous alliez abandonner à votre maîtresse une très faible partie !

— Quoi enfin?

— Trois mille francs les feraient riches et heureux.

— Trois mille francs? Fichtre ! comme vous y allez, vous. On voit bien que ça ne vous coûte rien.

— Vous refusez?

— Avec énergie !

— Mais vous alliez donner à cette fille...

— Ça n'a aucun rapport... Donner cent mille francs pour son plaisir personnel... c'est tout naturel... Mais sacrifier cent sous au soulagement des autres, c'est illogique, et moi, je suis pour la logique.

— Allons! fit le vieux notaire avec tristesse, vous mourrez dans l'impénitence finale!

— Je mourrai! je mourrai! répéta Coquardier avec humeur. Il ne parle que de ma mort, celui-là... Peste soit de l'oiseau de mauvais augure !

Se levant vivement, il prit sa canne et son chapeau.

— Je crois qu'il est bon de filer !... Si je restais cinq secondes de plus ici, je parie qu'il m'arriverait quelque nouvelle anicroche !

Ce disant, il se dirigea prestement vers la porte.

Mais, sur le seuil, un homme se tenait debout, pâle comme un mort et la moustache hérissée.

Sous son bras on pouvait distinguer deux épées de combat.

— Pardon, monsieur Coquardier, dit cet homme d'un ton furibond, mais avant de quitter cette demeure il faut que nous ayons ensemble quelques minutes d'entretien.

Coquardier recula avec terreur, il avait reconnu le mari de son ancienne maîtresse, M. le chevalier de Bellardoise.

IV

OÙ L'ON APPREND POURQUOI M. LE CHEVALIER DE BELLARDOISE AVAIT LA MOUSTACHE SI HÉRISSÉE ET POURQUOI IL TENAIT SOUS SON BRAS DE SI FORMIDABLES RAPIÈRES

A la vue de l'heureux époux de la belle Moleskine, le père Coquardier, nous l'avons dit, avait fait un bond en arrière.

Mais, l'œil menaçant, la lèvre convulsivement crispée, la main frémissante, notre chevalier marchait sur l'infortuné boutiquier, comme s'il eût voulu le dévorer.

— Monsieur... monsieur... balbutia le vieux Don Juan, monsieur, que me voulez-vous donc ?

Et, tout en interrogeant le nouveau venu, le bonhomme considérait avec une sorte d'effarement les deux grandes colichemardes dont il s'était armé.

— Ce que je veux ! répondit Bellardoise, ce que je veux ! répéta-t-il d'un rire satanique.

Arrachant les épées nues de dessous son bras, il les mit sous le nez du malheureux affolé de terreur :

— Ces glaives doivent tout t'apprendre, infâme !...

— Un duel... fit Coquardier, qui blêmissait à vue d'œil, et qui, pour ne pas choir, se cramponnait à la porte de l'armoire, un duel !

— A mort ! répliqua l'autre d'une voix féroce.

— Mais je suis un vieillard ! s'exclama le bonhomme, qui ne consentait à faire cet aveu que dans les grandes occasions.

— Un vieillard ! riposta Bellardoise en haussant les épaules... Par le Dieu de mes pères, n'espérez pas, en me parlant de votre âge, apaiser ma juste colère... elle ne s'éteindra que dans votre sang...

— Dans mon sang ! gémit Coquardier. Ah ! maudite maison, je le disais bien que je n'en sortirais pas vivant !

S'adressant avec colère à M⸰ Lanternois, qui, silencieux, se tenait à quelques pas de la porte :

— C'est votre faute, tout ça!... Oui! c'est vous qui m'avez porté malheur avec votre testament...

— Vous-êtes fou ! riposta le notaire.

— Complètement fou ! dit Bellardoise, mais je me charge de lui rendre la raison. Toutefois, pour en arriver à ce beau résultat, j'ai besoin d'être seul avec lui.

M⁰ Lanternois ne demandait pas mieux que de s'éloigner.

Bien qu'il eût maintenant pour Coquardier le plus profond mépris, il lui répugnait de l'entendre traiter par Bellardoise comme Scipion.

Il s'inclina légèrement et fit quelques pas dans la direction de l'escalier.

— Restez ! restez ! cria Coquardier avec épouvante : vous ne voyez donc pas que cet homme veut m'assassiner !

— Le misérable ! murmura Bellardoise en roulant de gros yeux et en mordillant sa moustache, il me prend pour un vil meurtrier !

S'approchant du boutiquier, il lui saisit la main et lui glissa ces mots dans le tuyau de l'oreille :

— Après m'avoir déshonoré, tu oses m'insulter, infâme ! Cornes de lièvre ! ton affaire est bonne.

— Il sait tout ! gémit le vieux beau, éperdu. Oh ! je ne périrai que de sa main !...

S'accrochant aux basques de l'habit de M⁰ Lanternois, qui détalait à bas bruit :

— Ne vous en allez pas ! fit-il en suppliant, ne me laissez pas seul avec ce spadassin !

Le vieux notaire allait peut-être céder aux instances du bonhomme...

Mais en cet instant, la voix glapissante de la mère Grenouillot le héla d'en bas.

— Môssieur Lanternois, disait la digne portière, môssieur, Lanternois !...

Le notaire mit le nez à la fenêtre.

L'épouse du tragédien manqué continua sur le même ton :

— Le chat noir de mame Pictonpin s'est insinué dans vos lares, cette affreuse bête !... et pour le quart d'heure, il fait des misères à vos plantations !

L'homme de loi poussa un cri ; par un mouvement brusque, arrachant des mains de Coquardier les pans de son habit, il s'élança hors de la chambre et gagna l'étage supérieur en criant d'une voix lamentable :

— Mes fleurs!... mes fleurs!... mes pauvres fleurs !

— Nous sommes seuls enfin ! fit Bellardoise d'une voix sourde, dès que le notaire eut déguerpi, nous sommes seuls et nous pouvons causer... en attendant mieux ! ajouta-t-il en jetant un regard significatif sur les épées qu'il venait de déposer sur une chaise.

— Monsieur, riposta le père Coquardier qui essayait de se donner de l'aplomb, si vous pensez m'intimider, vous avez tort, et je vous préviens d'une chose, c'est qu'à la première agression de votre part, je crie au voleur, et j'appelle à la garde !

— Soit ! appelez! répondit froidement Bellardoise, appelez !... et demain, au beau milieu de votre magasin, devant vos demoiselles et votre épouse, j'irai vous traiter

selon vos mérites et j'en dirai de drôles !... J'ameuterai tout le quartier Saint-Denis !
Croyez-moi, pas de bruit, pas d'éclat, terminons entre nous cette misérable affaire
et ne cherchez pas à mettre la force armée dans votre confidence.

— Mon Dieu ! gémit Coquardier, pourquoi suis-je venu ici !... Et dire que c'est
moi-même qui ai déterré ce gueux de logement... « Nous serons bien tranquilles, »
disais-je à Virginie. Belle tranquillité, vraiment, qui se terminera par ma mort.

S'adressant directement à Bellardoise, il reprit d'une voix altérée :

— Enfin, monsieur, quels sont vos griefs ? quels sont mes torts envers vous ?

Le chevalier roula des yeux formidables.

— Mes griefs ! vos torts ! reprit-il en grinçant des dents. Malheureux ! mais je
sais tout... tout... tout... entendez-vous bien !

— Tout !...

— Monsieur Coquardier, répondit Bellardoise avec une effrayante solennité, il
y a aujourd'hui un an et trente jours, ce qui fait treize mois, monsieur, treize !
nombre fatale !... je m'unissais à Mᵐᵉ Madeleine-Moleskine Roussillon...

Poussant de gros soupirs :

— Je l'aimais... elle m'aimait... nous nous aimions !

— Vous vous aimiez ! ajouta machinalement le boutiquier.

— Ce fut un bien beau jour ! reprit Bellardoise avec sentiment. On était alors
vers la fin de juillet... Un soleil de feu dorait les marronniers du Luxembourg... car
ce fut dans ce quartier que se célébra mon hymen...

Au fur et à mesure qu'il parlait, Bellardoise, semblait s'attendrir et sa voix deve
nait larmoyante.

— On dirait qu'il se radoucit ! pensa Coquardier, dont le front se rasséréna.

— Oui, continua le chevalier, le maire du VIᵉ arrondissement était chargé de
nous lire le code... et nous devions naturellement faire bénir notre union à l'église
Saint-Sulpice...

S'attendrissant de plus en plus :

— Dès le lever de l'aurore, de nombreuses voitures stationnent dans la rue de
Vaugirard... c'est pour les témoins et les parents... Tout le monde est bien mis...
Les gants blancs abondent... On a de belles robes et des habits tout battant neufs...

« Descendons, » dit le père de la mariée.

« Le beau-père, du moins, car mon épouse n'est que la belle fille de cet honnête
Fromagin...

« On descend.

« Puis on s'élance dans les véhicules. Toutes les fenêtres de la rue de Vaugirard
sont arborées de curieux... toutes les commères du quartier se montent les unes sur
les autres pour mieux voir la mariée et le marié surtout...

« Oui, je remarque que toute cette canaille lance sur moi des regards quelque
peu gouailleurs et chuchote d'un air sarcastique en me montrant du doigt.

« Cornes de lièvre ! je sais cejourd'hui ce que voulaient dire ces coups d'œil et
ces rires insolents !

— Allons, bon ! grommela Coquardier, voilà sa rage qui le reprend.

Le chevalier, après quelques secondes d'un sombre silence :

— Se frayant à grand'peine un passage à travers les flots pressés de la foule, nos coursiers nous emportent à la mairie...

« Un peloton de musiciens est sous les armes...

« On bat aux champs...

« La mère Fromagin, mon horrible belle-mère, ne se figure-t-elle pas que ces *ra* et ces *fla* sont à son intention !

« Alors, grimaçant l'un de ses plus hideux sourires, ce monstre vêtu dit au tambour :

« — Merci de votre honnêteté, jeune homme... sans compter que vous en pincez joliment.

« Nous entrons enfin dans la mairie...

« Nous grimpons dans une espèce de poulailler très mal meublé... Là, nous voyons deux employés tout noirs ornés de plumes... On dirait de gigantesques oiseaux...

« On fait asseoir les gens de la noce dans un coin, puis on appelle les mariés et les témoins.

« Émue et palpitante, ma blanche fiancée avance en rougissant... Elle signe son paraphe... nous signons après elle.

« Un entr'acte d'une demi-heure suit cette scène émouvante...

« Puis on nous fait pénétrer dans la salle des mariages...

« Témoins et parents, tous sont émus... quelques-uns pleurent...

« Quant à moi, je suis sombre, presque funèbre... Il me semble qu'une voix mystérieuse me bourdonne aux oreilles les noms de Ménélas et de Georges Daudin !

A cette dernière phrase du récit de Bellardoise, Coquardier trouva bon de faire prudemment quelques pas en arrière.

Le chevalier, après avoir passé la main sur son front :

— Allons ! dit-il comme s'il se faisait violence à lui-même, j'aurai la force de poursuivre !

Et, d'une voix brève, saccadée, il continua :

— Au milieu de l'émotion générale, une porte s'ouvre au fond de la salle...

« — C'est le maire ! pensa l'assemblée.

« O déception ! ce n'est pas lui ! c'est un simple maçon qui se trompe et qui pense pénétrer ailleurs.

« — Tiens ! y a du monde ! dit-il.

« Et très désappointé, cet homme blanc s'éclipse avec vivacité.

« Nouvel entr'acte... La porte du fond se rouvre... Cette fois, nous croyons que c'est un nouveau maçon, et naturellement personne ne bouge...

« Erreur ! c'était un monsieur tout de noir habillé comme le page à M. de Marlborough, mais ayant de plus que ce jeune varlet une ceinture tricolore sur l'abdomen.

« C'était le maire ou son adjoint.

« On se lève à son entrée... Il se place en souriant derrière une espèce de comptoir qui occupe le fond de la salle...

« Un témoin naïf, qui est de la campagne, se figure que ce fonctionnaire n'est autre qu'un négociant dans votre genre et qu'il va débiter sa marchandise à qui voudra...

« Il reconnaît bientôt sa bévue en entendant le maire lire d'une voix grave, mais parfaitement enrouée, les articles 212 et suivants du Code civil, dont personne, je dois le dire, n'entend un traître mot, excepté moi, qui frémis, sans savoir pourquoi, à chaque nouveau paragraphe...

« Enfin, le *Oui* fatal est réciproquement prononcé...

« Alors, une espèce de délire s'empare de moi...

« Comme dans une fantasmagorie effrayante, il me semble que le monsieur tricolore qui vient de m'unir à jamais à la fille Roussillon se métamorphose en diable... avec de gigantesques cornes sur le front...

« Oui ! des cornes... monsieur... des cornes !... Comprenez-vous !...

« Puis je crois le voir disparaître au milieu d'un éclat de rire infernal et d'une flamme parfaitement jaune.

« Je ne sortis de cette horrible hallucination qu'en franchissant le seuil de la maison de Dieu !...

« Les chants religieux se font entendre, les orgues saintes lancent dans l'espace leurs notes plaintives et majestueuses... Le suisse fait la quête... Je passe l'anneau nuptial au doigt de mon épouse... C'en est fait ! Je suis marié... tout à fait marié aux yeux des hommes et aux yeux du Seigneur !

« Après cette cérémonie, tout le monde s'attend à faire un repas monstre, suivi d'un bal splendide orné de quelque souper pantagruélique...

« Mais, nous mariant pour nous et non pour les autres, ma belle Madeleine et moi, nous souhaitons le bonsoir à toute notre clique de parents, de témoins et d'amis endimanchés, et, nous élançant dans un coupé qui nous attend, nous crions au cocher : « A Calcutta ! »

« Le cocher comprend et nous mène tout droit à Fontenay-aux-Roses... où mon épouse possédait une petite propriété tout à fait confortable.

— Je la connais ! grommela Coquardier à part lui, c'est moi qui l'ai payée.

— Que vous dirai-je, monsieur ! reprit le chevalier, notre hymen était un mariage d'amour... si bien que, dans ce petit nid parfumé, nous vécûmes, Madeleine et moi, jusqu'à cette heure, comme deux tourterelles... Vous dire nos joies, nos tendresses, est chose impossible... J'étais heureux comme l'oiseau dans l'espace, comme le... poisson dans l'eau...

Bellardoise soupira.

— Cependant, de temps à autre, mon épouse avait d'étranges tristesses... Sans raison, sans motif, — je le croyais du moins ! — ses beaux yeux se remplissaient de larmes...

« Maintes fois je l'interrogeai.

« Mais elle me faisait des réponses vagues... et simulait un sourire...

« Enfin, elle me dit un jour :

« — Je veux quitter Fontenay-aux-Roses.

« Surpris, je lui demandai la cause de cette antipathie subite...

« Elle refusa de me la faire connaître.

« — Allons vivre à Paris, repris-je, dans votre appartement de la rue de Vaugirard.

« — Non ! non ! s'écria-t-elle avec une sorte d'effroi, là moins encore qu'ailleurs !...

« La maison de campagne fut vendue ; nous donnâmes congé rue de Vaugirard et nous vîmmes nous établir ici...

— « Cette nuit, poursuivit Bellardoise en reprenant le ton menaçant du commencement de la scène, savez-vous ce qui s'est passé ?...

— Vous avez tué votre femme ?

— Non ! je l'ai magnétisée, monsieur, et je l'ai obligée à tout me révéler !

— Grand Dieu !

— Oui ! tout... et j'ai appris alors que cette femme que je n'avais épousée que parce que je la croyais chaste et pure...

— Hein ! quoi ! s'exclama involontairement Coquardier, vous la croyiez...

— Plus blanche que l'hermine, et digne de placer sur son front les couronnes les plus virginales !

— Ah çà mais, reprit Coquardier, ce n'est pas possible.. vous n'avez jamais pu vous abuser à ce point !...

— Par l'âme de mes aïeux ! interrompit Bellardoise, savez-vous bien que ce que vous proférez à cette heure est tout bonnement la plus sale injure que vous puissiez me jeter à la face ! Qui... moi, le chevalier Hardouin de Bellardoise, dont les ancêtres auraient pu guerroyer en terre sainte, j'eusse été assez vil, assez lâche, assez peu soucieux de mon blason pour octroyer à une courtisane le nom immaculé de mes pères ! car, nous autres gentilshommes, nous n'avons pas un seul père, comme vous autres boutiquiers !... Non, monsieur, non... jamais un Bellardoise n'a forfait à l'honneur ! Sachez cela pour votre gouverne !....

— Voilà, sur ma parole, un impudent menteur ! pensa Coquardier.

— Revenons à la question, reprit le chevalier. J'ai donc connu que cette femme qui était mienne avait eu un amant avant notre hyménée...

— Un ! répéta Coquardier en ouvrant de grands yeux.

— Et celui-là, c'est vous, misérable !...

— Moi, fit le bonhomme stupéfié.

— Quand je dis un amant, continua le chevalier, non ! vous ne le fûtes pas... car elle n'a jamais eu pour vous, cette pauvre enfant, qu'un peu de mépris et beaucoup d'aversion.

Coquardier fit une affreuse grimace.

— Ah ! vous avez beau vous contorsionner, ça n'empêche pas les sentiments... Et, d'ailleurs, pouvait-il en être autrement !... innocente et naïve, cette infortunée a été attirée par vous dans un guet-apens odieux...

— Dans un guet-apens !... moi !... s'écria Coquardier ahuri. Mais ça n'est pas vrai !...

— Ne niez pas ! fit Bellardoise avec force. Je vous dis que j'ai magnétisé Moleskine et que, dans son sommeil, elle m'a fait tout connaître... C'est qu'il n'y a rien de tel que le magnétisme... animal !

— Magnétisme ou non, je soutiens que jamais, au grand jamais, je n'ai tendu le moindre piège à votre épouse... au contraire !

DÉPÔT LÉGAL
Seine
N°
1881

Là-dessus, il fit pleuvoir sur la malheureuse une grêle de coups de canne.

— Comment! au contraire!... interrompit le chevalier avec indignation, voudriez-vous, d'aventure, me faire croire que cette malheureuse s'est traînée à vos pieds pour obtenir vos bonnes grâces! Cornes de lièvre! ajouta-t-il en poussant le bonhomme vers la glace, mais regardez-vous donc, malheureux!... Est-ce qu'avec une face de singe comme la vôtre, on peut avoir la prétention de faire des conquêtes!

Coquardier n'aimait pas qu'on le raillât sur son physique.

— A défaut de beauté, grommela-t-il à mi-voix, j'avais des écus!

— Sarpebleu! s'écria Bellarnoise... oseriez-vous soutenir que c'est pour votre or que Moleskine...

— Dame! puisque je soutiens, moi, que je ne l'ai prise ni par force ni par ruse, et que vous soutenez, vous, qu'elle ne m'a jamais aimé, c'est donc par intérêt qu'elle s'est donnée à moi!... C'est clair comme le jour, car il s'agirait d'être logique, à la fin des fins!

— Monsieur, puisque vous le prenez sur ce ton, riposta Bellardoise, la discussion est close...

— Ah! tant mieux! fit Coquardier.

— Nous n'avons plus qu'une chose à faire, continua le chevalier, c'est de nous couper la gorge!

A ces mots, il s'élança sur les épées et les présenta au bonhomme en disant :

— Choisissez!

— Ah çà, plaisantez-vous!... fit le vieux en reculant.

— Plaisanter! s'exclama l'autre avec son ricanement satanique. Ce bonnetier qui ose demander si le chevalier de Bellardoise plaisante lorsqu'il s'agit de l'honneur de son nom!...

— Monsieur, reprit le père Coquardier avec orgueil, je ne tiens, en fait de bonneterie, que des maillots roses plus ou moins garnis et des corsages *idem*...

— C'est toujours de la bonneterie.

— Non, monsieur, c'est une façon de me mettre en rapport avec les princesses de la rampe... Les maillots que vous me reprochez me servent à pénétrer dans toutes les coulisses parisiennes et à voir les actrices de près...

— De par l'enfer! vous ne verrez plus ni actrices ni coulisses! s'écria Bellardoise en lui présentant de nouveau les épées. Pour la dernière fois, en garde!

— Eh! fichtre, monsieur, laissez-moi donc en repos; je ne suis pas un enfant, que diable! et bien que je n'aie jamais tenu de ma vie une épée, je sais fort bien qu'il est absurde de se battre en plein jour, dans une chambre, et cela sans témoins et sans médecin...

— Quand un homme a, comme moi, son honneur à venger, il ne se soucie pas de ces vaines formalités... Allons, en garde! Quand vous serez mort je me chargerai de tout.

— Ouais!... belle consolation!...

— En garde donc, lâche!... La pointe de ton épée à ma poitrine ou le plat de la mienne sur ton visage!... Cette phrase est de Casimir Delavigne, poursuivit Bellardoise en lui-même; mais elle est tout à fait en situation et je la lui emprunte!

Puis, à haute voix, il reprit en portant une botte à son adversaire :

— Que le sang de l'amant coule et lave la honte de l'époux !

— Monsieur... fit Coquardier en se faisant un rempart d'un énorme fauteuil, n'approchez pas, ou je vous jure que je crie à l'assassin!

— A votre aise, cher ami, répliqua le chevalier; mais si vous êtes assez couard pour faire ce que vous dites, je vous jure, moi, et les Bellardoise n'ont jamais juré en vain, que je vous plongerai ce fer jusqu'à la garde... dans votre lâche cœur !

Coquardier jeta un coup d'œil désespéré vers la porte.

Bellardoise avait eu soin de la fermer à double tour, et il avait mis la clef dans sa poche.

Quant à la fenêtre, il l'avait également fermée depuis longtemps.

— Monsieur!... monsieur!... supplia le bonnetier, ce n'est vraiment pas gentil ce que vous faites; je suis un homme âgé... et, je vous le répète, l'escrime m'est inconnue autant que la danse de corde et la langue chinoise... Vous ne pouvez cependant pas avoir l'intention de m'égorger ainsi!

— Vous m'avez égorgé moralement, vous! répliqua Bellardoise avec amertume.

— C'est bien différent.

— Je ne trouve pas, moi! riposta l'autre d'un ton féroce.

— Monsieur, vous êtes un buveur de sang!... s'exclama Coquardier au comble de la terreur et tout en se pelotonnant derrière son fauteuil. On a guillotiné dernièrement Lacenaire et Fieschi... ils étaient moins scélérats que vous!

— O mes ancêtres! vous l'entendez, cet homme... et je lui ferais grâce!... non!... vous ne le voudriez pas! Qu'il meure donc et que tout soit dit!

Coquardier, éperdu d'épouvante, repoussa le fauteuil qui ne le protégeait pas suffisamment et saisit l'épée gisant à ses pieds.

Mais au lieu de se mettre en garde et d'attendre son adversaire, il se mit à charger avec une inconcevable furie.

Si bien que ce fut au tour de Bellardoise de fuir devant cette attaque imprévue.

Et le bonhomme frappait d'estoc et de taille, sans savoir où, sans regarder et sans voir.

— Ah! vous voulez du sang! criait Coquardier complètement fou, eh bien! vous en aurez!... Il n'y a rien de tel qu'un poltron quand il se met en train... Vous allez voir! vous allez voir!...

— Au diable le vieux fou! pensait Bellardoise qui avait toutes les peines du monde à parer les bottes fantastiques que lui poussait son adversaire, il va finir par m'éborgner.

Mais l'ardeur belliqueuse du bonhomme ne pouvait être de longue durée.

Son bras se fatigua bien vite et ses coups se ralentirent.

Peu après, le chevalier, qui tirait l'épée assez bien, faisait tomber à l'autre bout de la chambre la colichemarde de Coquardier.

Alors ce dernier se laissa tomber tout de son long sur le parquet en murmurant d'une voix étouffée:

— Je suis mort!

Bellardoise appuya sur sa poitrine la pointe de sa rapière.

— Ta vie est entre mes mains, lui dit-il.

— Grâce!... grâce!...

— Écoute, répliqua Bellardoise, je veux bien te laisser vivre, mais c'est à une condition.

— Je l'accepte! dit vivement Coquardier en se remettant sur pieds.

— Maintenant que je connais l'effroyable passé de Moleskine, je ne puis, je ne veux pas demeurer un jour de plus avec elle... je ne veux pas surtout rester en ce pays témoin de mon déshonneur...

— C'est cela... expatriez-vous... voyagez! dit Coquardier.

— Pour mettre ce projet à exécution, continua Bellardoise, il me faut de l'or... beaucoup d'or... et je n'en ai pas...

— Que dites-vous ?... Et la fortune de votre femme... car elle en avait... j'en sais quelque chose.

— La fortune de ma femme ! répéta le chevalier avec horreur. Regardez bien mon poing, monsieur, regardez bien...

— Je le vois, chevalier.

— Eh bien ! je me le couperais plutôt que d'employer un sou de cet argent-là !...

— J'approuve votre délicatesse et vos scrupules, répondit Coquardier.

— Non, monsieur, pas un sou... que dis-je ! pas un liard !... D'autant plus que de cette fortune, il ne reste plus présentement la moindre parcelle.

— Pas possible !

— Hélas ! très possible, au contraire.

— Par quelle fatalité ?...

— Êtes-vous joueur ? monsieur Coquardier.

— Mon Dieu ! pas positivement ; j'ai trop peur de perdre... De temps en temps, je me risque à faire une partie de dominos à cinq sous, en cent liés... Mais voilà tout.

— Eh bien ! moi, poursuivit Bellardoise avec fièvre, moi, je suis joueur comme les cartes, voyez-vous... et la roulette m'a tout pris !

— Tout ?

— Oh ! mon Dieu, oui !... Les tripots du Palais-Royal et Frascati se sont partagé mes dépouilles... Ce gueux de 113 surtout m'a véritablement mis à sec ! Ah ! c'est une vilaine invention que les maisons de jeu... On dit que le gouvernement va les supprimer... Il sera trop tard, vu que tous mes biens, meubles et immeubles, ont été engloutis dans ce gouffre hideux et charmant... car il n'y a rien au monde de plus adorable que le jeu ! la roulette surtout !... Songez donc... trente-six fois votre mise... Ainsi, vous risquez un simple napoléon... et vous en ramassez trente-six... sept cent vingt francs !... C'est sublime !

— Oui, si vous gagnez... observa Coquardier. Mais quand on perd ?

— Quand on perd, on rejoue pour rattraper son argent.

— Et l'on reperd encore !

— C'est mon histoire !... Et voilà pourquoi je suis à l'heure qu'il est aussi pauvre que Job et non moins gueux qu'un rat, par conséquent dans l'impossibilité matérielle de faire le petit voyage dont je vous ai parlé... C'est pourquoi je compte sur vous, cher monsieur Coquardier, pour me restituer les nombreux ducats que ma mauvaise chance a sortis de ma bourse pour les jeter en pâture aux croupiers du sieur Benazet.

C'est ainsi que se nommait le dernier fermier des jeux de Paris.

A la brusque requête du chevalier, le papa Coquardier avait fait une épouvantable grimace.

— Bon ! bien ! se dit-il, tout en rajustant sa perruque, qui, dans la gymnastique forcée à laquelle il venait de se livrer, avait fini par rouler sous la table, voici le mot de l'énigme.

« En jouant l'indignation, ce monsieur voulait tout bonnement me soutirer des billets de banque. Cela m'étonnait aussi qu'il fût aussi chatouilleux que ça sur le point d'honneur!... Car enfin, jadis j'ai soupé une fois avec lui chez lord Stephen, et cela m'avait suffi pour douter fortement de sa moralité... Maintenant, je ne doute plus... c'est une canaille!

Bellardoise le considérait en silence, attendant une réponse.

Voyant que le bonhomme persistait à causer tout seul, il lui frappa doucement sur l'épaule.

— Dites donc, fit-il, êtes-vous muet, cher ami, ou bien ne m'avez-vous pas entendu?

— Si fait!... si fait!... risposta Coquardier on ne peut plus embarrassé. Oh! je vous ai parfaitement entendu, au contraire...

— Eh bien?...

— Eh bien! c'est que votre demande arrive dans un bien mauvais moment... Figurez-vous, chevalier...

— Connu! fit Bellardoise en l'interrompant, je sais ce que vous allez me dire : « Vous venez de faire bâtir... vous venez d'acheter du terrain... vous avez payé un remplaçant à votre fils... ou bien encore, le commerce est en souffrance et votre maison vous coûte plus qu'elle ne vous rapporte! » Voilà, pas vrai, l'antienne que vous alliez me chanter... je vous en dispense... On compte ces calembredaines-là aux emprunteurs, mon bon... mais moi, je n'emprunte pas, entendez-vous bien, je réclame ce qui m'est dû!

Coquardier fit un soubresaut.

— Le coquin, pensa-t-il, est effrayant d'impudence.

Puis, à haute voix :

— Je vous dois quelque chose... moi!

Bellardoise mit le poing sur sa hanche, puis, avec la splendide intonation de Frédéric Lemaître dans Robert-Macaire, il s'écria :

— Et mon honneur, monsieur!... mon honneur... c'est donc à dire que vous le comptez pour rien!

— Loin de moi cette pensée...

— En ce cas, payez-le...

— Mais...

— Il n'y a pas de mais... L'honneur d'un Bellardoise se paye soit avec du sang, soit avec de l'or... Vous voulez garder la première monnaie... soldez avec l'autre.

— Sapristi! sapristi! gémit Coquardier aux cent coups. Que je suis donc fâché d'avoir colloqué Cabriolette rue Monsieur-le-Prince!

— Laissons Cabriolette et réglons notre compte.

— Il y tient! se dit le bonhomme, quel ignoble gueux!...

Puis d'une voix hésitante, il reprit :

— Et... notre petit compte, comme vous dites, se monterait selon vous à...

— Oh! mon Dieu! je serai accommodant, monsieur Coquardier, répliqua Bellardoise d'un ton bon enfant, et je ne vous demanderai que ce qui m'est strictement indispensable.

— Tant mieux!... car malgré ce que vous en croyez, je suis réellement très gêné depuis quelque temps...

— Je ne dis pas non... je ne dis pas non... L'amour ça coûte presque aussi cher que le jeu... mais c'est moins amusant... Oh! pour une nuit de roulette, de biribi ou de trente et quarante, je sacrifierais, sans la moindre vergogne, la plus belle fille du monde!... Vous, vous préférez au dieu Hasard ce galopin de Cupidon... Chacun son goût... Pour en revenir à notre petite affaire, vous dites donc que vous êtes gêné...

— Affreusement... parole d'honneur... non pas seulement à cause de mes fredaines galantes... non! j'ai un intérieur qui me coûte les yeux de la tête... Mme Coquardier est une dépensière finie... sans compter qu'elle est un peu dans votre genre, c'est-à-dire qu'elle ne déteste pas le jeu...

— Bah! tiens!... tiens!... tiens!... dit Bellardoise, c'est une femme d'esprit... Il faudra que vous me fassiez faire sa connaissance.

— Comment donc! mais avec plaisir! répliqua Coquardier en grimaçant un sourire.

Puis, en lui-même, il ajouta :

— Plus souvent, que j'introduirai ce grec dans les remparts de Troie... car ce doit être un grec!

« De sorte, poursuivit-il en s'adressant à Bellardoise, que cette chère Phémie, — Mme Coquardier s'appelle ainsi, — fait joliment valser mes maravédis... Avec ça que j'ai un tas d'enfants!... Je leur donne le moins que je peux... mais enfin, au bout du mois, tout ça fait une somme...

— Eh bien! reprit Bellardoise avec la gravité d'un juge, considérant les nombreux sacrifices que vous imposent vos devoirs paternels et conjugaux, devoirs que nous nommons, nous autres gens du monde, des tuiles sacrées... considérant en outre qu'en souillant autrefois mon honneur, vous l'avez fait sans mauvaise intention et sans vouloir m'être personnellement désagréable...

— Parbleu! puisque je ne vous connaissais pas!

— Eu égard aux considérants précités, je ne vous demanderai, au lieu de cent mille francs, que je voulais préalablement exiger de vous, que la bagatelle de vingt-cinq mille livres.

— Vingt-cinq mille livres!

— C'est donc, continua Bellardoise avec un sang-froid merveilleux, une réduction nette de soixante-quinze mille francs que je fais sur votre petite note... C'est gentil, pas vrai?

Le père Coquardier voulut se récrier, le chevalier lui ferma la bouche :

— Ne me remerciez pas, c'est inutile, et terminons...

— Monsieur, décidément, s'écria Coquardier, vous vous moquez de moi!...

— Plaît-il?

— Allez au diable! reprit le bonhomme exaspéré, vous n'aurez pas un sou...

Bellardoise lui montra froidement les épées.

— En ce cas, vous savez ce qu'il vous reste à faire... Quand il s'agit de mon honneur, je suis inébranlable!

— Le bandit! soupira Coquardier. Mais d'abord, ajouta-t-il d'une voix étouffée, je n'ai par sur moi une pareille somme...

— Combien avez-vous?...

— Trois mille six cents francs... à peu près, que j'ai touchés en venant. Tenez, dit le bonhomme après un moment d'hésitation je veux bien faire un dernier sacrifice... prenez cet argent et que tout soit dit.

Il tendit au chevalier les billets de banque qu'il venait de tirer de son portefeuille.

— Allons, soit! répliqua Bellardoise en empochant la somme, je ne suis pas un Turc, après tout, et je ne veux pas vous mettre dans l'embarras.

— Il a encore l'air de me faire une grâce! pensa Coquardier.

— Je me contenterai donc de ce léger acompte, continua le chevalier. Quant au reste...

— Hein?

— Nous réglerons cela à quatre-vingt-dix jours.

— Plaît-il?

Bellardoise tira de sa poche un papier timbré.

— Voici une lettre de change toute préparée... vous n'avez qu'à la signer... après avoir énoncé la somme à payer, soit vingt et un mille quatre cents francs... Vous voyez que je suis arrangeant... je ne vous fais pas payer d'intérêts!

Coquardier eut un instant la velléité de déchirer le papier; mais il comprit qu'il était entre les griffes de ce misérable, et que tôt ou tard, il serait forcé d'en passer par où il voulait.

En conséquence, il prit la plume que lui tendait notre chevalier et signa.

— C'est bien! dit Bellardoise en s'emparant de la lettre de change.

Puis, avec noblesse, il tendit la main au bonhomme.

— Maintenant, monsieur Coquardier, j'ai tout oublié... Mais n'oubliez pas, vous, de payer à l'échéance, sans quoi je me verrais forcé, à mon grand regret, de vous livrer aux gardes du commerce.

Là-dessus, il disparut avec majesté et redescendit au premier étage.

Moleskine attendait sur le seuil de sa porte.

— Eh bien? demanda-t-elle avec une impatieuce fiévreuse.

— Eh bien, reprit Bellardoise d'un ton triomphant, le vieux a aboulé les vingt cinq mille balles!... Trois mille six en espèces, le reste à quatre-vingt-dix jours.

— Donne! dit Moleskine d'un ton de convoitise.

— Minute! fit le chevalier en repoussant son épouse, ne touchons pas à ça, ma fille, ça brûle!

Ce disant, Bellardoise prit son chapeau et sa canne.

— Tu sors?

— Oui, je vais prendre l'air,

— Où vas-tu donc?

— Où ça me plaît.

— Ah! malheureux, tu vas jouer... encore...

— Et puis, après?

— Mais tu veux donc que nous mourrions à l'hospice?

— Il y en a qui valent mieux que nous qui crèvent sur la paille!... Bonsoir!

Moleskine s'accrocha à ses vêtements.

— Tu ne sortiras pas!

— Lâche-moi, ou ça va finir mal!

— Tu ne sortiras pas!

— Tonnerre! fit Bellardoise, a-t-on jamais vu un crampon pareil!... Allons! à bas les pattes, la belle, ou gare les calottes!

— Bats-moi! tue-moi si tu veux, mais je ne te laisserai pas partir!

— Satanée guenon, c'est toi qui l'auras voulu!

Là-dessus, il fit pleuvoir sur la malheureuse une grêle de coups de canne.

Si bien qu'à la fin, brisée par la douleur, elle dut lâcher prise.

— Alors le chevalier la repoussa brutalement jusqu'au frond de l'antichambre et s'élança dans l'escalier.

Peu après, il sautait dans une voiture de louage en criant au cocher :

— Au Palais-Royal! et brûle le pavé, tu auras cent sous de pourboire!

Un quart d'heure plus tard, M. de Bellardoise s'arrêtait devant le fameux 113.

V

LE 113

Le cœur bondissant, l'œil enflammé, notre homme se précipita dans l'escalier.

— Enfin! dit-il, je vais donc pouvoir m'en donner encore une fois à bouche que veux-tu!... Ah! roulette, ma mie, tu m'as bien maltraité jusqu'à cette heure... mais je t'aime quand même et t'aimerai toujours!

Au haut de l'escalier, un vieil employé lui demanda son chapeau et sa canne.

C'était l'usage.

Bellardoise jeta machinalement les yeux sur la fiche numérotée qu'on lui remit en échange.

— Que le diable te patafiole! dit-il à l'employé, tu m'as donné le numéro 13!... ça va me porter malheur.

Un sourire railleur plissa les lèvres du vieillard.

Puis, haussant imperceptiblement les épaules, il murmura entre ses dents :

— Imbécile!... quelque numéro que je te donne, tu es bien sûr de laisser ici jusqu'à la dernière de tes plumes!...

Mais Bellardoise ne l'écoutait pas.

Il était entré dans le premier salon.

Quand nous disons salon, le mot est quelque peu prétentieux.

C'était une grande chambre exactement semblable à celle décrite par Balzac dans la *Peau de chagrin*.

Toutes ces chambres-là n'étaient-elles pas les mêmes?

Alors il prit son front entre ses deux mains et sanglota.

« Quelle nudité ! Les murs, couverts d'un papier gras à hauteur d'homme n'offrent pas une seule image qui puissent rafraîchir l'âme.

« Il ne s'y trouve même pas un clou pour faciliter le suicide.

« Le parquet est usé, malpropre.

« Une table oblongue occupe le centre de la salle.

« La simplicité des chaises de paille pressées autour de ce tapis usé par l'or annonce une curieuse indifférence du luxe chez ces hommes qui viennent périr là pour la fortune et pour le luxe. »

Nous devons dire, au reste, que le 113 était un peu le tripot du peuple.

Il a toujours exclu cependant la veste, la blouse et la casquette.

Mais là, les sommes les plus modiques étaient les bienvenues.

« Les petits ruisseaux font les grandes rivières. »

Ainsi pensait-on, et c'était sagement raisonné.

Au trente et quarante, on jouait cinq francs, deux francs à la roulette et dix sous au biribi si on voulait.

Dix sous ! Ce n'était vraiment pas cher... et, selon la formule des marchands de chaînes de sûreté, il eût fallu ne pas avoir *cinquinte cintimes!* dans sa poche, pour ne pas risquer ces dix sous-là !

Il va sans dire que l'on jouait plus cher si l'on en avait l'idée...

Qui peut le plus, peut le moins, dit le proverbe. Au jeu, c'était tout le contraire.

En 1836, il y avait déjà longtemps qu'un règlement sévère avait banni les femmes des tripots du Palais-Royal.

C'étaient donc des joueurs, rien que des joueurs et non des joueuses qui faisaient cercle autour du tapis vert lorsque Bellardoise fit son entrée.

Dans cette salle où pénétra notre chevalier, il y avait vraiment foule.

C'est que là se cultivait le biribi, le jeu populaire.

Qu'était-ce que le biribi?

Un vrai jeu de hasard, venu d'Italie, et dont les instruments étaient un grand tableau avec soixante-dix cases numérotées et un sac dans lequel se trouvaient soixante-dix petites boules, dont chacune contenait un numéro du tableau.

Le joueur tirait alors une boule du sac et l'ouvrait.

Si le numéro du billet renfermé dans la dite boule répondait à celui de la case du tableau sur laquelle le ponte avait placé son argent, le banquier lui payait soixante-quatre fois sa mise.

On conçoit que l'avantage du banquier était toujours de 6 sur 70.

Le biribi n'était autre chose que la loterie en miniature.

Bellardoise s'arrêta un instant devant ce jeu.

— Voyons, dit-il, si ie commençais ici à me prendre aux cheveux avec dame Fortune !...

Mais se ravisant :

— Non, dit-il, restons fidèle à la roulette... Elle me saura gré, je le présume, de mon inaltérable constance.

Se frayant un passage à travers les flots pressés des moutons venus là tout exprès pour se faire tondre, notre chevalier put gagner un salon de roulette.

Nous n'expliquerons pas ce jeu.

Tout le monde le connaît.

Au moment où Bellardoise entra dans cette deuxième salle, une foule de joueurs étaient rangés autour du tapis vert, à la gauche et à la droite du banquier et des croupiers.

Il y avait là des jeunes gens, à la face pâle, aux yeux égarés.

Il avait y aussi des vieillards au front ridé, aux cheveux blancs...

— Faites le jeu ! cria le banquier.

On entendit, durant quelques secondes, un étrange cliquetis de pièces d'or et d'argent, un froissement de billets de banque...

Puis le banquier cria :

— Le jeu est fait!... rien ne va plus ?

Il se fit un profond silence...

« On aurait entendu voler... un mouchoir, » comme dit je ne sais quel personnage d'un vaudeville contemporain.

La bille d'ivoire tourna dans la roulette...

Lorsqu'elle fut enfin tombée dans l'une des trente-six cases numérotées, le banquier annonça, dans les termes d'usage, que le numéo 25 venait de sortir.

— Tonnerre! grommela l'un des joueurs, et moi qui avais joué sur le 26!... je me suis trompé d'un point!

Ce joueur c'était Bellardoise.

Il venait de perdre dix louis.

— Allons! dit-il, vingt louis sur le même...

Le numéro choisi par Bellardoise ne sortit pas plus cette fois que la première.

— Morbleu! j'y mettrai de l'obstination!... reprit le chevalier. Cinq cents francs sur le 26!

La bille tourna.

Le 27 sortit.

Le râteau du banquier enleva les cinq cents francs, qui allèrent retrouver les six cents autres.

Au bout de cinq minutes, Bellardoise n'avait plus dans sa poche un sou de monnaie.

— Nettoyé!... fit-il en se levant. Tonnerre! ça n'a pas été long!... Trois mille quatre cents livres en un quart d'heure... c'est roide!...

Mais se ravisant :

— Au fait, non! reprit-il, je perds moins que je ne croyais... J'ai donné sept francs à mon cocher!

Après un temps :

— C'est égal... je suis furieux... Comprend-on ce grédin de 26 qui n'a pas sorti une seule fois!

Comme il disait ces mots, le banquier annonça:

« Le 26. »

Bellardoise poussa une sorte de rugissement.

— 26!... Il est sorti, le gueux... et je n'avais pas joué!

Dans certaines maisons, messieurs de la chambre (c'est ainsi que se nommaient les hommes de service) ne se contentaient pas d'offrir gratuitement aux joueurs de la bière et des verres d'eau sucrée, ils prêtaient sur gages.

A Frascati, au cercle des Étrangers, ils prêtaient, même sans aucun reçu, des sommes considérables aux joueurs connus, qui rétribuaient à leur gré ces prêts d'argent.

Bellardoise était l'un des familiers du 113.

Il marcha droit à l'un des hommes de service.

— Bourbiche, lui dit-il, j'ai tout perdu... Prête-moi cinquante louis !

L'employé, lequel était jeune encore, ce qui ne l'empêchait pas d'avoir la mine du plus fieffé coquin qui se pût voir, jeta sur l'emprunteur un regard de travers.

Puis il s'offrit une prise (maître Bourbiche prisait), et dit au chevalier :

— Prêter... sur quoi ?

— Je te rendrai cela demain... tout à l'heure peut-être...

— Ne dites pas de naïvetés !

Bellardoise eut beau faire, Bourbiche fut inflexible.

Alors le chevalier tira sa lettre de change.

— Prête-moi là-dessus, lui dit-il.

— Une lettre de change !... de vous !... merci !

— Non, d'un autre...

— C'est différent. Voyons le nom.

Il lut :

— Coquardier !... rue Saint-Denis... au *Dahlia jaune* !... Je connais !...

— Tu sais que c'est bon, alors !...

— Oui, pas mauvais !... Coquardier ne vient pas au 113... On peut avoir confiance en lui.

— Eh bien ?

— Combien voulez-vous que je vous prête là-dessus ?...

— Mille francs... je te l'ai dit...

— C'est bon !... Endossez le papier, et je vais vous donner votre affaire...

— Endosser !... Puisque je vais te le reprendre tout à l'heure.

— Ça ne fait rien... faut faire les choses régulièrement... On ne sait pas ce qui peut arriver... Vous pouvez mourir d'un coup de sang ! Au jeu, ça s'est vu.

Bellardoise signa, et Bourbiche lui remit neuf cents francs.

— C'est juste ! dit le chevalier. Dix pour cent d'intérêt...

— Trouvez-vous que ce soit de trop ?

— Au contraire, c'est pour rien.

Bellardoise reprit sa place à la roulette.

— Cinq cents francs au 26 ! dit-il avec force.

Un jeune homme très pâle et vêtu d'une pauvre redingote usée et toute brillante en certains endroits, venait de s'approcher timidement de la table de jeu.

— Allons, dit-il en tirant une pièce de cent sous de sa poche, essayons !... Dieu peut-être me protégera.

Et, d'une main tremblante, il plaça ses cinq francs sur le numéro choisi par Bellardoise.

— Ah ! ah ! dit celui-ci, vous avez confiance dans ma veine, jeune homme... vous avez raison... Croyez-en ma vieille expérience... la banque sautera où elle dira pourquoi.

— Monsieur de Bellardoise ! fit le jeune inconnu en rougissant.

— Vous savez mon nom ?... Eh mais, je vous remets aussi... C'est vous qui êtes copiste et qui demeurez dans la même maison que moi... Ah ! vous êtes joueur !

Marcel Bertier, car c'était bien lui, étouffa un douloureux soupir, puis faisant un violent effort sur lui-même, il grimaça un sourire et répondit :

— Oui... oui... je suis joueur !

— Le jeu est fait !... Rien ne va plus ! cria le banquier ?

Tout le monde devint muet, et la bille commença ses soubresauts et ses ondulations.

Naturellement le numéro si ardemment attendu par Marcel et par le chevalier ne sortit pas plus cette fois que les autres.

— Cornes de lièvres ! s'écria Bellardoise, décidément ça va mal, ça va bien mal !

Marcel Bertier, lui, était profondément navré.

Son regard suivait avec une indéfinissable tristesse sa pièce de cent sous qu'enlevait le râteau du banquier en même temps que les napoléons de Bellardoise.

— Allons, reprit celui-ci, aux derniers les bons !

Ayant dit, il jeta sur le tapis vert les vingt louis qui lui restaient.

— Aux derniers les bons ! répéta machinalement le jeune copiste.

Et de sa poche il tira, par un mouvement fébrile, une nouvelle pièce de cinq francs.

C'était la dernière !

Tout d'abord Bellardoise avait eu l'attention de courir une fois encore après son éternel numéro 26.

Mais comme le banquier ouvrait la bouche pour crier :

— Le jeu est fait !... Rien ne va plus ?

Notre chevalier s'empressa de dire :

— Un instant, s'il vous plaît, l'homme au râteau !...

Tout le monde jeta sur Bellardoise un regard étonné.

— Oui, un instant, reprit ce dernier. J'ai été assez stupide jusqu'à présent pour m'acharner à jouer un jeu impossible... J'arrête les frais !... Au diable le 26 !... je le lâche !... Car 26, messieurs, 26, c'est deux fois 13 !... Je m'en aperçois un peu tard... mais, enfin, mieux vaut tard que jamais !

S'adressant à Marcel :

— Allons, poursuivit-il, imitez-moi, jeune homme, et vous n'en serez pas fâché... Je vous ai dit que nous ferions sauter la banque : elle sautera !

En dehors des combinaisons plus ou moins compliquées des numéros, il en existe d'autres beaucoup plus simples.

Telles sont celles de passe et manque, de rouge et noir, de pair et impair.

Ce fut cette dernière que choisit Bellardoise.

Il mit ses quatre cents francs à impair et Marcel fit comme lui.

Le numéro 3 sortit.

— Je l'avais bien dit que nous gagnerions ! s'exclama le chevalier d'un ton triomphant.

— Nous avons gagné ? fit Marcel en ouvrant de grands yeux.

— Parbleu ! le numéro 3 n'est pas un numéro pair, je suppose !

Le banquier paya les gagnants.

Bellardoise reçut vingt louis. Marcel cinq francs.

Le pauvre diable n'entendait rien au jeu ; un instant il avait espéré recevoi, trente-six fois sa mise... aussi fut-il cruellement désappointé en apprenant qu'avec la nouvelle combinaison choisie par Bellardoise on ne ramassait, si l'on gagnait qu'une somme égale à celle que l'on risquait.

Il se retrouvait donc comme à son arrivée.

Il fût tenté tout d'abord de ramasser ses dix francs et de s'enfuir au plus vite de et enfer.

Mais Bellardoise lui dit :

— Faisons notre *paroli*, jeune homme... Il va y avoir une série d'impairs... je sens ça d'ici !

Marcel n'eut pas le courage de se retirer.

Ils gagnèrent.

— Vivat ! s'écria Bellardoise. Nous tenons la série demandée.

En effet, un nouveau numéro impair venait de sortir.

Le banquier paya pour la troisième fois Marcel et le chevalier.

Celui-ci avait devant lui trois mille deux cents francs.

Quant au petit copiste, il possédait maintenant quarante francs.

— Oh ! dit-il à moitié fou, ce serait insensé de vouloir tenter la chance plus longtemps !

Et sa main tremblante s'avança vers sa masse pour s'en emparer...

— Cornes de lièvre ! fit Bellardoise, ne touchez pas à ça, malheureux ! Vous ne voyez donc pas que nous avons la veine ? Faites votre paroli, jeune homme, faites votre paroli, et vous sortirez d'ici avec des billets de banque plein vos poches !

Marcel céda.

Mais une voix secrète lui disait qu'il allait perdre.

En effet, le banquier annonça bientôt un numéro pair.

Puis le râteau s'abattit sur ses huit pièces de cent sous.

Le malheureux ne dit pas un mot, ne fit pas entendre un murmure.

Immobile et muet, il demeura à sa place, les lèvres entr'ouverts et le regard fixe.

Bellardoise avait quitté la table.

— Mille francs à la rouge ! cria le chevalier en accourant.

Et, jetant un billet de banque sur le tapis vert, il reprit sa place primitive, puis étala devant lui un monceau de louis et de billets de banque.

Bourbiche venait de lui donner le complément de la lettre de change, soit dix-huit mille francs nets.

Les habitués laissèrent échapper malgré eux un long murmure d e surprise.

Il y avait longtemps, en effet, que Bellardoise n'était venu au jeu avec de semblables capitaux.

— Oh ! oh ! vous êtes bien riche aujourd'hui, chevalier... avez-vous donc dévalisé un coche ?

— Non, riposta impudemment notre gentilhomme, j'ai hérité d'un *parent* de ma femme.

En entendant cette réponse, maître Bourbiche, l'employé escompteur, ne put s'empêcher de rire.

Il connaissait l'histoire du mariage de Bellardoise et savait parfaitement quel lien de parenté existait entre Moleskine et Coquardier.

La voix du banquier se fit entendre.

— Le jeu est fait ! Rien ne va plus !

La rouge sortit.

— Gagné ! s'exclama le chevalier. Vive la France !...

Marcel s'était penché vers lui.

— Monsieur, lui dit-il tout bas à l'oreille, prêtez-moi quelque argent, je vous en prie, et foi d'honnête homme, quoi qu'il advienne, je vous le rendrai.

La belle humeur de Bellardoise s'assombrit instantanément.

— Ouais ! fit-il, je n'aime pas prêter au jeu... Ça me porte malheur.

Le malheureux jeune homme rougit jusque dans le blanc des yeux et balbutia quelques mots inintelligibles.

— Après tout, reprit le chevalier, une fois n'est pas coutume, et comme je vous connais... Combien voulez-vous ?

— Je voudrais... dix francs, murmura Marcel avec effort.

Bellardoise se mit à rire.

— Dix francs !... Eh ! que diantre voulez-vous fabriquer avec ça ?... Tenez, voilà dix louis... Mais seulement rendez-moi un service : ne jouez pas le même jeu que moi... j'ai idée que c'est vous qui me faites perdre.

— Dix louis ! fit le jeune homme, ébloui de la générosité du chevalier. Oh ! monsieur, je ne sais comment vous remercier...

Le chevalier l'interrompit.

— Si vous gagnez, il est entendu que nous partagerons les bénéfices.

— Je m'y engage, monsieur.

Le jeu continua.

Bellardoise mit cinquante louis à la rouge.

Marcel, pour se conformer aux instructions du chevalier, mit cinquante francs à la couleur opposée.

La noire gagna.

Au coup suivant, il laissa les cent francs...

Il gagna encore.

Sa couleur passa huit fois de suite, et chaque fois Marcel fit son paroli.

Ses huit coups de martingale avaient produit *douze mille quatre cents francs.*

En revanche, Bellardoise qui, pendant ce temps, avait la chance contraire avait perdu tous les capitaux, moins cinq mille francs à peu près. Il était fou de colère.

Quant à Marcel, le bonheur l'enivrait.

— Tout va ! dit-il avec fièvre, en laissant la somme entière à la même place.

— Pardon, monsieur, lui répliqua le banquier, mais d'après le règlement, la plus forte mise que puisse accepter la banque est de 12,000 francs.

Marcel Bertier retira de sa masse les vingt louis d'excédent.

— Parbleu ! s'écria Bellardoise, puisqu'il en est ainsi, donnez-moi là-dessus la part qui me revient... Vous n'avez pas oublié, je suppose, que je suis la moitié dans votre jeu.

Nous devons à la vérité de dire que Marcel l'avait, au contraire, tout à fait oublié. Mais la mémoire lui revint bien vite.

— A vos ordres, monsieur le chevalier, s'empressa-t-il de dire.

Puis poussant vers Bellardoise son trésor tout entier :

— Veuillez partager vous-même.

Notre gentilhomme prit six mille cent francs et mit entre les mains de Marcel une somme égale.

— Voici mon bien et voici le vôtre, dit-il, quant à ces dix louis qui restent, c'est ce que je vous ai prêté... et ce que je vous prête encore... Continuez donc à faire fortune dans les mêmes conditions, et je continuerai, moi, à partager avec vous... Est-ce dit?

— Assurément ! répliqua le jeune homme.

— C'est l'honnêteté même que ce petit, pensa Bellardoise, on voit qu'il est nouveau dans le métier.

Le fait est que tout autre, à la place de Marcel, après le partage, eût envoyé au diable l'exigeant chevalier.

Celui-ci empocha les six mille francs représentant sa part d'association.

—Messieurs les banquiers, croupiers et autres, ce quibus-là, je le mets en réserve, dit-il, et je vous jure bien que je saurai le conserver.

— Serment de joueur, murmura le vieil habitué, autant en emporte le vent !... Autrefois, j'ai fait des serments, moi aussi.

— Et vous ne les avez pas tenus ! riposta Bellardoise. Eh bien, je tiendrai le mien... Quand le tonnerre du diable s'en mêlerait, je ne risquerai pas un sou de plus que ce que j'ai devant moi.

L'ivresse de Marcel s'était peu à peu dissipée.

— Six mille francs! pensait-il, j'ai six mille francs à moi... Avec cet argent je puis m'acheter un remplaçant, et rester près des miens pour les faire vivre du fruit de mon travail... Allons ce serait un crime de jouer plus longtemps...

Et tout résolument, il ramassa son or et se leva.

— Un instant, fit Bellardoise en lui retenant le bras, ne vous envolez pas si vite, mon bel oiseau...

— Monsieur, de grâce, laissez-moi partir...

— Partir! mais non, mort diable! je m'y oppose formellement, au contraire... Nous sommes associés.

— Qu'à cela ne tienne, monsieur, répliqua le jeune homme, reprenez les deux cents francs que vous avez tenu à me laisser.

Ce disant, il lui présenta les dix louis.

Le chevalier refusa.

— Nous ne nous entendons pas, cher ami, je me moque comme de Colin-Tampon des quatre sous que vous m'offrez là... Mais ce dont je ne me moque pas, bien au contraire, c'est votre de *veine* admirable, qui, je l'espère, va me faire gagner vingt fois, cent fois, mille fois plus, peut-être, que ce que je vous ai prêté.

— Monsieur, reprit Marcel d'une voix suppliante, je vous en conjure, ne me forcez pas à jouer malgré moi...

Empoignant Bourbiche à la gorge...

— Je vous demande bien pardon... vous jouerez, mon cher... il le faut... Nous sommes associés, je vous le répète, et je ne puis renoncer de gaieté de cœur aux superbes profits que me promet votre association...

— Monsieur...

— Il n'y a pas de monsieur qui tienne.... Vous resterez, mon cher. Que diable !... un traité est un traité... Et je suis dans mon droit en exigeant que vous l'exécutiez... J'en appelle à la galerie.

Naturellement, toute la clique qui grouillait autour du tapis vert, joueurs, banquiers, croupiers, chefs de parties, tailleurs de roulettes, bouts de table, agents do surveillance et messieurs de la chambre, dont l'honnête Bourbiche faisait le plus bel ornement, tout ce monde-là, disons-nous, donna raison à Bellardoise.

Ils eussent été furieux de voir le malheureux jeune homme sortir du 113 avec un gain pareil, lui qui s'était mis au jeu avec deux pièces de cent sous.

Pour les joueurs surtout, c'eût été un véritable crève-cœur, car le jeu rend mauvais, égoïste, cruel même, et tous ces hommes qui se trouvaient là n'étaient guère autre chose que des copies exactes du vieux Pérille.

C'est-à-dire qu'ils avaient tous perdu plus ou moins et que c'était pour eux une sorte de compensation de voir perdre les autres.

— Jeune homme, reprit Bellardoise, fier de l'assentiment général, vous voyez que je ne réclame rien que de parfaitement juste et de strictement raisonnable. Prenez donc la peine ne vous rasseoir et recommencez vos exploits... Je perds à l'heure qu'il est une douzaine de mille francs, je compte sur vous pour réparer cette brèche faite à mon *héritage*.

— Monsieur, dit tristement Marcel en hochant la tête, vous avez tort de me contraindre à demeurer au jeu, je sens que je vais perdre.

— Vous êtes fou !... Jouez rondement et n'ayez pas de ces idées-là !... Allons, de l'estomac, que diable, de l'estomac !... Je suis sûr que vous gagnerez... D'abord, règle générale, la première fois qu'on met le nez dans une maison de jeu, on gagne... c'est connu comme le loup blanc... Quant à moi, je me garderai bien maintenant de jouer un autre jeu que le vôtre... je serais certain à l'avance de laisser ici mes bottes !

— Allons ! dit Marcel en mettant mille francs sur la noire.

Bellardoise joua le même jeu.

La rouge sortit.

— Je vous l'avais bien dit... murmura Marcel.

— Dame ! aussi, riposta le chevalier, la noire étant sortie huit fois de suite, vous eussiez dû vous attendre à voir gagner la couleur contraire.

— Deux mille francs à la rouge ! fit Marcel.

— C'est une idée, ajouta Bellardoise, nous allons avoir maintenant une série écarlate.

Et comme le jeune homme, il jeta cent louis sur la rouge.

La noire sortit.

— Perdu encore ! reprit le chevalier dont le front se rembrunit.

— Oh ! je le savais bien ! gémit Marcel avec un sombre désespoir.

Prenant la main de Bellardoise :

— Monsieur, je vous en conjure de nouveau, laissez-moi partir...

— Pardieu ! je vous trouve superbe ! riposta brutalement le gentilhomme, et vous choisissez bien votre moment, ma foi, pour vouloir me laisser en plan !... Jouez ! morbleu, jouez, il faut que nous nous rattrapions !

Marcel ne dit pas un seul mot.

Il prit deux cents francs et les mit à part, puis poussant sur la noire les trois mille cent francs qui lui restaient, il cria au banquier :

— Tout va !

— Pardieu ! s'exclama Bellardoise, ce coup-là doit réussir !... Et moi aussi, je fais mon tour !

— Le jeu est fait !... Rien ne va plus ! fit le banquier?

La bille tourna et finit par tomber dans une case rouge.

— Potence de Dieu ! maugréa le chevalier en s'adressant avec fureur à Marcel Bertier. Que le tonnerre vous écrase !... vous êtes cause de ma ruine !

Marcel prit les dix louis qu'il avait mis à part.

Les tendant à Bellardoise, il lui dit froidement :

— Monsieur le chevalier, nous sommes quittes... J'ai l'honneur de vous saluer...

Le gentilhomme s'empara de l'argent et le fourra dans sa poche avec colère.

— Tiens ! fit-il en retirant les six billets de banque qu'il y avait insinués prudemment quelques minutes auparavant, en jurant ses grands dieux qu'il n'y toucherait pas, et moi qui ne me souvenais plus que j'avais ces fafiaux-là en réserve !

— Et votre serment? ricana le vieux Pérille.

Bellardoise ne fit pas semblant d'entendre et tendit mille francs à Marcel en lui disant :

— Monsieur, ne partez pas encore et jouez ceci pour moi.

— Quoi! vous voulez...

— Je vous en prie... Malgré tout, je crois à votre veine... Allons, rappelez votre antique valeur ! Quand vous aurez cent mille francs devant vous, nous partagerons et vous pourrez quitter le jeu !...

Marcel fut sur le point de refuser.

Bellardoise insista avec tant de chaleur qu'il dut, presque à son corps défendant, faire ce qu'on réclamait de son obligeance.

Mais le sort était contre lui...

Il perdit les mille francs, comme il avait perdu le reste.

Et du même coup le chevalier en perdit deux mille.

Il tendit un dernier billet au jeune homme.

— Encore celui-ci !... Allons, il faut vaincre le sort !

Cette fois Marcel essaya de la combinaison des numéros pairs.

— Soit !... dit Bellardoise, dont le front était inondé de sueur. Je suis votre jeu.

Ce disant, il jeta sur le tapis vert ses deux derniers billets de mille francs.

Le numéro 13 sortit.

— Canaille de 13 ! s'écria le chevalier en donnant sur la table un effroyable coup de poing. Il est dit que cet infernal numéro-là me portera toujours malheur!

— Tout l'héritage y a passé ! dit le vieux Pérille avec un sourire diabolique.

Marcel s'était levé.

Cette fois, Bellardoise ne le retint pas; mais comme le jeune homme s'éloignait :

— N'oubliez pas, lui cria-t-il que vous me devez deux mille francs, et que les dettes de jeu se paient dans les vingt-quatre heures !

— Je vous dois deux mille francs ! s'exclama le jeune homme au comble de la stupéfaction et presque de l'épouvante. Que dites-vous, monsieur?

— Je dis ce qui est.

— Mais j'ai joué pour vous... pour vous seul.

— Comment, pour moi seul !... N'était-il pas convenu qu'à partir de cent mille francs de gain nous devions partager ?

— En effet... oui... vous avez dit cela... balbutia le malheureux plus mort que vif ; mais... j'ai cru...

— Il n'y a pas de mais, vous ai-je donné deux billets de mille francs, oui ou non ?

— Sans doute...

— Eh bien, alors, vous me les devez ; c'est clair comme le jour... Au surplus, j'en appelle à la galerie.

Comme la première fois, tout le monde déclara que Bellardoise avait raison.

— Deux mille francs !... je dois deux mille francs ! s'exclama Marcel Bertier.

Et l'infortuné, presque fou, s'élança hors des salons et gagna l'escalier.

Peu après, il tombait accablé sur l'un des bancs du jardin.

Alors il prit son front entre ses deux mains et sanglota.

Depuis quelques secondes, il était là pleurant et se désespérant, lorsqu'une voix douce et triste prononça ces mots à quelques pas ce lui :

— Pauvre enfant !... encore une victime !

Il releva la tête, et près de son banc, il aperçut un grand jeune homme en deuil qui le considérait avec un affectueux intérêt.

Ce jeune homme c'était notre héros... C'était Gabriel.

VI

COMMENT MILORD L'ARSOUILLE, TOUT A L'ENVERS DES AUTRES JOUEURS, SORTIT DU 113 BEAUCOUP PLUS RICHE QU'IL N'Y ÉTAIT ENTRÉ

Milord l'Arsouille prit place à côté de Marcel sur le banc de pierre.

Lui montrant du doigt la gueule béante du 113 :

— Vous sortez de cette maison ? lui dit-il.

— Oui, répondit le jeune homme d'une voix sourde.

— Et vous avez perdu ?

— Tout ce que j'avais... Oh ! cela, continua Marcel en souriant amèrement, c'est peu de chose... mais je dois... je dois beaucoup !...

— Vous avez joué aujourd'hui pour la première fois !

— Qui vous l'a dit ?

— Vos larmes... les coureurs de tripots ne pleurent pas...

— Oui... cela est vrai, monsieur... jamais je n'avais mis les pieds dans ces effroyables repaires !

— Pourquoi avez-vous songé à y pénétrer ?

— Oh ! ce n'est pas la passion qui m'a entraîné ! répondit le jeune homme.

— Et qu'était-ce donc ?

— Mon Dieu, monsieur, je ne vous connais pas... et je vous vois pour la première fois... mais vous portez sur votre front, dans vos yeux, tant de franchise et de loyauté, que j'oserai tout vous dire comme à un ami, comme à un frère.

— Parlez donc... je vous écoute...

Marcel Bertier fit à notre héros le récit de sa vie, de ses misères.

. . . .

Pendant ce temps, Bellardoise était demeuré au 113.

Il avait tiré de sa poche les dix louis qui lui avaient été remis par le jeune copiste.

— Allons, se dit-il, voilà le restant de mes écus... Les jouerai-je ou ne les jouerai-je pas ? *That is the question*... comme dit ce bon Shakspeare.

Après quelques secondes de réflexion :

— Bah ! fit-il, brûlons nos vaisseaux et risquons le tout pour le tout...

« Mais, diable, soyons modeste cependant et contentons-nous de jouer un louis à la fois... c'est humiliant de se livrer à si piètre jeu après avoir inondé le tapis de billets de mille... Mais... dame ! nécessité n'a pas de lois, ou plutôt, elle en a trop de lois, cette gredine de nécessité !

Il reprit sa place à la table de roulette, qu'il avait abandonnée après sa grande débâcle.

Il perdit un louis, puis deux... et quatre autres encore.

Au bout d'un quart d'heure, il lui restait vingt francs en tout et pour tout.

Notre gentilhomme était littéralement exaspéré.

Il changea son dernier napoléon contre quatre pièces de cent sous.

Sur les quatre, il en perdit trois.

Jetant sa dernière pièce au banquier :

— Allons ! changez-moi ça !

Le banquier prit la pièce et l'examina.

— Le diable m'emporte ! s'écria le chevalier, je crois, sur mon honneur, qu'il regarde si elle est fausse !... Mais, espèce de gredin, poursuivit-il en grinçant des dents, puisque c'est vous qui venez de me la donner !

Le banquier, plus impassible que jamais, remit à Bellardoise deux pièces de deux francs et une de vingt sous.

— C'est heureux ! fit notre joueur. Deux francs sur la rouge !

La noire sortit.

— Deux francs sur la noire ! reprit-il avec une véritable furie.

Le banquier annonça le rouge.

Bellardoise n'avait donc plus à lui qu'une modeste pièce de vingt sous.

Il voulut la jouer.

Le banquier s'y opposa.

— Le minimum, à le roulette, est de deux francs... dit-il d'une voix calme et quelque peu nasillarde.

— Je me fiche pas mal de votre minimum ! riposta le chevalier, je veux jouer vingt sous !

— L'article XII du cahier des charges s'y oppose formellement. Jouez-les au biribi.

Bellardoise étouffa un cri de rage et passa dans la chambre voisine.

— Allons, dit-il en entrant, messieurs les vampires biribi, voilà ma dernière goutte de sang.

Et le gentilhomme joua ses vingt sous.

Et chose véritablement étrange, incroyable, cet homme qui venait de perdre sans trop d'émotion presque une fortune, cet homme attendit avec une indicible anxiété l'issue de ce misérable coup.

Après avoir risqué plus de vingt mille francs, il risquait vingt sous!

— Vingt sous!

Et il frissonna à l'idée de les perdre!

Il les perdit cependant.

Quand il n'eut plus rien alors, lorsque, après avoir fouillé dans ses goussets et dans ses poches, il eut acquis la désolante conviction que tout était bien fini et qu'il ne pouvait plus jouer, il poussa un formible juron.

Puis, s'adressant aux banquiers :

— Allons, dit-il, vous êtes aussi filous au biribi qu'à la roulette!

Là-dessus, sans attendre qu'on relevât son invective, il rentra dans l'autre salle.

— Je ne peux pas... je ne veux pas m'éloigner ainsi... dit-il. Non, je jouerai encore... je jouerai!

Il avisa un habitué de l'endroit, un vieux richard, et lui emprunta cent francs.

Les cents francs lui furent refusés.

Il alla à un autre et lui demanda comme une grâce de lui prêter deux louis.

Le second fut non moins inflexible que le premier.

Alors il emprunta vingt francs... cent sous.

Personne ne fit semblant de l'entendre.

— Quarante sous!... Voyons, qui me prête quarante sous?... Je veux tenter un dernier coup de roulette... Et cette fois, je joue sur le numéro treize... je suis sûr de gagner!

Les joueurs demeurèrent insensibles et muets.

— Faites le jeu, messieurs, dit le banquier.

En ce moment, l'employé qui avait escompté la lettre de change traversa le salon.

Le chevalier courut à lui.

— Bourbiche, murmura le misérable d'une voix suppliante, prête-moi quelque argent... je t'en conjure.

— Sur quelle garantie? Avez-vous en portefeuille d'autres valeurs ayant cours?... Avez-vous des bijoux!...

— Eh non!... Tu le sais bien, gredin, je n'ai plus rien...

— En ce cas, serviteur!... Argent prêté à un joueur ou bien argent donné, c'est même chose... et je n'ai pas le moyen de faire des cadeaux.

— Quoi!... lorsque je te prie...

— Oh! ça m'est tout à fait égal! riposta l'employé. Vous auriez beau vous mettre à deux genoux et me demander ça sur un air de cantique, ce serait exactement comme si vous me chantiez : *Femme sensible.*

Comme il achevait ces mots le banquier annonça que le numéro TREIZE venait de sortir.

— Là! qu'est-ce que je disais! s'exclama Bellardoise.

Empoignant Bourbiche à la gorge :

— Sacrée canaille!... si tu m'avais seulement prêté quelques louis, j'aurais gagné le maximum! Tu m'empêches de palper douze mille francs!... Je vais t'éventrer!

Bourbiche poussa des cris de paon, et tous les employés accoururent.

Bellardoise s'empara d'une chaise.

— Tas de gueux!... tas de bandits! hurlait le chevalier en brandissant sa chaise. Vous n'osez pas m'approcher... Vous faites bien, sangdieu!... je vous en ferais voir de drôles!

S'adressant directement à Bourbiche :

— Viens!... mais viens donc, toi, et je t'arrangerai de si belle façon que ta carcasse pourra servir de tapis de roulette... Il y aura du noir à foison, et du rouge aussi, potence de Dieu!

Tandis qu'il s'excrimait des pieds et des mains, il aperçut Marcel Bertier sur le seuil de la porte.

— Vous! s'écria-t-il avec colère, c'est vous!... Voyez où vous m'avez réduit... Voilà ce que c'est que de prêter au jeu... Sans les deux mille francs que vous avez à moi, je ne subirais pas toutes ces avanies!

Marcel jeta deux billets de mille francs à Bellardoise.

— Nous sommes quittes, monsieur, dit-il.

— Hein! quoi! fit le chevalier avec stupéfaction. Vous m'apportez mes deux mille livres!...

Un murmure d'étonnement s'était élevé de toutes parts.

La conduite du pauvre copiste semblait inouïe, fantastique.

— Il rend l'argent prêté! dirent quelques voix. C'est admirable... splendide... sublime...

Comme bien on pense, le chef de partie s'était empressé de faire signe à l'hercule de lâcher Bellardoise, et celui-ci s'était relevé souriant, radieux et comme si de rien n'était.

Il avait deux mille francs à lui... deux mille francs qui lui tombaient du ciel...

Cette bonne fortune lui faisait oublier tout le reste.

— Mon jeune ami, dit-il à Marcel Bertier, vous êtes un galant homme. Si jamais vous avez besoin d'un service, venez me trouver.

Ce disant, il tendit la main au jeune homme; mais celui-ci feignit de ne pas remarquer ce mouvement et s'éloigna.

— Ah! dit Bellardoise.

Après un temps :

— Baste! ne nous soucions pas de cette vétille... la roulette me réclame, ne la laissons pas se morfondre sans moi!

Il se mit au jeu.

— Cinq cents francs à la noire ! dit-il.

— Douze mille francs à la rouge ! reprit une voix forte.

Chacun se retourna, et plusieurs joueurs se murmurèrent mutuellement à l'oreille :

— C'est le millionnaire... c'est milord l'Arsouille !

La bille tourna.

Quand elle fut arrêtée, le banquier annonça quelle couleur venait de sortir.

C'était celle choisie par notre héros.

Il gagnait douze mille francs...

Bellardoise en perdait cinq cents.

Ils rejouèrent le même jeu l'un et l'autre.

La rouge sortit de nouveau.

Bellardoise commençait à se rembrunir.

— Le diable est-il donc contre moi !

Il joua cinq coups encore de cent francs chacun et les perdit tous les cinq.

Milord l'Arsouille avait joué autant de coups que le chevalier...

Mais il avait toujours choisi la couleur inverse et il avait gagné.

Si bien que Bellardoise était décavé pour la deuxième fois et que notre héros avait réalisé un bénéfice net de quatre-vingt-quatre mille francs.

Les banquiers se regardaient d'un air effaré.

Puis ils se consultèrent avec le chef de partie.

Alors ce dernier annonça que par extraordinaire, le maximum serait illimité pendant une heure pleine.

En ce moment, trois heures sonnèrent.

— A quatre heures précises, continua le chef de partie, le jeu sera repris selon les règles ordinaires.

Milord l'Arsouille se prit à sourire.

Il comprenait que cette infraction au règlement avait lieu à son intention.

Au lieu de douze mille francs, il en joua vingt-cinq mille alors...

Il perdit quelques coups... il en gagna le plus grand nombre.

Comme quatre heures sonnaient, le banquier se leva.

— La banque a sauté ! dit-il d'une voix lugubre.

Un formidable hourra des joueurs accueillit cette annonce.

Notre héros avait gagné pour sa part plus de deux cent mille francs.

Il ramassa le plus tranquillement du monde ses billets et son or et les mit pêle-mêle dans toutes ses poches ; puis, le sourire sur les lèvres, il assista à la cérémonie qui a lieu dans les maisons de jeu lorsque la banque a sauté.

Cette cérémonie consiste à couvrir la table d'un grand drap noir.

Puis les banquiers, croupiers et employés, portant qui les râteaux, qui la roulette, qui la boîte de cuivre qui sert de caisse, quittent la salle processionnellement.

Lorsque le dernier eut disparu, milord l'Arsouille fit un signe à Marcel, qui, pendant toute la partie, s'était tenu à ses côtés, et tous deux s'éloignèrent, suivis par la foule des joueurs, chantant à tue-tête les plus étrangers refrains.

— Regarde ce portrait, dit-elle, regarde-le bien.

Avant de gagner l'escalier, milord l'Arsouille eut soin, toutefois de jeter une poignée d'or aux employés subalternes du 113, qui saluèrent cette libéralité par des cris enthousiastes de :

— Vive milord l'Arsouille !

Notre héros et Marcel Bertier avaient depuis longtemps quitté les abords du tripot que les clameurs et les chants se faisaient encore entendre.

Pour se dérober aux regards curieux de la foule qui encombrait le jardin et les arcades, notre triomphateur et son jeune compagnon entrèrent dans un café et s'y attablèrent.

Mais presque derrière eux un homme y pénétra, pâle, défait, le front emperlé de sueur, l'œil injecté de sang.

C'était Bellardoise.

Il suivait milord l'Arsouille depuis sa sortie de la maison de jeu.

Allant droit à notre héros :

— Milord, dit le chevalier avec agitation, un mot, je vous en conjure.

Sir Gabriel lui fit signe de parler.

Bellardoise poursuivit :

— J'ai perdu ce matin au 113 tout ce que je possédais, vingt-cinq mille livres environ... vous, milord, vous en avez gagné plus de deux cent mille, et je viens vous demander...

Milord l'Arsouille l'interrompit.

— Je vois où vous voulez en venir, monsieur. N'allez pas plus avant. Aux joueurs, je ne prête pas.

— Aux joueurs ! répéta Bellardoise en souriant avec amertume. Ah ! je vous jure, milord, poursuivit-il d'un ton de sincérité si parfaitement imité que les plus babiles s'y seraient laissé prendre, je vous jure que l'horrible leçon d'aujourd'hui me profitera et que je suis à jamais guéri de cette passion funeste.

— Vous le jurez !

— Sur la mémoire de mon noble père ! répliqua l'autre avec solennité. Et si j'ose, à cette heure, vous faire à brûle-pourpoint semblable requête, Dieu m'est témoin que ce n'est pas pour moi... Non, continua-t-il avec des larmes dans la voix, c'est pour ma famille... pour ma tendre et chaste épouse !... Pauvre enfant ! en apprenant ma ruine, elle deviendra folle, peut-être... elle en mourrait !

— Il suffit, monsieur, dit vivement Gabriel. Puisqu'il en est ainsi, je ferai selon votre désir. Ce que je refusais au joueur, je l'accorde à l'époux.

— Ah ! milord, s'exclama Bellardoise avec reconnaissance, vous me sauvez de la honte et du désespoir ! soyez béni !

Puis, à part, il ajouta :

— Il donne dans le *godant !*... Allons, il y a encore de beaux jours pour la France, et je vais faire une rentrée splendide à ce gueux de 113 !

Mais son désappointement, son dépit furent inénarrables lorsque notre héros se leva de table en lui disant :

— Monsieur de Bellardoise, c'est chez vous que nous terminerons cet entretien.

— Chez moi !

— Vous m'attendrez, je l'espère.

— Quoi, milord, vous voulez...

— J'y tiens essentiellement ! A ce soir, monsieur, à ce soir.

Et, sans autre explication, notre héros quitta le café, suivi de Marcel Bertior, laissant le chevalier tout contrit et penaud.

Lorsque les deux jeunes gens eurent le dos tourné :

— Que le diable enlève ce faux Anglais ! grommela Bellardoise. Comprend-on cette idée-là ? Qu'est-ce que ça lui fiche donc que je dépense mon, ou du moins *son* argent au jeu ou dans mon ménage ?... Il ne prête pas aux joueurs ! Imbécile !...

Quelques billets de mille eussent si bien fait mon affaire ! C'est qu'il n'y a pas à dire, je me sens en veine maintenant, et je suis certain que, moi aussi, j'aurais fait sauter la banque!

Après un temps :

— Si j'avais seulement quelques bijoux, je les engagerais séance tenante... Les monts-de-piété ne manquent pas ici !

En effet, il y avait au Palais-Royal, à l'époque des jeux, ONZE bureaux de prêts sur gages. L'un deux se trouvait juste au-dessus de l'un des tripots. Il était bien placé.

— N'importe! reprit notre chevalier, retournons au bercail et donnons à notre brebis quelques conseils bien sentis au sujet de la réception de ce soir...

Pendant ce temps, milord l'Arsouille et son compagnon avaient poursuivi leur route.

Au moment de quitter le Palais-Royal, comme ils passaient près du *café des Aveugles*, ils entendirent le son mélancolique d'une vielle qui semblait sortir de cette salle souterraine.

Machinalement, notre héros s'arrêta.

Bientôt, il poussa un cri.

— Qu'avez-vous, millord? interrogea Marcel avec étonnement.

— Écoutez! écoutez!

Une voix féminine chantait dans l'éloignement la romance de *Fanchon la Vielleuse.*

Marcel l'interrogea de nouveau.

— Venez! venez! dit vivement notre héros au comble de l'agitation. Il faut que je la voie... il faut que je lui parle!

Puis, saisissant le bras du jeune homme, il l'entraîna avec lui dans l'espèce de cave sombre et enfumée où se tenait le *café des Aveugles*

VII

DE CE QUE MILORD L'ARSOUILLE VIT ET ENTENDIT DANS LE CAFÉ DES AVEUGLES

Le café souterrain où notre héros venait d'entraîner son jeune compagnon occupait, à l'époque de notre récit, un sous-sol qu'il occupe encore à cette heure.

Là, du temps des galeries de bois, les filles du Palais-Royal se relayaient toute la soirée et poussaient à la consommation.

Inutile de dire que ce singulier endroit était toujours comble.

Les innombrables promeneurs parisiens et exotiques s'engouffraient dans cette cave avec un véritable acharnement, et cela dans l'unique but de contempler tout à leur aise les Vénus tarifées de l'ancien Palais-Cardinal.

Car, bien certainement, ce n'était pas le café par lui-même qui attirait la foule, et rien n'était moins séduisant que d'entendre l'étrange charivari que faisaient une douzaine de Quinze-Vingts montés sur une estrade, ayant au milieu une dame qui jouait du cor.

Au moment où milord l'Arsouille et Marcel Bertier pénétrèrent dans le sous-sol, les couplets de *Fanchon la Vielleuse* étaient terminés, et les aveugles faisaient un tel vacarme qu'on eût dit qu'ils avaient tous perdu leurs bâtons.

Quant à la corniste, elle soufflait avec une sorte de rage dans son instrument, qui rendait les sons les plus étranges et les plus formidables.

Sans s'inquiéter de cette malheureuse, sans donner un seul regard aux aveugles plus ou moins authentiques qui s'escrimaient avec elle sur l'estrade, notre héros chercha des yeux tout d'abord celle qui avait chanté les couplets de *Fanchon* en s'accompagnant de la vielle.

Mais ce fut en vain qu'il essaya de l'apercevoir au milieu des autres musiciens:

La vielleuse qui portait le costume historique de la Fanchon dont nous avons raconté l'histoire, était descendue de l'estrade et s'était assise près d'une table surchargée de verres et de flacons de liqueurs.

A cette table, trois ou quatre hommes étaient installés, et chacun d'eux prodiguait à la chanteuse d'immondes compliments et d'ignobles caresses.

A l'aspect de cette malheureuse qui se prostituait ainsi publiquement, Gabriel ressentit une commotion terrible... car il reconnaissait en cette femme celle qu'il avait vue une fois déjà, dix-huit mois auparavant.

Oui ! bien qu'il n'eût conservé qu'un souvenir vague, confus, de la pauvre chanteuse arrachée par lui aux brutalités du Calichon, dans la guinguette de l'*Ile d'Amour*, il retrouvait entre l'humble mendiante de jadis et la fille éhontée d'à présent une singulière ressemblance.

— Ce sont les mêmes traits ! pensait-il avec une sorte d'horreur, les mêmes regards... la même voix !... le même âge !... O mon Dieu ! cela serait-il bien possible qu'en si peu de temps cette infortunée fût tombée si bas !

Après un silence :

— Oh ! mais, non !... poursuivit-il, je suis le jouet de quelque funeste hallucination !... Non, cela n'est pas... cela ne saurait être... Quoi, l'épouse de Pierre Lavarès... Quoi ! celle dont je suis né ne serait, à cette heure, qu'une hideuse courtisane !... Allons ! je suis fou !... Cette femme n'est pas ma mère !...

Mais, depuis quelques instants, la vielleuse considérait le jeune homme.

Comme il allait rebrousser chemin, elle se leva brusquement et se prit à rire d'un rire légèrement aviné.

— Ah ! ah ! ah ! fit-elle, tu t'en vas comme ça, mon chéri... Voyons !... faut pas faire le fier, petit !... Viens embrasser maman tout de suite.

Gabriel était demeuré immobile à sa place ; il jetait sur cette créature des regards pleins d'épouvante et de terreur.

— Décidément, fiston, reprit la chanteuse, t'es pas gentil avec la petite femme à ton papa !... Tu ne me trouves peut-être pas assez comme il faut pour toi, milord l'Arsouille !... Bigre ! t'es bien dégoûté...

Notre héros était revenu à lui peu à peu.

Se frayant un passage à travers la foule, il marcha droit à la vielleuse.

— Osez me répéter que vous êtes ma mère !

— Tiens ! et pourquoi donc pas, puisque tu es mon fils !

— Moi ! moi ! votre fils ! s'écria Gabriel éperdu. Oh ! ce n'est pas possible !... Dieu ne saurait être à ce point inhumain et cruel de m'imposer cette nouvelle torture !

La vieilleuse tira de sa poitrine un petit médaillon.

— Regarde ce portrait, dit-elle, regarde-le bien ; c'est celui de Pierre Lavarès, de ton père... un brave marin... un noble cœur... qui est mort en prononçant mon nom... en t'ordonnant de m'aimer et de veiller sur moi. Ah ! je ne suis pas ta mère !... Dis donc plutôt que tu es un mauvais fils et que tu rougis de moi... Parce que tu as été élevé par des grands seigneurs, tu te crois grand seigneur aussi et tu me méprises.

S'animant graduellement :

— Va ! va ! poursuivit-elle, je me doutais bien que ces mauvais riches, qui t'avaient volé dans le temps, avaient fait de toi un pas grand'chose et un sans-cœur !... Et voilà pourquoi, depuis que le secret de ta naissance est connu de tous, voilà pourquoi je n'ai pas voulu t'aller trouver... car je savais bien où te rencontrer, va !... Mais non ! je me me suis gardée d'aller à toi... je me doutais trop de ce qui m'attendait...

— Ah ! je suis damné ! murmura Gabriel d'une voix sourde.

— Certes, poursuivit la chanteuse avec une chaleur croissante, tout à l'heure, en te voyant entrer ici, je pensais, je l'avoue, que tu venais franchement me dire :

« — Mère, me v'là... j'ai mis pas mal de temps à me rappeler que j'étais votre fils... mais il n'est jamais trop tard pour bien faire... Embrassons-nous et que ça finisse !

« Au lieu de ça, tu fais des manières, et tu fais la sourde oreille quand je te dis de me bécoter un brin !... Sapristi ! fallait rester chez toi, mon petit, et me laisser tranquille avec mes vieux aveugles et mon amour de public ?

— Oh ! s'exclama Gabriel, quel horrible mystère y a-t-il en tout ceci !

— Un mystère ! qu'est-ce que tu nous chantes là ? Je crois, le diable m'emporte, que cet enfant de chien-là doute que je sois sa mère !...

— Oui ! sur mon âme, répliqua le jeune homme, oui ! j'en doute... Je ne puis croire que la douce et tremblante créature d'autrefois soit devenue si promptement ce que vous êtes.

La vielleuse haussa les épaules.

— Eh ! nigodinos, tu ne comprends donc pas que je t'ai fait poser jadis... Ma scène avec le Calichon était une farce pour carotter de l'argent aux imbéciles... je jouais le rôle de la femme innocente, malheureuse et persécutée... et le Calichon représentait le tyran féroce et barbare... mais, rentrés au logis, nous nous fichions mutuellement des dupes qui avaient gobé notre petite comédie...

Depuis quelques instants, deux vieux invalides étaient descendus dans le bouge et s'étaient faufilés jusqu'à l'une des tables voisines de l'estrade.

— Tu es sublime, ma fille... dit l'un des nouveaux venus à l'oreille de la chanteuse, et notre homme est perdu maintenant.

La chanteuse tressaillit au son de cette voix et se retourna vivement.

Alors celui qui lui avait parlé mit un doigt sur ses lèvres en lui disant à mi-voix :

— C'est moi !

Sur l'ongle de ce doigt était tracée une petite croix rouge presque imperceptible pour tout autre, mais très visible pour la vielleuse, car tout aussitôt elle détourna les yeux en murmurant avec une sorte de joie :

— C'est l'Anglais.

Gabriel avait gardé un sombre et pénible silence.

S'avançant vers la saltimbanque :

— Madame, lui dit-il ensuite d'un ton presque solennel, s'il est vrai que vous soyez la veuve de Pierre Lavarès, venez... venez !

— Où veux-tu donc me mener, petit ?

— Que vous importe ?

— Comment ! mais il m'importe beaucoup, je te prie de le croire..

— Eh bien, nous quitterons Paris... la France...

— Turlututu, fiston... L'exil, ça ne me va pas !... j'aime la grande ville, j'y reste... Quant à toi, mon chéri, va te promener, si tu veux, je ne te retiens pas...

— Vous refusez de quitter Paris avec moi ? interrogea Gabriel d'une voix étouffée

— Parfaitement ! merci ! il ne manquerait plus que ça d'aller m'enterrer vive dans quelque vieille province toute triste et toute morose... Mais je m'embêterais là à avaler ma langue... Pas de ça, Lisette, je sors d'en prendre... Il me faut le bruit, le tumulte de la capitale et les applaudissements d'un public idolâtre... Je suis née saltimbanque, je mourrai saltimbanque... et je ne veux pas jouer à la grande dame... Ainsi, ne parlons plus de toutes ces bêtises-là, et ne nous voyons pas plus maintenant que par le passé..

— Et c'est une mère qui ose parler ainsi !... gémit notre héros.

— Tiens ! faut-il pas prendre des mitaines et faire des façons pour dire ce que on pense !... Une mère ! Eh bien, après ?... Qu'est-ce que ça fiche, en définitive !... Ah ! si je vous avais élevé comme les autres mères élèvent leurs enfants, si vous ne m'aviez jamais quitté, et que vous eussiez grandi près de moi et de votre père, vous pourriez à cette heure trouver quelque peu étrange la façon dont je vous parle... mais pas du tout !... aussitôt après votre naissance, mon légitime m'a lâchée pour son empereur, et il s'est fait pincer comme un serin par les Anglais... Il ne l'a pas fait exprès, soit ! mais ça n'empêche pas que je suis restée en plan avec un crapaud sur les bras... Quelque temps après, le susdit crapaud m'a été filouté, et ce n'est qu'au bout d'une vingtaine d'années que je le retrouve... Ma foi, est-ce qu'on peut aimer ceux dont on est séparé depuis si longtemps que ça ?... C'est des blagues et des calembredaines, et les mères qui se pâment en reconnaissant leurs mioches escamotés jadis, c'est bon dans les mélodrames de la Gaîté et de l'Ambigu... Mais, dans la vie réelle, allons donc ! ça ne se fait pas !... Ainsi, c'est bien vu, bien entendu, vivez de votre côté en monsieur comme il faut et en milord, puisque c'est comme ça que vous vous faites appeler... moi, je vivrai du mien comme une bohémienne que je suis, comme une saltimbanque que je veux toujours être!... Vous êtes riche à millions, à ce qu'on dit, tant mieux!... Moi je suis encore assez jeune et assez belle pour gagner ma vie sans trop de peine... Nous n'avons donc pas à nous inquiéter l'un de l'autre... Et maintenant, bonsoir, jeune homme... allez voir là-haut si j'y suis... à moins toutefois que vous ne préfériez m'entendre roucouler le *Mariage de Margoton*.

S'adressant aux aveugles :

— Allons! chaud, vous autres!... En avant la musique!... ça se chante sur l'air de *Un Suisse revenant de Versailles*.

Gabriel et son compagnon s'enfuirent au plus vite de l'horrible bouge au moment où la chanteuse, qui venait de sauter sur l'estrade, entonnait le premier couplet de l'obscénité qu'elle avait annoncée.

Lorsqu'elle eut achevé, des rires insensés et de furieux applaudissements éclatèrent de toutes parts.

Les dilettanti de l'endroit étaient dans la jubilation.

Il se tenaient les côtes et poussaient des cris rauques et gutturaux, parmi lesquels on distinguait de temps à autre ces mots :

— Chicarde!... chicandarde!... chicocandarde!...

La chanteuse redescendit de nouveau dans le parterre et fit la quête.

— File chez toi, ma fille, dit l'un des invalides à l'oreille de la saltimbanque en jetant une pièce de monnaie dans sa bourse de velours fané; j'irai te rejoindre avec mon ami... un vieux de la vieille que je tiens à te présenter.

Peu après, la vielleuse quittait le *café des Aveugles*, où elle ne devait rentrer qu dans la soirée.

Les deux invalides s'éclipsèrent de la cave à musique, un grand quart d'heure après le départ de la chanteuse.

Ils ne voulaient pas que les habitués du lieu pussent supposer que leur sortie fût la conséquence de celle de la saltimbanque.

Clopin-clopant, bras dessus bras dessous, et toussant à qui mieux mieux, nos deux bonshommes gravirent l'escalier du café souterrain, et bientôt ils se trouvèrent sous les galeries.

— Où perche-t-elle, cette *goualeuse-là* ?

— Au cloître Saint-Jean-de-Latran.

— Un cloître! Bigre... plus que ça de genre!

— Oui, un cloître... où il y a de drôles de religieux, va, et des religieuses plus drôles encore.

— Le fait est que si elles ressemblent à la dame à la serinette, ça doit être des gaillardes qui ne se mouchent pas du pied. Fichtre! en v'là une mâtine qui vous chante de jolies choses en société!

Ils quittèrent le Palais-Royal et suivirent les quais jusqu'au pont au Change. Puis, traversant la Cité, ils passèrent de nouveau la Seine et s'engagèrent dans la rue Saint-Jacques.

VIII

LE CLOITRE SAINT-JEAN-DE-LATRAN

Les hospitaliers de Saint-Jean-de-Latran étaient installés dans le quartier des Écoles dès l'an 1171, et ce furent les Templiers qui leur succédèrent.

Nous ne dirons rien des chevaliers de la Croix-Rouge, nous avons raconté leur sanglante histoire dans un précédent ouvrage.

Après la suppression de l'ordre du Temple, en 1312, la commanderie de Saint-Jean-de-Latran fut cédée aux chevaliers de Malte.

C'était le lieu d'asile des banqueroutiers et des faussaires, des ouvriers insoumis aux maîtrises, des débiteurs insolvables, des libellistes poursuivis, et nul n'avait le droit d'attenter à leur liberté dès qu'ils avaient mis le pied dans l'une des quatre cours du cloître, qui, figurant la croix, se nommaient : « le Père, — le Fils, — le Saint-Esprit, — Ainsi soit-il. »

Cet état de chose dura jusqu'en 1789. Puis souffla la grande rafale révolutionnaire, et la commanderie de Saint-Jean-de-Latran fut balayée comme tout le reste.

Ses bâtiments furent vendus alors à divers particuliers, et l'on a pu voir, de nos jours, dans le fond d'un jardin de la rue Saint-Jean-de-Beauvais, l'église six fois séculaire des hospitaliers transformée en magasin de tonneaux.

Voyons maintenant quel était le cloître, ou plutôt l'enclos Saint-Jean-de-Latran, à l'époque de notre récit, c'est-à-dire en l'an de grâce mil huit cent trente-six.

C'était un vaste terrain composé de plusieurs cours, d'une vieille église en ruine, de jardins et d'un grand nombre de maisons... ou mieux, comme le dit fort bien l'historiographe de *Paris inconnu*, d'une seule maison avec beaucoup d'escaliers, derrière lesquels étaient des espèces de puisards ignobles, sordides, puant l'humidité, qu'on décorait du nom de cours.

Ce cloître avait trois entrées principales, l'une sur la place Cambrai, vis-à-vis du Collège de France, et les deux autres communiquant par de longs et dégoûtants passages à la rue Saint-Jean-de-Beauvais, l'une des plus pauvres et des plus malsaines de Paris.

Ces trois passages s'ouvraient sur un emplacement qui jadis servait de cour d'honneur et de promenoir aux habitants qui venaient réclamer le bénéfice des franchises du lieu.

Selon l'auteur du consciencieux ouvrage cité plus haut, Saint-Jean-de-Latran semblait avoir conservé ses anciens privilèges, ses anciennes coutumes. Les souvenirs du moyen âge et du droit d'asile s'y étaient perpétués et la population qui l'occupait se serait assurément bien gardée d'obéir à d'autres lois qu'à celles du royaume de Bohême et de l'empire d'Égypte.

Les garnis abritaient toute la clique vagabonde, toute la misère errante de la capitale : musiciens ambulants, chanteurs des rues, avaleurs de sabres, mâcheurs de feu, etc., etc.

Le jeune homme aux longs cheveux...

Il y avait encore, dans ce vaste pandémonium « tous les petits métiers inconnus qui s'exercent sans patente ».

On y rencontrait « des fabricants d'objets fantastiques, d'objets incroyables des hommes vivant d'états prodigieux qu'on ne soupçonne pas... en un mot, tout les vices et toutes les misères ».

Nos invalides se trouvèrent bientôt au cœur même de ce monde étrange, qui semblait né du caprice le plus fou et de la fantaisie la plus déréglée.

Tout cela allait et venait, grouillait et trottinait par les escaliers et par les cours On eût dit une véritable fourmilière.

— Que diantre est-ce donc que cette cliquaille-là ?... s'exclama involontairement l'un des deux bonshommes assez haut pour être entendu par un grand jeune homme très maigre, vêtu d'un pauvre habit noir très gras, lequel jeune homme marchait de long en large en rêvassant, et jetait les yeux de temps à autre sur un cahier de papier bleuâtre dont chaque feuille avait dû primitivement servir d'enveloppe à la chandelle.

Le pauvre hère, interrompant sa promenade et ses méditations, se campa devant les deux invalides et d'un ton quelque peu emphatique, leur dit, en passant ses doigts osseux dans la chevelure jaunâtre, très longue et très mal peignée, qui lui auréolait le front :

— Les abeilles de cette ruche vous semblent bizarres d'aspect et singulières d'allures... fils de Mars et de Bellone... si vous voulez bien me permettre de me faire leur biographe, vous verrez que les nouveaux moines de cette antique abbaye sont beaucoup plus curieux encore qu'ils n'en ont l'air.

Sans attendre seulement que ceux auxquels il s'adressait lui donnassent licence de parler, le jeune homme aux longs cheveux poursuivit avec volubilité et tout en montrant du doigt les gens qu'il biographait :

— Ce vieux-là passe sa vie à couper du poil de lapin pour en faire des feutres...

« Celui-ci vend et achète des tessons de bouteilles et du verre cassé...

« Cette grosse mère qui semble sortir d'une tonne d'huile a pour industrie de mettre des mèches aux veilleuses.

« Cette autre n'est occupée qu'à décoler la soie des chapeaux d'homme...

« Cette troisième est marchande de coco... cela est vulgaire... mais la vieille qui lui parle est réveilleuse... c'est plus neuf.

— Réveilleuse ! répétèrent nos deux invalides, quelque peu intrigués.

— Oui, estimables guerriers, riposta le cicerone en rejetant en arrière les mèches vagabondes qui persistaient à lui tomber sur le nez et sur les yeux, oui, réveilleuse... métier de création moderne qui consiste, moyennant cinq centimes par nuit, à arracher des bras de Morphée les marchands, revendeurs et forts de la halle... les porteurs et plieurs de journaux, en un mot, tous les piocheurs nocturnes.

Désignant une autre bonne femme qu'une cargaison de couronnes mortuaires transformait en mausolée ambulant :

— Cette grande-là, c'est la veuve d'un croque-mort, m'ame Malabar... Elle fabrique des *souvenirs* et *regrets* avec de la raclure de cornes, et elle vend ça quinze sous pièce aux boutiquiers qui avoisinent les cimetières...

« Quant à sa voisine, cette petite rougeaude qui a l'air si gai et si boute-en-train, c'est la mère Cafetiot... ainsi nommée parce qu'elle tient un estaminet des pieds humides.

Les deux invalides jetèrent un coup d'œil surpris sur l'explicateur.

— Encore une nouvelle industrie, reprit ce dernier : un grand génie, soldat comme vous, messieurs, car il était hussard dans la garde de Charles X, en a doté le xix⁰ siècle. C'est facile comme exploitation et superbe comme produit !... Pour créer un estaminet des pieds humides, pas de local d'abord, partant pas de loyer... Non ! une simple table, un fourneau, une cafetière en fer-blanc quelques vases égueulés, quelques petits verres ébréchés... voilà tout ce qu'il faut en fait de matériel... Pour ce qui est du café, on le fabrique avec le marc que l'on achète tous les matins aux cuisinières et aux garçons limonadiers...

— Fichtre ! ça doit être bon ! observa l'un des bonshommes.

— Pas mauvais, mon brave... pas mauvais... Ce n'est pas très foncé comme couleur... mais ça ne coûte que deux sous avec le petit verre, et c'est le principal.

Après un temps :

— Là-bas, voici la cuiseuse d'artichauts...

« Plus loin, la marchande d'arlequins... Tenez, elle cause avec le petit Serbonnet, l'employé aux yeux de bouillon.

— Plaît-il ?... Ceci demande une explication.

— Enchanté de pouvoir vous la donner ! riposta le grand garçon maigre en s'inclinant. Vous savez ou ne savez pas qu'avant d'arriver chez le marchand de noir animal, le tabletier ou le fabricant de boutons, les os sont cuits deux ou trois fois... D'abord le boucher les vend quatre sous la livre, sous le nom de *réjouissance*, aux bourgeois et aux grands restaurants, pour faire des consommés... Ceux-ci les cèdent aux rabais aux petits traiteurs de quatrième ordre qui en font des potages gras pour leurs clients... Enfin les petits traiteurs les repassent aux petits gargotiers, qui en composent une espèce d'eau chaude à laquelle ils n'octroient un peu de couleur qu'à force de carottes et d'oignons brûlés. Mais comme ces ingrédients ne peuvent donner des *yeux* au bouillon, chose fort recherchée et fort prisée des amateurs, un autre spéculateur de génie a inventé l'employé aux yeux de bouillon. Si vous voulez savoir comment ça se pratique, interrogez le jeune Serbonnet, il vous dira qu'au moment où doivent arriver les pratiques, à l'heure de l'ordinaire, il prend une cuillerée d'huile de poisson dans sa bouche ; qu'ensuite, serrant les lèvres et soufflant avec force, il lance une espèce de brouillard qui, en tombant dans la marmite, forme les yeux qui font les délices des consommateurs.

— Sac à raisin ! grommela l'un des invalides en faisant la grimace, voilà un renseignement qui me brouille tout net avec le bouillon des gargotiers !... Plutôt que d'en absorber une goutte, j'aimerais mieux me nourrir de pain sec à perpétuité.

— Du pain ! Comme ça se trouve, riposta le cicerone, voilà justement le boulanger *en vieux* qui rentre chez lui.

— Le boulanger en vieux ?

— Oui, un malin qui recueille les croûtes antiques dont personne ne veut, pas même les chiens, et qui fabrique avec ça de la chapelure toute neuve et de beaux morceaux de pain croustillants qui s'appellent croûtes au pot et que les ménagères achètent chez l'épicier les jours de pot-au-feu.

Désignant deux autres personnages, d'allures et de physionomie bien différentes, qui rentraient au bercail en cet instant :

— Ce couple se compose d'un graveur de pigeons et d'un peintre de pattes de dindons.

— Quel métier est-ce là ?

— Le plus difficile de tous... Les pattes des dindons, noires et brillantes le jour de leur mort, deviennent grisâtres et ternes lorsque les bêtes tuées restent quelque temps sans être vendues... Eh bien, l'artiste que vous voyez là-bas a su composer un vernis qui conserve aux pattes des volailles un lustre, un brillant éternel... Les cuisinières les plus fines s'y laissent prendre, les gourmets n'y voient que du feu, et pas un dindon ne reste sans acquéreur, si gothique qu'il soit... Ce qui prouve que si l'habit ne fait pas le moine, la chaussure fait la fraîcheur du gallinacée.

Comme il achevait ce dernier portrait, un homme grand, robuste, entra dans l'enclos.

Coiffé d'un feutre à larges bords, vêtu d'une blouse et d'une limousine, il menait devant lui quatre ou cinq chèvres.

— Oh! oh! fit l'un des deux amis, quel est ce nouveau citoyen?

— C'est le berger en chambre... Il y passe ses nuits, couché sur la litière de ses chèvres.

« Derrière lui, voici venir un spécialiste, culotteur de pipes par un procédé chimique; puis un devineur de rébus.

« Deux dames le suivent de près...

« L'une, c'est Mlle Rose, l'éleveuse de fourmis, la providence des jeunes faisans...

« L'autre, c'est la loueuse de sangsues...

« Tout près de celle-ci, regardez bien ce bonhomme à l'œil fin, perçant et lumineux, qui porte des guêtres de cuir et une serpe à sa ceinture...

« C'est le charmeur de serpents!

« Il y a dans son garni une collection complète de tous les reptiles des forêts de France. Il les choie, il les nourrit, il les dorlote...

— Pourquoi faire?

— Pour les revendre ensuite.

— Aux naturalistes?

— Non, aux gargotiers, qui en font d'excellentes matelotes... Une fois écorchée, l'anguille de buisson vaut tout autant que l'anguille de rivière.

— Mais l'anguille de buisson, c'est la couleuvre! s'exclama l'un des invalides.

— Pas autre chose.

— Sapristi! reprit le vieux guerrier, on ne peut donc rien manger de vrai, dans ce gredin de Paris!

— Oh! rien de rien, riposta le grand garçon maigre le plus tranquillement du monde, pas même le jambonneau traditionnel; car voici tout justement à deux pas de nous un gaillard qui fournit, à raison de dix sous la douzaine, tous les os de jambonneau dont peut avoir besoin la consommation parisienne.

Pas même la gibelotte de lapin, que la gibelotte de chat a détrônée définitivement... Ce grand vieux à jambe de bois s'est institué le pourvoyeur de messieurs les gargotiers, et je vous prie de croire qu'il fait son métier en conscience... Le père Fambart est le fléau des matous.

Pas même les crêtes de coq, qui se fabriquent à l'emporte-pièce avec des palais de bœuf, de veau ou de mouton.

Mais laissons les victuailles et donnons un coup d'œil aux beaux-arts, dont ces parages sont l'asile de prédilection... Voyez là-bas ou plutôt écoutez cette bande fredonnante et musicante. Chanteurs des rues, harpistes, flûtistes, violonistes, et joueurs d'orgue, il y a de tout là dedans... D'où sortent ces Orphées du ruisseau ? on l'ignore...

> L'hirondelle,
> D'où vient-elle ;

« Ce que l'on sait, c'est qu'ils parlent tous les idiomes et qu'ils écorchent tous les airs.

« Près d'eux, voici la tribu des sculpteurs de pupazzi et les habilleuses de poupées... Des artistes encore !

« Quant à moi, poursuivit le cicerone avec une certaine fierté et tout en rejetant en arrière ses éternels cheveux jaunes, le théâtre est mon lot.

— Vous êtes acteur ?

— Mieux que cela ? riposta le grand garçon maigre en se pavanant, auteur dramatique, s'il vous plaît... fournisseur en chef et sans partage des théâtres de marionnettes de Paris et des départements... Ne croyez pas, au moins, continua le singulier personnage le plus sérieusement du monde, que ma mission soit aisée à remplir...

Montrant son cahier de papier bleuâtre...

— Ainsi, ce manuscrit, messieurs, ce manuscrit de quelques pages seulement vous représente l'immense drame de la *Tour de Nesle*. En quatre tableaux moins longs que quatre scènes de la pièce de la Porte-Saint-Martin, il m'a fallu faire entrer toutes les péripéties, toutes les situations de l'œuvre originale... Dieu merci, je suis sorti à mon honneur de ce labeur difficile, et ma petite *Tour de Nesle* enfoncera la grande !... Vanité à part, c'est un vrai petit chef-d'œuvre et ce sera la fortune des théâtres de Fantoccini... Certes, continua le *littérateur* en souriant d'un indéfinissable sourire, mon confrère Alexandre Dumas est un garçon de mérite... mais qu'il essaye d'écrire une pièce pour nos marionnettes, et je parie qu'il ne fera que de la bouillie pour les chàts... Ah! c'est que pour faire ce que je fais, il faut plus que du talent, il faut du génie!

«Sur ce, messieurs, souffrez que je prenne congé de vous... J'ai à raccourcir mon dénoûment, qui n'a pourtant que trois lignes... Si vous voulez assister à une répétition de mon drame, venez me trouver et je vous ferai voir ça!... Vous demanderez Pierre Gringoire... c'est mon surnom... mon nom peut-être... puisque mes parents m'ont *semé* un beau soir au bas de la montagne Sainte-Geneviève, sans prendre la peine de me mettre sur la poitrine un écriteau indiquant mes titres et qualités... Rien ne s'oppose donc à ce que je descende de ce poète « grand, maigre, blème et blond » que mon confrère Hugo a popularisé dans sa *Notre-Dame*, et c'est pourquoi, sans l'ombre d'un scrupule, je me suis laissé affubler par mes contemporains de son nom à jamais fameux.

Ayant dit, le naïf garçon fit un geste protecteur au deux invalides, et il se reprit à arpenter la grande cour en relisant à haute voix, pour la centième fois peut-être, l'œuvre lilliputienne appelée selon lui au plus gigantesque des succès.

— Il est fou, murmurèrent alors ses deux auditeurs.

Et sans plus attendre, ils quittèrent la cour et s'engagèrent dans une allée sombre qui servait de péristyle à un interminable escalier, connu dans le quartier sous le nom sinistre d'escalier noir.

Pénétrons dans ce mystérieux labyrinthe, entièrement habité par de pauvres enfants de la Savoie, et suivons les deux amis jusqu'au taudis fantastique où ils avaient donné rendez-vous à la Fanchon du *café des Aveugles*.

IX

L'ESCALIER NOIR DU CLOITRE SAINT-JEAN

« Lorsqu'on parle de l'escalier noir, tout le monde vous regarde avec effroi... L'imagination la plus déréglée ne peut inventer cet horrible... Il n'y a que la réalité qui puisse atteindre à ce paroxysme de laideur. Dante, dans son *Enfer*, n'a rien trouvé de comparable ; les sept cercles du Ténare sont des villas italiennes auprès de cela.

« Aussitôt qu'on met le pied sur la première marche, on est saisi au nez, aux yeux au cœur, par des émanations infectes qui n'ont de pareilles nulle part... C'est une odeur qui appartient à l'endroit, c'est une puanteur *sui generis*.

« Les Savoyards, qui forment la majorité des locataires de cette partie de Saint-Jean-de-Latran, exercent presque tous les métiers de ramoneurs, étameurs de casseroles, carreleurs de souliers, ils joignent à cela le commerce des peaux de lapin et celui de la suie ou noir de fumée...

« Car tout se vend à Paris.

« C'est de là que vient cette dénomination lugubre d'escalier noir.

« Là, en effet tout est noir :

« Le sol, les murailles, le plafond, les portes et même les draps de lit.

« Quand on pénètre dans une de ces chambres ou chambrées où logent huit, dix et même jusqu'à vingt individus, il est impossible de se figurer l'horreur qu'on éprouve.

« Les escaliers sont effondrés ; les murs, crasseux, suent la misère et la moisissure par d'immenses crevasses qui serpentent jusqu'au plafond...

« En grimpant ces marches tremblotantes, on a toujours peur qu'elles ne s'abîment sous vos pieds.

« On manque à tout instant de se briser les jambes en glissant dans de grandes flaques d'eau...

« Car là il n'y a rien !...

« C'est la barbarie dans tout son épanouissement.

« Les conduits pour l'écoulement des eaux y sont inconnus, les fosses sont en plein escalier, sans portes, et entretenues Dieu sait comme !

« Il y a du monde partout, jusque sous la charpente des toits...

« Nous y avons vu des gens qui habitent littéralement sous les tuiles... C'est là ordinairement que l'on relègue tous ces pauvres petits ramoneurs qui parcourent nos rues en demandant un petit sou.

« Nous devrions accuser ici le propriétaire d'inhumanité.

« Tous ces gens doivent payer très exactement leurs loyers, car nous avons rencontré un pauvre ménage de coupeurs de poil de lapin qui y habitait depuis vingt-six ans.

« On sait que les gens qui ne payent pas ou qui payent mal ne font jamais long séjour dans les maisons.

« Mais, sur d'aussi faibles revenus, comment le propriétaire parviendrait-il à faire exécuter les réparations nécessaires ?

« Les chambrées sont ainsi composées :

« Il y quatre, cinq, jusqu'à huit lits dans une seule pièce.

« Ces lits sont des espèces de boîtes carrées, montées sur des pieds d'un mètre de haut, où couchent tout habillés deux, trois ou quatre individus jeunes et vieux.

« Ils payent leurs loyers en commun, de façon que la chambre étant louée vingt-quatre francs, chacun se trouve avoir cinq ou six francs de loyer par an.

« Leur part de propriété consiste dans le dessous du lit...

« Là, ils mettent tous leurs instruments de travail, car de linge et d'habits, il n'en est pas question.

« Ils arrivent à Paris avec une chemise, une paire de souliers et des bas, vers le milieu d'octobre. Ils en changent en retournant dans leur pays à la fin de mai ou au commencement de juin.

« Voilà pour les gens dans leurs meubles.

« Mais dans ces demeures hideuses qui portent le nom de *garnis*, nous avons trouvé des chambres étroites et basses renfermant jusqu'à huit lits.

« Une chaise par lit formait d'ailleurs tout l'ameublement accessoire et séparait seule les grabats, dont la vue et l'odeur révoltaient nos sens. »

Voilà ce qu'écrivait, il y a quelques années, l'historiographe de *Paris inconnu*

Depuis ce temps, le quartier des Écoles s'est transformé, embelli, assaini, et bien des lèpres de cette cité de misère ont fini par disparaître.

Mais à l'époque de notre récit, le cloître Saint-Jean était dans toute la force de sa hideur.

— Ce n'est pas pour dire, grommelait l'un de nos deux invalides en gravissant non sans peine les marches disjointes de l'escalier fantastique, mais ça pue crânement par ici... sans compter qu'on n'y voit goutte et qu'on glisse à tout bout de champ dans je ne sais quoi !

Alors, pour y voir plus clair sans doute, il enleva l'emplâtre à la Robert-Macaire qui lui couvrait l'œil gauche.

— Là ! fit-il, de cette façon j'aurai moins de chances de me flanquer les quatre fers en l'air.

— Allons ! riposta son compagnon, lequel possédait, lui, en guise d'emplâtre, un large abat-jour vert, allons ! pas tant de récriminations, mort diable !... on dirait, à t'entendre, que tu n'as jamais habité que des palais !

— Certes, on me payerait bien cher que je refuserais tout net de gîter dans ce cloaque infect et ténébreux.

— Pour l'oiseau de nuit, les ténèbres ont du bon, jeune homme ! reprit le guerrier à l'abat-jour.

— Possible... mais c'est égal, votre Fanchon a eu tout de même une drôle d'idée en venant s'installer par ici.

— C'est le quartier général des enfants de la Savoie, répondit l'autre en ricanant, cette honnête fille devait le choisir de préférence à tout autre

— Et sommes-nous bientôt dans son bazar ?

— Encore cinq étages et nous sommes chez elle.

— Cinq étages !... Elle perche donc dans un tuyau de cheminée !...

— Elle demeure juste sous les toits.

— En ce cas, j'ai grand'peur de me casser les reins avant d'atteindre sa turne... Blague dans le coin, v'là la cinquième fois que je manque de dégringoler...

Quoi qu'en dise notre grognard, il parvint sans malencontre au terme de son ascension.

— Nous y voici ! dit son ami en mettant le pied à son tour sur le palier du dernier étage.

— Ouf ! c'est heureux ! je commençais à suffoquer ! Quelle saleté de baraque ! Auprès de ça, l'écorcherie de Monfauçon me fait l'effet d'un magasin de parfumerie.

— C'est là que demeure la nouvelle fauvette du *café des Aveugles*, dit l'autre en désignant l'une des nombreuses portes du long corridor.

Il heurta d'une façon particulière à cette porte, qui s'ouvrit aussitôt.

— Entrez ! dit la chanteuse aux deux invalides.

Ceux-ci obéirent et la porte se referma sur eux.

La saltimbanque habitait *seule* dans sa chambre. Seule ! Grand luxe pour la maison.

Sa chambre !

C'était un espace d'environ deux mètres et demi de long sur un demi-mètre de large.

Une lucarne étroite, fermée par un volet de bois, servait de croisée...

Un grabat, une chaise, une table de nuit convertie en armoire, composaient l'ameublement...

Et ce chenil, ce taudis se payait cinquante centimes par jour.

Quinze francs par mois !

C'est-à-dire le prix d'une chambre propre, aérée, et meublée comme en avaient, surtout à cette époque, beaucoup d'étudiants logeant ailleurs que dans les hôtels.

Quinze francs !

C'était exorbitant !...

Moins cependant que la location des logements en commun dont il a été question plus haut, et qui se payait à raison de 30 centimes par jour et par tête.

Cela faisait donc quotidiennement pour chacun de ces logements 2 francs 40 centimes, soit 72 francs par mois, ou par an 804 francs.

Elle voulut crier, dix doigts lui serrèrent le cou.

Le prix d'une très jolie habitation bourgeoise dans un des quartiers moyens de Paris.

Nous reparlerons à un moment donné des maisons meublées en général et du *garni* pauvre en particulier.

Nous ferons voir comme quoi cette façon de faire l'usure avec de vieux meubles est bien autrement odieuse que celle qui consiste à vendre de l'or au-dessus du taux légal.

Ce n'est plus de l'intérêt à 10, à 20, à 30... non ! c'est de l'intérêt à mille pour cent.

Quelque chose de fabuleux et inouï !

. . . .

Avant d'adresser la parole à ses deux visiteurs, la chanteuse les considéra curieusement l'un et l'autre puis partit d'un grand éclat de rire.

Donnant ensuite une forte bourrade à l'invalide orné d'un abat-jour vert :

— Diable d'homme ! fit-elle, quel crâne touche vous avez comme ça !... Foi d'honnête gueuse, sans la petite croix de reconnaissance, je veux bien être pendu si j'aurais deviné, sous cette pelure militaire, l'illustre gredin qui répond au nom de Stephen Lowe.

Le vicomte d'Olburn, car c'était bien lui, saisit vivement la main de la vielleus) et lui dit :

— Prends garde, malheureuse !... ne parle pas si haut...

— Ne craignez donc rien, milord, riposta l'habitante du misérable réduit. Primo d'abord ce grenier est sourd comme un pot et pourrait, au besoin, à l'instar d caveau de Marguerite de Bourgogne, étouffer les cris, éteindre les sanglots, absorber l'agonie !... Ensuite, à cette heure-ci, il n'y a pas un chat dans les boîtes environnantes, par la raison que toute la nichée de l'escalier noir, les locataires du palier principalement, ne rentrent jamais qu'à la brune... pour grignoter leur pain sec e se coucher ensuite...

— N'importe ! reprit Stephen, sois prudente... et parle bas... Les murs ont des oreilles.

— Soit !... on mettra une sourdine à son grelot, riposta la saltimbanque en riant.

Montrant du doigt le compagnon du vicomte :

— Avant tout, poursuivit-elle, veuillez me présenter votre frère d'armes... Quand je reçois, j'aime à savoir au moins l'étiquette de mes hôtes.

L'Anglais prit son ami par la main, l'amena devant la maîtresse du lieu et dit gravement :

— Monsieur s'appelle Popincourt, et il sort du bagne.

— Un forçat libéré ! fit la belle d'un ton quelque peu méprisant.

— Non pas... forçat évadé ! répliqua Popincourt avec noblesse.

La saltimbanque se radoucit immédiatement.

Lui présentant l'unique chaise qu'elle possédait :

— Môssieur, lui dit-elle, donnez-vous donc la peine de vous asseoir.

— Trop honnête, belle dame, trop honnête !

— Jeune Popincourt, reprit Stephen Lowe, comme nous sommes destinés, je l'espère, à vivre ensemble pendant de longues années, je tiens à ce que vous soyez au courant de tous mes faits et gestes, et que vous n'ignoriez aucun détail de ma vie aventureuse... C'est pourquoi je vous ai amené céans.

— Fort bien !... je suis tout oreilles !... Si j'avais seulement une pipe, je vous écouterais avec bien plus de plaisir encore !

La vielleuse lui en présenta une :

— V'là celle de mon défunt!... fit-elle d'un ton larmoyant, de ce pauvre capitaine Pierre... un noble cœur... et un marin soigné!

Popincourt prit la pipe avec empressement.

— Bien obligé! dit-il en l'allumant. Je vas en griller une avec ivresse et jubilation!

Tirant une première bouffée :

— Maintenant, patron, allez-y et dégoisez-moi votre petite affaire... Je vous avoue que je ne serai pas fâché de savoir à quoi m'en tenir au sujet de madame... Votre intimité m'intrigue au dernier point... car, d'après ce que m'avait narré à Brest mon compagnon de chaîne Kocoding, je supposais, tout au contraire, que vous étiez au plus mal avec la maman de celui que l'on appelle aujourd'hui milord l'Arsouille.

— Alors, interrogea Stephen Lowe, tu prends cette brave fille pour une Fanchon véritable et une mère authentique?

— Dame! ayant l'avantage de voir madame aujourd'hui pour la première fois, je n'ai aucune raison pour mettre en doute son identité.

— Te rappelles-tu les paroles que j'ai fait entendre la nuit passée lorsque je me suis opposé au meurtre de Gabriel?

— Parfaitement... j'ai une mémoire d'ange.

« — Je le frapperai de ma propre main, ce Gabriel que j'exècre... mais ce ne sera pas par le poignard... non, je lui réserve une autre mort... d'autres tortures...

« Il est millionnaire, je le ferai plus gueux qu'un rat d'église...

« Il est aimé, recherché de tous, on le fuira comme la peste, et chacun se détournera de lui avec dégoût...

« Il est vertueux, enfin, j'en ferai une canaille dans mon genre...

« Je l'abreuverai de tuiles, d'embêtations et de misères.

« Voilà, cher et honoré patron, ce que dans un style moins imagé peut-être, vous avez dit cette nuit avant de faire pousser à cette affreuse rosse de Kocoding son suprême gueulement.

« Je dois même vous confesser qu'en déclamant cette petite tartine vous aviez l'air vraiment terrible!

« Grâce aux rayons de la lune, qui vous tombaient en plein sur le visage, vous étiez parfaitement visible à l'œil nu, voire à la lorgnette du spectateur...

« Vos regards semblaient enflammés comme la cheminée de ma bouffarde... et vous riiez d'un si drôle de rire, qu'on eût cru entendre rugir l'hyène du Jardin des Plantes...

« Vous voyez, pas vrai, que je ne vous ai pas blagué et que je me souviens bien de tout?

— Oui, oui, répliqua lord Stephen, je veux faire de Gabriel le plus misérable et le plus désespéré des hommes!... Tel est mon but, et c'est pour accomplir cette œuvre vengeresse que j'ai donné à cette femme que tu vois le nom de Fanchon la vielleuse!

— Ah! ah! voici qui me met sur la voie... Madame est une Fanchon de contrebande?

— Tu l'as dit!... Après avoir fait périr par le poison le capitaine Pierre au moment où il allait être réhabilité, j'ai fait disparaître la véritable mère de Gabriel...

— Vous l'avez tuée aussi?

— Non, répliqua Stephen Lowe avec un horrible sourire, elle vit... et je la laisserai vivre longtemps... bien longtemps!

— Vous l'avez mise sous clef?

— Oui.

— Où ça?

— C'est mon secret... mon secret à moi seul, et nul ne le saura jamais!

— Ah! par exemple, voilà qui n'est pas gentil... Vous faites des cachotteries à votre petit Popincourt!

— Non, poursuivit l'Anglais d'une voix sourde, personne ne connaîtra ce mystère... car si la mort vient me prendre et couper court à mes projets de vengeance, je veux au moins que cette Fanchon maudite, cause de tous mes crimes et de toutes mes misères, subisse après moi le plus effroyable, le plus monstrueux des trépas!

— Potence de Dieu! s'exclama involontairement Popincourt, quel crâne gredin vous faites!... Parole! j'ai vu bien des mauvais gueux dans mes tournées *artistiques*, mais je n'ai jamais rien rencontré d'aussi réussi que vous!...

« Mais laissons ces détails et gardez votre secret, puisque vous ne voulez pas en faire part à vos amis et connaissances... Nous disons donc que vous avez serré la maman du petit Gabriel?

— Oui! et depuis ce jour, celui que je hais a fait pour la retrouver toutes les recherches imaginables.

— Il en a été pour ses frais?

— Il la croyait morte.

— Ça se comprend...

— Ses larmes, son désespoir me vengeaient déjà, mais ce n'était pas assez, et je cherchais par quel nouveau moyen je pourrais décupler ses tortures, lorsqu'il y a un mois à peu près, dans un bouge de la Cité, je rencontrai cette femme... Sa ressemblance étrange avec Fanchon me surprit à ce point que je fus quelques secondes à me demander si ce n'était pas Fanchon elle même que je voyais...

« C'étaient les mêmes traits...

« La même allure...

« Le même âge même!...

« Je l'interrogeai alors...

« Et chose bizarre, j'appris qu'elle était comme la mère de Gabriel, née dans les montagnes de la Savoie...

— Ah! madame est une Savoyarde pour de vrai? observa Popincourt.

— Toute jeune, poursuivit le vicomte, elle avait quitté son pays pour chercher fortune, non pas en France, comme la plupart de ses compatriotes, mais en Belgique...

— Et cette fortune, après laquelle vous couriez, l'avez-vous attrapée? interrogea Popincourt en s'adressant directement à la Savoisienne.

— Ah ben, ouiche! riposta celle-ci en secouant la tête, tous vos Belges, c'est des pannés!... Dans le commencement ça n'allait pas trop mal et j'étais assez à mon affaire... mais peu à peu ils m'ont mis au rancart et je suis tombée dans la dèche... On ne me trouvait plus assez jeune... je ne suis pourtant pas centenaire, sapristi, puisque je n'ai pas encore quarante ans... Sans compter qu'il y a des jeunesses qui sont plus déjetées que moi!

— Je le crois fichtre bien! dit Popincourt. Vous êtes encore ce qu'on appelle un beau brin de femme...

— Merci du compliment jeune homme, vous vous y connaissez, je vois ça...

— Fin finale, reprit le forçat, vous avez lâché la Belgique?

— Ma foi, oui, je me suis payé ça pour mes étrennes, et je suis venue demander à la France une hospitalité digne de moi...

— Et vous avez commencé par fréquenter la Cité ?

— Mon Dieu, oui. On m'avait parlé beaucoup du *Lapin blanc*, et j'ai été voir ça... Je me suis entendu avec la maîtresse de l'endroit et ça a boulotté... si bien qu'au bout de quelque temps j'ai pu me louer une chambre pour moi toute seule... Enfin, le mois passé, j'ai eu la veine de rencontrer ce cher Anglais de mon cœur... je lui ai narré mes petites fredaines... il a trouvé ça folichon et il s'est mis à m'adorer.

« Après l'amour, la confiance est venue...

« Et dame ! il m'a raconté à son tour sa petite histoire, que j'ai trouvée bien plus drôlichonne encore que la mienne...

« Oui! je ne sais pas comment ça s'est fait, mais j'ai trouvé toutes ses canailleries admirables, sublimes, et quand il lui a passé par la tête l'idée de me transformer en Fanchon la Vielleuse, je lui ai dit :

« — Ça va !

« Et, séance tenante, je me suis attelée à ce rôle pittoresque...

« La vielle ! c'était d'ailleurs une connaissance à moi... j'étais arrivée à Bruxelles en pinçant comme père et mère...

« Quant à chanter, ce n'est pas ça qui m'embarrassait... J'ai toujours chanté, moi, d'abord... et de jolies choses, je m'en vante !...

« Enfin, quand j'ai été bien ferrée sur tout ça, quand j'ai su par cœur toute la rengaine de ma maternité, et que j'ai été bien sûre de ne pas faire de pataquès, je suis entrée carrément au *café des Aveugles* comme première chanteuse, sous le nom de Fanchon la Vielleuse, veuve du capitaine Pierre Lavarès... Un avis secret a attiré mon prétendu fils de ce côté-là... A l'heure convenue, j'ai entonné les fameux couplets chantés jadis au *café d'Apollon* par celle que je remplace... Le petit a mordu à l'hameçon... Il est tombé comme une bombe dans mon souterrain. Or, ne connaissant guère sa vraie maman mieux qu'il ne me connaît moi-même, puisqu'il paraît que la susdite et moi nous nous ressemblons comme deux gouttes d'eau, il a bien fallu, malgré tout, qu'il prenne mes calembredaines pour de l'argent comptant !...

— Tout cela est bel et bien, fit Popincourt, mais ce que je ne saisis pas, c'est la raison qui vous a fait jouer ce rôle-là...

— Cette raison, je vais te la faire connaître, répliqua lord Stephen.

— Vous m'obligerez.

— La mort s'oublie tôt ou tard... continua le vicomte.

— Ceci est exact.

— Eh bien ! après avoir pleuré sa mère, Gabriel eût fini par ne conserver d'elle qu'un tendre souvenir.

— Assurément.

— Tandis qu'en la retrouvant, cette mère dont il se croyait à jamais séparé, en la retrouvant, non pas telle qu'il se la figurait, telle qu'on la lui avait dépeinte, c'est-à-dire bonne, douce et vertueuse ; mais infâme, perdue de vices et de débauches, se prostituant publiquement avec des misérables comme elle, s'enivrant comme eux, et chantant dans un bouge des refrains orduriers, songe au désespoir de cet homme !

— Sac à raisin ! s'exclama Popincourt, je comprends tout maintenant. Bigre de bigre ! vous êtes encore plus réussi que je ne croyais !

— N'est-ce pas, poursuivit Stephen Lowe avec une épouvantable joie, n'est-ce pas que ce sera pour mon ennemi un horrible supplice, une torture de tous les jours, de toutes les heures, de savoir qu'il est fils d'une mère déshonorée, d'une vile courtisane, d'une hétaïre de bas étage !

« Il doute... il essaye de douter...

« Mais tout est là pour lui prouver que cette vile créature est bien la veuve du capitaine Pierre !...

« Ne porte-t-elle pas sur sa poitrine le portrait du marin ?...

« Ce portrait donné à son épouse par le corsaire lors de son dernier voyage...

« Ce portrait où Pierre Lavarès a tracé ces mots de sa main :

« A ma bien-aimée Fanchon, à la mère de mon fils.

« Malgré ses supplications et ses larmes, j'ai arraché ce médaillon à ma prisonnière... en même temps que d'autres reliques... des lettres... des fleurs..., que sais-je !

Montrant la vielle que la chanteuse du *café des Aveugles* avait, en rentrant en son bouge, déposée sur son grabat :

— Cette vielle même est celle de la véritable Fanchon... celle qui lui fut donnée par sa marraine, à sa dernière heure...

« Oh ! poursuivit le vicomte d'Olburn avec fièvre, quoi que tu fasses, Gabriel, cette mère odieuse que je te donne, il faudra bien que tu la gardes !... Ce sera ton éternel malheur... ce sera ma vengeance !...

— Ne crains rien, Stephen, lui dit sa misérable complice, je te jure que ta vengeance sera aussi complète, aussi terrible que tu l'as rêvée ! Ton génie infernal a passé dans mon âme, et tu verras que j'étais digne d'être ta compagne et ton alliée.

— Bien, ma lionne ! répliqua le bandit en la prenant entre ses bras. Sur ma vie, tu es bien la femme qu'il me fallait !

— Le fait est, observa Popincourt, que vous faites à vous deux une jolie paire de gredins !... Certès, continua-t-il d'un ton modeste, en me comparant à vous, je me trouve bien peu de chose, et les quelques peccadilles que j'ai sur la conscience sont tout au plus des espiègleries d'écoliers. Fichtre! je suis honteux d'être si anodin... et je vais me dépêcher de me mettre à votre niveau.

— Vous avez été au bagne, jeune homme, lui répliqua la saltimbanque, cela prouve que vous avez des dispositions... Avec nos conseils, vous arriverez.

— J'en accepte l'augure... riposta le jeune coquin en s'inclinant.

En ce moment, six heures sonnèrent au lointain.

— Bigre! reprit Popincourt, et les Grenouillot que nous oublions.

— Non pas, morbleu! riposta lord Stephen, je n'oublie rien... En route, mon fils... allons rue Monsieur-le-Prince... Je te promets que l'on se souviendra là de notre visite.

— Espérons-le, mon Dieu! espérons-le!

— Vous partez déjà? demanda la chanteuse.

— Oui, riposta Popincourt en replaçant son emplâtre sur son œil, nous allons dans le monde... Une petite soirée d'amateurs où l'on ne saurait se passer de nous.

— Stephen, quand te reverrai-je?

— Cette nuit probablement; je viendrai faire un tour par ici... Nous aurons à causer de ce qu'il te faudra dire si *ton fils* vient te faire visite.

— Bon! je t'attendrai. A propos, comment seras-tu déguisé, mon beau caméléon? car je ne suppose pas que tu aies l'intention de garder indéfiniment cette pelure du temps passé!

— Je ne le suppose pas non plus, riposta lord Stephen avec un singulier sourire.

Il prit congé de la belle et disparut avec Popincourt.

Comme ils allaient s'engager dans l'escalier, un bruit métallique qui semblait sortir d'une des dernières mansardes du palier les arrêta soudainement en leur course.

— Tiens! fit Popincourt en dressant l'oreille, on compte des écus là-bas, dans le fond.

— En effet! répliqua Stephen Lowe.

— C'est assez cocasse, reprit l'autre, des pièces de cent sous par ici... Je ne l'aurais pas cru... Je pensais qu'à cet étage, surtout, les locataires c'était misère et compagnie.

— Bah! que nous importe? Viens!

— Minute! fit Popincourt. Ce gredin de son-là, ça m'empoigne toujours au suprême degré... Vrai de vrai! c'est pour moi comme la plus douce des musiques!

— Viens, te dis-je!...

— Un petit instant seulement... cette mélodie-là m'intrigue... Laissez-moi voir d'où ça sort.

Sans attendre la réponse du *patron*, comme il appelait lord Stephen, le jeune coquin, marchant sur la pointe des pieds, se mit à écouter à toutes les portes des taudis mansardés.

Enfin, devant l'une d'elles, il s'arrêta :

— Ça vient de là! dit-il.

Il colla son œil au trou de la serrure.

— Nom d'un tonneau ! reprit-il au bout d'un instant.

Puis, toujours à bas bruit, il alla retrouver son compagnon.

— Dites donc, patron est-ce que quelques piles de pièces de cinq francs vous gêneraient ?...

— Que veux-tu dire ?

— Je veux dire que là-bas, dans le chenil qui est au bout du palier, il y a une espèce de vieille femme qui a devant elle un vrai monceau de monnaie blanche.

— Eh bien ?...

— Eh bien ! elle est toute seule et nous sommes deux... elle est du sexe faible et nous sommes du sexe fort... Insinuons-nous dans sa boîte. Estourbissons-la d'un coup de poing et pigeons-lui sa braise... Voilà mon avis... et je le trouve bon

— Je le trouve absurde.

— Ah !

— Pour entrer là dedans, il faut forcer la porte, faire du bruit... et risquer de nous compromettre inutilement.

— Fichtre ! c'est embêtant de lui laisser ce quibus-là.

Malgré lui, il retourna à la porte et plongea de nouveau un regard avide dans l'intérieur de la mansarde.

La vieille avait mis tout son argent dans un grand cabas et elle s'apprêtait à sortir.

Il fit part de son observation à lord Stephen, qui l'avait suivi.

— C'est bon, dit ce dernier, attendons... et dès qu'elle mettra le pied sur le palier saute-lui à la gorge et étrangle-la.

— Et pendant ce temps, vous lui soutirerez son sac à malices !... C'est dit ! attention !

Les deux bandits se placèrent de chaque côté de la porte et attendirent.

Peu après, la clef grinça dans la serrure.

Puis la porte s'ouvrit et sur le seuil apparut la vieille femme que Popincourt avait aperçue...

C'était la veuve Brichet... la propriétaire de la maison de la rue Monsieur-le-Prince.

X

DANS LEQUEL LES DEUX INVALIDES DE CONTREBANDE POURSUIVENT
LE COURS DE LEURS EXPLOITS

Que faisait la mère Brichet au Cloître Saint-Jean ?

Il est utile de le faire connaître avant de dire ce qu'il advint de l'attentat de Popincourt et de Stephen Lowe.

La vieille avare que l'on appelait dans le quartier l'Auvergnate, car le Cantal était son pays natal, était la principale locataire de tous les bouges de l'escalier noir.

— Austerlitz ! sus·aux deux guerriers, mon vieux chien.

C'était elle, qui les avait meublés de la façon que l'on sait, et elle sous-louait ensuite ces misérables chenils, en les décorant de l'étiquette de garnis.

Naturellement, grâce au grabat ignoble et à la chaise bancale représentant le mobilier de chacun de ces greniers, la mère Brichet trouvait moyen de tirer de ses sous-locations un bénéfice trois et quatre fois supérieur à la somme qu'elle avait à payer au propriétaire véritable.

C'était de l'argent bien placé.

Elle habitait Argenteuil, nous l'avons dit, et ne faisait à sa maison de la rue

Monsieur-le-Prince que de courtes apparitions. Cela ne l'empêchait pas de venir chaque jour au Cloître Saint-Jean.

C'est qu'à part ses garnis, l'Auvergnate avait une autre industrie beaucoup plus productive.

Les petits marchands ambulants, ces pauvres diables, hommes, femmes et jeunes filles, qui, vêtues de guenilles, crient par les rues, selon la saison, des artichauts, des poires et des pommes cuites, des œufs rouges, etc., etc., ces pauvres gens, dis-je, sont forcés de payer comptant tout ce qu'ils achètent.

Cependant ils n'ont pas toujours de l'argent en poche...

Mais chez la mère Brichet, qui *avait le sac*, il y en avait toujours pour eux.

Chaque matin, elle donnait cinq francs à chacun des petits marchands des rues, à condition qu'on lui rapporterait le soir cent cinq sous.

Cinq sous d'intérêt pour cinq francs et pour douze heures ! Lecteur, qu'en pensez-vous ?

Mais tant pis pour les emprunteurs ! C'était à prendre ou à laisser.

Nous croyons inutile de dire que l'usurière ne prêtait pas à tout le monde, mais seulement à ceux et à celles dont elle était bien sûre.

Pour avoir le droit de se faire voler par cette vieille happe-chair, il fallait être d'une probité à toute épreuve.

Et que l'on ne nous accuse pas surtout d'exagération.

Nous n'avons nul désir de faire de l'odieux à plaisir pour dramatiser les personnages de notre récit.

En son livre, qui n'est certes pas un roman mais bien une étude simple, consciencieuse et vraie des quartiers pauvres de la capitale, l'auteur cité par nous plusieurs fois dans le cours des chapitres qui précèdent, parle d'un prêteur dans le genre de la mère Brichet, qui *rendait service* au même taux aux petits marchands du quartier Saint-Hilaire.

« Cinq sous d'intérêt pour cinq francs et pour douze heures.

« C'est un prix fait comme les petits pâtés.

« Si M. Vautour prête aux mêmes conditions aux pauvres gens qui travaillent pendant la nuit, c'est-à-dire 5 francs à six heures du soir, pour avoir 5 francs à six heures du matin, ce même écu, prêté deux fois en vingt-quatre heures, lui rapporte 182 fr. 50 par an, et chacun de ces petits marchands lui donne par an 91 fr. 25 d'intérêt, ce qui fait que son argent est prêté à dix-huit cent ving-cinq pour cent...

« Avec cent francs ainsi placés, c'est-à-dire avec vingt pièces de cent sous, cet homme se fait dix-huit cent deux francs de revenu par an.

« Faisons maintenant un calcul :

« 5 francs, avons-nous dit, à 5 sous d'intérêt par jour, rapportent 91 fr. 25 par année.

« Si, dans l'année suivante, on se sert de la somme gagnée par ce même commerce, aux mêmes conditions, on obtient 1,665 fr. 31, plus une fraction.

« La troisième année lui rapportera une somme de 30,391 fr. 90 ; plus une fraction.

« La quatrième année le trouvera à la tête de 654,652 fr. 71, plus une fraction.

« Enfin la cinquième année donnera la somme énorme de 11,947,402 fr. 10 et une fraction.

« A la septième année, le capital accumulé surpasserait considérablement la totalité de la monnaie circulant en France. »

L'industrie de la mère Brichet était donc des plus lucratives. Cependant la vieille paysanne était si foncièrement défiante, qu'elle ne prêtait pas à tout le monde.

Elle préférait gagner moins que de risquer.

C'est pourquoi, bien que fort riche, elle eût pu l'être trois et quatre fois davantage...

Mais plus d'un fort capitaliste eût envié sa fortune, qui ne faisait chaque jour que croître et embellir.

Pour exercer son ténébreux commerce, elle s'était réservé l'une de ses mansardes garnies.

Là, chaque matin, on était sûr de la trouver.

Elle apportait avec elle, en un sac caché au fond de son cabas, cinq cents francs en pièces de cinq francs.

Le soir, à six heures précises, elle s'en retournait à pied à Argenteuil, remportant les cent pièces de cent sous d'abord, plus les vingt-cinq francs d'intérêt qu'elles avaient produits dans leur journée. Car la mère Brichet n'était pas une prêteuse de nuit, comme M. Vautour dont il vient d'être parlé.

Elle ne laissait jamais coucher son argent dehors.

Cette fois, elle avait non seulement cette somme, mais encore ses loyers de la rue Monsieur-le-Prince et l'argent de ses garnis de l'escalier noir, qu'on lui payait régulièrement tous les dimanches.

Tout cela représentait donc à peu près une quinzaine de cent francs en espèces d'or et d'argent, car la vieille avare avait les billets de banque en horreur... à cause du feu.

Après avoir enveloppé sa monnaie dans de vieux papiers et dans de vieux chiffons, elle avait placé le tout dans le fond de son cabas, ainsi que nous l'avons dit à la fin du précédent chapitre.

Par là-dessus elle avait mis son mouchoir à carreaux, sa tabatière à queue de rat, des croûtes de pain dur et des légumes, des fruits ou des œufs qu'elle avait trouvé moyen de soutirer à ses clientes, sans préjudice, bien entendu, de l'intérêt habituel.

Toute frissonnante encore de la fièvre qu'elle avait gagnée au contact de son argent et de son or, la vieille paysanne ouvrit sa porte...

Mais avant même qu'elle eût mis le pied sur le carré, elle se sentit fortement repoussée jusqu'au fond du grenier.

Elle voulut crier...

Dix doigts lui serrèrent le cou comme un étau, et son exclamation se traduisit en un gémissement rauque, en une sorte de râle presque imperceptible.

Dans le même moment, elle fut renversée sur le sol, et son agresseur, lui appuyant le genou sur la poitrine, lui dit à voix basse :

— N'essaye pas de gueuler, où je t'étrangle pour tout de bon.

Tournant ensuite la tête du côté de la porte, Popincourt, car c'était lui, poursuivit en s'adressant à Stephen Lowe, qui venait de pénétrer dans le bouge :

— Ferme la turne et pige-lui son sac.

L'Anglais poussa la porte.

S'avançant ensuite vers la vieille, il tenta de lui arracher son cabas.

Mais la malheureuse, bien qu'à moitié étranglée, serrait convulsivement son argent contre son corps, et, pour lui enlever le magot, Stephen Lowe dut employer toute sa force.

Il en vint à ses fins cependant, et les pièces d'or et d'argent passèrent du cabas dans ses poches.

La vieille considérait l'Anglais d'un œil hagard, effaré.

Ses lèvres, contractées, écumeuses, s'ouvraient et se refermaient désespérément sans pouvoir proférer un seul cri.

— Est-ce fait ? demanda Popincourt.

— Oui ! répondit son complice en faisant disparaître dans son gousset les derniers louis de la bonne femme.

— Eh bien ! reprit l'autre, qu'est-ce que nous allons faire de cette poule aux œufs d'or ?... Faut-il l'expédier tout à fait.

— C'est inutile... répondit Stephen Lowe.

Lui jetant le vieux mouchoir de la paysanne :

— Bâillonne-la !

Popincourt obéit.

— Bien ! dit l'Anglais. Maintenant, attache-lui les pieds et les mains... et jette-la sur la paillasse.

— En un clin d'œil, le forçat exécuta l'ordre du patron.

— Décampons, maintenant, fit-il. Cette petite espièglerie m'a mis en train, et, pour rien au monde, je ne voudrais rater la soirée des Grenouillot... Je suis sûr que nous allons nous amuser là comme une paire de bossus. En route !

Les deux coquins quittèrent la mansarde, laissant la mère Brichet étendus sans mouvement sur son grabat.

Puis Popincourt ferma la porte de la mansarde à double tour, et, les mains dans ses poches, descendit l'escalier noir en sifflotant l'air du *Mariage de Margoton*, qu'il avait entendu au café des Aveugles.

Peu après ils traversaient la grande cour, qui s'était peuplée peu à peu et dans laquelle grouillait maintenant tout un monde de petits vendeurs, de petits chanteurs des rues, d'instrumentistes nomades de tous âges et de tous les pays.

Nos deux bandits, se faufilant à travers la foule, détalaient au plus vite, et pour cause.

Ils avaient gagné la rue Saint-Jean-de-Beauvais lorsqu'ils entendirent derrière eux une voix forte qui les hélait.

— Hé ! disait la voix, ne filez pas si vite, camarades... il ne sera pas dit, mille cartouches, que deux vieux de la vieille auront mis le pied dans mon campement sans que je leur serre les pattes et que je leur rince le bec.

Celui qui leur courait après, c'était le père Flambart, le fléau des matous, comme l'appelait Pierre Gringoire.

Popincourt et l'Anglais faisaient mine de ne pas entendre les appels du bonhomme.

Ils redoublaient le pas, au contraire, et n'avaient garde de se retourner.

— Bon! compris! se dit le père Flambart, lequel possédait une jambe de bois et ne pouvait, par conséquent, courir aussi vite qu'il l'eût voulu. Les amis sont sourds.

S'adressant à un gros caniche crotté jusqu'à l'échine, qui lui servait de garde du corps.

— Austerlitz!... sus aux deux guerriers, mon vieux chien!... Préviens-les que j'ai à leur parler... et puisqu'ils n'ont plus d'oreilles, ne t'adresse qu'à leurs mollets.

Austerlitz, qui avait tenu fixé sur son maître son œil intelligent, s'élança comme un trait dans la direction des fuyards et les rejoignit en une seconde.

— Nom d'un chien! s'exclama Popincourt en se retournant, qu'est-ce qui me dévore les tibias.

Il aperçut le caniche.

— Veux-tu me lâcher... veux-tu me lâcher, vilaine bête.

Mais le chien tenait ferme et ne consentit à desserrer ses crocs que lorsque le père Flambart lui dit en arrivant sur le lieu de la lutte:

— C'est bien, Austerlitz, je suis content de vous... maintenant, je vous autorise à laisser les flûtes du camarade.

— Morbleu! interrogea Stephen, quelque peu inquiet, que voulez-vous enfin?

— Oui, demanda Popincourt en faisant la grosse voix et en se frottant la jambe. Qu'est-ce qu'il vous faut, voyons?... Nous sommes pressés... Dépêchez-vous!

Le père Flambart leur répondit en clignant de l'œil:

— Je suis de votre bord, nom d'un tonnerre!

— Plaît-il? fit Popincourt.

— Eh oui! riposta le bonhomme, j'ai travaillé dans la même partie que vous.... Vous ne reconnaissez donc pas ça tout de suite?

— C'est quelque ancien forçat! pensa Popincourt. Comment diable a-t-il fait pour me deviner sous ma pelure guerrière?

XI

LE PÈRE FLAMBART

— Ah! vous êtes de la boutique?

— Eh oui! parbleu... et depuis longtemps encore!... Savez-vous où j'ai commencé, moi? ajouta le père Flambart avec orgueil.

— Ma foi, non.

— Eh bien ! j'ai commencé à Toulon.

— A Toulon ! répéta Popincourt.

Puis en lui-même il reprit :

— Je le disais bien, c'est un ancien du bagne.

— Oui, poursuivit l'homme au chien, tel que vous me voyez, j'ai fait toutes les guerres de la République et de l'Empire...

Popincourt sursauta.

— Bigre ! fit-il à part, et moi qui le prenais pour un galérien... Quand il m'a dit qu'il avait commencé à Toulon, j'ai été sur le point de lui dire que j'avais commencé à Brest.

S'adressant au bonhomme :

— Du moment que vous êtes un frère d'armes, c'est une autre paire de manches.

— Oui!... répéta le vieillard en frappant gaiement avec son crochet sur sa jambe de bois, j'ai laissé ma guibole en Autriche, à la grande journée des Trois-Empereurs... Et ce jour-là Napoléon m'a décoré de sa main sur le champ de bataille !

En effet, on voyait à sa boutonnière le ruban de la Légion d'honneur.

— Mais ce n'est pas tout ça, reprit le vieux soldat en changeant de ton, je ne vous ai pas arrêtés uniquement pour vous narrer mes campagnes, mais bien pour vous offrir un canon amical chez le mannezingue du coin.

Les deux coquins voulurent esquiver la politesse.

— Ne me refusez pas, mille cartouches ! continua le bonhomme. Les vieux de la vieille, quand ils se rencontrent, doivent boire ensemble à la santé du petit caporal... sans quoi, c'est des faux vieux de la vieille, v'là mon opinion.

Bon gré, mal gré, l'Anglais et son compagnon durent subir le canon du vieillard.

Lorsque tous trois furent attablés chez le marchand de vin:

— A la bonne heure, au moins, sacrebleu, dit le père Flambart, je commençais à croire que vous me méprisiez parce que j'étais dans le chiffon.

— Par exemple ! s'empressa de répliquer Popincourt. Les chiffonniers ont toute notre estime... Pas vrai, Boulingrin ?

— Oui, Panouillard.

— Et vous avez raison, reprit l'ancien troupier. Après l'état militaire, celui du chiffonnier est le seul qui signifie quelque chose... Chiffonnier ! poursuivit-il avec enthousiasme, c'est-à-dire vivre en liberté, flâner à son aise, étudier Paris au clair de lune, en philosophe, en sage.

— Et il y a longtemps que vous avez troqué l'uniforme contre le cachemire d'osier?

— Aussitôt après Austerlitz, je me suis refourré jusqu'au coù dans le chiffonnage... Il faut dire que mon père y était déjà et ma bonne amie aussi.

— Ah! ah! vous aviez une bonne amie?

— Oui ! une crâne femme, je m'en vante, qui m'avait déjà octroyé trois moutards, dont une moutarde.., et que j'ai légitimement épousée aussitôt après que j'ai eu divorcé avec la gloire... Aujourd'hui elle travaille encore, et, soit dit entre nous, elle travaille bien... Elle a pourtant près de soixante-dix ans, comme moi... Ça n'y fait rien... elle vous a un coup d'œil et un coup de crochet... Parole sacrée, c'est magnifique... Quant à mes deux fils, ils ont passé l'un et l'autre la quarantaine, et je vous prie de croire que ce sont de braves garçons et de fiers cœurs !

— Chiffonniers comme vous, sans doute? interrogea Popincourt.

— Comme vous dites, camarade ! Si l'empereur était resté, j'en aurais fait des soldats... Mais Louis XVIII ne m'allait pas... il était rentré en France d'une façon qui m'avait déplu, et plutôt que de laisser mes deux gars servir sous le drapeau blanc, j'ai préféré dépenser jusqu'à mon dernier liard et leur payer une couple de remplaçants... V'là comme je suis, moi... fidèle comme mon caniche...

— Et votre demoiselle taquine aussi le chiffon, je suppose?

Le front du vieillard se rembrunit.

— Ne parlons pas de ça, dit-il d'une voix sourde. Phémie a tourné mal.

— Bah !

— Oui. Elle s'est mariée avec un homme riche... un bonnetier dans le grand... rue Saint-Denis... au *Dahlia jaune*... et depuis son mariage, elle n'a jamais voulu nous revoir... Elle nous méprise, quoi ! elle rougit de nous !...

Le bonhomme avait des larmes dans les yeux.

— Je l'aimais bien pourtant, ma Phémie... oh ! crédié, oui, que l'aimais !... Et sa mère aussi l'aimait crânement... Et ses frères donc, Loulou et Claude, ils se seraient fait écharper pour elle... V'là ce que c'est !... Tout ça, c'est de ma faute aussi... Au lieu de lui mettre la hotte sur le dos et le crochet à la main quand elle était gamine, j'ai été assez jobard pour vouloir la fourrer dans le commerce... C'est un tort, voyez-vous. Les pauvres gens comme nous, ça doit faire carrément de leurs moutards ce qu'ils sont eux-mêmes... sans ça, va te promener ! Plus tard, les enfants ne les connaissent plus !... Quant à Phémie, nous ne sommes plus rien pour elle ni les uns ni les autres... C'est au point qu'un jour... oh ! il y a déjà longtemps de ça, elle a osé me faire chasser de chez elle...

— Chasser !

— Oui, j'avais besoin de la voir, cette sans cœur-là... Oh ! ce n'était pas pour lui demander quelque chose, allez... je voulais l'embrasser tout bonnement !

A ce souvenir, les larmes qui brillaient dans les yeux du vieux soldat coulèrent lentement le long de ses joues brunies.

— Je m'étais fait beau cependant, reprit-il en essayant de sourire. Oui, j'avais lâché ma hotte et mon crochet et je m'étais collé une belle redingote que j'avais louée tout exprès pour la circonstance... J'étais rasé de frais, et ma croix d'honneur brillait sur ma poitrine avec un ruban rouge tout neuf !... Le cœur bondissant, je grimpe chez elle quatre à quatre, malgré ma jambe de bois... J'entre... Elle était justement là...

« — Phémie ! que je lui crie en courant de son côté les bras ouverts.

« Mais elle me tourne le dos en disant à un jeune commis qui se trouvait là :

« — Renvoyez ce mendiant, monsieur Casimir, je ne le connais pas !

« Là-dessus, elle disparaît et le commis me pousse sur le carré.

« Puis, comme à cause de ma guibole postiche je ne file pas assez vite au gré de ses désirs, ce pékin-là ose me prendre au collet... Il me fait un accroc à ma belle redingote de louage et flanque dans l'escalier mon feutre des dimanches.

« Tonnerre! le sang me monte aux yeux alors et la rage me monte au cœur.

« — Tu oses lever la main sur un vieux de la vieille, espèce de *mufle!* que je me mets à beugler. Tu ne porteras pas ça en paradis !

« Aussitôt j'empoigne le M. Casimir, je le mets sous mon bras et je l'emporte dans la rue...

« Là, devant toutes les demoiselles du magasin, accourues aux cris du particulier, je dépose proprement celui-ci dans le beau milieu du ruisseau.

« Après quoi, de cette même jambe de bois que vous voyez, je lui administre une demi-douzaine de gifles à l'endroit où les reins changent de nom...

« Depuis ce jour-là, reprit le bonhomme en essuyant brusquement ses yeux du revers de sa main, je n'ai plus revu Mme Coquardier, et je mourrai sans la revoir.

Ayant dit, il choqua son verre contre ceux de ses invités et le vida d'un trait.

— Mme Coquardier! répéta Stephen Lowe. Ah! votre fille est la femme du père Coquardier ?

— Oui. Vous la connaissez?

— Elle, non ; mais lui, je l'ai connu un peu... jadis.

— Il la rend malheureuse, pas vrai? reprit le vieux soldat. Crédié! si je savais ça!

— Vous l'aimez donc encore?

— Parbleu ! c'te bêtise!... répondit le brave homme involontairement.

Mais, reprenant bien vite :

— Non, au fait, je ne l'aime plus... je ne peux plus l'aimer... Mais enfin, ça ne fait rien... je ne veux pas qu'elle soit malheureuse, et si son vieux gueux de Coquardier n'est pas gentil avec elle, suffit! je m'entends... Pas vrai, Austerlitz! ajouta-t-il en se penchant vers son chien.

— Comment que vous appelez votre bête? interrogea Popincourt.

— Austerlitz! répondit le vieillard en caressant le caniche. Je lui ai octroyé ce sobriquet glorieux en souvenir de la bataille qui m'a valu la croix... Ah! c'est que ce cher animal n'est pas un quadrupède comme un autre, et il mérite l'honneur que je lui ai fait...

— Vraiment?...

— C'est-à-dire, camarades, que cette bête-là est un vrai phénix?

— Il renaît de ses cendres, alors?

— Non. Mais pour la chasse aux chats, il n'y en a pas deux comme lui... Vrai de vrai, c'est un plaisir de le voir travailler!

— Ah! c'est juste, fit Popincourt, c'est vous qui vous chargez de fournir aux gargotiers des lapins de gouttières.

— On vous a dit ça?... Mon Dieu! oui... C'est même, depuis quelque temps, ma véritable industrie... Le chiffon, voyez-vous, c'est bon, mais ça ne rapporte pas assez... Tandis que la chasse aux chats, c'est vraiment lucratif. Ces diables d'animaux ont cela de particulier que tout en est bon...

— Comme les cochons, observa Popincourt.

— La peau se vend aux fourreurs, poursuivit le père Flambart.

Dès qu'elle aperçut le jeune homme, elle alla au-devant de lui.

— Qu'est-ce qu'ils en font?
— De la martre zibeline... Quant à la chair, j'en ai le placement, comme vous savez... et je connais les bons endroits... Mais il faut des précautions...
— Des précautions?
— Oui... et ça se comprend... On a fait tant de blagues sur les gibelottes de barrières, que les amateurs sont devenus méfiants en diable... C'est au point qu'ils ne se risquent plus à prendre une portion de six sous si on ne leur exhibe pas la tête de l'animal!

Liv. 63.   63

— Bigre! Comment fait-on alors?... La tête d'un lapin et la tête d'un chat ça se ressemble comme une carotte et un potiron.

— On a su remédier à cet inconvénient, répondit le père Flambart avec un sourire de triomphe... Ah! il faut de vraies têtes de lapin, mes petits pères!... eh bien! vous en aurez. En même temps que la chasse aux chats, j'ai donc entrepris le commerce des peaux de lapin à domicile.

— Fort bien!

— Je me suis entendu avec nombre de cuisinières, et je leur prends toutes leurs peaux...

— Vous voulez dire leurs peaux de lapin...

— Naturellement!... mais à une condition... c'est qu'elles me livreront la tête avec la dépouille...

— Compris! s'écria Popincourt. Autant de chats, autant de têtes de lapin livrées par vous aux Véfours de barrières.

— Voilà! Vous voyez que c'est bien simple... De cette façon, les consommateurs n'ont pas de défiance... et ils dévorent mes matous en toute sécurité... Il n'y a que la foi qui sauve!

— Eh bien! s'exclama Popincourt, la farce n'est pas mauvaise, et pour avoir trouvé ça, faut que vous soyez un malin! Pour la peine, je paye une seconde tournée.

— Pardon, excuse! ceci me regarde, riposta le bonhomme. Dans ce quartier-ci, vous êtes chez moi... J'irai vous trouver un de ces quatre matins aux Invalides; ça sera votre tour.

— A votre santé, mon brave! dit Popincourt.

« C'est égal, ajouta le forçat en lui-même, il me va tout de même l'homme au caniche!... Un troubade pour de vrai... un brave à tous crins... ça m'empoigne toujours, il n'y a pas à dire!

Stephen lui cogna le genou...

Il comprit ce que cela signifiait.

— Camarade, reprit le jeune coquin en tendant la main au vieux chiffonnier, permettez qu'on vous la serre et qu'on se la brise...

Et, d'un ton parfaitement sérieux et convaincu, Popincourt poursuivit en pressant les loyales mains du père Flambart :

— Enchanté d'avoir fait votre connaissance... Parole, c'est un plaisir de se trouver de temps à autre avec un brave et honnête cœur de votre genre!... Ça repose un peu de toutes les canailles qu'on est forcé de fréquenter... Demandez plutôt à Boulingrin, continua-t-il en désignant Stephen Lowe, qui s'était levé de table, et qui, sans faire semblant d'entendre, se dirigeait vers la porte.

Les deux bandits prirent enfin congé du bonhomme.

— Revenez flâner par ici! leur cria ce dernier.

— C'est entendu! répondit Popincourt.

— Vous demanderez le père Flambart... ou, si vous ne vous rappelez pas, demandez tout bonnement la Jambe de bois!

Ayant dit, le chiffonnier se dirigea d'un pas grave vers le Cloître Saint-Jean-de-

Latran, tandis que l'Anglais et son complice reprenaient d'un pas hâtif leur course interrompue.

Sans donner le plus léger coup d'œil à la pâtisserie fameuse du *Puits certain*, sans songer seulement à sa renommée cinq fois séculaire, nos deux guerriers improvisés quittèrent la rue Saint-Jean-de-Beauvais.

Bientôt ils eurent laissé loin derrière eux le vieux mont Saint-Hilaire, ce point culminant de ce qu'on est convenu d'appeler le pays latin, « sur lequel, suivant l'expression du chroniqueur, semblent planer incessamment les souvenirs sévères des vieux scolastiques, à l'ombre de tous les établissements scientifiques accumulés dans ce petit coin de Paris ».

Il était près de sept heures lorsque nos invalides s'arrêtèrent devant la maison de la rue Monsieur-le-Prince.

Au moment même où les deux bandits allaient franchir le seuil de la porte cochère, on se souvient que milord l'Arsouille était descendu de voiture et s'était introduit dans l'immeuble de la mère Brichet.

La nuit commençait à venir, et Popincourt, qui n'avait fait qu'apercevoir notre héros dans le café des Aveugles, lors de la scène que nous avons racontée, Popincourt, disons-nous, n'avait pu reconnaître le jeune homme.

Mais lord Stephen l'avait reconnu, nous l'avons dit.

— C'est lui! c'est Gabriel!... mon ennemi! avait-il murmuré avec une sombre joie. C'est l'enfer qui t'amène ici, milord l'Arsouille; à nous deux!

Puis il avait pénétré dans la maison, suivi de son complice.

Ce que milord l'Arsouille venait faire en cette maison, on le sait.

Le hideux épisode du café, malgré le désespoir qu'il lui jetait au cœur, ne lui avait pas fait oublier sa promesse.

Il avait donné parole à M. de Bellardoise de l'aller trouver en personne. Il venait quand même.

Le chevalier n'inspirait sans doute à notre héros aucune sympathie, aucun intérêt.

Il se rappelait parfaitement que le personnage avait été, pendant quelque temps, le compagnon d'orgie du vicomte d'Olburn; il savait en outre que Bellardoise était un pilier de tripots, un joueur incorrigible...

Mais ce qu'il savait surtout, c'est qu'une femme portait le nom de cet homme et partageait sa vie...

Or, cette vie ne pouvait être que misérable et sinistre.

La femme du joueur est forcément et fatalement une victime.

C'était donc par pitié pour Moleskine qu'il se rendait chez le chevalier...

Pour tout dire, nous ajouterons que Gabriel n'avait pas complètement mis en oubli la jeune et charmante épouse de M. de Bellardoise.

En cette nuit de bal qui s'était dénouée par le meurtre de Jonathan Glass, la beauté singulière de la jeune femme n'avait pas été sans produire sur notre héros une certaine impression...

Mais les événements terribles qui s'étaient succédé depuis ce bal funeste avaient forcément éloigné de son esprit la pensée de la séduisante créature.

Durant toute cette nuit-là cependant, M. de la Bellardoise avait laissé à sa compagne liberté pleine et entière, ainsi que cela avait été convenu et stipulé entre eux deux.

Prétextant une grande faiblesse, toussotant de temps à autre, grimaçant et se contorsionnant, le faux poitrinaire s'était traîné à pas lents, comme le jeune malade de Millevoye, vers l'un des salons de conversation.

Là, étendu dans un fauteuil, il avait écouté pendant quelques secondes, et non sans bâiller légèrement, les hâbleries hippiques d'un célèbre *turfiste* de l'époque, qui, en sa qualité d'homme de cheval, ne pouvait débiter la moindre bourde sans être à califourchon sur sa chaise.

Comme bien on pense, maître Bellardoise n'avait pas tardé à s'éclipser.

Insensiblement, il s'était dirigé vers une table de bouillotte, et c'est au jeu qu'il avait lié plus intime connaissance avec le vicomte d'Olburn.

Pendant ce temps, la belle Moleskine, dont il se souciait peu, et pour cause, se livrait sur les pelouses fleuries à tous les enivrements d'une valse vertigineuse.

Et le valseur de la jeune femme n'était autre que Gabriel.

En se retrouvant brusquement, au 113, face à face avec l'époux, notre héros avait senti le souvenir de l'épouse lui revenir au cœur, et le plus sincèrement du monde il s'était mis à plaindre cette pauvre jeune femme, dont les tristes antécédents lui étaient inconnus.

Malheureusement il n'avait nul motif plausible pour tenter de la revoir, et jamais il ne l'aurait revue peut-être si le chevalier de Bellardoise en personne ne lui eût fourni l'occasion de se présenter chez lui et par conséquent chez elle.

Toutefois, Gabriel était trop grand, trop loyal et trop scrupuleux en matière d'honneur pour avoir conçu la pensée de faire payer par la femme le service pécuniaire qu'il était prêt à rendre au mari.

Surtout après le cruel événement du café des Aveugles, tout projet de cette sorte était à cent lieues de son esprit.

Il se rendait donc auprès de Moleskine dans un but parfaitement désintéressé.

Avant de faire connaître ce qui se passa entre notre héros et Mme de Bellardoise, voyons ce qui s'était passé entre celle-ci et son époux.

Lorsque le chevalier rentra au domicile conjugal, Moleskine avait repris ses sens.

Elle était assise en un coin de sa chambre, le front sombre, l'œil sinistre.

En apercevant Bellardoise, un frissonnement involontaire lui parcourut tout le corps.

— C'est vous ! dit-elle. Déjà.

— Le mot est peu gracieux.., mais je vous le passe... A propos, votre évanouissement n'a pas eu de suites ?... Non !... allons tant mieux !

— Misérable ! murmura la jeune femme en jetant un regard de suprême mépris au chevalier.

— Connu ! riposta celui-ci en haussant les épaules. Ne recommencez pas cette chanson-là, hein !... c'est fastidieux à la fin.

— Vous avez encore perdu, n'est-ce pas ?

— Hélas !

— Et combien... combien avez-vous perdu.

— Tout, pas davantage !... La monnaie de Coquardier y a passé tout entière !

— Et la lettre de change?

— On me l'a escomptée au 113, et le ratissage a été complet.

— Ainsi vous n'avez plus rien ?

— Plus rien, vous l'avez dit... ces gueux-là m'ont dévalisé.

— Vous comprenez que ça ne peut pas continuer ainsi.

— Je l'espère bien... et tôt ou tard j'aurai ma revanche.

— Ne jouons pas aux charades, reprit Moleskine. Vous savez très bien ce que je veux dire. Je suis lasse de cette vie-là, entendez-vous?... Il faut que ça cesse... ou, je vous en préviens, il arrivera quelque malheur.

Bellardoise se mit à rire.

— Allons donc !... vous m'amusez avec vos malheurs !... Vous tenez tout autant à votre peau que je tiens à la mienne et vous n'avez, pas plus que moi, l'intention de vous suicider.

— Qui vous dit que c'est à mes jours que j'en veux.

— Plaît-il? Auriez-vous la prétention de vouloir me couper la gorge pendant mon sommeil ou de saupoudrer mon potage avec un peu d'arsenic !... Voilà une plaisanterie dont je vous crois également incapable, cher ange ! Vous savez trop bien que les espiègleries de ce genre finissent toujours par se découvrir, et vous n'êtes pas femme à jouer ce jeu-là... C'est bien plus dangereux que la roulette.

— Oui, vous avez raison, riposta Moleskine avec une rage concentrée, je suis top lâche pour demander au crime la fin de mes misères.

— Parbleu ! est-ce que je ne vous connais pas ! Ne parlons donc pas pour rien dire, et causons utilement.

S'étendant avec nonchalance sur un canapé :

— Voyons, asseyez-vous, je vous prie, et écoutez-moi posément.

— Vous écouter ?

— C'est le seul moyen de m'entendre, et je vous garantis que ce que j'ai à vous narrer est on ne peut plus important.

Après un silence :

— Nous sommes dans un affreux pétrin... Toute votre petite braise est mangée, votre petite bicoque de Fontenay est vendue et toutes nos ressources sont épuisées... Le 15 du mois passé nous avons été obligés de *laver* une partie de nos meubles pour payer une partie de nos termes arriérés de la rue de Vaugirard... Depuis que nous sommes ici, nous avons vécu à crédit... nous devons au boulanger, au fruitier, au boucher... à toute la clique enfin, et tout ça commence déjà à montrer les dents... Tirer le moindre billet de mille au père Coquardier serait un tour de force dont les plus habiles acrobates ne sauraient venir à bout... Et cela se comprend... je l'ai *tapé* cejourd'hui de vingt-cinq mille balles... et ce genre de levage ne réussit pas deux fois.

Moleskine laissa échapper un soupir d'indicible regret.

Bellardoise ne fit pas semblant de l'entendre et poursuivit.

— Pour ce qui est de trouver un sou chez nos amis d'autrefois, il n'y a pas à y songer... J'ai lâché toute la bohème artistique, et j'aurais beau battre le rappel de monnaie sur leur palier pendant des siècles qu'aucune pièce de cinq livres ne répondrait à mes agaceries... Ceci est d'une exactitude rigoureuse, ma chère amie... Gilbert lui-même, qui était mon ami le plus intime, m'enverrait promener avec tous les égards dus à mon rang... C'est de votre faute..., vous avez voulu que je fisse de la pose avec eux tous... une fois même, à l'Ambigu, vous m'avez empêché de dire bonsoir au Gilbert susnommé, sous le prétexte qu'il avait à son bras la petite Blondine, sa maîtresse... Nous n'avons donc, ma bonne amie, qu'à tendre... les joues aux coups de botte de la fatalité et à nous préparer à tirer le diable par la queue d'une furieuse manière, à moins toutefois que vous ne préfériez vous entendre avec moi pour faire pas plus tard que tout à l'heure une nouvelle dupe.

— M'entendre avec vous !

— Ah dame ! sans ça l'affaire est manquée...

— M'entendre avec vous ! répéta Moleskine avec des regards furibonds ; pensez-vous donc que je puisse oublier jamais que vous avez osé lever la main sur moi !

— Laissez donc de côté ces enfantillages, reprit négligemment Bellardoise. Si je vous cogne de temps à autre, c'est la situation qui le veut... Quand il n'y a pas de foin au râtelier, les ânes se battent... Vous savez bien ça... Et puis, du reste, voyez-vous, quand une petite dame de votre numéro est assez stupide, ou assez... autre chose pour s'offrir, après ses époux de fantaisie, un mari légitime et authentique, il est bien rare, oh ! mais bien rare, bien rare qu'elle ne tombe pas justement sous la coupe d'un gaillard de ma trempe !... C'est qu'il n'y a pas à dire, ça ne rate jamais !... Et dame ! franchement, c'est bien fait... Sacrebleu !... ne vous mariez pas pour de vrai, mesdemoiselles !... Laissez ça aux femmes honnêtes.

Après cette boutade :

— Enfin, puisque vous pataugez présentement dans la glu de l'hyménée et que vous voilà liée à moi à perpétuité...

La jeune femme l'interrompit brusquement :

— A perpétuité ! dites-vous. Oh ! vous vous trompez, monsieur, je me délivrerai de votre tyrannie... non par un crime, non par le suicide... mais par la légalité... Je m'adresserai aux tribunaux.

— Ce n'est pas vrai ! Est-ce que vous seriez assez bête pour susciter de vous-même le scandale d'un procès en séparation ?... Vous savez trop bien que quand on crache en l'air ça vous retombe sur le nez... Ainsi, laissons encore de côté les tribunaux, qui n'ont rien à faire en tout ceci. Nous sommes rivés à la même chaîne, je vous le répète, et je vous répète aussi que nous ne nous séparerons que lorsque l'un de nous crèvera de sa belle mort. En attendant ce bienheureux moment, — remarquez que je dis bien heureux pour vous, car pour moi, je vous assure que je ne regrette pas du tout de vous avoir traînée à l'autel, — en attendant donc que sonne pour l'un de nous l'heure suprême du dernier soupir, il faut recommencer la vie fastueuse que nous avons menée jusqu'à l'heure où la roulette s'est mise à me faire des traits.

Moleskine le regarda en face.

— Ah çà! vous êtes fou, sans doute. Vous savez bien que toutes nos ressources sont épuisées... vous le disiez vous-même...

— A défaut de papa Coquardier, riposta Bellardoise, toujours vautré sur le canapé, j'ai trouvé un autre bailleur de fonds.

— Que dites-vous! s'exclama la jeune femme. Et à qui donc avez-vous osé vous adresser?

— Rassurez-vous, chère petite, riposta le chevalier, ce n'est pas à l'un de vos anciens *protecteurs*... Oh! non, ma délicatesse s'y est opposée... Et puis, tous ces drôles-là m'eussent envoyé au diable... Non, celui qui doit se déguiser pour nous en providence, en *Deus ex machina*, c'est un charmant garçon, ma foi! riche comme père et mère, ce qui n'est pas rare, mais généreux comme un prince des contes de fées, ce qui est moins commun... Cependant il a refusé de me prêter à moi personnellement les ducats dont je pourrais avoir besoin. Il n'aime pas les joueurs, ce monsieur... Ça ne l'empêche pas de jouer... Au contraire!... il joue et gagne ce qu'il veut... C'est tout simple, il n'en a pas besoin... Aujourd'hui il a fait sauter la banque... C'est même ce détail qui m'a engagé à m'adresser à lui après mon Waterloo... Mais, je vous le répète, il m'a envoyé au diable. Je lui ai parlé de mon épouse alors et des enfants dont elle eût pu me rendre père. Le Crésus s'est radouci aussitôt, et rien qu'à votre nom, j'ai vu son regard s'enflammer... Assurément, il se souvient de vous, et s'il a tenu si fort à venir lui-même en ce pauvre castel, c'est qu'il espère y reprendre avec la châtelaine le petit roman amoroso-chorégraphique ébauché, il y a un an, sous les massifs embaumés de l'hôtel d'Olburn.

— Quoi! celui dont vous parlez... c'est sir Gabriel?...

— Lui-même, fit Bellardoise en se levant. Vous comprenez ce que j'attends de vous maintenant... Vos projets de jadis, il faut les mettre à exécution... Coûte que coûte, vous entendez bien, il faut que nous ayons une part du gâteau d'or de celui qui va venir... Soyez habile... et le succès est certain... Surtout, ma belle amie, ayez l'air de m'aimer, c'est indispensable... Plus vous ferez semblant de tenir à moi, plus il fera de sacrifices pour vous pousser à naviguer sur le fleuve de l'adultère. Allons! reprenez donc espérance et courage, ô ma tendre compagne... devant qu'il soit peu, nous serons redevenus plus riches peut-être que nous ne l'avons jamais été.

En ce moment, la voiture de milord l'Arsouille s'arrêtait à la porte.

— Et tenez, continua le chevalier en mettant le nez à la fenêtre de la rue, voici notre providence qui descend de son nuage... je veux dire de sa calèche... Il entre dans la cour... il interroge les Grenouillot... il monte l'escalier... il sonne... Je cours ouvrir et vous l'amène.

Il s'élança vers la porte d'entrée, et peu après Gabriel, guidé par lui, pénétrait dans la chambre où Moleskine était demeurée pensive et sombre.

Dès qu'elle aperçut le jeune homme, elle alla au-devant de lui, puis, d'une voix forte, sonore, elle dit en désignant Bellardoise, stupéfait :

— Vous voyez bien ce misérable, milord... eh bien, s'il vous a demandé de l'or aujourd'hui, s'il vous a laissé venir jusqu'à moi, c'est qu'il croit que vous m'aimerez, c'est qu'il espère me vendre à vous... moi, sa femme... moi, qui porte son nom!...

XII

CE QUI RÉSULTA DE L'ENTREVUE DE MILORD L'ARSOIULLE AVEC M. ET Mᵐᵉ DE BELLARDOISE

Notre jeune héros était muet d'étonnement.

La révélation de Moleskine lui paraissait si étrange, si inconcevable, qu'il pensait avoir mal entendu, mal compris.

Sa loyale nature se révoltait à l'idée seule qu'un homme, quel qu'il pût être, fût assez vil, assez lâche, assez ignoble pour oser spéculer sur l'honneur de sa femme.

— Oh! non, se disait-il, non cela ne saurait être!... Le coup qui me frappe aujourd'hui a troublé mes esprits, égaré ma raison...

Mais il lui fallut bien se rendre à l'évidence lorsque Bellardoise, aveuglé par le dépit, par la colère, s'écria involontairement :

— La gueuse! elle me trahit!... elle me ruine!

— Vous l'entendez... reprit Moleskine, vous l'entendez, cet homme! Il se condamne lui-même.

Bellardoise voulut réparer l'imprudence de ses paroles.

— J'espère, milord, dit-il en jouant la dignité, que vous n'ajoutez pas foi aux accusations odieuses de cette folle!

Gabriel le regarda en face.

Puis, froidement, il lui répliqua :

— Vous vous trompez, monsieur, je crois tout.

— Cornes de lièvre! s'exclama le chevalier d'un ton furibond, savez-vous bien, monsieur, que vous m'insultez!...

— Pas de bruit, pas d'éclat! reprit notre héros avec calme je serai à vos ordres où et quand vous voudrez.

— Fort bien! je comprends, interrompit Bellardoise : vous espérez vous débarrasser de moi par un coup d'épée, et quand je ne serai plus, vous vous rirez du défunt dans les bras de la veuve!... Eh bien, non, monsieur, non! cela ne sera pas... et je ne me battrai pas avec vous...

Faisant à Moleskine un geste de menace :

— Je veux me conserver pour ma chère petite femme!

Mᵐᵉ de Bellardoise sourit amèrement.

— Je vous entends, dit-elle, vous me frapperez encore, n'est-ce pas?... vous me martyriserez... Que m'importe! je suis habituée à souffrir maintenant... je souffrirai... Du moins, je vous aurai empêché de faire une nouvelle dupe... et je me serai vengée de vous en vous enlevant les moyens de satisfaire votre horrible passion.

Gabriel était indigné.

— Quoi! s'écria-t-il, le chevalier de Bellardoise est un batteur de femmes!

— Le chevalier de Bellardoise est ce qu'il veut, répliqua le drôle avec impu-

Mais Moleskine avait suivi de l'œil le mouvement du misérable.

dence, et nul n'a le droit de venir fourrer son nez dans ses affaires de ménage. A bon entendeur, salut.

Notre héros demeura quelques instants silencieux.

Puis brusquement :

— Voyons, dit-il, finissons-en !... Pour cesser de tyranniser cette pauvre femme, combien voulez-vous ?

Les yeux de Bellardoise s'illuminèrent d'un fauve éclat...

Mais il sut se contenir et répondit :

— Maintenant, je ne veux plus rien de vous...

Liv. 64.   64

— Finissons-en, vous dis-je! reprit Gabriel. Combien vous faut-il?

Le chevalier réfléchit quelques instants en lui-même.

Enfin, après s'être suffisamment recueilli :

— Au fait! s'écria-t-il, je serais bien bête de bouder contre mon ventre et de me livrer plus longtemps à une comédie que ne prend pas même au sérieux l'unique spectateur pour qui je m'évertue !

S'avançant vers le jeune homme :

— Avec vous, milord, ce qu'on a de mieux à faire, c'est de jouer cartes sur table. Vous n'êtes pas un de ces naïfs vulgaires que l'on met dedans avec de grandes phrases creuses et des semblants de vertu... Ainsi donc, j'aime autant, puisque je ne peux faire autrement, me montrer à vous tel que je suis... c'est-à-dire comme un homme sans préjugés et un vrai philosophe!

Gabriel sourit.

— Et combien réclame votre philosophie?

— Mon Dieu, je vous avouerai franchement que votre question m'embarrasse quelque peu... et que je ne sais trop comment y répondre... Je crains de vous demander trop ou pas assez. Tenez, vous me faites l'effet d'un garçon consciencieux... fixez vous-même la somme et dites-moi jusqu'où vous pouvez aller.

— Écoutez, reprit milord l'Arsouille, vous êtes encore bien jeune...

— Le fait est que je n'ai pas cent ans; j'en aurai trente-deux seulement au mois de décembre... Où voulez-vous en venir?

— A votre âge, on ne peut être assez profondément enfoncé dans le mal pour n'avoir pas la force d'en sortir... Vous appartenez au démon du jeu... faites un effort... arrachez-vous à cette influence funeste, et vous serez sauvé, et vous redeviendrez pour cette infortunée ce que vous fûtes jadis, sans doute... ce que vous rougissez en vous-même de ne plus être...

— Est-ce bien sérieusement que vous parlez, milord?

— Me faites-vous l'injure d'en douter?

— Ma foi, écoutez donc, je trouve votre langage si singulier! Comment! vous qui connaissez notre pauvre humanité comme si vous l'aviez inventée vous-même, vous venez me dire froidement, tranquillement :

« — Vous êtes joueur, ne jouez plus!

« Mais c'est absolument comme si vous conseilliez à un bossu de ne plus avoir de bosse, à un bancal de marcher droit, à un aveugle d'y voir clair.

« Le jeu! ah! vous ne savez donc pas ce que c'est que le jeu, milord!

« Mais non... vous ne le savez pas... Vous jouez sans passion, vous... par désœuvrement... pour passer le temps. Oh! je vous ai bien étudié aujourd'hui au 113... Pendant toute la partie, vous êtes demeuré impassible.

« Votre inconcevable chance n'a trouvé en vous qu'une statue de marbre...

« En ramassant votre monceau d'or et de billets, pas un muscle de votre visage n'a tressailli, pas une goutte de sueur n'a emperlé votre front, pas un éclair n'a brillé dans votre regard...

« Vous n'êtes pas joueur!

« Mais moi... moi... je le suis, oh! je le suis dans toute la force du terme.

« Oh! le jeu, c'est si beau!... Que de prestige dans ce seul mot!... Dans cette
lutte avec le hasard, que d'émotions variées! Joie, anxiété, terreur, déception, tout
cela se heurte, s'entre-choque à la fois en vous!... En cette bille qui bondit, en ce
dé qui roule, en cette carte qui vole, il y a toute une vie, tout un monde!... Puis,
peu à peu la fièvre tourne au délire, et le délire à l'extase!... Les cartes s'animent,
les billes du tapis vert prennent forme humaine, et tout cela parle, tout cela se
meut, tout cela vous fascine et vous attire!... Après, on ne distingue, on n'entend
plus rien... rien que le cliquetis sonore, le bruissement magique de l'or et de l'argent qui va, vient, roule, se répand sur les tables... disparaît et revient, s'éclipse
et reparaît encore... Et pendant ce flux et reflux métallique, les râteaux grincent,
les banquiers crient, les gagnants hurlent, les perdants rugissent... Oppressé,
haletant, on ne s'appartient plus... on ne se connaît plus... on ne connaît plus
rien!... Que le ciel tombe... que le soleil s'éteigne... que le monde s'anéantisse...
qu'importe au joueur!... Son monde, à lui, c'est la roulette qui tourne... son soleil,
c'est l'or qui reluit... son ciel, c'est le tapis vert!

Gabriel écoutait Bellardoise avec une indéfinissable tristesse, qui croissait au
fur et à mesure que l'enthousiasme du joueur augmentait.

— Allons, murmura notre héros, c'est de la vraie passion!

— Oh! mieux encore, c'est de la frénésie, c'est de la rage... Que voulez-vous,
milord... ceux dont je suis né étaient joueurs autant que je le suis moi-même... Je
tiens d'eux... à qui la faute!... Je suis venu au monde sur les marches de Frascati,
et mes premiers vagissements se sont mêlés à ces mots : « Faites le jeu, messieurs...
Le jeu est fait! Rien ne va plus. »

« Avant de savoir parler, je jouais déjà... mais je n'ai jamais eu de chance!...
J'ai commencé par perdre mes sous au jeu de macarons... depuis, j'ai perdu
toujours...

« Oui! mon guignon ne s'est pas démenti une seule fois, et dame! tout mon
patrimoine a fait la culbute dans le fossé de la rouge et de la noire... Après mon
argent à moi, j'ai risqué l'argent des autres, et la dot de madame a été engloutie à
son tour... Aujourd'hui, à l'envers de François Iᵉʳ, j'ai tout perdu, même l'honneur!...

« Oui, au diable les tartuferies et les réticences!... Puisque ma tendre épouse a
commencé à vous édifier sur mon compte, j'achèverai, moi, et je serai franc jusqu'au
bout... Oui, milord dans le naufrage de ma fortune, mon honneur a sombré, je
vous le répète... et présentement je suis prêt à tout oser pour assouvir ma passion.

« Tout, entendez-vous bien?

« Cette femme vous a dit que je voulais la vendre... c'est vrai!... Combien m'en
donnez-vous?

— Monsieur, répliqua Gabriel avec horreur, vous êtes fou.

— Eh non, mort-diable! je ne suis pas fou... Je suis tout simplement une
canaille, et pas autre chose... C'est le jeu qui m'a fait ainsi... et pour que je change,
il est trop tard... D'ailleurs, je ne serai pas le premier qui aura vendu sa femme...
Est-ce que ça ne se fait pas tous les jours?... Si je voulais vous citer des noms, je
ne serais pas embarrassé, allez! Seulement, ça se fait discrètement, mystérieusement... J'ai du moins l'avantage d'être moins tartufe que mes confrères de Paris...

« Par delà le détroit, quand on est las de son épouse, on lui passe une corde au cou et on la mène au marché de Londres, pour être vendue aux enchères comme une esclave ou une bête de somme... Eh bien, j'imite les Anglais, vos ex-compatriotes... seulement, je fais grâce à madame de la corde et de l'enchère publique... C'est une vente à l'amiable... A combien y a-t-il acheteur?

— Oh! murmura notre héros, voilà donc à quel degré d'infamie un joueur peut descendre!

— Il peut descendre plus bas encore, répliqua Bellardoise avec une sauvage énergie, et je vous le prouverai bientôt si vous refusez le marché que je vous propose... Donnez-moi donc cet or que je convoite, cet or dont j'ai soif, ou, je vous le jure, et cette fois je tiendrai mon serment, pour me le procurer, je risquerai les galères et je me ferai voleur!

Moleskine poussa un cri et cacha sa tête entre ses mains.

— Oh! quelle honte! gémit-elle sourdement, quelle honte! Et je porte le nom de cet homme!

— Pauvre femme! fit Gabriel en jetant un regard de pitié sur l'épouse de Bellardoise.

S'approchant de ce dernier :

— Qu'il soit fait selon votre désir, monsieur...

Tirant de sa poche l'or et les billets de banque gagnés par lui au 113 :

— Voici deux cent mille francs... ils sont à vous... Mais à partir de ce jour, vous renoncerez à tous vos droits sur votre femme et vous quitterez la France cette nuit même.

Bellardoise jetait sur la fortune étalée devant lui un regard ardent de convoitise.

Aux deux derniers mots de Gabriel, il releva la tête.

— Quitter la France, dites-vous?

— C'est mon ultimatum. A cette condition seulement vous redeviendrez riche.

— Eh bien! soit... Après tout, les joueurs n'ont pas de patrie... et je ne serai même pas fâché de voyager un peu. J'étudierai *de visu* tous les tripots de l'univers... ceux du nouveau monde surtout... Et qui sait, je frèterai peut-être des navires qui porteront dans leurs flancs des chargements d'or!

Comme tous les joueurs, il se voyait déjà en espérance possesseur de tous les trésors de la jeune Amérique.

— C'est dit, monsieur, reprit-il, cette nuit même, je quitte Paris. Vous avez ma parole.

— Votre parole! c'est bien peu!

— Plaît-il? fit le chevalier en fronçant le sourcil.

Mais se radoucissant subitement :

— Bah! je ne veux pas me fâcher...

— Et vous avez raison!

— Du moment que ma parole ne vous suffit pas, reprit Bellardoise, je ne sais trop ce que je pourrais vous offrir... Je vous ferai bien un acte de vente en règle... mais la France n'est pas l'Angleterre, vous le savez aussi bien que moi, et nos lois n'admettent pas le genre d'industrie auquel je me livre présentement.

— Aussi n'est-ce pas cela que j'exige de vous.

— Que vous faut-il donc?

— Vous allez le connaître.

Ce disant, milord l'Arsouille s'assit devant la table sur laquelle étaient éparpillés son or et ses billets.

Puis il prit une plume et traça quelques lignes sur une feuille de papier à lettres timbrée au chiffre et aux armes de M. le chevalier de Bellardoise.

Lorsqu'il eut terminé :

— Signez ceci, monsieur.

Bellardoise prit le papier ét lut...

— Infamie ! s'écria-t-il en pâlissant.

Et froissant le papier, il le jeta loin de lui :

— Je ne signerai pas cela !

—A votre aise, répliqua Gabriel en ramassant son argent. Cela prouve que vous avez encore un peu de cœur. Tant mieux.

En voyant le mouvement du jeune homme, en lisant sur son front, dans ses yeux, qu'il était bien résolu à ne lui donner son or qu'en échange de sa signature, il fut sur le point de ramasser le fatal écrit.

— Deux cent mille francs ! deux cent mille francs ! disait-il d'une voix sourde, gutturale. Une fortune ! car c'est une fortune !

Cependant il eut le courage de se relever.

— Non dit-il; non, je ne ferai pas cela ! c'est impossible !

— Êtes-vous bien décidé? interrogea milord l'Arsouille en continuant de ramasser ses napoléons.

— Oui, bien décidé... Je ne puis mettre de la sorte à votre merci.

— Je vous approuve, monsieur. Moi, je sais qu'à votre place je n'accepterais pas de semblables conditions.

— Oh ! mais c'est affreux ! c'est horrible ce que vous faites, milord !...

— Je le sais, mes exigences sont exorbitantes, et, je vous le répète, vous avez mille fois raison de ne les point subir...

— Ainsi, vous allez avoir l'étonnante cruauté de me laisser patauger dans la misère après avoir fait briller à mes yeux tout un avenir de joie et de splendeurs?

— Sans l'ombre d'un regret... sans le moindre scrupule...

— Ah ! tenez, vous n'avez pas de pitié !

— Pour les joueurs? aucune, je l'avoue... Cette folie-là ne m'intéresse pas.

— Mais enfin, vous comprenez bien que je ne puis signer cet abominable mensonge.

— Je le comprends parfaitement.

Bellardoise essaya de le prendre par les sentiments.

— Vous êtes bon et compatissant, milord... Il ne se passe pas de jour, pas d'heure peut-être, où vous ne sauviez quelque famille de la misère, quelque infortuné du désespoir... Oh ! je vous connais allez, je vous connais bien... Tous les malheureux de Paris chantent vos louanges, et le bruit de vos bienfaits est venu jusqu'à moi... je ne puis donc croire, je ne crois pas et, vous aurez beau dire, je ne croirai jamais que vous m'imposiez sérieusement les conditions que vous me dites... Vous avez voulu m'éprouver, pas vrai?... vous avez voulu rire?... Idée de millionnaire... Eh bien! maintenant que vous avez satisfait ce caprice, dites-moi que c'est fini... faites-moi riche et n'en parlons plus!

— Monsieur le chevalier répliqua notre héros, ce que j'ai dit est dit... Si j'exige de vous ce que j'exige, c'est que je veux vous séparer éternellement de celle qui porte votre nom... Tenez votre parole, quittez ce pays, n'y rentrez jamais, et ce papier qui vous épouvante si fort demeurera toujours entre mes mains... L'exil n'a rien de terrible pour vous, ne le disiez-vous pas vous-même? Parbleu! la France peut se passer de vous comme vous pouvez vous passer de la France... Serez-vous tant à plaindre, après tout! Le jeu est votre dieu! vous pourrez l'adorer sans gênes, sans entraves... Ce pays n'a pas, que je sache, le monopole des tripots... et vous en trouverez autant et plus qu'il vous en faudra... Ainsi donc, choisissez! La misère ici, au delà des frontières l'opulence! Pour moi, je vous certifie que vous n'aurez pas un sou si je n'ai pas en mon pouvoir la déclaration que vous savez...

— Milord...

— Toute prière serait inutile, toute instance vaine... Je veux que vous m'apparteniez corps et âme... ce sera là votre châtiment... Ce sera là l'expiation du marché honteux que vous avez osé me proposer... vous vouliez me vendre votre femme... eh bien! ce n'est pas elle que j'achète, c'est vous!

— Oh! c'est monstrueux! c'est ignoble! s'exclama Bellardoise avec un emportement qui eût été grotesque s'il n'eût pas été révoltant. Tous les riches, décidément, c'est de la canaille, et vous ne valez pas mieux que les autres.

Milord l'Arsouille lui lança un regard qui interrompit tout net ses imprécations.

— Allons, dit-il ensuite, trêve à vos anathèmes, je vous prie... Tout cela n'a pas de prise sur moi... Vos injures comme vos supplications me trouveront insensibles... Je sais maintenant qui vous êtes, et j'agis avec vous en conséquence. Oui, ou non, voulez-vous signer?

Quelques secondes d'un sinistre silence suivirent ces dernières paroles de Gabriel.

En l'âme de Bellardoise... En admettant toutefois que cet homme eût une âme... un effroyable combat se livrait.

Enfin, sous le poids de l'émotion terrible qui l'étreignait, il se sentit chanceler et, pour ne pas choir, il se retint machinalement à la muraille...

Quelque chose de glacé se trouva sous sa main...

C'était la poignée de l'une des deux épées qui lui avaient servi dans son duel avec Coquardier et qu'il avait jetées dans un coin de la chambre en rentrant chez lui.

A ce contact, un nuage passa devant ses yeux, une sorte de délire s'empara de lui, et, saisissant la formidable rapière il s'élança sur Gabriel en s'écriant :

— Meurs donc, et que ton or soit à moi.

Mais Moleskine avait suivi de l'œil le mouvement du misérable et s'était précipitée entre lui et notre héros...

Elle poussa un cri et tomba lourdement sur le sol... couverte de sang...

L'épée du chevalier lui était entrée dans la poitrine.

A cet aspect, Bellardoise épouvanté, laissa tomber l'arme fatale et voulut fuir.

Mais milord l'Arsouille lui barra le passage.

Puis, d'une voix terrible :

— Vous ne partirez pas ainsi! lui dit-il.

Lui broyant ensuite le bras, il le traîna jusqu'à la table et le força à s'asseoir.

Lui mettant une plume entre les doigts :

— Écrivez, maintenant, je le veux!

Dominé par le regard, par la voix du jeune homme, Bellardoise prit la plume.

Alors, Gabriel ramassa le papier froissé par le chevalier et le plaça sur la table.

— Recopiez cet aveu... je vous l'ordonne... Il fait de vous un voleur, un meurtrier?... vous voyez que je vous avais bien jugé... et que j'avais su lire votre avenir dans votre passé.

Lui montrant le papier :

— Larron!... assassin!... écrivez!.,. écrivez!

Et tandis qu'affolé de terreur, Bellardoise recopiait l'effroyable lettre, milord l'Arsouille prodiguait ses soins à Moleskine, qui avait entièrement perdu connaissance.

La blessure, toutefois, était sans gravité.

Grâce à un cordial puissant, composé par le docteur Olivier et dont notre héros portait toujours un flacon sur lui, la jeune femme put revenir à elle peu à peu.

Elle rouvrait les yeux au moment où le chevalier achevait sa lettre.

— C'est bien, fit Gabriel en s'en emparant.

Puis il lui compta la somme promise.

— Vous êtes payé... partez... et faites qu'on vous oublie... Vous avez trois jours pour quitter la France... Si, passé ce délai, vous êtes encore ici, je remets cette lettre à qui de droit et vous fais arrêter.

Bellardoise n'entendait rien.

Enivré, éperdu, il empochait ses louis et ses banknotes.

Il ne songeait qu'à cela... et n'avait plus même souvenance de ce qui venait de se passer.

— Riche!... je suis riche! disait-il à moitié fou. Oh! maintenant, le monde est à moi!

Et sans plus attendre, sans donner un regard à cette femme blessée par lui et presque mourante, il gagna la porte de sortie à pas précipités, descendit l'escalier quatre à quatre et s'élança dans la rue.

XIII

A sept heures précises, tous les préparatifs de la petite fête donnée à leurs amis et connaissances par les portiers de la rue Monsieur-le-Prince étaient à peu près terminés. Et cette fois les préparatifs n'étaient pas minces, ainsi que le lecteur va pouvoir en juger.

Jusqu'alors la soirée avait eu lieu dans la loge seulement et sept ou huit amateurs, dix ou douze au maximum, y avaient été invités.

Mais, ce dimanche-là, quelle différence!

Il ne s'agissait plus d'une petite fête, mais bien d'un véritable festival.

La loge, jugée trop petite pour servir de salon de réception, avait été tout bonnement transformée en vestiaire et en buffet, et la soirée devait avoir lieu dans la cour, préparée *ad hoc.*

C'est-à-dire que des chaises empruntées à tous les voisins, et, partant, de toutes couleurs, de toutes formes et de toutes dimensions, avaient été placées à la queue leu-leu, au fond, à droite, à gauche et partout...

De plus, des lampions et des verres de couleur garnissaient la margelle du puits, toutes les fenêtres du rez-de-chaussée et quelques-unes du premier étage.

Il y avait même des lampions devant la porte cochère, ce qui intriguait très fort les passants.

Dans le fond de la cour, près du puits, on avait réservé un espace pour l'orchestre.

Car ce soir-là, il devait y avoir un bal pour de vrai, une sauterie premier numéro.

Et dame! toute la maison était invitée.

Depuis les jolies petites blanchisseuses de Mme Pictonpin jusqu'aux gentilles ouvrières de la coloriste du cinquième...

Depuis les locataires du premier jusqu'aux bohèmes des mansardes.

C'était même parmi ces derniers que s'étaient recrutés les artistes de l'orchestre.

L'un, le peintre, jouait du cor de chasse...

L'autre, le cabotin, se livrait à la serinette...

Le troisième, le journaliste, cultivait la crécelle...

Et Mlle Chausson, la corsetière, pinçait du mirliton comme si elle n'avait fait que ça toute sa vie.

Ajoutez à ces quatre instruments baroques la mandoline de Mme Grenouillot et sa paire de castagnettes, et vous aurez au grand complet l'orchestre fantastique de ce bal abracadabrant.

Lorsque les deux coquins, qui faisaient partie des invités, eurent franchi le seuil de la porte cochère, quelques minutes après milord l'Arsouille, le jeune Venceslas, armé d'un rat de cave, était seul dans la cour, en train d'allumer les lampions.

— Fils de Mars et de Bellone, dit-il avec emphase, soyez les bienvenus.

En apercevant les deux invalides de contrebande, il vint à eux les bras ouverts.

— Monsieur Boulingrin! s'écria-t-il, monsieur Panouillard!... Ah! vous êtes bien gentils de n'avoir pas oublié la promesse que vous m'aviez faite!

— Le guerrier français n'a qu'une parole! fit gravement Popincourt.

Puis, changeant de ton, il ajouta en tirant la pipe que lui avait *prêtée* la chanteuse du Palais-Royal :

— Y a-t-il du *tréfoin* par ici?

— Du tréfoin? répéta Venceslas sans comprendre.

— Eh bien, oui, quoi, pour ma *chiffarde!*

Liv. 65.   65.

— S'il vous plaît?

— Ça veut dire du tabac pour ma pipe... en argot....

— En argot!

— Non, je veux dire en langage militaire, fit le jeune forçat en se reprenant.

— Ah! bon!...

Courant à la tège et rapportant un pot rempli de tabac :

— Puisez à même, monsieur Panouillard...

Et tandis que le faux guerrier bourrait sa pipe :

— Quelle drôle de chose, poursuivit le fils Grenouillot en considérant Popincourt.

— Que te prend-il, conscrit? interrogea ce dernier.

— Ce matin, à Montfaucon, votre emplâtre était sur l'œil gauche!... et ce soir?...

— Eh bien! ce soir?...

— Il est sur l'œil droit.

En effet, Popincourt, en le remettant après la scène du cloître Saint-Jean, s'était trompé de côté.

Mais il n'était pas homme à se trouver embarrassé pour si peu.

— Oui, répliqua-t-il du ton le plus naturel du monde, tous les jours, jusqu'à midi, je n'y vois que de l'œil droit, et mon œil gauche est barré par ordre de l'autorité... Mais aussitôt que la douzième heure commence à sonner, paff!... mon mal change de place!... L'œil bon devient le mauvais, et *vice versa*. Voilà!...

— C'est bizarre! murmura Grenouillot, ébahi.

— Baste! reprit le forçat, dans notre état, on en voit bien d'autres!... et l'invalide à la tête de bois, c'est encore rudement plus fort que ça!

— L'invalide à la tête de bois! répéta Venceslas avec ingénuité. Ah! oui, on m'en a souvent parlé... Alors il existe pour de bon?

— Comment, s'il existe! s'exclama le coquin. Dis donc, Boulingrin, comment trouves-tu le conscrit? il me demande si l'invalide à la tête de bois existe!

— Excusez-moi! dit vivement Venceslas, mais ne l'ayant jamais vu...

— Corbleu! reprit Popincourt, je regrette fort, en ce cas, de ne l'avoir point amené avec nous... je te l'aurais présenté, petit, et tu aurais pu te convaincre par toi-même que sa caboche en bois de chêne ne l'empêche pas de fumer sa bouffarde et de lamper son demi-setier.

— C'est égal, ça doit bien le gêner.

— Lui! il n'y pense seulement pas! Il faut dire qu'il y a déjà longtemps et qu'il y est habitué... C'était en Russie... et tu dois savoir, petit, qu'il y en a eu pas mal dans cette campagne-là qui ont perdu la boule... Notre homme, lui, a été plus malin que les autres, et puis, il avait pris ses précautions...

— Ah!

— Oui! mamzelle Lenormand, la fameuse devineresse qui demeurait à côté d'ici, rue de Tournon, et qui y demeure même encore, je le suppose, avait prédit à ce pauvre garçon qu'il aurait la tête emportée par un boulet de canon... Pour obvier à cet inconvénient, il s'était fait fabriquer une tête en bois par un sculpteur de ses amis et l'avait serrée dans son sac. A la Moskowa, sa vraie tronche se brise!...

« C'est bon qu'il dit, v'là le moment d'utiliser l'autre ! » et sans plus de façons, il se la colloque sur les épaules... Comme il faisait un froid de loup, ça prend tout de suite... mais l'embêtant, c'est qu'il n'y voyait pas clair et qu'il a mis sa gueuse de tête sens devant dimanche... Si bien que, depuis ce temps-là, l'infortuné marche à rebrousse poil et qu'il regarde à reculons.

— Sapristi ! fit le crédule Venceslas, je serais curieux de voir ça !

— As pas peur, petit ! riposta Popincourt, un de ces quatre matins, faudra venir nous demander à déjeuner aux Invalides, et nous te ferons voir toutes les merveilles de cet établissement.

— Ce sera bien aimable de votre part, reprit le fils Grenouillot.

En ce moment, une douzaine de fillettes endimanchées firent irruption dans la cour.

— Ah ! voilà la plus belle moitié de nos invités ! reprit le jeune homme...

— Les friponnes sont tout à fait émoustillantes ! observa Popincourt. Pas vrai, Boulingrin ?

— Certes ! répliqua l'Anglais, dont les regards étincelaient peu à peu, elles sont toutes adorables...

Puis, en lui-même, il ajouta :

— Je regrette, ma foi, d'être cette nuit condamné au rôle de Mathusalem... j'eusse coqueté de grand cœur avec ces fraîches poulettes de quinze ans.

— Et d'où diantre, sortent toutes ces Vénus en robes d'indienne ? questionna Popincourt, qui, de même que son compagnon, jetait sur l'escadron féminin des regards significatifs.

— C'est les demoiselles à la mère Pictonpin... Papa et maman les ont toutes invitées... Sont-elles assez gentilles, hein !... Tenez... la troisième là-bas... la plus chouette de toutes... c'est mon infante, ma dulcinée, l'ange de mes rêves.

— Ah ! bon, la petite repasseuse...

— Oui, mamzelle Nichette... celle qui ne veut m'aimer que quand je serai caporal.

D'autres fillettes envahirent la cour, non moins fraîches, non moins rieuses, et non moins appétissantes que les premières.

— Celles-ci, reprit le fils Grenouillot sont les petites coloristes du cinquième. En v'là encore de beaux brins de filles... Sans compter qu'elles ne sont pas encore toutes là ; il manque la plus jolie fleur du bouquet... mamzelle Suzanne.

— Suzanne ! répéta involontairement Stephen Lowe.

— Oui, c'est bien son nom... Quant à celui de son papa, je l'ignore.

— Elle a un père !

— Oui, un vieux qui a l'air d'un dur à cuire dans votre genre... Il amène la petite tous les matins à l'atelier et il vient la chercher tous les soirs... Aujourd'hui, il est venu la prendre à midi, car les dimanches on ne fait que la demi-journée.

— Si c'était cette Suzanne que je cherche vainement depuis si longtemps, pensa l'Anglais, cette Suzanne aimée de Gabriel...

S'adressant à Venceslas :

— Ne sera-t-elle donc pas de la fête? demanda-t-il.

— Qui? mamzelle Suzanne? Ah! pour ça, je n'en sais rien... Quand elle est partie au bras de son auteur, papa Grenouillot les a invités tous les deux... mais le vieux dur à cuire n'a pas eu l'air de mordre à l'hameçon, et il a filé en grommelant je ne sais quoi.

Pendant ces derniers mots, la cour avait continué à se remplir.

Des bonnes, des domestiques, un porteur d'eau qui semblait pris de vin, quelques marchands et marchandes d'alentour avaient, l'un après l'autre, exhibé leurs costumes d'apparat et leurs *facies* de tous les jours.

Enfin l'on était au complet... ou peu s'en faut.

Il manquait cependant les héros de la fête...

C'est-à-dire le gros papa Grenouillot (Alcindor de son petit nom) et sa conjointe, la sentimenlale Rosamonde.

Celle-ci ne tarda pas à faire son apparition.

— Ah! v'là maman! s'exclama le jeune Venceslas.

Et, du doigt, il montrait la portière sur le seuil de sa loge.

— Sac à raisin! grommela Popincourt, qu'est-ce que c'est que cette grando girafe?

Le fait est que la mère Grenouillot était longue comme un jour sans pain.

Ajoutez à cela que la bonne femme était fort maigre, de corps, du moins, car elle possédait une tête énorme qui lui donnait un faux air d'hydrocéphale.

Ses grands yeux bêtes, à fleur de tête, étaient d'un bleu indécis, passé, presque sale.

Mais la partie la plus remarquable de son visage était assurément son nez.

« Un nez bourbonnien! » disait son époux.

« Une trompe! » disaient les gamins du quartier, qui ne désignaient guère la femme du tragédien que sous le nom de « la mère Piffard. »

Ce nez était effectivement prodigieux; elle eût pu se gratter les pieds avec.

Nous terminerons le portrait de la digne portière en disant qu'elle était perpétuellement, en quelque situation qu'elle pût se trouver, d'une pâleur extravagante. Que dis-je? elle n'était pas pâle, elle était blême, blafarde... Une vraie face à la Débureau, un clair de lune avec un nez!

Plaisanterie à part, elle avait une ressemblance effrayante avec ces têtes qui pleurent dans des baquets à la porte des bouchers ou qui ricanent derrière les vitrines des gargotiers avec du persil dans les narines.

C'est au point que les gamins, non contents de la surnommer comme nous avons dit, l'appelaient encore de temps à autre la dame à « la tête de veau. »

Mais laissons le physique et parlons du costume.

Ennemie née des jupons et des crinolines, qu'elle qualifiait d'inventions indécentes, M⁰ᵉ Grenouillot n'avait un peu d'estime que pour les robes du temps de l'Empire sans plis et avec la taille sous les bras.

Ce soir-là, elle avait endossé une toilette fabriquée sans nul doute sur un patron de cette époque, et l'on peut se rendre compte du bel effet que cela devait produire sur ce grand corps maigre et tout d'une pièce.

On eût dit un parapluie colossal dans son fourreau.

Sans compter que ledit fourreau était vert pomme, avec des volants et des garnitures ponceau !

C'était quelque chose de féerique.

Et, pour compléter cet ensemble, la maman Grenouillot, un peu chauve de son naturel avait dissimulé sa calvitie sous une perruque de tragédie que portait son époux dans *Oreste*, de même qu'elle avait caché son interminable cou sous une fraise à la Henri IV qui avait servi au père Grenouillot dans *Marie Stuart.*

Grave, majestueuse, mais affable et souriante, la portière s'avança au milieu de ses invités en faisant des salutations avec son nez.

Popincourt n'en revenait pas

— Le bon type, se disait-il. Avec son nase et sa robe verte, on dirait d'une perruche !

Et, malgré lui, le jeune coquin se mit à dire à demi-voix :

— As-tu déjeuné Jacquot?

En ce moment, le père Grenouillot fit son entrée dans la cour.

Cette fois, les deux coquins furent stupéfaits.

Le bonhomme, gros et court, avait les bras et les jambes nus et, vêtu d'une simple tunique, il portait la cuirasse et le casque d'un Achille ou d'un Horace quelconque.

Mais cela n'était rien :

Le plus beau, c'est que le père Grenouillot avait gardé ses lunettes et ses chaussons de lisière !

— Où sommes-nous, bon Dieu ! murmura Popincourt à l'oreille de son compagnon.

— A Charenton, sans doute.

L'heureux époux de la belle Rosamonde aperçut nos deux invalides.

Il alla au-devant d'eux *zigzaguant* un peu plus que le matin. Cela se comprend, pendant ce laps de temps, il n'avait pu faire autrement que d'avaler énormément de petits verres.

— Fils de Mars et de Bellone, dit-il avec emphase, soyez les bienvenus chez le fils de Melpomène!... Les soldats, voyez-vous, c'est tout pour moi... Et, certainement, si je ne m'étais réservé pour la tragédie, je me serais fait invalide... Non... je veux dire... Enfin, suffit!... je me comprends... et vous?

— Merci ! ça ne sera rien que ça ! riposta Popincourt.

Et il ajouta en pouffant de rire :

— Quelle caricature !

Le père Grenouillot, raffermissant sur sa tête son casque vacillant, poursuivit en s'adressant à la foule des invités :

— Mesdames et messieurs, avant tout, permettez-moi, je vous prie, de vous remercier d'avoir bien voulu honorer cette petite fête de votre présence.

— Comment donc, dit le porteur d'eau entre deux vins, mais l'honneur est pour nous, fouchtra !

Le père Grenouillot s'inclina, puis avec des larmes dans la voix, il ajouta :

— Hélas! cette réunion sera la dernière... Nous ne nous verrons plus!

Un murmure d'étonnement accueillit ces paroles.

— Oui! c'est comme j'ai celui de vous le dire, reprit le concierge tragique,

> Dans huit jours, le soleil, levé sur ces États,
> Près de vous, chers voisins, ne nous trouvera pas!

« Pour vous parler en vile prose, la mère Brichet, la propriétaire, nous a flanqué notre compte!...

— Pas possible, s'écria-t-on de toutes parts.

— Oui, mesdames... oui messieurs... cette femme sans cœur nous extirpe violemment de ce bocal... non, je veux dire de ce local, dont nous avons fait jusqu'à ce jour le charme et l'ornement... Et voilà pourquoi, au lieu de donner une simple petite fête dans le trou qui nous sert de loge, nous avons cru devoir métamorphoser toute la cour en Grande-Chaumière et inviter tous les locataires de la maison, tous nos amis et connaissances à se livrer jusqu'à demain à toutes sortes de noces et de rigolades... plus on fera de vacarme et mieux ça vaudra... En conséquence, criez, chantez, trémoussez-vous... buvez tout... la boisson est l'amie de l'homme... Cognac pour les messieurs... anisette pour les dames... Les *ceusse* qui voudront mettre de l'eau dans leur verre en trouveront au fond du puits! il est bien entendu qu'après le bal, si quelqu'un ou quelqu'une d'entre vous éprouve le besoin de mettre le feu à cette vieille baraque, je ne m'y opposerai pas... au contraire!... La mère Brichet ayant manqué d'égards envers moi, je puis manquer de procédés envers elle et laisser incendier ses propriétés... sur ce, vive la joie!... et que la fête commence!

Tout aussitôt, l'orchestre décrit par Venceslas, entama le plus fantasque des charivaris.

L'homme au cor de chasse sonna une fanfare étourdissante que le mirliton, la crécelle et la serinette accompagnaient, chacun sur un ton différent.

Peu après, toute la foule endimanchée sautait et gambadait follement.

Les petites ouvrières surtout s'en donnaient à cœur joie, et, tout en poussant de grands éclats de rire, ces gentilles fillettes exécutaient les danses les plus insensées, les sarabandes les plus vertigineuses.

Pendant ce temps, Stephen Lowe disait à Popincourt.

— Parole d'honneur, toutes ces fringantes drôlesses me mettent le diable au corps!... J'ai envie d'en inviter une...

— Qu'est-ce à dire, Boulingrin? riposta le forçat. Modérez ces ardeurs, je vous prie... il n'est pas temps encore de déposer nos quatre-vingts ans au vestiaire... Plus tard, quand tous les invités seront soûls, je ne dis pas... mais, pour le quart d'heure, soyons graves et réfléchis comme il convient à des guerriers hors de service... Cependant ajouta le jeune coquin avec un sourire, si ça vous tire les *fils-fer* de rester là sans rien fabriquer, insinuez-vous à ma suite dans l'escalier, et venez prendre ainsi que moi les empreintes des diverses serrures qui s'y trouvent.

— Prendre les empreintes?

— Je suis sûr qu'à un moment donné ça pourra nous servir... non pas cette nuit, peut-être, mais demain, par exemple, ou tout autre jour.

— Mais pour cela, observa Stephen Lowe, il nous faudrait de la cire, et nous avons oublié d'en apporter

— Sachez, ô Boulingrin ! que votre ami Panouillard ne s'embarque jamais sans biscuit...

— Que veux-tu dire ?

— Je veux dire, parbleu, que quand je fiche les pieds dans un bazar que je ne connais pas, j'ai toujours soin de me munir de cire molle et de divers autres accessoires.

— Vivat !... en ce cas, à l'œuvre.

Sans avoir l'air de rien, les deux bandits se glissèrent à travers les danseurs et gagnèrent l'espèce de porche sous lequel s'apercevaient les premières marches de l'escalier qui conduisait aux nombreux étages de la maison.

Quand ils reparurent dans la cour illuminée, le premier quadrille se terminait, et personne n'avait seulement songé à s'apercevoir de leur absence.

— A la buvette, maintenant ! cria le père Grenouillot.

Tout le monde se précipita vers la loge, et la distribution des liquides se fit avec un désordre tout à fait artistique.

Plusieurs invités furent d'une indiscrétion rare, et le porteur d'eau, entre autres, était ivre-mort quand il se décida à quitter le buffet.

Le père Grenouillot était à peu près dans le même état.

— Ce n'est pas tout ça, cria-t-il d'une voix avinée, en venant se camper au beau milieu de la cour, il s'agit présentement de laisser Terpsychore et de sacrifier un tantinet à Melpomène !...

Son casque lui tombait sur le nez et sa cuirasse sur les genoux.

Après avoir vainement essayé de les remettre en place l'un et l'autre, il poursuivit de la sorte :

— Mesdames et messieurs, avec votre permission, je vais vous déclamer les fureurs d'Oreste... que je ferai suivre du monologue de Cinna, des stances du Cid et du récit de Théramène !...

Un grognement sourd accueillit cette menace de tragédie à jet continu.

Mais le père Grenouillot ne l'entendit même pas.

— Il est bon, continua-t-il, par le romantisme qui court, de demeurer fidèle à nos vieux classiques... Je sais que MM. Victor Hugo, Alexandre Dumas et tous les jeunes d'à présent seront furieux après moi de ce que je leur préfère Corneille et Racine... mais cela m'est inférieur... je suis pour le genre noble... pour le vieux répertoire... pour la tragédie enfin. Quant au drame, au mélodrame et au mimodrame, je leur dis « zut ! » et voilà !

— Bravo, l'orateur ! cria le porteur d'eau plus soûl que jamais.

Là-dessus, le portier entama les fureurs d'Oreste, et l'homme à la serinette l'accompagna avec son instrument.

Lorsqu'il eut terminé, de furieux applaudissements retentirent de tous côtés.

Le fait est que le brave homme s'était donné un mal de tous les diables.

Emporté par la situation, et complètement aveuglé par son maudit casque, beaucoup trop large pour sa tête, il avait manqué, à la fin de sa tirade, de faire un plongeon dans le puits.

Après *Oreste*, il tenta inutilement d'exécuter la deuxième partie de son terrible programme.

Il avait tellement beuglé, qu'il s'était donné une extinction de voix presque complète.

Si bien qu'après avoir mimé les premiers vers de *Cinna*, il dut renoncer à ce genre d'exercice, à la satisfaction générale.

Le porteur d'eau seul était contrarié comme tout.

Cet honnête enfant de l'Auvergne avait un faible pour la tragédie...

Mais, comme il ne détestait pas non plus le cognac, il alla se consoler au buffet en compagnie du tragédien enroué...

Pour couper court à cet incident ou à cet accident, comme on voudra, la mère Grenouillot s'arma aussitôt de sa mandoline et, sans crier gare, décocha, d'une voix de chat qu'on écorche, les trop nombreux couplets du *Fleuve du Tage*.

Tout le monde se tordait à force de rire...

Mais elle n'entendait rien et allait toujours...

Après avoir exhibé ses talents de virtuóse et de prima donna, elle voulut donner à ses hôtes un échantillon de ses qualités chorégraphiques.

Substituant des castagnettes à sa guitare, elle se prit à danser une cachuchta échevelée dans le genre, disait-elle, de celle que Fanny Essler exécutait dans le ballet du *Diable boiteux* et qui, depuis deux mois, faisait courir tout Paris au grand Opéra.

Cette fois, le rire atteignit des proportions gigantesques, inénarrables...

C'était comme une rafale, comme une tempête d'hilarité...

Et, pour couvrir ces rires, chacun battait des mains et hurlait « Bravo! »

Et plus on criait, plus la danseuse au long nez se tordait et se contorsionnait.

Et rien, en vérité, n'était plus fantastique, plus insensé que de voir, à la clarté rougeâtre de lampions fumeux, cette femme verdâtre, sauterelle gigantesque, se livrant, avec accompagnement de castagnettes, à des évolutions qui n'avaient rien d'humain...

Enfin la mère Grenouillot s'arrêta exténuée...

Mais elle était toujours aussi pâle, aussi blême, aussi blafarde...

Seul, son long nez s'était empourpré quelque peu...

Son époux, soûl comme trente mille hommes, vint lui apporter un plein verre d'eau-de-vie.

— Tiens, mon lapin, lui dit-il, tiens, mon joli canard; t'as *cachuché* comme un vrai chérubin... t'as droit à une ration double.

La femme blême lampa le cognac d'un trait et sa trompe frétilla... mais sa face de papier mâché demeura calme et incolore.

Après cet intermède, splendidement grotesque, l'orchestre recommença son charivari de l'autre monde, et les quadrilles s'organisèrent de plus belle...

Cette fois, Stephen Lowe prit part à la danse générale... Bientôt on put l'aper-

— Allons, vous me rassurez, docteur.

cevoir, malgré ses rides et ses cheveux blancs, entraînant dans un galop infernal la plus jolie fille du bal, laquelle n'était autre que M\^{lle} Nichette, la blanchisseuse aimée du jeune Venceslas.

Au lecteur incrédule qui mettrait en doute l'authenticité et la possibilité de la scène que nous racontons, nous rappellerons le fameux bal dont parle Henry Mürger dans sa *Vie de bohème* et qui est parfaitement historique, comme chacun sait. Ce bal *de cour* donné par la blonde Musette à ses amis et connaissances, n'est-il pas aujourd'hui encore la légende de l'Olympe Breda ?

Depuis quelques instants, le complice de Stephen Lowe avait disparu.

Où était-il ?... que faisait-il ?

Nous le saurons bientôt...

En attendant, voyons ce qu'il était advenu de la mère Brichet depuis son quasi-étranglement.

Pendant plusieurs heures, elle demeura à moitié morte, immobile sur sa paillasse...

Enfin, le froid de la nuit la fit sortir de son engourdissement.

Grâce à des efforts surhumains, elle put desserrer quelque peu le mouchoir qui la baillonnait, et ses gémissements, si faibles qu'ils fussent, finirent par être entendus d'un des locataires de l'escalier noir.

Sa porte, fermée à double tour et dont Popincourt avait enlevé la clef, fut violemment enfoncée, et, non sans peine, on parvint à rendre à la vie l'usurière du cloître Saint-Jean-de-Latran.

A moitié folle de désespoir et de rage, la vieille courut tout d'abord au bureau de police le plus proche et fit sa déposition.

Lorsqu'elle en vint à donner le signalement des deux invalides qui l'avaient dévalisée, l'un des agents qui l'écoutaient laissa tomber une exclamation de surprise. C'était Fouinardet.

— Oh ! oh ! fit-il en fronçant le sourcil, que veut dire tout ceci !... Ces deux invalides-là m'ont tout l'air d'être mes hommes de ce matin !

Séance tenante, il lança aux trousses des deux mystérieux grognards l'un de ses plus fins limiers, lequel, s'étant enquis adroitement des allées et venues de Stephen Lowe et de son complice, reparut au bureau de police après une demi-heure d'absence et fit son rapport à peu près en ces termes :

— A l'heure qu'il est les prétendus voleurs rient, chantent et dansent à qui mieux mieux chez un portier de leurs amis, qui est un brave homme, quoiqu'un peu soûlard, et dont la probité est connue dans tout le quartier.

— Un portier soûlard ! s'exclama la vieille avare ; mais c'est Grenouillot !

— En effet, c'est le nom du bonhomme.

— Ah ! reprit la mère Brichet exaspérée, c'est leur complice !... Et ce vieux gueux donne un bal !... C'est avec l'argent qu'ils m'ont volé, sans doute !... C'est moi qui paye les violons ! Ah ! je les ferai tous pendre... écarteler... guillotiner !...

Et, comme l'Euclion de Plaute, comme l'Harpagon de Molière, la vieille avare s'enfuit en criant :

— Au voleur ! au voleur ! à l'assassin ! au meurtrier !

— Elle est folle, dit alors l'agent à l'inspecteur, et les deux invalides sont assurément les plus honnêtes gens du monde, j'en mettrais ma main au feu.

— N'importe, répliqua Fouinardet, je veux en avoir le cœur net.

Et, peu après, suivi à distance par des hommes sûrs, il prenait à son tour le chemin de la rue Monsieur-le-Prince.

La veuve Brichet y arriva quelques minutes avant eux.

Comme elle pénétrait dans la cour, le père Grenouillot mettait le feu à des pièces d'artifice dont un de ses amis, employé chez Ruggieri, lui avait fait cadeau le lendemain des fêtes de Juillet.

En apercevant son portier en costume romain, au milieu des fusées et des pétards, la vieille propriétaire pensa devenir réellement folle.

— Le gredin ! murmura-t-elle avec effarement, il se déguise en pompier pour incendier ma maison !

— Gare là-dessous ! cria le concierge, qui ne l'avait pas aperçue, v'là le bouquet !

Mais comme il se disposait à faire partir ses dernières fusées, la mère Brichet tomba comme une bombe au milieu de la cour.

— Je vais t'en flanquer des bouquets, vieille canaille ! s'exclama-t-elle.

— La propriétaire !... murmura le bonhomme, un moment ahuri.

Mais, soûl comme une grive, il reprit bientôt son aplomb et cria aussi fort que possible :

— En avant la musique et faisons danser la propriétaire !

L'orchestre exécuta aussitôt un air impossible. Dans le même moment, tous les danseurs, se prenant par la main, formèrent une ronde formidable au milieu de laquelle se débattait et hurlait la vieille Auvergnate.

Mais ses hurlements étaient étouffés par les rires de la foule, qui, non contente de rire, chantait encore, sur tous les tons imaginables, le chœur fameux :

Bon ! bon ! bon !
Prenons le patron,
Et faisons-le danser en rond !

Cependant, parmi ceux qui la faisaient se trémousser malgré elle, la vieille avisa l'un des deux invalides.

— C'est lui ! c'est mon voleur ! se prit-elle à vociférer. A la garde ! à la garde !

Stephen Lowe ne l'avait pas reconnue.

Popincourt, en cet instant, sortait de la loge de Grenouillot

La mère Brichet l'aperçut.

— Voilà mon autre filou ! Arrêtez-le ! arrêtez-le !

Bien qu'on crût sincèrement que la propriétaire était folle à lier, la ronde cessa et les deux bandits purent se rejoindre.

— Filons ! dit vivement Popincourt à l'oreille de son complice. C'est la vieille du cloître Saint-Jean !

— Tonnerre ! murmura l'Anglais.

Il s'élança vers la porte cochère.

Le forçat lui retint le bras.

— Pas de ce côté-là, nom d'une potence !... Par la fenêtre de la loge, je viens de voir, au bout de la rue, Fouinardet en personne avec une bande d'oiseaux noirs !... Allons ! ouste !... dans l'escalier, et plus vite que bise... Nous filerons par les toits.

Ce qui fut dit fut fait. Une seconde plus tard, les deux invalides avaient disparu, et leur fuite avait été si rapide, ils avaient si bien mis à profit l'un et l'autre le brouhaha, le désordre général, que personne n'avait seulement remarqué leur disparition.

Comme ils venaient de s'éclipser, Fouinardet et ses hommes firent irruption dans la cour.

— Que personne ne sorte! cria l'inspecteur d'une voix tonnante.

On chercha partout les deux bandits...

Ce fut en vain.

La maison fut fouillée de fond en comble...

Tous les appartements, toutes les mansardes, tous les greniers furent visités l'un après l'autre...

Mais les faux invalides furent introuvables.

On scruta même les caves et jusqu'au puits...

Et ce fut en pure perte.

Alors seulement on s'aperçut que la mère Brichet n'était pas folle et qu'elle avait été dévalisée autrement qu'en imagination.

Cette conviction fit naître en l'esprit de la femme Grenouillot un horrible soupçon...

Elle courut à la loge...

Un instant après elle en ressortait en s'écriant :

— Et moi aussi je suis dévalisée!... Ma commode est forcée et mon argent, mes bijoux, tout a disparu!

Tous les invités songèrent, à ces mots, à tâter leurs poches et leurs goussets.

Un effroyable beuglement s'éleva aussitôt et remplit la vaste cour.

Tous ces pauvres diables étaient volés comme dans un bois...

Avec une inconcevable dextérité, Popincourt avait fait main basse sur toutes les bourses et sur toutes les montres.

Pendant ce temps, les deux bandits s'étaient enfuis par les toits, grâce à une issue que le forçat avait remarquée en prenant l'empreinte des serrures.

Au risque de se casser le cou, ils gagnèrent une maison voisine et purent enfin s'insinuer sans encombre dans une chambrette dont la fenêtre était toute grande ouverte et qui semblait parfaitement inhabitée.

XIV

DANS LEQUEL POPINCOURT COMMENCE A S'APERCEVOIR QU'IL EST UN AGE DANS LA VIE OU MERCURE DOIT CÉDER LE PAS A CUPIDON

Une fois dans la mansarde, Stephen Lowe et son jeune compagnon fermèrent doucement la fenêtre et par excès de précaution poussèrent les contrevents.

— Là, dit Popincourt à voix basse, maintenant prenons nos coutelas, et si cette turne est habitée, gare à celui qui gueulera!... Cette fois, ajouta-t-il, d'un ton quelque peu féroce, je ne fais grâce à personne, nom d'un tonnerre!... Si j'avais éventré cette vieille peau de bouc du cloître Saint-Jean, nous n'aurions pas risqué tout à l'heure de nous faire pincer par la rousse.

Ils s'armèrent chacun d'un poignard, puis Popincourt alluma son rat de cave.

Après avoir fureté dans tous les coins et recoins de la chambrette :

— Personne, dit-il. J'aime autant ça !...

« Ouf ! ajouta le jeune drôle en se laissant tomber sur une chaise, je suis en nage... C'est égal, le locataire de ce grenier a eu un rude nez de laisser sa fenêtre ouverte... Sans ce bienheureux hasard, nous aurions peut-être été forcés de passer la nuit sur les toits , avec les matous.

— Allons, reprit l'Anglais, il s'agit de nous débarrasser au plus vite de ces costumes, quelque peu compromettants pour le quart d'heure.

— Oui, c'est assez prudent... Tout le quartier doit être inondé d'argousins tout prêts à nous saisir... au vol.

Il y avait un chevalet dans la mansarde, quelques tableaux, quelques ébauches.

— Autant que j'en puis juger par ces accessoires, continua Popincourt, nous sommes ici chez quelque Raphaël de bas étage... Quand je dis de bas étage, reprit-il en riant, c'est une manière de parler, car nous sommes pour le moins au septième au-dessus de plusieurs entresols !... Enfin, n'importe.

Quittant sa chaise :

— Si nous trouvons ici une garde-robe d'ambassadeur, ça m'étonnera bien... Cherchons toujours.

Il ouvrit un placard.

— Ma foi, je me trompais, fit le coquin joyeusement. Voici dans cette armoire un assortiment complet de nippes de toutes couleurs... et de tous sexes même.. car j'aperçois des jupes de femmes pêle-mêle avec des pelures masculines !... Il paraît que notre peintre est marié... ou qu'il a une maîtresse... ce qui revient à peu près au même...

Sans savoir pourquoi, Popincourt se prit à soupirer.

— Que te prend-il donc ? interrogea son compagnon.

— A vous dire vrai, je n'en sais trop rien... répondit naïvement le jeune drôle ; pourtant, en réfléchissant un peu, je crois que c'est ce gentil mot de maîtresse qui me fait rêver.

Stephen se prit à rire.

— Songez donc, je n'ai jamais aimé, moi !... La filouterie m'a pris tout mon temps.. et dame il me semble que mon cœur éprouve le besoin de jacasser un brin... C'est apparemment toutes ces petites mâtines que je viens de voir chahuter qui me donnent ces bêtes d'idées-là.

— Voyons, voyons, dit brusquement l'Anglais, tu penseras à ces sottises une autre fois... Les habitants de ce local peuvent rentrer d'un moment à l'autre... changeons de costume et hâtons-nous.

— Vous avez raison, c'est plus urgent.

Sur ce, Popincourt prit dans le placard une redingote brune.

— Tenez, dit-il en jetant le vêtement à son complice, voilà une machine qui doit vous aller... Quant à moi, je m'offre cet habit noir... j'aurai l'air d'être de noce... ou d'enterrement.

En un clin d'œil, les deux bandits eurent mis bas leurs uniformes, qu'ils remplacèrent instantanément par les nippes tirées du placard.

Comme Stephen et son compagnon étaient l'un et l'autre d'une taille ordinaire, ces habits d'emprunt leur allèrent à peu près...

Popincourt était tout de noir habillé.

— Parfait! dit-il. Enfoncé le page de M. de Marlborough!... Il ne me manque qu'une paire de gants blancs pour pouvoir me présenter dans les salons du noble faubourg.

Tout en parlant, il avait fourré la main dans la poche de *son* habit.

— Tiens! fit le drôle en tirant une paire de gants paille presque neufs, voilà justement mon affaire... et de plus un mouchoir marqué E. G. Que peuvent signifier ces initiales?

— Eh parbleu! reprit-il en ramassant une enveloppe de lettre sur laquelle il marchait. Je vais savoir à quoi m'en tenir!

Il lut la suscription :

« Monsieur Émilien Gilbert, artiste, rue Monsieur-le-Prince, nº 23. »

— Ah mais! un instant, ajouta-t-il en enlevant sa perruque grise et ses favoris d'octogénaire, mettons au rencart ces ornements de bibassier...

Quand il fut redevenu jeune :

— Ah! ma foi, dit-il, si les argousins qui factionnent dans le ruisseau à notre intention reconnaissent maintenant en moi le grognard qu'ils attendent, je leur paye des nèfles!

Le fait est que la métamorphose du physique était complète.

Celle de l'Anglais le fut bientôt aussi. Toutefois, celui-ci crut devoir conserver ses favoris postiches et sa perruque d'occasion. Il se contenta de leur donner une autre teinte, au moyen d'un peu d'ocre rouge en poudre qu'il trouva dans la boîte à couleurs. Il se coiffa ensuite d'un feutre gris et s'arma d'un gros jonc à pomme d'or.

Bien entendu qu'avant d'abandonner leurs uniformes, nos deux bandits avaient eu soin d'en vider les poches.

Popincourt, pour sa part, avait extirpé de ses goussets une douzaine de bourses à peu près et tout autant de montres d'or ou d'argent.

— Que diantre vas-tu faire de tout cela? demanda Stephen Lowe.

— Je ne sais pas encore... mais ce n'est pas impossible que je m'établisse bijoutier un jour ou l'autre... En attendant, je vais coller ce demi-quarteron de *toquantes* au fond de ma *profonde*... sans quoi les imbéciles auxquels je les ai soulevées pourraient les reconnaître et me dire des choses désagréables.

Après les avoir fourrées dans sa poche, il vida toutes les bourses et mit en son gousset la monnaie dont elles étaient pourvues.

Ensuite il donna un coup de peigne à sa blonde chevelure, car le drôle était on ne peut plus blond, et chercha un chapeau pour s'en couvrir le chef.

Mais ce fut inutilement.

— Diable de barbouilleur ! grommela le coquin, je vous demande un peu en l'honneur de quel saint il a tant de hardes et si peu de galurins ! Je vois bien là sur la cheminée une ancienne capote rose qui coiffe une bouteille vide... mais je ne peux raisonnablement pas m'insinuer ça sur l'occiput ?... Quant à mon tricorne guerrier il n'y faut pas songer davantage !... Saperlotte ! je suis vexé comme un dindon !

Il aperçut alors sur la tête d'un mannequin une vieille calotte grecque.

— A la guerre comme à la guerre ! fit-il en s'en emparant. J'aurai l'air d'appartenir à l'ambassade ottomane !

Un fois coiffé, il dit à Stephen Lowe, d'un petit ton tout à fait régence :

— Maintenant, milord, je suis tout à vous !

Son compagnon le considérait avec une profonde attention.

— Qu'avez-vous donc, très cher, à me lorgner de la sorte ?... Aurais-je d'aventure en ma toilette quelque chose de choquant ou de défectueux ?...

— Non pas, mort diable ! répondit l'Anglais, je te trouve, au contraire, parfait de tenue et d'allures...

— En vérité !

— Certes !... Tu sens ton gentleman d'une lieue, mon drôle, et je mets en fait que dans un salon tu serais tout aussi bien à ta place que beaucoup d'autres.

— Voyez-vous ça !... Qu'on dise donc que l'habit ne fait pas le moine !

— Sur ma foi, poursuivit Stephen Lowe, je me réjouis fort de t'avoir vu sous ce nouvel aspect... cela pourra nous servir en temps et lieu.

— Allons, bravo ! riposta gaiement Popincourt. Du moment que j'ai l'air si gentleman que vous dites, j'ose espérer que personne ne sera assez malin pour deviner que le forçat évadé et moi nous ne faisons qu'une seule et même canaille...

Ayant dit, il entr'ouvrit sans bruit la porte de la mansarde et, après s'être assuré que le long corridor sur lequel elle donnait était désert, il sortit à bas bruit suivi de son complice.

Sur la pointe des pieds, ils descendaient tous deux, lorsqu'au bas de l'escalier ils distinguèrent plusieurs voix, parmi lesquelles ils reconnurent sans peine celle de Fouinardet,

— Tonnerre de Brest ! murmura Popincourt en remontant deux ou trois marches, c'est la police !... nous sommes frits !

Ils étaient alors sur le palier du troisième étage.

— Comment faire ? se demandèrent-ils mutuellement.

— Faut-il grimper ?...

— Faut-il redescendre ?

— Si j'avais seulement un chapeau, murmura Popincourt, j'aurais la chance de ne pas éveiller leurs soupçons... mais ma gueuse de calotte rouge va bien sûr leur donner dans l'œil !

En cette cruelle alternative, ils remarquèrent qu'une des portes du palier était entre-bâillée.

A peine venaient-ils de faire cette découverte qu'ils virent poindre sur le carré les formidables moustaches des agents de police.

La situation était grave.

Popincourt ne fit ni une ni deux... Il ouvrit toute grande la porte entre-bâillée, et, prenant la main de lord Stephen, il lui dit à haute et intelligible voix :

— Allons, vous me rassurez, docteur... et, grâce à votre bonne visite, je vais pouvoir passer une nuit à peu près tranquille... Mais j'étais inquiet... positivement, j'étais inquiet... A demain, pas vrai... vous me le promettez ?

— A demain, répondit Stephen Lowe.

Puis, à voix basse, il ajouta, en s'inclinant comme pour le saluer :

— Au point du jour, dans la cave de Curtius !

— J'y serai, riposta l'autre.

Puis, tout haut :

— A demain, docteur, et une fois encore, merci !

Là-dessus, il entra définitivement dans l'appartement entr'ouvert et referma la porte d'un air si naturel qu'il était impossible de supposer qu'il ne rentrait pas chez lui.

Quant à Stephen Lowe, improvisé homme de science, de par le bon plaisir de maître Popincourt, il s'était mis promptement au diapason de sa position nouvelle, et ce fut d'un pas lent et mesuré qu'il gagna l'escalier, et l'austérité de son allure sut si bien imposer à Fouinardet et à ses hommes que tous s'écartèrent pour le laisser passer, et que quelques-uns même retirèrent leur chapeau.

Peu après, notre bandit était hors de toute atteinte.

Les agents de police, qui étaient à cent mille lieues de se douter que le malade du troisième et monsieur son docteur n'étaient autres que les deux gredins qu'ils poursuivaient, continuèrent leur ascension.

— Allons ! camarades, dit Fouinardet, quand on eut atteint ce même corridor que Popincourt et son complice venaient de quitter un instant auparavant, grimpons sur les toits maintenant, et ne redescendons qu'avec nos deux fugitifs !... Morts ou vifs, il nous les faut, et si vous n'êtes pas des ânes nous les aurons.

Sans plus attendre, Fouinardet et quatre de ses hommes se hissèrent jusqu'à une petite lucarne qui servait à donner un peu de jour au palier, et disparurent l'un après l'autre, tandis que les quatre autres agents demeuraient en embuscade au haut de l'escalier...

Pendant ce temps, que faisait Popincourt dans sa nouvelle résidence ?

C'est ce que nous allons raconter.

L'appartement où il se trouvait était parfaitement obscur.

— Tant mieux ! pensa-t-il, c'est déjà une bonne chose !... Je ne sais pas pourquoi, mais depuis quelque temps, la clarté me fait mal aux yeux.

Pendant quelques secondes, il demeura non moins immobile qu'une statue.

— Je donnerais toutes les montres que j'ai filoutées ce soir pour m'appeler Robinson et être dans son île !...

Après un temps :

— Je n'y suis pas, malheureusement... et je crois, au contraire, cet asile fortement habité... Il doit y avoir là dedans un tas de gens qui dorment et qui n'attendent qu'une occasion pour se réveiller.

Il colla son oreille contre la serrure et écouta ce qui se passait sur le carré.

— Monsieur, ces paroles!... — Vous êtes digne de les entendre.

Il entendit Fouinardet dire à ses camarades :

— Si ces gueux nous glissent entre les pattes, c'est que le diable en personne se mettra de moitié dans leur jeu... Dix hommes dans la rue... quatre au bas de l'escalier... c'est plus qu'il n'en faut pour leur barrer la route... nous pouvons donc maintenant nous déguiser en rôdeurs de gouttières... Allons! jouons des guiboles, escaladons les toits, et vive l'équilibre!

— Fichez donc le camp, tas de rossarts! dit Popincourt.

« Ce n'est pas malheureux, reprit-il, lorsque le bruit de leurs pas s'éteignant peu à peu indiqua que les agents avaient gagné les étages supérieurs.

Liv. 67.   67. _

« Quel parti prendre?...

« Et d'abord quelle heure peut-il bien être?...

« Est-ce assez bête!... J'ai des toquantes plein mes poches et je ne sais pas seulement si nous sommes encore à aujourd'hui ou si demain est commencé!...

« Il doit être tard comme dans un bois... et je ne puis songer à filer à cette heure indue sans être appréhendé au corps par les sbires de Fouinardet!... Je ne suis plus en invalide, c'est vrai... mais tous ces mâtins-là sont méfiants en diable, et, soit dit entre nous, ils n'ont pas tout à fait tort.

« Ce que j'ai de mieux à faire, c'est de rester ici jusqu'à ce qu'il fasse jour... Lorsque l'aurore aux doigts de rose entr'ouvrira les portes de l'Orient, j'aviserai.

Comme il achevait, il lui sembla entendre marcher sur le carré.

— Qu'est-ce que c'est que ça? se demanda-t-il. Le portier, sans doute, qui vient éteindre le quinquet du troisième...

Il écouta.

— Non reprit le coquin, on' marche sur la pointe du pied pour ne pas faire de bruit... Pourtant j'ai entendu craquer une botte!... Que veut dire ceci?

Au bout de quelque secondes :

— Fichtre! s'exclama notre fugitif intérieurement, on farfouille à la porte!... je suis perdu !

Mais ces mots qui vinrent jusqu'à lui à travers la porte, bien que prononcés à voix basse par le monsieur du carré, lui rendirent un peu de calme :

— Sapristi!... elle ne m'a pas ouvert... Qu'est-il donc arrivé?

« — Elle ne m'a pas ouvert!... » répéta Popincourt. Oh! oh! je patauge, à ce qu'il paraît, pour le quart d'heure en pleine intrigue amoureuse... L'homme qui farfouille est un galant, et la porte avait été laissée ouverte à son intention par sa Dulcinée!... Tiens! tiens! tiens! ajouta le jeune drôle d'un ton singulier, voilà mes idées vaporeuses de là-haut qui me reprennent!... Que diable ai-je donc cette nuit?... je me sens tout drôlichon !

Le forçat avait dit cela en aparté, cela se devine... Pourtant son « tiens! tiens! tiens! » ne fut pas entièrement perdu pour l'amoureux du dehors.

Il crut reconnaître la voix de celle qui lui avait donné rendez-vous, et collant ses lèvres sur le trou de la serrure, il se hasarda à murmurer aussi bas que possible, mais distinctement pourtant :

— Valérie, c'est moi... ouvrez!...

Comme bien on pense, Popincourt se garda bien de suivre ce conseil.

— Ouvrez donc!... c'est moi... Casimir!...

— Casimir! répéta le forçat, tiens, j'ai déjà entendu parler de cette étoffe-là aujourd'hui !

— Au nom du ciel, ouvrez-moi!...

— Il veut qu'on l'ouvre! ricana Popincourt. C'est donc une huître :

L'amoureux recommença ses instances par le trou de la serrure.

— Ah çà! est-ce qu'il va chuchoter comme ça toute la nuit.

— Valérie!

— Ah! tu vas nous lâcher, espèce de crampon!

— Valérie! répéta l'autre, convaincu que c'était sa belle qui *grouillait* dans l'antichambre, Valérie!

Cette fois, Popincourt n'y tint plus...

Impatienté, il colla à son tour sa bouche sur la serrure, et d'une **voix de basse-**taille, il laissa tomber ces mots dans l'oreille du galant :

— Valérie est sortie... elle rentrera l'année prochaine... Revenez aux melons... on vous recevra!

— Sapristi! c'est l'oncle Étienne!... murmura le don Juan avec épouvante, je suis un homme mort!

Et, sans demander son reste, il se précipita dans l'escalier qu'il redescendit quatre à quatre.

— Il a filé?... enfin... murmura Popincourt avec satisfaction. Quel gêneur que ce Casimir!... Casimir! reprit-il. Elle serait bonne si c'était le même que celui du père Flambart!... Mais il ne s'agit plus de lui pour l'instant... mais bien de sa Valérie... Je ne sais pourquoi, mais cette odalisque m'intrigue, et j'ai le plus violent désir de lui décrocher un ou deux coups d'œil à la dérobée...

Si je me faufilais jusqu'à sa chambrette!...

L'embêtant, c'est qu'il fait noir comme dans un four...

— Bah! ça n'empêche pas les sentiments... Allons-y tout de même... l'amour me guidera.

Ce disant, il se prit à marcher à tâtons à travers les corridors obscurs.

— L'amour! reprit-il. Suis-je assez stupide... Je ne peux pas l'aimer, puisque je ne la connais pas!... Et puis, d'abord, elle est peut-être laide comme un monstre... Qui sait si elle n'a pas une épaule de travers, un œil qui dit zut à l'autre... un menton de galoche ou bien un grand polisson de nez comme cette horreur de mère Grenouillot!

— Mais non! je suis idiot!... Ce Casimir doit s'y connaître... et s'il a porté ses vues sur la petite, c'est qu'elle en vaut la peine.

Il poursuivit son chemin dans les ténèbres.

Après quelques minutes de cette promenade silencieuse, il entendit de formidables ronflements qui s'échappaient d'une chambre voisine de celle où il venait de pénétrer.

— Potence de Dieu! fit-il, quel est l'hippopotame qui fait cette musique?... car je ne suppose pas que ce soit ma belle inconnue qui pince de l'orgue de cette façon-là!...

Prenant vivement une autre direction :

— Ne réveillons pas le chat qui dort!

Après une nouvelle course, il vit un mince filet de lumière qui filtrait à travers une porte entre-bâillée.

Redoublant de précautions, il marcha de ce côté...

Après avoir prêté l'oreille durant un instant :

— Le diable m'emporte, il me semble qu'on ronfle aussi de ce côté!... mais c'est plus doux, cette fois, plus moelleux... plus féminin!... Serais-je par hasard, dans le bazar de la Belle au bois dormant?

Il s'approcha de la porte, et par l'entre-bâillement, il plongea le regard dans l'intérieur de la chambre.

Bien que ladite chambre fût à peine éclairée par la lueur pâle d'une veilleuse de nuit, il put distinguer une jeune fille étendue sur une chaise longue et profondément endormie.

— C'est la Valérie en question, pensa Popincourt. Elle ne me fait pas l'effet d'être mal : au contraire, elle a un petit physique chiffonné tout à fait charmant... Voyez-vous ce paltoquet de Casimir !... Elle sommeille en l'attendant... Elle rêve de lui, sans doute...

« Si je savais ça...

« Eh bien, reprit-il plus modérément, je crois que je suis jaloux, ma parole d'honneur !

La jeune fille était vêtue d'un peignoir de mousseline blanche qui laissait à découvert deux épaules d'albâtre aux délicieux contours.

— Crédié ! murmura le drôle, je les dévore des yeux, et c'est déjà quelque chose !... mais je préférerais de beaucoup les dévorer des lèvres !... O Tantale !... je commence à comprendre ta situation perplexe... Mais, que dis-je ?... c'étaient de simples pommes vertes que tu convoitais... tandis que moi !...

« Ventre saint-gris ! comme disait le cavalier de bronze du pont Neuf !... je donnerais je ne sais quoi pour posséder cette bague de la légende qui avait le don de rendre invisible celui qui la portait au doigt !...

« Au fait !... je suis vraiment bien jobard de faire tant de manières... Elle dort comme une petite marmotte, qu'est-ce qui m'empêche d'aller lui dérober un baiser honnête et modéré ?

Il poussa la porte doucement... bien doucement.

La jeune fille ne se réveilla pas.

— Sauvé ! murmura le drôle. Merci, mon Dieu, merci !... comme on dit au théâtre.

Il s'approcha de la gentille dormeuse en retenant son haleine.

Mais comme il se penchait vers son épaule ronde, pour commettre le larcin projeté, elle fit un mouvement et ses yeux s'entr'ouvrirent à demi.

Elle ne vit rien cependant... L'amoureux Popincourt avait eu le temps de se blottir derrière les rideaux de l'alcôve.

Valérie, car notre belle endormie était bien celle qui portait ce nom, Valérie, disons-nous, commença par bâiller à plusieurs reprises.

— Bigre ! pensa Popincourt en admirant l'ivoire de ses trente-deux dents, en voilà de petites quenottes soignées et qui doivent joliment croquer le fruit défendu !

La fillette se leva enfin.

— Il n'est pas venu ! dit-elle avec dépit. Manquer à un premier rendez-vous !... c'est fort !... Ah ! monsieur Casimir, je vous jure que je me souviendrai de cela !

« Au surplus, ajouta la jeune fille en changeant de ton, je m'en moque pas mal, après tout... je ne l'aimais pas ! Il n'est pas déjà si beau... Sans compter qu'il a pu être jeune dans le temps ; mais aujourd'hui il n'est pas loin de la quarantaine !...

Tout bien considéré, c'est bien heureux qu'il ne soit pas venu... Mais c'est égal, un peu plus, je brûlais la politesse à mes chers parents !

« Voilà ce que c'est pourtant! pousuivit-elle en secouant mutinement sa charmante petite tête, si ma mère avait été une vraie mère pour moi, si elle m'avait aimée et gardée auprès d'elle, au lieu de me confier à son gros imbécile de beau-frère, je n'aurais jamais songé à mal faire... Tant pis pour elle... et tant pis pour moi!

Là-dessus, elle alla à sa porte, poussa le verrou, se dirigea vers son lit et tira brusquement le rideau sous lequel Popincourt était caché.

— Pincé! murmura celui-ci. Il va y avoir du grabuge!

Valérie considérait le jeune homme avec effarement.

Mais, revenant de sa stupeur, elle fit quelques pas vers la porte en criant d'uno voix étouffée :

— Au secours!... au secours!

Le coquin s'avança vers elle et lui mit la main sur la bouche.

— Silence, malheureuse!... silence!...

— Je vous en prie... Je vous en supplie, monsieur le voleur...

— Comment! pensa Popincourt, elle m'appelle comme ça tout de suite par mon nom !... Et moi qui me croyais si bien transformé!... Rassurez-vous, ô Valérie! reprit-il, sans trop savoir ce qu'il disait, je ne suis pas ce que vous croyez, au contraire!

— Mais enfin, monsieur, interrogea la jeune fille en se reculant, me direz-vous comment il se fait...

— Que je me promène à cette heure dans votre alcôve?... C'est bien simple... J'ai envie de lui dire que j'attendais l'omnibus, ajouta-t-il à part lui.

— Répondez, où j'appelle!

— Gardez-vous-en bien! Vous feriez une jolie affaire... Laissez dormir M. votre oncle... il doit en avoir besoin.

— Encore une fois, monsieur...

— Allons! se dit Popincourt, la petite n'est pas féroce... en avant les grands moyens... et jouons-lui une scène à la façon de Bocage...

Reprenant d'un ton passionné :

— O Valérie, avez-vous jamais entendu parler de l'amour d'Abélard pour Héloïse, de Paul pour Virginie... de des Grieux pour Manon Lescaut... de... Oui, pas vrai?... Eh bien, tous ces amours-là n'étaient que de la farce auprès de celui que je ressens pour vous!

— Monsieur, ces paroles...

— Vous êtes digne de les entendre, ô ange! Ne repoussez pas un cœur qui se jette à vos pieds les mains jointes!... Un cœur qui joint les mains et qui se jette à des pieds! reprit-il en riant intérieurement, voilà quelque chose qui ne s'est jamais vu!... Enfoncés les auteurs du boulevard du Crime!

— Monsieur, de grâce...

— Appelez-moi Gilbert, c'est mon nom... pas depuis longtemps, mais enfin... Valérie! Valérie! pour un mot, un simple petit mot d'espoir... je donnerais dix ans de ma vie, ma bonne dague de Tolède et mon bras gauche!...

— Mais je ne vous connais pas, monsieur... et vous, conviendrez qu'il est bien étrange...

— Vous ne me connaissez pas!... Ah! mademoiselle, quelle cruelle parole!... Quoi! depuis quatre ans que je vous suis partout, n'avez-vous pas une seule fois remarqué ma chevelure d'or?

— Depuis quatre ans!... Mais j'en avais quinze alors!

— Justement! Étiez-vous assez gentillette!... Vous promettiez, en ce temps-là, de devenir une bien jolie femme, et vous avez fichtre bien tenu parole!... Vous habitiez alors le... la.... ce pays si charmant... si pittoresque...

— Quoi! Vaugirard?

— C'est ça, Vaugirard!...

— Oui, avec mon gros oncle... l'épicier...

— Oh Dieu! que de cornets de mélasse je me suis payés à votre intention!...

— Et c'est aujourd'hui seulement que vous me déclarez votre amour!... Pourquoi?

— Vous tenez à le savoir... Soyez satisfaite!

« Que diable vais-je lui chanter? se demanda-t-il.

« Baste! au hasard de la fourchette!

« Une nuit... reprit-il tout haut. Était-ce bien une nuit?... Oui, la lune brillait au ciel... Vous me direz à cela qu'elle ne pouvait guère briller ailleurs... J'étais à ma fenêtre et je plongeais dans l'intérieur de votre chambrette virginale... Je me dis comme ça :

« Ah çà, mais, mon garçon, au lieu de rester comme un serin à ta fenêtre, pourquoi ne vas-tu pas octroyer une sérénade à cette blonde enfant?...

— Blonde! fit avec surprise Valérie, qui avait les cheveux plus noirs que l'aile du corbeau.

— En ce temps-là, vous étiez presque blonde, reprit vivement Popincourt, qui s'aperçut trop tard qu'il avait fait une boulette.

Puis, avec un aplomb étourdissant, il poursuivit :

— Je m'élance chez un luthier... et je m'offre une mandoline, comme celle de la mère Grenouillot, la portière de la maison voisine... Vous connaissez? Non? Ça ne fait rien!... Mais non, au fait, que je suis bête, c'était un flageolet!... Je me plante sur votre balcon et j'entame bravement :

Entre dans ma tartane
Jeune Grecque à l'œil noir!

en m'accompagnant de ma flûte... Était-ce une flûte?... Eh! non, pardieu! c'était un cornet à piston!... Vous avez l'air surpris... Est-ce que vous ne vous remémorez pas cette soirée musicale?

— Pas du tout, je l'avoue.

— Bah! c'est étrange!... J'étais donc en train de pincer de la harpe.... je veux dire du chapeau chinois, quand tout à coup je me vois entouré de quatre grands gaillards que ma musette avait attirés... C'étaient des voleurs...

— Mais je ne vous connais pas, monsieur... et vous, conviendrez qu'il est bien étrange...

— Vous ne me connaissez pas!... Ah! mademoiselle, quelle cruelle parole!... Quoi! depuis quatre ans que je vous suis partout, n'avez-vous pas une seule fois remarqué ma chevelure d'or?

— Depuis quatre ans!... Mais j'en avais quinze alors!

— Justement! Étiez-vous assez gentillette!... Vous promettiez, en ce temps-là, de devenir une bien jolie femme, et vous avez fichtre bien tenu parole!... Vous habitiez alors le... la.... ce pays si charmant... si pittoresque...

— Quoi! Vaugirard?

— C'est ça, Vaugirard!...

— Oui, avec mon gros oncle... l'épicier...

— Oh Dieu! que de cornets de mélasse je me suis payés à votre intention!...

— Et c'est aujourd'hui seulement que vous me déclarez votre amour!... Pourquoi?

— Vous tenez à le savoir... Soyez satisfaite!

« Que diable vais-je lui chanter? se demanda-t-il.

« Baste! au hasard de la fourchette!

« Une nuit... reprit-il tout haut. Était-ce bien une nuit?... Oui, la lune brillait au ciel... Vous me direz à cela qu'elle ne pouvait guère briller ailleurs... J'étais à ma fenêtre et je plongeais dans l'intérieur de votre chambrette virginale... Je me dis comme ça :

« Ah ça, mais, mon garçon, au lieu de rester comme un serin à ta fenêtre, pourquoi ne vas-tu pas octroyer une sérénade à cette blonde enfant?...

— Blonde! fit avec surprise Valérie, qui avait les cheveux plus noirs que l'aile du corbeau.

— En ce temps-là, vous étiez presque blonde, reprit vivement Popincourt, qui s'aperçut trop tard qu'il avait fait une boulette.

Puis, avec un aplomb étourdissant, il poursuivit :

— Je m'élance chez un luthier... et je m'offre une mandoline, comme celle de la mère Grenouillot, la portière de la maison voisine... Vous connaissez? Non? Ça ne fait rien!... Mais non, au fait, que je suis bête, c'était un flageolet!... Je me plante sur votre balcon et j'entame bravement :

Entre dans ma tartane
Jeune Grecque à l'œil noir!

en m'accompagnant de ma flûte... Était-ce une flûte?... Eh! non, pardieu! c'était un cornet à piston!... Vous avez l'air surpris... Est-ce que vous ne vous remémorez pas cette soirée musicale?

— Pas du tout, je l'avoue.

— Bah! c'est étrange!... J'étais donc en train de pincer de la harpe.... je veux dire du chapeau chinois, quand tout à coup je me vois entouré de quatre grands gaillards que ma musette avait attirés... C'étaient des voleurs...

— Grand Dieu !

— Ne craignez rien... Je tombai sur ces drôles à grands coups de contrebasse, et la moitié resta sur le champ de bataille... Les autres s'enfuirent et devinrent par la suite les négociants les plus recommandables d'une rue qui n'existe plus.

« Ouf ! ajouta le drôle en aparté, quelle satanée histoire ! J'en suis sorti... enfin !.. Allons ! battons le fer pendant qu'il est chaud !

Reprenant avec chaleur :

— Le lendemain, ô Valérie ! j'osai me présenter chez vous... mais vous veniez de partir en voyage...

— En voyage !... C'est impossible, monsieur, nous n'avons quitté Vaugirard qu'il y a un an pour venir à Paris.

— Bigre ! pensa le coquin, il paraît que je barbote.

— Ah ! en effet, dit la jeune fille, je me souviens que vers cette époque, j'allai passer quelques jours avec ma tante...

— A Brest ! dit involontairement le forçat.

— Non, au Havre !

— C'est ce que je voulais dire... C'est toujours un port de mer... Je vous suivis, mademoiselle, et je vous vis souvent vous ébattre dans les flots bleus... Et j'étais jaloux comme un tigre de cet affreux garçon baigneur qui vous tenait entre ses bras... C'est au point qu'un jour je filoutai à ce subalterne son accoutrement, et ce fut avec moi que vous fîtes, cette fois-là, votre entrée dans l'onde amère.

— Quoi ! monsieur, dit ingénûment Valérie, c'est vous qui avez été assez hardi pour me dire que vous m'aimiez ?...

— Mon Dieu, oui, mademoiselle ! répliqua le coquin avec impudence.

— Et c'est à vous alors que j'ai donné...

— Quoi donc ?

— Ce soufflet ?

— A moi-même !... Tiens, pensa-t-il, ça me fait plaisir qu'elle ait giflé ce galopin !... Hélas ! reprit-il., c'est après cette rebuffade que j'ai voulu me noyer...

— Vous noyer ?

— Oui !... de désespoir... Je fus recueilli de force par des pirates grecs qui me firent ramer sur leurs galères pendant un temps infini... C'est en souvenir de ma captivité que je porte comme coiffure la calotte rouge que vous voyez... Enfin je parvins à lâcher les galères, j'allai faire fortune en Amérique et je revins en France, ayant toujours votre image aux yeux et votre souvenir au cœur. Pendant de longs jours et de plus longues nuits, je fouillai le Havre, Vaugirard et autres villes maritimes... Pas plus de Valérie que sur la main !... Ce matin seulement, j'ai su que Paris était le chef-lieu qui avait le bonheur de vous posséder... et, ma foi, j'ai volé rue Monsieur-le-Prince... Volé est le mot, mademoiselle, le vrai mot, parole sacrée !... Et maintenant que vous savez mon histoire, je n'ai plus qu'une chose à vous dire, c'est que je me tue séance tenante si vous repoussez mon amour !

En ce moment, la porte de la chambre vola en éclats, et sur le seuil apparut une espèce de colosse armé d'un fusil de garde national qui, s'avançant au milieu de la chambre, s'écria d'une voix furibonde :

— Mille tonnerres ! ... qui donc ose parler d'amour à ma nièce sans lui parler de mariage ?

— Bigre ! fit Popincourt, c'est l'oncle... Quel bœuf ! Je ne m'étonne plus s'il ronflait si fort !... Allons, fit-il avec découragement, les agents partout, ce sauvage ici... maintenant je suis sûr de mon affaire !... Pour une fois que j'essaie de lâcher Mercure pour Cupidon, ça ne me réussit pas !

Et tandis qu'il monologuait ainsi, le colosse s'avançait toujours sur lui en le couchant en joue.

L'espèce de géant qui venait d'enfoncer la porte de la chambre et qui, le doigt sur la détente de son fusil, marchait sur notre don Juan improvisé, n'était autre que M. Étienne Cornillard, l'oncle de la demoiselle aux cheveux noirs.

Ledit oncle possédait une mine tout à fait rébarbative et faisait assez bien l'effet d'un taureau avec une tête de dogue.

Cependant, grâce à son costume, le nouveau venu était véritablement grotesque, et il fallait se tenir à quatre pour ne pas éclater de rire en le regardant.

En effet, malgré l'heure avancée, notre homme, caporal dans la garde nationale, portait l'habit et le pantalon d'uniforme... Mais il était chaussé de pantoufles, et son bonnet à poils avait été remplacé par un pyramidal casque à mèche.

L'oncle Étienne était de garde cette nuit-là au Luxembourg, et il était remonté faire un somme chez lui, au lieu de rester au poste, toutefois, pour être prêt à repartir, il s'était jeté sur son lit tout habillé.

A l'aspect du bonhomme, Popincourt, oubliant la grave situation où il se trouvait, ne put s'empêcher de sourire.

Mais le garde national n'était pas d'humeur à plaisanter.

— Corbleu ! fit-il, rira bien qui rira le dernier, monsieur le Lovelace.

Valérie s'élança vers M. Cornillard en s'écriant :

— Mon oncle, au nom du ciel !...

Le géant la repoussa :

— Le ciel n'a rien à faire ici... mademoiselle. Mᵐᵉ Cornillard, votre tante et mon épouse, m'a fait jurer en mourant de veiller sur vous comme sur la prunelle de mes yeux ; or, je croirais manquer à tous mes serments si je faisais grâce à ce galopin...

— Galopin ! s'exclama Popincourt.

— Ne m'interrompez pas, dit le gros homme, vous n'avez pas la parole.

Se retournant vers sa nièce :

— Quant à vous, mademoiselle, je vous défends d'intercéder de nouveau en faveur de ce jeune aventurier... Mon beau-frère Coquardier, ma belle sœur Euphémie, de qui vous tenez l'être, m'ont abandonné sur vous tous leurs droits... Vous me devez donc obéissance, ne l'oubliez pas, et ne me mettez point dans la dure nécessité de sévir contre vous comme je vais sévir contre ce polisson.

— Ah çà, mais, dites donc !... fit Popincourt en se récriant.

— Ne m'interrompez pas, riposta l'oncle Étienne, ou je lâche la détente.

— Sapristi ! pensa le jeune coquin, quel sauvage est-ce là ?... Enfin, reprit-il tout haut, que voulez-vous de moi ?

Et, ce disant, le garde national épaula son fusil.

— D'abord, je n'admets pas que vous m'interrogiez... Contentez-vous de répondre à mes questions, après quoi, j'aviserai.

S'étendant sur un fauteuil, il indiqua une chaise au jeune homme :

— Asseyez-vous, je vous le permets.

— C'est encore heureux ! grommela l'autre en obéissant.

— C'est bien. Maintenant, ne me mentez pas, ou gare la sauce.

Plaçant son fusil entre ses jambes :

— Êtes-vous marié ?

— Ma foi, non !

Liv. 68.   68.

— Bon ! voici une circonstance atténuante... Mais est-ce bien vrai, au moins ?

— Vrai comme il n'y a qu'un Dieu.

— Du reste, je le saurai. Donc, vous êtes libre ?

— Libre, riposta Popincourt en faisant la grimace. Pas trop, puisque je suis entre vos griffes.

— Ne jouons pas sur les mots... En disant que vous êtes libre, j'entends libre d'épouser ma nièce Valérie.

Popincourt sursauta :

— Hein ? Plaît-il ? Vous voudriez...

— Corbleu ! beugla le garde national, j'avais donc deviné juste !... Ce n'était pas pour le bon motif que vous vous étiez introduit cette nuit dans le sanctuaire de cette naïve enfant.

— Si, vraiment, c'était pour le bon motif... mais, dame ! vous comprenez, je ne m'attendais pas...

L'oncle Étienne se leva furibond.

— Oui ! oui ! je comprends... je comprends tout !... Tu voulais la séduire, misérable ! tu voulais la déshonorer.

— Par exemple !... jamais de la vie...

— Tu nies ?

— Avec acharnement.

— Mais alors, infâme suborneur, pourquoi choisir la nuit pour t'insinuer dans mes lares ?

— Pourquoi ? pourquoi ? Il est bon, lui ; avec ça que c'est facile à le lui expliquer.

— Ton silence t'accuse, Sardanapale. Ton trouble te dénonce, Nabuchodonosor !... Larron d'amour, tel est ton métier.

— Il pourrait dire larron, tout court, pensa le coquin.

Cornillard poursuivit :

— Tu t'es dit comme ça : « L'oncle Étienne est de garde cette nuit. Pendant qu'il veille au salut de l'Empire, soufflons-lui sa nièce. ».

— Je proteste ! s'exclama Popincourt. Parole d'honneur, je ne savais même pas que vous étiez de garde cette nuit...

— Allons donc ! fit le bonhomme, inébranlable. Ce n'est pas à moi qu'on en fait accroire. Je ne suis pas un de ces oncles de comédie, de ces Gérontes stupides qui gobent naïvement toutes les calembredaines qu'on leur débite... Vous êtes venu céans pour faire une nouvelle victime. Tiens, au fait, pourquoi donc vous seriez-vous gêné ?.,. Qu'est-ce que cette jeune fille ? La nièce d'un épicier !

Reprenant avec colère :

— Les épiciers, ce ne sont pas des hommes pour vous autres, messieurs de la jeune France... Ce sont vos gredins de journalistes et vos faiseurs de vaudevilles qui tentent de livrer notre corporation à la risée publique... Que dis-je ! les dessinateurs s'en mêlent aussi, et votre M. Charlet se permet d'attacher l'épicerie au pilori de la caricature.

— Il a tort, assurément, dit le forçat, espérant couper court aux récriminations du garde national en abondant dans son sens.

— Oui, monsieur, il a tort... Mais, en votre âme et conscience, je parie que vous lui donnez raison.

— Pas le moins du monde.

— Ne m'interrompez pas... je sais ce que je dis. Comme tous ces gens sans aveu, vous vous figurez que pour être épicier, il suffit de se dire un beau matin : « Tiens je vais me faire épicier... »

— Dame !

— Eh bien, pas du tout, monsieur. Pour se livrer à ce commerce, mieux encore, à cet art, il faut non seulement de vastes capitaux, mais encore de la méthode, des connaissances sérieuses et le génie de la spéculation lointaine. Il faut être, de plus fort comme un Turc sur la géographie, savoir à quoi s'en tenir sur la matière médicale et ne pas se tromper d'un iota quand il s'agit de produits exotiques.

— Monsieur Cornillard !

— Ne m'interrompez pas, je vous ai déjà dit que vous n'aviez pas la parole... Quoi que vous en pensiez, continua le bonhomme, quoi qu'en dise toute votre clique d'écrivassiers et de barbouilleurs, l'épicerie est tout aujourd'hui. Tout entendez-vous bien ?

— Certes, oui, j'entends, riposta Popincourt. Il braille assez pour ça.

— Nous ne sommes plus au temps, poursuivit l'oncle Étienne, où l'épicier n'était qu'un simple chandelier, un modeste vendeur de suif... Dieu merci, le soleil de la renaissance a jeté sa clarté sur les ténèbres du moyen âge, et l'on a pu reconnaître alors ce que nous valions... Avez-vous connu François Iᵉʳ, monsieur ?

— Personnellement, non; mais j'ai ouï parler de ce monarque.

— Eh bien! sachez, pour votre gouverne, que le vainqueur de Marignan a daigné nous constituer en corporation particulière et nous octroyer, pour nous régir, des statuts *ad hoc !*

— *Ad hoc !* Bigre! pensa le jeune bandit, il parle latin... Plus que ça de genre !

— Oui, monsieur, oui, je parle latin, poursuivit le gros bonhomme qui l'avait entendu, je parle même assez bien cette langue morte, tout épicier que je suis. Pour en finir...

— Il va en finir, pensa Popincourt. Ah! tant mieux!

— Pour en finir, je vous dirai, monsieur, que ce mot d'épicier, si grotesque à votre sens, si ridicule aux yeux de vos pareils, est cependant un mot noble. par la raison péremptoire, indiscutable et concluante qu'il vient d'épices. Vous ne saviez pas ça vous?

— Ma foi, je dois vous avouer, au contraire, que je m'en étais toujours un peu douté.

— Eh bien! savez-vous ce que c'est que des épices?

— Dame, c'est...

M. Cornillard l'interrompit brusquement, et, d'un ton à la Joseph Prudhomme, il dit avec volubilité :

— Sous ce nom générique, nous comprenons toutes les substances végétales aromatiques, — aromatiques, remarquez-le bien, — ayant une saveur chaude, piquante, dont on se sert comme condiments...

— Condiments ?

— Oui, monsieur, condiments... *condimenta.* dans la langue de Virgile, ou, si vous l'aimez mieux, assaisonnements... Ainsi, le poivre, condiment ! le citron, condiment ! le girofle, condiment ! la muscade, la cannelle, condiment ! *et cœtera et cœtera !*

— Encore du latin ! grommela Popincourt. Ah çà, mais c'est une maladie !

— Or, ces épices, vous vous figurez peut-être, messieurs les ignares, que ça pousse à Pantin ou au Petit-Montrouge...

L'autre voulut protester.

— Vous devez vous figurer ça.

— Du moment que vous y tenez.

— Eh bien, vous vous trompez, corbleu !... Ces substances viennent du Levant, monsieur, des Indes orientales.

— Elles peuvent bien venir du diable, je m'en fiche pas mal, se dit Popincourt.

L'autre continua :

— Avant que les Portugais eussent doublé le cap de Bonne-Espérance, elles étaient à peine connues... ou du moins tellement rares qu'on les considérait comme objet de luxe... Oui, de luxe, monsieur, de luxe ; à tel point qu'elles ne figuraient que dans les fêtes solennelles... ou bien encore on les donnait en présent aux juges pour se les rendre favorables... Oui, en ce temps-là, c'était le plus honorable cadeau que l'on pût faire à ces messieurs du Palais... De là ce nom d'épices sous lequel on désigna longtemps les droits et honoraires qui étaient dus aux juges... Comprenez-vous maintenant ce qu'il y a de noblesse et de grandeur dans notre état ?... Comprenez-vous enfin que nous avons droit au respect de nos concitoyens, et qu'au lieu de nous jeter le ridicule à la face, on devrait bien plutôt nous dresser de temps à autre quelques statues ?

— Je suis complètement de votre avis, dit Popincourt, espérant que le bonhomme avait fini de pérorer.

— Sans compter, ajouta ce dernier, que même au point de vue politique, nous avons bien aussi notre petite valeur... Sans flatterie, j'ose dire que l'épicier est tout bonnement la clef de voûte de notre beau pays...

— La clef de voûte ?

L'oncle Étienne montra son uniforme avec orgueil :

— Sans épiciers, monsieur, pas de gardes nationaux ; et sans gardes nationaux, pas...

— Pas d'épiciers, ajouta le jeune drôle.

— Eh non ! Sans gardes nationaux pas de liberté. Car enfin, monsieur, c'est nous qui avons fait 1830... Et dame ! sans 1830, où en serions-nous ? je vous le demande, où en serions-nous ?... Les Bourbons seraient encore sur le trône, et le roi-citoyen ne serait pas roi !... Or, du moment qu'il est roi par nous, c'est comme si nous étions rois nous-mêmes... Voilà pourquoi ma nièce eût dû être sacrée pour vous, monsieur... Sacrée, entendez-vous bien ? Voilà pourquoi enfin je vais laver dans votre sang la tache que vous avez voulu faire à son honneur.

— Voilà que ça vous reprend, s'exclama Popincourt.

— Ça ne m'a jamais quitté... Ainsi donc, préparez-vous...

— A quoi?

— A mourir, corbleu!

— Mon oncle! s'écria Valérie.

— Taisez-vous, mademoiselle!... ceci ne vous regarde pas! c'est une affaire entre monsieur et moi.

Et, le plus sérieusement du monde, le féroce épicier se dispose à mettre de nouveau en joue l'infortuné Popincourt.

Celui-ci commença à trouver la plaisanterie de mauvais goût.

— Ah çà, vous voulez rire, décidément, dit-il en se reculant, vous n'allez pas je suppose, mettre votre menace à exécution.

— Ah! vous supposez ça, vous? eh bien, vous allez voir, mon garçon, vous allez voir... Je n'eusse pas été revêtu de mes insignes guerriers, que peut-être aurais-je consenti à vous faire grâce; mais du moment que je porte l'uniforme, je dois être intraitable... et si je vous épargnais, je ne serais plus digne de conserver mes galons... En conséquence, vous avez le droit de faire un bout de prière, et de vous apprêter à aller voir là-haut si j'y suis... Je dirai tout simplement à l'autorité que je vous ai surpris en train de filouter quelque chose céans et que j'ai tiré sur vous. Les articles 328 et 329 du Code pénal sont pour moi, et l'on ne touchera pas à un cheveu de ma tête. « Il n'y a ni crime, ni délit, si l'homicide a été commis en repoussant pendant la nuit l'escalade ou l'effraction des clôtures, murs ou entrées d'une maison ou d'un appartement habité ou de leurs dépendances. » Voilà ce que dit la loi. Vous voyez que je puis m'offrir ma petite vengeance sans craindre aucune éclaboussure.

— Ah çà, mais c'est un sauvage que ce gros gredin-là... Monsieur Cornillard, j'ose espérer...

— Pas de sollicitations, elles seraient vaines. L'épicerie trouve une occasion de montrer à messieurs les artistes qu'il ne faut pas lui marcher sur le pied... elle ne la laissera pas échapper...

— Des artistes? ou ça, des artistes? cria Popincourt.

— N'en êtes-vous pas un? reprit le bonhomme furieux. Quel autre qu'un artiste oserait se promener la nuit avec un bonnet grec sur la tête?

— Ah! bon! ah! bien! grommela le jeune drôle, c'est ma satanée calotte rouge qui fait des siennes.

— Allons, poursuivit Cornillard, pour la dernière fois, préparez-vous!

Et, ce disant, le garde national épaula son fusil.

— Arrêtez, mon oncle, s'écria Valérie en s'élançant entre le bonhomme et Popincourt, je l'aime!...

— Hein! plaît-il? fit le forçat stupéfié.

— Tu l'aimes, petite malheureuse! reprit l'oncle Étienne.

— Oui, répliqua la jeune fille avec force; je l'aime, entendez-vous, et s'il meurt, je mourrai.

— Ah bah! murmura Popincourt dont le front se rasséréna. J'aime mieux ça.

L'oncle Étienne était devenu sombre. Reprenant sa fureur :

— Que tu l'aimes ou non, peu m'importe, après tout! cet aveu ne saurait le sauver... au contraire, il redouble ma colère.

— Arrêtez! reprit Valérie en tombant aux genoux du bonhomme, épargnez le père de mon enfant!

— Jour de Dieu! beugla l'épicier, que dis-tu là?

— La vérité... mon oncle! répliqua la jeune fille en baissant les yeux.

— Fichtre! pensa Popincourt, pour une ingénue, elle cultive joliment le mensonge... Me voilà papa, maintenant, je ne m'en doutais guère!

Cornillard était tombé sur un fauteuil, la tête entre les mains.

— O mes sardines, se prit-il à gémir en jetant un coup d'œil attristé sur ses galons de caporal, oserai-je encore vous porter sans rougir!...

Se redressant exaspéré, il saisit Popincourt par la main :

— Tu l'épouseras maintenant! lui cria-t-il. Oh! tu l'épouseras, scélérat, ou tu diras pourquoi!... C'est humiliant pour moi de donner ma nièce à un galopin de ton espèce... et j'eusse de beaucoup préféré ta mort à ce mariage... mais enfin, puisque tu as su à force d'astuce et de machiavélisme détourner cette naïve enfant du chemin de l'honneur et de la vertu, il faut bien que je cède... Dans quinze jours, tu donneras ton nom à ma nièce.

— Bigre! pensa le coquin, un joli cadeau que je lui ferai là! Allons, il s'agit de gagner du temps. Monsieur Cornillard, reprit-il à haute voix, je ne demande pas mieux que d'épouser celle que j'aime, et je dois vous avouer que je m'étais présenté cette nuit à votre domicile uniquement pour solliciter sa main... La preuve, c'est que je m'étais muni d'une paire de gants d'une entière blancheur... Car je connais les convenances, monsieur Cornillard... Il n'y a qu'un malôtru et un goujat qui puisse se permettre de demander une demoiselle en mariage sans gants blancs et et sans habit noir... Tout à l'heure, j'étais parfaitement disposé à vous faire des ouvertures à ce sujet... mais vous vous êtes emporté et m'avez naturellement clos le bec... Dieu merci, grâce à la courageuse révélation de ma bien-aimée Valérie, tout se termine à la satisfaction générale... Pas plus tard que demain, cher monsieur Cornillard, j'aurai l'honneur de me présenter chez vous avec mon père, et dans quinze jours, selon vos désirs, l'hymen pourra se célébrer... Sur ce, comme je remarque qu'il fait maintenant presque jour, permettez que je prenne congé de vous.

— Turlututu! mon jeune ami, je ne permets pas ça du tout, au contraire!

— Comment, vous voulez me garder prisonnier chez vous?

— Prisonnier! vous l'avez dit...

— Cependant...

— Il n'y a pas de cependant. A vous parler avec franchise, j'ajoute très peu foi à vos intentions matrimoniales...

— Quoi! malgré mes gants blancs et mon habit noir!...

— Je suis convaincu, au contraire, que vous n'avez pas plus envie de vous marier que moi, et qu'une fois filé d'ici, vous aurez très grand soin de n'y pas remettre les pieds... C'est pourquoi je vais vous tenir sous clef jusqu'au jour de votre union avec ma nièce Valérie... En attendant, vous allez me donner les noms, prénoms et qualités de M. votre père, et, ce matin même, je vais m'entendre avec lui.

— Oh! oh! se dit Popincourt, je me croyais sorti du pétrin, voilà que j'y retombe de plus belle... Il veut s'entendre avec mon père, maintenant... Il ne manquait plus que ça.

— Allons! reprit le garde national, ne perdons pas de temps. Comment se nomme votre auteur et où demeure-t-il?

Notre coquin était fort embarrassé et ne savait quoi répondre.

Son père, nous l'avons dit jadis, était un enfant trouvé du quartier Popincourt, et c'est de là que lui était venu son nom. Plus tard, marié avec la fille d'un pauvre carrier, il s'était fait carrier à son tour et il avait trouvé la mort dans l'une de ces sinistres *moutardes* d'Amérique dont il a été parlé précédemment.

Peu après, la femme du carrier était morte de chagrin et de misère, et le jeune Popincourt était resté seul et dénué de tout sur le pavé de Paris.

— Il s'était lié alors avec les petits vagabonds qui pullulaient du côté des barrières, et, peu à peu, il était devenu le voleur et l'assassin que nous connaissons.

A peine âgé de dix-huit ans, il ajoutait à ces deux titres celui de galérien.

Le reste, nous l'avons dit :

Forçat pendant un an et demi, il s'évada du bagne de Brest vers la fin de 1833, et repris l'année suivante, il demeura à Bicêtre jusqu'au 17 juillet 1836, jour où partit la dernière chaîne des galériens.

Replongé pour la deuxième fois dans l'enfer du bagne, il parvint, pour la deuxième fois aussi, à s'évader en compagnie de Kocoding et reprit avec ce dernier, le chemin de la capitale.

A Montfaucon, le lendemain même de son arrivée, c'est-à-dire dans la nuit de samedi au dimanche, il avait fait la connaissance de Stephen Lowe, et il était sorti heureusement des nombreuses et périlleuses aventures qui s'étaient succédé depuis sa nouvelle association; mais cette fois, il ne voyait guère d'issue possible à sa situation.

Et le jeune drôle se dépitait très fort.

— C'est par trop stupide, se disait-il *in petto*. Quoi! je me serai fichu du tiers et du quart... j'aurai fait la nique aux gardes-chiourmes du bagne... tous les argousins de Paris se seront essoufflés après moi en pure perte, et c'est un épicier qui va me couper les ailes! quelle humiliation!... Voilà ce que c'est que la fatalité, cependant... Au moment ou commençait à rouler le char de ma fortune, il faut qu'un grain de sable se trouve sur ma route et fasse culbuter mon cabriolet.

Jetant un regard sur le gigantesque garde national :

— Quand je dis un grain de sable, je ne suis pas exact... c'est pardieu bien une pierre de taille!... Chafouin de Cornillard!... canaille d'épicier! A partir de ce moment, je vais prendre en haine tous les marchands de denrées coloniales.

L'oncle Étienne le considérait silencieusement :

— Dites donc, fit-il, l'homme à la calotte grecque, quand vous aurez fini de jaboter tout seul, vous me préviendrez.

— Ah! pardon! je pensais à ce qu'allait dire mon noble père en apprenant mon prochain mariage.

— Bon! bon! je me charge de lui faire entendre raison... Quand il saura de quoi il retourne, il ne fera pas d'observation, je suppose... et il donnera son consentement comme je donne le mien... S'il refuse, reprit le bonhomme d'un ton menaçant, tant pis pour sa peau.

— Vous le tuerez aussi! s'exclama Popincourt. Ah çà, mais vous voulez donc égorger tout le monde?

— Pour te forcer à rendre l'honneur à ma nièce, je ne reculerai devant rien, et, je te le dis carrément, si ton père fait la moindre opposition au mariage, v'lan, je le supprime; je manie l'épée assez proprement, j'ose le dire... Élève de Grisier, rien que ça... Quant au pistolet, c'est mon fort... je vais tous les jours au tir et je démolis chaque fois pour vingt francs de poupées.

— Fichtre!

— Oui, jeune homme, c'est comme j'ai celui de vous le dire... J'ai voulu, une fois pour toutes, prouver aux mauvais plaisants du xix° siècle, que les épiciers ne sont pas si grotesques qu'ils veulent bien le dire.

— Décidément, pensa Popincourt, le proverbe a raison; « Rien de tel qu'un vilain quand il se met en train. »

— Pardieu, monsieur Cornillard, reprit-il à voix haute, votre humeur belliqueuse sera du goût de mon noble père... Il aime les braves.

— Tant mieux, morbleu! nous nous entendrons alors... Allons, vite, son nom... son adresse...

— Que lui dire? murmura Popincourt.

— Eh bien?

— Son nom... reprit-il, embarrrassé.

— Eh oui! son nom... Il en a un, pas vrai?

— Il en a même plusieurs... mais...

— Mais quoi?

— Mais, jusqu'à nouvel ordre, j'ai juré de ne point le révéler.

Le père Cornillard poussa un formidable juron.

— Mille millions de tonnerres! Est-ce que vous vous fichez du qu'en dira-t-on, à la fin des fins?

— Moi! Dieu m'en garde... Je respecte profondément au contraire le qu'en dira-t-on... mais, je vous le répète, pour des raisons politiques que vous me permettrez de vous taire, je dois garder secret le nom en question jusqu'au 30 courant!...

Puis, à part, le drôle ajouta :

— Nous sommes le 28... Ça me donne deux jours de répit... Ce sera suffisant pour m'envoler!

— Le 30 courant! répéta l'oncle Étienne quelque peu intrigué. Que veut dire ceci?

Il prit un almanach :

— Nous sommes au mois d'août, dit-il, et le 30, c'est la Saint-Fiacre!

A l'entrée du jeune homme, il se leva brusquement et brandissant...

— La Saint-Fiacre! reprit Popincourt avec mystère. La Saint-Fiacre! Bientôt vous saurez ce que cela veut dire!

— Parbleu! riposta le bonhomme, ça veut dire la fête des jardiniers!

— Peut-être, monsieur Cornillard, peut-être! continua notre coquin, plus **mys**térieux encore.

— Peut-être! fit à son tour le garde national, en regardant le jeune homme dans le blanc des yeux. Que diable veut-il dire... et quel est donc ce père qui ne se montre qu'à la Saint-Fiacre?... Aurais-je affaire par hasard à quelque agent légitimiste?... Au fait... que m'importe?... Je ne suis pas très satisfait du nouveau ministère... et, ma foi!... Allons! ajouta-t-il tout haut, gardez votre secret jusqu'au jour convenu... Jusque-là, vous demeurerez dans un cabinet très noir, mais fermé à double tour, et dont j'aurai seul la clef...

Sans plus attendre, l'oncle Étienne prit le jeune homme par le bras et l'entraîna hors de la chambre de Valérie.

Comme il s'éloignait, il envoya un baiser à la jeune fille, qui lui jeta de loin cette douce et tendre parole :

— Je vous aime !

Peu après, Popincourt se trouvait avec son terrible guide au bout d'un long corridor.

Un moment, il eut la velléité d'essayer de s'échapper...

Mais le père Cornillard était d'une force herculéenne, et la main du gros bonhomme lui broyait le bras comme eût fait un étau.

— Ne tentons pas une fuite impossible! se dit le coquin en se résignant. En ma retraite, je trouverai, je l'espère, quelque moyen de filer sans anicroche.

L'oncle Étienne lui montra une porte qui paraissait assez solide, et dans laquelle était pratiquée un petit judas.

— Voici votre prison! dit l'épicier. C'est une chambre d'ami qui n'a pas encore été étrennée... Vous verrez que vous n'y serez pas trop mal... Vous y trouverez toutes vos aises... Par le guichet que vous voyez, on vous passera à manger et à boire, et vous pourrez y attendre patiemment la fin de votre captivité, c'est-à-dire le moment de votre union avec ma nièce.

Tout en parlant, M. Cornillard avait ouvert la porte de la chambre.

— Entrez! fit-il d'un ton qui n'admettait pas de réplique.

Popincourt entra.

— Là! reprit le bonhomme. Maintenant, vous êtes chez vous... Vous voyez, ajouta-t-il, que ce cabinet ne possède ni fenêtre ni lucarne, et ne reçoit le jour que par le judas percé dans la porte. Ne tentez donc pas de fuir ni d'appeler à l'aide... Au premier cri que vous pousseriez, j'aurais l'avantage de vous bâillonner... Soyez donc sage; c'est ce que vous avez de mieux à faire.

Là-dessus, le garde national sortit de la chambre, enferma notre coquin et retira la clef de la serrure.

Mettant ensuite la tête au guichet :

— Comme vous vous figurez peut-être que ma nièce fera son possible pour vous délivrer, je dois vous prévenir qu'à partir de ce matin, je vais la tenir prisonnière dans sa chambre... Ne vous bercez donc pas d'un fol espoir, et mettez-vous bien dans la tête que ma volonté s'accomplira.

Ayant dit, M. Cornillard s'éloigna en murmurant :

— A Valérie maintenant !

En effet, peu après, la jeune fille était enfermée dans sa chambre comme Popincourt l'était dans le cabinet noir.

— Me voilà dans de beaux draps! monologua ce dernier. A-t-on jamais vu un ours pareil !... Fiez-vous donc aux épiciers !... Parole d'honneur ! je ne sais à quel saint me vouer !... C'est qu'il n'y a pas à dire, ajouta-t-il en essayant d'ébranler la porte, je suis parfaitement coffré...

Après un temps, il se mit à rire.

— Suis-je assez bête! dit-il. Je crois, Dieu me pardonne, que je doute de ma liberté prochaine... Parbleu! je me suis évadé de Brest, c'est bien le diable si je ne viens pas à bout de m'évader d'ici !... J'ai en poche deux ou trois outils qui me permettront, cette nuit, de faire sauter la serrure aussitôt que ce gros bœuf recommencera ses ronflements!

Comme il disait ces mots, le gros bœuf en question reparut dans le corridor suivi d'un grand garçon qui portait une espèce de livrée de domestique et qui bâillait à se décrocher la mâchoire.

— Nicaise, tu m'as bien entendu?

— Oui, patron, répliqua le grand garçon en se frottant les yeux.

— Tu vas rester jour et nuit dans ce corridor...

— Jour et nuit, mon bon maître...

— Et si le prisonnier fait mine de vouloir s'échapper...

— Je tombe dessus à coups de trique et je vous appelle... C'est bien convenu.

— Et ne crains pas de taper fort.

— Pour ça, vous pouvez être tranquille... vous savez que j'ai la poigne solide... Quand j'étais dans l'épicerie, je jonglais avec des pains de sucre!

— C'est bon! je compte sur toi.

Le patron s'éloigna et maître Nicaise se mit à se promener de long en large dans le corridor en brandissant un énorme gourdin dont il était armé.

— Allons, décidément, pensa Popincourt, je suis captif pour tout de bon... Ce diable de Cornillard sait prendre ses mesures et tout espoir de fuite est désormais illusoire... Je sais bien qu'avec du temps et de la patience je pourrais percer le plafond ou le plancher et m'introduire dans l'appartement du dessus ou dans celui du dessous... mais une fois là, en admettant que je pusse m'y infiltrer, ce seraient de nouvelles histoires et de nouvelles scies... Attendons!

La journée se passa sans incidents nouveaux.

Quand la nuit fut venue, Popincourt réfléchit qu'à deux pas de lui se trouvait la belle Valérie.

— Dire qu'une simple muraille me sépare de cette aimable fille... la mère de mon enfant... à ce qu'elle me dit... Elle est très forte, cette petite... Sans cette blague, j'étais positivement fichu... Décidément: elle me va étonnamment, cette brunette... elle a une crânerie qui me séduit tout à fait...

Le diable me brûle, reprit-il, je crois que je l'aime pour tout de bon... Rien que de penser à elle, mon cœur fait un tic tac de tous les diables... Ce n'est pas une plaisanterie, au moins... Dans le silence du cabinet, il me semble que je l'entends battre.

Machinalement, il se prit à écouter.

Non, dit-il au bout d'un instant, ce n'est pas mon cœur qui fait ce bruit-là, ce sont les montres que j'ai soutirées l'autre nuit.

Ça n'empêche pas les sentiments, continua le coquin, et si ce tic tac sort de ma poche et non de ma poitrine, toujours est-il que j'éprouve un je ne sais quoi dont je n'avais pas eu encore la plus légère idée.

Et le jeune drôle se prit à soupirer.

— Oh ! fit-il ensuite, pour me rapprocher de cet ange, je donnerais toute la fortune de M. de Rothschild !

Machinalement, il s'approcha du petit guichet.

Mais Nicaise montait sa faction.

— Le tigre veille !...

Dans la journée, Popincourt avait fait tout au monde pour séduire le valet de l'oncle Étienne, mais Nicaise s'était montré incorruptible.

Il s'était contenté de lui montrer son gourdin, en lui disant d'un ton fort peu rassurant :

— A Vaugirard, je jonglais avec des pains de sucre !

Le prisonnier quitta le judas.

— Pas moyen de m'évaporer de ce côté... je me ferais assommer par cet alguazil !

Bientôt il se frappa le front :

— J'ai une idée !... Je vais démolir le mur qui me sépare de mon infante... Une fois chez elle, j'aviserai... Parbleu ! ce ne doit pas être la mer à boire, que de percer un trou dans une vieille baraque comme celle-ci... Je me suis payé ça jadis dans une prison pour de vrai, c'est bien le diable si je ne peux pas m'offrir ce divertissement dans un cabanon pour rire... Allons ! orientons-nous et mettons-nous à l'œuvre.

Après avoir réfléchi durant quelques secondes :

— Ce doit être là, fit-il en désignant le mur de gauche, celui-là même où se trouvait le lit.

Il tira de sa poche un ciseau qui ne le quittait jamais, et sans plus tarder, il se mit au travail.

Il faisait le moins de bruit possible. Toutefois, comme il craignait que le grincement du fer sur la pierre et sur le plâtre ne parvînt aux oreilles de son gardien, il courut au guichet et cria, en simulant un léger effarement :

— Dites donc, hé ! là-bas, entendez-vous ?

— Quoi ?

— Il me semble qu'on gratte dans le mur :

— C'est les souris, répliqua Nicaise. N'ayez pas peur, elles ne vous mangeront pas.

Et, tranquille comme Baptiste, il continua sa faction.

Naturellement Popincourt reprit son travail, et comme le jour commençait à poindre, il parvenait à détacher du mur un énorme platras.

— Potence du diable ! grommela-t-il alors, je me suis trompé de côté !

En effet, par le trou qu'il venait de pratiquer, il voyait le ciel et les maisons voisines.

— Quel satané guignon !... Moi qui croyais si bien creuser le mur de séparation !... Allons !... c'est à recommencer.

Comme il allait se remettre à la besogne, l'oncle Étienne vint ouvrir lui-même la porte de son cachot en lui disant :

— Jeune homme, vous pouvez sortir, monsieur votre père vous demande.

— Mon père ? fit le prisonnier stupéfié.

— Oui, votre père... Refusez-vous de le voir ?

— Oui... Non je ne sais pas...

L'épicier l'empoigna rudement par le bras :

— Allons, venez donc, puisqu'on vous dit de venir.

— Au fait, qu'est-ce que je risque ? pensa Popincourt. Allons voir papa...

Puis il ajouta :

— Il paraît que dans cette maison, les pères et les enfants poussent à vue d'œil... C'est un bon terrain. C'est égal, ajouta-t-il, j'ai grand peur qu'il n'y ait de la police sous jeu et que ce papa-là n'arrive en droite ligne de la rue de Jérusalem.

Le gros épicier avait entraîné son prisonnier dans le salon.

Là, un vieillard d'une soixante d'années à peu près était assis sur un fauteuil et semblait en proie à la plus violente affliction.

C'était un homme au teint brun, à la barbe grisonnante, aux cheveux presque blancs.

Son costume était celui d'un riche paysan du midi de la France.

Il portait une longue redingote jaunâtre, un gilet à fleurs, des culottes de velours et de hautes guêtres de cuir.

D'une main, il tenait son chapeau plat à larges bords, et de l'autre une grosse canne en bois de houx.

A l'entrée du jeune homme il se leva brusquement et, brandissant sa canne avec colère, il s'écria :

— Malheureux !... c'est donc vrai... c'est donc bien vrai ce que m'a dit M. Cornillard ! Si je ne me retenais, troun de Diou, je te casserais les reins, sais-tu bien !

Instinctivement, Popincourt se recula en poussant un cri.

Le vieillard lui était parfaitement inconnu.

— Quel est cet autre enragé ? pensa-t-il. Si je sors d'ici avec tous mes membres, j'aurai de la chance...

— Allons, voyons ! reprit le vieux paysan en faisant signe au jeune homme d'approcher, avance à l'ordre, canaille, et réponds catégoriquement.

Au lieu d'avancer, Popincourt se faisait un devoir de reculer.

— Faut-il donc que j'aille moi-même te mettre la main au collet, fils dénaturé !... Troun de Diou ! ne me pousse pas à bout, garnement, ou je pourrais oublier à la fin que je suis ton père.

— Ah çà ! se dit notre coquin, est-ce que ce serait vraiment mon père ?... Je commence à devenir un peu fou, moi.

Il avait fait quelques pas du côté du vieillard.

— Parleras-tu, voyons !... Qu'as-tu à dire pour ta défense ?

— Mais...

— Sois bref !... Quel âge a ton fils ?...

— Mon fils ?...

— Serait-ce une fille, par hasard ?...

— Ma foi, à vous dire le vrai, je ne me rappelle pas bien... répliqua naïvement l'accusé.

En ce moment Valérie, amenée par Nicaise, entra dans le salon, très pâle et paraissant en proie au trouble le plus violent.

En passant près de Popincourt, elle lui glissa vivement ces mots à l'oreille :

— C'était un fils.

— Ah! fit le coquin, bien obligé.

— Répondras-tu? troun de l'air!

— Eh bien, mon père je me rappelle maintenant; c'est un fils.

— Quel âge a-t-il?...

— Ah! pour ce qui est de son âge... je dois vous confier que...

— Il a deux mois, lui dit Valérie à voix basse.

— Tant que ça! murmura Popincourt en lui-même.

— Eh bien?

— Eh bien, mon père, le petit a quelque chose comme une soixantaine de jours.. ce qui ne fait pas loin de deux mois.

— Où est-il, ce pauvre enfant? qu'en avez-vous fait?

— Fichtre! grommela le coquin, je le prenais pour un simple mouchard; mais je commence à croire que monsieur mon père est bel et bien un juge d'instruction.

— Où l'avez-vous caché? Répondez, répondez! Je veux tout connaître.

Valérie s'approcha plus pâle et plus chancelante qu'en arrivant.

— Notre fils est en nourrice, monsieur, dit-elle d'une voix étouffée.

— Ment-elle avec un aplomb, cette petite! se dit Popincourt. Elle est sublime. Oui, reprit-il tout haut, oui, mon père, notre fils est en nourrice...

— A Argenteuil, ajouta Valérie.

— Mon Dieu! oui, reprit le coquin, à Argenteuil; ce n'est pas un joli pays, mais l'air y est excellent... et j'espère que le gamin viendra comme un vrai champignon... D'abord il est chez de bien braves gens... n'est-ce pas! poursuivit-il en s'adressant à Valérie.

— Oh! oui, répondit la jeune fille, chez de bien braves gens... Vous les connaissez, mon oncle... ou du moins vous connaissez la mère Brichet, chez laquelle ils sont jardiniers.

— Quoi! la mère Brichet... la vieille propriétaire de la maison voisine, celle qui, l'autre nuit, a été victime du plus infâme guet-apens!

Popincourt était fort mal à son aise.

— Oh! oh! fit-il en lui-même, je commence à être très inquiet, moi... Ce n'est pas pour dire, mais ma bonne amie a eu une fichue idée de mettre *mon* fils en nourrice à Argenteuil...

Le vieux paysan était demeuré quelques instants pensif et silencieux.

Reprenant la parole:

— Monsieur, dit-il solennellement à Popincourt, dont l'ébahissement croissait de seconde en seconde, je veux que votre enfant ait un nom... Je veux que vous rendiez l'honneur à cette pauvre jeune fille, et dès demain, dès aujourd'hui, s'il est possible, vos bans seront publiés!

Valérie s'élança dans les bras du vieillard.

— Ah! monsieur, que vous êtes bon!

— Je suis juste, mademoiselle... répondit noblement le paysan en déposant un baiser sur le front de la jeune fille.

Menaçant de sa canne Popincourt, littéralement stupéfié :

— Oui, tu l'épouseras, bandit!... oui, tu l'épouseras, sacripant! ou, foi d'honnête homme, je t'étranglerai de mes propres mains !

Reprenant avec attendrissement.

— Ainsi donc, tandis que je me tuais le corps et l'âme là-bas, dans notre vieille Provence, pour t'amasser des écus, voilà le bel emploi que tu faisais de ton temps... Certes, ta sainte et digne mère a bien fait de mourir... au moins, elle n'aura pas eu à ses derniers moments la douleur d'apprendre que son fils unique, son Daniel chéri, n'était qu'un séducteur de jeunesses !

— Ah! ah! se dit Popincourt, il paraît que ma mère est morte et que je m'appelle Daniel... C'est toujours bon à savoir !

— Pourquoi, mon Dieu ! reprit le vieux paysan en gémissant, pourquoi ai-je eu la fatale pensée de t'envoyer à Paris. Si je t'avais gardé chez nous à Mérindol, tu serais, à cette heure, un bon et brave fermier comme moi. Mais, non, je me suis laissé endoctriner par tes belles paroles et j'ai consenti à faire de toi un monsieur bien élevé, un érudit, un savant... Monsieur a voulu étudier le droit à Paris! Troun de Diou!... tu as suivi tes cours, à ce que je vois, en courtisant les filles, en jetant le trouble dans les familles honnêtes.

Tendant la main à l'oncle Cornillard, qui, profondément ému du discours du bonhomme, et très sensible, malgré son air féroce, se donnait un mal infini pour ne pas pleurnicher :

— Ah! monsieur, continua le paysan, je vous demande pardon pour ce malheureux! Je vous jure, monsieur, oh! je vous jure sur mes cheveux blancs, que je n'ai rien à me reprocher en tout ceci... Je lui ai toujours donné d'excellents conseils... Et sa mère, donc, sa tendre mère, poursuivit le vieillard, ma douce et vertueuse Marianne, si vous saviez les admirables exhortations qu'elle ne cessait de lui faire...

A ces mots, le bonhomme se prit à sangloter :

— Daignez m'excuser, reprit-il en s'essuyant les yeux, c'est bête à un homme de larmoyer ainsi... mais que voulez-vous? chaque fois que je prononce le nom de mon épouse défunte, je ne puis m'empêcher de pleurer comme un enfant.

— Je vous comprends, monsieur, je vous comprends, répliqua Cornillard en larmoyant à son tour; moi aussi, je l'ai perdue... moi aussi, enfin, je la regrette et la regretterai toujours :

— Ah! s'écria le paysan avec de nouveaux gémissements, nous étions faits pour nous connaître.

Et, durant quelques secondes, les deux veufs pleurèrent dans les bras l'un de autre.

— Oui, reprit l'oncle Étienne d'une voix entrecoupée, il y aura deux ans au premier janvier, Louloute a rendu l'âme entre mes bras...

« Louloute, fit-il en changeant de ton, c'était un petit nom d'amitié que je lui donnais... car au baptême, son parrain et sa marraine l'avaient appelé Pétronille.

« Pauvre chérie, je n'eusse jamais cru que le ciel aurait jamais le courage de nous séparer !...

« Elle m'aimait tant !

« Elle avait un tas de petites prévenances, de gentillesses à mon endroit...

« Ainsi, quand j'étais de garde, c'est elle qui blanchissait mes buffleteries... c'est elle qui faisait reluire mes boutons... Il n'y a pas à dire... elle n'aurait pas permis que d'autres mains que les siennes se chargeassent de ce soin délicat?

Montrant son ex-premier garçon qui se tenait immobile sur le seuil de la porte :

— Ainsi Nicaise lui-même, en qui elle avait grande confiance pourtant, Nicaise ne pouvait lui épargner cette fatigue.

« — C'est un plaisir pour moi, » disait-elle.

— Oh ! elle le disait, monsieur, elle le disait. Pas vrai, Nicaise ?

— Oui, patron, répliqua le valet d'une voix non moins attendrie que celle de l'épicier.

— Cette chère Louloute, continua ce dernier tout entier à ses souvenirs. Était-elle assez triste quand j'étais obligé de faire quelque petit voyage pour notre commerce !... Quand je revenais, j'étais toujours sûr de la trouver à m'attendre...,

« Oui ! Elle faisait coucher la petite...

« La petite, c'était elle... Valérie... Nous l'avions adoptée parce que nous n'avions pas d'enfants... Car c'est curieux; mais, malgré notre mutuelle tendresse, nous n'avons jamais eu d'héritiers...

« Elle faisait donc coucher la petite, et elle restait quelquefois des nuits entières à guetter mon retour... toute seule... avec Nicaise...

S'adressant au valet :

— Est-ce la vérité?

— Oui, patron, riposta le rustre en faisant semblant de pleurer plus fort pour cacher la rougeur subite qui venait d'empourprer son visage, aux souvenirs évoqués par le gros épicier.

L'émotion de maître Nicaise n'avait pas échappé à Popincourt.

— Oh ! oh ! pensa-t-il, cette vertueuse Mᵐᵉ Cornillard aurait-elle fait des traits à son légitime avec le premier garçon !

— Malgré tout ça, poursuivit l'épicier, elle a quitté ce monde, ma douce Louloute, le premier de l'an, comme je vous le disais... Ah ! ce furent de bien tristes étrennes !

— Je vous crois, monsieur Cornillard, je vous crois, murmura le vieux paysan en serrant avec effusion les mains de l'oncle Étienne.

— J'ai du moins la satisfaction de lui avoir fait faire un superbe mausolée, continua celui-ci. Oui, et je l'ai fait enterrer au Père-Lachaise... juste à côté d'Héloïse et d'Abélard. Tous les dimanches je vais la voir, et pour cela, je revêts mes insignes de garde national, car je lui plaisais davantage dans ce costume-là...

« Je suis bien connu au cimetière allez !... Les gardiens et les fossoyeurs, qui prennent part à ma douleur, ne m'appellent que « le veuf du Malabar ».

A la vue de la jeune fille, le forçat ne put retenir une exclamation.

« Cela me flatte et je leur paye chopine...

« Dimanche prochain, je vous emmènerai ; vous verrez comme c'est gentiment arrangé... C'est malheureux que la saison soit si avancée... sans ça, je vous aurais fait goûter des fraises écloses sur sa tombe...

— Des fraises?

— Oui, plantées par moi... Je les ai toutes mangées... elles étaient excellentes... ajouta-t-il en recommençant ses sanglots.

Puis il reprit :

— A défaut de fraises, nous y cueillerons quelques belles tomates...

Liv. 70.   70.

— Des tomates?

— Oui, ça vient très bien là... Et Nicaise nous en fera une sauce à sa façon... avec force condiments, c'est parfait. Mais, ajouta-t-il, laissons ce triste et regrettable passé et songeons au présent. Nous disons donc que vous consentez au mariage de votre fils avec ma nièce Valérie?

— Comment, si j'y consens!... c'est-à-dire que je l'exige...

— Bon! fit Cornillard.

S'adressant à Popincourt :

— Je ne vous demande plus à vous si le *conjungo* est de votre goût... je ne suppose pas que vous auriez l'outrecuidance de vous opposer à la ferme volonté de votre père...

— Qu'il essaye! reprit le paysan en se remettant à brandir son bâton. Qu'il essaye, pour voir... je ne lui dis que ça.

— Ainsi, c'est bien convenu?...

— Et bien entendu.

— Demain, la publication des bans... et aujourd'hui même la signature du contrat.

Se retournant vers le valet :

— Nicaise, va, de ce pas, prévenir maître Lanternois, le notaire d'à côté, et, par la même occasion, passe chez M. et Mme Coquardier pour leur annoncer que je marie leur fille et les prier de se rendre chez moi *illico*...

Nicaise décampa, et peu après M. Lanternois faisait son entrée dans le salon en tenue officielle.

— Ah çà! voyons, se disait Popincourt, qu'est-ce que tout cela signifie?... Suis-je bien éveillé ou suis-je sous l'influence de quelque cauchemar !

Le vieux paysan avait pris à part le notaire et lui faisait rédiger le contrat.

Au bout d'un certain temps, Nicaise reparut, précédant M. et Mme Coquardier.

Ceux-ci parurent un peu étonnés du brusque mariage de leur fille.

Mais l'oncle Cornillard les entretint à part durant quelques secondes, et tous deux répliquèrent d'une seule et même voix :

— Puisqu'il en est ainsi, c'est une autre question.

Mme Coquardier jeta ensuite un regard sur sa fille et sur Popincourt, puis dit en elle-même :

— Elle a plus de chance qu'elle ne mérite... Il n'est vraiment pas mal, ce jeune homme.

Elle demanda si l'acte était prêt.

On voyait qu'elle avait hâte de partir...

Quant à M. Coquardier, il avait reconnu maître Lanternois et il aurait voulu être à cent pieds sous terre.

— Ce vieux gredin-là, disait-il, je le rencontrerai donc partout !...

Le notaire le reconnut à son tour.

— Ah! c'est monsieur Coquardier, fit-il d'un petit ton narquois. Depuis notre dernière rencontre, il ne vous est rien survenu de fâcheux?

— Il se moque de moi, je crois, grommela le bonnetier. C'est ma bête noire, que ce notaire... Depuis qu'il a parlé de ma mort, il me semble que je ne bats plus que d'une aile!... Sans cette jolie friponne que j'ai trouvée hier au Luxembourg et que je pourchasse présentement, je serais positivement comme un corps sans âme!... Heureusement que ces nouvelles amours vont me rendre ma jeunesse et ma gaieté.

Frappant sur l'épaule de Cornillard :

— Eh bien, voyons, beau-frère, est-ce qu'on ne commence pas?... Dépêchons-nous de bâcler ça... hein !...

— Vous êtes pressé ?

— Oui, des courses importantes... pour mon commerce!... Aussitôt hors d'ici, ajouta-t-il en aparté, je fourre ma femme en voiture et je file au Luxembourg... Pourvu que toutes ces rengaines de mariage et de contrat ne me fassent pas arriver trop tard au rendez-vous !

— Quelle corvée! pensait de son côté Mme Coquardier. Voilà une heure que je devrais être à Frascati.

Enfin l'acte se termina.

Maître Lanternois en fit la lecture...

Alors seulement Popincourt apprit le nom de son père, et par contre son propre nom.

Le vieux paysan s'appelait Pamphile Marcassou, originaire de Mérindol, en Provence, veuf de Marianne Alez, sa légitime épouse.

— Pamphile Marcassou, reprit le jeune drôle en cherchant à rappeler ses souvenirs, c'est étrange, mais il me semble que j'ai déjà entendu prononcer ce nom-là.

Et, malgré lui, son regard se fixait sur le vieux Provençal.

Mais il fut, une fois encore, obligé de se dire :

— Assurément, je n'ai jamais vu cet homme... Est-ce un ami?... est-ce un ennemi?... est-ce un fou?... Il faudra bien que je le sache tôt ou tard... Faisons donc ce qu'ils veulent et attendons.

Et, d'une main ferme, il apposa sa signature au bas du contrat.

Quand nous disons sa signature, nous voulons dire celle de Daniel Marcassou.

Aussitôt après avoir apposé la leur, M. et Mme Coquardier embrassèrent, pour la forme, leur fille Valérie et s'éloignèrent avec vivacité.

— Et cette femme est ma mère! murmura la future épouse de Popincourt. Allons! c'est elle qui est cause de tout... Si je suis ce que je suis, c'est sa faute et non la mienne.

Dans le contrat, l'oncle Étienne constituait en dot à sa nièce une rente annuelle de vingt-cinq mille livres, et le mariage devait se faire sous le régime de la communauté.

— Cela est bel et bien, se disait Popincourt, et vingt-cinq mille livres sont un joli denier; mais si jamais je palpe un sou de ces jolis picaillons, je veux bien que le loup me croque.

« Mon père, dit-il en s'adressant aux vieux paysan, daignerez-vous m'accorder quelques secondes d'entretien particulier.

— Impossible aujourd'hui, jeune homme, repartit froidement le Provençal, nous causerons le jour de votre mariage; jusque-là, vous resterez sous la garde et la surveillance de M. Cornillard... Il se méfie de vous, et il a raison... Quant à moi, je ne saurais m'opposer à ce qu'il vous tienne en son pouvoir pendant tout le temps que doivent prendre les formalités d'usage. Dans quinze jours, monsieur, nous nous reverrons.

Popincourt fut conduit à son cabinet noir, et pendant deux semaines entières il n'entendit plus parler de rien.

Chaque jour, Nicaise lui passait son déjeuner et son dîner, et cela sans lui dire un mot.

Ses projets d'évasion lui revinrent plusieurs fois en tête...

Mais il pensait à Valérie et il ne tentait rien.

Le pauvre diable aimait réellement la jeune fille, et bien que cela lui parût un rêve irréalisable, impossible, fantastique, il se disait :

— Si cependant elle devenait ma femme !

Enfin le temps voulu s'écoula.

Un matin, la porte de son cachot s'ouvrit toute grande, et Nicaise, consentant à rompre avec son mutisme obstiné, lui dit :

— Le coiffeur de monsieur vient d'arriver.

— Le coiffeur de monsieur qui? le coiffeur de monsieur quoi? demanda-t-il sans comprendre.

— Eh bien! le vôtre, pardieu!

— Ah! c'est le mien...

— Oui, monsieur... Il est là, dans la chambre à côté...

— Eh bien, qu'il y reste... Qu'est-ce que ça peut me faire à moi qu'il soit là?

— Dame! cependant, avant la cérémonie, il est utile que votre tête passe par ses mains!

— Ah çà! se demanda Popincourt, est-ce que par hasard on aurait l'intention de me guillotiner... Qui sait? on m'attend peut-être pour la toilette des condamnés à mort.

— Si monsieur ne se dépêche pas, monsieur sera en retard, grommela Nicaise.

— Voyons, lui dit le coquin, ne me mens pas. Qu'est-ce qu'on va me faire?

— Dame! on va vous faire ce qu'on fait à ceux qui sont dans votre cas... Ça n'a pas l'air de vous amuser beaucoup. Ma foi, je comprends ça... c'est un fichu moment à passer...

— Hein! tu dis...

— Oui, parole, j'aime autant que ça soit vous que moi qui subissiez ce supplice-là...

— Un supplice!

— Et un rude, on peut le dire... Autant être forçat, parole. Au moins, quand on est au bagne, on peut s'évader, tandis que de l'autre machine... Ah ben, ouiche! pas mèche!... C'est pour la vie.

Popincourt sentait ses jambes se dérober sous lui.

— C'est de votre faute aussi, reprit Nicaise, pourquoi diable ne prenez-vous pas des femmes mariées?

— Des femmes mariées?... pour qui?... Pour quoi? balbutia Popincourt.

— Eh bien! pour en faire vos maîtresses donc. Ainsi moi qui vous parle, jamais de la vie je n'ai dit un mot plus haut que l'autre à une jeune fille.

Et le drôle ajouta à part lui avec un sourire :

— A preuve cette bonne Mme Cornillard et d'autres encore !

— Ah çà ! voyons, reprit Popincourt, qu'est-ce que tu me chantes, depuis une heure avec ton bagne, ton supplice, tes jeunes filles et tes femmes mariées?

— Je ne chante pas, monsieur. Je vous dis mon opinion ; voilà tout... Et j'ajoute que, puisqu'il n'y a plus moyen maintenant d'envoyer tout ça au diable, la seule chose que vous ayez à faire, c'est de prendre votre parti en brave et de faire contre mauvaise fortune bon cœur. Vous n'en mourrez pas, après tout... et puis, quoi, vous serez très heureux en ménage... Le mariage, c'est comme la loterie, voyez-vous... Qui sait? vous tirerez peut-être le bon numéro.

Ces derniers mots effacèrent de l'esprit de Popincourt les idées sinistres qui l'étaient venues assaillir.

— Le mariage? dis-tu... Ah ! c'est de mariage que tu me parles?

— Dame ! aujourd'hui, il n'y a vraiment pas à vous parler d'autre chose.

La voix de Cornillard retentit au bout du corridor.

— Eh bien ! voyons, le marié va-t-il se décider à venir !

— Voilà le patron qui vous hèle.

— Ce Cornillard me fait l'effet de Barbe-Bleue

— Dépêchez-vous, les témoins sont déjà au salon. Ce ne serait pas convenable de les faire poser.

— Allons, se dit Popincourt.

Et comme un homme ivre, il se prit à suivre Nicaise, qui le conduisit dans la chambre à coucher de l'ex-épicier.

Un coiffeur attendait fer en main.

En un clin d'œil, le futur marié fut papillotté, frisotté et barbifié.

— Là, dit Cornillard, qui avait assisté à la séance, vous voilà rajeuni de dix ans...

Lui montrant un vêtement noir tout neuf, des bottes fines, une cravate blanche, une chemise de batiste et autres objets :

— En deux temps, trois mouvements, endossez-moi ces nippes fraîchement confectionnées à votre intention...

— Quoi ! vous voulez...

— Tiens, est-ce que par hasard vous aviez l'intention de vous présenter devant M. le maire avec les oripaux que vous avez sur le dos?... Ce serait du joli !

— Mais...

— Il n'y a pas de mais... Tout le monde dirait que vous êtes fait comme un voleur.

— Comme un voleur ! répéta Popincourt en rougissant involontairement.

— Ne vous offusquez pas, dit gaiement Cornillard, ça m'est échappé.

Ce mot de voleur avait soudainement rappelé à Popincourt qu'il avait encore dans ses poches les nombreuses montres qu'il avait filoutées et les empreintes qu'il avait prises.

Mais, avec une dextérité merveilleuse, il parvint, sans être remarqué, à faire passer les unes et les autres des poches de son vieil habit dans celles de son habit neuf.

Quelques minutes plus tard, sa transformation était complètement opérée.

Cornillard l'examinait avec une complaisance marquée.

— A la bonne heure, au moins... vous voilà beau comme un astre... et tout ça vous va comme de cire... Ah ! pour un joli marié... vous êtes un joli marié... Dans le commencement j'étais tellement furieux après vous que je vous trouvais une tête de gredin... mais maintenant que ma colère s'est éteinte, je vous vois d'un œil tout différent et je commence à comprendre que vous ayez tourné la tête de ma nièce.

Lui donnant une bourrade amicale :

— Je vous ménage une surprise après le bal... polisson... Vous verrez ça!... vous verrez ça !

— Une surprise ! répéta Popincourt inquiet, je n'aime pas beaucoup ça, les surprises...

—. Vous aimerez celle-là, c'est moi qui vous le dis.

— Allons, soit ! va pour la surprise... Pristi ! ajouta le jeune coquin en lui-même, je voudrais bien être à demain, moi... Il me semble quo je vais marcher toute la journée sur une corde roide, sans aucune espèce de balancier.

— A propos, dites donc, reprit Cornillard d'un petit air malin, aimez-vous les montres ?

— Hein ! fit l'autre effaré, pourquoi me demandez-vous ça ?

Le bonhomme lui offrit un magnifique chronomètre en or avec une chaine d'un modèle tout nouveau.

— Voici ce que j'ai choisi pour vous.

Et, presque de force, il glissa le bijou dans le gousset de Popincourt.

— Quel déluge de montres, bon Dieu ! ça finira par me noyer, c'est sûr.

Peu après, l'oncle Étienne présentait le jeune forçat aux nombreux invités réunis dans le grand salon.

Un murmure flatteur accueillit l'entrée du jeune homme.

— Mon futur neveu fait de l'effet, se dit Cornillard avec orgueil ; le fait est que le petit mâtin a vraiment bon air... On voit qu'il est d'une bonne famille... car, en définitive, ce père Marcassou, tout fermier qu'il soit, n'est certainement pas un homme ordinaire... Et puis d'abord il a du cœur... Il a pleuré en me parlant de sa femme... et, pour moi, je n'en demande pas plus...

Celui dont il parlait se tenait en un coin et paraissait absorbé dans ses pensées.

A la vue de Popincourt, un sourire vint plisser ses lèvres et sa face brune et ridée s'illumina d'un éclat furtif.

Pour tout le monde, ce changement de physionomie fut imperceptible ; mais Popincourt le remarqua.

— Allons, se dit-il en lui-même, il faut que j'aie le cœur net de tout ceci.

Et, d'un pas ferme, il marcha vers le vieillard.

— Monsieur, il faut que je vous parle.

— Et que pouvez-vous avoir à me dire ? répliqua le Provençal d'un ton narquois.

— Allons ! reprit Popincourt, vous savez bien que ce mariage ne peut avoir lieu.

— Je sais tout le contraire, riposta le bonhomme.

— Mais, enfin, continua le forçat, toujours à voix basse, je ne suis pas votre fils, et ce nom que vous m'avez donné n'est pas le mien !

— Vous êtes un niais, mon jeune ami ; du moment que je vous le donne, c'est qu'il est à vous... Et la preuve, c'est que tous les papiers exigés par la loi, extrait de naissance, certificat d'exemption du service militaire, *et cætera et cætera*, ont été remis à qui de droit et reconnus bons et valables.

— Oh ! mais c'est à devenir fou...

— Au moment d'épouser vingt-cinq mille livres de rentes, ce serait absurde.

— Mais faire ma femme de Valérie, c'est une infamie !...

— Bah ! bah ! elle vous rendra ça plus tard.

— Non ! je ne commettrai pas ce crime !

— Un de plus ou de moins, la belle affaire.

Popincourt lui saisit la main.

— Misérable vieillard, tu me connais donc !

— Oui, Panouillard, répondit le vieillard en changeant de ton tout à coup.

— Stephen Lowe ! murmura l'autre coquin stupéfié.

— Oui, mon fils, en personne... Allons, reprends ton aplomb et va saluer ta fiancée.

En effet, Valérie venait de pénétrer dans le salon, éblouissante de beauté, étincelante de jeunesse.

XVII

QUI PROUVE QUE MAITRE POPINCOURT N'ÉTAIT PAS POSITIVEMENT DIGNE DU PRIX MONTYON, SANS ÊTRE POSITIVEMENT TOUT A FAIT DIGNE DE LA CORDE

A la vue de la jeune fille, le forçat ne put retenir une exclamation enthousiaste. Stephen Lowe, lui aussi, était émerveillé.

— Splendide créature ! pensa-t-il. Je suis ravi, vraiment, ajouta-t-il avec un singulier sourire, d'avoir pour belle-fille cette adorable enfant.

Frappant sur l'épaule de son complice :

— Heureux coquin, reprit l'Anglais à voix basse. Avoue que tu as plus de chance que tu ne mérites... Tu n'avais pas de nom, pas de famille, rien que l'échafaud en perspective, le bagne tout au moins... Et, de par mon bon plaisir, te voilà tout d'un coup à la tête d'une étiquette honorable, d'un papa honoré, d'une fortune superbe et d'une épouse charmante !... Allons, tu es né sous une heureuse étoile et je voudrais être à ta place...

Popincourt entraîna son prétendu père dans l'embrasure d'une fenêtre.

— Ah çà ! voyons, fit-il en lui serrant la main avec force, tout ceci n'est pas sérieux...

— Monsieur mon fils, riposta l'Anglais, ne dites pas de bêtises, troun de Diou !... ou gare à ma malédiction.

— Mais réfléchissez donc, reprit le forçat. Il est impossible que je pousse plus avant cette monstrueuse aventure... J'ai fait pis que pendre, soit ; mais cela dépasse tous mes méfaits d'autrefois... Que j'ose me présenter à la mairie sous le nom d'un autre ; que je donne à Valérie ce nom qui ne m'appartient pas, jusqu'à un certain point, je comprends cela encore... Parbleu ! depuis que je suis au monde, je fais la nique à la loi et je puis me moquer d'elle une fois de plus, mais franchir le seuil d'une église, venir insulter Dieu jusque chez lui, je n'oserai pas... non !... je n'oserai pas... Riez de moi si vous voulez ; traitez-moi de fou, d'insensé, d'extravagant !... mais en entrant dans la maison sainte, j'aurais peur de voir s'écrouler ses voûtes sur ma nuque, et je serais capable, au beau milieu de la cérémonie, de crier au prêtre : « Halte là ! pas de bénédiction, je suis un gueux fini et je sors des galères ! »

— Tonnerre ! rugit sourdement Stephen Lowe. Qui est-ce qui m'a bâti une bête brute dans ton genre ?... Je crois, le diable me brûle, que tes arrêts forcés t'ont mis la cervelle à l'envers... Ne vas-tu pas maintenant jouer au monsieur vertueux ?... Cela devient révoltant, à la fin... on ne pourra bientôt plus trouver une seule canaille réussie !...

— En définitive, qu'est-ce que cela peut vous faire que je me marie ou non ?

— Je te dirai cela ce soir, pendant le bal...

— Il y aura donc un bal ?

— Parbleu !... et un dîner aussi... Ah ! l'oncle Cornillard tient à bien faire les choses. Ce soir donc, tu sauras les raisons graves qui me font tenir si fortement à ce mariage... Ici, en ce moment, je ne puis rien t'expliquer, et je remarque même que tous ces oisons endimanchés ont les yeux sur nous. Restons-en là, et jouons nos rôles en conscience.

Popincourt voulut cependant hasarder quelque nouvelle observation ; mais l'Anglais lui ferma la bouche en lui disant :

— Regarde Valérie !... que de beauté... de grâce, de jeunesse !... et d'un mot tu peux obtenir tout cela... Allons, sois homme, mort-diable, et va de l'avant !... Songe qu'au point où en sont les choses, ton refus serait peut-être le prélude de notre perte à tous deux.

— Au fait, vous avez raison... Après tout, qui ne risque rien n'a rien !... Et puis, elle est trop belle, cette femme, pour que je puisse maintenant renoncer à elle... Allons, au diable mes hésitations et mes scrupules... je me marierai !

. . . .

Deux heures plus tard, Valérie était l'épouse du forçat.

Mais lorsque, après le mariage civil, on voulut se rendre à l'église, Popincourt s'y refusa formellement.

On fit tout au monde pour le faire renoncer à ce parti pris. Ce fut en vain.

— C'est un vœu que j'ai fait, répliqua-t-il d'un ton solennel.

Bon gré mal gré, il fallut en passer par où il voulait.

Nous devons dire, au reste, que les parents de Valérie insistèrent mollement, et que la belle mariée elle-même se résigna sans trop de peine.

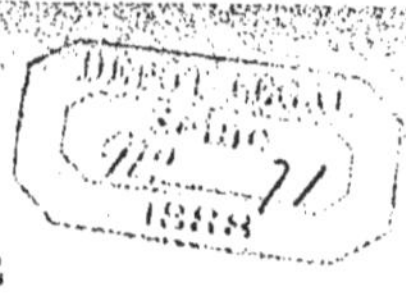

La mère Brichet s'était placée on ne sait trop pourquoi à la droite de Popincourt.

Celui qui parut le plus scandalisé, ce fut le père du jeune homme, cet honnête Pamphile Marcassou, ou, pour mieux dire, Stephen Lowe.

Mais il eut beau dire et beau faire, « monsieur son fils » tint bon.

Revêtu plus que jamais de son uniforme de garde national et suant comme un bœuf sous son bonnet à poil, l'oncle Cornillard s'approcha du Provençal et lui tint à peu près ce langage :

— Bah! bah! ne vous faites pas tant de bile, papa Marcassou, le petit est marié, c'est ce que nous voulions. S'il s'oppose à recevoir la bénédiction nuptiale, c'est apparemment qu'il a changé de religion sans vous le dire... il a pénétré chez moi l'autre nuit avec une calotte turque... peut-être qu'il s'est fait mahométan.

— Je le saurai! répliqua gravement le père d'occasion.

— Au surplus, reprit Cornillard, cela m'est personnellement on ne peut plus égal. Quand on a fait, comme moi, la révolution de Juillet, on est pour toutes les libertés. Pour ce qui est des père et mère de la mariée, ils se soucient de tout cela moins encore que moi... Et puis, je vous l'ai dit, ils m'ont abandonné tous leurs droits sur Valérie, et n'auraient pas l'inconvenance de faire des observations intempestives... Ma nièce seule pouvait ne pas trouver l'incident de son goût, mais vous voyez à sa mine qu'elle prend son parti sans trop de mauvaise humeur... N'attristons donc pas ce beau jour, et, de ce pas, filons à Argenteuil, où doit avoir lieu le repas de noces, lequel sera suivi d'un bal champêtre organisé par mes soins. Je ne sais si je m'abuse, mais je crois que ce sera tout à fait drôlichon.

Les parents, témoins et amis, s'élancèrent dans une douzaine de carrosses de louage qui stationnaient dans la cour de la mairie, et qui, s'ébranlant peu après, prirent à la queue leuleu la route d'Argenteuil.

Les rosses peu fringantes attelées aux voitures mirent tout juste le double de temps qu'il fallait pour franchir les trois lieues et demie qui séparent Argenteuil de la capitale.

Enfin on atteignit quand même et tant bien que mal la rive gauche de la Seine, et les gens de la noce purent bientôt admirer les vignobles fameux qui servent de ceinture à la ville susnommée et produisent ce vin, joies des barrières parisiennes, alors que Paris ne finissait pas, comme aujourd'hui, aux fortifications.

Lorsque notre noce fit son entrée dans la ville, il fallut mettre pied à terre, car les voitures n'auraient pu se frayer un passage à travers la foule compacte qui encombrait les rues et la place.

C'est qu'on était alors à la mi-septembre, et les vendanges avaient commencé le matin même.

La veille avait eu lieu la cérémonie traditionnelle.

Dans la journée, vendangeurs et vendangeuses, accourant de tous les côtés à la fois, avaient envahi Argenteuil, en poussant mille clameurs fantastiques, en entonnant d'indescriptibles refrains.

Comme un torrent impétueux, cette foule délirante s'était répandue dans tous les coins et recoins, avait pris d'assaut le seuil des maisons, et sur les trottoirs, au milieu même de la chaussée, avait allumé ses feux de bivac, comme aurait pu le faire une gigantesque tribu de bohémiens, ou comme l'avait fait, au temps de nos désastres, l'armée du maréchal Blücher...

Vers minuit, le nombre des compagnons de la treille s'était accru en de telles proportions, que c'était par milliers que se pouvaient compter les vendangeurs, coupeurs, hotteurs, chargeurs, pressureurs et grapilleurs.

Et tout cela riait, criait, chantait, dansait, mangeait, buvait, s'injuriait et se disputait.

C'était un vacarme insensé, un inconcevable tumulte qui, de minute en minute, ne faisait que croître et embellir, malgré les admonestations de quelques gendarmes perdus dans la foule, et dont la gravité avait grand'peine à tenir bon au contact de toutes ces effervescences et de toutes ces insanités.

Comme trois heures du matin sonnaient à la vieille église qui, semblable au couteau de Jeannot auquel on a mis tantôt une lame, tantôt un manche, n'était rien autre qu'un amalgame confus de styles différents, une ruine composée de débris hétérogènes, les vignerons d'Argenteuil et des communes voisines, au nombre de quinze cents à peu près, avaient fait enfin leur apparition sur le lieu du marché pour embaucher les ouvriers dont ils avaient besoin.

C'est alors que le tohu-bohu général était devenu quelque chose de monstrueux et d'inouï.

Chaque vigneron, interpellé par cent, deux cents vendangeurs proclamant tous ensemble leurs talents œnologiques, avait pu, non sans peine, choisir son contingent des travailleurs qui, séance tenante, avaient été dirigés sur les vignobles.

Et depuis le lever du soleil, toute cette armée était à l'œuvre, riant et babillant de plus belle et jetant aux échos ses éternels refrains.

Ce fut au milieu de cette joie universelle, de cet inénarrable remue-ménage que Stephen Lowe et Popincourt, Valérie Cornillard et les époux Coquardier, les quatre témoins, les parents et les amis traversèrent pédestrement la petite ville.

— Ouais! se dit le père Coquardier en lorgnant les villageoises courbées sous les hottes pleines de grappes, voilà des bacchantes qui n'ont rien de commun avec celles dont parle la mythologie... Elles sont toutes noires comme des diables, et leurs jupes courtes laissent voir des mollets qui se ressentent furieusement de leur voisinage avec les échalas des vignes.

Poussant un soupir :

— Allons, dit-il, je ne ferai pas mes frais aujourd'hui. Que diantre soit de ce mariage!... Je vais rentrer à Paris je ne sais à quelle heure... Sans compter que ça pue le vin à plein nez, dans ce gredin de pays... Il me semble déjà que la tête me tourne... Pour peu que ça continue, je serai soûl comme une grive avant d'avoir bu.

Mᵐᵉ Coquardier était de meilleure humeur que son époux.

Il est vrai qu'elle donnait le bras à un assez joli garçon qui ne semblait pas être tout à fait un étranger pour elle.

C'était ce même M. Casimir que nous avons vu rôder sur le carré de Valérie, dans la fameuse nuit que l'on sait.

Par une fantaisie toute féminine, la nièce de M. Cornillard avait tenu essentiellement à ce que le beau Casimir, qui avait été si près d'être son amant, fût son premier témoin.

Mis avec une recherche ridicule, un peu chauve, mais orné d'une paire de favoris à l'anglaise dans lesquels il passait à toute seconde un petit peigne de fine écaille, ce monsieur semblait parfaitement fat et splendidement prétentieux.

Bien que doué d'une vue excellente, il avait continuellement un monocle dans l'œil, ce qui ne contribuait pas peu à lui donner l'air impertinent qui lui était particulier.

Disons en deux mots qui était ce personnage.

Tout jeune, il était entré comme commis au *Dahlia jaune*, en 1816, à peu près.

M. Coquardier venait de se faire l'acquéreur de ce magasin.

La belle Euphémie Flambart, devenue son épouse, on sait comment, et n'ayant pour le vieux Don Juan aucune espèce de tendresse, s'amouracha aisément du petit commis, lequel nous devons le dire, avait assez jolie tournure.

Quelque temps après, il y avait un soldat de plus dans le grand régiment des Georges Dandin.

Mais M. Coquardier, tout occupé de ses propres fredaines, ne voyait rien de ce qui se passait dans son ménage. Si bien que les amours du commis et de la patronne se poursuivirent sans gêne et sans entraves durant fort longtemps.

Une nuit, Mme Coquardier s'aperçut que son amant avait découché.

Jalouse comme une tigresse, elle l'épia la nuit suivante, et lorsqu'après la fermeture du magasin, le beau Casimir s'éloigna comme la veille, elle le suivit.

« Il a une autre maîtresse ! » pensait-elle.

Et la rage lui faisait battre le cœur.

Elle le vit enfin pénétrer dans la maison qui faisait le coin du boulevard Montmartre et de la rue Richelieu.

Elle s'élança sur ses pas, et peu après elle se trouvait dans une grande salle étincelante de lumières, toute pleine d'hommes et de femmes aux allures étranges.

« Où suis-je? se demanda-t-elle, et que vient-il faire ici ? »

Bientôt elle vit son amant, qui ne l'avait pas aperçue, s'asseoir frémissant à une grande table recouverte d'un tapis vert tout parsemé de pièces d'or.

Cette maison où elle se trouvait, c'était Frascati, l'un des premiers tripots de la capitale.

Casimir ne venait pas là pour la trahir, il venait pour tenter la fortune.

Ce n'était pas un amant infidèle, c'était un joueur.

Nous ne dirons pas la joie de Mme Coquardier en reconnaissant que ses soupçons étaient injustes.

Doucement, bien doucement, elle s'approcha du jeune homme, et sans parler, sans lui dire qu'elle était là, elle se tint immobile derrière lui, suivant son jeu.

Casimir était en veine cette nuit-là.

Il gagna...

Malgré elle, et sans se rendre compte de ce qu'elle éprouvait, Euphémie demeurait comme clouée à sa place, et ce n'était plus pour rester auprès de son amant, non, c'était pour voir jouer.

Elle était comme enivrée, comme fascinée par la vue, par le cliquetis de cet or qui bondissait sur la table.

Et cet enivrement, cette fascination devinrent peu à peu tellement violents, tellement irrésistibles, que lorsque le banquier cria une dernière fois :

— Faites le jeu !

Elle tira de sa bourse tout ce qu'elle contenait, une dizaine de louis environ, et les plaça sans même regarder, sur l'un des numéros du tableau.

Ce numéro sortit, et Mme Coquardier ramassa un monceau d'or.

C'était le dernier coup de la banque.

Casimir stupéfié, avait reconnu sa maîtresse.

Elle s'éloigna à son bras, à moitié folle, tenant encore entre ses doigts crispés cet argent gagné par elle sans savoir pourquoi.

A partir de ce moment, Mme Coquardier était joueuse, joueuse acharnée, incorrigible ; et depuis lors, pour satisfaire cette infernale passion, elle oublia tout ce qu'elle pouvait oublier encore, c'est-à-dire ses devoirs sacrés de mère.

Et c'est pourquoi, sans l'ombre d'un regret, elle se sépara de sa fille Valérie et en confia l'entière éducation à la sœur de son époux, Mme Cornillard.

Quant à M. Casimir, il était joueur comme il était amoureux, c'est-à-dire sans conviction, sans entraînement.

Toujours maître de lui, il ne risquait toujours qu'une seule et même somme plus que modeste, et ne se hasardait à jouer un peu largement que lorsqu'il se sentait en veine. Du reste, la chance le favorisait presque toujours.

Si bien qu'au bout d'un certain temps, M. Casimir quittait le *Dahlia jaune* avec de petites rentes, et pouvait ouvrir, non loin des Coquardier, un assez joli magasin de nouveautés.

Il va sans dire que, pour s'établir à son compte, cet honnête M. Casimir, dont les ressources eussent été insuffisantes avait su, grâce à sa maîtresse, tirer de la caisse de Coquardier quelques billets de mille qui lui étaient indispensables.

C'est pourquoi il n'avait pas rompu avec Euphémie qu'il n'aimait plus, et depuis fort longtemps.

Toutefois il savait que celle-ci perdait un argent fou à la roulette ; il savait encore que les fillettes coûtaient les yeux de la tête à Coquardier, et non sans raison il pensait que l'heure était proche où l'on viendrait lui réclamer les fonds qu'on lui avait prêtés pour son installation.

C'est alors que cet habile homme avait songé à faire son épouse de la fille Coquardier.

Seulement, comme il était convaincu que la mère de Valérie pousserait des cris de paon à l'idée seule de ce mariage et qu'elle ferait tout au monde pour s'y opposer, il avait songé à déshonorer la jeune fille pour forcer, malgré tout, Mme Coquardier à donner son consentement.

Le Casimir était, comme on le voit, un drôle de la pire espèce, une canaille de première catégorie ; mais il n'était pas de cet avis, et, tout au contraire, ce qu'il projetait là lui semblait on ne peut plus simple et tout à fait naturel.

Il était donc furieux, exaspéré de se voir supplanté par M. Daniel Marcassou, et c'était à son corps défendant qu'il avait accepté d'être témoin de son mariage.

Mais il n'avait pu faire autrement. En refusant, il eût pu se compromettre aux yeux de la mère, et il tenait à rester au mieux avec elle, puisque la fille lui échappait.

Cela ne l'empêchait pas de maudire *in petto* Valérie et son époux et de jeter de temps à autre sur les nouveaux mariés qui cheminaient non loin de lui, des regards pleins de dépit et de colère.

Mme Coquardier s'appuyait tendrement sur son bras.

— Qu'avez-vous donc ? lui demanda-t-elle. Vous paraissez inquiet, préoccupé.

— Moi ! du tout ! riposta Casimir. C'est ce bruit qui m'agace... cette chaleur qui m'obsède...

— Casimir, reprit sa compagne d'un ton de reproche, vous ne m'aimez plus !

— Que dites-vous, Euphémie?

— Oh ! je dis ce qui est... Depuis quelque temps, vous n'êtes plus le même avec moi...

— Pouvez-vous supposer ?...

— Oh ! mon Dieu ! c'est tout simple, après tout... continua l'épouse du bonnetier d'un ton aigre-doux, je ne suis plus jeune... et, qui sait ? peut-être ne me trouvez-vous plus belle.

— Je vous jure, riposta Casimir en jouant la passion, que jamais, au grand jamais, vous ne fûtes plus charmante... Mais...

— Achevez.

— Mais j'ai des ennuis... des ennuis sérieux...

— Dites-les...

— A quoi bon !

— Dites-moi tout... je le veux... Devez-vous avoir des secrets pour moi?

— Eh bien, j'ai joué sans vous le dire...

— Et vous avez perdu?

— Oui, j'ai perdu... j'ai perdu beaucoup !

En parlant ainsi, Casimir mentait; mais il tenait à couper court à l'interrogatoire de sa maîtresse.

— Cela est fâcheux, en effet, riposta Mme Coquardier, bien fâcheux, car moi-même depuis un mois... je suis peu favorisée du sort... Mais enfin nous aviserons... Quittez donc cette mine sombre et ne songez plus à tout cela

— Je tâcherai, murmura le jeune homme en grimaçant un sourire.

De temps en temps, Popincourt, de son côté, regardait Casimir à la dérobée.

— C'est lui, pensait-il intérieurement. On dirait qu'il me regarde de travers. Il a une tête qui m'agace ce muscadin-là, avec ses *panoufles* peignées et parfumées !... Il faudra que je lui joue quelque mauvais tour.

On avait atteint la rue Sannois.

Là, dans une maison de campagne appartenant à l'oncle Cornillard, le repas et le bal devaient avoir lieu.

Cette maison était justement contiguë à la petite propriété de la mère Brichet, la vieille Auvergnate, en qualité de voisine, avait été comprise dans le nombre des invités.

Elle avait, du reste, sur la demande de l'ex-épicier, qu'elle connaissait et dont elle était connue depuis longtemps, dirigé les préparatifs de la fête, et quand on pénétra dans la villa de l'oncle Cornillard, on trouva l'usurière du cloître Saint-Jean achevant de dresser sous la tonnelle du jardin une longue table toute surchargée de brocs et de victuailles.

Le festin fut des plus gais et le vin nouveau d'Argenteuil obtint un succès fou.

— C'était le vin préféré du roi Henri IV, dit M. Cornillard et le Vert-Galant s'y connaissait !

— Je ne sais s'il s'y connaissait autant que vous le dites, beau-frère, riposta Coquardier, qui était un peu gris, mais je préfère de beaucoup le bordeaux et le bourgogne.

— Vous êtes bête comme un chou, beau-frère, répondit Cornillard, légèrement ému aussi, l'argenteuil, c'est le roi des vins… et si au lieu d'être simple bonnetier vous aviez embrassé l'épicerie comme moi, c'est-à-dire un métier qui exige des études historiques et géographiques quelque peu sérieuses, vous sauriez que le nectar en question a joui au temps jadis d'une célébrité universelle… à preuve que l'abbé Lebeuf en parle en ses écrits avec vénération, et que vers 1750 à peu près, on a soutenu en thèse publique, devant l'Académie de médecine, que les vins de ce pays damaient le pion à ceux de la Bourgogne et de la Champagne… Ouf! fit-il en s'épongeant le front, je ne sais pas si c'est la température, mais j'ai chaud comme dans un bois.

— Parbleu! la belle malice, lui cria Coquardier, c'est votre bonnet à poil qui vous tient chaud! Lâchez votre oursin que diable, lâchez votre oursin!

— Oui, oui, reprirent en cœur tous les gens de la noce.

— Me séparer de mon bonnet à poil! répliqua d'une voix forte le garde national, plutôt la mort. En une circonstance aussi solennelle, ce serait manquer à toutes les convenances…

La mère Brichet s'était placée, on ne sait pas trop pourquoi, à la droite de Popincourt.

— Oui, monsieur le marié, lui disait-elle, c'est comme j'ai celui de vous le dire, ces deux gredins d'invalides, qui n'étaient pas plus invalides que vous et moi, après m'avoir ficelée et bâillonnée, m'ont volée jusqu'à mon dernier écu…

— Les canailles! fit le jeune coquin avec une indignation parfaitement jouée.

— Oh! mais je les repincerai un jour ou l'autre, reprit la vieille. Ils étaient bien déguisés, mais c'est égal, je saurai les reconnaître entre mille.

— Bonne chance! lui répliqua Popincourt en lui tournant le dos.

En ce moment, un homme d'une cinquantaine d'années parut au fond du jardin.

A sa vue, le nouveau marié se troubla singulièrement.

Stephen Lowe était assis à la gauche de son complice. Il remarqua son trouble.

— Qu'as-tu donc? lui demanda-t-il tout bas.

— Regardez bien cet homme, répliqua Popincourt avec terreur, c'est un ancien grade-chiourme du bagne de Brest.

— Allons! remets toi, tonnerre! et fais bonne contenance.

L'oncle Cornillard avait couru au-devant du nouveau venu.

— Eh! vous voilà donc enfin, mon vieil ami Garousse… Je savais bien que vous n'auriez pas le cœur de nous faire faux bond en ce grand jour.

— Certes, non, riposta l'autre; pour vous d'abord, ami Cornillard, je tenais à être de la fête; mais je voulais aussi serrer la main à mon vieux Marcassou et à son fils Daniel.

Stephen et Popincourt échangèrent un indéfinissable coup d'œil.

Un instant, ils songèrent à lever le siège; mais ils réfléchirent que si l'ex-garde-chiourme était à Argenteuil à leur intention, il avait eu soin de venir avec des forces imposantes.

Alors, ils attendirent l'orage, calmes, fermes, et sans faire un mouvement.

Le père Garousse fut placé entre eux deux.

— Les voilà ! lui dit Cornillard, tout en se rasseyant. Embrassez-les maintenant donnez-vous-en à cœur joie !

Le garde-chiourme tenait entre ses mains les mains de Stephen Lowe.

— Pamphile, mon cher Pamphile... c'est donc bien toi, mon vieil ami... Oh ! je t'ai reconnu tout de suite, va... M'as-tu reconnu de même, toi ?... Troun de Diou ! comme on disait là-bas, au pays de Provence, ça fait du bien tout de même de retrouver un camarade d'enfance, un compagnon de jeux, un frère !

Et le bonhomme pleurnichait en parlant.

Stephen Lowe, à tout hasard, fit semblant de larmoyer aussi.

— Qui sait ? pensa-t-il, il me prend peut-être sérieusement pour le Marcassou.

Le père Garousse se tournant ensuite vers Popincourt :

— Et voilà ton fils, alors !... Et c'est lui que tu maries à cette heure ! Crédié ! comme le temps passe et comme les enfants poussent vite... Je me rappelle encore le jour où ce gamin-là est venu au monde... Il y a de ça juste vingt-deux ans. . Troun de Diou ! quelle fête !... quelle joie dans la maison !... Nous avons ri comme des bêtes toute la nuit, et nous avons tant bu... tant bu, que nous en avons été malades pendant plus de huit jours, et que nous avons manqué tous les deux d'en crever !... Nous nous sommes rudement amusés !

Donnant une bourrade à Popincourt :

— Satané crapaud, va, tu peux te vanter de m'avoir fait faire une once de bon sang !

Reprenant son sérieux, et se retournant vers l'Anglais :

— A propos, et ta femme... ta Marianne ?

Stephen Lowe crut devoir répondre à cette interrogation par un soupir.

— Compris ! fit le père Garousse avec sentiment. Elle est là-haut !... Que veux-tu ? nous sommes tous mortels, et faut être philosophe... Mais c'est égal, ça a dû te sembler dur. Elle faisait si bien la bouille-abaisse ! troun de Diou !

Stephen Lowe soupira de nouveau.

L'autre reprit :

— C'est quelque temps après la naissance du petit que je suis entré au bagne de Toulon en qualité de garde-chiourme.

— C'est là, père Garousse, dit l'oncle Cornillard, que vous avez dû en voir de drôles.

— Je vous crois, répliqua le bonhomme. Mais ce n'est rien encore à côté de Brest... Car après mon service à Toulon, j'ai recommencé à Brest...

Poussant un long soupir de regret :

— J'étais installé là avec ma ménagère... mame Garousse. Bonne femme, mais aimant trop l'anisette...

Popincourt commençait à être sur les épines et son complice n'était que très peu rassuré.

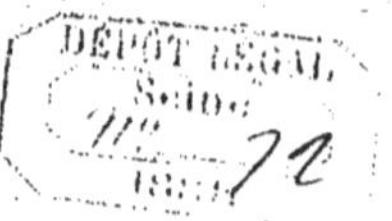

L'oncle Cornillard prit alors un air solennel.

— Ce n'est pas possible, pensaient nos deux bandits; il y a quelque anguille sous roche, et nous allons être pincés.

Le père Garousse poursuivit :

— Pour en revenir à Brest, je disais donc que c'est inouï ce qui s'y est passé de mon temps... Je peux dire que j'ai eu affaire aux plus fameux scélérats d'à présent !... Ainsi, moi qui vous parle, j'ai vu, de mes yeux vu, le célèbre Popincourt...

— Popincourt ! répétèrent tous les convives avec une terreur mêlée de curiosité.

— Oh ! oh ! pensa ce dernier, ça se gâte... Le vieil argousin m'a reconnu... c'est clair comme le jour.

Il allait se lever...

Mais le père Garousse lui saisit la main et l'obligea à demeurer en place.

— Écoute, petit, lui dit-il, écoute quel gueux c'était que ce Popincourt... Je suis sûr que ça t'intéressera.

Et le forçat, en proie à la plus grande perplexité, pâle comme un mort et frémissant des pieds à la tête, fut contraint à entendre sa propre histoire.

XIX

COMMENT SE DÉNOUÈRENT LES NOCES DU FORÇAT.

Le père Garousse prit donc la parole en ces termes :

— A dix-neuf ans, le susdit Popincourt était au bagne... et je vous prie de croire qu'il ne l'avait pas volé.

— A dix-neuf ans ! répétèrent les auditeurs.

— C'est comme j'ai l'avantage de vous le narrer.

— Et quels méfaits avait-il commis ?

— Oh ! la moindre des choses. A douze ans, il était déjà chef d'une bande de voleurs.

— Comme Mandrin ?

— Non pas comme Mandrin, mais comme Cartouche et autres messieurs de même farine... Il va sans dire que les estimables soldats qu'il commandait étaient tous à peu près de son âge.

« Cette petite armée de filous dévalisait tout le quartier Popincourt et Ménilmontant...

« Vous dire leurs prouesses serait chose impossible, et je n'en finirais pas ; mais ce que je puis vous affirmer, c'est que cette bande de démons lilliputiens fit les cent dix-neuf coups.

« Leur principale industrie consistait à faire main basse sur la volaille et les lapins, qu'ils revendaient à vil prix et qu'ils reprenaient quelque temps après.

« Popincourt se vantait au bagne d'avoir vendu dix fois le même lapin à un petit propriétaire de Belleville.

« Cette clique dormait la plupart du temps dans les plâtrières.

« Les carrières d'Amérique étaient leurs galeries privilégiés.

« Là, le susdit Popincourt tenait une véritable école de filouterie. Il donnait des leçons de vol à tous les petits vagabonds du quartier et distribuait des médailles à ceux qui avaient le mieux travaillé.

« Plus tard, notre coquin se lassa de dévaliser les jardins et songea à exploiter l'intérieur des maisons.

« De fil en aiguille, les coups de couteau suivirent de près les filouteries, et Popincourt finit par être pincé ; mais au lieu d'être condamné à mort comme il le méritait, il en fut quitte pour les galères : sa grande jeunesse l'avait sauvé.

« Il eût dû se trouver heureux comme un dieu de sortir de tout cela avec sa tête sur ses épaules...

« Eh bien, pas du tout !

« Il s'embêtait au bagne, et vingt fois il tenta de nous brûler la politesse...

« Mais j'étais là, et, sans me vanter, j'étais à peu près aussi malin dans mon genre que lui dans le sien... si bien que je parvins toujours à rattraper l'oiseau au vol...

« Inutile de dire que chaque nouvelle fugue lui valait quantité de coups de trique et augmentation de peine.

« Et dame ! il m'en voulait à mort, ce mauvais gredin-là... mais j'étais sur mes gardes... et je ne le perdais pas de l'œil.

« Hélas ! continua le père Garousse avec une naïveté comique, j'en fus pour mes frais de surveillance... et le coquin s'enfuit un beau jour de Brest, avec les propres vêtements de mon épouse...

« Je me rappelle même que je le pris si bien pour elle, que lorsqu'il s'éloigna je l'embrassai au front et je lui dis, croyant que c'était Mme Garousse qui sortait pour aller faire son marché, comme tous les matins :

« — Dépêche-toi, ma poulette, et n'oublie pas de me rapporter des crevettes.

Un formidable éclat de rire accueillit cet aveu dépouillé d'artifice.

« — Vous riez, reprit l'ex-garde-chiourme, je n'avais pas envie de rire, moi.

« D'abord, je fis une scène affreuse à mon épouse et je la battis comme plâtre, bien qu'elle jurât ses grands dieux qu'elle n'avait pas trahi ses devoirs conjugaux... et que l'anisette était cause de tout.

« Ce fut un spectacle épouvantable, et le lendemain, le directeur me fit appeler pour m'annoncer que j'étais admis à faire valoir mes droits à la retraite.

Reprenant d'un ton lugubre :

— Remercié !... l'on m'a remercié... moi, la perle des gardes-chiourmes... voilà ce que je dois à ce misérable Popincourt !...

« Et ce n'est pas tout !

— Quoi donc encore ?

— Retiré à Argenteuil avec ma gueuse de femme, complice de ce bandit, je m'étais mis à tenir un petit bouchon sur le bord de l'eau, *à la Renommée des goujons frits*, et là, tout en débitant mon petit bleu et mes matelotes, j'essayais d'oublier mes vicissitudes passées, lorsqu'il y a un an à peu près, au milieu de la nuit, des gredins sont entrés chez moi, m'ont lié et bâillonné, puis m'ont fourré dans les yeux des épingles rougies au feu.

« — Maintenant, m'ont-ils dit, tu ne pourras plus reconnaître tes anciens pensionnaires de Brest. Remercie-nous de ne pas te faire passer le goût du pain.

« Depuis cette affreuse nuit-là, je suis aveugle, et comme jusqu'à présent, j'avais roué de coups Mme Garousse, elle se rattrape maintenant, et c'est elle qui me bat du matin au soir.

« Eh bien, qu'est-ce qui est encore cause de ça ?

« Popincourt! toujours Popincourt! Il n'y a que cette canaille-là capable de m'a-voir fait cette dernière infamie!

— Ce n'est pas vrai! exclama imprudemment celui-là même que le père Garousse venait d'accuser injustement, nous devons le dire.

— Comment, ce n'est pas vrai! fit le garde-chiourme en sursautant, qui donc vient de parler?

— Eh! c'est le petit, troun de Diou! riposta vivement Stephen Lowe avec un accent provençal fortement accentué.

— Quoi! c'est ton fils Daniel, ami Marcassou? reprit le père Garousse en se radoucissant. Le diable me brûle, je croyais entendre ce gueux de Popincourt en personne!... Voilà plus de deux ans que nous nous sommes vus pour la dernière fois... eh bien, malgré ça, il me semble toujours reconnaître son timbre de gredin!

S'adressant à Popincourt:

— Et pourquoi donc dis-tu que ce n'est pas ce bandit-là qui a fait le coup!

— Pourquoi!... pourquoi!... riposta le drôle fort embarrassé, mais en ayant soin toutefois de déguiser sa voix, dame! parce que ça ne me semble pas possible que ça vienne de lui. C'est quelques autres forçats qui vous en voulaient sans doute... car lui ne pouvait avoir de haine contre vous.

— Il devait être tout de même fourré là dedans... on ne m'ôtera pas ça de l'idée... Oh! le gueux... le bandit... l'assassin!... poursuivit l'aveugle avec fureur en saisissant Popincourt au collet, si je le tenais, vois-tu, petit, comme je te tiens à cette heure, c'est-à-dire que je le mangerais tout cru que le bon Dieu ne m'en empêcherait pas!

Popincourt eut assez d'empire sur lui-même pour éclater de rire:

— Eh! là là! mon cher monsieur Garousse, revenez à vous, je vous en prie, je ne suis pas celui que vous voulez manger.

— C'est juste! fit le garde-chiourme, excuse-moi, petit, mais quand je parle de ce satan, ma pauvre tête déménage.

— Ouf! murmura Popincourt, dont le cœur battait avec une indicible violence, ouelle algarade!

Le repas était terminé... et déjà l'on entendait sous les arbres les accords plus ou moins mélodieux d'un orchestre champêtre.

— A la danse! à la danse! crièrent tous les convives en se levant de table.

— La danse! répéta l'aveugle. Ceci m'annonce que je dois regagner mon domicile... Pour danser, il faut des jambes et des yeux, et je n'ai que la moitié de ce qu'il faut.

Serrant les mains de Stephen Lowe:

— Adieu, ami Marcassou... Viens me voir... tu seras toujours le bienvenu *A la Renommée des goujons frits*.

S'adressant à Popincourt:

— Et toi aussi, petit, ne te gêne pas pour me faire visite... Je te présenterai à la maman Garousse... Elle connaît déjà ta petite femme... elle sera enchantée de faire ta connaissance. Est-ce entendu?

— C'est dit! riposta Popincourt.

Sur cette promesse, l'aveugle s'éloigna.

Un petit bonhomme qui lui servait de guide l'attendait à la porte.

Peu après, tous deux reprenaient la route du bord de l'eau se frayant à grand'-peine un passage à travers les cohortes des vendangeurs et des vendangeuses qui venaient de terminer leur journée et descendaient en foule des coteaux, laissant le champ libre aux grapilleurs.

Et pendant que ces braves gens se livraient en chantant à leur repas du soir, les danses allaient leur train dans le jardin de l'oncle Cornillard.

Que se passa-t-il pendant ce bal étrange donné en l'honneur d'un forçat?

Bien des épisodes pittoresques, bien des incidents bizarres assurément que nous devons forcément laisser de côté.

Tout ce que nous devons dire, c'est que Popincourt dansa avec toutes les dames, fut d'un entrain charmant, d'une gaieté étourdissante et conquit tous les suffrages.

Mᵐᵉ Coquardier elle-même le trouva tout à fait de son goût et l'appela plusieurs fois : Mon fils! d'une voix si tendrement émue, que le beau Casimir profita de cela pour lui faire à son tour une petite scène de jalousie.

Du reste, le monsieur aux panoufles, comme l'appelait Popincourt, était d'une humeur massacrante.

Il comptait, vu sa toilette et son *chic* anglais, avoir le succès de la soirée et tourner la tête à toutes les femmes qui se trouveraient là, et, contre son attente, c'était le marié qui était le lion de la fête.

Quant au père Coquardier, il coquetait, selon son habitude, avec toutes les petites filles et s'amusait comme un perdu.

Enfin minuit sonna.

C'était l'heure fixée pour le départ, et déjà toutes les voitures attendaient devant la maison, prêtes à reconduire chez eux les invités.

L'oncle Cornillard prit alors un air solennel.

Raffermissant sur sa tête son gigantesque bonnet :

— O mon neveu, dit-il à Popincourt, cette demeure qui fut mienne est désormais la vôtre... Vous habiterez céans avec votre douce compagne et votre estimable père... Le jardinier de la maman Brichet, qu'elle veut bien vous céder, sera à vos ordres ainsi que sa moitié... qui est une excellente femme, du reste, dévouée comme un caniche et vive comme un petit pou...

« Son nom est Agnès, ce qui ne l'empêche pas d'avoir une progéniture nombreuse et d'être une excellente nourrice...

« Elle servira de soubrette à Valérie, et son mari Babolein sera votre valet de chambre...

Enfin, la retraite commença.

Mais avant de disparaître tout à fait, l'oncle Cornillard dit à Popincourt d'un ton mystérieux :

— Je vous ai promis une surprise...

— En effet.

— Eh bien, je vous quitte... mais la surprise y est... vous allez voir!

Et le bonhomme lui tourna les talons.

Peu après, les douze carrosses de louage reprenaient la route de Paris.

Popincourt, Stephen Lowe et Valérie étaient demeurés seuls.

Pendant ce temps, le jardinier cédé par la mère Brichet fermait les portes et sa femme Agnès portait des lumières dans la chambre nuptiale.

Elle redescendit bientôt :

— Madame Valérie, dit-elle, c'est fait.

La jeune femme se rendit dans sa chambre avec Agnès.

Babolein, le jardinier, après avoir clos les grilles et poussé les verrous, prépara à son tour le pavillon destiné au père du marié.

Lorsque tout fut disposé :

— A demain, mon père ! dit Popincourt à Stephen Lowe.

Et déjà le jeune homme se disposait à aller rejoindre Valérie.

Mais l'Anglais le retint par le bras.

— Un instant, que diable ! tu es bien pressé de me quitter.

— Cela vous étonne ?

— Sans doute ! Tu sais bien que nous avons à causer.

— Il sera temps demain.

— Non pas, morbleu ! Demain il serait trop tard.

— Mais...

— Voyons ! Il faut que nous causions, te dis-je. Je le veux !

Stephen prononça ces derniers mots de telle sorte que son complice ne crut pas devoir résister davantage.

— Allons, soit ! fit-il en prenant son parti, je vous écoute.

Ce dialogue avait lieu dans le jardin.

— Ici, riposta l'Anglais, ce serait peu prudent... Tu dois bien penser que notre conversation ne peut être entendue de personne, et ces deux paysans qui vont et viennent ne manqueraient pas de nous écouter.

Montrant le pavillon isolé qui devait lui servir de retraite.

— Entre un instant chez moi, mon cher Daniel, nous serons là à merveille pour deviser...

Bon gré, mal gré, Popincourt obéit.

Lorsqu'ils furent enfermés tous deux et qu'ils se furent bien assurés que Babolein ni sa femme n'étaient aux écoutes, Stephen Lowe dit brusquement à Popincourt :

— Tu me demandais ce matin pourquoi je tenais tant à ce que tu devinsses l'époux de la belle Valérie, je vais te l'apprendre :

« Il y a un an, pour échapper à la police, je fuyais comme un chien enragé à travers les rues de la capitale, et principalement de la banlieue, où les sergents de ville sont beaucoup moins nombreux qu'ailleurs, probablement parce que leur présence y serait plus utile...

« Un jour, je rôdais sous je ne sais quel déguisement du côté de Vaugirard...

— Vaugirard ! répéta Popincourt en tressaillant malgré lui.

— J'étais là m'ennuyant et bâillant, quand tout à coup j'aperçus dans une boutique d'épicier, endormie à moitié derrière un comptoir, une adorable fille de dix-sept à dix-huit ans... avec des beaux cheveux noirs et des dents ivoirines...

— Tonnerre ! s'exclama Popincourt, mais c'était Valérie !

— C'est toi qui l'as nommée.

— Achevez ! achevez !

— Je tombai subitement amoureux fou de cette Vénus *extra muros* amoureux fou ! tu m'entends bien !

— Vous, amoureux !

— Moi-même ! Cela t'étonne ! On voit que tu ne me connais pas encore... Sache donc, une fois pour toutes, qu'il n'y a pas au monde un homme plus ardent que moi...

« Oui, c'est la luxure qui m'a perdu...

« C'est la luxure qui, du gentleman noble, riche, heureux, envié, a fait le bandit que je suis...

« Ceci bien posé, je continue...

« La nièce de ce gros imbécile de Cornillard m'avait soudainement enflammé.

« Je songeai aussitôt à en faire ma maitresse...

— Que dites-vous ?...

— Eh ! je dis ce qui est, mort-diable !... Ne m'interromps pas ainsi à chaque mot, je n'en finirais pas.

— Parlez donc !

— Pour en arriver à mes fins, je commençai par m'introduire dans la maison. C'était facile. Inutile de te dire que je m'étais fait un visage et une allure de circonstance...

« Je m'installai dans la maison voisine de celle de la petite, sous le nom de il signor Stradelli, et je me fis passer pour un confrère et un compatriote de l'illustre Rossini...

« Je suis bon musicien et je pianote suffisamment.

« De plus, je chante assez bien et parle italien assez mal...

« Que te dirai-je ?... Mes fenêtres donnaient sur une espèce de petit jardinet où la belle Valérie venait lire de temps à autre.

« Je liai connaissance avec elle...

« Ma qualité d'artiste lui plut...

« Mes mélodies la charmèrent, et après un mois d'une cour assidue, la petite, qui n'était pas sauvage, bien au contraire, consentit à m'octroyer un rendez-vous...

Popincourt était sombre.

Il ne dit pas un mot et fit à son complice un geste bref, rapide, qui signifiait :

— Poursuivez !

— A quelques mois de là, la charmante enfant vint me trouver.

« — Stradelli, me dit-elle d'une voix haletante, entrecoupée, fiévreuse, je viens vous annoncer une terrible nouvelle !

« Une nouvelle ! pensai-je. Bon, l'oncle sait tout et il éprouve le besoin de maudire sa nièce et de plonger son briquet de garde national dans le sein de son séducteur.

« Ce n'était pas cela.

« — Je vais être mère, poursuivit Valérie en tombant dans mes bras.

— Mère ! murmura Popincourt.

— Oui, mon ami. C'était là le terrible secret que cette innocente venait me révéler.

— Quoi !... cette histoire d'enfant... de nourrice...

— Tout était parfaitement authentique, mon cher ami...

— Que fîtes-vous, alors ?

— Ce que tout homme sensé eût fait à ma place... Je quittai Vaugirard et je n'y remis jamais les pieds.

— Quoi ! vous laissiez cette malheureuse avec son enfant !

— Parbleu !... Voulais-tu par hasard que je le reconnusse ? Du reste, rassure-toi, Valérie n'est pas une de ces petites sottes qu'un rien embarrasse et qui perdent la tête à la moindre mésaventure... Non, elle sut mettre son enfant au monde sans que personne se doutât de l'accident, et, sans éveiller de soupçons, elle le confia aux soins de la femme Babolein... dans ce même Argenteuil où nous sommes présentement.

— Ah ! c'était vrai ! rugit Popincourt en crispant les poings.

— J'avais à peu près oublié Valérie et je ne songeais à elle que lorsque je n'avais rien de mieux à faire, reprit Stephen, lorsqu'il y a quinze jours eut lieu ce que tu sais, c'est-à-dire, notre soirée chez les Grenouillot et notre fuite par les toits. Après notre séparation forcée, j'étais allé retrouver la chanteuse des *Aveugles* et le lendemain, au point du jour, je t'attendais, comme c'était convenu, dans la cave du vieux Curtius... mais je t'attendis en vain.

« Oh ! oh ! me dis-je, est-ce que par hasard mon *malade* de cette nuit serait plus mal ce matin ? En bon *médecin*, je lui dois une dernière visite.

« Et jetant bien vite au diable les nippes empruntées dans la mansarde du peintre Gilbert, lesquelles nippes auraient pu me faire reconnaître par Fouinardet et sa clique, j'endossai immédiatement d'autres hardes moins compromettantes. Vêtu en étudiant de vingtième année, je pris le chemin de la rue Monsieur-le-Prince et je m'y installai dans le petit café qui fait face au n° 23.

« Là, le *Charivari* sous le nez et la pipe à la bouche, je prêtai l'oreille, espérant obtenir quelques renseignements sur ton compte... mais je ne pus apprendre qu'une seule chose, c'est que les deux invalides avaient échappé à toutes les recherches de la police et que l'on ignorait ce qu'ils étaient devenus.

« — Popincourt est-il donc encore dans le logement où il s'est réfugié cette nuit ? me demandai-je étonné. C'est peu croyable.

« Ce qui prouve, ajouta Stephen sentencieusement, que le poète a raison en disant que

Le vrai peut quelquefois n'être pas vraisemblable

« Tout en réfléchissant, je considérais machinalement les fenêtres du troisième étage...

« Bientôt, à l'une d'elles, j'aperçus une jeune femme...

Elle s'élança avec lui dans le fleuve.

« C'était Valérie...

« Non pas Valérie telle que je l'avais quittée, c'est-à-dire pleurnichant, les yeux rouges, les traits tirés et la taille incorrecte... mais telle au contraire qu'elle m'était apparue pour la première fois, c'est-à-dire charmante et vraiment désirable.

« Malgré moi, j'eus comme un pressentiment de ce qui avait pu se passer. Oui, je ne sais quel instinct secret me dit que c'était cette belle fille qui t'avait caché chez elle et sauvé des argousins.

« Dans le même moment, deux gardes nationaux entrèrent dans le petit café et vinrent s'asseoir à deux pas de moi. Dans l'un de ces guerriers, je reconnus sans

peine l'oncle Cornillard. L'autre était l'épicier du coin.... M. Pataguel, celui-là
même qui t'a servi de témoin aujourd'hui.

« Entre confrères, on cause. C'est ce que fit Cornillard. Tout en *s'absinthant* à
bouche que veux-tu, et sans faire aucunement attention à moi, il raconta l'histoire de
cette nuit depuis A jusqu'à Z. Je compris tout alors et je songeai aussitôt à te délivrer.
Pour ce faire, il n'y avait qu'un moyen, c'était de me présenter chez Cornillard
comme ton père. J'avais en réserve des papiers trouvés par moi chez l'Arlésienne
et qui avaient été volés par elle à Kocoding... Ces papiers étaient ceux d'un Pamphile Marcassou et de son fils, personnages parfaitement authentiques, et dont la
disparition n'était connue que de leurs assassins... Je changeai donc de peau une
fois encore, et je me fis une nouvelle physionomie conforme au signalement du
passeport. L'oncle Cornillard me prit, comme tout le monde, pour le Provençal en
question, et Valérie ne songea aucunement à reconnaître en moi son chanteur italien... le père de son enfant.

— Son enfant ! répéta Popincourt d'une voix étranglée.

— Dans le premier moment, je voulais tout bonnement t'emmener avec moi et
te délivrer, en donnant ma parole d'honneur à l'épicier que tu épouserais sa nièce..
mais je réfléchis qu'après tout, ce mariage pouvait grandement nous servir, en ce
sens qu'il nous donnait à l'un et à l'autre une position sociale, un nom, en un mot
qu'il faisait de nous deux hommes pouvant vivre au grand jour, et non plus deux
protées forcés de changer de forme et de visage toutes les cinq minutes... Dès lors,
ton mariage avec Valérie fut tout à fait résolu... et je te jouai la petite scène pater-
nelle après laquelle je te fis remettre sous clé avec accompagnement de verrous...

« Malheureusement, pendant les quinze jours qui précédèrent ton mariage, ce
diable de père Cornillard, qui craignait peut-être que je ne m'envolasse aussi, me
força pour ainsi dire à demeurer chez lui... Je pus revoir alors sa nièce tout à mon
aise et je ne fus pas long à m'apercevoir qu'elle était non pas aussi belle, mais cent
fois plus adorable qu'autrefois... Si bien que ma première passion me revint au
cœur cent fois plus violente... et j'en vins à maudire ce mariage qui allait se faire,
car j'étais jaloux de toi.

— Jaloux !

— Oui, jaloux ! positivement jaloux ! et c'est pourquoi je t'ai fait tenir au secret
jusqu'à ce jour, car je ne voulais pas que tu te rapprochasses de celle que j'aimais.

— Bien ! je comprends enfin ! répliqua Popincourt.

— Cependant, reprit l'Anglais, il fallait que ce mariage eût lieu... autrement,
tout se découvrait et j'étais à tout jamais séparé de Valérie... Mais à présent que
tout est terminé, je revendique mes droits...

— Que voulez-vous dire ?

— Eh parbleu ! c'est bien simple, aux yeux de tous, tu seras l'époux de ta
femme, mais c'est à moi seul qu'elle appartiendra.

Popincourt se leva et le regarda en face.

— Ah ça, voyons ! dit-il, êtes-vous ivre, milord ?

— Plaît-il ?

— Oui ! répondez, êtes-vous ivre ?... Je vous le demande, car il n'y a qu'un homme ivre qui puisse tenir un semblable langage !

— Oh ! mon petit ami, ne faisons pas le méchant ! riposta tranquillement Stephen Lowe, ces manières-là ne me vont pas, et les phrases de mélodrame me portent sur les nerfs. Qu'as-tu donc, après tout, à monter ainsi sur tes grands chevaux ? Tu n'aimes pas Valérie... tu ne peux pas l'aimer !...

— Qu'en savez-vous ?

— Ah bah ! te voilà amoureux aussi !...

— Vous l'êtes bien, vous !

— Moi, c'est mon métier... Je ne suis bandit que par hasard, tandis que toi tu es né avec cette vocation-là... et dame ! l'amour n'est pas plus fait pour toi que le soleil n'est fait pour la nuit !

— Eh bien ! vous vous trompez, milord, j'aime... j'aime pour la première fois de ma vie... Oui, malgré tout ce que peut être cette femme... bien qu'elle se soit donnée à vous, je l'aime, et je vous garantis une chose, c'est que je la garde pour moi !

— Parbleu ! c'est ce que nous verrons !

— C'est tout vu, répliqua Popincourt d'un ton bref. Elle était à vous jadis, il fallait ne pas l'abandonner... Elle est à moi, maintenant... n'y touchez pas, mon maître... ou tant pis pour vous !

— Tu me menaces, je crois ?

— Et pourquoi donc pas, s'il vous plaît ? Est-ce que vous vous figurez que vous me faites peur, par hasard ?... Allez, vous ne me connaissez pas bien encore... mais soyez sûr d'une chose; c'est que je suis de force à faire votre partie.

En ce moment, la voix de Valérie se fit entendre.

— Daniel, disait-elle, Daniel, où donc êtes-vous ?... J'ai peur !

— Valérie, répondit le jeune homme, me voici... me voici !...

Il fit quelques pas vers la porte...

Mais Stephen Lowe se plaça devant lui.

— Si tu fais un pas de plus, je crie à cette femme que tu es un forçat et que le bagne te réclame !

A cette menace de Stephen Lowe, Popincourt avait reculé de deux ou trois pas en poussant une exclamation de rage.

— Tonnerre ! auriez-vous bien l'aplomb de me jouer ce vilain tour ?

— Aussi vrai que nous sommes ici tous les deux, répliqua l'Anglais en s'adossant contre la porte, je ferai tout connaître à Valérie si tu as le malheur de revendiquer tes droits conjugaux.

— Cré canaille ! grommela le forçat, c'est qu'il le ferait comme il le dit.

— Oh ! parfaitement, cher ami, reprit l'autre d'un ton résolu, j'ai pour habitude de toujours parler sérieusement.

— Eh bien ! alors, tant pis pour toi, milord de mon cœur, rugit Popincourt.

A ces mots, il sortit de sa poche un large couteau, dont il s'était muni, pendant le repas, à l'approche du garde-chiourme.

Mais comme il allait s'élancer sur l'Anglais, en brandissant cette arme redoutable, il aperçut aux mains de son complice une paire de pistolets dont la vue seule le fit demeurer immobile.

— Grand niais, va ! ricana Stephen Lowe, tu dois pourtant bien penser que je ne suis pas homme à m'aventurer dans ces parages sans avoir pris mes précautions.

Quittant son ton railleur :

— Allons, bas les armes ! ajouta-t-il impérativement.

Le forçat ne tenta même pas de résister et jeta son couteau aux pieds de l'Anglais.

Celui-ci le ramassa.

— Bonne lame, ma foi !

Puis il le mit dans sa poche en disant :

— Conservons ce bijou... on ne sait pas ce qui peut arriver.

Faisant ensuite disparaître ses pistolets :

— Maintenant, si tu m'en crois, reprit-il, ne recommence jamais avec moi cette plaisanterie... je finirais par me fâcher ; et je tiens, au contraire, à ce que nous restions bons camarades.

— Quand le diable y serait, répliqua l'autre coquin, vous ne pouvez pas m'empêcher d'être le mari de ma femme !... Vous lui direz qui je suis, soit... je vous sais capable de faire ce beau chef-d'œuvre... Mais en me dénonçant, ce serait vous dénoncer vous-même... Et si Valérie apprend par vous que je sors des galères et que mon vrai nom est Popincourt, elle apprendra par moi que Pamphile Marcassou et l'Italien Stradelli, son amant, ne sont autres que Stephen Lowe, l'empoisonneur.

Comme le forçat disait ces derniers mots, une sorte d'exclamation sourde retentit à la porte du pavillon.

— Malheureux ! fit vivement l'Anglais, tu nous perds tous les deux...

— Que voulez-vous dire ? interrogea Popincourt, qui n'avait rien entendu.

— Je dis, reprit l'autre à voix basse, que quelqu'un était là, sur le palier, et qu'on nous écoutait.

— Valérie, peut-être, murmura le forçat.

— Elle ou un autre, qu'importe, riposta l'Anglais. On nous écoutait, te dis-je.

— Eh bien, tant mieux, fit Popincourt, ça simplifie la question. De cette façon, nous n'aurons de regrets ni l'un ni l'autre, et Valérie ne sera pas plus à vous qu'à moi !

— Tais-toi, parleur maudit.., interrompit Stephen Lowe avec colère.

Puis il colla son oreille contre la serrure.

— J'entends des pas légers au bas de l'escalier, reprit-il, un frou-frou de jupes féminines... Plus de doute... c'est elle. Tonnerre ! ajouta le bandit, nous voilà dans de beaux draps !

— Bah ! de quoi vous plaignez-vous ? ricana Popincourt ; nous voulions nous dénoncer mutuellement... c'est une corvée qu'elle nous épargne.

— Nous dénoncer ! reprit l'Anglais avec une sinistre énergie, c'est ce que nous verrons !

A ces mots, il s'arma de ce même couteau dont son complice l'avait menacé, ouvrit la porte et se précipita dans l'escalier rustique qui menait au jardin.

Popincourt s'était élancé hors du pavillon en même temps que Stephen.

Mais le jardin était parfaitement désert.

Les deux bandits purent aisément s'en convaincre, car il faisait cette nuit-là un splendide clair de lune.

— Personne ! dit l'Anglais.

— Personne ! répéta l'autre.

— C'est étrange !

— Bah ! reprit Popincourt, vous vous êtes peut-être figuré qu'on nous espionnait. Quant à moi, je n'ai rien entendu du tout.

— Oui, mais j'ai entendu, moi j'en suis sûr... un cri sourd... étouffé... puis les marches vermoulues du petit escalier ont craqué sous les pas d'une femme qui fuyait... Pardieu ! je ne suis pas fou, l'amour ne me fait pas comme à toi perdre la raison.

Ils allèrent à la grille qui donnait sur la rue.

Elle était telle que Babolein le jardinier l'avait laissée avant de se coucher, c'est-à-dire hermétiquement close et fermée à double tour.

— A coup sûr, observa Popincourt, ce n'est pas par là qu'elle s'est sauvée... nous aurions entendu le bruit de la grosse clef grinçant dans la serrure... Sans compter que la porte ne peut s'ouvrir qu'en mettant en mouvement la cloche que voici.

— Cette maison a peut-être une autre issue, pensa Stephen.

— Ceci n'est pas impossible, reprit le forçat. Au surplus, nous pouvons savoir si c'est Valérie, oui ou non, qui s'est permis de farfouiller à notre porte. Il y a de la lumière dans sa chambre... montons-y et nous aurons le cœur net de tout cela...

— Soit !

Et les deux bandits s'introduisirent à bas bruit dans l'habitation.

Au bout d'un assez long corridor, se trouvait l'escalier qui menait au premier étage.

Ils s'y engagèrent l'un et l'autre, retenant leur souffle et marchant à bas bruit.

Comme ils mettaient le pied sur le dernier degré, une jeune femme, vêtue de blanc, sortit de l'une des pièces du rez-de-chaussée.

Cette chambre était celle du jardinier et de sa femme Agnès.

Là, les deux paysans dormaient du plus profond sommeil, que justifiaient, au reste, les fatigues exceptionnelles de la journée et les libations forcées qui les avaient suivies.

Près de leur lit était un berceau vide.

Le petit enfant qui, quelques secondes auparavant, y sommeillait, se trouvait maintenant dans les bras de la femme en blanc...

Et cette femme, c'était Valérie...

C'était sa mère !

Inquiète de l'absence prolongée de son époux, comprenant que quelque chose d'étrange se passait dans le pavillon rustique, entre Daniel et celui qu'elle prenait pour son père, la jeune femme avait quitté la chambre nuptiale.

Frémissant malgré elle, car une voix secrète semblait l'avertir qu'un malheur planait sur son front, elle avait franchi le seuil de l'habitation ; puis traversant le jardin, elle s'était dirigée vers le pavillon.

En un instant, elle eut gravi les quelques degrés de l'escalier...

Mais bientôt elle les redescendait épouvantée... presque folle d'horreur...

Car elle avait entendu les dernières paroles de Popincourt.

— Je suis l'épouse d'un forçat, murmurait-elle, et le père de mon fils est un empoisonneur !

Alors, la malheureuse avait couru à la salle basse où son enfant reposait près de sa nourrice, selon les ordres de l'oncle Étienne.

Malgré l'opposition de Valérie, le bonhomme avait exigé que le petit fût amené sous le même toit que sa mère...

C'était là cette surprise qu'il ménageait à Popincourt.

La jeune femme enlevait l'enfant de son berceau, au moment même où les deux bandits quittaient leur pavillon.

A leur approche, elle avait vivement éteint la veilleuse qui éclairait la salle basse, et ne s'était décidée à fuir avec son fils que lorsqu'elle avait entendu Popincourt et son complice marcher à l'étage supérieur.

Tandis que ceux-ci pénétraient mystérieusement dans la chambre nuptiale, Valérie s'éloigna donc d'un pas rapide, pressant le petit enfant contre sa poitrine pour étouffer ses cris s'il venait à se réveiller.

Se glissant à travers les massifs, elle gagna promptement un potager qui se trouvait à l'extrémité du jardin.

D'une main fiévreuse, elle ouvrit une porte qui donnait sur la campagne et se prit à fuir sans regarder en arrière.

. . . .

Folle, éperdue, la pauvre femme avait couru longtemps, bien longtemps.

Enfin, elle atteignit le bord de l'eau.

— Allons ! fit-elle avec une sauvage exaltation, n'hésitons pas... Maintenant que cet effroyable secret m'est révélé, je n'ai plus le droit de vivre !... Un forçat !... c'est un forçat ! répéta-t-elle avec horreur.

S'adressant à son petit enfant, qui faisait entendre de faibles plaintes :

— Pleure, malheureuse créature, pleure sur ta triste destinée, car tu es née du crime, et c'est par le crime que tu vas retourner bientôt dans ce néant dont tu sors !

« Oui, oui, continua-t-elle avec une sinistre résolution, dans un instant, ces flots sombres nous auront engloutis tous les deux !...

« La mort !... répéta la jeune mère.

Et, malgré elle, un frisson de terreur vint la saisir.

— Insensée ! je crois vraiment que le suicide me fait peur ! N'est-ce donc pas le seul dénouement possible à mon épouvantable situation ? Quel serait mon sort, si j'étais assez lâche pour vivre ? Quel serait le sort de ce misérable enfant ? Allons ! pas de faiblesse...

Elle s'avança plus près encore du fleuve qui grondait à ses pieds.

Alors elle s'agenouilla pieusement sur le rivage et elle se prit à prier.

Puis, brusquement, fiévreusement, couvrant son enfant de baisers, elle s'élança avec lui dans le fleuve !...

Une lutte de quelques secondes, un long cri d'angoisse et ce fut tout ! à la clarté de la lune, des mariniers avaient assisté de loin au suicide de la jeune femme.

Ils s'empressèrent de courir à son secours...

Mais lorsqu'ils purent retrouver la malheureuse serrant son petit enfant contre son sein, c'en était fait. La mort avait fait son office.

Les deux cadavres furent transportés à la maison la plus proche, c'est-à-dire à l'auberge du père Garousse.

. . . .

Pendant ce temps, le forçat et son compagnon avaient pu s'assurer que la chambre où ils s'étaient introduits était déserte.

— Tu le vois, dit Stephen, je ne me trompais pas. C'est Valérie qui nous espionnait... C'est elle qui va nous trahir.

— C'est de votre faute, riposta Popincourt; vous n'aviez qu'à laisser aller les choses naturellement.

— C'est de ta faute bien plutôt, reprit l'autre avec colère, il fallait te taire et m'obéir.

— Merci bien ! je ne suis ni votre chien ni votre valet... Avec votre permission je suis votre égal... un peu moins gredin que vous, peut-être... mais, avec du travail, ça viendra.

— Allons ! trêve à ce nouveau verbiage, fit l'Anglais impatienté; nos récriminations et nos reproches sont hors de saison. Pour le quart d'heure, nous n'avons qu'une seule chose à faire, c'est de décamper au plus vite... Il est évident que Valérie est allée raconter ce qu'elle sait...

— Avec ça qu'elle n'aura pas raison !

— Or, poursuivit Stephen, à cause des vendanges, le pays est inondé de gendarmes et nous serons sûrs d'être pincés...

— C'est plus que probable...

— En route donc, et que le diable nous conduise !

Avant de s'éloigner à tout jamais de cette chambre où il comptait si bien passer sa première nuit de noces, Popincourt ne put s'empêcher de soupirer.

— Allons, voyons, lui dit brutalement son compagnon, tu feras du sentiment une autre fois... L'heure est bien choisie, vraiment, pour t'attendrir et soupirer !

— Quelle vilaine rosse vous faites ! s'exclama le forçat exaspéré. Parole, je ne sais pas de quelle pâte vous êtes fabriqué. Vous ne comprenez rien et vous blaguez tout !

Stephen haussa les épaules et lui montra la porte.

— Attendez donc un peu, que diable ! riposta Popincourt. Je ne veux pas filer d'ici sans emporter au moins un souvenir de mon infante.

Ce disant, il prit le bouquet de fleurs d'oranger que Valérie avait porté à son corsage pendant la journée.

Puis il y appuya ses lèvres et le mit sur son cœur.

— Eh! bon Dieu! fit Stephen en riant, c'est de la pastorale toute pure! Attends, moi aussi, je vais m'offrir un souvenir de cet ange.

A ces mots, il ouvrit la corbeille de mariage et prit un petit portefeuille bourré de billets de banque, présent de noces de l'oncle Cornillard.

— Eh! là-bas, dit vivement le forçat, en s'en emparant, ceci est mon bien, et vous n'y toucherez pas!

— Allons donc! riposta l'autre, tu te réveilles, enfin, mon jeune tigre! A la bonne heure!... Garde... garde, mon fils... tu partageras plus tard avec ton cher papa Marcassou.

Popincourt se mit à rire.

— Gueusard d'homme! fit-il. Dire qu'il n'y a pas moyen de rester fâché avec lui.

— Voyons, voyons! ne nous amusons pas davantage aux bagatelles de la porte et disons un éternel adieu à cet établissement. Nous avons au moins la satisfaction de n'y être pas venus pour rien.

Peu après, les deux coquins étaient au bas de l'escalier.

Ils se glissaient sans bruit dans le corridor du rez-de-chaussée, quand tout à coup la porte de la salle basse s'ouvrit toute grande, et Babolein, en chemise et en bonnet de coton, apparut sur le seuil, escorté de son épouse en semblable appareil.

Cette dernière tenait une chandelle à la main et semblait au comble de l'inquiétude.

A la vue du couple campagnard, nos deux bandits firent mine de rétrograder.

Mais comprenant qu'il valait mieux payer d'audace, ils allèrent d'un pas ferme au-devant des paysans.

— Eh! c'est ce bon Babolein! dit Stephen Lowe.

— C'est cette chère madame Agnès! reprit Popincourt sur le même ton.

— Oui, messieurs, oui, riposta la nourrice, c'est nous-mêmes, pour vous servir

— Et nous sommes bien aises de vous voir, ajouta le jardinier, car vous allez sans doute nous expliquer quelque chose que nous ne nous expliquons guère...

— Figurez-vous... que le petit...

— Le petit? répétèrent les coquins.

— Oui, vous savez bien, le petit Bibi...

— Ah! bon! fit Popincourt d'un air d'intelligence.

Puis en lui-même :

— Que diable ça peut-il bien être que le petit Bibi?

— Enfin, quoi, votre fils, monsieur le marié... continua le jardinier, en s'adressant au forçat.

— Ah! bon!... ah! bien!... fit ce dernier.

Puis à voix basse :

— C'est de votre moutard qu'il s'agit, dit-il à l'Anglais.

Reprenant à voix haute :

— Eh bien, mon brave monsieur Babolein, poursuivit-il, que lui est-il arrivé, à ce cher petit Bibi?

— Je vas vous conter ça.

La vieille tomba sans pousser un seul cri.

— Contez, contez, monsieur Babolein, dit vivement Popincourt, et dépêchez-vous, surtout, parce qu'il fait froid, et, dans vos costumes légers, vous et cette bonne Mme Agnès, vous pourriez attraper un rhume de cerveau.

— Vous êtes bien bon, monsieur le marié. Voilà donc la chose... Comme vous le savez, le petit était chez nous, je veux dire chez m'ame Brichet, dans la maison à côté... mais M. Cornillard, qui tenait à vous faire une surprise agréable, nous a dit comme ça :

« — Mes enfants, vous installerez le gamin chez moi, le soir même de la noce, sans qu'on s'aperçoive de rien... Dans le milieu de la nuit, pendant que les nouveaux mariés dormiront, vous irez proprement déposer le berceau à côté de leur lit. Quand ils s'éveilleront, ça leur fera plaisir.

— Le fait est, dit gravement Stephen en frappant sur l'épaule de Popincourt, que cela t'eût procuré bien de l'agrément, troun de Diou!

S'adressant à la nourrice :

— Poursuivez.

La femme reprit :

— En attendant le moment de vous montrer le marmot, nous dormions un brin, histoire de nous reposer... quand tout à l'heure une sorte de bruit qui se faisait dans la chambre nous a réveillé en sursaut.

« — C'est le petit qui a remué, que je dis à mon homme.

« — Eh bien, trimbalons-le tout de suite là-haut, que mon homme me répond; comme ça, nous ne serons plus dérangés.

« — Ça va, que je dis.

« La veilleuse s'était éteinte, nous allumons une chandelle et nous allons au berceau.

« Bonté du ciel! il était vide... Le petit avait disparu!

— C'est singulier! pensa Stephen Lowe.

— Nous étions tous inquiets et bien bouleversés... Mais puisque vous v'là, ça nous rassure, car vous allez nous dire, pas vrai, ce que Bibi est devenu.

— Ma chère madame Agnès, riposta l'Anglais avec aplomb, l'enfant est là-haut, près de sa mère... Elle l'a ôté de son berceau pendant votre sommeil.

— Ah ben; ma foi, vous nous remettez du baume dans le cœur! s'exclamèrent gaiement les villageois. En ce cas, nous allons continuer notre somme.

— Bonsoir!

— Bonsoir! répondit la nourrice. A propos, dites donc, monsieur le marié ajouta la bonne femme en s'adressant à Popincourt, comment que vous le trouvez, votre petiot?... Pas vrai, que c'est un bien joli enfant?

— Charmant! fit brusquement Popincourt.

— Ce n'est pas pour vous flatter, continua Mme Agnès, mais il vous ressemble, que c'est une vraie bénédiction... Oh! on n'a qu'à vous regarder une demi-seconde, pour voir tout de suite que vous êtes le papa!

— Que le diable t'emporte, grosse brute! grommela le forçat.

— Vous dites! fit la nourrice.

— Rien, je vous souhaite une bonne nuit.

— Grand merci!... Mais vous, monsieur le marié, vous n'avez donc pas sommeil.

— Non, pas encore... je suis éveillé comme une potée de souris.

— Ça se comprend, répéta la nourrice avec un clignement d'yeux significatif. Une première nuit de noces, on n'a jamais sommeil...

Montrant son époux qui dormait tout debout :

— Babolein, que v'là, était juste comme vous... Aujourd'hui, par exemple, c'est une vraie marmotte.

Poussant le jardinier dans la chambre :

— Allons, ouste! à c'te niche, gros caniche!

Le paysan ne se le fit pas dire deux fois et se blottit dans sa couche.

— Votre servante, messieurs, fit alors la nourrice en soufflant sa chandelle.

— Eh! ma chère madame Agnès, un mot encore, reprit Stephen Lowe. Cette maison n'a-t-elle pas d'autre sortie que la grille de la rue Sannois?

— Faites excuse, monsieur le père du marié, il y a encore la petite porte du potager qui donne du côté de l'eau.

Enchantés de ce renseignement, les deux bandits détalèrent.

Peu après, ils étaient hors de la maison de l'oncle Cornillard.

Reprenant en toute hâte la route de Ménilmontant, car ils voulaient se réfugier dans leur retraite habituelle, c'est-à-dire dans la cave aux figures de cire, ils atteignirent avant le jour les hauteurs de Belleville.

Exténués, à moitié morts de fatigue, ils durent s'arrêter quelques instants dans le cabaret du Trou-Vassou.

Fort heureusement, les derniers clients du père Bancroche venaient de monter à leurs garnis, et le gros cabaretier, ivre mort, était seul dans son bouge avec deux nouvelles servantes, qu'il injuriait de son mieux.

A l'entrée des deux inconnus, le vieux soulard consentit à laisser les pauvres filles en repos et vint faire, en titubant, ses offres de service.

Stephen et son complice avaient, et pour cause, prolongé le moins possible leur station chez Bancroche et s'étaient rendus en très grande hâte à leur souterrain mystérieux de la barrière Ménilmontant.

Là, ils avaient endossé aussitôt de nouveaux travestissements, et ces travestissements, de la plus grande simplicité, n'étaient autre que des costumes de vendangeurs au grand complet.

Sans songer seulement à prendre quelques heures de sommeil, ils étaient montés dans le premier fiacre qu'ils avaient trouvé à la barrière et s'étaient fait reconduire à Argenteuil.

Ils voulaient savoir à quoi s'en tenir au sujet de l'escapade de Valérie.

Il était pour eux de la plus haute importance de connaître si la jeune femme avait révélé le secret surpris par elle pendant la nuit.

« Si elle a parlé, pensaient-ils assez logiquement, à l'heure qu'il est, la maison de la rue Sannois doit être forcément inondée de gendarmes et d'agents de police, et tout le pays est en ébullition... Si, au contraire, il n'y a pas le moindre mouvement à Argenteuil, c'est que la petite n'a rien dit, pour une raison ou pour une autre. En ce cas, il faut la rattraper coûte que coûte, et l'empêcher de rien raconter. »

Pour s'enquérir sans danger de ce qui avait pu se passer, et afin de se procurer tous les renseignements et faire les recherches nécessaires, nos deux coquins avaient donc adopté la nouvelle métamorphose que nous avons dite.

« Deux vendangeurs de plus ou de moins dans la foule ne se remarqueront pas. »

Telle était leur opinion; et personne, en effet, ne fit attention à eux.

En arrivant, Popincourt proposa tout d'abord de casser une croûte et d'avaler un verre de vin.

— En becquetant, disait-il, nous entendrons causer et nous nous instruirons.

Stephen Lowe avait donné son approbation, et nos deux bandits s'étaient mis en quête d'un bouchon quelconque.

La première enseigne qui s'offrit à leurs yeux était celle-ci :

A la Renommée des goujons frits.

— Tiens, parbleu ! ricana Popincourt, pourquoi ne pas aller là aussi bien qu'ailleurs ; je ne serais pas fâché de revoir cette chère Mme Garousse...

— Ta maîtresse, canaille ! murmura Stephen Lowe.

— Qu'est-ce que vous voulez ! Il fallait bien l'amadouer pour lui soutirer ses hardes !...

— Que diable me chantais-tu donc, cette nuit, que Valérie était tes premières amours ?

— Est-ce que vous vous figurez, par hasard, que j'aimais cette grande *chabraque*-là ! Eh bien, merci, excusez du peu !...

« Avec ça qu'elle était si séduisante... Des cheveux jaune serin... et grêlée comme Hollande... Avec ça, des polissonnes de quenottes en manches de couteau et une bouche fendue jusqu'aux oreilles. A Brest, on l'appelait Arpent-de-Gueule... C'est tout dire.

Tout en causant, les deux coquins avaient atteint la gargote du père Garousse.

A la porte, il y avait une petite tonnelle enfouie sous les pampres.

Ils s'y installèrent, et la maîtresse de l'endroit leur servit le modeste repas que nous avons dit.

— Eh bien ! dit Popincourt à son complice lorsque la gargotière eut tourné les talons, croyez-vous que cette grande bringue était capable de m'inspirer la moindre passion ? Non ! non ! ce n'est pas une blague, allez, cette belle Valérie est bien réellement la seule femme qui ait fait battre mon cœur... Et quand je pense que c'est par votre faute que... Ah ! tenez, il me prend des envies féroces de vous faire passer le goût du pain !

— Allons ! tais-toi, maudit hurleur !... As-tu donc envie de nous faire découvrir une fois encore ?...

— C'est juste, je ferme ma boîte et je fais le mort !

Et le déjeuner continua en silence durant quelques secondes.

— C'est égal, reprit le forçat, je voudrais bien savoir ce qu'est devenue mon épouse... Je voudrais bien savoir surtout pourquoi elle a emporté mon mioche avec elle... Il y a quelque chose là-dessous, bien sûr !

Ce disant, il frappa bruyamment sur la table et se mit à crier, en imitant le patois paysan :

— Holà, hé ! mame l'hôtesse, un pot de vin... s'il vous plaît.

La mère Garousse apporta le liquide demandé.

— Pas tant de bruit, je vous en prie, leur dit-elle.

— Et pourquoi ? interrogea Popincourt. Êtes-vous malade, la mère ?

— Non ; mais nous avons une morte dans la maison !

— Et quelle est cette femme ? demanda Stephen Lowe. Une de vos parentes ?

— Ma foi, non, et je ne la connais ni d'Ève ni d'Adam. On nous l'a amenée au beau milieu de la nuit, avec son petit qui a trépassé en même temps qu'elle !... Les mariniers qui les ont retirés de l'eau, disent comme ça que c'est un suicide !

L'événement était déjà connu de tout le pays.

Une foule de paysans et quelques gendarmes firent bientôt irruption dans l'auberge.

Parmi eux se trouvaient Agnès et Babolein.

— Grand Dieu ! s'écria la nourrice en courant au lit où dormait du dernier sommeil l'épouse du forçat, Mme Valérie !... morte !...

Considérant son petit nourrisson avec des larmes.

— Pauvre chérubin du bon Dieu ! ajouta la brave femme. Lui aussi !... Lui aussi !...

On avait couru en toute hâte prévenir la famille de Valérie.

Bientôt, Mme Coquardier pénétra dans la chambre mortuaire.

Son voile était baissé ; non pour cacher ses larmes, mais pour qu'on ne pût voir qu'elle n'en versait pas.

Non, elle ne pleurait pas...

Et cette femme était mère... Et c'était le cadavre de sa fille qu'elle avait sous les yeux.

La pauvre nourrice pleurait, elle, et bien sincèrement.

— Ah ! madame, s'écria la bonne femme en allant au devant de Mme Corquardier, vous arrivez trop tard !

Et la nourrice reprit avec des sanglots :

— Quel malheur ! mon Dieu ! quel malheur ! le lendemain même de son mariage !... Aussi quand on m'a dit qu'il n'était pas allé à l'église, je me doutais bien que tout ça finirait mal !

Montrant à l'insensible Euphémie le cadavre du petit enfant :

— Pauvre bijou ! si ça ne fait pas pitié !... ça doit vous briser le cœur, pas vrai, madame !... car enfin, c'est pas de sa faute si son papa a oublié de le reconnaître... Et dame ! c'était votre petit-fils tout de même et bien sûr que vous l'auriez adoré !

— Mon petit-fils ! répéta Euphémie avec un mouvement invincible de répulsion.

— Dame ! bien sûr, poursuivit la paysanne, puisque vous êtes sa grand'mère !

— Sa grand'mère ! s'exclama Mme Coquardier, exaspérée qu'on lui donnât ce titre qui la vieillissait. Allons, vous êtes folle, bonne femme, cet enfant ne m'était rien !

Puis elle reprit à part :

— Sa grand'mère !... Oh ! qu'il a bien fait de mourir, cet enfant, je l'aurais exécré ?

Pour la fille, pas une larme !

Popincourt, pâle et frissonnant, était entré avec la foule dans la chambre mortuaire.

— Valérie !... Valérie !... murmura-t-il.

Et le forçat se prit à sangloter.

Un ricanement le fit se retourner. C'était Stephen Lowe qui narguait sa douleur :

Popincourt se recula de lui avec horreur :

— Ah ! laissez-moi... Laissez-moi... lui dit-il tout bas... Je ne veux plus vous connaître... Je ne veux plus vous entendre !

Et se frayant un passage à travers les curieux entassés, le galérien allait s'enfuir...

Mais il sentit une main osseuse qui le retenait...

Il se retourna brusquement et reconnut la femme du garde-chiourme... la mère Garousse,

— Popincourt !... c'est toi... lui dit-elle à voix basse, ne dis pas non... Je t'ai reconnu !...

Le forçat voulut nier :

— Je t'ai reconnu, te dis-je... Oh ! ne mens pas... ce n'est pas la peine !

— Que me veux-tu ? demanda Popincourt d'une voix à peine distincte.

— Je t'aime toujours ! répondit brièvement la cabaratière. Je veux que tu reviennes cette nuit... Je le veux, entends-tu ?

— Eh ! bien, c'est bon, je reviendrai !

— Bien vrai ?

— Bien vrai !

— Jure-le !...

— Parole sacrée !

— A minuit ?

— A minuit !

— C'est bon, je t'attendrai au bord de l'eau, près de la barque rouge !

A l'heure dite, Popincourt était au rendez-vous.

— Tu as bien fait de venir ! lui dit l'horrible femme en le serrant entre ses bras.

— Prends donc garde !... Et ton mari ?...

— Es-tu bête ! fit la mégère en ricanant. Tu sais bien qu'on lui a crevé les yeux !

— Par ton ordre, pas vrai ?

— Oui ! Il me gênait. C'est deux de ses amis qui ont fait le coup.

— Tu veux dire, deux de tes amants ?

— Est-ce que tu serais jaloux ?

— Pourquoi pas !

— Tant mieux ! moi, je sens que je serai crânement jalouse aussi !... Je vais t'aimer de toutes mes forces... et tu m'aimeras aussi ! Il le faut ! Je le veux !... et tu ne me feras pas de traits... et tu viendras tous les jours... et tu resteras toutes les nuits !

— Un vrai ménage, quoi ! fit Popincourt d'un ton étrange.

— Ça sera comme ça !... reprit la vieille en lui lançant des regards ardents de luxure, ou bien, tant pis pour toi, je te dénonce !

— Tu fais bien de me dire ça, femme !... ça me décide tout à fait !

A ces mots, il tira de sa poche un couteau poignard tout ouvert et le lui plongea dans le cœur.

La vieille tomba sans pousser un seul cri.

Popincourt fit rouler dans le fleuve le corps inaminé qui disparut presque aussitôt :

— Maintenant, murmura le forçat, c'est fini de rire !... Assez de coups de couteau et de canailleries... à partir de ce jour, sage comme une image... je vais concourir pour le prix de vertu ! ça me changera !

CINQUIÈME PARTIE

PARIS S'AMUSE !

I

QUI COMMENCE AINSI LE CARNAVAL ET NE SE TERMINE QU'AU MARDI GRAS.

Depuis le drame d'Argenteuil, trois mois et demi se sont écoulés

L'année touche à sa fin...

Le carnaval commence...

La Courtille est en fête...

Du boulevard du Temple à l'*Ile d'Amour*, toutes les guinguettes, tous les bastringues échelonnés de chaque côté de la colline sont littéralement encombrés.

C'est un bruit incessant d'instruments tintamarresques... un concert fantastique de musiques impossibles... de clameurs étranges et de refrains vertigineux.

On saute... on gambade... on tourbillonne.

On boit et l'on s'enivre...

On rit et l'on hurle...

On s'embrasse et l'on se bat...

La Courtille s'amuse, enfin... Qu'on la laisse faire !

— Certes, disait Gabriel en considérant de sa fenêtre le fourmillement de la montagne, tous ces gens-là sont heureux... bien heureux... et je les envie !.. Insoucieux de demain, sans souvenance d'hier, aujourd'hui seul existe pour eux. O peuple ! que n'ai-je ta philosophie... que ne puis-je comme toi oublier le passé et me dire de l'avenir !

Le docteur Olivier, assis au coin du feu, écoutait son jeune ami en hochant tristement la tête.

Il se leva et vint frapper doucement sur l'épaule de Gabriel.

— Toujours des idées noires ? lui dit-il.

— Que voulez-vous, docteur, j'ai la mort dans l'âme !

— C'est cette femme, n'est-ce pas, cette Moleskine, qui vous assombrit de la sorte ?...

— Non, je veux l'oublier et j'y parviendrai...

— Vous le croyez ?

— Ce sera... Les quelques jours que j'ai passés à son chevet avaient commencé à me jeter au cœur les germes d'un amour véritable, je l'avoue... et lorsque, grâce à vos soins, elle fut guérie de sa blessure et que je me retrouvai avec elle en votre riante villa d'Argenteuil, mon amour naissant devint de la passion toute pure...

« C'est alors que je reçus cette lettre du chevalier de Bellardoise, dans laquelle il me racontait tout au long l'horrible passé de Moleskine.

« Cette femme que j'aimais était une courtisane vulgaire, une de ces femmes qui se vendent au plus offrant...

« Mais cela n'était rien encore... Parmi les noms de ses amants, dont cette effroyable missive me donnait la liste, je lus avec horreur le nom de Stephen Lowe !

A ce souvenir, Gabriel pâlit et frissonna.

— Depuis lors, je n'ai pas revu Moleskine... je ne la reverrai pas... et, je vous le répète, mon ami, je parviendrai à l'oublier...

« Mais celle que je n'oublierai jamais, Olivier, celle dont le souvenir me suit partout, c'est une autre malheureuse qui s'appelle Fanchon !

— Que dites-vous?

— C'est ma mère, Olivier, c'est ma mère, et je n'ai pas le droit de la mépriser... et je l'aime quand même... Oui, malgré tout, je l'aime, et nulle puissance humaine ne saurait arracher cet amour de mon cœur !...

Poursuivant d'une voix étouffée :

— Elle ne m'aime pas, elle !... Non, j'ai tenté maintes fois de me rapprocher d'elle... ou plutôt de la rapprocher de moi... mais toujours elle m'a repoussé avec d'affreuses paroles et d'horribles railleries !

« — Change si tu veux, m'a-t-elle dit, moi, je ne changerai pas. Je me trouve bien dans mon monde, j'y reste... Toi, reste dans le tien !

« Voilà, mon ami, la véritable cause de ma tristesse et de mes larmes... Et à cela il n'est point de remède, car ma mère et moi nous serons éternellement séparés !

En ce moment, de joyeuses clameurs retentirent au dehors.

— Qu'est cela? fit Gabriel en allant à la fenêtre qui donnait sur la grande rue.

Olivier l'y avait précédé.

— Ce n'est rien, dit-il; c'est une charretée de masques qui monte à l'*Ile d'A-mour*.

Se pencha vers elle, et lui glissa ces mòts à l'oreille...

En effet, il devait y avoir, cette nuit-là, à la guinguette en question! un bal costumé.

Pour voir passer la bande carnavalesque, Gabriel ouvrit machiualement la fenêtre et se mit au balcon.

Tout à coup, il poussa un cri et serra la main d'Olivier.

— Qu'avez-vous donc?

— Mon ami... regardez, regardez!... Au milieu de ces hommes et de ces femmes couverts d'oripeaux et de clinquant, voyez cette femme debout dans la voiture...

« Grand Dieu ! c'est ma mère !

— Venez, venez, dit le docteur en essayant l'entraîner, arrachez-vous à cet horrible spectacle !

— Laissez-moi... laissez-moi... Je veux la voir... je le veux !

Il faisait encore grand jour. La Fanchon aperçut Gabriel.

— Tenez, cria-t-elle en le montrant à ses compagnons et à la foule qui escortait le carrosse de louage, vous voyez bien ce beau muscadin, qui est perché sur son balcon... eh bien, c'est mon fils !... Il me méprise parce que je suis ce que je suis, et il fait son fier.

Mais il aura beau faire, quoique ce soit un richard et qu'il ait été élevé par des gens de la haute , ça ne l'empêchera pas d'être le fils d'un pauvre matelot et d'une chanteuse au rabais.

« Ah !... ah !... poursuivit la complice de Stephen Lowe en éclatant de rire, ça t'embête, pas vrai, que je te fiche tout ça par le museau... C'est bien fait pour toi, ça t'apprendra à faire ta tête et à rougir de ta maman, espèce de goddam manqué.

La foule battit des mains et les compagnons de Fanchon hurlèrent :

— Bravo !

Gabriel avait écouté ce déluge d'invectives en proie à l'agitation la plus violente.

D'une voix retentissante qui domina les clameurs de la foule :

— Ah ! vous voulez avoir un fils digne de vous, ma mère, eh bien, vous serez satisfaite.

« Allons, belle Fanchon, une place dans ta charrette... je veux courir en ta compagnie tous les bastringues de la Courtille...

Des cris d'indicibles murmures d'étonnement accueillirent ces paroles.

— Parbleu ! poursuivit Gabriel, un charretier de mauvaise humeur m'a surnommé milord l'Arsouille... A partir de cette nuit, je jure Dieu de justifier cette belle étiquette-là !

Jetant aux badauds et aux masques des poignées d'or et d'argent :

— Voici de quoi vous soûler cette nuit, tas de canailles !... Nous sommes sur terre pour nous amuser... Amusons-nous et que le diable nous emporte après s'il n'a rien de mieux à faire !

La foule enthousiasmée, délirante, ne répondit à cette dernière boutade qu'en hurlant sur tous les tons imaginables et inimaginables :

— Vive milord l'Arsouille !

A partir de ce jour, notre héros, justifiant ce surnom qu'il n'avait porté jusqu'à ce jour qu'à son corps défendant, se jeta éperdu dans cette existence orgiaque et crapuleuse qui seule pouvait le rapprocher de l'infâme créature dont il se croyait le fils et qu'il aimait à cause de cela.

Pendant deux mois entiers ce furent d'étranges folies et de fantastiques saturnales.

Deux mois !

C'est dire que le carnaval, qui n'en était qu'à son point de départ, est maintenant à son apogée.

Nous sommes au mardi gras... La folie est reine de la cité et des faubourgs.

Aujourd'hui le carnaval est mort, et les quelques chie-en-lit qui osent encore promener par les rues leurs mufles enfarinés et leurs guenilles baroques, presque honteux d'eux-mêmes, tristes comme des bonnets de nuit, ont l'air bien plutôt d'être les fossoyeurs de la gaieté populaire que ses représentants.

Mais autrefois, quel mouvement!... quel splendide désordre!... quel beau dégingandage !

Ah! c'était vraiment un étrange tableau, un féerique spectacle et de tous les coins du globe on accourait pour assister à ce grand jubilé de l'insanité parisienne.

Le mardi gras de l'année 1837, jour où commence notre deuxième partie, nous voyons sur les boulevards des cavalcades fantastiques, ces processions de masques mythologiques, criant, chantant, braillant, hurlant, vociférant, s'apostrophant et s'injuriant, tandis que de tous les côtés s'élèvent d'étourdissantes fanfares et de tintamarresques accords.

Toutes les fenêtres regorgent de spectateurs, tous les toits en sont inondés.

Sur les trottoirs, même foule, même cohue, mêmes beuglements et même vacarme.

Là des gamins, ornés de faux nez et de gigantesques moustaches, rivalisent de zèle pour appliquer sur les mantelets et les habits noirs des plaques blanches en forme de rats.

D'autres attachent au dos des vieilles femmes des chiffons multicolores, des ficelles graisseuses et des queues de cerfs-volants qui n'en finissent pas.

Ceux-ci se livrent à la fameuse plaisanterie des pièces de monnaie clouées au pavé...

Ceux-là cultivent la blague non moins fameuse de l'enfant postiche qui, le dos tourné et le corps baissé, semble vouloir ramasser à terre une pomme tombée de sa main...

Trompé par l'apparence embarrassée du marmot, un passant ramasse la pomme et la présente au mannequin...

Le rire éclate de toutes parts, et le passant officieux voit pleuvoir sur sa tête un déluge de quolibets.

On ne consent à le laisser en repos que pour courir au-devant de l'éternel homme en chemise qui vient d'apparaître traînant à sa suite, comme à chaque carnaval, une ribambelle de masques, lesquels, tenant à pleines mains des morceaux de boudin, les trempent et retrempent sans cesse dans un pot de chambre égueulé rempli de moutarde, placé au derrière même de la chemise du monsieur en question.

C'est ignoble et dégoûtant; mais on rit de si grand cœur !

Et pendant ce temps, les calvalcades et les charretées de masques continuent leur va-et-vient.

Et toutes ces pyramides d'hommes et de femmes grimpés sur les voitures : poissardes, laitières, suisses, débardeurs, malins chicards, Turcs de fantaisie, chevaliers moyen âge, bébés à gros favoris, tout enfin avec des piaillements insensés, des vociférations inénarrables, des éclats de rire titanesques, se jettent à la tête, d'une calèche à l'autre, des coquilles d'œufs pleines de farine.

Mais ces projectiles font faute... et voici qu'on met à sec les marchands ambulants et les boutiques des fruitières...

La guerre continue alors avec de vrais œufs plus ou moins frais, avec des pommes plus ou moins cuites, avec des navets ou des carottes.

Ceux qui n'ont plus de munitions prennent la boue du ruisseau, les trognons de choux, et quelques-uns même des pierres et des tessons de bouteilles.

Ceci est moins drôle et déplaît à cet hercule déguisé en jeune mariée !

Il descend majestueusement de son char en retroussant ses jupes, et se met à tirer de la savate avec les individus susnommés.

Ce qui n'empêche pas les autres de continuer leur petit commerce et de se *canarder*, tout en s'invectivant selon les règles indiquées dans le *Catéchisme poissard* ou *l'Art de s'engueuler proprement en société. sans se fâcher*, charmant petit ouvrage qui se crie par toutes les rues, se vend comme du pain.

Mais ce pittoresque vocabulaire est épuisé...

Pour clore dignement la séance et jeter un peu de poudre aux yeux de la foule, nos poissards vident de grands sacs de plâtre sur la tête des piétons qui les écoutent bouche béante.

Et les cris, les rires, les beuglements de reprendre de plus belle, tandis que le défilé recommence et que chacun se donne rendez-vous pour le lendemain, c'est-à-dire pour la descente de la Courtille.

En attendant, la majeure partie de la foule, abandonnant les boulevards, enfile le boulevard du Temple,

C'est qu'on sait que milord l'Arsouille a choisi pour galerie le restaurant des *Vendanges de Bourgogne*, et le peuple a soif de voir et d'applaudir le héros du jour, le dieu du Carnaval.

. . . .

La maison des *Vendanges de Bourgogne* était située au coin du canal, à la place même où se trouve aujourd'hui le marchand de vin Soulier, une réputation du quartier, grâce à ses escargots à la bourguignonne.

Au temps dont nous parlons, cette gargote célèbre était immense ; on a bâti sur son emplacement cinq ou six grandes maisons à six étages.

Au grand balcon du premier étage, milord l'Arsouille vient de paraître escorté d'une douzaine d'hommes et de femmes aux costumes éblouissants, aux travestissements pittoresques.

Là ce ne sont plus des coquilles de farine et des trognons de choux que l'on jette à la foule, ce sont des dragées et des oranges.

Ceci à l'adresse des dames, bien entendu...

Quant aux hommes, on les inonde avec du champagne...

Quelques-uns des inondés se fâchent tout rouge et répondent aux aspersions de milord et des siens par des invectives dans le genre de celles du boulevard.

Après la vaisselle et les chaises, une vraie pluie d'or et d'argent tomba du balcon des *Vendanges* sur la multitude affolée.

Laissons de nouveau la parole au chroniqueur :

« Ce fut une cohue hideuse à voir dans la rue ; des furieux, des enragés, le visage sanglant et couvert de boue, se précipitèrent sur le pavé à se rompre bras et jambes, pour ramasser la pièce de monnaie n'importe où elle était tombée, fût-ce même sous les pieds des chevaux. C'était une masse qui tombait et se relevait comme ces énormes marteaux de fer qu'on voit dans les forges et qui écrasent tout sur leur passage. »

Lord S....., lui aussi, aimait à bombarder ses admirateurs avec des projectiles monnoyés.

Mais il s'y prenait d'une tout autre façon.

« Un certain jour de mardi gras, dit Émile de Labédollière dans sa notice sur la Courtille, il demanda une poêle et de la graisse, et quand on lui eut apporté ces objets, il mit la poêle sur le feu, la graisse dans la poêle et jeta dedans une poignée de pièces d'or ; puis une fois celles-ci bien brûlantes, il les retira avec une écumoire, comme on ferait de beignets, il les jeta par la fenêtre. A cette vue, tout le monde de crier largesse, et chacun de se précipiter sur cette pluie métallique.

« Mais que l'on juge de la déception de ces pauvres diables obligés de rejeter les pièces qu'ils avaient ramassées. Quant à l'auteur de cette plaisanterie, il était dans la jubilation, il riait à se tordre. Il est vrai que les pièces refroidies, une fois empochées, ceux qui n'avaient rien attrapé passèrent leur mauvaise humeur en brisant à coups de pierre tous les carreaux de la maison... Mais ceci n'était qu'un détail de plus à ajouter à l'addition que le factotum de monseigneur devait venir solder dans l'après-midi. »

Ce raffinement n'eût pas été du goût de Gabriel.

Il s'en priva et rentra dans la grande salle, suivi de sa foule bruyante de courtisans.

Là, de nouveau, le champagne coula à flots, puis, comme la nuit tombait, un punch gigantesque, qui brûlait dans un bol plus vaste qu'un baquet, fut apporté par quatre garçons et vint illuminer milord et ses convives de ses reflets fantastiques.

Auprès de notre héros se tenait une femme encore jeune et vraiment belle, vêtue en Mauresque et toute parée de sequins d'or.

C'était la complice de Stephen Lowe, la fausse Fanchon, celle-là même qui, abusant de sa ressemblance miraculeuse avec la pauvre vielleuse, se faisait passer pour la mère de milord l'Arsouille.

— Eh bien, lui dit celui-ci, qu'avez-vous donc, ma mère !... vous semblez triste et sombre, et c'est à peine si vos lèvres osent effleurer votre coupe... Allons, faites-moi raison, faites raison à nos invités !... Vous êtes la reine de la fête comme j'en suis le roi, c'est à nous à donner l'exemple !

— Oui, oui, répliqua la Mauresque avec une sorte de fièvre, tu dis vrai, Gabriel... je veux boire... je veux m'enivrer !... j'oublierai peut-être !

Et la malheureuse saisit son verre d'une main tremblante.

Mais elle en but à peine quelques gorgées.

— Non, reprit-elle en elle-même, tout cela me dégoûte, ce rôle m'est odieux !

Un homme vêtu en Africain, qui venait de pénétrer dans la salle avec quelques autres masques, s'approcha de la Fanchon, se pencha vers elle et lui glissa ces mots à l'oreille :

— Cette nuit, chez Chicard, nous causerons...

. . . .
C'était dans les vastes salons de ces mêmes *Vendanges de Bourgogne* où nous venons de conduire nos lecteurs que se tenait ce grand sabbat moderne qui avait nom le bal Chicard.

Aujourd'hui, tout cela est mort et enterré, comme notre vieux carnaval, comme notre vieille gaieté gauloise...

Essayons de faire revivre ces saturnales d'il ya trente, ans et pour que le tableau soit fidèle et chaudement coloré appelons à notre aide Jules Janin, Gozlan, Albéric Second, Delord, d'Anglemont, et tant d'autres dont la plume magique a décrit avant nous le pandémonium abracadabrant du boulevard du Temple.

Imaginez, inventez, accouplez des myriades de voix, des cris, des chants, des vociférations, des hurlements, de l'argot des épithètes qui volent comme des flèches d'un bout de la salle à l'autre, des tapages à rendre sourds les habitués de tous les concerts du monde, des trépignements, des contorsions, une pantomime sans nom, des figures tour à tour rouges, blanches, violettes, tatoués, jaunes, vertes, bleues, des poses saugrenues, impossibles, des tours de force, des sauts de carpe à faire mourir d'envie tous les saltimbanques!...

L'un marche sur les mains, l'autre fait la cabriole, celui-ci exécute un saut périlleux.

En voici un autre qui contrefait la grenouille.

Son vis-à-vis, exagérant sur lui, produit une roue irréprochable, tandis que le voisin se livre au grand écart.

Dans les quadrilles chatoient mille couleurs, des plumets, des casques, des flammes, des fleurs.

C'est une folie, un éclat de rire qui dure une nuit, un tohu-bohu, une sarabande que Dante et Milton n'ont point osé décrire dans leurs *Enfers!*... C'est surhumain, démoniaque, quelque chose comme une danse macabre !

On rencontrait à ce bal le plus incroyable pêle-mêle de nuances sociales, le plus curieux méli-mélo, des têtes impossibles à accoupler ensemble, des contrastes déguisés et inexplicables.

Là, tout était nivelé ; c'était le temple de l'égalité. Le galop effaçait toutes les catégories, toutes les conditions et rapprochait tous les ordres.

Grands personnages, étudiants rieurs, publicistes graves, rapins échevelés, industriels enrichis, commis joyeux, étrangers ahuris, littérateurs fantaisistes, oncles indulgents, clers de notaires dansants, tout cela forme la moitié...

L'autre moitié, la plus belle, où Chicard va-t-il la prendre ?

Partout et nulle part. Tantôt dans le magasin de la lingère, tantôt au comptoir des cafés, tantôt dans les coulisses des théâtres.

Mais voici milord l'Arsouille et sa bande infernale qui pénètrent dans le temple.

Quels costumes !

On se presse, on se foule pour les admirer à l'aise.

Les décrirons-nous ? Non, nous n'y pourrions parvenir. Gavarni seul a pu, dans son album du bal Chicard, donner une idée vraie de cette immortelle parodie.

Le Çovage Sivilizé, Floumann le banquier, Balochard, Silène, Pétrin, tous étaient de la fête.

. . . .

L'orchestre a donné le signal, c'est le moment le plus intéressant... Et quel orchestre! Dix pistolets solo; — quatre grosses caisses; — trois cymbales; — douze cornets à piston; — six violons et une cloche.

Au premier coup de ce carillon, de ce branle-bas, de ce tocsin, la foule s'est élancée...

Que fait-elle au milieu du tourbillon de poussière que soulève ses pas? Quelle danse exécute-t-elle? Est-ce la sarabande? — la pavane? — la gavotte? — la faran-dole? — la percheronne de nos pères? — Est-ce le poème épique auquel les bayadères ont donné le nom de pas? — Est-ce la cachucha, cette espèce d'ode à Priape que l'on danse en Espagne, au lieu de chanter?

Non, c'est le chahut parodié, exagéré... c'est le grand pas chicard enfin, c'est tout dire!

Cependant l'heure du souper avait sonné, car on soupait au bal Chicard, et tous ces avantages réunis coûtaient en tout et pour tout la bagatelle de dix francs.

— A table! à table! hurlait la foule.

Le vin et la chanson ont volcanisé les têtes... Le champagne produit son effet... C'est ici que commence la grande orgie de la Vénus Pandémonie!... Filles, femmes, grisettes, veuves, dames galantes, tout se mêle, tout se confond, tout est en délire... c'est le moment où les Bacchantes de Thrace entrent en scène... La morale est en péril... une voix a crié d'éteindre les lustres...

A un coup d'œil de Chicard, la musique éclate de nouveau.

L'orchestre roule comme le tonnerre sur les flots soulevés, et à chaque éclat de la foudre musicale, la tempête recommence plus ardente, plus furieuse, plus éche-velée, jusqu'à ce que la voix de Dieu se fasse entendre par l'intermédiaire du cadran et dise à ces vagues indomptées : « Vous n'irez pas plus loin! »

Au milieu de cette frénésie, les fichus s'en vont, les corsages craquent, les jupons se déchirent... Malheur à celle qui voudrait s'arrêter en chemin pour réparer le désordre de sa toilette... L'impitoyable galop passerait sur elle comme une trombe et la foulerait aux pieds.

Qui songe d'ailleurs à sa toilette en un pareil moment? Qu'importe ce que les périls de la danse pourront livrer aux regards d'appas inattendus, de trésors cachés!

Il n'y a guère que les municipaux sur qui ces sortes de choses fassent encore quelque impression.

Et tout garde municipal qui se présenterait aux *Vendanges de Bourgogne* serait immédiatement conduit au violon.

— Eh bien, ma mère, disait milord l'Arsouille à la Fanchon en lui étreignant les deux mains, n'est-ce pas que tout cela est beau?... n'est-ce pas que vous êtes heureuse et fière de prendre part à ces bacchanales et de voir votre fils à vos côtés?

Et, disant cela, le jeune homme se prit à rire d'un rire frénétique, effroyable à entendre.

— Vous ne répondez pas, poursuivit Gabriel. Parbleu! vous me semblez, depuis ce matin, toute sinistre et toute sombre, ma mère!... Qu'avez-vous fait de votre belle gaieté, de votre splendide insouciance d'autrefois?... Allons, redevenez telle que vous étiez il y a deux mois ; laissez éclater vos rires les plus sonores, entonnez vos refrains les plus émoustillants !... Ce n'est pas ma présence qui vous gêne, je suppose... car j'ai largement profité de vos conseils. Dieu merci, et rien à présent ne saurait m'intimider ou me faire monter au front le rouge de la honte !... A vous liberté entière... J'ai pris mon parti en brave, et mes stupides préjugés sont à tous les diables !... Après tout, c'est vous qui aviez raison, et c'est moi qui avais tort !... Je voulais vous faire quitter votre vie pour la mienne ; c'était absurde, et nous nous serions ennuyés tous les deux à périr !... Par le ciel, n'était-il pas cent fois plus simple et plus logique de renoncer carrément à mon existence d'anachorète et de me lancer avec vous dans ces folles orgies sans cesse renaissantes !... Ma foi, je n'avais pas vécu jusqu'alors... J'étais morose et taciturne, et j'aurais fini, malgré tout, un de ces quatre matins, par recommencer la plaisanterie funèbre de l'autre nuit... Grâce à vous, me voilà ressuscité... cela me réjouit et doit vous réjouir de même !... Riez donc, ma mère, chantez... dansez... imitez les autres... imitez-moi... Le carnaval se meurt... faisons-lui de mirifiques funérailles que puissent enregistrer les annales de la folie humaine.

La Fanchon prit la main du jeune homme.

— Gabriel, lui dit-il, ta gaieté me fait mal... ton rire est forcé, et je le vois bien, va, cette vie effrénée n'est pas celle qui te convient !...

Milord l'Arsouille l'interrompit brusquement.

— Parbleu ! voici du nouveau !... s'exclama-t-il. Le punch et le champagne vous affolent, ô ma mère !... pour que vous osiez me tenir présentement un semblable langage !... Que ne me conseillez-vous, pendant que vous êtes en train, de rentrer tout tranquillement chez moi, comme un bon bourgeois du Marais, et de laisser ma bande infernale terminer sans moi le mardi gras !...

— Eh bien, oui, Gabriel, dit la Fanchon avec une émotion visible, oui, c'est là justement ce que je voudrais obtenir de toi... Depuis tantôt deux mois, ta vie n'est qu'une longue série d'orgies et de fatigues... et ton étrange pâleur, ta main enfiévrée, les éclairs sombres de tes yeux, tout me prouve trop que tu n'es pas fait pour mener la vie que tu mènes !... Viens ! viens !... Je t'en prie !...

Notre héros éclata de rire.

— Qui ? moi ! déserter le champ de bataille au plus fort du combat !... Parbleu !... vous voulez donc que je me déshonore, ma mère.. Songez que je me nomme milord l'Arsouille et que j'ai ma réputation à soutenir.

— Viens !... viens !... Tu te tues ici !..

— Eh bien, après ! interrompit Gabriel, ce sera une belle mort., et vous pourrez vous en enorgueillir, ma mère, car elle sera votre ouvrage !

— Tais-toi ! tais-toi ! j'ai honte de ce que j'ai fait !... J'ai été infâme avec toi... mais tout peut se réparer !

— Non ! Il est trop tard ! répliqua le jeune homme avec une sombre résolution. Vous avez voulu que je devinsse un forçat du plaisir, et je traînerai mon boulet jusqu'à la fin... Vous avez voulu que je fusse l'un des damnés de ce grand enfer parisien où la débauche est reine, où le vice parle en maître... Eh bien ! vous serez satisfaite, ma mère ; cet enfer sera mien, cette damnation sera mienne... car ceux-là

A peine fut-il établi, les pieds de-ci, la tête de-là, dans ce carquois d'osier.

sont véritablement les damnés de Paris qui chaque jour sont tenus, sous peine
d'être tués, de trouver quelque nouvelle folie, d'inventer quelque excentricité
nouvelle et d'entasser orgie sur orgie, débauche sur débauche, saturnale sur saturnale... C'est la roue d'Ixion... c'est le rocher de Sisyphe... c'est le tonneau des Danaïdes!... N'importe, maintenant que je suis sur cette pente je glisserai jusqu'au bas,
et nul obstacle, nulle considération ne m'arrêtera... Je ne fais que commencer...
mais patience, ma mère... avant peu, l'on parlera tant de moi que l'on finira par ne
plus parler de vous!... C'est ce que je veux et ce sera!... Les damnés de Paris,

Liv. 76.   76.

car c'est là le nom que nous prenons en cette nuit carnavalesque, les damnés de Paris feront oublier Fanchon la Vielleuse !

En ce moment, de formidables clameurs s'élevèrent soudainement, préludant à la descente de la Courtille.

La bande entière alors quitta les salons et se précipita sur le grand balcon en répondant par d'inénarrables beuglements aux vociférations fantastiques qui venaient d'en bas.

L'Africain que nous avons dit profita de ce grand mouvement pour s'approcher de la Fanchon sans être remarqué et pour lui dire à voix basse :

— Allons, viens, j'ai à te parler, je te l'ai dit :

La Savoisienne semblait hésiter.

Jetant un regard sur milord l'Arsouille, qui s'était laissé tomber sur une banquette, en proie à une indicible anxiété :

— Je ne voudrais pas le laisser seul, dit-elle.

— Quand je te dis de venir, viens, et ne raisonne pas, reprit le masque.

— Oh ! fit la misérable en elle-même, me faudra-t-il donc toujours être sous la dépendance de cet homme !

Elle le suivit quand même cependant.

Lorsqu'ils furent enfermés tous deux dans un cabinet particulier éloigné de la grande salle .

— Ah çà ! voyons, dit brusquement l'Africain à la Fanchon, qu'est-ce que tout cela veut dire et de qui se moque-t-on ici ?

— Je ne te comprends pas, Stephen, répondit la Savoisienne avec embarras.

— Tu ne me comprends pas !...

— Je te jure...

— C'est bien, je vais me faire comprendre alors... Il y a deux mois, contre toutes mes prévisions, Gabriel, pris d'une belle rage d'amour filial, a préféré s'associer à ta vie crapuleuse que d'être à jamais séparé de toi... Cette résolution, inconcevable de sa part, déjouait tous mes plans, car du moment qu'il t'aimait, c'est qu'il oubliait ton passé et n'en rougissait plus...

« Partant, il n'était pas malheureux et ma vengeance en était pour ses frais...

« Les tortures que j'avais résolu de lui faire subir par toi allaient-elles donc s'arrêter là ?

« C'eût été trop absurde.

« Aussi, grâce à mes conseils, tu sus devenir plus ignoble, plus infâme, plus cynique que tu n'avais jamais été...

« Le carnaval nous venait justement en aide, et la capitale et les faubourgs, pris d'un accès de fièvre chaude, étaient tout disposés à te donner la réplique...

« Tu te mis à fréquenter les bouges les plus hideux...

« Tu te traînas de bastringue en bastringue, de repaire en repaire, et tout ce qu'il fut humainement possible de faire, tu le fis...

« Tu jouas d'abord ton rôle en conscience, et véritablement tu fus, durant quelque temps, la plus splendide gueuse qui eût jamais foulé le sol fangueux de la banlieue parisienne...

« D'une barrière à l'autre, on ne parla bientôt plus que de Fanchon la Vielleuse... Et dans quels termes ! tu t'en souviens ?

« Tu étais bien telle enfin que tu devais être, c'est-à-dire un objet d'horreur et de dégoût pour celui qui se croyait né de toi.

« Cependant il demeurait quand même à tes côtés, ce prétendu fils.

« Renfermant au plus profond de son cœur sa douleur et son désespoir, il te suivait partout où je te disais d'aller, c'est-à-dire dans les bals les plus mal famés, dans les tavernes les plus sales...

« Coudoyant les rôdeurs de barrières choquant son verre avec les sinistres habitués des repaires *extra muros*, où, selon mes instructions, tu te rendais chaque soir, il en arriva plus d'une fois à faire le coup de poing avec ces chenapans... que ses manières aristocratiques et son ton de grand seigneur offusquaient sensiblement...

« Mais rien ne le rebutait.

« Il s'était imposé la mission de partager ta vie de bohémienne et je dois dire qu'il se livrait à cet exercice en conscience.

« L'amour filial ! répéta Stephen Lowe en éclatant de rire. Oui, oui, il t'aime comme un fils, cela est bien certain...

« Qu'ils viennent donc, après cela, tous ces romanciers menteurs, tous ces faiseurs de mélodrame, qu'ils viennent nous parler de la voix du sang !

S'arrêtant brusquement en son hilarité, il reprit :

— Sa tendresse pour toi n'empêchait pas ce brave fou d'être malheureux comme les pierres... Au contraire, au fur et à mesure que son amour pour toi devenait plus violent, son cœur saignait davantage.

« Tout était donc pour le mieux, et ce rapprochement que j'aurais cru tout d'abord devoir être funeste à ma vengeance la servait en réalité merveilleusement.

« Mais peu à peu, tu semblais changer à son égard...

— Moi !

— Ne dis pas non... Depuis deux mois je ne te perds pas de vue, et, je te le répète, tu n'es plus la même.

— Allons, tu es fou !

— Tu sais bien que non, la belle... Allons, voyons, n'essaye pas de me mentir et joue cartes sur table. Avec moi, c'est ce que tu as de mieux à faire... Est-ce que tu te figures par hasard, que je ne remarque pas tes mines et tes giries depuis une huitaine de jours !...

« Tu as fait la malade pour ne pas traîner tes guêtres dans tes galeries habituelles...

— Que tu es bête, Stephen ! fit la Savoisienne avec un rire forcé. Et dans quel but aurais-je fait ce que tu dis... Tu sais bien que je n'aime que ce monde-là... et que je ne m'amuse qu'avec lui...

— Tu mens, ma fille !

— Stephen !...

— Oui, tu mens... et je te parie une chose, c'est que ce monde-là tu l'abomines, au contraire, comme tu m'abomines moi-même, et que tu n'as qu'une idée en tête à l'heure qu'il est, c'est de nous tourner casaque à tous en même temps.

— Allons donc !

— Oh ! tu as beau hausser les épaules, je sais ce que je dis et je vois clair...

— Tu ne vois rien du tout... et tout ça c'est faux comme un jeton !

— Tonnerre ! ne nie pas... puisque je te dis que je sais tout... Oui tout, entends-tu bien ?

— Tout quoi, enfin ? car tu m'agaces avec tes histoires de l'autre monde !

— Ose donc me soutenir en face que tu n'as pas fait tout pour empêcher *monsieur ton fils* de fêter comme il l'a fait les trois grandes journées du carnaval !...

— Mais...

— Soutiens-moi donc encore que ce soir tu n'as pas essayé de l'entraîner hors de cette maison pour lui épargner les émotions trop vives du bal Chicard !...

La Fanchon ne répondit rien.

— Tantôt sous un costume et tantôt sous un autre, poursuivit Stephen Lowe, j'ai toujours eu l'œil sur toi, et pas un de tes mouvements ne m'a échappé...

« D'ailleurs, je te le répète, ce n'est pas d'aujourd'hui que je m'aperçois de ta métamorphose...

« Tu as maintenant toujours quelque raison plus ou moins plausible pour me désobéir...

« Ainsi, je t'avais ordonné de prendre pendant les trois jours gras des travestissements plus impossibles, plus décolletés, plus lupanaresques les uns que les autres, pour que tout Paris, en te voyant passer, s'exclamât avec des rires et des applaudissements qui eussent été pour Gabriel autant de soufflets :

« — C'est la Fanchon ! c'est la mère de milord l'Arsouille ! »

« Au lieu de cela, qu'as-tu fait ?

« Tu t'es déguisée en Moresque prétentieuse !... Pourquoi pas en bergère à la Wateau, pendant que tu étais en train, avec une houlette et plusieurs moutons !

« Jour de Dieu !... la belle aux sequins d'or, tes manières commencent à me prendre sur les nerfs d'une terrible façon. Et pendant le grand défilé du boulevard, en te voyant attifée de la sorte, il m'a pris une furieuse démengeaison de sauter sur ton char et de mettre en lambeaux tes oripeaux honnêtes et modérés.

« Et ce n'est pas tout !

« N'as-tu pas eu l'aplomb, à un moment donné, de cacher ta face de gueuse sous un masque noir !

« Certes, je ne m'attendais pas à cela !

« Voyez-vous cette timide pensionnaire qui a peur de se montrer à visage découvert.

« Et cette nuit, pourquoi donc s'il te plaît, pendant le grand pas chicard, t'es-tu contentée d'être simple spectatrice lorsque tu devais jouer le premier rôle ?

« Allons, parle, voyons, qu'est-ce que tout cela veut dire ?... Que signifient toutes ces simagrées, toutes ces réticences ? Je veux que tu t'expliques... il est temps !

« Après avoir gardé le silence durant quelques secondes :

— Eh bien, soit! dit-elle. Au surplus, il vaut mieux que je me confesse à toi sincèrement.

— C'est heureux.

— Dans le commencement, tu l'as dit, j'ai joué franchement et sans arrière-pensée le rôle que tu m'avais imposé... Je me moquais pas mal de Gabriel, après tout. Est-ce que je le connaissais?... Je ne lui avais jamais parlé que deux ou trois fois, et dame, nos conversations n'avaient pas été des plus amicales!

« Aussi, lorsqu'il y a deux mois, tu m'as fait passer exprès sous ses fenêtres, vêtue, Dieu sait comme, et que tu m'as dit de l'invectiver tout haut, je ne me suis pas fait prier, et j'ai débité sans broncher la scène que tu m'avais apprise par cœur!

« Je lui en aurais dit bien d'autres; qu'est-ce que ça me faisait, en définitive?

« Mais, ça a changé de thèse, quand j'ai vu qu'au lieu de répondre à mes injures par des injures, et de se sauver de moi comme de la peste, ce pauvre garçon m'a appelée sa mère.

« Oh! il n'y a pas à dire, en entendant ça, il y a quelque chose qui m'a remué dans la poitrine et, pour la première fois de ma vie, il m'a semblé que j'avais un cœur comme les autres femmes.

« Pourtant, j'ai continué tout de même à faire ce que tu exigeais... Mais, vrai, ça ne m'amusait déjà plus.

« Je ne me rendais pas bien compte encore de ce que je ressentais, parce que, dame, après tout, quand on a vécu, comme moi, toujours et sans cesse, avec tout ce qu'il y a de plus canaille au monde, on ne peut pas en savoir long en matière de sentiment!...

« Cependant je ne sais quel instinct me disait que c'était mal de tromper ainsi ce jeune homme, qui ne m'avait jamais rien fait.

« Mais toi! tu étais là... Tu me forçais d'aller quand même, et j'obéissais comme une brute... comme une machine...

« Si bien que j'ai été aussi ignoble, aussi dévergondée, aussi repoussante que tu le voulais.

« En moi-même je m'attendais à chaque instant à ce que Gabriel me tournât les talons et me flanquât en plan comme un paquet de linge sale.

« Eh bien, non... il est resté avec moi.

« Je le voyais rougir de honte et frissonner de dégoût...

« Mais, redevenant calme, il me disait, avec sa voix si douce :

« — Vous êtes ma mère, et pour vous je souffrirai tout.

« Ma foi, cet amour-là m'a empaumée à la fin des fins!... et maintenant... eh bien, quoi? maintenant, je l'aime aussi, ce bon et brave jeune homme... et je suis lasse de le faire souffrir... voilà!

— Tu l'aimes! fit Stephen Lowe avec un sourire auquel la Savoisienne ne se méprit pas.

— Oh! dit-elle vivement, tu me comprends mal, je ne l'aime pas d'amour! je l'aime comme si j'étais réellement sa mère... Et c'est pour cela que je ne veux plus me conduire devant lui comme une fille perdue, comme un rien du tout, comme ce que je suis enfin, parbleu, je le sais bien... parce que, si canaille que soit une mère, eh bien ! ça lui saigne le cœur de faire du mal à son enfant...

« Maintenant tu sais tout, Stephen Lowe, tu sais pourquoi, depuis huit jours, on ne m'a plus revue dans les bouges de la barrière... pourquoi j'ai refusé de me déguiser en sauvage... pourquoi je me suis masquée pendant le défilé... pourquoi enfin, cette nuit, le chahut s'est passé de moi !

« Si ça t'embête, tant pis, c'est comme ça et je n'y puis rien... J'aime Gabriel et je ne t'aime plus... C'est te dire que tu n'as plus rien à attendre de moi !

— Parole d'honneur, murmura Stephen, je tombe des nues !... Comprend-on cette coquine qui veut prendre au sérieux son rôle de mère !... C'est exorbitant !... Il est dit que tout ces gredins s'entendront pour entraver mes projets... Dernièrement Popincourt... elle aujourd'hui... Décidément, il y a un grain de folie dans toutes ces têtes-là !

— Eh ! non, milord, il y a un grain d'honnêteté dans nos cœurs... Et, qui sait ? un de ces quatre matins ce grain-là germera peut-être et deviendra épi !

Stephen lui jeta un coup d'œil stupéfié :

— Le diable m'emporte, je crois que tu fais des phrases... Il ne te manquait que cela ! Parle en vers tout de suite, et ce sera complet.

« Allons ! reprit-il, c'est une sale chose que l'espèce humaine et l'on ne peut compter sur personne...

« Pour avoir des complices intelligents et forts, je les prends dans les bagnes et dans les lupanars, et ces vermines me tournent casaque !... Autant prendre des honnêtes gens, alors.

S'avançant vers la Fanchon :

— Donc, tu ne m'aimes plus !

— Ma foi, non, et j'en suis bien contente...

— Pourtant, tu m'as aimé...

— Oui, mais en ayant peur de toi... Tu m'as toujours fait l'effet du diable.

— Ne m'aime plus, soit !... Le très peu de tendresse que j'ai pour toi s'arrangera on ne peut mieux de ton indifférence... Mais, à défaut d'amour, j'exige de l'obéissance...

— Que veux-tu donc ?

— Rien de nouveau, parbleu ! Je veux tout bonnement que tu redeviennes la joyeuse ribaude d'autrefois... Gabriel, à présent, semble tout disposé à jouer jusqu'à la fin le rôle excentrique qu'il a accepté à cause de toi ! Mais il y renoncerait bien vite s'il te voyait tomber dans cette vieille rengaine de la Madeleine repentie !

« Retourne donc auprès de lui, et tâche d'effacer de son esprit l'impression qu'ont pu lui produire les paroles du spectre noir...

« Fais-le boire et bois avec lui... Enivre-le... enivre-toi de même... feins-le du moins...

« Il s'est jeté volontairement dans cette vie d'extravagances et de débauches qui a fait de lui un héros populaire... il faut qu'il y reste maintenant, il le faut, entends-tu, jusqu'à ce qu'il y ait englouti jusqu'à son dernier sou.

« Et si, malgré tes efforts et les miens, il se rappelle les conseils de cette femme mystérieuse, que je connaîtrai bien; si, repu d'orgies et soûlé de luxure, il lui prend enfin la fantaisie de faire visite à ces damnés dont fourmille la capitale...

Il n'acheva pas, mais un hideux sourire erra sur ses lèvres pâles...

— Que feras-tu? que feras-tu donc? interrogea la Fanchon avec une invincible épouvante.

— Oh ! rassure-toi, je ne le ferai pas assassiner, répliqua l'Anglais en continuant à sourire. Non, non, je veux qu'il vive, au contraire, longtemps, bien longtemps, le plus longtemps possible... Je le hais trop pour attenter à ses jours. Car je suis un homme bizarre, vois-tu ; je ne tue que les gens à qui je n'en veux pas.

La Fanchon se croisa les bras et jeta sur Stephen Lowe un regard de défi.

— Je ne t'obéirai pas, dit-elle.

— Allons donc !

— Non, je n'obéirai pas ! Après tout, comment ferais-tu pour m'y forcer ?

— Voyons, tu sais bien que tu es sous ma dépendance...

— Et toi, n'es-tu pas sous la mienne !... Tu sais qui je suis... Soit !... Et moi ne sais-je pas qui tu es !... Tu as plus à perdre que moi en tout ceci.

— Folle ! ricana Stephen, ignores-tu que je prends en un instant toutes les formes et tous les visages. Dans cinq minutes, ma face africaine aura fait place à une autre, et j'aurai jeté aux orties mes oripeaux exotiques... Partant, je serai méconnaissable pour toi-même et insaisissable pour tous...

« Mais toi, ma toute belle, d'un mot je puis faire connaître à ce Gabriel, pour qui tu t'es prise d'un amour si violent et si subit, que tu n'es qu'une aventurière, et que tu n'as de commun avec la véritable Fanchon qu'une simple ressemblance...

« Alors, sais-tu ce qu'il adviendra?

« C'est que le susdit Gabriel, qui ne t'aime uniquement que parce qu'il te croit sa mère, t'exécrera aussitôt qu'il saura que tu as abusé de sa bonne foi, et te chassera comme une drôlesse que tu es...

— Gabriel ! me chasser !

— Avoue qu'il n'aura pas tort... Or, puisque ce beau gentilhomme a su trouver le chemin de ton cœur et que tu prétends ressentir à son endroit tout l'amour qu'une véritable mère éprouve pour son fils, tu seras malheureuse comme les pierres et tu seras déserpérée de ce que tu auras fait.

« Tu vois donc bien, ma fille, que ta tendresse pour Gabriel fait de toi mon esclave. Tant que tu m'obéiras aveuglément, je te laisserai jouer à la maman à ton aise, et tu pourras te saturer du plaisir de voir et d'embrasser du matin au soir ton enfant improvisé.

« Mais à la moindre résistance de ta part, à la première infraction à mes ordres, je refais de toi ce que tu étais, et je supprime tes joies maternelles !...

La malheureuse baissa le front.

— Allons ! fit-elle d'une voix étouffée, tu me tiens, Satan...

— Parbleu ! oui, je te tiens, et je ne te lâcherai que lorsque cela me fera plaisir !

Les tumultueuses clameurs des masques du faubourg avaient grandi durant toute cette scène.

Le jour était venu et la descente de la Courtille commençait.

Stephen et la Fanchon se séparèrent.

— Souviens-toi! dit l'Anglais.

Et il disparut.

II

CE QUE FUT LA DESCENTE DE LA COURTILLE, LE MERCREDI DES CENDRES DE L'AN DE GRACE 1836, ET DE QUELLE FAÇON SINGULIÈRE MILORD L'ARSOUILLE RENTRA A L'HOTEL LA NUIT DE CE JOUR-LA

« En perdant la descente de la Courtille, le carnaval populaire a perdu son plus beau fleuron.

« C'était une folie, une frénésie, nous le voulons bien; mais c'est de cela qu'on pouvait dire, sans crainte d'être taxé d'exagération, que tout Paris y était.

« Tout le monde disait « c'est infâme! c'est ignoble. » Mais le plus beau monde, les duchesses en dominos et les impures court-vêtues, dans leurs atours débraillés, les courtisanes en poissardes effrontées et les bourgeoises en paysannes et en laitières suisses, s'empressaient, dès quatre heures du matin, de quitter les salons de l'Opéra, les bals de souscription, ceux des théâtres, et même, faut-il le dire, les bals officiels, pour y courir.

« C'était la bacchanale moderne.

« On en parlait tant et tant, qu'on venait de province et de l'étranger pour y assister.

« Il n'y avait pas de beau carnaval sans une bruyante descente de la Courtille.

« Toutes les fenêtres étaient louées un mois à l'avance, on les payait un prix fou.

« Jamais cérémonie officielle, défilant le long du boulevard, ne pourra lutter avec cette grande fête annuelle de la population parisienne.

« Que de familles ont vécu des mois entiers et payé leur loyer d'une année avec la location de leurs fenêtres! Les propriétaires des grands terrains du faubourg, qui n'était presque bâti que jusqu'un peu au-dessus du canal, faisaient construire des tentes et des estrades pour ce jour-là.

« C'était la foire du quartier.

« En ce jour de bombance et d'orgie, les cabarets regorgeaient; il y avait du monde partout, même sur les toits... On ne voyait que des têtes, et tout cela criait, hurlait, s'aspergeait de vin.

« Les voitures montaient, chargées de masques, et mettaient trois heures pour aller du boulevard à la barrière.

« Longchamps était dépassé de cent coudées !

« Cette fête était tellement populaire, ajoute le chroniqueur en terminant, que les ouvriers économisaient sur leur paye pendant toute l'année pour bien finir le carnaval. »

Milord remplit deux verres de rhum enflammé. « — A la tienne! — A la vôtre! »

Jules Janin a tracé, lui aussi, un tableau pittoresque de la descente de la Courtille :

« Quand toute la ville s'est bien promenée trois jours ; quand tout Paris, depuis le riche dandy qui mange la fortune de son père, jusqu'à l'ouvrier qui a mis son dernier drap au mont-de-piété, s'est bien livré à toutes les joies qui sont à sa portée.

« Celui-ci en voiture, celui-là à pied ;

« Celui-ci avec du vin de Champagne, celui-là avec du vin de la taverne ;

« Celui-ci, fatigué d'avoir galopé avec des duchesses ; celui-là, éreinté pour avoir sauté à la Courtille.

Liv. 77.   77.

« Les uns et les autres, par un accord unanime, se rendent à cette même Courtille, la nuit du mardi gras.

« Les uns y vont passer la nuit à danser, les autres y viennent le matin pour jouir de l'ivresse du peuple.

« Figurez-vous tout un peuple ivre-mort, en habits déchirés, moitié couvert de haillons, moitié couvert d'habits de fête.

« Il a avec lui sa femme et ses filles, et son vieux père et son chien, et toute la maison : car il faut que la joie soit complète.

« Cette nuit-là, le peuple a bu sa dernière goutte de vin, il a mangé son dernier morceau de pain...

« Il est sûr, en rentrant chez lui, de ne plus trouver ni un lit pour se coucher ni un habit pour se couvrir, ni un morceau de bois pour se réchauffer...

« Il a tout vendu, il a tout mis en gage.

« Que voulez-vous! Le mardi gras était là, il fallait le fêter.

« A présent qu'il est parti, à présent qu'il est retombé dans cette nuit profonde où retombent les jours, les mois, les années, les siècles, le peuple rentre à sa triste maison, fatigué de plaisir.

« Ceci s'appelle à Paris la descente de la Courtille.

« C'est une cohue immense...

« C'est une mêlée immense...

« C'est un bruit immense...

« C'est une ivresse immense...

« Les beaux jeunes gens de la ville et les belles maîtresses, encore toutes pâles et tout en désordre du festin et du bal de la nuit, accourent et se rangent sur le chemin pour voir tout le peuple descendre.

« La descente de la Courtille dure quelquefois une demi-journée.

« Ceux qui passent insultent ceux qui regardent passer : les uns et les autres se disent mille injures.

« Hélas ! faut-il dire que, dans leurs injures, dans leurs reproches, dans leurs dédains, les uns et les autres ont raison ?

« Cette joie, qui saisit toute l'Europe à certains jours comme une épidémie, n'est-elle pas une chose étrange ?

« Peut-on trop s'étonner de voir les villes entrer dans les festins et dans les danses à heure fixe et s'arrêter à heure fixe ?

« N'est-ce pas là un des plus curieux résultats de ce qu'on appelle la civilisation ? »

Le soir tout était terminé...

Le mercredi des Cendres régnait en paix...

Cependant, il y avait encore bien des masques avinés endormis sous les banquettes des bastringues, sous les tables des cabarets.

Aux *Vendanges de Bourgogne*, l'orgie avait continué quand même toute la journée.

La Savoisienne avait tenu parole à Stéphen Lowe.

Ne le fallait-il pas !

A sa voix, le punch avait coulé de nouveau...

De nouveau le champagne avait rempli les coupes.

Et des refrains étranges, des chants insensés avaient retenti jusqu'au soir dans le grand salon.

Mais, peu à peu, tous ces hommes, toutes ces femmes tombèrent l'un après l'autre, vaincus par l'ivresse et par la fatigue...

La Fanchon, elle-même, sentit à son tour ses forces l'abandonner.

Seul, milord l'Arsouille tenait tête à l'orage.

Il buvait... buvait encore... buvait toujours...

Mais le vin était sans effet sur lui, et d'un œil de mépris il voyait tous ses soldats rouler sous la table.

Ses voitures attendaient devant le restaurant.

Il y fit porter toute son armée éclopée, puis se mettant au balcon :

— Ramenez tous ces porcs dans leurs bauges! cria-t-il d'une voix de stentor à ses laquais.

Fanchon était demeurée seule avec lui.

Elle ne se tenait éveillée que par un prodige de volonté

— Gabriel, dit-elle, ne pars-tu donc pas aussi?

— Non! répliqua-t-il je ne quitterai cette maison que lorsque je serai ivre-mort et que j'aurai chassé de mon esprit le souvenir de la femme noire!

Fanchon voulut insister :

— Je reste, ma mère reprit le jeune homme d'un ton ferme; quant à vous, retournez à l'hôtel et reposez-vous...

Ayant dit, il prit le bras de la Savoisienne, descendit avec elle et la conduisit jusqu'à sa voiture.

— Narcisse, cria-t-il au cocher, reconduisez ma mère!

La voiture partit au grand galop dans la direction du boulevard.

Quand il l'eut perdue de vue, milord l'Arsouille rentra dans le restaurant et regagna d'un pas assuré le salon du premier étage.

Puis, se rasseyant à sa même place, il appela le garçon.

Celui-ci accourut.

— Germain, lui dit milord, d'un ton parfaitement calme, sers-moi à souper... je commence à avoir faim!

Germain le regarda d'un œil stupéfié.

— Es-tu sourd?... Allons, va... n'oublie pas le champagne, surtout... J'ai une soif d'enfer...

Le souper fut servi.

— Allons, dit notre héros en cassant le goulot de la fiole argentée voyons si je serai plus heureux avec celle-ci qu'avec les autres.

Une heure après comme il achevait sa troisième bouteille, il se prit à rire d'un rire aviné :

— Je crois que c'est venu! dit-il. Enfin!

Alors, il se leva en chancelant et se dirigea vers un grand divan placé non loin de la cheminée.

Dans la glace qui surmontait ladite cheminée, il se regarda machinalement.

— Pouah ! fit-il avec dégoût, c'est laid un homme soûl !...

Il tenait encore son verre à la main...

— Veux-tu bien te cacher, ivrogne ! dit-il de à propre image.

Et de toutes ses forces il lança sa coupe dans la glace, qui se brisa en milli morceaux.

Le garçon s'était endormi dans un coin.

Au bruit, il se réveilla en sursaut.

— Milord a sonné ? fit-il en se levant.

— Non !... c'est un pochard qui me faisait la grimace ; je l'ai envoyé se coucher, je fais comme lui. Bonsoir.

Et notre héros tomba tout de son long sur le divan.

Peu après, il ronflait, et le garçon, dans son coin faisait tout comme lui.

Lorsque milord l'Arsouille se réveilla, quatre heures sonnaient à toutes les horloges.

Il était encore à moitié gris et furieusement éreinté.

Il appelle le garçon.

Germain se réveille.

— Allons ! fais avancer ma voiture.

— La voiture de milord n'est pas revenue.

— Canaille de Narcisse !... Je le rouerai de coups... Trouve-m'en une autre.

— Eh ! milord c'est aujourd'hui le mercredi des Cendres ; les cochers ne se sont pas couchés depuis cinq ou six jours ils profitent de cette nuit pour se reposer.

— Ils ont, ma foi, raison. Je vais en faire autant. Mon manteau ! Adieu !

Arrivé dans la rue, notre gentilhomme se trouva les jambes roides.

La fatigue l'empêchait de mettre un pied devant l'autre.

Il avisa un chiffonnier qu'il héla ainsi :

— Hé ! l'ami, veux-tu gagner vingt francs ?

— Parbleu ! que faut-il faire pour cela ?

— Il faut me prendre dans ta hotte et me porter chez moi.

— Si ce n'est que cela, montez et en route !

Notre gentilhomme ne se le fit pas dire deux fois.

A peine fut-il établi les pieds de ci, la tête de là, dans le carquois d'osier, qu'il entonna cette romance qui faisait fureur :

> Entre dans ma tartane,
> Jeune Grecque, à l'œil noir,
> Tu seras ma sultane,
> Mon bonheur mon espoir !

A l'hôtel, Narcisse et les autres domestiques attendaient milord en sommeillant.

Comme il fallait pousser l'excentricité jusqu'au bout, notre héros fit monter le philosophe nocturne dans son appartement et se fit servir du punch par son valet de chambre.

Le chiffonnier qui venait de ramener milord l'Arsouille à son hôtel était un homme jeune encore assurément; ses longs cheveux qui encadraient son visage étaient d'un noir de jais comme sa barbe épaisse.

Coiffé d'un énorme bonnet de police qui lui tombait jusque sur les yeux, il portait pour vêtement, bien qu'on fût en plein hiver et que le froid fût des plus vifs, un grand paletot de nankin, audacieusement déguenillé, un gilet à fleurs, dont les boutons fugitifs avaient été remplacés par des ficelles, et finalement une culotte trop longue faite de pièces et de morceaux multicolores et qui avaient tout l'air d'avoir appartenu autrefois à quelque arlequin gigantesque.

La hotte sur le dos, le crochet à la main, il se tenait indécis au milieu de la chambre à coucher de milord et ne savait trop s'il devait demeurer ou s'éclipser.

— Que dois-je faire? pensait-il. C'est peut-être imprudent de rester chez le millionnaire... Si ça allait me redonner de mauvaises idées.

Tandis qu'il pensait ainsi, notre homme entendit le givre fouetter avec colère les vitres des croisées.

— Quel temps de loup! reprit-il, allez donc vous trimballer dans les rues par ce froid-là avec une redingote de nankin!...

Pendant cet aparté, milord l'Arsouille s'était assis près de la cheminée, dans laquelle flambait un feu à rôtir un bœuf.

— Allons, viens te chauffer, mon camarade, dit Gabriel... Fais comme chez toi.

Le chiffonnier ne bougeait pas.

— Viens te chauffer, te dis-je, reprit milord. Ote ta hotte, laisse ton crochet... N'aie pas peur, on ne te les volera pas.

S'adressant au valet de chambre, qui venait de placer sur une table un vaste bol de punch :

— Remy, aide monsieur à se débarrasser de son cachemire d'osier...

Le valet hésitait :

— Qu'est-ce à dire?... Je crois, Dieu, me pardonne, espèce de vermine, que vous avez peur de vous salir les mains en touchant aux accessoires de ce philosophe!...

— Dame!...

— Sachez, une fois pour toutes, canaille, que le dernier des chiffonniers est à cent coudées au-dessus du premier de mes laquais.

Remy ouvrit la bouche pour protester.

— Pas un mot, interrompit milord, où je vous jette incontinent, non pas à la porte, mais par la fenêtre!... Sur ce, filez!

Le valet ne se le fit pas répéter et détala sans tambour ni trompette.

Milord indiqua au chiffonnier une chaise au coin du feu :

— Quant à nous, cher ami, goûtons à ce punch... cela nous réchauffera.

— Au fait, se dit l'homme au paletot nankin, pourquoi refuserais-je sa politesse?... Après tout, si je le connais, il ne me connaît pas, lui...

S'asseyant près de son amphitryon :

— Allons-y !

Milord remplit deux verres de rhum enflammé :

— A la tienne !

— A la vôtre !

— Tu ne me tutoies pas, fit milord étonné. Tu es donc bien fier...

— Non, mais c'est que malgré votre air bon enfant, vous m'imposez tout de même !

— Es-tu bête, va ! reprit Gabriel en riant. On voit bien que tu ne me connais pas.

— Oh ! pour ce qui est de ça, faites excuse : milord l'Arsouille est connu sur la place, et je dois dire que parmi les enfants de la chiffe, vous avez, nom d'un diable, une réputation pour de vrai ! on vous gobe, quoi... v'la tout.

— Eh bien, tant mieux ! ça me fait plaisir ce que tu me dis là... J'ai un faible pour les chiffonniers.

— Je m'en suis aperçu quand vous avez rembarré votre larbin. Cristi ! vous n'avez pas pris de mitaines pour lui flanquer son paquet par le bec.

— La valetaille, c'est ma bête noire... répliqua Gabriel en vidant son verre. C'est pourquoi je passe ma vie à invectiver mes gens et à taper dessus.

— Et ils restent chez vous ?

— Parbleu ! j'ai soin de ne prendre à mon service que des coquins qui ne peuvent trouver de place nulle part et qui se sont fait chasser pour quelque méfait plus ou moins grave. Ceux qui se présentent à moi avec de bons certificats sont impitoyablement refusés... Aussi, je puis me vanter d'avoir pour domestiques ce qu'il y a de mieux en fait de canailles ! Menteurs... gourmands... paresseux... voleurs... Ils ont tous les défauts et tous les vices... De cette façon, je puis, sans arrière-pensée et sans scrupules, les faire marcher à coups de fouet.

Remplissant les verres :

— Mais laissons cette clique malfaisante et occupons-nous de choses plus agréables... A ta santé, ami Diogène !

— A la vôtre, milord ! répliqua le chiffonnier.

— Il est bon, pas vrai ?

— Exquis !... c'est un sucre !... Seulement, je vous préviens d'une chose... c'est que j'ai déjà pas mal *liché* depuis ce matin, et damé ce liquide-là tape roide sur la coloquinte !

— Bah ! qu'est-ce que ça fait ?

— Ça fait... ça fait que je serai soûl comme la bourrique à Robespierre !

— Eh bien, à nous deux nous ferons la paire... L'ivresse ne me fait pas peur.

— A moi non plus, tonnerre !... Au moins, quand on a son plumet pour tout de bon, on se fiche du tiers et du quart... On oublie ses embêtations passées et présentes, et l'on fait un tas de rêves plus rigolos les uns que les autres.

— Tu as donc aussi besoin d'oublier ?

— Moi ?... reprit le chiffonnier d'une voix sourde. Oh ! oui, allez... et crânement besoin encore, je vous prie de le croire.

Tendant son verre :

— Une goutte d'oubli, S. V. P.

Milord s'empressa de le satisfaire.

— Merci, milord de mon cœur, vous êtes un bon *zigue*... et vous me *bottez* supérieurement.

Gabriel le regarda en face :

— Il n'y a pas longtemps que tu fais ce métier-là ?

Le chiffonnier fit un mouvement involontaire :

— Qui est-ce qui vous a dit ça ?

— C'est que je connais à peu près tous les chiffonniers de Paris, et jamais je ne t'ai rencontré.

— C'est juste ! Vous avez fréquenté pas mal les compagnons de la croche... histoire d'apprendre quelque chose de neuf au sujet de... madame votre mère... et de retrouver son frère Jacquinet... surnommé Riquiqui par les camarades... Pauvre Riquiqui !... il n'a rien pu vous dire... Le lendemain même du jour où vous l'aviez rencontré chez Paul Niquet, l'absinthe avait achevé de lui tourner tout à fait la tête, et depuis ce temps-là, il est gardé à vue par un docteur de vos amis.

— Ah ! tu sais tout cela ?

— Et bien d'autres encore... Quoique je ne sois dans le chiffonnage que depuis cinq mois, j'ai eu le temps d'apprendre toutes vos histoires... Dieu merci, ajouta-t-il avec une certaine hésitation, tout ça s'est terminé comme vous le vouliez, pas vrai ? puisque vous avez pu remettre la main sur votre maman disparue.

Milord l'Arsouille ne répondit pas.

Vidant un nouveau verre de punch :

— Allons ! parle-moi de tous les braves gens de par là-bas .. Les Flambart... que deviennent-ils?... Et le père Moscou ?... Est-il encore de ce monde ?

— Ils se portent tous comme des charmes... Ces vieux de la vieille, c'est solide comme père et mère !

Les Flambarts, le lecteur les connaît ; mais le père Moscou mérite une mention particulière.

« Dès deux heures du matin, dit un de ses biographes, on entend la voix du vieux soldat chiffonnier fredonnant de toute la force de ses poumons d'acier :

> Si vous passez sur la place Vendôme.
> N'oubliez pas le grand vainqueur des rois !

« Il est fièrement campé sur sa jambe nerveuse, le bonnet de police crânement posé sur l'oreille, il porte la hotte en vrai troupier fini, comme jadis il portait son sac de soldat.

« Il semble manier une poignée d'épée en faisant voltiger son crochet entre ses doigts.

« Malgré ses soixante-dix ans, il a conservé son allure militaire, ses airs de grognard troubadour et son aplomb de vainqueur de l'Europe coalisée.

« Sa journée commence à trois heures du matin ; il fouille de droite et de gauche tous les tas d'ordures sur son passage, jusqu'à ce qu'il arrive à *sa* rue, aux bons tas qui lui sont réservés, car Moscou, étant connu pour sa probité, a *ses* clients et *ses* maisons.

« Les portiers lui gardent les paniers des bonnes, à condition qu'il jettera tous les détritus à la borne avant le passage des boueux de la salubrité et avant l'arrivée des lanciers du préfet de police, — c'est ainsi qu'il nomme les balayeurs embrigadés.

« En quelques minutes, il a visité tous ces paniers, supputé la valeur de chaque objet; les papiers, chiffons, tessons, tout lui sert, tout lui est bon.

« A huit heures, sa hotte pleine, il va au faubourg du Temple prendre son rang à la queue du restaurant Passoir.

« C'est encore là une coutume toute parisienne qui, malheureusement, tend chaque jour à disparaître et qu'il faudrait cependant conserver.

« Les anciennes maisons de traiteurs, celles qui datent de trois ou quatre générations, ont l'habitude de faire distribuer chaque jour aux malheureux tous les restes de victuailles laissés par les consommateurs. Elles ont la pudeur de ne pas tirer bénéfice de ce qu'elles ont déjà vendu une fois.

« Le père Moscou est un des fervents habitués de ces distributions matinales. Il vient y chercher son pain quotidien.

« Sa journée est finie lorsque celle des autres commence. Lorsque Paris, s'éveillant, ouvre à peine ses boutiques, et que les quartiers riches reposent encore tout entiers dans le calme et le silence, il regagne ses *appartements* en fredonnant quelque vieille marche militaire.

« Il est fier et heureux : il a la vie assurée pour vingt-quatre heures. Le roi n'est pas son cousin : il porte dans sa hotte assez de marchandises pour boire tout un jour.

« Son triage fait, il monte à la barrière de la Chopinette, à l'enseigne du *Petit pot gris.*

« Là, il trouve nombreuse compagnie.

« C'est la petite Bourse des chiffonniers.

« C'est dans ce cabaret qu'on estime le prix du chiffon, du papier, des os, des tessons de bouteilles, marchandises qui, pour n'être pas portées aux mercuriales des journaux de commerce, ne sont pas moins soumises à la hausse et à la baisse comme toutes les autres, et excitent la cupidité de plus d'un spéculateur.

« Dès que le père Moscou a déjeuné, vidé sa chopine pris son café, son pousse-café, sa rincette et sa surrincette, et qu'il connaît le cours de sa marchandise, il commence à vivre...

« C'est à dire qu'il se rend à l'*Abattoir* pour se rafraîchir. »

« Un mot sur ce tapis franc, le plus fameux, avec le *Grand-Saint-Nicolas,* de tous ceux qui pullulent aux abords des barrières :

« L'*Abattoir* est une sorte de cave enfumée, sombre, basse, humide, sans air, que le soleil n'a jamais été assez audacieux pour visiter.

« Ses murs squalides suintent la misère et la puanteur, ses tables boiteuses et ses bancs éclopés servent de dortoir à toute une population d'êtres abrutis, n'ayant plus conscience de leur existence ni rien d'humain.

« C'est un des spectacles les plus navrants qui se puissent voir qu'une réunion de ces pauvres idiots brûlés par les liqueurs fortes, annihilés par la débauche, qui ne pensent plus, agissent mécaniquement comme des automates, vous regardent avec de gros yeux ternes, hébétés, et n'ont plus assez d'intelligence pour comprendre ce que vous leur dites.

Et, d'un coup de crochet, il enleva le bonnet de coton.

« Ils ne mangent pas :

« L'eau-de-vie suffit à tous leurs besoins animaux.

« Il faut un tempérament de fer pour résister aux influences délétères de cet horrible breuvage.

« Lorsque le père Moscou a absorbé une dizaine de tournées de cette eau de mort déguisée sous le nom d'eau-de-vie, il regagne en chancelant son pauvre gîte, se jette sur le tas de paille maculée qui compose son mobilier, et s'endort en fredonnant son refrain favori.

« Le lendemain, il recommencera

« De longues années s'écouleront, toujours semblables, toujours accompagnées des mêmes joies, des mêmes souffrances.

« Il ne sera jamais plus heureux ni plus malheureux un jour que l'autre.

« Il aura toujours froid en décembre, il grillera en juin, sans se plaindre, sans accuser le sort, sans maudire les heureux de ce monde, en ayant toujours une parole compatissante pour ceux qui souffrent de la faim et de la maladie, une larme pour ceux qui passent l'arme à gauche. »

. . . .

Au moment même où milord l'Arsouille et son convive achevaient de se remémorer les faits et gestes du général et de son vieil ami, ils entendirent dans la rue, sous les fenêtres, une voix avinée qui chantait :

> Si vous passez sur la place Vendôme,
> N'oubliez pas le grand-vainqueur des rois.

— Pardine ? s'exclama l'homme au paletot de nankin, quand on parle du loup... C'est le père Moscou !... Je reconnais son refrain et son timbre enchanteur.

— Le père Moscou ? répéta milord. Ma foi, il arrive comme marée en carême... Crie-lui de monter... Il gèle à pierre fendre... il ne sera pas fâché de se réchauffer un peu.

— Quoi ! vous voulez ?...

— Dis-lui qu'il y a céans en son honneur un grand feu qui flambe et un grand punch qui brûle... Hèle-le, et fais vite.

— Ça sera comme vous voudrez, riposta le chiffonnier en se levant. Seulement je dois vous prévenir d'une chose, c'est que le vieux a son plumet !... A son organe fêlé, je reconnais tout de suite qu'il est un peu éméché.

— Bah ! bah ! interrompit milord l'Arsouille, plus on est de fous, plus on rit... Hèle le vieux brave.

Le chiffonnier ouvrit la fenêtre et se mit à crier, en se faisant un porte-voix de ses deux mains :

— Ohé ! du ruisseau ! ohé !

Le père Moscou, qui, tout en vocalisant, crochetait un tas d'ordures, s'arrêta brusquement au beau milieu de sa double occupation.

— On dirait que c'est à moi qu'on en veut, fit-il en levant le nez.

— Ohé ! père Moscou ! reprit l'hôte de Gabriel, il y a quelque chose à *licher* par ici. Vous avez le droit de venir vous gargariser un brin.

Le bonhomme écarquillait ses yeux pour essayer de distinguer les traits de celui qui lui parlait.

— Qui que t'es, toi, d'abord ?

— Un frère et ami.

— Un frère et ami ?

— Oui, l'ancien.

— Ton nom !

— Biscotin.

— Ah ! c'est toi, conscrit... Quoi donc que tu fiches là-haut ?

— Je m'incendie le cornet avec de la flamme au sucre... et vous êtes invité à en faire autant.

— Invité !... Par toi ?

— Non, par le châtelain du manoir.

— Quel châtelain ?

— Milord l'Arsouille.

— Milord l'Arsouille ! En ce cas, j'accepte la politesse.

La fenêtre se referma, et tout aussitôt on entendit le père Moscou heurter à la porte cochère et crier :

— Cordon, s'il vous plaît ?

Au bout de quelques instants, la porte s'ouvrit.

— Qui est là ? demanda le concierge en mettant le nez au guichet de sa loge.

— C'est moi ! répondit fièrement le vieux bonhomme.

— Encore un chiffonnier ! s'exclama le cerbère avec indignation. On ne passe pas !

— Le père Moscou passe partout ! riposta l'ancien troupier sans se soucier de ces vaines clameurs.

— Je vous défends de monter ! reprit le concierge furieux, en se démenant à son judas comme une marionnette de Guignol.

— As-tu fini, vieux portier ? repartit le père Moscou.

Et, d'un coup de crochet, il enleva le bonnet de coton du cerbère et le mit dans sa hotte.

Après quoi, il monta gravement l'escalier qui menait au premier étage.

III

LE PÈRE MOSCOU

Dans la salle d'attente, Remy, le valet de chambre, et deux autres valets, qui venaient de se réveiller aux cris du concierge, firent mine, eux aussi de rembarrer le bonhomme.

Mais milord l'Arsouille apparut, et la valetaille se tut incontinent.

— Parbleu ! fit Gabriel en allant au-devant du vieillard, je suis aise de vous voir, camarade... Votre main !

— Milord, reprit le père Moscou en serrant affectueusement la main de notre héros, croyez que tout le plaisir et de mon côté !

— Quant à vous, drôles, reprit Gabriel en s'adressant aux laquais, revêtez séance tenante vos livrées de cérémonie et venez servir mes hôtes !

Peu après, milord l'Arsouille s'attablait de nouveau devant le bol de punch, entre les deux chiffonniers.

— Là, fit-il en remplissant le verre du père Moscou, buvez, mon brave !

— A la vôtre, jeune homme !... A la tienne, Biscotin !

Les verres se choquèrent.

Les valets entrèrent en cet instant, en costume d'apparat.

— Remplissez les gobelets au fur et à mesure qu'ils se videront, commanda Gabriel.

Ainsi fut-il fait.

Au bout d'une demi-heure, tout le monde se tutoyait.

— Ah çà! dis donc, mon petit, fit le père Moscou en s'adressant à l'amphitryon, est-ce que ces trois oisons-là vont nous regarder *licher* comme ça toute la nuit, debout sur les pattes?... Ça m'embête qu'on soit sur mon dos quand je travaille!...

Faisant signe aux valets de décamper.

— Allons, ouste ! dit-il, en chasse, messieurs les larbins...

Les laquais demeurèrent, attendant que leur maître les congédiât lui-même.

— Sortez ! cria ce dernier. Du moment que vos groins déplaisent à mes hôtes, je n'aurais garde de vous retenir.

Les valets tournèrent les talons.

— Quelle clique que tout ce monde-là ! grommela Remy, quand il fut dans l'antichambre.

— Le fait est que c'est une rude scie d'être aux ordres de ce tas de voyous !

— Bah ! reprit le valet de chambre, qu'est-ce que ca nous fiche, après tout ! L'important pour nous est de faire notre beurre ; et tant plus qu'il y aura de chahut dans la baraque tant plus que nous trouverons à grapiller... Quand le bourgeois sera ruiné, car c'est ça qui lui pend au nez, tout millionnaire qu'il est, eh bien, nous aurons au moins la satisfaction d'avoir aidé à sa débâcle autant que nous l'aurons pu...

— Oh ! de ce côté-là, nous n'aurons rien à nous reprocher, dit le troisième valet Cristi !... quel beau pillage !

— Sans compter que ça ne fait chaque jour que croître et embellir.

— Quand il n'aura plus le sou et que nous tiendrons sa petite braise, à ce beau milord-là, il pourra bien crever de faim sans que je lui donne seulement une croûte de pain dur.

Pendant ce temps, les libations continuaient dans la chambre voisine.

— Oui, ma vieille, disait le père Moscou en tapant familièrement sur l'épaule de Gabriel, oui, c'est comme j'ai celui de le narrer, j'ai commencé juste en même temps que le petit caporal... et nous étions tous les deux à *tu* et à *toi*. Aussi, son histoire et la mienne, ça ne fait qu'une, et si tu veux que je te régale de nos aventures comme tu m'as régalé de punch, j'y obtempère.

— Raconte, camarade... Mais d'abord, une nouvelle rasade.

— C'est pas de refus... Je ne sais pas ce que j'ai cette nuit, mais je suis altéré en diable...

Le bonhomme vida son verre jusqu'à la dernière goutte.

— Maintenant, silence dans les rangs : je commence !

« Alors pour lors, mon fils, et toi de même Biscotin, vous saurez une chose... c'est que le petit Bonaparte est né en Corse, une espèce d'île où les bourgeois sont drôles tout plein et ous qu'ils ont l'habitude de s'assassiner de père en fils, l'histoire de rigoler un brin et de s'amuser un tantinet.

Les parents du petit caporal, qui n'étaient pas des richards comme toi, milord de mon cœur, le mettent à l'École militaire, comme un simple mortel... Là, par exemple, il avait toujours un petit chapeau à trois cornes et les mains derrière le dos.

— C'était peut-être pour imiter son portrait, observa gravement Biscotin.

— On le croit généralement, reprit l'ex-troupier en tirant de sa poche un pittoresque brûle-gueule.

— Tiens au fait, c'est une idée ça... reprit l'autre chiffonnier, qui exhiba à son tour une pipe d'aspect antique et vénérable. Vous permettez, bourgeois? ajouta l'industriel en s'adressant à milord.

Celui-ci répondit en mettant à la disposition de ses convives un grand pot de tabac.

— Vivat! s'exclamèrent les deux chiffonniers.

— Décidément, reprit le père Moscou, il y a tout ce qu'il faut chez toi... Nous reviendrons te voir...

Il bourra sa pipe, Biscotin en fit autant, et milord l'Arsouille alluma un cigare.

— Eh bien! vas-y, l'ancien, dit l'homme au paletot jaune, qui semblait s'intéresser si grandement aux récits du vieux soldat.

Ce dernier lança au plafond une forte bouffée de fumée et reprit :

— Le petit caporal quitte l'école... Bon!... Quelque temps après, il était général, très maigre, mais avec beaucoup de cheveux.

« Le gouvernement de cette époque, qui était composé de cinq particuliers ornés de plumes, lui dit d'aller flanquer une ratatouille aux Autrichiens, et il file en Italie qui est la patrie du vermicelle et des cordes à violons...

« Nous traversons le Saint-Bernard, une montagne très bien élevée, trois fois Montmartre.

« Ah! mes enfants, c'est là qu'il y pleut des engelures et des rhumes de cerveau... Ça se comprend, il y gèle toujours...

Changeant de ton :

— Mais il ne s'agit plus de neige et de froidure pour le quart d'heure... Nous v'là en Égypte, et je vous prie de croire qu'il y fait bon!... Les oiseaux de ce gueux de pays-là sont tous rôtis en venant au monde, et en fait d'arbres, on n'y rencontre que de grands scélérats de pains de sucre en pierre, qu'on appelle des pyramides, vu leur forme pyramidale.

« Bientôt il y eut dans le Nil une grande infusion de mameluks... Plusieurs se noyèrent au nombre de vingt mille... et on m'a assuré que ceux qu'on n'était pas parvenu à repêcher étaient restés dans le fleuve!

« On part en Russie...

« V'là la scène de la neige qui recommence... Ah! nom d'une giberne! qué rosse d'endroit!... Il y fait si froid, si froid, que le feu y gèle!

« Je ne vous dirai pas toutes les embêtations dont j'ai été émaillé dans ce pays de loups.

« Ce qu'il y a de sûr, c'est que j'ai été prisonnier de guerre de messieurs les Cosaques... et c'est en l'honneur de ma captivité dans ces régions peu tempérées que l'on m'a octroyé le surnom de père Moscou.

« Un beau jour, ils m'ont relâché et je suis revenu en France.

« Naturellement, ma première pensée fut d'aller dire un petit bonjour à Napoléon... Je savais que ça lui ferait plaisir, à cet homme.

« Ah ben ! ouiche ! ces *feignants* d'alliés l'avaient exilé à Sainte-Hélène...

« On a la bassesse de faire courir le bruit de sa mort...

« Lui, mort, reprit le vieux soldat en avalant coup sur coup deux ou trois verres de punch. Jamais !... Trop malin pour ça !

— Comment ! fit Biscotin étonné.

— Il se porte comme toi et moi, conscrit, riposta le chiffonnier avec une conviction profonde. Seulement, il fait le mort... mais il creuse en dessous...

« Oui, mes enfants... vous savez que la police fait faire un tas de crevasses dans toutes les rues de Paris... C'est qu'on le cherche... c'est qu'on sait qu'il farfouille et qu'il pioche sous Paris pour rattraper son affaire... On sait que son souterrain va aboutir un de ces quatre matins, et qu'il sortira de son trou.., à la tête de deux millions de nègres pour le bonheur de la patrie... Mais on ne sait pas l'endroit.

« C'est pour ça que je me suis fait chiffonnier, continua le bonhomme d'un ton mystérieux. Toutes les nuits, la lanterne à la main, j'explore Paris, sans avoir l'air de rien... Mais si vous voulez que je vous dise le fin mot de l'histoire, c'est pour être le premier à tendre la main au petit caporal quand il surgira de sa cave.

Nous n'avons pas besoin de dire que l'idée du père Moscou était parfaitement à l'ordre du jour à l'époque de notre récit.

Longtemps après 1821, c'est-à-dire après la mort de Napoléon, beaucoup de ses anciens soldats, et la plupart des jeunes gens de nos villages étaient convaincus que l'empereur était encore de ce monde, et ils attendaient avec confiance sa prochaine réapparition à la tête d'une armée innombrable.

Cette histoire fantastique a servi de texte à une spirituelle pochade jouée au Palais-Royal en 1834, et dans laquelle Alcide Tousez était tout à la fois auteur et acteur.

Les libations avaient recommencé.

Lorsque le jour parut les deux chiffonniers étaient profondément endormis.

Mais milord l'Arsouille avait les **yeux** tout grands ouverts et son regard se fixait curieusement sur celui de ses deux convives qui portait le nom de Biscotin.

— Il y a un mystère dans la vie de cet homme !

Ainsi pensait-il.

En ce moment, la porte de sa chambre s'ouvrit bruyamment, et un personnage orné de grosses moustaches fauves parut sur le seuil.

C'était le Moscovite que nous avons vu une fois déjà dans la petite maison d'Auteuil, pendant la nuit de Noël 1835.

Après avoir été le compagnon de débauche de Stephen Lowe, le gros Russe avait trouvé moyen de devenir l'un des fidèles de milord l'Arsouille.

— Eh! mon cher, lui dit ce dernier en l'apercevant, déjà sur pied.

— Oui, j'ai hâte d'avoir de vos nouvelles.

— Quel conte me faites-vous là? interrompit Gabriel. Dites donc tout de suite que vous venez me demander un service.

— Au fait, avec vous... pourquoi mentir?... Eh bien, oui, mon tout bon, oui... vous avez deviné...

Après s'être entretenu quelques secondes à voix basse avec le nouveau venu :

— C'est donc deux cents louis qu'il vous faut, baron? lui dit Gabriel.

— Deux cents ; mon Dieu, oui ! Les recors sont en bas avec un ignoble fiacre et si je ne solde ce matin même la lettre de change que ce juif de Bourbiche m'a escomptée, j'aurai la triste faveur de coucher cette nuit même dans la prison de Clichy.

— Certes, répliqua milord l'Arsouille en gouaillant, ce serait grand dommage en vérité que le baron Stoflin, après avoir échappé par miracle à la Sibérie, trouvât en France cette captivité qu'il fuit depuis trois ans avec tant d'enthousiasme !

— N'est-il pas vrai, très cher?... ce serait tomber de Charybde en Scylla !... Mais, Dieu merci ! votre amitié saura me conserver ma liberté et mon soleil !

— Oh! pour ce qui est de mon amitié, interrompit vivement Gabriel! je vous en prie, n'en parlons pas...

— Que voulez-vous dire?

— Je veux dire parbleu, que j'ai des compagnons de débauche... libertins sans le sou, avares sans pudeur qui pataugent avec moi dans la fange dorée de mes orgies incessantes... Mais des amis... je n'en compte pas un parmi ceux qui partagent ma vie depuis deux mois?

— Milord !...

— Allons, pas de phrases, mon cher... pas de protestations...

« Est-ce que je ne sais pas que vous et les deux douzaines de drôles, mâles et femelles, que je traîne à ma suite, que je gave de plaisirs impossibles, d'ivresses fantastiques et de folles voluptés, vous me haïssez, me méprisez et me vilipendez?...

« Et c'est tout simple, parbleu !...

« Je suis riche et vous ne l'êtes plus...

« Je suis du peuple et vous êtes tous d'antique noblesse à ce que vous dites, du moins...

« Un baron moscovite, un grand d'Espagne, deux princes Italiens, des chevaliers français... Oh ! beaucoup de chevaliers... d'industrie pour la plupart... Mais bah ! qu'importe... c'est un titre fort bien porté par le temps qui court.

« Le diable me brûle! c'est à peine si j'en puis compter dans mon entourage deux ou trois de ma sphère...

« Encore ceux-là sont-ils des bourgeois, des gros bonnets du commerce parisien, comme le vieux Coquardier, par exemple...

« Je ne parle pas des charmantes Phrynés qui se sont attelées au char populaire de Fanchon la Vielleuse.

« Les aïeux de celles-là ne sont peut-être pas bien plus illustres que les miens... mais parmi elles, il n'en est pas une seule assurément qui n'ait eu pour amant, sinon pour époux, quelque marquis ou quelque duc, et ces reines de la main gauche se croient à cent coudées au-dessus de moi, au-dessus de ma mère, surtout.

« Mais l'or que je sème sur ma route a su les attirer... Il en attirera d'autres !

Et ces autres-là, hommes et femmes, souffriront mes grossièretés et mes injures comme vous les souffrez vous-mêmes, c'est-à-dire sans se plaindre... Et si les coups de bec ne suffisent pas, et que je veuille y ajouter des coups de pied au derrière, ils se tourneront d'eux-mêmes pour les recevoir, parce qu'ils sauront bien qu'au bout de tout cela il y aura pour eux autant d'or qu'ils en voudront.

« Sur ce, baron, je m'arrête... Vous ne m'avez demandé que deux cent louis, et je ne puis vraiment, pour une si petite somme, vous en dire davantage : je veux vous en donner juste pour votre argent.

Ayant dit, il tira de son portefeuille quatre billets de mille francs qu'il tendit au Moscovite.

Celui-ci avait écouté la tirade de Gabriel avec un imperturbable sang-froid.

Impassible, il prit l'argent et le mit en sa poche.

Puis, avec un sourire.

— Si j'avais su, dit-il, que vous fussiez ce matin de si plaisante humeur, je vous eusse, milord, emprunté le double de cette somme... La prochaine fois, je tâterai le terrain avant de me prononcer.

A ces mots, il salua milord l'Arsouille, pirouetta sur ses talons et sortit de l'air le plus aisé et le plus tranquille du monde.

Les deux chiffonniers, complètement dégrisés, comme leur amphitryon, grâce aux quelques heures de sommeil qu'ils venaient de goûter, avaient assisté avec un étonnement joyeux à l'étrange réception du baron Stoflin.

Lorsque celui-ci eut tourné le dos :

— Bravo ! s'écrièrent-ils l'un et l'autre.

Et, d'un commun mouvement, ils vinrent serrer la main de milord l'Arsouille.

— Mille cartouches ! reprit le père Moscou, je ne veux rien vous emprunter, moi, mais je vous dis carrément que vous êtes un bon homme pour de vrai et que vous lui avez joliment rivé son clou, à ce gros boyard-là ! Nom d'un chien ! ajouta-t-il en montrant le poing à Gabriel, je ne suis qu'un pauvre vieux chiffonnier de rien du tout, mais si vous vous étiez avisé de m'apostropher de cette façon injurieuse, je vous aurais débarbouillé le mufle avec du papier Joseph, et, tout fort que vous êtes je me serais aligné avec vous.

— Cela prouve que vous avez du cœur, camarade, répliqua milord l'Arsouille. Un parasite n'a que de l'estomac.

« Sur ce, il versa un dernier verre de punch au père Moscou :

Après avoir lampé la liqueur brûlante :

— Sur ce, reprit le vieillard, permettez que je décampe !...

« Milord, ajouta-t-il en faisant le salut militaire, enchanté de vous avoir revu et d'avoir *liché* un brin avec vous... Quand vous aurez le temps, venez flâner du côté de la rue Grange-aux-Belles. C'est là que je perche, et je reçois tous les jours jusqu'à la brune... Venez déjeuner sans façon avec le vieux chiffonnier... vous serez sûr

— Je me suis adjugé les bottes d'un gendarme qui prenait un bain.

d'être là avec un vrai ami et de faire un repas mauvais comme tout... De toutes les manières, ça vous changera... Est-ce dit?

— C'est dit.

— Parole?

— Parole.

— Alors, au plaisir de vous revoir, milord. En avant et vive la France!

Après avoir serré la main de Gabriel, il s'éloigna radieux et chantonnant à mi-voix son refrain favori.

Dans l'antichambre il reprit sa hotte et son crochet.

— Ah çà, tas de farceurs, dit-il aux laquais qui se trouvaient là, j'espère que vous ne vous êtes pas amusés à *barboter* dans mon écrin... C'est que les bijoux qu'il renferme sont précieux et valent mieux que de l'or en barre.

Les domestiques ricanèrent :

— Oui, ça vaut mieux que de l'or, reprit le bonhomme, et je vais vous en donner la preuve, tas de propres à rien que vous êtes !...

« A Paris seulement, nous sommes six mille chiffonniers... — Rien que ça, excusez du peu ! — Et chacun, dans sa nuit, remplit deux fois sa hotte...

« Or, la hottée pleine nous rapportant un franc, les deux ne nous font pas moins de quarante sous, et tous ensemble, nous avons donc récolté douze mille francs avant que Paris s'éveille.

« Oui, il se jette tous les jours dans Paris douze mille livres de verre cassé, de ferraille, de loques et de vieilles paperasses. Et si vous n'étiez pas des mufles dénués de toute espèce d'éducation et d'arithmétique, vous sauriez que douze mille balles par jour, ça fait au bout de l'année quelque chose comme quatre millions trois cent quatre-vingt mille francs...

« Vous voyez donc bien qu'une hottée d'ordure est de l'or en barre, et que ceux qui blaguent les chiffonniers sont des jobards et des fichues bêtes !

« Là-dessus, bien des choses chez vous, messieurs les larbins, et ne prenez pas la peine de me reconduire... je connais le chemin. »

Ayant raffermi d'un air crâne, sur sa tête grise, son antique bonnet de police, le vieux troupier se dirigea vers la porte de sortie, en faisant le moulinet avec son crochet...

Il allait gagner l'escalier lorsque Narcisse, le cocher, parut sur le seuil, bâillant et s'étirant.

A sa vue, le père Moscou se mit vivement de côté, et l'automédon de milord l'Arsouille pénétra dans l'antichambre sans l'avoir aperçu.

— Ah ! mes enfants, dit le drôle en s'adressant à ses collègues, je viens de faire un rêve, voyez-vous, oh ! mais un rêve abracadabrant !

— Un rêve ?

— Voilà ce que c'était... Vous savez que j'ai le malheur de posséder un père... une espèce de vieux pochard qui a guerroyé dans le temps et qui, par monomanie, s'est fait chiffonnier...

— Eh bien ?

— Eh bien ! j'ai rêvé comme ça que ce vieux toqué trouvait une nuit cent mille francs dans sa hotte en rentrant dans son chenil, et que, dans sa joie, il mourait d'apoplexie foudroyante... Si bien que j'héritais de sa braise et que j'étais dépêtré de lui une bonne fois pour toutes.

A peine achevait-il, qu'il reçut dans le bas des reins un vigoureux coup de pied qui l'enleva à un mètre du sol.

— Ventre de biche ! gémit le malheureux avec effarement, qui est-ce qui se permet ?...

— Ne fais pas attention, fiston, ce n'est que moi.

L'homme au coup de pied, c'était le père Moscou.

— Papa! murmura Narcisse d'une voix étranglée.

— Oui, papa, reprit le chiffonnier, petit bonhomme vit encore, comme tu vois... et il a bon pied, bon œil... Bon pied surtout, pas vrai, mon mignon?

Les domestiques partirent d'un grand éclat de rire.

Cela rendit Narcisse furibond.

— Ah çà! voyons, fit-il en s'adressant avec insolence à son père, est-ce que tout ça ne cessera pas, à la fin des fins?... Est-ce que vous passerez votre vie à me faire des misères et à nuire à mon avenir!... Quand on est ce que vous êtes et qu'on a un fils dans ma position, on devrait au moins avoir un peu de pudeur. Est-ce que je vais vous relancer chez vous, moi?... Ne me relancez pas chez moi, vous... et restez dans votre monde.

Narcisse avait gardé sa casquette sur la tête.

D'un coup de crochet, le père Moscou la fit sauter à l'autre bout de la chambre.

— Monsieur mon fils, dit-il ensuite d'une voix sévère, tout cousu d'or que vous soyez et tout déguenillé que je sois, vous me devez le respect... Ne l'oubliez pas! Vous rougissez de moi et vous souhaitez ma mort... Eh bien, cela vous portera malheur un jour... c'est moi qui vous le dis!...

Narcisse haussa les épaules.

— Bah! bah! dit il, vos prophéties ne m'épouvantent guère... dispensez-vous-en, et surtout ne demeurez pas davantage ici... D'autres que mes honorables collègues n'auraient qu'à savoir qui vous êtes, et je tiens à éviter ce scandale.

Milord l'Arsouille avait paru depuis quelques instants :

— Narcisse, dit-il au cocher, attelez la calèche et reconduisez votre père.

Narcisse, qui avait dormi toute la nuit, et qui, par conséquent, ignorait ce qui s'était passé entre son maître et le vieux chiffonnier, manqua tomber de son haut.

— Quoi! milord exige!... fit-il en hésitant.

— Obéissez, ou je vous chasse!

— J'obéirai!... Oui, continua-t-il en descendant à l'écurie, je dois obéir; mais quand je t'aurai volé suffisamment, espèce d'Anglais, tu verras comme je t'enverrai faire lanlaire!

Et voilà comment il se fit que, ce matin-là, au grand ébahissement des gens du quartier, le père Moscou rentra en son pauvre chenil de la rue Grange-aux-Belles dans une calèche à deux chevaux.

— Quelle infamie! disait Narcisse en fouettant ses bêtes avec rage. Me forcer à être le cocher de mon père! Oh! ce milord l'Arsouille, je l'abomine ; je ne serai content que lorsqu'il sera sur la paille!

. . . .

Pendant ce temps, notre héros avait rejoint dans sa chambre l'autre chiffonnier.

— Milord, lui dit brusquement celui-ci, avez-vous jamais entendu parler d'une espèce de gueux qui s'appelait Popincourt?...

— Oui, riposta Gabriel, c'était un voleur, un assassin, un forçat... Mais cet homme est mort...

— Mort! ah ben oui, c'est un bruit que les journaux ont fait courir.. Et la preuve, c'est que c'est Popincourt en personne qui va se confesser à vous.

IV

LA CONFESSION DU GALÉRIEN

Milord l'Arsouille considérait d'un œil calme le terrible forçat.

— Ah! fit-il en s'étendant nonchalamment dans un fauteuil, ah! vraiment, c'est toi qui es ce Popincourt que la police croit mort depuis cinq mois?

— Oui, milord, répliqua le bandit.

— Et tu veux réellement me dire tes exploits passés?

— Ma foi, je crois que ça me fera du bien de débonder un peu mon cœur...

— Dieu me pardonne! fit Gabriel avec surprise, on dirait que tu te repens des meurtres que tu as commis?

— Des meurtres!... Pardon, excuse. J'ai assassiné une fois pour de vrai... une seule... c'est bien assez!... quant au reste, il n'y a jamais eu mort d'homme!

— Une seule! Que signifient donc, en ce cas, les coups de couteau que l'on met sur ton compte?

Popincourt haussa les épaules.

— Des calembredaines que tout ça, dit-il. Foi de coquin, je n'ai jamais *suriné* qu'une fois sérieusement... Et encore je ne considère pas comme un meurtre la mort de la mère Garousse... C'était une vieille gueuse qui avait fait pis que prendre, et j'ai rendu un crâne service à la société en la supprimant.

— La mère Garousse! Que veux-tu dire? interrogea Gabriel.

— Vous saurez tout, milord. Pour l'instant, ce que je puis vous affirmer, c'est que mes prétendus assassinats sont des bruits que j'ai fait courir une fois que j'ai été au bagne... Vous comprenez, j'étais avec un tas de gueusards et de la plus haute volée... et, ma foi, j'ai voulu me poser un peu aux yeux de tout ce monde-là... J'ai menti, quoi! par orgueil. Vous trouverez peut-être que c'était de l'orgueil bien mal placé... mais, que voulez-vous! j'étais honteux d'avoir fait si peu de chose, lorsque tous ces messieurs en avaient tant fait.

Gabriel ne put s'empêcher de sourire.

— Maintenant que ceci est bien vu et bien entendu, reprit le galérien, je commencerai, si ça vous est égal, par le vrai commencement... Quand vous me connaîtrez à fond, qui sait? vous ne me traiterez peut-être pas tout à fait comme un assassin ordinaire... Et, dame! si vous en arriviez à avoir pour moi autre chose que du mépris et du dégoût, eh bien, peut-être que ça éviterait bien des malheurs.

— Parle donc, fit milord l'Arsouille en allumant un cigare, et sois franc surtout... c'est tout ce que je te demande.

— Oh! pour ce qui est de ça, vous pouvez y compter.

— Assieds-toi là, près de moi...

— Près de vous!... Quoi!... vous savez qui je suis... et vous voulez...

— Parbleu! fit milord l'Arsouille, penses-tu qu'un coquin soit pour moi quelque chose d'étrange et de nouveau!... Depuis que je suis au monde, je ne vois que ça... Va ! va !.. ne crains rien, approche-toi tout à ton aise... Rallume ta pipe... et dis-moi tout... Je ne savais comment passer ma matinée et ta causerie ne pouvait arriver plus à propos.

— Ma foi ! vous êtes décidément un homme à part ! riposta Popincourt. En vous disant mon nom, je croyais vous faire un effet du diable... et vous n'êtes pas plus ému que ma savate.

— Rien ne saurait maintenant m'émouvoir, répondit Gabriel avec un sourire plein d'amertume ; j'ai trop souffert !

— Et vous souffrez trop encore, pas vrai ?

— Qui te l'a dit ?

— Personne. C'est une idée que j'ai comme ça...

— Tu es fou !

— Pas si fou, milord. Mais, patience, un de ces quatre matins vos embêtations finiront peut-être... On n'a jamais pu savoir !

Un nouveau sourire amer et triste erra sur les lèvres de notre héros.

— Vous avez beau rire, reprit le forçat en allumant sa pipe, tout ça peut finir, que je vous dis... et peut-être ne serai-je pas tout à fait étranger à ce beau résultat... Ça vous paraît cocasse, ce que je vous dégoise là... et pas mal prétentieux... eh ! mon Dieu ! rappelez-vous le rat de la fable... Il a sauvé le lion... pourquoi ne le sauverais-je pas aussi.

— Allons, dit Gabriel, qui n'ajoutait qu'une foi médiocre aux belles espérances de son nouvel ami, il ne s'agit pas de moi, mais de toi-même.

— C'est juste, riposta Popincourt. Le moment est venu de vous jouer la petite scène de la confession... Allons-y, sacrebleu !... Mais ne vous attendez pas à des phrases et à des fioritures... Non, je vais vous narrer ça à la grosse morguenne, comme on dit.

— C'est bien ainsi que je l'entends.

— Primo d'abord, reprit le jeune coquin, c'est la misère qui est la vraie cause de tout.

— La misère !

— Pas autre chose. Vous comprenez, le père Popincourt, mon auteur, était un pauvre diable de carrier... ma mère était lessiveuse... Ils gagnaient juste assez à eux deux pour crever à peu près de faim et de froid... et pour me procurer les mêmes avantages...

« Parole, c'était affreux de voir notre pauvre chenil de Ménilmontant... Quelle débine, bon Dieu !... Quand je pense à ça, j'en ai froid dans le dos...

« Ah ! nous ne mangions pas souvent des oies rôties dans ce temps-là !... Bien heureux quand nous avions du pain en suffisance.

« Je sais que, quant à moi, je me suis bien souvent couché avec de rudes tiraillements d'estomac.

« Et j'étais attifé !

« Ah ! nom d'un tonneau !... Des loques, quoi ! des vraies loques pour vêtements...

« Ainsi, poursuivit le coquin en montrant le paletot de nankin dont il était affublé, on ne peut pas dire que cette pelure soit d'un luxe à tout casser, pas vrai ?... eh bien, à côté de ce que j'avais sur le dos quand j'étais crapaud, c'est tout bêtement des nippes d'ambassadeur.

« Si bien qu'un beau matin, ça m'a scié le dos d'être fichu comme quatre sous et de ne pas manger à ma faim, et, ma foi, je me suis mis à voler...

— Et quel âge avais-tu?

— Douze ans, pas un mois de plus.

— Tu t'y prenais de bonne heure.

— Oui, j'étais précoce... Pourtant j'avais sous mes ordres des moucherons encore plus gamins que moi.

— Sous tes ordres?

— J'étais chef de bande... et nous en faisions de jolies, allez, tout mioches que nous étions.

« Je laisse de côté le chapitre des lapins escamotés par moi et les miens... Tous les journaux ont parlé de cette fantaisie et vous connaissez l'histoire.

« Mais des cervelas... c'est inouï ce que j'en ai subtilisé.

— Des cervelas!

— Oui, c'était ma toquade, ma passion... Chaque fois que je passais devant un charcutier, je ne pouvais faire autrement que d'en cueillir à la devanture!...

— Un jour même, selon ma louable habitude, j'en filoute un superbe et je le fourre dans la poche de ma veste.

« Puis, le marchand survenant, je prends les jambes à mon cou et je détalle.

« Mais, hélas! le cervelas soustrait par moi n'était que le chef de file d'un interminable chapelet...

« De sorte que, dans ma fuite, je trimbalais après moi une vingtaine de cervelas qu'essayaient d'attraper au vol tous les caniches de Ménilmontant.

A ce souvenir grotesque, Popincourt ne put s'empêcher de rire.

— Ah! nom d'un tonnerre! ajouta-t-il, je peux dire que ce jour-là je me suis fait une once de bon sang... Blague à part, j'ai ri à me tordre.

« Inutile de vous dire que je risquais à tout instant de me faire pincer... Mais c'était plus fort que moi... Si je n'avais pas volé, je serais tombé malade...

« Aussi je filoutais tout ce que je pouvais.

« Un jour, j'ai pigé un pot-au-feu qui cuisait à la porte d'une fruitière...

« Le lendemain, je faisais le mouchoir à un sergent de ville et deux jours après je me suis adjugé, nouveau Poucet, les bottes de sept lieues d'un gendarme qui prenait un bain à Saint-Ouen.

« Du reste, poursuivit le drôle en fredonnant l'air de *Joseph*, à quatorze ans au plus, je comptais que j'étais déjà professeur de vol.

— Professeur?...

— De vol? oui, milord, c'est comme j'ai l'honneur de vous le dire... Je tenais ma classe tous les soirs, au fond des carrières d'Amérique... et c'était pittoresque au superlatif.

«Bien entendu que mes leçons étaient gratuites... Je voulais que chacun pût jouir des bienfaits de cette éducation.

« Affublé d'un grand gueux d'habit à queue de morue, emprunté de force à l'étalage d'un vendeur du Temple, chaussé des bottes gigantesques de mon gendarme, coiffé enfin d'un bolivar pas neuf du tout, j'allais et venais par les galeries souterraines, la badine à la main et le lorgnon à l'œil...

« Je représentais, le *mossieur*, le *pante*, en un mot que l'on devait dévaliser... Et mes élèves, rampant sur le sol comme des couleuvres, se glissant le long des parois comme des ombres, avaient pour instruction de me soutirer mon mouchoir ou ma *toquante* sans que je pusse les apercevoir ou les en empêcher.

« Il y avait encore bien d'autres leçons de ce genre, car, en fait de vols, la théorie n'est rien et la pratique est tout.

« Aux élèves qui donnaient des espérances et qui promettaient de devenir un jour des filous accomplis, j'octroyais des bons points et autres témoignages de satisfaction, exactement comme dans les écoles ordinaires...

« Je faisais même une fois par trimestre, une distribution de prix.

— Des prix ! répéta milord en riant malgré lui.

— Parole ! reprit Popincourt, des livres pour de vrai et proprement reliés j'ose le dire... ratiboisés, bien entendu à messieurs les libraires de la capitale...

« C'étaient des ouvrages de choix.

« L'*Histoire de Cartouche ;* les *Voleurs célèbres depuis les temps reculés jusqu'à nos jours ;* l'*Argot expliqué et mis à la portée des gens du monde ;* la *Justine* du marquis de Sade, et de temps à autre, la *Morale en action* et la *Civilité puérile et honnête*... Mais ces deux bouquins-là n'étaient que médiocrement appréciés de mes jeunes disciples. Je leur donnais encore des fausses clefs, des ciseaux à froid, des pinces et autres joujoux de leur âge.

« Quant aux mauvais élèves, aux *cancres*, comme on dit dans les collèges, à ceux qui ne montraient aucune aptitude à faire la montre ou le mouchoir, je leur flanquais des pensums à bouche que veux-tu.

— Des pensums ?

— Oui, il me copiaient dix fois le verbe : *Ne pas savoir grinchir...* ou bien encore ils apprenaient par cœur et récitaient devant toute la classe cet autre verbe : *Etre mouchard*. Et dame ! à la première personne de chaque temps, le patient recevait un formidable coup de pied au derrière.

« C'était drôle comme tout !... et vrai, je m'amusais étonnamment.

« Pendant plusieurs années, ça marcha de la sorte...

« Enfin éclata la révolution de 1830.

« Mon père, le carrier, fut tué sur une barricade, et ma mère se mit à boire pour oublier la mort de son homme... Quelque temps après, en allant au bateau pour lessiver, elle tomba dans le canal et se noya... Elle était grise d'absinthe à ce qu'on a dit ; moi, je crois qu'elle était saoule de misère et qu'elle est tombée exprès dans l'eau...

« Ce qu'il y a de sûr, c'est que j'étais orphelin... et ça ne m'a pas fait grand effet, je dois vous l'avouer.

« Ça se comprend, tout crapaud, j'avais lâché mes auteurs et ils étaient devenus comme des étrangers pour moi...

« Aussi ça ne changea rien à ma manière de vivre, au contraire... J'avais dix-sept ans, et vraiment on m'en aurait donné le double, vu le zèle et l'habileté que je montrais à flibuster mes contemporains.

« En somme, tout allait bien et je n'avais pas eu maille à partir avec la rue de Jérusalem.

« Mais, en 1831, les choses commencèrent à se gâter.

« Je m'associai avec deux espèces de chourineurs premier numéro qui me fourrèrent dans un tas d'histoires plus vilaines les unes que les autres.

« Vrai! ça ne m'allait pas et je lâchai mes deux collègues. Quelques jours après un nouvel assassinat les faisait pincer tous les deux, et ces gueux-là, qui m'en voulaient de ce que j'avais rompu avec eux, me dénonçaient comme un des auteurs du crime qu'ils avaient commis.

« C'était un mensonge infâme, mais j'avais de fichus antécédents, et je fus condamné tout de même. Toutefois comme je n'avais pas encore dix-huit ans et qu'en définitive on manquait de preuves suffisantes pour me couper le cou, on condamna à mort mes deux complices, et moi, l'on se contenta de m'octroyer dix ans de travaux forcés. A vous dire le vrai, Toulon ne m'allait guère!... Le bonnet rouge ne me plaisait que médiocrement.

« Aussi quand, il y a cinq ans à peu près, le choléra s'abattit sur la ville, je m'écriai : « Tant mieux, il va me prendre et je serai dépêtré de tout! »

« Mais je t'en fiche! cette rosse de fléau a justement enlevé ceux qui auraient voulu rester... Quant à ceux qui auraient été contents de claquer, ils n'ont pas seulement eu la colique... Il faut dire que ces derniers n'étaient pas nombreux, mais enfin j'en étais, et je n'ai rien eu du tout...

« J'ai pourtant fait ce que j'ai pu pour attraper la maladie! La peur des habitants était si grande que les cadavres restaient sans sépulture... vous savez ça! Vous savez encore que ce fut nous autres forçats qu'on vint supplier de remplir l'office de fossoyeurs... Tonnerre! c'est moi qui acceptai avec jubilation!... De cette façon, pensai-je, c'est bien le diable si j'en réchappe!

« J'en réchappai cependant... comme tous mes camarades du bagne... Preuve que ce mal-là n'est pas contagieux pour un liard et qu'il suffit de faire un pied de nez au spectre vert pour lui voir tourner les talons!

« Après l'épidémie, poursuivit Popincourt, je me suis évadé. On m'a repincé, et j'ai continué mes études au grand collège de Brest. J'étais tout jeune et joli comme un cœur. Je séduisis l'épouse du garde-chiourme, la mère Garousse, un vrai monstre de femme, au physique comme au moral. Elle m'affubla de ses jupes et je filai en plein jour, à la barbe des argousins. Je me réfugiai chez un cordier des environs, et je jouai si bien mon rôle de demoiselle, que le fils du bonhomme tomba amoureux de moi et voulut m'épouser... « Je vais aller chercher mes papiers, lui dis-je en le quittant, attendez-moi... sous l'orme. » Et je filai dardar... A Paris, je devins l'*aboyeur* du vieux Curtius, l'homme aux figures de cire du boulevard du Temple... Repincé de nouveau, j'allai faire un tour à Bicêtre... et, le 19 juillet 1836, j'eus l'honneur de faire partie de la dernière chaîne de galériens... Réintégré à Brest, j'en filai un mois après, bras dessus, bras dessous avec ce vieux gueux de Kocoding, votre papa nourricier... Naturellement, je repris le chemin de la capitale, et là, ma foi, je tom-

Montrant un gros verrou adapté à la porte...

bai amoureux d'une belle jeune fille que j'épousai sous un faux nom : — Valérie...
la fille à Coquardier !

— Que dis-tu ? interrompit milord l'Arsouille.

— La vérité! répondit le forçat d'un ton sinistre. Mais la nuit même de nos
noces, elle a appris qui j'étais et elle s'est flanquée à l'eau ! Vrai de vrai, ça m'a
tout bouleversé et j'étais comme fou. Aussi quand devant le cadavre de cette pauvre
femme la mère Garousse a osé me reparler de sa toquade pour moi, je suis devenu
tout à fait enragé et je l'ai éventrée sans crier gare!... A vous parler franchement,
je ne regrette pas ce dernier coup de couteau!... La mère Garousse était la plus

gueuse des gueuses... C'est elle qui avait fait crever les yeux à son mari par des forçats évadés qui, de même que moi, avaient été les amants de l'horrible mégère! Maintenant, milord, vous savez tout ce que vous devez savoir. S'il vous plaît de me faire couper le cou, faites-le... Cette fois, je ne ferai pas un pas pour éviter la guillotine... Depuis la mort de Valérie, je suis changé du tout au tout... Mes voyages à Toulon et à Brest m'avaient rendu aussi canaille que les autres... aujourd'hui ce n'est plus ça, et j'ai encore des remords comme dans le temps... Aussi, voilà plus de cinq grands mois que je n'ai pas seulement filouté une queue de bouton à qui que ce soit... Je me suis fait chiffonnier pour tout de bon, et je vis de mon travail... Vous ne croyez peut-être pas à ma conversion... Je comprends ça; je n'y crois pas moi-même...

— Si canaille que tu sois, répliqua Gabriel avec conviction, tu vaux mieux que tous mes amis... Et ce n'est pas un bien joli compliment que je te fais là... Car ce sont de fameux gredins!

Ayant dit, milord l'Arsouille se mit à boire, et silencieusement le galérien fit comme lui.

V

QUI SE PASSE CHEZ UN FRIPIER DU TEMPLE

A l'époque de notre récit, le Temple ne ressemblait guère à ce qu'il est aujourd'hui.

C'était l'antre de la loquaille, de la ferraille et de l'antiquaille...

Le palais des haillons immondes... Le vrai marché de la misère...

La bicoque la plus ténébreuse, la plus puante, la plus sordide de ce grand pandémonium était assurément celle du père Clodion, le plus vieux, le plus cassé, le plus édenté de tous les fripiers de la rue Dupetit-Thouars.

Cette bicoque semblait être un diminutif du Temple lui-même.

Il y avait là, entassés, accrochés, empilés dans cet antre sans air et sans soleil, sans clarté même, des vêtements de femme de toutes les époques et de tous les temps :

Des pourpoints moyen âge, des manteaux de mousquetaires, des feutres empanachés, des toges romaines, des burnous arabes; il y avait encore de ces fameux fracs gris de lin cités par E. Sue, rehaussés de trois rangées de boutons de cuivre à la hussarde, et chaudement ornés d'un petit collet fourré en poil de renard;

De ces redingotes primitivement vert-bouteille, que le temps a rendus vert-pistache, bordées d'un cordonnet noir et rajeunies par une doublure écossaise bleue et jaune;

Des habits dits autrefois à queue de morue, couleur d'amadou, à collet de panne, ornés de boutons jadis argentés mais alors d'un rouge cuivreux;

De ces polonaises marron à collet de peau de chat, côtelée de brandebourgs et d'agréments de coton noir éraillés;

De ces robes de chambre artistement faites avec de vieux carriks, dont on a ôté les triples collets et qu'on a intérieurement garnies de morceaux de cotonnade imprimée;

De ces costumes de Frontin, plus ou moins équivoques, plus ou moins barbares, au milieu desquels on retrouve pourtant çà et là quelques authentiques livrées royales ou princières que les révolutions de toutes sortes ont traînées du palais aux sombres taudis de la friperie parisienne.

Les uniformes gueubriers étaient en majorité dans le chenil du bonhomme, et non pas seulement des uniformes français; non, il y en avait de tous les pays et, qui plus est, de tous les siècles.

La défroque d'un soudard de Henri IV pendait côte à côte avec un habit de grenadier de la garde nationale.

C'était bizarre, étrange, fantastique.

Toutes ces épaves provenaient des théâtres de la capitale, et principalement de ceux du boulevard du Crime.

Le père Clodion était la providence vivante des comédiens et comédiennes de Paris. Avaient-ils besoin d'argent, — et ils en avaient souvent besoin, ces chers artistes, — vite ils lui apportaient leurs pourpoints et leurs cottes de mailles, leurs robes pailletées et leurs diadèmes de clinquant...

Sans accorder la moindre attention à ces richesses qui remplissaient son taudis, le vieux fripier s'était retiré dans l'arrière-boutique.

C'était une petite chambre dont l'unique fenêtre était fermée au volet, et qui ne recevait un peu de lumière que par les vitres, sales et brisées pour la plupart, qui formaient la partie supérieure de la cloison de séparation.

Dans un coin de cette pièce, d'aspect sordide et sombre, il y avait une petite cheminée aux trois quarts dégradée, dans laquelle achevait de se consumer un tison fumeux.

Le père Clodion allait et venait par la petite chambre avec impatience.

— Midi!... midi passé! Et personne! personne! murmurait le bonhomme.

En ce moment la sonnette fêlée adaptée à la porte de la rue fit entendre un son aigre et criard.

Le père Clodion se leva avec vivacité et colla son œil à un petit judas pratiqué dans la cloison de séparation.

Une jeune fille pâle et triste, vêtue d'une pauvre robe noire, se tenait timidement sur le seuil.

— Enfin! murmura le vieillard avec joie, c'est elle!

C'était une nouvelle fille de boutique. Depuis quatre mois seulement le père Clodion était installé au Temple. Celui qui habitait avant lui s'était retiré de ce trou pour s'établir plus grandement un peu plus loin, et il avait cédé son fonds presque pour rien au père Clodion. Or, bien que ce dernier fût là depuis fort peu de temps, il avait eu déjà quatre filles de boutique.

Et, chose bizarre, à peine en place depuis deux ou trois semaines, elles disparaissaient un beau matin et l'on n'en entendait plus jamais parler.

La première était une petite paysanne toute jeune et toute fraîche, et si le père Clodion n'eût été si vieux et si cassé, nul doute que toutes les commères de l'endroit ne se fussent empressées de se livrer à mille cancans et à mille commentaires.

Mais le pauvre bonhomme avait quatre-vingts ans pour le moins, et personne au monde ne songea seulement à faire à ce sujet l'ombre d'une observation.

Quelque temps après, la fillette disparut.

— La coquine! dit à tous ses voisins l'octogénaire, elle a filé hier soir en me volant douze pistoles, une jupe toute neuve et une paire de bas de soie.

D'autres fillettes de boutique se présentèrent pour succéder à celle qui venait de s'envoler.

Mais elles étaient toutes plus ou moins âgées et plus ou moins laides ; il les refusa.

Une dernière vint qui était une petite blondine d'une quinzaine d'années à peine. Elle arrivait de Lille le matin même et semblait l'innocence incarnée.

Celle-là fut agréée aussitôt.

— On lui donnerait le bon Dieu sans confession, dit le père Clodion. Si elle me trompe comme la première, je ne me fierai plus à personne.

Tout alla bien pendant une quinzaine de jours, et le vieux fripier vantait à tout le monde les vertus de sa nouvelle recrue.

Mais un beau matin, on l'entendit pousser de grands hélas et lever les bras au ciel.

La chaste Flamande s'était enfuie avec un pompier.

Le bonhomme jurait ses grands dieux de ne jamais reprendre de petites filles à son service...

Cela ne l'empêcha pas cependant d'engager la première qui vint s'offrir à lui.

Il est vrai que c'était une jeune Béarnaise d'une beauté exceptionnelle.

On commençait à s'étonner de la prédilection marquée du vieux fripier pour les jeunes tendrons.

Alors le père Clodion se mit à fondre en larmes et répondit :

— Hélas! c'est que j'ai été père d'une fille qui était toute ma joie et tout mon espoir... et la pauvre petite est morte entre mes bras en sa quinzième année... En voyant aller et venir à mes côtés une fillette jeune et jolie, il me semble que c'est mon enfant bien-aimée, et je me trouve moins seul et moins malheureux.

Bientôt on remarqua qu'une jolie montargnade de l'Auvergne avait succédé à la Béarnaise.

Cette dernière, le père Clodion avoua l'avoir chassée lui-même.

— Elle était, disait-il, insolente, gourmande et colère, et elle me crachait à la face les plus sales invectives, sous le prétexte que je ne lui donnais pas des ortolans à déjeuner.

Quant à l'Auvergnate, elle disparut à son tour au bout de quelque temps.

Elle avait, soi-disant, été chassée comme la troisième pour cause d'ivrognerie.

Décidément, le pauvre vieux n'avait pas de chance et chacun le plaignait de bon cœur, sans s'inquiéter davantage de la disparition de toutes ces jeunes servantes.

Enfin, un beau matin, le père Clodion s'adressa à une vieille râleuse qui s'appelait la mère Antoine, brave femme du reste, qui avait affaire à lui de temps à autre.

— On m'a parlé, dit-il, d'une pauvre fille qui a été couturière dans le temps, et qui maintenant, faute de robes à confectionner, gagne piètrement sa vie à colorier des images.

« Elle demeure dans la cité de la Licorne... elle s'appelle Suzanne... c'est la fille d'un nommé Pantruche, un ancien marin.

« En la prenant, je sais que je ferais une bonne action.

« Je la logerai, la nourrirai et l'habillerai, et ses gages que, par charité chrétienne, je fixerai à quarante francs par mois, lui permettront de faire vivre son vieux père qui est malade et ne peut plus travailler...

La mère Antoine s'acquitta en conscience de la commission dont le père Clodion l'avait chargée.

Mais elle eut beau dire et beau faire, elle ne put décider Suzanne à se séparer du vieux Pantruche.

Le lendemain même, un médecin fort vénérable d'aspect en vérité, et dont les longs cheveux, aussi blancs que la neige, encadraient le visage parcheminé, se présenta dans la mansarde de Pantruche.

Le bonhomme était seul. Suzanne n'était pas encore rentrée de l'atelier.

— Mon cher monsieur, dit le docteur au marin, après avoir décliné ses noms et qualités, votre maladie n'est autre chose que la misère, ou pour mieux dire le besoin...

— Oui, riposta le marin avec un triste sourire...

— Eh bien ! voici mon ordonnance.

— Épargnez-vous, monsieur, une peine inutile, interrompit Pantruche, les drogues et les médicaments ne sont pas faits pour moi.

— Eh ! qui vous parle de cela ? Je ne suis pas, mon brave, un médecin comme les autres, et je sais qu'un vieux loup de mer comme vous ne se guérit pas avec de la rhubarbe et du séné. »

Tirant de sa poche une bouteille de vieux cognac :

— Voilà ce qu'il vous faut, mon camarade... Qu'en dites-vous?

Pantruche se sentit revivre à la vue seule du bienheureux flacon.

— Tonnerre du diable ! dit-il, vous êtes un bon docteur.

— Et ma médecine est meilleure que moi... Jugez-en.

Il remplit un verre, et le marin le vida d'un trait.

Mais à peine eut-il bu qu'il se leva en poussant un cri atroce, puis il tomba foudroyé sur le carreau.

Le médecin essuya le verre avec son mouchoir, reboucha la bouteille et la remit dans sa poche; puis il quitta la mansarde en murmurant à part lui :

— Décidément, le poison des Brinvilliers est un merveilleux spécifique !

Au bas de l'escalier, il trouva la portière et lui donna vingt francs.

— Tenez, lui dit-il, voici pour vous. Chargez-vous de faire enterrer ce pauvre homme, et évitez à sa malheureuse enfant ces tristes détails.

Huit jou s après, la mère Antoine allait de nouveau trouver Suzanne.

Cette fois, l'infortunée n'avait plus de motif pour refuser.

Elle se présenta donc chez le vieux fripier, et l'on sait à présent pourquoi elle était vêtue de deuil.

Qu'advint-il de la cinquième servante du père Clodion ? Le chapitre qui va suivre le révèlera au lecteur.

VI

LA CINQUIÈME SERVANTE DU PÈRE CLODION

Le vieux fripier avait quitté l'arrière-boutique pour aller au-devant de Suzanne.

Celle-ci demeurait sur le seuil de la porte entr'ouverte et semblait ne pas oser pénétrer dans le repaire sombre.

— Entrez ! entrez ! dit le bonhomme d'un ton doucereux.

La jeune fille obéit, et la porte de la boutique, grâce à un contrepoids, se referma d'elle-même, en faisant de nouveau tinter sa sonnette enrouée.

En se trouvant dans ce bazar tout encombré d'oripeaux étranges et vraiment fantastiques, la jeune orpheline éprouva un frisson involontaire, et sans savoir pourquoi elle recula machinalement de quelques pas.

— Eh ! eh ! l'octogénaire, le vieux papa Clodion vous fait-il donc peur, la belle, que vous n'osez approcher de lui ?

— Peur ?... Non... sans doute...* balbutia Suzanne, qui tentait vainement de dissiper les vagues appréhensions qui la venaient assaillir.

— Allez ! allez ! reprit le vieillard après avoir toussé, ne craignez rien avec moi, ma chère petite... Je ne suis pas d'aspect bien réjouissant, cela est vrai, et mes quatre-vingt-deux ans, mes infirmités, ma pauvre frimousse jaune et ridée ne préviennent pas beaucoup en ma faveur... Mais je n'en suis pas moins un bon homme, je vous assure... Et si vous êtes une fillette sage et laborieuse, comme on me l'a affirmé, vous n'aurez pas à vous repentir d'être venue à moi.

Là-dessus, le bonhomme se mit à *toussoter* de plus belle.

Suzanne avait repris confiance peu à peu.

— Je suis folle vraiment, pensait-elle, de trembler ainsi ; que puis-je avoir à craindre de ce bon vieillard ?

Celui-ci la considéra attentivement durant quelques minutes.

Puis il prit la main de la jeune fille et lui donna une petite tape à la joue.

— Allons, reprit-il, quittez votre mine inquiète, mon enfant, et venez déposer vos hardes dans la chambrette qui sera désormais la vôtre.

Tenant toujours la fillette par la main, il se fraya un passage à travers les monceaux de défroques qui couvraient le plancher, et se dirigea vers une porte latérale que l'éternelle obscurité qui régnait dans le bouge n'avait pas permis à Suzanne de distinguer.

Cette dernière sentit de nouvelles craintes lui venir à l'esprit.

Cependant elle ne put faire autrement que de suivre le vieux fripier.

La porte donnait sur une allée sale, puante, presque noire, qui aboutissait à une petite cour carrée dont les pavés étaient tout verts de moisissure, ce qui se voyait facilement sur la neige aux trois quarts fondue.

A droite, à gauche, partout, il y avait d'énormes sacs en grosse toile dont les ouvertures béantes vomissaient des loques de toutes formes et de toutes couleurs, et cet amas de guenilles ne contribuait pas peu à donner à la susdite cour une physionomie triste et misérable.

Au fond se trouvait un petit corps de bâtiment composé d'un rez-de-chaussée et d'un étage.

La chambre du bas, où sans doute étaient encore emmagasinés des sacs d'oripeaux multicolores, possédait en tout et pour tout, en fait d'entrée, une porte-fenêtre dont les contrevents étaient hermétiquement clos.

Un énorme cadenas retenait la barre de fer qui servait à les fermer.

Quant à la chambre du premier, qui n'était guère autre chose, du reste, qu'une sorte de grenier, on y parvenait par un escalier de bois qui serpentait le long du mur.

Le père Clodion se prit à gravir d'un pas chancelant cette espèce d'échelle, ouvrit la porte qui se trouvait en haut, et fit signe à Suzanne de monter.

Tous deux étaient entrés dans la chambrette.

Relativement au reste de la maison, c'était splendide :

Au fond, une couchette en noyer avec des rideaux à fleurs et des draps blancs ;

A droite, une commode en noyer comme le lit ;

Du côté opposé, une petite cheminée dans laquelle on avait fait du feu tout récemment, ainsi que l'attestaient des cendres encore fumantes ;

Deux chaises et une petite table complétaient l'ameublement, et des images de sainteté étaient appendues çà et là ;

Au-dessus du lit, il y avait un crucifix ; sur la cheminée, une petite glace.

En somme, ce gîte était dix fois, vingt fois plus luxueux que n'eût osé l'espérer la pauvre Suzanne, et rien qu'en jetant un coup d'œil par la chambrette, toutes ses craintes se dissipèrent comme par enchantement.

— Oh ! mais, c'est un petit palais, ici, s'exclama la fillette avec ravissement.

Le fait est que sa mansarde de la rue de la Licorne semblait bien nue à côté de celle-là.

— Et, reprit Suzanne avec une certaine hésitation, c'est moi... moi seule qui demeurerai ici ?

— Vous seule, oui vraiment.

— Oh ! mais, c'est trop beau !

— Non, c'est simple et de bon goût, voilà tout... Je suis un bon homme, je vous l'ai dit, et je tiens à ce que personne chez moi n'ait à se plaindre. Aussi, continua le vieillard, vous êtes ici chez vous, tout à fait chez vous.

Montrant un gros verrou adapté à la porte :

— Vous voyez que vous n'avez rien à redouter. Voici qui vous met à l'abri de toute visite indiscrète et de toute méchante agression.

Désignant ensuite une petite fenêtre à guillotine qui donnait sur la cour aux guenilles :

— Quant à pénétrer chez vous de ce côté, c'est plus difficile encore, et à moins que vous n'ouvriez vous-même à quelque galant...

Suzanne fit un mouvement.

— Je sais que vous êtes sage, dit vivement l'octogénaire... Cette bonne Mme Antoine m'a donné sur vous les meilleurs renseignements, et c'est pour cela que, malgré tout, j'ai consenti à vous prendre.

— Malgré tout ? répéta la jeune fille avec étonnement.

— Oui, je veux dire que, jusqu'à présent, toutes les filles que j'ai eues à mon service m'ont fait des tours de toute sorte, et j'étais bien résolu à bâcler mon ouvrage... Mais la mère Antoine m'a dit de vous un si grand bien que j'ai dû revenir sur ma décision. Rien qu'à vous voir, ma chère enfant, je suis certain que je n'aurai pas à me repentir de ce que je fais.

— Ah ! merci, monsieur, s'exclama celle-ci avec des larmes d'attendrissement, vous verrez que vous me jugiez bien.

Il prit congé de la petite :

— Installez-vous ici, organisez-vous comme vous l'entendrez et rangez vos effets dans la commode... Quand vous aurez terminé, vous me viendrez rejoindre en bas, et je vous donnerai à faire quelques petits travaux d'aiguille.

Ayant dit, le père Clodion tourna les talons.

Quand il fut dans la cour, il demeura longtemps les yeux fixés sur la porte de sa nouvelle employée, puis il dit à mi-voix :

— Elle est belle !... bien belle !...

Avant de quitter la petite cour, il jeta un regard singulier sur la porte barricadée du rez-de-chaussée.

— Ces volets sont bien clos, reprit-il en lui-même, et les mystères de cette chambre basse sont impénétrables pour tous...

Il regagna la boutique, où peu de temps après Suzanne le venait retrouver.

— Tenez, dit le fripier en donnant à la jeune fille une jupe de satin à peu près neuve, voici une robe qui doit servir ce soir à une débutante... Il faut y poser cette garniture de dentelle noire... On la viendra chercher dans une heure... hâtez-vous.

Suzanne, sans parler, se mit à la besogne.

Comme elle achevait, la porte de la rue s'ouvrit bruyamment, et sur le seuil se montra une fillette blonde qui donnait le bras à un jeune homme et qui riait comme une folle.

Cette fillette, c'était Blondine, la grisette de l'*Ile d'Amour*, la comédienne en herbe...

Son compagnon n'était autre que Gilbert, le peintre vaudevilliste.

On voit que, contrairement aux héros de la romance, leurs amours avaient duré plus d'une semaine.

Le fait est que, depuis plus de deux ans, Blondine et Gilbert s'adoraient.

— Eh bien, père Clodion, demanda la nouvelle venue en s'avançant gaiement vers le fripier, et ma robe... est-elle prête ?

Cette fois, la jeune fille n'osa plus résister. Elle avança son verre.

— La voici.

— Bravo ! s'exclama joyeusement Blondine, voilà qui est parfait. C'est arrangé avec un goût, une adresse... Mes compliments sincères, papa Clodion !

— Adressez vos éloges à qui de droit, riposta le faux vieillard en désignant Suzanne.

L'actrice fit quelques pas au-devant de l'ouvrière, qui se tenait en son coin, imide et silencieuse.

Elle allait la féliciter quand elle la reconnut.

— Eh ! mais, je ne me trompe pas, dit-elle, c'est elle... c'est vous... c'est toi !...

Et la compagne de Gilbert courut à Suzanne et lui donna sur chaque joue un bon gros baiser.

Les deux jeunes filles avaient été camarades d'atelier, et toujours elles avaient eu l'une pour l'autre une véritable affection.

— Suzette ! ma petite Suzette ! s'exclamait Blondine, comment c'est toi que je retrouve ici ! Eh. bien, par exemple, si je pensais que ma première robe de théâtre serait confectionnée par toi, je veux bien que Gilbert ne m'aime plus... Mais qu'es-tu donc devenue depuis que tu as quitté l'atelier ? Voyons, voyons, je veux que tu me racontes tout ça. Vous permettrez, pas vrai, papa Clodion ? ajouta la folle jeune fille en se retournant vers le fripier.

— Pour être agréable à une cliente aussi gentille que vous, ne dois-je pas tout permettre ?

— A la bonne heure ! Parle donc... dis-moi tout, reprit Blondine.

Autorisée par son nouveau maître, Suzanne fit à sa compagne d'autrefois le récit de ses chagrins, de ses malheurs.

— Pauvre fille ! dit l'actrice en pleurant à chaudes larmes. Si c'est Dieu permis qu'un brave et honnête cœur comme le tien soit si durement éprouvé !... Eh bien, moi, vois-tu, je n'ai pas eu de chance non plus, et Gilbert en a encore eu moins que moi. Figure-toi que, depuis deux ans, nous frappons inutilement à la porte de tous les théâtres de Paris, lui pour faire jouer ses pièces, moi pour être engagée... Ah bien, oui ! on nous reçoit tous les deux comme des chiens dans un jeu de quilles. A la fin des fins, ça nous a agacés, et, ma foi ! puisque ces imbéciles de directeurs parisiens font fi de nous, nous avons bravement passé la barrière, et nous sommes allés demander l'hospitalité à l'impresario du théâtre de Belleville... Il nous a compris, celui-là, et ce soir même je débute dans *l'Amour sur les toits,* comédie en un acte de M. Emilien Gilbert, ici présent... Inutile de te dire que si tu veux un billet pour venir nous applaudir, j'en ai à ta disposition.

Suzanne montra tristement sa robe de deuil.

— Mon père vient de mourir, dit-elle ensuite d'une voix étouffée.

— C'est juste, riposta Blondine, j'avais oublié... pardonne-moi...

Elle paya ce qu'elle devait pour l'arrangement de son costume et s'éloigna avec Gilbert.

— Elle est heureuse, elle, pensa Suzanne. Tant mieux, c'est une bonne fille.

.   .   .   .

Le soir était venu.

Par tout le marché du Temple, le silence régnait depuis longtemps déjà...

— C'est étrange, se disait l'orpheline, il me semble, au fur et à mesure que la nuit tombe, que mes craintes de ce matin reviennent m'assaillir.

Tout en réfléchissant, elle travaillait à la lueur d'une lampe fumeuse que maître Clodion avait allumée lui-même.

Six, sept, huit heures sonnèrent successivement à l'horloge de Sainte-Élisabeth.

— Il faut fermer, dit le vieillard en sortant de l'arrière-boutique où il avait préparé le repas du soir, puis nous souperons...

Guidée par lui, Suzanne prit les volets dans l'allée noire et ferma la boutique.

Lorsque tout fut bien clos, le père Clodion commanda à la jeune fille de le suivre.

Quelle fut la surprise de celle-ci en pénétrant dans la seconde pièce.

Un petit souper presque luxueux attendait le maître et la servante.

Volaille froide et pâté, hors-d'œuvre et désert, tel était le menu.

La petite ouvrait de grands yeux et n'osait prendre place à la table.

— Asseyez-vous, ma fille, asseyez-vous, dit le père Clodion d'un ton presque enjoué. Parbleu !... je ne suis pas fier, moi, je suis de ceux qui trouvent que toutes les créatures de Dieu sont de même valeur... Avant d'être ce que je suis, j'ai été ce que vous êtes, c'est-à-dire que j'étais en service chez les autres... Prenez donc place à côté de moi, ma chère enfant, et ne soyez pas intimidée...

Suzanne obéit.

La pauvrette, depuis bien longtemps, ne s'était trouvée à pareille fête.

Sans compter qu'elle n'avait déjeuné que d'un morceau de pain sec et d'un verre d'eau claire.

— Mangez !... mangez ! reprit le bonhomme en la servant.

Puis prenant sur la cheminée une bouteille cachetée d'aspect antique et vénérable :

— Buvez aussi, ajouta-t-il. Vous êtes toute pâlotte et n'êtes assurément pas forte... un petit coup de ce vieux bourgogne vous fera grand bien, je n'en doute pas...

— Mais je ne bois jamais de vin, fit la petite en refusant.

— Bah ! bah ! il faudra vous y faire, ma chère enfant... La besogne ici n'est pas des plus faciles, et si vous ne vous nourrissez pas convenablement, vous seriez bien vite obligée de me demander votre congé. Mangez donc tout votre soûl, vous dis-je, et buvez de même... C'est le seul moyen de demeurer longtemps avec moi.

Malgré l'insistance du père Clodion, Suzanne refusait toujours de tendre son verre.

Mais le vieillard lui dit d'un ton sentimental :

— Eh quoi ! me laisserez-vous donc boire seul à la mémoire de votre brave homme de père ?

Cette fois, la jeune fille n'osa plus résister.

Elle avança son verre et son maître le remplit.

Elle but...

Mais à peine eut-elle avalé une ou deux gorgées qu'elle se sentit comme étourdie. Cela lui parut tout naturel.

Depuis si longtemps elle n'avait laissé tomber une goutte de vin sur ses lèvres !

Toutefois, malgré les nouvelles obsessions du fripier, elle refusa de boire davantage.

Celui-ci laissa échapper un mouvement de dépit et d'impatience... Mais, se remettant bien vite :

— Allons, dit-il, j'aurais mauvaise grâce à insister davantage.

— Mon Dieu, monsieur, je ne sais ce que j'éprouve... mais mes yeux se ferment malgré moi, et...

— Et vous voulez me dire bonsoir, n'est-il pas vrai ?... Qu'il soit donc fait selon votre désir, ma chère fille. Allez vous reposer et faites de doux rêves.

Il déposa un baiser sur le front de Suzanne, qui, munie d'un bout de chandelle qu'elle alluma à la lampe, s'engagea dans l'allée et gagna la petite cour. Le froid était vif.

En se trouvant brusquement au grand air, elle sortit de son engourdissement. D'un pas hâtif elle gravit l'escalier.

Une fois dans sa chambre, elle poussa le verrou et s'enferma à double tour.

— Suis-je folle? dit-elle ensuite en essayant de sourire. Comme si j'avais quelque chose à craindre dans cette maison!

Quoi qu'elle en dît, elle s'assura si la fenêtre était bien fermée, et fit une perquisition minutieuse par toute la chambre.

Elle se mit même à genoux et regarda sous le lit.

— Tiens! fit-elle, étonnée en ramassant une chaînette d'or à laquelle était suspendu un petit cœur de corail, qu'est cela?

La chaîne semblait avoir été brisée violemment.

Elle la plaça sur la cheminée en disant :

— Celle que je remplace l'aura oubliée.

A ces mots, elle aperçut dans les cendres quelque chose qui brillait. Elle se baissa. C'était une boucle de jarretière.

Machinalement elle se prit à remuer les cendres encore tièdes, et elle retrouva cinq ou six autres boucles, des débris de peignes de femme et de buscs de corsets.

Elle se releva stupéfaite.

Evidemment on avait brûlé tout cela le matin même.

Sans qu'elle sût pourquoi, cette découverte l'effraya.

Mais elle se dit que c'étaient quelques objets de rebut que le père Clodion avait anéantis, et elle se prépara à se mettre au lit. Cependant, quand elle eut dégrafé sa robe :

— Je dormirai tout habillée, fit-elle; j'aurai moins peur.

Et elle ragrafa son corsage.

Le bout de chandelle était usé, il s'éteignit.

Quand elle se vit seule, toute seule au milieu des ténèbres, la pauvre fille frissonna des pieds à la tête.

Un quart d'heure plus tard, vaincue par la fatigue, elle dormait d'un sommeil fiévreux et agité...

Tout d'un coup elle se réveilla en sursaut et sauta à bas de son lit.

— J'ai entendu du bruit dans la cour! dit-elle en courant à la fenêtre.

En effet, elle aperçut le père Clodion qui venait de sortir de la petite allée, une lanterne à la main, et s'avançait mystérieusement vers le corps de logis.

VII

OU L'ON APPREND CE QUE LE PÈRE CLODION FAISAIT DE SES FILLES DE BOUTIQUE

Suzanne demeurait immobile auprès de la fenêtre, et son regard suivait avec effarement la marche silencieuse du vieillard.

Ce dernier s'avançait lentement et semblait prendre des précautions inouïes pour empêcher la neige de craquer sous ses pieds.

Il pensait que le bruit qu'avait produit la porte de la cour en roulant sur ses gonds n'avait pas été entendu par la jeune fille.

— Elle dort, se disait-il. Pourquoi ne dormirait-elle pas?... Elle a bu bien peu, je le sais, de ce vin préparé tout exprès pour elle... mais qu'importe... Depuis un si long temps qu'elle boit de l'eau pure, elle ressentira quand même les effets de ce bourgogne trop généreux.

Levant les yeux vers la fenêtre de la chambre où il croyait la jeune fille plongée dans le sommeil :

— Enfin! murmura-t-il avec joie, tu es à moi, ma belle. Auprès de cette adorable créature, qu'était-ce que toutes les autres?... Rien, moins que rien! Des paysannes... et voilà tout.

« Jolies, j'en conviens... jeunes, assurément... et novices aussi, je le pense... Mais avaient-elles ce charme tout-puissant, cette grâce exquise.

Tout en parlant, il avait traversé la petite cour.

— Il vient! il vient! disait Suzanne frémissante.

Mais elle se rassura quelque peu en voyant que le vieillard passait devant l'escalier sans songer seulement à en gravir les marches disloquées.

— En vérité, reprit la jeune fille en s'efforçant de sourire, je suis cette nuit tout à fait insensée.

« Où avais-je la tête d'aller supposer que ce bon M. Clodion ne rôdait par ici qu'à mon intention?

« Et puis, d'ailleurs, que puis-je avoir à redouter?

« Je suis enfermée... bien enfermée... Pourtant, continua Suzanne en reprenant ses terreurs, par cette fenêtre on pourrait peut-être...

« Avec une échelle, rien ne serait plus aisé...

« Une vitre brisée et cela suffirait.

« Oh! je me sens mourir...

Mais de nouveau elle reprit courage.

Elle venait d'entendre s'ouvrir la porte du rez-de-chaussée...

Le bonhomme n'avait donc nullement l'intention de s'introduire chez elle par la croisée, et le plus naturellement du monde il venait chercher dans le magasin du dessous quelque objet dont il avait besoin.

En effet, en écoutant plus attentivement, elle put se convaincre que le vieillard allait et venait dans la salle basse.

Bientôt il lui sembla remarquer qu'en un certain endroit le plancher de sa chambre était disjoint et formait sous ses pas comme un zigzag lumineux.

Cédant à un mouvement de curiosité dont il lui était impossible de se rendre compte, elle s'agenouilla sans bruit près de la fente éclairée et, baissant la tête jusqu'à ce que son front touchât le sol, elle parvint à plonger le regard dans la chambre du dessous.

Ce qu'elle vit était assurément épouvantable, car ses cheveux se hérissèrent et tout son corps se prit à frissonner.

— Oh! non!... non!... balbutia-t-elle, cela n'est pas!... cela n'est pas!... C'est un rêve que je fais... un rêve monstrueux!

Que voyait-elle donc?

Que croyait-elle donc voir?

Risquons à notre tour un coup d'œil dans la salle basse. Le père Clodion avait déposé sa lanterne sur un monceau de loques empaquetées et, non sans précaution, il avait refermé sa porte...

Puis il avait considéré l'un après l'autre tous les sacs de chiffons et d'habits dépareillés qui étaient dressés contre les murailles ou couchés à terre, comme ceux qui se trouvaient dans la cour.

— Ils sont tous semblables, murmura le fripier. Oui, bien semblables, et personne ne songerait à deviner, sous ces bénignes enveloppes, les sombres mystères qui se cachent.

Tous sont d'allures aussi innocentes... aussi naïves... et le diable m'emporte, sans le soin que j'ai pris de marquer d'une croix noire quatre de ces ballots, je ne saurais moi-même les distinguer des autres.

Montrant du doigt alternativement quatre des grands sacs qui encombraient la salle basse :

— Un!... deux!... trois!...

Au quatrième, il s'arrêta.

— Oh! oh! fit-il, que veut dire ceci?... La petite Auvergnate a-t-elle donc envie de me brûler la politesse?... Par les déchirures de la toile, je vois ses deux pieds qui passent et l'on dirait vraiment qu'elle s'apprête à prendre sa course pour aller me dénoncer.

« Je me suis trop hâté de l'ensevelir, cette gentille brunette. J'aurais dû lui choisir un suaire moins usé.

Le misérable, qui, tout en parlant, ricanait avec cynisme, prit le sac désigné et le roula jusqu'au milieu de la salle.

Puis, tirant de sa poche une paire de grands ciseaux de tailleur, il le fendit du haut jusqu'en bas...

C'est à ce moment que Suzanne avait plongé le regard dans la chambre du dessous.

Et son épouvante, son horreur étaient bien légitimes...

En effet, au milieu d'un amas de guenilles multicolores qui sortaient du sac éventré, la jeune fille apercevait distinctement le cadavre d'une femme aux formes juvéniles, dont l'épaisse chevelure brune cachait à peine la nudité...

La clarté de la lanterne tombait d'aplomb sur la morte, dont le pâle visage semblait s'illuminer de teintes étranges et fantastiques.

— Mon Dieu !... mon Dieu ! protégez-moi, gémit la malheureuse Suzanne.

Elle voulut s'arracher à ce funèbre spectacle.

Cela lui fut impossible.

Une main invisible semblait s'appuyer sur sa nuque et la tenir collée contre la fente lumineuse.

Ses genoux étaient rivés au plancher.

Et malgré elle, malgré ses efforts, elle regardait... et elle voyait.

Elle voyait le hideux vieillard, non pas tel qu'il s'était présenté à elle primitivement, c'est-à-dire, voûté, cassé et chancelant sous le poids des années, mais rajeuni, grandi, vigoureux et fort.

Que signifiait cette métamorphose ?

Par quel prodige s'opérait-elle ?

Suzanne l'ignorait.

Mais ce qu'elle savait, c'est que cet homme était un misérable assassin, un meurtrier immonde.

Car ce cadavre qu'il venait d'arracher de son suaire grossier, ce cadavre n'avait été caché là qu'à la suite d'un crime.

Et ce crime, qui avait pu le commettre, si ce n'était l'étrange et sinistre vieillard ?

Celui-ci prit le corps froid et glacé de sa victime, et l'ayant soigneusement enveloppé dans des haillons, il le cacha dans un sac de toile, non plus usé et troué comme l'autre, mais presque neuf.

— S'il lui prend fantaisie encore de percer les murs de sa prison de chanvre, murmura-t-il en serrant fortement l'orifice du sac avec une corde, la petite Auvergnate y mettra vraiment de l'entêtement. Là ! continua-t-il en poussant le sac mortuaire parmi les autres, voilà qui est fait, et le plus clairvoyant, en pénétrant céans, n'y verra que du feu. Maintenant que j'en ai fini avec la morte, occupons-nous de la vivante... La vivante ! répéta-t-il. Le sera-t-elle longtemps encore ? Peut-être ! Cela dépend d'elle.

Ayant dit, il reprit sa lanterne et se dirigea dans le fond de la salle.

Suzanne ne le perdait pas de vue.

Avec une terreur croissante, elle put remarquer alors une longue échelle dressée contre la muraille.

— Une échelle ! fit la pauvre fille d'une voix étouffée.

Le vieux fripier venait de mettre le pied sur le premier échelon.

— Ah ! je comprends tout... je comprends tout... murmura la malheureuse ; il existe quelque communication entre cette chambre et la salle base... Je suis perdue !

En effet, le père Clodion continuait silencieusement son ascension...

Encore quelques secondes et il allait être auprès d'elle !

En proie à une indicible épouvante, Suzanne parvint à se relever. Elle voulut fuir... mais elle avait la tête perdue.

Après avoir fermé la porte à double tour, elle avait placé la clef sur la commode·
Dans l'obscurité, il lui fut impossible de la retrouver.

Elle courut à la fenêtre pour appeler à l'aide.

Mais comme elle l'entr'ouvrait, ses forces la trahirent, et l'infortunée tomba sur le plancher avant d'avoir pu seulement pousser un cri.

En ce moment, une trappe se souleva sans bruit dans un coin, et par l'ouverture béante, apparut la tête du père Clodion.

Peu après, il mettait le pied dans la chambre.

Sans prendre la peine de fermer la trappe, il posa sa lanterne à terre et se dirigea à bas bruit vers la couchette où il croyait Suzanne endormie...

— Elle est là, fit-il à voix basse.

Et tout son être frissonnait, et ses yeux jetaient dans l'ombre des lueurs fauves et démoniaques.

Il se pencha sur le lit...

Mais le drap glacé se trouva seul sous sa main fiévreuse.

— Enfer ! s'exclama-t-il en se redressant, elle n'est pas ici.

Il courut s'emparer de sa lanterne qu'il avait laissée, nous l'avons dit, au bord de la trappe.

— Non, elle n'est plus ici, répéta-t-il. Que s'est-il donc passé ?

Il aperçut bientôt la jeune fille étendue sans mouvement auprès de la fenêtre.

Poussant un rugissement de joie, il la prit entre ses bras et la porta sur le lit.

— Le vin préparé par moi a produit son effet, se dit le vieillard. Pour résister plus aisément au sommeil, elle a voulu demeurer près de la fenêtre... mais le puissant breuvage a su rendre ses efforts infructueux... et, Dieu merci ! rien ne saurait maintenant s'opposer à l'assouvissement de mes désirs.

Durant quelques secondes, il considéra passionnément la jeune fille étendue sur sa couche.

Puis ses lèvres brûlantes s'appuyèrent sur les lèvres décolorées de la jeune fille.

A ce contact, celle-ci reprit ses sens et rouvrit les yeux.

En se voyant au pouvoir de l'infernal vieillard, elle poussa un cri faible et fit un mouvement pour le repousser.

Mais elle ne put s'arracher aux odieuses étreintes du misérable qui, d'une voix émue, lui disait, en couvrant de baisers son front pâle.

— Je t'aime, Suzanne, je t'aime ! et je veux que tu m'aimes aussi !

Elle se rappela tout alors, et ses forces lui revinrent avec ses souvenirs.

— Arrière !... arrière ! dit-elle, misérable assassin ! Tue-moi comme tu as tué ton autre servante... mais ne me déshonore pas !

— Malheureuse ! s'exclama le père Clodion, quelles paroles viens-tu de proférer ?

— Oh ! je sais tout... je sais tes horribles forfaits ! poursuivit Suzanne. Tu me croyais plongée dans le sommeil... tu te trompais... et j'ai assisté, spectatrice invisible, à l'épouvantable scène de la salle basse.

— Que dis-tu ?

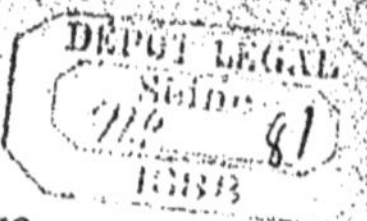

A ces mots, le gamin tira des larges poches de son pantalon, une paire de pistolets et les mit
sous le nez du vicomte. —

— Oui ! j'ai vu le cadavre de la malheureuse jeune fille qui m'a précédée sans
doute dans ce repaire, et, je te le répète, je n'ignore pas qui tu es !

— Eh bien, cela est vrai, répondit brusquement le vieillard oui, je suis un
assassin...

— Horreur !

— Mais ce que tu as vu n'est rien encore, poursuivit le misérable avec sauvagerie... Un cadavre ! bah ! qu'est-ce que cela ? Il y en a trois autres renfermés dans
la salle basse...

— Taisez-vous ! taisez-vous !

— Non, de pardieu ! ma belle, il faut que tu m'entendes jusqu'au bout. De mes quatre victimes, la plus âgée n'avait pas vingt ans ! Que veux-tu ! continua le bandit en riant, tout vieux que je suis, j'ai un faible pour la jeunesse. Ma foi ! je m'ennuyais tout seul dans cette triste maison... Je me suis donné des compagnes.

« La première était une fillette aux yeux bleus, au teint rose, presque jolie, à coup sûr tout à fait désirable... Que te dirai-je !...

« A sa vue, je sentis que mon cœur d'octogénaire n'était pas tout à fait mort... Et le lendemain du jour où elle entra chez moi elle n'était plus ma servante, mais bien ma maîtresse.

« Oui, pendant la nuit, je m'étais introduit dans cette même chambre où nous sommes, et malgré ses supplications, malgré ses larmes, malgré sa résistance même, j'avais eu bientôt raison de la pauvrette. Mais quand ma passion fut assouvie, je réfléchis que cette fille pouvait dénoncer l'attentat dont elle était victime, et que cette peccadille allait me susciter des désagréments de toute sorte...

« En effet, elle me menaça de tout révéler séance tenante, et je voyais déjà en perspective la cour d'assises et tout ce qui s'ensuit. Alors, ma foi ! je me rappelai l'histoire de cette souveraine fantaisiste qui avait nom Marguerite de Bourgogne, et je fis de ma jeune servante ce que la bru de Philippe le Bel fit de son premier amant... Je l'assassinai.

Suzanne fit un mouvement.

— Oh ! je ne la poignardai pas, cette chère enfant. Non, non... je n'aime pas voir couler le sang... cela m'agace... J'ai les nerfs très délicats... Le poison me délivra de ses menaces et de ses criailleries... Et je cachai son cadavre dans l'un des grands sacs d'oripeaux qui encombrent la salle basse...

« Toutefois, pour empêcher la décomposition de ce beau corps, j'insinuai dans la bouche une substance merveilleuse que je tenais d'un mien ami. Si bien que nul indice ne pouvait révéler la présence d'un cadavre dans le susdit magasin...

« Après cette première victime, une autre fut immolée par moi, puis une autre encore, et celle que tu as vue cette nuit est la quatrième fillette qu'il m'a fallu rayer du nombre des vivants.

« Toutes ces malheureuses étaient, du reste, à peu près insignifiantes, et leur perte n'est vraiment pas bien regrettable...

« Mais toi, je te l'avouerai franchement, ma chère, j'eusse voulu te faire une autre destinée... Car je te place bien au-dessus de toutes ces pauvres filles. En t'attirant chez moi, mon but était de faire de toi ma maîtresse, non pour une nuit, mais pour toujours.

— Jamais, meurtrier, jamais ! s'écria Suzanne, qui, muette, immobile, anéantie, avait écouté l'abominable confession du bandit, mais qui, aux derniers mots prononcés par Stephen, sortit enfin de sa prostration. Non, non, jamais je ne t'appartiendrai, reprit-elle avec force.

« Stephen tira de sa poche un foulard et des cordes.

— Je vais te bâillonner et te lier les bras, Suzanne, et de par l'enfer ! ce que j'ai résolu s'accomplira.

La jeune fille, éperdue, sauta à bas du lit et fit quelques pas du côté de la fenêtre en appelant à l'aide.

La pauvre enfant ne put que pousser un cri, un seul cri, et ce fut tout.

La main du vieillard s'était appuyée sur sa bouche.

Elle lui fit au pouce une furieuse morsure.

Et malgré la douleur qu'il éprouva, il ne lâcha pas prise... au contraire.

La malheureuse lutta encore quelque peu.

Puis la respiration lui manquant, sa résistance ne pouvait durer.

En effet, elle chancela bientôt et ses yeux se fermèrent.

Le vieillard l'enleva de terre et la reporta sur le lit.

Dès que Suzanne put respirer :

— Grâce!... grâce! dit l'infortunée d'une voix suppliante.

— Allons donc ! tu t'humilies enfin, ma belle tigresse !

— Pitié !... pitié !

— Écoute, Suzanne, je te l'ai dit, je ne voulais pas ta mort...

« Appartiens-moi de ton plein gré... et je jure d'épargner tes jours.

— Crois-tu donc, misérable vieillard, que ce soit la vie que j'implore?... Non ! prends-la, cette vie qui m'est odieuse, mais laisse-moi l'honneur !

— Sois ma maîtresse, jeune fille, et je te ferai riche... riche, entends-tu bien? Tu auras de l'or, des bijoux, des diamants !...

« Je couvrirai tes épaules de cachemires et de dentelles, et tu seras la plus enviée des femmes.

— Je ne veux rien de toi que la mort... et je l'attends!

— Suzanne, tu es belle et je t'aime !

— Vous me faites horreur !

— Ce sont mes cheveux blancs qui t'éloignent de moi, ce sont mes rides, n'est-ce pas... et mes quatre-vingts ans?

— Ce sont vos crimes !

— Si j'étais et plus jeune et plus beau, mes crimes te paraîtraient plus excusables peut-être, et tu serais moins cruelle envers moi?

— Que voulez-vous dire ?

— Je veux dire, Suzanne, que je ne suis pas ce que je parais être... Je veux dire que l'homme qui t'aime n'est pas un vieillard hideux et repoussant... Non, non, je suis assez jeune encore pour aimer et pour être aimé.

A ces mots, le père Clodion arracha brusquement sa houppelande crasseuse, ses cheveux et sa barbe postiches, puis ses énormes besicles.

Et Suzanne, stupéfiée, vit alors devant elle, à la place du fripier octogénaire, un gentleman vêtu à la dernière mode, et qui ne paraissait guère avoir plus d'une quarantaine d'années.

— Depuis deux ans, je t'aime, Suzanne...

— Depuis deux ans !...

— Et c'est ton amour qui seul m'a fait criminel et infâme ! Eh bien, Suzanne, toi, la cause de tout, toi, que pour cela je devrais haïr, et que pour cela peut-être j'aime d'un véritable amour, je te supplie à mon tour comme tu me suppliais tout à l'heure... Et je me traîne à tes pieds comme tu te traînais aux miens.

Saisissant les deux mains de la jeune fille et se traînant à ses genoux :

— Aime-moi !... aime-moi, Suzanne !... Qui sait ? aimé par toi, je renoncerai au crime, peut-être !... J'oublierai ma haine et mes serments de vengeance...

« Et je fuirai avec toi, loin, bien loin de ce pays funeste... Et tu seras heureuse, tu seras riche !

« J'ai de l'or, je te l'ai dit, et tous tes souhaits, quels qu'ils soient, quels qu'ils puissent être, je les accomplirai...

« Jusqu'à cette heure, tu as été misérable et privée de tout.

« Prends ta revanche ! Tes jeunes années se sont écoulées dans la pénurie et dans les larmes... Venge-toi de l'injustice du sort en me disant : « Je t'appartiens !

Suzanne l'écoutait calme, impassible, presque solennelle.

— Tu ne me réponds rien ! reprit Stephen avec une chaleur croissante.

Suzanne fit un pas vers lui :

— Garde ton or, assassin ! Il sent la mort !... Il sent le crime !

— Suzanne ! par pitié pour toi-même, ne me repousse pas ainsi !

— Allons, fais ton office ! répondit la jeune fille avec une dignité sublime. Je suis prête à mourir !

— Suzanne, répliqua le bandit avec une rage concentrée, il n'est pas possible que la vertu, la haine du mal soit la cause unique de ton refus. Si tu préfères la mort à l'avenir splendide que je t'offre, c'est parce que tu en aimes un autre que moi.

— Qui te l'a dit ? s'exclama la jeune fille.

— Ma haine.

— Tu le hais ?

— De toutes les forces de mon âme !

— Tu le connais donc ?

— Oui.

— Son nom ?... dis-moi son nom ?

— C'est Gabriel... c'est milord l'Arsouille !

— Il a lu dans mon cœur ! murmura Suzanne éperdue.

Regardant en face celui qui lui parlait :

— Oh ! je me rappelle maintenant, je me rappelle tout... Il y a deux ans, à la Courtille, cet individu qui vint à moi pendant qu'on entraînait mon père...

— C'était moi.

— Mais non, c'est impossible ! poursuivit Suzanne en pressant son front entre ses mains.

— C'était moi, te dis-je.

— Mais cet homme, cet homme, c'était le vicomte d'Olburn... et ce misérable est mort.

— Ce misérable est devant toi, Suzanne, reprit Stephen Lowe, et c'est à lui que tu vas appartenir, avant que d'appartenir à la mort.

A ces mots, il s'élança vers la jeune fille.

Celle-ci aperçut le crucifix appendu dans l'alcôve.

Elle s'en empara et le plaça sur sa poitrine.

— Au nom du Dieu sauveur, dit-elle ensuite, arrière, démon, arrière !

Stephen répondit par un éclat de rire.

— Espères-tu, par hasard, que la vue de ton crucifix va me faire reculer comme un traître de mélodrame ? Détrompe-toi. Maintenant, rien ne saurait te sauver...

— Ta parole, mon bonhomme ! s'exclama un jeune garçon qui avait toutes les allures d'un gamin de Paris, et qui venait de surgir par la trappe entr'ouverte.

— Quel est cet homme ? murmura le comte effaré.

— Cet homme, riposta le nouveau venu de ce ton goguenard particulier aux gamins parisiens, c'est un gaillard que tu connaîtras quand il sera temps... Pour le quart d'heure, tu n'as qu'une chose à savoir, c'est que je me déclare le protecteur de cette brave fille, et que je viens l'arracher de tes griffes, espèce de gueux ! Ah ! tu veux faire du bobo eux petites demoiselles, toi... Eh bien, merci, excusez ! c'est du joli et du propre... Ah ! tu oses dire que les crucifix ça ne fait de l'effet que dans les mélodrames. Eh bien ! qu'est-ce que tu en penses, maintenant?

Stephen était revenu peu à peu de son ébahissement.

Sortant un poignard de sa poitrine :

— De par l'enfer ! vous ne partirez d'ici ni l'un ni l'autre.

— As-tu fini, bibi?

A ces mots, le gamin tira des larges poches de son pantalon une paire de pistolets et les mit sous le nez du vicomte.

— Ne fais pas le méchant, Satan, lui dit-il, ou je t'envoie *illico* voir là-haut si j'y suis.

Stephen recula en poussant un cri de rage.

— Quant à vous, mam'zelle, poursuivit le bonhomme, filez vite... il n'est que temps.

Ce disant, il lui montra la trappe entr'ouverte.

Enlevant alors la casquette qui lui tombait sur les yeux, le gamin s'avança vers Stephen et lui dit en changeant de ton :

— Eh bien, milord, comment trouves-tu que je joue la comédie ?... Pas vrai que je t'ai fichu dedans tout de même.

Stephen bondit. Il avait reconnu la fausse Fanchon.

— Misérable ! fit-il en brandissant son poignard.

— Eh ! là-bas, reprit l'autre en prenant le ton du commencement, ne bougeons pas, mon ange, ou je lâche mes chiens.

Et, tout en parlant, notre gamin improvisé regagnait la trappe à reculons, le doigt sur la détente de ses pistolets.

VIII

QUELS INCIDENTS SUIVIRENT L'APPARITION DU GAMIN IMPROVISÉ

L'Anglais était au comble du dépit, de la colère.

— Infernale coquine ! cria-t-il à la protectrice de Suzanne, tu me trahis donc aussi !...

— Mon Dieu, oui, mon bonhomme... histoire de faire comme les autres.

— Ah ! gueuse ! reprit Stephen en crispant les poings avec rage, avant-hier, à la Courtille, après avoir causé avec toi, je me doutais bien que tu me tournerais casaque à la première occasion.

— Eh bien ! milord de mon cœur, ça prouve que tu avais deviné juste, voilà tout.

Et pendant que la petite ouvrière descendait l'échelle en grande hâte, la saltimbanque poursuivit sans être entendue de la jeune fille :

— Qu'est-ce que tu veux, Stephen, j'ai une toquade pour le fils que tu m'as octroyé. La nuit du mardi gras, je t'ai dit que je l'aimais comme si j'étais sa véritable mère, et tu t'es fichu de moi. Tu as tort. Ce que j'ai dit était sérieux, je t'assure. Aussi, quand j'ai appris par toi, car tu me dis tous tes secrets, que tu avais de mauvaises intentions contre la bien-aimée de Gabriel, contre celle que depuis si longtemps il tente vainement de retrouver... « Minute, me suis-je dit, ça ne sera pas ! » Dans cette intention, je troquai mes cotillons féminins contre ce travestissement plus commode, et je me munis de cette paire de pistolets.

« Je m'introduisis dans ton bouge par la porte de l'allée noire dont tu avais eu soin de me confier la clef.

« Entendant du bruit par ici, je me suis doucement glissée dans la salle basse...

« J'ai grimpé comme un chat à l'échelle et j'ai tout entendu.

« Suzanne aurait été la première venue que je l'aurais assurément défendue tout de même... Tu dois penser si j'arrache Suzanne de tes griffes avec une vraie jubilation. Ah ! c'est que, vois-tu, Stephen, la vue seule de cette brave fille-là suffira pour guérir Gabriel.

Ayant dit, la saltimbanque mit le pied sur l'échelle.

— Oh ! maudite ! rugit le vicomte d'Olburn, je me vengerai de toi !

Le faux gamin répondit à cette menace par un éclat de rire de bravade, et disparut à son tour par la trappe.

Au bas de l'échelle, Suzanne l'attendait.

Encore sous l'impression d'épouvante que lui avait jetée dans l'esprit la scène terrible qui avait eu lieu entre elle et Stephen Lowe, la jeune fille se tenait dans l'ombre, éperdue et tremblante.

— Oh ! j'ai peur !... j'ai peur !... dit-elle en se serrant contre sa protectrice.

— Ne craignez rien, ma petite, répondit celle-ci en armant ses pistolets, avec ces joujoux-là, je vous garantis que nous filerons d'ici sans malencontre.

L'Anglais s'élança vers les deux femmes.

— Un pas de plus et je fais feu, s'écria la Savoisienne.

Mais, au comble de la rage, Stephen ne l'entendit même pas. De nouveau, il se précipita sur Suzanne pour la séparer de sa compagne.

— C'est toi qui l'auras voulu ! murmura cette dernière.

Et elle fit feu.

Tandis qu'elle disparaissait avec Suzanne, Stephen tombait en hurlant sur les marches du petit escalier.

— Allons, dit-il en bandant son poignet blessé avec son mouchoir, le sort est contre moi. Je vais être dénoncé... arrêté... Et bientôt le bagne... L'échafaud ! Et tout cela, tout cela... par la faute de cette fille... un atome... un rien ! O destinée aveugle et stupide, je te maudis !

En ce moment, un bruit de crosses de fusils et des murmures confus arrivèrent jusqu'à lui.

C'étaient les soldats du poste voisin, les surveillants et les boutiquiers d'alentour que la détonation avait mis sur pied, et qui venaient d'envahir la maison du père Clodion.

Stephen se redressa brusquement.

— Tonnerre ! il ne sera pas dit que je me serai laissé prendre au gîte comme un lièvre effaré.

Il courut à la porte de l'allée et la ferma à l'aide d'une énorme tringle de fer...

Puis, pour retarder autant que possible l'invasion de la foule, il entassa devant ladite porte tous les ballots, tous les sacs qui encombraient la cour et y mit le feu.

Ensuite, il s'enferma dans la salle basse qu'une épaisse fumée envahissait déjà. Aux trois quarts aveuglé, il prit à tâtons, en un coin, les premiers vêtements qui lui tombèrent sous la main, puis il gravit l'échelle et gagna la trappe qui communiquait avec la chambre du haut.

Une fois dans cette chambre, il tira l'échelle à lui et referma la trappe...

Au même instant, on enfonçait la porte de la cour à coups de crosse.

En une minute, Stephen se fut dépouillé de son costume.

Sans y voir, il revêtit l'autre défroque dont il s'était muni et dont il ignorait la forme et la couleur.

Après quoi, dressant l'échelle contre le mur, il atteignit bien vite une espèce de soupente dans laquelle il s'engagea.

Là se trouvait une échelle de corde.

— Comme on a bien raison, dit-il, de prendre ses précautions à l'avance.

Il enleva quelques-unes des tuiles qui recouvraient la soupente et, sain et sauf, il put gagner les toits.

Quelques minutes plus tard, grâce à son échelle de corde, il descendait sans encombre dans la cour d'une maison voisine.

Il sortit de cette maison sans mésaventure et remonta la rue du Temple.

A la lueur d'un réverbère, il put enfin jeter un coup d'œil sur son costume. Ledit costume était écarlate et avait dû servir jadis à quelque marchand de vulnéraire suisse.

— Diable ! fit Stephen, voici une couleur bien voyante pour un homme qui ne tient pas à être remarqué... Il est urgent de me défaire au plus vite de ce dangereux accoutrement.

« Rendons-nous de ce pas chez le vieux Fromagin... C'est maintenant le seul complice qui me reste... mais celui-là ne me trahira pas.

D'un pas hâtif il traversa le boulevard et gagna le faubourg du Temple.

. . . .

Depuis quelque temps déjà le vieil apothicaire avait abandonné sa maison du canal Saint-Martin.

Il avait eu peur d'être compromis dans l'affaire des Brinvilliers, et il avait prudemment déguerpi.

Pour complaire à sa *tendre* moitié, le sinistre bonhomme s'était réinstallé dans cette même petite boutique de la rue du Buisson-Saint-Louis, où se sont passées quelques-unes des premières scènes de cette histoire.

Stephen, qui n'avait jamais cessé ses relations avec l'apothicaire, connaissait parfaitement son nouveau repaire.

En peu de temps il eut atteint la rue en question.

Personne ne l'avait remarqué, si ce n'est quelques ivrognes attardés qui l'avaient pris pour un masque échappé d'un bal travesti, et lui avaient jeté en passant le cri traditionnel :

— A la chie-en-lit !

Mais Stephen s'était bien gardé de leur répondre.

Devant l'herboristerie du père Fromagin, car le vieux drôle était modestement redevenu herboriste, Stephen s'arrêta.

Il frappa par trois fois au volet de la boutique, qui s'entr'ouvrit au bout d'un instant pour laisser passer la face hoffmanesque de l'ancien chef des Brinvilliers.

A la vue de l'homme écarlate, qu'il prit, lui aussi, pour quelque chie-en-lit égaré, il proféra un juron énergique et fit mine de refermer le contrevent.

Mais l'Anglais lui dit vivement :

— C'est moi, Stephen Lowe, ouvrez !

Bien que ces mots eussent été prononcés tout bas, Fromagin reconnut la voix de son complice.

— C'est bon, répliqua-t-il, je suis à vous.

Le volet se referma et la porte s'ouvrit.

L'Anglais pénétra mystérieusement dans la boutique.

L'apothicaire, ayant refermé sa porte, revint au visiteur.

— Oh ! oh ! grommela-t-il, votre présence chez moi à cette heure indue m'annonce qu'il y a du nouveau.

— Du nouveau, oui, répondit l'autre à voix basse.

— Vous pouvez parler plus haut, reprit le vieillard. Faustine est sortie... et elle ne rentrera pas de la nuit.

— Sortie !...

— Oui. Depuis quelque temps, cette pauvre chérie s'est faite garde-malade... et on est venu tout justement la chercher il y a une heure pour quelqu'un du faubourg.

A peine entré dans la chambre, le pauvre homme demanda d'une voix faible...

— Comment! fit Stephen avec surprise, cette chère Mme Fromagin a pris ce dur métier... à son âge?

— Que voulez-vous! riposta le pharmacien d'un ton hypocrite, nous ne sommes pas riches, et faut bien travailler.

— Vous n'êtes pas riches, dites-vous? interrompit Stephen. Parbleu! ce n'est pas à moi qu'il faut conter cela, mon maître... Je connais votre situation pécuniaire et, de tous les crimes accomplis jusqu'à cette heure, vous avez, je le sais, tiré de splendides profits.

— Est-ce un reproche que vous m'adressez?

— Eh non ! c'est un fait que je constate, et voilà tout.

— Au fait, avec vous, je n'ai pas besoin de faire des cachotteries inutiles, reprit le père Fromagin. Oui, je suis riche... mais aux yeux de tous, je suis pauvre, très pauvre. J'ai fait croire à tout le monde que j'avais perdu les quelques capitaux que je possédais dans mes essais de pommades et de panacées humanitaires. Chacun m'appelle vieil idiot. Mais je laisse dire et je garde ma monnaie.

Stephen se mit à rire.

— Ma foi, mon cher, vous êtes un homme très fort !

— Mon Dieu, non, riposta le vieux pharmacien. J'aime l'or pour lui-même et non pour les jouissances qu'il peut procurer.

« Quand je suis seul avec mon trésor et que je le contemple... quand je plonge et replonge mes doigts enfiévrés dans mon coffre plein de ces gentils jaunets qui me sourient et me parlent, je vous jure que je suis l'homme le plus heureux de la terre, et que nulle autre volupté ne se peut comparer à la mienne. L'or et le poison !... Voilà mes deux grandes passions... Et si je voulais fouiller au fond de mon cœur, peut-être reconnaîtrais-je que je n'ai tant aimé l'un que parce qu'il me donnait l'autre. Maintenant que vous voici complètement édifié sur mon compte, cher monsieur d'Olburn, soyez assez bon pour me dire ce qui vous amène cette nuit chez le pauvre vieil herboriste.

Il avait fait entrer Stephen dans une espèce de trou noir enfumé qui lui servait de laboratoire.

Il présenta une chaise dépaillée à son hôte, puis, s'étendant sur un fauteuil du temps de l'Empire qui avait un bras de moins, il moucha la chandelle avec ses doigts et reprit :

— Alors, je vous écoute.

Stephen lui raconta tout ce qui venait de se passer dans le bouge de la rue Dupetit-Thouars.

Lorsqu'il eut terminé :

— Ouais ! fit le père Fromagin, êtes-vous bien sûr au moins de n'avoir pas été suivi ?

— J'étais déjà loin quand on a pu s'apercevoir de ma fuite. Du reste, rassurez-vous, compère : chacun, à cette heure, doit être intimement convaincu que, comme Sardanapale, Clodion s'est incendié lui-même au sein de ses richesses.

— C'est égal, votre diable de costume rouge et votre patte ensanglantée pourraient vous faire découvrir.

— Aussi ne suis-je venu frapper à votre porte que pour changer d'enveloppe et faire panser ma blessure.

— Diable ! diable ! fit le vieillard en hochant la tête... c'est grave... très grave... et je ne sais si je puis, sans me compromettre...

— Qu'est-ce à dire ?

— Dame ! écoutez donc, je suis ici bien tranquille... je vis maintenant comme un pauvre vieux rat retiré dans son fromage, et vous venez me demander des choses...

— Morbleu! maître Fromagin, pas tant de façons, je vous prie... Dans votre intérêt comme dans le mien, je vous engage à ne pas me refuser.

Tout maugréant, le vieux bonhomme commença par examiner la blessure de Stephen.

— Ce n'est rien, dit-il, heureusement!

Lorsque la plaie fut pansée, il tira d'un placard un costume complet, à lui apparnant.

Stephen fut promptement travesti.

— C'est bien, dit-il, mais ce n'est pas tout.

— Quoi donc encore ?

— Vieillard, je ne pratique pas comme vous l'économie, et je vous avouerai que, pour l'instant, je ne roule pas sur l'or.

— Eh bien! qu'est-ce que cela peut me faire? riposta sèchement le vieux bonhomme.

— Si ça ne vous fait rien, cher ami, cela me fait à moi, et beaucoup même... je ne vous le cacherai pas...

— Mon Dieu! tous ces détails sont hors de saison, interrompit Fromagin, qui avait hâte de voir s'éloigner son complice.

— Hors de saison! Pas du tout, cher ami, oh! mais, pas du tout, je vais vous le prouver.

— Mais que voulez-vous donc, enfin?

— Patience! vous allez le savoir. Mon cher Fromagin, pour les grands projets que je médite, il me faut de l'or, beaucoup d'or, et j'en ai fort peu, comme je vous l'ai dit... Parbleu! je ne suis pas à ça près de quelques billets de mille francs... mais ce n'est pas assez... Je me propose de faire un petit voyage d'agrément, et, dame! les voyages coûtent énormément, vous ne l'ignorez pas. Je viens donc vous prier, cher ami, de m'avancer les fonds dont j'ai besoin.

Fromagin sursauta.

— Hein! quoi! plaît-il... ? Je n'ai pas bien entendu...

— Vous avez parfaitement entendu, au contraire.

— Vous voulez que je vous avance...

— Les fonds nécessaires à mon voyage, oui, mon vieil ami, c'est-à-dire une trentaine de mille livres... pas un liard de plus. Vous voyez que ce n'est pas la mer à boire, et que vous sortirez cela de votre caisse sans seulement vous en apercevoir.

— Mon or! vous me demandez mon or!

— Oh! remarquez bien que je ne tiens pas positivement aux espèces sonnantes... Donnez-moi des billets de banque... authentiques, par exemple, et, pour vous être agréable, je m'en contenterai. Je ne suis pas exigeant pas vrai?

— Mon or! mais c'est ma vie!... c'est mon sang!

— Oh! votre sang! vous voulez dire le sang des autres.

— Je jure Dieu que vous n'aurez pas un sou!

— Allons donc! ne dites pas d'enfantillages. Je veux trente mille francs, vous dis-je... et prenez garde, si vous hésitez à me satisfaire, j'en exigerai le double tout à l'heure.

— Ah çà, voyons, vous riez, n'est-ce pas?

— Je n'ai jamais été plus sérieux.

— Rien! rien! vous n'aurez rien!

Stephen lui saisit la main avec force :

— Misérable vieillard! tu ne m'as donc pas compris?... Je t'ai dit qu'il me fallait on or. Allons! obéis, ou malheur à toi!

Le vieux pharmacien recula épouvanté.

— C'est toi qui m'as fait assassin! tant pis pour toi! reprit l'Anglais en marchant sur Fromagin. Tout blessé que je suis, j'aurai encore assez de force pour t'étrangler.

Ce disant, Stephen prit le vieillard à la gorge.

— Laissez-moi!... laissez-moi! balbutia le malheureux d'une voix étouffée.

— Ton or!

— Non, non, jamais!

— Ton or!

— Tue-moi plutôt!

— Eh bien, meurs donc, chien! j'aurai tout!

Le bonhomme poussa un gémissement rauque, guttural.

Ses yeux s'équarquillèrent démesurément, tout son corps frissonna convulsivement... puis ses membres devinrent inertes.

— Encore un complice de moins, murmura l'Anglais.

Il lâcha le vieux pharmacien, qui tomba sans mouvement sur le sol.

Stephen courut au placard que Fromagin avait ouvert.

— C'est là qu'il a jeté son dernier regard... c'est là qu'est son trésor.

Au bout de quelques minutes de perquisition, il finit par découvrir une cachette pratiquée dans le fond de l'armoire.

Dans cette cachette, il y avait une lourde sacoche en cuir.

Stephen s'en empara.

— Je suis riche! s'écria-t-il. Milord l'Arsouille, nous pourrons désormais lutter à armes égales.

Puis, repoussant du pied le corps du vieillard qui obstruait la porte, il s'enfuit de la boutique à pas précipités.

IX

OÙ L'ON RETROUVE AUPRÈS DE MILORD L'ARSOUILLE RUINÉ, VOLÉ ET CONTENT, UN JOUEUR DU 113 ET UN COCHER EN RUPTURE DE FIACRE

Depuis les événements qui terminent le précédent chapitre, sept mois se sont écoulés.

Milord l'Arsouille s'est définitivement installé dans son élégant hôtel de la rue de la Rochefoucauld.

Pénétrons dans l'une des pièces du rez-de-chaussée, presque de plain-pied avec le jardin : un jeune homme parcourt avec une indicible tristesse plusieurs lettres qu'il vient de décacheter et qui, toutes, viennent de l'étranger, à en juger du moins par les timbres exotiques dont sont surchargées les enveloppes qui les renfermaient.

Quel est ce personnage?

Il y a un an à peu près, nous l'avons vu apparaître pour la première fois au fameux 113.

C'est Marcel Bertier, lequel est devenu le secrétaire intime, nous pourrions dire « l'ami » de milord l'Arsouille.

« Pourquoi la correspondance qu'il dépouillait paraissait-elle l'attrister et l'affliger si fort? »

C'est ce que se demandait *in petto* un gros garçon d'une quarantaine d'années qui portait le frac et la culotte courte d'un intendant de bonne maison, et qui n'était autre que notre vieil ami Robinson Ferrouillard.

On voit que le brave homme avait pu sortir sain et sauf des caves de la petite maison d'Auteuil, où lord Stephen le croyait bel et bien enseveli pour jamais.

C'était le docteur Olivier, qui, s'enfuyant avec Gabriel entre ses bras, avait entendu les gémissements désespérés du pauvre diable, et qui, après avoir sauvé le fils de Pierre Lavarès, avait pu arracher Ferrouillard à sa prison souterraine.

Le jour où commence le présent chapitre, c'est-à-dire le 30 septembre 1837, le nouvel intendant de milord l'Arsouille remarquait avec une visible inquiétude l'impression fâcheuse que produisait sur le jeune secrétaire la lecture des missives reçues ce matin-là.

— Évidemment, se dit-il à par lui, il y a là dedans quelques méchantes nouvelles.

A la fin, il se décida à interroger Marcel Bertier.

— Eh bien! lui dit-il en hésitant, encore des débâcles, pas vrai?

— Oui, mon cher Ferrouillard, riposta le jeune homme en secouant tristement la tête. C'est la fatalité qui s'en mêle. L'on dirait que tous les banquiers des deux mondes s'entendent depuis trois mois pour ruiner celui que nous servons.

— Quoi! encore de nouvelles faillites?

— Pis que des faillites! des banqueroutes! Hier, c'étaient les Simonson de Londres... c'est le tour aujourd'hui des Roswen de New-York et des Bernesta de Florence.

— Seigneur bon Dieu ! s'exclama l'intendant, deux à la fois !

— Tout autant, mon vieil ami... Cela fait aujourd'hui sept maisons qui interrompent leurs payements... et plus de trois millions perdus pour milord.

— Mais c'est effrayant! Si cela continue de la sorte durant quelques mois encore, notre pauvre millionnaire sera forcé de se faire inscrire au bureau de bienfaisance.

— Trois millions! répéta Ferrouillard en levant les bras au ciel. Ajoutez à cela le million employé par notre cher maître en aumônes de toutes sortes, l'autre million dépensé en noces et en festins pendant le dernier carnaval, les cinq cent mille francs gaspillés et volés durant sa maladie par Narcisse, son gredin de cocher, et ses autres domestiques, cela représente une perte total de...

— De cinq millions cinq cent mille francs, acheva Marcel véritablement navré.

— Or, comme sa fortune se composait en tout et pour tout, avant ces pertes successives, de huit millions et demi, il lui reste en tout et pour tout...

— Trois millions et demi, pas un sou de plus... pas un sou de moins! dit une voix enjouée au fond de la chambre. Bah! c'est encore un joli denier, mes braves camarades, et bien des gens que je connais s'en contenteraient parfaitement.

Celui qui parlait ainsi, c'était milord l'Arsouille.

Il avait entendu du seuil de la porte la conversation de ses deux fidèles.

— Parbleu! poursuivit-il en riant de tout son cœur, si vous saviez, mes chers amis, le peu d'effet que me produit l'annonce de ces nouvelles pertes, vous ne gémiriez pas si fort et vous quitteriez bien vite vos mines effarouchées.

— Franchement, mon cher maître, fit Ferrouillard ébahi, vous prenez gaiement votre parti, et votre philosophie est sublime.

— Va, va, mon vieux compagnon, interrompit Gabriel en frappant sur l'épaule du bonhomme, avec trois millions dans sa poche, on peut être aisément philosophe, et plus d'un, à ce prix-là, le serait autant que moi.

— Dans votre poche! dans votre poche! grommela Ferrouillard. Malheureusement, ce qui vous reste n'est pas du tout dans votre poche...

Milord l'Arsouille se reprit à rire.

— Eh! mon pauvre ami, c'est la maison Rothschild qui est aujourd'hui dépositaire de mes derniers écus, et pour que je perdisse ceux-ci comme les autres, il faudrait que l'univers entier levât le pied... Et, ma foi! s'il en était ainsi, je me garderais bien de me plaindre... un si curieux spectacle vaudrait bien deux millions.

— Je sais, reprit Ferrouillard, qu'avec les Rothschild on peut dormir sur les deux oreilles... mais je croyais, mon cher maître, que M. Lanternois, le notaire...

— Oh! quant à celui-là, interrompit vivement Gabriel, sa probité m'est connue. Et d'ailleurs, les sommes que je lui ai confiées ne m'appartiennent plus...

Ferrouillard et Marcel considérèrent le jeune homme avec surprise.

— Non, reprit ce dernier, cet argent-là appartient aux pauvres. Il a été remis à l'honnête Lanternois pour être remis à tous les malheureux dont fourmille cette ville, et je sais à l'avance que le digne vieillard s'acquittera en conscience de la délicate et difficile mission dont je l'ai supplié de se charger.

En ce moment un domestique parut à la porte du fond.

— Que voulez-vous, Germain? interrogea Gabriel.

— Milord...

Notre héros l'interrompit.

— Une fois pour toutes, dit-il, privez-vous de me donner ce titre de milord. Je ne suis pas Anglais, que diable! je suis Français, bien Français, Dieu merci, puisque je suis né à la Courtille et que Pierre Lavarès était mon père. Que le peuple, abusé par mes folies carnavalesques, persiste à m'affubler de ce nom que d'autres ont porté avant moi, cela se comprend, ces braves gens se figurent voir toujours le même Anglais millionnaire. Mais ici, chez moi, j'entends que l'on ne poursuive pas plus longtemps cette plaisanterie. Je ne suis pas Anglais, je ne suis pas grand seigneur, appelez-moi donc monsieur tout bonnement, et faites part de ceci à vos collègues de l'office et de l'antichambre. Vous m'avez compris?

— Oui, milord, répondit le laquais avec conviction.

Gabriel se mit à rire.

— Bravo! dit-il. Pour peu que les autres comprennent comme toi, mon drôle, me voici voué au nom de milord jusqu'à la fin de mes jours... Enfin, n'importe, dis-moi ce qui t'amène, et puisque tu y tiens, appelle-moi milord.

— Oui, monsieur, fit le laquais.

— Allons, reprit notre héros, j'aime à voir qu'avec toi il suffit de te demander *blanc* pour que tu répondes *noir*. Mais bah! je suis de bonne humeur aujourd'hui, parle donc à ta guise. Encore une fois, que veux-tu?

— Monseigneur, dit enfin le lourdaud, un homme très vieux et très pauvrement mis vient de se présenter à l'hôtel. Il pleure à chaudes larmes et dit qu'il apporte une bien triste nouvelle à Votre Seigneurie.

— Une triste nouvelle! répéta Gabriel.

— Encore! s'exclama Ferrouillard en tressaillant malgré lui.

— Allons! reprit notre héros, fais entrer cet homme.

Au bout d'un instant, un vieillard pénétra lentement dans la chambre.

Il poussait en effet de gros soupirs et portait fréquemment à ses yeux rouges de larmes un mouchoir à carreaux tout efiiloqué.

Le costume du pauvre hère était des moins luxueux.

Une grande redingote usée aux coudes et toute blanche aux coutures, un pantalon effrangé du bas, bien que beaucoup trop court, des bas bleus passés de couleur, de gros souliers éculés, assurément trop larges pour les pieds qu'ils chaussaient, une vieille cravate noire, un bonnet de coton de même couleur d'où s'échappaient de longs cheveux grisonnants collés sur les tempes, tel était l'accoutrement complet de l'étranger.

A peine entré dans la chambre, le pauvre homme demanda d'une voix faible la permission de s'asseoir.

— L'émotion... le chagrin... la douleur me cassent bras et jambes.

Quand il fut un peu remis de son trouble :

— Au nom du ciel! lui dit Gabriel, parlez, monsieur.

— Hélas! milord, répliqua l'étranger en recommençant ses gémissements, ce bon M. Lanternois... ce parfait honnête homme... ce cœur d'or...

— Eh bien?...

— Eh bien, milord...

— Achevez...

— Il est mort!

— Mort!

— Oui, mort assassiné!

— Assassiné!

L'étranger s'était repris à gémir et à pleurnicher.

Mais s'il n'eût pas eu le visage caché sous son mouchoir, on eût pu voir dans ses yeux d'étranges éclairs, et dans tous ses traits l'expression d'une joie infernale.

La nouvelle de l'assassinat du notaire avait profondément impressionné Gabriel. Il garda durant quelques instants un morne silence.

— Pauvre vieillard ! murmura-t-il enfin, c'est ce fatal argent que je lui ai confié qui a causé sa mort... Des misérables avaient appris sans doute que des sommes importantes, à moi appartenant, étaient déposées chez maître Lanternois... et pour s'en emparer...

— Hélas ! reprit le messager crasseux en essuyant ses yeux, c'est là tout justement ce que prétendaient ce matin les gens du quartier.

Reprenant bien vite son ton larmoyant et ses soupirs, il s'écria en joignant les mains :

— Digne M. Lanternois ! brave cœur ! c'était la bienfaisance faite homme... En le choisissant pour être l'exécuteur de vos bonnes œuvres, vous avez eu la main heureuse, milord, et, certes, nul autre mieux que lui n'eût pu remplir cette sainte mission. Chaque matin, poursuivit l'étranger, dont les sanglots entrecoupaient la voix, en venant faire sa promenade au Luxembourg, car il adorait le Luxembourg, ce bon M. Lasternois, à cause des fleurs, il s'approchait de moi et me glissait dans la main une pièce de monnaie. Et ce qu'il faisait pour moi, il le faisait pour les autres pauvres, qni ne manquaient jamais de se trouver à son arrivée aux abords du jardin.

— Rassurez-vous, mon brave homme, répliqua Gabriel, tant qu'il me restera un louis en poche, la moitié appartiendra aux malheureux. Je vous autorise à vous présenter tous les matins à l'hôtel avec vos camarades de misère ; nul de vous ne s'en retournera les mains vides, je vous le promets.

Tirant de sa poche une poignée de monnaie :

— Tenez ! partagez ceci avec vos pauvres compagnons ; je suis de l'avis de Henri IV :

« Il faut que tout le monde vive !

Se retournant vers le fond de la chambre, il appela :

— Germain !

Le valet de chambre s'empressa d'accourir.

Comme tous les autres domestiques de l'hôtel, Germain était depuis peu au service de milord l'Arsouille, l'ancien personnel, dont Narcisse faisait partie, ayant été chassé impitoyablement.

Ledit Germain était un bon garçon, tout rempli de zèle, mais très médiocrement pourvu d'intelligence.

— Monsieur... milord... monseigneur ?...

— Vous verrez qu'il finira pas m'appeler Altesse... fit Gabriel en haussant les épaules. Allons ! reprit-il en désignant le vieux pauvre, conduis ce brave homme à l'office, et ne le laisse partir qu'après qu'il aura bien bu et bien mangé.

Le bonhomme se baissa, baisa respectueusement le bas de l'habit de Gabriel et suivit le laquais.

Quand ils eurent disparu l'un et l'autre :

— Mon cher maître, dit Ferrouillard, ce vieux-là n'est peut-être pas si pauvre qu'il le prétend.

Moleskine s'élança d'un bond vers Milord l'Arsouille, et lui étreignit les deux mains avec force.

— Allons, tu es fou !

— Eh ! cela ne s'est-il pas vu souvent qu'un mendiant tout déguenillé était plus riche parfois que ceux qui lui faisaient l'aumône ? Moi qui vous parle, j'ai connu une vieille marchande de pommes qui n'avait pas seulement de bas aux pieds et qui possédait en beaux écus comptant plus de vingt mille livres ! On a trouvé ça à sa mort dans le chenil qu'elle habitait... C'était caché dans des vieux bas, dans des vieux pots, dans la paille de son grabat... Qu'est-ce qui prouve que ce vieux-là n'est pas un pauvre du même genre ? D'abord il a des gants de laine... et bien qu'ils soient tout démaillés, ça me semble pas mal luxueux pour un mendiant.

Liv. 84.   84

— Mon cher Ferrouillard, répliqua Gabriel, le brave homme qui m'a élevé et qui m'a légué sa fortune, l'honnête Jonathan Glass, enfin, me disait ceci lorsque j'étais enfant :

« — Sache pour ta gouverne, que tu ne pourras être vraiment heureux que si tu es vraiment humain.

« Partout où tu passeras, sème quelque bienfait...

« Peut-être récolteras-tu parfois l'ingratitude ; mais ne te soucie pas des ingrats.

« Mieux vaut obliger ceux qui ne le méritent pas, que de ne pas soulager ceux « qui le méritent.

« Mieux vaut faire l'aumône à cent individus qui n'en ont pas besoin, que de « risquer de ne pas donner du pain à un seul affamé. »

« J'ai toujours eu souvenance de ces nobles paroles, et jusqu'à ma dernière heure, je jure Dieu de ne point les mettre en oubli. Parbleu ! le beau malheur quand de temps à autre mes aumônes seraient mal placées. Je n'ai jamais compris ces gens qui donnent deux sous à un pauvre pour s'acheter du pain, et qui poussent des cris de paon quand, au lieu d'entrer chez le boulanger, ledit pauvre court chez le marchand de vin. Fi ! de toutes ces arrière-pensées et de ces réticences qui ne sont rien autre chose que de l'égoïsme et de la dureté du cœur. Morbleu ! messieurs les tyrans de la philanthropie, si un homme aime mieux boire que manger, laissez-le faire, et trouvez-vous heureux de lui procurer à si bon compte le plaisir de se griser un peu, d'oublier ses misères durant quelques secondes.

— Au fait, vous avez raison, répliqua Ferrouillard. Votre éloquence m'a converti, et dorénavant je donnerai à tout le monde les yeux fermés.

— Et tu feras sagement, mon vieil ami. La charité, vois-tu, c'est comme la loterie : prends tous les numéros, et tu seras sûr de gagner tous les lots. Oblige tous ceux qui te tendront la main, et tu ne perdras pas un seul pauvre.

— Il n'y a que le meilleur des hommes qui puisse parler ainsi, dit d'une voix émue une femme qui, depuis quelques instants, se tenait attentive à l'entrée do la chambre.

C'était la Savoisienne, la fausse Fanchon.

L'ex-prima-donna du *Café des Aveugles* ne se ressemblait plus.

Moralement et physiquement, c'était une autre femme.

L'affection profonde qu'avaient su lui inspirer les hautes vertus de milord l'Arsouille avait transformé, transfiguré la misérable saltimbanque.

Et, de cette courtisane de bas-lieu, de cette fille sans aveu, ce sentiment d'amour, d'admiration, de respect, avait fait une femme, une mère...

Oui, depuis qu'elle se croyait à jamais délivrée de Stephen Lowe, depuis que ce démon n'était plus là pour lui donner ses ordres infâmes, elle arrivait à oublier son passé hideux, ses débauches, ses saturnales de jadis.

Et, parfois, elle prenait Gabriel pour son véritable fils.

Et, pour cet enfant, elle avait tous les dévouements, toutes les tendresses d'une véritable mère.

La lionne était domptée.

A partir de cet instant, l'expression farouche de sa physionomie s'éteignit tout à fait.

Ses regards audacieux devinrent pudiques et calmes... le plus doux sourire vint errer sur ses lèvres.

Jusqu'alors la Savoisienne n'avait été qu'une belle créature.

C'était maintenant une charmante femme et chacun l'adorait.

Si bien qu'on en était venu à oublier sa vie passée comme elle l'oubliait elle-même.

Gabriel, lui aussi, paraissait ne plus se souvenir de rien, et, pour celle qu'il croyait sa mère, il avait le respect et l'affection d'un fils.

De plus, il lui avait voué une immuable reconnaissance.

N'avait-elle pas, au péril de ses jours, sauvé du déshonneur et de la mort la jeune fille qu'il aimait?

Cette action rachetait à ses yeux toutes les autres.

La jeune orpheline, grâce à la Fanchon, avait été installée à l'hôtel en qualité de demoiselle de compagnie.

Milord l'Arsouille ratifia de grand cœur ce qu'avait fait sa *mère*, et Suzanne demeura près de sa protectrice.

Naturellement, Gabriel vit chaque jour la jeune fille, et son amour n'en devint que plus profond, plus sincère.

Cependant il ne lui avait rien dit encore, mais, le matin même du jour où se passe le présent chapitre, il avait prié la Fanchon de le venir trouver avec Suzanne en ses appartements, et c'est pourquoi nous avons vu la Savoisienne pénétrer chez notre héros.

Derrière elle, s'avançait la jeune orpheline.

Suzanne était toujours en deuil.

Toutefois, elle avait quitté la pauvre petite robe qu'elle portait à son entrée chez le père Clodion, et sa toilette, relativement à ce jour-là, était presque luxueuse.

La fillette était adorable ainsi vêtue de noir, et ses sombres ajustements faisaient singulièrement ressortir l'ivoire de son teint, l'azur de ses yeux, l'or de sa chevelure.

En apercevant les deux femmes, milord l'Arsouille alla au-devant d'elles.

— Vous n'avez pas oublié ma requête, ma mère, dit-il, merci !

— Vous aviez à nous parler, Gabriel, nous sommes prêtes à vous entendre.

— Oui, ma mère, oui, reprit le jeune homme en souriant, et en appuyant sur les mots, j'ai à vous parler.

Ferrouillard et Marcel firent mine de s'éloigner.

— Oh ! vous pouvez demeurer, mes amis, dit Gabriel, ce que j'ai à dire ne doit être un mystère pour personne. Suzanne, ajouta-t-il en s'approchant de l'orpheline, depuis le premier jour que je vous ai vue, je vous aime.

Suzanne fit un mouvement.

Marcel devint pâle comme un mort.

— Oui, poursuivit milord l'Arsouille, je vous aime de tout mon cœur et de toute mon âme ! Séparé de vous par mille obstacles, je n'en ai pas moins conservé toujours votre souvenir... car un mystérieux instinct semblait m'avertir que nos étoiles devaient se rapprocher un jour.... Mes pressentiments ne m'ont pas trompé. Puisque la destinée nous remet enfin en présence l'un de l'autre, je viens donc vous demander, Suzanne, si cet amour vrai, sincère, que je ressens, vous le partagez, et si, le partageant, vous consentez à devenir mon épouse ?

— Grand Dieu ! que dites-vous ? s'exclama la jeune fille frissonnant d'émotion.

— Son épouse, murmura Marcel Bertier d'une voix sourde.

Gabriel reprit en souriant :

— Ma brusque déclaration vous étonne, n'est-il pas vrai, Suzanne ? Que voulez-vous ? je suis un peu sauvage et grandement original, et les circonlocutions, les détours me répugnent au suprême degré. Franchement et brutalement, je vous ai dit ce que je pensais et ce que j'attendais de vous ; répondez-moi de même.

« Quelle que soit votre décision, je vous jure, sur mon honneur, de m'y soumettre ; et si, pour mon malheur, vous ne vouliez ou ne pouviez être ma femme, je n'en serais pas moins, toujours et quand même, votre ami le plus sincère et le plus dévoué.

— Que va-t-elle dire ? murmura Marcel.

— Moi ! moi, votre épouse ! dit enfin la jeune fille dont les regards brillaient d'un éclat inaccoutumé. Oh ! mais non... c'est impossible ! et ce n'est pas à moi que vous parlez ! à moi qui n'ai ni famille... ni fortune... Tandis que vous...

Le jeune homme l'interrompit gaiement :

— Si c'est ma fortune seule qui vous empêche de me répondre *oui*, je dois vous dire que depuis quelque temps elle est singulièrement ébréchée. Chaque jour m'en enlève quelques bribes, et avant qu'il soit peu, j'aurai assez de chance, je l'espère, pour être plus gueux qu'un rat.

— Et le monde, reprit Suzanne, le monde, que dira-t-il ?

— Le monde, chère enfant, sur ma foi, je ne m'en soucie guère ! Si je me marie, c'est pour moi, pour moi seul et non pas pour les autres ; ne vous inquiétez donc pas du monde plus que je ne m'en inquiète moi-même, et quand je vous demande, à la façon du gros Réné de Molière :

Je te veux, me veux-tu de même ?

« Répondez-moi comme Marinette :

Avec plaisir.

« Et je serais le plus heureux des amants, en attendant que je sois le plus tendre des époux.

Suzanne n'eut pas tout d'abord la force de répondre.

La joie, le bonheur l'anéantissaient.

Enfin, le sein palpitant, elle se jeta dans les bras de la Fanchon, en s'écriant :

— C'est vrai !... c'est bien vrai, madame... il m'aime ?

— Vous voyez bien que je ne vous avais pas trompée, répliqua la Savoisienne en pressant contre son cœur la jeune fille éperdue.

— Oh! oui, oui, je t'aime, ma Suzanne! reprit Gabriel en lui prenant la main, et je jure sur la vie de mon père de n'aimer jamais que toi!

. . . .

Milord l'Arsouille voulait que le mariage eût lieu le plus promptement possible. Mais Suzanne portait encore le deuil de son père d'adoption.

Elle implora la triste faveur de ne le point quitter avant l'année révolue.

Gabriel ne pouvait se refuser à accorder un délai sollicité pour un si louable motif; et d'un commun accord, il fut décidé que les noces se feraient au commencement du printemps prochain.

. . . .

Comme les deux femmes s'éloignaient pour se rendre à la messe, Germain vint annoncer qu'une dame voilée, qui avait refusé de dire son nom, conjurait Gabriel de vouloir bien la recevoir.

— Une dame voilée?

— Oui, milord, et voilée de telle sorte que, malgré tous mes efforts, il m'a été impossible de rien voir de ses traits.

— Quelque solliciteuse, pensa milord l'Arsouille.

S'adressant au laquais :

— Fais entrer!

Lorsque le laquais eut disparu :

— Je suis trop heureux aujourd'hui, continua-t-il en baisant la main de Suzanne, pour ne pas accorder toutes les grâces que l'on me demandera.

Germain rentra bientôt, précédant une femme de haute taille qui portait des vêtements de couleur sombre et dont le visage, ainsi que l'avait annoncé le domestique, était entièrement caché sous un voile aux plis épais.

Gabriel fit signe à cette femme mystérieuse de s'approcher.

Elle obéit.

Mais, dans le même moment, elle se trouva face à face avec Suzanne, qui s'éloignait ainsi que la Fanchon.

A la vue de le jeune fille, dont l'adorable visage reflétait l'immense joie qui lui remplissait le cœur, la femme voilée demeura immobile au milieu de la chambre, et ses yeux invisibles restèrent fixés sur la bien-aimée de Gabriel, jusqu'à ce que celle-ci eût tout à fait disparu.

X

L'INCONNUE

Ferrouillard et Marcel sortirent après elles, et milord l'Arsouille demeura seul avec l'inconnue.

— Pourquoi donc ai-je frémi à l'aspect de cette enfant? murmura la femme noire.

Gabriel lui avança un fauteuil, et quand elle fut asise, il prit un siège à son tour.

— Vous avez désiré me parler, madame ? fit-il ; veuillez, je vous prie, me faire connaître ce que vous attendez de moi !

— Milord, répondit-elle, je viens vous parler d'une femme que vous avez aimée.

Gabriel tressaillit.

— Elle se nommait Moleskine ; ne vous la rappelez-vous pas ?

— Moleskine !

— Oui, milord, c'était une pauvre fille qui vous aimait bien aussi, elle.

Milord l'Arsouille se prit à sourire.

— Oh ! ne souriez pas ainsi... elle vous aimait, vous dis-je... au point de vous sacrifier tout.

— Eh ! que pouvait-elle donc me [sacrifier ? interrogea Gabriel avec un écrasant mépris.

— Je vous comprends, milord, répliqua l'inconnue d'un ton plein d'amertume. C'était une fille perdue, que cette malheureuse. Elle avait eu dix, vingt amants avant de vous connaître... C'est là, n'est-ce pas, ce que vous voulez dire ? En effet, le chevalier de Bellardoise, son époux, n'a pas craint de vous adresser la liste de tous ceux dont Moleskine fut la maîtresse. Mon Dieu ! je ne chercherai pas à justifier les fautes de cette femme. Au surplus ces taches-là, volontaires ou non, sont ineffaçables.

« Laissons donc son passé, et voyons-la telle que vous l'avez trouvée il y a un an, telle qu'elle était quand vous l'avez aimée.

— Madame...

— Je vous en prie, écoutez-moi jusqu'au bout. A cette heure bénie et fatale où elle a pu se retrouver avec vous, une étincelle jaillit de son cœur qu'elle croyait à tout jamais éteint. En vous voyant si généreux, si bon, si noble, elle sentit naître subitement en elle un de ces amours ardents, infinis, éternels qui ne cessent qu'avec la vie... Puis, quand elle comprit que cette immuable tendresse avait passé de son âme dans la vôtre, elle eut de ces joies folles, immenses, formidables, que peuvent seuls ressentir les forçats qui sortent du bagne, les condamnés à mort qui reçoivent leurs lettres de grâce. Hélas ! si vous l'aimiez, cette misérable, c'est que vous ignoriez son monstrueux passé. Mais bientôt la lettre du chevalier vous fit tout connaître. Alors, épouvanté, vous avez fui cette femme et ne l'avez jamais revue.

— Je n'aime plus Moleskine, interrompit Gabriel, et son souvenir même s'est enfui de mon cœur.

— Elle vous aime encore, elle !

— Comme elle en a aimé tant d'autres !

— Tu mens ! tu mens ! s'écria l'inconnue en arrachant son voile. Je n'ai jamais aimé que toi... je n'aimerai jamais que toi... et je veux que tu m'aimes aussi !

C'était Moleskine... C'était l'épouse du chevalier de Bellardoise.

Elle s'était rapprochée de lui et voulait lui prendre les mains.

Gabriel la repoussa :

— Madame, vous savez bien que nous devons être étrangers l'un à l'autre.

— A cause de mon misérable passé, n'est-ce pas ?

— Rien ne saurait me le faire mettre en oubli, répondit Gabriel, inflexible. Le souvenir de Stephen Lowe, qui se dresse formidable entre vous et moi, nous sépare à jamais.

— Stephen Lowe ! répéta sourdement Moleskine. Toujours cet homme... Non content d'avoir fait mes premières années misérables et vides, il me force à maudire mes derniers instants.

Changeant brusquement de ton :

— Oh ! mais non, il n'est pas possible, il n'est pas juste que je sois, jusqu'à mon heure suprême, responsable des fautes et des crimes de ce démon. Et d'ailleurs, lord Stephen n'est rien pour vous, après tout. Il n'est pas votre père, vous n'êtes pas son fils. Allons, dit-elle avec un accent bizarre, soyez franc avec moi, et jouez cartes sur table : Stephen Lowe n'est plus la véritable cause de votre mépris.

— Que voulez-vous dire ?

— Vous allez le connaître.

Puis, accentuant chaque mot, Moleskine poursuivit :

— En la pauvre demeure qui est la mienne, une jeune fille habitait il y a quelques mois avec son vieux père... Presque aussi malheureuse que moi, elle m'intéressait encore plus que toutes les autres... On l'appelait Suzanne...

— Suzanne ! répéta milord l'Arsouille en tressaillant malgré lui.

— Un jour, le vieillard, dont elle s'était faite la compagne fidèle et dévouée, mourut subitement... Elle était orpheline. Une semaine après, par l'entremise d'une marchande du Temple, elle entra chez un vieux fripier de la rue Dupetit-Thouars... Je l'avais perdue de vue, lorsque, ce matin, un inconnu est venu me trouver en mon grenier et m'a dit :

« — Cette Suzanne, qui fut ta voisine, est présentement chez milord l'Arsouille. Depuis plusieurs mois déjà elle est sa maîtresse...

— Ma maîtresse ! interrompit Gabriel. Sur ma vie, c'est là une calomnie infâme !... Suzanne est pure !

— A la nouvelle que cette femme était ici, auprès de vous, poursuivit Moleskine avec fièvre, tout mon être a frémi, et soudainement j'ai senti renaître en moi tout mon amour, toute ma tendresse, toute ma passion d'autrefois ! Et, malgré le serment que je m'étais fait à moi-même de ne jamais vous revoir, je suis venue à vous. Cette jeune fille qui était à vos côtés, je l'ai reconnue, c'était elle, c'était Suzanne. A son aspect, mon cœur a bondi dans ma poitrine et mes yeux se sont obscurcis d'un nuage de sang !

— Madame...

— Oui, car j'étais jalouse... jalouse, entendez-vous ? et je le suis encore. Jusqu'à ce jour, me contentant de vous aimer à part moi, je me consolais en songeant que nulle autre n'était plus que moi favorisée. Mais à présent que votre cœur de bronze s'est amolli, à présent que sous ce toit une tendre affection vous retient et vous enchaîne, je ne sens plus en mon cœur qu'un désir immodéré de vengeance.

— Soit ! Je te préfère ainsi, Moleskine, répondit Gabriel en la regardant en face.

Moleskine ne baissa pas les yeux devant ceux du jeune homme.

Au contraire, elle le considéra de nouveau en souriant d'un cruel sourire.

— Tu me braves, murmura-t-elle. Oh! ton audace n'a rien qui me surprenne; car tu te crois seul en butte à ma faveur. Insensé!

— Que voulez-vous dire? s'écria Gabriel en pâlissant malgré lui.

Il craignait de comprendre le sens fatal des derniers mots de son ennemie.

— Ce que je veux dire? Oh! ta pâleur subite me prouve que tu m'as devinée.

« Eh bien! oui, c'est d'elle, c'est de ta Suzanne que j'ai voulu parler, de cette femme que je hais à présent d'une haine mortelle!

— Taisez-vous! taisez-vous! s'écria le jeune homme avec terreur. Et, s'il est vrai que vous m'ayez jamais aimé, vous me le prouverez en me jurant de ne rien tenter contre Suzanne.

Pendant quelques instants la femme voilée put jouir de son triomphe.

— Soit! dit-elle après un long silence, je consentirai à épargner cette jeune fille, j'en ferai le solennel serment... Mais, en revanche, voici ce que j'exige de vous...

— Ce que vous exigez! interrompit Gabriel, se révoltant malgré tout contre le ton d'autorité de Moleskine.

— Voici ce que j'exige, répéta froidement celle-ci, sans paraître même avoir entendu l'exclamation de milord l'Arsouille. Aujourd'hui même, vous éloignerez Suzanne.

Gabriel fut sur le point de pousser une furieuse exclamation de colère.

Mais il sut se contenir, et, d'un ton calme, il répondit :

— Suzanne restera.

Moleskine s'élança d'un bond vers milord l'Arsouille et lui étreignit les deux mains avec force.

Puis, fixant sur les yeux du jeune homme ses yeux étincelants de jalousie et de fureur, elle lui dit d'une voix sourde :

— Tu vois bien que tu l'aimes, cette fille, puisque tu ne peux te séparer d'elle.

Gabriel demeura un instant silencieux.

Puis, avec une indicible violence :

— Eh bien, oui! s'écria-t-il, je l'aime de toute l'horreur et de tout le mépris que j'ai pour vous!

— Le voilà donc arraché de ton âme, répondit Moleskine, cet aveu qui fait mon désespoir et causera notre perte à tous! Ah! tu aurais dû, jusqu'au bout, avoir la force de me mentir et de me taire cet épouvantable secret. Doutant, j'aurais pardonné peut-être... Maintenant, je serai implacable pour elle et pour toi!

Mais, en proie à une exaltation singulière :

— Oui, reprit Gabriel, je l'aime!... je l'aime, entends-tu? bien Avant de te connaître je lui avais donné mon cœur... elle le possédera toujours!

— A mon tour, je te supplie de te taire! s'écria Moleskine.

— Non, poursuivit Gabriel avec éclat, plus de ménagements, plus de réticences!

« Tant que je t'ai vue gémissante et désespérée, j'ai eu pitié de toi; mais tes menaces m'enlèvent tout remords, tout scrupule.

« Et, je te le répète : J'aime Suzanne, et nulle puissance humaine ne saura m'empêcher d'en faire mon épouse!

Puis faisait quelques pas au devant de l'inconnu...

— Ton épouse ! Oh ! malédiction sur vous deux, alors !
Ayant dit, elle disparut.
Quand Gabriel fut seul :
— Cette femme-là me portera malheur ! murmura-t-il.
Et, le front entre les mains, il demeura longtemps sombre et rêveur.
L'arrivée de Ferrouillard le vint arracher à ses tristes pensées.
— Ah ! c'est toi, mon vieil ami, fit le jeune homme en relevant la tête.
— Oui, mon cher maître, c'est moi, répondit l'intendant, qui considérait Gabriel avec inquiétude. Mais qu'avez-vous donc ? reprit-il au bout d'un instant. Vous, tout

à l'heure si gai, si insouciant, vous voici présentement tout morose et tout soucieux.

— Non, non, je n'ai rien, répliqua le jeune homme en essayant de sourire.

Ferrouillard hocha la tête.

— Hélas ! fit-il, je me doutais aussi que la femme noire ne pouvait venir ici que dans de mauvaises intentions.

— Qui t'a dit?...

— Personne. Mais, vous savez, on a comme ça des pressentiments ; et quand elle est entrée tout à l'heure, ça m'a tout de suite fait froid dans le dos.

Pressé par le brave homme, Gabriel lui fit le récit de ce qui s'était passé entre lui et Moleskine.

— Pourquoi vous occuper plus longtemps de cette folle qui vous menace ?... Croyez-moi, n'ayez souci que de ceux qui vous aiment... c'est-à-dire de madame Fanchon, votre bonne mère, de mam'zelle Suzanne, votre gentille fiancée, et de votre vieux Ferrouillard.

— Oui, oui ! répliqua milord l'Arsouille en serrant affectueusement les mains du brave garçon, je le sais, je puis compter sur toi comme sur ma mère et Suzanne... comme sur Marcel.

— Marcel ! répéta l'intendant en se grattant l'oreille, Marcel, oh ! oui, Marcel aussi vous est dévoué... mais...

— Qu'as-tu donc, et d'où vient ton embarras subit ?

— Mon Dieu ! je vais vous dire, mon cher maître... c'est que Marcel a quitté l'hôtel.

— Marcel !

— Oui, lui-même. Et en s'éloignant, il était plus pâle et plus triste que d'habitude...

« — Où donc allez-vous ? lui demandai-je.

« — Je pars, a-t-il répondu.

« — Pour longtemps ?

« — Pour toujours ! »

« A ces mots, il m'a tendu cette lettre qui vous est adressée.

Milord l'Arsouille prit la lettre de Marcel Bertier et la déplia lentement.

Elle contenait ces quelques lignes :

« Milord, j'aimais Suzanne, et ma seule ambition était de lui donner mon nom...

« Après cet aveu, vous comprenez que je n'ai plus qu'à fuir votre demeure.

« Adieu donc, milord, vous ne me reverrez jamais. »

Gabriel avait lu à voix presque haute, et Ferrouillard, sans écouter, avait parfaitement entendu.

— Allons, bon ! allons, bien ! s'exclama-t-il, voilà une autre histoire à présent. Tout le monde a-t-il donc l'amour au corps, aujourd'hui ?... Nous ne sommes pourtant pas au mois de mai !

— Il aimait Suzanne ! murmura Gabriel douloureusement. Le malheureux ! Allons, poursuivit-il avec un amer sourire, les rangs de mes fidèles commencent à s'éclaircir. Il y a trois mois, Olivier a été trouvé pendu à l'un des arbres du bord de l'eau... jusqu'à présent on a cru à un suicide... Qui sait si l'assassin du vieux notaire n'est pas pour quelque chose dans la mort du docteur ? Quoi qu'il en soit, tu disais vrai tout à l'heure : hors ma mère et Suzanne, hors toi, mon vieil ami, je n'ai plus personne qui m'aime.

— Milord, dit une voix au fond de la chambre, vous oubliez les pauvres dont vous êtes la Providence, et qui tous vous chérissent et se feraient tuer pour vous jusqu'au dernier.

Celui qui venait de parler, c'était le vieux mendiant du Luxembourg.

Il venait prendre congé de Gabriel.

En même temps que le bonhomme paraissait au seuil de la porte, un autre personnage, vêtu d'une veste rustique et muni d'une bêche, se montra à la fenêtre, de plain-pied avec le jardin.

— Avec votre permission, mon bon monsieur Gabriel, vous oubliez aussi André, ici présent. Quoique je ne sois que jardinier, je suis votre vrai ami, morguenne ! et tout prêt à me flanquer dans le feu, pour peu que ça vous fasse plaisir un brin.

— Merci !... merci, mon camarade, répondit milord l'Arsouille. Merci à tous ceux qui m'aiment !

. . . .

Lorsque le vieux pauvre fut hors de l'hôtel :

— C'est étrange, se dit-il, mais ce rustre, si dévoué à son maître, avait une voix qu'il me semble avoir déjà entendue.

Et il ajouta, en poursuivant sa marche :

— Si c'était Popincourt. Bah ! je le saurai plus tard et j'aviserai...

Et tandis que le mystérieux mendiant faisait cette réflexion, le rustre se disait à part lui :

— Ce vieux pleurnicheur-là paraissait me reluquer bien attentivement. Est-ce qu'il se douterait de quelque chose, par hasard ? Si c'était quelque Fouinardet déguisé ? Eh ! eh ! ça n'est pas impossible... Tenons-nous donc sur nos gardes et soyons prêt à tout événement.

Le lecteur a compris que le vieux mendiant avait deviné juste, et que le jardinier André n'était autre que Popincourt, le forçat.

XI

LE GALETAS DE LA RUE DE LA LICORNE

Ladite rue nommée, au XIIIe siècle, rue Près-le-Chevet-de-la-Madeleine, devint plus tard la rue des Oubloyers, c'est-à-dire des pâtissiers faiseurs d'oublies.

Sous la surveillance ecclésiastique, les oubloyers préparaient aussi les hosties pour la communion, le pain bénit et différentes pâtisseries que la gourmandise des moines rendait plus succulentes de jour en jour.

A cause de cela, ils exerçaient une sorte de ministère religieux.

Le maître et l'ouvrier devaient être exempts de tout blâme et s'abstenir de tout jeu de hasard. Pour la fabrication des gâteaux destinés à l'église, il leur était défendu d'employer quelque femme que ce fût. Ils étaient tenus de se servir d'œufs *bons et loyaux*, et il leur était enjoint de refuser de vendre leurs produits aux juifs et aux juives.

Ils avaient, en revanche, le privilège de travailler le dimanche, les quatre grandes fêtes exceptées.

Une ordonnance, datée de 1506, permet aux oubloyers de jouer seulement aux oublies, en portant leur marchandise.

De là l'origine des loteries de macarons.

Sur la fin du xve siècle, on montra dans cette rue une licorne venue de l'Afrique, qui mit tout Paris sens dessus dessous.

Le monstre mourut, et son unique corne fut déposée dans le trésor de l'abbaye de Saint-Denis, selon les uns, et vendue, selon les autres, mille écus d'or au pape Alexandre VI ; car cette corne, réduite en poudre, passait pour le contre-poison le plus efficace, et les Borgia passaient pour les premiers empoisonneurs de la cour de Rome.

- - La rue des Oubloyers garda donc, avec le nom de la Licorne, une enseigne long-temps fameuse, sur laquelle était représenté l'un de ces quadrupèdes, que quelques voyageurs ont affirmé avoir vue, mais dont l'existence est niée par les savants.

Au siècle dernier, s'il faut en croire les historiens, la rue en question était non moins peuplée et non moins passagère que ne l'est aujourd'hui la rue Saint-Honoré.

En l'an de grâce mil huit cent trente-sept, il n'en était pas ainsi, au contraire, et l'on ne voyait plus, comme à la susdite époque, « le luxe en bas de soie, frisé et poudré, allant et venant dans cette espèce de souterrain humide que dominaient des maisons à six étages, et qui, en plein midi, renfermait les ténèbres *visibles* dont parle Milton. »

Le vieux mendiant que nous avons vu, à la fin du précédent chapitre, s'éloigner de la demeure de milord l'Arsouille avait, d'un pas hâtif, gagné l'antique Cité, et s'était bravement engagé dans la rue dont il a été parlé plus haut.

Malgré son ombre mystérieuse, à cause d'elle peut-être, son visage s'éclaircit dès qu'il y eut mis le pied.

— Parbleu ! se dit-il à part lui, cette rue ne semble-t-elle pas créée tout exprès pour les honnêtes gens, qui, comme moi, ont en profond mépris le soleil et la lumière?

« Est-ce assez noir ! assez sale ! assez désert !...

Jetant un coup d'œil sur les rares boutiques disséminées çà et là :

— Dire, poursuivit notre inconnu, qu'il y a des hommes qui naissent, vivent et meurent dans ces trous enfumés, obscurs et puants ! Et ces gens-là, pourtant, n'y sont pas forcés ! Le diable me brûle ! je crois que je préférerais l'existence du bagne.

Le fait est qu'il faisait si peu clair dans ces pauvres boutiques, bien qu'il fût midi à peine, que la plupart avaient leurs quinquets allumés.

— Que des hommes croupissent là, c'est inouï! reprit le mendiant; mais que des femmes ne s'envolent pas dès que poussent leurs ailes de quinze ans, c'est fantastique! Qui peut les retenir? l'habitude?... les liens de famille?... La famille! répéta l'étrange personnage avec un rire sarcastique. Ma foi! je n'ai jamais compris cette niaiserie, et ceux qui ont cette bosse-là ne sont à mes yeux que les Mayeux du foyer domestique.

Tout en monologuant, il avait presque atteint l'extrémité de la rue.

Devant l'une des dernières maisons, avant d'arriver à la rue Saint-Christophe, il s'arrêta.

— Allons, murmura-t-il, elle doit être rentrée.

Il pénétra dans une allée odieusement noire.

Une espèce de taudis, éclairé par une veilleuse dont la lumière tremblotante luttait avec un désavantage marqué contre l'obscurité, se trouvait dans ladite allée, à gauche.

C'était la loge du portier. L'inconnu s'en approcha.

— Mlle Roussillon est-elle chez elle? demanda-t-il.

Personne ne lui répondit.

Mais, en revanche, une voix féminine fort enrouée se prit à chanter, avec accompagnement de mandoline, la célèbre romance de *Richard Cœur-de-Lion* :

> Dans une tour obscure,
> Un roi puissant languit...
> Son serviteur gémit
> De sa triste aventure...

— Parbleu! se dit en riant le vieux pauvre, voici cette chère Mme Grenouillot qui se livre aux beaux-arts, comme d'habitude. Son organe enchanteur me rappelle singulièrement le miaulement d'un chat qu'on étrangle. Elle se tait enfin!... c'est heureux! Mlle Roussillon est-elle chez elle? demanda-t-il pour la seconde fois.

Cette nouvelle interrogation demeura sans effet.

En revanche, une voix masculine, mais plus enrouée encore que l'autre, se prit à brailler ce vers :

> C'était pendant l'horreur d'une profonde nuit...

— Bon! voilà le père Grenouillot qui s'en mêle, à présent.

Pour couper court à ce débordement de guimbarde et de tragédie, il se décida, bien qu'à contre cœur, à pénétrer dans l'antre des concierges fantaisistes.

— Qui vive? interrogea la musicienne en mettant en joue avec son instrument l'indiscret qui se permettait d'interrompre ce concert.

Le père Grenouillot, accroupi au fond de la loge sur un fauteuil d'allure antique et solennelle, se leva lentement.

Puis faisant quelques pas au-devant de l'inconnu, il lui dit en déclamant :

Étranger, que veux-tu ?... qui t'amène en ces lieux ?...

Pour la troisième fois, notre homme s'informa si la demoiselle en question était rentrée.

— Non, mon vieux ; répondit la portière. La dame au voile noir, comme on l'appelle, est sortie ce matin dès le potronminet, et comme la clef de son garni est encore au clou, ça prouve qu'elle n'a pas fini ses courses.

— C'est bien, fit notre mendiant, je repasserai.

— Oh ! mon Dieu, vous pouvez l'attendre ici, reprit la mère Grenouillot. Pas vrai, mon gros canard ? ajouta-t-elle en s'adressant à son époux.

— Oui, répondit le portier, oui, ma loutre adorée, oui, mon beau lapin rose !

Quittant ce ton amoroso-familier, il continua avec noblesse, en montrant son vieux fauteuil à l'étranger :

Prends un siège, Cinna, prends, et sur toute chose,
Observe exactement la loi que je t'impose...

— Cette loi, poursuivit le père Grenouillot en langage prosaïque, c'est de ne pas trop vous démener sur mon meuble... Il est mûr, et vous pourriez le mettre en bringues... ce qui me serait pénible, vu que j'y tiens comme à mes petits boyaux. Ce fauteuil, monsieur, reprit le tragédien avec des larmes dans la voix, ce fauteuil a fait partie du matériel de l'Odéon, et tel que vous le voyez, il a figuré dans toutes les tragédies du répertoire. Il était à mes débuts ! Oui, monsieur, il y était, et il peut dire que j'ai eu un joli succès. Demandez-lui plutôt, et vous verrez ce qu'il vous répondra.

— Mon bon chéri, interrompit la mère Grenouillot avec un sourire, tu sais bien que les fauteuils, ça ne parle pas.

— Ça n'en pense pas moins, riposta le portier, grave et convaincu. Quoi qu'il en soit, poursuivit-il en se retournant vers l'inconnu, asseyez-vous dessus... mais ne le brusquez pas. Il m'est cher de toutes les façons. Je l'ai payé dix livres dix sous au garçon d'accessoires de l'Odéon, il y a de cela vingt ans, pas davantage. Oui, monsieur.

« C'était en 1817, et je ne vous cacherai pas que les alliés foulaient encore le sol de ma belle patrie. J'avais songé d'abord à me lever comme un seul homme pour les expulser... mais j'étais époux, j'étais père, et j'eus la force de mettre une sourdine à mes idées belliqueuses. Du reste, mon héritier est soldat, ça revient au même. Ce matin, ajouta le vieux portier en montrant une lettre à l'étranger, j'ai reçu de lui cette missive. Il me réclame quelques maravédis pour son tabac. Je me suis empressé de ne rien lui envoyer du tout. Le tabac ne vaut rien aux jeunes gens, et j'ai déjà bien de la peine à en acheter pour moi...

— Charité bien ordonnée commence par soi-même, riposta l'inconnu.

— Comme vous dites. Ah ! dame, c'est que nous sommes rudement près de nos pièces, depuis que nous avons envoyé la mère Brichet à la balançoire. Il faut vous dire que le soir même de ce jour-là, nous avons été volés comme dans un bois par deux espèces de filous que mon imbécile de fils avait cueillis à Montfaucon.

— Si bien, ajouta la mère Grenouillot en chatouillant par manière de passe-temps sa mandoline qui geignait, si bien que nous avons été obligés de prendre la première place qui s'est présentée.

— Hélas! gémit le tragédien en chambre, quelle différence entre ce chenil et notre villa de la rue Monsieur-le-Prince!

Saisissant la main de son épouse, il poursuivit d'un ton déclamatoire :

Que les temps sont changés!

La portière répondit à cet hémistiche à l'aide de son instrument, qui exhala une plainte rauque et furieuse.

En ce moment, Moleskine apparut sur le seuil de la loge et demanda sa clef.

— Pristi! vous m'avez fait peur, s'exclama la concierge mélomane en sursautant. C'est vrai... avec votre diable de costume sombre et votre voile noir, vous me faites l'effet d'un revenant.

Elle lui remit sa clef.

Lui montrant ensuite le vieux pauvre, qui s'était levé, elle ajouta :

— V'là du monde pour vous.

Le mystérieux personnage fit quelques pas au-devant de Moleskine, qui, en l'apercevant, murmura étonnée :

— L'inconnu de ce matin!

— Ma chère demoiselle, dit ce dernier d'une voix doucereuse, oserai-je solliciter de votre complaisance quelques secondes d'entretien?

— Oui, oui! répondit fiévreusement la femme voilée; venez, venez!

Et, précipitamment, elle se prit à gravir l'escalier étroit et ténébreux qui faisait face à la loge des Grenouillot.

— Fichtre! dit la portière, comme elle vous grimpe ça... on dirait d'une chatte amoureuse!

Le vieux mendiant avait quitté la loge et s'était engagé dans l'escalier, à la suite de Moleskine.

Tant qu'il fut en vue des concierges, c'est-à-dire pendant les deux tiers du premier étage, il marcha lentement et comme il convenait à un homme de son âge...

Mais, dès qu'il fut certain que le couple ne pouvait plus l'apercevoir, il grimpa l'escalier quatre à quatre et se trouva au dernier étage en même temps que « la dame au voile noir ».

En haut de l'escalier se trouvait un couloir sombre, sur lequel donnaient les portes numérotées d'une demi-douzaine de chambres garnies.

Moleskine ouvrit l'une de ces portes.

— Entrez! dit-elle à l'étrange vieillard.

Celui-ci obéit et prit soin de refermer la porte lui-même.

Cela fait :

— Eh bien! fit-il en s'étendant nonchalamment sur l'unique chaise de ce misérable réduit, t'avais-je menti?

— Non, c'est vrai, c'est vrai!... Il en aime une autre!

— Il fait plus que l'aimer, il l'adore!

— Tais-toi!

— Il en fera sa femme.

— Sa femme ! Oh! non, non ! s'écria Moleskine. Quand je devrais les poignarder tous deux sur les marches de l'église, cet exécrable hymen ne s'accomplira pas !

— Que parles-tu de poignard? interrompit le mendiant. Si ta haine est sincère, si tu as véritablement soif de vengeance, leur mort ne saurait te satisfaire... et j'ai mieux que cela à te proposer.

— Toi vieillard?

— Moi !

— Dans quel but veux-tu servir ma rage?... Je ne te connais pas, moi.

— Tu me connais.

— Quel est ton nom?

— Rappelle tes souvenirs.

— Trêve aux enigmes! Parle, qui es-tu?

— Tu es digne maintenant de le savoir... répliqua le mendiant.

Puis, à voix basse, bien basse, il ajouta :

— Je suis lord Stephen.

— Lord Stephen!

— Oui, le premier homme qui t'a possédée, Moleskine, et qui revient à toi aujourd'hui pour perdre ton dernier amant!

. . . . , ...

Minuit sonnait quand Stephen Lowe prit congé de son ancienne maîtresse, de sa nouvelle alliée.

— Quand te reverrai-je? interrogea Moleskine.

— Demain. Sans doute, j'aurai entre les mains les lettres de la mère de Suzanne et certains petits bibelots à elle appartenant ; et grâce à cela, nous mettrons à exécution le projet dont je t'ai parlé ce soir.

— Ces lettres, où sont-elles? demanda l'épouse de Bellardoise.

— A Argenteuil... chez une brave et digne femme qui fut propriétaire.

— Qui? La mère Brichet?

— C'est toi qui l'as nommée. Allons! aie bon espoir, ma fille! Le mariage de Gabriel et de Suzanne ne s'accomplira pas!

XII

LES ACROBATES DE LA COURTILLE.

Nous sommes à la Courtille.

Un peu plus haut que la guinguette de l'*Ile d'Amour*, il y avait foule autour d'une baraque de saltimbanques.

— La parole traditionnelle commence...

Sur les tréteaux paradaient un vieux pitre ;

Une longue femme maigre qui jouait de la trompette ;

Un homme aux cheveux ras, à l'œil fauve, en costume d'Alcide, qui jonglait avec des poids énormes ;

Un petit bonhomme qui n'avait qu'une jambe et tapait à coups redoublés sur une grosse caisse ; .

Finalement, une espèce de drôle à la face crapuleuse et sinistre qui, armé d'une longue baguette, frappait un immense tableau représentant, d'un côté :

Une femme ornée d'une barbe toute masculine ;

Et, de l'autre :

Un tigre gigantesque en train de dévorer un jeune enfant.

La parade traditionnelle commença.

— Paillasse ! dit l'homme à la baguette en s'adressant au vieux pitre, Paillasse !

— Matelas !

— Drôle ! quelle réponse me fais-tu là ?

— Dame ! vous parlez de paillasse, je parle de matelas. Ça se touche.

— Paillasse, mon ami, tu viens de voyager, pas vrai ?

— Oui, monsieur, dans *la marmite.*

— Imbécile ! tu veux dire dans l'Amérique.

— C'est juste. De là, je suis allé dans *la suie.*

— Dis donc dans l'Asie ! Es-tu fou ?

— Dans l'Asie, c'est vrai. Puis, j'ai poussé jusqu'à *l'hydropique du concert.*

— Le tropique du Cancer, nigaud !

— J'ai traversé ensuite dix-sept lieues de moutarde sans éternuer, et j'ai filé vers *les cannes à dard.*

— Vers le Canada ! Est-il bête !

— Vers le Canada, soit !... Du côté de *la nouvelle écorce.*

— La Nouvelle-Écosse, ignorant !

— J'ai été après à *ôte-toi d'ici.*

— Otaïti, butor !

— Puis dans la capitale de *mon pied.*

— Le coquin entend par là, bien sûr, la capitale du Piémont.

— C'est cela même... Après, j'ai visité un peuple *très poli.*

— Dis donc Tripoli... c'est une ville. Et comment as-tu voyagé ?

— Par mer, dans un *vieux seau.*

— Dis donc dans un vaisseau.

— Une fois en pleine mer, nous avons été assaillis par un ours...

— Un ours !

— Oui, un ours qui avait des gants.

— Ah ! bon ! tu veux dire un ouragan !

— C'est ce que je dis... C'est alors que j'ai fait naufrage et que j'ai été avalé par une baleine, ou par un *ça suffit,* si vous aimez mieux.

— Un *ça suffit ?* Parions que tu entends par là un cétacé ?

— Eh bien ! un *c'est assez* ou *ça suffit,* est-ce que ce n'est pas la même chose ?

— Je te l'ai dit plusieurs fois, il y a plusieurs espèces de poissons : des cétacés, des testacés et des crustacés.

— Oui ! oui !... des c'est assez... des têtes cassées... et des cruches cassées... Je connais toutes les bêtes, monsieur, toutes les bêtes !

Après quelques autres plaisanteries *ejusdem farinæ,* accueillies par de bons gros rires bien francs et par des applaudissements bien chauds et bien sonores, l'homme à la baguette remit au pitre une lettre énorme, scellée d'un gigantesque cachet.

— Paillasse, mon ami, reprit-il, voici ce que le facteur vient d'apporter pour toi.

— Une lettre! Lisez-la-moi bien vite, monsieur Pipe-en-Corne, car je ne sais pas plus lire qu'écrire, et pas plus écrire que calculer.

— Écoute donc :

« Mon cher ami, c'est avec la plus vive douleur que je vous apprends que depuis votre départ, mademoiselle votre sœur a scandalisé notre petite ville par son inconduite, et qu'elle a eu plusieurs amants. »

— La coquine! fit le pitre, il faut que je la tue pour l'honneur de la famille.

— Attends un peu, Paillasse, il faut que je te lise le reste :

« Comme elle est très intéressée, elle a trouvé moyen, au milieu de ses désordres, d'amasser une douzaine de mille francs, dont elle vous destine la moitié... »

A ces mots, Paillasse, subitement radouci, se prit à sourire.

— Au fond, dit-il, c'est une bonne fille, cette chère sœur, et elle ne manque vraiment pas de qualités.

L'autre continua :

« Malheureusement, en son absence, des filous se sont introduits chez elle et lui ont enlevé tout l'argent qu'elle avait mis de côté... »

Le Paillasse redevint furieux.

— La misérable!... Ne me retenez pas, monsieur!... Il faut que j'aille la punir comme elle le mérite.

Le lecteur reprit :

« Par bonheur, les voleurs ont été arrêtés le lendemain, et toute la somme a été retrouvée... »

— Les douze mille francs ne sont pas perdus! s'écria le pitre radieux. Je le disais bien, moi, que ma sœur était une honnête fille et qu'on l'avait calomniée.

Le compère poursuivit la lecture de sa missive :

« Il est vrai que les douze mille francs sont au greffe, et qu'on ne sait pas quand ils en sortiront. »

— En ce cas, dit le Paillasse après avoir quelque peu réfléchi, avant que de me prononcer sur le compte de ma sœur, j'attendrai que le greffe ait rendu l'argent.

— L'argent! répéta l'aboyeur. Parbleu! Paillasse, mon ami, en avez-vous besoin, par hasard, et le commerce ne va-t-il pas comme vous voulez?

— Le commerce! répliqua le vieux pitre, il va bien, très bien, trop bien, au contraire ; à preuve, c'est que j'avais trois chemises et que j'en ai déjà vendu deux.

Après cette nouvelle saillie, empruntée comme les autres au répertoire des Rousseau, des Bobèche et des Galimafré du boulevard du Temple, les badauds firent entendre de plus belle les applaudissements et les éclats de rire.

Le vieux pitre, lequel, en souvenir de ce même Bobèche que nous venons de citer, s'appelait le père Bobéchon, le vieux pitre, disons-nous, salua gracieusement « l'aimable société » et lui fit les plus jolies risettes du monde.

Ce qui excita au plus haut point l'hilarité de la foule, car de même que son illustre devancier et parrain, le père Bobéchon portait, attaché au-dessus de son chapeau, au bout d'un fil de fer, un papillon gigantesque qui, à chaque nouvelle salutation du bonhomme, exécutait les plus folles sarabandes.

— Allons, allons! reprit celui auquel le vieux pitre avait donné le nom de Pipe-en-Corne, Paillasse, mon ami, invite bien poliment ces beaux messieurs et ces jolies dames à entrer voir le spectacle extraordinaire et merveilleux qui va se donner ici dedans et pas plus tard que tout de suite.

— Ohé! les autres, entrez! cria Bobéchon.

— Eh bien! drôle, interrompit l'aboyeur, est-ce ainsi qu'on engage une aimable compagnie?

— C'est juste! je me trompais... reprit le Paillasse. Ohé! entrez, les autres!

Pipe-en-Corne lui administra un formidable coup de pied au derrière.

Puis, frappant avec force avec sa baguette sur les pancartes peinturlurées qui surmontaient la baraque :

— Entrez!... entrez, messieurs et mesdames!

« Vous verrez la femme à barbe, la vraie, la seule, l'unique femme à barbe, cueillie par le fameux Hercule du Nord ici présent, sur la plus haute cime du mont Chimboraço.

« Vous y verrez ensuite le grand tigre du Bengale, le plus féroce et le plus beau des carnivores, rapporté de ses nombreux voyages par l'Hercule du Nord, déjà nommé...

« Ce tigre, messieurs et mesdames, continua l'aboyeur avec une volubilité singulière, ce tigre, tel que vous le représente ce tableau remarquable, a été pris au sein de sa famille au moment où le monstre était en train de prendre son repas du soir.

« Il avait déjà dévoré trois nègres et un matelot français, et il s'apprêtait à prendre pour dessert le jeune mousse que vous voyez à mes côtés et dont il avait déjà grignoté la jambe gauche.

« Cachalot, poursuivit Pipe-en-Corne, en s'adressant au malheureux petit estropié que nous avons vu tambouriner sur la grosse caisse à la fin du précédent chapitre, Cachalot, montrez votre jambe à l'honorable société...

« Il faut que l'on sache bien que, contrairement à messieurs nos confrères, nous ne sommes pas de vils charlatans, promettant plus de beurre que de pain pour allécher les masses.

« Non, messieurs, non, mesdames, dans l'établissement Pipe-en-Corne et compagnie, pas de blagues, pas de calembredaines, pas d'annonces mensongères et de boniments fallacieux.

« Nos affiches, toutes merveilleuses qu'elles puissent vous paraître, sont l'image pure et simple de la vérité...

« Nous vous promettons une femme barbue...

« Un tigre féroce...

« Un jeune mousse presque dévoré...

« Vous aurez tout cela, mesdames et messieurs, tout cela, entendez-vous? et bien d'autres choses encore!

« Sur ce, jeune Cachalot, exhibez l'affreuse mutilation dont vous jouissez pour le quart d'heure...

Le malheureux lança à son chef de file un regard sombre, puis releva lentement son large pantalon jusqu'au-dessus du genou.

— Voyez, mesdames et messieurs, reprit l'aboyeur en montrant l'enfant toujours assis près de sa grosse caisse, plus de jambe gauche...

« Le tigre n'en a fait qu'une bouchée...

« Admirez... admirez la superbe cicatrice dont jouit ce jeune homme à deux doigts de la rotule...

« Les crocs formidables du monstre bengalien sont visibles à l'œil nu comme à la lorgnette du spectateur...

« Approchez !... approchez, mesdames et messieurs, la vue n'en coûte rien...

La foule s'empressa de profiter de l'invitation, et tous ces badauds s'étouffèrent pour contempler « la superbe cicatrice » du petit mutilé.

— Ne croyez pas au moins, mesdames et messieurs, que le jeune Cachalot, bien qu'unipède, soit moins agile et moins élastique dans ses mouvements.

« Non, messieurs ! non, mesdames !

« Il marche, saute, bondit, danse, cabriole, et donne au besoin toute sorte de coups de pied au derrière !...

« Paillasse, mon ami, tendez la joue, et vous, jeune Cachalot, levez-vous, je vous prie, et offrez à l'aimable société un léger échantillon de votre savoir-faire.

Le pauvre petit diable, toujours triste et lugubre, se dressa sur son unique jambe et se prit à exécuter quelques-uns de ses exercices, qui se terminèrent, à la grande joie du public, par le coup de pied annoncé.

— Et maintenant, reprit maître Pipe-en-Corne avec une chaleur croissante, entrez, messieurs et mesdames, le spectacle va commencer !

« Deux sous !... deux sous par tête, ça ne coûte que deux sous !

« Pour les bonnes d'enfants et messieurs les militaires, dix centimes seulement, rien que dix centimes !...

« Entrez ! entrez ! Il faudrait n'avoir pas deux sous dans sa poche pour ne pas s'offrir ce grand, cet étonnant spectacle... dont les meurt-de-faim seuls et les crétins ont droit de se priver !

« Allez, la musique !

Là-dessus, le vieux pitre emboucha la trompette abandonnée par la grande femme maigre...

Le petit mutilé recommença de plus belle à tambouriner sur sa grosse caisse...

L'Hercule du Nord, ses poids aux dents, joua des cimbales...

Et le chef de la bande, l'éloquent Pipe-en-Corne, jaloux de faire sa partie dans ce concert charivarique, se prit à tirer d'un cor de chasse qu'il portait en sautoir des sons tintamarresques et discordants.

De même que la musique douce rend les fous presque raisonnables, de même le vacarme musical a le don d'affoler les gens qui jouissent de leur bon sens.

C'est pourquoi toute la foule se précipita, avec force horions et bousculades, vers l'escalier branlant qui conduisait à la fameuse salle où tant de merveilles, au dire de M. Pipe-en-Corne, allaient être offertes à l'avide curiosité des amateurs.

La vieille tenture sale qui fermait l'entrée de l'établissement s'était écartée et laissait voir, assise près d'une table que recouvrait un antique rideau rouge, la grande femme maigre, revenue tout exprès sans doute pour remplir les fonctions de buraliste et de caissière.

En peu d'instants la salle fut comble.

Le spectacle allait commencer.

Au fond de la salle, qui était carrée, se trouvait une estrade exhaussée de trois pieds, simulant une sorte de scène de théâtre, que fermaient deux rideaux d'un rouge mélancolique.

M. Pipe-en-Corne et le vieux pitre s'étaient placés chacun d'un côté de l'estrade, munis, qui de son cor de chasse, qui de sa trompette.

Derrière la toile on frappa les trois coups, comme dans un vrai théâtre.

A ce signal, les deux musiciens, embouchant leur instrument, sonnèrent une bruyante fanfare.

Après cette symphonie en couacs majeurs, les rideaux rouges glissèrent en grinçant sur leur tringle rouillée, et livrèrent aux regards enthousiasmés du public une espèce de décor qui avait la prétention de représenter un site plus ou moins indien, orné de palmiers et de cactus si parfaitement imités, qu'on eût dit quelques gros choux abrités sous des parapluies verts.

Le tout, du reste, se détachait en vigueur sur un ciel orange d'un irrésistible effet.

Au lever du rideau, ou, pour mieux dire, *au glisser des rideaux*, la scène était vide.

— Messieurs et mesdames, glapit maître Pipe-en-Corne de sa voix crapuleuse, nous allons commencer la représentation par les exercices de la femme à barbe, dite la Jeanne d'Arc du Chimboraço.

Sur ce, il prit son cor de chasse, le vieux Bobéchon mit sa trompette à ses lèvres, chacun d'eux fit un couac, et le phénomène annoncé fit majestueusement son entrée par la coulisse de droite. C'était une femme énorme, non comme taille, mais comme circonférence.

Vêtue d'une tunique pailletée qui avait dû être blanche du temps des Bourbons, mais qui, pour le quart d'heure, était d'un jaune tirant sur le gris, la grosse saltimbanque était agrémentée d'une véritable barbe peu longue, il est vrai, mais très fournie et noire comme de l'encre.

A son aspect, tout le public poussa une exclamation de surprise et d'ébahissement. Mais quelques sceptiques s'écrièrent :

— Tiens ! un sapeur déguisé en femme.

Une voix même osa lancer cette apostrophe au phénomène :

— Oùs qu'est *ton n'*hache ?

Pipe-en-Corne entendit ces mots et sourit d'un air de pitié.

S'adressant ensuite aux spectateurs :

— Saint Thomas ne croyait pas à la résurrection de Jésus, vous ne croyez pas à la femme à barbe, c'est tout simple...

« Vous voulez voir de près ?... Voyez donc, incrédules, et soyez confondus.

Se tournant vers la saltimbanque :

— Princesse, descendez dans la salle et circulez entre chaque banquette, à seule fin de prouver à l'honorable société que l'ornement pileux qui vous décore n'est pas un simple accessoire de théâtre, mais bien un don de la nature... don précieux... étonnant... mirifique, qui fait notre gloire et notre fortune.

« Circulez, princesse, circulez !

Un étroit escalier de cinq ou six marches, disposé juste au milieu de l'estrade, permit à la Jeanne d'Arc du Chimboraço de quitter la scène sans se casser les reins.

Sa jupe, plus que courte, mettait en évidence des mollets invraisemblables comme grosseur, qui faisaient craquer le maillot rose qui leur servait d'étui.

Et son corsage, follement décolleté, ne parvenait qu'à cacher une faible partie de ses volumineux appas.

Il était donc impossible de douter un seul instant que le phénomène appartînt à la plus belle moitié du genre humain.

— Circulez, princesse, circulez ! reprit Pipe-en-Corne.

La grosse saltimbanque obéit.

— Mesdames et messieurs, continua le cornac, vous avez le droit d'examiner la barbe du sujet d'aussi près que vous voudrez ; et les *ceusse* qui auraient encore le moindre doute pourront, au besoin, avec discrétion toutefois, lui tirer les soies ébénines de son duvet mentonnier.

Grave et majestueuse, la femme phénomène commença donc à *circuler*.

Les plus incrédules, convaincus alors qu'ils n'étaient dupes d'aucune supercherie, furent les premiers à crier bravo.

Plusieurs même ne craignirent pas d'adresser à brûle-pourpoint à la grosse dame de chaleureux compliments.

— Inutile de lui parler, fit le cornac, la princesse n'entend pas notre langage vulgaire et ne parle que l'idiome de son pays lointain et méridional.

Comme il achevait, le phénomène, repoussant un spectateur qui se permettait de lui pincer la taille, s'écria d'une voix de contralto :

— A bas les pattes ! espèce de *pignouf*, ou je t'aplatis !

Un éclat de rire universel et de frénétiques applaudissements accueillirent cette riposte.

— Eh bien, merci ! grommela l'amateur trop entreprenant, il est gentil l'idiome de son pays ! *Pignouf !*

— Sur la cime du Chimboraço, dit vivement le vieux pitre, pour apaiser le plaignant, ça veut dire « jeune mufle. »

— Ah ! fit le spectateur radouci, alors je ne lui en veux pas.

— L'incident est vidé ! glapit Pipe-en-Corne, que la fête commence !

La femme à Barbe avait regagné la scène.

Le cor de chasse et la trompette sonnèrent un air impossible à noter, qui était une tyrolienne, à ce qu'il paraît, car le phénomène se prit immédiatement à valser.

Et sous son poids formidable, le théâtre gémissait sourdement et semblait prêt, à toute seconde, à s'effondrer.

A voir cette énormité se livrer à ces exercices chorégraphiques, on eût dit un éléphant piqué de la tarentule.

Après la danse, en manière de couplet final, la femme à barbe avala un sabre, puis fit une révérence et disparut.

Après la femme à barbe, ce fut au tour du jeune Cachalot, l'estropié, à venir exhiber ses talents.

Le petit malheureux était toujours sombre et se livrait à ses danses, à ses tours de force avec un sérieux qui avait quelque chose de sinistre et de funèbre.

Pendant ces nouveaux exercices, un grand et beau jeune homme apparut au seuil de la porte de la salle, et bien qu'il fût mis on ne peut plus simplement, son entrée causa une soudaine émotion par toute la salle.

La majeure partie des spectateurs avait reconnu notre héros.

C'était tout naturel.

La baraque était pleine d'ouvriers, de gamins, de peuple enfin, et le peuple connaissait son milord l'Arsouille sur le bout du doigt.

Gabriel, très peu préoccupé de l'effet que produisait sa présence, ne songeait guère au public, et n'avait d'yeux que pour le pauvre petit mutilé qui s'escrimait sur la scène.

— Paillasse, mon ami, cria Pipe-en-Corne à son pitre, chaud, chaud, la musique !

Le père Bobéchon obéit, et les sons discordants de son instrument, joints à ceux que le maître tirait de son cor de chasse, couvrirent bientôt les cris et les murmures.

— La tempête s'est calmée, fit le paillasse.

— Jeune Cachalot, reprit le cornac, passez à la dernière partie de vos exercices.

« En avant le cerceau humain !

Le pauvre petit estropié était exténué, hors d'haleine.

Du regard, il sembla supplier son directeur de lui épargner le nouveau travail qui lui était demandé.

— Monsieur Cachalot, répéta Pipe-en-Corne d'un ton impérieux, ces messieurs et ces dames attendent le cerceau humain !

« Veuillez les satisfaire.

« Après quoi vous raconterez vos aventures terrestres et maritimes, vos nombreux naufrages, vos combats avec les monstres des deux hémisphères.

« Et pour clore votre odyssée, nous ferons apparaître aux regards stupéfiés de l'estimable assistance le tigre sauvage qui, tout royal qu'il est, n'a pas dédaigné de se fourrer votre tibia dans le bec, en guise de simple cure-dents.

Le petit bonhomme frissonna.

— Allez, la musique ! reprit le directeur inexorable, et attention, messieurs et mesdames, au cerceau humain.

Le mutilé poussa un soupir déchirant.

Puis, s'étendant sur le dos, il prit entre ses deux mains son unique pied, et son corps forma bientôt un cercle parfait.

L'Hercule du Nord fit alors son entrée en scène, et du bâton dont il était armé il mit en mouvement le pauvre cerceau humain.

Le public applaudit avec rage, avec frénésie.

Mais tout d'un coup une voix s'écria :

Milord était parvenu à lui faire un collier de ses six doigs.

— Arrêtez, cela est terrible!... Vous voyez bien que ce malheureux enfant se meurt !

Celui qui parlait ainsi, c'était milord l'Arsouille.

Un grand murmure s'éleva.

— Continuez ! continuez! crièrent plusieurs spectateurs.

— *Vox populi, vox Dei*, dit avec force maître Pipe-en-Corne, qui, comme on le voit, avait une légère teinture de latin, et n'était pas fâché de prouver à la vile multitude qu'il était en assez bons termes avec cette langue morte.

« Hercule du Nord et vous, jeune Cachalot, le public a dit :

« Continuez ! » Je vous somme d'obéir, jusqu'à extinction de chaleur naturelle !

L'exercice recommença.

Mais les tortures du jeune matelot étaient visibles.

Gabriel ne put se contenir plus longtemps.

— Encore une fois, arrêtez ! s'écria-t-il d'une voix retentissante.

Le public se leva en vociférant :

— A la porte ! à la porte !

—· Oui, à la porte ! cria Narcisse, plus fort que les autres, à la porte, le milord... à la porte, l'empêcheur de danser en rond !

Et le peuple reprit avec une fureur croissante :

— A la porte ! à la porte !

Milord l'Arsouille, debout sur les marches de l'escalier qui menait au parterre, n'avait pas encore songé à accorder un seul regard aux spectateurs.

En entendant leurs furibondes clameurs, il se décida à se retourner de leur côté.

— Vous êtes tous des lâches ! leur dit-il en se croisant les bras.

L'Hercule du Nord s'avança sur le bord de la scène :

— Des lâches ! répéta-t-il d'un ton féroce, eh bien ! et moi ?

— Toi ! répliqua Gabriel, tu es plus lâche que tous, puisque fort et robuste comme tu l'es, tu oses te faire le bourreau de ce pauvre être infirme et souffrant !

— Ose donc me redire ça en face !

Milord l'Arsouille quitta sa place et se dirigea tranquillement vers les degrés qui conduisaient sur le théâtre.

— Il montera ! crièrent plusieurs voix.

— Il ne montera pas ! hurlèrent quelques autres.

Gabriel tourna dédaigneusement la tête du côté de ceux-ci.

Puis, d'une voix parfaitement calme :

— Il montera, dit-il.

En effet, il gravit d'un pas ferme le petit escalier.

Quand il fut sur le théâtre, il alla droit à l'Hercule, dont les lèvres étaient blêmes et les yeux injectés de sang.

— Tu es un lâche ! fit-il alors... tu es un lâche !... tu es un lâche !

L'Hercule poussa un éclat de rire plus terrible qu'un rugissement... Les muscles de son corps se tendirent avec une telle violence, se gonflèrent si prodigieusement, que son maillot craqua de toutes parts, et que les paillettes dont il était orné s'éparpillèrent sur le plancher et volèrent jusqu'au milieu de la salle.

S'adressant alors au public :

— On vous avait promis de vous faire voir un tigre qui avait mangé la jambe d'un moutard...

« Attention, messieurs et mesdames !...

« Vous allez voir, en manière de prologue, un hercule mangeant le nez d'un galopin.

A peine avait-il lâché ce dernier mot, que milord l'Arsouille lui octroyait le plus formidable soufflet qui jamais eût retenti sur la joue d'un drôle.

— Potence du diable ! beugla l'Hercule, ce n'est pas ton nez qu'il me faut, c'est ton cœur !

— Viens donc le prendre ! riposta l'Anglais.

L'Alcide se rua sur lui.

Mais une nouvelle calotte, plus forte encore que la première, fit tourner le colosse sur lui-même.

Profitant avec une adresse merveilleuse du court instant où son adversaire lui montrait les talons, milord l'Arsouille lui allongea un coup de pied au derrière.

Et cela avec une telle aisance, une telle rectitude, une telle précision, qu'on eût pu croire que cette scène avait été préparée à l'avance, et que l'Hercule se faisait, de bonne volonté, le compère de milord l'Arsouille.

— Il faut hurler avec les loups ! dit ce dernier d'un ton railleur.

« Paillasse, mon ami, ajouta-t-il en s'adressant au vieux pitre, qui se tenait au bas de l'estrade stupéfié, immobile, n'en veuille pas à ce drôle s'il prend ta place pour un instant, ce n'est pas sa faute.

L'Hercule était livide.

Il se rua de nouveau sur Gabriel en poussant un cri de rage et de vengeance.

Cette fois, il parvint à saisir le jeune homme entre ses bras puissants, et le public assista, muet, silencieux, haletant, à la plus terrible lutte qui se fût jamais donnée assurément sur un théâtre d'acrobates.

Mais au bout de quelques minutes, l'un des lutteurs tombait aux pieds de l'autre, à moitié étouffé.

C'était l'Hercule.

— Eh bien ! fit en gouaillant milord l'Arsouille, vous le voyez, monsieur le mangeur de nez et de cœurs, vous n'avez rien mangé du tout !

Les lèvres couvertes d'une écume sanglante, l'Alcide se releva sombre et terrible.

— Je n'ai rien mangé, dit-il, mais mon tigre mangera, lui !

A ces mots, il courut au petit estropié pelotonné dans un coin, le prit entre ses bras et disparut avec lui dans la coulisse.

Un instant après, un cri désespéré se fit entendre, que couvrit aussitôt un rugissement épouvantable...

Puis l'Hercule reparut en scène, traînant après lui une énorme cage de fer dans laquelle un tigre furieux labourait de ses griffes la poitrine du petit estropié.

XIII

CE QU'IMAGINA MILORD L'ARSOUILLE POUR CÉLÉBRER LE PREMIER JOUR DE L'AN D'UNE FAÇON DIGNE D'UN MILLIONNAIRE ET SURTOUT DIGNE DE LUI

Ce tigre s'appelait Néron.

L'Hercule du Nord, ancien négrier, l'avait pris tout jeune dans la presqu'île du Gange et l'avait amené en Europe.

Ce terrible animal, le plus cruel assurément des quadrupèdes, auquel l'éléphant seul peut résister, qui emporte un bœuf dans sa gueule et l'éventre d'un coup de griffe, s'apprivoise cependant sans trop de difficulté.

Comme le lion, il sait reconnaître ceux qui lui donnent la pitance et ne dédaigne pas de recevoir leurs caresses, auxquelles il répond, à la façon du chat, en voûtant son dos et en faisant son ron-ron.

Chat et tigre sont, du reste, on le sait, de la même famille.

Néron était donc devenu aussi doux, aussi obéissant, aussi inoffensif qu'un simple matou.

Un seul coup d'œil de son maître suffisait pour lui faire exécuter des tours vraiment surprenants.

M. Pipe-en-Corne et Mlle sa sœur, laquelle n'était autre que la longue perche installée au contrôle, directeurs d'une troupe d'acrobates et montreurs de bêtes savantes, ayant fait connaissance au Havre de l'homme au tigre, dont les affaires n'allaient plus, n'avaient pas hésité un seul instant à l'associer à leur exploitation, et, de ce jour, l'ex-trafiquant de chair humaine était devenu l'Hercule du Nord que nous connaissons.

En même temps que son tigre, ce dernier avait *cueilli* sur les bords du Gange, comme il le disait plaisamment lui-même, un petit enfant indigène.

Cet enfant, sous le nom maritime de Cachalot, avait servi comme mousse à bord d'un bâtiment négrier.

Naturellement, une fois incorporé dans la troupe de maître Pipe-en-Corne, il lui fallut, comme tout le monde, devenir acrobate, avaler des sabres, ingurgiter des étoupes enflammées, faire le saut périlleux et marcher sur la corde roide.

Après ces exercices, l'A B C du métier, le jeune mousse était obligé de donner la réplique à l'Hercule du Nord et à sa bête, dans certain intermède dramatique ayant pour titre : « LE VOLEUR D'ENFANTS OU LE TIGRE PROTECTEUR DE L'INNOCENCE. »

C'était une pantomime composée de trois scènes seulement, cela se jouait sur l'espèce de petit théâtre que connaît le lecteur.

Le fameux décor au ciel orange et aux palmiers vert pomme avait été confectionné tout exprès pour la circonstance.

Au lever du rideau, le petit mousse était seul dans les bois, *se livrant*, selon l'expression de l'aboyeur, *à tous les jeux de son âge.*

Ces jeux consistaient à marcher la tête en bas et les jambes en l'air, à faire des culbutes, à imiter les grenouilles, etc., etc.

Tout à coup, on entendait un coup de fusil dans la coulisse.

Cela représentait une chasse au tigre.

Bientôt, en effet, on voyait entrer en scène Néron ayant le poitrail ensanglanté.

Le monstre, devenu *cabotin* de par la volonté de son maître et seigneur, jouait à son tour son petit rôle et se laissait tomber sur le flanc, comme s'il eût été réellement blessé.

Alors Cachalot prenait de l'eau dans une moitié de coco, lavait la plaie simulée et plaçait dessus des plantes salutaires.

L'acteur zébré, guéri comme par enchantement, se remettait sur pattes et disparaissait après avoir léché avec reconnaissance les mains de son jeune sauveur.

Ici, nouvelle péripétie.

Le chasseur qui avait blessé le tigre faisait son entrée le fusil à la main.

C'était l'Hercule du Nord.

Celui-ci, redevenant pour un instant ce qu'il avait été véritablement autrefois, se présentait ou du moins avait été présenté au public par maître Pipe-en-Corne sous le nom du fameux Carcamuche, capitaine négrier en expédition.

A la vue du jeune Indien, le susdit Carcamuche se disait par gestes, que l'aboyeur s'empressait, du reste, de traduire :

— Parbleu ! puisque je ne puis avoir le tigre que j'ai blessé, je vais m'adjuger ce gamin, et je le vendrai comme esclave aux Antilles.

Cachalot tentait de fuir.

Mais le négrier finissait par s'emparer de lui.

Il allait disparaître avec sa capture, lorsqu'aux cris de l'enfant le tigre accourait et s'élançait sur le ravisseur, en ouvrant sa gueule formidable.

Le négrier, obligé de se défendre, rendait le mousse à la liberté et jetait son fusil à terre pour s'armer d'un énorme coutelas.

Au moment où il allait frapper le tigre, le jeune Indien ramassait le fusil et tirait sur le capitaine Carcamuche, qui tombait mort.

Ce n'était pas tout.

D'autres chasseurs, négriers comme le défunt, surgissaient de droite et de gauche, prêts à venger le meurtre de leur chef sur l'enfant.

Mais le tigre saisissait alors ce dernier par la jambe gauche, le jetait sur son cou et disparaissait d'un bond avec lui, au nez et à la barbe des chasseurs stupéfiés.

On comprend quel succès obtenait cette pantomime qui, depuis un assez long temps, put être quotidiennement représentée sans accident et sans encombre.

Néron était d'une douceur exemplaire, et la plupart du temps, après les séances, tandis que les principaux associés faisaient les comptes et se partageaient les nombreux sous qui formaient la recette, le tigre allait en liberté par la baraque, et l'étranger qui aurait pu le voir jouant et s'ébattant au milieu des saltimbanques n'aurait pu reconnaître en lui le fauve habitant des jungles indiens.

Chaque nuit, toutefois, Néron était enfermé dans une énorme cage de fer.

Ainsi l'exigeaient la prudence... et la police.

C'était la grande femme maigre, la sœur de Pipe-en-Corne, Mlle Frangipane, qui était chargée de donner au tigre sa pitance. *

Soir et matin, elle lui apportait d'énormes quartiers de viande crue que Néron dévorait en un clin d'œil.

Mlle Frangipane était singulièrement avare.

Elle finit par trouver que le tigre mangeait trop, et peu à peu les déjeuners et les dîners du carnivore devinrent moins copieux.

Au bout de quelque temps, l'humeur de Néron, de douce qu'elle était, devint sombre.

Il ne caressait plus personne et ne se laissait point caresser, même par Cachalot qui, cependant, était au mieux avec lui.

Peu importait à la femme maigre.

— Un tigre trop bon enfant, se disait-elle, cela ne vaut rien. Il est préférable qu'il soit un peu féroce, c'est plus à effet.

En conséquence, elle résolut un beau matin de ne plus lui donner à manger que tous les deux jours.

Cette funeste pensée lui vint sept à huit mois, à peu près, avant la scène racontée par nous au précédent chapitre.

Nos acrobates se trouvaient alors dans une petite ville du Nord et se dirigeaient sur Paris, donnant des représentations de temps à autre.

Le soir même du jour où Néron, privé de nourriture, hurlait la faim dans sa cage, une séance eut lieu, laquelle se termina par la fameuse pantomime.

Le tigre avait une allure étrange en entrant en scène.

Mais personne ne se doutait des imprudentes économies de Mlle Frangipane, et l'on ne se préoccupa que médiocrement des airs singuliers de la bête fauve.

Le commencement marcha comme à l'ordinaire, et la pièce eut un succès étourdissant.

Par malheur, au dénoûment, Néron empoigna la jambe du petit homme avec une telle violence que ses crocs s'enfoncèrent dans les chairs.

Le malheureux enfant, une fois dans la coulisse, fit des efforts surhumains pour arracher sa jambe de la gueule du monstre.

Ce fut en vain.

Le sang chaud et fumant avait rendu à Néron ses instincts carnassiers, et le tigre affamé courut se réfugier dans sa cage en entraînant sa victime.

L'Hercule parvint cependant à délivrer le pauvre petit diable, l'infortuné avait la jambe gauche dévorée jusqu'à la rotule.

De ce moment, le tigre était redevenu vraiment tigre, et *sa férocité*, pour nous servir des termes de la réclame célèbre qu'on a pu lire il y a quelque temps en tête d'une affiche parisienne, *sa féroc·té ne laissait rien à désirer*.

Il fallut donc le tenir en cage, et l'Hercule du Nord lui-même n'aurait pu sans danger s'approcher du terrible animal.

La pantomime était forcément supprimée.

C'était dur, et les recettes baissaient à vue d'œil.

Heureusement Cachalot guérit, et l'on exploita sa mutilation de l'horrible façon que l'on sait.

Le pauvre misérable était devenu funèbre, et tout son corps frémissait rien qu'en apercevant le tigre à travers les barreaux de sa cage.

En revanche, dès que ce dernier voyait sa victime, ses prunelles lançaient des flammes et ses rugissements éclataient formidables.

On comprenait quelle furieuse joie il eût éprouvée à tenir une fois encore, entre ses crocs, le pauvre être qu'il avait commencé jadis à dévorer.

L'Hercule le savait.

Et c'est pourquoi il avait précipité Cachalot dans la cage du monstre.

Encore quelques minutes, et l'enfant allait forcément, inévitablement, devenir la proie de Néron, qui, avant de donner le coup de grâce à sa victime, semblait jouer avec elle comme le chat avec la souris, et se contentait, en attendant mieux, de lui déchirer la poitrine et les flancs.

Les spectateurs n'étaient pas moins terrifiés que Gabriel.

Les enfants poussaient des cris.

Quelques femmes se pâmaient.

D'autres prenaient la fuite avec effarement en entraînant leurs mioches.

Pourtant, nous devons le dire, la majorité du public paraissait éprouver une étrange volupté à ce hideux spectacle.

La masse a, de tout temps, aimé les émotions fortes, et l'on sait quelle vogue avaient, à l'époque même de notre récit, les tueries autorisées de la barrière du Combat.

Aujourd'hui encore, les exécutions capitales, les pendaisons, toutes les représentations sinistres enfin qui ont la mort d'un homme pour dénoûment immuable, n'ont-elles pas le don d'attirer la foule et de la passionner ?

On aura beau crier par-dessus les toits que notre dix-neuvième siècle est le siècle des lumières, du progrès et de la civilisation, il n'en est pas moins vrai qu'à certaines heures, il reprend violemment aux temps anciens leurs appétits féroces.

Il n'est pas moins vrai que, de nos jours, on peut se croire, à un moment donné, à cette époque de sang et de barbarie qui s'appelait le moyen âge.

C'est triste, mais c'est comme cela !

. . . .

Milord l'Arsouille avait pris l'Hercule à la gorge.

— Délivre cet enfant, canaille, ou je t'étrangle !

— Il y a longtemps que Néron veut achever le gamin... répondit l'acrobate, il l'achèvera.

— Délivre ce malheureux ! répéta Gabriel d'un ton menaçant.

— Tu railles, milord, riposta l'ancien négrier.

« Pas plus à moi qu'aux autres le tigre ne ferait grâce.

« Depuis que le sang humain a rougi ses babines, il est comme enragé et ne connaît plus personne.

« Mais je pourrais sauver ton protégé que je ne le ferais pas ! continua le bandit avec rage.

« Non ! quand tu devrais me couper par morceaux, me brûler à petit feu, ou m'écorcher vif !

— Malheur ! grommela milord l'Arsouille avec désespoir.

— Ah ! ah ! poursuivit l'autre d'un ton sarcastique, tu m'as *tombé* tout à l'heure, je te *tombe* à mon tour en faisant croquer le môme sous tes yeux.

Gabriel fut près de mettre sa menace à exécution, et d'étrangler pour tout de bon l'ex-vendeur de chair humaine...

Mais il eut assez de puissance sur lui-même pour se contenir.

— Écoute, dit-il, sauve cet enfant... et tu auras autant d'or que tu voudras !

— Je ne veux qu'une chose, me venger !

— Sauve-le ! sauve-le ! et tu seras riche !

— Riche ! répéta l'Hercule dont les regards brillèrent.

« Impossible ! dit-il ensuite.

« Son salut serait ma perte. Qu'il meure !

Mais soudain une effroyable joie illumina son visage.

— Sauve-le toi-même ! dit-il.

« Ose disputer au tigre furieux la victime que je lui ai jetée.

A ces mots, il lui présenta la clef de la cage.

— Donne donc, misérable ! fit milord l'Arsouille, et que Dieu nous protège tous les deux !

Ayant dit, il arracha des mains de l'Alcide la clef que celui-ci lui tendait et courut à la cage...

Un immense cri s'éleva parmi l'assistance.

A ce moment, la foule se rappela que ce jeune homme qui allait jouer sa vie pour sauver celle d'un enfant était la providence des pauvres.

— N'entrez pas ! n'entrez pas ! hurla-t-on de toutes parts avec terreur.

Gabriel n'écouta que son courage, et son immense amour de l'humanité l'emporta sur tous les autres sentiments.

Ouvrant brusquement la grille qui fermait la cage, il en franchit le seuil.

Et la porte de fer, mue par un ressort caché, se referma d'elle-même avec un grincement lugubre.

Toute la salle frissonna.

Les murmures s'éteignirent et firent place à un silence de mort.

Seul, parmi tous, l'Hercule rayonnait.

— Il est perdu maintenant, se disait-il, et je suis bien vengé !

Il oubliait, il ignorait peut-être que Dieu protège les justes causes...

Il ignorait que lorsqu'il s'agit de défendre l'opprimé, ce Dieu tout-puissant transforme en forts les plus faibles et fait les forts invincibles.

Combien de temps dura la lutte ?

Quelques minutes peut-être.

Cependant, pour tous ceux qui assistèrent à cet épouvantable duel, un siècle sembla s'écouler.

Après un inénarrable combat, où rugissaient de concert l'homme et le tigre, ce dernier finit par avoir le désavantage.

Milord l'Arsouille était parvenu à lui faire un collier de ses dix doigts.

Comme s'il eût eu la tête prise en un carcan d'acier, le monstre étrangla, ses yeux sortirent de l'orbite, sa langue noire et sanglante s'allongea démesurément...

Puis ses membres se roidirent...

Poussant enfin un hurlement sourd, rauque, étouffé, qui ressemblait à un lointain grondement de tonnerre, la bête fauve tomba inanimée aux pieds de Gabriel, qui sortit de la cage tenant entre ses bras le petit mutilé.

A la vue de milord l'Arsouille sain et sauf, la foule osa respirer.

Bientôt de formidables applaudissements éclatèrent, auxquels se mêlaient de furieuses menaces à l'adresse de l'Hercule.

Celui-ci était au paroxysme de la rage.

— L'homme est vivant ! disait-il, et Néron est mort !

— Ma sœur, dit-il en se découvrant.

Il ne pouvait en croire ses yeux.

Il courut à la cage.

— Oui! reprit-il en secouant les barreaux, il m'a tué mon tigre!... il m'a tué mon tigre!

Milord l'Arsouille jeta aux pieds de l'acrobate sa bourse pleine d'or.

Confiant ensuite le petite mousse ensanglanté et presque sans connaissance à un bonhomme qui venait d'accourir :

— Ferrouillard, lui dit-il, monte en voiture avec ce malheureux; mène-le à la

Maison-Rouge, et que Babolein, que sa femme lui prodiguent les soins les plus assidus.

L'ami Ferrouillard s'empressa d'obéir, et peu après la calèche du millionnaire descendait la colline au grand galop, emportant le pauvre petit estropié.

Pipe-en-Corne, l'Hercule et la femme maigre se permirent de protester.

Mais Gabriel se contenta de hausser les épaules, sans même tourner la tête de leur côté.

Puis, comme si de rien n'était, il étancha avec son mouchoir les déchirures légères que le tigre était parvenu à lui faire.

Rajustant ensuite ses vêtements en désordre, il ramassa son chapeau, ses gants et sa canne, qu'il avait jetés sur le théâtre au moment de lutter avec l'Hercule.

Et il sortit de la baraque, escorté de tous les spectateurs enthousiasmés qui l'acclamaient.

Si milord l'Arsouille avait eu presque aussi facilement raison du monstre que de l'Alcide, c'est qu'il était d'une force prodigieuse, nous croyons utile de le répéter.

Sa puissance musculaire, tout extraordinaire qu'elle fût, n'était cependant pas une rareté sans exemple. Ses exploits, que l'on pourrait au premier abord croire quelque peu exagérés, semblent parfaitement simples et naturels, si l'on veut prendre la peine de les comparer aux prouesses des athlètes de l'antiquité et de certains héros presque contemporains.

Pour ne parler ici que des plus connus, Milon de Crotone, qui remporta six couronnes olympiques au combat de la lutte, et autant aux jeux Pythiens, était d'une force telle qu'il porta sur ses épaules sa statue jusqu'au bois sacré d'Olympie, où elle devait être placée.

Il faisait plus encore : se ceignant la tête d'un nerf de bœuf, il retenait ensuite sa respiration par la compression de ses lèvres, et les veines de son front, qui se remplissaient de sang, s'enflaient de telle sorte qu'elles faisaient rompre le nerf.

Sostrate et Léontisque le Sicilien n'employaient que la force des doigts pour vaincre leurs antagonistes.

Polydamas, sans aucune arme, attaquait et terrassait les lions redoutables des montagnes de la Thrace.

C'était ce même athlète qui aiguillonnait d'une main des chevaux attelés à un char, et de l'autre forçait le char à s'arrêter.

D'après la réputation qu'avait dans toute la Grèce ce personnage, parfaitement authentique, Darius, fils d'Artaxercès, fut curieux de le voir, et l'attira auprès de lui par les promesses et les présents les plus considérables.

Un de ceux qui composaient la garde du roi, et qu'on appelait *les Immortels*, osa un jour le provoquer; *l'immortel* reçut la mort pour prix de sa témérité.

Quelque temps après, Polydamas périt lui-même par trop de confiance dans ses forces.

Suivi de plusieurs de ses compagnons, il aperçut une grotte qu'il voulut visiter.

Comme l'entrée en était trop basse pour y pénétrer de front, il voulut en ouvrir la partie supérieure.

Les autres, effrayés du danger qui les menaçait, se retirèrent aussitôt, et Polydamas, faisant des efforts pour soutenir à lui seul un poids aussi énorme, ébranla la masse des rochers qui couvraient la grotte et fut enseveli sous ses ruines.

Nous ne finirions pas si nous faisions l'énumération des athlètes de l'antiquité.

Au moyen âge, il y eut encore des chevaliers, des héros d'une force inconcevable.

Le xviiie siècle a vu les prouesses musculaires de ce Maurice de Saxe, que milord l'Arsouille prit pour modèle lorsqu'il voulut punir le charretier féroce de la Courtille.

Thomas Topham était aussi de ce temps-là.

C'était un individu d'une force physique véritablement étonnante.

Né à Londres vers 1710, il fut d'abord charpentier comme son père, et devint ensuite tavernier.

« Mais, disent les historiens, sa vocation l'entraînait vers les exercices athlétiques, qui lui valurent bientôt une célébrité lucrative.

Le 28 mars 1741, il souleva trois tonnes d'eau pesant mille huit cent trente-six livres, et cela en présence de milliers de spectateurs.

C'était un jeu pour lui de rouler entre ses doigts et de transformer un plat d'étain en bâton.

Il levait de terre avec ses dents une table longue de six pieds, chargée à son extrémité d'un poids de cent livres.

Il plaçait une barre de fer derrière sa tête, sur son cou, et prenant les deux extrémités avec ses deux mains, il les rapprochait devant lui jusqu'à les faire toucher l'une contre l'autre.

Il rompait sans peine une corde de deux pouces de diamètre.

Il portait un cheval au-dessus d'une barrière.

Extérieurement, il n'était remarquable que par les saillies de ses muscles, qui, par exemple, comblaient le creux de ses aisselles.

Une fois il enleva un watchman avec la guérite où il était endormi, et, sans le réveiller, le posa sur le mur d'un cimetière.

Une autre fois, étant à une fenêtre du rez-de-chaussée, il souleva légèrement, d'une seule main, une moitié de bœuf des épaules d'un boucher qui passait accablé sous ce poids.

Il était, du reste, doux et pacifique, et ses biographes disent, en terminant, que des malheurs domestiques lui causèrent un tel désespoir qu'il se donna la mort vers l'âge de quarante ans.

Sous la Restauration, beaucoup de nos lecteurs ont pu voir, à la Porte-Saint-Martin, le fameux Vénitien qui faisait le *pont humain* dans *Milon de Crotone*.

En ce temps de fleurs de lis et de drapeau blanc, les comédiens n'étaient pas reçus à l'église après leur mort.

A l'enterrement de Philippe, qui créa le *Vampire* au boulevard, on résolut d'enfreindre cette loi stupide, et les camarades du défunt, s'emparant du cercueil, voulurent le faire entrer de force dans la maison de Dieu.

Mais des gendarmes à cheval en gardaient les portes, et le sabre en main refoulèrent le cortège.

Le Vénitien en faisait partie, ainsi qu'un autre alcide de sa force.

S'élançant tous deux sous les chevaux des gendarmes, ils les enlevèrent de terre, les envoyèrent rouler dans le ruisseau avec leurs cavaliers, et le cercueil entra à l'église.

De nos jours, les hommes forts ne manquent pas, et chacun a entendu parler de notre ami Roux le Bordelais, qui traita les ours de Berne à coups de botte et *tomba*, l'un après l'autre, les seize lutteurs les plus renommés de la Suisse.

C'est ce même Roux qui, lors d'un incendie à Naples, voyant sur une poutre enflammée, à la hauteur du cinquième étage, un pompier prêt à perdre l'équilibre, tendit ses deux bras et lui cria :

« — Laisse-toi tomber et ne crains rien ! »

L'homme se jeta de son cinquième étage, et Roux le reçut au vol contre sa poitrine.

Roux vomit le sang, mais le pompier fut sauvé, et son sauveur reçut la croix de la main même du roi de Naples.

Il serait inutile de citer ici d'autres noms.

Nous tenions à prouver que les exploits de notre héros n'avaient rien de fantastique et d'impossible.

Nous l'avons fait, et nous poursuivons notre récit.

Peu de temps après la scène que nous avons décrite plus haut, c'était la grande fête de l'enfance.

Une année nouvelle venait de naître, et Paris, ses faubourgs, sa banlieue célébraient à qui mieux mieux le premier jour de janvier.

Le matin de ce grand jour-là, milord l'Arsouille quitta son hôtel à pied, et suivi seulement de son fidèle Ferrouillard.

— Sais-tu où nous allons ? lui demanda-t-il gaiement, en passant son bras sous celui du bonhomme.

— Ma foi ! non, monsieur.

— Depuis que j'ai assisté à l'ignoble scène de la Courtille, depuis que j'ai vu de mes yeux les tortures auxquelles des coquins dignes de la corde condamnaient un malheureux enfant malade et infirme, je me suis pris, tu le sais, d'une compassion sans bornes, d'une tendresse infinie pour ces infortunés petits êtres pauvres et seuls qui sont privés, depuis leur berceau, de toutes ces douces joies de l'enfance, les seules pures et les seules vraies.

— Oui ! oui ! je sais cela, mon cher maître, répliqua Ferrouillard avec émotion, et ceux dont vous parlez le savent bien aussi. Seigneur bon Dieu ! combien en avez-vous secouru !

« Certes, si les millionnaires seulement se donnaient la peine d'imiter votre exemple, on ne verrait pas beaucoup de gamins cet hiver qui auraient froid et qui auraient faim.

— Aujourd'hui, vois-tu bien, mon vieil ami, je veux faire mieux encore.

— Mieux !

— Oui ! C'est peu pour un enfant d'avoir le ventre un peu creux et le nez un peu rouge... Mais ce qui est affreux, ce qui est horrible pour ces malheureux petits diables, c'est, en un jour comme celui-ci, de voir l'enfance riche joyeuse et rayonnante !

« Ne comprends-tu pas quels terribles désirs tous ces petits pauvres doivent ressentir, à la vue de ces mille boutiques où s'étalent les plus beaux jouets et les friandises les plus appétissantes ?

« Ne comprends-tu pas leurs tortures, à ces Tantales de dix ans, quand ils songent que toutes ces merveilles sont pour les autres et qu'ils ont à peine le droit d'y jeter un coup d'œil en passant, eux, les petits-fils de la misère ?

« Oh ! crois-moi, voilà pour ces pauvres enfants la plus intolérable des tortures, et je mets en fait que tous consentiraient de grand cœur à ne pas manger pendant deux jours, pour posséder une poupée en carton ou un polichinelle de quatre sous.

— Cela est vrai, mon cher maître, répliqua Ferrouillard, et vous avez toujours raison.

— Eh bien ! poursuivit milord l'Arsouille en entraînant son compagnon, il ne s'agit donc pas aujourd'hui, pour mes petits protégés, de bas de laine et de pain... mais bien de joujoux et de bonbons.

« Viens ! viens, mon vieil ami !

« Nous allons dévaliser toutes les boutiques, et, de par Dieu ! pas un enfant ne rentrera chez lui aujourd'hui sans avoir reçu ses étrennes.

Comme il achevait, des petites filles passèrent qui marchaient deux à deux et que conduisait une sœur de charité toute jeune encore et d'une angélique beauté.

Un grand bazar se trouvait à deux pas encombré de jouets, et les petites considéraient tout cela d'un air de convoitise et de tristesse.

Milord l'Arsouille alla droit à la religieuse.

— Ma sœur, dit-il en se découvrant, j'ai fait vœu de donner aujourd'hui à chaque enfant pauvre le jouet qui lui ferait envie.

« Vous me rendrez bien heureux en permettant à ces chères petites d'accepter de ma main un présent de leur choix.

La sainte femme jeta sur le jeune homme un regard surpris.

Peut-être crut-elle d'abord à une plaisanterie.

Mais elle lut aisément sur le visage de Gabriel qu'il avait parlé sérieusement.

Alors deux larmes jaillirent de ses beaux yeux, et, d'une voix émue, elle répondit à milord l'Arsouille :

— Que votre vœu s'accomplisse !

— Merci à vous, ma sœur ! reprit joyeusement Gabriel.

Puis s'adressant aux petites filles stupéfiées :

— Enfants, poursuivit-il en leur montrant les mille jouets étalés sous leurs yeux, tout cela est à vous, choisissez !

. . . .

A l'heure même où notre héros fêtait ainsi le nouvel an, André son jardinier, ou pour mieux dire le forçat Popincourt, quitta furtivement l'hôtel de la rue de La Rochefoucauld. Peu après, il s'arrêtait sur le boulevard extérieur.

— Si c'était un piège se demandait-il d'un air inquiet.

Après un temps :

— Bah ! qu'est-ce que je risque après tout ? ma peau... Belle affaire !... Et puis, du moment que c'est pour M. Gabriel, je n'ai pas le droit d'hésiter.

En ce moment un fiacre s'arrêta juste devant lui.

Popincourt s'approcha de la voiture et dit au cocher, grand gaillard au nez écarlate :

— Vous êtes l'homme que j'attends.

— Voyez plutôt ! répondit le cocher, n° 1313 !

— C'est bien, en route !

— Minute ! répondit le cocher d'un ton légèrement aviné. Il fait soif en diable pour le quart d'heure ; avant de filer là-bas, entrons chez le manezingue du coin !...

Bon gré, mal gré, Popincourt dut consentir.

Quelques minutes plus tard, il était attablé en face du cocher, chez le marchand de vins le plus proche.

On apporta une bouteille de vin blanc.

Popincourt remplit les verres.

— A la vôtre, mon brave ! fit-il en trinquant.

— A la vôtre ! répondit le cocher. C'est bon tout de même, dit-il, en faisant claquer sa langue. Le petit blanc, le matin, c'est une vraie crème... Et ça tue le ver, que c'en est une bénédiction.

— Parlons peu et parlons bien, reprit l'ancien forçat. Hier, un homme est venu me trouver rue de La Rochefoucauld, et m'a dit que si je voulais sauver milord l'Arsouille d'un grand péril, je devais me trouver ici ce matin : « Un fiacre vous y attendra, m'a-t-on dit encore, et le cocher vous mènera où il doit vous mener. » Où allons-nous ?

— Pas loin d'ici !

— Où donc enfin ?

— A Argenteuil.

Le front de Popincourt s'assombrit.

— Argenteuil ! murmura-t-il, j'aurais préféré un autre endroit.

— Pourquoi donc ça, mon bourgeois ? interrogea le cocher d'une voix de plus en plus avinée.

— Pourquoi ?... pourquoi ?... répondit Popincourt, ça, c'est mon affaire !

— Du reste, vous savez, reprit le cocher, si vous ne voulez pas venir, je m'en bats l'œil !... On m'a payé pour aller à Argenteuil... si j'arrive sans vous, je dirai que vous avez eu peur et voilà tout !

— Peur !... reprit vivement Popincourt. Allons, en route !

— En route ? Ah ! mon bourgeois, pas avant d'avoir vidé notre fiole.

Il remplit les deux verres.

Pendant ce temps, Popincourt tira une pièce de monnaie de sa poche pour payer la consommation.

Le cocher remarqua ce mouvement.

— Minute ! dit-il. Ça me regarde !... J'ai un peu trop liché ce matin, et je suis un peu *émèché*, je ne le cache pas ; mais je n'ai pas assez mon plumet pour que je sois impoli avec un bourgeois honnête et gracieux.

Il avait pris en son gousset une pièce de cinq francs.

En s'apprêtant à frapper sur la table pour appeler le garçon, il laissa tomber la pièce.

— Pristi ! fit-il en riant, je suis-t-y *malagauche*, j'ai les doigts en beurre, à ce matin... Décidément, je crois que le petit blanc commence à me taper un peu sur le système... J'en ai pourtant bu que trois bouteilles depuis qu'il fait jour.

Il s'était baissé pour ramasser les cinq francs.

— Mais oùs-ce qu'elle est, cette gueuse-là ?... Oùs-ce qu'elle se fourre ?... se prit-il à dire.

L'argent était sous son pied.

— Attendez ! fit Popincourt impatienté de ces lenteurs, je vais vous la trouver.

— C'est pas de refus, répliqua l'autre en se relevant. J'aime pas ça, me baisser quand j'ai un peu *lichaillé*... ça me fait monter le vin à la tête et je deviens rouge comme un coq.

Et tandis que Popincourt cherchait sous la table la pièce sur laquelle l'ivrogne avait toujours le pied, ce dernier continua en se mettant à rire :

— C'est-il drôle tout de même, ce qui m'arrive : tant plus que je bois du vin blanc ou du vin bleu, tant plus que je deviens rouge... et tant plus que je deviens rouge, tant plus que je suis gris, et tant plus que je suis gris, tant plus que je vois tout en rose.

Tout en parlant, il avait pris un flacon dans sa poche et avait versé quelques gouttes de son contenu dans le verre de Popincourt.

Ceci fait, et ce fut l'affaire d'une seconde, il remit vivement la fiole dans sa poche et se décida à ôter son pied de dessus la pièce. Popincourt l'aperçut.

— Voici, dit-il en rendant la pièce au cocher. Voyons, payez, puisque vous y tenez absolument, et partons.

Et pour ne pas perdre de temps, il appela lui-même le garçon.

Tandis que celui-ci allait chercher la monnaie au comptoir :

— A la vôtre ! fit le cocher ou le soi-disant tel en choquant son verre contre celui de Popincourt.

— A la vôtre ! répliqua ce dernier.

Mais il ne but pas et se leva.

— Ah ! mon bourgeois, reprit l'autre d'un ton chagrin, c'est pas gentil ce que vous faites là !...

— Je n'ai plus soif, répondit le forçat.

— En ce cas, dit le cocher en reposant son verre à moitié vide, nous attendrons que ça vous revienne.

— Que le diable enlève le soudard ! grommela Popincourt.

Et prenant brusquement son verre, il le vida d'un trait.

— Là ! êtes-vous content ? fit-il.

— A la bonne heure! vous avez mon estime.

Ce disant, le cocher remonta sur son siège.

— Allons, mon vieux, dit Popincourt en sautant dans le fiacre, en route maintenant, et ventre à terre.

La voiture partit au galop.

En ce moment, huit heures sonnaient au Palais de Justice.

— Huit heures! pensa l'automédon. Dans deux heures le petit blanc que tu viens de boire fera son effet, ami Popincourt... Il s'agit donc d'arriver là-bas au moment voulu... Allons, hue, carcans! ajouta-t-il en allongeant aux deux coursiers étonnés de vigoureux coups de fouet.

En une heure à peu près on atteignit le pont d'Argenteuil.

De l'autre côté de l'eau, se trouvait la bicoque du père Garousse.

La maison était close depuis les meurtres qui s'y étaient commis aux vendanges de l'année précédente; mais l'enseigne de *la Renommée des Goujons frits* était restée la même.

Battue par le vent, la pancarte disloquée se secouait follement sur sa tringle de fer et faisait entendre des plaintes sourdes et de sinistres gémissements.

Comme le fiacre gagnait l'autre rive, une pluie fine et glacée commença à tomber.

— Quel temps sombre! se dit Popincourt.

Il se prit à frissonner.

— J'ai froid par tout le corps, poursuivit-il, et j'ai la tête lourde comme le diable...

En ce moment ses yeux se portèrent sur le cabaret inhabité.

Secouant tristement la tête :

— C'est ici qu'il y a un an cette pauvre Valérie est morte sous mes yeux! Canaille de Stephen Lowe! murmura-t-il en crispant les poings avec colère. Mais il est crevé, Dieu merci!

« Après tout, continua le forçat, pourquoi lui en vouloir de ce dernier crime? C'est à partir de ce moment-là que je me suis séparé de lui tout à fait, et que j'ai commencé à m'apercevoir que je n'étais pas positivement un gredin et un bandit.

« C'est égal, poursuivit-il en frissonnant de nouveau, ça me fait un tout drôle d'effet de revoir cette mâtine de maison! C'est que j'y ai tué aussi, moi! ajouta Popincourt d'une voix sourde. Oui, j'ai donné là mon premier coup de couteau... le seul que je donnerai jamais, je l'espère! Du reste, celui-là, je ne dois pas le regretter... Cette mère Garousse était une épouvantable gueuse... Malgré tout, je me sens mal à l'aise par ici. Ça pue la mort à plein nez, ce chien d'endroit. Sans compter qu'il fait un vent à décorner un rhinocéros, et ça fait pousser à tous ces grands arbres comme des cris d'effarement.

Une bande de corbeaux passa en ce moment près de la voiture, et alla s'abattre en croassant sur la toiture de la maison déserte.

— Allons, bon! des oiseaux noirs maintenant, reprit Popincourt. Sapristi! je suis presque vexé d'être venu par ici, moi, ma parole d'honneur! J'ai comme un pressentiment qu'il va me dégringoler quelque tuile sur la tête. Baste! après tout, tant pis! Ce n'est pas pour moi que je viens, c'est pour lui...

Narcisse obéit, et, sur les charbons enflammés, les bandits tinrent les pieds de la vieille avare

Pendant que, dans la voiture, Popincourt monologuait de la sorte, le cocher, sur son siège, disait à part lui :

— Parbleu ! rien que de me trouver dans ces parages, je me sens tout ragaillardi, et pour un rien, je me mettrais à chanter. Oui, la vue de ce cabaret me met l'âme en liesse.

« Quelle belle tuerie, mort-diable ! Le père Garousse, Valérie... Et pour couronner l'œuvre, la femme de l'aveugle, éventrée par Popincourt.

« Popincourt ! répéta l'étrange personnage. Maudite canaille ! Commencer si bien et finir si mal ! Aussi, tant pis pour toi, double traître !

« Tu as voulu tâter de la vertu? Eh bien! tu verras ce que cette belle niaiserie te rapportera.

Le fiacre s'était engagé dans le village.

Après une courte promenade, la voiture s'arrêta devant une maison de chétive apparence qui semblait se cacher sous le feuillage ombreux de la propriété voisine.

Le cocher sauta à bas de son siège.

— Mon bourgeois, dit-il à Popincourt en mettant le nez à la portière, nous sommes arrivés!

— C'est étrange! se dit le forçat, il me semble que ce n'est pas la première fois que je viens ici.

Il mit pied à terre.

— Comment donc s'appelle cette rue? demanda-t-il.

— La rue Sannois.

— La rue Sannois?

— Oui, c'est bien ici qu'on m'a dit de vous conduire.

— Singulier hasard, pensa Popincourt.

La pluie tombait toujours, et le vent continuait à souffler avec violence.

Le forçat était singulièrement pâle.

Ses dents claquaient, et tout son corps était agité d'une sorte de tremblottement.

— Qu'est-ce que vous avez donc? interrogea le cocher du ton le plus naturel du monde. On dirait comme ça que vous avez froid.

— En effet, je suis glacé, et tout mon sang semble se figer dans mes veines.

Il avait pâli à vue d'œil depuis quelques minutes et s'était singulièrement affaibli.

En achevant de parler, il sentit ses jambes se dérober sous lui, et sans le cocher qui le reçut dans ses bras il fût tombé dans la boue.

— Eh bien! eh bien! qu'est-ce qu'il vous prend donc, mon bourgeois?

— Il me prend... que... je n'y vois plus... et qu'on dirait que je vais tourner de l'œil!... répondit le forçat d'une voix entrecoupée.

— Allons donc! allons donc! voulez-vous bien ne pas dire de ces bêtises-là!

En ce moment, la porte de la propriété voisine, dont les grands arbres protégeaient la maison silencieuse de leur ombre, s'était ouverte sans bruit, et sur le seuil un domestique noir se tenait immobile.

— Monsieur, cria le cocher à ce dernier, cet homme se meurt... du secours! du secours!

Le nègre se hâta d'accourir, et le forçat fut transporté dans l'habitation.

— Où suis-je? murmura-t-il avec une sorte de terreur, en jetant un coup d'œil éperdu à droite et à gauche.

Il reconnaissait que cette demeure, dans laquelle on venait de le conduire, était celle dans laquelle s'étaient donnés, un an plus tôt, le fameux repas de noces et le bal qui l'avait suivi.

— Oui, disait-il, c'est ici!... c'est bien ici.

Il aperçut le pavillon rustique où avait eu lieu la scène avec Stephen Lowe.

Ce fut là justement que le portèrent le cocher et le nègre.

A peine ces derniers l'eurent-il étendu sur un sofa qu'il ferma tout à fait les yeux, quelques efforts qu'il fît pour les tenir ouverts...

Puis poussant un long soupir, il s'endormit profondément.

Le cocher tira sa montre :

— Dix heures un quart ! fit-il. Décidément ce somnifère est un petit chef-d'œuvre. A quelques minutes près, on peut être certain qu'il produit infailliblement son effet. Ce vieux Fromagin était un gredin de génie, ajouta-t-il en lui-même, et j'en arrive parfois à regretter de lui avoir tordu le cou.

Dans l'ivrogne du Pont-Neuf, le lecteur a reconnu Stephen Lowe, l'Anglais aux mille et une faces.

Après un temps :

— Baste ! sa mort m'a fait vraiment riche, et sans l'or du chimiste, je n'eusse pu même acheter cette villa qui va si bien me servir aujourd'hui.

— Pardon, monsieur, interrogea le domestique noir, pour combien de temps en a-t-il ?

— Pour vingt-quatre heures.

— Et vous êtes sûr qu'il est bien endormi ?

— Jugez-en.

Stephen prit une épingle et l'enfonça dans le bras de Popincourt.

Une contraction presque imperceptible rida son visage, mais il ne se réveilla pas.

— C'est rudement commode, cette invention-là, fit le nègre émerveillé.

— Oh ! mon Dieu, avec ce procédé, on peut couper la tête à un homme sans qu'il s'en doute.

— Vrai ?

— Parole !

— En ce cas, on devrait employer ce système pour les guillotinés... De cette façon, il ne se verraient pas mourir ; et comme ils mourraient tout de même, en définitive, la justice n'aurait rien à réclamer. Je vais adresser un rapport au roi à ce sujet, ajouta très sérieusement le domestique.

— Toi ?

— Moi-même. Maintenant que me voilà mêlé à toutes vos petites espiègleries, je m'attends, d'un moment à l'autre, à monter avec vous sur l'échafaud ; eh, dame ! si j'en arrive là, je ne serai pas fâché d'éviter les désagréments de la dernière heure.

« Puisque soi-disant on a inventé la guillotine pour abréger les tortures du patient, c'est donc qu'on ne tient pas du tout à le faire souffrir...

« Eh bien ! qu'on endorme le susdit patient avant de l'étendre sur la bascule, et il ne souffrira plus du tout.

— Ma foi, c'est une idée, répliqua Stephen Lowe, et j'appuierai ta requête à S. M. Louis-Philippe. Nous signerons ainsi notre pétition : « Deux guillotinés de l'avenir ».

— Pensons à ça, monsieur, pensons à ça ! reprit le nègre.

— Pour l'instant, nous avons à songer à autre chose, fit Stephen Lowe.

— A quoi donc ?

— Viens, et tu vas le savoir.

— Que diantre allez-vous encore fabriquer?

— Curieux, va!

— Ça se comprend. Avec vous on ne fait que marcher de surprise en surprises. Quand je pense que depuis avant-hier soir seulement j'ai celui de vous fréquenter, je suis stupéfié, pétrifié, momifié en me remémorant toutes les diableries dont j'ai été témoin pendant ces trente-six heures!

— Que Dieu nous prête vie! répondit l'Anglais avec une onction dérisoire, et tu verras, mon camarade, tu verras! Je ne te dis que ça.

Le nouveau complice de Stephen Lowe, mauricaud des moins authentiques, n'était autre qu'un certain drôle du nom de Narcisse, que le lecteur n'a sans doute pas oublié, l'ex-valet de milord l'Arsouille, l'amant de Mlle Rose la cuisinière, en un mot le fils du père Moscou.

Gabriel l'avait chassé de chez lui à grandissimes coups de botte, après avoir eu la preuve que le susdit Narcisse, non content d'avoir fait danser l'anse du panier de toutes les façons, avait grandement aidé à le faire dévaliser de tous ses bijoux et de toute son argenterie.

Stephen s'était débarrassé de son carrick et de son chapeau ciré.

— Eh bien! qu'est-ce qui vous prend donc? vous avez trop chaud?

— Non; je redeviens pour quelques instants M. Charançon, rentier et propriétaire.

— En l'honneur de quel saint?

— As-tu donc oublié cette bonne madame Brichet?

— Madame Brichet? répéta Narcisse. Ah! bon! la vieille richarde dont vous nous parliez ce matin?... Celle qui a entre ses mains les lettres de la mère à mam'-zelle Suzanne?

— C'est cela même.

— Eh bien?

— Eh bien! je vais lui faire la visite à cette excellente femme.

— C'est juste, au fait! Elle perche à Argenteuil, je me souviens, et vous avez à causer avec elle ce matin.

— Oui à causer... et tu seras en tiers dans notre conversation.

— Est-ce qu'elle demeure loin d'ici?

— Sa bicoque est contiguë à la maison, et son potager n'est séparé du mien que par un petit mur de six pieds au plus.

— Alors, au besoin, on pourrait s'introduire chez elle en escaladant ce mur-là?

— C'est justement ce que tu feras, quand tu m'entendras t'appeler au moyen de ce sifflet d'argent.

— Oh! oh! fit Narcisse, il paraît que votre entretien avec la vieille sera plus sérieux que je ne pensais.

— Très sérieux, tu l'as dit.

Stephen Lowe s'était de nouveau métamorphosé. On l'eût pris pour un vieux bonhomme de quatre-vingts ans.

Les deux coquins quittèrent le pavillon rustique.

— File par là, reprit Stephen, en indiquant à son complice le fond du jardin, et demeure au pied du mur. A mon signal, prends la petite échelle, grimpe et accours. Quant à moi, je vais me faire ouvrir par la maman Brichet en personne. A bientôt !

— A bientôt !

Et tandis que Narcisse se dirigeait vers l'endroit indiqué, son maître gagnait la porte de la rue, devant laquelle le fiacre stationnait.

Stephen conduisit les chevaux juste en face d'une maison de très misérable apparence qui représentait l'immeuble de la veuve Brichet.

La pluie tombait de plus belle, et sur le sol détrempé le bruit des roues s'entendait à peine.

— Quel excellent temps ! disait le bandit. Pas un être humain n'oserait s'aventurer dans cet affreux désert par un pareil déluge !

Stephen passa la bride de ses bêtes dans un anneau de fer scellé dans la muraille dégradée et la noua fortement.

Après quoi il tira le cordon gras et usé qui pendait à la gauche de la porte.

Le tintement d'une cloche fêlée se fit entendre, et peu après la mère Brichet demanda de l'intérieur :

— Qui est là ?

— Monsieur Charançon ! répondit Stephen en se faisant une voix de circonstance, votre voisin de campagne, chère madame Brichet !

. A ce nom, la vieille avare ouvrit un petit judas pratiqué dans la porte massive.

Après quelques secondes d'examen :

— Puisque c'est vous, entrez, dit-elle.

— Elle se décide. C'est heureux, pensa l'Anglais.

Il entendit grincer la clef dans la serrure, puis des verrous se tirèrent, et finalement la porte roula sur ses gonds.

Aussitôt Stephen introduit, la mère Brichet referma son antre à double tour.

— Prudence est mère de sûreté, dit-elle.

— Certes, vous avez raison, ma chère voisine, riposta l'Anglais. Il y a tant de filous, à présent ! On ne saurait prendre trop de précautions. Quant à moi, je suis dans des transes continuelles... Je ne m'en cache pas, et je vois des coquins partout. C'est au point que l'autre soir, en me regardant dans ma glace, je me suis mis à crier : Au voleur !

Tout en devisant de la sorte, la mère Brichet et son hôte avaient traversé une petite cour plantée d'arbres, au fond de laquelle s'élevait le corps de logis qui servait d'habitation à la vieille avare.

La bonne femme restait au rez-de-chaussée, dans une salle triste, sombre, d'aspect ignoble et sordide.

Les murs humides semblaient suinter la misère.

Au fond, dans une alcôve sans rideaux, se trouvait la couche de la vieille femme, un vrai grabat, pis encore, un chenil.

Un maigre feu de sarment achevait de se consumer dans la haute cheminée et faisait chanter lugubrement un coquemar de fonte pendu à la crémaillère, dans lequel cuisait probablement le dîner de la vieille.

Une demi-douzaine de chats osseux, efflanqués, impalpables, allaient et venaient devant la marmite en ronronnant, et semblaient être les démons familiers de ce taudis, qu'une sorcière n'eût pas désavoué.

En entrant dans ce bouge à la suite de la mère Brichet, Stephen fit une grimace de dégoût.

Il connaissait la maison pourtant, à titre de voisin, il y était venu trois ou quatre fois déjà.

— Pouah ! fit-il, quelle pétaudière ! Je ne m'y ferai jamais.

— Ce n'est pas beau chez moi, pas vrai ? dit la propriétaire. Que voulez-vous ! quand on n'est pas riche... Tenez, ajouta-t-elle en lui mettant une chaise au coin de la cheminée, chauffez-vous un brin ; il fait un froid de glace. Allons, ouste ! tas de vermines ! continua la paysanne en chassant à grands coups de sabot la horde de matous faméliques qui convoitaient l'étrange ragouillasse qui mijotait dans le coquemar. Est-ce que vous vous figurez, par hasard, que c'est pour vous que je m'éreinte à faire la cuisine ? Ah ben, merci ! j'ai déjà assez de mal à me nourrir toute seule.

— Vous ne leur donnez jamais à manger ? interrogea Stephen.

— Jamais. J'en serais bien fâchée. Je leur permets de croquer mes rats et mes souris ; c'est tout ce que je peux faire pour eux.

— Et pourquoi n'avez-vous pas un bon chien de garde ?

— J'en avais un... mais il mangeait trop... c'était une vraie ruine... Ma foi ! un jour que j'étais de mauvaise humeur, j'ai pris un pavé et je lui ai cassé la tête avec... J'ai gardé sa peau et je m'en suis fait un tapis.

— Je vois, madame Brichet, que vous êtes décidément l'ange de l'économie.

— Il faut bien, quand on n'a pas le sou.

— Je pense donc qu'il vous sera agréable de toucher, ce matin même, quatre jolies pièces de cent sous en échange des lettres que vous avez en votre possession, depuis que vous vous êtes approprié les bibelots du père Pantruche !

— Ah ! oui. Je sais, les lettres signées de la mère à la petite Suzanne ?... Oui, j'ai trouvé ça dans un petit meuble que j'ai consenti à prendre comme garantie de ce qu'ils me devaient. Et vous dites comme ça que vous m'offrez quatre pièces de cent sous ? répéta la vieille, dont les yeux brillèrent comme les yeux de ses chats.

— Cela vous va, pas vrai, car c'est de l'argent trouvé ?

— Ça me va, ça me va, grommela la vieille, c'est pas sûr. Du moment que vous voulez m'acheter ces paperasses-là, c'est que vous en avez besoin.

— Naturellement.

— Eh bien ! alors, ça vaut plus que vous ne m'en offrez.

— Je pensais, ma chère madame Brichet, que comme voisine...

— Comme voisine !... comme voisine !... grommela la vieille, le voisinage n'a rien à faire là-dedans ?

— Allons, voyons, madame Brichet, est-ce entendu ?... Quatre pièces de cent sous !

— Tenez, monsieur Charançon, je ne serai pas chienne avec vous. Comptez-moi cinquante francs, et je vous donne les lettres.

— Alors, dit Stephen, je vois bien qu'il faut en passer par où vous voulez.

— Bah ! pensa la vieille, il me donne cinquante francs sans plus de façon que ça! Minute, alors! Oui, reprit-elle, cinquante francs, là, tout de suite, et cinquante en recevant la chose... ça fera juste cent francs.

— Ah çà! mais, ma bonne madame Brichet, on dirait que vous me rançonnez!

— Qu'est-ce que vous voulez? Les temps sont durs, et puisqu'il se présente une petite occasion de gagner quelques sous, j'en profite.

Stephen tira sa bourse.

— Je n'ai pas le temps de marchander davantage. Voilà vos cent francs, allez quérir les lettres.

La mère Brichet les prit dans sa poche.

— Les voilà; je les avais préparées à l'avance, puisque vous m'en aviez déjà parlé l'autre jour!

— Fort bien. Vous êtes une femme d'affût, madame Brichet.

Il examina les lettres.

— C'est parfait, dit-il. Eh! mais, ajouta le bandit! parcourant au hasard l'une des missives, quel est ce portrait dont parle la mère de Suzanne!

— Son portrait à elle, que j'avais exigé comme nantissement avec le meuble... Dame! qu'est-ce que vous voulez... on est propriétaire ou on ne l'est pas.

— Ce portrait est-il encore entre vos mains?

— Mon Dieu, oui, puisqu'on ne m'a jamais payé la somme qu'on me devait.

— Je vous l'achète! dit Stephen. Combien en voulez-vous?

— Cent francs, pas un sou de moins!

— En voici deux cents! repartit Stephen.

Et il étala sur la table dix napoléons.

La mère Brichet fouilla de nouveau dans sa poche.

— Voilà l'objet! dit-elle en tirant le portrait.

— Donnez.

— Impossible!

— Comment?

— Il y a dans tout ceci quelque chose qui n'est pas clair. Vous mitonnez quelque manigance avec tout ça. Eh! dame, je ne veux pas être compromise... ou tout au moins, si je le suis, je veux que ce soit pour quelque chose qui en vaille la peine. Ce n'est donc plus cent francs, ni deux cents francs qu'il me faut; c'est le billet de mille!

A cette dernière exigence de la vieille, le faux octogénaire se redressa de toute sa haute taille.

— Espèce de peau de bouc! dit-il ensuite de sa voix naturelle, voilà assez long-temps que tu m'embêtes!

Portant le sifflet d'argent à ses lèvres, il en tira un son strident qui fit l'effet à la vieille de toutes les trompettes du jugement dernier.

Effarée, elle s'élança vers la porte pour s'enfuir.

Mais elle recula avec épouvante en voyant apparaître un homme noir sur le seuil. C'était Narcisse.

XIV

DE QUELLE FAÇON SE DÉNOUA LE DRAME D'ARGENTEUIL

Des loques séchaient sur une corde tendue.

— Détache cette ficelle, dit l'Anglais au nouveau venu

Le faux nègre obéit.

— Très bien. Maintenant, attache les quilles à cette vieille gueuse à la hauteur des genoux.

La mère Brichet se débattit comme une enragée pour empêcher Narcisse d'exécuter l'ordre qu'il avait reçu.

Mais ce dernier en vint à bout quand même.

Pendant ce temps, Stephen lui tenait les mains et lui fermait la bouche.

— Là ! voilà qui est fait, dit le nègre. Une seule jarretière pour deux jambes ; c'est ça de l'économie, à la bonne heure !

— Allons, allons ! pas tant de phrases. Nous ne sommes pas ici pour nous amuser, interrompit Stephen. Attache-lui les bras derrière le dos.

Ce fut l'affaire d'un instant.

— Un bâillon, maintenant.

On prit la moins détériorée des loques qui séchaient peu avant sur la corde et qui s'étaient éparpillées par la chambre.

Une fois liée et bâillonnée, la vieille femme fut assise sur un fauteuil antique placé près de la cheminée.

— Eh bien ! la mère, dit alors Stephen Lowe en raillant, comment trouves-tu la farce ? Commences-tu à t'apercevoir que la ladrerie est la plus grosse de toutes les bêtises humaines ? En effet, si tu n'avais pas tué ton chien par avarice, il serait là pour te défendre... Si tu ne t'étais pas séparée de tes enfants et de tes petits-enfants, la vue de cette cliquaille nous eût tenus à l'écart... Au lieu de cela, tu as voulu vivre seule, comme un vieux loup, pour pouvoir thésauriser à ton aise et entasser ton or sans être vue. Il est bien entendu, ma chère, que je ne te blâme pas d'avoir agi de la sorte. Tudieu ! je t'en félicite chaudement, au contraire, et je t'en remercie avec effusion. Grâce à ta pingrerie, nous ne serons aucunement gênés pour te dévaliser de fond en comble.

Cette déclaration, à laquelle cependant la vieille devait s'attendre, lui fit faire un mouvement d'une inconcevable violence.

Toute garrottée qu'elle fût, elle se leva toute droite. Son visage se contorsionna.

On la fit asseoir de force sur son fauteuil, et pour lui enlever toute velléité de recommencer cette gymnastique, on la lia au fauteuil.

— Maintenant, dit Stephen, dépêche-toi de nous indiquer, par un signe de tête, où sont tes picaillons.

La vieille demeura immobile.

— Tu ne veux pas nous mettre tout de suite dans le secret ?

Puis l'un d'eux vint au-devant du forçat.

La paysanne fit signe que non.

— Tu as crânement tort, répliqua l'Anglais. Tu vas nous faire perdre un temps précieux sans sauver ton trésor.

— Encore une fois, veux-tu, oui ou non ?

La mère Brichet répondit par un signe négatif, plus énergique encore que le premier.

— Tant pis pour ta peau, alors, vilaine rosse. Je te garantis que je ne vais pas rester trois heures à te prier et que je vais en arriver *illico* aux grands moyens.

Liv. 90. 90.

S'adressant à Narcisse, Stephen poursuivit en lui montrant un petit réchaud en terre cuite, qui se trouvait sous le manteau de l'âtre :

— Mets-moi dans ce fourneau toute la braise de la cheminée.

— A quelle opération allez-vous donc vous livrer ? interrogea le faux nègre tout en plaçant dans le réchaud les charbons ardents.

— A une opération bien simple, répondit l'Anglais. C'est vieux comme le monde et connu comme le loup blanc, mais ça ne rate jamais son effet.

« La sainte Inquisition n'avait rien de mieux pour faire bavarder les gens qui voulaient se taire, et les chauffeurs dont tu as maintes fois entendu parler, je suppose, s'étaient tout bonnement contentés de suivre l'exemple du saint-office.

— Les chauffeurs ! Ah ! bon ! je comprends.

— Et toi, vieille guenon, comprends-tu, demanda Stephen à la mère Brichet, avec un ricanement féroce.

L'effarement, la terreur qui s'étaient peints sur les traits de la malheureuse répondirent pour elle.

— Colibri, enlevez à madame ses escarpins et ses bas.

Narcisse ôta les sabots de la vieille sans difficulté...

Mais quand il essaya de suivre la deuxième partie de ses instructions, la paysanne opposa une résistance inouïe.

Enfin, ses bas bleus, percés de mille trous, furent arrachés par lambeaux.

— Pristi ! fit Narcisse, a-t-elle les guiboles maigres, cette mâtine-là. On dirait qu'elle a été disséquée dans le temps !

— Elle les aura plus maigres tout à l'heure, riposta Stephen en étreignant les jambes nues de la victime.

« Allons, ajouta-t-il, approche le réchaud.

Narcisse obéit, et sur les charbons enflammés, les deux bandits tinrent les pieds de la vieille avare.

Elle poussa des rugissements sourds, tout son corps se tordit en de hideuses contractions...

Pourtant, quand Stephen lui dit :

— Il ne tient qu'à toi d'abréger ton supplice.

Elle eut la force de répondre encore « non » en secouant la tête.

— Poursuivons, alors.

Et la torture continua.

— Prends le soufflet et active le feu, commanda l'Anglais.

Les pieds de la misérable ne furent bientôt plus que quelque chose d'informe et d'effroyable à voir.

— Grillons-lui un peu les mollets, à présent. Peut-être les a-t-elle plus sensibles que les pattes.

Le supplice recommença.

Malgré tout son courage, la patiente parut ne pas pouvoir le supporter longtemps encore.

En effet, ses regards désespérés finirent par se tourner vers l'alcôve.

— Ce n'est pas sans peine ! exclama Stephen en abandonnant sa victime.

Il courut au grabat.

La couverture, la paillasse, l'oreiller et le traversin furent soigneusement examinés...

Mais sans résultat.

— Il y a quelque cachette pratiquée dans le mur, se dit Stephen.

Lui et son complice se livrèrent à toutes les recherches imaginables.

Ce fut en vain.

— Cette gueuse s'est donc jouée de nous! s'écria l'Anglais avec rage.

Allant à la vieille, il lui arracha violemment son bâillon.

— Allons, parle, vermine, où est ton or?

La vieille ne répondit rien.

Elle était morte...

— Potence du diable! rugit Stephen, la chienne est crevée!

— Ça se comprend, riposta Narcisse. Quand on est rôti à moitié, c'est le seul parti qu'on ait à prendre.

« C'est égal, dites donc, votre fameux moyen qui ne rate jamais, son effet me semble moins infaillible que vous ne l'annonciez.

— Niais! interrompit l'autre bandit en haussant les épaules, on tombe une fois sur cent sur des natures de cette trempe-là.

— Le fait est que la vieille a été crâne!

— Laissons ce cadavre et fouillons la baraque de la cave au grenier.

Ainsi firent-ils.

Mais toutes les recherches demeurèrent sans effet.

Après une heure entière de perquisitions infructueuses, ils s'arrêtèrent, bien convaincus l'un et l'autre que le magot de la mère Brichet se trouvait ailleurs que dans le corps du logis.

— C'est enfoui dans le jardin, se dit Stephen.

— Où dans la cour, sous quelque pavé.

— Nous ferons un autre jour ces nouvelles recherches, reprit l'Anglais en réintégrant dans sa poche l'argent qu'il en avait tiré pour acquérir les lettres et le portrait de la mère de Suzanne. Au surplus, ajouta-t-il, ce que j'ai me console de ce que je n'ai pas... Cette écriture-là est facile à imiter... et dès demain, la gentille Suzanne pourra déchiffrer une lettre de sa maman, à laquelle elle ne s'attend guère!

Disant cela, Stephen se prit à rire, puis frappant sur l'épaule de Narcisse :

— Allons, viens!

Ils gagnèrent tous deux le potager, où ils prirent une échelle qu'ils placèrent contre le mur de séparation.

En un clin d'œil, les assassins furent de l'autre côté.

Une fois chez lui :

— Retournons maintenant au pavillon, dit Stephen, et voyons ce que devient notre dormeur.

Popincourt était toujours dans le même état.

— Parole! murmura Narcisse, on dirait d'un mort. Êtes-vous bien sûr qu'il soit seulement endormi?

— J'en suis sûr. Emportons-le!

— Où ça?

— Dans le jardin.

— Est-ce que vous auriez l'intention de l'enterrer tout vif?

— Tu es bête comme un pot, mon garçon! répondit Stephen.

— Merci! fit le faux nègre.

Les deux coquins prirent Popincourt, l'un par la tête, l'autre par les pieds. Quand ils furent au bout du jardin :

— Passons-le par-dessus le mur.

— Par-dessus le mur? Vous voulez donc en faire cadeau à la mère Brichet?

— Je veux, tout au contraire, faire cadeau de la mère Brichet à ce cher Popincourt.

— Je ne comprends plus du tout, moi.

— Je comprends, moi, c'est le principal.

Non sans peine, on parvint à hisser le dormeur au haut de l'échelle et à le descendre dans le potager de la vieille paysanne.

On le transporta ensuite dans la salle où le meurtre avait été commis. On l'assit près de la table.

— Apporte le vin et deux verres.

Narcisse prit sur le bahut un pot de faïence à fleurs multicolores et deux gobelets bossués, qu'il posa sur la table.

Stephen remplit les verres.

— Buvons, dit-il.

Narcisse hésitait.

— Qu'as-tu donc?

— Je ne sais pas... mais avec vous, je ne suis jamais tout à fait rassuré.

— Je t'ai déjà dit que lorsqu'il me plairait de me débarrasser de toi, je le ferais malgré tout ce que tu pourrais tenter pour m'en empêcher... Ne perds donc pas ton temps à avoir peur à l'avance et vide ton verre.

Le faux nègre ne crut pas devoir faire d'autres observations.

Il but.

— Pouah! fit-il, c'est du vin du cru ; ça se reconnaît tout de suite.

Stephen avait vidé son gobelet à moitié seulement.

Il versa dedans quelques gouttes de ce même somnifère qui avait si puissamment agi sur Popincourt.

Il plaça le verre ainsi préparé devant le forçat endormi.

Après quoi, il prit dans un tiroir une feuille de papier à lettre toute tachetée de graisse, et il écrivit au crayon les lignes suivantes :

« Un meurtre, suivi de vol, vient d'être commis à Argenteuil par deux affreux bandits dont j'ai l'honneur d'être le premier. A seule fin de m'approprier tout le quibus de la victime, j'ai mêlé au vin de mon complice un somnifère dont l'effet ne cessera que demain matin. Pour éviter ses réclamations, je vous le livre. Vous le trouverez rue de Sannois, endormi devant son verre. Le plus drôle, c'est que malgré ma trahison, il aura la délicatesse de se faire *faucher la tranche* sans vous révéler mon nom. »

Bien entendu que cette lettre n'était pas signée.
Stephen la plia et la cacheta :
Puis, comme suscription, il mit :

A monsieur

Monsieur Fouinardet,

A la Préfecture de police.

Paris.

— Eh bien! fit-il quand il eut terminé, commences-tu à comprendre, espèce d'imbécile?
— Oui! oui! oui! je commence... riposta Narcisse. Sapristi! vous êtes bien plus renversant encore que je ne pensais.
— Trêve à tes éloges. Filons maintenant et plus vite que bise.
Ils quittèrent la chambre, regagnèrent le potager, puis escaladèrent le mur.
— Est-ce que vous laissez les échelles dressées?
— Oui...
— Ah! pourquoi donc?
— Pour que l'on croie qu'après avoir tué la mère Brichet et dévalisé sa maison, on a dévalisé la maison voisine appartenant à ce brave M. Charançon.
Ils avaient gagné le petit verger dont la porte donnait sur le bord de l'eau.
Dans ce verger se trouvait une espèce de cabane en planches où se mettaient les instruments de jardinage.
Les deux assassins entrèrent dans cette hutte.
Peu après ils en sortaient vêtus en paysans.
Des blouses bleues, des sabots et d'immenses chapeaux de paille composaient leurs costumes.
Chacun d'eux portait sur l'épaule un instrument aratoire.
Narcisse avait non seulement changé de vêtements, mais encore de visage.
Son teint noir avait disparu, de même que sa perruque crépue.
— Je suis crânement content de cette affaire-là, dit-il. Parole d'honneur, j'étais profondément humilié d'être nègre.
— Ne chante pas trop victoire; peut-être le redeviendras-tu.
— Oh! ne me dites pas ça, monsieur, je vous en prie... ne me dites pas ça...
— Allons, pas de jérémiades, nigaud, et emboîte-moi le pas.
Il ouvrit avec précaution la porte du bord de l'eau.
Après s'être assuré que personne ne rôdait au dehors, il sortit et fit signe à Narcisse de l'imiter.
La porte ne fut pas refermée.
— Pourquoi donc? interrogea l'ancien moricaud.

— Pour que la police suppose que c'est par là que se sont introduits les deux malfaiteurs.

Ils s'éloignèrent dans la direction de Paris.

Les chemins étaient presque déserts.

De temps à autre un passant, et c'était tout.

Il est vrai de dire que la pluie continuait à tomber avec une persistance singulière.

— Quel chien de temps! grommelait Narcisse, lequel était trempé jusqu'aux os.

— Bon, au contraire, riposta Stephen, excellent temps pour nous.

« Il est midi sonné et l'on se croirait déjà à la brune…

— C'est égal, nous aurions rudement mieux fait de revenir dans le fiacre que de le laisser à la porte de la vieille.

— Narcisse… Narcisse, dit Stephen, vous parlez, en vérité, comme le dernier des idiots…

— Merci du compliment!

— Comment, espèce de gâteux, tu ne comprends pas qu'en revenant dans le véhicule en question, ce serait le moyen le plus simple et le plus commode pour nous faire pincer infailliblement l'un et l'autre?

— Vous croyez?

— Parbleu! Et puis je veux faire croire à M. Fouinardet que c'est Popincourt qui a amené la voiture à Argenteuil.

— Quel intérêt avez-vous à cela?

— Mort-diable! mon cher, tu es plus pressé que les violons, ce me semble. Attends un peu, et tu verras.

Ils poursuivirent leur route à pied.

Ils avaient gagné la barrière des Martyrs.

— Monsieur, dit Narcisse d'une voix suppliante, je vous en supplie, entrons dans un bouchon quelconque… nous nous sècherons un peu au feu de la cuisine et nous casserons une croûte en avalant un verre de vin.

— Vous êtes trop porté sur votre bouche, mon drôle, interrompit Stephen d'un ton sévère. Apprenez, je vous prie, à modérer vos appétits féroces, sans quoi nous nous brouillerons, je vous en avertis.

— Fichtre! gémit l'autre, si vous trouvez que je mange trop depuis que j'ai l'avantage de vous connaître, vous y mettez de la bonne volonté… J'ai absorbé en tout et pour tout trois œufs rouges depuis hier.

— C'est assez, il n'y a rien de substantiel comme des œufs.

— Quand ils sont devenus poulets, c'est possible… mais jusque-là c'est maigre.

— Tu as beau geindre et tenter de m'attendrir, c'est exactement comme si tu pinçais de la guitare. Quand on se donne la peine de faire ce que je fais, il faut au moins aller jusqu'au bout et se priver de toute imprudence.

« Or la première à éviter, c'est de s'installer dans un endroit public… où peut se trouver quelque mouchard qui se met à vous tirer les vers du nez, et dont la moindre bêtise peut éveiller les soupçons. Tu ne sais pas encore ce que c'est que ces gaillards-là...

« Ils ont un flair ! C'est admirable ! Moi, je les trouve superbes, ces mâtins-là. Ce Fouinardet, par exemple, auquel est adressée l'épître que j'ai en poche... eh bien, c'est un homme étonnant, et si je n'étais moi, parole d'honneur, je voudrais être lui.

— Tout ça, monsieur, c'est bel et bien, mais je n'en ai pas moins faim...

— Tu déjeuneras à Bercy.

— A Bercy ! mais nous ne sommes qu'à Montmartre.

— Assez !

Ils poursuivirent leur route par les boulevards extérieurs.

— Prenons une voiture, monsieur, je vous en conjure, prenons une voiture...

— Est-ce que des gens en sabots et fichus comme nous le sommes peuvent se permettre d'aller en voiture ?...

« Tu ne comprends donc pas que se serait donner des soupçons à tout le monde, même au cocher.

— Eh bien, montons au moins en omnibus...

— Pas plus en omnibus qu'en calèche à quatre chevaux...

— Ah ! vous êtes un homme cruel, monsieur.

— Toi, tu es une brute ! tais-toi !

En ce moment, les deux bandits se trouvèrent près d'un marchand de tabac à la porte duquel était une boîte aux lettres.

Stephen y insinua promptement sa missive.

— Fichtre ! dit Narcisse, comme vous lui avez fourré ça dans le bec !

L'Anglais sourit d'un horrible sourire :

— Quel beau remue-ménage ce petit chiffon de papier va occasionner !... Je me réjouis à l'avance en songeant à tout ce qui va se dire et se faire à propos de ceci. Quel bon procès criminel !... Et comme j'en suivrai toutes les phases, toutes les péripéties avec intérêt !... A quels éclats de rire intérieurs je me livrerai en entendant le réquisitoire du ministère public, les dénégations de l'accusé, les plaidoyers des avocats !... Et pour couronner l'œuvre, la sentence de mort ! Ah ! Popincourt, mon mignon, vous voulez lutter contre moi... Vous apprendrez à vos dépens que la fable du pot de fer et du pot de terre est une belle et bonne vérité.

. . . .

Le lendemain, il faisait un temps adorable.

L'orage de la nuit avait purgé le ciel, et l'on se serait cru au commencement du printemps, tant le soleil était radieux et vivifiant.

Vers les dix heures, Popincourt sortit peu à peu de sa léthargie.

A quelques minutes près, son sommeil cessait au moment annoncé par Stephen Lowe.

Il demeura toutefois un long temps sans parler et presque sans voir.

Enfin, ses esprits lui revinrent, et la parole aussi.

— Où suis-je? se demanda-t-il en promenant autour de lui un regard vague, indécis.

C'était la première fois qu'il se trouvait dans cette chambre et son étonnement était au comble.

Bientôt il aperçut une femme assise devant la cheminée, à quelques pas de lui.

Il se leva.

— Chez qui suis-je donc ici? dit-il en allant à elle.

La femme ne répondit pas.

Il l'interrogea de nouveau.

Même silence.

Alors, il s'approcha...

— Grand Dieu! s'écria-t-il..

Cette femme était morte et ses jambes à moitié calcinées reposaient sur un réchaud.

— Suis-je fou! se dit le malheureux avec horreur. Ah! fuyons... fuyons.

Il s'élança vers la porte...

Mais à toutes les issues, les agents de police se montrèrent.

Puis l'un d'eux vint au-devant du forçat.

C'était Fouinardet.

— Eh bien! mon petit Popincourt, lui dit-il d'un ton gouailleur, nous sommes donc ressuscité!... Cette fois-ci, mon garçon, ce n'est pas le bagne qui t'attend... c'est l'échafaud!

<h2 style="text-align:center">X V</h2>

CE QUI SE PASSA APRÈS L'ARRESTATION DE POPINCOURT

En apprenant le nouveau crime dont on accusait Popincourt, Gabriel eut un triste sourire :

— Allons! dit-il, ceux-là sont fous, qui songent à régénérer le monde!...

« Ce qui est mauvais!... ce qui est criminel reste criminel... je ne sais, mais j'ai grand'peur d'en arriver peu à peu à perdre mes dernières illusions... mes dernières croyances!

Comme il parlait ainsi, une lettre lui fut remise par Ferrouillard.

Voici les lignes étranges que contenait cette missive signée d'un nom inconnu :

« Vous pouvez rendre la vie à une mourante, la raison à une pauvre insensée... Partez au plus vite, pour Clermont. — Au dépôt de mendicité, vous demanderez la vagabonde inscrite sous le n° 115. — Un grand secret vous sera révélé. »

Comme bien on pense, notre héros eut vite pris son parti.

Frappant sur l'épaule de Ferrouillard :

— Allons, mon vieil ami... prépare mes bagages... je partirai aujourd'hui même.

L'intendant s'inclina en signe d'obéissance.

Gabriel prit congé de cette femme qui se faisait passer pour sa mère... Et de

Elle présenta à la jeune fille une lettre cachetée.

cette belle jeune fille qu'il aimait, dont il était aimé et qui devait, avant peu
porter le nom de son épouse.

La Savoisienne et Suzanne étaient émues, presque tremblantes.

Une sorte de pressentiment funeste leur étreignait le cœur.

— Ne partez pas, disaient-elles l'une et l'autre d'une voix suppliante, quand
vous êtes loin de cette demeure, on dirait que quelque malheur plane sur nous.

Le jeune homme s'efforçait de calmer leurs terreurs.

— Ici, leur dit-il, vous n'avez rien à craindre, Ferrouillard se ferait tuer pour
vous. Germain et les autres domestiques vous sont dévoués. Chassez donc de votre

esprit ces craintes imaginaires et ne vous opposez pas à nom départ. Je me suis imposé le devoir de venir en aide à toutes les misères... de soulager toutes les douleurs ! je n'ai pas le droit d'hésiter...

— Partez donc ! avaient répondu les deux femmes ; mais revenez-nous bien vite.

Peu après, Gabriel se mettait en route, accompagné d'un seul domestique.

. . . .

Deux jours plus tard, un riche équipage s'arrêtait devant l'hôtel.

Il en descendit une femme sévèrement mais élégamment vêtue, qui avait grand air et haute mine et dont le visage était caché sous les plis épais d'un voile de dentelle.

Elle demanda à parler à Suzanne.

Sur la carte armoriée que la dame voilée avait remise à Germain, la jeune fille lut ce nom :

Madame la chevalière de Bellardoise.

Elle ignorait tout ce qui s'était passé jadis entre cette femme et Gabriel.

— Faites entrer, dit-elle au valet.

Lorsque Moleskine, car c'était bien elle, fut seule avec Suzanne :

— Mademoiselle, lui dit-elle d'une voix grave, que votre cœur se prépare à souffrir et vos yeux à pleurer, car je viens vous révéler de terribles choses !

— Grand Dieu ! s'écria la jeune fille, il est arrivé malheur à Gabriel !

Moleskine eut un tressaillement de rage en entendant l'exclamation de Suzanne.

Et tout bas, elle murmura :

— Comme elle l'aime !

— Rassurez-vous, reprit-elle à voix haute, celui dont vous parlez est sain et sauf.

— Ah ! Dieu soit loué ! maintenant, madame, je suis prête à tout entendre !

— Suzanne, répliqua la femme voilée en prenant la main de la jeune fille répondez-moi comme vous répondriez à un juge, à un confesseur...

— Je ne vous comprends pas...

— Vous allez me comprendre. Mais soyez franche, il le faut... Il y va de votre salut éternel. Me promettez-vous, me jurez-vous de dire toute la vérité ?

— Je vous le jure.

— Sur la mémoire de votre mère !

— Sur la mémoire de ma mère !

— C'est bien ! j'accepte votre serment. Répondez-moi donc, pauvre enfant Aimez-vous Gabriel ?

— Si je l'aime ! s'exclama Suzanne.

— Répondez !

— Eh ! comment ne l'aimerais-je pas, grand Dieu ! cet homme si bon, si juste, si généreux ! Oh ! oui, je l'aime, allez, je l'aime de tout mon cœur et de toute mon âme, et s'il me fallait mourir pour lui, je mourrais sans regret et sans hésitation, et je croirais encore m'acquitter à peine en lui faisant le sacrifice de ma vie !

— Suzanne, ce que j'ai à vous demander maintenant va sans doute vous sembler étrange... mais il faut que je sache tout, je vous l'ai dit. Eh bien! depuis un an bientôt que vous demeurez sous le même toit que Gabriel, le bruit court, — oh! c'est une calomnie! je le crois... j'en suis sûre! — mais le bruit court enfin que vous êtes...

— Achevez...

— La maîtresse de milord l'Arsouille.

Suzanne ne se révolta pas et se contenta de sourire.

Puis doucement, elle répondit :

— Je suis sa fiancée, madame, dans trois mois je serai sa femme. S'il m'avait assez peu estimée pour faire de moi ce que vous dites, pensez-vous qu'il me ferait l'honneur de me donner son nom?

— Ainsi ce bruit est un mensonge! reprit Moleskine avec joie.

— Un mensonge odieux ! répartit la jeune fille avec dignité.

— Suzanne, remerciez avec moi le Seigneur tout-puissant, car si, par malheur, voyez-vous, Gabriel eût été votre amant, vous n'auriez plus à cette heure qu'à demander à la mort l'oubli de votre honte... car ce mariage qui doit se célébrer bientôt, cette union que Gabriel et vous appelez de tous vos vœux...

— Eh bien, madame, cette union?

— Vous devez y renoncer.

— Ah! vous voulez vous jouer de moi sans doute... interrompit la jeune fille en essayant de sourire.

Tout à coup elle poussa un cri terrible.

— Ah! je comprends... je comprends tout!... ce voyage était un prétexte!... C'est Gabriel qui vous envoie... il ne m'aime plus...

« Il veut en épouser une autre !...

Et, sanglotant, la jeune fille se laissa tomber sur un siège...

Moleskine avait pris un singulier plaisir au désespoir de sa rivale.

Enfin elle se décida à parler.

— Suzanne, lui dit-elle, Gabriel vous aime toujours... et son vœu le plus cher est encore de faire de vous son épouse... mais ce mariage est impossible, je vous le répète, et c'est de votre propre volonté qu'il ne s'accomplira pas.

— Ah çà! madame, que veut dire tout ceci, enfin? interrogea Suzanne. Qui êtes-vous?... que me voulez-vous?... Je ne vous connais pas, moi, après tout.

— Je suis votre amie, Suzanne, et je veux vous épargner d'éternels remords.

— Mais parlez... parlez donc !... S'il est vrai que Gabriel m'aime encore, pourquoi ne serais-je pas sa femme?

— Parce que la sœur ne peut épouser le frère, malheureuse enfant; répondit Moleskine d'un ton formidable.

A ces mots, Suzanne demeura muette, immobile, comme foudroyée.

— Madame... madame... dit-elle après quelques instants d'un funèbre silence, que venez-vous de dire?... quelles terribles paroles avez-vous proférées?

— J'ai dit la vérité, répliqua la femme voilée. Gabriel est votre frère !...

— Lui! mon frère !... Allons, cessez de railler, madame...

— Lisez, Suzanne! répondit Moleskine.

Et elle présenta à la jeune fille une lettre cachetée.

— Qu'est-ce cela?

— Une lettre de votre mère.

— De ma mère !

— Oui, Suzanne, de votre mère...

— En effet, fit la jeune fille avec une émotion soudaine, en examinant la suscription, c'est son écriture... Oui ! oui ! je la reconnais !

— Certes, pensa Moleskine en riant sous son voile, tu peux la reconnaître, elle est assez bien imitée pour cela.

Suzanne demeurait les yeux fixés sur la missive.

— A moi ! murmura-t-elle ensuite avec des larmes dans la voix, c'est à moi que ma mère adressait cette lettre !

En effet, il y avait ces mots sur l'enveloppe :

« A ma fille Suzanne. »

— Oui, reprit Moleskine, à vous, ma pauvre enfant. Votre mère à tracé ces lignes la veille même de sa mort.

— La veille de sa mort ! répéta Suzanne. Ah ! ce jour-là, je m'en souviens, on m'arracha presque par force de sa chambre...

— Quand on vous eut fait quitter la chambre de la mourante, reprit vivement Moleskine, elle écrivit pour vous cette confession et elle me la remit à moi, son amie d'enfance, à moi qui, à la nouvelle de sa maladie, m'étais empressée d'accourir à son chevet.

« — Ma bonne Madeleine, me dit-elle d'une voix à peine distincte, toi qui sais tous mes secrets, je te confie ces aveux... Tu ne les mettras sous les yeux de ma fille que si quelque grave événements te force à le faire... Sans quoi, tu me promets de garder ce fatal secret pour toi seule. Pour que je consente à ce que ma bien-aimée Suzanne maudisse un jour ma mémoire, il faut que son honneur ou sa vie soient en péril. »

« Ainsi parla votre mère. Je lui fis le serment qu'elle exigeait de moi. Et j'ai tenu religieusement ma parole. J'aurais donné tout au monde pour ne jamais vous initier au mystère de votre naissance... Mais, à la veille de votre union avec Gabriel, avec le fils du capitaine Pierre, j'ai dû obéir à la volonté suprême de votre mère! Lisez !

Suzanne décacheta la lettre.

Après avoir lu :

— Moi... moi... murmura-t-elle sourdement, moi... la fille de Pierre Lavarès... la sœur de Gabriel... Oh! Je suis folle... cela n'est pas...

Et, fébrilement, elle se prit à relire cette effroyable lettre... Et de nouveau, ses yeux se fixèrent sur ces lignes funestes :

« J'oubliai tout, Suzanne... je foulai aux pieds mon titre d'épouse et je devins la maîtresse du capitaine Pierre... Plus tard, je mis une fille au monde et cette fille, le fruit de l'adultère, c'était toi, ma Suzanne adorée!...

« L'honnête homme dont je porte le nom a toujours ignoré et ma faute et ma honte... Aime-le comme si tu étais sa fille... Aime aussi Pierre Lavarès... Et si un jour tu te trouves face à face avec lui, demande-lui sa tendresse et sa protection...

« Adieu, ma Suzanne... je sens que la mort approche...

« Quand tu recevras cette lettre, depuis longues années sans doute, je ne serai plus.

« Peut-être n'en prendras-tu jamais connaissance!

« L'amie à qui je la confie en décidera!

« Encore une fois, adieu.

« Mais mon portrait qui les accompagne et que tu garderas toujours, n'est-ce pas? te prouvera que cette confession vient bien réellement de ta pauvre mère qui bientôt ne sera plus, et qui, de ce monde invisible qui l'appelle, veillera sans cesse sur toi.

« Adieu! adieu! je te bénis et je t'aime. »

Comme la jeune fille achevait la lettre, Moleskine lui remit ce portrait dont parlait la lettre.

C'était, on le comprend, ce même médaillon que possédait la mère Brichet, et dont Stephen Lowe s'était emparé le jour du meurtre commis par lui à Argenteuil.

Quant à la lettre qui venait d'être remise à Suzanne, on devine qu'elle était fausse.

Grâce aux missives que l'Anglais s'était procurées chez la vieille propriétaire de la rue Sannois, il était parvenu à imiter assez parfaitement l'écriture, pour que tout le monde pût s'y tromper.

Du reste, si la pauvre Suzanne eût pu former l'ombre d'un doute quant à l'authenticité de la missive, tous ses soupçons se fussent évanouis en reconnaissant les traits chéris de sa mère.

Portant le médaillon à ses lèvres, elle s'agenouilla pieusement et le couvrit de baisers.

Se relevant enfin :

— Madame, dit-elle en s'adressant à Moleskine, je m'abandonne à vous.

« Que dois-je faire?

— Quitter cette maison pour n'y rentrer jamais.

— Et Gabriel?...

— Gabriel, vous ne devez plus le revoir.

— Ne plus le revoir!

— Il le faut, ma pauvre enfant, reprit Mme de Bellardoise d'un ton hypocritement doucereux. Car ce secret terrible que vous et moi sommes seules à connaître, vous n'avez pas le droit de le révéler à d'autres...

« D'ailleurs, qui sait si Gabriel voudrait ajouter foi, lui, à cette sinistre histoire. Qui sait s'il consentirait à rompre cette union, le plus cher de ses vœux, le plus ardent de ses désirs? Aux yeux de la loi êtes-vous sa sœur, après tout? Non. Et lui qui brave tous les préjugés, qui se rit de tous les obstacles, foulerait aux pieds tous ceux que vous lui opposeriez...

— Et, qui sait, son énergique passion parviendrait-elle à vous convaincre.

— Jamais! jamais! s'écria Suzanne avec horreur.

— Eh! malheureuse enfant, reprit Moleskine avec une chaleur croissante, tout est possible quand on aime... Oh! cette pensée seule me jette en l'âme une indicible épouvante...

La sœur épousant le frère! après l'adultère, l'inceste.

— Oh! vous avez raison, vous avez raison, madame, répliqua la jeune fille d'une voix étouffée, je dois m'éloigner de Gabriel.

J'en aurai le courage.

— Mais où me réfugier... poursuivit la pauvre enfant à moitié folle. Je ne sais pas, moi... je ne connais personne...

— Venez avec moi, ma chère Suzanne, répondit Moleskine en la serrant contre son cœur, je serai heureuse d'être votre seconde mère.

— Ah! merci... merci, madame!...

— Avant de partir, toutefois, reprit Mme de Bellardoise, il faut laisser un mot à l'adresse de Gabriel...

Alors, sous la dictée de Moleskine, la jeune fille écrivit ces lignes :

« Toute union entre nous est impossible; ce serait votre malheur et le mien aussi. Rendons-nous mutuellement notre parole et restons libres tous deux. »

— C'est bien, fit Mme de Bellardoise. Maintenant, pour que personne ici ne puisse supposer que je vous emmène de force, je vais quitter avant vous cette demeure et je vous attendrai avec ma voiture au bas de la rue.

Ayant dit. Moleskine s'éloigna, remonta en calèche et la voiture partit au grand galop.

Lorsque Suzanne se retrouva seule, toute seule, elle se demanda si tout ce qui venait de se passer était bien réel.

Mais elle avait encore entre les mains le portrait de sa mère et sa prétendue confession.

— Tout est vrai! tout est vrai! murmura la pauvre enfant avec des larmes.

Mais essuyant fébrilement ses yeux.

— Je pleure, reprit-elle, et pourquoi donc?

« Ne dois-je pas être heureuse au contraire, bien heureuse que cette révélation me soit venue aujourd'hui? Ah! si le lendemain de mon mariage, j'eusse connu le mystère de ma naissance, c'est alors qu'il m'eût fallu pleurer toutes les larmes de mes yeux et sangloter tous les sanglots de mon cœur!

Elle se vêtit à la hâte.

Puis elle sonna.

Germain parut.

— Germain... mon bon Germain, dit-elle au valet avec une émotion profonde en lui montrant le billet qu'elle venait d'écrire et qu'elle avait laissé tout grand ouvert sur la table, vous remettrez cette lettre à votre maître quand il sera de retour.

— Cette lettre?... répliqua le domestique avec surprise, mais mademoiselle ne sera-t-elle donc pas à l'hôtel quand milord reviendra!...

— Non!... non... je ne le crois pas, Germain...

Le valet remarqua le trouble de la jeune fille et les grosses larmes qui sillonnaient ses joues.

— Grand Dieu!... dit-il, mais mademoiselle pleure...

— Non!... rien!... ce n'est rien! repartit vivement Suzanne.

« Adieu! adieu, mon bon Germain!

Peu après, elle était hors de l'hôtel.

Au bas de la rue de la Rochefoucauld, Moleskine l'attendait en sa voiture.

La jeune fille s'élança à ses côtés...

Et le cocher noir, lequel n'était autre que maître Narcisse, fouetta vigoureusement les deux superbes alezans attelés à la calèche.

. . . .

Le lendemain, à minuit, Gabriel était de retour à Paris.

Ferrouillard, la Savoisienne, tous deux pâles et tremblants, les valets attristés
de la fuite de Suzanne, attendaient en silence.

Plus pâle, plus sombre, plus attristé qu'eux tous, milord l'Arsouille gravit
lentement l'escalier d'honneur...

A sa vue, la Savoisienne s'élança vers le jeune homme en s'écriant :

— Gabriel!... mon Gabriel bien-aimé !

Le fils de Pierre Lavarès la repoussa du geste :

— Grand Dieu ! murmura la fausse Fanchon à l'oreille de Ferrouillard. Sait-il
déjà que celle qu'il aime n'est plus ici !...

Puis, faisant de nouveau quelques pas vers le jeune homme :

— Gabriel, que s'est-il donc passé?... Ne me reconnaissez-vous pas ?... C'est
moi... c'est votre mère !

— Ma mère ! répéta Gabriel avec un rire douloureux

Puis regardant la Savoisienne en face :

— Ma mère est morte, madame !...

— Morte ! que dites-vous ? s'écria la Fausse Fanchon avec effarement.

Gabriel la foudroya du regard.

— Plus de mensonges, madame, je sais tout !

Gabriel disait vrai : dans cette maison sinistre où l'avait appelé le mystérieux
avis que l'on sait, la veuve infortunée de Pierre Lavarès avait expiré entre ses
bras.

Sa raison l'avait abandonnée.

Mais en se retrouvant face à face avec Gabriel, la lumière s'était faite dans son
esprit et elle s'était souvenue.

Sa vie passée lui était apparue soudainement avec toutes les misères, toutes les
tortures qu'elle avait subies depuis le jour où elle était devenue l'esclave du Cali-
lichon jusqu'à l'heure où elle avait été écrouée au dépôt de mendicité de Clermont.

Est-il utile de faire connaître au lecteur que c'est grâce aux machinations de
Stephen Lowe que la pauvre folle avait été enfermée.

On comprend également que c'est lui qui avait fait mander Gabriel à Clermont,

Il voulait lui briser le cœur en lui faisant voir sa pauvre mère agonisante... Il voulait surtout se venger de la fausse Fanchon qui avait eu l'audace de le braver et de lui arracher Suzanne.

La Savoisienne se tenait immobile et muette.

— Pauvre martyre !... reprit Gabriel d'une voix sourde. A ma vue, ses traits flétris se sont ranimés... Ses regards éteints ont brillé d'une flamme nouvelle... En la voyant ainsi rajeunie, presque belle, je crus à mon tour que la folie s'emparait de moi... car cette mourante, c'était votre vivante image... Alors je compris tout? je compris que vous aviez abusé de cette ressemblance funeste pour vous jouer de mon cœur et de ma tendresse... pour voler à cette malheureuse les baisers et les caresses de ce fils qu'elle pleurait depuis tant d'années !... Dans quel but avez-vous joué cette comédie infâme ? je l'ignore. Il y a là dedans quelque machination odieuse que je ne veux même pas essayer de connaître; mais ce que je ne veux pas oublier, ce que je ne pardonnerai jamais, c'est que vous saviez que ma mère était vivante et que vous avez eu l'étrange cruauté de la séparer de moi !...

— Gabriel !.... s'écria la Savoisienne, je vous jure...

— Assez de mensonges, vous dis-le, interrompit le jeune homme implacable, je ne veux plus vous entendre, vous n'êtes plus rien pour moi !

Après un silence :

— Après tout, répliqua brusquement la Savoisienne, vous avez raison !... Toutes ces faussetés-là, ça ne vaut pas cher... J'y allais bon jeu, bon argent, cependant... oui, parole sacrée, je vous aimais ferme... mais je n'étais pas dans mon droit... Les pauvres gueuses comme moi, ça doit rester avec les gueux !... J'étais dans la boue, j'y retourne... Bonjour, bonsoir la compagnie !... vous n'entendrez plus jamais parler de moi !

Ayant dit, elle s'enfuit comme une folle, et s'éloigna de l'hôtel à pas précipités.

— Que Dieu lui fasse grâce, murmura Gabriel.

Après un temps :

— Mais Suzanne ? reprit-il en s'adressant à Ferrouillard.

« Que fait-elle ?... et pourquoi, lorsque je suis ici, n'est-elle pas auprès de moi?

Ferrouillard courba le front et ne répondit rien.

Celui-ci remarqua son trouble.

— Qu'as-tu donc ? demanda-t-il.

— J'ai... Ah ! milord..

— Achèveras-tu ?

— Si vous saviez !...

— Ah ! s'écria le jeune homme éperdu, il est arrivé malheur à Suzanne !... Parle... Parle !... Je suis prêt à tout entendre !

— Je n'oserai jamais, monsieur... parole, je n'oserai jamais !

— Parle... mais parle donc !... ne vois-tu pas que tu me fais mourir !

— Eh bien ! milord, puisque vous l'exigez, sachez donc que Mlle Suzanne...

— Ah ! s'exclama Gabriel en bondissant. Je le disais bien qu'il lui était arrivé malheur !

A ces mots, il courut comme un fou à la chambre de la jeune fille en criant avec désespoir :

Le polichinelle n'est autre que le père Coquardin.

— Suzanne ! Suzanne ! réponds-moi ! réponds-moi !
— Elle ne le pourrait, milord, mademoiselle n'est plus à l'hôtel...
— On l'a emmenée de force ?
— Non ! elle est partie seule... toute seule... et elle a laissé cette lettre pour vous.
Gabriel s'empara du billet et le lut avidemment.
Il ne contenait que ces deux lignes :

« Toute union entre nous est impossible. Ce serait votre malheur et le mien aussi. Rendons-nous mutuellement notre parole et restons libres tous deux. »

« SUZANNE. »

— Elle aussi ! elle aussi ! s'écria milord l'Arsouille avec des sanglots. Ah ! je suis bien malheureux !

Et le jeune homme tomba inanimé dans les bras de Ferrouillard.

Il ne revint à lui que longtemps après.

— Mon maître !... mon cher maître !... disait l'honnête intendant avec des larmes.

— Ah ! tu es encore là, toi ! fit Gabriel avec un éclat de rire fiévreux. Par quel hasard ? Par quel prodige ? Quand tout le monde m'abandonne, pourquoi ne fais-tu pas comme tout le monde ?...

« Pardieu ! reprit-il en marchant à grands pas dans la chambre, c'est une belle chose que l'espèce humaine... Quel amas de fange et de boue !... Quel monceau de vices, d'infamies et de turpitudes ! Et dire qu'il y a des êtres assez profondément stupides, assez parfaitement idiots pour songer au bien-être de l'humanité...

« Moi, par exemple ! Misérable imbécile ! Oui ! j'ai fait autant de bien que j'ai pu...

« Je me suis posé en défenseur des pauvres, des faibles et des opprimés... Quelle duperie ! Je croyais à l'honneur, à la vertu ! Quelle sottise !

« O monde !... monde infâme !

« Mais auprès de ces monstres qui s'y meuvent, les tigres sont des agneaux, les serpents sont des colombes !

« Ah ! le monde ! le beau monde ! le grand monde !

« Caverne impure, cloaque infect où tout vice n'est plus un rêve, mais un homme. Enfer peuplé de démons à face humaine ! Je te comprends enfin... Je te vois tel que tu es...

« Et mon âme frissonnante de terreur et de dégoût en gardera une pâleur éternelle !

« Forfaits la nuit, forfaits le jour !

« Nobles instincts foulés aux pieds, écrasés sous l'intérêt, l'orgueil ou la luxure.

« Du sang, des douleurs, des larmes !

« Voilà le spectacle qui frappe mes yeux !...

« Voilà le drame où je suis acteur !

« De par le ciel ! mon rôle ne sera plus celui d'un niais ni d'un sot !

« On se moque de moi ; je me moquerai des autres !...

« Ah ! parbleu ! qu'on tente de me prendre par les sentiments, on sera bien reçu !

« Allez, tuez-vous, mangez-vous les uns les autres, féroces coquins que vous êtes !...

« Je ne m'interposerai pas, je vous le jure, et je m'amuserai au contraire à exciter vos féroces instincts...

« De ce jour ma vie d'autrefois va recommencer.

« Mais cent fois plus insensée, plus extravagante, plus orgiaque...

« Je dépenserai jusqu'à mon dernier sou dans les plus sales débauches, dans les plus ignobles saturnales...

« Ah ! j'ai voulu jouer à la philantropie...

« Assez de ce jeu-là...

« Essayons-en d'un autre !

« Je voulais employer mes millions à sauver mes honnêtes contemporains...

« Ils me serviront à les perdre.

« Je m'étais institué le bon ange des damnés de Paris...

« En ce moment je coupe mes ailes...

« Et je deviens démon à mon tour pour peupler cet enfer immonde.

« Je ne m'appelle plus Gabriel, je m'appelle Satan.

« Ah ! ah ! mon bon peuple parisien, tu regrettes ce bon temps où je te donnais gratis le spectacle de mes insanités...

« Réjouissez-vous, sublimes badauds, vous allez en voir de drôles et de belles...

« Je ferai passer sous vos yeux une lanterne magique vivante dont vous vous lécherez les doigts.

« Au surplus, je m'abrutissais à faire concurrence à l'homme au petit mante au bleu.

« Don Quichotte est mort maintenant et Milord l'Arsouille réssuscité ! »

SIXIÈME PARTIE

LE DERNIER CARNAVAL

I

OU L'ON SE RETROUVE EN CARNAVAL, COMME AU PREMIER CHAPITRE DE LA DEUXIÈME PARTIE DE CETTE HISTOIRE

Depuis la furibonde sortie de milord l'Arsouille contre l'humanité, un mois et demi s'est écoulé.

Nous sommes maintenant en plein carnaval...

Paris est enfiévré...

Et toutes ses barrières semblent piquées de la tarentule.

Dans un cabinet de ces mêmes *Vendanges de Bourgogne* que connaît le lecteur, un vieux polichinelle est en train de se griser quelque peu en compagnie d'un grand maigre, très pâle, très osseux, costumé en dandy de 93, ou pour mieux dire, en muscadin, puisque c'est ainsi que Chabot appela les gandins de notre première révolution, le jour où il tonna contre eux à la Convention.

Le polichinelle n'est autre que le père Coquardier.

Son acolyte est tout bonnement M. le chevalier de Bellardoise.

— Par la double bosse que je possède à cette heure, s'exclama l'ex-bonnetier en jetant sous la table une bouteille qu'il venait d'achever, je veux bien être pendu, mon très cher, si je pensais me soûler aujourd'hui à la Courtille en votre société !

— Ventre de biche ! mon bon, que je sois roué vif si j'espérais, plus que vous, prendre part cette année des folles joies du carnaval parisien !

— Alors, vous êtes de retour d'Afrique ?

— Depuis hier seulement...

« Je comptais terminer mes jours dans cette patrie du chameau et de l'aloès... c'est là que je m'étais exilé volontairement.

« Mais l'avis m'est parvenu de faire mes malles séance tenante et de reprendre *illico* la route du bon pays français.

« Hier soir, au bal donné par milord l'Arsouille aux *Vendanges de Bourgogne*, j'ai eu le plaisir de vous retrouver, et, ma foi comme je n'ai pas pour deux liards de fiel, je vous ai franchement tendu la main.

« Vous avez noblement répondu à ma proposition, et pour serrer plus étroitement les nœuds de notre jeune amitié, nous nous sommes installés dans ce cabinet on ne peut plus particulier où, si je ne m'abuse, nous avons déjà vidé à nous deux quelque chose comme une demi-douzaine de bouteilles.

— Qu'est-ce que ça te fiche, ô Bellardoise ! riposta Coquardier, puisque ce n'est pas toi qui payes... et moi non plus !

— C'est du moins vrai... c'est l'Anglais... reprit le chevalier, le faux Anglais, vu qu'il est tout aussi Français que toi et moi... Tiens ? fit-il en changeant de ton, on dirait que nous nous tutoyons, ô Coquardier de mon âme !...

— Ça ne fait rien, ma vieille, répliqua le bonnetier, qui commençait à être légèrement gris, tutoie-moi... tutoie-moi... je ne suis pas fier ! Et puis, parole, je ne t'en veux pas du pied de cochon que tu m'as tiré il y a un an.

— Qu'appelles-tu pied de cochon, bon vieillard !

— Eh oui ? grand carotier, la lettre de change, tu sais bien ?

— La lettre de change ?... Ah ! parbleu, oui, au fait, je me souviens... Vingt-cinq mille balles, pas vrai ?

— Justement ! vingt-cinq mille !

— Bourbiche me l'avait escomptée au 113. Je suppose que tu l'as payée à l'échéance, estimable polichinelle ?

— Moi ! ah bien oui ! fit Coquardier en se mettant à rire :

— Comment !

— Je n'ai jamais fichu un sou à Bourbiche.

— Pas possible !

— Quand je te le dis...

— Je n'y comprends rien. Et ce juif-là n'a pas fait vendre tout chez toi ?

— Pour ce qui est de ça, répondit le bonnetier, ça lui était défendu comme le

Pater aux ânes, par la raison toute simple que ton ami Coquardier, se voyant dans de mauvaises affaires, avait eu soin de se séparer de biens.

— Compris! Le restant de tes écus et de tes bibelots était au nom de madame ton épouse.

— Justement.

— Pas trop bête alors!...

— Alors, Bourbiche m'a menacé de la prison pour dettes...

Bellardoise éclata de rire.

— Ah bah! s'exclama-t-il, tu as été coffré?

— Avec tous les honneurs dus à mon rang, riposta Coquardier.

— Ah! tu as été à Clichy, noble victime!

— Comme un seul homme! répondit le bonnetier.

« Je dois même dire que je n'ai pas été satisfait du tout de cet établissement.

— Bah!

— Non! vrai! ça ne m'a pas séduit le moins du monde.

« Je m'étais laissé dire que les oiseaux inclus dans cette cage s'amusaient tout comme des petits dieux.

« C'est une affreuse calembredaine!

— Voilà comme on écrit l'histoire! fit gravement Bellardoise en cassant le goulot d'une nouvelle bouteille.

— En arrivant là, reprit Coquardier, j'étais tout fringant, tout guilleret... je riais... je chantais même... J'ai déchanté bien vite!

— *Povero Pulcinella !* ricana le chevalier.

— Tu ris, bonne bête! s'exclama le bonnetier, on voit bien que tu n'as jamais passé par là.

— Mon Dieu, non! répondit l'autre.

« J'ai fait tout ce que j'ai pu pour avoir l'honneur d'être incarcéré, mais je n'ai jamais réussi...

« Et je le regrette... Il est utile de tout connaître.

— Eh bien, écoute un peu, chevalier, je vais te donner une idée de ce que c'est

« Figure-toi d'abord qu'après avoir traversé le guichet, on se trouve chez messieurs les gardiens...

« Après quoi l'on passe dans une espèce de cour où on a le droit de contempler le bâtiment des femmes détenues.

« Car il y en a pour tous les sexes, dans cette maison-là.

« Les bureaux de la direction, le greffe, la salle de visite où les étrangers doivent déposer les permis dont ils se sont munis à la Préfecture de police, je ne t'en parle pas.

— C'est entendu!

— Arrivons au préau.

— Je veux bien, pour ce que ça me coûte.

— Le préau, vois-tu bien, c'est une longue galerie, soutenue dans le milieu par une colonnade de bois...

« Sais-tu jouer au billard, chevalier?

— Comme père et mère !

— Eh bien, il y a un billard dans le préau... un cabinet de lecture... une boutique de barbier...

« Aussi, on est rasé tant qu'on veut dans ce bazar-là !

— C'est joliment commode.

— Il y a encore un tas de jeux dans le jardin... Tonneau, quilles, loto, etc., etc.

— Je ne vois pas en quoi tout ça est bien triste.

— Patience ! voilà le revers de la médaille !

« A dix heures du soir, il faut rentrer dans sa niche, où l'on est *bouclé* jusqu'au lendemain matin.

« Quoi qu'il advienne, défense de sortir de son trou.

— Quoi qu'il advienne ! répéta Bellardoise, fichtre ! ça doit être gênant.

— Gênant ou non, c'est comme ça.

— Et le mobilier, est-il Louis XV ?

— Je t'en réponds, va !

« Une couchette en fer, une paillasse, deux matelas, un traversin, un oreiller, deux petites tables et trois chaises, voilà ce qu'on vous offre en fait de meubles.

« Et ces belles choses se payent six sous par jour...

— Six sous !

— Oui ! que l'on vous retient sur le franc quotidien alloué par le créancier.

« Au bout de l'année, ça fait cent huit francs de location pour des bibelots qui ont coûté la moitié à peu près à les acheter.

— C'est suffisant comme intérêt ! murmura Bellardoise.

— Du reste, reprit Coquardier, les autres accessoires dont on peut avoir besoin on les loue à part.

« Ainsi, je pourrai te citer certain vase peu étrusque dont j'ai dû me passer la fantaisie, et qui m'a coûté les yeux de la tête.

— Connu, le vase étrusque ! s'exclama le chevalier.

— Nonobstant, reprit Coquardier qui tenait à initier son nouvel ami aux mystères de la prison pour dettes, nonobstant, messieurs les détenus ont le droit de faire meubler et décorer leurs cellules aussi luxueusement qu'ils l'entendent.

« Il y en a qui sont toutes tendues de damas ou de velours ; avec des baguettes dorées en haut, en bas et partout !

« Tapis d'Aubusson, piano, tableaux de maîtres, rien n'y manque...

« En présence de ce luxe asiatique, les créanciers deviennent furibonds.

« Il y en a un qui était si exaspéré qu'il a envoyé un huissier dans la cellule de son débiteur pour saisir l'argent et les meubles.

« Mais à peine M. Loyal mettait-il les pattes dans le préau, que l'élégant mobilier fut réparti en un clin d'œil dans toutes nos chambres, et le créancier en fut pour ses frais.

« Ces pauvres créanciers ! reprit en riant l'époux de la tendre Euphémie, ils sont vraiment peu à leur aise dans cette maison qu'ils entretiennent cependant de leurs deniers.

« Ainsi, ils ne peuvent entrer qu'au parloir.

« Quand, par hasard, l'un d'eux, moins méfiant que les autres, se risque jusque dans la dernière enceinte, tous les détenus se mettent à crier :

« — Au loup ! au loup ! au loup !

« En une seconde la bande entière est debout.

« On accourt de tous côtés...

« Et l'imprudent créancier, saisi au collet, étouffé presque, étranglé à moitié, est traîné de force vers la fontaine où, pendant une heure entière, on le tient sous le gros robinet.

« A part ces petits divertissements qui sont rares, tu dois le penser, on s'ennuie à avaler sa langue...

« Et du matin au soir, les prisonniers s'exclament sur tous les tons :

« — Quand donc le gouvernement sera-t-il assez intelligent pour abolir la contrainte par corps.

« Le fait est qu'entre nous, la susdite contrainte n'est vraiment dure que pour les pauvres débiteurs qui n'ont pas le sou dans leur poche.

« Mais ceux qui ne payent pas, parce qu'ils ne veulent pas payer, comme moi, par exemple, ils s'en fichent pas mal, en définitive...

« C'est un petit moment à passer.

« Je dois dire pourtant que le temps commençait à me paraître pas mal long.

« Et ça se comprend...

« J'étais assez mal vu par tout ce monde-là.

— Mal vu ?

— Oui ! à cause d'un certain Jacques Morin, que j'avais fait incarcérer jadis et qui était mort de chagrin et de misère. Une chose assez curieuse, c'est que j'occupais justement sa cellule...

Et sur les murs, il y avait même une masse de malédictions à mon adresse.

— Ça devait te faire de l'effet de coucher là, bon Coquardier !

— Moi ? répliqua le bonnetier. Je m'en fichais pas mal !

« Par exemple, ce dont je ne me fichais pas, c'étaient des mines féroces de mes codétenus et des murmures quelque peu menaçants qui m'accueillaient quand je venais flâner de leur côté.

« Un moment j'ai eu peur que tous ces pannés-là n'en arrivassent à crier : « Au loup » en me voyant et à me laver la tête de la bonne manière.

« Dès lors je me tins prudemment dans ma cellule...

« Mais je m'y embêtais jusqu'à extinction de chaleur naturelle.

« Je ne voulais pas m'acquitter avec Bourbiche cependant. Je m'étais fourré ça dans la tête et je n'aurais pas changé d'idée pour un empire.

« D'autant plus... je puis t'avouer cela, chevalier, puisqu'à présent nous sommes à *tu* et à *toi*.... d'autant plus que je suis loin d'être millionnaire pour le quart d'heure et que je possède en tout et pour tout quatre misérables mille livres de rente.

— C'est-à-dire un capital de quatre-vingt mille francs, ajouta Bellardoise. Le fait est que ce n'est pas gras.

— Il n'y en a seulement pas pour ma dent creuse, reprit l'autre.

« Et dame ! je te le répète, j'étais résolu, tout à fait résolu à faire mon temps !

« Mais, il y a quelques jours... ô joie ! ô bonheur ! ô félicité sans nom !... Un ange, un bon génie, vêtu d'un habit noir et de moustaches blondes, a pénétré dans mon réduit.

« C'était milord l'Arsouille.

« — Mon cher monsieur Coquardier, m'a-t-il dit de cette voix métallique qui n'appartient qu'à lui, vous êtes un vieux gredin et la plus sale canaille que j'aie jamais rencontrée dans mes nombreux voyages terrestres et maritimes.

« A cause de cela, j'étais votre ennemi jadis et je vous ai laissé mettre à l'ombre.

« Mais aujourd'hui j'ai changé de manière de voir, et vos coquineries sont cause, au contraire, que je m'intéresse à vous.

« En conséquence, je viens payer votre dette et vous rendre à la liberté, à cette condition que vous redeviendrez comme autrefois le compagnon de mes plaisirs et de mes folies.

« Tel fut le langage que me tint ce cher Gabriel.

« Je ne m'offusquai nullement des épithètes un peu crues qu'il me décocha et je lui tendis la main en m'écriant :

« — Je suis votre homme !

« Une heure après, Bourbiche était payé et j'étais hors de ma cage.

« Le soir même je folâtrais au bal de l'Opéra vêtu en Cupidon.

Bellardoise partit d'un grand éclat de rire.

— En amour... toi ?

— Oui, avec un carquois et des petites ailes bleues et roses qui s'agitaient toutes seules, grâce à un ingénieux mécanisme qu'on m'avait adapté entre les deux épaules.

— Ce n'est pas pour dire, reprit le chevalier toujours riant mais tu devais avoir une jolie dégaine ainsi affublé.

— Je t'assure que je n'étais pas mal du tout, riposta le bonhomme avec naïveté.

« Du reste, c'est milord l'Arsouille qui m'avait imposé ce costume... et tu comprends, je n'ai rien à lui refuser...

— Tu as dû faire un crâne effet à ton entrée ?

— Assurément. On se montait sur le dos pour me voir, et l'on a ri pendant un très grand quart d'heure.

« Ces dames riaient si fort que c'en était inconvenant.

« Mais à l'apparition de milord l'Arsouille, tous les rires ont cessé bien vite.

« Il faut dire que son déguisement était moins gai que le mien...

— En quoi donc était-il travesti ?

— En cercueil.

— Plaît-il ?

— En cercueil, parole d'honneur !

« Il était debout, ses pieds cachés par une draperie noire et tout son corps enveloppé d'une bière dont le couvercle s'ouvrait à volonté.

« On l'apercevait dedans, avec une figure blême, entortillé dans un drap blanc.

— Qui es-tu ? interrogea Gabriel.

« Sur le couvercle, il avait fait graver son nom avec une épitaphe qui disait :

« Quelles folles joies de ce monde l'avaient conduit, à la fleur de l'âge, à sa dernière demeure. »

Et cela se terminait par le *Requiescat in pace* traditionnel.

. . . .

Il va sans dire que ce travestissement de milord l'Arsouille est parfaitement authentique.

Tous les journaux du temps en ont parlé.

Quand il se livrait à cette plaisanterie funèbre, il régnait aussitôt parmi les danseurs une sorte de malaise.

Ils essayaient d'abord de rire et de prendre cela gaiement.

Mais peu à peu les phalanges bariolées s'éclaircissaient.

Les plus enragés sauteurs allaient, sans rien dire, reprendre leurs paletots, et tout doucettement ils rentraient chez eux sans demander leur reste.

. . . .

— C'est égal, reprit Bellardoise, il faut avoir le diable au corps ou la mort au cœur pour se mettre sur le dos un semblable travestissement !

— C'est mon avis, riposta Coquardier; mais je me garderais bien de lui faire à ce sujet la moindre observation.

« Qu'il s'affuble comme il veut, ça m'est bien égal.

« Il me soûle et me gave gratis, je ne lui en demande pas davantage...

« Et je ne forme qu'un vœu : c'est que cette existence économique et mouvementée dure le plus longtemps possible !

« Sur ce, à sa santé et à la nôtre aussi !

Lorsque les deux compagnons eurent à nouveau vidé leurs verres :

— Ah çà ! reprit le père Coquardier en s'accoudant sur la table, et toi, Bellardoise, mon ami, par quel hasard te trouves-tu présentement dans la même situation que moi?...

« Ou, pour parler plus astronomiquement, par quel miracle es-tu devenu l'un des satellites de ce radieux soleil qui s'appelle milord l'Arsouille?

— Oh! mon Dieu, c'est simple comme bonjour !

« Tu sauras d'abord qu'à la suite de notre entretien chez la belle Cabriolette, j'ai couru au 113 et que j'y ai perdu les quelques sous que je t'avais soutirés.

— C'est juste, tu es joueur, je me rappelle ce détail.

— Dans le tripot en question, poursuivit le chevalier, je vis notre ami Gabriel et je lui empruntai quelques maravédis...

« Il me les refusa.

« Mais il me promit de les prêter directement à ma chère Moleskine...

— Bellardoise, interrompit Coquardier d'une voix avinée, tu devrais au moins dire *notre* chère Moleskine...

« Elle est même bien plus *chère* pour moi que pour toi... continua le vieux drôle, car, sapristi, je lui en ai flanqué des billets de mille à celle-là... et des bijoux... et des robes de soie !

« C'est effrayant, vois-tu, Bellardoise, effrayant, ce que cette mâtine-là m'a coûté...

« Je peux te confier ça maintenant que tu es mon ami.

— D'autant plus, riposta le chevalier avec un flegme et un cynisme admirables, que je le savais avant de lui faire l'honneur de l'épouser.

« Or sus, reprit-il, *notre* chère Moleskine, puisque tu y tiens, ne savisa-t-elle pas ce soir-là de faire la bégueule et la sainte-n'y-touche !

— Bah !

— Oui! elle refusa l'argent de Gabriel, at au lieu de jouer vis-à-vis de cet homme généreux la petite comédie que je lui avais indiquée, elle lui dit carrément que j'étais une espèce de crapule, sans foi ni loi, que je la rouais de coups de canne, et cætera... et cætera.

« Ma foi, je devins furieux à cette trahison...

« Et de cette même épée qui t'avait fait si peur le matin, ami Coquardier, je lui perçai le flanc !

— Rantanplan ! tire lire en plan ! chantonna le bonnetier.

« Ah ! tu l'as embrochée, cette pauvre Moleskine, reprit-il plus sérieusement, fichtre ! tu n'y vas pas de main morte, chevalier, et malgré toute la sympathie que j'ai pour toi, tu me permettras de te dire, cher ami, que tu t'es conduit là un peu légèrement.

— C'est aussi ce que pensa milord l'Arsouille, lequel me fit signer un petit papier très compromettant, me mit de l'or plein mes poches et m'intima l'ordre de quitter la France séance tenante, avec défense expresse de repasser jamais la frontière, sous les peines les plus sévères.

« Que veux-tu, Coquardier ! je dus obéir.

« Et je filai en Algérie.

— As-tu vu Abd-el-Kader ? demanda le bonnetier.

— Non, mais j'ai vu ton fils Julian... un jeune troubade qui promet beaucoup...

— Qui promet quoi ?

— De devenir presque aussi canaille que son papa... et je te garantis qu'il tiendra sa promesse.

« Quelle pratique ! Tonnerre ! ça fait plaisir de rencontrer des gaillards de cette trempe-là.

« Du reste, je dois dire que je lui ai donné quelques bons conseils.

— Je me fie à toi pour ça.

— Ah ! bon vieillard, quelles noces nous avons faites tous les deux ! c'est admirable.

« C'est avec lui que j'ai dépensé tout mon quibus...

« Qu'est-ce que tu veux !... il m'allait, ce garçon-là...

« Ah ! je te prie de croire qu'il n'a pas été fâché de me trouver...

« Car il se sciait pas mal le dos, au régiment.

« Sans les petites douceurs que ma venue lui a procurées, je suis sûr qu'il aurait déserté...

« Et dame ! c'était grave. On l'aurait fusillé tout net.

« Tu aurais été crânement triste, pas vrai ! ajouta Bellandoise en gouaillant.

— Oh ! ne m'en parle pas, répondit Coquardier en se versant tranquillement à boire.

— Pour en finir, reprit le chevalier, j'en étais arrivé au bout de mon rouleau, c'est-à-dire que les doublures de mes poches commençaient à se toucher, et je ne savais à quel saint me vouer pour remplir quelque peu ma pauvre escarcelle, quand une lettre m'arriva de France, qui était chargée jusqu'à la gueule et qui m'invitait à passer le carnaval à Paris.

« Cette bien heureuse missive émanait de milord l'Arsouille.

« Il me pardonnait mes peccadilles passées et se mettait entièrement à ma disposition.

« Tu penses, bon vieillard, si je fus long à m'embarquer.

« Pourtant j'ai peu d'agrément avec Amphitrite.

« Mais, bah ! je pouvais bien affronter le mal de mer pour goûter de nouveau les folles joies de la vie parisienne.

« Je pris donc le même jour un bâtiment qui faisait voile vers Marseille...

« La traversée fut à peu près bonne et je débarquai sain et sauf dans l'antique Phocée...

« Une fois sur le plancher des vaches, tout alla comme sur des roulettes, et j'eus l'ineffable jubilation de tomber hier dans les bras de milord l'Arsouille.

« Il m'expliqua en deux mots l'heureuse métamorphose qui s'était opérée en lui et je lui en fis mes compliments sincères.

« — Oui, me dit-il, maintenant je veux hurler avec les loups ; j'entends et je prétends n'avoir plus pour amis que de francs coquins et des drôles émérites.. Vous voyez, chevalier, qu'il y a place ici pour vous.

« Je crus devoir relever ces paroles un peu virulentes et je répondis avec dignité :

« — Milord, je suis gentilhomme !...

« Mais ça n'empêche pas les sentiments, et je serai aussi canaille qu'il vous plaira de l'ordonner. »

En ce moment, des musiques tintamarresques éclatèrent dans les salles voisines.

— Le bal nous réclame, cher ami, reprit Bellardoise ; nous avons je crois, suffisamment fêté ce polisson de Bacchus, il est temps d'aller batifoler un peu avec Terpsychore.

— C'est ça répondit Coquardier ; allons cachucher un peu... Ça nous donnera de l'appétit pour le souper.

Les deux compères quittèrent le cabinet bras dessus bras dessous, et firent en titubant leur entrée dans cette même salle où nous avons une fois déjà introduit le lecteur pour le faire assister au bal Chicard.

Coquardier, ivre, représentait à merveille le héros populaire dont il portait le costume.

Oui, c'était bien le Polichinelle du théâtre de la Foire, au nez rouge, au menton cramoisi, aux pommettes écarlates.

— Arrive donc, vieux soulard, cria milord l'Arsouille en l'apercevant. Tu me manquais !

Coquardier lâcha le bras de son acolyte et tout en traçant d'étranges zigzags, il s'avança vers Gabriel.

Celui-ci prit le bonnetier par la main.

— Mesdames et messieurs, dit-il en le présentant à la foule multicolore qui encombrait la salle, vous voyez ce gros porc déguisé en marionnette...

« Eh bien, ceci n'est autre chose qu'un négociant retiré, un père de famille...

« Combien as-tu de petits, vilain saligaud ?

— Des petits... balbutia l'autre en riant d'un gros rire aviné. Est-ce que je sais, moi?... Est-ce que ça me regarde?... D'abord, tous mes petits sont grands... et je ne les connais plus du tout, du tout !

— A la bonne heure ! Voilà comme on doit comprendre la paternité au xix° siècle !

« Or sus, affreux mandrille, puisque tu te décides à rentrer au bal, danse-nous quelque pas de caractère...

« Je commence à bâiller... tes entrechats me réveilleront !...

— Je daigne y consentir, répondit le bonnetier.

« Au surplus, Polichinelle était danseur...

« Puisque je suis Polichinelle, je dois être danseur aussi, c'est logique.

« Place, messieurs, place, mesdames, vous allez voir ce que vous allez voir !

Et sans plus attendre, le vieil ivrogne se prit à sauter, à gambader en chantant à tue-tête le refrain connu :

> Pan! qu'est-ce qu'est là ?
> C'est Polichinelle qui danse.
> Pan! qu'est-ce qu'est là ?
> C'est Polichinelle que v'là !

A la fin, le pantin improvisé tomba lourdement sur son derrière.

On voulut le relever.

— C'est inutile ! fit milord l'Arsouille, poussez ce sac à vin dans un coin et laissez-le ronfler.

Ainsi fut-il fait.

Peu après, Polichinelle dormait profondément.

— Assez de danse, reprit Gabriel, soupons, mes féaux !

« Qu'on serve ! commanda-t-il d'une voix forte.

En un instant, la salle de bal fut convertie en salle de festin...

Ce que fut le souper, on le devine.

Le champagne coulait à flots littéralement.

On en répandit plus de douze bouteilles sur Coquardier endormi.

Et de temps à autre on entendait le vieux drôle dire sans rouvrir les yeux :

— Bellardoise, v'là qu'il pleut, ma vieille... passe-moi un riflard !

Après le souper, milord l'Arsouille fit apporter les cartes.

— Allons ! dit-il, au lansquemet maintenant !... Il s'agit de varier nos plaisirs !

— Bien dit ! s'exclama Bellardoise, taquinons la dame de pique ! voilà le vrai bonheur !

— Ah ! ah ! ceci te réveille, chevalier ! riposta Gabriel.

« Parbleu! tu as raison, le jeu est une belle chose !

« Le 31 décembre de l'année qui vient de rendre l'âme, à l'heure de minuit, le *veto* de la loi a brisé les râteaux des croupiers et arrêté pour toujours la bille de la roulette...

« Puisque messieurs les députés se sont permis, sans mon autorisation, de fermer les tripots de notre France, on jouera dorénavant à chacune de mes fêtes.

— Elle m'a oublié... je l'oublie...

Moleskine le regarda en face.

— Tu l'aimes encore! lui dit-elle.

— Je n'aime plus rien au monde! Rien que l'ivresse et ses âcres jouissances... rien que les folles orgies et les saturnales sans fin!

— Allons c'est bien, reprit la chevalière.Je puis vous dire alors ce qu'est devenue votre infidèle.

— Tu le sais donc?

— Je le sais.

Gabriel poussa un cri.

— Ah! je devine tout, fit-il ensuite, c'est toi qui as perdu Suzanne!

— Eh quoi! riposta Moleskine, vous ne vous en étiez pas encore douté?

« Oui, poursuivit-elle triomphante, c'est moi... moi seul qui ai tout fait...

« Je l'avoue, elle lutta longtemps, bien longtemps...

« Mais, à force d'éloquence, je parvins à la convaincre que c'était folie à elle de devenir ton épouse.

« — A peine Gabrielle t'aura-t-il donné son nom qu'il le regrettera...car avec son nom, c'est sa liberté dont il te fera le sacrifice .. Il est né pour la vie indépendante pour le plaisir, pour les fêtes sans cesse renaissantes, et non pour la fastidieuse monotonie du ménage.

« Tel fut le langage que je tins à Suzanne.

« Et comme preuve de ce que j'avançais, je lui racontai dans tous ses détails l'exis tence orgiaque, échevelée que vous meniez il y a un an!...

« Dailleurs, ai-je ajouté, milord l'Arsouille, aveuglé par l'amour pendant un certain temps, sera désabusé bien vite et le lendemain même des noces, peut-être, il comprendra,que la belle Suzanne n'a tenu à devenir son épouse que pour en arriver à posséder ses millions.

« En un mot, poursuivit Moleskine, jefis tant et si bien que Suzanne promit de renoncer à vous pour toujours.

« Certes, reprit la terrible créature, qui seplaisait à entasser mensonge sur mensonge pour enfoncer le poignard plus avant dans le cœur de Gabriel, certes, je pensais trouver chez votre bien-aimée une plus sérieuse résistance...

« Je m'attendais à des larmes... à des soupirs... à des gémissements...

« Mais non, rien de tout cela!

« La belle à pris son parti avec une résigation vraiment humiliante pour vous.

« — Au fait, a-t-elle dit, vous avez raison, madame...Ce mariage est impossible de toutes les façons. Une pauvre fille comme moi n'épouse pas un richard, sans courir le risque de se faire jeter la pierre par tout le monde.

« Au surplus, a poursuivi Suzanne, mieux vaut pour moi ne pas me marier du tout. La liberté, voilà ce qu'il me faut,voilà le seul bien que j'envie!... Depuis tantôt un an que je vis en cette triste demeure, l'ennui me tue et je meurs peu à peu. Je manque d'air ici; on dirait que les lourdes portes d'un cachot se sont refermées sur moi, et bien des fois une larme de regret a mouillé ma paupière en songeant à ma petite mansarde de jadis. »

Se détachant en vigueur sur la blancheur éclatante du sol, un homme...

« Vous voyez, ô mon cher ennemi, que je ne pouvais m'adresser à Suzanne en un moment plus opportun...

« Aussi, la petite n'a-t-elle que bien peu hésité à vous laisser quelques lignes d'adieu et à prendre place dans ma voiture...

« Car, j'ai voiture maintenant! ajouta Moleskine avec impudence.

« Oui! j'ai trouvé un grand seigneur d'outre-mer, espèce d'hidalgo américain, qui s'est amouraché de moi.

— Est-ce pour m'annoncer ta nouvelle fortune que tu as pris la peine de me faire cette visite matinale?

« Allons, que la guerre commence !

« Dévalisons-nous, ruinons-nous...

> Nous n'avons qu'un temps à vivre...
> Amis, passons-le gaiement !

La table de jeu fut envahie.

Milord l'Arsouille étala devant lui un monceau d'or.

— Voilà pour vous tas de vampires ! dit-il à ceux qui l'entouraient.

« Gagnez, et j'en serai bien aise !

« Perdez, et ce sera bien fait !

« Allons, au premier roi à faire !

On donna les cartes.

Milord l'Arsouille eut le roi.

— Ceci m'annonce, dit-il, que je vais tous vous mettre sur la paille !

Mais, un instant, ajouta Gabriel.

Allant à Coquardier, qui persistait à ronfler, il lui administra dans le bas des reins de vigoureux coups de pied.

— Allons, debout, vieille vermine ! je veux que tu joues aussi... j'éprouve le besoin de te gagner tes dernières rentes.

— Au secours ! à l'assassin ! à la garde ! hurla le bonnetier tout meurtri.

Gabriel le prit par le bras et le plaça de force sur la table de jeu.

— Mais, je ne sais pas jouer, je ne veux pas jouer ! cria-t-il en se démenant.

Bon gré mal gré, il lui fallut céder au caprice de son tyrannique amphitryon.

La partie commença.

Il faisait jour quand elle se termina...

Tout l'or des joueurs avait passé de leurs mains dans celles de milord l'Arsouille.

Sa chance infernale, inouïe le poursuivait quand même.

— Oui ! oui ! dit-il avec un rire frénétique, heureux au jeu... toujours heureux... Cela doit être pardieu ! L'amour me trahit... La fortune me favorise !

« La fortune ! reprit-il avec rage. Eh ! que me fait cet or !... A quoi me sert-il ?... J'en ai déjà trop !

— Ce n'est pas comme moi ! grommela Coquardier. Vous m'avez ratissé jusqu'à ma dernière pièce de cent sous !

Et l'infortuné Polichinelle, comme preuve de ce qu'il disait, montra piteusement la doublure de ses poches.

— Il n'y a pas à dire, je suis à sec !

— Eh bien, et nous !... Et nous ! répondit un chœur lamentable.

— Allons ! tas de pleurards, s'exclama milord l'Arsouille d'une voix retentissante. Croyez-vous par hasard que je veux garder votre or ?... Tenez !... Tenez !... Je vous le rends et le mien avec, si vous voulez !

A ces mots, il prit par poignées l'or amoncelé devant lui et le lança par l'immense salle.

Et durant un long temps, ce fut une mêlée hideuse, effroyable, monstrueuse.

Quelque chose de surhumain, de démoniaque...

Tous ces misérables, hommes et femmes, hurlaient, vociféraient et s'entre-déchiraient pour essayer d'attraper quelques gouttes de ce déluge métallique.

Alors Gabriel se croisa les bras et regarda.

Et, comme jadis, il se reprit à dire :

— Parbleu ! c'est beau, l'espèce humaine, c'est bien beau !

. . . .

En cet instant, une femme masquée apparut au seuil de la salle...

Et elle aussi se prit à rire en contemplant cette indescriptible tuerie.

II

QUI COMMENCE, COMME LE PRÉCÉDENT, AUX « VENDANGES DE BOURGOGNE » ET SE TERMINE
NON LOIN DE LA BARRIÈRE SAINT-JACQUES

La femme masquée s'avança lentement vers milord l'Arsouille.

— Oserai-je t'arracher à cet émouvant spectacle et solliciter de toi quelques secondes d'entretien ?

— Qui es-tu ? interrogea Gabriel.

L'inconnue se démasqua.

— Moleskine ! murmura le jeune homme.

C'était la chevalière de Bellardoise.

— Oui, dit-elle en remettant son masque, c'est moi, milord. Pensiez-vous donc ne me revoir jamais ?

— Je l'espérais !

— La réponse est peu galante, fit Moleskine en raillant.

— Allons, interrompit Gabriel d'un ton brusque, que viens-tu faire céans, démon ?

— Rassurez-vous, répondit la chevalière, je ne viens plus vous parler de ma tendresse passée... En mon cœur ulcéré, il n'y a plus d'amour, plus d'affection, plus rien... rien qu'une haine féroce, ardente, insatiable !

— Et c'est la haine qui te conduit vers moi ?

— Oui.

Milord l'Arsouille se prit à sourire.

— Ta haine ! murmura-t-il. Et que peut-elle contre moi maintenant?... Je suis cuirassé d'un triple airain contre toute douleur et toute calamité. Mon cœur est, comme le tien, fermé à tout sentiment d'amour et de tendresse, et l'univers entier s'anéantirait sous mes yeux que cela ne me produirait pas plus d'effet que de voir ces coquins et ces drôlesses s'éventrer pour quelques misérables pièces d'or.

— Donc, vous n'aimez plus Suzanne ?

Gabriel frissonna.

— Non, pas tout à fait !

— Et quel autre motif t'amène ?

— Je suis venue, milord, je vous le répète, vous apporter des nouvelles de votre belle fugitive...

— De Suzanne?...

— Oui; je ne tiens nullement à ce que vous vous figuriez que je retiens cette fille prisonnière, et j'ai bien voulu me charger de vous remettre cette autre missive de sa part.

Moleskine prit en son corsage une charmante petite lettre musquée et parfumée et la présenta à Gabriel.

Celui-ci l'ouvrit avec un trouble involontaire...

Et il lut :

« Gabriel, je suis heureuse... tout à fait heureuse... Soyez donc sans crainte pour moi, sans inquiétude sur mon sort...et ne tentez jamais de me revoir... C'est le seul, l'unique vœu que puisse former celle qui fut folle jadis,mais qui aujourd'hui a toute sa raison ! »

Et cette lettre était signée : « Suzanne. »

Milord l'Arsouille la foula aux pieds.

— Mais que lui ai-je donc fait? murmura-t-il sourdement, que lui ai-je fait?

— Mon cher ennemi, répliqua Moleskine, vous avez trop songé aux autres et pas assez à elle... Que ceci vous serve de leçon, naïf philanthrope! ajouta la chevalière d'un ton railleur.

« Au lieu de courailler par les monts et les plaines pour le bonheur d'autrui, vous eussiez mieux fait, sans doute, de demeurer tranquillement sous votre toit et de ne vous occuper que de vous.

« Il est vrai, reprit en riant la sinistre créature, que je suis en quelque sorte la cause de vos prouesses humanitaires...

« Il y a un an, dans cette salle où nous sommes, au milieu de ces mêmes hommes, de ces mêmes femmes qui nous entourent, ne suis-je pas venue prêcher la croisade en faveur des damnés de Paris?

« J'avais encore des illusions alors!

« J'aimais !

« Aujourd'hui, amour, illusions tout est mort en moi...

« Eh bien ! je me suis vengée en faisant votre cœur aussi vide, aussi nu que vous aviez fait le mien !

« J'ai souffert par vous...

« Vous souffrez par moi.

« Maintenant, je suis heureuse!

— Eh! qui te dit que je ne suis pas heureux, moi! s'exclama Gabriel.

— Heureux, vous?

— Oui, moi!... Parbleu ! pourquoi me désespérerais-je après tout?

Ah! si le mariage projeté se fût accompli, si Suzanne, le lendemain des noces eût abandonné le toit conjugal et m'eût trahi pour un autre, voilà qui eût été vraiment terrible et monstrueux pour moi!

« Mais aujourd'hui, que m'importe la conduite de cette jeune fille?

« Elle n'est pas même ma maîtresse.

« Elle m'avait même juré de n'être jamais à un autre qu'à moi.

« Bah ! ces serments-là, autant emporte le vent !

« Et puis, c'était par gratitude, par reconnaissance qu'elle m'avait fait toute ces belles promesses...

« Elle était assurément sincère en les faisant...

« Mais plus tard... Eh bien! plus tard, elle a réfléchi...

« Elle a compris que cette union ferait son malheur et le mien peut-être, elle y a franchement renoncé.

« Pourquoi me plaindre?

« Pourquoi lui en vouloir ?

« Non ! je l'en remercie, au contraire... Et, je le répète, je dois considérer comme un bien ce qui vient d'arriver.

En parlant ainsi, Gabriel avait la mort dans l'âme...

Car il aimait toujours Suzanne, il l'aimait follement, éperdûment.

Moleskine n'était pas dupe de sa fausse résignation.

— Allons ! dit-elle, j'avais tort de chanter victoire... Je vois que ta fiancée te tient bien moins au cœur que je ne le pensais...

« J'espérais, je l'avoue, te trouver tout autre...

« J'espérais te torturer le cœur et te faire frissonner de jalousie et de rage en te révélant qu'à cette heure où nous sommes, Suzanne, la vertueuse Suzanne, est aux bras de son nouvel amant... Je me trompais. Adieu !

Moleskine fit quelques pas vers la porte.

Mais Gabriel courut à elle et lui saisit le bras.

— Un amant ! s'écria-t-il, un amant, as-tu dit? Suzanne a un amant !

Mme de Bellardoise se prit à rire.

— Pensiez-vous donc que cette petite était sortie de chez vous pour se faire vestale ?

— Réponds ! réponds ! interrompit Gabriel avec fureur. As-tu dit vrai ? Suzanne a-t-elle un amant ?

— Allons donc ! fit Moleskine triomphante. Vous vous êtes trahi, milord, et votre tendresse pour elle est toujours aussi vive !...

— Tu ne m'as pas répondu ! A-t-elle un amant, oui ou non?

— Oui ! oui ! cent fois oui ! répliqua Moleskine avec une cruelle énergie.

— Peux-tu m'en donner la preuve?

— Oui.

— Quand?

— A l'instant... Viens !...

Elle entraîna le jeune homme vers le cabinet où, quelques heures auparavant, Polichinelle-Coquardier et M. de Bellardoise se grisaient de concert, tout en se racontant leurs aventures.

— Dans le cabinet voisin de celui-ci, entends ces voix qui murmurent, dit doucement Moleskine.

Gabriel écouta.

— C'est Suzanne? rugit-il en devenant pâle comme un mort.

— Oui ! répliqua Moleskine, Suzanne... et Marcel Bertier.

— Marcel?

— Oui, ton secrétaire intime... ton protégé...

— Infamie !... Mais que disent-ils tous les deux... Je n'entends rien... rien !

— Bah ! repartit Mme de Bellardoise, qu'as-tu besoin d'entendre ?... Ce que peuvent se dire deux amoureux, cela se devine.

— Maudite !... Tu veux me rendre fou, n'est-ce pas ?

— Au surplus, reprit Moleskine, si leurs paroles ne peuvent venir distinctes jusqu'à votre oreille, il vous est permis du moins de regarder et de voir...

Lui montrant une sorte de crevasse qui sillonnait le mur de séparation des deux cabinets.

— Tiens ! tiens ! dit-elle avec une joie féroce, regarde-les !

Gabriel colla son œil sur la crevasse.

Et il aperçut Marcel Bertier aux genoux de Suzanne, et couvrant ses mains de baisers.

Le malheureux poussa un sourd rugissement.

— Ce sont eux ! ce sont eux ! dit-il presque fou. Quoi ! ils ont osé venir me braver jusqu'ici ! Oh ! qu'ils tremblent tous les deux !... qu'ils tremblent !

— Bah ! que t'importe... murmura Moleskine en raillant, puisque tu n'aimes plus Suzanne...

— Tais-toi ! tais-toi ! reprit milord l'Arsouille éperdu.

— Ah ! ah ! mon maître, poursuivit Mme de Bellardoise de son même ton sarcastique, on croirait, à voir ton trouble, ton émotion, que tu t'es vanté tout à l'heure et que ta passion est toujours aussi vive, aussi ardente !...

— Eh bien !... eh bien ! oui, je l'aime encore, cette misérable fille, et je suis jaloux... jaloux... comprends-tu ?

— Venge-toi donc, répondit Moleskine.

— Oui ! oui, oui !... Me venger !... les punir !... voilà ce que je veux !...

Moleskine portait une sorte de costume moyen âge de couleur sévère.

A sa ceinture pendait un poignard florentin retenu par une cordelière d'or.

Elle l'arracha du fourreau et le présenta à Gabriel.

— Frappe ! lui dit-elle.

Gabriel n'avait plus sa raison à lui.

Depuis la veille, il buvait pour essayer de se griser

Il ne pouvait pas y parvenir... Cependant il avait le feu dans la tête.

Et la fureur qui venait de s'emparer de lui à la vue de Marcel et de Suzanne acheva de l'affoler tout à fait.

Il saisit l'arme que lui tendait Moleskine et s'élança hors de son cabinet pour courir à celui des deux jeunes gens.

Mais devant la porte un homme se tenait qui l'empêcha de passer.

C'était Ferrouillard.

Le brave intendant n'abandonnait jamais son maître bien-aimé.

Il l'avait suivi sans être remarqué, dès qu'il l'avait vu s'éloigner avec la femme masquée.

— Milord, lui dit-il en le voyant paraître le poignard à la main, que voulez-vous donc faire ?

— Châtier l'ingratitude et la trahison !

Moleskine était accourue.

— N'écoutez pas cet homme, dit-elle à Gabriel ; vengez-vous !

— Place ! reprit ce dernier en cherchant à repousser Ferrouillard.

— Non, vous n'irez pas plus avant ! répliqua le bonhomme avec énergie

— Malheureux !... prends garde !

— Oh ! je n'ai pas peur ! reprit Ferrouillard. Si mon maître doit être assassin, j'aime mieux être sa première victime... Au moins je n'aurai pas la douleur de le voir monter sur l'échafaud.

— L'échafaud ! répéta Gabriel, que ce mot formidable rendit subitement à lui-même.

Et le poignard s'échappa de sa main.

— Ah ! c'est là, n'est-ce pas, le but sombre où tu voulais me pousser ! ajouta-t-il en s'adressant à Moleskine.

Celle-ci ne répondit rien.

Mais le regard d'hyène qu'elle lança à Ferrouillard parla pour elle.

— Qu'ils partent !... qu'ils fuient !... cria Gabriel à l'intendant.

Et lui-même s'enfuit précipitamment.

— Allons, fit Moleskine en ramassant son poignard par un mouvement brusque, c'est à recommencer !

Ferrouillard avait ouvert de force la porte du petit cabinet.

— Au nom du ciel ! dit-il à Marcel et à Suzanne, quittez cette demeure à l'ins-tant... à l'instant même... ou les plus grands malheurs sont à redouter !

— Ferrouillard ! s'exclamèrent en même temps les deux jeunes gens en s'élan-çant vers le bonhomme comme pour lui prendre les mains.

Mais celui-ci les repoussa.

— Vous ne connaissez plus mon maître, dit-il tristement, je ne vous connais plus.

— Oh ! murmura Suzanne avec douleur, lui aussi il me croit coupable !... Ah ! poursuivit-elle en faisant quelques pas vers l'intendant, si vous saviez...

Moleskine lui saisit vivement le bras.

— Tais-toi, malheureuse, lui dit-elle à voix basse ; au nom de ta mère, si-lence !

La jeune fille se tut, et Ferrouillard courut rejoindre milord l'Arsouille.

— Allons, venez, Suzanne, dit la chevalière.

— Me voici, madame. Marcel, murmura la pauvrette en tendant la main au jeune homme, adieu... adieu pour toujours !

— Pour toujours ! Quoi ! votre décision est-elle irrévocable ?...

— Irrévocable ! Bientôt j'appartiendrai au Seigneur !

Marcel porta la main à ses yeux.

Il pleurait.

— Pas de larmes ! lui murmura Moleskine à l'oreille ; si vous le voulez, c'est à vous qu'elle appartiendra !

— Que dites-vous ?

— Pas un mot !... Ce soir, je serai chez vous... et vous connaîtrez mes projets.

Elle descendit vivement, en entraînant Suzanne.

Une voiture les attendait.

Narcisse, le faux nègre, fouetta ses chevaux, et le véhicule fut bientôt loin des *Vendanges de Bourgogne*.

Marcel Bertier avait quitté le restaurant en même temps que les deux femmes.

Près du pont du canal, il suivit du regard pendant quelques minutes la calèche qui les emportait.

Quand chevaux et voiture se furent perdus dans les brouillards épais que parvenaient à peine à dissiper les premières lueurs du jour, Marcel se dit :

— Pourquoi cette femme protège-t-elle ainsi mes amours ?

« Hier soir, c'est elle qui est venue me trouver dans la petite mansarde qui est maintenant ma demeure.

« — Vous aimez Suzanne..., m'a-t-elle dit. Aujourd'hui, sous ma tutelle, son union avec milord l'Arsouille est pour jamais rompue...

« Demain matin, une heure avant le jour, soyez aux *Vendanges de Bourgogne* et vous verrez celle que vous chérissez.

« Je serai là avec elle.

« Masquées et travesties l'une et l'autre, nous porterons sur l'épaule gauche un nœud de rubans rose et blanc auquel vous nous reconnaîtrez. »

« En effet, je suis venu, poursuivit Marcel en s'accoudant sur le pont du canal, et je me suis bientôt trouvé seul à seul avec Suzanne...

« Et j'ai osé lui avouer enfin l'ardent amour que depuis si longtemps je ressentais pour elle.

« Mais, hélas ! c'est en vain que je me suis traîné à ses pieds...

« C'est en vain que j'ai couvert ses belles mains pâles de baisers et de larmes.

« — Je n'appartiendrai ni à vous ni à d'autres, m'a-t-elle répondu. C'est à Dieu que je veux être, c'est à Dieu que je serai ! »

« Sa résolution est irrévocable. Elle l'a juré !

« Sa compagne m'a dit d'espérer, pourtant !

« O Dieu ! continua le jeune homme en frissonnant des pieds à la tête... si elle ne s'était pas jouée de moi !

« S'il était possible qu'un jour Suzanne fût mon épouse !

« Pour la posséder, je suis prêt à tout faire...

« Oui... tout !...

« Je l'aime tant !... Oh ! je l'aime tant !

.   .   .   .

Tout à ses pensées, Marcel Bertier descendit à pas lents le faubourg du Temple.

Il suivit le boulevard jusqu'à la rue Saint-Denis, gagna les quais et traversa la Seine.

Depuis que, de son propre mouvement, il avait quitté l'hôtel de milord l'Arsouille, le jeune homme habitait un tout petit logement dans le haut du quartier Saint-Jacques.

Vers sept heures et demie, on frappa mystérieusement à la porte.

Le jeune homme courut ouvrir.

C'était celle qu'il attendait... C'était Moleskine...

Mᵐᵉ de Bellardoise pénétra dans l'humble réduit du jeune homme.

— Vous êtes seul ? demanda-t-elle.

Marcel répondit affirmativement.

— Bien ! fit Moleskine en s'asseyant. Écoutez-moi donc.

Marcel se rapprocha d'elle.

— Vous aimez Suzanne ?

— Plus que tout au monde... plus que ma vie... plus que mon âme ! En fuyant la demeure de milord l'Arsouille, je pensais en arriver à l'oublier... Non ! son souvenir m'a suivi partout et sans cesse... Et durant les six longs mois que je fus séparé d'elle, j'ai souffert un véritable martyre. Enfin, hier vous êtes venue à moi et vous m'avez dit :

« — Veux-tu la revoir ? »

« D'abord, en vous entendant, j'ai cru que j'étais fou !

« Mais ce matin, je me suis réellement trouvé face à face avec elle, comme vous me l'aviez promis... Et vous nous avez laissés seuls tous les deux... Alors, je lui ai dit tout... Hélas ! vous le savez, madame, je n'ai pu la convaincre...

Je n'ai pu la détourner de son fatal projet de se vouer au culte du Seigneur... Pourtant, vous m'avez jeté au cœur une espérance...

« — Si tu le veux, elle t'appartiendra ! »

« Tels furent les mots que vous m'avez ce matin laissés pour adieu.

« Oh ! pour cela, mon Dieu, que dois-je faire ?... Parlez !... Dites !... Quoi que vous ordonniez, je suis prêt !

— Allons, répondit Moleskine d'un ton léger, me prenez-vous, mon cher, pour quelque prêtresse de Satan ?... Pensez-vous qu'en échange de l'amour de Suzanne, je vais exiger de vous quelque pacte infernal signé de votre sang ?...

« Non ! non ! mon cher enfant, rien que de tout simple en ma conduite ! J'ai pour Suzanne une véritable affection... une tendresse de sœur... de mère... Et c'est pourquoi j'ai empêché son union avec milord l'Arsouille, car je savais que ce mariage eût été son éternel malheur...

— Son malheur !

— Oui ! car elle n'aimait pas Gabriel, elle ne l'a jamais aimé, et ne consentait à l'épouser que par reconnaissance.

— Que dites-vous ?

— La vérité, répondit la perfide créature avec un ton de sincérité si parfaitement simulé, qu'il eût été impossible de ne pas s'y laisser prendre. Oui, poursui vit-elle, c'est la vérité que je dis, rien que la vérité! Et pouvait-elle d'ailleurs aimer Gabriel, quand son cœur était à un autre?

— A un autre! s'exclama Marcel en bondissant.

— Oui, à vous, à vous seul!

— A moi?... Oh! vous me trompez, madame... vous savez bien qu'elle ne m'aime pas!

— Suzanne vous aime! reprit Moleskine avec un aplomb magnifique. Je le savais depuis longtemps. Aujourd'hui, j'en ai la preuve.

— La preuve?

— Cette lettre.

Ce disant, Mme de Bellardoise tendit au jeune homme une lettre dépliée dont il se saisit avec empressement.

Elle contenait ces mots :

« Je vous aime, Marcel, et je n'ai jamais aimé que vous...

« Jusqu'à cette heure, je me suis refusée toujours à vous faire cet aveu...

« Mais, quand cette lettre vous parviendra, les grilles d'un cloître se seront refermées sur moi...

« Je serai morte pour le monde... et je n'aurai rien à redouter de vous... ni de moi...

« A ce moment suprême, j'ose donc vous faire ma confession dernière...

« Je vous ai vu ce matin si malheureux, si désespéré, que je n'ai pas le courage de me séparer de vous pour toujours, en vous laissant croire que vous m'êtes indifférent...

« Mais si je vous aime, dites-vous, pourquoi ne pas être votre épouse?... Pourquoi ensevelir ma jeunesse et mon amour sous les voûtes sombres d'un couvent?

« Hélas! mon pauvre ami, il le faut!

« Une volonté plus forte que la mienne m'y oblige...

« Je souffre... je gémis... mais je dois obéir!...

« Ne tentez pas de pénétrer ce secret... vous ne le connaîtrez jamais!... »

Cette lettre portait bien réellement la signature de Suzanne.

Marcel la lut à trois reprises différentes.

— Oui! oui! dit-il enfin, c'est à moi... c'est bien à moi qu'elle est adressée! C'est bien mon nom que Suzanne y a tracé. Elle m'aime!... c'est moi qu'elle aime!... Et je la perdrais!... Et je la laisserais donner à Dieu sa vie qui m'appartient!... Non! non! cela ne saurait être... cela ne sera pas! Elle doit obéir, dit-elle. Et quelle loi peut donc forcer une femme à prendre le voile malgré elle?

— Ce mystère, je puis vous le révéler, moi! répliqua Moleskine.

— Vous?

— Elle m'avait fait promettre de garder pour moi seule sa confidence...

« Mais quand son bonheur est en jeu, ma conscience me commande de ne pas tenir ma parole. Sachez donc tout. C'est milord l'Arsouille qui l'oblige à entrer en religion.

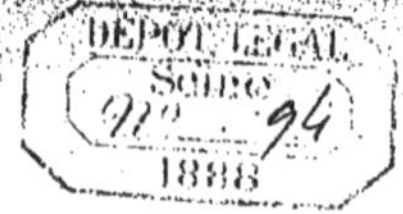

L'Anglais fit signe au jeune homme de pénétrer.

« — Puisque tu ne veux pas être à moi, lui a-t-il dit, tu ne seras à personne, si ce n'est au Seigneur, car c'est dans un cloître que tu termineras tes jours.

— Et de quel droit, s'écria Marcel, de quel droit lui parle-t-il ainsi?

Moleskine était préparée à toutes les objections du jeune homme.

Sans embarras, sans hésitation, elle répondit :

— Gabriel a fait à Suzanne un serment terrible...

— Un serment!

— Oui ! le cloître pour toi, lui a-t-il dit encore. A cette seule condition, j'épargnerai celui que tu aimes... Mais si tu refuses de m'obéir, je te jure de ne pas le laisser vivre !... Et tu sais que je suis homme à tenir ma parole ! »

« Pour vous sauver, Marcel, la pauvre Suzanne a promis de prendre le voile, et c'est dans quelques jours qu'expire le délai fixé par son tyran.

Le jeune homme était pensif.

— Quoi ! dit-il, milord l'Arsouille... ce type de la loyauté... de l'honneur... du courage... Milord l'Arsouille, cet homme si bon, si juste, si généreux se serait fait ainsi le bourreau de cette jeune fille !... Allons ! c'est impossible, madame... on vous a trompée !

— En effet, repartit Moleskine, qui s'attendait à cette réplique de la part d'un tel homme, une semblable conduite paraît inconcevable, et j'ai douté moi-même... Mais il a bien fallu me rendre à l'évidence...

— Que voulez-vous dire ?

— Je veux dire que Gabriel, non content d'avoir fait de vive voix à Suzanne les inqualifiables menaces que vous savez, a osé les lui répéter en une lettre que j'ai gardée, moi... et que voici. Tenez ! tenez ! ajouta-t-elle en présentant à Marcel une autre missive, vous, son secrétaire intime, vous connaissez son écriture... Eh bien ! dites, ce billet est-il de lui ?... Cette signature est-elle bien la sienne ?

Le jeune homme s'empara fiévreusement du papier que lui tendait Moleskine et l'approcha de la petite lampe qui éclairait la chambre d'une lueur faible et tremblotante.

Après avoir lu :

— Sur ma vie ! dit-il, c'est bien la main de milord l'Arsouille qui a tracé ces lignes.

En entendant cette déclaration, Mme de Bellardoise ne put s'empêcher de hausser les épaules.

Puis un sourire sarcastique vint contracter son visage.

— Croyez-vous maintenant ? demanda-t-elle.

— Oui... oui... il le faut bien ! répondit Marcel, véritablement atterré. Comme vous, je suis forcé de me rendre à l'évidence ; mais, en mon âme et conscience, je suis stupéfié, anéanti !...

« De la part de tout autre, cette infamie me semblerait toute naturelle...

« Mais de la part de sir Gabriel, c'est inouï !

— Le milord l'Arsouille n'existe plus, répondit Moleskine ; celui d'aujourd'hui est un Satan déchaîné !...

« Repoussé par la seule femme qu'il eût jamais aimée, il est devenu l'antithèse vivante de ce qu'il était... L'apôtre du bien s'est fait l'apôtre du mal. Et Suzanne sera sa première victime !

— Non, madame, répondit Marcel. Au péril de ma vie, je saurai l'empêcher d'obéir à cet homme. La déloyauté, l'injustice même de sa conduite présente effacent tous ses bienfaits passés. Je ne vois plus maintenant en lui qu'un ennemi, et je le traiterai comme tel...

Prenant la main de Moleskine :

— Madame, continua-t-il avec énergie, vous êtes venue à moi pour que j'arrache celle que j'aime à la vie odieuse qu'on prétend lui imposer !... Pour en arriver à ce but, vous avez un projet, une idée, un moyen ?... Parlez donc, que dois-je faire ? Je vous le répète, je suis prêt à tout.

Moleskine se rapprocha du jeune homme.

Puis bien bas, bien bas, elle lui glissa ces mots dans l'oreille :

— Il faut que, cette nuit même, vous soyez l'amant de Suzanne !

Marcel poussa une exclamation involontaire.

— Il le faut, poursuivit Moleskine. Car si avant le jour elle ne vous a pas appartenu, demain, elle appartiendra au cloître.

« Oui, elle préférera se sacrifier que de mettre en péril les jours de celui qu'elle aime... Mais une fois qu'elle sera votre maîtresse, elle aura le courage de braver son tyran et refusera de prendre le voile pour devenir votre épouse. C'est là le seul moyen de la sauver malgré elle, le seul, vous entendez ?... A vous cette nuit, ou perdue pour toujours... Choisissez !

— J'ai choisi ! répliqua le jeune homme avec résolution.

« Puisqu'à présent je suis certain qu'elle m'aime, je n'ai plus à hésiter ! Que je la sauve du cloître et que je meure après.

— Lorsque minuit sonnera, reprit Moleskine, soyez sur la place Saint-Jacques.

« Un homme viendra à vous qui vous montrera le même nœud de rubans que j'ai pris ce matin comme signe de reconnaissance. Vous suivrez cet homme. Ne lu adressez pas la parole, il ne vous répondrait pas.

« Où il ira, allez.

« Où il s'arrêtera, arrêtez-vous...

« Dans la maison où vous mènera cet homme, attendez la venue de Suzanne...

« Et quand vous serez seul avec elle, ne redoutez ni ses pleurs ni ses cris...

« Du dehors, on ne pourra rien entendre...

« A minuit !...

— A minuit, répondit Marcel.

Il voulut reconduire sa sinistre visiteuse jusqu'à sa voiture.

— C'est inutile, répondit-elle, je suis venue à pied.

« Adieu ! adieu !

Elle descendit d'un pas léger et sans reprendre haleine les cinq étages qui la séparaient du sol.

S'enveloppant dans sa mante fourrée, rabattant sur son visage son voile épais, elle gagna prestement le dehors.

La neige commençait à tomber et le froid était vif.

— Tant mieux, fit-elle, il y aura moins de monde cette nuit par les rues.

Au lieu de se diriger vers le bas du faubourg, elle prit du côté de la barrière.

Elle eut bientôt atteint la place Saint-Jacques.

La neige continuait à tomber, et, sous le blanc linceul qui les ensevelissait, ces lieux, si funèbres d'ordinaire, semblaient plus funèbres encore.

Se détachant en vigueur sur la blancheur éclatante du sol, un homme allait et venait sur la place et semblait attendre.

Moleskine se dirigea vers lui.

— Enfin, c'est toi, dit-il. Je commençais à perdre patience.

« Quelles nouvelles ?

— Marcel viendra.

— Tu en es sûre ?

— Parbleu ! répondit Moleskine. Mais ce n'est pas sans peine. Quand je pense au nombre de mensonges qu'il m'a fallu faire en moins d'une heure, c'est inouï.

— Et notre amoureux a pris tout cela pour de l'argent comptant ?

— J'en suis certaine, te dis-je. Du reste, il a la tête à moitié perdue... Le pauvre niais est fou d'amour et de misère...

— Les deux fameuses lettres ont produit, à ce que je vois, tout l'effet que nous espérions.

— En pouvais-tu douter ?

— Franchement, non ! répliqua l'homme au grand manteau. Entre nous, j'ai la prétention de savoir mon métier.

« Et je ne pense pas qu'aucun calligraphe puisse contrefaire mieux que moi l'écriture de mes contemporains. Cependant, je l'avoue, ma chère, je craignais de ne pas avoir réussi tout à fait le *fac-simile* des pattes de mouches de notre ami Gabriel. Mais du moment que le secrétaire intime s'y est laissé prendre, c'est que l'imitation est parfaite.

« Tant mieux ! parbleu, tant mieux ! cela pourra le mener loin.

— Loin ! répéta Moleskine avec un rire atroce. Oh ! pas plus qu'ici, sans doute.

On se rappelle que la femme noire et son complice se trouvaient alors sur la place Saint-Jacques...

— En effet, reprit le compagnon de la chevalière, c'est vers ces lieux maudits que je veux le pousser. Oh ! cela sera !... cela sera ! Oui ! grâce à moi, grâce à nous, l'échafaud se dressera sur cette place en son honneur... La guillotine l'étreindra de ses bras ensanglantés et lui donnera le baiser de mort... Et c'est moi qu'à ces derniers instants il verra debout, au pied de ces tréteaux sinistres... Et mon rire de bravade et de triomphe répondra à sa clameur suprême...Après, on me prendra si l'on veut... On me guillotinera aussi !... Que m'importe !... Je serai vengé.

. . . .

Celui qui parlait ainsi, c'était Stephen Lowe.

— Là-bas, dans la maison déserte, tout est bien préparé pour recevoir Marcel et Suzanne?

— Oui, répondit Moleskine.

— Pourvu, reprit l'Anglais, que ce jeune homme n'hésite pas au dernier moment.

— Non !... avant de le quitter, tu lui offriras toi-même le vin et les liqueurs... Il boira en attendant Suzanne... et cela fera tomber ses derniers scrupules... C'est alors que Gabriel, que notre ennemi apparaîtra, poursuivit la chevalière avec une incroyable joie. Devant Suzanne, déshonorée et perdue à jamais pour lui, il ne pourra, cette fois, maîtriser sa fureur, et Marcel payera de sa vie son attentat. Oh ! ce résultat est certain, assuré... Ce matin, rien qu'en voyant aux genoux de cette fille celui qu'il croyait son rival, une indicible rage s'est emparée de lui... Cette nuit, rien ne saura faire obstacle à sa vengeance... Cette nuit enfin milord l'Ar-

souille ne sera, aux yeux de tous, qu'un vil meurtrier, et nous serons à la veille,
l'un et l'autre, de voir nos vœux se réaliser.

— Pourtant... murmura Stephen.Lowe, s'il faisait grâce à Marcel?...

— C'est impossible ! tu lui mettras toi-même les armes à la main.

— Et s'il n'ose frapper ?...

— Eh bien! tu frapperas toi-même, Stephen!... Et tu fuiras ensuite par l'issue
secrète en enfermant Gabriel avec la victime! Quoi qu'il advienne, il faut qu'il ne
sorte de la maison déserte que comme un assassin!

— Allons, ta confiance me gagne! riposta Stephen Lowe, espérons que le succès
saura nous donner raison.

Ils avaient depuis longtemps quitté la place Saint-Jacques, lorsque la demi de
onze heures sonna aux horloges d'alentour.

Marcel parut.

— Onze heures et demie seulement! dit-il, je pensais qu'il était plus tard.

« C'est étrange, il fait un froid glacial cette nuit, et pourtant j'ai la tête en feu...
j'ai un volcan dans le cœur!

Après s'être promené quelques minutes en silence :

— Pourquoi m'avoir donné rendez-vous sur cette place! reprit-il, On dirait que
j'ai peur ici... Si je m'y retrouvais un jour... avec le crime pour guide et le bourreau pour compagnon!

Se remettant peu à peu :

— Allons, chassons de mon esprit ces sinistres pressentiments! Ne pensons
qu'à elle, à ma Suzanne bien-aimée!

. . . .

Minuit sonna enfin.

Dans le même moment un homme se montra qui venait de la rue d'Enfer.

C'était lord Stephen.

Il avait enlevé son grand manteau et portait à présent un costume complet do
croque-mort.

Marcel ne pouvait supposer que cet homme fût celui qu'il attendait.

Mais, à sa très grande surprise, il vit le terrible personnage s'approcher de lui
et lui mettre sous les yeux le nœud de rubans dont il a été parlé.

— Que veut dire ceci? pensa-t-il.

« Qui êtes-vous donc? demanda le jeune homme, et pourquoi portez-vous cette
livrée sinistre?

Le croque-mort ne répondit rien.

Il regarda Marcel avec une sorte d'étonnement.

Puis il se mit à rire d'un rire hébété.

— C'est juste, se dit le jeune homme.

« On m'a averti que si je l'interrogeais, il ne pourrait me répondre.

En lui-même, il était persuadé qu'il avait affaire à une espèce d'idiot.

Stephen, sans dire un mot, fit signe à Marcel de le suivre, et tous deux quittèrent
la place Saint-Jacques.

On s'engagea dans la rue de la Tombe-Issoire.

Vers le milieu de la rue, le croque-mort de contrebande, toujours silencieux, s'arrêta devant une maison d'aspect antique.

Au-dessus de la porte, il y avait une petite niche, et dans cette niche une Vierge tenant entre ses bras l'Enfant-Jésus.

Stephen prit une clef dans sa poche, ouvrit la porte de cette habitation, qui était isolée de toutes les autres et semblait parfaitement inhabitée.

L'Anglais fit signe au jeune homme de pénétrer.

Mais Marcel hésitait à franchir le seuil de cette sombre retraite.

Le faux croque-mort le regarda, et se reprit à rire de son rire idiot.

Le jeune homme eut honte alors de sa pusillanimité et entra.

La porte se referma sur lui, et durant quelques instants il se trouva dans les ténèbres.

Mais Stephen tira un briquet de sa poche et alluma un rat-de-cave.

Après quoi il se mit à gravir un petit escalier de quelques marches.

Marcel le suivit.

Et bientôt tous deux se trouvèrent dans un ravissant petit boudoir Louis XV, au milieu duquel se trouvait une table servie et toute surchargée de lumières.

Le croque-mort prit alors Marcel par la main et le conduisit vers une porte que recouvrait une épaisse tenture...

Cette porte était entr'ouverte...

Et par l'entre-bâillement, Marcel put apercevoir une deuxième chambre aussi coquettement meublée que la première.

Au fond de cette autre pièce était un lit à rideaux roses, qu'éclairait d'une douce lueur une lampe d'albâtre suspendue au plafond.

Bientôt il lui sembla apercevoir sur ce lit une forme humaine...

Il fut sur le point de pousser un cri...

Il reconnut dans la demi-obscurité les traits charmants de celle qu'il aimait.

— C'est elle! murmura-t-il éperdu, c'est Suzanne!

Il se sentit défaillir.

Et il tomba sur une chaise en comprimant les battements précipités de son cœur...

Stephen courut à la table, et remplit de vin d'Espagne un verre qu'il approcha des lèvres de Marcel.

Celui-ci but machinalement...

— Merci!... merci!... dit-il en revenant à lui.

Mais le croque-mort avait disparu...

Le jeune homme était seul.

Et sa bien-aimée sommeillait à quelques pas de lui.

III

DES ÉVÉNEMENTS QUI S'ACCOMPLIRENT DANS LA MAISON DE LA RUE DE LA
TOMBE-ISSOIRE PENDANT LA NUIT DU DIMANCHE GRAS DE L'AN 1838

Marcel avait la tête perdue.

— Suzanne! disait-il, c'est Suzanne!

Tournant les yeux vers la chambre où sommeillait la jeune fille :

— C'est-elle!... c'est bien elle qui est là!

Il se leva et fit quelques pas du côté de la porte entr'ouverte.

Mais l'indicible émotion qui s'était emparée de lui à la vue de sa bien-aimée le fit retomber en chancelant sur son fauteuil, près de la table.

Alors, pour se donner un peu de courage, il prit le premier flacon qui lui tomba sous la main et remplit un verre qu'il vida d'un seul trait.

C'était du vin d'Espagne.

Depuis la veille, il n'avait bu que de l'eau et mangé que du pain.

En reposant son verre, il était à moitié ivre.

Presque instantanément, ses regards s'illuminèrent, et sur son front se peignit une indomptable résolution.

— C'est bon, le vin! dit-il avec un rire fiévreux, c'est bien bon!

« Il y avait longtemps que cette généreuse liqueur ne m'avait réchauffé les veines.

Tout en parlant, il s'était versé une nouvelle rasade.

— Parbleu! reprit le jeune homme en portant le verre à ses lèvres, je me sens tout autre à présent, et, comme par enchantement, mes scrupules, mes remords, mes craintes même se sont évanouies.

« Oui, mes craintes!

« En pénétrant dans cette maison à la suite de mon guide sinistre, j'ai senti le frisson de la peur me parcourir le corps.

« Il me semblait que je franchissais le seuil d'un coupe-gorge.

« C'est la mort qui m'attend là, peut-être! me disais-je.

« Insensé! c'était l'amour!... L'amour! et mon cœur ne m'avertissait pas!...

Il s'était à bas bruit dirigé vers la chambre où reposait Suzanne.

Il écarta doucement la tenture et poussa la porte.

Une atmosphère délicieusement embaumée régnait dans la pièce où il se trouvait.

Bien qu'on fût en plein hiver, les jasmins, les violettes et les roses garnissaient les jardinières Louis XV disposées de chaque côté du lit, et mariaient à miracle leurs admirables senteurs.

Ces parfums pénétrants, qui contribuaient à faire plus profond le sommeil de Suzanne, achevèrent d'enivrer et d'affoler l'amoureux Marcel.

Le feu au cœur, il s'approcha de la ravissante dormeuse.

La jeune fille était étendue sur le lit, vêtue d'un élégant peignoir en mousseline blanche...

Ses longs cheveux blonds à moitié dénoués lui ceignaient le front comme d'une auréole, et faisaient ressembler la belle enfant à un ange endormi.

— Suzanne!... ma Suzanne bien-aimée! murmura Marcel, en extase devant la radieuse jeune fille.

Durant quelques instants, il demeura plongé dans une muette contemplation..

Puis, peu à peu, ses mains se rapprochèrent des mains de Suzanne, et ses lèvres brûlantes s'appuyèrent sur les bras nus de la jeune fille...

Brusquement, celle-ci se réveilla.

— Où suis-je donc? fit-elle avec effarement.

— Près de moi, mon adorée Suzanne! répondit le jeune homme en l'enlaçant de ses bras.

— Marcel! s'exclama-t-elle en le reconnaissant. Vous!... vous ici!...

— Oui, pour te dire que je t'aime, pour te sauver du cloître et te garder pour moi!

— Laissez-moi!... laissez-moi!... balbutia Suzanne en se débattant.

— Ne tente pas de te dérober à ma tendresse! répliqua le jeune homme en l'étreignant étroitement. Quoi que tu fasses, tu m'appartiendras!

« Pour toi, pour moi, pour notre salut à tous deux, cela doit être et cela sera!

— Ah! mais vous êtes fou!... s'écria la pauvre enfant avec épouvante.

— Non!... j'ai toute ma raison, au contraire... répondit Marcel en couvrant de baisers ses blanches épaules.

« Cet amour profond dont je brûle pour toi depuis le premier jour que je t'ai vue, je sais, ô ma Suzanne, que ton cœur le partage!

— Que dites-vous?... interrompit Suzanne.

— Je dis que cette lettre qui ne devait me parvenir qu'après votre entrée au cloître, je l'ai lue cette nuit... cette nuit même.

— Une lettre?... fit la jeune fille sans comprendre.

— Oh! pourquoi feindre avec moi, ma Suzanne? reprit Marcel avec une chaleur croissante.

« Puisque je te dis que je sais tout maintenant... tu n'as jamais aimé que moi!

— Vous mentez!... vous mentez, Marcel!... Je ne vous aime pas... je ne vous aimerai jamais!

— Puis-je te croire, s'exclama le jeune homme, lorsque cet aveu charmant de ta tendresse est là qui me brûle le cœur!...

«Lorsque chaque ligne, chaque phrase, chaque mot tracé par toi s'est à jamais gravé dans ma mémoire...

Et le jeune homme se prit à répéter presque textuellement le contenu du billet à lui remis par Moleskine, et qu'il croyait bien réellement écrit par la jeune fille.

« Je vous aime, Marcel, et n'ai jamais aimé que vous. J'ai dû, jusqu'à cette heure, vous taire ce secret. Mais quand ma lettre vous parviendra, les grilles d'un cloître se seront fermées sur moi et je serai morte pour le monde.

Et le jeune homme mit à nu sa poitrine.

« A ce moment suprême, j'ose donc tout vous dire. Je vous ai vu ce matin si malheureux, si désespéré, que je n'ai pas le courage de me séparer de vous pour toujours en vous laissant croire que vous m'êtes indifférent... »

— Voilà, Suzanne, poursuivit Marcel, voilà ce que vous m'avez écrit !...

« Vous voyez bien que je ne mens pas... Vous voyez bien que vous m'aimez et que votre vie est désormais inséparable de la mienne !

— Marcel, cette lettre ne vient pas de moi.

— Oh ! reprit le jeune homme en la tirant de sa poitrine, tu l'as signée de ton nom, ma bien-aimée Suzanne, tu l'as mouillée de tes larmes.

« Mais je sais pourquoi tu te refuses encore à m'avouer de vive voix ce que tu as osé m'écrire...

« C'est par amour pour moi, toujours...

« C'est parce que tu trembles que la vengeance de milord l'Arsouille ne vienne me demander compte de mon amour.

« Ne crains rien de cet homme...

« Je le hais à présent, et j'aurai la force de lutter contre lui.

— Oh! taisez-vous!... taisez-vous! s'exclama Suzanne.

— Non, je le hais, te dis-je, je le hais autant que je t'aime.

Et en parlant ainsi, Marcel se reprit à étreindre entre ses bras enfiévrés le corps de la jeune fille...

Elle tenta de crier et d'appeler à l'aide...

Les lèvres du jeune homme se posèrent sur ses lèvres, et ses clameurs expirèrent...

En ce moment, un bruit étrange se fit entendre.

On eût dit que ce bruit venait des profondeurs de la terre et que le sol tremblait sous les pieds.

Marcel ni Suzanne ne s'en préoccupèrent...

Le premier ne songeait qu'à son amour...

L'autre ne pensait qu'à se défendre...

Pourtant les forces de la pauvre enfant s'épuisaient peu à peu, et l'instant était proche où ses stériles efforts allaient la livrer sans défense à la brutale tendresse du jeune homme.

Mais bientôt une voix terrible vibra dans la chambre.

Et cette voix disait :

— Sur mon âme, ils mourront tous les deux!

Suzanne et Marcel s'écrièrent en même temps :

— Milord l'Arsouille!...

C'était Gabriel, en effet...

Gabriel, pâle, effrayant, formidable, et tenant à chaque main un pistolet armé...

On comprend que c'était Moleskine et Stephen Lowe qui s'étaient chargés de le faire prévenir.

Il s'avança lentement vers les deux jeunes gens.

— Priez! dit-il d'une voix sinistre.

Marcel s'élança au-devant de Gabriel.

— Milord, s'écria-t-il, c'est infâme et c'est lâche ce que vous faites!

— Ce qui est infâme, répondit milord l'Arsouille d'une voix entrecoupée, ce qui est lâche, c'est d'oublier les bienfaits qu'on a reçus... c'est de faire l'éternel malheur, l'éternel désespoir d'un honnête homme!...

— Gabriel! s'écria Suzanne éperdue.

— Taisez-vous, perfide! interrompit le jeune homme avec colère. Vous m'avez trahi, trompé, menti odieusement.

« Oui, menti!

« Vous disiez m'aimer, et c'est lui qui possédait votre cœur!

— Ce n'est pas vrai! ce n'est pas vrai! reprit Suzanne.

« Gabriel, au nom du Dieu vivant! au nom de ma mère qui n'est plus! je vous jure que je n'aime pas Marcel et que je ne l'ai jamais aimé!

Gabriel ramassa brusquement la lettre que Marcel avait laissé tomber à terre.

— Et cette lettre!... cette lettre!... répéta-t-il avec une indicible violence.

« Ne sais-je pas ce qu'elle contient?

« Oh! j'ai tout entendu, va!

« Pour votre châtiment, je suis au fait de tous vos ignobles secrets!

— Gabriel, interrompit Suzanne en s'élançant vers le jeune homme, je n'ai pas écrit cette lettre... je ne l'ai pas écrite!... La tête sous le couperet de la guillotine, j'en ferai le serment!

Milord l'Arsouille haussa les épaules.

— Allons, dit-il, plus de mensonges...

— Mais je ne mens pas, mon Dieu! je ne mens pas! gémit la malheureuse jeune fille.

— Eh bien! écoute, reprit Gabriel. S'il est vrai que l'on ait employé la violence pour te faire écrire cette lettre; s'il est vrai que tu n'aimes pas cet homme et que ce soit malgré toi que tu te sois trouvée seule avec lui en cette retraite isolée; si tout cela est vrai, prouve-le, Suzanne, en te donnant à moi cette nuit même.

— Grand Dieu! s'exclama la jeune fille, qu'osez-vous exiger, milord!

— J'exige, reprit milord l'Arsouille avec résolution, j'exige que tu choisisses entre Marcel et moi...

« De ton choix dépendra votre salut à tous deux ou votre perte!...

— Milord... au nom du ciel!...

— J'ai dit! reprit Gabriel d'un ton ferme.

« Et n'essaye pas surtout de m'attendrir... Je ne m'attendris plus maintenant, et la pitié n'a plus de prise sur moi!

« Cette nuit, ton amant ou ton bourreau! Décide-toi!

— Mais c'est horrible!

— Horrible, ignoble, monstrueux, tout ce que tu voudras... Mais c'est comme cela!

« Ton abandon a fait de moi ce que je suis; tant pis pour toi!

« L'agneau est devenu tigre...

« Je ne bêle plus à présent, je rugis!...

Marcel alla vers lui.

— Allons, tuez-moi, milord... mais ne forcez pas cette pauvre fille à se prostituer à vous pour racheter sa vie!

Et le jeune homme mit à nu sa poitrine en répétant:

— Tuez-moi... mais tuez-moi donc, puisque je ne puis la défendre... puisque je ne puis la sauver!

Devant ce courageux élan de Marcel, milord l'Arsouille demeura un instant interdit, hésitant.

— Ah! cela vous étonne, reprit le jeune homme, de me voir à cette heure si ferme devant la mort?

« En effet, jadis, vous m'avez vu pleurer parce que j'étais soldat !

« Vous avez cru sans doute alors que j'avais peur d'attraper quelque balle sur le champ de bataille...

« Vous me faisiez injure, milord... Je voulais rester près des miens pour les faire vivre, et c'est pour cela, pour cela seulement que j'ai accepté l'argent maudit que vous m'avez offert.

— Parbleu ! s'exclama Gabriel, cela me surprenait aussi que vous ne m'eussiez pas encore reproché les quelques billets de mille francs dont vous parlez et dont je ne vous parlais pas !

« Tous les joueurs sont les mêmes.

« Quand ils ont été assez niais pour perdre l'argent qu'on leur a prêté, ils font un crime à leur créancier de ne pas le leur avoir refusé.

« Mais, poursuivit-il en changeant de ton, ce n'est pas de cette misère qu'il s'agit présentement, et ce n'est pas encore à vous que je m'adresse, monsieur, c'est à cette fille !

— Oh ! mon Dieu ! murmura Suzanne en étouffant des sanglots. Et c'est lui qui me parle ainsi !

— Voyons, reprit milord l'Arsouille, votre décision est-elle prise ?

L'infortunée tomba aux pieds de Gabriel.

— Grâce !... grâce... fit-elle éplorée.

Milord proféra un furieux blasphème.

Puis avec une impatience fébrile :

— Je vous répète une fois pour toutes, que mon cœur est fermé à tout sentiment d'humanité.

« Je n'écoute plus qu'une voix, celle de la passion !...

« Depuis plus de deux ans, je t'aime et je te désire...

« Pour te posséder, je voulais te donner le nom de mon épouse.

« Tu t'y es refusée... Eh bien ! tu seras ma maîtresse !

Suzanne se releva épouvantée.

— Moi !... moi !... votre maîtresse !... s'écria-t-elle. Oh ! jamais !... jamais !

— Ah ! fit Gabriel avec rage, tu vois bien que c'est toi qui as écrit cette lettre !... Tu vois bien que c'est Marcel que tu aimes !...

— Non ! non ! j'en jure Dieu !

— Alors, sois à moi !

— Plutôt la mort !

— Eh bien ! meurs donc ! reprit Gabriel aveuglé par la rage.

— Ah ! répliqua Marcel en se plaçant devant la jeune fille, je saurai te faire un rempart de mon corps !

Milord l'Arsouille lui répondit par un éclat de rire frénétique.

— Vous mourrez tous deux, dit-il ensuite d'une voix sourde, vous mourrez damnés !

Ce disant, il arma son pistolet.

Suzanne poussa un cri terrible.

— Oh! non! non! gémit-elle avec désespoir, je ne veux pas mourir ainsi... je ne veux pas!

« Gabriel... sachez tout... je suis...

Elle n'acheva pas.

Le bruit souterrain qui, une fois déjà, s'était fait entendre, éclata de nouveau avec une violence inouïe...

Dans le même moment, le plancher de la chambre s'effondra, et milord l'Arsouille s'engloutit au milieu des décombres, tandis qu'une partie de la muraille s'écroulait avec fracas...

Par un hasard providentiel, Suzanne et Marcel demeurèrent sains et saufs au bord de l'abîme qui venait de s'entr'ouvrir sous les pas de Gabriel.

Ce qu'il advint des deux jeunes gens, nous le dirons avant peu.

Présentement, c'est milord l'Arsouille, notre héros, qu'il faut rejoindre dans les ténébreuses profondeurs des Catacombes.

Car c'était sur les vides de ces carrières immenses que s'élevait la rue de la Tombe-Issoire...

Et la maison mystérieuse venait tout naturellement d'être détruite, à la suite d'un de ces éboulements assez communs alors en ce quartier, littéralement suspendu sur des abîmes.

Les Catacombes!

Romanciers, chroniqueurs, tous en ont parlé.

Nous en parlerons cependant encore...

Toutefois, nous ne ferons de ce coin de Paris souterrain qu'une description très courte et très rapide.

Il y a longtemps, bien longtemps, sur les bords de la rivière de Bièvre, au faubourg Saint-Marcel, à l'emplacement des Chartreux et du Mont-Parnasse, des carrières furent ouvertes, desquelles on tira les pierres nécessaires à la construction des anciens édifices de Paris.

Au commencement du xiv⁰ siècle, il y aura tout à l'heure cinq cents ans, on entreprit d'employer les bancs calcaires des carrières situées sous le faubourg Saint-Jacques et sur le territoire de Gentilly et de Mont-Souris.

Dulaure nous apprend que, pendant plusieurs siècles, ces exploitations se firent sans surveillance, sans méthode, sans respecter les limites des propriétés, et au gré des entrepreneurs, qui fouillèrent fort avant dans la campagne et même fort avant sous la ville.

Le gouvernement, peu soucieux du désordre et des périls de ces fouilles permanentes, se montra fort longtemps très indifférent sur les accidents nombreux qu'elles occasionnaient, sur les éboulements, les affaissements de terrains, et sur les alarmes qu'ils répandirent.

Ces accidents s'étaient surtout manifestés en 1774.

Trois maisons, situées à une assez grande distances les unes des autres, mais toujours sur la rive gauche de la Seine, s'écroulèrent presque coup sur coup.

Au mois d'avril de ladite année, une autre maison de la rue d'Enfer s'effondra, « écrasant sous ses débris la plupart de ses habitants. » Les Suisses du palais d'Orléans, — c'est ainsi qu'on appelait alors le Luxembourg, — plusieurs compagnies de gardes françaises et tous les habitants du quartier s'aventurèrent vainement sur ces ruines dangereuses pour tâcher de sauver les victimes.

La maison s'était affaissée sur elle-même, comme si ses fondements, venant à manquer, elle se fût abîmée dans des gouffres inconnus.

Les bruits les plus absurdes commençaient à se répandre sur les causes probables de ces catastrophes.

Certains bourgeois sensés parlaient bien de cavités souterraines, inexplorées jusque-là, qui s'étendaient sous cette portion de Paris et qui, s'ouvrant tout à coup, engloutissaient les maisons dont ils étaient surchargés.

Mais cette explication simple et naturelle ne satisfaisait pas le vulgaire, ami du merveilleux. Les *dames* de la foire Saint-Germain soutenaient sérieusement qu'un esprit malfaisant, un antéchrist, peut-être le Diable de Vauvert, que les Chartreux de la rue d'Enfer étaient parvenus à exorciser plusieurs siècles auparavant, s'était déchaîné de nouveau pour jouer de mauvais tours à la population parisienne.

Les chiffonniers et chiffonnières du faubourg Saint-Marcel voyaient, au contraire, dans ces accidents réitérés, une preuve de la haine de *la cour* contre le pauvre peuple.

Ainsi parle l'historiographe des *Catacombes de Paris*.

La terreur populaire n'était que trop justifiée.

A tout instant, c'étaient comme des roulements de tonnerre souterrain... Le sol vibrait sous les pieds... Des craquements se faisaient entendre... Des crevasses, des excavations profondes se manifestaient dans les cours et dans les jardins... et parfois les plus grands arbres s'enfonçaient jusqu'à la cime dans les vides ouverts au-dessous d'eux.

Enfin, nombre de maisons du quartier Saint-Jacques étaient toutes lézardées, chancelantes, et le sol était tout sillonné de gerçures.

Ce ne fut cependant qu'à le fin de 1776 qu'on se décida à ordonner une visite générale des carrières et la levée des plans de toutes les excavations.

Cette visite procura la certitude que « les temples, les palais et la plupart des voies publiques des quartiers méridionaux de Paris étaient prêts à s'abîmer dans des gouffres immenses. » Et le péril était d'autant plus redoutable qu'il se présentait sur tous les points à la fois.

L'année suivante, fut créée une compagnie d'ingénieurs chargée de consolider toutes les excavations.

C'est dans une partie de ces souterrains, qu'à l'exemple des villes de Rome et de Naples, on a établi des catacombes ou ossaires.

Le cimetière des Innocents servait à plus de vingt paroisses de Paris; depuis près de mille ans, les générations venaient successivement s'y engloutir. Pendant sept siècles seulement, on a calculé que ce cimetière avait dû dévorer un million deux cent mille cadavres.

Le voisinage en était infecté. Les habitants des rues adjacentes, pendant plus de deux siècles, portaient des plaintes aux gouvernants qui, pleins de respect pour la routine et pour les morts, leur sacrifiaient les vivants.

En 1780, un accident arriva dans les caves des maisons de la rue de la Lingerie, par le voisinage d'une fosse qui devait contenir près de deux mille corps. Les vives réclamations des habitants de cette rue déterminèrent enfin le Conseil d'État à s'occuper de cet objet. Il ordonna, par un décret du 9 novembre 1785, que l'emplacement de ce cimetière changerait de destination et serait converti en marché public.

L'archevêque de Paris, par un décret de 1786, consentit à ce que le cimetière des Innocents fût supprimé, ordonna que le terrain serait défoncé à la profondeur de cinq pieds, la terre passée à la claie, et que les ossements seraient transportés dans les carrières souterraines de la plaine de Mont-Souris.

La maison de la Tombe-Issoire, à laquelle les traditions parisiennes rattachaient les plus sombres récits, et qui tenait son nom d'un bandit fameux au moyen âge, fut acquise pour servir d'entrée aux Catacombes, dont on était parvenu, non sans peine, à consolider les ciels et qu'on avait disposés pour leur nouvelle destination.

Le 7 avril 1786, plusieurs grands vicaires, docteurs en théologie, les desservants de plusieurs paroisses, vinrent, avec toute la pompe sacerdotale, bénir et consacrer le cimetière souterrain.

Toutefois, on n'avait pas attendu cette cérémonie, pas plus que le consentement de l'archevêque, pour opérer le transport des ossements du cimetière des Innocents ; car les inscriptions des Catacombes attestent que la première translation se fit en décembre 1785.

Les ossements des cimetières supprimés de Saint-Eustache des Grès y furent transférés en mai 1787.

Dans la suite, pendant et après les orages révolutionnaires, les corps des personnes tuées dans les troubles et les ossements des cimetières des autres paroisses et maisons religieuses de Paris, y furent successivement déposés.

On doit à M. Frochot, préfet de la Seine, le bienfait d'avoir rendu intéressantes, presque agréables, de vastes et sombres cavernes tapissées de têtes et d'ossements humains. Ce fut pendant les années 1810 et 1811 qu'il s'appliqua à familiariser ainsi la vie avec la mort.

. . . .

Depuis lors, les travaux de consolidation se sont toujours poursuivis. Pourtant des affaissements se sont manifestés de temps à autre, et plus d'une maison a disparu dans des vides inconnus.

En 1824, au Luxembourg, un marronnier gigantesque s'enfonça tout entier dans les carrières qui s'étendent au-dessous du jardin.

« Ainsi, dit l'auteur des *Catacombes de Paris*, quand, par une belle journée, toute une population d'enfants joueurs, de joyeux étudiants, de femmes élégantes s'agite à l'ombre des marronniers en fleurs qui ornent ce merveilleux jardin, elle ne se doute pas qu'à cent pieds au-dessous d'elle existent des gouffres redoutables qui pourraient en un instant l'engloutir avec les beaux arbres, les parterres, les balustres de marbre et les blanches statues, chefs-d'œuvre de l'art qui charment ses yeux. »

Cependant l'administration n'épargne rien pour prévenir de nouvelles catastrophes.

Et, comme le dit fort bien l'auteur cité plus haut, « c'est à peine si, de loin en loin, on reconnaît dans certains ateliers écartés. l'état primitif des vides. Presque partout de nouveaux piliers, des voûtes, des murs de soutènement ont été bâtis afin de faire disparaître toute apparence de danger. Sous les grands édifices, dont le poids énorme pouvait enfoncer la croûte terrestre, on a construit des massifs en moellons, ou bien, comme sous le Val-de-Grâce, d'énormes piliers qui en assurent à jamais la solidité. La plupart des rues de la partie méridionale de la ville ont en-dessous une rue correspondante qui porte le même nom.

« En somme, les parties connues des vides sont admirablement surveillées, mais ils ne sont pas encore connus entièrement. »

Le total de la superficie de ces carrières, dans l'intérieur de la ville seulement, est de trois millions quatre cent mille mètres carrés, c'est-à-dire un dixième environ de la surface de Paris.

Certaines parties des carrières sont sujettes à des inondations annuelles, particulièrement les cavités situées sous les rues de Tournon, de l'Odéon, Cassette et du Regard.

A ce sujet, l'historiographe des *Catacombes* ajoute :

« C'est peut-être à cet envahissement annuel des eaux qu'est due l'absence complète d'insectes et de créatures vivantes qu'on remarque dans ces carrières. Des rats monstrueux habitent les environs de l'ossuaire ; mais il sont fort rares dans le reste des vides. On peut croire qu'ils ne s'y trouvent qu'accidentellement et pour ainsi dire de passage.

« Aucune araignée n'ourdit sa toile au ciel des galeries : aucun moucheron ne sillonne en bourdonnant cet air lourd et humide ; aucun ténébrion ne se cache dans la poudre séculaire des ateliers. Là, tout est morne, immobile, silencieux, et la pierre des carrières garde l'empreinte des animaux fossiles, de coquilles antédiluviennes, comme si de tout temps la nature eût elle-même prédestiné ces profondeurs à servir de nécropole. »

Trois escaliers conduisent aux Catacombes :

Le premier est dans la cour du pavillon occidental de l'ancienne barrière d'Enfer ;

Le second est à la Tombe-Issoire ;

Le troisième, dans la plaine de Mont-Souris.

« Avant de franchir le seuil d'une lourde porte qui laisse voir en s'ouvrant les premières marches d'un escalier étroit et glissant, on distribue à chaque visiteur une bougie qu'il devra tenir à la main pendant toute l'exploration.

« Le gardien compte ceux qui entrent.

« Après être descendu à vingt mètres à peu près sous le sol, on s'engage dans une galerie fort longue et fort étroite où l'on ne peut marcher deux de front.

« Elle se dirige vers la plaine de Mont-Souris, en faisant plusieurs détours dans lesquels on est guidé par une large bande noire tracée sur la voûte.

« Cette ligne, partant de l'escalier, aboutit à l'ossuaire.

— Le père Moscou ! s'écria-t-il avec joie. — Milord l'Arsouille ! s'exclama...

« Il y a vingt minutes déjà que l'on chemine dans les Catacombes, quand le gardien s'arrête à la porte du caveau funèbre pour compter une seconde fois les visiteurs. On causait aux débuts de l'exploration, on plaisantait même ; mais la singularité de la situation, une odeur que l'on ne respire que là, des bruits lointains que l'on entend dans les galeries ténébreuses aboutissant aux divers carrefours, finissent par produire une certaine impression, puis un silence presque absolu dans les rangs des promeneurs.

« On entre et on lit, sur un cartouche blanc, ce vers tiré de l'*Odyssée* :

N'insultez pas aux mânes des morts!

« Dans les galeries plus spacieuses, on marche entre deux murailles humaines de deux mètres de hauteur. Le revêtement extérieur de ces murailles funèbres est composé de tibias alignés comme le bois dans les chantiers. Au sommet règne un couronnement de crânes qui semblent regarder passer le visiteur.

« On ne visite pas toute l'étendue des carrières.

« Il existe un mur qui fut construit à l'aplomb de l'ancien mur d'enceinte de Paris pour empêcher la fraude, que pratiquaient impunément d'adroits contre-bandiers.

« L'air, dans ces galeries, dont l'une s'étend jusqu'à sept kilomètres, est épais et imprégné d'une sorte d'humidité âcre ; on finit par s'y trouver oppressé.

« La visite achevée, la porte du caveau retombe. On suit de nouveau la bande noire, fil d'Ariane de ce funèbre séjour. Lorsqu'on a rejoint l'escalier par où l'on est entré, le gardien s'assure, en les comptant, qu'aucun des visiteurs n'est resté.

« En voyant la lumière, dit en terminant l'auteur de *Paris nouveau*, on éprouve une satisfaction véritable et une sorte de soulagement. »

. . . .

Milord l'Arsouille avait été précipité dans les profondeurs d'une de ces galeries souterraines.

Bien que sans blessures aucune, il était complètement évanoui, et ce ne fut que longtemps après sa chute qu'il revint à lui.

D'épaisses ténèbres l'environnaient.

Le gouffre semblait s'être refermé de lui-même aussitôt après l'avoir englouti.

Dans le premier moment, il fut impossible à Gabriel de se rendre compte de sa situation.

— Où suis-je ? se demanda-t-il en se remettant sur pied.

Peu à peu, ses souvenirs lui revinrent.

— Je me rappelle, dit-il, je me rappelle tout !!... Oui ! oui ! au moment où j'allais immoler l'infâme Suzanne et son complice à ma juste colère, le sol a tremblé, et je me suis senti entraîné avec un monceau de gravois et de décombres dans de sombres excavations.

« Suzanne ! Marcel ! reprit le jeune homme avec amertume. Ils me croient mort, sans doute, et se réjouissent d'être délivrés de moi.

« Parbleu ! ajouta-t-il en changeant de ton, pourquoi s'affligeraient-ils ? n'avais-je pas juré leur perte ?...

« Une minute, une seconde de plus, et c'en était fait !...

« Ah çà ! mais, j'étais donc insensé... j'étais donc fou !

« Non ! j'étais ivre !...

« Ne le suis-je pas sans cesse, à présent ?

« Quand cet avis secret m'est parvenu, tous les serpents de la jalousie m'ont mordu au cœur, et je suis venu pour me venger et pour punir !

« Certes, reprit le jeune homme, je bénis le ciel d'avoir empêché ma main de commettre ces deux meurtres !

« Cette fille ne m'aime pas... elle en aime un autre... Que m'importe après tout !

« Je ne suis plus gris maintenant, et je juge sainement la situation...

« Sur ma foi ! les quelques heures de repos forcé que je viens de goûter en cette cave m'ont singulièrement rafraîchi les idées...

« Loin de moi désormais les sinistres et terribles pensées qui me dévoraient lo cœur !

« Les ingrats qui m'ont trahi, je ne veux même plus les haïr, et l'oubli sera, de ce jour, mon unique vengeance !

Tout en monologuant de la sorte, il avait marché au hasard dans les ténèbres.

— Quelle étrange atmosphère on respire en cette cave ? murmura-t-il. Où suis-je donc ici ?

Il poursuivit sa course aventureuse.

Au bout d'un long temps, il s'arrêta exténué et s'appuya contre la muraille.

— Qu'est cela ? fit-il avec surprise, presque avec effroi.

Sa main venait de rencontrer des ossements humains.

Gabriel sentit aussitôt son front se couvrir d'une sueur glacée et, d'une voix frémissante, il murmura :

— Les Catacombes ! les Catacombes !... Oh ! je n'en puis douter à présent... et je suis perdu !...

« Oui, perdu ! reprit-il avec un sombre désespoir. Ce serait folie à moi de songer à gagner l'une des issues de ces funèbres souterrains.

« Enfer ! reprit-il avec rage. Mais c'est une mort épouvantable que celle-là !

« Allons ! voyons, il n'est pas possible que Dieu me condamne à périr aussi misérablement !... Non, non, je sortirai d'ici... je le veux... je le veux !

Et le jeune homme se remit en marche...

Et durant de longues heures il parcourut les dédales de la ville souterraine... Mais peu à peu sa course se ralentit...

Puis il se sentit chanceler, et, portant les mains à sa poitrine, il tomba tout de son long sur le sol, en disant :

— J'ai faim ! j'ai faim ! j'ai faim !

. . . .

En ce moment, il aperçut au loin une clarté rougeâtre.

Il voulut se lever pour courir de ce côté.

Ce fut en vain.

Alors, d'une voix désespérée, il cria :

— A l'aide !

Mais la lumière, au lieu de se rapprocher de lui, semblait s'éloigner au fur et à mesure qu'il appelait.

V

D'OÙ VENAIT LA CLARTÉ ROUGEATRE QUE MILORD L'ARSOUILLE AVAIT APERÇUE AU FOND DE LA GALERIE SOUTERRAINE.

Tous les vides des Catacombes ne sont pas entièrement connus, nous l'avons dit.

En effet, l'endroit où notre héros, affamé et exténué, venait de tomber sur le sol, semblait inexploré depuis des siècles.

C'était une sorte de carrefour où se croisaient une demi-douzaine de routes différentes.

Des piliers grossièrement et hâtivement construits soutenaient la voûte gigantesque ; et, comme le fait observer l'écrivain cité par nous au précédent chapitre, « on eût dit que les ouvriers inconnus qui avaient creusé ces carrières, se souvenant à temps de la possibilité d'un écrasement, avaient pris au hasard les matériaux qui leur étaient tombés sous la main pour élever cette maçonnerie économique.

« En beaucoup d'endroits, ajoute-t-il, elle avait fléchi, et les moellons avaient éclaté sous la pression des bancs de pierre supérieurs ; aussi le ciel de la carrière était-il sillonné de lézardes et semblait-il devoir s'abîmer à tout instant. »

Entre ces frêles appuis, s'enfonçaient de sombres excavations où l'on avait entassé les remblais résultant des anciennes exploitations.

Tout cela offrait l'image du chaos.

Aucune régularité, aucune symétrie n'avaient présidé à l'arrangement de ces travaux.

Les galeries, cachées par les piliers, ne pouvaient être trouvées sans une recherche attentive, et comme toutes se ressemblaient, les méprises étaient d'une effrayante facilité.

Gabriel vit tout cela d'un coup d'œil, à la lueur indécise de la clarté qui venait d'apparaître à l'extrémité de l'une de ces galeries.

Et tout aussitôt il comprit que, d'un moment à l'autre, ces piliers pouvaient fléchir sous le poid énorme qu'ils supportaient.

Si l'on ne venait à son aide, il lui fallait donc s'attendre à expirer de faim ou à mourir écrasé.

Épouvantable alternative.

— Oh ! mais, non ! non ! reprit-il en essayant de se traîner sur le sol, non ! L'on m'entendra !... Oh ! il faudra bien que l'on m'entende !

Alors, faisant un effort suprême, il se reprit à crier :

— A moi !... à moi !... au secours !

Mais la lumière avait continué de s'éloigner, et en ce moment elle disparut complètement.

— Ah ! fit le malheureux jeune homme en se laissant retomber sur la terre humide, je suis damné, je suis damné !

Les carrières étaient rentrées dans les ténèbres...

— C'est horrible ! reprit Gabriel qui s'affaiblissait de minute en minute. Mais depuis combien d'heures suis-je donc ici ? ajouta-t-il en pressant son front entre ses deux mains enfiévrées.

« Je n'en sais rien... rien !...

« Mais à la fatigue qui me tient, à la faim, à la soif ardente qui me dévore, je sens qu'il y a longtemps... bien longtemps.

« Qui sait ? ajouta-t-il avec une terreur invincible, ma captivité se compte peut-être par des jours et non plus par des heures.

Il écouta.

— Effroyable silence !

« Ah ! je ne pensais pas que la solitude et la nuit me jetteraient jamais au cœur une telle épouvante !

« Non ! non ! je me croyais d'une énergie et d'une bravoure à toute épreuve...

« Bah ! courage... honneur... vertu... vous n'êtes rien !

« La faim est tout !

« La faim ! reprit-il d'une voix entrecoupée, ah ! voilà le vrai supplice !... la vraie torture !...

« Et cette mort infernale est celle qui m'attend !

« Ah ! Dieu, donne-moi la force d'ébranler un de ces frêles piliers, jusqu'à ce que la voûte de cette cave s'écroule sur ma tête et m'anéantisse !

« Je mourrai d'un coup, au moins, et je m'épargnerai cet odieux tourment d'assister à ma propre agonie !

Bientôt un cri de joie s'échappa de sa poitrine haletante.

La lumière venait de reparaître au bout d'une galerie.

— A moi !... à moi !... fit Gabriel en se soulevant avec peine.

Mais presque immédiatement la clarté s'évanouit de nouveau.

— Enfer ! rugit le malheureux. Oh ! mais je surmonterai ma faiblesse... j'atteindrai cette lumière maudite !...

En effet, après d'inconcevables efforts, il parvint à se remettre sur pied...

Mais le sol était glissant, humide et tout jonché de gravois détachés de la voûte.

Gabriel fit une dizaine de pas et retomba.

Une furieuse imprécation accompagna sa chute.

— Allons ! murmura-t-il ensuite, le sort est contre moi !

Durant quelques minutes, il demeura immobile, silencieux.

Relevant enfin la tête, il reprit :

— Quel bruit se fait entendre non loin de moi !...

Si c'était un sauveur !

Il colla son oreille contre terre.

— Non ! fit-il en se relevant, c'est l'eau qui filtre à travers la pierre et tombe goutte à goutte sur le sol.

« De l'eau ! répéta-t-il avec une joie soudaine.

« Ah ! je veux du moins assouvir ma soif dévorante !

« Oui !... oui !... je le veux... je le veux !

Et rampant sur la terre, il se glissa dans l'ombre jusqu'à l'endroit où il présumait que la filtration avait lieu.

Bientôt il atteignit une espèce de petite mare singulièrement fraîche et limpide.

Sans prendre même le temps de puiser de l'eau dans le creux de sa main, il but à même la mare avec une avidité presque bestiale.

Quand sa soif fut entièrement assouvie, sa grande faiblesse sembla diminuer quelque peu.

En effet, il parvint, au bout de quelques secondes, à se lever.

Alors, se faisant un porte-voix de ses deux mains, il poussa un suprême cri de détresse.

Puis il attendit...

Mais les secondes, les minutes se passèrent et la lumière ne reparut pas.

Un silence effrayant régnait dans les souterrains sombres.

— Allons! dit Gabriel découragé, ce serait folie de conserver la plus faible espérance.

La faim lui déchirait les entrailles plus furieusement que jamais.

Et puis il étouffait dans ces terribles caves.

Cette atmosphère lourde, chaude, méphitique qu'il respirait depuis un laps de temps ignoré, commençait à lui devenir intolérable...

— De l'air! de l'air! se prit-il à crier avec égarement.

Il se heurta en cet instant contre l'un des piliers qui soutenaient la voûte.

Ces piliers, élevés à la hâte, nous l'avons dit, consistaient uniquement en moellons posés l'un sur l'autre sans mortier ni ciment, et tout cela ne semblait tenir debout que par un prodige d'équilibre.

Milord l'Arsouille étreignit de ses bras la colonne fragile dont le hasard venait de le rapprocher.

— Allons! s'exclama-t-il avec un rire frénétique, écroule-toi, caveau sinistre... et toi, Mort, vient me prendre, je suis prêt!

A ces mots, il rassembla tout ce qui lui restait de forces et se prit à imprimer au pilier de violentes secousses.

L'on eût dit Samson, l'hercule des Hébreux, ébranlant les colonnes du temple de Dagon pour s'ensevelir sous les ruines avec ses oppresseurs.

Déjà les moellons superposés se disjoignaient... et la voûte se sillonnait de menaçantes crevasses quand, soudainement, la lumière se montra pour la troisième fois, non plus éloignée comme précédemment, mais, au contraire, à quelques pas seulement de notre héros.

Dans ce même moment, un épouvantable craquement se fit entendre, et la voûte s'abîma en brisant tous les piliers qui la soutenaient...

.   .   .   .

Mais milord l'Arsouille avait pu s'élancer d'un bond vers la galerie éclairée, et il était sain et sauf.

Durant quelques minutes, une poussière épaisse l'empêcha de rien distinguer.

Quant elle se fut dissipée, il vit à ses côtés un grand vieillard coiffé d'un bonnet de police, qui tenait un crochet d'une main et de l'autre une lanterne allumée.

— Le père Moscou! s'écria-t-il avec joie.

— Milord l'Arsouille! s'exclama à son tour le bonhomme stupéfié.

— Mon vieux... reprit Gabriel en s'accrochant au bras du vieux chiffonnier, emmène-moi d'ici... car j'ai faim, vois-tu... Ah! j'ai faim!

— Si ce n'est que ça, c'est pas la peine de vous déranger, riposta le bonhomme.

Et d'un bissac qu'il portait en sautoir, il tira un gros morceau de pain.

Milord l'Arsouille se jeta dessus comme un chien affamé et le dévora à belles dents.

— Seigneur, mon Dieu! fit le chiffonnier, plus que ça d'appétit! Excusez du peu!

Il prit en sa besace une bouteille aux trois quarts pleine.

— Si vous n'êtes pas dégoûté de *papa*, ajouta le vieillard, *lichez*-moi un brin de ce nectar... Ça vous remet un homme sur pattes en deux temps et trois mouvements.

Gabriel s'empara de la bouteille.

Après avoir bu.

— Merci, l'ancien, dit-il, je suis sauvé maintenant.

— Je crois bien, riposta le père Moscou en avalant à son tour une gorgée du fameux *nectar*, c'est de l'*eau d'aff* première qualité que je me suis payée, pas plus tard que ce soir, chez Paul Niquet, fournisseur de la couronne.

— Sans toi, mon vieil ami, reprit milord l'Arsouille, la farce était jouée...

— Ah çà! tonnerre! s'exclama le bonhomme, quelle turlutaine vous a donc passé par la tête de venir vous promener comme ça, sans chandelle, dans ces gueuses de Catacombes!

En deux mots, Gabriel le mit au fait de ce qui s'était passé.

— Bon! bien! je comprends alors... repartit le chiffonnier. Et vous dites comme ça que vous êtes sous terre depuis la nuit de dimanche?

— Oui.

— Fichtre! je me rends compte alors que vous ayez becqueté ma miche de pain avec tant d'acharnement... Un jour et une nuit sans rien grignoter, c'est roide!

— Un jour et une nuit! répéta Gabriel. Que veux-tu dire?

— Tiens, je veux dire, pardine! que nous sommes en plein mardi gras, et qu'il est pour l'instant quelque chose comme minuit un quart.

— Quoi! murmura milord l'Arsouille avec un frissonnement involontaire, voilà près de vingt-quatre heures que je suis enfermé dans ce sépulcre!

— Ça vous étonne? On dirait, à vous entendre, que le temps ne vous a pas paru trop long!

— Mais, reprit Gabriel, quel bon génie t'a envoyé à mon secours?

— Je vas vous confier ça, milord, répliqua le bonhomme d'un ton mystérieux. Mais il faut me promettre de n'en rien dire à personne.

— Tu as ma parole.

— Eh bien! je viens ici depuis quelque temps toutes les nuits...

— Toutes les nuits !

— Oui... Parce que j'ai l'idée, voyez-vous, que l'empereur prendra par les Catacombes pour rentrer dans Paris à la tête de ses deux millions de nègres.

— L'empereur, fit Gabriel, qui ne se souvenait plus sans doute de la patriotique folie du vieux chiffonnier.

— Oui, reprit celui-ci avec une conviction admirable. Je sais bien que la police s'amuse à faire imprimer dans les journaux et dans les livres qu'il est mort à Saint-Hélène il y a dix-sept ans, le 5 mai 1821... Tas de blagueurs ! C'est-à-dire que depuis ce jour-là, il fait semblant... Histoire de creuser en-dessous tout à son aise et de sortir un beau matin de son trou en disant :

« — Me v'là, les enfants... Petit caporal vit encore !

« Voilà pourquoi je passe maintenant mes nuits dans les carrières, milord de mon cœur !

« Comme c'est pas facile de s'y reconnaître, et que l'empereur pourrait s'y égarer comme vous avez fait, je veux être là avec ma lanterne pour lui servir de guide et le conduire tout droit au palais du Luxembourg...

Gabriel se garda bien d'essayer de détruire les illusions du vieillard.

— Sur ce, poursuivit le bonhomme en changeant de ton, si vous voulez prendre la peine de me suivre, milord de mon cœur, je vais vous remettre dans la bonne route.

Le père Moscou avait réellement une connaissance parfaite des souterrains.

Au bout d'une demi-heure de marche, il s'arrêta devant l'entrée d'une galerie très basse et très étroite.

— Courbez-vous en deux maintenant, dit-il à Gabriel, sans quoi, gare à votre caboche !

Après quoi, se courbant lui-même, il s'engagea dans la galerie, et milord l'Arsouille s'y engagea après lui.

Cette promenade fatigante se termina enfin.

On venait d'atteindre une espèce de puits d'une prodigieuse hauteur.

— C'est là ma porte d'entrée et de sortie, dit le vieux chiffonnier.

Et comme Gabriel le considérait étonné :

— Oui, reprit-il en riant, ça vous semble cocasse, pas vrai ?... c'est pourtant la vraie vérité du bon Dieu !

C'est un ancien puisard abandonné, dont l'orifice est obstrué par un tas de broussailles et de plantes *emberlificotées* les unes avec les autres, que ça forme comme qui dirait une espèce de couvercle si fort et si solide qu'on pourrait passer par-dessus sans le faire enfoncer. Personne ne s'en est encore aperçu, mais ce que les autres ne voient pas, le père Moscou est là pour le voir. Ça se comprend !... V'là des années que je ne m'occupe que de trous et de crevasses pour ce que vous savez bien. J'ai donc fait cette belle découverte-là, un soir que je rôdaillais par la plaine.

« — Bon, que je me suis dit, puisqu'on n'a plus le droit maintenant d'aller flâner tant qu'on veut dans les Catacombes, eh bien ! je m'y infiltrerai par-là et personne n'y verra rien.

Au bout d'un instant le pauvre homme ôta son bonnet de police et se laissa tomber.

« Il faut vous dire que je connaissais les susdites Catacombes comme ma poche vu que j'y avais travaillé autrefois.

« Pas plus tard que le lendemain, je revenais à la plaine avec une échelle de corde que j'attachai au tronc de l'arbre le plus proche, et, ma lanterne aux dents, mon crochet à la ceinture, je descendais dans le gouffre.

« Bien m'en a pris, tonnerre! poursuivit le bonhomme avec joie, puisque sans cela vous ne seriez plus de ce monde à l'heure où nous sommes!

Ayant dit, le père Moscou montra à Gabriel l'échelle de corde qui serpentait le long de la paroi du puits.

— Milord, reprit le chiffonnier, vous avez le droit de monter le premier... A tout seigneur, tout honneur !

Notre héros se mit à gravir l'échelle.

Et sa poitrine se dilatait au fur et à mesure qu'il approchait du terme de son ascension.

Malgré les épaisses broussailles qui recouvraient l'abîme, l'air frais et pur du dehors arrivait par bouffées jusqu'à Gabriel, et c'était avec une véritable ivresse qu'il aspirait les nocturnes senteurs de la campagne.

Il avait atteint les derniers échelons.

Comme il allait écarter les branches qui s'entre-croisaient au-dessus de sa tête, il entendit un bruit de voix à une très faible distance.

— Silence ! dit-il tout bas en se penchant vers le père Moscou, qui le suivait de près. On parle là-haut.

Le vieux chiffonnier se tint immobile et silencieux...

Son jeune compagnon prêta l'oreille et ces lambeaux de conversation parvinrent jusqu'à lui...

« — Milord l'Arsouille est mort, on n'en saurait douter... Il a été écrasé sous les décombres... Quand on aura fini de les déblayer, c'est son cadavre seul que l'on trouvera.

« — Mort !... reprit une autre voix, une voix de femme celle-là, tant pis ! c'est trop tôt !

« — Oui ! trop tôt, répondit l'homme avec une sourde rage. Nous ne sommes pas assez vengés ! Fouinardet et ses hommes cernaient déjà la maison et nulle puissance humaine n'eût pu le sauver... Mais non !... il a fallu que cette bicoque maudite nous jouât le tour infâme de s'écrouler au beau moment.

« S'il n'était mort ainsi, nous atteignions notre but et sa tête serait tombée sur l'échafaud.

« — N'importe ! répliqua la femme avec un ricanement funèbre, avant de rendre l'âme, il a connu le désespoir... il a vu sa bien-aimée Suzanne le repousser avec horreur et se jeter d'elle-même dans les bras de son rival.

« — Cette Suzanne... reprit l'homme, ce Marcel ! ils peuvent se vanter vraiment d'avoir l'un et l'autre une chance impudente !... Deux fois en une même seconde, échapper à la mort !...

« — Bah ! C'est tant pis pour eux ! Que sera leur vie désormais ! Un éternel supplice !

Gabriel ne pouvait entendre qu'imparfaitement ce qui se disait au-dessus de lui par la raison toute simple que la voix monte et ne descend pas.

Il entendait d'autant moins que les deux rôdeurs nocturnes, bien que se croyant seuls dans la campagne, causaient cependant sur un ton peu élevé.

Il lui eut donc été impossible de reconnaître la voix des deux personnages, en supposant toutefois que ceux-ci ne lui fussent pas étrangers.

— Quels sont ces misérables ? se demanda-t-il.

En proie à la curiosité la plus vive, il allait peut-être tenter de s'élancer au dehors, quand le roulement d'une voiture le fit demeurer en place.

Et tout aussitôt l'un des causeurs invisibles s'écria :

— C'est Narcisse !

— Narcisse ! répéta milord l'Arsouille.

Involontairement, l'idée lui vint que l'individu dont le nom venait d'être prononcé n'était autre que le coquin qui l'avait volé jadis.

Le bruit de la voiture devenait plus distinct de minute en minute.

Bientôt, un coup de sifflet retentit.

Et le véhicule s'arrêta.

Peu après, un troisième personnage vint se joindre aux deux premiers.

— L'affaire est dans le sac ! dit-il.

— Tu as réussi ?

— Complètement !... Depuis qu'on sait que milord l'Arsouille a tourné de l'œil dans l'éboulement de la Tombe-Issoire, l'hôtel est sens dessus dessous, et j'ai pu m'y introduire sans difficulté aucune...

— Et tu as pu t'emparer ?

— Je m'en flatte ! répondit maître Narcisse, lequel était bien véritablement celui que nous connaissons.

Quant à ses deux complices, c'étaient, on l'a deviné sans doute, Moleskine et Stephen Lowe.

— Allons, donne ! fit ce dernier, en saisissant d'une main fiévreuse un portefeuille que Narcisse avait tiré de sa poche...

Il ouvrit et compta les billets de banque qu'il renfermait.

— Ouais, fit-il, est-ce là tout ce que tu as trouvé ?

— Oh ! mon Dieu oui... riposta le valet.

Il est bon de dire que cette nuit-là, contre son habitude, Narcisse possédait une face d'une entière blancheur.

— Monsieur Narcisse, reprit Stephen, je ne sais pourquoi, mais quelque chose me dit que vous mentez comme un drôle que vous êtes !

Le coquin se récria.

— Je vous jure...

— Silence ! interrompit son maître. Vous m'avez volé... Je le parierais !

— Volé ! riposta l'autre. Ah ! bien, elle est forte celle-là, par exemple. Puisque cet argent-là ne vous appartient pas, ce n'est pas vous que je vole, après tout !

— Ah ! ah ! tu avoues donc, canaille ! s'exclama Stephen.

— Eh bien, oui, là, au fait ! J'avoue ! répliqua Narcisse qui avait bu quelque peu et semblait singulièrement exalté. Oui... j'ai pigé ma part du butin, et si ça vous embête, je m'en bats l'œil ! Tiens, au fait ! voilà assez longtemps que je travaille pour vous sans que ça me rapporte... J'en ai plein le dos de passer ma vie à vous obéir comme un petit chien... Vous m'avez laissé aller tout seul là-bas, tant pis pour vous... fallait venir avec moi !

— Ah çà ! mais, Dieu me pardonne, tu te révoltes !

— Oui ! je me révolte, je m'insurge !... Tant que je n'ai pas eu le sou dans ma poche, j'ai bien été forcé de baisser le nez et d'en passer par où vous vouliez... Mais à présent N I ni, c'est fini... J'ai de la bonne petite braise en lieu sûr et je vous dit zut et flûte! d'autant plus que je sais maintenant qui vous êtes, mon bonhomme, et je vous tiens encore mieux que vous ne me tenez.

— Tu sais qui je suis! s'écria Stephen en saisissant Narcisse à la gorge. Parbleu! Je voulais me débarrasser de toi cette nnit, et c'est pourquoi je t'avais donné rendez-vous dans cette campagne déserte... Maintenant que tu connais mon secret, moins que jamais je te ferai grâce.

— Au secours!... cria le valet avec épouvante. Au sec...

Il n'acheva pas.

L'Anglais venait de lui planter un poignard dans la gorge,

A la clameur désespérée poussée par le misérable, milord l'Arsouille, se frayant une issue à travers les branches, s'élança brusquement hors du puits.

Mais quand il arriva près de Narcisse, Moleskine avait eu le temps de se jeter dans la voiture et Stephen avait sauté sur le siège.

Peu après, les deux chevaux de l'attelage partaient au grandissime galop.

— Eh bien! dit le père Moscou en accourant tout effaré! Qu'est-ce qui se passe donc par ici?

Il se passe, répondit Gabriel, qu'un homme vient d'être assassiné.

— Seigneur! fit le vieillard avec effroi.

Il s'approcha du blessé avec sa lanterne.

Au bout d'un instant, le pauvre homme ôta son bonnet de police et se laissa tomber à genoux sur le sol.

Dans l'homme assassiné, il venait de reconnaître son fils.

Narcisse était blessé à mort...

Pourtant ses yeux se rouvrirent...

Puis ses lèvres s'agitèrent un instant...

Milord l'Arsouille se pencha vivement vers lui :

— Parle! parle! dit-il, quel est le nom de ton meurtrier?

— Son nom... répéta le moribond d'une voix faible, c'est...

Il poussa un soupir et ce fut tout.

— Mort! murmura Gabriel.

— Mort! répéta le vieux chiffonnier.

Et le bonhomme se prit à sangloter.

— Je ne devrais pas le pleurer, dit-il au bout d'un instant.

« Mais qu'est-ce que vous voulez, milord? s'il n'a pas voulu se souvenir qu'il était mon fils, je n'ai jamais pu oublier tout à fait que j'étais son père!

— Pleure, vieillard, répondit Gabriel d'un ton grave, et pardonne!

.   .   .   .

La terre était couverte de neige.

Non loin de la place où Narcisse gisait immobile, milord l'Arsouille aperçut, se détachant en vigueur sur la blancheur du sol, un objet de couleur sombre.

— Qu'est cela? fit-il.

S'étant approché, il ramassa un nœud de ruban rouge et noir...

— Ces bandits étaient travestis, pensa-t-il; je n'en saurais douter.

« Qui sait? peut-être les retrouverai-je cette nuit en quelque bal! Parbleu! il est une heure à peine...

« Quand je devrais d'ici au jour courir tous les bastringues de Paris et de la banlieue, il faudra que je rattrape mes deux canailles!...

. . . .

Aux *Vendanges de Bourgogne* tout le monde faisait cercle autour d'un homme vêtu en croque-mort.

— Oui, messieurs, disait le sinistre personnage, lequel n'était autre que Stephen Lowe, milord l'Arsouille vient d'être englouti dans les Catacombes, et à l'heure où nous sommes il a cessé de vivre.

A ces paroles succéda une longue exclamation de stupeur.

Bellardoise manda aussitôt le maître de l'établissement.

— La carte est-elle payée?

— Oui, monsieur, répondit le restaurateur. Milord a tout réglé d'avance, et la maison lui appartient jusqu'au mercredi des Cendres.

— En ce cas, s'exclama le chevalier, il sera temps de pleurer notre chef de file, après le mardi gras. Jusque-là, ne nous faisons faute de rien et continuons nos prouesses bachiques gastronomiques et chorégraphiques comme si ce cher Gabriel était encore de ce monde.

Le conseil parut bon et chacun s'empressa de le suivre.

Toute la journée du lundi gras se passa donc en ripailles extravagantes.

Le soir, ce furent des danses désordonnées et d'indescriptibles insanités...

Après quoi, le punch traditionnel fut servi dans son bol gigantesque.

— Éteignons les lumières! cria la grosse Olympe.

On ne crut pas devoir lui refuser cette légère satisfaction, et bientôt les fantastiques buveurs ne furent plus éclairés que par les flammes bleuâtres qui s'élançaient de la cuve.

Et tous ces visages d'hommes et de femmes prenaient des tons blafards, livides, effrayants.

— Parbleu! dit Bellardoise, nous pouvons nous vanter d'être hideux ainsi!... Nous avons l'air d'une ribambelle de cadavres... et milord l'Arsouille, tout mort qu'il est, ne doit pas avoir plus méchante mine que nous!

— Ce pauvre milord l'Arsouille, dit une voix de femme, ça doit bien le priver de ne plus être des nôtres!

— A ce point, ma charmante, répondit du fond de la salle une voix singulièrement sonore et métallique, à ce point que celui dont tu parles n'a pu résister au plaisir de venir passer en votre société cette avant-dernière nuit de carnaval!

Tous se retournèrent effarés...

Celui qui venait de parler, c'était milord l'Arsouille!

Il s'avança lentement jusqu'à la table, et sous les reflets sinistres du punch, on eût dit véritablement un mort qui marchait.

Prenant un verre, il le tendit à Bellardoise.

— Allons, verse, chevalier! dit-il, j'ai une soif de flamme liquide! verse!... Et vous, mes féaux, ajouta le jeune homme, faites-moi raison!

Mais tous demeurèrent immobiles et nul n'osa choquer sa coupe contre celle du fantôme.

Durant quelques minutes, milord l'Arsouille prit un singulier plaisir à la stupéfaction, à l'effroi même de ses compagnons de folies et de débauches.

— Certes, dit-il ensuite, je n'aurais jamais cru que des coquins de votre sorte et des drôlesses de votre trempe fussent à ce point crédules et poltrons. Comment! vous prétendez n'avoir ni foi, ni loi, vous vous vantez de fouler aux pieds toute croyance et tout respect humain; vous criez par-dessus les toits que vous vous moquez du tiers et du quart, du paradis et de l'enfer, et vous tremblez comme des enfants rien qu'en voyant surgir au milieu de vous l'homme que vous croyez mort. Allons, vous n'êtes tous que des fanfarons de vice et d'impiété... Votre cynisme est un cynisme de contrebande et sous la peau du lion dont vous vous êtes affublés, je vois passer vos oreilles d'ânes.

Sur l'ordre du maître, on s'empressa de rallumer les bougies.

Alors seulement, on se hasarda à se rapprocher de milord l'Arsouille.

— C'est que c'est vrai pourtant, fit la grosse Olympe, en se mettant à rire, il n'est pas mort du tout.

— Que diable était donc venu nous chanter cet idiot de croque-mort? s'écria Coquardier

En entendant cette exclamation, Gabriel se rappela le mystérieux personnage qui l'avait introduit dans la maison de la Tombe-Issoire.

— Cet homme est venu ici? demanda-t-il.

— Hier matin, cet oiseau de cimetière nous a annoncé la nouvelle de votre trépas.

— Et qu'est devenu cet homme?...

— Nul ne saurait le dire... car aussitôt après nous avoir appris l'événement, il a quitté les *Vendanges* pour n'y plus reparaître.

Un instinct secret semblait avertir milord l'Arsouille que le croque-mort en question n'était autre que l'assassin de Narcisse.

Ainsi qu'il l'avait résolu, Gabriel avait couru tous les bals et bastringues de Paris et de la banlieue pour tenter de découvrir les deux coquins de la plaine de Mont-Souris.

Mais ses recherches avaient été infructueuses, et il s'était décidé, au petit jour seulement, à venir rejoindre la cohorte avinée au restaurant du faubourg du Temple.

— Ma foi, s'exclama Bellardoise, vous avez bien fait de ressusciter.

« Sans le dieu du carnaval, ce mardi gras eût été tout à fait maussade et funèbre.

— Et toi! chevalier, tu aurais été bien triste, n'est-ce pas?

— A partir seulement du mercredi des Cendres, puisque, jusque-là, j'étais sûr, ainsi que ces messieurs et ces dames, de faire bombance à vos frais.

Milord l'Arsouille se prit à rire.

— Allons, dit-il, ta franchise me réconcilie avec toi.

« Et je te promets en récompense, pour demain, de merveilleuses saturnales.

« A vous tous aussi, mes fidèles, préparez-vous à faire au carnaval de splendides funérailles.

En cet instant, Ferrouillard, que son maître avait envoyé prévenir, parut, pâle et tremblant, au seuil de la grande salle.

— Grand Dieu ! murmura le bonhomme d'une voix entrecoupée, c'est donc vrai... c'est donc bien vrai... vous n'êtes pas mort, mon cher maître !...

— Non, mon vieil ami, non, je ne suis pas mort... et si tu veux que je te parle avec franchise, je n'en suis pas fâché.

— Que dites-vous ?

— Je dis, mon brave Ferrouillard, que j'étais profondément las de la vie avant d'être enterré... mais que les vingt-quatre heures qu'il m'a fallu forcément passer en tête à tête avec la Mort m'ont tout à fait dégoûté d'elle !

« Mes maîtres, continua le jeune homme en s'adressant à Bellardoise et aux autres, je tiendrai la promesse que je vous ai faite, et, je vous le répète, les Damnés de Paris feront au carnaval d'étonnantes funérailles !

Un hourrah frénétique accueillit ces paroles.

Seul, Ferrouillard se prit à soupirer.

— Qu'as-tu donc ? interrogea Gabriel, et pourquoi cette subite tristesse ?

— Hélas, milord, riposta le brave garçon, c'est que les funérailles dont vous parlez coûteront cher... bien cher...

— Eh bien ?

— Eh bien, depuis deux mois que tout Paris se goberge à vos frais, vos fonds ont terriblement diminué...

— Parbleu ! j'y compte bien !

« Pour donner le bal à ces messieurs et à ces dames, j'ai fait danser mes écus, c'est tout simple !

— Sans doute, mais...

— Mais ?

— Milord, il faut tout vous apprendre... Hier au soir.

— Achève.

— Je n'oserai jamais, car c'est ma faute. Que voulez-vous, milord ? je vous croyais bien mort et ne songeais plus à rien.

Gabriel se mit à rire.

— Je sais ce que tu veux dire.

— Plaît-il ?

— Oui... Un vol a été commis hier à l'hôtel.

— Bonté divine ! s'exclama le bonhomme stupéfié, êtes-vous donc sorcier, mon cher maître ?... Personne ne sait encore...

— Personne, excepté moi.

— Qui vous a dit ?

— Le voleur lui-même.

— Pour le coup, je n'y comprends plus rien !

Milord l'Arsouille lui fit tout connaître.

— Et combien ces bandits m'ont-ils pris ? demanda-t-il en terminant.

— Tout ce qu'il y avait en caisse, milord.

— Pas davantage... Et cela représente?

— Dix mille francs en or et le double en billets de banque.

— Trente mille livres, dit négligemment Gabriel. Allons, c'est une misère... qu'il n'en soit plus parlé.

— Vous prenez gaiement votre parti, riposta Ferrouillard. Je me permettrai toutefois de faire observer à mon maître bien-aimé qu'un peu d'économie ne serait pas tout à fait hors de saison.

— Qu'est-ce à dire, monsieur Ferrouillard? interrompit milord l'Arsouille. Ne prononcez jamais devant moi, je vous prie, le vilain mot que vous venez de prononcer... de l'économie!... allons donc!... Et pourquoi faire, grand Dieu!

« Non, je veux jeter mon or par les fenêtres sans me soucier de l'avenir.

« Quand je serai ruiné, tout à fait ruiné, il sera temps de songer à faire mes comptes.

— Eh! non vraiment, milord, grommela l'intendant, profondément affligé, il sera trop tard!

— Assez sur ce sujet! Après moi la fin du monde, ou mieux, comme dit le peuple, au bout du fossé la culbute!

Et l'orgie reprit plus effrénée, plus terrible que jamais.

VI

QUI SE PASSE DANS UN CABARET DU BOULEVARD

Tandis que Milord et sa bande faisaient retentir de leurs chants bachiques le luxueux salon des *Vendanges de Bourgogne*, deux personnages travestis et masqués pénétraient mystérieusement dans un modeste restaurant qui se trouvait sur le boulevard, entre le théâtre de l'Ambigu-Comique et celui de la Porte Saint-Martin.

Le premier des deux masques était vêtu à la Louis XIV, et son costume de velours noir et de satin rouge avait un cachet singulièrement sombre et sévère.

L'autre, qu'il était aisé, malgré ses vêtements masculins, de reconnaître pour une femme, portait assez gaillardement en vérité, l'uniforme d'un garde française.

Tous deux étaient enveloppés de manteaux, cela va sans dire, car il faisait un froid horrible dont leurs travestissements n'eussent pu les préserver.

Un garçon veillait dans la salle basse.

Encore veillait-il les yeux à demi fermés...

Les chalands n'abondaient pas, du reste.

La maison n'avait pas assez de réputation pour attirer la foule.

— Avez-vous un cabinet de libre? demanda le seigneur noir et rouge.

Le garçon se leva vivement et se mit au port d'armes.

De là, sans être aperçus, ils gagnèrent, au péril de leurs jours, les toits de la maison voisine.

— Un cabinet? dit-il. Oui, monsieur... cabinet numéro 3, avec une fenêtre sur le boulevard.

— Très bien. Conduisez-nous.

Le garçon indiqua un petit escalier en colimaçon qui se trouvait au fond de la salle.

— Si ces *messieurs*, dit-il d'un ton qui prouvait qu'il avait deviné le sexe du garde française, si ces messieurs veulent se donner la peine de monter...

— Les deux masques gravirent d'un pas léger l'étroit escalier.

Le garçon cria d'en bas :

Liv. 99.   99.

— Cabinet numéro 3, deux couverts !

— Boum ! répondit le garçon préposé au service des cabinets particuliers.

Peu après le couple était introduit dans le cabinet en question.

— Allume-nous du feu bien vite, commanda le masque au costume sombre.

Le garçon obéit.

— C'est bien. Maintenant, monte-nous des huîtres, un perdreau froid et du homard.

— Pas de légumes ?

— Non, c'est trop long.

— Et quel vin ?

— Du bordeaux, ce que tu as de meilleur... Allons, va, et dépêche-toi !

En un instant, le repas fut servi.

— Va ! dit alors l'homme noir au garçon, et ne rentre pas avant que je te sonne.

Le garçon s'inclina et sortit.

— C'est égal, pensa-t-il, j'aurais voulu voir le physique de la dame.

Dès qu'il eut refermé la porte, celle dont il parlait, qui s'était assise près de la cheminée, se leva vivement et alla pousser le verrou.

— De cette façon, dit-elle, nous serons sûrs de n'être pas dérangés.

Et elle s'attabla.

Pendant ce temps, son compagnon avait examiné attentivement toutes les cloisons.

— Otons nos masques, dit-il ; personne ne peut nous voir, j'en suis certain.

« Toutefois, continua le personnage à voix basse, ne parlons pas trop haut. Si les murs n'ont pas d'yeux, il ont inévitablement des oreilles...

La dame se démasqua...

C'était Moleskine.

On devine que son cavalier n'était autre que Stephen Lowe.

— Je meurs d'inanition, dit ce dernier en découpant le perdreau. Et toi ?

— Moi ? répliqua Moleskine. Oui... non... je ne sais pas !

Stephen lui prit la main...

— Le diable m'emporte ! ta main est glacée... la peur de cette nuit n'est-elle donc pas encore passée ?

— Non.

— Folle !

— Que veux-tu ! Cette apparition au milieu de la plaine solitaire, juste au moment où ce misérable Narcisse tombait poignardé, cela m'a jeté dans l'âme une indicible épouvante.

— Te figures-tu, par hasard, qu'il y avait dans cette apparition quelque chose de surnaturel ?

— Non, sans doute... Mais enfin, cet homme, quel était-il ?

— Un de ces vagabonds qui cherchent la nuit asile dans les carrières abandonnées.

Certes, ce personnage, quel qu'il soit, ne m'inquiète guère.

Nous avons si prestement décampé qu'il n'a pas eu le temps matériel de nous examiner.

D'ailleurs, n'avions-nous pas nos masques et nos larges manteaux?... Il n'a pu seulement distinger nos costumes !

— Tu as beau dire, Stephen, répliqua Moleskine en secouant la tête, je tremble que ces travestissements maudits ne nous jouent quelque méchant tour... Ah ! pourquoi les avons-nous pris !

— Pourquoi ? ne le sais-tu pas, morbleu ! répartit l'Anglais avec impatience.

« C'était pour nous débarrasser de cette canaille de Narcisse, sans crainte d'être reconnus.

« Une nuit de lundi gras, personne ne songe à trouver étranges les allées et venues de deux chie-en-lit.

— Mais enfin, qu'allons-nous devenir ? interrogea Moleskine.

— A te dire le vrai, je n'en sais rien. Et je me fais un peu l'effet, pour le quart d'heure, d'un rat qui ne pourrait rentrer dans son trou. Mais je ne suis pas homme à me laisser abattre parce que la fortune me montre les talons... Parbleu ! ma chère, je me suis vu dans des passes plus difficiles et j'en suis sorti à mon honneur.

— Oui, répliqua Moleskine, mais tu étais seul, Stephen, tandis qu'aujourd'hui me voici liée à toi forcément... Et s'il t'est facile de prendre tous les travertisse-ments et toutes les formes, cela est pour moi chose impossible... je ne puis cacher que mes traits sous un voile ou sous un masque... Mais un voile peut se soulever, et demain le carnaval cesse et les masques doivent tomber.

Stephen était pensif.

— Oui ! oui ! dit-il, maintenant que l'on te sait ma complice, il sera moins aisé de tromper les limiers de la police.

— Que faire, alors? que faire ?

— Je ne vois qu'un moyen.

— Lequel ?

— C'est de nous procurer, n'importe comment, un passeport quelconque et de filer tous deux en pays étranger. J'ai les vingt mille francs en billets de banque que m'a remis cette nuit ce cher Narcisse... J'ai de plus, autour des reins, une sacoche de cuir toute bourrée de louis d'or...

Moleskine s'accouda sur la table et regarda son complice bien en face

— Stephen, lui dit-elle, sois franc. Est-ce que tu ne songes pas en toi-même à te débarrasser de moi comme tu t'es débarrassé de Narcisse et des autres?

— Non ! répondit tranquillement l'Anglais.

— Vrai?

— Parole d'honneur!... C'est bête, si tu veux, insensé et stupide, mais tu es à présent nécessaire à ma vie..,

« Ton âme difforme est si bien la sœur de la mienne ! Toi seule peux me com-prendre et c'est toi seul que je puis aimer, car c'est de l'amour que je ressens pour toi !

« C'est au point que mon caprice pour Suzanne s'est passé comme par enchante-ment... Et j'ai fait d'elle tout ce que tu as voulu. Tu vois, ma chère, que tes craintes n'ont aucune raison d'être et que je suis à cent lieues d'avoir les idées que tu crois. Toutefois, je t'en préviens, reste telle que tu es. Ne t'avise jamais de pleurnicher sur nos crimes passés ou de gémir sur ceux qu'il nous faudra inévitablement commettre par la suite...

« Pas de remords, enfin, par de regrets, pas de scrupules !...

« Sinon, ajouta le bandit d'un ton menaçant, je te prendrai en haine.

« Je ne t'en dis pas plus et tu me comprends, n'est-ce pas ?

— Oui, répondit sa compagne. Tu me tuerais.

— Le jour même de ta conversion.

Un rire sinistre contracta l'horrible visage de Moleskine.

— Il n'y a plus de place dans mon cœur que pour le mal, dit-elle ensuite d'un ton résolu.

— Tant mieux ! reprit Stephen.

Choquant son verre contre celui de sa sombre maîtresse.

— Je bois à nos éternelles amours !

Il reposa son verre sur la table.

— Pour revenir à nos projets d'exil, il faut nous hâter de les mettre en exécution...

« Si nous sommes assez fous pour rester à Paris après le carnaval, nous serons bien vite découverts...

« Mais aujourd'hui et cette nuit, nous sommes à l'abri de tout dans cette cité en délire, et nous pourrons décamper sans être inquiétés...

« Pourquoi demeurer, d'ailleurs ?

« Milord l'Arsouille est mort et nous n'avons plus rien à faire ici !

« Mort ! reprit Stephen avec une sourde rage. Ah ! l'enfer me l'a pris trop tôt...

« Encore quelques jours, peut-être, et ma vengeance était complète.

« A force de travail et de peine, j'en étais arrivé à imiter si parfaitement sa signature que tout le monde s'y serait trompé comme Suzanne et Marcel.

« Et cela, c'est la fin de tout...

« La ruine d'abord...

« Le déshonneur ensuite...

« Mais le sort ma trahi en le faisant mourir.

En cet instant, de grandes acclamations se firent entendre à quelque distance.

— Voici déjà les héros du mardi gras qui commencent à envahir le boulevard.

En effet, il était près de dix heures, mais jusqu'alors le temps avait été si sombre et si couvert, que Stephen et sa compagne s'étaient à peine aperçus qu'il fit jour.

— Le diable m'emporte, dit Stephen en regardant à sa montre, je ne pensais pas qu'il fût si tard...

— Écoute ! lui dit Moleskine.

— Quoi ?

— On dirait que j'entends crier là-bas : « Vive milòrd l'Arsouille ! »

— Tu es folle ! archifolle !

— Eh ! non, vraiment, risposta la chevalière, je ne me trompe pas, c'est lui que l'on acclame.

— Parbleu ! reprit Stephen, nous allons savoir ce que cela veut dire, car les cris se rapprochent... et la foule accourt de ce côté. Remettons nos masques et regardons.

— Regarde seul, dit Moleskine, moi, je n'ose pas.

— Tu es stupide, tiens ! riposta l'Anglais. Et tu nous porterais malheur avec tes craintes insensées.

Ayant dit, il ouvrit brusquement la fenêtre.

En cet instant, plusieurs calèches de masques, auxquels faisait cortège une multitude immense, passaient devant le restaurant.

Dans la première de ces calèches, était milord l'Arsouille en habit noir et en gants blancs, comme toujours.

Coquardier et Bellardoise étaient à ses côtés.

La foule hurlait sur tous les tons :

— Vive milord l'Arsouille !

Et celui-ci jetait l'or par poignées à ses admirateurs.

— Eh bien ! dit Moleskine à Stephen Lowe, étais-je folle !... dis ?

— Non !... c'est lui !... c'est bien lui ! répondit l'Anglais. Quel miracle est cela ?

Comme il disait ceci, milord l'Arsouille l'aperçut à la fenêtre du restaurant.

Il l'examina durant quelques secondes.

Puis tirant de sa poche un nœud de ruban rouge et noir, il le compara à ceux qui agrémentaient l'habit Louis XIV que portait le vicomte.

Alors, d'un bond, il s'élança hors de sa calèche et se fraya un passage à travers la foule en disant :

— Ce sont eux ! je les tiens..., et je vais savoir enfin quelles sont ces deux canailles !

Peu après, à la stupéfaction de ses amis et de la foule, il se précipitait dans le restaurant.

VII

DANS LEQUEL DEUX COQUINS DONT IL A ÉTÉ PLUSIEURS FOIS PARLÉ DANS LE COURS DE CE RÉCIT ACHÈVENT DE SE FAIRE CONNAITRE

Comme bien on pense, Stephen Lowe et Moleskine n'avaient pas attendu l'arrivée de Gabriel pour déguerpir.

Par un hasard providentiel, le couloir des cabinets particuliers était vide.

Le garçon, comme tout le monde, s'était mis à la fenêtre pour voir passer milord l'Arsouille.

Si bien que, lorsque ce dernier pénétra dans le restaurant, les deux coquins étaient hors de leur cabinet depuis quelques minutes déjà.

Toutefois, en fuyant, ils avaient pris soin d'en refermer la porte, afin de laisser croire qu'ils s'y étaient barricadés.

— Ouvre ce cabinet ! commanda Gabriel au garçon...

— Mais milord... balbutia le pauvre diable, ce monsieur et cette dame m'ont ordonné...

— Ouvre ! te dis-je, ce sont des voleurs, des assassins...

— Des assassins !... des voleurs !... s'exclama le garçon effaré. Ah ! mon Dieu ! que dites-vous là, milord ?...

Il essaya d'ouvrir...

Mais dans son trouble, il s'était trompé de clef.

— Tonnerre ! s'écria Gabriel.

Et repoussant le garçon, il enfonça la porte d'un coup de pied.

Sa rage, en trouvant le cabinet vide ! se traduisit par de formidables imprécations.

— Ils m'échappent... dit-il, encore !

La maison fut fouillée de fond en comble...

Et la police, qui s'était mise bien vite de la partie, avait fait les perquisitions les plus minutieuses dans les cuisines, dans les caves, dans les greniers et partout.

Mais ces actives recherches avaient été parfaitement infructueuses.

Le masque rouge et noir et le garde française, son complice, s'étaient enfuis si vite et cachés si bien que ceux qui les pourchassaient durent abandonner le restaurant sans avoir rien trouvé.

— Quand le diable y serait, s'écria milord l'Arsouille avec colère, ils ne se sont pas envolés, pourtant !

Fouinardet était à la tête des gens de police.

Gabriel lui raconta la scène de la plaine de Mont-Souris.

Lui remettant ensuite le nœud de rubans.

— Tenez, lui dit-il, voici ce que l'assassin a laissé tomber après le meurtre...

Sur cet indice, retrouvez cet homme et sa complice, et je jure Dieu de vous récompenser royalement.

— Milord, répondit Fouinardet, je ferai tout au monde pour vous satisfaire.

Milord l'Arsouille remonta en calèche et le cortège carnavalesque se remit en marche.

. . . .

Voyons ce qu'étaient devenus Stephen Lowe et Moleskine.

Sans se donner le temps de reprendre leurs manteaux et leurs coiffures, ils s'étaient enfuis du cabinet en voyant milord l'Arsouille quitter sa calèche.

Un escalier singulièrement obscur se trouvait à l'extrémité du couloir.

Ils s'y engagèrent résolument.

En quelques secondes ils atteignirent les greniers.

De là, sans être aperçus, ils gagnèrent, au péril de leurs jours, les toits de la maison voisine.

Heureusement pour eux, depuis une heure à peu près, le soleil avait fait fondre la neige.

Sans quoi ils n'eussent pu se tenir debout sur les toits ; et en admettant même qu'ils y fussent parvenus, l'empreinte de leurs pas sur la neige eût bien vite indiqué la route qu'ils avaient prise.

Une mansarde était ouverte...

Ils s'y réfugièrent.

Par bonheur, les locataires étaient absents.

Stephen se hâta de fermer la fenêtre.

— Sauvés ! dit-il.

Peu après, Fouinardet et ses hommes apparaissaient sur les toits de la maison du restaurant.

— Tonnerre ! rugit l'Anglais, qui les guettait de loin. Ce sont eux ! Est-ce qu'ils nous ont vus ?

Mais le soupçon ne vint même pas aux agents que ceux qu'ils pourchassaient eussent l'audace de suivre le chemin que l'on sait.

— Un homme seul se fût peut-être hasardé sur ces tuiles glissantes, dit Fouinardet, mais une femme, jamais !

Fort de cette conviction, il était redescendu et s'était mis, comme nous l'avons dit, à explorer les cuisines et les caves.

En les voyant disparaître, Stephen respira plus à l'aise.

— Qui sait ! murmura Moleskine, ils se doutent peut-être que nous sommes ici, et nous allons les entendre bientôt dans l'escalier.

Ils se tinrent cois durant quelques minutes.

Tout à coup, Moleskine colla son oreille entre la porte.

— On dirait que l'on monte.

— Enfer !

— Plus de doute... ce sont eux !

— Impossible de fuir, cette fois.

D'un commun mouvement, ils se blottirent dans l'alcôve.

A tout hasard, ils se cachaient, car ils pouvaient se tromper, et les individus qu'ils entendaient dans l'escalier n'avaient peut-être rien de commun avec les agents de police.

A peine étaient-ils derrière les rideaux du lit qu'une clef grinça dans la serrure...

Peu après, ils virent entrer un petit homme brun, jeune encore, assez coquettement vêtu, et dont le nez quelque peu recourbé indiquait aisément l'origine israélite.

C'était un juif, en effet, et son nom était Nathaël Bourbiche. C'est celui que nous avons déjà vu au tripot du 113.

— Entrez ! entrez, mon bon Casimir ! dit-il à un grand jeune homme très blond et légèrement chauve qui le suivait, le monocle dans l'œil.

Casimir pénétra à son tour dans la chambrette.

C'était l'amant de Mme Euphémie Coquardier, le monsieur *aux panoufles*, comme l'appelait Popincourt.

Bourbiche referma sa porte.

— Brrr ! fit-il, quel sale temps il fait, hein ! Je vais allumer un peu de feu.

— Ma foi, c'est une idée, riposta Casimir, j'ai les pieds gelés.

Le petit juif s'était dirigé vers sa cheminée.

— Tiens ! fit-il en apercevant que la fenêtre était close, je croyais l'avoir laissée toute grande ouverte... C'est la mère Grenouillot, ma concierge, qui sera montée la refermer.

Il alluma du feu.

— Chauffez-vous, mon cher, dit-il à Casimir en lui offrant un fauteuil.

— Grand merci !

— Dites-donc ! voulez-vous prendre une cerise à l'eau-de-vie ?

— Ma foi, je ne dis pas non ! La cerise à l'eau-de-vie est l'amie de l'homme.

Bourbiche prit un bocal dans un placard et le posa sur la cheminée avec deux verres et deux petites cuillères.

Après quoi, il s'assit à son tour en face de son hôte.

— Qu'est-ce que vous dites de mon petit bazar ? demanda-t-il tout en servant des cerises à Casimir.

— Ma foi, c'est tout ce qu'il faut pour ce que vous en faites.

— Du reste, ça ne me coûte pas cher de loyer. Deux cents francs, pas un sou de plus. Vous comprenez, dans ma position, je trouve très bête de recevoir chez moi toutes les fillettes que je veux bien honorer de mes faveurs... En conséquence, je les reçois ici, et je ne me compromets pas....

— C'est fort bien imaginé !...

— Mon cher, vous devriez suivre mon exemple ! Que diable ! vous êtes célibataire comme moi... D'un moment à l'autre, vous pouvez trouver à épouser quelque jolie dot... et dame, il suffit d'un bavardage de portier pour faire manquer tous les mariages du monde. Je vous renouvelle donc ici l'offre que je vous ai faite en déjeûnant. Moyennant la somme de cent cinquante francs, je vous céderai cette chambre tous les deux jours !

— Cent cinquante francs ! fit Casimir en se récriant, ce n'est pas donné !

— Dame, mon bon, songez donc, le mobilier est à moi... je ne peux pas vous le laisser user pour rien.

— Écoutez, je vous donnerai cent vingt-cinq francs, mais pas un liard de plus !

Après avoir discuté pendant un certain temps, Bourbiche finit par se décider.

— Mais, ajouta-t-il, c'est uniquement parce que vous êtes mon ami.

— Je n'en doute pas ! riposta Casimir.

Puis en lui-même, il murmura :

— Arabe, va !

De son côté, Bourbiche grommela :

— Affreux tire-liard ! je suis fâché de lui avoir offert des cerises !

Et, machinalement, il reboucha le bocal.

— Laissez ! laissez ! dit l'homme aux panoufles, je n'ai pas fini !

— Vous n'avez pas peur que cela vous fasse mal... c'est très échauffant !

— Bah ! en carnaval !

Et Casimir remplit son verre jusqu'aux bords.

— Il va tout me dévorer ! maugréa Bourbiche. Quelle satanée idée j'ai eu là de faire le généreux. Si jamais ça me reprend, il fera plus chaud qu'aujourd'hui !

En ce moment, on frappa à la porte.

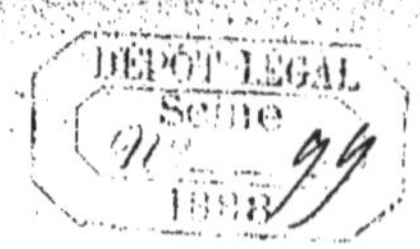

—Ah ! monsieur, s'exclama la jeune fille en éclatant en sanglots, je suis bien malheureuse.

— Qui diantre se permet de venir nous déranger ? murmura le petit juif, je n'ai pourtant donné rendez-vous à personne ?

On frappa de nouveau.

— Eh ! l'on y va, mon Dieu ! on y va !

Il ouvrit. Fouinardet entra. Quatre hommes se tenaient derrière lui.

Par un reste de scrupule, l'agent n'avait pas voulu quitter le boulevard sans donner un coup d'œil aux maisons voisines du restaurant.

— Qu'est-ce donc ? qu'y a-t-il ? demanda Bourbiche.

— Nous sommes à la recherche de deux voleurs... répondit Fouinardet.

Deux voleurs ! répétèrent d'une voix commune Casimir et le juif.

Et tous deux semblaient légèrement troublés. Assurément cette paire de coquins n'avait pas la conscience tranquille.

Réfléchissant toutefois que la justice n'avait rien à voir dans leurs petits tripotages pécuniaires et autres, ils se remirent bien vite.

Et Bourbiche, reprenant son aplomd, congédia assez cavalièrement ces importuns visiteurs.

— Je suis ici chez moi, dit-il, et je trouve très singulier que vous vous permettiez... D'abord, la loi ne vous autorise pas à vous introduire chez un citoyen inoffensif.

— Je vous ferai d'abord observer, monsieur, répliqua Fouinardet, que j'ai eu soin de frapper, bien que la clef fût sur la porte...

« Je vous dirai ensuite que ceux que nous cherchons sont non seulement des voleurs, mais encore des assassins... et que dans votre intérêt même...

— Des assassins ! s'exclamèrent Bourbiche et son hôte.

— Oui, messieurs... Tous deux, travestis et masqués, se sont enfuis on ne sait où, et comme cette maison est contiguë à celle d'où ils se sont échappés, nous avons cru devoir la visiter.

« Nous pensions bien que ce serait en pure perte, poursuivit l'agent, mais, pour l'acquit de notre conscience, nous nous sommes livrés quand même à cette dernière perquisition.

« Excusez-nous, messieurs, de vous avoir inutilement dérangés.

Sur ce, Fouinardet et ses hommes s'éloignèrent.

— Deux voleurs !... reprit Bourbiche, quand ils eurent le dos tourné. Le diable m'emporte ! j'ai cru un moment que c'était réellement de vous et de moi qu'il s'agissait.

— Plaît-il ? fit Casimir d'un ton hautain.

— Mon bon, poursuivit le petit juif en clignant de l'œil, je sais toutes vos petites affaires.

— Je ne vous comprends pas.

— Pourquoi faire le discret avec moi ?... Camille a lu vos lettres.

— Camille !... De qui parlez-vous ?

— Eh ! de la demoiselle au papa Coquardier.

Camille était la sœur de Valérie.

— Vous la connaissez donc ?

Bourbiche se mit à rire d'un air fat.

— Ah bah ! reprit Casimir.

— Oui, mon bon... Depuis dimanche soir, cette charmante enfant est folle de moi. Madame sa mère ayant trouvé bon de passer cette nuit-là hors de chez elle, Camille a profité de cela pour s'envoler aussi, à seule fin de visiter, au bras de votre serviteur, les mystérieux bosquets de l'*Ile d'Amour*.

— Quoi ! s'écria Casimir, vous êtes l'amant de Camille ?

— Vous êtes bien l'amant de sa mère !

— Allons ! je vois que vous savez tout.

— Mon Dieu ! oui, *mon cher beau-père*, dit le petit juif en ricanant.

— Ainsi, reprit l'autre coquin, Camille a lu toutes mes lettres ?

— Toutes. C'est si curieux, ces petites filles !... Et, dame ! elle connaît votre histoire depuis A jusqu'à Z...

« Elle sait, à un sou près, ce que vous avez emprunté à son honorable maman...

— Ce que j'ai emprunté, dit vivement Casimir, je le rendrai.

— Turlututu ! mon cher, riposta Bourbiche. Ce n'est pas à moi qu'il faut la faire, celle-là... Vous ne vous acquitterez jamais, c'est moi qui vous le dis.

« Avouez-le, que diable ! J'en ai bien fait d'autres, tel que vous me voyez...

« Et, je vous le répète, quand cet homme a parlé de deux filous, j'ai positivement cru qu'il était question de vous et de moi.

« Dieu merci, je me trompais, et nous pourrons continuer l'un et l'autre notre petit commerce comme par le passé.

Casimir tendit la main à Bourbiche.

— Inutile de me dire ça en vers, riposta le juif ; vous savez bien que je vous suis tout dévoué.

— Prouvez-le-moi.

— Comment ?

— En me faisant restituer par Camille les lettres que j'ai imprudemment adressées à sa mère...

— Imprudemment, vous dites vrai, mon tout bon. C'est là le mot technique. Règle générale, il ne faut jamais écrire... surtout à ses maîtresses.

— Si ces lettres tombaient sous les yeux de Coquardier, le vieux coquin serait capable de s'en servir pour me faire rendre gorge !

— Oh ! ce serait bien délicat de sa part ! dit Bourbiche en riant intérieurement ; mais la délicatesse et lui, ça ne passe pas par la même porte...

— Voyons, reprit Casimir, me rendrez-vous le service que je vous demande ?

— Oui, mais à une condition.

— Laquelle ?

— C'est que vous m'en rendrez un autre.

— Parlez.

— Mon cher, riposta le juif, je dois vous avouer une chose, c'est que, malgré mes principes d'économie, j'ai dépensé depuis quelque temps un argent d'enfer avec les femmes... Je ne parle pas de Camille, bien entendu, pour qui je n'ai fait jusqu'à présent que des sacrifices insignifiants... Non, je parle de mes autres conquêtes, qui m'ont littéralement mis sur la paille...

Casimir haussa les épaules.

— Mon cher, à mon tour, je vous dirai : « On ne me la fait pas celle-là ! »

— Ouais ! répliqua aigrement le petit juif, pensez-vous, par hasard, que mes maîtresses se ruinent pour moi comme Mme Coquardier pour vous ?

— Bourbiche !... interrompit l'autre avec colère.

Mais, se contraignant :

— Voyons, allez au but. En échange de mes lettres, vous voulez me demander quelque chose, n'est-ce pas ?

— Eh bien! oui, là! Au fait, entre gens de notre trempe, les détours et les circonlocutions sont inutiles. J'ai votre correspondance, et je suis prêt à vous la vendre. Combien m'en donnez-vous?

— Allons donc! je commence à comprendre pourquoi vous m'avez amené ici.

— Vous ne répondez pas à ma demande.

— Et que diable voulez-vous que je réponde?... Dites vous-même ce que vous exigez, ce sera plus simple.

— Soit! Êtes-vous homme à m'acheter cela mille francs?

— Mille francs! s'exclama Casimir. Ah çà! dites donc, c'est pour rire, n'est-ce pas?

— Huit cents francs?

— Allez vous faire pendre!

— Tenez, je suis bon prince! Donnez le billet de cinq, et je vous restitue votre littérature!

— Je vous en donne vingt francs, et pas un son de plus!... Je m'en fiche pas mal, en définitive... Vous n'aurez pas l'aplomb d'aller donner ces lettres à Coquardier...

« Et puis quoi, ce ne sont ni des reçus ni des reconnaissances; et quand je jurerai que je ne dois rien, pas un tribunal n'osera me condamner à payer.

— C'est un peu vrai, pensa Bourbiche.

« Voyons! reprit-il tout haut, je veux vous prouver que je suis votre ami.

« Je vous rendrai vos lettres *gratis*... mais...

— Mais?

— Mon cher, figurez-vous que je n'ai pas mis les pieds à l'Opéra de tout l'hiver, et je meurs d'envie de me payer le bal de ce soir.

— Enfin!

— Offrez-moi ce divertissement avec le souper, le costume et tout ce qui s'ensuit, et votre correspondance passe de mes mains dans les vôtres.

— Allons, c'est chose dite, affreux juif!

« Au surplus, je ne serai pas fâché moi-même d'aller passer la nuit à l'Opéra.

« Je tâcherai d'entamer là quelque petit roman amoureux.

— Et moi aussi, ventre de biche!

— Comment! affreux Lovelace, riposta Casimir. Eh bien! et Camille?...

Bourbiche fit une pirouette, et d'un ton tout à fait régence, il répondit:

— Bah! abondance de bien ne nuit pas, et, comme dit je ne sais qui: « Il faut toujours avoir de l'amour sur la planche! »

— Ah çà! reprit l'autre, est-ce que c'est bien utile de nous costumer?

— Indispensable, mon tout bon! Quand on va là en pékin, on s'embête à en avaler sa langue... Et puis, on ne peut pas danser... et, dame! aller au bal sans danser, c'est idiot!

— Oui; mais c'est que des costumes à peu près propres, ça coûte bon de location, surtout un mardi gras...

— Je me charge d'avoir tout ce qu'il y a de mieux pour presque rien.

Casimir le regarda étonné.

— Oui. Je connais le costumier de l'Ambigu... il nous donnera quelque chose du magasin; et pour une simple pièce de cent sous, nous en verrons la farce!

— Soit!... je me charge de tout... Donnez les lettres.

Bourbiche les prit dans le tiroir de sa commode.

— Les voici!... dit-il. Vous voyez que j'ai foi en votre parole.

Casimir s'assura que les missives étaient bien réellement les siennes.

Après quoi il les jeta au feu.

— Maintenant, fit le petit juif, allons nous entendre avec le costumier.

« Il doit être au café du théâtre, en train de faire sa partie de piquet.

En effet, peu après, les deux compagnons trouvaient leur homme se livrant à cet intéressant exercice.

Quand la partie fut terminée :

— Un mot avant de vous remettre au travail, papa Grandin, dit Bourbiche.

Le vieux costumier quitta sa place.

— Qu'est-ce qu'il y a pour votre service?

Bourbiche lui fit connaître ce qu'il attendait de lui.

— Parfait! répliqua le bonhomme. J'ai justement votre affaire à tous les deux.

« Un Louis XIII tout battant neuf qui vous ira comme un gant, monsieur Bourbiche.

« Et, pour monsieur votre ami, un Henri III en velours noir qui vous a un cachet... je ne vous dis que ça.

— Bravo! Faites-nous essayer ça.

— Inutile. Je vous dis que ça vous ira comme de cire... Je m'y connais, allez!...

— Soit! nous nous fions à vous.

— Je ferai un paquet de tout ça quand le rideau sera levé, et après le premier acte je porterai le tout à votre domicile.

— C'est cela... Vous le remettrez au père Grenouillot; je lui laisserai ma clef, et il montera le paquet dans ma chambre.

— C'est entendu.

— Et combien nous louez-vous ces deux costumes?

— Quinze francs, parce que c'est vous.

— Quinze francs! Fichtre! c'est salé!

— Songez donc que c'est mardi gras aujourd'hui. Chez Rabin, on vous ferait payer le double.

Il fallut en passer par où il voulait.

Casimir tira trois pièces de cent sous de sa poche et les mit dans la main du costumier.

— Ce soir, à sept heures et demie, huit heures au plus tard, vous aurez vos bibelots.

Ayant dit, le père Grandin se remit à jouer au piquet.

— C'est égal, grommelait Casimir, quinze francs, c'est raide!

— Oui, mais je connais l'homme; il nous donnera quelque chose de vraiment joli. Du moment qu'il nous promet un Louis XIII tout battant neuf et un Henri III de premier choix, nous pouvons compter dessus.

Le monsieur aux panoufles continuait à maugréer.

— Voyons, ne gémissez pas, que diable !... poursuivit le petit juif ; puisque ça coûte plus cher que je ne vous avais dit, je vous offre à dîner.

Bourbiche rentra chez lui donner ses instructions au père Grenouillot relativement aux costumes.

— En les montant, ajouta-t-il, vous aurez soin d'allumer un petit feu.

— Beaucoup même, si monsieur le désire, répondit le concierge.

— *Beaucoup* serait du luxe, monsieur Grenouillot ; je vous dis *un peu*, ne l'oubliez pas.

— Monsieur, j'ai une mémoire d'ange... J'ai appris le rôle d'Omar, dans *Mahomet*, en une seule nuit...

« Je le sais même encore : si monsieur veut m'octroyer quelques secondes, je vais avoir l'honneur de le lui déclamer incontinent.

— Merci ! je suis pressé... Voici ma clef.

Là-dessus, Bourbiche fit mine de s'éloigner.

Mais revenant sur ses pas.

— J'y songe, dit-il, il y a sur ma cheminée un bocal de cerises à l'eau-de-vie, que j'ai omis de remettre en place... vous m'obligerez en ne le débouchant pas.

.   .   .   .

Aussitôt après le départ de Casimir et du juif, Stephen et Moleskine étaient sortis de leur cachette.

— Que le tonnerre écrase ces deux bavards ! murmura l'Anglais.

« Parole ! ils commençaient à me prendre singulièrement sur les nerfs.

Il alla à la cheminée et mit le restant des cerises à l'eau-de-vie dans les deux verres.

— Tiens ! dit-il en en donnant à Moleskine.

Elle prit le verre et le vida machinalement.

Stephen avait fait comme elle.

— Elles ne sont déjà pas si bonnes, ses cerises, à ce gueux de Bourbiche ! dit-il en faisant la grimace. Il aura acheté ça au rabais, bien sûr !

« Il était temps que ces deux faquins nous laissent le champ libre, je grelottais.

— Et moi donc ! riposta Moleskine dont les dents claquaient.

— Chauffe-toi, ma chère ! fit Stephen. Ne te gène pas.

« Mais c'est un vrai feu de veuve que nous avons là.

« Attends !... attends !... chien d'usurier !... triple ladre et quadruple voleur... je vais le faire aller, ton feu, tu vas voir.

Et, tout en parlant, il mettait des bûches dans la cheminée.

— Tu vas incendier la maison ? dit Moleskine.

— Ça m'est bien égal, par exemple !

« Mais, voyons, ajouta l'Anglais en changeant de ton, il s'agit de savoir ce que nous allons faire.

« Ces deux paltoquets peuvent rentrer d'un moment à l'autre et s'ils nous trouvent installés dans leurs fauteuils, nous chauffant à leur feu et dévorant leurs cerises, ils seront assez inconvenants pour brailler comme des ânes et crier à la garde...

D'un autre côté, si nous nous hasardons à mettre le nez dehors, nos satanés costumes nous feront infailliblement reconnaître et arrêter.

« La situation est donc on ne peut plus épineuse.

« Quant au projet d'exil formé ce matin par nous, il n'en faut plus parler, puisque milord l'Arsouille est encore de ce monde.

— Quel parti prendre, enfin? murmura Moleskine.

— Ma foi! je crois que le plus simple est d'attendre ici que la nuit soit venue... Il se peut fort bien, après tout, que le Casimir et le Bourbiche ne reviennent céans qu'au moment de filer à l'Opéra...

« En tout cas, dès que nous entendrons grincer la clef dans la serrure, nous aurons la ressource de regagner notre cachette.

Ce plan fut adopté.

Le soir, vers les sept heures, Grenouillot entra, muni d'une chandelle et avec les fameux costumes que le père Grandin venait d'apporter.

Stephen et Moleskine s'étaient promptement jetés derrière les rideaux de l'alcôve.

— Ah bien ! elle est forte, dit le concierge en voyant flamber dans l'âtre un feu magnifique; les bûches se sont mises toutes seules dans la cheminée et elles se sont allumés *idem*.

Inutile de dire que, selon sa louable habitude, l'ex-tragédien était entre deux vins.

Ses regards tombèrent sur le bocal mis à sec par l'Anglais et sa compagne.

— Plaît-il? Plus rien!... Ah ça ! qu'est-ce qu'il me chantait donc, ce fils d'Israel ?... Je vois ce que c'est, il a voulu me faire poser ! Farceur de juif, va !

Il avait mis sur un fauteuil le paquet qu'il venait d'apporter.

— Des costumes ! reprit-il avec émotion, des costumes de théâtre ! C'est drôle, mais ça me trouble malgré moi !... Et j'ai comme qui dirait des envies de les essayer un peu pour voir. Tiens! pourquoi pas? Au fait, je suis seul... et M. Bourbiche et son ami ne sont pas près de revenir...

D'une main frémissante, il tira du paquet le pourpoint Henri III.

En cet instant on frappa brusquement à la porte.

VII

LOCATION DE COSTUMES ET DE DOMINOS.

Le père Grenouillot était furieux de ce contre-temps.

— Saperlotte ! murmura-t-il, que le diable enlève les importunés qui...

Il se décida quand même à aller ouvrir.

Une femme voilée entra précipitamment dans la chambre.

— Monsieur, dit-elle, vous m'avez perdue... il faut que vous me sauviez !...

C'était Camille Coquardier.

Il faisait à peine clair dans la chambre en ce moment; elle prenait le père Grenouillot pour Nathanaël Bourbiche.

— Oui, continua la jeune fille d'une voix haletante, maman sait tout... Je viens d'avoir avec elle une scène effroyable et je me suis enfuie de la maison !...

« Il faut que vous me sauviez, je vous le répète, monsieur, il le faut !

— Pardon, madame, répliqua Grenouillot en ôtant sa casquette de loutre, mais, parole d'honneur, je ne sais pas du tout ce que vous voulez dire.

Camille, en entendant parler le bonhomme, avait bien vite reconnu son erreur.

— Ah ! dit-elle, je vous prenais pour M. Bourbiche.

— Je croyais cependant être plus bel homme que lui ! repartit l'ex-tragédien en se redressant de toute sa haute taille.

« Nonobstant, j'excuse votre méprise et je m'explique votre apostrophe, puisqu'elle s'adressait au locataire de céans.

« Car, pour ce qui est de moi, n'ayant jamais eu celui de vous promener, j'eusse été dans l'impossibilité de vous perdre.

— Ah ! monsieur, s'exclama la jeune fille en éclatant en sanglots, je suis bien malheureuse !

Et elle se laissa tomber sur un fauteuil.

C'était justement sur celui-là que se trouvaient les travestissements que l'on sait.

— Sapristi ! prenez garde, mademoiselle, fit Grenouillot effaré, vous allez chiffonner leurs costumes de bal.

Camille se releva brusquement.

— Des costumes de bal ! Pour qui?... pour qui donc?

— Eh bien ! mais pour M. Bourbiche, pardine ! et pour son ami le gros blond.

— Et à quel bal va-t-il donc?

— D'après ce que vient de me dire le père Grandin, le costumier de l'Ambigu, qui est de mes connaissances, j'ai tout lieu de supposer que ces messieurs vont aller follichonner cette nuit à l'Opéra.

— C'est bien ! dit Camille avec résolution. J'irai aussi, moi !

« Montrez-moi ces costumes, ajouta-t-elle.

— Mais, mademoiselle...

— Montrez-les-moi, vous dis-je !... reprit la jeune fille en mettant une pièce de cent sous dans la main du concierge.

— Oh ! du moment que vous m'en priez aussi instamment... regardez... regardez tout à votre aise !

Après avoir considéré les deux costumes avec la plus scrupuleuse attention :

— Je saurai les reconnaître ! dit Camille. Ah ! monsieur Bourbiche, le lendemain même du jour où vous me jurez de n'aimer que moi, vous allez au bal de l'Opéra, pour y voir sans doute d'autres femmes !

— Voilà les jeunes gens d'aujourd'hui, mademoiselle ! s'exclama Grenouillot, les voilà ! Pas de mœurs pour un liard !... Ah ! de notre temps, on y aurait regardé à deux fois avant de suborner une jeunesse !

Mais le père Grenouillot avait fermé la porte à double tour. — Vieux crétin ! rugit l'Anglais.

— Dites-moi tout, monsieur, reprit Camille. Il vient ici des femmes, n'est-ce pas, beaucoup de femmes ?

Grenouillot lui prit la main.

Puis, d'un ton tragique, il répondit :

— Oui !

— Ah ! comme il m'a menti !... murmura la jeune fille avec une colère douloureuse, comme il s'est joué de moi !...

« — Vous êtes la première femme que j'aime, Camille ! » me disait-il.

« L'imposteur ! la première femme !

Liv. 101.   101

— Depuis Ève, c'est la phrase consacrée, riposta Grenouillot.

— Oh! mais je me vengerai!

— Vous ferez bien. Étant pudique et chaste de mon caractère, je ne saurais approuver les débordements des Lauzun de notre époque de décadence! Car nous sommes en décadence, mademoiselle, en pleine décadence!... J'ai beau, nouveau Diogène, chercher, lanterne en main, un contemporain convenable, je ne vois guère que moi d'un peu pur et d'un peu digne de respect!

Camille ne l'écoutait pas.

Elle allait et venait par la chambre en disant :

— Oui, je me vengerai! Et cette nuit, au bal, si je le trouve avec une maîtresse, malheur à lui!

— A la bonne heure!... vous avez raison!... riposta le bonhomme. Tiens, au fait, pourquoi donc nous laisserions-nous victimer sans rien dire, pauvres jeunes filles que nous sommes!

« Excusez-moi, reprit-il en changeant de ton; mais votre situation m'empoigne si vivement que je me mets à votre place, et j'oublie que je fais partie du sexe fort!

— Merci, monsieur! dit Camille. Vous avez l'air d'un honnête homme, vous!

— Cela vient de ce que j'ai joué jadis la tragédie... répondit Grenouillot avec une naïveté superbe. Car, voyez-vous, mademoiselle, ce genre noble, trop négligé de nos jours, hélas! c'est tout bêtement l'école de la vertu...

« Le drame et le vaudeville, par exemple, c'est la perte de l'espèce humaine.

« Mais un tragédien vraiment digne de ce nom a forcément toutes les perfections... Ainsi, moi qui vous parle, j'en suis arrivé au point de me saluer chaque fois que je me vois dans une glace, et quand je me cause à moi-même, eh bien, je me dis : « Vous. » Et je m'appelle « monsieur! »

« Ainsi, mademoiselle, si, par hasard, vous songiez un jour à vous mettre au théâtre...

— Au théâtre, moi?...

— Mon Dieu, on ne sait pas!... Puisque vous voilà brouillée avec madame votre mère et que vous êtes disposée à flanquer son paquet à M. Bourbiche, il faudra bien que vous preniez un parti quelconque... Et, dame! il pourrait se faire qu'au lieu de piquer des bottines ou d'entrer caissière chez un boucher, vous songeassiez à monter sur les planches...

« Eh bien! si vous en arrivez là, mademoiselle, croyez-en ma vieille expérience et prenez carrément la tragédie...

« Tout le reste, c'est de la *gnognotte*, comme dit le divin Racine...

« S'il vous faut un professeur, je suis là, moi, et je vous prie de croire que mes leçons vous seront plus profitables que celles de ces messieurs du Conservatoire et du Théâtre-Français...

« La tragédie! la tragédie! poursuivit le vieil ivrogne en gesticulant, là est le salut... la régénération de l'espèce humaine... D'abord, vous vous appelez Camille, et ce nom vous dicte votre voie, puisque Corneille parle justement de vous dans les *Horaces*.

Et le bonhomme se mit à déclamer :

N'en doutez point, Camille, et revoyez un homme
Qui n'est ni le vainqueur, ni l'esclave de Rome...

— Adieu !,.. adieu, monsieur !... interrompit vivement la jeune fille, qui ne tenait pas sans doute à entendre plus longtemps les beuglements du vieux fou.

Elle fit quelques pas vers la porte.

Mais, revenant à Grenouillot :

— Monsieur, ne dites pas à M. Bourbiche que j'ai résolu de l'aller surprendre à l'Opéra !

— Je n'en soufflerai pas le mot.

— Vous me le jurez ?

— Par les dieux immortels !... Je vous le répète, je ne serais pas fâché que vous lavassiez un peu la tête à ce petit couailleur de Bourbiche... Je n'aime pas les mauvais sujets... je ne les ai jamais aimés.

« Ainsi, moi, il m'est arrivé une seule fois dans la vie de prendre la taille à une jeune fille de la Villette... Trois semaines après, je la traînais à l'autel et je lui octroyais le nom de Grenouillot !

— C'est vrai, dit une longue femme très maigre et très blème qui se tenait depuis quelques instants sur le seuil de la porte.

C'était l'épouse Grenouillot, la dame à la tête de veau, comme on l'appelait au quartier Latin.

Sur le boulevard du Crime, on lui avait accolé un surnom à la Fenimore Cooper, et chacun la qualifiait : « le Nez-qui-Marche. »

— Rosamonde ! s'exclama Grenouillot, en allant au-devant de sa conjointe, qui t'amène, ô mon beau lapin rose ?

— Alcindor, répliqua la portière avec sentiment, j'étais jalouse !

— Jalouse ! toi, ma belle cocotte adorée ?

— Oui, j'avais vu cette jeune fille passer devant ma loge sans rien dire et se faufiler dans l'escalier *ous que* tu venais de t'insinuer toi-même...

« Alors je me suis dit :

« — O mon Dieu ! est-ce qu'ils auraient des accointances tous les deux. »

« Et je me suis élancée sur les pas de mademoiselle.

« J'ai tout écouté, tout entendu, mon Alcindor, et je sais que tu es toujours le gros poulot à sa maman !

— Rosamonde, riposta Grenouillot, dans la pièce de *Phèdre*, Thésée fils répond à Thésée père qui l'accuse injustement :

Le jour n'est pas plus pur que le fond de mon cœur !

« C'est tout exprès pour moi que Racine a pondu cet hexamètre.

Camille commençait à prendre les époux Grenouillot pour deux échappés de Charenton.

Elle s'éloigna précipitamment en recommandant au vieux portier et à sa conjointe de ne rien dire à Bourbiche.

— Muets comme la tombe ! répondirent les Grenouillot d'un ton solennel.

Quand l'ex-tragédien fut seul avec la dame au long nez :

— Nous serons donc toujours une vilaine petite jalouse, lui dit-il en lui prenant le menton.

— Que voulez-vous, Alcindor, c'est plus fort que moi !

Montrant au bonhomme une paire de castagnettes, la mère Grenouillot poursuivit :

— Si j'avais eu la preuve que tu me trompasses, ô mon bien-aimé, j'aurais avalé mes castagnettes et je me serais périe sous tes yeux.

— Malheureuse ! s'exclama le portier.

Changeant de ton, il reprit :

— Ah ! pourquoi ce goinfre de Bourbiche a-t-il becqueté toutes ses cerises à l'eau-de-vie !... C'eût été le vrai moment de nous en administrer quelques-unes.

« A défaut de ces douceurs, je vais t'offrir, ô ma fidèle compagne ! le plaisir de me contempler sous la pelure d'un Saint-Mégrin quelconque.

— Mais il n'y a personne dans la loge ! objecta Rosamonde.

— Le chat y est... ça suffit, répondit tranquillement le père Grenouillot.

Et prestement il ôta son tablier, sa veste, et endossa le fameux pourpoint en velours noir.

Comme il commençait à le boutonner, la porte s'ouvrit brusquement.

Puis une dame qui semblait fort agitée se précipita dans la chambre.

C'était Mme Coquardier.

— Monsieur Nathanaël Bourbiche? demanda-t-elle.

— Encore une victime sans doute, pensa Grenouillot. Ah çà ! mais ce juif est donc un Turc ?

Otant sa casquette, — car l'ex-tragédien était plein de déférence pour le beau sexe, — le portier, fantastiquement affublé de son habit du xive siècle, de ses chaussons de lisière et de son pantalon trop court, s'avança vers la nouvelle venue.

— Madame, dit-il, M. Bourbiche est sorti.

— N'essayez pas de me tromper, interrompit aigrement Mme Coquardier.

La mère Grenouillot prit la main de son époux.

— Alcindor n'a jamais souillé ses lèvres d'un mensonge ! s'écria-t-elle avec énergie.

— Je sais que M. Bourbiche est ici... reprit la mère de Camille.

« Je me suis présentée ce soir même à son domicile de la rue Vivienne... et son portier m'a assuré que, depuis dimanche, il habitait son logement du boulevard.

— Mon collègue vous a dit vrai, madame, riposta le concierge.

Mme Coquardier l'interrompit avec impatience.

— Ce n'est pas de cela qu'il s'agit !

« Si M. Bourbiche est sorti, comme vous me l'affirmez, je vous somme de me dire où je puis le trouver.

— Vous me sommez !... riposta l'ex-tragédien fortement piqué.

Euphémie s'empressa de lui glisser dans la main une pièce de cinq francs.

— Du moment que vous payez la sommation, reprit Grenouillot radouci, c'est une autre paire de manches.

— Parlez donc, monsieur. Où est-il ? où est-il ?

— Pour le quart d'heure, je n'en sais rien... mais il reviendra sûrement vers onze heures...

— C'est bien, je reviendrai...

Et Mme Coquardier se disposa à quitter la chambre.

— Au fait, poursuivit le vieux portier en se penchant à l'oreille de son épouse, pourquoi ne pas l'envoyer aussi à l'Opéra, celle-là... elle s'entendra avec l'autre pour embêter ce petit Nabuchodonosor, et cela lui donnera une leçon.

La mère Grenouillot fit signe avec son nez que l'idée lui paraissait bonne.

En conséquence, le concierge rappela Mme Coquardier.

— Madame, dit-il, un conseil.

Euphémie revint sur ses pas.

— En revenant ici, continua Grenouillot, il se peut très bien que vous manquiez le Bourbiche... mais il y a un moyen sûr de le trouver...

— Quel est ce moyen ?

— Allez cette nuit au bal de l'Opéra... Il y sera...

« A preuve qu'il portera ce costume gris-perle que vous voyez étalé sur ce fauteuil...

— Ce costume ?...

— Oui, c'est un Louis XIII... Quant à ce pourpoint noir que j'étais en train d'essayer quand madame est entrée céans, c'est pour l'ami du petit juif... pour M. Casimir...

— M. Casimir !

— Il me semble du moins que c'est ainsi que M. Bourbiche l'a appelé ce matin dans ma loge.

— Casimir ! répéta Mme Coquardier avec une émotion nouvelle.

— Oui un gros blond, qui a le coco un peu déplumé, des favoris à l'anglaise et un petit bout de verre dans l'œil.

— C'est lui ! murmura Euphémie au comble de l'agitation.

— Ces deux messieurs, reprit le perfide Grenouillot, se sont promis de finir gaiement leur carnaval, et je suis certain qu'en allant les relancer en ce temple de la folie, madame leur fera une charmante surprise.

— Cette surprise, riposta Mme Coquardier avec un singulier sourire, je la leur ferai !

Et elle sortit.

Dès qu'elle eut le dos tourné, les époux Grenouillot se prirent par la main et se mirent à danser en chantonnant :

— Il y aura du bruit dans Landerneau ! Il y aura du bruit dans Landerneau !

Comme l'heure avançait, et que les deux amis pouvaient rentrer d'un moment à l'autre, le portier ôta le fameux pourpoint, remit sa veste de tricot et son tablier bleu.

Puis, sa chandelle en main et son épouse au bras, il regagna gravement le trou enfumé qui lui servait de loge.

— Allons ! dit Stephen Lowe à Moleskine, qui venait, comme lui, de sortir de l'alcôve, hâtons-nous.

Il y avait sur la cheminée deux flambeaux avec des bougies immaculées.

Sans respect pour leur virginité, l'Anglais les alluma.

— Maintenant, en deux temps, trois mouvements, opérons notre métamorphose.

. . . . , ...

Dix minutes après, Moleskine avait remplacé son uniforme de garde française par le costume Louis XIII destiné au petit juif...

Et Stephen Lowe avait substitué à son habit Louis XIV le pourpoint et les trousses de velours noir dont le beau Casimir devait se parer cette nuit-là...

— Parbleu ! fit le vicomte en se coiffant d'une toque à plume blanche qui complétait son travestissement, je crois que nous voici maintenant méconnaissables, et les agents de ce cher Fouinardet, qui doivent rôder à notre intention sur le boulevard et dans la rue de Bondy, nous laisseront passer sans opposition.

Ils avaient eu soin d'emporter leurs masques noirs.

Ils s'en couvrirent le visage.

— En route ! dit Stephen.

Mais le père Grenouillot avait fermé la porte à double tour.

— Vieux crétin ! rugit l'Anglais.

— Fâcheux contretemps ! murmura Moleskine.

— Bah ! je vais démonter la serrure, reprit Stephen.

Mais il lui sembla entendre parler au bas de l'escalier.

— Cette fois, dit-il, je crois que c'est le juif et son ami.

— Grand Dieu !

— Eh ! ne crie donc pas avant qu'on t'écorche ! riposta le vicomte en haussant les épaules.

« Allons, leste ! filons par les toits... et que le diable nous protège.

Il souffla les bougies et ouvrit la fenêtre.

Peu après, il atteignait sans encombre, ainsi que sa complice, une petite terrasse peu éloignée de la chambrette qu'ils venaient de quitter.

Une fenêtre donnait sur cette terrasse ; mais elle était fermée par des volets, et il n'y avait pas moyen de songer à s'échapper par là.

— Tenons-nous blottis derrière la balustrade et attendons.

Au bout de quelques instants, ils entendirent ouvrir la porte de Bourbiche.

Mais en ce moment le vent, qui soufflait avec force, s'engouffra dans la chambre par la fenêtre, dont les carreaux volèrent en éclats.

— Bravo ! pensa Stephen, si nous voulons rentrer par là, cela nous évitera la peine de couper une vitre.

. . . .

Durant quelques secondes, Bourbiche et Casimir, car c'étaient bien eux, demeurèrent littéralement abrutis.

Le cliquetis du verre se brisant sur les briques, le sifflement de cette bourrasque inattendue et l'extinction de la bougie dont ils s'étaient munis pour monter, tout enfin plongea les deux compagnons dans un ahurissement dont rien ne saurait donner une idée.

Sans compter que ces messieurs, en dînant, s'étaient laissés aller un peu plus que de raison, et sans être positivement gris ils avaient, comme l'on dit : « un léger plumet ».

Aussi ne fut-ce qu'après un assez long silence qu'ils se décidèrent à s'interroger mutuellement sur les causes probables du vacarme fantastique qui signalait leur retour.

— Je vois ce que c'est, dit enfin Bourbiche, c'est ce vieux mandrille de père Grenouillot ou sa grande girafe de femme qui aura ouvert ma fenêtre en montant nos costumes...

« Déjà, ce matin, ces brigands m'ont fait la même farce... C'est une manie qu'ils ont comme ça.

Il était entré dans la chambre ainsi que Casimir.

Quand la porte fut close et la fenêtre aussi, Bourbiche ralluma sa bougie au feu de la cheminée.

Alors il put constater les dégâts.

— Deux carreaux cassés ! rien que ça !... C'est gentil !... En voilà pour quarante sous au moins !

« Sans compter qu'il va faire un froid de loup ici cette nuit.

« Ramenez donc des odalisques dans un harem pareil.

« Quelles canailles que ces Grenouillot !

— Heureusement, fit Casimir qui se réchauffait, que le feu est encore en vie.

— Je le crois bien, qu'il est en vie, grommela le juif. Ce monstre de portier a usé tout mon bois... neuf bûches !... Il y en avait neuf... je les ai comptées avant de partir !

Il aperçut son bocal vide.

— Enfer et malédiction ! s'écria-t il.

— Qu'est-ce qu'il vous prend encore ?

— Casimir... Casimir... je suis volé, dévalisé !... Les Grenouillot m'ont mangé toutes mes cerises !

On se rappelle que c'étaient Moleskine et Stephen qui s'étaient offert les fruits en question.

Bourbiche était exaspéré.

Il courut sur le carré et se prit à hurler :

— Monsieur Grenouillot ! monsieur Grenouillot !

Après un assez long temps, le concierge parut.

Il venait d'ingurgiter, de concert avec sa tendre moitié, plusieurs verres de cassis et de cognac. Il entra en zigzaguant.

> Puis-je savoir, seigneur, quelle subite alarme
> — Vous fait ?...

Bourbiche ne le laissa pas achever.

Il le saisit par le bras et l'amena devant le bocal.

— Monsieur Grenouillot, lui dit-il furieux, il paraît que vous avez un faible pour les cerises à l'eau-de-vie?

Grenouillot qui, tout gris qu'il était, savait parfaitement à quoi s'en tenir là-dessus, s'imagina que le petit juif voulait se moquer de lui.

— Monsieur, fit-il en le toisant du regard, vous n'êtes pas drôle.

— Qu'est-ce à dire, vieux soulard?...

— Je vous défends de m'invectiver, môssieur!... Depuis les trois glorieuses, ajouta-t-il en ôtant sa casquette, les portiers sont des hommes comme les autres, et les fils d'Israël ne peuvent pas en dire autant!

— Monsieur Grenouillot, vous avez dévoré mes cerises, brûlé mon bois, ouvert ma fenêtre et fait casser mes vitres : je me plaindrai au propriétaire, et je vous ferai chasser comme un vieil ivrogne que vous êtes!

Grenouillot était stupéfié.

En effet, il était innocent de tous les crimes qu'on lui imputait.

Il ne crut pouvoir mieux exhaler son indignation qu'en lançant à la face de Bourbiche quelques vers de circonstance :

> D'un mensonge si noir, justement irrité,
> Je devrais...

— Assez de tragédie, vieux saltimbanque!... Nous réglerons nos comptes quand vous serez un peu moins saoûl.

— Si je suis saoûl, monsieur, c'est de vos invectives, et vous saurez bientôt de quel bois je me chauffe!

— Oh! parbleu! je m'en doute; car vous ne me ferez pas croire qu'il vous a fallu neuf bûches pour faire ce feu-là?

— Eh! vous savez bien que ce feu-là était tout fait, riposta Grenouillot.

— Tout fait!...

— Pardine! Même que quand je suis rentré ici, c'était une vraie fournaise! Quant à vos bûches, je n'en ai pas vu la queue d'une!

— Quelle impudence! glapit le petit juif. Filez... filez, monsieur Grenouillot... A force d'ouïr vos impostures, je sens que je deviens enragé... Filez, ou je vais vous mordre!

Grave et calme, le vieux portier répondit, en essayant de se mettre en équilibre :

> Celui qui met un frein à la fureur des flots
> Sait aussi des méchants arrêter les complots.
> Soumis avec respect à sa volonté sainte,
> Je crains Dieu, mon épouse, mon propriétaire... et n'ai pas d'autre crainte.

Sur ce vers, considérablement augmenté, le bonhomme sortit majestueusement.

Pendant ce temps, Casimir avait examiné les deux costumes abandonnés par Moleskine et son complice.

— Bon vieillard, dit Bellardoise au père Grandin, connaissez-vous milord l'Arsouille?

— Ah çà! dit-il, quels diables de déguisements est-ce là ?
Bourbiche regarda.
— Un garde française!... s'écria-t-il, un habit de je ne sais quoi!...
Rappelant le père Grenouillot, qui était déjà sur le carré :
— Hé! le tragédien, revenez un peu, je vous prie.
Le vieux portier consentit à rebrousser chemin.
— On n'a donc pas pu nous procurer les deux costumes convenus ?...
— Si, mòssieur, répondit Grenouillot. Un Louis XIII gris perle et un Henri III

en velours noir. Je les ai ôtés moi-même de eur enveloppe et posés sur un fauteuil.

— Ah ! vous appelez ça un Louis XIII, vous ! fit Bourbiche en mettant l'uniforme militaire sous le nez du bonhomme.

— Ah ! vous appelez ça un Henri III en velours noir ! dit à son tour Casimir, en exécutant le même mouvement que son ami.

Le père Grenouillot regardait les deux travestissements d'un air effaré.

— Hein ! quoi ! qu'est-ce que c'est que ça ?...

« Mais il y avait un costume gris perle !... Je l'ai vu... de mes yeux vu... ce qui s'appelle vu !

« Il y avait un Henri III en velours noir, je l'ai essayé !

— Il est fou ! dit Casimir.

— Il est ivre-mort ! beugla le petit juif.

— C'est vous qui êtes fous !... C'est vous qui êtes ivres ! riposta le concierge.

Bourbiche n'y tint plus.

Il lui administra un vigoureux coup de pied au derrière.

— Il me frappe !... s'exclama Grenouillot. Tu oses me frapper, petit pas grand'-chose !

> Achève, et prends ma vie après un tel affront,
> Le premier dont ma race ait vu rougir mon front.

Et, s'emparant d'une bassinoire, il tomba à bras raccourcis sur son ennemi. Casimir et Bourbiche ne parvinrent qu'à grand'peine à désarmer le furibond concierge.

Alors, invoquant de nouveau la muse tragique, il déclama ces autres vers du *Cid* d'une façon tellement grotesque, que les deux amis, malgré tout leur dépit et leur mauvaise humeur, ne purent s'empêcher d'éclater de rire :

> O rage ! ô désespoir ! ô vieillesse ennemie !
> N'ai-je donc tant vécu que pour cette infamie ?
> Et, de tragédien, me suis-je fait portier
> Pour voir, en un seul jour, flétrir... tant de laurier...

— Allons ! allons ! en chasse ! cria Bourbiche, vous nous déclamerez le reste une autre fois !

Aidé de Casimir, il mit le bonhomme à la porte.

Et quand celui-ci fut sur le carré, ils l'entendirent crier à tue-tête cet hémistiche connu :

> . . . . Dieu des Juifs, tu l'emportes !

. . . .

Quand les deux amis furent seuls :

— Tout cela est bel et bien, dit Bourbiche, mais il est maintenant affreusement tard.

— Réparons le temps perdu, riposta Casimir.

— Que le diable emporte ce vieux serin de costumier ! reprit le petit juif. Comprend-on cette idée de nous apporter autre chose que ce qui est convenu !

— Bah ! dit le gros blond en endossant l'habit Louis XIV que Stephen Lowe venait de quitter, à la guerre comme à la guerre. Et puis, qu'est-ce que ça fait, après tout ?... Pourvu que nous soyons déguisés, c'est le principal.

— Je ne suis pas de votre avis, repartit Bourbiche, je vais avoir l'air de je ne sais quoi en garde-française... C'est si absurde ce costume-là !... Pour une femme, ça passe encore... mais pour un homme...

— Heureusement, fit Casimir, en continuant de se travestir, que vous n'êtes pas un géant... Au contraire, on vous prendra très bien pour une demoiselle.

— Mais je n'y tiens pas du tout ! interrompit l'autre en se récriant.

— Que vous y teniez ou non, ce sera juste la même chose... D'autant plus que, malgré vos trente printemps, vous êtes à peu près imberbe...

Tout en grommelant, Bourbiche endossa le fameux uniforme.

— C'est étroit comme le diable ! dit-il. J'étouffe là dedans.

— Ne vous inquiétez pas de ça, c'est l'affaire d'un moment.

Les deux amis étaient habillés.

— Allons, bon ! s'exclama le petit juif, cette buse de père Grandin n'a pas même songé à nos coiffures !

— C'est ma foi vrai !

On se souvient que Stephen et Moleskine les avaient laissées dans le cabinet du restaurant.

— Tant pis ! reprit Casimir, mettons nos couvre-chefs de tous les jours, nous les déposerons au vestiaire avec nos paletots.

En ce moment, il éternua bruyamment.

— Bien ! je suis pincé.

— Parbleu ! ce n'est pas étonnant, riposta Bourbiche, avec deux carreaux de moins !

Comme il achevait, il se mit à son tour à éternuer.

— Fichtre ! moi aussi !... Eh bien, ça va être drôle !

— Achetons des faux nez ! ça tiendra les nôtres au chaud et nous nous en trouverons bien.

— Va pour les faux nez ! dit le petit juif.

Il mit de la cendre sur son feu et souffla sa bougie.

Peu après les deux amis, éternuant à qui mieux mieux, étaient au bas de l'escalier. Il gelait à pierre fendre.

— Saperlotte ! dirent-ils en relevant le collet de leur paletot, il va pleuvoir des fluxions de poitrine, cette nuit... Asthmatiques, prenez garde à vous !

*   *   *   *   *   *   *   *   *   *   *   *   *   *   *   *   *

De la terrasse où ils s'étaient réfugiés, Stephen et Moleskine avaient vu l'obscurité se faire dans la chambre de Bourbiche.

— Ils sont partis enfin ! dit l'Anglais en se levant. Allons ! debout, ma fille ! L'heure est venue de redescendre un peu sur terre...

— Espérons qu'il y fera un peu plus chaud qu'ici.

— Tu te plains toujours... Il fait un temps splendide... un clair de lune éblouissant !...

« Regarde!... Regarde, ma chère... ajouta Stephen en se penchant par-dessus le balcon, dirait-on pas que Paris s'illumine pour fêter notre délivrance!

« Paris! répéta-t-il avec une sombre énergie. Cette ville est toujours à nous, Moleskine, et nous l'épouvanterons encore de nos crimes!

« Oui, car nous devons y demeurer désormais quand même, malgré tout!...

« Notre adversaire existe; la lutte doit recommencer non moins furieuse, non moins acharnée que jamais!

« Que dis-je, cette dernière partie qu'il me faut jouer contre toi, milord l'Arsouille, sera plus terrible que toutes les autres!

« Cette fois, je ne me contenterai pas de faire saigner ton cœur et de te pousser à la ruine!... Non! non! maintenant, c'est à ton honneur que j'en veux!... C'est ton honneur qu'il me faut!...

. . . .

Stephen et sa compagne quittèrent la terrasse et regagnèrent aisément la chambre de Bourbiche, où ils purent s'introduire de nouveau par la fenêtre.

De leur observatoire, ils avaient vu et entendu à peu près ce qui s'était dit et fait chez le petit juif, si bien que l'Anglais ne put s'empêcher de rire en songeant aux mésaventures sans nombre qu'allaient attirer à Bourbiche et à son acolyte les costumes dont ils venaient de s'affubler.

— Parbleu! dit-il, je ne sais si je me trompe, mais je crois qu'il se passera cette nuit, rue Lepelletier, des choses étranges et singulières...

En cet instant, minuit tinta lentement aux horloges d'alentour.

— Minuit!... Allons, *presto*, ma fille, en route!

— Où allons-nous?

— Au bal de l'Opéra, ma chère... et je te promets que nous ne nous y ennuierons pas.

« Vois-tu bien, ma chère, dit Stephen Lowe à Moleskine en arpentant avec elle le boulevard, la nuit ne se passera pas sans qu'on arrête Bourbiche et Casimir... Mais ils raconteront l'histoire des costumes disparus et remplacés par d'autres, si bien que ce brave Fouinardet ne sera pas long à deviner toute la vérité... Grâce aux oripeaux que nous portons présentement, nous finirons donc par être infailliblement reconnus. Ils nous ont servi à passer impunément à travers ces messieurs de la police, échelonnés à notre attention depuis l'Ambigu jusqu'à la porte Saint-Martin... C'est tout ce que nous étions en droit d'attendre d'eux... Maintenant, entrons chez le premier costumier que nous trouverons sur notre route et faisons peau neuve...

. . . .

Au coin du faubourg Saint-Denis, ils aperçurent une boutique pleine d'oripeaux bariolés et surmontée d'un pierrot lumineux, lequel tenait une banderolle où se lisaient ces mots en grosses lettres rouges :

LOCATION DE COSTUMES ET DE DOMINOS

— Voilà notre affaire, dit Stephen.

Ils entrèrent.

Une vieille femme qui dormait dans son comptoir s'empressa de se réveiller en entendant tinter la sonnette fêlée adaptée à la porte.

— Depuis dimanche, madame et moi nous traînons, par les bals de Paris et de la banlieue, les accoutrements que voici, et nous éprouvons le besoin de nous métamorphoser du tout au tout.

Ainsi parla l'Anglais.

Quelques minutes plus tard, il était travesti en paysan bas-breton et sa compagne en pêcheuse normande.

Ils avaient, à dessein, choisi l'un et l'autre ces costumes très communs et très simples.

— De cette façon, pensait Stephen, personne, je le parie bien, ne fera attention à nous.

Après avoir soldé à la vieille marchande le prix de la location des deux déguisements, il lui dit :

— Demain, nous viendrons vous les rapporter et reprendre les nôtres... surtout, ajouta-t-il, mettez nos nippes en lieu sûr et ne les louez à personne.

— Soyez sans crainte, riposta la bonne femme. Demain, et cette nuit même, vous pouvez revenir à n'importe quelle heure, vous serez sûrs de les retrouver.

L'Anglais et Moleskine s'éloignèrent et, vers une heure du matin, ils faisaient leur entrée à l'Opéra.

VIII

LES AUVERGNATS DE L'OPÉRA

La vieille marchande, elle, s'était remise à son comptoir.

Après d'impuissants efforts pour se tenir éveillée, elle allait de nouveau céder au sommeil quand ce même père Grandin, dont il a été parlé déjà et qui, l'on s'en souvient, était costumier du théâtre de l'Ambigu, entra dans la boutique.

— Me v'là, dit-il à la bonne femme; le spectacle est fini et mon service aussi : tu peux aller te coucher, la mère, ce sera assez de moi pour garder la boutique cette nuit. Au petit jour, tu viendras me relayer et, à mon tour, j'irai taper de l'œil une couple d'heures.

La maman Grandin ne demandait pas mieux que de suivre ce conseil.

Elle monta se mettre au lit et le vieux costumier prit sa place au comptoir.

— En attendant la pratique, dit-il, je vais en griller une... ça me distraira.

Il alluma sa pipe.

A peine avait-il commencé à fumer que la sonnette de la porte d'entrée se prit à tinter.

Puis deux hommes prénétrèrent dans la boutique.

Quand nous disons deux hommes, c'étaient deux chienlits, deux simples chienlits :

L'un vêtu en incroyable, le second en polichinelle.

C'était le chevalier de Bellardoise et son inséparable Coquardier.

Les deux drôles étaient faits comme des voleurs.

Leurs habits étaient littéralement en lambeaux.

On avait même arraché au bonnetier sa bosse de derrière.

— Bon vieillard, dit Bellardoise au père Grandin, connaissez-vous milord l'Arsouille ?

— De réputation, oui, monsieur, beaucoup... Je l'ai même vu passer ce matin sur le boulevard.

— Eh bien, reprit le chevalier, vous voyez en nous les amis intimes, les compagnons fidèles de ce demi-dieu contemporain !

Le vieux costumier salua jusqu'à terre.

— Or, poursuivit Bellardoise, le demi-dieu en question, après s'être montré au peuple enthousiaste de la Bastille à la Madeleine, a trouvé bon d'aller faire un tour avec nous à la Courtille...

— C'est là seulement, dit-on, que milord l'Arsouille s'amuse tout son saoûl ! riposta le père Grandin. Et ça se comprend, puisqu'il paraît que c'est là qu'il est venu au monde !

— Oui, bon vieillard, répondit le chevalier, il adore cet endroit. Et il a voulu à toute force dîner ce soir et nous faire dîner, par conséquent, dans l'une des gargotes qui émaillent cette colline gibelottière...

— Je l'approuve, messieurs; je l'approuve, dit le vieux costumier. Je dîne par là tous les dimanches et je m'en trouve à merveille !

— Eh bien ! continua Bellardoise en montrant Coquardier, qui, tout abruti, se tenait appuyé contre le chambranle de la porte, ce polichinelle détérioré ne partage pas votre opinion, bon vieillard.

— Vous m'étonnez !

— Écoutez encore, et votre surprise va cesser.

« Après dîner, monsieur et moi nous étions ivres-morts...

— Ivres-morts !

— A ce point que la bourrique à Robespierre, malgré tout ce qu'on peut dire, ne s'est jamais pochardée comme ça !

« Que vous dirai-je, estimable fripier, nous roulâmes l'un et l'autre sous la table, et quand nous nous réveillâmes, milord l'Arsouille et ses convives avaient levé le camp depuis longtemps déjà. Et le gargotier nous annonça que nous retrouverions notre amphitryon cette nuit à l'Opéra.

— Très bien, je comprends, fit le père Grandin.

— Vous ne me comprenez pas du tout, au contraire !

— Ah !

— Laissez-moi achever et ne m'interrompez pas !

— Ah çà, se dit le vieux costumier, est-ce que ces deux chie-en-lits sont entrés uniquement pour me raconter des histoires !

— Qu'est-ce que vous marmottez là ? demanda brusquement Bellardoise.

— Moi ? rien du tout !... J'écoute, monsieur, j'écoute !

— Figurez-vous, bon vieillard, qu'à côté de la salle où nous avions perpétré notre balthazar, il y avait un bal de noces.

— Un bal de noces!

— Oui, et crânement composé, je m'en vante : ni hommes, ni femmes, tous Auvergnats!

« Ma foi, polichinelle et moi, nous nous exclamâmes aussitôt :

« — En attendant l'heure à laquelle nous devons aller rejoindre milord l'Arsouille dansons la bourrée avec ces *charabias*... Ce sera drôle.

« En effet, nous nous invitâmes sans aucune espèce de cérémonie.

« Malheureusement, nous étions encore sinon tout à fait saoûls, du moins aux trois quarts ivres... Ce vieux mandrille de Coquardier surtout.

« Et dame, il faut que vous le sachiez, cet affreux bonhomme, dès qu'il est dans les vignes du Seigneur, est d'un égrillard à nul autre pareil.

« Si bien, qu'à un moment donné, le voilà qui veut à toute force s'offrir la jarretière de la mariée.

« Et quelle mariée, bon Dieu!

« Une bûche!... une vraie guérite!

« Bah! ça ne fait rien, Coquardier réclame quand même sa jarretière.

« On a beau lui corner aux oreilles que le plus jeune Auvergnat de la société a déjà pigé cet objet au dessert, il ne veut rien entendre...

« Alors, ma foi! les *fouchtras* se fâchent tout rouge et ils se mettent à jouer à la balle avec cet infortuné polichinelle...

« Ils l'inondent de calottes et de coups de souliers, lui déchirent ses frusques et lui arrachent ses bosses...

« Il m'appelle... il m'implore... Je me laisse attendrir et cours à son aide!...

« Mais ce n'est qu'après avoir attrapé moi-même force horions et de sérieuses éclaboussures que je suis parvenu à l'arracher aux pattes de ces charabias exaspérés.

« Sans demander notre reste, nous avons descendu la Courtille au grand galop... et comme nous ne pouvions raisonnablement nous présenter à l'Opéra fichus de la sorte, nous sommes entrés chez vous, mon brave homme, pour que vous nous remettiez à neuf tous les deux!

— Ouf! grommela le père Grandin, il y arrive enfin! Ce n'est pas malheureux!

« Messieurs, reprit-il tout haut, ma boutique est à votre service, et vous n'avez qu'à faire votre choix!

— Allons, dégourdis-toi, vieux mufle! fit Bellardoise en allant à Coquardier toujours immobile près de la porte. Viens chercher quelque accoutrement plus décent que celui-ci.

— Bellardoise, riposta le bonnetier d'une voix gémissante, je suis malade comme tout et j'ai la tête qui me cuit.

— C'est la mariée qui t'a flanqué un coup de poing... Ce ne sera rien que ça.

— Merci! j'ai une bosse au front plus grosse qu'un œuf.

— C'est pour remplacer celle que tu avais dans le dos et qu'ils t'ont extorquée.

— Bellardoise... pleurnicha Coquardier, je t'assure que j'ai tout le corps en capilotade. J'ai bien envie de te laisser aller tout seul à l'Opéra et de rentrer tout bonnement chez moi. Avec un peu de cataplasmes et un peu de sangsues, j'éviterai peut-être une maladie grave.

— Turlututu, mon ange ! tu te guériras en chahutant toute la nuit.

— Bellardoise, tu n'es donc pas mon ami?

— Des nèfles !... Je veux que tu t'amuses jusqu'à demain matin, et tu t'amuseras !

— Chevalier, mais tu ne vois donc pas que j'ai un pied dans la tombe !

— As-tu bientôt fini de geindre? interrompit brusquement le chevalier. Qu'est-ce qui m'a bâti une vieille femmelette comme ça qui ose se plaindre pour une égratignure...

— Une égratignure !... Tu es bon, toi, si tu savais ce que j'ai...

— Eh ! ventre de biche ! j'en ai subi bien d'autres !...

« Quand j'étais jeune et que je dénichais des merles dans les bois, il m'est arrivé vingt fois de dégringoler de l'arbre où j'étais perché et de me flanquer des *gnons* à la tête et partout...

» Je me suis démis un bras, foulé une patte et fendu la caboche...

« Je ne m'en porte pas plus mal aujourd'hui, au contraire...

« Secoue-toi donc un peu, pleurard éternel...

— Allons ! fit Coquardier en poussant un douloureux soupir, amusons-nous !

— Les quelques déguisements qui garnissaient la boutique du père Grandin furent passés en revue.

Mais il était déjà tard, et il ne restait plus grand'chose de propre.

Bellardoise faisait la grimace à chaque nouveau costume exhibé par le père Grandin.

— Ce n'est pas pour dire, s'exclama-t-il enfin, mais ce que vous nous offrez là n'est guère séduisant.

A force de chercher, le bonhomme finit par découvrir dans un coin les travestissements abandonnés par Stephen Lowe et Moleskine.

Sa surprise fut extrême en reconnaissant les costumes loués par lui-même à Bourbiche et à son ami Casimir.

— Qu'est-ce que cela signifie? dit-il.

Sans s'inquiéter de l'étonnement du vieillard, Bellardoise s'empara du pourpoint Henri III.

— Ceci fera mon affaire...

Jetant l'autre costume à son compagnon :

— A toi cette défroque gris-perle, ô Coquardier ! Allons, vite, redevenons jeunes et beaux !

Pour changer de costume, le bonnetier se reprit à crier comme un beau diable.

— Palsambleu ! mon cher, que tu es laid quand tu grognes... Si j'étais jeune, ô polichinelle avarié, tu n'aurais pas ma pratique.

Tout en bavardant, les deux amis s'affublaient de leurs nouveaux travestissements.

— On dirait que celui-ci a été fait exprès pour moi, reprit Bellardoise.

— Eh bien ! mâtin, riposta Coquardier, qui soufflait comme un marsouin, je n'en

L'un des gigantesques marmots passa son bras sous celui...

dirai pas autant du mien... Il est d'un étroit... mais d'un étroit... que je ne pourrai jamais entrer dedans.

— Ah! Dieu, quel *gêneur* tu fais! interrompit le chevalier, il faut toujours que tu te plaignes.

— Mais, sapristi! puisque tout craque, c'est que c'est trop étroit!

— Pardon, monsieur, reprit le père Grandin, c'est vous qui êtes trop gros.

— Parbleu! c'est évident, reprit Bellardoise.

— Ouf! fit Coquardier qui avait achevé de passer la veste et la culotte trop étroite et qui, serré là-dedans comme en un étau, rougissait à vue d'œil.

— Eh bien ! je t'assure que ça ne te va pas mal du tout, dit le chevalier. Avec le manteau et le feutre empanaché, tu vas être admirable.

Quand la toilette du bonhomme fut terminée.

— Là ! qu'est-ce que je te disais ? Tu es beau comme un astre !

— Je suis beau, c'est possible, repartit l'infortuné, réellement écarlate, mais, saperlotte ! je suis bien mal à mon aise.

— Ça va se passer... ça va se passer !

Ils mirent chacun un masque noir, payèrent le costumier et s'éloignèrent.

Le père Coquardier ne marchait qu'avec une difficulté extrême.

Bellardoise riait à se tordre.

— Tu me fais l'effet d'un gros saucisson qui se promène, s'écria-t-il.

— Si tu crois que je vais me promener longtemps, tu te fourres joliment le doigt dans l'œil ! riposta le bonnetier.

Une voiture passait.

Il cria au cocher d'arrêter. Mais l'automédon l'appela :

— Vieux chie-en-lit !

Et poursuivit sa route.

Un deuxième lui dit les plus sales injures, et deux autres le menacèrent de coups de fouet.

Si bien que, bon gré mal gré, il lui fallut aller à pied à l'Opéra.

Il était harassé, exténué et furieux en entrant dans le bal.

Une pêcheuse normande et un paysan bas-breton, masqués tous deux, se trouvaient dans le couloir.

C'étaient Stephen Lowe et Moleskine.

A la vue de Coquardier et de Bellardoise, affublés des costumes dont ils avaient eu soin de se défaire, ils ne purent retenir une exclamation de surprise.

— Assurément, dit l'Anglais à sa compagne, ce sont nos déguisements. J'aime à voir que la costumière du faubourg nous a bien tenu parole.

— Quels sont ces hommes ? murmura Moleskine.

— Suivons-les et nous le saurons, riposta Stephen.

Ainsi firent-ils.

Au bout d'un instant ils entendirent le bonnetier qui disait à son ami d'un ton grotesquement douloureux, en se cramponnant à son bras :

— Parole ! je sens que mes chausses vont éclater.

— Coquardier, riposta l'autre, tu m'embêtes... Si tu continues à gémir, je te lâche !

— Bellardoise, ne fais pas ça... ou je crie à la garde... D'abord, c'est toi qui m'as forcé à m'attifer de la sorte ; tu dois en subir les conséquences.

— Coquardier ! Bellardoise ! murmura Stephen Lowe à l'oreille de Moleskine. Qu'en dis-tu, ma chère, te voici, ce me semble, en pays de connaissance ?

Un flot de masques les sépara du bonnetier et de son compagnon.

Bourbiche et Casimir faisaient partie de la cohorte bariolée.

Ils avaient d'énormes faux nez ; mais le vicomte d'Olburn les reconnut aisément.

— Ce sont eux ! dit-il, ne les perdons pas de vue...

« Il faut que nous sachions si les costumes qu'ils portent sont aussi dangereux que nous le pensions.

En ce moment il se fit un grand tumulte, et de frénétiques applaudissements éclatèrent de toutes parts.

Ces bravos et ces cris ramenèrent, poussés par d'autres masques, Bellardoise et Coquardier.

Alors, à leur grande terreur, ces deux derniers reconnurent que ceux qu'on acclamait n'étaient autres que les féroces Auvergnats de la Courtille.

— Oui! oui! dit le bonnetier tout tremblant, ce sont ces ignobles charabias qui ont joué au volant avec nous... J'aperçois la mariée qui m'a si bien arrangé le front.

— Ne tremble donc pas ainsi, vieux serin! Puisque nous avons changé de costumes et que nous sommes masqués, ils ne peuvent savoir que c'est nous.

Les acclamations et les hourras continuaient de plus belle et au fur et à mesure que la noce auvergnate descendait dans le bal.

Le fait est qu'on n'avait jamais rien vu de pareil comme têtes et comme costumes.

C'était quelque chose de fantastique et d'inoui...

Le marié et la mariée surtout étaient étonnants, merveilleux...

Bientôt toute cette bande de fouchtras se mit à exécuter une bourrée tellement étrange, tellement désordonnée, tellement extravagante, que tous les autres danseurs interrompirent simultanément leurs ébats pour devenir les simples spectateurs de ces chorégraphes prodigieux.

Coquardier et Bellardoise se regardaient comme tout le monde, et comme tout le monde ils finirent par crier bravo.

— Elle est trop forte! dit l'ancien polichinelle; ces chahuteurs de Saint-Flour m'ont mis en *bringues* et je les applaudis. Qu'est-ce donc que ces gens-là?

— Ohé! le provincial! ohé! le monsieur de Pontoise! s'exclama un balochard qui l'avait entendu. Il demande ce que c'est que ces *gens-là!*

— Dame... pour le savoir...

Tous les masques partirent d'un éclat de rire, et se firent un devoir de donner quelques renfoncements au feutre Louis XIII qui couvrait l'occiput du bonnetier.

— Ces *gens-là!* reprit le balochard, c'est milord l'Arsouille et son bataillon sacré...

— Milord l'Arsouille! crièrent Coquardier et Bellardoise.

C'était notre héros en effet.

Jusqu'alors, il ne s'était montré aux bals de l'Opéra qu'affublé de travestissements funèbres, dans le genre de celui décrit pour le polichinelle en un précédent chapitre.

Mais, comme il l'avait annoncé le matin même à Ferrouillard, c'en était fait de ses désespoirs, de ses tristesses passées, et il était résolu désormais à s'amuser franchement et sans arrière-pensée.

Aussi, depuis le matin, s'en donnait-il à cœur joie.

— Parbleu! se disait-il, j'étais bien sot de m'ennuyer si fort... Cette vie bruyante et remuante est pleine de charmes; les blessures de mon cœur m'empêchaient de l'apprécier et de la comprendre...

« Mais à cette heure, mon cœur est guéri, bien guéri. Vive la folie et le plaisir !

Rompant carrément avec ses vieilles habitudes, il avait donc dit adieu pour toujours à ses déguisements de l'autre monde et s'était travesti en *marié* auvergnat.

Et quel marié, grand Dieu ! Nous le répétons, c'était miraculeux !

Quant à la *mariée,* celle-là même qui avait si gaillardement calotté le père Coquardier, quand ce bossu égrillard avait fait mine de lui dérober sa jarretière, c'était Polycarpe, l'ex-bousingot, l'ex-badouillard.

Après la bourrée vraiment indescriptible exécutée par nos Auvergnats de fantaisie, milord l'Arsouille emboucha un cornet à bouquin qu'il portait en sautoir et en tira des sons plus que discordants.

C'était un signal. En l'entendant, tous ceux de la noce montagnarde qui portaient l'habit masculin mirent la main à leurs chapeaux d'une certaine façon.

Et tout aussitôt, un ressort caché fit s'ouvrir ces gigantesques tromblons par le haut comme des tabatières.

Alors, à la stupéfaction générale, il s'échappa de chacune de ces boîtes un chat vivant peint en vert et ayant un bouquet de roses attaché à la queue.

. . . .

On comprend les gymnastiques étranges, les courses insensées, les bonds impossibles auxquels se livrèrent les malheureuses bêtes une fois qu'elles furent en liberté.

On se sauvait, on se bousculait, on se marchait dessus...

Des femmes poussaient des cris de paon, d'autres se roulaient à terre à force de rire.

Tout le monde semblait frappé d'insanité.

C'était un tohubohu sans nom, un bouleversement infernal, un brouhaha qui n'avait rien d'humain.

Bientôt d'épouvantables hurlements de détresse éclatèrent dans un groupe.

Qui beuglait de la sorte ?

Coquardier.

L'un des chats fugitifs s'était accroché à sa culotte gris-perle, et comme ladite culotte se trouvait être pour lui beaucoup plus juste qu'un pantalon collant, les griffes du matou effaré étaient entrées fort avant dans les fesses du vieux déguisé.

Bellardoise, après des efforts infinis, parvint à faire lâcher prise à l'animal.

Mais Coquardier avait souffert de sérieux dommages.

— Je veux partir... je veux partir ! s'écria-t-il en essayant de se frayer un passage à travers la foule.

Mais chacun lui enfonçait les coudes dans les côtes.

— Mon Dieu ! mon Dieu ! gémit-il, on a donc juré ma mort !

Le chevalier vint encore à son aide.

Une fois hors de la foule, le bonnetier tomba accablé sur une banquette et se mit à pleurer comme un veau.

— Si c'est permis ! fit Bellardoise indigné. Pleurer pour tout de bon, un homme de ton âge... et de ton sexe !

— Bellardoise, répliqua le bonhomme, je veux que tu me reportes chez moi...
je sens que je vais mourir !

— Tu veux dire crever ! repartit l'autre en ricanant. Allons, n'aie pas peur, va,
ça ne sera pas encore pour aujourd'hui !

En ce moment, une femme masquée, vêtue en bergère Louis XV, passa dans
le couloir, non loin des deux amis.

Elle examina leurs costumes, puis se dit en elle-même :

— Ce sont eux !

C'était Camille, la fille de Coquardier.

Elle prenait ce dernier pour Bourbiche, et sa méprise était parfaitement légitime.

En effet, le bonnetier avait gardé son masque, et de plus le coin où il s'était
retiré se trouvait presque dans l'obscurité.

— Voilà une petite femme qui a l'air d'en vouloir à l'un de nous deux !... murmura Bellardoise à l'oreille de Coquardier.

— Bah ! tu crois ? fit ce dernier.

— Parole ! vois plutôt...

Camille s'était approchée.

— Monsieur Bourbiche, dit-elle en déguisant sa voix, vous avez beau garder
votre masque et vous cacher dans l'ombre, je vous reconnais bien, allez !

— Elle me prend pour Bourbiche... se dit Coquardier. Tiens ! tiens ! tiens ! Si
je soufflais au juif cette gente bergère ?

Cette idée seule l'avait remis comme par enchantement.

— Ah ! ah ! reprit-il en ayant soin à son tour de déguiser sa voix, tu m'as
reconnu, friponne... Eh bien ! oui, je suis Bourbiche et c'est toi que j'attends !

Bellardoise s'était assis sur la même banquette, et lui aussi se trouvait dans
l'obscurité.

Une femme en domino et masquée s'avança vivement vers lui, en disant :

— Casimir...

C'était Mme Coquardier.

— Tiens ! fit le chevalier, il paraît que c'est la soirée aux quiproquos !...

— Casimir, reprit Euphémie, pour qui donc es-tu venu cette nuit à l'Opéra ?

— Pour toi, mon ange ! répliqua Bellardoise.

— Tu mens, lâche ! répondit le domino en le souffletant, tu es venu pour une
autre.

— Hein ! quoi ! fit le chevalier ahuri.

Euphémie, exaspérée, alla droit à Coquardier, qu'elle prenait, elle aussi, pour
le juif.

— Quant à toi, misérable Bourbiche, ce sont tes mauvais conseils qui l'ont
perdu, comme ils ont perdu ma fille...

— Moi... j'ai...

Il ne put en dire plus.

Une formidable gifle lui coupa la parole.

Camille avait reconnu sa mère.

Elle se recula vivement.

— Mais je ne suis pas Casimir, s'écria le chevalier en se démasquant.

— Mais je ne suis pas Bourbiche, s'écria le bonnetier.

Lui n'eut pas besoin d'ôter son masque. La claque qu'il avait reçue l'avait fait sauter à dix pas.

— Vous n'êtes pas Casimir !... Vous n'êtes pas Bourbiche ! riposta Euphémie stupéfiée.

— Hardouin de Bellardoise, telle est mon étiquette.

— Polyphème Coquardier, voilà mon nom.

— Coquardier !... répéta Euphémie en elle-même, mon mari !

— Mon père ! murmura Camille.

Et les deux femmes s'enfuirent chacune de son côté. Elles avaient gardé leurs masques.

Restés seuls dans leur coin, le bonnetier et son compagnon se regardèrent d'un air piteux en se tenant la joue.

— Je propose une chose, fit le chevalier.

— Laquelle ?

— C'est de ne jamais prendre, à l'avenir, la place de nos contemporains.

— Moi, je fais une autre proposition.

— Parle, ô Coquadier !

— C'est de courir après nos deux fugitives, de les rattraper, coûte que coûte, et de les emmener souper quand même...

— Tu veux courir, maintenant, vieux chimpanzé ? Tout à l'heure, tu ne pouvais plus remuer ni pieds ni pattes.

— Ce semblant d'aventure m'a rendu mes jambes et ma verdeur...

— Allons ! en chasse, alors !

— En chasse !

Pendant ce temps, le vrai Bourbiche et le vrai Casimir se donnaient un mal de tous les diables pour trouver deux soupeuses.

— Pas de chance ! disait le juif, pas de chance décidément. C'est mon idiot de costume qui est cause de ça !... J'en étais bien sûr... on ne s'habille plus en garde-française !

— Bah ! le costume ne fait rien à l'affaire. Est-ce que j'ai la main plus heureuse que vous, moi ? Allons ! allons ! nous en serons pour nos frais !

Deux bébés de forte encolure, qui avaient des cheveux blonds très bouclés et des loups de satin rose, suivaient depuis un assez long temps nos chercheurs d'amour.

Après s'être consultés, l'un des gigantesques marmots passa son bras sous celui du garde-française en lui disant d'une petite voix flûtée :

— Il fait bien soif cette nuit...

Le deuxième bébé prit le bras de Casimir.

— Offre-nous une limonade !

— Ouais ! fit tout bas le petit juif à son ami. Est-ce que ces deux grosses mères-là ne seraient pas des hommes, par hasard ?

— Ma foi ! riposta l'autre, je n'oserais me prononcer.

— Si vous m'en croyez, reprit Bourbiche, nous allons les égarer adroitement dans la foule.

Mais quelle fut leur stupéfaction, leur terreur même, lorsqu'ils tentèrent de mettre leur projet à exécution.

Les dames blondes leur tenaient si bien le bras qu'il leur fut impossible de se délivrer de leurs étreintes.

Puis l'une d'elle leur dit d'une voix forte et accentuée :

— Vous êtes pincés, canailles ! Pas de résistance, ou j'appelle les autres, et je vous préviens que nous sommes douze ici à votre intention.

— Mais pour qui donc nous prenez-vous?

— Pour ce que vous êtes ! Que cela vous suffise !

En parlant ainsi le bébé tira de sa poche un nœud de rubans rouge et noir pailleté d'étoiles d'acier, exactement semblable à ceux qui ornaient l'habit Louis XIV de Casimir.

Le bébé n'était autre que maître Fouinardet. Le second marmot était un de ses affidés.

— Connais-tu ça ? reprit l'inspecteur. Oui, pas vrai? En ce cas, ouste ! filons !

— Où me conduisez-vous?

— A la préfecture.

— Nous !… Et de quoi nous accuse-t-on?

— De vol et d'assassinat !… Voilà tout.

Pris d'une terreur folle, les deux infortunés se mirent à crier :

— A la garde !

Mais Fouinardet avait donné un coup de sifflet, et dix autres bébés étaient accourus. C'étaient des agents de la police.

— Emballons-les ! commanda leur chef.

Les masques de Casimir et de Bourbiche tombèrent dans la bagarre.

En cet instant, Camille et Mme Coquardier se trouvèrent poussées par la foule du côté de leurs amants.

Alors elles se démasquèrent l'une et l'autre, et les deux hommes qu'on entraînait purent les apercevoir.

— Camille ! dit Bourbiche d'une voix suppliante.

— Euphémie ! gémit Casimir.

Mais celles-ci avaient remis vivement leurs masques et s'étaient rejetées dans la foule.

Un quart d'heure plus tard, le bal avait repris sa physionomie primitive et personne ne se souvenait de l'incident.

Personne, excepté toutefois Stephen Lowe et Moleskine, qui avaient assisté à l'enlèvement des deux amis et qui riaient de bon cœur de leur mésaventure.

Quant à milord l'Arsouille, tout entier à Terpsychore, il ne s'était aperçu de rien.

Vers les quatre heures du matin, le bal était dans toute son effervescence…

Bellardoise et le vieux bonnetier lui-même prenaient part au dégingandage général.

Le chevalier avait pour danseuse une Chinoise… aux appâts volumineux.

Au plus fort de l'action, Fouinardet parut avec ses hommes, lesquels s'élancèrent sur Coquardier et s'emparèrent de lui séance tenante.

On lui mit les poucettes, et malgré ses cris et ses protestations on l'entraîna.

Bellardoise voulut fuir… mais sa grosse Chinoise le prit entre ses bras puissants et le remit elle-même au pouvoir des agents.

— Gueuse ! lui dit le chevalier, tu es donc aussi de la police ?

— Oui, mon gendre ! répliqua l'énorme gaillarde en se démasquant.

— Ma belle-mère ! fit Bellardoise en reconnaissant la mère Fromagin.

Stephen Lowe et Moleskine avaient, eux aussi, reconnu la veuve du vieil apothicaire.

IX

AU BOUT DU FOSSÉ LA CULBUTE

L'existence impossible, fantastique, extravagante de milord l'Arsouille dura tout le Carême.

Pendant les six semaines qui suivirent la fameuse nuit du mardi gras, ce furent des nuits orgiaques, insensées, que nous ne tenterons même pas de décrire.

Le jour, Gabriel et sa bande de damnés goûtaient quelques heures de repos, et, le soleil couché, tous ces forçats du plaisir recommençaient leurs prouesses bachiques et licencieuses, qui laissaient bien loin derrière elles toutes les insanités de la Régence.

Le jeu, la luxure et l'ivresse présidaient infailliblement à ces saturnales incessantes.

Et cette existence abrutissante, que notre héros n'avait menée durant de longs mois qu'à son corps défendant, avait fini par lui être nécessaire, indispensable.

Maintes fois l'honnête Ferrouillard, bien que certain à l'avance d'être vertement rembarré, s'était hasardé à venir trouver le jeune fou qu'il avait pour maître et lui avait fait de sages observations.

Mais Gabriel, aux trois quarts ivre, avait envoyé le moraliste à tous les diables.

Inutile de dire que milord l'Arsouille ne mettait que bien rarement les pieds à son hôtel de la rue de la Rochefoucauld.

Encore n'était-ce que pour dormir qu'il en franchissait le seuil.

Aussitôt réveillé, il rouvrait ses ailes, et sa vie endiablée recommençait.

Ferrouillard essayait de le saisir au vol et de lui dire un mot de ses affaires.

Peines perdues, soins inutiles ; Gabriel lui jetait au nez son éternelle phrase :

— Au bout du fossé la culbute !

Et il lui glissait entre les doigts.

. . . .

La veille de Pâques, au point du jour, milord l'Arsouille rentra chez lui ivremort, comme toujours.

Et quand l'automédon fut dans le ruisseau : — Veux-tu me rendre mes dix sous maintenant ?

Il avait pris un cabriolet de louage.

Non sans peine il mit pied à terre.

— Tiens, dit-il au cocher en lui donnant cent sous, paye-toi.

Le cocher lui rendit sa monnaie.

Par un caprice d'ivrogne, Gabriel la compta.

— Tu me rends dix sous de moins, dit-il à l'automédon.

Celui-ci nia.

— Je te dis que tu me rends dix sous de moins, reprit notre héros.

— Et moi, riposta le cocher, je te dis que ce n'est pas vrai, espèce de soulard !

Gabriel ne se fâcha pas du tout de cette épithète.

Il n'avait qu'une idée fixe :

Ses dix sous.

— Veux-tu me les rendre?

— Ah! tu m'embêtes à la fin, grand mufle!

— Mon cher ami, vous êtes un filou, répliqua milord l'Arsouille, et les filous, je ne les aime pas!

Aussitôt il se mit à tirer la savate avec le cocher.

Celui-ci s'attendait, vu l'ivresse de sa pratique, à en avoir facilement raison.

Il se trompait.

Gabriel reçut quelques horions et roula dans la boue avec son adversaire; mais il n'en octroya pas moins à celui-ci une triomphante volée.

Et quand l'automédon fut dans le ruisseau :

— Veux-tu me rendre mes dix sous maintenant ? demanda milord l'Arsouille.

— Faut bien! grommela le bonhomme, qui avait une bosse au front et un énorme pochon à l'œil.

Et il restitua les cinquante centimes.

Gabriel les prit et les mit dans sa poche.

Après quoi il tira vingt francs de sa bourse et les tendit au cocher.

— Qu'est-ce que c'est que cela? fit celui-ci stupéfié.

— C'est ton pourboire.

— Comment! vous me cassez les reins pour dix sous, et vous me donnez un napoléon...

— Voilà comme je suis! répliqua milord l'Arsouille.

Le cocher, qui n'était que depuis un an à Paris et ignorait à quel personnage il avait affaire, ne savait s'il devait accepter ou refuser ce pourboire insolite.

— Ah! dépêche-toi de prendre ça, s'exclama Gabriel d'un ton menaçant, ou la danse va recommencer!

— C'est un fou, bien sûr, pensa le bonhomme.

Et sans faire plus de façon, il empocha les vingt francs, sauta sur son siège et détala comme si le diable était à ses trousses.

Milord l'Arsouille, tout en zigzaguant, atteignit la porte de l'hôtel.

Mais tout le monde, y compris Ferrouillard, avait, comme d'ordinaire, attendu le maître une grande partie de la nuit... et, brisés de fatigue, ces pauvres diables avaient fini par s'endormir.

Si bien qu'il heurta une ou deux fois sans qu'on vînt lui ouvrir.

Alors, le plus philosophiquement du monde, il s'étendit sur un banc de pierre qui se trouvait près de la porte, et s'endormit lui-même profondément.

Il fut réveillé par des sergents de ville qui, voyant cet homme au visage couvert de boue, aux habits en lambeaux, au chapeau défoncé, le prirent pour un vagabond et voulurent le conduire au poste.

Sans songer à décliner ses noms et qualités, Gabriel se mit à faire le coup de poing avec les agents comme il avait fait avec le cocher.

Mais les sergents de ville étaient au nombre de six et c'étaient de solides gaillards.

Au bruit de cette nouvelle lutte, les gens de l'hôtel accoururent.

Ils reconnurent leur maître et firent mine de l'arracher aux mains des agents.

Ceux-ci, reconnaissant à leur tour le millionnaire fantaisiste, cessèrent d'eux-mêmes le combat et firent des excuses à notre héros.

Celui-ci était furieux.

— Que le diable vous emporte! dit-il à Ferrouillard, à Germain et aux autres domestiques. J'étais en train de m'amuser, et vous venez vous mêler de ce qui ne vous regarde pas!

« Enfin, ajouta-t-il en prenant son parti, ce qui est fait est fait. Allez, je vous pardonne...

Puis, s'adressant aux sergents de ville :

— Quant à vous, messieurs, poursuivit Gabriel, j'accepte vos excuses, mais à une condition seulement, c'est que vous entrerez vider une bouteille de champagne avec moi.

Les agents ne crurent pas devoir refuser la politesse.

Toutefois, au lieu d'une bouteille, on en but une douzaine, et quand les convives de milord l'Arsouille prirent congé de leur amphitryon, ils dansaient tous le cancan et chantaient la mère Godichon.

Après leur départ, Gabriel tomba lourdement sous la table et continua son somme interrompu.

Ferrouillard et Germain le déshabillèrent et le couchèrent sans qu'il s'en aperçût, et quand il rouvrit les yeux, près de vingt heures s'était écoulées.

Il avait dormi tout un jour et toute une nuit.

Ferrouillard était debout à son chevet.

— Mon cher maître, lui dit-il, puisque, Dieu merci, vous jouissez maintenant de tout votre bon sens et de toute votre lucidité, vous consentirez, je l'espère, à m'écouter...

— T'écouter! interrompit milord l'Arsouille, attends un peu et tu vas voir.

Ce disant, il sauta à bas de son lit et s'habilla.

Ferrouillard avait sous le bras ses livres de compte. Il conjura le jeune fou d'y jeter les yeux.

Pour le coup Gabriel se fâcha tout rouge.

— Monsieur Ferrouillard, lui dit-il, si vous vous permettez de pousser plus avant cette inconvenante plaisanterie, nous nous brouillerons tout à fait, je vous en avertis.

Le bonhomme ne se tint pas pour battu.

— Monsieur, lui dit-il, le 30 septembre de l'année passée, vous possédiez trois millions. En six mois, vos aumônes et vos plaisirs vous en ont dévoré la moitié.

— Eh bien! il me reste encore quinze cent mille francs, c'est plus qu'il ne m'en faut.

— Attendez, je n'ai pas fini.

Gabriel haussa les épaules.

— A ceci, mon cher maître, il faut ajouter l'argent dérobé chez maître Lanternois... Plus, les trente mille francs volés dans ma caisse il y a un mois et demi... Plus, vos frais de maison... les gages de vos gens... l'entretien de vos chevaux...

— Assez... assez... assez !... cria millord l'Arsouille. As-tu donc juré de me rendre fou avec tous ces détails ?

« Pas tant de verbiage, mort-diable ! Dis-moi tout de suite ce qu'il me reste et que ce soit fini !

— Monsieur, aujourd'hui, dimanche de Pâques de l'an 1838, vous possédez en tout et pour tout cinquante mille francs en caisse...

— Cinquante mille francs !... interrompit Gabriel enchanté. Tant que ça !...

— Cinquante mille francs en caisse, continua Ferrouillard, plus...

— Comment, il y a encore quelque chose ?

— Plus un million dans la maison Rothschild.

— Un million chez Rochschild et cinquante mille francs en caisse ! s'exclama millord l'Arsouille. Et tu oses, vieux pleurnicheur, me parler d'économie ? Parbleu ! voici qui est du dernier bouffon ?

— Eh ! monsieur, du train dont vous y allez, qu'est-ce qu'un million pour vous ! l'affaire de six mois !

— Six mois, soit ! après nous verrons.

— Mon cher maître, au nom du ciel, revenez à vous ! Songez que parmi tous ces gens qui vous grugent, il n'en est pas un seul qui mérite seulement la corde pour le pendre.

— Ah ! là-dessus, mon cher, plus un mot, dit sévèrement Gabriel.

« J'ai complètement renoncé, vous le savez, à mon rôle de bienfaiteur de l'humanité... et je me suis jeté résolument dans une voie toute contraire.

« Au moins, je suis à l'abri maintenant de toute disillusion.

« J'ai affaire à des filles de rien et des hommes de peu.

« Je le sais, et ils se font gloire de leurs vices et de leurs canailleries.

« Cela m'amuse et c'est tout ce qu'il me faut. La vie est si triste et si bête, on ne doit avoir souci que d'une chose, c'est de l'égayer un peu.

« Sur ce, maître Ferrouillard, je vous avouerai que ma bourse est à sec. J'ai donné mon dernier louis hier matin au cocher qui m'a défoncé mon chapeau.

— Seigneur bon Dieu ! s'écria l'intendant, il y a trois jours, vous avez emporté plus de vingt-cinq mille livres.

— Que veux-tu, mon cher... depuis quelque temps je joue beaucoup au lansquenet, et je ne te cacherai pas que ma chance d'autrefois semble m'avoir singulièrement abandonné.

— Dites plutôt qu'on vous vole comme dans un bois !

— Allons donc, on n'oserait pas... on me connaît trop pour cela. Je jette l'or par les fenêtres sans arrière-pensée et sans scrupule ; mais un sou qu'on me prend, cela suffit pour exciter ma colère.

— C'est égal, monsieur, maugréa Ferrouillard, des gens qui osent se goberger comme ça aux dépens d'autrui, ça doit être capable de tout.

— Encore une fois, silence ! fit Gabriel.

« Allons, ajouta-t-il, donne-moi la monnaie qui reste en caisse.

— La monnaie !... Quoi ! les cinquante mille francs !

— Oui, j'en aurai assez pour aujourd'hui, je l'espère !

— Bonté divine !

— Morbleu ! dépêchons !

Il fallut en passer par où voulait milord l'Arsouille.

. . . .

Le lendemain Gabriel reparut. Contre son ordinaire, il n'était pas trop gris. Ferrouillard n'osait l'interroger.

Sa stupéfaction fut grande en voyant son jeune maître étaler sur la table non seulement l'or et les billets qu'il lui avait remis la veille, mais près de trente mille francs en plus.

Le bonhomme ouvrait de grands yeux et ne savait ce que cela voulait dire.

— La chance est revenue ! fit gaiement Gabriel.

— A qui avez-vous gagné ça, monsieur ? interrogea l'intendant. Ce ne peut être à vos *amis* habituels !...

— Parbleu ! non, c'est à un vieux richard allemand que j'ai vu hier soir pour la première fois.

« Le brave Autrichien se disposait à souper tout seul, et je l'ai invité à s'asseoir à ma table...

« Après souper, on a *jouaillé* comme toujours... et le colonel de Stolberg a payé sa bienvenue en perdant tout ce qu'il avait en portefeuille, et de plus deux ou trois cents louis, je ne sais plus au juste, qu'il doit me remettre cette nuit, ici-même.

— Ici !

— Oui ! les gargotes commencent à me déplaire, et je vais me mettre un peu à me griser chez moi ! Tu vois, mon veil ami, que je profite de tes leçons et que je me range.

— Il appelle ça se ranger !

— Ainsi, reprit le jeune homme, que cet hôtel reprenne une vie nouvelle, que les lustres s'allument, que les fleurs rares répandent par les salles leurs plus doux parfums !

— C'est donc une fête que vous donnez ce soir ?

— Parbleu ! et je veux qu'elle soit digne de moi !... Je ne t'en dis pas plus... Tu es intelligent, tu dois me comprendre.

— J'ai compris, répliqua Ferrouillard en s'inclinant.

. . . .

Le soir, l'hôtel étincela de lumières, et le parc même était splendidement illuminé.

Dans les salons, sous les arbres verdissants, il y avait foule.

Toutes les courtisanes en renom de la capitale étaient de la fête, et tous leurs adorateurs les avaient suivies.

Il y eut bal d'abord.

Un vrai bal à la milord l'Arsouille. C'est tout dire.

Après, vint le souper... Quelque chose d'étonnamment luxueux et de fantastiquement insensé.

Puis, quand toutes ces femmes et tous ces hommes furent ivres, les musiques tintamarresques éclatèrent de nouveau, sonores, formidables, et cette cohorte de bacchants et de bacchantes affolés recommença ses indescriptibles ébats.

Et tandis que s'exécutaient ces danses aphrodisiaques, milord l'Arsouille et quelques autres prenaient place à une immense table recouverte de velours vert, sur laquelle se trouvaient une vingtaine de jeux de cartes encore empaquetés.

— Colonel, dit Gabriel à un vieillard qui n'était autre que son joueur de la nuit précédente, je vous ai promis une revanche, je suis prêt à vous la donner.

— Permettez avant tout, milord, que je m'acquitte envers vous, reprit le colonel de Stolberg, lequel possédait un accent germanique des plus accentués.

Et le vieil Allemand exhiba de son portefeuille, singulièrement gonflé, six billets de mille francs.

— Voici ! dit-il.

Le jeu commença.

. . . .

Pendant longtemps, la chance fut favorable à milord l'Arsouille.

— Décidément, s'écria notre héros en s'adressant à M. de Stolberg, vous n'êtes pas heureux avec moi, monsieur.

— Bah ! qu'importe ! repartit négligemment celui-ci, la partie n'est pas encore finie, et peut-être ma déveine cessera-t-elle !... Quoi qu'il advienne, n'ayez souci de moi, milord ; j'ai pris des munitions suffisantes, et je suis en mesure de soutenir l'attaque mieux que cette nuit...

Comme la partie allait continuer, un grand bruit se fit à la porte de la salle de jeu.

Et, non sans une stupéfaction profonde, on aperçut deux horribles chie-en-lits dont, l'un était vêtu d'un costume Louis XIII, et l'autre d'un déguisement à la Henri III.

C'étaient le chevalier de Bellardoise et son compère Coquardier.

On se rappelle qu'ils avaient été arrêtés l'un et l'autre au bal de l'Opéra, après Casimir et Bourbiche.

Ces derniers avaient expliqué aisément par quel hasard ils étaient affublés, l'un d'un uniforme de garde-française, l'autre d'un habit Louis XIV.

— C'est le père Grandin, le costumier de l'Ambigu qui les a apportés lui-même à mon domicile, à la place d'un Louis XIII gris-perle et d'un Henri III noir qu'il nous avait promis.

Ainsi parla Bourbiche.

On fit venir le costumier, lequel affirma avoir remis au père Grenouillot le Louis XIII et le Henri III en question.

Grenouillot, appelé à son tour, jura par les dieux immortels que le père Grandin disait la vérité.

— Je comprends tout, dit alors Fouinardet. Les deux coquins du restaurant ont filé par les toits et se sont introduits dans votre logement. Là, ils ont trouvé vos deux costumes et ils les ont échangés contre les leurs. Je crois me rappeler les avoir aperçus dans le bal au moment où je vous pinçais tous les deux.

Et, sans plus attendre, l'inspecteur et ses hommes étaient retournés à l'Opéra.

Là, ils avaient arrêté Coquardier et Bellardoise, lesquels, par suite d'événements qu'il serait trop long de raconter, subirent six mois de prison préventive.

Enfin on se décida à reconnaître leur innocence.

— Et le soir même, dit Bellardoise en terminant le récit de leurs malheurs, on nous a dit : « Vous êtes libres ! » et on nous a flanqués à la porte. Or, comme on nous avait arrêtés avec nos oripeaux de carnaval, nous nous sommes retrouvés dans la rue avec les mêmes loques sur le dos... Et dans quel état, bon Dieu !

— J'ai couru chez moi, dit piteusement Coquardier ; mais ma femme a déménagé et elle n'a pas laissé son adresse... Le loyer était à son nom et elle en a abusé. Ah ! si j'avais su, ajouta le bonhomme en levant les bras au ciel, c'est moi qui ne me serais pas séparé de biens !

— Moi, reprit Bellardoise, quoique marié aussi, je n'ai pas songé un instant à retourner chez madame mon épouse... non ! J'ai préféré revenir à vous, milord de mon cœur, et me voici, orné de ce vieux Jocrisse, qui, pour le quart d'heure, se trouve comme moi, sans feu ni lieu.

Gabriel et tous ses invités rirent comme des fous en entendant le récit grotesque des deux chie-en-lits.

— C'est égal, dit aigrement Coquardier à milord l'Arsouille, vous n'avez guère été gentil avec nous ; vous n'êtes pas seulement venu nous réclamer !

— Ma foi, non ! J'espérais toujours qu'on vous pendrait, et je me faisais une véritable fête d'assister à votre double exécution !...

— Trop bon, milord ! fit Bellardoise en s'inclinant.

— Enfin, reprit Gabriel, puisque la justice ne veut pas de vous, il faut bien que je vous reprenne !

— Ah ! milord !...

— Pas de remerciements, et allez changer de costumes, je vous prie... Vous êtes sales comme des peignes et votre vue seule fait lever le cœur !

« Ferrouillard, ajouta milord l'Arsouille en avisant son intendant, emporte-moi ces deux pourceaux et ne les laisse rentrer céans que lorsqu'ils seront un peu décrassés !

— Si c'est permis de recevoir des gens fichus comme ça ! grommela Ferrouillard en lançant des regards furibonds sur le vieux bonnetier et sur son compagnon. On dirait deux brigands calabrais !... Être encore en chie-en-lits le lundi de Pâques, c'est trop fort !

Quand il eut disparu avec les deux amis, le jeu recommença.

Le colonel de Stolberg avait la main.

Il passa six fois de suite.

Il était entré de mille francs.

Il en avait soixante-quatre mille devant lui au dernier coup.

Gabriel avait fait presque tous les banquos.

— Parbleu ! fit-il gaiement, on dirait que la chance commence à tourner, colonel ?

— En effet.

— D'honneur, je m'en réjouis ! reprit milord l'Arsouille. Un maître de maison ne devrait jamais se permettre de gagner ses hôtes.

Bellardoise et Coquardier rentrèrent dans la salle de jeu.

Chacun d'eux portait une livrée complète de laquais.

— Voilà, dirent-ils, tout ce que nous avons pu obtenir de M. Ferrouillard !...

— Ma foi ! s'exclama Gabriel en riant, c'est tout à fait ce qu'il vous faut, et vous voudrez bien à l'avenir conserver toujours ces costumes !

Tous deux se récrièrent.

— Ah ! tel est mon plaisir ! dit milord l'Arsouille.

Le jeu reprit de plus belle.

— Vous avez soixante-quatre mille francs en banque, colonel ? demanda milord l'Arsouille.

— Soixante-quatre mille ! répondit froidement le vieillard.

— Je les tiens...

Le vieillard gagna encore.

Cette fois, Gabriel n'avait pas un napoléon, plus un billet devant lui.

Tout avait passé du côté du vieil Allemand.

Ferrouillard avait assisté à la fin de cette partie.

Il poussa un cri rauque, étouffé.

— Seigneur ! gémit-il ensuite, soixante-quatre mille livres d'un coup, une fortune !...

Milord l'Arsouille lança un regard de colère à l'intendant, qui n'en continua pas moins ses lamentations.

— Ne faites pas attention, dit Gabriel à M. de Stolberg, le pauvre homme est un peu fou !

— Hélas ! marmotta Ferrouillard entre ses dents, si l'un de nous deux est fou, mon cher maître, est-ce bien moi ?

. . . .

Il faisait jour depuis longtemps et l'on jouait encore.

La mauvaise chance de milord l'Arsouille se poursuivait avec une persistance désastreuse.

Tout ce qu'il avait d'argent chez lui était bien loin, cela va sans dire... et, de plus, il avait perdu sur parole une somme importante : cent cinquante mille francs environ.

Le vieux crésus autrichien — car le colonel Max de Stolberg était né à Vienne, à ce qu'il disait du moins — semblait singulièrement contrarié de voir son adversaire jouer de la sorte, c'est-à-dire à crédit.

Gabriel s'en aperçut.

— Parbleu ! colonel, dit-il, vous ne paraissez que très médiocrement flatté de m'avoir pour débiteur ?

— Mon Dieu ! milord, riposta le vieillard avec son flegme habituel et son accent d'outre-Rhin, dans notre pays, nous avons pour système invariable de jouer toujours argent comptant. C'est un usage brutal, sauvage même, je n'en disconviens

Le valet vint frapper familièrement sur l'épaule du colonel.

pas, mais nous autres Tudesques, nous autres têtes carrées, comme vous dites en France, nous sommes loin d'être tout à fait civilisés.

Milord l'Arsouille sentit la rougeur lui monter au front.

— Du papier, de l'encre ! cria-t-il d'un ton enfiévré.

Ferrouillard, qui ne le quittait pas de l'œil depuis le commencement de la partie, et qui, aux trois quarts abruti, écoutait sans entendre et regardait sans voir, ne songeait seulement pas à exécuter l'ordre donné par son jeune maître.

Celui-ci, furieux, s'adressa à deux valets qui se trouvaient non loin de lui :

— De quoi écrire, voyons ! cria-t-il.

Liv. 105.

Les laquais ne bougèrent pas.

Il se leva brusquement et les prit tous deux à la gorge :

— Canailles ! êtes-vous donc sourds ?

Mais il partit d'un grand éclat de rire en reconnaissant Bellardoise et Coquardier.

Ferrouillard était revenu à lui.

Il s'empressa d'apporter à Gabriel ce qu'il réclamait.

Le jeune homme écrivit quelques lignes sur du papier à son chiffre et le remit à Ferrouillard.

Puis lui dit quelques mots à voix basse.

— Prends une voiture, cours, vole et reviens !

L'intendant ne se permit pas la moindre observation et détala d'un pas hâtif.

— Monsieur le colonel, reprit milord l'Arsouille, les dettes de jeu se payent d'ordinaire dans les vingt-quatre heures. Je ne vous demande, moi, que vingt-quatre minutes... puis-je espérer que vous voudrez bien me les accorder ?

Le vieil Autrichien n'eut pas l'air de prendre les paroles de Gabriel pour une insulte, ou tout au moins pour une raillerie, et toujours avec le même calme, la même froideur, il répondit :

— J'attendrai, milord, j'attendrai.

— Décidément, pensa Gabriel, voici un plaisant personnage. Il perd en vrai gentilhomme, et quand il gagne, c'est le dernier des goujats !

La partie fut donc momentanément interrompue.

Pendant cet entr'acte, on servit une légère collation.

On était à peine au café et aux cigares que Ferrouillard reparut, tremblant comme la feuille et la face livide.

X

DANS LEQUEL FERROUILLARD RÉVÈLE D'ÉTRANGES CHOSES A GABRIEL

A la vue du bonhomme effaré, milord l'Arsouille se mit à rire.

— Eh ! qu'est-ce encore ? s'exclama-t-il. A-t-on voulu t'assassiner, ami Ferrouillard ?

— Si ce n'était que cela... répondit le brave garçon ; c'est vous, monsieur, qui êtes assassiné, c'est vous qui êtes égorgé !

— Ah ! pour cette fois-ci, riposta le jeune homme, je crois sérieusement que ton cerveau est malade.

— Monsieur, j'arrive de la maison Rothschild... les bureaux ouvraient juste comme je mettais le pied dans l'escalier.

— Eh bien ?

— Eh bien ! monsieur, je donne votre bon au caissier.

— C'est ce que tu avais de mieux à faire.

— On me compte... cent... deux cents... trois cent mille francs... et j'attends le reste de votre million, puisque telle était votre volonté.

— Achèveras-tu, morbleu ?

— Mais au lieu des sept cent mille livres qui, d'après mes calculs, devaient vous revenir, on me remet quatre reçus écrits de votre main, signés de votre nom.

— Quatre reçus !

— Deux de cent cinquante mille francs... et deux de deux cent mille... Les voici, monsieur, les voici !

Gabriel prit les reçus et les examina l'un après l'autre avec la plus scrupuleuse attention.

— C'est bien mon écriture, dit-il ensuite, et cette signature est réellement la mienne...

Le papier de ces bons était timbré à son chiffre et ne différait en rien de celui qu'il venait d'écrire à l'instant même.

— Quel mystère est cela ? se demanda-t-il. Qui sait ?... Étant ivre, j'ai peut-être griffonné toutes ces paperasses. Mais ce qu'il y a de certain, c'est que je n'ai pas touché cet argent moi-même...

S'adressant à Ferrouillard :

— Qui donc a présenté ces effets à la caisse de Rothschild ? Te l'a-t-on dit ?

— On me l'a dit, répliqua l'intendant.

— Son nom ?

Ferrouillard répondit d'une voix sourde :

— Marcel Berthier.

— Marcel Berthier ? répéta Gabriel en sursautant.

Mais se remettant presque aussitôt :

— Ah ! parbleu, je me souviens, dit-il en grimaçant un sourire, oui, oui, c'est moi... c'est bien moi qui ai signé ces reçus.

— Et l'argent ?...

— L'argent ! je l'ai touché, je l'ai joué et je l'ai perdu ! repartit milord l'Arsouille.

— Quoi ! s'écria l'intendant, sept cent mille livres !

— Oh ! mon Dieu, oui, sept cent mille livres !... Je ne t'avais jamais parlé de tout cela, mon vieil ami, pour ne pas te désoler ; mais à présent, ajouta-t-il en riant, je pense qu'il vaut mieux tout te dire.

Ferrouillard était si profondément ému qu'il perdit aux trois quarts connaissance.

Sans Coquardier et Bellardoise qui le reçurent dans leurs bras, il serait tombé à terre.

Mais en se sentant secouru par les deux compagnons, il se redressa tout d'un coup et les repoussa violemment.

— Laissez-moi ! laissez-moi ! cria-t-il, c'est vous qui êtes cause de tout !

— Assez de gémissements, monsieur Ferrouillard, fit Gabriel, et donnez-moi, je vous prie, les quelques sous échappés du naufrage !

— Quoi ! vous exigez ?...

— Allons, morbleu, dépêchons !...

Ferrouillard tira de sa poche une liasse de billets de banque et les étala, l'un après l'autre, devant milord l'Arsouille.

— Voilà le restant de mes écus, colonel, dit ce dernier, permettez-moi de partager avec vous.

Le vieil Allemand s'inclina, et quand Gabriel l'eut payé, il compta les billets qu'il venait de recevoir et les mit en portefeuille, en disant, non sans une légère ironie :

— Je ne vous propose pas de continuer la partie... votre déveine est décidément trop marquée, et je ne veux pas, en une seule nuit, vous mettre sur la paille !

— Par le diable ! monsieur, riposta milord l'Arsouille, je n'ai que faire de votre pitié... et je ne suis pas encore si bas que vous feignez de le croire.

Mais le vieillard s'était levé.

— Ne jouez plus, milord, dit-il d'un ton insolemment protecteur, je vous le conseille, ne jouez plus... Je me sens tellement en veine, que j'éprouverais un véritable scrupule à continuer la partie... Je ne veux pas, que diable ! vous voler, comme vous dites, le restant de vos écus.

— Eh ! monsieur ! s'exclama le jeune homme avec emportement, avouez donc plutôt que vous avez peur de reperdre ce que vous avez gagné, et que vous préférez faire Charlemagne !

— Si j'avais votre âge, riposta M. de Stolberg, impassible, ce serait une autre partie que je vous proposerais, milord ; mais je suis vieux, mes cheveux sont blancs, ma main tremble et j'y vois à peine clair, malgré mes besicles.

« Je serais donc parfaitement ridicule en mettant flamberge au vent.

« Toutefois, je tiens à vous punir de votre violente apostrophe, et pour ce faire, je vais tout simplement céder à votre désir et demeurer au jeu.

« Mais, ajouta-t-il en se rasseyant, je tiens à constater que je reste contre mon gré.

« Or, si ma chance se poursuit, ne vous en prenez qu'à vous.

Gabriel fit entendre un ricanement de bravade, et se fit apporter une large coupe de champagne qu'il vida d'un seul trait.

Après quoi, la partie recommença.

Durant les vingt premières minutes, milord l'Arsouille gagna.

— Eh bien ! dit-il en gouaillant, vous le voyez, monsieur le colonel, votre prédiction ne s'est pas accomplie.

Le vieil Allemand demeura silencieux.

Il se contenta d'étouffer un soupir et de raffermir ses lunettes bleues sur son nez.

Gabriel, lui, vida une autre coupe de champagne, et le jeu reprit plus acharné que jamais.

. . . .

Au bout d'une heure, notre héros perdait son dernier billet de banque.

Son adversaire ne dit pas un seul mot.

Il se leva, salua milord l'Arsouille et les autres joueurs, et se disposa à s'éloigner.

Gabriel, ivre de champagne, la tête perdue, s'écria brusquement :

— Parbleu ! ne partez pas si vite, monsieur, je ne suis pas encore tout à fait ruiné !...

— En vérité !

— Cet hôtel m'appartient, reprit le jeune homme, je vous le vends.

— Vous plaisantez, je gage !

— Plaisanter? Eh ! mort diable ! le moment serait inopportun !... Non !... Je vous le répète, le démon du jeu s'est emparé de moi ; je veux encore tenter la fortune, et puisque je n'ai plus à moi que cette maison... eh bien ! je vous la vends... Voulez-vous me l'acheter?

— Mais...

— Mon Dieu ! si ce n'est pas vous, ce sera quelqu'autre... interrompit le jeune homme ; car vous devez bien penser qu'à présent je suis dans l'absolue nécessité de m'en défaire... Ainsi, pas d'objections, je vous prie... Achetez !... achetez, monsieur, c'est une occasion... Profitez-en... c'est un service à me rendre, rendez-le-moi !...

— Ces derniers mots me décident, milord, riposta M. de Stolberg. Fixez vous-même le prix de cet immeuble...

— Oh ! l'immeuble et tout ce qui s'y trouve : voitures, chevaux, argenterie, tentures, *et cœtera... et cœtera...*

— Allons, reprit le vieillard, qu'il soit fait selon votre désir... Combien voulez-vous ?

— Les trois cent mille francs que vous venez de me gagner en dernier lieu... et croyez-moi, monsieur, c'est un marché d'or que vous faites.

Avec son éternelle placidité, le vieil Allemand rouvrit son portefeuille qui semblait près d'éclater tant il était gonflé, et, sans se presser aucunement, il en tira une kyrielle de billets de banque.

— Voici la somme convenue, fit-il, comptez.

— Inutile ! Vous avez compté vous-même et vous ne devez pas être homme à vous tromper.

— En ce cas, veuillez me donner un reçu en règle, qui m'assure et me garantisse la propriété pleine et entière de cette maison.

— Rien de plus juste !... mais vous m'obligerez en dictant vous-même, monsieur. Je ne me connais guère à cette sorte de littérature.

Le vieillard dicta.

Quand Gabriel eut achevé :

— Signez, maintenant... et priez l'un de ces messieurs de vouloir bien signer avec vous...

Quand les trois noms se trouvèrent au bas de l'acte, M. de Stolberg le mit en portefeuille et dit à Gabriel :

— Maintenant, monsieur, je suis à vos ordres.

Ferrouillard et les autres conjurèrent milord l'Arsouille de ne pas rejouer.

— Allons donc ! s'écria le jeune homme, pour qui me prenez-vous?... La fortune ne saurait me trahir éternellement...

M. de Stolberg lui-même crut devoir joindre ses instances à celles de tout le monde pour détourner Gabriel de son projet.

— Je vous jure, milord ! dit-il. Je vous donnerai votre revanche tel jour qu'il vous plaira de choisir; mais, aujourd'hui, je vous demande en grâce de vous en tenir là... Je vous le demande et pour vous et pour moi, car, en mon âme et conscience, je serai au désespoir de vous gagner encore.

— Oh! pas tant de désespoir, monsieur, riposta milord l'Arsouille avec emportement... Je ne reconnais à personne le droit de s'inquiéter de mon gain ou de ma perte.

— Je vous prends à témoins, messieurs, dit le vieillard en s'adressant aux autres joueurs, que j'ai fait tout au monde pour empêcher milord de se ruiner.

La galerie s'empressa de déclarer que M. de Stolberg avait agi avec la plus parfaite loyauté.

La nuit commençait à venir quand cette dernière partie se termina.

Cette fois, s'en était fait. La ruine de Gabriel était consommée.

Notre héros était dans un état d'irritation, de fureur impossible à décrire.

— Rien! disait-il d'une voix rauque, plus rien!... Ce n'est pas la perte de mon or qui m'exaspère... non! Ce qui me jette à l'âme une indicible rage, c'est d'être vaincu par le hasard.

M. de Stolberg était pensif.

Après quelques instants de réflexion :

— Milord, dit-il, j'aurais mauvaise grâce à ne pas vous offrir les moyens de continuer la lutte.

— Que voulez-vous dire?

— Je veux dire que, vu la situation exceptionnelle dans laquelle je me trouve vis-à-vis de vous, je romps avec mes vieux principes et vous donne toute licence de jouer sur parole.

Un éclair brilla dans les yeux de Gabriel.

Une seconde encore, et il allait dire :

— J'accepte!

Mais Ferrouillard lui glissa ces mots à l'oreille :

— Il vous a refusé ce matin... Maintenant, c'est une aumône qu'il vous fait... Refusez à votre tour, ou ce serait lâche!

Gabriel serra la main du bonhomme.

— Merci, mon vieil ami! dit-il.

« Monsieur, ajouta le jeune homme en s'adressant à son heureux adversaire, votre offre toute magnanime m'honore infiniment; mais vous voudrez bien me permettre de n'en pas profiter.

M. de Stolberg lança un regard de travers à Ferrouillard.

— En ce cas, fit-il en se levant, je n'ai plus qu'à me retirer.

— Attendez donc! Au fait, s'exclama milord l'Arsouille, j'ai encore quelque chose à vous vendre...

— A me vendre?...

— Oui, une petite bicoque située à la Courtille... Oh! cela ne vaut pas cher... et pour une quinzaine de mille francs, je suis prêt à vous la céder.

— Puisqu'à mon grand regret, milord, vous refusez de jouer sur parole, il faut bien que je souscrive à votre désir!

— Fort bien ! riposta Gabriel. Décidément, vous êtes un aimable homme !

Et séance, tenante, il rédigea un deuxième acte de vente.

Il allait le signer... Mais Ferrouillard, qui semblait être depuis quelques minutes sur des charbons ardents, mit doucement sa main sur celle du jeune homme.

— Ah ! mon maître, dit-il, mon cher maître... qu'allez-vous faire ?

— Allons, interrompit brusquement Gabriel, laisse-moi !

— Soit ! reprit tristement l'intendant. Vendez-la donc, cette pauvre petite maison où est né Pierre Lavarès, votre père ; où vous êtes né vous-même !

« Vendez-la cette retraite qui devrait vous être sacrée !

« Et demain, les trois petits orphelins que vous y avez recueillis seront sans asile...

« De même que la pauvre insensée sauvée par vous autrefois !

Milord l'Arsouille donna sur la table un forminable coup de poing.

— Tonnerre du diable ! dit-il, j'avais oublié tout cela, moi !

Il prit l'acte de vente et le déchira.

— Monsieur le colonel, reprit Gabriel, vous voudrez bien vous contenter de cet hôtel. Quant à la bicoque de la Courtille, je la garde.

M. de Stolberg s'inclina en signe d'assentiment ; mais en lui-même, il murmura ces mots :

— Canaille de Ferrouillard, je te revaudrai cela !

Gabriel s'était levé.

— Mon cher monsieur, dit-il au vieil Allemand, vous êtes ici chez vous... J'ai bien l'honneur de vous saluer.

« Messieurs et amis, ajouta le jeune homme en s'adressant à ses invités, à partir de ce moment, nous ne nous connaissons plus... et quand vous me rencontrerez dans la rue, je vous autorise à ne pas me saluer.

Passant son bras sous celui de Ferrouillard :

— Allons ! viens, mon vieux camarade... nous coucherons cette nuit à la Courtille... et demain matin nous [aurons, au réveil, le gazouillement des oiseaux. Mesdames, tout à vous. Messieurs, que Dieu vous garde... et au plaisir de ne jamais vous revoir !

Après cet adieu fantaisiste, milord l'Arsouille s'éloigna bras [dessus bras dessous, avec son fidèle Ferrouillard.

.   .   .   .

Les invités s'éloignèrent peu après, l'air profondément désappointé.

Et M. de Stolberg demeura seul à l'hôtel avec les domestiques.

Montrant les cartes amoncelée sur la table :

— Jetez-moi cela dans la cheminée, commanda-t-il à un valet qui se tenait immobile dans un coin.

Le laquais obéit.

— C'est bien ! dit le vieil Allemand. Mettez-y le feu... Je ne veux plus voir ces cartes... elles me rappelleraient la ruine de votre maître, et ce souvenir me serait pénible... brûlez !

Quand tout fut réduit en cendres :

— C'est bien ! dit M. de Stolberg au domestique. Sortez !

Mais au lieu de se retirer, le valet vint frapper familièrement sur l'épaule du colonel, et il lui dit en ricanant :

— Eh bien ! ma petite vieille, c'est donc comme ça que nous carottons la braise au petit monsieur ?

— Qu'est-ce à dire, coquin ?

— Je dis, honnête homme, que tu n'es pas plus Allemand que ma pantoufle... Tu es un grec, et pas autre chose !

— Misérable !

— Ne fais pas de blague, je m'y connais... Je suis du même pays...

M. de Stolberg reconnut alors seulement celui qui lui parlait.

C'était le chevalier de Bellardoise.

. . . .

Gabriel et Ferrouillard s'étaient rendus pédestrement à la maisonnette de la Courtille.

Il était tard déjà, et tout le monde était couché.

Ils sonnèrent.

Babolein, tout endormi, vint leur ouvrir.

A la vue de son jeune maître et de l'intendant, il demeura bouche béante.

On eût dit qu'il les prenait tous les deux pour des revenants.

L'un et l'autre tombaient de fatigue.

Ils se mirent au lit et ne firent qu'un somme jusqu'au lendemain matin.

En se réveillant, Gabreil fut singulièrement surpris de se trouver dans une petite chambre tout ensoleillée et toute réjouissante d'aspect.

La fenêtre, encadrée de fleurettes grimpantes, était restée ouverte, et de son lit Gabriel voyait les oiselets s'ébattre dans les branches.

— Parbleu ! se dit-il, voilà un joli rêve que je fais là !

Il se croyait positivement encore endormi.

— Mais non ! reprit le jeune homme en se frottant les yeux, non, je ne dors pas le moins du monde... Où suis-je donc ici ?...

Il reconnut enfin la chambrette.

— Je ne me trompe pas, dit-il, je suis ici dans la maison de mon père... Pourquoi ?

Il était ivre la veille, presque fou, et il ne se souvenait de rien.

La porte s'ouvrit, et Ferrouillard parut sur le seuil.

Le brave garçon semblait vieilli de dix ans.

En le voyant morne, abattu, funèbre, son jeune maître s'écria :

— Eh ! qu'est-il arrivé, mon pauvre ami ? Es-tu vivant encore ou bien est-ce le spectre de Ferrouillard qui vient me faire visite ?

Le bonhomme crut d'abord que Gabriel voulait rire.

— Allons, fit-il, vous êtes encore d'humeur à plaisanter... Tant mieux ! mille fois tant mieux ! Je tremblais, mon cher maître, de vous trouver aussi triste, aussi accablé que moi.

— Voici, mon jeune ami, quatre bons sur Rothschild.

— Ah çà! que diantre me chantes-tu là? En l'honneur de quel saint, je te prie, serais-je si désolé que tu veux bien le dire?

— Eh! vous ne vous rappelez pas?...

Il n'osa continuer.

— Achève!

— Eh! monsieur, cette infernale partie de lansquenet... cet horrible vieillard... Satan en lunettes bleues et en cheveux blancs!

Gabriel se prit la tête entre les mains.

Puis, au bout d'un instant :

— Je me souviens... je me souviens! s'écria-t-il. Oui... oui, toute ma fortune engloutie... mon hôtel perdu comme le reste!

— Hélas! gémit Ferrouillard en tombant désespéré sur une chaise.

Mais un éclat de rire de son maître le fit brusquement sortir de sa torpeur.

— Vous riez!... fit le digne garçon en écarquillant les yeux.

— Ma foi! oui, je ris... et de très bon cœur, je t'assure!

— Je n'y suis plus du tout! balbutia Ferrouillard.

— Parbleu! poursuivit Gabriel, je serais un grand sot de prendre tragiquement cette mésaventure.

— Il y a de quoi pourtant!

— Allons donc!... Je suis de l'avis de M. Scribe .

L'or est une chimère !

— Une chimère sans laquelle on ne peut rien! grommela l'intendant.

— Bah! avec de la volonté, on peut tout!... répliqua le jeune homme avec chaleur.

— Monsieur, dit Ferrouillard, je vous admire!... Parole d'honneur, je vous admire!

— Certes, continua Gabriel, tu ne peux croire, mon vieil ami, combien je me trouve heureux et libre, maintenant que je n'ai plus le sou.

« D'abord, cette fortune immense m'a toujours agacé, et, franchement, je n'ai jamais su en faire qu'un déplorable usage.

« Sais-tu d'où cela provenait?

« C'est que, logiquement, ces millions-là n'auraient jamais dû m'appartenir.

« Le hasard me les avait donnés; je les ai rendus au hasard... Maintenant, je ne dois plus rien à cette divinité grotesque, et j'en suis enchanté!

« Va, va! mon vieil ami, cette formidable débâcle est un bienfait céleste!

« Sans ce changement à vue, j'eusse continué quand même ma vie fantastique, et j'aurais fini par tomber mort un beau matin, usé par la débauche et le libertinage...

« Ou bien, en admettant que j'eusse résisté physiquement à ces nuits sans sommeil, à ces éternelles orgies, je n'aurais pu y résister moralement, cela est certain, et, tout jeune encore, je fusse devenu crétin ou idiot!

« Je la bénis donc, cette ruine inattendue qui me sauve de toutes les misères humaines, de toutes les infirmités, de toutes les hontes peut-être.

« Oui, de toutes les hontes.

« A force de respirer la même atmosphère que les Bellardoise et les Coquardier, qui sait si je n'aurais pas fini par me gangréner, par me corrompre comme eux?

« Je pataugeais dans la fange... J'en suis sorti, c'est ce que je pouvais souhaiter de mieux.

« Ça me coûte un peu cher, qu'importe! je n'ai jamais regardé à la dépense.

— Tout cela est bel et bien, milord, mais...

— Milord! répéta le jeune homme en se mettant à rire.

« Parbleu ! tu prends bien ton temps pour m'octroyer ce titre. De grâce, cher ami, prive-toi désormais de cette qualification.

« Milord !... Est-ce que je suis milord ?... Est-ce que je l'ai jamais été ?

« Non ! cent fois non ! L'Angleterre n'est pas ma patrie, et j'en suis fort aise... Je suis né ici, dans cette vieille maison aux murs de brique, aux grands arbres séculaires.

« Et c'est pour cela sans doute que, durant le cours de mes exploits carnavalesques, j'ai toujours préféré les Véfours populaires de la Courtille aux gargotes prétentieuses de la capitale.

« La Courtille !... je l'aime et j'aime ses joies pleines de franchise et d'entrain.

« Maintenant que me voici redevenu ce que j'aurais dû toujours être, tu ne saurais te figurer, mon vieux camarade, combien je suis ravi de me retrouver en ces parages. Parole... je me fais une véritable fête de vivre par ici, mais tranquillement, comme tout le monde, sans flafla, en un mot en enfant du quartier.

« Je tiens donc essentiellement, je te le répète, à ce que ce nom de milord l'Arsouille, dont on m'a affublé jusqu'à ce jour, ne me soit plus octroyé.

« Qu'on le laisse au fastueux insulaire dont les excentricités ont précédé les miennes, et avec lequel les Béotiens de Paris et de la banlieue persistent à me confondre.

Tout en devisant, notre héros s'était habillé.

Comme il achevait de se vêtir, il aperçut à ses pieds des papiers qui s'étaient échappés de sa poche.

— Qu'est cela ? fit-il étonné.

Il les ramassa.

C'étaient les reçus que Ferrouillard avait rapportés la veille de chez Rothschild.

— Parbleu ! s'exclama Gabriel, j'avais oublié cette autre histoire-là !

Ferrouillard, ajouta-t-il, tu m'as dit que les bons avaient été présentés et touchés par Marcel Berthier ?

— En effet !... Eh bien ?...

— Eh bien ! mon vieil ami, cet homme est un faussaire et un voleur ; car, je le jure devant Dieu, je n'ai pas signé un seul de ces reçus !

— Que dites-vous, mon cher maître ?

— La vérité ! Et je saurai forcer ce misérable Marcel à confesser son crime !

« Aujourd'hui, aujourd'hui même, il se traînera à mes pieds et me demandera grâce !

« Je voulais l'oublier... Il ose se rappeler à mon souvenir.

« Tant pis pour lui !

XI

OU LE LECTEUR SE RETROUVE DANS LA MANSARDE DU FAUBOURG SAINT-JACQUES

Le mercredi des Cendres, après le fameux bal de l'Opéra qui s'était terminé par laquadruple arrestation de Bourbiche et de Casimir, de Bellardoise et de Coquardier, Moleskine et son compagnon d'aventures étaient entrés chez le premier fripier qu'ils avaient trouvé sur leur chemin.

Quand ils en sortirent, ils avaient l'un et l'autre troqué leurs oripeaux carnavalesques contre des vêtements un peu plus humains et beaucoup moins compromettants.

Cependant la chevalière de Bellardoise portait encore un costume d'homme, mais elle le portait avec une telle crânerie, une telle désinvolture, que le fripier lui-même ne soupçonna pas un instant qu'il eût affaire à une femme.

Lorsque nos deux personnages furent bien et dûment métamorphosés, ils se coiffèrent de casquettes de voyage et achetèrent un sac de nuit et une valise dans lesquels ils insinuèrent les travestissements qu'ils venaient de quitter.

Après quoi, ils payèrent le fripier et s'éloignèrent d'un pas hâtif.

— Maintenant, dit Stephen, nous sommes sauvés !... et nous allons pouvoir gagner sans encombre un certain hôtel garni du quartier des Écoles, où l'on se contentera de nous demander nos noms sans exiger de nous aucune espèce de papiers.

Ils montèrent en fiacre et se firent d'abord conduire chez Giovanni, le coiffeur de la Comédie-Française.

Là, Stephen fit l'emplette de plusieurs perruques, de barbes postiches et de tout ce qu'il pouvait avoir besoin pour se grimer.

Dans la voiture, il ouvrit sa valise, y prit une petite glace dont il avait eu soin de se munir et se *fit une tête*.

En quelques instants, il fut méconnaissable.

Ses cheveux grisonnants et rares disparurent sous une perruque brune, et d'épais favoris de même couleur couvrirent ses joues.

Quant à Moleskine, dont les longs cheveux noirs étaient depuis longtemps déjà tombés sous les ciseaux, elle prit une perruque blonde un peu longue qui la défigura complètement.

Lorsqu'ils descendirent de fiacre devant l'hôtel des *Quatre-Nations*, rue de la Harpe, le cocher sembla tout d'abord quelque peu surpris.

— Tiens ! pensa-t-il, mes voyageurs ne se ressemblent plus... Est-ce qu'on me les a changés en route ?

Stephen s'installa à l'hôtel en question sous le nom du docteur Jacobus, de Genève, et Moleskine passa pour son élève.

Le lendemain, le prétendu Esculape helvétique était chez Marcel Berthier.

Le pauvre garçon se trouvait dans une misère bleue.

Pour subvenir aux frais nécessités par la maladie de Suzanne, il avait tout tenté, mais inutilement.

— On m'a parlé de votre situation, lui dit Stephen Lowe, et je me suis ému au récit de votre dénûment. Je serai donc heureux de soigner gratuitement cette intéressante jeune fille et de vous venir en aide de toutes les façons.

— Qui donc êtes-vous, monsieur ? interrogea Marcel.

— On me nomme le docteur Jacobus, de Genève, répliqua l'Anglais, et dans mon pays, ajouta-t-il d'un ton simple et modeste, on m'appelait « le père Providence ».

« Je ferai en sorte, ajouta le prétendu médecin, de justifier à Paris le titre que mes concitoyens ont bien voulu m'octroyer.

Marcel était au comble du bonheur.

Suzanne, sa bien-aimée Suzanne, allait donc être sauvée.

— Voyons, dit Stephen Lowe en jouant la bonhomie, soyez franc avec moi, mon jeune ami, vous êtes sans ressources ?

— Hélas ! oui, monsieur, répondit Marcel en rougissant ; pour acheter les médicaments nécessaires, voilà deux nuits et deux jours que je travaille, mais le peu d'argent que j'ai gagné à cette dure besogne a bien vite disparu, et à cette heure, monsieur, je suis sans un sou.

— Alors, j'arrive bien ! dit Stephen en souriant.

Il mit un louis dans la main du jeune homme.

— Voici tout ce qui me reste, reprit-il.

Et comme Marcel le regardait étonné.

— Oh ! rassurez-vous, j'ai de l'argent à toucher, beaucoup d'argent !

Tirant des papiers de son portefeuille :

— Voici, mon jeune ami, quatre bons sur Rothschild qui représentent à eux seuls une somme de sept cent mille francs.

— Sept cent mille francs !

— Mon Dieu, oui, repartit le faux docteur négligemment, ni plus ni moins... Eh ! mais, j'y songe, comme ces bons sont payables au porteur, vous pourriez, mon cher, me rendre ce service d'aller me chercher vous-même ces quelques fonds... Connaissez-vous la maison Rothschild ?

— Assurément, monsieur. Il y a quelques mois à peine, j'y touchai plusieurs fois des sommes importantes.

— Pour vous ?

— Pour moi ? Oh ! non sans doute... mais pour un riche personnage chez lequel j'étais employé...

— Son nom ?

— François-Gabriel Lavarès, ou plutôt milord l'Arsouille, car c'est ainsi que tout Paris le désigne aujourd'hui.

— Parbleu ! s'exclama Stephen Lowe en feignant la surprise, le hasard est vraiment parfois bien singulier : ces quatre bons sont justement signés de l'homme dont vous parlez.

— Que dites-vous ?...

— Voyez !

Et l'Anglais mit sous les yeux de Marcel les quatre reçus.

— En effet, reprit le jeune homme, c'est bien là sa signature... Et, continua-t-il d'une voix émue, vous connaissez donc milord l'Arsouille ?

— Oh ! très peu... Je me suis trouvé en relations avec lui le 31 décembre de l'année qui vient de finir. C'était à Frascati. Je n'avais jamais mis les pieds dans ce tripot célèbre que la loi supprimait, et je voulais assister au moins à sa dernière nuit. Milord l'Arsouille y assistait aussi. Il y perdit près d'un million à la roulette. Moi, j'avais joué un jeu contraire au sien et je gagnai plusieurs centaines de mille francs. Si bien qu'il me fut possible de prêter à milord l'Arsouille, en quatre fois, la somme que je crois prudent de lui réclamer aujourd'hui. J'eusse pu attendre encore ; mais du train dont il va, ce jeune fou, tout millionnaire qu'il soit, aura bientôt englouti toute sa fortune, et je tiens à rentrer dans mes fonds... Non pour moi, mais pour les pauvres... Je suis le médecin des malheureux, et, si le Seigneur m'a permis, en une seule nuit, de faire un gain aussi considérable, c'est qu'il avait ses desseins, et je n'ai pas le droit de négliger une fortune qui peut soulager tant de misères et tarir tant de larmes ! Allez donc, mon ami... Prenez une voiture et courez chez Rothschild. Pendant votre absence, je veillerai sur votre chère malade.

Inutile de dire que Marcel savait, comme tout Paris, que milord l'Arsouille était sorti sain et sauf des Catacombes.

La fable inventée par le docteur Jacobus parut au jeune homme parfaitement vraisemblable, et il n'hésita pas un instant à aller présenter à la caisse Rothschild les quatre bons que lui avait remis Stephen Lowe.

Ces bons étaient faux, comme les lettres dont il a été question dans les chapitres qui précèdent.

Mais l'écriture, la signature de milord l'Arsouille étaient imitées avec un tel art, que le caissier de Rothschild n'eut pas le moindre soupçon, surtout lorsqu'il eut reconnu Marcel Berthier, qu'il croyait encore chez notre héros.

Une heure plus tard, Marcel remettait au prétendu médecin une liasse de billets de banque.

Ce dernier prit son chapeau, sa canne et disparut.

— Comme il se hâte de partir ! se dit Marcel. C'est étrange !

Mais, après quelques secondes de réflexion :

— Bah ! reprit-il, c'est tout naturel ; il va mettre son argent en lieu sûr.

Notre docteur improvisé avait descendu l'escalier quatre à quatre.

Il sauta dans le premier cabriolet qui passa et se fit conduire rue de la Harpe, à l'hôtel des *Quatre-Nations*.

Moleskine, toujours affublée de ses nippes masculines et parée de ses cheveux blonds, attendait son amant avec une impatience fébrile.

Penchée à sa fenêtre, elle le vit descendre de voiture.

— Eh bien ? fit-elle en lui ouvrant.

— Eh bien ? j'ai le magot ! répondit le coquin. Il s'agit de faire nos malles maintenant et de quitter Paris jusqu'à nouvel ordre.

Le soir même, ils étaient en route pour l'Allemagne.

— Quand reviendrons-nous ? interrogea Moleskine.

— Bientôt... bientôt, ma fille, et cette fois ce sera pour donner le coup de grâce à notre ennemi commun !

. . . .

En ne voyant pas revenir le docteur Jacobus comme il en avait fait la promesse, Marcel Berthier ressentit une crainte involontaire.

— Voilà qui est singulier ! se dit-il.

Mais, après avoir réfléchi :

— C'est qu'apparemment il ne trouve pas l'état de Suzanne assez grave pour motiver une seconde visite aujourd'hui... il viendra demain.

Le lendemain, personne.

— Peut-être est-il arrivé malheur au docteur Jacobus, pensa Marcel.

Mais il ignorait l'adresse du prétendu Genevois.

Jusqu'au dernier moment, il hésita à employer les quelques francs que Stephen lui avait laissés en partant.

Mais il fallait des médicaments pour Suzanne.

Deux jours après, il ne restait plus un sou de l'argent de Stephen.

C'était triste. Pourtant Marcel était heureux, bien heureux, car la malade était hors de tout danger, et elle avait maintenant toute sa connaissance.

Lorsqu'elle eut la force de penser et de parler, ses premiers mots furent ceux-ci :

— Gabriel est-il mort ?

— Non, répondit Marcel, frémissant malgré lui rien qu'en entendant prononcer le nom de son rival, non, il est sain et sauf.

— Oh ! mon Dieu, mon Dieu ! murmura la jeune fille en levant les yeux au ciel, vous êtes grand et bon, et je vous bénis !

Marcel la regarda stupéfié.

— Que dites-vous, Suzanne ? balbutia-t-il. Mais cet homme, cet homme, ne le haïssez-vous donc pas comme je le hais moi-même ?

— Cet homme, répliqua la jeune fille, je donnerais sans regret jusqu'à la dernière goutte de mon sang pour épargner une larme à ses yeux, un chagrin à son cœur.

— Suzanne... quel étrange langage est le vôtre !... Vous ne m'aimez donc pas ?

— Moi... moi... vous aimer ! interrompit Suzanne.

— Répondez !... oh, répondez !

— Non, Marcel, je ne vous aime pas... je ne vous aimerai jamais !

Le malheureux jeune homme poussa un cri déchirant.

— Oh ! c'est pour vous jouer de moi que vous parlez ainsi ! reprit-il avec une sorte d'égarement.

Suzanne le considéra avec une indicible surprise.

— Et qu'ai-je donc fait, qu'ai-je dit, Marcel, qui ait pu vous faire croire que mon cœur était à vous ?

— Vous me le demandez ?

— Oui, je vous le demande.

— Mais cette lettre... cette lettre...

— Quelle lettre ?... demanda Suzanne en cherchant dans sa mémoire. Ah ! je me souviens... je me souviens ! poursuivit-elle.

Prenant la main de Marcel :

— Devant Dieu qui me voit et m'entend, reprit la jeune fille d'un ton solennel, je vous jure que cette lettre n'a pas été écrite par moi !

Ce fut comme un coup de foudre pour le jeune homme.

Durant quelques minutes, il demeura muet, immobile, anéanti.

Puis, contenant ses sanglots :

— Je vous crois, Suzanne, murmura-t-il, oui, je suis forcé de vous croire. Oh ! pourquoi donc, ajouta l'infortuné en gémissant, pourquoi m'a-t-elle menti ainsi, cette créature maudite ?

— De qui parlez-vous ?

— D'une femme mystérieuse dont j'ignore le nom, dont je ne connais pas même le visage...

« — Tu es aimé de Suzanne, m'a-t-elle dit. En voici la preuve.

« Et elle m'a remis cette lettre fatale à laquelle j'ai été assez fou pour ajouter foi.

« J'oubliais que ceux qui sont nés comme moi sous une mauvaise étoile doivent toujours douter du bonheur...

« Oui, j'étais fou... j'étais bien fou, Suzanne; car, aujourd'hui encore, je bénissais mon sort et je remerciais Dieu en songeant qu'un jour vous pourriez m'appartenir.

— Je n'appartiendrai qu'à Dieu, répondit la jeune fille avec une expression angélique.

Le lendemain, en effet, au point du jour, malgré toutes les supplications de Marcel, Suzanne quittait la petite mansarde du faubourg Saint-Jacques.

Elle se fit sœur de charité.

. . . .

On sait quelles sont ces saintes filles, on connaît leur humanité, leur dévouement à toute épreuve.

Les orages de la grande Révolution les épargnèrent, c'est tout dire.

« Elles purent même, dit l'un de leurs historiographes, continuer à remplir en secret, mais assez librement toutefois, leurs pieuses fonctions. »

Dès que le gouvernement eut acquis plus de stabilité, il s'empressa d'utiliser les sœurs de charité.

Napoléon les plaça sous la protection de sa mère, et les remit sous la juridiction immédiate du supérieur général des Lazaristes.

Elles ne font que des vœux simples, après cinq ans de noviciat, et les renouvellent tous les ans, le 25 mars.

Elles peuvent se retirer si elles le veulent, et la communauté est aussi en droit de les renvoyer quand il y a des motifs suffisants.

Plusieurs maisons leur ont été assignées dans Paris.

Elles y instruisent les jeunes filles de la classe indigente et leur apprennent a travailler.

Elles visitent les pauvres malades, les soignent, et leur administrent les médicaments qu'elles manipulent elles-mêmes, d'après les prescriptions des médecins.

Les sœurs de charité sont les vraies religieuses du peuple.)

Il heurta doucement à la porte. laquelle s'ouvrit peu après.

On les appelait autrefois sœurs grises, à cause de la couleur de leur humble vêtement. Depuis, elles ont pris le gris noir ; mais leur coiffure large et avancée, propre à les garantir du soleil, rappelle encore que lorsque saint Vincent de Paul les institua en confrérie, comme servantes des pauvres malades, elles ne furent d'abord destinées que pour la campagne.

. . . .

Quand Marcel vit bien que tout était fini, il se prit à pleurer comme un enfant.

Puis il demeura longtemps dans une prostration complète.

On eût dit qu'en partant, Suzanne eût emporté son âme, sa vie.

XII

DANS LEQUEL MILORD L'ARSOUILLE EN EST RÉDUIT A METTRE SA MONTRE AU MONT-DE-PIÉTÉ.

Six semaines environ après la scène que nous venons de dire, le pauvre copiste se leva avant le jour.

Accoudé sur sa table de travail, étrangement éclairée par une lampe mourante, Marcel était plongé dans une rêverie sinistre.

— Il vaut mieux en finir ! murmura-t-il enfin. C'est folie à moi de persister quand même à lutter contre la misère. Je vois bien que je serai vaincu toujours.

« Depuis plus d'un mois, poursuivit-il, je mène une vie intolérable !

« Ah ! si Suzanne m'avait aimé, son amour m'eût donné la force et le courage !... Mais non, rien ! je n'ai rien !... rien que la misère et le néant !... mieux vaut donc quitter ce monde où je suis de trop !

En ce moment, le concierge entra une quittance à la main.

C'était le huit, le jour du terme.

Le loyer était de deux cents francs.

C'était donc cinquante francs qu'il eût fallu payer.

— Je ne puis vous donner cela aujourd'hui, dit Marcel.

— Alors, pour lors, j'aurai celui de remettre votre quittance chez l'huissier : le propriétaire n'entend pas qu'on soit en retard avec lui.

Sur cette menace, le cerbère se retira.

Quand le portier eut tourné les talons, Marcel demeura muet et sombre.

Puis il se mit à marcher à grands pas dans la chambre.

— Sans asile et sans pain ! s'écria-t-il enfin. Décidément, il faut prendre un parti.

Il ferma la porte à double tour et boucha avec des linges toutes les ouvertures par lesquelles l'air pouvait pénétrer.

Puis il prit dans la cheminée un réchaud plein de charbon, le mit au milieu de la chambre et l'alluma.

Peu après, le gaz délétère remplissait la mansarde.

Marcel avait les paupières alourdies, et sa tête était comme enserrée dans un cercle de fer.

Il se laissa tomber sur le lit et ferma les yeux.

L'asphyxie commençait.

Quelques minutes plus tard, le malheureux jeune homme se débattait sur son grabat, en proie à d'épouvantables souffrances.

Une seconde encore et c'en était fait !

En cet instant, la porte fut violemment enfoncée, et deux hommes parurent sur le seuil...

C'était milord l'Arsouille, suivi de son fidèle Ferrouillard.

Le premier soin de Gabriel fut de transporter Marcel près de la fenêtre, que l'intendant avait ouverte toute grande.

Une demi-heure suffit pour faire revenir Marcel à la vie.

— Allons, dit en riant milord l'Arsouille, il paraît que je suis destiné jusqu'à la fin des fins à servir de terre-neuve à tout le monde!

— Vous!... vous chez moi, milord! murmura le jeune copiste.

— Oui, parbleu!... Je venais causer avec vous de choses graves; mais le moment serait mal choisi. Nous parlerons de cela plus tard.

— Je comprends, riposta Marcel d'une voix entrecoupée, vous vouliez me parler d'*elle*... de Suzanne?

— Non, je vous jure! riposta Gabriel. J'ai su qu'elle n'avait pas péri dans l'écroulement de la Tombe-Issoire... et, depuis ce moment, je ne me suis plus inquiété d'elle. J'étais fou jadis, mais je ne le suis plus... Elle vous a préféré à moi, elle était libre.

— Elle m'a préféré à vous! s'exclama Marcel. Oh! s'il en était ainsi, milord, si mon cœur eût connu cette immense joie, jamais... oh! non, jamais, malgré toute ma misère, je n'aurais osé attenter à mes jours! Aimé de Suzanne, j'eusse tout souffert, tout bravé... Si j'ai voulu mourir, c'est qu'elle ne m'aime pas, c'est qu'elle a refusé de devenir mon épouse!

Milord l'Arsouille paraissait stupéfié.

Marcel lui raconta tout ce qui s'était passé entre lui et Suzanne.

— Ainsi, dit Gabriel, après avoir entendu ce récit, cette lettre signée d'elle?...

— Cette lettre était fausse, milord, répondit le jeune homme avec désespoir.

— C'est étrange! reprit milord l'Arsouille. Et le nom du faussaire, ajouta-t-il en le regardant en face, vous l'ignorez?

— Je l'ignore.

— Allons! soyez franc avec moi, Marcel, dites-moi tout.

— Je ne vous comprends pas.

— Avouez tout, vous dis-je!... Avouez que la même main a contrefait la signature de Suzanne et la mienne.

— La vôtre?

— Oui, la mienne. Et ne jouez pas l'étonnement, ne cherchez pas à nier : je sais tout.

Ce disant, il tira de sa poche les quatre reçus de Rothschild et les lui mit sous les yeux.

— Grand Dieu! s'écria Marcel, est-ce donc moi que vous soupçonnez? Ah! vous auriez mieux fait de me laisser mourir.

— Vous ne voulez donc pas avouer?

— Je veux vous dire toute ma vie, au contraire, depuis le jour où j'ai quitté votre demeure.

Et lorsqu'il lui eut tout révélé :

— Si j'eusse dérobé l'énorme somme que vous dites, milord, je ne serais pas présentement dans ce pauvre chenil, et je n'aurais pas tenté de me tuer ce matin pour n'avoir pas ce soir à mourir de faim.

— Oui, répliqua milord l'Arsouille, vous dites la vérité. Nous avons été victimes, vous et moi, d'un impudent bandit qu'il faudra que je retrouve, coûte que coûte. Quoi qu'il en soit, je dois savoir gré au coquin qui m'a dépouillé, puisque, sans lui je ne fusse pas chez vous, et qu'à cette heure il y aurait ici un cadavre !

Il tendit la main à Marcel.

— Puisque Suzanne nous repousse l'un et l'autre, nous ne sommes plus rivaux. Mais il s'agit pour le moment de vous tirer des griffes de la misère. La première chose que nous ayons à faire, c'est d'aller déjeuner.

« Nous verrons après quel parti nous devons prendre.

— Déjeuner ! grommela Ferrouillard en hochant la tête. Ouais ! mon cher maître, vous oubliez sans doute que votre bourse est vide, comme la mienne.

— C'est ma foi vrai ! riposta Gabriel, je l'avais oublié... A propos, dit-il gaiement en frappant sur l'épaule du jeune copiste, vous ne savez pas, depuis hier, je suis ruiné...

— Ruiné !

— Oui, mon cher ; j'ai perdu cette nuit au lansquenet le peu que votre damné docteur Jacobus, l'homme aux billets faux, avait consenti à me laisser.

— Que dites-vous ?

— L'exacte vérité, mon bon ami ! Me voici maintenant aussi pauvre que Job, et Ferrouillard ne ment pas en disant que ma bourse est vide... C'est au point que ce matin, nous sommes venus à pied de la Courtille jusqu'ici, parce qu'il me manquait tout juste deux francs pour m'offrir un fiacre de quarante sous.

« Mais, ajouta-t-il avec enjouement, cela ne nous empêchera pas de déjeuner. Les monts-de-piété n'ont pas été inventés pour le roi de Prusse, et je possède encore ma montre !

Ferrouillard poussa les hauts cris.

— Bah ! laisse donc, poursuivit Gabriel, à quoi cela sert-il une montre ?... A vous dire que l'heure passe et que vous vieillissez !... Privons-nous de montre, c'est du superflu... et déjeunons... Voilà le nécessaire !

La montre alla au mont-de-piété.

On prêta dessus deux cents francs.

— Une fortune ! dit Gabriel. Tenez, confrère, continua-t-il en s'adressant à son ex-secrétaire, voici cent francs, payez votre propriétaire et gardez le reste en attendant mieux.

Le jeune homme balbutia quelques mots de remerciements.

— Bon, bon ! interrompit milord l'Arsouille. Du moment que nous ne sommes plus rivaux, ce que je fais là est tout simple et je vous dispense de me remercier.

On déjeuna.

Après le repas, milord l'Arsouille donna à Marcel une lettre de recommandation pour le colonel Max de Stolberg, et, le jour même, le jeune homme entra chez lui comme caissier.

Il se retrouva donc dans cette même maison de la rue de la Rochefoucauld, où,
pour la première fois, il avait senti battre son cœur !

. . . .

Le baron de Stolberg !
Quel était cet homme ?
Il se disait Autrichien.
Bellardoise l'accusait d'être grec.
Et pourtant il était tout simplement Anglais.
Son véritable nom était Stephen Lowe, vicomte d'Olburn.

. . . .

Lorsque minuit sonna, il descendit au jardin et gagna le petit pavillon qui avait
servi jadis d'habitation à Jonathan Glass.

Il heurta doucement à la porte, laquelle s'ouvrit peu après.

Un jeune homme vêtu d'habits campagnards, ayant de longs cheveux roux et
une barbe naissante de même couleur, accueillit notre bandit par ces mots :

— Hâte-toi donc ! Je m'ennuie à mourir toute seule en ce logis !

Ce jeune homme, c'était Moleskine.

Depuis le matin, elle était installée à l'hôtel en qualité de jardinier.

Le vicomte franchit le seuil du pavillon, puis en referma soigneusement la porte.

— C'est ici, dit-il avec un rire sinistre, que j'ai commis mon premier crime !

— Oui, répliqua Moleskine, je me rappelle... Il y a de cela trois ans.

— Trois ans... c'est vrai ! Comme le temps passe ! En ai-je fait depuis ce
jour-là ! poursuivit Stephen Lowe en s'asseyant. Quand je pense à tous les noms
que j'ai pris, à tous les travestissements dont je me suis affublé, à tout l'or que j'ai
volé, à tout le sang que j'ai versé, parole d'honneur ! il me semble que je rêve !

« Mais laissons le passé et songeons au présent.

« Depuis avant-hier que nous sommes de retour à Paris, c'est à peine si nous
avons pu nous trouver ensemble et causer de nos faits et gestes.

« Apprends donc, ma très chère, tout ce que tu ne sais pas.

« A l'heure qu'il est, me voici riche, et milord l'Arsouille est pauvre.

« Tout cela est bel et bien.

« Malheureusement, quelqu'un s'est aperçu que j'avais joué avec des cartes
préparées et que j'avais volé Gabriel.

— Que dis-tu ?

— Oui, ma chère... Et ce quelqu'un-là, veux-tu connaître son nom ?

— Achève.

— C'est le chevalier Hardouin de Bellardoise, ton époux.

— Le chevalier !

— Mon Dieu ! oui, lui-même.

— Et t'a-t-il reconnu ?... Sait-il que le nom que tu portes n'est pas le tien ?

— Non. Pour lui comme pour tous, je suis bien réellement le colonel Max de
Stolberg... Au surplus, j'ai des papiers en règle et des passeports authentiques.

— Oui, reprit Moleskine à voix basse, ceux que tu as enlevés à Bruxelles, à
notre compagnon de route, après l'avoir assassiné !

— Justement ! Le nom de cet honnête homme est donc à moi, bien à moi ; car je ne suppose pas qu'il prenne fantaisie à son cadavre de sortir tout exprès du canal de l'Escaut pour venir dire à tous qui je suis. Non, non ! Mes précautions ont été bien prises et je suis sûr de l'impunité. Le colonel est d'ailleurs parfaitement inconnu aujourd'hui en Europe. Depuis tantôt vingt ans qu'il promène sa fortune par les deux Amériques, on a eu largement le temps de l'oublier. De ce côté, je te le répète, je suis donc parfaitement tranquille... je suis le colonel Max de Stolberg, et je le serai tant que je le voudrai bien. Mais ce Bellardoise me préoccupe, et je ne sais trop comment je dois agir avec lui.

— Lorsqu'il t'a accusé ce matin, interrogea Moleskine, que lui as-tu répondu ?

— J'ai nié, parbleu ! Je l'ai traité d'insolent et je l'ai chassé de chez moi.

— Eh bien ?

— Eh bien ! il m'a dit en s'éloignant :

« — Réfléchissez, colonel. Je vous donne jusqu'à une heure du matin.

— Que veut-il donc ?

— De l'argent !... sinon, il m'a menacé de tout dire à milord l'Arsouille.

— Il ne pourra pas fournir de preuves.

— Non ; mais il fera du scandale. Et c'est surtout cela que je crains.

— Alors, achète-lui son silence.

— Ce sera m'avouer coupable ! Et puis tu connais ce drôle, ce sera chaque jour quelque nouvelle demande de sa part.

— Que veux-tu donc faire, enfin ?

— Je n'en sais rien... Et toi, que ferais-tu ?

— Moi, répondit sans hésiter Moleskine, je m'en délivrerais n'importe comment.

— Comme les beaux esprits se rencontrent ! riposta Stephen. C'est justement ce que je voulais faire.

. . . .

En ce moment, une voix chanta sous le mur du jardin :

Qu'est-ce qui passe ici si tard,
Compagnons de la marjolaine ?
Qu'est-ce qui passe ici si tard.
Gai ! gai !
Dessus le quai.

— C'est lui ! dit Stephen Lowe.

— Lui ?

— Oui !...

« — Pour éviter de faire causer vos gens, a dit encore ce faquin, et à seule fin de pouvoir causer nous-mêmes sans être mouchardés, je serai à l'heure dite à la petite porte du jardin, et je vous avertirai de ma présence en chantant le *Chevalier du guet*. Si vous ne m'ouvrez pas, je comprendrai, et j'agirai en conséquence. »

Après avoir réfléchi un instant :

— Va lui ouvrir, dit Moleskine, et amène-le ici. Je serai cachée, et quand tu m'appelleras, je viendrai.

— Bien !

Stephen Lowe alla ouvrir à Bellardoise.

— A la bonne heure au moins ! dit le chevalier je savais bien que vous ne seriez pas assez niais pour refuser de vous entendre avec moi.

— Silence !... silence, au nom du ciel ! dit Stephen en simulant une profonde terreur.

Et prenant Bellardoise par la main, il l'entraîna dans le pavillon sinistre où s'était accompli jadis le meurtre de Jonathan Glass.

XIII

CE QUI SE PASSA DANS LE PAVILLON SANGLANT

Stephen Lowe avait eu soin de refermer la porte à double tour, puis avait mis la clef dans sa poche.

— Est-ce que vous craignez que je m'envole ? interrogea Bellardoise.

— Non ; je tiens seulement à ce que l'on ne vienne pas nous déranger tandis que nous causerons.

— Parfait !

Stephen prit la petite lampe qui éclairait la chambre basse, et dit au chevalier :

— Nous serons mieux là-haut... Montons !

— Je veux bien, fit l'autre drôle. Toutes ces précautions me prouvent, aimable colonel, que vous êtes disposé à faire droit à ma juste demande.

— Parbleu ! avec un gueux de votre acabit, c'est le plus sage parti que j'aie à prendre. Si je vous envoyais au diable, comme vous le méritez, vous seriez homme à mettre votre menace à exécution, à prévenir milord l'Arsouille ; en un mot, à dire tout ce qui s'est passé.

— Ah ! ah ! fit Bellardoise, nous avouons donc enfin que nous sommes tout bonnement le grec des grecs et le roi des filous.

— Morbleu ! ne criez pas si fort.

Les deux coquins avaient atteint la dernière marche de l'escalier.

— Entrez ! dit Stephen Lowe en ouvrant la porte de la chambre sombre où Kocoding et son complice avaient assassiné Jonathan Glass.

— Parbleu ! ricana M. de Bellardoise, cet endroit m'est connu.

— Ah bah !

— Oui, mon cher colonel, c'est ici qu'il y a quelque chose comme trois ans, un crime s'est perpétré, tandis que dans les salons illuminés, et sur les pelouses verdoyantes, des femmes jeunes et belles et de brillants *gentlemen* se livraient à une chorégraphie vive et animée...

— Vous étiez de la fête? interrogea Stephen en raffermissant sur son nez les bésicles bleues du colonel autrichien.

— Oui, bon vieillard, oui, je venais d'épouser une aimable demoiselle du nom de Moleskine, une reine du monde galant.

— Moleskine!

— Une drôle d'étiquette, pas vrai? C'est sa maman, Faustine Roussillon, femme Fromagin, qui le lui avait octroyé en souvenir d'un certain officier russe qui avait eu des bontés pour elle et qui répondait au nom de Moleskin.

« Mais laissons ces détails de ménage et venons à notre affaire. Nous disons donc que vous allez partager avec votre petit camarade Bellardoise les picaillons de milord l'Arsouille?

— Hélas! il le faut bien, fit le prétendu colonel en poussant un douloureux soupir.

— Allons! ne gémissez pas, que diable!... Vous avez fait une assez jolie razzia de capitaux... Vous pouvez bien m'en donner une portion sans vous gêner!

— C'est égal, c'est dur... c'est bien dur!

— Bah, bah! vous aurez promptement rattrapé cela.

— Ah! monsieur de Bellardoise, pour violenter de la sorte un pauvre vieillard comme moi, il faut que vous soyez une fière canaille!

— Après vous, colonel, après vous, fit le chevalier en s'inclinant.

— Allons! reprit Stephen qui soupira de nouveau, exécutons-nous!

— C'est ça... exécutez-vous, mon bon, exécutez-vous... répliqua Bellardoise en se frottant les mains.

Le faux Autrichien tira de sa poche son fameux portefeuille de la nuit précédente.

— Comme il est gras, dodu et ventripotent, ce joli portefeuille! s'exclama le chevalier vraiment extasié. De grâce! laissez-moi le caresser un brin.

Et, sans attendre la licence qu'il sollicitait, il passa doucement la main sur le précieux objet.

— Que c'est doux, bon Dieu! que c'est doux! fit-il avec ravissement.

Stephen ouvrit le portefeuille.

— Ah çà! voyons, dit-il, quelle somme exigez-vous enfin?

— Mon cher, repartit le chevalier, vous avez gagné hier en espèces, tant à milord l'Arsouille qu'aux cinq ou six nigauds qui ont osé jouer contre vous, un demi-million environ. Avec ce petit hôtel qui a bien sa valeur, cela représente au bas mot six cent cinquante mille francs. Je pourrais vous demander la moitié nette de cette somme... Reconnaissant toutefois que vous avez eu en tout ceci beaucoup plus de mal que moi, je trouve juste, logique et convenable de vous réclamer en tout et pour tout la bagatelle de deux cent mille livres. Je suis arrangeant, pas vrai?

Stephen ne répondit rien.

Il se contenta de tirer de son portefeuille, lentement et douloureusement, quelques-unes des bancknotes dont il était bourré.

— Allons, voyons, ma vieille, reprit le chevalier, un peu de courage à la poche,

On déposa le cadavre de Marcel dans la fosse.

sapristi ! On dirait, à vous voir, que ce sont vos entrailles que vous êtes en train d'extirper.

— Un... deux... trois... fit le prétendu Autrichien d'une voix rauque, gutturale, en étalant les billets de banque sur la table. Quatre... cinq !

S'arrêtant brusquement :

— Je ne pourrai jamais aller jusqu'au bout.

Se tournant vers la porte :

— Peters ! cria-t-il.

— Qui diantre appelez-vous là ?

Liv. 108.

— Un petit rustre que j'ai ramené d'Allemagne et que j'ai installé ici en qualité de jardinier.

— Peters ! cria-t-il de nouveau, viendras-tu, coquin ?

Moleskine parut sur le seuil.

— Ah ! te voici, enfin, c'est heureux ! Tu dormais, sans doute ?

— *Ya, mein herr*, répondit en bâillant le paysan improvisé.

— Paresseux !... Monte-moi une bouteille de johannisberg, et fais vite, ou sinon...

— *Ya... ya... mein herr...* Et combien de verres?

— La demande est plaisante ! s'exclama le chevalier. Deux verres, morbleu ! deux verres! Penses-tu donc que je ferai à ton maître l'insulte de le laisser boire tout seul?

Le faux jardinier s'éloigna et reparut peu après avec une bouteille au long col et deux verres de forme exotique.

— A la bonne heure, au moins ! dit Bellardoise en les considérant; ceci vous a un petit cachet tudesque tout à fait séduisant. Versez! versez, colonel !

Stephen remplit les deux verres.

— Je n'ai pas besoin de vous demander si ce johannisberg-là est authentique, reprit le chevalier.

— C'est le prince de Metternick lui-même qui m'en a fait don, riposta le prétendu Autrichien. A votre santé !

— A la vôtre !

Bellardoise vida son verre.

— Il est, ma foi, fort bon!

— Tudieu! je crois bien ! répondit Stephen Lowe qui avait eu soin de jeter sous la table, sans être vu, le contenu de son verre.

Il versa une nouvelle rasade à son hôte.

— Décidément, fit ce dernier en dégustant le nectar d'outre-Rhin, vous êtes un bon diable, mon cher colonel, et je suis enchanté d'avoir fait votre connaissance.

— Patience! patience! monsieur le chevalier, vous serez bien plus enchanté encore lorsque vous me connaîtrez mieux.

— J'ose l'espérer, colonel, j'ose l'espérer... A votre santé!

Il vida son verre pour la troisième fois.

— Sur ce, continua-t-il, revenons à nos moutons. Nous étions à cinq. Le johannisberg vous a remis en voix, pas vrai? et vous pourrez maintenant compter jusqu'à deux cents.

Pour toute réponse, Stephen Lowe reprit tranquillement les cinq billets étalés sur la table, les replaça dans son portefeuille avec les autres et remit le tout dans sa poche.

— Eh bien! qu'est-ce que vous faites donc là? interrogea Belladoise stupéfié.

— Vous le voyez, repartit l'autre de sa voix naturelle et sans l'ombre d'accent germanique, vous le voyez, je fais rentrer au bercail les *moutons* que vous vouliez tondre.

— Je ne comprends pas du tout,

— Vous allez comprendre, cher ami, vous allez comprendre.

— Ah çà! mais, fit Bellardoise de plus en plus stupéfié, comme votre baragouin s'est vite envolé!

— Vous trouvez, chevalier?

— Oh, oh! reprit Bellardoise, qu'est-ce que cela signifie?

Stephen Lowe se leva.

— Cela signifie, mon cher, que je ne suis pas plus Autrichien que je ne suis colonel.

— Pas possible!

— Très possible, au contraire! Baragouin, grade, nom, cheveux blancs et lunettes bleues, tout cela est emprunté.

— Les bras m'en tombent! Et qui donc êtes-vous?

Stephen enleva sa perruque et ses lunettes.

— Voyez vous-même!

Bellardoise le considéra pendant quelques secondes.

— Attendez donc! attendez donc! dit-il.

— Eh bien! me reconnaissez-vous? interrogea le vicomte en gouaillant.

— Oui!... Non!... Je ne sais pas!

— Allons, rappelez vos souvenirs.

— Mais c'est impossible! Vous n'êtes pas celui que je crois!

« Stephen Lowe est mort... bien mort!

L'Anglais éclata de rire.

— Non, cher ami, Stephen Lowe n'est pas mort, et c'est bien lui que vous voyez.

— Stephen Lowe... vous?

— C'est comme j'ai l'honneur de vous dire.

— Par quel miracle?

— Oh! mon tout bon, je vous narrerai en un moment plus opportun mes nombreuses aventures sur mer et sur terre. Présentement, qu'il vous suffise de savoir une chose, c'est que vous ne sortirez pas d'ici!

— Hein! s'exclama l'autre en sursautant. Que voulez-vous donc faire de moi?

— Demandez-moi plutôt ce que j'ai fait de vous, riposta Stephen Lowe en montrant à Bellardoise la fiole de johannisberg.

— Ah! gredin, balbutia le chevalier, tu m'as empoisonné!

— Eh! mon Dieu, oui, mon cher!

Ce disant, le vicomte regarda l'heure à sa montre.

— Dans dix minutes, vous serez mort!

— Infamie!... A moi! à moi!

— Qui donc appelez-vous? mon jardinier Peters, peut-être?... Eh! parbleu! soyez satisfait, le voici.

En effet, Moleskine venait de reparaître.

— Peters, interrogea Stephen, est-ce fait?

— Oui, répondit Moleskine; la fosse est creusée et n'attend plus que le cadavre de cet homme.

La terrible créature avait, elle aussi, parlé de sa voix naturelle.

A cette voix, Bellardoise avait tressailli.

— Qui a parlé?... qui a parlé? murmura-t-il.

— C'est Moleskine, ta tendre épouse, chevalier! répondit Stephen en présentant sa complice.

— Oui, répondit celle-ci, Moleskine qui est heureuse, bien heureuse de pouvoir se venger de vous.

Bellardoise fit un violent effort et se souleva à demi sur sa chaise.

Il retomba en portant les deux mains à sa poitrine.

— Allons, dit-il, je suis perdu... je le sens... mais je ne mourrai pas seul.

A ces mots, il tira de dessous sa redingote un pistolet.

Stephen avait suivi son mouvement, et s'était emparé de l'arme en un clin d'œil.

— Fi! s'exclama-t-il, des armes à feu... à une heure pareille! C'est mauvais genre, mon cher.

— Ah! murmura Bellardoise, qui s'affaiblissait de minute en minute, vous êtes deux fières canailles!... Mais ne vous réjouissez pas; je m'attendais à quelque trahison de votre part, et je ne suis pas venu seul.

Stephen s'avança vers lui.

— Que dis-tu?

— Je dis que cinq amis dévoués m'attendent non loin d'ici, au bas de la butte Montmartre. Si à une heure sonnant je ne suis pas revenu sain et sauf parmi eux, ils seront ici, milord bandit, et de gré ou de force il faudra bien que vous leur disiez ce que vous avez fait de moi! En supposant que vous refusiez de parler, certain pli cacheté remis par moi à l'un des miens sera porté cette nuit même rue de Jérusalem; et quand la police vous tiendra, elle ne vous lâchera pas, c'est moi qui vous le dis!

Bellardoise avait proféré ces derniers mots d'une voix à peine distincte.

En achevant, il poussa quelques sons rauques, inarticulés, et tomba lourdement sur le parquet.

Stephen et sa complice se regardèrent effarés durant quelques secondes.

— N'y a-t-il pas moyen de le sauver? interrogea Moleskine.

— Si, répliqua Stephen.

— Fais-le donc! Car, il l'a dit, si la police vient se mêler de nos affaires, nous ne sortirons pas de ses griffes.

Le vicomte prit dans sa poche une fiole de cristal.

— Qu'est-ce là?

— Du contre-poison.

Écartant violemment les lèvres serrées de sa victime, Stephen lui versa dans la bouche un tiers à peu près du contenu de la fiole.

Dix minutes plus tard, Bellardoise revenait à lui.

Stephen l'aida à se remettre sur pieds.

— Allons! debout, chevalier! lui dit-il.

Bellardoise le regarda fixement.

— Je ne suis donc pas mort !

— Eh ! non, morbleu !... Je vous ai ressuscité !

— Vous êtes donc sorcier, milord ?

— Si j'étais sorcier, gredin, j'aurais deviné ta perfidie et je ne t'aurais pas révélé le mystère de ma vie !

— Me croyiez-vous donc capable de vous trahir ? riposta Bellardoise en reprenant peu à peu son impudence. Je suis gentilhomme comme vous, milord... et les gentilshommes ne se mangent pas !

— Vous me jurez de garder mon secret ?

— Je vous le jure... à une condition toutefois... C'est que vous voudrez bien m'octroyer les quelques sous que vous me devez : vous le savez, mon cher, les bons comptes font les bons amis.

— Soit ! répondit Stepheu en étouffant un cri de rage.

Et le chevalier reçut la somme qu'il réclamait.

— Fort bien ! dit ce dernier en empochant les billets de banque. Maintenant que me voici lesté, permettez-moi de gagner le large.

Il fit quelques pas vers la porte.

— Le tenir en notre pouvoir ! rugit Moleskine, et le laisser partir ainsi !

Bellardoise se retourna vers elle.

— Palsambleu ! je vous avais oubliée, ma toute belle. Quand je dis ma toute belle, je parle par antiphrase, ajouta-t-il en gouaillant, car, le diable m'emporte, vous êtes laide à présent comme les sept péchés mortels !

« Savez-vous, ô ma tendre épouse, que vous vous conduisez plus que légèrement à mon égard ?

« Mais j'aurais mauvaise grâce à vous faire de la morale.

« Un homme truffé de bancknotes comme je le suis est forcément tout plein de mansuétude.

« Et puis quoi, votre poison de cette nuit est la conséquence toute naturelle de mon coup de rapière d'il y a un an... Je ne saurais donc vous en vouloir de cette dernière espièglerie conjugale.

« Ah ! ma douce moitié, poursuivit le coquin en se mettant à rire, comment diable se fait-il que nous ne nous soyons pas entendus ? Nous étions cependant faits l'un pour l'autre.

« Allons, serviteur, ma très chère !... Milord, je vous présente mes civilités !

Il allait s'éloigner.

Stephen Lowe avait réfléchi.

— Ne partez pas ainsi, chevalier, dit-il.

— Vous voulez m'offrir encore quelques rafraîchissements ? Merci, merci, vicomte, je sors d'en prendre.

— Voyons, reprit l'Anglais, vous me promettez de ne pas me trahir, et vous tiendrez votre promesse, puisque votre intérêt vous commande le silence. Mais ce n'est pas assez que vous ne me nuisiez pas, il faut encore que vous me serviez.

— Ma foi, milord, du moment que mes petits talents peuvent vous être de quelque utilité, je consens à m'enrôler sous vos drapeaux. Bien entendu que vous me payerez largement... Ah! dame, je dois vous l'avouer, ma bourse rendrait des points au tonneau des Danaïdes. On a beau la remplir, elle est toujours vide. Demandez plutôt à *ce cher Péters*, ajouta le drôle en se tournant vers Moleskine qui demeura silencieuse.

« Vous vous taisez, reprit Bellardoise. Bah, bah! dites tout, mon ange! je ne m'offusquerai pas. Dites à *notre ami* le vicomte que je vous ai dévoré jusqu'au dernier sou, votre bonne petite *braise* acquise par vous si péniblement et si honorablement surtout. Révélez encore qu'après vous avoir mise sur la paille, je vous ai vendue à ce même milord l'Arsouille que *mein herr Stolberg* a si galamment filouté l'autre nuit...

« C'est canaille, je le sais bien, et mes aïeux doivent furieusement rougir de moi; mais que voulez-vous, « tout pour des monacos, » telle est ma nouvelle devise.

« Ainsi donc, cher vicomte, je vous le répète, payez-moi et je serai à vous corps et âme !

« Par exemple, à partir du moment où votre caisse sera vide, bonsoir, ne comptez plus sur moi...

« Je n'ai pas besoin de vous dire que je vous dispense de m'offrir à déjeuner ou à dîner; je me ferais un véritable plaisir de refuser toutes vos invitations.

« Votre cuisine à la Borgia est indigeste en diable, et je tiens à m'en priver.

« Du reste, je vous en préviens: si, malgré toutes mes précautions, vous parvenez à me jouer quelque méchant tour, ce sera tant pis pour vous; car mes mesures seront prises de telle sorte que le lendemain même de ma mort ou de ma disparition, le vicomte d'Olburn et sa complice seront dénoncés, arrêtés... *et cœtera*... Tenez-vous cela pour dit l'un et l'autre, et soyez pleins d'égards pour moi, c'est ce que vous avez de mieux à faire.

— Parbleu! riposta Stephen Lowe, j'aime à vous voir de cette humeur, chevalier, et cette déclaration bien franche et bien nette simplifie singulièrement la question. D'honneur, je regrette de ne pas vous avoir fait tout bonnement mes petites confidences au lieu d'essayer de me débarrasser de vous.

— Bah! ne parlons plus de cette gaminerie.

— Si, vraiment, car j'ai eu tort. Un coquin de votre trempe ne devait pas être traité en ennemi par un gredin de la mienne.

— Pardon, interrogea Bellardoise, parlez-vous sérieusement ou vous fichez-vous de moi? C'est qu'avec vous on ne sait jamais sur quel pied danser.

— Je suis on ne peut plus sérieux, mon cher, et sincèrement il m'est tout à fait agréable de vous avoir comme allié. Pour vous le prouver, je suis prêt à vous dire ce que j'ai fait et ce que je prétends faire, de concert avec vous, pour empêcher milord l'Arsouille de sortir de l'abîme où je l'ai précipité.

Sur ce, Stephen Lowe fit connaître à son nouveau complice toute sa vie passée, ses noms d'emprunt, ses innombrables métamorphoses.

Après avoir entendu cette confession, Bellardoise, émerveillé, s'écria:

— Quoi! vous avez fait tout cela ?

— Oui! répondit le bandit avec un indicible orgueil.

« C'est moi qui ai commis les crimes d'Argenteuil, les meurtres de Bercy ; c'est moi qui ai fabriqué les faux billets de milord l'Arsouille ; c'est moi enfin, qui, sous le nom du docteur Jacobus, me suis introduit dans la mansarde de Marcel Berthier et l'ai envoyé chez Rothschild...

Comme il disait ces derniers mots, un homme pâle de fureur et d'indignation surgit brusquement au milieu de la chambre.

C'était celui-là même dont Stephen venait de prononcer le nom...

C'était Marcel Berthier.

— Qu'est-ce que c'est que cela ? s'exclama Bellardoise en reculant.

— Marcel ! murmurèrent en même temps Stephen et Moleskine.

— Docteur Jacobus ! s'écria le nouveau venu, je te retrouve donc enfin ?

« Ce matin, en entendant ta voix, d'étranges soupçons étaient venus m'assaillir.

« Cette nuit, je t'ai épié, je t'ai suivi et j'ai pénétré dans ce pavillon par une fenêtre entr'ouverte.

« Maintenant, je sais ton véritable nom, vicomte d'Olburn, et je te dis en vérité, assassin, faussaire, c'en est fait de toi et de tes deux complices !

Stephen répondit à ces menaces par un insolent éclat de rire.

— Vous êtes naïf, jeune homme, dit-il en se croisant les bras.

— Oh ! pas de fanfaronnade ! riposta Marcel, et ne tentez pas de m'échapper. Je ne suis pas entré seul ici ; voyez plutôt... A moi, messieurs, à moi !

A son appel, cinq hommes parurent.

— Emparons-nous de ces trois bandits, poursuivit Marcel en désignant Stephen et ses deux complices. La justice les réclame et le bagne les attend !

Mais quelle fut sa surprise, sa terreur, en voyant Bellardoise courir aux inconnus et leur serrer les mains.

— Barbotin !... Bocardeau !... Lalouette !... Arpent-de-Gueule !... Nibes-de-Naze !

Tels étaient les noms des cinq personnages.

C'étaient d'affreux chenapans dont Bellardoise avait fait connaissance à la Conciergerie pendant sa captivité préventive.

Ils avaient été relâchés quelques jours avant lui, on ne sait trop pourquoi, et notre chevalier les avait retrouvés à la barrière des Martyrs.

Ne voyant pas reparaître *leur ami* à l'heure indiquée, ils avaient quitté leur poste et étaient descendus jusqu'à l'hôtel de la rue de la Rochefoucauld.

Marcel, que ses soupçons tenaient éveillé, avait suivi Stephen Lowe dans le parc.

Caché dans un massif, il avait vu le prétendu colonel autrichien s'enfermer dans le pavillon avec le chevalier de Bellardoise ; puis le susdit pavillon s'était rouvert, et le petit jardinier Peters était venu creuser une fosse à quelques pas de lui.

Il avait pressenti un crime, et comprenant que seul et sans armes il lui serait impossible de rien empêcher, il s'était élancé au dehors pour chercher du renfort.

Les cinq acolytes de Bellardoise rôdaient en ce moment sous les murs du jardin.

Marcel les avait conjurés de lui prêter main-forte, et les dignes chenapans s'étaient introduits dans le pavillon à la suite du jeune homme.

. . . .

Bellardoise présenta à Stephen Lowe ses cinq amis, et mit ensuite ceux-ci au fait de la situation.

— C'est bon! dit Barbotin, qui semblait le chef de la bande. En ce cas, faut supprimer le petit jeune homme!

Marcel vit qu'il était perdu.

Il essaya pourtant de s'enfuir.

Mais sa tentative ne pouvait réussir.

En quelques secondes, il fut saisi, bâillonné et garrotté.

— Eh bien! lui dit Stephen avec un ricanement sinistre, que pensez-vous de ce dénoûment, cher ami?

Marcel fit d'inconcevables efforts pour briser ses liens.

Ce fut en vain.

— Messieurs, poursuivit le vicomte en s'adressant aux cinq rôdeurs de barrière, une fosse a été creusée cette nuit même non loin de ce pavillon.

« Soyez assez aimables, je vous prie, pour y enterrer vif ce jeune innocent. Il en sait trop long à présent sur notre compte, et sa mort seule peut nous mettre à l'abri de ses indiscrétions!

Barbotin et ses camarades s'inclinèrent en signe d'assentiment, et s'emparèrent de l'infortuné Marcel.

Peu après, les bandits et leur victime étaient hors du pavillon, et le jeune homme put apercevoir la fosse béante dans laquelle, — épouvantable supplice! — il était comdamné à attendre la mort!

Au moment où l'infortuné Marcel allait être enterré vif, il se débattit avec une telle violence que son bâillon se détacha.

— Misérables lâches! dit-il, oserez-vous bien commettre ce nouveau crime?

Stephen s'élança sur lui et lui mit la main sur la bouche.

Mais le jeune homme opposait une résistance désespérée, et ses cris mal étouffés pouvaient être entendus d'un moment à l'autre.

— Morbleu! rugit Stephen, ses hurlements vont attirer tous les gens de l'hôtel.

— Étranglons-le, parbleu! riposta Barbotin; ce sera plus sûr que de le flanquer en terre tout vivant!

— Soit! répondit le vicomte. Charge-toi de l'exécution, mon brave!

— Avec plaisir!... repartit le coquin.

Et, sans perdre de temps, il passa une corde autour du cou de Marcel.

Peu après le corps du malheureux tombait inerte sur le sol.

— La farce est jouée! dit Barbotin.

— C'est affaire à toi, camarade! reparit Stephen.

— Oh! les étranglements, c'est mon fort, fit le coquin.

On déposa le cadavre de Marcel dans la fosse, qui fut comblée en une seconde et recouverte de feuillage, de broussailles et de gazon.

. . . .

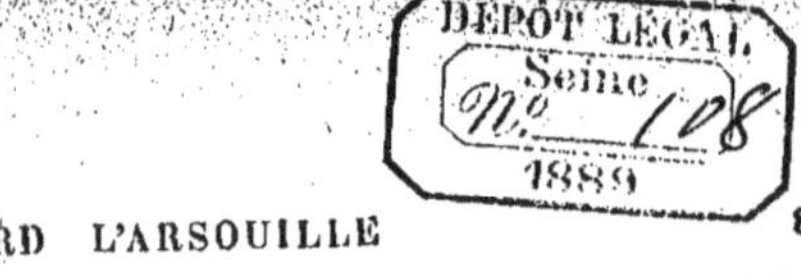

C'était la Savoisienne, la fausse Fauchon,

Le lendemain, on trouvait dans la chambre de Marcel Bertier une lettre ainsi conçue :

« Je n'ai pu obtenir celle que j'aimais!... La mort seule peut mettre un terme à mes souffrances... Je vais mourir... Quand on trouvera cette lettre, tout sera fini...

« MARCEL BERTIER. »

Cette lettre, on le devine, était l'œuvre de Stephen Lowe.
Le terrible bandit avait fait un faux de plus.

XIV

DANS LEQUEL SE CONSOMME LA RUINE DE MILORD L'ARSOUILLE

Laissons Stephen et ses sinistres complices et retournons à la maison de la Courtille. Là, Gabriel était véritablement heureux.

Et le plus sincèrement du monde, il disait :

— D'aujourd'hui seulement je commence à aimer la vie !

Durant plusieurs mois, tout marcha de la sorte.

Gabriel ne semblait même pas avoir gardé souvenance de ses folies passées, de ses millions disparus.

Du matin au soir, dans son riant jardinet, tout plein de gazons verts et de fleurs odorantes, il écoutait avec ravissement les caquetages des oiseaux.

— C'est là le vrai paradis ! répétait-il sans cesse, et nulle fortune humaine ne saurait donner de plus douces joies.

Mais Ferouillaard grommelait à part lui :

— Tout cela est bel et bien... Cependant quelques petites rentes ne feraient pas de mal dans le paysage...

Et le bonhomme inventait chaque jour quelque nouvel expédient pour faire face aux dépenses journalières.

Un matin du mois d'octobre, notre digne intendant se promenait pensif dans les allées et monologuait ainsi :

— Je ne sais pas en vérité ce que nous allons devenir. Nous voici maintenant au bout de notre rouleau... Depuis tantôt sept mois que nous sommes retirés des affaires, j'ai trouvé un peu d'argent à droite et à gauche, et ça a marché tant bien que mal... Mais pour le quart d'heure, nous sommes forcés de vivre à crédit et ça n'est pas gai... D'autant plus que messieurs mes fournisseurs me reçoivent comme un chien dans un jeu de quilles, quand je vais aux provisions. Quelle drôle de chose ! Dans le temps, quand nous roulions sur l'or, les tailleurs, carrossiers maquignons, bottiers et autres faisaient un tas de cérémonies quand je voulais les payer comptant.

« — Non ! non ! disaient-ils, nous reviendrons plus tard... dans un mois... dans six mois... dans un an !

« Et maintenant que nous sommes dans la débine et que nous avons besoin de crédit, tous ces gredins-là sont intraitables.

« Voyons ! poursuivit le bonhomme en cherchant dans sa tête, à qui diable pourrais-je bien emprunter quelques louis ? Inutile de m'adresser à ceux que mon jeune maître a gorgés d'or autrefois. Je serais sûr d'être rembarré de la belle façon... Et puis ça m'humilierait de demander quoi que ce soit à ces pique-assiettes. Ah ! si je sais cette fois comment me tirer de là, je consens de bon cœur à être pendu !

Un bruyant éclat de rire interrompit brusquement ses doléances.

Il se retourna.

Milord l'Arsouille était à quelques pas de lui.

— Mon pauvre Ferrouillard, s'écria joyeusement le jeune homme, voilà un bon quart d'heure que j'écoute tes jérémiades, et, d'honneur, je les trouve les plus plaisantes du monde...

— Ouais ! mon cher maître, avez-vous bien tout entendu ?

— Oui, parbleu !

— Et cela vous fait rire.

— De tout mon cœur.

— Ma foi, monsieur, je voudrais posséder votre philosophie ; mais j'avoue que je ne suis pas de cette force-là...

— Ainsi, reprit Gabriel, tu ne sais pas où donner de la tête ?

— Plus du tout, mon cher maître... Je cherche... je cherche... mais, de mon pauvre cerveau vide, aucune idée ne veut sortir.

— Allons, ne te désole pas, mon vieux camarade, j'ai trouvé quelque chose de superbe. Tu verras ! tu verras !

Ayant dit, il s'éloigna, laissant Ferrouillard très fortement intrigué.

— Quel diable de projet est le sien ? se demandait ce dernier.

Deux heures après, milord l'Arsouille rentrait à la maison rouge.

— Eh bien ? lui demanda Ferouillard.

— Eh bien ! mon vieil ami, voilà ce que je rapporte.

Ce disant, il tira de sa poche une poignée de pièces de cent sous.

— Qu'est-ce que cela ? s'exclama l'intendant en ouvrant de grands yeux.

— Eh ! parbleu ! mon brave, c'est de l'argent, tu le vois bien !

— Et d'où vient-il, grand Dieu !

— Mon vieux camarade, répondit Gabriel, je tire assez bien l'épée, tu le sais...

— Oui, sans doute... Eh bien ?

— Eh bien ! j'entre en qualité de prévôt dans une des premières salles d'armes de Paris.

— Vous !

— Moi-même... Et l'argent que voici est un acompte sur mes appointements.

— Mon cher maître, il n'est pas possible que vous ayez fait cela... Vous vous moquez sans doute de votre vieux serviteur !

— Eh ! non, morbleu ! mon cher, je ne me moque pas... A partir de demain, j'entre en fonctions.

Gabriel disait vrai.

Sans l'ombre d'une hésitation, d'un scrupule, il avait sollicité cet emploi modeste de prévôt de salle d'armes, lui, milord l'Arsouille, qui avait reçu jadis en son hôtel les premiers maîtres d'armes de l'époque, toutes les illustrations de l'escrime !

Ferrouillard était stupéfait de la détermination de son jeune maître.

Il lui fallut cependant se rendre à l'évidence.

— Après tout, pensa le bonhomme, il n'y a pas de sots métiers, il n'y a que de sottes gens !

. . . .

L'automne avançait.

Les grands nuages gris couraient au ciel.

Le vent gémissait dans les arbres et les feuilles jaunissantes s'éparpillaient sur le sol.

Si bien qu'un jour, Gabriel résolut de vendre la maison.

Et Ferrouillard approuva ce projet.

La maison vendue, les principales dettes payées, notre héros dit gaiement à son *intendant* en lui montrant un rouleau d'or :

— Il nous reste mille francs, mon vieil ami! une fortune!

— Hélas! non, mon cher maître, répliqua le bonhomme, il ne nous reste rien... Car sur ces mille francs nous en devons encore tout juste neuf cent soixante! Voici le reste de nos derniers créanciers, ajouta-t-il piteusement en exhibant une énorme feuille de papier.

. — Diantre! fit Gabriel en hochant la tête, je n'avais pas songé à cela!... Mais, baste! Qui paie ses dettes s'enrichit, à ce que dit le proverbe. Enrichissons-nous donc, camarade!

Et toutes les dettes furent payées.

— Maintenant, mon vieux, dit milord l'Arsouille, nous voici à la tête de quarante francs.

« Il s'agit de trouver deux chambres garnies dans les prix doux.

— Des chambres garnies! gémit Ferrouillard. Après avoir eu des maisons à soi!

— La chambre garnie a du bon, mon cher, riposta Gabriel, au moins on en peut changer tous les huit jours, et les déménagements ne coûtent pas cher.

Le jour même, l'ex-millionnaire et son ex-intendant étaient installés dans les deux plus modestes chambres de l'hôtel du Borysthène, rue de Vaugirard.

Pendant près d'un mois, ils vécurent Dieu sait comme.

Mais Gabriel avait toujours sa place de prévôt de salle.

Le mois suivant, il pria *son* patron de lui payer, une fois encore, ses appointements par anticipation.

Le patron n'était pas de bonne humeur, il envoya promener le solliciteur.

Celui-ci riposta de la bonne manière.

Des injures on en vint aux voies de fait, et le lendemain, maître et prévôt se battirent à l'épée au bois de Vincennes.

Le maître fut blessé; mais Gabriel perdit sa place.

— Bah! dit-il à Ferrouillard, qui se désespérait, j'ai plusieurs cordes à mon arc et je sais assez de musique pour gagner ma vie!

Le lendemain il faisait partie de l'orchestre de l'Odéon, en qualité de deuxième violon.

Quelques jours plus tard, une actrice de l'endroit tombait amoureuse folle de lui.

Elle était charmante... et notre musicien ne fut pas insensible à ses charmes.

Malheureusement la belle était courtisée par un premier sujet tragique qui trouva bon, un soir qu'il jouait Agamemnon, de traiter son heureux rival du haut de sa grandeur.

Gabriel cassa son violon sur le nez du *roi des rois* et lui cassa la jambe.

Après cet exploit, il n'avait plus qu'à quitter le théâtre... c'est ce qu'il fit.

— Décidément, dit-il à Ferrouillard, je crois que je ferai aussi bien de ne plus chercher de place... J'ai maintenant un affreux caractère, et je serais capable de faire quelque malheur !

. . . .

La misère arrivait à grands pas.

Et l'on était en plein mois de décembre.

Pourtant le fidèle Ferrouillard, à force d'ingénieux efforts, était parvenu à faire vivre à peu près son jeune maître.

Naturellement, il avait fait des dettes dans le quartier.

Mais à la fin, les marchands refusèrent toute espèce de subsistances. Un beau soir il fallut se coucher sans souper.

Le lendemain, en se réveillant, Gabriel murmura :

— C'est étonnant comme il fait faim ce matin !

Il essaya de fumer un peu pour engourdir sa fringale.

Il n'avait ni cigare ni tabac.

— Avoir faim et froid, c'est triste !

En disant cela, le jeune homme, si gai d'habitude, si insouciant, avait l'air navré.

Ferrouillard sentit les larmes lui venir aux yeux.

— Mon maître !... mon cher maître !... s'exclama-t-il, ne vous désolez pas, je vous en supplie... Je vais aux provisions... et je vous jure que vous ferez aujourd'hui un déjeuner de roi... Je ne sais pas comment je vais m'y prendre, par exemple, mais ça ne fait rien, je suis sûr de réussir.

— Brave homme, fit Gabriel quand Ferrouillard se fut éloigné, malgré sa confiance, je doute fort du succès de sa chasse. Après ça, ajouta-t-il en essayant de sourire, Christophe Colomb a bien découvert le nouveau monde, pourquoi ne découvrirait-on pas un pâtissier complaisant ou une rôtisseuse de bonne volonté ?

« Brrr ! reprit le jeune homme en grelottant, je suis gelé !...il fait un froid glacial dans cette gredine de mansarde... Le diable m'emporte ! il faisait plus chaud que ça à l'orchestre de l'Odéon... J'ai presque envie de brûler les meubles... Ah ! que ne sont-ils à moi, je n'hésiterais pas !

« Ah ! l'hiver... l'hiver... quelle salle époque... pour les pauvres s'entend !...

« Ah ! quand je pense aux millions que j'ai stupidement gaspillés. Combien pouvais-je réchauffer de malheureux qui avaient froid !

Reprenant avec colère :

— Parbleu !... cela m'avance bien de gémir... Mais quoi ! c'est l'éternel histoire... on entasse sottises sur sottises, folies sur folies, et après l'on soupire, et l'on se dit : « si j'avais su ! »

«Oh ! les hommes ! les hommes !... Race stupide !... tu seras toujours la même !...

Le temps passait et Ferrouillard ne rentrait pas.

Gabriel se laissa tomber accablé sur son lit en portant les mains à sa poitrine.

— Ah ! j'ai faim... dit-il... j'ai bien faim !...

Se relevant brusquement :

— Par le diable ! je ne peux pourtant pas me laisser mourir de cette mort-là !

En ce moment sa porte s'entr'ouvrit.

— Ah ! Ferrouillard, s'écria le jeune homme, est-ce toi ?

— Non, cher monsieur Gabriel, dit un grand drôle fort bien mis en pénétrant dans la chambre, non, ce n'est pas Ferrouillard, c'est moi.

— Bellardoise ! fit milord l'Arsouille.

XV

CE QUE VENAIT FAIRE M. LE CHEVALIER DE BELLARDOISE DANS LA MANSARDE DE MILORD
L'ARSOUILLE

C'était donc le chevalier Hardouin de Bellardoise.

Luxueusement vêtu, nous l'avons dit, mais d'une façon quelque peu extravagante et singulièrement prétentieuse.

Il avait un pantalon collant et des bottes molles flanquées de formidables éperons.

Le lorgnon à l'œil, la badine à la main, il pénétra dans la chambre en soufflant comme un bœuf.

— Qui vous amène chez moi ? demanda Gabriel.

— Avant de vous répondre, fit le chevalier, qui se laissa tomber sur un siège, permettez que je reprenne haleine un instant.

Après avoir longuement respiré :

— Là ! ça va mieux !... Sapristi ! mon tout bon, vous pouvez vous vanter de percher furieusement haut !...

— Je vous écoute ! interrompit Gabriel d'un ton bref.

— Voici la chose.

« Depuis notre dernière entrevue, mon excellent, j'ai fait fortune...

— En vérité !

— Oui, cette divinité fantastique qui se nomme le Hasard s'est décidée enfin à ne plus me tourner les talons.

— Au fait, monsieur, au fait !

— Eh ! mon cher, un peu de patience... Comme bien vous le pensez, car vous me connaissez, pas vrai ? je ne me refuse rien... Les fantaisies les plus coûteuses, je me les passe... Je me suis offert un charmant petit hôtel aux Champs-Élysées, où je donne les fêtes les plus sardanapalesques.

« J'ai de folles maîtresses et de fringants attelages...

« En un mot, j'ai ramassé le sceptre que vous avez dû abandonner à la suite de votre déveine, et je suis devenu, ou peu s'en faut, le milord l'Arsouille du moment.

— Morbleu ! monsieur, fit Gabriel en se contraignant à grand'peine, trêve à tout ce verbiage !... Qu'attendez-vous de moi ?

— Nous y arriverons.

Quittant son siège et faisant une pirouette tout à fait régence :

— Jetez, je vous prie, un léger coup d'œil sur mon costume de chez Humann... C'est assez *caballero*, n'est-ce pas ?...

« C'est que, tel que vous me voyez, je ne suis rien moins qu'un *sportsman* enragé, un turfiste de première classe, et je passe ma vie à faire courir !...

— Vous !

— Moi-même !... Cela vous étonne ?... Pourquoi ?... Je suis joueur, vous le savez, et les courses sont un jeu comme un autre... Que dis-je ? plus émotionnant... plus émoustillant que tous les autres !

Toujours est-il que je ne rêve plus que chevaux... Je suis hippophile... hippomane... hippo... tout ce que vous voudrez...

« Or, vous aussi, mon cher, vous eûtes cette passion, et vos écuries étaient renommées à juste titre.

« Pas plus tard que ce matin, j'ai même acheté votre fameux Mazeppa et votre admirable Cléopâtre... et je ne crains pas de le dire, c'est à l'heure présente ce que je possède de mieux dans mes haras...

— Enfin ?

— Enfin, mon cher, à la vue de ce couple merveilleux, je ne pus m'empêcher de penser à celui qui le possédait autrefois...

— Plaît-il ?

— Oui, je réfléchis à votre misérable situation... à votre pénurie... tranchons le mot, à votre débine... et, ma foi, je me suis dit comme ça :

« — Je vais lui tendre la perche, à ce brave garçon... je vais le sortir du pétrin !

« En effet, j'enfourchai le susdit Mazeppa et je me dirigeai vers l'hôtel du *Borystène*, à seule fin de vous faire, mon tout bon, la proposition que voici :

« Six mille francs par an, la table et le logement, pour surveiller mes écuries...

— Vous dites ?... fit Gabriel en bondissant.

— Pour surveiller mes écuries, répéta froidement son interlocuteur. Pendant les grands jours, il vous faudra aussi courir devant ma voiture... mais je vous dispenserai de la livrée !

Gabriel, pâle comme un mort, fit quelques pas vers Bellardoise, l'œil menaçant et les lèvres écumantes.

— Ah ! tu veux faire de moi ton laquais ! rugit le malheureux jeune homme.

Et son poing, convulsivement crispé, se leva sur la tête du chevalier comme pour le pulvériser.

Celui-ci put heureusement sauter en arrière.

— Tu as raison, reprit Gabriel, va-t'en ! va-t'en !...

Comme Bellardoise hésitait à se retirer :

— Va-t'en donc ! s'écria le jeune homme en saisissant une chaise.

Mais, partant d'un éclat de rire frénétique, il jeta loin de lui le siège qui se brisa comme verre.

— Je crois, Dieu me pardonne, dit-il ensuite, que j'ai pris au sérieux les paroles de ce coquin !

— Ouais ! fit Bellardoise, qui ne paraissait pas, du reste, très rassuré, je ne comprends rien à votre colère, mon cher monsieur... Ma proposition n'a rien de déshonorant, après tout... Le marquis de Cocopani, malgré sa noblesse et son blason, était bien le piqueur de lord Seymour. Pourquoi donc, vous, qui n'êtes pas noble, rougiriez-vous d'être le mien ?

— Décidément, riposta Gabriel, qui faisait d'inconcevables efforts pour ne pas étrangler Bellardoise, vous ne voulez pas sortir vivant de chez moi !

— Fi !... vous avez un mauvais caractère, répliqua le chevalier. Je n'ai pas fait tant de façons, moi, lorsqu'il vous a plu de me faire endosser chez vous les nippes d'un de vos laquais...

— Ah ! Ah ! reprit notre héros, c'est donc une revanche que vous vouliez prendre, monsieur de Bellardoise ?

— Peut-être bien ! En tout cas, la place que je vous offre peut aller de pair avec elles que vous avez occupées déjà. Prévôt de salle... joueur de crin-crin dans un orchestre de théâtre. Quand on a été cela, on peut être tout.

Gabriel demeura silencieux durant quelques secondes.

Puis brusquement, il alla vers sa fenêtre et l'ouvrit toute grande.

— Si, dans une minute, vous n'avez pas franchi volontairement le seuil de ma porte, dans une minute et demi je vous fais sortir par la fenêtre !...

« Mais, que dis-je, poursuivit le jeune homme, que la faim torturait et qui se sentait faiblir de minute en minute, non ! je n'aurais même pas la force à présent de châtier ce bandit !

« Ah ! continua-il en tombant accablé sur son lit, je me croyais plus invincible que Samson !... Hélas ! je comptais sans cette Dalila sinistre qui s'appelle la misère !

— Acceptez donc mes offres, alors, dit vivement Bellardoise en se rapprochant, et vous ne serez plus misérable.

Gabriel se redressa d'un bond.

— Moi !... le valet d'un voleur !... J'aime mieux mourir de faim !... Sortez !... monsieur, sortez !

Bellardoise haussa les épaules, lança un regard de défi à Gabriel et sortit la tête haute, en faisant résonner les carreaux de brique sous les éperons de ses bottes.

Quand il fut sur le palier :

— Voleur ! fit-il à part lui en ricanant. Il m'appelle voleur !... Ah ! parbleu ! je m'en fiche pas mal, à présent !

En effet, le jour même de son retour d'Afrique, milord l'Arsouille lui avait restitué l'aveu terrible qu'il l'avait contraint à signer jadis, et Bellardoise s'était empressé de brûler le fatal écrit à la flamme d'un bol de punch.

Dans l'escalier, notre chevalier se croisa avec un petit bossu qui montait.

Sans s'arrêter, il lui glissa ces mots à l'oreille :

— Le lion est sur le flanc, donnez-lui le coup de grâce.

. . . .

Pendant ce temps, Gabriel, sombre et sinistre, s'était insensiblement rapproché de la fenêtre.

— Si je me tuais, dit-il enfin.

« Me tuer, reprit-il avec une sorte de rage, non... je ne veux pa mourir pauvre... affamé comme je le suis...

« Je ne veux pas! répéta le malheureux.

« Insensé!... Il le faut bien pourtant. Oh! que ne puis-je redevenir riche! Que ne puis-je un jour, rien qu'un seul jour encore, posséder mon opulence d'autrefois!

Le petit bossu que nous avons vu gravir l'escalier de l'hôtel meublé était depuis quelques instants sur le seuil de la porte.

— Votre opulence, milord, dit-il mystérieusement en faisant quelques pas vers Gabriel, je puis vous la rendre, moi...

Le jeune homme poussa un cri et se tourna vers le nouveau venu.

— Qui êtes-vous?... lui demanda-t-il, je ne vous connais pas.

Et, curieusement, il l'examina.

Le petit bossu paraissait avoir une soixantaine d'années environ. Il avait de longs cheveux gris et des rides profondes... sa barbe en pointe, comme la portaient les Israélites du moyen âge, était grisonnante aussi...

— Je vous connais, moi, pauvre enfant! riposta le vieillard contrefait en raffermissant sur son nez en bec d'aigle des lunettes cerclées d'or.

« Oui, reprit-il, je vous connais...

« Depuis ce matin j'habite en cet hôtel la chambre contiguë à la vôtre, et je sais toute votre vie...

« Hélas! reprit-il, nos deux existences sont identiques...

« Comme vous, j'ai été millionnaire... comme vous, je suis ruiné aujourd'hui...

— Ruiné!...

— Oui, moins quelques louis, j'ai tout perdu, tout... ou plutôt, on m'a tout pris...

« Mais, ajouta l'étrange personnage, je vous raconterai tout cela en déjeunant.

En ce moment, un garçon d'hôtel parut tenant un large plateau chargé de victuailles.

—C'est bien, dit le bossu, quand le garçon eut placé le plateau sur la table, laissez-nous.

Le garçon se retira et referma la porte.

— Déjeunons, maintenant! reprit le vieillard en s'attablant.

Gabriel s'assit machinalement en face de l'inconnu.

Le pauvre jeune homme se mourait de faim, en vérité...

Sa vue commençait à s'obscurcir et le bruit de la rue, la voix même du vieillard n'arrivaient plus à ses oreilles que comme un bourdonnement sourd.

Cet intolérable supplice, Gabriel l'avait subi déjà, dans les Catacombes...

Et cette fois encore, au moment suprême, Dieu lui envoyait un sauveur.

. . . .

Vingt minutes plus tard, notre héros avait recouvré ses forces et son délire avait cessé.

— Parbleu! lui dit le vieux bossu, vos couleurs reparaissent, mon cher enfant, et voici la vie qui revient.

Il y avait un plein flacon de kirsch sur la table.

L'inconnu en versa un verre à Gabriel.

— Buvez ceci. Cette bienfaisante liqueur achèvera la guérison... Allons! à votre santé, mon cher fils!

Le jeune homme choqua son verre contre celui du vieillard et le vida d'un trait.

— Ah! dit-il en le reposant sur la table, j'ai le feu au cœur à présent, et je me sens capable de tout entendre... car vous avez, n'est-ce pas, quelque chose de terrible à me dire, quelque chose de funeste à me demander peut-être!

— Moi! fit le vieillard, qui sembla se troubler à cette question posée si brusquement.

— Allons, reprit Gabriel avec un rire fiévreux, ne niez pas, mon maître... En ce siècle d'égoïsme brutal, on ne fait rien pour rien... Depuis ce matin, m'avez-vous dit, vous habitez la chambre contiguë à la mienne et vous connaissez ma vie depuis A jusqu'à Z.

« Si vous êtes venu à moi sachant que j'avais faim et soif, c'est qu'en échange du pain et du vin que vous alliez me donner, vous étiez résolu à me demander et mon sang et ma chair.

Le petit bossu demeura un instant silencieux.

Puis, brusquemment :

— Eh bien! oui, dit-il, oui, vous avez raison... j'attends de vous quelque chose...

— Tant mieux, mort diable! s'écria Gabriel, je n'aime pas être l'obligé de personne. Pour m'acquitter envers vous, je suis prêt à tout faire...

— Tout!... répéta le veillard.

— Pourquoi non? Vous m'avez sauvé la vie, en définitive.... car, trop orgueilleux ou trop sot, si vous voulez, je serais plutôt crevé de faim dans un coin que d'appeler à l'aide!

« Parlez donc... Que voulez-vous?

— Vous dire d'abord qui je suis...

— Soins inutiles, monsieur, Pierre ou Paul, que m'importe!

— Ni Pierre ni Paul... Salomon, si vous le voulez bien.

— Ah! ah! vous êtes juif... Allez-vous d'aventure exiger de moi que je change de religion?

— J'exigerai plus encore... riposta le singulier vieillard d'une voix vibrante et métallique.

— Plus encore?

— Gabriel Lavarès, fils de Pierre Lavarès, le martyr, je veux que tu m'aides à me venger.

— Te venger! Et de qui donc?

— Du monde entier... car depuis que je suis pauvre comme toi, je hais tout l'univers comme tu dois le haïr toi-même.

— Oh! oui... oui... répondit Gabriel, j'ai du fiel plein le cœur.

« Mais que peut notre haine et comment nous venger?

— En redevenant riches tous deux.

— Riches !... c'est impossible...

— Rien n'est impossible pour deux natures fortes et déterminées,..

— Expliquez-vous !

— Il y a vingt ans, jeune homme, reprit le bossu, j'en avais quarante alors... j'étais misérable, plus misérable peut-être que je ne le suis aujourd'hui... J'avais tenté vainement, comme tous mes coreligionnaires, de faire du commerce... Rien ne m'avait réussi...

« Je résolus d'aller chercher fortune au nouveau monde... Avec des peines inouïes, je parvins à emprunter, à mendier presque, à droite, à gauche, partout, l'argent nécessaire à payer mon passage à bord d'un voilier.

« J'habitais Bordeaux. Le jour même où j'eus en poche la somme qu'il me fallait, je m'embarquai.

« Trois mois plus tard, j'étais dans la Nouvelle-Californie.

« Là, je fis d'étranges métiers et j'eus d'inconcevables aventures.

« Pourtant la fortune ne venait pas... l'infernal guignon semblait avoir passé les mers avec moi...

« Je me désespérais, lorsqu'un jour, dans une pauvre chambre d'hôtel, je trouvai un bouquin oublié sans doute par quelque voyageur.

« J'ouvris le livre. C'était la relation du voyage de Francis Drake, le célèbre marin anglais du xvıᵉ siècle...

« Un passage était souligné au crayon...

« C'était celui où sir Francis signale la présence de l'or dans la Nouvelle-Californie, dans ce même pays où je me trouvais.

« Quelques notes écrites à la main se trouvaient en marge....

« Et ces notes disaient qu'il y avait de l'or, beaucoup d'or dans les affluents orientaux du Sacramento...

« — D'où vient ce livre ? demandai-je aux gens de l'hôtel.

« — D'un riche voyageur qui est retourné dernièrement en Europe.

« — C'est bien !... me dis-je. Moi aussi je serai riche.

« Et je me mis en route.

« Je ne vous dirai pas les mille et un dangers qu'il me fallut affronter encore pour parvenir à mon but...

« Ce but, je l'atteignis enfin : je trouvai de l'or !

— De l'or !...

— Oui, de l'or !... de l'or !... Entendez-vous bien cela ! Pour les recueillir, ces parcelles précieuses, que n'ai-je point souffert, que n'ai-je point enduré !...

« Je n'étais pas contrefait en arrivant au Sacramento.

« Mais à force d'être courbé en deux sur ses ondes, sur ses sables, ma pauvre charpente osseuse se déforma, et quand j'abandonnai les rives du fleuve d'or, j'étais ce que je suis aujourd'hui ! Qu'importe ! j'étais riche !...

« En proie à une ivresse véritable, je revins en Europe et je me jetai à corps perdu dans les folies les plus ruineuses.

— Comme moi !

— Comme vous, Gabriel... Comme vous encore, j'eus des parasites, des chevaux, des maîtresses... Comme vous, enfin, saturé de plaisirs, je demandai au jeu quelque jouissance plus âcre et plus ardente, et je perdis sur un coup de dés mon dernier million !

« Eh bien! Gabriel, il faut que nous redevenions riches l'un et l'autre... je vous le répète.

— Riches!... Par quel moyen ?

— En retournant tous deux dans cette bienheureuse Californie, où les fleuves roulent des flots d'or.

— D'ici là-bas, la route est longue, répliqua tristement Gabriel. Il y a des mers à traverser, de grands pays à parcourir... Et pour entreprendre un tel voyage, quelles ressources avons-nous ?

« Quant à moi, je n'ai rien... absolument rien !

« Ah ! si, ajouta-t-il avec un amer sourire, j'ai des dettes...

— Eh bien ! moi, répliqua le vieil aventurier, moi, je possède encore ceci.

Ce disant, il étala sur la table cinq napoléons.

— J'avais, poursuivit le bossu, conservé comme souvenir une pépite d'or trouvée par moi là-bas, et je l'ai portée chez un changeur... J'avais le cœur serré et je pleurais presque... J'aurais donné mille écus pour pouvoir la garder... Il m'a fallu pourtant la donner pour les cent francs que voici !

— Cent francs ! fit Gabriel. Parbleu ! c'est la première fois que semblable trésor entre en cette chambre depuis que je l'habite...

« Cependant, continua-t-il en changeant de ton, si merveilleuses que puissent être ces richesses à mes yeux, elles sont plus qu'insuffisantes pour la grande entreprise que vous me proposez, et que j'accepterais avec bonheur si cela se pouvait !

— Insuffisantes ?... Non, si vous voulez.

— Je ne vous comprends pas.

— Vous allez me comprendre. Ce soir, chez le chevalier de Bellardoise, en son hôtel des Champs-Élysées, il y a fête, et, comme toujours, on jouera un jeu d'enfer·

— Chez Bellardoise !... Eh quoi ! ce misérable m'a donc dit vrai... il est riche à présent?

— Hélas ! soupira le vieillard, riche de mes dépouilles !

« N'importe ! reprit-il après quelques instants d'un sombre silence, ce n'est pas de cela qu'il s'agit !

« On jouera ce soir chez le chevalier, vous dis-je. J'irai... venez avec moi.

— Vous voulez risquer là vos derniers louis ?

— Les risquer... non... Je veux les centupler.

— Quoi ! vous croyez encore à la chance ?

— La chance, répondit mystérieusement le vieillard, je l'aurai pour moi toute la nuit !

Gabriel se leva en frémissant.

— Que voulez-vous dire ?

— Pourquoi me le demander ?... Vous m'avez compris.

— Oui ! oui ! fit le jeune homme d'une voix entrecoupée, je tremble de vous comprendre !

— Trembler... et pourquoi ?... Écoutez-moi, Gabriel. Je suis certain... certain, vous m'entendez ? que, vous et moi, nous avons été volés indignement !

« Vous, par le colonel Max de Stolberg... moi, par le chevalier de Bellardoise !

— Volés !

— J'en suis sûr !...

— Oh ! des preuves !... donnez-moi des preuves !

— Eh ! pauvre innocent que vous êtes, si j'avais eu des preuves, j'aurais encore ma fortune ; une partie, du moins !

« Non, mon pauvre enfant, ces vols-là ne se prouvent pas, ne peuvent pas se prouver... ils sont si faciles à commettre...

« Il suffit, pour cela, d'être deux et de s'entendre...

— Achevez ! lui dit Gabriel en lui saisissant la main, allons, achevez... vous voulez que je vous serve cette nuit de compère, vous voulez que je me fasse voleur avec vous !... Ah ! je le savais bien que vous n'étiez venu à mon aide que parce que vous aviez à me demander quelque chose de monstrueux et d'ignoble !

— Il n'y a rien là d'ignoble et de monstrueux, répliqua le vieillard. On nous a pris notre bien : reprenons... C'est justice !

Tirant de ses poche des jeux de cartes préparées :

— Tenez, dit-il, ces cartes sont semblables à celles dont on s'est servi pour nous dépouiller l'un et l'autre... Avec elles, je me charge de rattraper avant demain, si vous êtes mon second, l'argent qu'il nous faut à tous deux pour aller puiser l'or à pleines mains dans les sables de la Californie.

— Taisez-vous, vieillard, taisez-vous !

Mais le bossu poursuivit avec plus de chaleur encore :

— Savez-vous bien ce que je vous demande, en définitive ? Rien ! moins que rien !... d'avoir ces cartes dans votre poche et de me les passer par-dessous la table chaque fois que je vous marcherai sur le pied. Je me charge du reste... C'est moi qui jouerai... j'entrerai de deux ou trois louis pour commencer... Au lansquenet cela monte vite... vous en savez quelque chose... Avant demain, je vous le répète, nous aurons à nous quarante, cinquante, cent mille francs si nous voulons...

« Et alors, en route pour le nouveau monde !

« Ah ! si je venais vous proposer de vous faire chevalier d'industrie, comme ce misérable Bellardoise, qui, non content de vous avoir grugé et volé, a mis le comble à ses indignités en venant vous offrir ce matin de devenir son valet... Si je vous proposais de recommencer demain, après-demain et toujours ce que je vous demande, vous auriez raison de refuser.

« Mais non !... c'est pour cette nuit... pour cette nuit seulement, pour quelques heures, pas davantage...

« Et puis, quoi, ce n'est pas un vol... c'est une revanche.

« Et quand nous l'aurons prise, cette revanche, nous allons nous retremper sous le ciel d'Amérique, et nous rentrons en Europe assez riches pour nous faire les banquiers des rois.

— Oh! le démon me tente! murmura Gabriel.

En cet instant, d'éclatantes fanfares retentirent au dehors...

C'était un régiment de ligne qui passait sous les fenêtres, en tenue de campagne, musique en tête et bannières déployées.

En entendant les clairons et les tambours, le visage assombri de Gabriel s'illumina comme par enchantement, les farouches éclairs de ses yeux s'adoucirent et sa main repoussa avec horreur les cartes maudites que le vieillard lui présentait.

— Qu'avez-vous donc? interrogea ce dernier.

— J'ai que je veux garder mon honneur, répondit le jeune homme.

« J'étais prêt à le sacrifier, parce que je me croyais sans pain, sans ami, sans asile.

« Allons donc! j'étais fou!... Sous les drapeaux j'aurai tout cela.

— Que dites-vous?

— Je dis qu'aujourd'hui même je serai soldat.

— Soldat!... Vous!

— Oui, au lieu de vivre dans l'opprobre, j'aime mieux mourir sur un champ de bataille!... Adieu!... adieu!...

Et le jeune homme, rayonnant d'enthousiasme, s'éloigna à pas précipités.

— Allons, dit le petit bossu avec rage, que le diable emporte la musique!

Sur ce, le vieillard remit les cartes dans sa poche, ramassa les cinq pièces d'or et quitta l'hôtel à son tour.

Et quand il passa devant le garçon, celui-ci s'aperçut avec étonnement que le bossu, courbé en deux, un instant auparavant, marchait maintenant tout droit.

C'est que maître Salomon n'était pas plus bossu qu'il n'était juif.

C'était Stephen Lowe, c'était l'Anglais aux mille et une faces.

Il voulait attirer Gabriel chez son complice Bellardoise pour le perdre d'honneur.

A la fête donnée par le chevalier devaient se trouver, en effet, des hommes du meilleur monde et parfaitement honorables, lesquels ignoraient les antécédents de leur amphitryon.

Or, le plan de l'infâme Stephen était celui-ci :

Au moment où Gabriel lui aurait passé, pendant le jeu, les cartes préparées, il se serait levé et, publiquement, il aurait accusé le jeune homme d'être un grec et un voleur.

A cela, qu'eût pu répondre le malheureux?

Rien, puisque chacun eût vu en ses mains les cartes fatales...

Aux yeux de tous, il était donc bien réellement déshonoré.

Le poète a dit :

> L'honneur est comme une île escarpée et sans bords,
> On n'y peut plus rentrer lorsqu'on en est dehors!

Stephen Lowe savait cela mieux que personne.

— Une fois que Gabriel en sera là, je lui ferai descendre un à un tous les degrés de l'infamie.

Inutile de dire que Bellardoise n'était venu faire au malheureux jeune homme ses propositions insultantes que pour irriter sa misère et le préparer à prêter l'oreille aux offres du vicomte.

Celui-ci était assuré du succès.

— Je l'ai fait pauvre et misérable, disait-il, je le ferai méprisable et vil !

Mais si notre héros n'avait pu échapper à la ruine, il avait pu du moins échapper au déshonneur.

XVI

DANS LEQUEL SE DÉNOUENT LES AVENTURES DE MILORD L'ARSOUILLE

Deux années après, avait lieu la cérémonie du retour des cendres de Napoléon. L'enthousiasme était général. Il y avait des larmes dans tous les yeux.

Un homme vêtu en roulier poussait de véritables sanglots.

— Tonnerre de Brest ! grommelait-il en faisant d'impuissants efforts pour se contenir, c'est-il assez godiche de larmoyer comme ça !... Mais quoi, c'est plus fort que moi... On est chauvin ou on ne l'est pas... Et dame, quoique je risque ma caboche en revenant ici, je n'ai pas pu m'empêcher de venir donner un dernier adieu à celui que ces chameaux d'Anglais ont assassiné.

Celui qui parlait ainsi, c'était Popincourt. Après le crime d'Argenteuil, dont on le croyait l'auteur, il avait été condamné au bagne à perpétuité.

Mais lorsque cette nouvelle fut connue que les cendres impériales rentraient en France, Popincourt parvint à s'évader.

Sous l'épaisse limousine d'un roulier, le visage caché sous une barbe grisonnante, il reprit le chemin de la capitale.

Il y reparut en même temps que le cercueil de celui qu'il avait toujours admiré.

— Parbleu ! se disait-il, si ce mauvais gueux de Stephen me savait présentement aux Invalides, il serait capable de me jouer encore un tour de sa façon.

Comme il faisait cette réflexion, il vit dans la foule, à deux pas de lui, un vieux monsieur qui portait des lunettes bleues et donnait le bras à un grand drôle vêtu à la dernière mode.

— Oh ! oh ! fit Popincourt, quel diable de diamant vois-je briller au doigt de ce sexagénaire !... Je ne sais si je m'abuse, mais il me semble que cette bague-là ne m'est pas inconnue !

Au bout d'un instant, il avait acquis la certitude que le vieux monsieur n'était autre que Stephen Lowe.

Le luxueux personnage auquel il donnait le bras avait nom Hardouin de Bellardoise.

Depuis deux ans et demi, le vicomte d'Olburn passait aux yeux de tous pour le colonel Max de Stolberg, et notre chevalier était devenu son inséparable.

— Qu'est-ce que vient fabriquer ici mon gredin d'Anglais ? se demanda Popincourt. Je ne suppose pas que ce soit le désir de rendre hommage à la mémoire de l'empereur.

Il tint ses regards fixés sur Stephen Lowe. Bientôt il le vit se pencher vers Bellardoise, lui parler à l'oreille, puis lui montrer du doigt un jeune officier qui sortait de l'église à la tête de ses hommes.

— Milord l'Arsouille! murmura Popincourt avec une émotion soudaine. Oui, oui, c'est lui! c'est bien lui!... Lieutenant... et décoré!... Tonnerre! quel crâne soldat ça vous fait!... Dire pourtant que j'aurais peut-être pu, moi aussi, avoir la croix et l'épaulette!... Bah! faut pas penser à ces choses-là... ça fait mal!... Il faut plutôt songer à le mettre à l'abri des embûches de ce bandit de Stephen, car j'ai tout lieu de croire que, pour le quart d'heure, l'homme aux lunettes bleues est en train de machiner quelque nouvelle gredinerie contre mon petit officier!...

Pendant ce temps, Stephen et Bellardoise s'étaient perdus dans la foule.

Quant à Gabriel, il reprit, avec son régiment, la route de Saint-Denis.

Popincourt le suivit et s'installa chez un marchand de vin en face de la caserne.

Le soir, Gabriel rentra chez lui. Il demeurait non loin de l'antique abbaye, dans une petite rue très déserte et très sombre.

A peine rentré, le jeune homme, brisé par les fatigues de la journée, s'endormit d'un profond sommeil.

Au milieu de la nuit, il se réveilla en sursaut.

Il voulut crier ; mais cela lui fut impossible, un bâillon lui ferma immédiatement la bouche.

Et, dans le même moment, ses jambes et ses bras furent étroitement garrottés,

Une bougie achevait de se consumer sur la cheminée. A sa clarté vacillante. Gabriel put apercevoir debout, près de son lit, deux hommes masqués et une femme dont un voile cachait le visage.

Cette femme souleva son voile.

C'était Moleskine.

Ses deux compagnons, c'étaient Stephen Lowe et Biscotin, l'un des assassins de Marcel Bertier.

Le vicomte d'Olburn avait pu introduire Moleskine et son complice dans le logis de Gabriel, avant le retour de celui-ci.

— Gabriel, dit la sinistre créature, tu m'as méprisée et repoussée. Eh bien! tu vas devenir cette nuit un modèle de hideur, un monstre qui fera fuir de dégoût et d'horreur tous ceux qui te verront!

En entendant ces mots, Gabriel fit d'inconcevables efforts pour briser ses liens... mais ce fut en vain... Et Moleskine, qui souriait d'un féroce sourire, déboucha, impassible, un flacon rempli de vitriol...

En ce moment, la fenêtre vola en éclats.

Par cette issue, un homme se précipita dans la chambre, s'élança d'un bond sur Moleskine et lui arracha la terrible fiole qu'il brisa sur le parquet.

— Eh bien, merci! fit le nouveau venu en se plaçant devant le lit, pour faire à Gabriel un rempart de son corps, c'est donc comme ça qu'on traite les défenseurs de la patrie! Minute! je m'y oppose!...

Stephen Lowe poussa un cri ; il avait, à la voix, reconnu le sauveur.

— Popincourt ! s'exclama-t-il.

— Oui l'English, Popincourt... Ça vous embête, mais je m'en bats l'œil !... Maintenant, ajouta-t-il en tirant un énorme couteau, le premier qui essaye de détériorer mon petit lieutenant, je l'éventre !... avis aux amateurs !

— Sale canaille, rugit Stephen, je te revaudrai cela.

— Bon ! bon ! nous réglerons nos comptes plus tard !

Moleskine avait tiré un pistolet de sa poche, sans avoir la conscience de l'imprudence qu'elle commettait :

— Meurs donc ! s'écria-t-elle.

A ces mots, son doigt pressa la détente et la balle alla se loger dans l'épaule de Gabriel.

— Tonnerre ! vociféra Popincourt, ils m'ont tué mon officier.

Un coup de sifflet retentit dans la rue.

Bellardoise, en cocher, sur le siège d'une voiture, faisait le guet non loin de la vieille église. C'est lui qui avertissait Stephen et les autres que plusieurs hommes à mine suspecte venaient d'apparaître sur la place.

Stephen voulut entraîner Moleskine.

Mais Popincourt se campa devant la porte, couteau en main :

— Vous ne passerez pas, dit-il, tas de gredins !

— Place ! cria Stephen. La police est à nos trousses !

— Elle vous pincera... C'est ce que je demande !

— Elle te prendra aussi !

— Je m'en fiche ! A présent, je n'ai plus de ménagements à garder.

A ces mots, il se prit à crier de toutes ses forces :

— A l'assassin ! à l'assassin !

Stephen s'élança sur lui en tirant un poignard...

En ce moment, on frappa violemment à la porte.

— Au nom de la loi, ouvrez !

Stephen et les deux autres, bien loin d'obéir à cette injection, coururent à la fenêtre brisée pour opérer leur retraite...

Mais la petite cour sur laquelle donnait cette fenêtre était pleine d'agents de police et de soldats.

La porte fut enfoncée à coups de crosses de fusil, et la chambre fut envahie par d'autres soldats et d'autres agents.

A leur tête se trouvait Fouinardet, qui, depuis le matin, était sur les traces de Popincourt lui-même et qui l'avait suivi jusqu'à Saint Denis.

— Sauvez le lieutenant, cria le forçat, peut-être en est-il temps encore !

On enleva le bâillon et les liens de Gabriel. Le jeune homme avait perdu connaissance. Un médecin fut mandé.

Il déclara que la blessure était grave et peut-être mortelle...

— Je suis donc vengé ! s'exclama l'Anglais triomphant.

Fouinardet lui arracha son masque.

— Le colonel Max de Stolberg ! fit-il stupéfié.

Stephen se prit à rire.

— Max de Stolberg, dis-tu? tu ne cites là que mon dernier nom, mon maître, j'en porte d'autres!... Tu vois en moi le bossu Salomon, Jacobus le docteur.

— Salomon!... Jacobus! répéta l'inspecteur.

— Un moment je fus Marseillais et Marcassou fut mon nom... Je me suis fait passer pour le ténor Stradelli... Te rappelles-tu le père Bengali, le vieux marchand d'amorces; le viel invalide Boulingrin, qui t'a fait l'honneur de trinquer avec toi sous la tonnelle de Montfaucon?... c'était moi, toujours moi!... Par-ci, par-là, je fus encore rat d'église, croque-mort, cocher de fiacre, sergent de ville... J'ai pris tous les travestissements, enfin, toutes les formes... Est-il utile maintenant de te dire mon véritable nom, mon maître, et n'as-tu pas reconnu en moi ce Stephen Lowe qui t'a jadis glissé entre les doigts.

— Stephen Lowe! répétèrent tous les assistants.

— Oui... Stephen Lowe, l'un des bâtards de la Brinvilliers... Stephen Lowe, le voleur, l'assassin, l'incendiaire, l'empoisonneur! Parbleu! pourquoi ne pas tout avouer!

« Si je me taisais, Popincourt, mon complice, parlerait à ma place... et d'ailleurs, à présent, je n'ai rien à cacher!

Le terrible bandit fut incarcéré la nuit même ainsi que Popincourt, Moleskine et Biscotin.

Quand à Bellardoise, à l'approche des agents il avait allongé un vigoureux coup de fouet à ses chevaux, et la voiture était partie au grandissime galop.

.   .   .   .

Pendant un long mois, Gabriel fut entre la vie et la mort.

Quand il fut hors de danger, quelle fut sa surprise, son émotion en apercevant, à la lueur de la lampe, une jeune fille d'une angélique beauté, qui portait l'humble costume des sœurs de Charité et qui sommeillait dans un fauteuil auprès de son lit.

— Mon Dieu! mon Dieu! murmura Gabriel avec un trouble indicible, est-ce un rêve... une hallucination de mon esprit en délire?... Suzanne!... c'est Suzanne que je vois!

En effet, c'était elle. Depuis le lendemain de l'événement, la jeune fille n'avait pas quitté le blessé et lui avait prodigué les soins les plus touchants, les plus tendres.

En entendant prononcer son nom, elle sortit promptement de son assoupissement.

— Suzanne! Suzanne! répéta Gabriel éperdu, n'est-ce pas que c'est vous?... n'est-ce pas que c'est toi?

— Il parle!... Il me reconnaît!... s'écria la jeune fille avec bonheur. Ah! il est sauvé!

— Suzanne!... ma Suzanne!... Tu es revenue... Tu m'aimes donc encore?...

— Vous aimer... Gabriel... reprit Suzanne dont le visage s'assombrit aussitôt, Oh! taisez-vous... taisez-vous, je vous en prie, je vous en conjure... au nom de cet habit que je porte à cette heure, au nom de ce Dieu que je sers et qui me défend d'entendre de mondaines paroles.

— Les vœux que tu as prononcés ne sont pas éternels, ma Suzanne... Dans trois ans, tu seras libre... libre de m'aimer sans rougir et de devenir mon épouse...

— Moi !... votre épouse !... C'est impossible, Gabriel !...

— Impossible !...

— Jamais je ne porterai votre nom !... Et bien que, selon ma volonté, je puisse quitter en effet la sainte confrérie des filles de Saint-Vincent, je vous le dis ici, Gabriel, je garderai cet humble costume jusqu'à mon dernier soupir.

— Quoi ! reprit Gabriel, telle est votre résolution, Suzanne, et vous n'avez pas craint de revenir à moi ?...

— Je vous savais en danger de mort, répondit doucement la jeune fille, pouvais-je ne pas remplir près de vous la mission que j'eusse remplie près de tout autre ?...

— Ainsi, reprit le jeune homme, si je n'avais pas été blessé, mourant, vous ne m'auriez jamais revu ?

— Jamais ! répondit Suzanne avec énergie, oh ! non, jamais ! je vous le jure !

— C'est bien ! fit Gabriel, je sais maintenant ce qu'il me reste à faire.

— Que voulez-vous dire ?

— Je veux dire, Suzanne, que, puisque vous ne m'aimez pas, puisque je ne puis vous devoir mon bonheur, je ne veux pas vous devoir la vie...

— Gabriel !...

— Si je ne vous avais jamais retrouvée sur mon chemin, peut-être fussé-je arrivé, non à vous oublier, mais tout au moins à me distraire de votre souvenir... Mais à présent que je vous ai revue, Suzanne, je sens que je ne saurais vivre sans vous, et je vais mourir...

— Mourir ! vous !...

— Oui ! j'arracherai cet appareil qui couvre ma blessure et tout sera dit... Et si cela ne suffit pas, si la mort ne veut pas de moi, je saurai la forcer à me prendre !

— Eh bien ! s'écria Suzanne comme en délire, nous mourrons ensemble !...

— Que dis-tu ?

— Penses-tu que je pourrais te survivre ?... Non ! non ! Si je n'ai pas le droit de partager ton existence, j'ai celui du moins de partager ton trépas !...

— Tu m'aimes donc ?

— Oui, je t'aime, Gabriel ! je t'aime, entends-tu bien... mais cet amour est un crime... Le ciel le condamne et la nature le réprouve... et c'est pour ne pas être criminelle que je veux te suivre au tombeau !

— Suzanne ! s'écria Gabriel avec effarement, tu me caches quelque épouvantable mystère. Au nom du Dieu vivant ! je t'adjure de tout me révéler !

— Eh bien ! oui, répondit la jeune fille, oui, il le faut. A cet instant suprême, ma mère qui n'est plus ne saurait m'obliger à garder le silence... Écoute donc, Gabriel, écoute et tu comprendras tout !

Suzanne tira un papier de son sein.

C'était la fausse lettre, signée Marie Boursier, dans laquelle on apprenait à la jeune fille que Gabriel était son frère.

— Suzanne ! ma sœur ! murmura le jeune homme avec désespoir. Oh ! mon Dieu !... mon Dieu !... pourquoi ne m'avez-vous pas fait mourir en naissant !...

— Parce que Dieu est bon et juste, et qu'après les épreuves qu'il vous a fait subir, il vous réserve le bonheur !

Ces paroles, une femme qui venait d'apparaître sur le seuil de la porte, les avait prononcées.

Elle portait, elle aussi, l'habit des filles de Saint-Vincent.

C'était la Savoisienne, la fausse Fanchon.

Suzanne courut à elle.

— Fanchon, qu'avez-vous dit ?

— Cette lettre est l'œuvre d'un faussaire, de Stephen Lowe... Moleskine, sa complice, vient d'expirer en prison entre mes bras, et elle m'a tout appris !

. . . .

Peu après, Suzanne devenait l'épouse de Gabriel. Ses cinq années de noviciat n'étaient pas expirées ; mais grâce à de hautes protections, les dispenses nécessaires avaient été obtenues.

Au moment où le jeune homme descendait les marches de l'église donnant la main à sa jeune épouse, un homme, hideux d'allure et d'aspect, qui se trouvait mêlé aux mendiants échelonnés devant le temple, vint au devant de Suzanne et de Gabriel.

— Milord l'Arsouille, dit l'homme sinistre à ce dernier en riant d'un rire funèbre, tu t'es marié sans me prévenir !... Je sors tout exprès du bagne pour danser à ta noce !...

— Lord Stephen ! murmurèrent Suzanne et Gabriel épouvantés.

— Oui, lord Stephen ! hurla le bandit, lord Stephen qui se venge !

A ces mots, il s'élança sur Suzanne en tirant un poignard de dessous ses haillons !...

Mais un homme, qui ne le perdait pas de vue, s'était élancé sur ses traces, et avant que le monstre eût pu accomplir ce nouveau crime, il lui avait arraché le poignard et le lui avait plongé dans le cœur.

— Messieurs, dit le meurtrier en se tournant vers Fouinardet et une nuée d'agents qui venaient d'accourir, je vous avais promis, en échange de ma grâce, de vous livrer, mort ou vif, mon compagnon de chaîne ! J'ai tenu ma parole !

Ce disant, il poussa du pied le cadavre de Stephen Lowe.

Celui qui venait de punir le misérable, c'était Popincourt.

FIN

Sceaux.— Imprimerie Charaire et fils.

www.ingramcontent.com/pod-product-compliance
Lightning Source LLC
Chambersburg PA
CBHW071931130726
47908CB00015B/46